魯迅

루쉰전집

11

루쉰전집 11권 중국소설사략

개정판(제3판) 1쇄 발행 _ 2015년 4월 5일
지은이 · 루쉰 | 옮긴이 · 루쉰전집번역위원회(조관희)

펴낸곳 · (주)그린비출판사 | 등록번호 · 제313-1990-32호
주소 · 서울시 마포구 동교로 17길 7, 4층(서교동, 은혜빌딩) | 전화 · 702-2717 | 팩스 · 703-0272

ISBN 978-89-7682-240-6 04820 978-89-7682-222-2(세트)
이 도서의 국립중앙도서관 출판예정도서목록(CIP)은 서지정보유통지원시스템 홈페이지(http://seoji.nl.go.kr)와 국가자료공동목록시스템(http://www.nl.go.kr/kolisnet)에서 이용하실 수 있습니다.(CIP제어번호 : CIP2015008992)

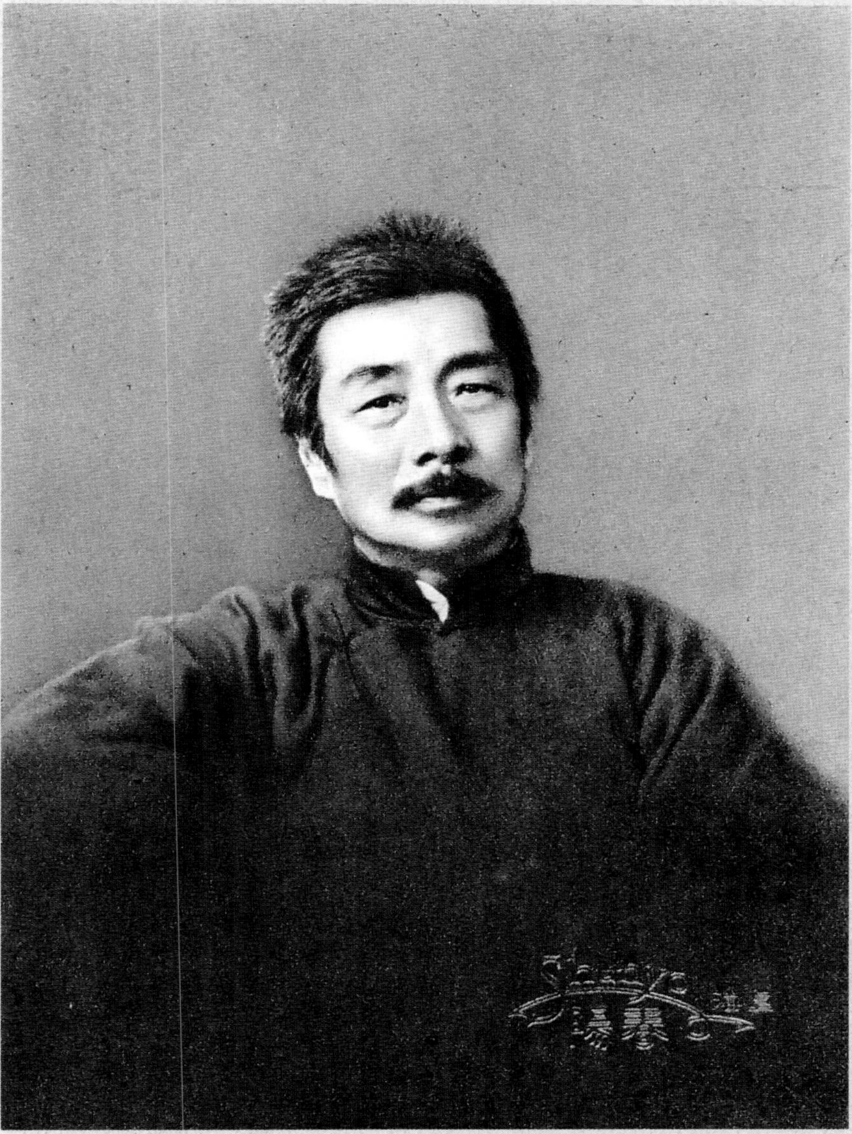

루쉰(魯迅). 1933년 5월 1일 상하이.

루쉰이 중국소설사를 강의했던 베이징대학 홍루(紅樓).

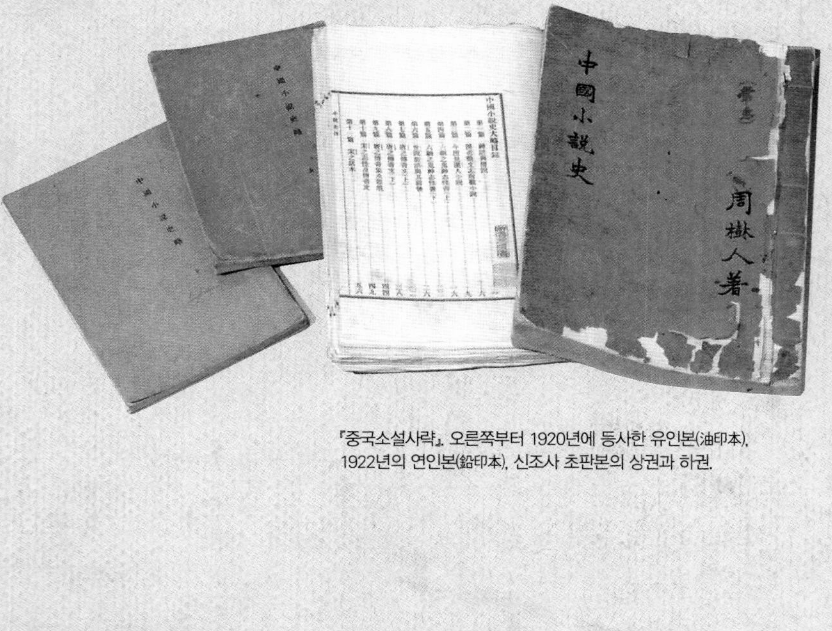

『중국소설사략』. 오른쪽부터 1920년에 등사한 유인본(油印本), 1922년의 연인본(鉛印本), 신조사 초판본의 상권과 하권.

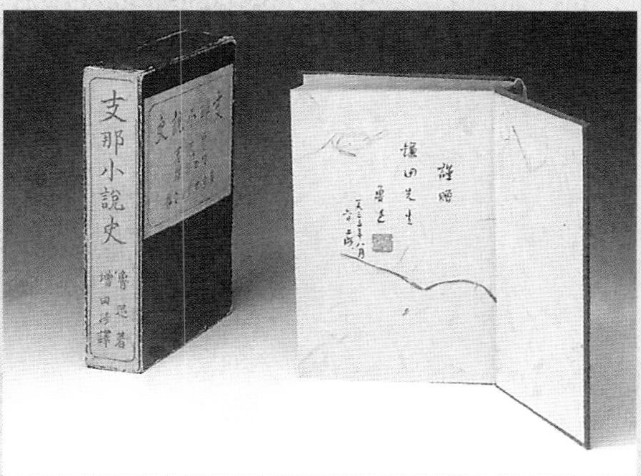

1935년 일본에서 번역 출판한 『중국소설사략』. 일본 번역 서명은 『지나소설사』로 되어 있다.

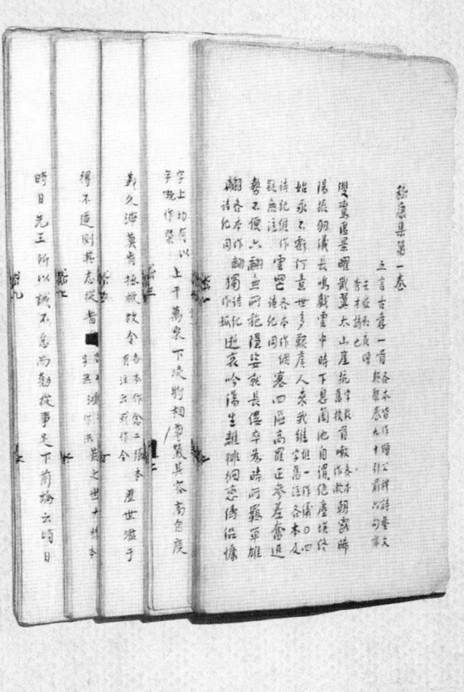

루쉰이 역대 판본을 비교, 고증하여 엮은 『혜강집』 수고.

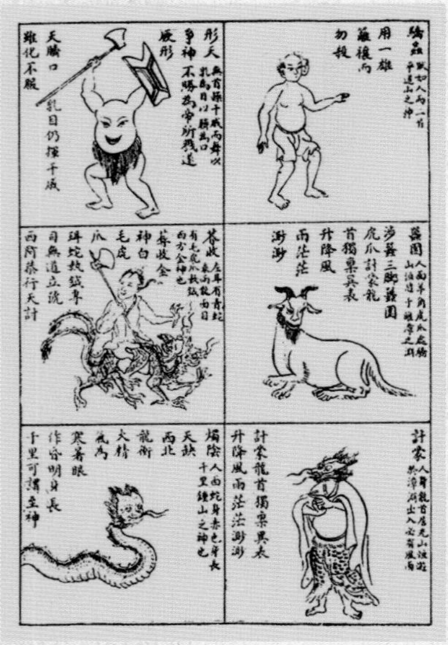

『산해경』(山海經)에 등장하는 기묘한 형상들.
루쉰은 서양 근대의 소설 개념을 넘어 중국 전통의 신화와 전설까지 편입하여 중국소설사의 범위를 확장시켰다.

서왕모(西王母) 병풍도 일부. 양옆의 시녀가 서왕모에게 복숭아(3천 년에 한 번 열리는 불사의 약)를 바치고 있다.
서왕모는 『산해경』, 『목천자전』(穆天子傳), 『한무제고사』(漢武帝故事) 등에 등장하는 불로장생의 상징이다.
(16세기 말경 狩野光信 작, 出光美術館 소장)

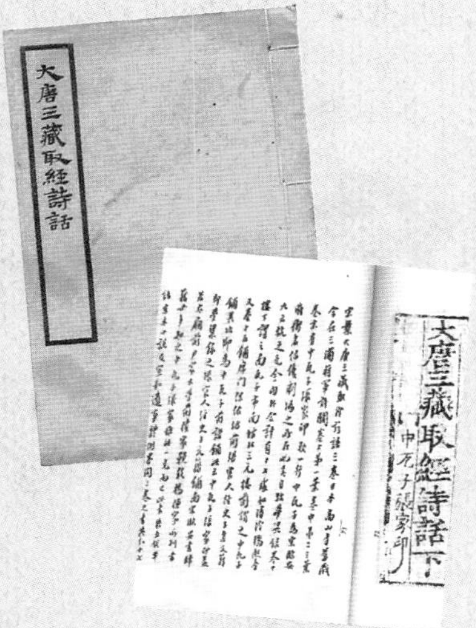

『대당삼장취경시화』(大唐三藏取經詩話)는 당대(唐代)의 고승 삼장이 불교 경전을 얻기 위해 인도로 떠나는 이야기로, 민간의 설화를 소설화한 것이다. 『서유기』(西遊記)의 최초의 모습을 보여 준다.

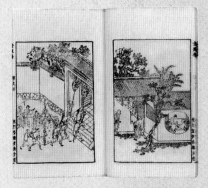

『삼국지연의』(三國志演義), 『수호지』(水滸誌), 『서유기』와 더불어 중국 4대기서 중 하나인 『금병매』(金甁梅) 소설 속의 삽화.

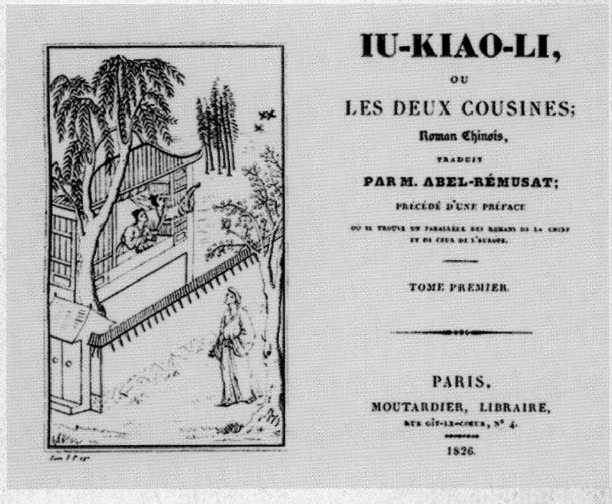

명(明)대의 인기소설 『옥교리』(玉嬌李)의 프랑스어 역본. 이 작품은 『평산냉연』(平山冷燕), 『호구전』(好逑傳)과 함께 중국보다 외국에서 더 큰 명성을 얻었다고 한다.

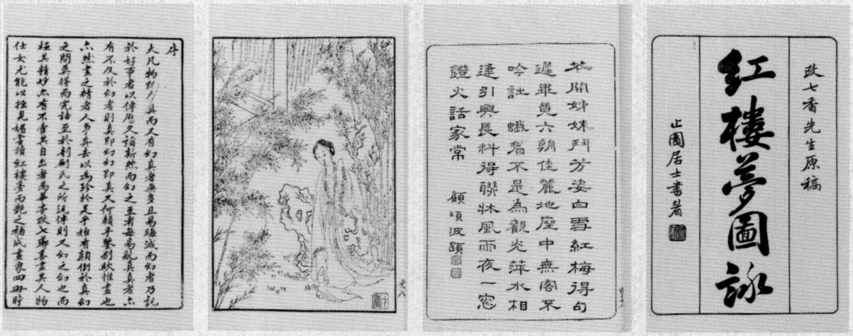

청대 인정소설(人情小說)의 대표작 『홍루몽』(紅樓夢). 조설근(曹雪芹) 작. 120회본이 유통되었는데 뒷부분 40회는 고악(高鶚)이 이어서 쓴 것으로 알려져 있다. 위 사진은 삽화가 있는 『홍루몽도영』이다.

『홍루몽』의 주요 배경인 대관원(「대관원도」의 부분. 청말 작자 미상, 中國歷史博物館 소장).

루쉰 전집

11

중국소설사략 中國小說史略

루쉰전집번역위원회 옮김

그린비

| 일러두기 |

1 이 책은 중국에서 출판된 『魯迅全集』 1981년판과 2005년판(이상 北京: 人民文学出版社) 등을 참조하여 번역한 한국어판 『루쉰전집』이다.

2 『중국소설사략』의 주석은 크게 중국어판 『魯迅全集』 9권의 각 편 말미에 달려 있는 주석과 자오징선(趙景深)의 보주(補注), 일역본의 역주 및 우리말 옮긴이의 역주로 나뉜다. 중국어판의 주석은 아무런 표시를 하지 않았고, 자오징선의 보주는 말미에 '—보주', 일역본의 역주는 '—일역본', 우리말 옮긴이의 역주는 '—옮긴이'라고 표시하여 구분했다. 참고로, 중국어판의 주석을 엮은 이가 누구인지는 분명하게 명기되어 있지 않다. 하지만 일반적으로 상하이(上海) 화둥사대(華東師大)의 궈위스(郭豫適) 교수가 중심이 되어 만들어진 것으로 알려져 있다. "1976년 연말부터 나는 수년간 베이징의 루쉰전집편집실로 파견을 나가 몇몇 루쉰 연구 전문가와 동지들과 함께 신판 『루쉰전집』을 엮고 주를 다는 작업에 참여했다."(郭預適, 『中國古代小說論集』, 上海: 華東師範大學出版社, 1987, 2판, 自序, 4쪽) 아울러 자오징선의 보주와 일역본의 서지 사항은 다음과 같다.

趙景深, 『中國小說史略旁證』, 西安 : 陝西人民出版社, 1987.

魯迅, 今村與志雄 譯, 『中國小說史略』(魯迅全集 11卷), 東京 : 學習研究社, 1986.

3 본문의 이해를 돕기 위해 옮긴이가 첨가한 부분은 대괄호([ ])를 사용하여 구분했다.

4 단행본·전집·정기간행물·장편소설 등에는 겹낫표(『 』)를, 논문·기사·단편·영화·연극·공연·회화 등에는 낫표(「 」)를 사용했다.

『루쉰전집』을 발간하며

루쉰을 읽는다, 이 말에는 단순한 독서를 넘어서는 어떤 실존적 울림이 담겨 있다. 그래서 루쉰을 읽는다는 말은 루쉰에 직면直面한다는 말의 동의어가 되기도 한다. 그런데 루쉰에 직면한다는 말은 대체 어떤 입장과 태도를 일컫는 것일까?

2007년 어느 날, 불혹을 넘고 지천명을 넘은 십여 명의 연구자들이 이런 물음을 품고 모였다. 더러 루쉰을 팔기도 하고 더러 루쉰을 빙자하기도 하며 루쉰이라는 이름을 끝내 놓지 못하고 있던 이들이었다. 이 자리에서 누군가가 이런 말을 던졌다. 『루쉰전집』조차 우리말로 번역해 내지 못한다면 많이 부끄러울 것 같다고. 그 고백은 낮고 어두웠지만 깊고 뜨거운 공감을 얻었다. 그렇게 이 지난한 작업이 시작되었다.

혹자는 말한다. 왜 아직도 루쉰이냐고. 이에 대해 우리는 이렇게 대답할 수밖에 없다. 아직도 루쉰이라고. 그렇다면 왜 루쉰일까? 왜 루쉰이어야 할까?

루쉰은 이미 인류의 고전이다. 그 없이 중국의 5·4를 논할 수 없고 중국 현대혁명사와 문학사와 학술사를 논할 수 없다. 그는 사회주의혁명 30년 동안 누구도 건드릴 수 없는 성역으로 존재했으나 동시에 사회주의 이데올로기의 금구를 타파하는 데에 돌파구가 되었다. 그의 삶과 정신 역정은 그가 남긴 문집처럼 단순하지만은 않다. 근대이행기의 암흑과 민족적 절망은 그를 끊임없이 신新과 구舊의 갈등 속에 있게 했고, 동서 문명충돌의 격랑은 서양에 대한 지향과 배척의 사이에서 그를 배회하게 했다. 뿐만 아니라 1930년대 좌와 우의 극한적 대립은 만년의 루쉰에게 선택을 강요했으며 그는 자신의 현실적 선택과 이상 사이에서 끝없이 방황했다. 그는 평생 철저한 경계인으로 살았고 모순이 동거하는 '사이주체'間主體로 살았다. 고통과 긴장으로 점철되는 이런 입장과 태도를 그는 특유의 유연함으로 끝까지 견지하고 고수했다.

한 루쉰 연구자는 루쉰 정신을 '반항', '탐색', '희생'으로 요약했다. 루쉰의 반항은 도저한 회의懷疑와 부정否定의 정신에 기초했고, 그 탐색은 두려움 없는 모험정신과 지칠 줄 모르는 창조정신에서 비롯되었다. 또한 그의 희생정신은 사회의 약자에 대한 순수하고 여린 연민과 양심에서 가능했다.

이 모든 정신의 가장 깊은 바닥에는 세계와 삶을 통찰한 각자覺者의 지혜와 존재하는 모든 것들에 대한 허무 그리고 사랑이 있었다. 그에게 허무는 세상을 새롭게 읽는 힘의 원천이자 난세를 돌파해 갈 수 있는 동력이었다. 그래서 그는 굽힐 줄 모르는 '강골'强骨로, '필사적으로 싸우며'(쩡자 掙扎) 살아갈 수 있었다. 그랬기에 '철로 된 출구 없는 방'에서 외칠 수 있었고 사면에서 다가오는 절망과 '무물의 진'無物之陣에 반항할 수 있었다. 그는 자신을 둘러싼 모든 것과 대결했다. 이러한 '필사적인 싸움'의 근저에는 생명과 평등을 향한 인본주의적 신념과 평민의식이 자리하고 있다. 이것이 혁명인으로서 루쉰의 삶이다.

우리에게 몇 가지 『루쉰선집』은 있었지만 제대로 된 『루쉰전집』 번역본은 없었다. 만시지탄의 감이 없지 않지만 이제 루쉰의 모든 글을 우리말로 빚어 세상에 내놓는다. 게으르고 더딘 걸음이었지만 이것이 그간의 직무유기에 대한 우리 나름의 답변이 될 수 있기를 희망해 본다.

번역저본은 중국 런민문학출판사에서 출판된 1981년판 『루쉰전집』과 2005년판 『루쉰전집』 등을 참조했고, 주석은 지금까지의 국내외 연구성과를 두루 참조하여 번역자가 책임해설했다. 전집 원본의 각 문집별로 번역자를 결정했고 문집별 역자가 책임번역을 했다. 이 과정에서 몇 년 동안 매월 한 차례 모여 번역의 난제에 대해 토론을 벌였고 상대방의 문체에 대한 비판과 조율의 과정을 거쳤다. 그러므로 원칙상으로는 문집별 역자의 책임번역이지만 내용상으론 모든 위원들의 의견이 문집마다 스며들어 있다.

루쉰 정신의 결기와 날카로운 풍자, 여유로운 해학과 웃음, 섬세한 미학적 성취를 최대한 충실히 옮기기 위해 노력했지만 많이 부족하리라 생각한다. 독자 제현의 비판과 질정으로 더 나은 번역본을 기대한다. 작업에 임하는 순간순간 우리 역자들 모두 루쉰의 빛과 어둠 속에서 절망하고 행복했다.

2010년 11월 1일

한국 루쉰전집번역위원회

| 루쉰전집 전체 구성 |

- 1권 _ 무덤(墳) | 열풍(熱風)
- 2권 _ 외침(吶喊) | 방황(彷徨)
- 3권 _ 들풀(野草) | 아침 꽃 저녁에 줍다(朝花夕拾) | 새로 쓴 옛날이야기(故事新編)
- 4권 _ 화개집(華蓋集) | 화개집속편(華蓋集續編)
- 5권 _ 이이집(而已集) | 삼한집(三閑集)
- 6권 _ 이심집(二心集) | 남강북조집(南腔北調集)
- 7권 _ 거짓자유서(僞自由書) | 풍월이야기(准風月談) | 꽃테문학(花邊文學)
- 8권 _ 차개정잡문(且介亭雜文) | 차개정잡문 2집 | 차개정잡문 말편
- 9권 _ 집외집(集外集) | 집외집습유(集外集拾遺)
- 10권 _ 집외집습유보편(集外集拾遺補編)

- 11권 _ 중국소설사략(中國小說史略)
- 12권 _ 한문학사강요(漢文學史綱要) | 고적서발집(古籍序跋集) | 역문서발집(譯文序跋集)
- 13권 _ 먼 곳에서 온 편지(兩地書) | 서신 1
- 14권 _ 서신 2
- 15권 _ 서신 3
- 16권 _ 서신 4
- 17권 _ 일기 1
- 18권 _ 일기 2
- 19권 _ 일기 3
- 20권 _ 부집

| 루쉰전집 11권 · 목차 |

• 중국소설의 역사적 변천

중국소설사략 中國小說史略

中國小說史略 魯迅

이 책은 본래 작자가 베이징대학(北京大學)에서 가르칠 때의 강의 노트로, 뒤에 수정 증보를 거쳐, 우선 1923년과 1924년에 베이징대학 신조사(新潮社)에서 『중국소설사략』(中國小說史略)이라는 제목으로 상 · 하 두 권으로 출판되었고, 1925년 베이징 베이신서국(北新書局)에서 한 권으로 합쳐 출판되었다. 1931년에는 베이신서국에서 수정본 초판이 출판되었으며, 1935년 제10판이 나올 때 다시 일부 개정을 하였다. 이후에 나온 판본들은 모두 제10판과 동일하다.

[이 책의 영역본에는 비슷한 내용의 편집자 주가 이 책의 첫머리에 있는데, 앞부분의 내용은 다음과 같다. "『중국소설사략』은 루쉰이 1920년에서 1924년 사이에 베이징대학에서 가르쳤을 때 강의노트로 사용했던 것으로부터 나왔다. 1923년 겨울에 첫째 권이 인쇄되었으며, 1924년 6월에 두번째 권이 나왔다. 1925년 9월에는 이것들이 한 권의 책으로 인쇄되었다. 1930년대에는 저자가 몇 가지 수정을 가했다. 그러나 그 이후로는 모든 판본들이 똑같다."(Lu Hsun, translated by Yang Hsien-yi and Gladys Yang, *A Brief History of Chinese Fiction*, Peking: the Foreign Language Press, First Edition 1959/Third Edition 1976/Second Printing 1982) — 옮긴이]

제기[1)]

소설사를 강의하던 때를 되돌아보니 이미 10년이 지났고,[2)] 이 보잘것없는 책이 인쇄된 지도 이미 칠 년 전의 일이 되어 버렸다.[3)] 뒤에 연구 기풍이 자못 성행하여 때로 깊숙하고 은밀하게 감추어져 있던 사실들이 드러나고 밝혀졌다는 소문이 들려오기도 했다. 이를테면 시오노야 세쓰잔 교수[4)]가 원대元代에 간행된 전상평화잔본全相平話殘本 및 '삼언'三言을 발견하여 고찰한 것은 소설사에 있어 실로 큰 의의가 있는 일이었다.[5)]

중국에 한 논자[6)]가 있어 일찍이 조대朝代별로 쓴 소설사가 있어야 한다고 했던 것 역시 근거 없는 말은 아닐 것이다. 필자의 소략한 이 책은 일찍이 진부한 이야기가 되어 버렸으나, 다만 별다른 새 책이 나온 것이 없어, 아직 독자가 있을 것이기에 다시 인쇄에 부치기로 했다. 이에 내용적으로 바뀐 점이 있어야 할 것이나, 그동안 떠돌아다니느라 이쪽 방면의 공부를 덮어 둔 지가 이미 오래되었고, 옛날에 써두었던 것도 이미 구름처럼 연기처럼 흩어져 버렸기 때문에, 단지 제14, 15편 및 21편만을 조금 손보았을 따름이다.[7)] 나머지는 달리 새로운 것 없이 대체로 그 전에 써둔 것을 그대로 사용하였다. 대기만성이라고는 하나 질그릇이 만들어진 지가 이미 오래되어 비록 연명은 하고 있으나 그 황량함에 비애를 느끼게 된다. 이에 교정을 마치고 나니 마음이 어둡고 답답할 따름[8]이며, 진실로 훌륭한 걸작이 후학들의 손에 의해 나올 것을 바랄 뿐이다.

1930년 11월 25일 밤

루쉰 쓰다

주)

1) 원제는 「題記」.
2) 루공(路工)은 「『중국소설사대략』에서 『중국소설사략』으로」(從『中國小說史大略』到『中國小說史略』; 이하 '루공의 글'이라 약칭한다)에서 다음과 같이 말했다. "1920년 루쉰 선생이 베이징대학 문과에서 중국소설사를 강의하면서 당시 4호 자로 배인(排印)하여 『중국소설사대략』을 강의하셨다. 이것이 『중국소설사략』의 전신이다. 이 강의본을 …… 신조사에서 발행된 초판본 『중국소설사략』과 대조해 보면, 전서의 서술과 평가의 관점이 일치한다. 하지만 내용이 증가되었고, 문장도 수정이 가해졌다." 이 글은 1972년 5월의 『문물』(文物) '혁명문물특간'(革命文物特刊) 46쪽에 보인다.— 보주
3) 루공의 글에서는 다음과 같이 말했다. 『중국소설사략』은 "북대 제1원(北大第一院) 신조사에서 발행된 초판본으로 상·하 두 권으로 나뉘어 있다"(상권은 1923년 12월에 출판되었고, 하권은 1924년 9월에 출판되었다). 이 내용을 검토해 보자면, 루쉰의 일기에는 1924년 6월 20일 이 책이 인쇄되었다고 기록되어 있다. 이때의 서명에는 '대'(大)자가 생략되고, 28편으로 증가되었으며, 강의본에서 '명대의 신마소설' 상·하 두 편으로 되어 있던 것이 상·중·하 세 편으로 고쳐져 있다.— 보주
4) 시오노야 세쓰잔(鹽谷節山, 1878~1962). 이름은 시오노야 온(鹽谷溫)으로 세쓰잔은 그의 호이다. 일본의 중국학자(漢學家)로서 『중국문학개론강화』(支那文學概論講話) 등의 저술이 있다. 그는 『명의 소설 '삼언'에 관하여』(關于明的小說"三言")라는 저서에서 새로 발견된, 원대(元代)에 간행된 전상평화오종(全相平話五種) 및 삼언을 소개하였다(1924년 일본 한학잡지 『사문』斯文 제8편 제6호에 실림). [1929년 6월 카이밍서점(開明書店)에서 이 글의 번역문을 시오노야 온의 『중국문학개론강화』 번역본 뒤에 부록으로 실었다.— 보주] '평화오종'과 '삼언'에 대해서는 이 책의 제14편과 제21편을 참고할 것. [시오노야 온은 1878년 도쿄에서 출생, 도쿄제국대학 문과대학 한문학과를 졸업하고, 1904년에 가쿠슈인(學習院) 교수가 되었으며, 1906년에는 도쿄대학 조교수가 되었다.

뒤에 독일에 유학을 다녀왔으며, 1920년에 문학박사가 되었고, 뒤에 문과대학 교수가 되었다가, 1938년에 퇴직하였다.—옮긴이]

5) 시오노야 온이 1926년에 발표한 명대의 통속 단편소설에 관한 논문은 다음과 같다.「명대의 통속단편소설」(明代の通俗短篇小說),『개조』(改造) 8권 8호 '현대중국호'(現代支那號), 1926年 7月.「명의 소설『삼언』에 관하여」(明の小說『三言』に就て),『사문』(斯文) 제8편 제5호, 6호, 7호, 1926. 또『사문』제8편 제9호의 말미에는「송명통속소설전류표」(宋明通俗小說傳流表)가 실려 있다. 시오노야 온이『사문』에 3회에 걸쳐 연재한 논문은 1926년 6월 26일에 사문회에서 행한 강연을 활자화한 것이다.『개조』에 실린 논문은 같은 강연의 요지를 다시 요약한 것인 듯하다.—일역본

6) 여기에서의 논자는 정전둬(鄭振鐸)를 가리킨다. 본편의 수고(手稿)에는 원래 다음과 같이 되어 있었다. "정전둬 교수가 조대별로 나눈 소설사가 마땅히 있어야 한다고 했던 말은 또한 근거 없는 견해는 아닐 것이다."(鄭振鐸教授之謂當有以朝代爲分之小說史, 亦殆非膚泛之論也)

7) 제14, 15편 가운데에는 원간 전상평화 오종(元刊全相平話五種)의 서술이 증가되어 있다. 제21편에는『박안경기』(拍案驚奇) 초이각(初二刻)의 서술이 증가되어 있다.—보주

8) 본래 한글 번역본 초판에서는 "서운할 따름"으로 옮겼었다. 그러나 이등연은 이 대목을 "(마음이) 어둡고 서글플 따름"으로 고칠 것을 제안하였다. 이등연,「『중국소설사략』, 신화에서 현실까지」,『중국소설연구회보』제37호, 한국중국소설학회, 1999. 3, 22쪽. 이러한 지적은 여러모로 루쉰의 본래 의도를 한층 더 분명하게 드러내 주는 것이라 할 수 있다. 하지만 나는 여기에서 단순히 서글픈 감정보다는 오히려 "답답한" 것이 루쉰의 심정을 더 잘 나타내 줄 수 있다고 생각하여 위와 같이 고쳐 보았다.—옮긴이

서언

중국의 소설에 대해서는 이제껏 사적으로 고찰해 놓은 저작물이 없었다. 있다면 우선 외국인이 지은 중국문학사[1] 가운데에서 찾아볼 수 있고,[2] 뒤에 중국인이 지은 것 가운데에도 있기는 했으나 그 분량이 모두 전체의 십분의 일도 안 되었기에 소설에 대한 서술은 여전히 상세하지 못했다.[3]

이 원고는 비록 전문적인 소설사이긴 하지만 역시 대략적일 따름이다. 필자인 내가 3년 전에 우연히 소설사를 강의하게 되었을 때, 내 스스로 말주변이 없어 듣는 사람들 가운데 혹 이해 못 하는 사람이 있을까 염려되어 그 개요를 간단히 적어 등사해서[4] 그들에게 나누어 주었던 것이다. 또 이것을 필사하는 사람의 노고를 염려해 전체를 다시 문언문으로 축약하고, 그 예문을 줄여 개요만을 만들어 오늘날까지 쓰고 있는 것이다.

그러나 결국 인쇄에 부치게 된 것은, 이미 등사를 여러 차례 하다 보니, 그 일을 맡은 사람이 진즉이 지쳐 버려, 활자로 배인排印하여 내는 것만이 오히려 수고를 더는 일이 되겠기에 인쇄하게 된 것이다.

편집하고 등사하는 동안 네댓 명의 친구가 책을 빌려 주기도 하고,[5] 교열에 도움을 주기도 했는데,[6] 3년 동안 한결같은 후의를 보내 주었다.

이에 이 자리를 빌려 감사의 뜻을 전한다.

1923년 10월 7일 밤

베이징에서 루쉰이 적다

주)

1) 외국인이 지은 중국문학사 가운데 가장 이른 것은 러시아의 바실리예프(Василий Павлович Васильев, 1818~1900)의 『중국문학강요』(中國文學綱要, 1880년 상트 페테르부르크 출판)와 일본의 스에마쓰 겐초(末松謙澄)의 『중국고문학약사』(中國古文學略史, 1882년 도쿄 출판), 영국의 자일스(Herbert Allen Giles)의 『중국문학사』(中國文學史, 1900년 런던 출판)와 독일의 그루베(Wilhelm Grube)의 『중국문학사』(中國文學史, 1902년 라이프치히 출판) 등이 있다. 중국인의 저작으로는 20세기 초 린촨자(林傳甲)의 『중국문학사』(中國文學史, 1904)와 더우징판(竇警凡)의 『역조문학사』(歷朝文學史, 1906), 황런(黃人)의 『중국문학사』(中國文學史, 1907) 등이 있는데, 소설에 대해서는 이야기하지 않거나 거의 언급하지 않았다. 1918년 출판된 셰우량(謝無量)의 『중국문학사』(中國文學史)는 모두 63장으로 이루어져 있는데, 단지 6개의 장절에서만 소설을 언급했을 뿐이다.
2) 외국인이 지은 중국문학사 가운데 보이는 중국소설은 대개 자일스의 『중국문학사』(*A History of Chinese Literature*, 1900)를 가리킨다. 이 책은 모두 8권으로, 제6권 원대문학 3장 가운데 제3장이 '소설'이고, 제7권 명대 문학 3장 가운데 제2장이 '소설과 희극'이며, 제8권 4장 가운데 제1장은 '요재지이와 홍루몽'(聊齋志異與紅樓夢)으로 소설이 차지하고 있는 편폭은 전서(全書)의 십 분의 일밖에 안 된다.— 보주
그러나 이러한 자오징선의 주장에 대해 이등연은 다른 의견을 제시하였다. 곧 "중국문학사 서술 초창기에 중국인이 아닌 '외국인'이 쓴 것"으로는 위의 자일스의 것과 그루베의 『중국문학사』(*Geschichte der chinesischen Litteratur*, 1902) 말고도 "일본 고조 데이키치(古城貞吉)의 『중국문학사』(支那文學史, 1897)와 사사카와 다네오(笹川種郞)의 『중국문학사』(支那文學史, 1898)"가 있을 뿐 아니라, "이들보다 더 빠른 것으로 러시아 한학자 바실리예프의 『중국문학강요』(Очерки истории китайской литературы, 1880)" (리푸칭李福淸, 『소련에서의 중국 고전문학 연구』中國古典文學硏究在蘇聯, 學生書局, 1991, 3~4쪽과 중유민鍾優民, 『문학사방법론』文學史方法論, 時代文藝出版社, 1996, 19쪽 참고)도 있다는 것이다. 이등연, 「주요 중국문학사의 소설 장르 서술관점 분석」, 『중국어문논총』 제15집, 중국어문학회, 1999, 207~208쪽.— 옮긴이
3) 중국인이 지은 것으로 비교적 이른 시기에 나왔고 분량 또한 비교적 많은 문학사로는 셰우량(謝无量)의 『중국문학사』(1918)가 있는데, 이 책은 10권으로 소설을 다룬 부분은 오히려 한 무제(漢武帝) 때의 '골계파 및 소설'과 '원대의 소설' 2절 및 '진(晋)의 역사가

와 소설가', '송대의 사곡소설(詞曲小說)', '명대의 희곡소설(戲曲小說)', '청대의 희곡소설' 4장에 지나지 않아 전서(全書)의 십 분의 일도 안 된다. 그러므로 소설의 원류(源流)와 역사적 변천을 상세하게 다룰 수 없는 것은 당연하다.—보주
이 부분에 대해서도 이등연은 다른 견해를 제시하였다. 곧 린촨자와 셰우량의 『중국문학사』 중간, 즉 1905~1909년 사이에 나왔을 것으로 추정되는 황런의 『중국문학사』가 존재했다는 것이다. 아울러 이등연은 린촨자의 문학사가 소설을 배척했던 데 반해, 황런의 경우에는 오히려 소설을 중시했다는 사실을 지적하였다. 이등연, 앞의 글, 218쪽.—옮긴이

4) 여기에서 말하는 등사라는 것은 좀더 엄밀히 말하면, 등사 원지에 철필로 긁어서 인쇄하는 것이 아니다. 루쉰이 이 글을 썼던 당시에는 붓에 약물을 적셔서 등사원지에 글을 쓰고 이것을 등사했다. 그래서 원문은 '사인'(寫印)이라고 했다. 좀더 자세한 것은 자오징선(趙景深)의 「루쉰의 『소설사대략』을 말함」(談魯迅的『小說史大略』), 『중국소설사략방증』(中國小說史略旁證), 산시런민출판사(陝西人民出版社), 1987, 150쪽을 볼 것.—옮긴이

5) 루쉰의 일기에 의하면 1920년 2월 14일에 첸쉬안퉁(錢玄同)이 『삼국연의』와 『수호』를 합간(合刊)한 『한송기사』(漢宋奇事) 20책을 빌려 주었고, 1921년 2월 28일에는 장랑성(張閬聲)이 『청쇄고의』(青瑣高議) 잔본 1책을 빌려 주었으며, 1922년 2월 17일에는 선인모(沈尹默)가 『유선굴초』(游仙窟抄) 일부 양본(一部兩本)을 빌려 주었고, 1923년 7월 7일에는 마유위(馬幼漁)가 잔본 『삼국지연의』 18본과 『청쇄고의』 1부를 빌려 주었다고 기록되어 있다.—보주

6) 루쉰의 일기에 의하면 1923년 10월 8일에 쑨푸위안(孫伏園)에게 부탁하여 『중국소설사략』 상책(上冊)을 인쇄에 부쳤고, 1924년 3월 8일에는 쑨푸위안에게 하책의 인쇄를 부탁하였다고 한다. 당시 쑨푸위안은 『천바오 부간』(晨報副刊)의 편집을 맡고 있었는데, 아마 이 책이 천바오사에서 배인되었기 때문에 쑨푸위안에게 교감을 부탁한 것일 것이다.—보주

제1편 사가(史家)의 소설에 대한 기록과 논술

소설이란 말은 옛날에 장주莊周가 말한 "하찮은 의견을 치장하여 높은 명성과 훌륭한 명예를 얻으려 한다"飾小說以干縣令[1](『장자』「외물」)고 하는 대목에 보인다.[2] 그러나 이 말의 실제적인 의미를 고찰해 보면, 하찮은 이야기라고 하는 것은 도술道術이 없다는 것으로서 이것은 이른바 후대에 일컬어지는 소설과는 다른 것이다. 환담桓譚[3]은 "소설가와 같은 무리들은 자질구레하고 짧은 말들을 모아, 가까운 것에서 비유적인 표현을 취해 짧은 글短書[4]을 만들었으니, 자기 한 몸을 수양하고 집안을 건사하는 데 볼 만한 말이 있었다"[5](이선李善 주注『문선』文選 31에 인용된『신론』新論)라고 하였는데, 이때에 이르러 소설의 관념은 비로소 후대의 그것과 비슷해졌다. 하지만『장자』에서 "요임금이 공자에게 물었다"[6]고 한 대목이나,『회남자』에서 "공공이 황제의 자리를 다퉈 땅을 이은 끈이 끊어졌다"[7]라는 등의 대목들에 대해서는 당시에도 역시 대부분의 사람들이 "짧은 글은 [일상생활에] 별 도움이 안 된다"[8]고 생각했다. 그러므로 여기에서 말하는 소설이라고 하는 것은 여전히 우언寓言이나 신기한 이야기의 기록異記을 일컫는 것으로, 경전經典을 근본으로 삼지 않아 유가의 도리道理에 배치되는 것이었다. 후세에는 여러 설들이 더욱 많아졌으나, 여기에서 다 거론하지는 않을 것이다. 다만 사서史書에서 그것을 고찰해 볼 것인데, 그 까닭은 [중국에서는] 역대로 문예를 논단하는 것 역시 본래부터 사관의 소임이었기 때문이다.

진秦나라 때에는 서적들을 태워 없애 백성黔首들을 어리석게 만들었는데,[9] 한漢나라가 흥기한 뒤에는 전적들을 널리 거두어들이고 사관寫官을 두었다. 또 성제成帝[10]와 애제哀帝[11] 두 황제는 앞뒤에 걸쳐 유향劉向과 그의 아들 흠歆으로 하여금 비부秘府[12]에서 서적을 교정하게 하였는데, 흠은 이에 여러 서적들을 종합해 『칠략』을 지어 올렸다.[13] 『칠략』은 지금은 없어졌는데, 반고가 『한서』를 지을 때[14] 그 요점을 추려 내어 『예문지』를 만들고는 그 세번째를 「제자략」諸子略이라 하였다. 여기에는 십가十家가 수록되어 있으나 "볼 만한 것은 구가뿐"[15]이라고 하여 소설은 제외하였다. 그렇지만 권말에 소설에 관한 15종의 저작의 명칭을 부기했다. 반고는 『예문지』에 스스로 주를 달았는데, 그 가운데 "아무개에 의하면 운운"某曰云云이라고 한 것은 당대의 안사고[16]가 주注를 단 것이다.

『이윤설』伊尹說 27편.[17] 그 말이 천박하여 의탁한 듯하다.

『육자설』鬻子說 19편.[18] 후세에 가필한 것이다.

『주고』周考 76편.[19] 주나라의 일을 고찰한 것이다.

『청사자』青史子 57편.[20] 옛날 사관史官이 사실을 기록한 것記事이다.

『사광』師曠 6편.[21] 『춘추』에 보인다. [『춘추』에 실린] 그 말이 천박한 것으로 보아 본래 이것과 같은 것으로, 따라서 [『춘추』에 실린 내용은] 이것을 가탁한 것일 것이다.

『무성자』務成子 11편.[22] 요가 물었다고 한 것은 고어古語와 어긋난다.

『송자』宋子 18편.[23] 손경孫卿에 의하면, "『송자』는 그 주장하는 바가 황제와 노자의 사상"[24]이라고 하였다.

『천을』天乙 3편.[25] 천을은 탕湯을 말하는데, 그가 은나라 때를 말한 것은 모두가 가탁한 것이다.

『황제설』黃帝說 40편. 진부하고 황당한 것으로 보아 가탁한 것이다.

『봉선방설』封禪方說 18편. 무제武帝 때이다.

『대조신요심술』待詔臣饒心術 25편. 무제 때이다. 안사고에 의하면,[26] "유향의 『별록』別錄에서는 '요는 제齊나라 사람으로 그 성은 알 수 없고, 무제 때 대조待詔였다. 책을 지어 이름을 『심술』心術이라 했다'"[27]라고 하였다.

『대조신안성미앙술』待詔臣安成未央術 1편. 응소應邵는 "도가이다. 양생의 일을 잘했고, 미앙의 술을 행하였다"[28]라고 하였다.

『신수주기』臣壽周紀 7편. 항국項國의 어圉지방 사람으로 선제宣帝 때이다.

『우초주설』虞初周說 943편. 하남河南 지방 사람이다. 무제 때 방사시랑方士侍郎으로, 황거사자黃車使者라고 불렀다. 응소는 "그의 설은 『주서』周書를 바탕으로 하였다"라고 했고, 안사고는 "『사기』에서는 '우초는 낙양洛陽 사람이다'라고 하였으니, 곧 장형張衡의 『서경부』西京賦에서 '소설 구백九百은 본래 우초로부터 나왔다'라고 했던 바로 그 사람이다"라고 했다.

『백가』百家 139권.

이상 소설 15가 1,380편.[29]

소설가 무리는 대개 패관稗官에서 나왔으며, 길거리와 골목의 이야기나 길에서 듣고 말한 것으로 지었다. 공자께서 말씀하시기를,[30] "비록 작은 기예라 할지라도 거기에는 반드시 볼 만한 것이 있을 것이나, 너무 깊이 빠져들어 헤어나지 못할까 두려우니", 그래서 군자는 그것에 종사하지 않는 것이다[31]라고 하셨다. 그러나 [그렇다고 해서] 없애지도 않았는데, [그 까닭은] 마을에서 어쭙잖은 지식을 가진 이가 한 말이라도 가능한 수집 보존하여 잊혀지지 않도록 하였기 때문이었다. [그러므로] 어쩌다 한 마디라도 취할 만한 것이 있다 하더라도, 그것 역시 꼴 베는 사람이나 나무꾼 또는 정신 나간 이의 의견일 따름이다[32)][33)].

위에 기록된 15가 가운데 양梁나라 때에는 이미 『청사자』 1권만이 남아 있었는데, 수隋나라 때에 와서는 그것마저도 없어졌다. 다만 반고의 주로 미루어 보면, 이러한 책들은 대부분 고대의 인물에 가탁한 것이 아니면, 고대의 사적事跡을 기록한 것일 것이다. 고대의 인물에 가탁한 것은 제자諸子에 가깝지만 천박하고, 고대의 사적을 기록한 것은 사서史書에 가깝지만 신빙성이 결여된 것이었다.

당 정관貞觀 연간[627~649년경]에 장손무기[34] 등이 『수서』隋書를 수찬할 때, 『경적지』는 위징[35]이 지었다. 이것은 진晋나라 때 순욱[36]의 『중경부』中經簿를 바탕으로 했지만, [분류법을] 약간 고쳐서 경·사·자·집經史子集의 4부로 나누고, 소설은 이에 따라 자부에 집어넣었다. 거기에는 『연단자』[37]를 제외하고는 진晋 이전의 책들은 기술되어 있지 않은데, 따로 담소하고 응대하는 것을 기록하고, 기예나 기물器物, 오락을 서술한 것이 덧붙여지긴 했지만, 그것[소설]의 정의는 여전히 『한서·예문지』(앞으로는 『한지』漢志라 줄여 부르기로 하겠다)를 따랐다.

소설은 길거리와 골목의 이야기로서 『좌전』에는 수레를 모는 사람의 송가가 실려 있고, 『시경』에서는 나무꾼에게 물은 [군주를] 찬미하고 있다. 고대에는 성인이 황제의 지위에 있고, 사관은 기록을 했으며, 맹인은 노래를 불렀고, 직인職人은 훈계하고 간언했으며, 대부는 살펴 권고하고, 사인士人은 의론을 전하며, 서민들은 되는대로 지껄였다. 이른 봄에는 목탁을 두드리고 다니면서 [민간의] 가요를 수집하게 하였는데, 성省을 순찰하는 사람은 백성들의 시를 살펴봄으로써 그 풍속을 파악하여 잘못된 것이 있으면 고쳐서 바로잡았다. 길거리에서 아무렇게나 내뱉어지고 들려 온 이야기라도 기록되지 않은 것이 없었다. 곧 『주관』周官에서 송훈誦訓은 지방의 기록을 말함으로써 자신이 폭넓게 관찰한 사물을 왕에게 아뢰고, 지방에서 금기시되고 있는 것들을 말함으로써[38] 왕으로 하여금 그것을 피하도록 하는 것을 맡아보았으며, 직방씨는 각지의 실정과 그곳의 군신이 생각하고 있는 바를 진술하고 각지에서 전승되고 있는 것을 읽고 그 가운데 감추어져 있는 사물衣物을 관찰하고 기록하는 것을 맡아보았던 것이 바로 그것이다.[39] 이에 공자께서 말씀하시기를, "비록 작은 기예라 할지라도 거기에는 반드시 볼 만한 것이 있을 것이나, 너무 깊이 빠져들어 헤어나지 못할까 두렵다"고 하였던 것이다.[40]

[오대五代의] 석진石晋[41] 때 유구劉昫 등은 위술韋述의 구사舊史에 따라 『당서·경적지』唐書經籍志(앞으로는 『당지』唐志라 줄여 부르기로 하겠다)를 지었다. 이것은 곧 무경毋煚 등이 수찬한 『고금서록』을 바탕으로 하였으나,[42] 간략하게 하기 위해서 소서小序와 설명을 삭제해 버렸기 때문에,[43] 이로부터 역사가에 의한 논평은 볼 수 없게 되었다. 기록되어 있는 소설 역시 『수서·경적지』(앞으로는 『수지』隋志라 줄여 부르기로 하겠다)와 별로 차이가 없지만, [완전히] 없어진 책은 삭제해 버리고 장화張華의 『박물지』[44] 10권을 첨가하였다. 이 책은 『수지』에서는 원래 잡가雜家에 속해 있었는데, 이 때에 와서 소설의 부류에 들게 되었다.

송의 황우皇祐 연간[1049~1053년경]에 증공량[45] 등은 칙명에 의해 구당서舊唐書에 손을 대, [신당서新唐書를] 편집하였다. 그런데 그 '지'志의 일부분을 편집했던 사람은 구양수[46]였다. 그의 『예문지』(앞으로는 『신당지』新唐志로 줄여 부르기로 하겠다)에서는 진晉으로부터 수隋에 이르기까지의 저작이 크게 늘어났다. 곧 장화의 『열이전』列異傳과 대조戴祚의 『견이전』甄異傳으로부터 오균吳均의 『속제해기』續齊諧記 등에 이르기까지 선인仙人과 귀신을 기록한 것志神怪者이 15가家 115권이고,[47] 왕연수王延秀의 『감응전』感應傳으로부터 후군소侯君素의 『정이기』旌異記 등에 이르기까지 인과의 도리를 설명한 것이 9가 70권이다.[48] 이러한 저작들은 이전의 서지書誌에 본래 수록되어 있었으나, 모두 사부 잡전류史部雜傳類에 속해 있어서 지방의 노인耆舊, 은자高隱, 효자孝子, 충실한 관리良吏, 열녀烈女 등의 전기傳記와 같은 범주에 속해 있었다. 그러다가 이때에 이르러 비로소 격하되어 소설이 되었고, 마침내 사부에는 귀신이나 선인의 전기가 없어지게 되었다. 그밖에 당대 사람의 저작이 증보되었다. 이서의 『계자습유』誡子拾遺[49] 등과 같은 교훈물, 유효손의 『사시』事始[50] 등과 같은 전고典故를 열거한 것, 이부의 『간오』刊誤[51] 등과 같은 오류를 바로잡은 것, 육우의 『다경』茶經[52] 등과 같은 기호를 기록한 것이 이러한 부류에 들게 되어, 그 범주가 더욱 다양하게 되었다. 원대에 편찬된 『송사』宋史에서도 달라진 것은 없었으니, 번잡함만 가중되었을 따름이다.

명대 호응린胡應麟[53](『소실산방필총』少室山房筆叢 28)은 소설이 번성해져서 파별派別이 불어나게 되자, 이에 그 전체를 종합하여 [소설을] 여섯 종류로 나누었다.[54]

첫째, 지괴志怪 : 『수신』搜神 『술이』述異 『선실』宣室 『유양』酉陽과 같은 것.[55]

둘째, 전기傳奇 : 『비연』飛燕 『태진』太眞 『최앵』崔鶯 『곽옥』霍玉과 같은 것.[56]
셋째, 잡록雜錄 : 『세설』世說 『어림』語林 『쇄언』瑣言 『인화』因話와 같은 것.[57]
넷째, 총담叢談 : 『용재』容齋 『몽계』夢溪 『동곡』東谷 『도산』道山과 같은 것.[58]
다섯째, 변정辯訂 : 『서박』鼠璞 『계륵』鷄肋 『자가』資暇 『변의』辯疑와 같은 것.[59]
여섯째, 잠규箴規[60] : 『가훈』家訓 『세범』世範 『권선』勸善 『성심』省心과 같은 것.[61]

청 건륭 연간에 칙명에 의하여 『사고전서총목제요』[62]가 편찬될 때, 기윤紀昀에게 그것을 총괄하는 임무가 맡겨졌다. [기윤은] 소설을 따로 삼파三派로 크게 나누었지만, [그의 견해는] 이전의 서지의 기술을 답습하고 있었다.

…… [소설의] 원류와 파별을 더듬어 보면 모두 세 파가 있다. 그 하나는 잡사雜事를 서술한 것이고, 다른 하나는 이문異聞을 기록한 것이며, 또 하나는 쇄어瑣語를 엮어 놓은 것이다. 당·송 이후에는 작가가 더욱 많아져 그 가운데에는 근거 없는 내용으로 진실성이 없는 것도 있고, 허무맹랑한 괴담으로 듣는 이를 현혹케 하는 것도 적지 않았으나, [읽는 이에게] 교훈적인 의미가 깃들어 있거나 견문을 넓혀 주며 고증에 도움이 될 만한 것도 그 속에 섞여 있었다. 반고는 "소설을 짓는 사람들은 대부분 패관稗官에서 나왔다"라고 말했는데, 여순[63]의 주에 의하면, "임금이 마을의 풍속을 알고자 하였기에 패관을 두어 그것을 말하게 하였던 것이다"라고 하였다. 그렇다고 한다면, 널리 구하여 채집하는 것 역시 옛 제도이므로 번잡하다고 해서 반드시 폐기할 것만은 아니다. [여기에서는 그 가

운데] 기품 있는 것들을 선별하여 기록함으로써 견문을 넓히되, 비루하고 황당무계하여 [사람들의] 이목을 어지럽히는 것은 물리치고 싣지 않을 것이다.

『서경잡기』[64] 6권, 『세설신어』 3권,……

이상은 소설가류類의 잡사에 속한 것.

……

『산해경』 18권, 『목천자전』 6권, 『신이경』 1권,……[65]

『수신기』 20권,…… 『속제해기』 1권,……

이상은 소설가류의 이문에 속한 것.

……

『박물지』 10권, 『술이기』 2권, 『유양잡조』 20권, 『속집』續集 10권,……

이상은 소설가류의 쇄어에 속한 것.……[66]

위의 세 파는 호응린의 분류와 비교한다면, 실은 두 종류에 그친다. 그 앞의 하나는 곧 잡록雜錄이고, 그 뒤의 둘은 곧 지괴志怪로서, 다만 사실을 분석하고 서술함에 있어 조리가 있고 연관성이 있는 것을 이문이라 하고, 단편적인 사실을 초록鈔錄한 것을 쇄어라 했을 따름이다. 전기傳奇는 기록하지 않았다. 총담叢談, 변정辯訂, 잠규箴規의 세 종류는 잡가雜家로 귀속시켰다. 소설의 범위는 이때부터 약간 분명해지게 되었다. 그러나 『산해경』과 『목천자전』은 이로부터 격하되어 소설에 편입되었다. 이에 대해서는 다음과 같은 말이 덧붙어 있다.

『목천자전』은 옛적에는 모두 기거주[67]의 류에 넣었었다. …… 그러나 [이것들은] 실은 흐릿하고 근거 없는 황당한 말로서, 『일주서』逸周書[68]와는 비할 바가 못 된다. …… 믿을 만한 사서史書로 여겨 이것을 기록한다면, 곧 사체史體가 혼잡해지고 사례史例가 파괴될 것이다. 이제 [이것들을 격하시켜] 소설가류에다 편입시키는 것은 그 의미에 있어 타당성을 추구하려는 데 있는 것이므로 예부터 내려오던 관례를 변화시키는 것을 꺼려할 필요는 없는 것이다.[69]

이로부터 소설의 지괴류 중에는 본래 가탁한 것이 아닌 사료史料까지도 섞여 들어가게 되었고, 사부史部에는 전설적인 요소를 많이 포함한 문장은 수록되지 않게 되었다.

송의 평화平話와 원·명의 연의演義는 예부터 민간에 성행했기 때문에, 그 책도 자연 매우 많았으나 사지史志에는 모두 수록되지 않았다. 오직 명의 왕기王圻가 지은 『속문헌통고』[70]와 고유高儒가 지은 『백천서지』[71]에서는 모두 『삼국지연의』와 『수호전』이 수록되었고, 청초淸初의 전증錢曾이 지은 『야시원서목』[72]에도 통속소설 『삼국지』 등 3종과 송대 사람의 사화 『등화파파』[73] 등 16종이 수록되었다. 그러나 『삼국지』와 『수호전』은 가정嘉靖 연간[1522~1566년경]의 도찰원 각본[74]이 있어, 세상 사람들은 관에서 편찬한 책官書처럼 보았기 때문에 수록될 수 있었으나, 이후의 서목에는 기록되지 않았다. 전증의 경우에는 오로지 수집하려는 목적으로 판본만을 중시했기 때문에 옛날에 나온 판본이라는 이유만으로 기록한 것도 있었으니, 문학과 예술에 대한 진정한 이해가 있었던 것은 아니었으므로 마침내 선례로부터 벗어나게 되었던 것이다. 역사가들의 견해는 한대로부터 오늘에 이르기까지 대략 같다. 즉 목록 역시 역사학의 한 지류였던 만큼 [그런 의미에서] 역사학자가 자신의 본분을 넘어선다는 것은 실로 어려운 일이었던 것이다.

주)

1) "하찮은 의견을 치장하여 높은 명성과 훌륭한 명예를 얻으려 한다"(飾小說以干縣令). 이 말은 『장자』(莊子) 「잡편(雜篇)·외물(外物)」에 보인다. 현령(縣令)이라고 하는 것에 대해, 루쉰은 『중국소설의 역사적 변천』[이 책의 뒷부분 글]에서 다음과 같이 말했다. "'현'은 높다는 것으로 높은 명성(高名)을 말한다. '령'은 훌륭하다는 것으로 훌륭한 명예(美譽)를 말한다."

2) 이 대목은 『장자』 「외물」 제26에 보인다. 간(干)은 '구한다'(求)는 뜻이고, 현(縣)은 옛날에는 현(懸)과 통하는 것으로 '높다'(高)는 뜻이며, 령(令)은 '훌륭한 명예'(美譽)라는 뜻이다. 이 문장의 의미는 자질구레한 말을 꾸며 내어 높은 명성과 훌륭한 명예를 구한다고 하는 것이다. 이 문장의 다음은 "그것은 크게 통달하는 것과는 거리가 먼 일이 될 것"(其于大達亦遠矣)이라고 하는 구절이다. "하찮은 이야기"(小說)를 "크게 통달하는 것"(大達)과 대조시킨 것으로, 이것이 대도(大道)와는 무관한 말을 가리키는 것일 뿐, 일종의 문학양식을 가리키는 것은 아니라는 사실을 알 수 있다. 이것은 바로 루쉰이 『중국소설의 역사적 변천』에서 말한 "후대에 일컫는 소설과도 다른 것"(和後來的所謂小說幷不同)이라는 것과 같은 것이다.—보주

3) 환담(桓譚, B.C.?~56)의 자(字)는 군산(君山)이고, 동한(東漢) 패국(沛國)의 상(相; 지금의 안후이성 화이베이시淮北市) 사람으로, 관직은 의랑급사중(義郞給事中)에 이르렀다. 『신론』(新論)을 지었는데, 『수서·경적지』(隋書經籍志)에 17권으로 기록되어 있으나, 지금은 없어졌다. 지금 남아 있는 것은 청대 사람의 집본(輯本)이다. 여기에 인용된 "소설가는 자질구레하고 하찮은 말들을 모아"(小說家, 合殘叢小語, 近取譬喩) 등의 말은 『문선』 31권 강엄(江淹)의 시 「이도위」(李都尉) 이선 주에 보이는데, "殘叢"은 "叢殘"으로, "譬喩"는 "譬論"으로 되어 있다.

4) 이 말은 후한(後漢)의 왕충(王充)의 『논형』(論衡) 「골상」(骨相)편에 다음과 같이 보인다. "경과 그에 대한 전에 있는 것은 비교적 믿을 만하다. 무릇 단서(短書)와 속기, 죽간과 포백, 윤문(족보)과 같은 것은 유자가 보는 바가 아니다."(在經傳者較著可信; 若夫短書俗記, 竹帛胤文, 非儒者所見) 종이가 발견되기 이전에는 대나무나 비단에 글을 써 책을 만들었는데, 특히 대나무가 보편적으로 사용되었다. 대나무를 가늘고 길게 쪼개 그 위에 글을 쓰고, 그것을 몇 개 엮은 것을 책(冊)이라고 불렀다. 또 간책(簡冊)에는 길이가 있었으니, 두 자 네 치, 한 자 두 치, 여덟 치짜리가 있었는데, 육경(六經)은 두 자 네 치짜리 간책에, 『효경』(孝經)은 그 반인 한 자 두 치짜리에, 『논어』(論語)는 그 삼 분의 일인 여덟 치짜리에 썼다. 이러한 촌법(寸法)은 시대에 따라 달랐으니, 단서(短書)라고 하는 말은 그 촌법에 따라 짧은 간책에 씌어진 이야기를 말한다. 『논형』 「사단」(謝短)편에는 다음과 같이 나와 있다. "두 자 네 치는 성인의 문어(文語)이다. …… 한대에 일어났던 일 가운데 경전에 기록되지 않은 것을 척적단서(尺籍短書)라고 이름하였다. 소도(小道)에 가까워서 그것은 (누구라도) 능히 알 수 있었지만, 유자(儒者)가 귀하게 여기는 바가 아니었다."(二尺四寸, 聖人文語. … 漢事未載于經, 名爲尺籍短書. 比于小道, 其能知, 非儒者之貴也) 이렇게 볼 때, '단서'는 장편의 경전과 상대적인 의미에서 일컬어지는 단편적인 기술이다. 이상의 내용은 마형(馬衡)의 「중국 서적제도 변천의 연구」(中國書籍制度變遷之研究;

『凡將齋金石叢稿』, 中華書局, 1977)를 볼 것.—일역본

5) 원문은 "小說家, 合殘叢小語, 近取譬喩, 以作短書, 治身理家, 有可觀之辭". 『사략』(이 책 『중국소설사략』의 약칭)의 원문에는 없지만, 본래 이 앞에는 "若其"가 있다. 곧 "若其小說家"이다. 우리말로 옮길 때에는 두 글자가 있는 것으로 보아 "소설가와 같은 무리들"이라 했다.—옮긴이

6) 하지만 『장자』에는 "요임금이 공자에게 물었다"(堯問孔子)고 한 대목이 없다. 다만 『장자』에는 "옛날에 요임금이 순에게 물었다"(故昔者堯問於舜曰. 「제물론」齊物論)는 것과 "요임금이 허유에게 물었다"(堯問於許由曰)는 내용만 있을 뿐이다. 이것은 루쉰이 잘못 인용한 것으로 보인다. 뒤의 주 8)을 참고할 것.—옮긴이

7) 원문은 "共工爭帝地維絶". 『회남자』(淮南子)는 서한(西漢)의 회남왕(淮南王) 유안(劉安)과 그의 문객(門客)들이 편찬한 것이다. 『한서·예문지』에 내편(內篇) 21편과 외편(外篇) 33편이 기록되어 있는데, 지금은 내편만이 남아 있다. 이 책의 「천문훈」(天文訓)편에는 다음과 같이 기록되어 있다. "옛날에 공공씨가 [황제 자리를 놓고] 전욱과 싸움을 벌였는데, 노하여 부주산과 충돌하자 하늘의 기둥이 부러지고, 땅을 이은 끈이 끊어졌다. 이에 하늘이 서북쪽으로 기울어졌고, 해와 달, 별들이 그곳으로 쏠렸다. 땅은 동남쪽이 함몰해 모든 냇물과 빗물이 그 쪽으로 흘러들었다."(昔者共工與顓頊爭爲帝, 怒而觸不周之山, 天柱折, 地維絶. 天傾西北, 故日月星辰移焉; 地不滿東南, 故水潦塵埃歸焉)

8) 원문은 "短書不可用". 『태평어람』(太平御覽) 62권에 인용된 환담의 『신론』에는 다음과 같이 기록되어 있다. "내가 『신론』을 지은 것은 고금(古今)의 사실을 서술, 변별하고, 또 [그로 인해] 치세(治世)를 일으키고자 하였던 것이니, 어찌 『춘추』(春秋)의 포폄(褒貶)의 뜻과 다르다 하겠는가? 지금 이를 의심하는 자가 있다면, 이는 이른바 씹조개(蚌)와 대합조개(蛤)가 다르다 하고, 이 곱하기 오가 십이 아니라고 말하는 것이다. 나 환담은 유향의 『신서』(新書)와 육가(陸賈)의 『신어』(新語)를 보고 『신론』을 지었다. 장주(莊周)의 우언에서 '요(堯)가 공자에게 물었다'라고 말하고 있고, 『회남자』에서는 '공공이 황제의 자리를 다퉈 땅을 이은 끈이 끊어졌다'라고 말하고 있지만 역시 모두가 거짓으로 지은 것들이다. 이 때문에 세상 사람들이 '짧은 글은 [일상생활에] 별 도움이 안 된다'고 하는 것이다. 그러나 천간(天間)의 이치를 논함에 있어 성인만큼 잘 아는 이가 없었으니, 장주 등이 비록 허황되고 괴탄하다고는 하나 그 좋은 점은 마땅히 취해야 하는 것으로 어찌 모두 없애 버려야 한다고만 하겠는가?"(余爲『新論』, 術辨古今, 亦欲興治也, 何異『春秋』褒貶也? 今有疑者, 所謂蚌異蛤·二五非十也. 譚見劉向『新序』·陸賈『新語』, 乃爲『新論』. 莊周寓言, 乃云: '堯問孔子', 『淮南子』云: '共工爭帝, 地維絶', 亦皆爲妄作, 故世人多云: '短書不可用'. 然論天間莫明于聖明, 莊周等雖虛誕, 故當采其善, 何云盡棄耶?)

9) 원문은 "燔滅文章以愚黔首". 이 말은 『한서·예문지』 총서(總序)에 보인다. 검수(黔首)에 대해서 당(唐)의 안사고(顔師古)는, "진나라에서는 일반 백성을 검수라 부르는데, 그 머리가 검은 것을 말하는 것이다"(秦謂人爲黔首, 言其頭黑也)라고 주(注)했다.

10) 재위년도는 B.C. 33~7년이다.—옮긴이

11) 재위년도는 B.C. 7~1년이다.—옮긴이

12) 고대에 궁중에서 중요한 문서나 물건을 보관하던 곳.—옮긴이

13) 유향(劉向, 약 B.C. 77~6). 본명은 갱생(更生)이고, 자는 자정(子政)이며, 서한 패(沛; 지금의 장쑤 페이현沛縣 지방) 사람이며, 간대부(諫大夫), 중루교위(中壘校尉) 등의 벼슬을 지냈다. 일찍이 천록각(天祿閣)에서 서적의 교열을 책임졌으며, 『별록』(別錄)을 지었다. 원래는 『유향집』(劉向集) 6권이 있었으나 이미 없어졌으며 명나라 사람이 모은 『유중루집』(劉中壘集)이 있다.

유흠(劉歆, ?~23). 자가 자준(子駿)이며, 기도위(騎都尉), 봉거광록대부(奉車光祿大夫)의 벼슬을 했다. 명을 받아 아비 유향과 함께 밀서(密書)의 교감을 책임졌으며 『칠략』을 지었다. 원래 『유흠집』(劉歆集)이 있었으나 이미 없어졌고, 명나라 사람의 집본인 『유자준집』(劉子駿集)이 있다.

『칠략』(七略)은 중국 최초의 목록서(目錄書)이며 『수서·경적지』에 7권이라 기록되어 있으나 이미 없어졌고, 지금은 청나라 사람의 집본 1권이 전한다.

14) 반고(班固, 32~92)는 자가 맹견(孟堅)이고, 동한 안릉(安陵; 지금의 산시성陝西省 셴양咸陽) 사람이며, 관직은 난대령사(蘭臺令史)이다. 일찍이 비부(秘府)의 서적들을 교열하였으며, 그 아비 반표(班彪)를 계승하여 『한서』(漢書) 100권을 지었다. 그 가운데 『예문지』(藝文志)에는 다음과 같이 실려 있다. 유흠은 일찍이 "여러 책들을 모아 『칠략』을 상주하였는데, 「집략」, 「육예략」, 「제자략」, 「시부략」, 「병서략」, 「술수략」, 「방기략」이다. 지금은 [그 나머지에서 쓸데없는 것을] 삭제하고 요지만을 가려내어 목록을 갖추었다."(總群書而奏其『七略』, 故有『輯略』, 有『六藝略』, 有『諸子略』, 有『詩賦略』, 有『兵書略』, 有『術數略』, 有『方技略』. 今刪其要, 以備篇籍)

15) 원문은 "可觀者九家". 『한서·예문지』 「제자략」에 10가(家)에 대해 기술하면서, 이것은 유가(儒家), 도가(道家), 음양가(陰陽家), 법가(法家), 명가(名家), 묵가(墨家), 종횡가(縱橫家), 잡가(雜家), 농가(農家)와 소설가(小說家)를 가리킨다고 하였는데, 아울러 이에 대해 평론하기를, "제자의 십가(諸子十家) 가운데 볼 만한 것은 구가(九家)뿐이다"라 하였다.

16) 안사고(顔師古, 581~645)의 이름은 주(籒)이고, 당나라 만년(萬年; 지금의 산시陝西 시안西安) 사람이다. 일찍이 중서시랑(中書侍郎)과 밀서소감(密書少監)을 지냈다. 그는 훈고(訓詁)에 정통하였으며 『한서』에 주를 단 것으로 유명하다.

17) 『이윤설』(伊尹說)은 이미 없어졌다. 『한서·예문지』 「도가류」(道家類)에 『이윤』(伊尹) 51편이 기록되어 있으나 이미 없어졌다. 『옥함산방집일서』(玉函山房輯佚書)에는 『이윤서』(伊尹書) 1권이 집록되어 있고 『전상고삼대진한삼국육조문』(全上古三代秦漢三國六朝文)에는 이윤이 남긴 문장 11칙(則)이 집록되어 있다. 이윤은 이름이 지(摯)이고 상(商)나라 초기의 대신이다.

18) 『육자설』(鬻子說). 이미 없어졌다. 「도가류」에 『육자』 22편이 기록되어 있으나, 이것 역시 이미 없어졌다. 『전상고삼대진한삼국육조문』에 1권이 집록되어 있다. 육자는 이름이 웅(熊)인데, 『사기』(史記) 「초세가」(楚世家)에서는 그가 주 문왕(周文王) 때 사람이라 하였고, 주나라 성왕(成王)이 그의 후손인 웅역(熊繹)을 초(楚) 지역에 봉(封)하여 초나라의 시조가 되었다고 하였다.

19) 『주고』(周考). 이미 없어졌다.

20) 『청사자』(靑史子). 주나라의 청사자가 지었으나, 이미 없어졌다. 『수서·경적지』의 『연단자』(燕丹子)라는 제목 밑에, "양나라에 『청사자』 한 권이 있었다. …… 없어짐"(梁有『靑史子』一卷, … 亡)이라는 주가 달려 있다. 루쉰의 『고소설구침』(古小說鉤沉)에 집본(輯本)이 있다. 청사자는 청사가 복성(複姓)으로, 고대의 사관이다.

21) 『사광』(師曠). 이미 없어졌다. 또 「병음양가류」(兵陰陽家類)에 『사광』 8편이 실려 있는데, 역시 이미 없어졌다. 사광은 자가 자야(子野)이고 춘추시대 진(晋)나라 사람이며, 평공(平公)의 신하로 음악에 정통했다. 그가 말한 것은 『춘추좌씨전』(春秋左氏傳)과 『일주서』(逸周書) 등에 보인다.

22) 『무성자』(務成子). 이미 없어졌다. 또 「오행가류」(五行家類)에 『무성자재이응』(務成子災異應) 14권이 기록되어 있고, 「방중가류」(房中家類)에 『무성자음도』(務成子陰道) 36권이 기록되어 있는데, 모두 없어졌다. 무성은 복성이고, 이름은 소(昭)인데, 일설에는 이름이 부(跗)라고도 한다. 동한(東漢) 왕부(王符)의 『잠부론』(潛夫論) 「찬학」(贊學)에 "요임금의 스승 무성"(堯師務成)이라는 기록이 있다.

23) 『송자』(宋子). 이미 없어졌다. 『옥함산방집일서』에 한 권이 집록되어 있다. 송자는 이름이 견(鈃)으로 전국시대 송나라 사람이다. 이 책의 제3편을 참고할 것.

24) 원문은 "宋子, 其言黃老意".

25) 『천을』(天乙). 이미 없어졌다. 『사기』 「은본기」(殷本紀)에는, "주계(主癸)가 죽자, 아들인 천을이 즉위했는데, 이가 바로 성탕(成湯)이다"(主癸卒, 子天乙立, 是爲成湯)라는 기록이 있다.

그 다음에 나오는 『황제설』(黃帝說), 『봉선방설』(封禪方說), 『대조신요심술』(待詔臣饒心術), 『대조신안성미앙술』(待詔臣安成未央術), 『신수주기』(臣壽周紀), 『우초주설』(虞初周說), 『백가』(百家) 역시 모두 없어졌다. 『백가』는 유향이 편찬했다.

26) 여기에서 "안사고에 의하면"이라 번역한 것은 앞서 "아무개에 의하면 운운"(謀曰云云)이라 했던 내용을 가리킨다. 참고로 원문은 "師古曰, 劉向云"이고, 일역본에서는 "사견에 의하면"(私見によると)이라고 번역하였다. 아래의 『우초주설』 항목에서의 "안사고는"도 마찬가지인데, 여기에서는 원문이 "師古曰, 『史記』云"이다.— 옮긴이

27) 원문은 "劉向『別錄』云 : 饒齊人也, 不知其姓, 武帝時待詔, 作書, 名曰『心術』".

28) 원문은 "道家也, 好養生事, 爲未央之術".

29) 『한서·예문지』에 올라 있는 소설의 총수는 "1,390편"이어야 한다.

30) 『논어』 「자장편」(子張篇)에 실려 있다. 오늘날 전하는 『논어』에는 공자의 제자인 자하(子夏)의 말로 되어 있다. 이와 같이 『한서·예문지』와 현재의 『논어』가 차이를 보이는 것은 한대에는 『노논어』(魯論語), 『고논어』(古論語), 『제논어』(齊論語) 세 종류의 『논어』가 있었기 때문인데, 여기에 인용된 것은 『제논어』, 『고논어』에 실려 있는 것에 의한 것인 듯하다. 이상은 청의 주수창(周壽昌)의 『한서주교보』(漢書注校補; 천궈칭陳國慶 편, 『한서예문지주석휘편』漢書藝文志注釋彙編, 중화서국中華書局, 1983)의 설을 따른 것이다.— 일역본

『사략』의 인용문에서는 이 문장의 바로 앞까지 따옴표가 되어 있는데, 원래는 그 뒤까지 포함되어야 한다. 다음 주 31)에서는 본래대로 되어 있다.— 옮긴이

31) 『논어』「자장편」에 다음과 같이 나온다. "비록 작은 기예라 할지라도 거기에는 반드시 볼 만한 것이 있을 것이나, 너무 깊이 빠져들어 헤어나지 못할까 두려우니, 그래서 군자는 그것에 종사하지 않는 것이다."(雖小道, 必有可觀者焉, 致遠恐泥, 是以君子不爲也)

32) 원문은 "如或一言可采, 此亦芻蕘狂夫之議也". 이 대목의 번역은 특히 주의를 요한다. 전통적으로 이 대목은 다음의 두 가지로 번역되어 왔다. 그 하나는 "취할 만한 것이 있다 하더라도, 그것 역시 …… 의견일 따름이다"라고 번역하는 것이고, 다른 하나는 "취할 만한 것이 있다면, 그것 역시 꼴 베는 사람이나 나무꾼 또는 미친 이의 의견이기 때문이다"로 번역하는 것이다. 양자의 차이는 소설의 가치를 부정하느냐, 그렇지 않으면 긍정하느냐 하는 점에 있다고 할 수 있다.

이등연은 『시경』「대아(大雅)·판(板)」의 "옛사람 말씀에 나무꾼에게 일을 물으라 하였네"(先民有言, 詢于芻蕘)라고 한 대목과, 『사기』「회음후전」(淮陰侯傳)에서의 "광무군이 말했다. 미치광이의 말이라 할지라도 현명한 사람은 가려서 듣는다"(廣武君曰: 狂夫之言, 賢人擇焉)라는 대목으로 볼 때, "…… 의견이기 때문이다"라고 번역해야 옳다고 주장하고 있다. 이등연, 「중국소설의 개념과 기원」, 『중국소설사의 이해』, 학고방, 1994, 5쪽 참조.

문성재는 "항간에서 조금 안다고 행세하는 자가 언급한 바를 기록으로 남겨 잊지 않도록 한 것뿐이니 어쩌다 한마디 취할 만한 말이 있다 하더라도 별수 없는 꼴 베는 치, 얼빠진 놈들의 객담일 뿐이다"라고 번역해야 한다는 의견을 제시하였다.

이 문제에 대한 옮긴이의 입장은 전체적인 맥락을 따져 볼 때, 반고가 긍정적인 측면에서 소설의 가치를 인정하고 있다고 보기 어렵다는 것이다. 그래서 여기에서는 "…… 의견일 따름이다"라고 옮겼다.—옮긴이

33) 이 단락의 원문은 다음과 같다. 小說家者流, 蓋出于稗官, 街談巷語, 道聽塗說者之所造也. 孔子曰: "雖小道, 必有可觀者焉, 致遠恐泥." 是以君子弗爲也, 然亦弗滅也. 閭里小知者之所及, 亦使綴而不忘, 如或一言可采, 此亦芻蕘狂夫之議也.

34) 장손무기(長孫無忌, ?~659)의 자는 보기(輔機)이고, 당의 낙양(洛陽; 지금의 허난河南에 속함) 사람으로, 관직은 태위(太尉)에 이르렀고, 조국공(趙國公)으로 봉해졌다. 영휘(永徽) 3년(652)에 명을 받아 『수서』의 십지(十志)를 감수(監修)했다.

35) 위징(魏徵, 580~643)의 자는 현성(玄成)으로 당의 관도(館陶; 지금의 허베이河北에 속함) 사람으로, 관직은 시중(侍中)에 이르렀고, 정국공(鄭國公)으로 봉해졌다. 일찍이 비부(秘府)의 도서들을 교정했고, 정관(貞觀) 3년(629)에 양(梁), 진(陳), 북제(北齊), 북주(北周), 수(隋) 등 다섯 왕조 역사의 편찬을 맡아보았다. 그러나 실제로는 위징은 『수서』의 기전(紀傳) 부분의 편찬에만 참여했을 뿐, 『경적지』는 장손무기 등이 편찬했다.

36) 순욱(荀勖, ?~289)의 자는 공증(公曾)으로 진(晋)의 영음(潁陰; 지금의 허난 쉬창許昌) 사람이다. 위나라에서 진나라로 들어가, 비서감(秘書監)을 통솔했으며, 관직은 상서령(尙書令)에 이르렀다. 그는 일찍이 위나라 정묵(鄭默)의 『중경』(中經)에 의거해 『중경부』(中經簿)를 엮어 냈는데, 이것은 『칠략』 이후의 가장 상세한 목록학 저작으로, 지금은 이미 없어졌다. 『수서·경적지』에 의하면, 『중경부』는 네 부분으로 나누어져 있었다. 갑부(甲部)에는 육예(六藝) 및 소학(小學) 등의 책이 실려 있고, 을부(乙部)에는 고

제자가(古諸子家)와 근세자가(近世子家), 병서(兵書), 병가(兵家), 술수(術數)가 실려 있으며, 병부(丙部)에는 사기(史記), 구사(舊史), 황람부(皇覽簿), 잡사(雜事)가 실려 있고, 정부(丁部)에는 시부(詩賦), 도찬(圖贊), 급총서(汲冢書)가 실려 있다. 『수서·경적지』에서는 이것에 근거해 많은 책들을 '경, 사, 자, 집' 4부로 나누었다. 하지만 이렇게 하면 갑(甲)이 경(經)이 되고 을(乙)이 사(史)가 되고, 병(丙)이 자(子)가 되고 정(丁)이 집(集)이 되므로, 순욱이 정한 대로라면 을이 자가 되고 병이 사가 되기 때문에 양자가 약간 다르다.

37) 『연단자』(燕丹子). 작자는 알 수 없는데, 한대 사람이 지은 것이라고도 한다. 『수서·경적지』에 1권으로 기록되어 있다. 내용은 전국시대 연나라의 태자인 단(丹)이 형가(荊軻)에게 진(秦)나라 왕을 죽이라고 명하는 이야기를 서술하고 있다.

38) 『수서·경적지』에 의하면, 이 다음에 "그렇게 함으로써 그곳 풍속을 안다"(以知地俗)라고 내용이 더 있다.—일역본

39) '직방씨'(職方氏)는 '훈방씨'(訓方氏)로 고쳐야 한다. 『주례』(周禮) 「하관」(夏官)에 의하면, "훈방씨는 각지의 실정과 그곳의 군신이 생각하고 있는 바를 진술하고 각지에서 전승되고 있는 것을 읽고 그 가운데 감추어져 있는 사물을 관찰하고 기록하는 것을 맡아보았으며, 정월에는 천하에 포고하여 [좋은 일과 나쁜 일을] 가르쳐 알게 하고, 사시(四時)에 새로운 사물이 출현하면 그것을 관찰한다"(訓方氏掌道四方之政事, 與其上下之志. 誦四方之傳道, 正歲則布而訓四方, 以觀新物)고 하였고, "직방씨는 천하의 지도를 관리하고, 천하의 지역을 담당한다"(職方氏掌天下之圖, 以掌天下之地)고 하였다.

『수서·경적지』에 인용된 『주관』에는 '훈방씨'로 되어 있다. 현행본 『주례』에는 "衣物"이 "新物"로 되어 있다. 곧 『수서·경적지』에 인용된 『주관』에는 "정월에는 천하에 포고하여 [좋은 일과 나쁜 일을] 가르쳐 알게 하고"(正歲則布而訓四方)라는 내용이 빠져 있다. 그런데 본문의 경우, "衣物"의 "衣"에 대해서, 청의 고증학자인 주준성(朱駿聲)은 『설문통훈정성』(說文通訓定聲) 「이부」(履部) 제12에서, 『설문』에서는 "衣"가 "依"이고, 『백호통』(白虎通)에서는 "衣"가 "隱"의 의미라고 하였다.—일역본

40) 원문은 다음과 같다. 小說者, 街談巷語之說也, 『傳』載輿人之頌, 『詩』美詢于芻蕘, 古者聖人在上, 史爲書, 瞽爲詩, 工誦箴諫, 大夫規誨, 士傳言而庶人謗; 孟春, 徇木鐸以求歌謠, 巡省, 觀人詩以知風俗, 過則正之, 失則改之, 道聽途說, 靡不畢紀, 周官誦訓掌道方志以詔觀事, 道方慝以詔避忌, 而職方氏掌道四方之政事, 與其上下之志, 誦四方之傳道而觀其衣物是也. 孔子曰, "雖小道, 必有可觀者焉, 致遠恐泥."

41) 오대 석경당(石敬瑭)이 세운 후진(後晋) 정권(936~946)을 가리킨다. 경당으로부터 출제(出帝)까지 2대에 걸쳐 존속했으며, 후대 사람들이 삼국 이후의 서진(西晋), 동진(東晋)과 구별해 석진(石晋)이라 불렀다.— 옮긴이

42) 유구(劉昫, 887~946)의 자는 요원(耀遠)으로, 후진(後晋)의 귀의(歸義; 지금의 허베이 슝현雄縣) 사람이다. 관직은 태보(太保)에 이르렀으며, 일찍이 『구당서』(舊唐書)를 감수(監修)한 바 있다.

위술(韋述, ?~757)은 당의 만년(萬年; 지금의 산시陝西 시안西安) 사람으로 관직은 공부시랑(工部侍郎)에 이르렀다. 현종(玄宗) 때 일찍이 국사(國史)의 편찬을 주재했다.

무경(毋煚)은 당의 낙양 사람으로 일찍이 우솔부주조참군(右率府胄曹參軍)을 지냈다. 내부(內府)의 도서를 정리하고 교정하는 데 참여하여, 위술 등의 사람과 『군서사부록』(群書四部錄) 200권을 다시 만들었다. 뒤에 다시 독자적으로 이 책에서 절록하여 『고금서록』(古今書錄) 40권을 엮어 냈다.

43) 『한서 · 예문지』에는 총서(叢書) 이외에도 각각의 부류(部類)마다 간략하게 평술한 것이 있는데, 이것을 소서(小序)라고 통칭한다. 『구당서 · 경적지서』(舊唐書經籍志序)에 의하면, "유경(劉煚) 등의 편저는 반고의 『예문지』의 체례(體例)에 의거해 뭇 서적들을 부에 따라 모두 소서를 두어 그 요지를 지적하고 강조했다"(煚等撰集, 依班固『藝文志』體例, 諸書隨部皆有小序, 發明其旨)고 하였다. 그 뒤에 『구당서』의 편찬자가 『고금서록』에 의거해 『경적지』를 편찬할 때, 간략하게 하기 위해서 소서를 모두 빼버렸다.

44) 장화(張華)의 자는 무선(茂先)으로 진(晋)의 방성(方城; 지금의 허베이 구안固安) 사람이다. 그가 지은 『박물지』(博物志)는 『신당서 · 예문지』(新唐書藝文志)에 10권으로 기록되어 있다. 아래 『열이전』(列異傳)은 일설에는 위(魏)의 조비(曹丕)가 지었다고도 하는데, 이미 없어졌으며, 루쉰의 『고소설구침』에 집본이 있다. 이 책의 제5편을 참고할 것.

45) 증공량(曾公亮, 999~1078)의 자는 명중(明仲)이고, 북송의 진강(晋江; 지금의 푸젠福建에 속함) 사람이다. 일찍이 사관수찬(史館修撰)을 역임하였으며, 관직은 동중서문하평장사(同中書門下平章事), 집현전대학사(集賢殿大學士)에 이르렀다. 그는 『신당서』의 편찬 작업을 주관했는데, 책이 만들어지자 그에 따라 이름을 열거하여 상주 헌상하였다.

46) 구양수(歐陽修, 1007~1072)의 자는 영숙(永叔)이고, 호는 육일거사(六一居士)이며, 북송의 길안(吉安; 지금의 장시江西에 속함) 사람으로 관직은 추밀부사(樞密副使), 참지정사(參知政事)에 이르렀다. 송기(宋祁)와 함께 『신당서』를 찬수했으며, 편찬한 책으로는 『신오대사』(新五代史), 『구양문충집』(歐陽文忠集) 등이 있다.

47) 대조(戴祚)의 자는 연지(延之)이고 진(晋)의 강동(江東) 사람이다. 일찍이 유유(劉裕)를 따라 서쪽으로 요진(姚秦)을 정벌하고, 뒤에 서융 주부(西戎主簿)를 역임했다. 편찬한 책으로는 『견이전』(甄異傳)이 있는데, 『수서 · 경적지』에는 3권이 기록되어 있으나, 이미 없어졌다. 루쉰의 『고소설구침』에 집본이 있다.

오균(吳筠)의 자는 숙상(叔庠)으로, 양(梁)의 고장(故鄣; 지금의 저장 안지安吉) 사람이다. 『양서 · 문학전』(梁書文學傳)과 『수서 · 경적지』, 양(兩) 『당지』(唐志)에서는, 오균을 모두 오균(吳均)이라 표기하고 있다. 이 책의 제5편을 참고할 것.

여기에서 말하는 "선인과 귀신을 기록한 것 15가 115권"(志神怪者十五家一百十五卷)은 장화의 『열이전』 1권과 대조의 『견이전』 3권, 원왕수(袁王壽)의 『고이전』(古異傳) 3권, 조충지(祖冲之)의 『술이기』(述異記) 10권, 유질(劉質)의 『근이록』(近異錄) 2권, 간보(干寶)의 『수신기』(搜神記) 30권, 유지린(劉之遴)의 『신록』(神錄) 5권, 양의 원제(梁元帝)의 『연신기』(妍神記) 10권, 조대지(祖台之)의 『지괴』(志怪) 4권, 공씨(孔氏)의 『지괴』(志怪) 4권, 순씨(荀氏)의 『영귀지』(靈鬼志) 3권, 사씨(謝氏)의 『귀신열전』(鬼神列傳) 2권, 유의경(劉義慶)의 『유명록』(幽明錄) 30권, 동양무의(東陽無疑)의 『제해기』(齊諧記) 7권, 오균의 『속제해기』(續齊諧記) 1권을 가리킨다.

48) 왕연수(王延秀)는 남조(南朝) 송의 태원(太原; 지금의 산시山西에 속함) 사람이다. 일찍이

상서랑(尚書郎)을 역임하였다. 『감응전』(感應傳)을 지었는데, 『신당서 · 예문지』에 8권으로 기록되어 있으나, 지금은 없어졌다. 『태평광기』(太平廣記)에 일문(佚文) 2칙(則)이 남아 있다.

후군소(侯君素). 후백(侯白)의 자가 군소(君素)이며, 수(隋)의 위군(魏郡 ; 군치郡治는 지금의 허난 린장臨漳임) 사람이다. 이 책의 제7편을 참고할 것. 『정이기』(旌異記)를 지어, 『신당서 · 예문지』에 15권이 기록되어 있는데, 이미 없어졌다. 루쉰의 『고소설구침』에 집본이 있다. 여기에서 말하는 "인과의 도리를 설명한 것이 9가 70권"(明因果者九家七十卷)은 왕연수의 『감응전』 8권과 육과(陸果)의 『계응험기』(繫應驗記) 1권, 왕염(王琰)의 『명상기』(冥祥記) 10권(『신당서 · 예문지』에 1권으로 기록되어 있고, 『수서 · 경적지』와 『구당서 · 경적지』에는 모두 10권으로 기록되어 있다. 내 생각으로는, 9가 70권이라고 한 것은 10권이 맞다), 왕만영(王曼穎)의 『속명상기』(續冥祥記) 11권, 유영(劉泳)의 『인과기』(因果記) 10권, 안지추(顔之推)의 『원혼지』(寃魂志) 3권과 『집령기』(集靈記) 10권, 무명씨(無名氏)의 『징응집』(徵應集) 2권, 후군소(侯君素)의 『정이기』 15권을 가리킨다.

49) 이서(李恕). 『신당서』 「재상세계표」(宰相世系表)에 의하면 당대에는 이서라는 이름을 가진 사람이 세 명이 있다. 그중 하나는 농서군(隴西郡)의 이성의 아들로 일찍이 광록경(光祿卿)을 역임하였고, 나머지 두 사람은 모두 조군(趙郡) 사람이다. [푸쉬안충(傅璇琮) 등이 편찬한 『당오대인물전기자료종합색인』(중화서국, 1982)에 의하면, 이헌(李憲)의 아들, 이성(李晟)의 아들, 이지본(李知本)의 아들, 이원(李愿)의 아들, 이렇게 네 사람이 있는데, 이 가운데 누구를 가리키는지는 알 수 없다. 또 『계자습유』는 『송지』 「전기류」에 "이서기(李恕己) 찬(撰)"이라고 기록되어 있으며, 『송지』 「유가류」에는 따로 "유빈(柳玢) 『성자습유』(誠子拾遺) 10권"이라고 기록되어 있다. 청이중(程毅中), 『고소설간목』(古小說簡目).—일역본]

『계자습유』(誡子拾遺). 『신당서 · 예문지』에 4권이 기록되어 있는데 편찬자인 이서가 어떤 사람인지에 대해서는 고증이 필요하다.

50) 유효손(劉孝孫)은 수말 당초(隋末唐初)의 형주(荊州 ; 치소治所는 지금의 후베이湖北 장링江陵) 사람이다. 일찍이 태자세마(太子洗馬)를 역임했다. 『사시』(事始)를 지었으니, 『신당서 · 예문지』에 3권이 기록되어 있으며, 유효손과 방덕무(房德懋)가 같이 편찬한 것으로 되어 있다. 조공무(晁公武)의 『군재독서지』(郡齋讀書志)에 실린 것에 의하면, 『사시』는 전서(全書)가 26문(門)으로 나뉘어 있으며, 내용은 사물의 기원을 고증하여 서술한 것이라 한다.

51) 이부(李涪)는 당말 사람이다. 일찍이 국자감 좨주(國子監祭酒)를 지냈다. 『간오』(刊誤)를 지었는데, 『신당서 · 예문지』에 2권으로 기록되어 있다. 이 책에서는 전고를 고구하고, 옛 제도를 이끌어내 당나라 제도의 잘못을 바로잡았다. 하권에서는 잡사(雜事)도 언급하고 있다.

52) 육우(陸羽, 733~804)의 자는 홍점(鴻漸)으로 당의 경릉(竟陵 ; 지금의 후베이 톈먼天門) 사람이다. 『다경』(茶經)을 지었는데, 『신당서 · 예문지』에 3권으로 기록되어 있으며, 중국 최초의 다학(茶學)에 대한 전문 저작이다.

53) 호응린(胡應麟, 1551~1602)의 자는 원서(元瑞)이고, 호는 소실산인(少室山人)이며, 명

의 난계(蘭溪; 지금의 저장에 속함) 사람이다. 『소실산방필총』(少室山房筆叢)을 지었는데, 『명사 · 예문지』(明史藝文志)에 32권으로 기록되어 있다. 또 속집(續集) 16권도 있다. 내용은 주로 경사백가(經史百家)에 관한 고증으로, 그 가운데 소설 희곡에 대한 평가와 서술이 특히 사람들로부터 중시되고 있다.

54) 명대 호응린의 전략(傳略)은 『화개집속편』 「『삼장법사 불경 취득기』 등에 대해서」(關於『三藏取經記』等)에 보인다. 그의 『소실산방필총』 28권(필자의 생각으로는 29권이어야 함)에서는 소설을 여섯 가지로 나누고 있다. 앞의 두 가지는 『중국소설사략』의 제5, 9, 10, 11편 등에서 인용하고 있기 때문에 일일이 서술할 필요는 없을 것 같다.— 보주

55) 『수신』(搜神). 진의 간보(干寶)의 『수신기』(搜神記)이다.

『술이』(述異). 진의 조충지(祖沖之)의 『술이기』(述異記)이다. 이 책 제5편을 참고할 것.

『선실』(宣室). 당의 장독(張讀)의 『선실지』(宣室志)이고, 『유양』(酉陽)은 당의 단성식(段成式)의 『유양잡조』(酉陽雜俎)이다. 이 책의 제10편을 참고할 것.

56) 『비연』(飛燕). 송의 진순(秦醇)의 『조비연외전』(趙飛燕外傳)을 말한다.

『태진』(太眞). 송의 악사(樂史)의 『양태진외전』(楊太眞外傳)을 말한다. 이 책의 제11편을 참고할 것.

『최앵』(崔鶯). 당의 원진(元稹)의 『앵앵전』(鶯鶯傳)을 말한다.

『곽옥』(霍玉). 당의 장방(蔣防)의 『곽소옥전』(霍小玉傳)을 말한다. 이 책의 제9편을 참고할 것.

57) 『세설』(世說). 남조 송의 유의경(劉義慶)의 『세설신어』(世說新語)를 말한다.

『어림』(語林)은 진(晋)의 배계(裴啓)의 『어림』을 말한다. 이 책의 제7편을 참고할 것.

『쇄언』(瑣言)은 『북몽쇄언』(北夢瑣言)으로, 송의 손광헌(孫光憲)이 지었고, 『송사 · 예문지』에 12권으로 기록되어 있는데, 당과 오대(五代)의 사대부들의 유문(遺文)과 쇄어(瑣語)를 기록하고 있다.

『인화』(因話)는 『인화록』(因話錄)으로 당의 조린(趙璘)이 지었으며, 『신당서 · 예문지』에 6권으로 기록되어 있으며, 당대 사람들의 유문일사(遺聞佚事) 등을 기록하고 있다.

58) 『용재』(容齋). 『용재수필』(容齋隨筆)로서 송의 홍매(洪邁)가 지었으며, 『송사 · 예문지』에 5집 74권으로 기록되어 있다. 내용은 경사 백가(經史百家) 및 의술과 점술, 점성술, 산술(醫卜星算)을 변정(辯訂)하고 고증한 것이다.

『몽계』(夢溪). 『몽계필담』(夢溪筆談)으로 송의 심괄(沈括)이 지었으며, 26권으로, 또 『보필담』(補筆談) 3권, 『속필담』(續筆談) 1권이 있다. 내용은 사지(史地)와 과학기술, 예문(藝文) 등에 걸쳐 있다.

『동곡』(東谷). 『동곡소견』(東谷所見)으로 송의 이지언(李之彦)이 지었으며, 『송사 · 예문지보』(宋史藝文志補)에 1권이 기록되어 있는데, 논설성의 단문이다.

『도산』(道山). 『도산청화』(道山淸話)로 지은이는 알 수 없다. 『사고전서총목제요』(四庫全書總目提要)에 1권으로 기록되어 있는데, 송대의 잡사를 기록한 것이다.

59) 『서박』(鼠璞). 송의 대식(戴埴)이 지었는데, 『송사 · 예문지보』에 1권으로 기록되어 있다. 책 속에는 경사(經史) 가운데 뜻이 의심스러운 부분과 명물 전고(名物典故)의 이동(異同)을 고증한 것이 많다.

『계륵』(鷄肋). 『계륵편』(鷄肋編)으로 송의 장계유(莊季裕)가 지었으며, 3권으로 내용은 고의(古義)를 고증하고 일사유문(軼事遺聞)을 기록·서술하고 있다.

『자가』(資暇). 『자가집』(資暇集)으로 당의 이광문(李匡文)이 지었으며, 『신당서·예문지』에는 3권으로 기록되어 있는데, 내용은 고물(古物)을 고정(考訂)하고 역사적인 사실을 기술한 것이다.

『변의』(辯疑). 『변의지』(辯疑志)로 당의 육장원(陸長源)이 지었으며, 『신당서·예문지』에 3권으로 기록되어 있다. 『설부』(說郛)에 실린 일문(佚文)에 의하면 내용은 석도(釋道) 이교(二教)의 신괴영험(神怪靈驗)의 허망함을 논증하고 비판한 것이라 한다. 『신당서·예문지』에 의하면 송의 진진손(陳振孫)의 『직재서록해제』(直齋書錄解題)에서는 "변"(辯)이 모두 "변"(辨)으로 되어 있다.

60) 잠규(箴規)는 규잠(規箴)이라고도 쓰며, 바른말로 권계한다는 뜻이다. 『세설신어』의 열번째 편명 역시 '규잠'(規箴)으로 되어 있다.—옮긴이

61) 『가훈』(家訓). 『안씨가훈』(顔氏家訓)으로, 북제(北齊)의 안지추(顔之推)가 지었으며, 『구당서·경적지』에 7권으로 기록되어 있는데, 내용은 입신(立身)과 치가(治家)의 도를 강술하는 것을 위주로 전고(典故)의 고정(考訂)과 문예의 평론을 함께 다루고 있다.

『세범』(世范). 『원씨세범』(袁氏世范)으로 송의 원채(袁采)가 지었으며, 『송사·예문지』에 3권으로 기록되어 있다.

『권선』(勸善). 『송사·예문지』에 왕민중(王敏中)의 『권선록』(勸善錄) 6권이 기록되어 있고, 『군재독서지』(郡齋讀書志)에는 주명적(周明寂)의 『권선록』 6권이 기록되어 있으며, 명의 심절보(沈節甫)가 집한 『유순록』(由醇錄)에는 진관(秦觀)의 『권선록』 1권이 있다. 여기에서 가리키는 것이 어느 것인지에 대해서는 좀더 고증이 필요하다.

『성심』(省心). 『성심잡언』(省心雜言)으로 송의 이방헌(李邦獻)이 지었으며, 『송사·예문지』에 1권으로 기록되어 있다. 이상 세 권의 책은 입신(立身)과 처세의 도를 강술한 것이다.

62) 『사고전서총목제요』(四庫全書總目提要). 청 건륭 37년(1772)부터 건륭 46년(1781)까지 영용(永瑢)과 기윤(紀昀)이 칙명을 받아 『사고전서』를 찬술했는데, 초록되어 사고(四庫)에 들여진 도서와 권목만 초록된 도서 모두에 제요(提要)를 썼으니, 모두 이백 권이다. 또 정식으로 사고에 거두어들여진 책은 3,470종이고, 목록으로만 남아 있는 책은 6,819종이다.

기윤(紀昀). 자가 효람(曉嵐)이며, 이 책의 제22편을 참고할 것.

63) 여순(如淳). 삼국시대 위나라의 풍익(馮翊; 치소治所는 지금의 산시陝西 다리大荔) 사람으로 관직은 진군(陳郡)의 승(丞)이다. 일찍이 『한서』에 주를 달았다. 인용문은 『한서·예문지』의 주에 보인다.

64) 『서경잡기』(西京雜記). 『구당서·경적지』와 『신당서·예문지』에 갈홍(葛洪)이 지었다고 적혀 있다. 이 책의 제4편을 참고할 것.

65) 『산해경』(山海經). 작자를 알 수 없으며, 이 책의 제2편을 참고할 것.

『목천자전』(穆天子傳). 진대(晉代)에 전국시대 위 양왕(魏襄王)의 묘에서 발견된 선진고서(先秦古書)의 일종으로, 이 책의 제2편을 참고할 것.

『신이경』(神異經). 전해 오기로는 한의 동방삭(東方朔)이 지었다고 하는데, 이미 없어졌으며, 현재는 집본 1권이 남아 있다. 이 책의 제4편을 참고할 것.

66) 원문은 다음과 같다. …迹其流別, 凡有三派: 其一敍述雜事, 其一記錄異聞, 其一綴緝瑣語也. 唐宋而後, 作者彌繁, 中間誣謾失眞, 妖妄熒聽者, 固爲不少, 然寓勸戒, 廣見聞, 資考證者, 亦錯出其中. 班固稱"小說家流蓋出於稗官", 如淳注謂"王者欲知閭巷風俗, 故立稗官, 使稱說之." 然則博采旁搜, 是亦古制, 固不必以冗雜廢矣. 今甄錄其近雅馴者, 以廣見聞, 惟猥鄙荒誕, 徒亂耳目者, 則黜不載焉. 『西京雜記』六卷. 『世說新語』三卷.…右小說家類雜事之屬…『山海經』十八卷. 『穆天子傳』六卷. 『神異經』一卷.…『搜神記』二十卷.…『續齊諧記』一卷.…右小說家類異聞之屬…『博物志』十卷. 『述異記』二卷. 『酉陽雜俎』二十卷. 『續集』十卷.…右小說家類瑣語之屬…

67) 기거주(起居注). 관명으로, 주나라의 좌·우사(左右史)의 직책을 말한다. 한나라 때의 기거주는 본래 궁중의 여사(女史)가 편찬했는데, 무제(武帝) 때에는 『금중기거주』(禁中起居注)가 있었고, 동한 때에는 명덕마후(明德馬后)가 『명제·기거주』(明帝起居注)를 지었다 하나 지금은 모두 없어졌다. 진(晋)나라 때에는 저작랑(著作郞)이 기거주를 관장했고, 북위(北魏) 때에 비로소 기거령사(起居令史)를 두었는데, 따로 기거주를 찬수하는 사람 두 명을 두었다. 수나라 때에는 내사에 기거사인(起居舍人) 두 명을 두었고, 당·송대에는 문하성(門下省)에 기거랑(起居郞)을 두고, 중서성(中書省)에는 기거사인(起居舍人)을 두었다. 명 홍무(洪武) 9년에 기거주 두 사람을 두기로 결정한 이래, 만력(萬曆) 연간에 이르러는 다시 한림원(翰林院)에 명을 내려 겸직토록 하였다. 청 강희(康熙) 때에는 일강기거주관(日講起居注官)을 두었는데, 한림원(翰林院)에 속해 있으면서 사신(詞臣; 문예 방면을 맡은 관리) 가운데 재질과 인품이 뛰어난 이를 선발하여 겸직토록 하였다. 참고로 당 유지기(劉知幾)의 『사통』(史通) 「사관건치」(史官建置)와 『통전』(通典) 21의 「직관」(職官) 3, 『속통전』(續通典) 25 「직관」을 참고할 것(『사원』辭源, 香港商務印書館, 1987).—옮긴이

68) 『일주서』(逸周書). 『주서』(周書)로 서를 포함해 71편이다.

69) 원문은 다음과 같다. 『穆天子傳』舊皆入起居注類,…實則恍忽無證, 又非『逸周書』之比,…以爲信史而錄之, 則史體雜, 史例破矣. 今退置于小說家, 義求其當, 無庸以變古爲嫌也.

70) 왕기(王圻)의 자는 원한(元翰)으로 명대의 상하이(上海) 사람이다. 일찍이 산시(陝西)의 포정사참의(布政使參議)를 역임했다. 『속문헌통고』(續文獻通考)를 지었는데, 모두 254권으로 남송 가정(嘉定)으로부터 명 만력(萬曆) 초까지의 전장제도(典章制度)의 연혁 상황을 분류·기록하고 있다. 『수호전』(水滸傳)에 관한 기록은 이 책의 177권 『경적지』「전기류」(傳記類)에 보인다.

71) 고유(高儒)는 명의 탁주(涿州; 치소는 지금의 허베이 줘현涿縣) 사람이다. 무변(武弁) 출신으로, 장서를 좋아했다. 『백천서지』(百川書志) 20권은 그의 장서목록이다. 이 책의 「사부 야사류」(史部野史類)에 『삼국지통속연의』(三國志通俗演義)와 『충의수호전』(忠義水滸傳)이 기록되어 있다.

72) 전증(錢曾, 1629~1701)의 자는 준왕(遵王)으로 청의 상숙(常熟; 지금의 장쑤江蘇에 속함) 사람이다. 그는 장서를 매우 많이 갖고 있었는데, 『야시원서목』(也是園書目) 10권을 지

어 경, 사, 자, 집, 삼장(三藏), 도장(道藏), 희곡 소설 등 7류로 나누었다. 이 책의 희곡 소설류 통속소설 부분에는 『고금연의삼국지』(古今演義三國志), 『구본 나관중 수호전』(舊本羅貫中水滸傳), 『여원광기』(黎園廣記) 3종이 기록되어 있고, 송인 사화(宋人詞話) 부분에는 『등화파파』(燈花婆婆), 『종과장로』(種瓜張老), 『자라개두』(紫羅盖頭), 『여보원』(女報冤), 『풍취교아』(風吹轎兒), 『착참최녕』(錯斬崔寧), 『소산정아』(小山亭兒), 『서호삼탑』(西湖三塔), 『풍옥매단원』(馮玉梅團圓), 『간첩화상』(簡帖和尙), 『이환생오진우』(李煥生五陣雨), 『소금전』(小金錢), 『선화유사』(宣和遺事), 『연분소설』(烟粉小說), 『기문류기』(奇聞類記) 및 『호해기문』(湖海奇聞) 16종이 기록되어 있다.

73) 『등화파파』(燈花婆婆)는 명대 전희언(錢希言)의 『동신』(桐薪) 1권 『등화파파』 조에 따르면 다음과 같이 기록되어 있다. "송대 사람의 『등화파파』 사화(詞話)는 매우 기이한데, 단문창(段文昌)의 『낙고기』(諾皐記) 두 단락의 말로부터 나왔다. 앞 단락의 내용은 유적중(劉績中)의 아내가 병이 났는데 삼척가량의 머리가 하얗게 센 부인이 등불의 그림자로부터 나왔다는 것이다. 그리고 뒷 단락의 내용은 용흥사(龍興寺)의 중 지원(智圓)의 일을 취해 함부로 끼워 넣어 글을 지은 것으로, 터무니없이 허구적으로 지은 것은 아니다."(宋人『燈花婆婆』詞話甚奇, 然本于段文昌『諾皐記』兩段說中來. 前段劉績中妻病, 有三尺白首婦人自燈影中出. 而後段則取龍興寺僧智圓事闌入成文, 非漫然架空而造者) 또 등지성(鄧之誠)은 『골동쇄기전편』(骨董瑣記全編)의 340쪽에서 이일화(李日華)의 『미수헌일기』(味水軒日記) 중의 만력 45년 22일의 일기를 인용하여 다음과 같이 말했다. "심경천(沈景倩)으로부터 빌린 『등화파파』 소설을 읽어 보니, 곧 앵두호(鶯脰湖) 속의 한 마리 늙은 원숭이 요정이었다. 송 함순(咸淳) 연간에 연못을 진동시켜 유간의(劉諫議)의 집을 어지럽히다가 용수보살(龍樹菩薩)에 의해 물리침을 당했다."(從沈景倩借得『燈花婆婆』小說閱之, 乃鶯脰湖中一老獼猴精也. 宋咸淳中, 攪震澤劉諫議家, 遇龍樹菩薩降滅.)— 보주

74) 도찰원 각본(都察院刻本). 명 주홍조(周弘祖)의 『고금서각』(古今書刻) 상편(上編)에 의하면 도찰원 항목 아래 『삼국지연의』와 『수호전』이 열거되어 있다 한다. [도찰원이란 관서의 명칭으로 한 이후에는 어사대(御史臺)가 있어 관리를 감찰하고 탄핵하였으며, 중대한 안건의 심리에 참여하였다. 명 홍무 13년에 어사대를 도찰원으로 바꾸었으니, 도어사(都御史)를 장관으로 하고, 부도어사와 첨도어사, 감찰어사 등을 두었다. 청대에는 명나라 때의 관제를 답습하였으므로 좌도어사(左都御史)를 만주족과 한족 각각 한 사람씩 두었고, 좌부도어사는 만주족과 한족 각각 두 사람씩을 두었다. 그 밑에 이호예병형공(吏戶禮兵刑工) 육부의 급사중(給事中)과 경기도(京畿道), 하남도(河南道) 등 15도의 감찰어사를 두었다.— 옮긴이]

제2편 신화와 전설

괴이한 것을 기록한 작품志怪之作으로는, 장자에 의하면 제해齊諧가 있다고 하였고, 열자列子는 이견夷堅[1)]이 있다고 하였으나, 모두 우언寓言으로 믿을 만한 것은 못 된다. 『한지』에서는 패관에서 나왔다고 하나, 패관의 직무는 [민간의 전설을] 채집하는 것이었을 뿐, 창작은 하지 않았다. "길거리와 골목의 이야기"街談巷語들은 민간에서 저절로 생겨난 것으로, 본디 어느 한 사람이 독창적으로 지은 것은 아니었다. 그 근원을 탐구해 보면 다른 민족과 마찬가지로 [중국에서도] 신화와 전설로부터 유래하였다.[2)]

옛날에 초기의 인민들은 천지만물의 변화가 범상하지 않고, 또 그 여러 현상들이 사람의 능력을 벗어나는 것을 보고는 스스로 여러 가지 이야기를 만들어 해석을 하였다. 무릇 그 해석한 것들이 오늘날 말하는 신화이다. 신화는 대저 '신격'神格을 중추로 하여 그것을 부연하고 서술한 것인데, 그렇게 서술된 신과 공덕을 신앙의 대상으로 삼고 경외하여, 이에 그 불가사의한 위력과 영험함을 찬미하는 노래를 부르고, 제단과 사묘壇廟를 아름답게 꾸며 바쳤던 것이다. 이러한 일이 오래되자 문물文物이 번성하게 되었다. 그러므로 신화는 종교의 맹아와 미술의 기원이 될 뿐 아니라 실제로는 문학의 원천도 되는 것이다. 다만 신화가 비록 문학을 낳기는 했지만, 시인은 신화의 적이 되기도 했다. [이렇게 이야기하는 까닭은 시인이] 찬미하는 노래를 부르고 공덕을 서술할 때마다, 꾸미지 않을 수 없어 [그로 인해] 본래의 모습을 잃게 되었기 때문이다. 그래서 신화는 비록 시가에 의해 확대되고 보존되기는 했지만, [이와 동시에] 그것으로 인해 바뀌고 변질되기도 했던 것이다. 중국에 남아 있는 천지개벽의 이야기가 이미 그 구상이 높은 수준에 이르러[3] 초기의 인민들의 본래의 모습을 찾아볼 수 없게 되었다는 것이 그 예이다.

> 하늘과 땅은 혼돈스럽고 달걀 모양이었다. 반고盤古가 그 속에서 태어나 일만 팔천 년이 되었다. 천지가 개벽하여 밝고 맑은 양기가 하늘이 되고, 어둡고 탁한 음기는 땅이 되었다. 반고는 그 가운데 있으며 하루에 아홉 번 변해 하늘에 있어서는 신이 되고 땅에서는 성인이 되었다. 하늘은 날마다 한 길씩 높아지고, 땅은 날마다 한 길씩 두터워졌으며, 반고는 날마다 한 길씩 커 갔다. 이렇게 일만 팔천 년이 지나자 하늘의 높이는 극히 높아지고, 땅의 깊이는 극히 두터워졌으며, 반고는 키가 극도로 커지게 되었다. 후에 비로소 삼황三皇이 있게 되었다. (『예문류취』藝文類聚 1권에 인용된 서정徐整의 『삼오력기』三五歷記)[4]

하늘과 땅도 역시 사물이다. 사물에는 부족한 것이 있게 마련이다. 이 때문에 옛날에 여와씨女媧氏는 오색의 돌을 녹여 갈라진 틈을 메웠고, [거대한] 거북의 다리를 잘라 땅의 네 귀퉁이四極를 세웠다. 그 뒤에 공공씨가 황제의 자리를 놓고 전욱과 싸움을 벌였는데, 노하여 부주산과 충돌하자 하늘을 받치고 있던 기둥이 부러지고 땅을 잇고 있던 끈이 끊어졌다.

> 이에 하늘이 서북쪽으로 기울어졌고, 해와 달, 별들이 그곳으로 쏠렸다. 땅은 동남쪽이 함몰해 모든 냇물과 빗물이 그쪽으로 흘러들었다. (『열자』, 「탕문」)[5]

신화가 발전하는 데 있어서 중심이 되는 것은 이즈음에 인성人性에 가까워진다는 사실인데, 이렇게 하여 서술된 것을 오늘날에는 전설이라고 부른다. 전설에서 말하는 것 가운데 어떤 것은 신성神性을 갖추고 있는 사람이기도 하고, 어떤 것은 태곳적의 영웅이기도 한데, 그들의 뛰어난 재지才智와 불가사의한 능력, 신령스러운 용기는 범인이 미칠 수 있는 바가 아니다. 곧 하늘로부터 부여받은 것이거나 하늘의 도움을 받은 것이다. 간적簡狄이 제비의 알을 삼키고 상商을 낳은 일[6]이라든지, 유온劉媼이 용과 교접하여 계季를 잉태했다[7]는 것 등이 모두 그 예이다. 또 이와 유사한 예는 매우 많다.

> 요堯의 시대에 열 개의 해가 동시에 나와 곡식을 태우고 초목을 죽이니 백성들이 먹을 것이 없었다. 알유猰貐, 착치鑿齒, 구영九嬰, 대풍大風, 봉희封豨, 수사脩蛇 등이 모두 백성들에게 해를 끼쳤다. 요는 이에 예羿에게 명하여 …… 위로는 열 개의 해를 쏘아 떨어뜨리고 아래로는 알유를 죽이게 하였다. …… 모든 백성들이 기뻐하며, 요를 천자天子로 삼았다. (『회남자』, 「본경훈」本經訓)[8]

> 예가 서왕모西王母에게 불사의 약을 구하여 얻었는데, 항아姮娥가 훔쳐서 달로 도망을 갔다. (『회남자』, 「남명훈」覽冥訓. 고유高誘의 주에 의하면, "항아는 예의 처이다. 예가 서왕모에게 불사의 약을 구했는데, 복용도 하기 전

에 항아가 먹고 신선이 되어 달로 들어가 달의 정령이 되었다"고 하였다.)[9)]

옛날에 요가 우산羽山에서 곤鯀을 죽였다. 곤의 혼은 누런 곰으로 변하여 우연羽淵으로 들어갔다. (『춘추좌씨전』)[10)]

고수瞽瞍는 순舜으로 하여금 쌀창고에 올라가 수리하게 하고는 밑에서 불을 질러 쌀창고를 태웠으나, 순은 두 개의 삿갓으로 스스로를 감싸며 내려와 죽지 않았다. 고수가 또 순으로 하여금 우물을 파게 하였는데 순은 우물을 파면서 [바닥에] 비밀 통로를 파두어 옆으로 빠져나왔다. (『사기』, 「순본기」)[11)]

중국의 신화와 전설은 아직까지도 그것을 집대성한 전문 저작이 없고, 옛책들에 여기저기 보일 뿐인데, 『산해경』에 특히 많이 남아 있다. 『산해경』은 지금 전하는 것은 18권으로, 해내海內[12)]와 해외海外의 산천山川과 신지神祇, 기이한 사물異物 및 각각에 상응하는 제사를 기록하고 있다.[13)] 우禹나 익益이 지었다고 하는 것[14)]은 옳지 않고, 『초사』楚辭에 의해 지어진 것이라는 설 역시 타당하지 않다.[15)] 이 책에 기록되어 있기로는 신에 제사 지내는 공물로 멥쌀糈(精米)이 많이 사용되고 있는데, 이는 무술巫術과 부합되는 것으로, 이 책은 아마도 옛날의 무서巫書였을 것이다. 그러나 진한秦漢의 사람들이 보탠 것도 있다. 그 가운데 세상에서 가장 잘 알려져 있고 항상 옛 사실故實로 인용되고 있는 것으로는 곤륜산[16)]과 서왕모가 있다.

곤륜의 언덕은 사실은 천제의 하계의 도읍으로, 신 육오陸吾가 맡고 있다. 이 신의 형상은 호랑이의 몸에 아홉 개의 꼬리, 사람의 얼굴에 호랑이 발톱을 하고 있는데, 이 신은 하늘의 아홉 구역의 경계와 천제의 정원의 사계절[17]을 주관하고 있다. (『산해경』, 「서산경」西山經)[18]

옥산玉山은 서왕모가 살고 있는 곳이다. 서왕모는 그 생김새는 사람 같고, 표범 꼬리에 호랑이 이빨을 하고 있으며, 휘파람을 잘 불었다.[19] 더벅머리에 머리 장식을 하고 있었고, 하늘의 재앙天之厲[20]과 다섯 가지 형벌五殘을 맡아보았다. (「서산경」)[21]

곤륜허[22]는 사방이 팔백 리이고 높이가 만 길이나 되며, 산 위에는 그 높이가 다섯 심尋이고, 둘레가 다섯 아름[23]이나 되는 목화가 자라고, 옥으로 난간을 두른 아홉 개의 우물이 있다. 또 앞에[24] 아홉 개의 우물이 있고, 문에는 개명수開明獸라는 신이 지키고 있다. 이곳은 온갖 신들이 사는 곳으로, 이들은 여덟 구석의 바위굴과 적수의 물가에 사는데, 동이의 예[25]와 같은 사람이 아니면 오를 수가 없다. (「해내서경」海內西經)[26]

서왕모가 책상에 기대어梯几[27] 머리장식을 꽂고 있고, 남쪽에는 세 마리의 파랑새靑鳥[28]가 있어서 서왕모를 위해 음식을 가져오는데, 곤륜허의 북쪽에 있다. (「해내북경」海內北經)[29]

대황大荒 가운데 산이 있어 그 이름을 풍저옥문豊沮玉門이라 했는데, 해와 달이 들어가는 곳이다. 또 신령스런 산이 있는데 무함巫咸, 무즉巫卽, 무분巫朌, 무팽巫彭, 무고巫姑, 무진巫眞, 무례巫禮, 무저巫抵, 무사巫謝, 무라巫羅 등 열 명의 무당이 여기로부터 오르내리며, 온갖 약이 이곳에 있다. (「대황서경」)[30]

서해의 남쪽, 유사流沙의 언저리, 적수赤水의 뒤쪽, 흑수黑水의 앞쪽에 큰 산이 있으니 그 이름을 곤륜구昆侖之丘라 하였다. 그곳에는 사람의 얼굴을 하고 호랑이 몸에 꼬리가 온통 하얀[31] 신이 있었다. 그 밑에는 약수弱水의 연못이 있어 그곳을 둘러싸고 있다. 그밖에는 염화의 산이 있는데 물건을 던지면 금방 타 버린다. 또 머리장식을 꽂고 호랑이 이빨에 표범 꼬리를 한 사람이 동굴에 살고 있었으니, 이름을 서왕모라 하였다. 이 산에는 온갖 것들이 다 있다. (「대황서경」)[32]

진晉의 함녕咸寧 5년에 급현汲縣 사람 부준不準이 위 양왕의 무덤을 도굴하여[33] 대나무에 쓰여진 『목천자전』 5편과 잡서 19편을 얻었다.[34] 『목천자전』은 현재까지 남아 있는데, 모두 6권으로서, 앞의 5권은 주 목왕周穆王이 여덟 마리의 준마駿馬를 타고 서쪽으로 원정을 나간 일을 기록했고, 뒤의 1권은 성희盛姬[35]가 도중에 죽어서 돌아가 장사 지낸 일을 기록하고 있다. [이것은] 아마도 잡서의 한 편인 듯하다. 이 책에서도 서왕모를 만났던 일이 기록되어 있는데, 여러 가지 기이한 생김새에 대해서는 서술하지 않았으니, 그 모습은 이미 자못 인간세상의 왕人王에 가까워져 있었다.

갑자의 길일에 천자는 서왕모를 방문하게 되었다. 이에 백규와 현벽을 [예물로] 가지고 서왕모를 만나 보았다. 백 순純의 금錦의 조組와 삼백 순의 □의 조를 바치자 서왕모는 재배再拜하고 그것을 받았다. 을축에 천자는 서왕모와 요지瑤池 위에서 술을 나누었다. 서왕모는 천자를 위하여 노래를 불렀다.

하늘의 흰 구름은 산 언덕[36]에서 피어 오르고,

갈 길은 아득한데 산천이 가로막혀 있네.

장차 그대가 죽지 않으면,

다시 돌아올 수 있으리.

천자는 이에 화답하였다.

내가 동쪽의 우리나라로 돌아가

하의 백성들을 다스려

온 백성이 모두 태평스럽게 되면

그대가 보고 싶어질 것이니

삼 년이 지나면

다시 돌아오리다.

천자는 드디어 말을 부려 엄산으로 올라가 그 사적丌迹을 엄산의 돌에 기록하고 거기에 홰나무槐를 심어 서왕모의 산이라고 이름하였다. (『목천자전』 3권)[37]

호랑이가 갈대 속에 있었는데, 천자가 그곳을 지날 예정이었다. 시위하던 무사들七萃之士 가운데 고분융高奔戎이라는 이가 범을 생포하게 해 달라고 하니, 반드시 그것을 생포해야 한다는 조건으로 허락을 받아 이내 범을 사로잡아 바쳤다. 천자는 명을 내려 우리를 만들고 동쪽의 숲東虞에서 그것을 기르게 하였으니, 이것이 '호랑이 우리'虎牢[38]이다. 천자는 고분융에게 네 마리가 한 조組인 수렵용 말 열 조를 하사하고, 큰 제사의 희생의 고기를 그에게 주었다. 고분융은 이에 재배하고 머리를 조아렸

다[稽首].[39] (『목천자전』 5권)

한대의 응소[應劭][40]는 『주서』가 우초[虞初]의 소설의 기초가 된다고 하였다. 현존하는 『일주서』[41]에서는 오직 「극은」, 「세부」, 「왕회」, 「태자진」[42] 네 편만이 서술에 자못 과장이 많아 전설과 비슷할 뿐 나머지 글들은 그렇지 않다. 급현의 고분[汲塚][43]에서 나온 주대의 죽서[竹書] 중에는 원래 쇄어[瑣語] 11편이 있었는데, [이것들은] 여러 나라의 복몽[卜夢], 요괴와 점복의 책이었으나, 지금은 없어졌고 『태평어람』[44]에 간간이 그 문장이 인용되어 있다. 또 급현에는 진[晉]나라 때 세운 『여망표』[呂望表][45]가 있었는데, 거기에도 『주지』[周志]를 인용하고 있지만, 모두 꿈의 효능을 기록하고 있어 소설과 매우 비슷하다. 아마도 우초가 근본으로 했던 것이 이런 것이 아닌가 생각되지만, 달리 명백한 증거가 없으니 역시 단정하기가 어렵다.

제나라 경공이 송을 치려고 곡릉[曲陵]에 이르렀는데, 꿈속에서 키가 작은 남자가 앞에서 인사하는 모습을 보았다. 안자가 물었다.

"임금께서는 어떤 꿈을 꾸셨는지요?"

공이 대답하였다.

"그 사람은 [무섭게 생기고] 키가 매우 작았는데, 상체는 길지만 다리가 짧았고, 그 말투에는 심히 노기를 띠고 있었으며, 오만하였소."

안자가 말했다.

"그렇다면 그가 바로 이윤[伊尹]입니다. 이윤은 몸집은 아주 크나 키가 작습니다. 또 상체는 길지만 다리는 짧으며, 붉은색 수염을 하고 있고, 그 말투는 심히 오만하고 목소리는 낮습니다."

공이 말했다.

"그가 맞소이다."

안자는 말했다.

"이는 전하께서 군대를 출동시킨 것에 대해 노한 것이니 군대를 돌려 물러감이 좋을 듯합니다."

과연 [경공은] 송을 치지 않았다. (『태평어람』 378)[46)]

문왕文王은 천제天帝가 검은 옷을 입고 영호令狐의 나루에 서 있는 것을 꿈에 보았다. 천제가 말했다.

"창昌아, 너에게 망望을 주겠노라."

문왕은 재배하고 머리를 굽실거렸다. 그 뒤에 있던 태공太公도 재배하며 머리를 굽실거렸다. 문왕이 그 꿈을 꾸었던 날 밤에 태공도 같은 꿈을 꾸었다. 그 후 문왕은 태공을 만나서 물었다.

"그대의 이름이 망인가?"

[태공이] 대답했다.

"그렇습니다, 망이라고 합니다."

문왕이 말했다.

"내가 그대를 만난 적이 있는 것 같소이다."

태공은 그 연월과 날짜를 말하고, 또 그 당시 했던 이야기를 모두 말하면서 이렇게 말했다.

"신은 이렇게 하여서 뵈었습니다."

문왕이 말했다.

"그런 일이 있었군, 그런 일이 있었지."

이에 그를 데리고 돌아와 경사卿士로 삼았다. (진대에 세운 『태공여망표』 석각. 동위 때에 세운 『여망표』에서 빠진 글자를 보충함.)[47)]

그밖에 한漢 이전의 『연단자』燕丹子, 한 양웅[48]의 『촉왕본기』蜀王本紀, 조엽의 『오월춘추』吳越春秋,[49] 원강袁康과 오평吳平의 『월절서』越絶書[50] 등과 같은 것은 비록 사실史實에 근거하였지만, 모두 기이한 이야기異聞도 포함하고 있다. 시가詩歌 쪽에서는 굴원屈原이 지은 작품, 특히 「천문」[51] 중에 신화와 전설이 많이 보인다. 예를 들면 다음과 같다.[52]

[찼다가 이우는 달] 밤의 빛은 무슨 성질일까?
[초하루 보름으로] 죽었다간 도로 살아나니.
[상아가 도망가 있다는데] 그 이익 대체 뭐라고.
[두꺼비와 계수나무와] 토끼를 뱃속에 키울까?[53]

[사람들을 위한 치수에서] 곤이 꾀한 바 무엇이고,[54]
[같은 목적이었는데] 우가 이룬 바 무엇인가?
[일명 공공인 수신] 강회가 잔뜩 화가 나자
[천주가 꺾여] 땅은 어찌해서 동남쪽으로 기울었나?[55]

[황제가 내려온다는] 곤륜산의 현포
[구름 속에 걸린 듯한 꽃밭] 그 기슭은 어디 있나?
[현포보다 더 높고 일명 천정天庭인] 증성은 아홉 층
[곤륜의 높이는 2천 5백여 리] 이곳 높이는 몇 리나 될까?[56]

[인어를 닮은] 능어鯪魚는 어디에서 살까?
[사람까지 잡아먹는] 기퇴鬿堆는 어디 머물까?[57]

[열 개의 해가 떠오른 요임금 때] 예는 어떻게 해를 쏘았나?

[아홉을 맞추니 다리가 세 개인] 까마귀는 어디에 날개를 흩었나?[58)]

왕일王逸[59)]은 [「천문」에 대해] 다음과 같이 말했다.

> 굴원은 쫓겨나고부터, 산과 늪가를 방황했는데, 초楚에 선왕先王을 제사 드리는 묘廟와 공경公卿의 사당이 있어, [그 벽에] 천지산천의 신령神靈의 화려하고 불가사의한 모습과 옛 성현의 괴물스러운 소행이 그려져 있는 것을 보고, …… 그래서 그 벽에 글을 써서 그것이 무엇인지를 [하늘에게] 물었던 것이다.[60)] (본서의 주)

이것으로 이런 이야기가 그 당시 사람들의 입에서 입으로 전해졌을 뿐만 아니라 묘당廟堂의 장식으로도 쓰였음을 알 수 있다. 이러한 전통은 한대에 이르러서도 끊어지지 않아, 오늘날에도 허묘墟墓에서 여전히 신기神祇[61)]와 괴물怪物, 성현과 남녀士女 등을 묘사한 부조를 볼 수 있다. 진晋나라 때 급현의 고분으로부터 죽서를 발견한 이래로, 곽박은 『목천자전』에 주注를 달고, 또 『산해경』을 주하여 도찬圖讚을 지었다.[62)] 그 뒤에 강관江灌[63)]도 도찬을 지었으니, 이는 신기한 이야기를 진 이후의 사람들이 대단히 좋아했기 때문이다. 그러나 예로부터 이제까지 중국에는 그리스의 서사시[64)]와 같이 이러한 이야기들을 집대성하여 위대한 작품을 만들었다는 말은 듣지 못했다. 다만 시문詩文의 장식으로 사용되고, 소설 속에서 그 자취를 자주 볼 수 있을 따름이다.

중국의 신화가 단편적으로만 남아 있는 까닭에 대해, 어떤 논자[65)]는 두 가지 이유를 들었다. 첫째는 한족漢族은 처음에는 황하黃河 유역에 살았기에 자연의 혜택이 부족하여 그들의 생활 또한 근면해야 했으므로 실제를 중시하고 낭만적인 상상玄想을 멀리했으니 예로부터 전해오는 이야기를 집대성해 위대한 문학을 이루기란 더욱 불가능했을 것이라는 것이다. 둘째로는 공자가 수신, 제가, 치국, 평천하修身齊家治國平天下 등의 실제에 힘쓰는 가르침을 들고 나와, 귀신을 말하고자 하지 않았으므로, 유가에서는 태고의 황당한 이야기들을 말하지 않았다. 그러므로 그 후로는 발전하지 못했을 뿐만 아니라 흩어져 없어져 버렸다는 것이다.

그러나 상세히 고찰해 보면, 앞서 말한 이유는 거의 신神과 귀鬼를 구별하지 않았던 데 있는 것 같다. 비록 옛날에는 하늘 신天神, 땅 신地祇, 사람 귀신人鬼을 분별하고는 있었지만, 사람 귀신 역시 신神, 기祇가 될 수 있었다. 인간과 신이 서로 뒤섞여 있었다는 것은 원시 신앙이 그 자체의 형태로부터 탈각하지 못했다는 것으로, 원시 신앙이 남아 있는 한 전설과 유사한 이야기가 그치지 않고 날로 나타나게 된다. 그래서 이전부터 있던 이야기는 활기를 잃고 사라져 버리고, 새로 나온 것 역시 그렇게 광채를 발하는 것이 없게 된다. 이를테면 다음의 예 가운데 앞의 둘은 새로운 신이 수시로 생겨나는 것이고, 뒤의 셋은 이전 단계의 신이 [모습과 명칭에 있어서는] 약간의 변화가 있지만, [궁극적으로는] 아무런 진화의 흔적을 찾아볼 수 없는 것들이다.

> 장자문蔣子文은 광릉廣陵 사람으로, 주색을 좋아하여 절도 없이 방탕하게 지냈다. 그는 항상 자신의 뼈가 푸르기에 죽으면 마땅히 신神이 될 것이라고 말했다. 한말漢末에 말릉秣陵66)의 위尉가 되어 도적을 쫓아 종산鍾山 아래에까지 이르렀다. 도적이 그의 이마를 쳐서 상처를 입혔으나, 인수印綬를 풀어 도적을 묶고는 이내 죽었다. 오吳의 선주先主 [손권孫權 치

세의] 초기에 그의 옛 부하가 길에서 자문子文을 보았는데 …… 자문은 부하에게 말했다.

"나는 이곳의 토지신이 되어 너희 백성들에게 복을 줄 것이로되, 너는 온 백성들에게 알려 나를 위해 묘廟를 세우게 하라. 그렇게 하지 않으면, 장차 큰 화가 있으리라."

이해 여름 전염병이 크게 유행했으니, 백성들은 모두 겁에 질려 몰래 그에게 제사드리는 자가 꽤 있었다.(『태평광기』 293에 인용된 『수신기』)[67]

세상에 자고신紫姑神이란 것이 있는데, 예로부터 전해 오기를 이는 어떤 사람의 첩으로, 큰마누라의 질투를 받아 항상 궂은일을 도맡아 하다가, 정월 보름에 분을 못 이겨 죽었다고 한다. 그러므로 세간에서는 그날이 되면 그 모형을 만들어서 밤에 변소나 돼지우리 가에서 그 신을 맞는다. …… 그 모형을 쥐고 있는 사람이 뭔가 묵직한 느낌이 들면 곧 신이 왔다고 술과 과실을 진설해 놓고 제사를 지낸다. 그러다가 또 모형을 쥐고 있는 사람이 그의 얼굴이 휘황하게 밝아오는 느낌이 들게 되면 곧 쉴 새 없이 껑충껑충 뛰어다니며 여러 가지 일을 점칠 수 있게 된다. 그리하여 앞으로의 누에치기에 대한 것을 점치기도 하고, 또 제비를 잘 뽑아내기도 한다. 길하면 격하게 춤을 추고, 흉하면 자빠져 잠을 자는 것이다. (『이원』異苑 5)[68]

창해滄海의 가운데에 도삭度朔이라고 하는 산이 있었는데, 산 위에는 큰 복숭아나무가 있었다. …… 그 가지 사이의 동북쪽을 귀문鬼門이라고 하는데, 모든 귀신들이 드나드는 곳이다. 그 위에는 두 신인神人이 있어 하나는 신도神荼라고 부르고, 또 하나는 울루鬱壘라고 불렀는데, 모든 귀신들을 검사하고 다스리는 일을 주로 하였다. 해롭고 악한 귀신은 갈대 끈으로 묶어서 범의 먹이로 주었다. 그래서 황제가 의식을 집행하여 악귀를 쫓을 때는 큰 복숭아 인형을 세우고, 문에는 신도와 울루, 그리고 범을 그려 놓고 갈대 끈을 달아 둠으로써 악귀를 막았다. (『논형』 22에 인용된 『산해경』. 현존본에는 없다)[69]

동남쪽에는 도도산桃都山이 있다. …… 그 아래에는 두 신이 있는데, 왼쪽은 융隆이라 하고, 오른쪽은 㝉[70]이라 하며, 모두 갈대끈을 잡고, 상서롭지 못한 귀신을 지키다가 잡으면 죽인다. 지금 사람들은 정월 초하루에 두 개의 복숭아나무인형을 만들어 문 옆에 세워두는데 …… 아마도 예로부터 전해진 [그 신들의] 상인 것인 듯하다. (『태평어람』 29 및 918에 인용된 『현중기』玄中記. 『옥촉보전』玉燭寶典에 의거하고 주를 보충했음)[71]

문신은 당대 진숙보, 호경덕[72] 두 장군이다. 전하는 바에 따르면, 당 태종이 몸이 불편했는데, 침실 문 밖에서 벽돌을 던지고 기와를 가지고 놀면서, 귀신들이 소리를 질렀다. …… 태종이 두려워서 그 사실을 여러 신하들에게 알렸다. 진숙보가 늘어서 있는 열로부터 나서서 상주하였다. "신은 평생 사람 죽이기를 오이 베듯이 하고, 시체 쌓는 것을 개미 모으듯 했사오니, 어찌 귀신 따위를 두려워하겠습니까? 원컨대 호경덕과 함께 무장을 하고 문 밖에 서서 감시하겠습니다." 태종은 그의 상소를 허락하였고, 그날 밤 과연 아무 일도 없었다. 태종은 그 일을 치하하여 화공에게 두 사람의 형상을 그리도록 하고 …… 궁전의 좌우 문에 걸어두니, 악귀의 빌미가 멈춰졌다. 후대에 계승되어 영원히 문신이 되었다.[73] (『삼교수신대전』三教搜神大全 7)

주)

1) 『제해』(帝諧). 『장자』 「소요유」(逍遙游)에는 "제해라고 하는 것은 초자연적인 것을 기록한 사람"(齊諧者, 志怪者也)이라고 기록되어 있다. 그러나 후대 사람들은 제해를 지괴 소설집의 책이름으로 여겼다. 예를 들면, 유송(劉宋) 동양무의의 『제해기』와 양나라 때 오균의 『속제해기』 등이 그것이다.
『이견』(夷堅). 『열자』 「탕문」에는 명해(溟海)에 곤(鯤)과 붕(鵬)이 있는데, "우(禹)가 다니다가 그것을 보았고, 백익(伯益)이라는 사람이 그것을 확인하고는 이름을 지었으며, 이견이 그 말을 듣고서 기록하였다"(禹行而見之, 伯益知而名之, 夷堅聞而志之)고 기록되어 있다. 후대 사람들은 이견을 지괴소설집의 책이름으로 여겼으니, 송대 홍매(洪邁)의 『이견지』(夷堅志), 금대(金代) 원호문(元好問)의 『속이견지』(續夷堅志)와 같은 것이다.
2) 우리나라 사람에 의해 이루어진 신화에 대한 연구는 상대적으로 빈약하다고 할 수 있는 여타 분야에 비해 비교적 풍성한 편이다. 정재서(鄭在書), 「신선설화 연구」, 서울대 박사논문, 1988. 육완정(陸完貞), 「중국근원신화에 나타난 집단무의식」, 성균관대 박사논문, 1988. 장정해(張貞海), 「송 이전 신화 소설 중의 용에 대한 연구」(宋前神話小說中龍的硏究), 타이베이(台北): 원화대학(文化大學) 박사논문, 1992. 서경호(徐敬浩), 「산해경 연구」(*A Study of Shan-hai-ching; Ancient Worldviews Under Transformation*), 하버드대학 박사논문, 1993. 서유원(徐裕源), 「중한 고대 창세 시조 신화 유형 연구」(中韓古代創世始祖神話類型硏究), 타이베이: 둥우대(東吳大) 박사논문, 1994. 김선자(金善子), 「중국변형신화전설연구」, 연세대 박사논문, 2001. 이 가운데 서경호의 논문은 『산해경 연구』(서울대출판부, 1996)라는 제목으로, 정재서의 논문은 『불사의 신화와 사상』(민음사, 1994)이라는 제목의 저작으로 다시 엮어져 나왔다.—옮긴이
3) 남아프리카의 부시맨 족은 케인(Cagn)이라 불리는 큰 메뚜기 한 마리가 천지와 만물을 창조했다고 한다. 케인에게는 코티(Coti)라고 하는 아내도 있었다. 그들은 또한 사람은 뱀이 변한 것이라고 말한다. 케인이 막대기로 뱀의 머리를 때리자 뱀은 이내 사람으로 변하였다는 것이다. 인도 신화에서는 처음에 세상에는 물만 있었을 뿐 물 이외에 다른 것은 아무것도 없었는데, 물속에서 금알 하나가 나와 그 알이 프라자파티(Prajapati)라고 하는 사람이 되었다는 것이다. 하지만 중국의 천지개벽에 관한 신화는 비교적 복잡하다. 서정(徐整)은 그의 저작 『오운력년기』(五運歷年記)에서 다음과 같이 말했다. "처음에 반고(盤古)가 태어났다가 죽을 때가 되자 그의 몸에 변화가 일어났다. 그의 입에서 새어나온 숨길은 바람과 구름이 되었고, 목소리는 천둥소리로 변했으며, 왼쪽 눈은 태양으로, 오른쪽 눈은 달로 변했다. 네 팔다리와 오체(五體)는 대지의 사극(四極)과 오방(五方)의 빼어난 산이 되었으며, 피는 강물이 되었고, 근맥(筋脈)은 지리(地理)가 되었으며, 살은 전답이 되었고, 머리카락과 수염은 별이 되었으며, 피부와 털은 초목이 되었고, 치아와 뼈는 철과 돌이 되었으며, 골수는 주옥이 되었고, 흘린 땀은 비와 연못이 되었으며, 몸의 모든 벌레들은 바람으로부터 무언가 영향을 받아 백성들이 되었다."(首生盤古, 垂死化身. 氣成風雲, 聲爲雷霆; 左眼爲日, 右眼爲月; 四肢五體, 爲四極五岳; 血液爲江下, 筋脈爲地理, 筋肉爲田土; 發髭爲星辰, 皮毛爲草木, 齒骨爲金石, 精髓爲珠玉, 流汗爲雨澤; 身之諸蟲, 因風所感, 化爲黎甿) — 보주

4) 원문은 다음과 같다. 天地混沌如鷄子, 盤古生其中, 一萬八千歲. 天地開闢, 陽淸爲天, 陰濁爲地, 盤古在其中, 一日九變, 神于天, 聖于地. 天日高一丈, 地日厚一丈, 盤古日長一丈, 如此萬八千歲, 天數極高, 地數極深, 盤古極長. 後乃有三皇.(『藝文類聚』卷一引徐整『三五歷記』)

5) 天地, 亦物也. 物有不足, 故昔者女媧氏練五色石以補其闕, 斷鰲之足以立四極. 其後共工氏與顓頊爭爲帝, 怒而觸不周之山, 折天柱, 絶地維, 故天傾西北, 日月星辰就焉, 地不滿東南, 故百川水潦歸焉.(『列子』「湯問」)

6) "간적이 제비의 알을 삼키고 상을 낳았다"(簡狄呑燕卵而生商). 『사기』「은본기」에는, "은나라 설의 어머니는 간적이라고 하는데, 유융씨의 딸이며 제곡의 두번째 부인이었다. [어느 날] 세 사람이 목욕을 갔는데, 현조가 그 알을 떨어뜨리는 것을 보고 간적이 집어서 삼켰다. 그러고는 임신하여 설(契)을 낳았다"(殷契母曰簡狄, 有娀氏之女, 爲帝嚳次妃. 三人行浴, 見玄鳥墮其卵, 簡狄取而呑之, 因孕生契)는 기록이 보인다. 상(商)은 곧 설(契)이며 상(商)나라의 시조이다.

7) "유온이 용과 교접하여 계를 잉태했다"(劉媼得交龍而孕季). 『사기』「고조본기」(高祖本紀)에 보인다. "유온이 일찍이 큰 연못의 언덕에서 쉬다가 꿈속에서 신을 만났다. 이때 번개가 치고 어두컴컴해졌는데, 태공이 가서 살펴보니, 교룡이 그 위에 있는 것이 보였다. 이미 임신을 하여 마침내 고조를 낳았다."(劉媼嘗息大澤之陂, 夢與神遇. 是時雷電晦冥, 太公往視, 則見蛟龍于其上. 已而有身, 遂産高祖) 교룡(蛟龍)은 『한서』「고제기」(高帝紀)에는 '교룡'(交龍)이라 되어 있다. 계(季)는 한 고조이다. 유방(劉邦)은 자(字)를 계(季)라고 했다.

8) 원문은 다음과 같다. 堯之時, 十日幷出, 焦禾稼, 殺草木, 而民無所食. 猰貐·鑿齒·九嬰·大風·封豨·脩蛇, 皆爲民害. 堯乃使羿…上射十日而下殺猰貐.…萬民皆喜, 置堯以爲天子.(『淮南子』「本經訓」)

9) 羿請不死之藥于西王母, 姮娥竊以奔月.(『淮南子』「覽冥訓」. 高誘注曰, 姮娥羿妻. 羿請不死之藥于西王母, 未及服之. 姮娥盜食之, 得仙, 奔入月中爲月精.)

10) 昔堯殛鯀于羽山, 其神化爲黃熊以入于羽淵.(『春秋左氏傳』)

11) 瞽瞍使舜上涂廩, 從下縱火焚廩, 舜乃以兩笠自扞而下去, 得不死. 瞽瞍又使舜穿井, 舜穿井爲匿空, 旁出.(『史記』「舜本紀」)

고수가 순을 해치려고 한 일에 대해서 『사기』「오제본기」에는 원래 다음과 같이 되어 있다. "고수가 여전히 순을 다시 죽이고자 순으로 하여금 쌀 창고에 올라가 수리하게 하고는 밑에서 불을 질러 쌀창고를 태웠으나, 순은 두 개의 삿갓으로 스스로를 감싸며 내려와 도망치니 죽지 않았다. 뒤에 고수가 또 순으로 하여금 우물을 파게 하였는데 순은 우물을 파면서 옆으로 나가는 비밀 통로를 파두었다. 순이 깊이 들어가자 고수는 상(象)과 함께 흙을 부어 우물을 막았으나, 순은 비밀 통로로 나가 도망쳤다."(瞽叟尙復欲殺之, 使舜上塗廩, 瞽叟從下縱火焚廩. 舜乃以兩笠自扞而下, 去, 得不死. 後瞽叟又使舜穿井, 舜穿井爲匿空旁出. 舜旣入深, 瞽叟與象共下土實井, 舜從匿空出, 去)

12) 여기에서 말하는 해(海)는 바다를 가리키는 것이 아니고, 당시 중국 사람들이 생각했던 천하를 가리킨다. 그러므로 해내라는 것은 중국 사람들이 살고 있는 중국의 경내를 말하고, 해외라는 것은 그 밖의 지역을 두루 가리킨다.— 옮긴이

13) 『산해경』의 한국어본은 정재서 역주, 『산해경』, 민음사, 1985/1996.—옮긴이

14) 『산해경』이 우(禹)와 익(益)이 지은 것이라고 말한 사람으로는 유흠(劉歆)과 왕충(王充) 그리고 『오월춘추』(吳越春秋)의 작자 조엽(趙曄)이 있다. 북제(北齊)의 안지추(顔之推)와 동진(東晋)의 곽박(郭璞) 역시 우와 익이 지었다는 것을 믿기는 하였으나, 후대 사람들이 함부로 증보시킨 부분이 있다고 의심하였다. 곽박의 『산해경서』(山海經序)에서는 이것이 "7대의 세상을 뛰어넘어, 삼천 년을 거쳐"(跨世七代, 歷載三千) 나온 것이라 하였고, 안지추의 『안씨가훈』에는 다음과 같이 기록되어 있다. "『산해경』은 우와 익이 기록한 것으로 여기에 나오는 장사(長沙), 영릉(零陵), 안문(雁門) 등은 모두 군현의 명칭이며 또한 스스로 우(禹), 곤(鯀)이라 기록된 것으로 보아 후인들이 그 이름을 참고하여 덧붙인 듯하다."(『山海經』, 禹益所記, 而有長沙零陵雁門, 皆郡縣名, 又自載禹鯀, 似後人因其名參益之) 또 『산해경』이 『초사』(楚辭)를 기본으로 하여 지어졌다는 설은 주희(朱熹)의 『초사변증』(楚辭辨證)에 다음과 같이 보인다. "예나 지금이나 「천문」(天問)을 말하는 사람들은 모두 이 두 책(곧 『산해경』과 『회남자』를 가리킨다)을 저본으로 하였다. 이제 문장의 뜻을 살펴보면, 아마도 이 두 책은 본래 이 「천문」을 해석하여 지은 것으로 생각된다."(古今說『天問』者, 皆本此二書(按指『山海經』『南子』); 今以文義考之, 疑此二書本緣『天問』而作) 사실 『산해경』의 작자 문제는 명대의 호응린이 『소실산방필총』에서 제대로 말했다. "요컨대 옛것을 바탕으로 하여 진한(秦漢) 후에 증보된 책이다."(要爲有本于古, 秦漢後增益之書) 하지만 원서(原書) 가운데 가장 오래된 것이라 하더라도 춘추시대와 전국시대 사이이고, 가장 늦은 것 역시 진한 이후일 수가 없다.—보주

15) 『산해경』(山海經)의 작자에 대해서, 이것이 우(禹), 익(益)의 작이라고 하는 설은 한대 유흠의 『상산해경표』(上山海經表)에 보인다. "우는 구주로 나누어, 지방에 따라 공물을 정하였고, 익 등은 사물의 좋고 나쁨을 유별하여 『산해경』을 지었다." 한대 왕충의 『논형』 「별통편」(別通篇)에서는 "우, 익이 모두 홍수를 다스렸는데, …… 듣고 본 것으로 『산해경』을 지었다"(禹別九州, 任土作貢, 而益等類物善惡, 著『山海經』)고 하였다. 또 『산해경』이 『초사』를 기본으로 하여 지어졌다고 하는 설은, 송대 주희의 『초사변증』(下)에 보인다. "대체로 예나 지금이나 「천문」을 말하는 사람들은 모두 이 두 책(곧 『산해경』과 『회남자』를 가리킨다)을 저본으로 하였다. 이제 문장의 뜻을 살펴보면, 아마도 이 두 책은 본래 이 「천문」을 해석하여 지은 것으로 생각된다."(大抵古今說『天問』者, 皆本此二書(按指『山海經』和『淮南子』), 今以文意考之, 疑此二書, 本皆緣解此『問』而作)

16) 원문은 '昆侖山'. 곤륜(昆侖)은 곤륜(崑崙)으로, 고대에는 곤륜(昆侖)으로 썼다.—일역본

17) 원문은 "帝之囿時". 진의 곽상(郭象)은 "천제의 정원의 계절"이라고 해석하였다. 청의 학의행(郝懿行)은 "시"(時)는 "치"(畤)인 듯하다고 했는데, 이렇게 되면 "천제의 정원의 땅"이라는 뜻이 된다. "치"(畤)에는 천지와 천제를 제사 지내는 터를 세울 땅이라는 뜻과 신령이 머무는 땅이라는 의미가 있다. 학의행에 앞서 필원(畢沅)은 이 "시"(時)는 "백곡을 파종하다"(播時百穀)에서의 "時"(모종내다)가 되며, "시"(蒔; 모종내다)와 같다고 하였다.—일역본

18) 원문은 다음과 같다. 昆侖之丘, 是實惟帝之下都, 神陸吾司之, 其神狀虎身而九尾, 人面而虎爪. 是神也, 司天之九部及帝之囿時.(「西山經」)

19) '으르렁거리다', 또는 '포효하다'라는 설도 있음.—옮긴이

20) "여"(厲)는 필원(畢沅)에 의하면 『좌전』(左傳) '성공(成公) 10년'에 "진후가 대려의 꿈을 꾸었다. 산발한 머리가 땅까지 늘어지고, 가슴을 두드리며 춤을 추었다"고 한 "대려"가 바로 이것이라고 하였다. 곧 악귀(惡鬼)이다. 또 "여"(厲)는 "여"(癘)와 통하며, 재앙이라는 뜻이다. 이에 대해서 학의행은 뒤에 나오는 오잔(五殘)과 마찬가지로 별의 이름이라 하였다. 서쪽에 있는 별인 묘(昴)는 역귀를 맡아보는데, 오잔은 『사기』「천관서」(天官書)에 있는 별이름으로, 별명은 오봉(五鋒)이라고도 하며, 형벌을 맡아보는 별이라 한다.—일역본

21) 원문은 다음과 같다. 玉山, 是西王母所居也. 西王母其狀如人, 豹尾虎齒而善嘯, 蓬髮戴勝, 是司天之厲及五殘.(「西山經」)

22) '허'(墟)는 큰 언덕이라는 의미이다.—옮긴이

23) 원문은 '圍'. 길이의 단위로, 다섯 치라고도 하고, 세 치라고도 한다.—일역본

24) 원문은 '면'(面). 『초학기』(初學記)에는 '상'(上)자로 되어 있다.—일역본

25) 원문은 '인예'(仁羿). '인예'에서의 '羿'는 곽박의 주에 의하면, '성'(聖)이라고도 한다. 곧 "인성"(仁聖)으로, 재덕을 갖춘 사람을 말한다. 또 원가(袁珂)에 의하면, "인예"(仁羿)의 인은 "이"(夷)의 가차로서 "이예"(夷羿)라고도 한다.—일역본

26) 원문은 다음과 같다. 昆侖之墟方八百里, 高萬仞; 上有木禾, 長五尋, 大五圍; 面有九井, 以玉爲檻; 面有九門, 門有開明獸守之. 百神之所在. 在八隅之巖, 赤水之際, 非仁羿莫能上.(「海內西經」)

27) "제"(梯)는 "빙"(憑; 기대다, 의지하다)이라는 의미이다.—일역본

28) 『산해경』「대황서경」(大荒西經)에, "세 마리의 파랑새가 있는데, 붉은 머리에 검은 눈을 하고 있으며, 하나는 이름을 대려(大鵹)라 하고, 한 마리는 소려(少鵹)라 하며, 한 마리는 청조(青鳥)라 한다"(有三青鳥, 赤首黑目, 一名曰大鵹, 一名少鵹, 一名曰青鳥)고 하였다.—옮긴이

29) 원문은 다음과 같다. 西王母梯几而戴勝杖(案此字當衍), 其南有三青鳥, 爲西王母取食, 在昆侖墟北.(「海內北經」)

30) 원문은 다음과 같다. 大荒之中有山, 名曰豐沮玉門, 日月所入. 有靈山, 巫咸·巫即·巫朌·巫彭·巫姑·巫眞·巫禮·巫抵·巫謝·巫羅·十巫從此升降, 百藥爰在.(「大荒西經」)

31) 원문은 "虎身有尾皆白處之". 필원이나 학의행은 모두 "꼬리에 흰색 반점이 있고"(有文有尾)로 보았고, 원가 역시 마찬가지로 보았다.—옮긴이

32) 원문은 다음과 같다. 西海之南, 流沙之濱, 赤水之後, 黑水之前, 有大山, 名曰昆侖之丘. 有神人面虎身有尾皆白處之. 其下有弱水之淵環之. 其外有炎火之山, 投物輒然. 有人戴勝, 虎齒豹尾, 穴處, 名曰西王母. 此山萬物盡有.(「大荒西經」)

33) "부준이 위 양왕의 무덤을 도굴하다"(不準盜發魏襄王塚). 『진서』(晋書) 「무제기」(武帝紀)에는, 함녕 5년(279) 겨울 10월에 "급군 사람 부준이 위 양왕의 무덤을 파다가 죽간에 소전체로 쓰여진 옛날 책 10여만 어를 발견하였다"(汲郡人不準掘魏襄王塚, 得竹簡小篆古書十餘萬言)고 기록되어 있다. 부준(不準)은 사람 이름이다. 위 양왕(魏襄王)의 무덤은 안리왕(安釐王)의 무덤이라고 하기도 한다. 『진서』「속석전」(束晳傳)의 기록에 의하면, 급의 무덤에서 얻은 죽서가 수십 수레로서, "그 가운데 『기년』 13편에는 하(夏)

이래로 주 유왕(周幽王)이 견융에게 멸망당할 때까지의 일이 기록되어 있다. 그 일을 이어서 세 집안이 [진晋나라를] 삼분하고 난 뒤부터는 위(魏)에서 일어난 일을 안리왕 20년까지 기술하였다. …… 『쇄어』 11편은 여러 나라의 점과 꿈, 괴이한 일들을 기록한 책이다. …… 『목천자전』 5편은 주 목왕이 사해를 두루 편력하면서, 제대(帝台)·서왕모(西王母)를 만난 것을 기술하고 있다. …… 또 잡서 19편, 곧 『주식전법』, 『주서』, 『논초사』, 『주목왕미인성희사사』가 있다"(其『紀年』十三篇, 記夏以來至周幽王爲犬戎所滅, 以事接之, 三家分, 仍述魏事至安釐王之二十年.…『瑣語』十一篇, 諸國卜夢妖怪相書也.…『穆天子傳』五篇, 言周穆王游行四海, 見帝台,西王母.…又雜書十九篇: 『周食田法』·『周書』·『論楚事』·『周穆王美人盛姬死事』)고 하였다.

34) 『목천자전』의 우리말 역본 서지사항은 다음과 같다. 송정화·김지선 역주, 『목천자전·신이경』, 살림, 1997.—옮긴이

35) 성희는 목왕의 비(妃)이다.—옮긴이

36) '언덕'의 원문은 '隊'. 능(陵)의 이체자(異體字)이다. 아래 문장의 "기"(丌), "계"(䭫)는 각각 "其", "稽"의 이체자이다.

37) 원문은 다음과 같다. 吉日甲子, 天子賓于西王母, 乃執白圭玄璧以見西王母. 好獻錦組百純, □組三百純, 西王母再拜受之. □乙丑. 天子觴西王母于瑤池之上. 西王母爲天子謠, 曰, '白雲在天, 山隊自出, 道里悠遠, 山川間之, 將子無死, 尙能復來.' 天子答之曰, '予歸東土, 和治諸夏, 萬民平均, 吾愿見汝, 比及三年, 將復而野.' 天子遂驅升于弇山, 乃紀丌迹于弇山之石, 而樹之槐, 眉曰西王母之山.(『穆天子傳』 卷3)

『목천자전』에는 곽박의 주가 있다. 3권의 주 목왕이 서왕모를 만나는 대목에 대한 주는 다음과 같다. "『기년』(紀年) : 목왕 17년에 서쪽으로 곤륜구(昆侖丘)로 가서 서왕모를 만났다. 그 해에 돌아와 소공에서 손님을 알현했다."(『紀年』: 穆王十七年西征昆侖丘, 見西王母其年來見, 賓于昭公) 또 "순(純)은 필단(匹端)의 이름이다. 『주례』에서는 '순백(純帛)은 다섯 량을 넘지 않는다'고 하였다. 조(組)는 갓, 인장 등에 매는 끈(綬屬)이다." "반주 없이 노래 부르는 것(徒歌)을 '요'(謠)라고 한다." "'隊'은 릉(陵)이다." "장(將)은 청하는 것(請)이다." "상(尙)은 바라는 것(庶幾)이다." "고(顧)는 돌아오는 것(還)이다." "엄(弇)은 엄자산(弇玆山)으로 해가 지는 곳이다."(弇, 弇玆山, 日入所也) 이 내용을 검토해 보자면, 기(丌)는 음이 희(姬)이고 받침대라는 뜻이다.—보주

곽박의 주가 달린 『목천자전』은 『도장』(道藏) 「동진부」(洞眞部) '기전류'(記傳類)에 실린 것이다. 위의 내용 가운데 순(純)은 네 가지 옷감의 길이의 이름이다. 사(絲), 면(綿), 포(布), 백(帛)의 일단(一段)을 일순(一純)이라 한다. 1순은 1단(段)이고, 1단은 반 필(匹)이다. 필은 옷감 4장을 말한다(『목천자전』에 대한 홍이훤의 교감. 자세한 것은 송정화, 『「穆天子傳」試釋 및 譯註』, 이화여자대학교 석사학위논문, 1994, 111쪽을 참고할 것). 또 위에서 "고"(顧)는 『도장』본에 의거한 것으로, 본래는 "원"(願)이다.—옮긴이

38) 『목천자전』 5권의 호뢰(虎牢) 고사는 곽박의 주에 의하면 다음과 같다. "호뢰라는 것은 [그 일로] 인하여 그 지방의 이름을 삼았다. 지금의 형양(榮陽) 성고현(成皐縣)이 바로 그곳이다."(虎牢, 因以名其地也. 今榮陽成皐縣是) 이 내용을 검토해 보자면, 췌(萃)는 군대라는 뜻으로 왕가의 금위군(禁衛軍)을 가리킨다.—보주

형양(滎陽) 성고현(成皐縣)은 춘추시대에는 정(鄭)나라에 속했으며, "제"(制; 또는 北制)라고도 하였다. 지금의 허난성 범수현(氾水縣) 서북쪽에 있다.—일역본

39) 원문은 다음과 같다. 有虎在乎葭中. 天子將至. 七萃之士高奔戎請生捕虎, 必全之, 乃生捕虎而獻之. 天子命之爲柙而畜之東虞, 是爲虎牢. 天子賜奔戎畋馬十駟, 歸之太牢, 奔戎再拜稽首.(『穆天子傳』 卷5)

40) 응소(應劭)의 자는 중원(仲遠)으로 동한 여남(汝南) 남돈(南頓; 지금의 허난 상청項城) 사람이다. 일찍이 태산(泰山)의 태수를 지냈다. 『풍속통의』(風俗通義), 『한서집해음의』(漢書集解音義) 등을 편찬했다.

41) 금본(今本) 『일주서』(逸周書)는 『한위총서』(漢魏叢書)에 남아 있다. 모두 70편으로 공히 "해"(解)라고 불린다. 「극은해」(克殷解)는 제36편이고, 「세부해」(世俘解)는 제40편이며, 「왕회해」(王會解)는 제59편, 「태자진해」(太子晉解)는 제64편이다.—보주

42) 「극은」(克殷)은 『일주서』 제36에 보인다. 주 무왕이 목야(牧野)에서 은(殷)의 주(紂)를 싸워 이긴 일을 기록하고 있다.

「세부」(世俘)는 『일주서』 제40에 보인다. 주 무왕이 은을 멸망시키고 나서 계속해 은의 여러 제후국들을 추격하여 포로로 삼고 제사를 지낸 일을 기록하고 있다.

「왕회」(王會)는 『일주서』 제59에 보인다. 주 성왕(成王)이 제후들을 모두 회합케 하자 각 국이 진귀한 물건을 바친 일을 기록하고 있다.

「태자진」(太子晉)은 『일주서』 제64에 보인다. 주 영왕(靈王)의 태자 진이 진(晉)의 대부 사광(師曠)과 대화할 때, 말을 잘하고 사리판단을 잘했다고 기록하고 있다.

43) 급현은 하남성에 있으며, 진(晋) 태강(太康) 2년(281년)에 급군(汲郡)의 부준(不準)이라는 사람이 위 양왕의 묘(혹은 안리왕의 묘라고도 함)를 도굴하여 죽서 수십 수레를 얻었다. 무제(武帝)가 순욱(荀勖)에게 명하여 정리하여 중경(中經)이라 하였다.—옮긴이

44) 『태평어람』(太平御覽). 유서(類書)이다. 북송 때 이방(李昉) 등이 명을 받아 편집하였는데 태평흥국(太平興國) 8년(983)에 책이 완성되었다. 모두 천 권으로, 55항목으로 나누었는데, 인용서는 1,690여 종에 이른다. 이 책에 『쇄어』 17칙이 인용되어 있다.

45) 석각(石刻)의 비문(碑文)으로, 일명 『태공비』(太公碑)라고도 함. 송나라 조명성(趙明誠)의 『금석록』(金石錄)에는, "진나라 태강(太康) 10년 3월에 급현의 현령 노무기(盧無忌)가 세웠다"(晉太康十年三月, 汲縣令盧無忌立)고 기록되어 있다. 『여망표』 안에는 『주지』의 "문왕이 천제를 꿈에서 만났다"(文王夢天帝)는 대목이 인용되어 있다. 『주지』에 대해서는 『좌전』 '문공(文公) 2년'(공영달孔穎達의 소疏)에서 "지라는 것은 기록한다는 것으로, 그것을 일러 『주지』라고 한 것으로 보아 주대의 책이 분명하지만 이 책이 무엇을 이름한 것인지는 알 수 없다"(志者記也, 謂之『周志』, 明是周世之書, 不知其書何所名也)고 하였다. 본문 아래 인용문 중의 "동위 때에 세운 『여망표』"(東魏立『呂望表』)는 청나라 필원(畢沅)의 『중주금석기』(中州金石記)에 기재된 바에 따르면, 진(晉)대에 세워진 태공비가 훼손된 후에 동위(東魏) 무정(武定) 8년(548) 4월에 다시 세워졌다 한다. 목자용(穆子容)이 서사(書寫)한 것이다.

46) 원문은 다음과 같다. 齊景公伐宋, 至曲陵, 夢見有短丈夫賓于前. 晏子曰, "君所夢何如哉?" 公曰, "其賓者甚短, 大上小下, 其言甚怒, 好俯." 晏子曰, "如是, 則伊尹也. 伊尹甚大

而短, 大上小下, 赤色而髯, 其言好俯而下聲." 公曰, "是矣." 晏子曰, "是怒君師, 不如違之." 遂不果伐宋.(『太平御覽』 378)

사부총간삼편본(四部叢刊三編本)의 경송본(景宋本) 『태평어람』에 의하면 "고문쇄어왈……"(古文瑣語曰)이라는 말로 다음과 같이 인용되어 있다. "其言甚怒, 好俯"에서 "好俯"는 "好俛"이라 되어 있고, "如是, 則伊尹也."에서 "如是, 則"은 "則如是"라 되어 있다. "其言好俯而下聲"에서의 "好俯"도 마찬가지로 "好俛"이라 되어 있다.—일역본

47) 원문은 다음과 같다. 文王夢天帝服玄禳以立于令狐之津. 帝曰, "昌, 賜汝望." 文王再拜稽首, 太公于後亦再拜稽首. 文王夢之之夜, 太公夢之亦然. 其後文王見太公而訓之曰, "而名爲望乎?" 答曰, "唯, 爲望." 文王曰, "吾如有所見于汝." 太公言其年月與其日, 且盡道其言, "臣以此得見也." 文王曰, "有之, 有之." 遂與之歸, 以爲卿士.(晋立『太公呂望表』石刻, 以東魏立『呂望表』補厥字)

48) 양웅(楊雄, B.C. 53~18)은 양웅(揚雄)이라고도 쓰며, 자는 자운(子雲)이고 서한 촉군(蜀郡) 성도(成都; 지금의 쓰촨성) 사람이다. 성제(成帝) 때 급사황문랑(給事黃門郞)이 되었다. 그의 저작으로는 명대 사람이 편찬한 『양자운집』(楊子雲集) 6권이 있다. 그가 찬한 『촉왕본기』(蜀王本紀) 1권은 촉나라의 개국으로부터 진나라 때까지 여러 촉왕들의 진기한 일들이 기록되어 있다.

49) 조엽(趙曄)의 자는 장군(長君)이고 동한(東漢) 산음(山陰; 지금의 저장 사오싱) 사람이다. 그가 찬한 『오월춘추』(吳越春秋)는 『수서·경적지』에 12권이 기록되어 있으며, 그 내용은 오나라 태백(太伯)에서 부차(夫差)까지, 월나라 무여(無余)에서 구천(句踐)까지의 역사 이야기를 기술한 것으로 그 가운데 많은 민간 전설이 들어 있다.

50) 원강(袁康)은 동한 회계(會稽; 지금의 저장 사오싱) 사람이다.

오평(吳平)의 자는 군고(君高)이고 동한 회계 사람이다.

『월절서』(越絶書). 내용은 오월(吳越)의 역사지리 및 부차, 오자서(伍子胥), 문종(文種), 범려(范蠡) 등의 인물의 활동이 기술되어 있다. 『구당서·경적지』에 16권이 기록되어 있고 자공(子貢)이 지었다고 적혀 있다. 고찰해 보건대, 이 책의 기사는 아래로 진한까지 미치므로 자공이 지었을 리가 없다. 『사고전서총목제요』에서는 "회계의 원강이 지었고 같은 군에 사는 오평이 정정했다"(會稽袁康所作, 同郡吳平所定)고 추정했다. [위자시(余嘉錫)의 『사고제요변증』(四庫提要辨證) 7권 「『월절서』 15권」에 의하면, 이 책은 어떤 특정의 시대에 특정한 작자가 지은 것이 아니라고 주장했다.—일역본]

51) 「천문」(天問). 『초사』(楚辭)의 편명으로, 굴원(屈原)이 지었다. 전시(全詩)는 170여 개의 물음으로 이루어져 있으며 몇몇 고대의 역사 사실, 신화전설과 자연현상에 대해 의문을 제기하고 있다. 루쉰의 「마라시력설」(摩羅詩力說; 『무덤』에 실림)에서는 이 시에 대해서 "태고의 시초로부터 만물의 사소한 일까지 의문을 품고, 거리낌 없이 말을 했으니, 이는 전대의 사람들이 감히 말할 수 없는 것이었다"(懷疑自遂古之初直至百物之瑣末, 放言無憚, 爲前人所不敢言)고 상찬했다.

52) 『초사』 「천문」의 번역문은 손정일의 것을 그대로 옮겨 왔음(손정일, 「초사 「천문」 연구」, 연세대 중문과 석사논문, 1990).—옮긴이

53) 원문은 "夜光何德, 死則又育? 厥利惟何, 而顧菟在腹?".

청의 장기(蔣驥)의 『산대각주초사』(山帶閣注楚辭)에 의하면 다음과 같다. "야광(夜光)은 달이다. 『석명』(釋名)에 따르면 삭(朔)은 소생한다(蘇)는 뜻이다. 회(晦)는 소멸한다(灰)는 뜻이다. 즉 소멸하고(死), 살아난다(育)는 뜻이다. …… 고(顧)는 그리워한다는 뜻이다. 이것은 무슨 이익이 있어 항상 뱃속에 묶어두고 있는가 라고 하는 것을 말하는 것이다. …… 내 생각으로는, 토끼를 뱃속에 키운다는 것은 달 속의 희미하게 어두운 부분으로, 어떤 이는 땅의 그림자라고도 말한다."(夜光, 月也. 按『釋名』云: 朔, 蘇也; 晦, 灰也. 卽死育之意. 顧, 眷戀也. 言月何利于逸而常系于腹乎? 按顧逸在腹, 指月中微黑處, 說者謂是地之影) — 보주

아울러 "고토"(顧菟)가 무엇인가에 대해서, 원이둬(聞一多)는 다음과 같이 추론하였다. 『시경』「패풍(邶風)·신대(新臺)」에서의 "거저"(蘧篨)는 "두꺼비"(蟾蜍)이고, 『역림』(易林)「점지규」(漸之睽)에서의 「거제」(居諸)는 『시경』에서의 "거저"(蘧篨)로, 모두 "두꺼비"(蟾蜍)이며, 『초학기』(初學記)「일월류」(一月類)에서의 "거저"(居蠩)는 "두꺼비"(蟾蜍)이다. 그래서 이상의 "蘧篨", "居諸", "居蠩"는 모두 "고토"(顧菟)와 동음자로, "고토"(顧菟)는 "섬여"(蟾蜍)이며, "고토"(顧菟)의 "고"(顧)를 "고망"(顧望 ; 되돌아보다)으로 해석하는 것은 잘못된 설이라고 하였다. 여기에서 "고토"(顧菟)는 첩운(疊韻)으로 된 연면사(連綿詞 ; 두 음절로 연철되어 이루어지고, 분리되어서는 의미를 갖지 못하는 단어를 가리킨다. 여기에는 성모가 같은 쌍성雙聲의 경우와 운모가 같은 첩운의 경우, 쌍성도 첩운도 아닌 경우, 동일한 글자를 잇달아 중첩시킨 경우 등이 있다)인 것이다. 그래서 원이둬는 『이아』(爾雅)에서 "과두"(科斗)의 별명을 "활동"(活東)이라고 하였지만, "科", "活"과 "顧"는 쌍성이고, "斗", "東"과 "菟"도 쌍성으로, "顧菟"는 곧 "科斗"와 "活東"의 전(轉)인 것이다. 여기에서 "고토"(顧菟)는 "과두"(科斗)를 말하며, "과두"(科斗)와 "섬여"(蟾蜍)는 고대의 이명통칭(二名通稱)이었는데, 이에 "고토"는 곧 "섬여"인 것이다. 그래서 한대 이전, 곧 「천문」의 성립 이전에는 달 가운데 토끼가 살고 있다는 설은 생겨나지 않았다고 한다. 왜냐하면 고대에 달은 물의 정령이라고 생각되었는데, 이러한 관념이 생겨난 시대에 토끼가 물속에서 산다고 생각했을 리가 없기 때문이다. 두꺼비(蟾蜍)가 있다고 생각한 전설이 앞서 나오고, 그 뒤에 토끼가 있다는 전설이 생겨난 것이다. 문헌에 의하면, 달 속의 그림자에 관해서, 한대에 두꺼비가 있다고 한 것으로는 『회남자』가 가장 앞서고, 두꺼비와 토끼가 있다고 했던 것은 유향(劉向)이 가장 먼저이다. 다만 토끼만 있다고 한 것은 여러 위서(諸緯書)들이 최초라고 한다(원이둬, 「천문」, 『고전신의』古典新義). — 일역본/옮긴이

54) 『산대각주초사』에 의하면 다음과 같다. "곤의 치수는 그 물을 막는 것이고, 우의 치수는 그 물을 통하게 하는 것이다. 이것이 [곤이] 꾀한 바(營)와 [우가] 이룬 바(成)의 대략적인 내용이다. 강회는 흑룡씨의 후손인데, 공공이라고도 불렀다. 공공은 전욱과 황제의 자리를 다투었는데, 노하여 부주산과 충돌하자 하늘을 받치고 있던 기둥이 부러지고, 땅을 잇고 있던 끈이 끊어졌다. 이에 하늘이 서북쪽으로 기울어졌고, 땅은 동남쪽으로 함몰하였다."(鯀之治水, 障之; 禹之治水, 行之. 此營與成之大概也. 康回襲黑龍氏, 亦曰共工. 共工與顓頊爭帝, 怒觸不周山, 天柱折, 地維缺, 天傾西北, 地陷東南) — 보주

55) 원문은 "鯀何所營? 禹何所成? 康回馮怒, 地何故以東南傾?"

56) 원문은 "昆侖縣圃, 其尻安在? 增城九重, 其高幾里?"
『산대각주초사』에 의하면 다음과 같다. "『수경주』: '곤륜산은 세 단계로 이루어져 있다. 맨 밑의 것이 번동(樊桐)이고, 두번째가 현포(玄圃), 세번째가 증성(增城)인데 이곳이 바로 대제(大帝)가 거처하는 곳이다.' 『회남자』: '층성은 아홉 겹으로 되어 있는데 높이는 1만 1천 리 114보 2척 6촌이다. …… 고(尻)는 거(居)와 같다. 일설에는 앉을 때 엉덩이가 닿는 곳을 고라 한다.' 현포는 신인의 밭이다. 그 아래에 매인 곳이 없이 허공에 걸려 있기에 그 앉을 곳이 어디인지를 묻는 것이다. 증성은 또 그 위에 있는데, 높이 올라갈수록 더욱 기이하다."(『水經注』: '昆侖山三級, 下曰樊桐, 二曰玄圃, 三曰增城, 是爲大帝之居.' 『淮南子』: '層城九重, 高萬一天里百十四步二尺六寸. …尻, 與居同. 一說臀尾所坐處爲尻.' 玄圃, 神人之圃. 下無所系懸空而居, 故問其所坐何處也. 增城, 又在其上, 則愈高而愈奇矣) — 보주

57) 원문은 "鯪魚何所? 鬿堆焉處?"
『산대각주초사』에 의하면 다음과 같다. "『남월지』(南越志): '능어는 잉어(鯉)이다. 그 모습은 뱀과 흡사하며 다리가 넷으로, 뭍과 물 모두 살 수 있고, 꼬리는 커서 구멍을 뚫을 수 있을 정도이다.'"(『南越志』: '鯪魚, 鯉也. 形似蛇而四足, 能陸能水, 尾大能穿穴.') "양성재(丁晏)의 『천해』에서는 다음과 같이 말하고 있다. '퇴(堆)는 마땅히 작(雀)이라고 써야 한다.'"(楊誠齋『天解』云: '堆當作雀.') — 보주
『산해경』「동산경」(東山經)에는 기퇴(鬿堆)에 대해 다음과 같은 내용이 실려 있다. "북호산(北號山)에는 새가 한 마리 있는데 모양은 닭과 같고 하얀 머리에 쥐의 다리를 하고 있다. 호랑이 발톱을 하고 있어 사람을 먹는다. 이름은 기작(鬿雀)이라고 한다."(北號山有鳥, 狀如鷄, 白首鼠足, 虎爪, 食人, 名鬿雀) — 옮긴이

58) 원문은 "羿焉彃日? 烏焉解羽?"
『산대각주초사』에 의하면 다음과 같다. "예는 유궁씨의 임금으로 활을 잘 쏘았다. 비는 활을 쏜다는 것이다. 『회남』에서는 다음과 같이 말하고 있다. 요임금 때 열 개의 해가 동시에 나와 초목이 말라 죽게 되자 예에게 명하여 하늘로 활을 쏘아 아홉 개의 해를 맞춰 떨어뜨리라고 하였다. 이에 해 속의 새들이 모두 죽었다."(羿, 有窮之君, 善射. 彃, 射也. 『淮南』言堯時十日幷出, 草木焦枯, 命羿仰射, 中其九日, 日中烏盡死) — 보주

59) 왕일(王逸)의 자는 숙사(叔師)이고 동한 남군(南郡) 의성(宜城; 지금의 후베이) 사람이다. 안제(安帝) 초에 교서랑(校書郞)이 되었고 순제(順帝) 때 시중으로 승진했다. 그가 지은 『초사장구』(楚辭章句)는 『초사』에 대한 최초의 주석본이다. 다음 글의 "본서의 주"(本書注)는 왕일의 『초사장구』 가운데 「천문」 장구의 서를 가리키는데, 인용된 문장에는 생략된 듯하다.

60) 원문은 다음과 같다. 屈原放逐, 彷徨山澤, 見楚有先王之廟及公卿祠堂, 圖畵天地山川神靈琦瑋譎佹及古賢聖怪物行事, …因書其壁, 何而問之.(本書注)

61) 『상서』(尙書) 「상서」(商書)의 「미자」(微子)의 「석문」(釋文)에는, "신기, 하늘은 신(神)이라 하고, 땅은 기(祇)라 한다"(神祇, 天曰神, 地曰祇)고 하였다. — 일역본

62) 곽박(郭璞, 276~324)의 자는 경순(景純)이고 진(晉)나라 하동(河東) 문희(聞喜; 지금의 산시성山西省) 사람이다. 일찍이 저작좌랑(著作左郞)과 왕돈(王敦)의 기실참군(記室參

軍)을 역임하였다.

도찬(圖贊). 『수서·경적지』에는 곽박의 『산해경도찬』(山海經圖贊) 2권이 기록되어 있는데, 이것은 『산해경』의 내용을 제재로 한 그림에 대한 찬시(讚詩)이다.

63) 강관(江灌)의 자는 도군(道群)이고, 진나라 진류(陳留; 지금의 허난 카이펑開封) 사람으로 관직이 오군 태수(吳郡太守)에 이르렀다. 『구당서·경적지』와 『신당서·예문지』에 의하면 강관이 찬한 것은 『이아도찬』(爾雅圖贊)이다.

64) 그리스의 서사시는 장편시 『일리아스』와 『오뒷세이아』를 가리키며, B.C. 9세기에 장님 시인 호메로스(Homeros)가 지은 것으로 전해져 온다. 장기간 구전되다가 B.C. 6세기에야 정리되어 책으로 완성되었다. 이 작품은 수많은 신화, 역사전설과 연결되어 있어 후세의 문학예술 창작에 풍부한 소재를 제공했다.

65) 어떤 논자는 일본의 시오노야 온를 가리킨다. 그는 중국의 고대신화가 아주 적은 이유를 두 가지로 설명했는데, 그가 지은 『중국문학개론강화』 제6장에 보인다(하편 제6장, 제1절 '신화 전설', 大日本雄辯會, 1919).—일역본

66) 현재의 장쑤성 장닝현(江寧縣)을 가리킨다. 이곳은 역대로 몇 차례에 걸쳐 이름이 바뀌었다. 초나라의 위왕(威王)은 이 땅에 왕의 기운이 서려 있다고 여겨 금을 묻어 그 기운을 누르고는 금릉(金陵)이라 불렀는데, 진시황(秦始皇) 때에는 이것을 말릉(秣陵)이라 고쳤으며, 한말 건안(建安) 16년 손권(孫權)은 이곳에 천도하여 건업(建業)이라 개명했다. 진(晉)나라가 삼국을 통일한 뒤에는 이곳을 둘로 나누어 회수(淮水)의 남쪽은 말릉이라 하고, 북쪽은 그대로 건업이라 불렀다. 이상의 명칭들은 대체로 지금의 난징(南京)을 가리키는 이명(異名)으로 쓰이고 있다.—옮긴이

67) 원문은 다음과 같다. 蔣子文, 廣陵人也, 嗜酒好色, 佻撻無度; 常自謂骨靑, 死當爲神. 漢末爲秣陵尉, 逐賊至鍾山下, 賊擊傷額, 因解綬縛之, 有頃遂死. 及吳先主之初, 其故吏見文于道,…謂曰, '我當爲此土地神, 以福爾下民, 爾可宣告百姓, 爲我立廟, 不爾, 將有大咎.' 是歲夏大疫, 百姓輒相恐動, 頗有竊祠之者矣.(『太平廣記』二九三引『搜神記』)

68) 世有紫姑神, 古來相傳云是人家妾, 爲大婦所嫉, 每以穢事相次役, 正月十五日感激而死. 故世人以其日作其形, 夜于厠間或猪欄邊迎之.…投者覺重(案投當作捉, 持也), 便是神來, 奠設酒果, 亦覺貌輝輝有色, 卽跳躞不住; 能占衆事, 卜未來蠶桑, 又善射鉤; 好則大儛, 惡便仰眠.(『異苑』 五)

69) 滄海之中, 有度朔之山, 上有大桃木,…其枝間東北曰鬼門, 萬鬼所出入也. 上有二神人, 一曰神荼, 一曰鬱壘, 主閱領萬鬼, 害惡之鬼, 執以葦索而以食虎. 于是黃帝乃作禮, 以時驅之, 立大桃人, 門戶畵神荼鬱壘與虎, 懸葦索, 以御凶魅.(『論衡』二十二引『山海經』, 案今本中無之.)

70) 우리말 독음(讀音)이 없음.—옮긴이

71) 원문은 다음과 같다. "東南有桃都山…下有二神, 左名隆, 右名窔, 幷執葦索, 伺不祥之鬼, 得而熬之. 今人正朝作兩桃人立門旁…蓋遺象也.(『太平御覽』 二九及九一八引『玄中記』以『玉燭寶典』注補)

72) 그러나 실제로 문신으로서 받들어진 것은 진숙보(秦叔寶)와 울지경덕(尉遲敬德)으로, 호경덕은 사실과 무관하다고 한다.—일역본

73) 원문은 다음과 같다. "門神, 乃是唐朝秦叔保胡敬德二將軍也. 按傳, 唐太宗不豫. 寢門外拋磚弄瓦, 鬼魅呼號.…太宗懼之, 以告群臣. 秦叔保出班奏曰, '臣平生殺人如剖瓜, 積尸如聚蟻, 何懼魍魎乎? 願同胡敬德戎裝立門外以伺.' 太宗可其奏, 夜果無警, 太宗嘉之, 命畫工圖二人之形像,…懸于宮掖之左右門, 邪祟以息. 後世沿襲, 遂永爲門神."

제3편 『한서·예문지』에 실린 소설

『한지』에서는 소설을 쓰는 사람이, "패관에서 나왔다"[1]고 기술하였다. 여순如淳의 주해注解에서는 다음과 같이 말했다.

> 자잘한 곡식의 낱알을 패稗라 한다.[2] 길에서 떠돌아다니는 말은 매우 자질구레한 말들이다. 임금이 마을의 풍속을 알고자 하였기에 패관을 두어 그것을 말하게 했던 것이다. (본주本注)[3]

여기에 수록되었던 소설은 지금은 모두 없어졌기에 그것들을 구해서 고찰할 수는 없지만, 그 명칭으로 미루어 보면, 『시경』의 「국풍」[4]과 같이 민간에서 채집한 것 같지는 않다. 그 가운데 옛사람에 의탁한 것이 일곱 편으로, 『이윤설』伊尹說, 『육자설』鬻子說, 『사광』師曠, 『무성자』務成子, 『송자』宋子, 『천을』天乙, 『황제』黃帝가 있다. 옛일古事을 기록한 것은 두 편으로 『주고』周考와 『청사자』青史子가 있는데 모두 언제 지었는지에 대해서는 밝히지 않고 있다. 명백하게 한대漢代에 지어진 것으로는 네 편이 있는데, 『봉선방설』封禪方說, 『대조신요심술』待詔臣饒心術, 『신수주기』臣壽周紀, 『우초주설』虞初周

說 등이 그것이다. 『대조신안성미앙술』待詔臣安成未央術과 『백가』百家는 비록 언제 지었는지에 대해서 기록되어 있지는 않지만, 그 배열 순서에 의하면 한대 사람에게서 나왔을 것이다.

『한지』의 '도가'道家에는 『이윤설』[5] 51편이 있는데 지금은 없어졌고, 소설가 부문에 있는 27편 역시 고찰할 수 없다. 『사기』「사마상여전」司馬相如傳의 주에 『이윤서』伊尹書를 인용하며 다음과 같이 말했다.

> 기산箕山의 동쪽, 청조靑鳥가 사는 곳에 여름에 익는 노귤盧橘이 있다.[6]

[하지만 이것은] 겨우 남아 있는 일문逸文이다. 『여씨춘추』呂氏春秋 「본미편」本味篇[7]에는 이윤이 뛰어난 맛에 관하여 탕湯임금에게 말했던 것[8]이 기술되어 있고, 또 "청조가 사는 곳에 감로甘櫨가 있다"[9]라고도 하였는데, 서술이 지극히 상세하다. 하지만 문장의 수식은 화려하나 그 내용은 천박한 것으로 보아, 이것 역시 『이윤서』를 저본으로 하였을 것이다. 이윤이 탕임금에게 요리사로서 채용해 달라고 했다는 말[10]은 맹자가 일찍이 상세히 논한 바가 있는 것으로 보아, 아마도 전국시대戰國時代 사람이 지은 것일 것이다.[11]

『한지』의 '도가'에는 『육자』 22편이 있는데 지금은 1편만이 남아 있다.[12] 혹자는 그 말이 천박한 것으로 보아 도가의 말이 아닐 것이라고 의심하였다. 그런데 당송대 사람이 인용한 일문逸文에는 현존하는 『육자』와 상당히 다른 내용이 있으므로, 여기에서 도가의 말이 아니라고 한 것은 타당성이 있는 말이다.

> 무왕이 군대를 이끌고 주紂를 정벌하였다. 주紂의 정예군 백만이 상商의

교외에 황조黃鳥로부터 적부赤斧까지 진을 치고 있었다. 질풍처럼 내달리고, 소리는 마치 천둥이 치는 듯하여, [무왕의] 삼군三軍의 군사 가운데 안색이 변하지 않은 자가 없었다. 무왕은 이에 태공에게 명해 백기를 쥐고 지휘하게 하니 주의 군대가 오히려 도망갔다.[13] (『문선·이선주』文選李選注[14] 및 『태평어람』 301)

청사자는 옛날의 사관史官이지만, 어느 시대의 사람인지는 알 수 없다. 그의 책은 수隋나라 때에 이미 없어졌다. 유지기는 『사통』[15]에서, "『청사』는 길거리에 떠도는 이야기街談를 엮은 것이다"라고 하였는데,[16] 아마도 『한지』에 근거해 말한 것으로 당唐대에 [이 책이] 다시 나타난 것은 아닐 것이다. 일문은 단지 세 가지 일만이 남아 있는데, 모두가 예禮에 관한 것으로 당시에 어떻게 해서 소설에 편입되었는지는 알 수 없다.[17]

옛날의 태교는 [태어나기 전부터 시작되었다.] 왕후가 임신한 지 칠개월이 되면 연실宴室[18]로 옮긴다. 태사太史[19]는 동銅[20]을 들고 문 왼쪽에서 시어侍御하고, 태재太宰는 두斗[21]를 들고 문 오른쪽에서 시어하며, 태복太卜은 시구蓍龜를 들고 당堂 아래에서 시어하고, 나머지 관리들도 각자의 직책에 따라 문 안에서 시어하고 있다.[22] 삼개월이 되어 왕후가 청하는 음악이 예악에 벗어나는 것이면, 태사는 거문고 줄을 헝클어뜨리며 배우지 않았노라고 말하고, 먹고자 하는 것이 올바른 맛이 아니면 태재는 두에 기대어 감히 요리를 못하고, "그 음식으로 감히 왕태자 전하를 대접할 수 없습니다"라고 말했다. 태자가 태어나 울면 태사는 동을 불며 "울음소리가 어떤 곡률에 맞습니다"라고 하였고, 태재는 "요리는 어떠어떠한 것을 올립니다"라 하였으며, 태복은 "운명은 어떠어떠합니다"

라 하였다. 그 후에 왕태자를 위하여 활을 거는 의례가 행해졌다.……[23)]
(『대대례기』「보부편」保傅篇, 『가의신서』賈誼新書 「태교십사」胎敎十事)[24)]

옛날에는 [태자가] 여덟 살이 되면 [왕궁으로부터 나와] 바깥의 숙사에서 머물면서,[25)] 초급 단계의 기예小藝를 배우고 초급 단계의 예절小節을 이수했다. [열다섯이 되면] 머리를 묶고 대학[26)]에 가서 고급 단계의 기예大藝를 배우고 고급 단계의 예절大節을 이수했다. 집에 있을 때에는 예절과 의식을 익히고, 바깥에 나갈 때에는 몸에 달고 있는 패옥珮玉 소리가 울리고, 수레를 탈 때에는 조화로운 방울和鸞 소리를 듣기에 사악한 마음이 들어올 수 없었다. …… 옛날 [군주가 타는] 수레는 둥근 덮개로 하늘을 상징하였고, 천정의 28개의 골격橑[27)]으로 늘어선 별들을 상징했으며, 수레의 네 귀퉁이軫方[28)]로써 대지를 상징하였고, 30개의 마차살로써 한 달을 상징하였다. 때문에 고개를 들어 위를 보면 천문天文을 보게 되고, 밑을 내려다보면 땅의 이치를 살피게 되며, 앞쪽에는 조화로운 소리가 있고, 양 옆으로는 사계절의 운행이 있었다. 이것이 건거巾車[29)]의 가르침의 도리이다. (『대대례기』「보부편」)[30)]

닭이라는 것은 동쪽에서 자라는 가축畜[31)]이다. 해가 끝나고 다시 시작될 때, [사람들은] 순서를 가려 동쪽에서 경작을 시작했고, 만물이 문을 박차고 나오기에 닭으로 제사를 지내는 것이다. (『풍속통의』風俗通義 8)[32)]

『한지』 병음양가兵陰陽家[33)]에는 『사광』 8편이 있는데 잡점서雜占書이다. 소설가의 부류에 속하는 것인지 그 내용은 알 수 없지만, 본지本志의 주注에 따르면 [이 책은] 『춘추』를 근본으로 하는 것이 많다는 사실을 알 수 있을 따름이다. 『일주서』「태자진」편에는, 사광이 태자를 알현하고, 그의 말소리를 듣고는 그가 오래 살 수 없음을 알았으며, 태자 역시 자신이 "3년 뒤에 천제의 처소에 초청되리라"[34]라는 것을 알았다고 기록되어 있는데 그 말은 자못 소설가와 비슷하다.

우초虞初의 일은 『한지』의 주에 상세하게 기록되어 있는데, 또 일찍이 정부인丁夫人[35] 등과 제를 지내 흉노, 대완[36]을 저주하였다고 하는 것이 『교사지』에 보인다.[37] 우초가 지은 『주설』周說이 거의 천 편에 이르지만, 지금은 모두 전하지 않는다. 진·당대의 사람이 인용한 『주서』周書에는 『산해경』, 『목천자전』과 비슷한 것이 세 가지가 있지만, 『일주서』와는 다른데, 주우증朱右曾[38](『일주서집훈교석』逸周書集訓校釋 11)은 『우초설』虞初說을 인용한 것이 아닌가 의심하였다.

> 개산岕山은 신神 욕수蓐收[39]가 사는 곳이다. 이 산에서 서쪽으로 해가 지는 것을 바라보고 있노라면 그곳에서 둥근 기氣가 발하고 있다. 신神 경광經光이 다스리는 곳이다. (『태평어람』 3)[40]

> 천구天狗가 사는 땅은 모두 기울어져 있고 여광餘光은 하늘에 비쳐 유성流星이 되었는데, [이 유성의] 길이는 열 길 남짓 하고, 그 빠르기는 바람과 같으며, 그 소리는 우레와 같고 그 빛은 번개와 같다. (『산해경』 주 16)[41]

> 목왕穆王이 사냥을 하러 나갔을 때 비둘기 모양의 흑조黑鳥가 날아와 수레의 멍에에 앉았다. 수레 모는 사람이 대나무 채찍으로 그 새를 때려 잡았더니 말이 날뛰어 멈추게 할 수가 없었다. 수레에 부딪혀 왕은 왼쪽다리에 상처를 입었다. (『문선·이선주』 14)[42]

『백가』百家[43]는 유향劉向의 『설원』說苑[44] 서록敍錄[45]에 다음과 같이 기록되어 있다.

> 『설원잡사』說苑雜事에는,…… 여러 종류가 많은데…… 『신서』新序와 중복되는 것을 빼 버리고 그 나머지 천박하고 의리義理에 맞지 않는 것을 별도로 모아 『백가』라고 하였다.[46)]

『설원』은 지금 전해지고 있다.[47] 기록되어 있는 바는 모두 옛사람들의 사적事迹으로서 교훈적인 가치가 있다. 여기에 기술된 것으로 『백가』를 미루어 보면, 아마도 그 이야기들은 거의 치도治道에 합당하지 않은 것들일 것이다.

그 나머지 제가諸家는 모두 고증할 수 없다. 오늘날 그 서명書名을 살펴보면, 이윤伊尹, 육웅鬻熊, 사광師曠, 황제黃帝 등의 옛사람들을 빙자하여, 봉선封禪과 양생養生 등의 일을 말하고 있는데, 대개 방사方士들이 가탁假托한 것이 많다. 오직 청사자靑史子만이 그렇지 않다. 또한 무성자務成子는 이름을 소昭라 했다는 것이 『순자』에 보이고, 『시자』尸子에는 그의 "거스르는 것을 피하고, 순리를 따른다"避逆從順는 가르침이 기록되어 있다.[48] 송자宋子[49]의 이름을 견銒이라고 부른 것은 『장자』에 보이는데, 『맹자』에는 송경宋牼이라 되어 있고 『한비자』에는 송영자宋榮子라고 되어 있다. 『순자』에는 송자의 말을 인용하여 "모욕당하는 것이 치욕이 아니라는 사실을 밝혀내면 사람들로 하여금 싸우지 않도록 할 수 있다"[50]라고 했는데 이는 곧 "황로黃老의 사상"이지 방사의 설說은 아닌 것이다.

주)

1) 반고의 유명한 이 말은 『사략』 제1편에 처음 나오는데, 그 뒤로도 2편과 3편에 걸쳐 계속 등장한다. 이것은 반고의 언급이 중요하다는 것도 될 수 있겠으나, 루쉰이 『사략』을 집필함에 있어 전서(全書)의 체재를 갖추는 데 그만큼 소홀했다는 것으로 해석할 수도 있다.—옮긴이

2) 하지만 서호(徐灝)의 『설문해자주전』(說文解字注箋)에서는 이것과 견해를 달리 하였다. 즉 패(稗)는 세미가 아니며, 패관이라고 하는 것은 "야사 소설이 정사와 다른 것처럼 야생의 피는 벼와 다른 것"(野史小說異于正史, 猶野生之稗, 別于禾)이라고 생각한 것이다.—보주

3) 원문은 다음과 같다. 細米爲稗. 街談巷說, 甚細碎之言也. 王者欲知里巷風俗, 故立稗官, 使稱說之.(本注)

4) 「국풍」(國風). 『시경』(詩經)의 한 부분으로 대부분이 주초(周初)에서 춘추(春秋) 중기까지의 민가이다. 『한서·예문지』에서는 "옛날에 시를 채집하는 것을 직책으로 삼았던 관리(采詩官)가 있었다. 왕은 그것으로 풍속을 관찰하고 잘잘못을 알았으며, 그것을 참고로 하여 [스스로를] 바로잡았다"(古有采詩之官, 王者所以觀風俗, 知得失, 自考正也)고 하였다.

5) 『한서·예문지』 도가류(道家類)에는 『이윤』(伊尹)이라고 되어 있다.

6) 원문은 다음과 같다. 箕山之東, 青鳥之所, 有盧橘夏熟.

7) 『여씨춘추』(呂氏春秋). 전국(戰國) 말엽 진(秦)나라 재상 여불위(呂不韋)가 문객(門客)을 모아 공동으로 편찬한 것으로, 『한서·예문지』에 26권 도합 160편으로 기록되어 있다. 「본미편」(本味篇)은 『여씨춘추·효행람(孝行覽)』에 보인다. 이윤이 각지의 산해진미(山海珍味)를 열거하면서, 이는 오직 천자의 나라만이 맛볼 수 있는 것이라고 말하며 탕(湯)왕에게 정치를 개혁하여 천하를 취하라고 권유하였다고 기록되어 있다.

8) 적호(翟灝)의 『사서고이』(四書考異)에서는 다음과 같이 말하고 있다. "내 생각으로는, 여불위의 책(『여씨춘추』를 말함) 「본미」 1편에서는 유신(有侁)씨가 속이 빈 뽕나무에서 어린아이를 하나 얻어 요리사로 하여금 키우게 하였는데 그가 바로 이윤(伊尹)이라고 하였다.…… 이윤은 뛰어난 맛으로 탕왕을 설복하면서 물과 불로 맛을 만들어 내는(水火調劑) 일을 애써 논하고 천하의 어육(魚肉)의 맛과 야채, 과일(菜果)의 맛, 화(和)의 맛, 밥(飯)의 맛, 수(水)의 맛을 두루 거론하고는 천자가 되지 않으면 갖출 수 없는 것이라 하였다. 탕임금에게 요리사로서 채용해 달라고 했다(割烹要湯)는 말은 이보다 상세한 것이 없다. 그 문장은 다음과 같다. 과일의 맛으로는 '기산의 동쪽에 노귤이 있다'고 하였는데, 응소(應劭)의 『사기주』(史記注; 내 생각에는 『한서음의』漢書音義가 맞다)에서 이것을 인용하였다. 밥의 맛으로는 '원산의 벼, 남해의 타'를 말하는데, 허신(許愼)의 『설문』(說文)에서 인용하였다. 여기에서 말하는 서목에는 모두 『이윤』을 언급하고 있으나, 『여람』(呂覽)은 언급하고 있지 않다. 반고의 『예문지』를 고찰해 보면, 『이윤』 27편이 있는데, '소설가'에 들어 있다. 대개 여씨가 여러 책들을 긁어모아 책을 만들 때, 이른바 「본미편」은 『이윤설』에서 취했기에, 원서를 본 한대 사람은 오히려 그 원래의 제목을 이와 같이 표시해 놓은 것이다."(按, 呂不韋書有『本味』一篇, 言有侁氏得嬰兒于空桑之中, 令烰

人養之, 是爲伊尹.…尹說湯以至味, 極論水火調劑之事, 周擧天下魚肉之美菜果之美和之美飯之美水之美者, 而云非爲天子不得具. 割烹要湯之說, 無如此篇之詳盡者. 其文若果之美者, '箕山之東有盧橘', 應劭『史記注』[按, 應作『漢書音義』]引之: 飯之美者, '元山之禾, 南海之秏', 許愼『說文』引之. 所稱書目, 俱曰『伊尹』, 不曰『呂覽』. 考班固藝文志, 有『伊尹』二十七篇, 列于小說家. 蓋呂氏聚斂群書爲書, 所謂『本味篇』, 乃剟自『伊尹說』中, 故漢人之及見原書者猶標著其原目如此) 왕응린(王應麟)의 『한서예문지고증』(漢書藝文志考證)에서도 『여씨춘추』 「본미편」이 '소설가'의 『이윤설』에서 나왔다고 말했다.— 보주

9) 원문은 "靑鳥之所有甘櫨".

10) 원문은 "割烹要湯". 『맹자』 「만장」: "만장(萬章)이 물었다. '사람들이 말하기를 이윤은 탕임금에게 요리사로서 채용해 달라고 했다고 하는데 그런 일이 있습니까?' 맹자가 말하기를 '아니다, 그렇지 않다! 이윤은 유신국(有莘國)의 들판에서 농사를 지으며, 요임금과 순임금의 도를 즐기며 살았다.…… 나는 요순의 도로써 탕왕에게 채용해 달라고 하였다는 말은 들었으나 요리사로서 채용해 달라고 했다는 말은 아직 듣지 못하였다.'"(萬章問曰: '人有言, 伊尹以割烹要湯, 有諸?' 孟子曰: '否, 不然! 伊尹耕於有莘之野, 而樂堯舜之道焉.…吾聞其以堯舜之道要湯, 未聞以割烹也.') [이윤이 요리로써 탕왕에게 벼슬을 구했다는 말은 『맹자』 「만장」편에 기재된 것 이외에도 『묵자』 「상현상」(尙賢上)과 『장자』 「경상초」(庚桑楚), 『문자』(文子) 「자연」(自然), 『초사』(楚辭) 「석왕일」(惜往日), 『노련자』(魯連子) 등에 기록이 있다.— 보주]

11) 『위자시론학잡저』(余嘉錫論學雜著) 「소설가출우패관설」(小說家出于稗官說)에서도 『이윤설』에 대해 다음과 같이 말했다. "이것은 마땅히 육국(六國) 시대에 사람들이 이러한 류의 자질구레하고 짧은 말들을 모아, 이윤에게 가탁한 것이리라. 여기에서 말하는 수화지제(水火之齊)와 어육채반지미(魚肉菜飯之美)는 마을에서 제대로 알고 있지 못하는 사람이 말한 길거리와 골목의 이야기이다. 비록 천박함을 면할 수는 없으나, 이러한 책이 한동안 성행했던 것으로 보아, 반드시 취할 만한 말이 없었다고 할 수는 없는 일이었으니, 그런 까닭에 유흠과 반고가 비록 그것들이 의탁하고 있는 바를 배척하기는 했으나, 여전히 목록에 적어 두었던 것은 꼴 베는 사람이나 나무꾼 또는 배우지 못한 사람들의 의견으로 보았기 때문이다."(當是六國時人合此類叢殘小語, 托之伊尹. 其所言水火之齊魚肉菜飯之美, 眞閭裏小知者之街談巷語也. 雖不免于淺薄, 然其書旣盛行一時, 未必無一言之可采, 故劉班雖斥其依托, 而仍著于錄, 視爲芻蕘狂夫之議而已) — 보주

12) 『한서·예문지』 '소설가'에는 『육자설』(鬻子說) 19편이 있고, '도가'에는 또 『육자』(鬻子) 21편이 있으나, 지금은 1권만이 남아 있다. 『육자설』은 남조 양(梁)나라 때 이미 산실되었고, 지금 남아 있는 것은 도가서(道家書)로서, 『구당서·예문지』(舊唐書藝文志)에는 '소설가'에 잘못 들어가 있다. 엄가균(嚴可均)의 『철교만고』(鐵橋漫稿) 5권에 이에 대해 상세하게 논단한 것이 있다.— 보주

13) 원문은 다음과 같다. 武王率兵車以伐紂. 紂虎旅百萬, 陣于商郊, 起自黃鳥, 至于赤斧, 走如疾風, 聲如振霆. 三軍之士, 靡不失色. 武王乃命太公把白旄以麾之, 紂軍反走.(『文選·李善注』及『太平御覽』三百一)

14) 『문선』(文選) 36권의 임언승(任彦昇)의 「선덕황후령」(宣德皇后令)의 이선 주(李善注)에

인용되어 있음.—일역본

15) 유지기(劉知幾, 661~721)의 자(字)는 자현(子玄)으로 당(唐) 팽성(彭城; 지금의 장쑤성 서주徐州) 사람이다. 일찍이 저작랑(著作郞), 좌사(左史) 등의 관직을 역임하였고, 여러 차례 관에서 사서(史書)를 찬수하는 데 참여하였다. 그가 편찬한 『사통』(史通)은 중국 최초의 사적 평저(史籍評著)이다. 20권으로 내편과 외편으로 나뉘어 있는데, 내편에서는 사가(史家)의 체례(體例)를 논하였으며, 외편에서는 사적(史籍)의 원류와 득실을 논하였다. 또한 "『청사』는 항간의 말을 문장으로 엮은 것이다"(『青史』由綴于街談)라는 말이 유협(劉勰)의 『문심조룡』(文心雕龍) 「제자편」(諸子篇)에 보이는데, "유"(由)는 원래 "곡"(曲)이다.

16) 원문은 "『青史』由綴於街談". 『청사자』 57편은 양(梁)나라 때에 이르러서는 단지 1권만이 남아 있었는데, 유협(劉勰)도 본 적이 있었다. 그의 『문심조룡』 「제자편」 제17에서는 "『청사』는 길거리의 이야기를 엮어 놓은 것이다"(『青史』曲綴于街談)라고 하였다. 아마도 당나라 유지기의 『사통』에 같은 견해가 나오는 것은 『문심조룡』에서 인용한 것인 듯하다.—보주

17) 『한서 · 예문지』에 실려 있는 소설 십오가(十五家)는 모두 "자질구레하고 짧은 말들"(殘叢小語)과 같은 것으로, 환담(桓譚)이 말한 "자기 한 몸을 수양하고 집안을 건사하는 데 볼 만한 말이 있는 것"(治身理家有可觀之辭)을 말하기도 한다. 현존하는 『청사자』 삼조(三條)에서 말하는 태교(胎敎)의 제도와 닭을 사용하게 된 의의는 모두 예법(禮法) 가운데 사소한 일들이다. 『주례』를 보면 대사(大史)는 하대부(下大夫) 2명과 상사(上士) 2명이며, 소사(小史)는 중사(中士) 8명과 하사(下士) 16명이라고 되어 있다. 청사(青史)는 바로 소사로서 이는 바로 "패관"을 말한다.—보주

18) 연실(宴室)은 청의 왕빙진(王聘珍)의 『대대례기해고』(大戴禮記解詁)에 의하면, 북주(北周)의 노변(盧辯)의 주에, "연실(宴室)은 협실(夾室)이다. 연침(宴寢; 燕寢, 臥室)의 다음 간이다. 또 측실(側室)이라고도 한다"라고 하였다.—일역본

19) 본래 태사(太史)는 사관(史官)으로, 여기에서의 태사(太史)는 "태사"(太師)로 고쳐야 한다. 본래 태사(太師)는 고대 삼공(三公) 가운데 가장 지위가 높은 사람으로, 군주를 보필하는 관리였다. 『상서』 「주관」에 "태사, 태부, 태보를 세웠다"(立太師太傅太保)고 하였다. 그러나 고대의 악관(樂官)이라는 설도 있으니, 『국어』(國語) 「노어하」(魯語下)에서는, "옛날에 정고보가 은나라의 이름난 송을 주나라 태사와 견주었다"(昔正考父校商之名頌十二篇於周太師)고 하였다. 또 앞서의 노변의 주에 의하면, "태사(太師)는 고자(瞽者)로 종백(宗伯)에 속한 하대부(下大夫)이다. 태재(太宰)는 선부(膳夫)로 총재(冢宰)에 속한 상사이인(上士二人)이다"라고 하였다.—옮긴이

20) 『대대례기해고』에서 왕빙진은 『주례』 「춘관(春官) · 태사(大師)」의, "태사는 육률과 육동을 관장하여, 음양의 소리를 조화롭게 했다"(大師掌六律六同, 以合陰陽之聲)고 하는 대목을 인용하여, 육률과 육동은 모두 동으로 만든 것이라고 하였다.—옮긴이

21) 낮에는 밥을 짓는 데 쓰고, 밤에는 야경을 도는 데 쓰는 기구.—옮긴이

22) "諸官皆以其職御于門內". 이 열 글자는 『대대례기』에는 인용되어 있지 않다. 가의(賈誼)의 『가자신서』(賈子新書) 「태교잡사」(胎敎雜事; 『총서집성』叢書集成 초편본初編本) 인용

문에 있는데, 편명이 「태교잡사」(胎教雜事)로 되어 있어, 본문의 「태교십사」(胎教十事)와는 차이를 보이고 있다.—일역본

23) "太卜曰, '命云某.' 然後爲王太子懸弧之禮義". 이 17글자는 『대대례기』에는 없고, 가의의 『가자신서』 인용문에 있다. "활을 거는 것"(懸弧)은 고대의 습속으로, 사내아이가 태어난 집에서는 문의 왼쪽에 활을 걸어 두었는데, 이에 사내아이가 태어난 것을 "현호"(懸弧)라 하였다. 『가자신서』에 인용된 『청사자』에서는 그 뒤에 상세하게 "현호"의 예를 설명하였다.—일역본

24) 원문은 다음과 같다. 古者胎教, 王后腹之七月而就宴室, 太史持銅而御戶左, 太宰持斗而御戶右, 太卜持蓍龜而御堂下, 諸官皆以其職御于門內. 比及三月者, 王后所求聲音非禮樂, 則太史縕瑟而稱不習, 所求滋味者非正味, 則太宰倚斗而不敢煎調, 而言曰, "不敢以待王太子." 太子生而泣, 太史吹銅曰, "聲中某律." 太宰曰, "滋味上某." 太卜曰, "命云某." 然後爲王太子懸弧之禮義.…(『大戴禮記』『保傅篇』, 『賈誼新書』『胎教十事』)

25) 왕빙진의 『대대례기해고』에서는 마단림(馬端臨)의 『문헌통고』(文獻通考)를 인용하여, 소학(小學)을 가리킨다고 하였다. "이를테면, 소학은 사씨호문(師氏虎門)의 왼쪽에 있다."—일역본

26) 왕궁의 동쪽에 있었다.—옮긴이

27) 원문은 "橑". 수레의 활모양을 한 앞 천정.—옮긴이

28) 엄밀하게 말하자면 수레 밑 삼면의 나무와 뒤의 횡목이 합쳐져 이루어진 정방형.—옮긴이

29) 천으로 막을 쳐서 꾸민 수레.—옮긴이

30) 원문은 다음과 같다. 古者年八歲而出就外舍, 學小藝焉, 履小節焉; 束髮而就大學, 學大藝焉, 履大節焉. 居則習禮文, 行則鳴珮玉, 升車則聞和鸞之聲, 是以非僻之心無自入也.…古之爲路車也, 蓋圓以象天, 二十八橑以象列星, 軫方以象地, 三十幅以象月. 故仰則觀天文, 俯則察地理, 前視則睹和鸞之聲, 側聽則觀四時之運: 此巾車教之道也.(『大戴禮記』「保傅篇」)

31) 우수핑(吳樹平)이 교석(校釋)한 『풍속통의교석』(風俗通義校釋; 톈진런민출판사天津人民出版社, 1980) 8권과 왕리치(王利器)가 교주(校注)한 『풍속통의교주』(風俗通義校注; 베이징北京: 중화서국中華書局, 1981) 8권 등의 「사전」(祀典)에 의하면, 「웅계」(雄鷄) 항목에 인용된 『청사자』에서는 모두 "鷄者, 東方之牲也"라 하였으니, "畜"은 "牲"이 되어야 맞다.—일역본

32) 원문은 다음과 같다. "鷄者, 東方之畜也. 歲終更始, 辨秩東作, 萬物觸戶而出, 故以鷄祀祭也."(『風俗通義』 八)

33) 병음양가(兵陰陽家). 병서(兵書) 중의 음양가(陰陽家)를 말한다. 『한서·예문지』에는, "음양이라는 것은 때에 따라 발생하고 형덕(刑德)을 미루어 보며 투쟁을 따르고 오승(五勝)을 따르고 귀신을 빌려 돕는 것이다."(陰陽者, 順時而發, 推刑德, 隨斗擊, 因五勝, 假鬼神而爲助者也) [여기서 형덕은 『회남자』 「병략훈」(兵略訓)의 「협형덕」(挾刑德)의 주에, "형(刑)은 십이진(十二辰)이고, 덕(德)은 십일(十日)이다"라고 하였으니, 십이진(十二辰)은 열두 개의 천체이고, 십일(十日)은 열 개의 태양이라는 뜻이다.—일역본] 당(唐)

안사고(顔師古)의 주에 의하면, "오승은 오행(五行)의 상극이다"(五勝, 五行相勝也)라고 하였다.

34) 원문은 "後三年當賓于帝所".

35) 『한서·교사지(郊祀志)』에는 무제(武帝) 태초 원년(太初元年; 104년)에 서방의 대완(大宛)을 정벌하였을 때, "정부인이 낙양의 우초(雒陽虞初) 등과 방사의 제사로 흉노(匈奴), 대완(大宛)을 저주하였다"(丁夫人與雒陽虞初等以方祀詛匈奴, 大宛焉)라고 기록되어 있다. 당 위소(唐韋昭)의 주(注)에 따르면 "정(丁)은 성이고, 부인(夫人)은 이름이다." (丁, 姓; 夫人, 名也)

36) 페르가나(Ferghana)를 말하며, 지금의 우즈베키스탄 공화국와 키르키스스탄 공화국에 걸쳐 있었다.—일역본

37) 『한서·교사지』에는 다음과 같이 되어 있다. "태초 원년에 서쪽으로 대완을 정벌하였을 때 메뚜기 떼가 크게 일어났으니, 이것은 정부인과 낙양 우초 등이 제를 지내 흉노와 대완을 저주한 것이었다."(太初元年, 西伐大宛, 蝗大起, 丁夫人雒陽虞初等, 以方祠詛匈奴大宛焉) 이것으로 우초는 액막이 주문에 뛰어난 방사(方士)라는 것을 알 수 있다. 『문선·서경부(西京賦)』 설종(薛綜)의 주에는 다음과 같이 되어 있다. "소설과 의무(醫巫), 염축(厭祝)의 술로는 무릇 943편이 있는데, 900이라고 한 것은 어림수를 든 것이다. 이러한 비술이 담겨 있기에, [이 책을] 준비하고 수행하다가 황제가 요구하는 것을 대비하였으니, 모든 게 갖추어져 있었다."(小說醫巫厭祝之術, 凡有九百四十三篇; 言九百, 擧大數也. 持此秘術, 儲以自隨, 待上所求問, 皆常具也) 이것으로 우초의 책에는 의무와 염축 등 없는 것이 없어 한 무제가 순행할 때 시신(侍臣)들이 항상 이 책을 몸에 간직하고 다니며 도중에 갑작스럽게 일어나는 일에 대처하였다는 것을 알 수 있다.—보주

38) 주우증(朱右曾). 자(字)는 존로(尊魯)이고, 청 가정(嘉定; 지금의 상하이에 속함) 사람이다. 일찍이 귀주 준의지부(貴州遵義知府)의 벼슬을 하였다. 저서로는 『일주서집훈교석』(逸周書集訓校釋), 『좌씨전해의』(左氏傳解誼) 등이 있다.

39) 욕수(蓐收)는 금신(金神)으로, 사람 얼굴에 호랑이 발톱을 하고 있고, 털은 하얗고 월(鉞)을 잡고 있으며 우룡(雨龍)을 탄다. 『산해경』에 보인다.—보주

40) 원문은 다음과 같다. 泑山, 神蓐收居之. 是山也, 西望日之所入, 其氣圓, 神經光之所司也. (『太平御覽』 三)

41) 天狗所止地盡傾, 餘光燭天爲流星, 長十數丈, 其疾如風, 其聲如雷, 其光如電.(『山海經』 注十六) [『산해경』 「대황서경」의 「유무산자」(有巫山者)와 「천견」(天犬)의 곽박(郭璞) 주.—일역본]

42) 穆王田, 有黑鳥若鳩, 翩飛而跱于衡, 御者斃之以策, 馬佚, 不克止之, 躓于乘, 傷帝左股.(『文選李善注』 十四) [『문선』 14권 안연년(顔延年)의 「자백마부」(赭白馬賦)의 이선 주.—일역본]

43) 『백가』(百家)는 지금은 비록 존재하지 않지만 『예문류취』(藝文類聚)와 『태평어람』에 각각 한 조(條)씩 인용되어 있다. 『예문류취』 74권에는 『풍속통』(風俗通)을 인용하여 다음과 같이 말하고 있다. "문의 대문고리. 삼가 『백가』라는 책에 의하면 다음과 같이 나와 있다. '공수반이 물에 가서 나무굼벵이를 보고 말했다. 너의 모습을 보여라. 나무

굼벵이가 마침 머리를 내밀어 반은 그것을 그릴 수 있었다. 나무굼벵이가 그 문을 닫자 끝내 넓힐 수가 없었다. 반은 드디어 그것을 문에 적용시켰다.' 사람들이 이와 같이 닫자 정말 빈틈이 없었다."(門戶鋪首. 謹按『百家』書云, '公輸班之水, 見蠡曰: 見汝形. 蠡適出頭, 般以足畵圖之. 蠡引閉其戶, 終不可得開, 般遂施之門戶'云. 人閉藏如是, 固周密矣) 이 내용을 검토하자면, 주희는 『맹자』에 주를 하면서 다음과 같이 말했다. "나무굼벵이는 나무를 좀먹는 벌레이다."(蠡者, 齧木蟲) 『태평어람』 9권 35에는 『풍속통』을 인용하여 다음과 같이 말했다. "성문에 불이 나면 그 화가 연못 속의 물고기에까지 미친다. 삼가 『백가』라는 책에 의하면, 송나라의 성문에 불이 나자, 연못의 물을 길어다 부었다. 연못이 마르자 물고기가 모두 땅 위에 드러나 죽었다……"(城門失火, 禍及池中漁. 謹案『百家』書, 宋城門失火, 因汲取池中水以沃灌之. 池中空竭, 魚悉露死.…) 이 두 조의 내용이야말로 "자질구레하고 짧은 말들을 모아, 가까운 것에서 비유적인 표현을 취한 것"(合殘叢小語, 近取譬喩)이라 할 수 있다.—보주

44) 『설원』(說苑). 서한(西漢) 유향(劉向)이 지은 것으로 『수서·경적지』에 20권으로 기록되어 있다. 춘추전국시대에서 진한(秦漢)까지의 역사고사를 분류 찬술한 것으로 의론(議論)도 섞여 있다. 『설원잡사』(說苑雜事)가 곧 『설원』이다. 『신서』(新序)는 유향이 지은 것으로 『수서·경적지』에 30권으로 기록되어 있으며 내용 체제는 『설원』과 유사하다.

45) 유향의 『설원』의 서록(叙錄)은 통행본(通行本)에는 없고 송판본(宋版本)에야 비로소 있다. 『군서설보』(群書說補)에 보인다.—보주

46) 원문은 다음과 같다. 『說苑雜事』,…其事類衆多,…除去與『新序』復重者, 其餘者淺薄不中義理, 別集以爲『百家』.

47) 『설원』의 우리말 역본의 서지사항은 다음과 같다. 임동석 역, 『설원』 상·하, 서울: 동문선, 1996.—옮긴이

48) 무성자(務成子). 『순자』(荀子) 「대략편」(大略篇)에서는, "배우지 않으면 이루지 못한다. 요(堯)는 군주(君疇)에게서 배웠고, 순(舜)은 무성소(務成昭)에게서 배웠으며, 우(禹)는 서왕국(西王國)에게서 배웠다"(不學不成. 堯學于君疇, 舜學于務成昭, 禹學于西王國)고 하였다. 『시자』 권하(劵下)에서는 무성자가 순을 가르치며 말한 것을 인용하여 다음과 같이 말했다. "천하의 거스르는 것을 피하고 천하의 순리를 따르면 천하라는 것도 취할 만한 것이 못 된다."(避天下之逆, 從天下之順, 天下不足取也) 『시자』(尸子)는 전국 노(魯)나라 시교(尸佼)가 지은 것으로, 『한서·예문지』에 20편으로 기록되어 있으나, 이미 없어졌다. 현재 전해지고 있는 『시자』는 위진(魏晋) 시대의 사람이 의탁하여 보충해 지은 것이 아닌가 생각된다.

49) 송자(宋子)의 이름은 견(鈃)이다. 『장자』 「천하」(天下)편에는 다음과 같이 되어 있다. "송견과 윤문은 그런 이야기를 듣고 기뻐하였다."(宋鈃, 尹文, 聞其聲而悅之) 송자는 정욕을 적게 갖고 남에게 모욕을 받아도 치욕으로 여기지 않았으니, 도가에서 말하는 청허자수(淸虛自守)와 "황로의 사상"(黃老意)에 부합하는 것이다.—보주

50) 원문은 "明見侮之不辱, 使人不鬪". 이 말은 『순자』 「정론」(正論)에 보인다.

제4편 오늘날까지 남아 있는 한대 소설

오늘날까지 남아 있는 이른바 한대 사람의 소설 가운데 진정으로 한漢나라 사람이 지은 것은 하나도 없다. 진晋나라 이래로 문인 방사文人方士들 모두가 위작僞作을 지었는데, 이러한 현상은 송宋·명明에 이르기까지 끊이지 않았다. 문인들은 유희의 목적으로 장난삼아 그랬거나, 혹은 진본임을 과시하고자 그랬으며, 또 방사들은 그들의 교의를 신비화하고자 하는 의도로 때로 옛 서적에 의탁함으로써 사람들을 현혹시켰다. [그리하여] 진晋 이후의 사람들이 한漢에 의탁한 것은 한나라 사람들이 황제黃帝나 이윤伊尹에게 의탁한 것과 똑같은 것이었다. 이러한 책들 가운데에는 동방삭東方朔과 반고班固[1)]가 지었다고 하는 것이 각각 두 개씩 있고, 곽헌郭憲과 유흠劉歆[2)]이 지었다고 하는 것이 각각 하나씩 있는데, 대체로 멀리 떨어져 있는 곳의 일을 언급한 것은 동방삭과 곽헌이 지은 것이라 말하고, 한나라 때의 일에 관하여 언급한 것은 유흠과 반고가 지은 것이라 하였으나, 요지는 신과 선인들의 말에 국한되었다.

동방삭이 지었다고 일컬어지는 것으로는 『신이경』 1권[3)]이 있는데, 『산해경』을 모방한 것이다.[4)] 그러나 산천山川과 이정里程에 대해 기록한 것은 적고 불가사의한 사물에 대해서는 상세하게 적고 있는데, 사이사이에 조소와 풍자가 섞여 들었다. 『산해경』이 한대에는 드물게 보이다가 진대에 와서 널리 알려진 것으로 보아, 이 책은 진 이후의 사람이 지은 것일 것이다. 그 문장에 중복된 것이 많은 것은 일찍이 없어졌던 것을 후대 사람이 당·송의 유서類書에 인용된 일문逸文을 베껴서 다시 만들었기 때문일 것이다. 주注가 있어 장화張華가 지었다고 적혀 있으나, 역시 위작僞作이다.[5)]

남쪽 변경에는 감자나무의 숲이 있다. 이 나무의 높이는 백 길이나 되고, 둘레는 석 자 여덟 치이다.[6)] 짧은 마디에(마디가 많고) 즙이 많은데 꿀처럼 달다. 씹어서 그 즙을 내어 먹으면 사람의 몸이 윤기가 나고 회충을 조절할 수 있다. 사람 배 속에 있는 회충은 그 모양이 지렁이와 같은데, 이것은 곡식의 소화를 도와주는 벌레이다. 이것이 많으면 사람에게 해가 되지만, 적으면 소화가 되지 않는다. 이 사탕수수는 [사람에게] 회충이 많으면 감소시켜 주고 적으면 늘려 준다. 모든 사탕수수가 다 그러하다.[7)] (『남황경』南荒經)[8)]

서남쪽 변방 가운데에 거짓말을 하는 짐승이 나타나는데, 그 생김새는 마치 토끼[9)]와 같고 사람의 얼굴에 말을 할 수 있다. 늘 사람들을 속이는데 서쪽을 동쪽이라고 말하고, 선을 악이라 말했다. 그 고기가 맛있지만 그것을 먹으면 거짓말을 하게 된다(원주: 그 고기를 먹으면, 그 사람이 거짓말을 하게 되는 것을 말한다). 일명 '탄'誕이라고도 한다. (『서남황경』)[10)]

곤륜崑崙의 산에 구리로 만든 기둥이 있는데 그 높이가 하늘에까지 닿으니 이른바 '천주'天柱라 한다. 그 둘레는 3,000리나 되고 그 가장자리는 깎아 다듬은 듯 둥글었다. 그 밑에는 사방이 100길이나 되는 집이 있는데, 선인의 구부九府가 있어 그곳을 다스렸다.[11] 그 위에는 큰 새가 있는데 이름을 희유希有라고 하였다. 남쪽을 향하여, 왼쪽 날개를 펴서 동왕공東王公을 덮고 오른쪽 날개를 펴서 서왕모西王母를 덮는다. 등 위에 약간 털이 없는 곳이 있는데 그곳이 일만 구천 리나 되니 서왕모는 해마다 날개 위에 올라가 동왕공을 만난다. (『중황경』中荒經)[12]

『십주기』十洲記[13] 1권 역시 동방삭이 지었다고 적혀 있는데,[14] 한 무제漢武帝가 조주祖洲, 영주瀛洲, 현주玄洲, 염주炎洲, 장주長洲, 원주元洲, 유주流洲, 생주生洲, 봉린주鳳麟洲, 취굴주聚窟洲 등의 십 주洲에 대해 서왕모에게 듣고 이에 동방삭을 불러 그곳의 여러 경물의 이름을 물어본 것을 기록하고 있는데,『산해경』을 많이 모방하였다.

현주玄洲는 북해北海의 가운데 술해戌亥의 땅에 있다. 사방이 칠천이백 리이고, 남안南岸으로부터 삼십육만 리나 떨어져 있다. 그 위에는 대현도大玄都가 있는데, 선백진공仙伯眞公이 다스리는 곳이다. 언덕과 산이 많다. 또 풍산風山이 있는데, 그 소리는 우레와 같이 울리고, 하늘의 서북문을 향하고 있다. 위에는 태현선관太玄仙官의 궁실이 많은데, [선관에 따라] 궁실은 각각 다르고,[15] 금지金芝와 옥초玉草가 풍부하다. 삼천군三天君이 내려와 다스리는 곳으로[16] 대단히 엄숙하다.[17]

정화征和 삼년에 무제가 안정安定으로 행행行幸했다. 서쪽 오랑캐 월지月支[18]에서 향을 넉 냥 바쳤다.[19] 참새 알만 한 크기에 오디와 같이 검었다. 무제는 그 향이 중국에는 없는 것이라 여겨 그것을 바깥의 보물창고에 넣어 두었다. …… 후원後元 원년에 이르러 장안성 내에 병자가 수백 명이 생겨 죽은 사람이 태반이었다. 황제가 시험 삼아 월지의 불가사의한 향을 성 안에서 태우니 병들어 죽은 지 삼 개월이 안 된 자들이 모두 살아나고,[20] 향기가 석 달 동안이나 남아 있었다. 이에 그것이 신령스런 물건이라는 사실을 알게 되어, 남은 향을 더욱 깊이 감추었으나 그 뒤 하루 아침에 없어졌다. …… 그 다음 해 무제는 오작궁五柞宮[21]에서 붕어했는데, 월지국의 인조人鳥, 진단震檀, 각사却死 등의 향은 이미 없어졌다.[22] 앞서 사자를 후하게 대접했던들 황제가 붕어할 때 어찌 영향靈香을 사용할 수 없었겠는가. [황제가] 목숨을 잃도록 정해져 있었던 것이다.[23]

동방삭은 비록 골계로서 호가 났지만, 그렇게 허망한 데까지 이르지는 않았다. 『한서』「동방삭전」의 찬贊에는 다음과 같이 기록되어 있다.

동방삭의 해학과 언어적 유희, 예언, 수수께끼 맞추기에 관한 것들은 천박하고 경솔하였으나, 일반 대중에게 널리 유행하였고, 아이들과 목동들도 [그에게] 현혹되지 않는 이가 없었기에, 후대의 호사가들이 기괴한 말과 이야기들을 취할 때 동방삭이 지었다고 기탁하게 되었던 것이다.[24]

[이것으로] 한나라 때에 이미 동방삭의 이름으로 기탁한 이야기가 많았음을 알 수 있다. [『신이경』과 『십주기』] 두 책은 비록 위작이긴 하지만 『수지』隋志에 이미 기록되어 있고, 또한 그 문장과 내용이 참신하였기 때문에, 제齊·양梁의 문인들 역시 종종 [그 이야기들을] 사실로서 인용하였다. 『신이경』 역시 실제로는 신선가神仙家의 이야기이지만, 표현수법이 상당히 복잡한 것으로 보아 아마도 문인이 지은 듯하다. 『십주기』는 특히 천

박한데, 월지국의 반생향反生香[25]을 기록한 것과 편수篇首에 다음과 같이 기록한 것을 보면, 방사方士가 짐짓 자신이 때를 만나지 못한 것을 걱정하여, 『십주기』를 빌려 세상 사람들의 이목을 놀라게 함으로써 그런대로 위안을 삼고자 했을 따름이라는 것을 알 수 있다.

> 동방삭이 말했다: "신臣은 선도仙道를 배우고 있는 자이지 이미 득도得道한 사람이 아닙니다. [다만] 광영으로 가득 찬 이 나라에서는, 이름난 유가와 묵가의 학자만을 초빙해 국가의 문교文敎에 참여시키고, 속세로부터 등을 진 도가는 비현실적이라 하여 억압했던 까닭에, 신이 은일의 삶을 버리고 궁중에 나아가고, 장생술에의 관심을 잠시 물리고 궁중에서 봉사하고자 했던 것입니다."[26]

반고가 지었다고 전해지는 것은 일명 『한무제고사』漢武帝故事[27]라고도 하는데 지금 1권이 남아 있으며, 무제가 의란전猗蘭殿에서 태어나 무릉茂陵에서 붕어할 때까지의 잡사雜事와 성제成帝 때까지의 일이 기록되어 있다. 그 가운데에는 신선과 괴이한 이야기가 비록 많지만, 방사方士를 믿지 않고 문사文辭도 간결하고 우아한 것으로 보아 문인이 지었을 것이다. 『수지』에는 2권으로 기록되어 있는데, 작자는 적혀 있지 않다. 송宋나라의 조공무晁公武는 『군재독서지』郡齋讀書志에서 처음으로, "세상 사람들이 말하기를 반고가 지었다 한다"世言班固作고 말했으며, 또 "당나라 장간지張柬之의 책 『동명기』洞冥記의 말미에서, 『한무고사』漢武故事는 왕검王儉이 지었다 한다"[28]고 말했다.[29] 그 뒤에 사람들은 반씨의 설을 따르게 되었다.

황제[30]는 을유년 칠월 칠일에 의란전에서 태어났다. 네 살이 되자 교동왕膠東王으로 옹립되었다. 몇 해가 지나 장공주[31)]가 그를 안아서 무릎 위에 올려놓고 물었다.

"얘야, 아내를 얻고 싶니?"

교동왕이 대답했다.

"아내를 얻고 싶어요."

장공주가 측근의 시녀 백여 명을 가리키니, 모두 마음에 차지 않는다고 말했다. 마지막으로 자기의 딸을 가리키며 말했다.

"아교는 어떻니?"

이에 웃으며 대답했다.

"좋아요. 만약에 아교를 아내로 얻는다면 금으로 만든 집을 지어 살게 하겠어요."

장공주는 크게 기뻐하며 황제에게 요청하여 드디어 혼사를 이루었다.[32)]

황제가 일찍이 수레輦[33)]를 타고 낭서郎署[34)]에 이르렀을 때, 한 늙은이를 보았는데, 허연 수염을 기르고 남루한 옷을 입고 있었다. 황제가 물었다.

"경은 언제 낭이 되었는가? 어찌하여 그리 늙었는가?"

[늙은이가] 대답하였다.

"신은 성이 안顏가이며 이름은 사駟이온데, 강도江都 사람으로, 문제 때 낭이 되었습니다."

황제가 물었다.

"어인 연고로 그렇게 나이가 들도록 때를 만나지 못하였소?"

사가 대답했다.

"문제께서는 문文을 좋아하셨지만 신은 무武를 좋아하였고, 경제께서는 늙은이를 좋아하셨지만 신은 아직 젊었으며, 폐하께서는 젊은이를 좋아하시는데 신은 이미 늙어 버렸으니, 이에 신은 3대에 걸쳐 때를 만나지 못한 것입니다."

황제가 그 말에 느낀 바 있어 그를 회계의 도위都尉로 발탁하였다.[35]

칠월 칠일에 황제가 승화전承華殿에서 재를 올렸다. 해가 정중앙에 이르자[정오가 되자] 갑자기 푸른 새가 서쪽으로부터 날아오는 것이 보였다. 황제가 동방삭에게 그 까닭을 물으니 삭이 대답했다.

"서왕모가 저녁 무렵 반드시 존상尊像 위에 내려오실 것입니다."[36]……

이날 밤 물시계가 일곱을 가리킬 때 공중에는 구름이 한 점도 없더니, 은은하게 우레와 같은 소리가 나고는 하늘 한쪽에 자색의 기운이 일었다. 잠시 후 서왕모가 도착했는데, 자색의 수레를 타고 옥녀玉女들이 수레의 좌우에서 모셨다. 머리에는 일곱 가지의 머리 장식七勝을 쓰고, 푸른 구름과 같은 기운이 일었다. 두 마리의 푸른 새靑鳥가 서왕모의 양 옆에서 모시고 있었다. [왕모가] 마차에서 내리자 황제가 맞이하면서 인사를 드렸다. 그러고는 서왕모를 이끌어 자리에 앉히고 불사의 약을 청하였다. 서왕모가 말했다.

"…… 폐하께서는 세속의 정으로부터 벗어나지 못해, 욕심이 아직 많기 때문에, 불사의 약은 아직 드릴 수 없습니다."

그러고는 복숭아 일곱 개를 꺼내 서왕모 자신이 두 개를 먹고 황제에게 다섯 개를 주었다. 황제가 씨를 남겨 앞에 두자 서왕모가 물었다.

"그것으로 무엇을 하려 하십니까?"

황제가 말했다.

"이 복숭아의 맛이 좋아 심으려 합니다."

서왕모가 웃으며 말했다.

"이 복숭아는 삼천 년에 한 번 열매를 맺는데, 하계下界의 땅에는 심을 수가 없습니다."

오경五更까지 머무르며 세상일에 대해서는 이야기를 나누었으나, 귀신에 대한 이야기는 하지 않고 엄숙히 있다 떠났다. 동방삭이 주조의 창문朱鳥牖[37]으로 몰래 서왕모를 훔쳐보았다. 서왕모가 말했다.

"저 아이는 못된 짓을 잘하는데, 제멋대로 무리하게 굴다가 [하늘로부터] 쫓겨난 지 오래도록 천계天界로 돌아가지 못하고 있는 것이오. 하지만 본심은 착한 아이니 오래지 않아 천계로 돌아갈 것인즉 황제께서는 잘 대우하시기 바랍니다!"

서왕모가 가고 나자 황제는 오랫동안 서운해하였다.[38]

다른 하나는 『한무제내전』漢武帝內傳[39]이라고 하는데, 역시 한 권이다.[40] 효무제孝武帝가 태어나 죽기까지의 일이 기록되어 있는데, 특히 서왕모가 강림한 일에 대해 특히 상세하게 기록하고 있다. 그 문장은 비록 화려하지만 경박하고, 게다가 불교의 용어까지 암암리에 사용하고 있다. 또 『십주기』와 『한무고사』에 나오는 말을 많이 사용하고 있는 것으로 보아 두 책보다 뒤에 나왔음을 알 수 있다. 송宋나라 때까지는 아직 편찬한 사람의 이름이 기록되어 있지 않았지만, 명明에 이르러서는 『한무고사』와 함께 모두 반고가 지었다고 말하고 있는데, 아마 반고의 이름이 중시되자 비슷한 이름을 끌어다 가탁한 것인 듯하다.

그날 밤 이경이 지나자, 갑자기 서남쪽에서 마치 흰 구름과 같은 것이 일더니 환하게 빛나며 뭉게뭉게 밀려 왔다. 곧바로 궁정으로 가로질러 오더니 순식간에 가까워졌다. 구름 속에서 피리와 북소리, 그리고 사람과 말들의 소리가 들렸다. 반식경이 지나자 서왕모가 도착했다. 궁전 앞으로 신들이 내려오는 것이 마치 새가 모여드는 듯했다. 어떤 이는 용과 호랑이를 타고 오고, 어떤 이는 흰 인麟[41]을 타고 오고, 어떤 이는 흰 학을 타고 오고, 어떤 이는 헌거軒車[42]를 타고 오고, 어떤 이는 천마를 타고 왔다. 신선 수천 명이 모이자 궁궐 안이 환하게 밝아졌다. 도착하고 나서는 그들 시종하던 선인들은 어디론가 사라져 버리고 서왕모만이 아홉 색깔의 얼룩용이 모는 붉은 구름의 수레를 타고 있는 것이 보였다. 따로 오십 명의 천선[43]이 있었는데,…… 모두 궁전 아래 머물렀다. 서왕모는 두 시녀의 부축을 받으며 궁전 위로 올라왔다. 시녀는 약 열예닐곱 살 정도로 푸른 비단 저고리를 입고, 사람을 매혹시키는 눈매를 가졌으며, 청순한 자태가 진실로 미인이었다! 서왕모가 궁전에 오르자 동쪽을 향해 앉았다. 황금으로 된 저고리[44]를 입었는데 무늬가 선명하였고, 거동이 기품 있었다. 허리에는 영비靈飛의 대수大綬와 분경分景의 검[45]을 차고, 머리는 태화太華의 쪽을 졌으며,[46] 태진신영太眞晨嬰의 관冠을 쓰고, 검은 옥으로 된 봉황 무늬玄璚鳳文의 신을 신었다. 나이는 삼십여 세 정도 되어 보이고, 키는 중간 정도였으며, 신비로운 자태는 부드럽고, 얼굴은 절세미인으로 진정 신비스러운 사람이었다!

황제는 무릎을 꿇고 예를 올렸다.[47] ……상원부인上元夫人은 황제로 하여금 자리로 돌아가게 하였다. 서왕모가 부인에게 말했다.

"경卿의 훈계는 말이 너무 급하고 절실하여[48] 아직 깨달음을 얻지 못한 사람의 마음을 더욱 위축시키오[49]."

부인夫人이 말했다.

"만약 그 도에 뜻을 둔 사람이라면 장차 자기의 몸을 굶주린 호랑이에게 던져 그 몸이 파멸되는 것을 잊을 것이요, 불 속이나 물 속에 들어가더라도 도를 깨닫고자 하는 한 마음이 동요되지 않을 것이기 때문에, 반드시 근심이 없을 것입니다. …… 말을 급하게 하는 것은 그 뜻을 이루려고 하기 때문일 뿐입니다. 왕모께서 이미 생각하고 계시니 반드시 시해尸解[50]의 방도를 내려 주십시오."

서왕모가 말했다.

"이 사람은 마음을 근실하게 한 지 오래되었으나 좋은 스승을 아직 못 만났기에, 그 신념이 동요되어 천하에 분명 신선이란 없을 것이라고 의심을 하게 되었소. 이런 까닭에 내가 선궁仙宮을 떠나 잠시 혼탁한 속세에 머물며 그가 선인이 되고자 하는 생각을 굳게 하려 하고, 또 선화仙化하는 것에 대해 의혹을 갖지 않게 하려 하오. 오늘 서로 만난 것은 사람들로 하여금 이런 사실을 유념케 하려는 것이오. 시해의 방법을 알려 주는 것에 대해서는 나는 조금도 아깝게 생각하지 않고 있소. 삼 년 후에[51] 내가 반드시 성단成丹 반 제와 석상산石象散 하나를 내려 주겠소.[52] 모두 그에게 주어 버리면 철徹[53]은 더 이상 하계에 머물러 있을 수가 없소. 지금은 흉노가 아직 평정되지 않았고, 변방에는 아직도 어려운 일들이 있소. 어찌하여 갑작스럽게 황제의 지위를 버리고 암혈로 들어가게 할 필요가 있겠소? 다만 당사자의 독실한 뜻이 어떠한지에 달려 있는 것이오. 만약 그가 마음을 돌린다면[54] 나는 다시 되돌아올 것이오."

서왕모가 황제의 등을 어루만지며 말했다.

"그대가 상원부인의 지극한 말을 듣는다면 반드시 장생을 할 수 있으니, 힘써 수행해 보시오."

황제가 무릎을 꿇으며 말했다.

"제가 그 말을 금으로 만든 간簡에 써두고 몸에 차고 다니겠습니다."[55]

또 『한무동명기』漢武洞冥記 네 권이 있는데, 후한後漢의 곽헌郭憲이 편찬했다고 적혀 있다.[56] 60칙則 모두가 신선, 도술 및 변방의 괴이한 일들을 기록한 것이다. 『동명기』洞冥記라고 이름을 적은 이유는 서序에 기록되어 있다.

> 한 무제는 똑똑하고 뛰어난 군주로, 동방삭은 골계滑稽를 빌려 군주에게 간언을 하고, 도교에 정통해 있어, 귀신세계의 오묘함을 환히 드러나게 하였다. 이제 이전의 사서에 기록되어 있지 않은 일들을 집록하고, 단지 보고 들은 바로써 『동명기』 4권을 편찬하여 일가의 책을 이루었다.[57]

이것을 보면 역시 동방삭을 빙자하고 있다. 곽헌은 자字가 자횡子橫이고 여남汝南의 송宋[58] 사람이다. 광무제光武帝 때 박사博士에 발탁되었는데, 강직하고 직언을 잘 하여 "관동關東의 강직한 곽자횡"[59]이라는 평판이 있었다. 다만 술을 머금었다 내뿜어 불을 껐다는 일이 방사方士들에 의해 인용되었기에, 범엽范曄[60]은 『후한서』後漢書를 지을 때 제대로 확인도 해보지 않고 「방술열전」方術列傳에 넣었다. 그러나 곽헌이 『동명기』를 지었다고 칭한 것은 실제로는 유후柳昫의 『당서』唐書로부터 비롯된 것으로, 『수지』에는 다만 곽씨郭氏라고만 되어 있을 뿐 이름은 기록되어 있지 않다. 육조六朝 사람들은 신선가神仙家의 말을 거짓으로 만들어 낼 때마다 반드시 곽씨가 지은 것이라고 칭하기를 좋아했는데, 이것은 대개 곽박郭璞에게 가탁하려 한 것이었다. 그렇기에 『곽씨현중기』郭氏玄中記와 『곽씨동명기』郭氏洞冥記가 있다. 『현중기』[61]는 지금 전하지 않으나, 그 남아 있는 글로 미루어 보면 『신이경』과 비슷하다. 『동명기』는 지금 모두 남아 있는데, 그 문장은 다음과 같다.

황안은 대군代郡 사람으로 대군에서 병졸 노릇을 하였다. …… 항상 주사朱砂를 복용하여 온몸이 모두 붉었으며, 겨울에도 털옷을 입지 않았고, 너비가 2척이나 되는 신령한 거북 위에 앉아 있었다. 어떤 사람이 [그에게] 물었다.

"당신은 그 거북 위에 몇 년 동안 앉아 있었소?"

그는 다음과 같이 대답했다.

"옛날에 복희씨가 처음으로 그물을 만들었을 때, 이 거북을 잡아 내게 주었소. 나는 [그때부터] 이 거북의 등에 앉아서 거북의 등이 평평해졌소. 이 짐승은 해와 달빛을 두려워하여 이천 년에 한 번 머리를 내미는데, 내가 이 거북에 앉은 이래로 다섯 번 머리를 내미는 것을 보았소." …… (2권)[62]

천한天漢 2년에 황제가 창용각에 올라 선인이 되는 방법을 동경하여, 여러 방사를 불러 변방의 일들을 이야기하게 하였다. 동방삭이 자리에서 내려와, 붓을 잡고 무릎을 꿇고는 앞으로 나왔다. 황제가 말했다.

"대부가 짐을 위해 해줄 말이 있는가?"

동방삭이 말했다.

"신은 북쪽의 끝을 여행하다 종화산種火山에 도착했습니다. [그곳은] 햇빛과 달빛이 미치지 못하는 곳이었는데, 청룡이 촛불을 물고 산의 네 귀퉁이를 비추고 있었습니다. 또 정원도 있었는데, 모두 신기한 나무와 신기한 풀이 심어져 있었습니다. 명경초明莖草라는 풀이 있었는데 밤에는 마치 금으로 만든 등과 같이 빛나고 가지를 꺾으면 횃불이 되어 귀신의 모습을 비출 수 있습니다. 선인仙人 영봉甯封은 항상 이 풀을 복용하여 밤이 되어 어두워지면 배에서 바깥으로 빛이 새어 나오는 것을 볼 수 있었습니다. 이 풀은 동명초洞冥草라고도 부릅니다."

황제가 이 풀을 따서 진흙과 섞어 운명관雲明館의 벽에 바르게 하였는데, 밤에 이곳에 앉아 있으면 등불이 필요 없었다. 이것은 또 조매초照魅草라고도 한다. 이것을 발밑에 깔면 물을 밟아도 가라앉지 않았다. (3권)[63]

인간사의 사소한 일들을 잡다하게 기록한 것으로는 『서경잡기』[64]가 있는데, 본래 2권이었으나, 지금 6권인 것은 송나라 사람이 나눈 것이다. 끝부분에 갈홍葛洪의 발跋이 있다.

그 집에 유흠劉歆의 『한서』 백 권이 있다. 반고가 지은 것과 비교 검토해 보면, 거의 모두가 유흠의 것을 취하였고, 약간 다른 부분이 있긴 하지만 [반고가] 취하지 않은 것은 2만여 자에 불과하다. 이제 그것을 초록하여 두 권으로 만들어 『한서』의 부족함을 보충한다.[65]

그러나 『수지』에는 편찬한 사람의 이름을 쓰지 않았고, 『당지』唐志에서는 갈홍이 편찬하였다고 한 것을 보면, 당시 사람들은 모두 유흠이 이 책의 작자라는 사실을 믿지 않았다는 것을 알 수 있다. 단성식段成式[66]은 『유양잡조』「어자」語資편에서 다음과 같이 말했다.

유신庾信은 시詩를 지을 때 『서경잡기』를 인용했지만, 그 뒤에 스스로 그것을 고치고 나서는, "이것은 오균의 말로 인용할 것이 못 된다"고 말했다.[67]

이로 인해 후세 사람들은 오균이 지었다고 생각했다. 그러나 이른바 오균의 말이라는 것은 아마 [개별적인] 문구를 가리킨 것이지 『서경잡기』를 일컬은 것은 아닐 것이다. 양 무제梁武帝가 은운殷芸에게 명하여 『소설』小說[68]을 편찬하게 했을 때, 모두 옛 책을 초록했는데, 『서경잡기』로부터 인용한 것이 아주 많은 것으로 보아 양나라 초기에 [『서경잡기』가] 이미 세간에 유행하였음을 알 수 있다. 그렇기에 갈홍이 지었다고 하는 것이 타당할 것이다. 혹자는 [작자가] 글 속에서 유향劉向을 아버지라고 부른 것으로 인해 갈홍의 작품이 아니라고 의심하기도 했다. 그러나 이미 [작자로서] 유흠의 이름을 가탁한 이상 흠의 말투를 본뜬 것은 있을 수 있는 일이다. 그 책에 기록된 것은 황성증黃省曾[69]이 서序에서 말한 것과 같다.

> 대체로 네 가지의 특징이 있다. 잡다하여 생략해도 좋은 것, 산만하여 근거가 없는 것, 무릇 애매하여 신빙하기가 어려운 것, 금기에 저촉되어 반드시 피해야 할 것 등이 그것이다.[70]

그러나 이것은 사서史書의 관점에서 비판한 것이고, 문학으로서 논한다면 이것은 고대 소설 중에서 진실로 의취意趣가 빼어나며 문장 표현도 볼 만한 것이 있다.

> 사마상여司馬相如가 애당초 탁문군卓文君과 함께 성도成都에 돌아왔을 때는 빈곤하여 걱정이 많았다. 입고 있던 숙상鸕鷞[71]의 깃털로 만든 옷을 양창陽昌이란 사람에게 팔아 술을 사서 문군과 더불어 즐겼다. 문군은 [두 팔로 상여의] 목을 부여잡고 울며 말했다.
>
> "나는 평생 부족함이 없이 자랐는데 지금은 깃털 옷을 팔아 술을 먹는구나!"

그리하여 두 사람은 서로 의논하여 성도에서 술집을 열었다. 상여는 직접 쇠코잠방이를 입고 술그릇을 씻음으로써 왕손王孫[72]을 수치스럽게 만들었다. 왕손은 과연 이 때문에 골치를 앓다 문군에게 많은 재산을 주니, 문군은 드디어 부자가 되었다. 문군은 아름다운 여자였다. 눈썹은 마치 멀리 있는 산을 바라보는 것과 같았고, 얼굴은 언제나 부용芙蓉과 같았으며, 피부는 기름처럼 매끄러웠다. 사람됨이 호탕하고 풍류를 알았기에 장경(사마상여)의 재주를 좋아하여 세속의 예절을 뛰어넘었던 것이다.…… (2권)[73]

곽위郭威는 자字가 문위文偉이고 무릉茂陵 사람으로, 책 읽기를 좋아하였다. [그의 말에 의하면] 『이아』爾雅는 주공周公이 지은 것이라고 하나, 『이아』에 "장중효우"張仲孝友[74]라는 구절이 있는데 장중은 주의 선왕宣王 때 사람이기 때문에 주공이 지은 것이 아니라는 것은 명백한 사실이라고 하였다. 내가 일찍이 이를 양자운楊子雲에게 물었는데 자운은 다음과 같이 말했다. "공자의 문하 중 자유子游, 자하子夏의 무리가 기록한 것으로, 이로써 육예六藝를 해석한 것이다." 아버님[75]께서는 『외척전』外戚傳에서, "고대의 사관 일史佚은 『이아』로써 그 자식을 가르쳤다"고 했기 때문에 『이아』는 소학小學이라고 여기셨다. 또 『예기』禮記에서는 다음과 같이 말했다. "공자가 노 애공魯哀公에게 『이아』를 배우게 하였다." 『이아』의 기원은 오래되었다. 과거의 학자들은 모두 주공이 편찬했다고 했는데, "장중효우" 등의 문구는 후대 사람이 첨족한 것일 뿐이다. (3권)[76]

사마천은 발분하여 『사기』 130편을 지었는데, 선현들은 그의 훌륭한 역사가로서의 재능을 높이 샀다. 그가 백이伯夷를 열전列傳의 처음에 놓은 것은 선한 일을 했지만 보답을 받지 못했다고 여겼기 때문이고, 항우項羽의 본기本紀를 지었던 것은 그가 높은 자리에 있었기 때문이지 그가 덕이 있는 사람이어서 그랬던 것은 아니었다. 그가 굴원屈原과 가의賈誼를 기술할 때는 언어 표현과 감정의 오르내림이 정열적이고 애절하면서도 결코 지나침이 없었으니, 근대의 위대한 재사였던 것이다. (4권)[77]

(광천왕 거질[78]이 무뢰한을 모았다.) 난서의 고분은 관구棺柩와 명기明器가 모두 썩어 남은 것이 없었다. 한 마리의 흰 여우가 사람을 보고 놀라 달아나자, 왕의 측근인 자가 그것을 쳐서 잡으려 했지만 잡지 못하고 여우의 왼쪽 다리를 다치게 했을 뿐이었다. 그날 밤 왕은 꿈속에서 수염과 눈썹이 모두 흰 사람이 자기에게 다음과 같이 말하는 것을 보았다. "그대는 어찌하여 나의 왼쪽 다리를 상하게 하였는가?" 그러고는 [그가] 나무 막대로 그의 왼쪽 다리를 쳤다. 왕이 깨어나니 다리가 붓고 아프더니 상처가 나 죽을 때까지 낫지 않았다. (6권)[79]

갈홍葛洪은 자가 치천稚川으로 단양 구용丹陽句容 사람이다. 어려서부터 유학儒學으로 세상에 그 이름이 널리 알려졌으며, 전적典籍을 탐구하였고, 또한 신선도양지법神仙導養之法에도 매우 흥미가 있었다. 태안太安 연간에는 복파장군伏波將軍의 벼슬을 지냈고 적賊을 평정한 공으로 관내후關內侯에 봉해졌다. 간보干寶와 매우 친했는데, 그는 갈홍의 재능이 나라의 사관을 맡아볼 수 있을 것이라 하여 천거하였다. 그러나 갈홍은 교지交址에서 단丹[80]이 나온다는 말을 듣고 스스로 구루의 영勾漏令이 되기를 원하였다. 길을 가다 광주廣州에 이르렀는데 그곳의 자사刺史가 만류하여 결국에는 나부羅浮에 머물게 되었다. 그때 나이 여든한 살로 잠을 자다가 죽었다(약 290~

370). 『진서』晋書에 그의 전傳이 있다. 갈홍의 저작은 매우 많아 600권이나 된다. 그의 『포박자』抱朴子(내편內篇 3)에는 태구太丘의 장을 지낸 영천潁川 사람 진중궁陳仲弓이 『이문기』異聞記를 지었다는 사실이 기록되어 있는데, 그 문장도 인용되어 있다.[81] 곧 같은 군의 장광정張廣定이라는 사람이 난리를 피하다가 그의 네 살배기 딸을 오래된 묘古塚에 두고 떠났는데 3년 후에 다시 돌아와 보니 그의 딸은 거북의 호흡을 배워 죽지 않고 살아 있었다는 사실이 간략히 언급되어 있는 것이다. 그러나 진실陳實의 이 기록은 관찬의 역사서史志에는 기록되어 있지 않고, 또한 그 일 자체도 방사方士들이 늘 상 하던 이야기와 매우 비슷하기 때문에 아마도 [후대 사람의] 가탁일 것이다. 갈홍은 비록 한나라에서 그리 멀리 떨어지지 않은 시대에 살았던 인물이지만 신선이 되는 수행에 탐닉하였던 까닭에 그의 말 역시 근거할 만한 것이 못 된다.

또 『비연외전』飛燕外傳[82] 1권에는 조비연趙飛燕 자매의 고사가 기록되어 있는데, 한나라 하동도위河東都尉 영현자우伶玄子于가 지었다고 적혀 있다. 사마광司馬光은 일찍이 그 가운데 "화수멸화"禍水滅火[83]라는 말을 취하여 『통감』通鑒에 넣었기 때문에,[84] 거의 한대 사람이 지은 것으로 여겼던 듯하지만, 아마도 당송唐宋대의 사람이 지었을 것이다. 그밖에 『잡사비신』雜事秘辛[85] 1권에는 후한後漢 때 양기梁冀의 여동생을 간택하여 책립冊立한 일이 기록되어 있다. 양신楊愼[86]의 서문序文에는, "안녕의 토지주安寧土知州 만씨萬氏가 소장한 것으로부터 얻었다"得於安寧土知州萬氏고 하였으나, 심덕부沈德符[87](『야획편』野獲編 23)는 양신이 한때의 유희로서 지은 것이라고 여겼다.

주)

1) 동방삭(東方朔, B.C. 154~93). 자는 만천(曼倩)이고 서한(西漢) 평원(平原) 염차(厭次; 지금의 산둥 후이민惠民) 사람이다. 『한서 · 예문지』에 『동방삭』 20편이 저록되어 있으며, 현재는 『상서』(上書), 『간제상림원』(諫除上林苑), 『화민유도대』(化民有道對), 『답객난』(答客難), 『비유선생전』(非有先生傳) 다섯 편이 남아 『한서』 「본전」(本傳)에 보인다. 이밖에도 『예문류취』(藝文類聚) 23권에 『계자』(誡子)가 실려 있고, 『초학기』(初學記) 18권에는 『종공손홍차거』(從公孫弘借車) 등이 실려 있다.
반고(班固). 이 책의 제1편 주 14)를 참고할 것.

2) 곽헌(郭憲)의 자(字)는 자횡(子橫)이고, 동한(東漢) 여남 신처(汝南新郪; 지금의 안후이성安徽省 타이허현太和縣) 사람으로 관직은 광록훈(光祿勛)에 이르렀다. 『수서 · 경적지』에는 『한무동명기』(漢武洞冥記) 1권이 기록되어 있는데, 곽씨(郭氏)가 지었다고 되어 있다. 『구당서 · 경적지』(舊唐書經籍志)에는 『한별국동명기』(漢別國洞冥記) 4권이 기록되어 있는데 마찬가지로 곽헌이 지었다고 기록되어 있다.
유흠(劉歆)은 이 책의 제1편 주 13)을 참고할 것.

3) 위자시의 『사고제요변증』 18권 「자부」(子部) 9 '소설가류'(小說家類) 3에 『신이경』에 관한 고증이 있는데, 위자시는 찬자(撰者)가 동방삭이 아닌 것은 분명하지만, 『좌전』 '문공 18년'의 「정의」(正義)에 복건(服虔)이 『신이경』이라는 책이름을 거명한 것으로 보아, 본서의 성립 연대는 늦어도 후한 영제(靈帝) 이전이거나 후한 초년에 이미 있었는지도 모른다고 하였다. 여기에서의 복건은 『춘추좌씨전해』(春秋左氏傳解)의 저자로, 영제 중평(中平) 말년에 구강(九江)의 태수를 지냈다. 『신이경』은 그 내용으로 볼 때, 후한의 도사의 손을 거친 듯한데, 교정본(校訂本)으로는 도헌증(陶憲曾)의 『영화관총고』(靈華館叢稿)에 첨부되어 있는 『신이경집교』(神異經輯校)가 있다.— 일역본

4) 『신이경』의 우리말 역본 서지사항은 다음과 같다. 송정화 · 김지선 역주, 『목천자전 · 신이경』, 서울: 살림, 1997.— 옮긴이

5) 『신이경』 1권은 한나라 동방삭(東方朔)이 짓고 장화(張華)가 지었다고 적혀 있으나, 모두 위작이다. 『구당서 · 경적지』에는 『신이경』 2권으로 되어 있다. 『한위총서』(漢魏叢書) 32권과 『광사십가소설』(廣四十家小說) 5권에는 모두 『신이경』이 실려 있다.— 보주

6) 원문은 "三尺八寸". 『예문류취』 87권, 『물류상감지』(物類相感志) 12권의 인용문에는 "三丈八尺"으로 되어 있다(송정화 · 김지선 역주, 『목천자전 · 신이경』, 270쪽을 참고할 것. 번역문은 김지선 역주본을 참고하되 옮긴이가 다소 손을 보았음).— 옮긴이

7) 『남황경』(南荒經)의 이 조목은 『한위총서』와 『광사십가소설』의 제1구에는 "남방 산에는 사탕수수의 숲이 있다"(南方山有肝爐之林)라고 되어 있다. "爐"은 사실은 "감자"(甘蔗) 두 글자를 함께 쓴 것이 아닌가 생각된다.— 보주

8) 원문은 다음과 같다. 南方有肝爐之林, 其高百丈, 圍三尺八寸, 促節, 多汁, 甛如蜜. 咋嚙其汁, 令人潤澤, 可以節蚘蟲. 人腹中蚘蟲, 其狀如蚓, 此消穀蟲也, 多則傷人, 少則穀不消. 是甘蔗能滅多益少, 凡蔗亦然.(『南荒經』)

9) 원문은 "菟". 『설부』 65권의 인용문에는 "羌"으로 되어 있다(김지선 역주본 281쪽).— 옮긴이

10) 원문은 다음과 같다. 西南荒中出訛獸, 其狀若菟, 人面能言, 常欺人, 言東而西, 言惡而善. 其肉美, 食之, 言不眞矣.(原注: 言食其肉, 則其人言不誠.)一名誕.(『西南荒經』)

11) 원문은 "仙人九府治之". 『태평어람』 674권의 인용문에는 "之"가 "所"로 되어 있다. 또 『수경주』(水經注) 1권과 『예문류취』 78권에는 "구부치"로 되어 있을 뿐 "소"자는 없다. 『태평어람』 674권에 인용된 「남진설」(南眞說)에는 다음과 같은 언급이 있다. "곤륜산 위에는 구부가 있는데 이것이 구궁이다. 태극이 대궁이며 여러 신선들은 모두 구궁의 관료일 뿐이다."(崑崙山上有九府, 是爲九宮. 太極爲大宮. 諸仙皆是九宮之官僚耳. 김지선 역주본 322~323쪽)

12) 원문은 다음과 같다. 昆侖之山有銅柱焉, 其高入天, 所謂'天柱'也, 圍三千里, 周圓如削. 下有回屋, 方百丈, 仙人九府治之. 上有大鳥, 名曰希有, 南向, 張左翼覆東王公, 右翼覆西王母; 背上小處無羽, 一萬九千里, 西王母歲登翼上, 會東王公也.(『中荒經』)

13) 『십주기』(十洲記). 『수서·경적지』에는 1권으로 기록되어 있는데, 동방삭이 지었다고 되어 있다. 그러나 실제로는 제량(齊梁) 이후에 방사(方士)가 위작한 것이다.

14) 『십주기』 1권 역시 동방삭이 지었다고 적혀 있다. 『고씨문방소설』(顧氏文房小說), 『오조소설』(五朝小說) 등의 판본이 있다.—보주

15) 원문은 "上多太玄仙官宮室, 宮室各異". 『도장』(道藏) 「동현부」(洞玄部)의 '기전류'(記傳類)에 수록된 『십주기』에는, "上多太玄仙官, 仙官宮室各異"로 되어 있다.—일역본

16) 원문은 "乃是三天君下治之處". 『도장』 본에는 "내시"(乃是)가 "우시"(又是)로 되어 있다.—일역본

17) 원문은 다음과 같다. 玄洲在北海之中, 戌亥之地, 方七千二百里, 去南岸三十六萬里. 上有大玄都, 仙伯眞公所治. 多丘山. 又有風山, 聲響如雷電, 對天西北門. 上多太玄仙官宮室, 宮室各異. 饒金芝玉草. 乃是三天君下治之處, 甚肅肅也.

18) 고대의 스키타이인(人). 『사기』(史記), 『한서』(漢書), 『후한서』(後漢書), 『위략』(魏略), 『위서』(魏書)에는 대월씨(大月氏)로 되어 있으며, 『고승전』(高僧傳)에는 "월지"(月支)로 되어 있다.—일역본

19) 원문은 "西胡月支獻香四兩". 『도장』 본에는 "西胡月支國王遣使獻香四兩"으로 되어 있다.—일역본

20) 원문은 "其死未三月者皆活". 『도장』 본에는 "其死未三日者皆活"로 되어 있다.—일역본

21) 오작궁(五柞宮)은 산시성(陝西省) 주지현(盩厔縣) 동남쪽에 있다. 궁 안에는 한 아름 정도 되고 그늘이 몇 무(畝)의 밭을 덮을 정도인 떡갈나무가 다섯 그루 있다. 오작궁은 여기에서 그 이름을 따온 것이다.—보주

22) 원문은 "已亡月支國人鳥山震檀却死等香也". 『도장』 본에는 "月支國香必人鳥山震檀却死香也"로 되어 있다.—일역본

23) 원문은 다음과 같다. 征和三年, 武帝幸安定. 西胡月支獻香四兩, 大如雀卵, 黑如桑椹. 帝以香非中國所有, 以付外庫.…到後元元年, 長安城內病者數百, 亡者大半. 帝試取月支神香燒之于城內, 其死未三月者皆活, 芳氣經三月不歇, 于是信知其神物也, 乃更秘錄餘香, 後一旦又失之.…明年, 帝崩于五柞宮, 已亡月支國人鳥山震檀却死等香也. 向使厚待使者, 帝崩之時, 何緣不得靈香之用耶? 自合殞命矣!

루쉰이 인용한 『십주기』 두 조목은 십주 가운데 하나인 취굴주(聚窟洲)의 일부분이다. "서호의 월지국이 향을 넉 냥 바쳤다"(西胡月支獻香四兩)고 하는 것은 『고씨문방소설』과 『오조소설』에는 모두 "서호 월지국의 왕이 사자를 파견하여 향을 넉 냥 바쳤다"(西胡月支國王遣使獻香四兩)라고 되어 있다. 또 "향기가 사흘이 지나도록 그치지 않았다"(芳氣三日不歇)는 것은 모두 "향기가 삼 개월이 지나도록 그치지 않았다"(芳氣三月不歇)라고 되어 있으며 "운명"(殞命)은 모두 "명운"(命殞)이라고 되어 있다.— 보주

24) 원문은 다음과 같다. 朔之詼諧逢占射覆, 其事浮淺, 行于衆庶, 兒童牧豎, 莫不眩耀, 而後之好事者因取奇言怪語附著之朔.

25) 반혼수(反魂樹)의 나무 즙을 달여 환약의 형태로 빚어 놓은 향이다. 반생향(返生香)이라고도 한다(『운급칠첨』雲笈七籤 26 「십주삼도」十洲三島).— 일역본
반생향(反生香)은 죽은 목숨을 되살리는 향이라는 뜻이다.— 옮긴이

26) 원문은 다음과 같다. 方朔云: 臣, 學仙者也, 非得道之人, 以國家之盛美, 將招名儒墨于文敎之內, 抑絶俗之道于虛詭之迹, 臣故韜隱逸而赴王庭, 藏養生而侍朱闕.

27) 『한무제고사』(漢武帝故事). 『수서·경적지』에는 2권으로 기록되어 있는데, 지은 사람은 기록되어 있지 않다. 책은 이미 산실되었지만 명 오관(明吳琯)의 『고금일사』(古今逸史)에 1권이 남아 있고 루쉰의 『고소설구침』(古小說鉤沈)에 집본(輯本)이 있다.

28) 원문은 "唐張柬之書『洞冥記』後云, 『漢武故事』, 王儉造也". 조공무(晁公武)의 자(字)는 자지(子止)이고, 남송(南宋) 거야(鉅野; 지금의 산둥山東 지방에 속함) 사람으로, 저명한 장서가(藏書家)이다. 그가 지은 『군재독서지』(郡齋讀書志)는 중국 최초의 제요(提要)가 붙어 있는 사가(私家)의 도서목록이다. 이 책으로 실전(失傳)된 많은 고적(古籍)들의 대강의 줄거리를 알 수 있다. 『한무제고사』를 지은 사람에 관한 인용문은 이 책 2권의 사부(史部) 전기류(傳記類)에 다음과 같이 보인다. "세상 사람들은 반고가 지었다고 말한다. 당 장간지(張柬之)의 책 『동명기』(洞冥記) 뒷부분에는 '『한무고사』는 왕검(王儉)이 지었다'라고 되어 있다."(世言班固撰. 唐張柬之書『洞冥記』後云: '『漢武故事』, 王儉造.')

29) 위자시의 『사고제요변증』 18권 「자부」(子部) 9 '소설가류' 3의 『한무고사』에서는 조공무의 『군재독서지』에 의거해 찬자(撰者)를 남조의 제(齊)나라의 왕검(王儉)이라 하였다.— 일역본

30) 여기에서의 황제는 무제(武帝)를 가리키며, 이하 같음.— 옮긴이

31) 여기에서는 교동왕의 백모를 가리키는데, 일반적으로 한대(漢代)에는 황제의 자매를 장공주라 하였다.— 옮긴이

32) 원문은 다음과 같다. 帝以乙酉年七月七日生于猗蘭殿, 年四歲, 立爲膠東王. 數歲, 長公主抱置膝上, 問曰, '兒欲得婦不?' 膠東王曰, '欲得婦.' 長主指左右長御百餘人, 皆云不用. 末指其女問曰, '阿嬌好不?' 于是乃笑對曰, '好. 若得阿嬌, 當作金屋貯之也.' 長主大悅, 乃若要上, 遂成婚焉.
금방장교(金房藏嬌)의 이야기는 『고소설구침』의 287쪽에 의하면, "칠월 칠일"(七月七日) 다음에 "표"(嫖)자가 있는 것으로 되어 있다. 이 내용을 검토하자면, 장공주 표(嫖)는 바로 한 문제(漢文帝)의 맏딸로서, 두태후(竇太后)가 낳았다.— 보주

33) "연"(輦)은 천자가 타는 수레로, 사람이 끌었다.— 옮긴이

34) "郎署"는 관청의 이름이다. 낭(郎)은 관명으로, 숙위(宿衛)의 관이다.—옮긴이

35) 원문은 다음과 같다. 上嘗輦至郎署, 見一老翁, 須鬢皓白, 衣服不整. 上問曰, "公何時爲郎? 何其老也?" 對曰, "臣姓顔名駟, 江都人也, 以文帝時爲郎." 上問曰, "何其老而不遇也?" 駟曰, "文帝好文而臣好武, 景帝好老而臣尙少, 陛下好少而臣已老: 是以三世不遇." 上感其言, 擢拜會稽都尉.

안사가 늙도록 때를 만나지 못했다(顔駟老而不遇)라는 고사는 『고소설구침』 294쪽에 의하면 "삼대에 걸쳐 때를 만나지 못했다"(三世不遇)는 구절 다음에 "그런 까닭에 늙도록 낭서에 머물러 있다"(故老于郎署)고 하는 구절이 있다.—보주

36) "서왕모는 해질 무렵 반드시 존상 위에 내려온다"(西王母暮必降尊像上)라는 문장에 관하여 루쉰은 『고소설구침 · 한무고사(漢武故事)』에서 『감주집』(紺珠集) 9권에 의거하여 교정보완(校補)하면서 다음과 같이 썼다. "서왕모는 해질 무렵 반드시 존상에 내려오니 황제(上)는 마땅히 물 뿌려 청소하고 그를 기다려야 한다."(西王母暮必降尊像, 上宜灑掃以待之) [이 구절을 루쉰이 했던 것처럼 "西王母暮必降尊像, 上宜灑掃以待之"라고 구두를 할 수도 있지만, "西王母暮必降尊像上, 宜灑掃以待之"으로 구두할 수도 있다. 왜냐하면 본서의 경우 황제를 가리키는 이인칭으로 "상"(上)이 쓰인 예가 없고, 대부분 "폐하"(陛下)를 썼기 때문이다. 이렇게 되면, "上"은 단순히 "존상 위에"라는 의미가 된다.—일역본]

37) 주조(朱鳥)는 주작(朱雀)을 뜻하는데, 주작은 남쪽을 지키는 새이기에 남쪽 창문을 뜻한다.—옮긴이

38) 원문은 다음과 같다. 七月七日, 上于承華殿齋, 日正中, 忽見有青鳥從西方來. 上問東方朔, 朔對曰, "西王母暮必降尊像上." …是夜漏七刻, 空中無雲, 隱如雷聲, 竟天紫氣. 有頃, 王母至, 乘紫車, 玉女夾馭; 戴七勝; 青氣如雲; 有二青鳥, 夾侍母旁. 下車, 上迎拜, 延母坐, 請不死之藥. 母曰, "…帝滯情不遣, 欲心尙多, 不死之藥, 未可致也." 因出桃七枚, 母自啖二枚, 與帝五枚. 帝留核著前. 王母問曰, "用此何爲?" 上曰, "此桃美, 欲種之." 母笑曰, "此桃三千年一著子, 非下土所植也." 留至五更, 談語世事而不肯言鬼神, 肅然便去. 東方朔于朱鳥牖中窺母. 母曰, "此兒好作罪過, 疏妄無賴, 久被斥逐, 不得還天, 然原心無惡, 尋當得還, 帝善遇之!" 母旣去, 上惆悵良久.

서왕모가 승화전에 강림하였다(西王母降承華殿)고 하는 이야기는 『고소설구침』 349~350쪽에 의하면 "청조가 서방으로부터 왔다"(青鳥從西方來) 다음에 "전 앞에 모였다"(集殿前)고 하는 세 글자가 더 있는 것으로 되어 있다. "경천자기"(竟天紫氣)는 "경천자색"(竟天紫色)으로 되어 있고, "머리에는 일곱 가지의 머리 장식(七勝)을 쓰고(戴七勝)" 다음에는 "검은 옥으로 된 봉황 무늬의 신을 신고"(履玄瓊鳳文之舃)라는 일곱 글자가 있다. "두 마리의 푸른 새가 있고"(有二青鳥)는 "까마귀와 같은 두 마리의 푸른 새가 있고"(有二青鳥如烏)로 되어 있다. "쫓겨난 지 오래도록"(久被斥逐)은 "배척당해 물러난 지 오래도록"(久被斥退)으로 되어 있다.—보주

39) 『한무제내전』(漢武帝內傳). 『수서 · 경적지』에 3권으로 기록되어 있는데 지은 사람은 기록되어 있지 않다. 『송사 · 예문지』(宋史藝文志)에는 2권으로 기록되어 있는데 주(注)에 "작자는 알지 못함"(不知作者)이라고 되어 있다. 명 하윤중(何允中)의 『광한위총서』

(廣漢魏叢書)에는 1권으로 기록되어 있는데 한 반고(班固)가 지었다고 되어 있다.

40)『한무제내전』 1권은 『수서·경적지』 잡전류(雜傳類)에는 『한무제내전』 3권으로 되어 있고, 『구당서·경적지』에는 『한무제내전』 2권으로 되어 있다.—보주

41) 뿔이 하나 달린 전설상의 동물로, 수컷은 기(麒)이고, 암컷이 인(麟)이다.—옮긴이

42) 대부 이상의 고관이 타는 수레.—옮긴이

43) 갈홍(葛洪)의 『포박자』(抱朴子) 내편 「논선」(論仙)에 다음과 같은 내용이 실려 있다. "내 생각으로는 『선경』에 의하면, 상사는 형체도 함께 허공으로 올라가기에, 천선이라 부른다. 중사는 명산에서 노닐기에, 지선이라 부른다. 하사는 먼저 죽고 나서 허물을 벗기에, 시해선이라 한다."(按『仙經』云, 上士擧形昇虛, 謂之天仙; 中士遊於名山, 謂之地仙; 下士先死後蛻, 謂之尸解仙)—옮긴이

44) 원문 '답촉'(褡襡)은 도가에서 입는 옷으로, 속칭 답의(褡衣)라고도 한다.—보주 『도장』 「동진부」(洞眞部) 「기전류」(記傳類)에 실린 『한무제내전』에는 "황금겁촉"(黃金袷襡)으로 되어 있다.—일역본

45) 원문은 "腰佩分景之劍". 『도장』 본에는 "腰分頭之劍"으로 되어 있다. 칼끝이 갈라져 있는 검을 허리에 찼다는 의미이다.—일역본

46) 원문은 "頭上太華髻". 『도장』 본에는 "頭上大華髻"로 되어 있다. 그 주(注)에 위에 꽃을 꽂고 밑을 쪽찐 것이라 한다.—일역본

47) 원문은 "帝跪謝". 『도장』 본에는 "帝下席跪謝"로 되어 있다.—일역본

48) 원문은 "卿之爲戒, 言甚急切". 『도장』 본에는 "帝之戒言, 言甚急切"이라 되어 있다.—일역본

49) 원문은 "畏于意志". 『도장』 본에는 "畏于至意"로 되어 있다.—일역본

50) 죽은 것 같은 상태가 되어 승천하는 해탈 방법.—옮긴이

51) 원문은 "後三年". 『도장』 본에는 "復三年"으로 되어 있다.—일역본

52) 원문은 "以成丹半劑, 石象散一. 具與之". 여기서 "제"(劑)는 약에 쓰이는 양사이다. 그리고 "石象散一. 具與之"는 "石象散一具, 與之"로도 구두(句讀)할 수 있는데, 이 경우에는 구(具)가 양사로 쓰이게 된다.—일역본

53) 무제의 이름이다.—옮긴이

54) 원문은 "但當問篤志何如. 如其回改". 『도장』 본에는 "但當問篤向之至必卒何如. 如其回改"로 되어 있다.—일역본

55) 원문은 "以身佩之焉". 『도장』 본에는 "以身模之焉"으로 되어 있다.—일역본 전체 인용문의 원문은 다음과 같다. 到夜二更之後, 忽見西南如白雲起, 鬱然直來, 徑趨宮庭, 須臾轉近. 聞雲中簫鼓之聲, 人馬之響. 半食頃, 王母至也. 縣投殿前, 有似鳥集, 或駕龍虎, 或乘白麟, 或乘白鶴, 或乘軒車, 或乘天馬, 群仙數千, 光曜庭宇. 旣至, 從官不復知所在, 唯見王母乘紫雲之輦, 駕九色斑龍, 別有五十天仙,…咸住殿下. 王母唯扶二侍女上殿. 侍女年可十六七, 服靑綾之袿, 容眸流盼, 神姿淸發, 眞美人也! 王母上殿, 東向坐, 著黃金褡襡, 文采鮮明, 光儀淑穆, 帶靈飛大綬, 腰佩分景之劍, 頭上太華髻, 戴太眞晨嬰之冠, 履玄璚鳳文之舃, 視之可年三十許, 修短得中, 天姿掩藹, 容顏絶世, 眞靈人也! 帝跪謝,…上元夫人使帝還坐. 王母謂夫人曰, "卿之爲戒, 言甚急切, 更使未解之人, 畏于意志." 夫人曰,

"若其志道, 將以身投餓虎, 忘軀破滅, 蹈火履水, 固于一志, 必無慢也.…急言之發, 欲成其志耳, 阿母旣有念, 必當賜以尸解之方耳." 王母曰, "此子勤心已久, 而不遇良師, 遂欲毁其正志, 當疑天下必無仙人, 是故我發閬宮, 暫舍塵濁, 旣欲堅其仙志, 又欲令向化不惑也. 今日相見, 令人念之. 至于尸解下方, 吾甚不惜. 後三年, 吾必欲賜以成丹半劑, 石象散一. 具與之, 卽徹不得復停. 當今匈奴未彌, 邊陲有事, 何必令其倉卒舍天下之尊, 而便入林岫? 但當問篤志何如. 如其回改, 吾方數來." 王母因拊帝背曰, "汝用上元夫人至言, 必得長生, 可不勖勉耶?" 帝跪曰, "徹書之金簡, 以身佩之焉."

56) 위자시의 『사고제요변증』 18권 「자부」 9 소설가류 3의 『한무동명기』(漢武洞冥記)에 의하면, 조백우(晁伯宇)가 엮은 『속담조』(續談助) 1권에 실린 『동명기』(洞冥記)의 후서(後書)에서 장간지(張柬之)가 찬자를 남조(南朝)의 양 원제(梁元帝)라고 말한 설에 바탕하여 양 원제가 지었다고 하였다. 곧 그 후서에서는 "옛날에 갈홍(葛洪)은 『한무내전』, 『서경잡기』를 지었고,…… 왕검은 『한무고사』를 지었다"고 하였다.— 일역본

57) 원문은 다음과 같다. 漢武帝明俊特異之主, 東方朔因滑稽以匡諫, 洞心于道敎, 使冥迹之奧, 照然顯著. 今籍舊史之所不載者, 聊以聞見, 撰『洞冥記』四卷, 成一家之書.

58) 『후한서』 「군국지」(郡國志)에 의하면, 한대에는 "신처"(新郪)라고 했는데, 장제(章帝) 건초(建初) 4년에 송공(宋公)을 그 땅으로 옮기게 했다고 한다.— 일역본

59) 원문은 "關東觥觥郭子橫". 굉굉(觥觥)은 강직하다는 뜻이다.— 보주

『후한서』 「방술열전」(方術列傳)에는 다음과 같이 기록되어 있다. "그때에 흉노가 여러 차례 변방을 침범하자, 황제는 그것을 걱정하여 바로 문무백관을 조정으로 불러모아 의논케 하였다. 곽헌은 천하가 피폐하여 있는 까닭에 백성을 동원하는 것은 좋지 않을 것이라고 주장하였으나 쟁론이 서로 분분하자 이내 곧 땅에 엎드려 눈이 침침하다고 말하며 다시는 간언하지 않았다. 황제는 두 명의 낭(郞)에게 명하여 그를 부축해 어전(御殿)을 내려가게 했는데 곽헌은 역시 이때에도 절하지 않았다. 황제가 말하였다. '관동(關東)에 강직한 곽자횡이 있다는 말을 항시 듣고 있었는데 역시 헛된 말이 아니었구나!'(常聞關東觥觥郭子橫, 竟不虛也!)" 또 다음과 같이 기록되어 있다. 곽헌이 일찍이 어가(御駕)를 따라 남교(南郊)에 가서 제를 지냈다. "곽헌이 자리에서 갑자기 동북쪽을 향하여 돌아보더니 술을 머금고 세 번 입으로 내뿜었다. 집법관(執法官; 탄핵의 임무를 맡은 관리이다.— 일역본)이 불경(不敬)하다고 황제께 상주하니 황제가 조서를 내려 그 까닭을 물었다. 곽헌이 대답하여 말하였다. '제(齊)나라에 불이 났기 때문에 이것으로써 그곳을 진압한 것이옵니다.' 뒤에 과연 제나라에 화재가 났다는 소식이 들려왔는데 교제(郊祭)를 지낸 날과 날짜가 같았다."

60) 범엽(范曄, 398~445)의 자(字)는 울종(蔚宗)으로 남조 송 순양(順陽; 지금의 허난성 시촨淅川) 사람이다. 관직은 좌위장군(左衛將軍) 태자첨사(太子詹事)에 이르렀다. 그는 『후한서』를 지었는데 제기(帝紀), 열전(列傳) 부분은 90권으로 완성하였으나, 지(志) 부분은 다 완성하지 못하고 죽고 말았다. 그래서 후세 사람들이 서진 사마표(西晋司馬彪)가 지은 『속한서』(續漢書)의 8편의 지(志)를 30권으로 나누어 병입하였다.

61) 『현중기』(玄中記). 『수서·경적지』와 양 『당지』(兩唐志)에 모두 기록되어 있지 않으며 지은이도 상세하지 않다. 이 책의 옛 제목은 『곽씨현중기』(郭氏玄中記)이고, 송 나필(羅

泌)의 『노사』(路史)에는 진(晋)의 곽박(郭璞)이 지었다고 되어 있다. 루쉰의 『고소설구침』에 집본(輯本)이 있다. [곽씨의 『현중기』는 루쉰의 『고소설구침』 369~381쪽에 집본 71조가 있다.— 보주]

62) 원문은 다음과 같다. 黃安, 代郡人也, 爲代郡卒,…常服朱砂, 擧體皆赤, 冬不著裘, 坐一神龜, 廣二尺. 人問 "子坐此龜幾年矣?" 對曰, "昔伏羲始造網罟, 獲此龜以授吾; 吾坐龜背已平矣. 此蟲畏日月之光, 二千歲卽一出頭, 吾坐此龜, 已見五出頭矣."…

63) 天漢二年, 帝升蒼龍閣, 思仙術, 召諸方士言遠國遐方之事. 唯東方朔下席操筆跪而進. 帝曰, "大夫爲朕言乎?" 朔曰, "臣游北極, 至種火之山, 日月所不照, 有青龍銜燭火以照山之四極. 亦有園圃池苑, 皆植異木異草; 有明莖草, 夜如金燈, 折枝爲炬, 照見鬼物之形. 仙人寗封常服此草, 于夜暝時, 轉見腹光通外. 亦名洞冥草." 帝令銼此草爲泥, 以塗雲明之館, 夜坐此館, 不加燈燭; 亦名照魅草; 以藉足, 履水不沈.

64) 『서경잡기』(西京雜記). 『구당서·경적지』와 『신당서·예문지』에 2권으로 기록되어 있는데 모두 갈홍(葛洪)이 지었다고 적혀 있다. 갈홍이 발문(跋文)에서 말한 유흠(劉歆)의 『한서』 100권은 [역대의] 사서(史書)의 경적지와 예문지에 모두 기록되어 있지 않다. 『서경잡기』에 기록된 것은 모두 서한(西漢)의 유문일사(遺聞逸事; 사람들 입에 오르내리는 이야깃거리나 일화)이고 괴탄전설(怪誕傳說; 황당무계한 전설)도 섞여 있다. [『서경잡기』는 『수서·경적지』에 구사류(舊史類)에 편입되어 있는데, 지은이의 이름은 적혀 있지 않고, 단지 『서경잡기』 2권으로만 되어 있다. 『구당서·경적지』에는 지리류(地理類)에 들어가 있는데, "『서경잡기』 1권, 갈홍이 지었다"(『西京雜記』一卷, 葛洪撰)라고 되어 있다. 『신당서·예문지』에는 고사류(故事類)에 들어가 있는데, "갈홍의 『서경잡기』 2권"이라고 되어 있다.— 보주]

65) 원문은 다음과 같다. 其家有劉歆『漢書』一百卷, 考校班固所作, 殆是全取劉氏, 小有異同, 固所不取, 不過二萬許言. 今鈔出爲二卷, 以補『漢書』之闕.

66) 단성식(段成式, ?~863)의 자는 가고(柯古)이며, 당나라 임치(臨淄; 지금의 산둥 즈보淄博) 사람이다. 그가 지은 『유양잡조』(酉陽雜俎)에 대해서는 이 책의 제10편을 참고할 것.

67) 원문은 다음과 같다. 庾信作詩, 用『西京雜記』事, 旋自追改曰, "此吳均語, 恐不足用."

68) 은운(殷芸, 471~529)의 자는 관소(灌蔬)이고, 남조(南朝) 양진군(梁陳郡) 장평(長平; 지금의 허난성 시화西華) 사람이다. 안우장사(安右長史)와 밀서감(密書監)을 역임하였다. 양 무제(梁武帝)의 명령으로 『소설』(小說)을 썼는데 『수서·경적지』에 10권이 기록되어 있으며 세칭 『은운소설』(殷芸小說)이라 한다. 루쉰의 『고소설구침』에 집본이 있다. [루쉰이 집일한 것 이외에, 위자시(余嘉錫)가 집일한 것(『위자시논학잡저』余嘉錫論學雜著 상·하, 베이징: 중화서국中華書局, 1977)도 있는데, 루쉰이 집일한 것 가운데 부족한 것을 보충하고 있다. 그 뒤에 저우렁자(周楞伽)가 집주(輯注)한 『은운소설』(중국고전소설연구총서中國古典小說硏究叢書, 상하이구지출판사上海古籍出版社, 1984)이 다시 나왔는데, 이것이 가장 완비된 것이다.— 일역본]

69) 황성증(黃省曾, 1490~1540)은 자가 면지(勉之)이며, 명(明) 오현(吳縣; 지금의 장쑤성에 속함) 사람이다. 인용문은 그가 쓴 「서경잡기서」(西京雜記序)에 보인다.

70) 원문은 다음과 같다. 大約有四: 則猥瑣可略, 閑漫無歸, 與夫杳昧而難憑, 觸忌而須諱者.

71) 숙상(鷫鸘). 서방(西方)을 지키는 신조(神鳥). 깃털로는 갑옷을 만든다고 함.—옮긴이

72) 탁문군의 아버지.—옮긴이

73) 원문은 다음과 같다. 司馬相如初與卓文君還成都, 居貧憂懣, 以所著鷫鸘裘就市人陽昌貰酒, 與文君爲歡. 既而文君抱頸而泣曰, "我生平富足, 今乃以衣裘貰酒!" 遂相與謀, 于成都賣酒. 相如親着犢鼻褌滌器, 以恥王孫. 王孫果以爲病, 乃厚給文君, 文君遂爲富人. 文君姣好, 眉色如望遠山, 臉際常若芙蓉, 肌膚柔滑如脂, 爲人放誕風流, 故悅長卿之才而越禮焉.…(卷二)

74) 『이아』(爾雅) 「석훈」(釋訓)에 있다. 이 구절은 본래 『시경』 「소아」의 「유월」(六月)에 보이는데, 이 시는 주 선왕(周宣王) 때 윤길보 장군이 북쪽 국경을 침입해 온 오랑캐를 무찌르고 돌아왔을 때, 종군했던 사람이 지은 것이다.—옮긴이

75) 유향(劉向)을 말함.—옮긴이

76) 원문은 다음과 같다. 郭威, 字文偉, 茂陵人也, 好讀書, 以謂『爾雅』周公所制, 而『爾雅』有"張仲孝友", 張仲, 宣王時人, 非周公之制明矣. 余嘗以問楊子雲, 子雲曰, "孔子門徒游夏之儔所記, 以解釋六藝者也." 家君以爲『外戚傳』稱"史佚教其子以『爾雅』", 『爾雅』, 小學也. 又記言"孔子教魯哀公學『爾雅』", 『爾雅』之出遠矣, 舊傳學者皆云周公所記也, "張仲孝友"之類, 後人所足耳.(卷三)

77) 司馬遷發憤作『史記』百三十篇, 先達稱爲良史之才. 其以伯夷居列傳之首, 以爲善而無報也; 爲項羽本紀, 以踞高位者非關有德也. 及其序屈原賈誼, 辭旨抑揚, 悲而不傷, 亦近代之偉才.(卷四)

78) 광천왕 거질(廣川王去疾)에 대해서는 『한서』 「경십삼왕전」(景十三王傳)에 다음과 같이 기록되어 있다. 광천혜왕(廣川惠王) 월(越)이 죽자, 그 아들 무왕(繆王) 제(齊)가 계승하였고, 제가 죽자 그의 아들 거(去)가 계승하였다. 여기서 말하는 거질(去疾)은 잘못된 듯하다.—보주

79) 원문은 다음과 같다. (廣川王去疾聚無賴發)欒書冢, 棺柩明器, 朽爛無餘. 有一白狐, 見人驚走, 左右擊之, 不能得, 傷其左脚. 其夕, 王夢一丈夫鬚眉盡白, 來謂王曰, "何故傷吾左脚?" 乃以杖叩王左脚. 王覺, 脚腫痛生瘡, 至死不差.(卷六)

80) 파촉(巴蜀) 지방에서 주로 나는 일종의 화합물로서 수은과 유황을 화합한 것이며, 진사(辰砂), 단사(丹砂)라고도 한다. 도가에서는 이것을 원료로 하여 장생불사의 약을 만들려고 하였으므로 전(轉)하여 정련한 장생불사의 영약의 뜻으로 쓰인다.—옮긴이

81) 『포박자』(抱朴子). 갈홍은 스스로 호를 포박자라 하고 그 호로 책이름을 삼았다. 『수서·경적지』에 내편 21권, 음(音) 1권, 외편 30권이 기록되어 있다. 내편 「대속」(對俗)에서 일찍이 진중궁(陳仲弓)의 『이문기』(異聞記)의 '장광정'(張廣定) 1칙(則)을 인용한 바 있다. 진중궁(陳仲弓, 104~187)은 일찍이 태구의 장(太丘長)을 역임하였다. 그가 지은 『이문기』는 이미 산실되었다. 루쉰의 『고소설구침』에 그 집본이 있다.

82) 『비연외전』(飛燕外傳). 『수서·경적지』, 양 『당지』 모두에 기록되어 있지 않다. 『송사·예문지』에 『조비연외전』(趙飛燕外傳) 1권이 기록되어 있으며 영현(伶縣)이 지었다고 적혀 있다. 내용은 한(漢) 성제(成帝)의 황후 조비연(趙飛燕) 자매의 궁정생활을 기록하고 있다. 영현의 자는 자우(子于)이며 서한말 노수(潞水; 지금의 하북성 싼허三河) 사람

이다. 일찍이 하동도위(河東都尉)를 역임했다.

83) 『조비연외전』의 원문에서는 다음과 같이 말하고 있다. "선제 때 피향박사 요방성이 백발로 궁에서 가르쳤는데, 요부인이라 불렀다. 황제의 뒤에 있다가 침을 뱉으며 말했다. '이것들은 화가 될 물이니 반드시 불을 끄고야 말리라.'"(宣帝時披香博士淖方成, 白髮教授宮中, 號淖夫人, 在帝後唾曰: '此禍水也, 滅火必矣.')—보주
한나라는 오행으로 따져 화(火)에 해당한다. 그러므로 "화수멸화"(禍水滅火)라는 말은 화(火)에 해당하는 한나라를 멸망시킬 화(禍)가 되는 물이라는 뜻으로 조비연 자매를 가리킨다.—옮긴이

84) 사마광(司馬光, 1019~1086)은 자가 군실(君實)이고, 북송(北宋)의 섬주(陝州) 하현(夏縣; 지금의 산시성山西省에 속함) 사람이다. 관직은 상서좌복야(尙書左僕射)와 문하시랑(門下侍郞)을 겸하였다. 일찍이 『자치통감』(資治通鑑)을 주편(主篇)했다. "화수멸화"는 『통감』 31권에 실려 있는데 다음과 같이 기록되어 있다. 비연 자매가 [황제의] 부름을 받고 입궁하자, "선제 때 피향박사였던 요방성이 황제의 뒤에 있다가 침을 뱉으며 말했다. '이것들은 화가 될 물이니 반드시 불을 끄고야 말리라.'"(有宣帝時披香博士淖方成在帝後, 唾曰'此禍水也, 滅火必矣!')

85) 『잡사비신』(雜事秘辛). 명 하윤중(何允中)의 『광한위총서』(廣漢魏叢書)에 1권이 기록되어 있으며 한나라의 무명씨가 지었다고 제하고 있다. 양기(梁冀, ?~159)는 자가 백탁(伯卓)이며 동한 안정(安定) 오씨(烏氏; 지금의 간쑤성 핑량平凉) 사람이다. 외척으로 대장군(大將軍)의 벼슬을 지냈다.

86) 양신(楊愼, 1488~1559)은 자는 용수(用修)이고 호는 승암(升菴)이며 명나라 신도(新都; 지금의 쓰촨성에 속함) 사람으로 한림학사(翰林學士)를 지냈다. 저작은 많아 백여 종에 이르며 명나라 만력(萬歷) 연간 장사패(張士佩)가 그 주요한 것을 모아 『승암집』(升菴集) 81권을 편찬하였다.

87) 심덕부(沈德符, 1578~1642)의 자는 경천(景倩)이며 호신(虎臣)이라고도 한다. 명나라 수수(秀水; 지금의 저장성 자싱嘉興) 사람이다. 그가 지은 『야획편』(野獲篇)은 21권이며 속편은 12권이다. 대부분 명나라의 개국으로부터 만력 연간에 이르기까지 조정에서 일어났던 일과 골목 안의 하찮은 이야기들이 기록되어 있으며 또한 약간의 희곡소설 자료도 보존되어 있다. 양신이 『잡사비신』을 위작한 일에 대해서 『야획편』 23권[편명은 「부인궁족」婦人弓足으로, 궁족은 전족纏足을 의미한다.—옮긴이]에 다음과 같이 씌어 있다. "최근에 상재된 『잡사비신』에는 후한 때 양기의 누이가 간택된 일이 기록되어 있는데, 그 가운데 '궁족과 같이 발을 꽉 조였다'는 말이 있는 것으로 보아, [궁족은] 동한(東漢)에서 시작된 것으로 여겨진다. 하지만 모르긴 해도 이 책은 본래 양용수(楊用修)의 위작(僞作)으로, 왕충문(王忠文)이 오랑캐 땅의 유력자의 집으로부터 입수했다고 하는 명목에 가탁하여, 양씨가 일시적인 유희로 지은 것에 지나지 않은데, 후대 사람이 책의 내용이 매우 진실하다고 믿어 드디어 미혹되게 된 것이다."(近日刻『雜事秘辛』記後漢選閱梁冀妹事, 因中有約束如禁中一語, 遂以爲始于東漢. 不知此書本楊用修僞撰, 托名王忠文得之土酋家者, 楊不過一時游戲, 後人信書太眞, 遂爲所惑耳)

제5편 육조의 귀신 지괴서(상)

중국에서는 본래부터 무속을 믿었는데, 진한秦漢 이래로 신선류의 이야기가 성행했고, 한말漢末에는 또 무풍巫風이 크게 일어, 귀신에 대한 신앙鬼道이 더욱 치열해졌다. [이때 마침] 소승불교小乘佛教가 중국에 들어와 점차 유행하고 전파되었다. 무릇 이 모든 상황들로 인하여 귀신에 대한 이야기가 장황하게 떠벌여지고, 신령스럽고 괴이한 것들이 말하여졌기에, 진晋에서 수隋에 이르기까지 귀신지괴의 책이 특히 많았다. 그 책들은 문인에게서 나온 것도 있고, 불교나 도교의 신도에 의해 지어진 것도 있다. 문인의 작품은 비록 불교나 도교의 신도가 그랬던 것처럼 그 종교를 신비화하려 한 것은 아니었으나, 의도적으로 소설을 창작하려 한 것도 아니었다. 당시에는 대체로 명계와 인간세계幽明가 비록 그 존재하는 방식은 다르지만, 사람이나 귀신이 모두 실재한다고 생각했기 때문에, 기이한 일을 서술하는 것과 인간세계의 일상사를 기록하는 것에 대해서 진실과 허망함의 구별이 없다고 보았던 것이다.[1]

『수지』에 『열이전』列異傳[2] 3권이 있는데, 위 문제魏文帝[3]가 편찬했다고 하나 지금은 전하지 않는다. 다만 예로부터 다른 전적 속에 아주 많이 인용되었기에 그 남겨진 글들을 볼 수 있다. 『수지』에는 "귀신과 괴이한 일에 관해 언급하였다"以序鬼物奇怪之事고 하였다. 글 가운데 감로甘露 연간[4]의 일이 있는데, 이것은 문제보다 뒤의 일이다. 이것은 후대 사람이 증보한 것일 수도 있고, 편찬자가 [문제의 이름을] 가탁한 것일 수도 있는데, 어느 것인지는 알 수 없다. 『당지』唐志와 『신당지』新唐志에서는 모두 장화張華가 편찬했다고 했지만, 이것 역시 뒷받침할 만한 증거가 없기에, 아마도 후대 사람 중에 그 모순되는 사실을 알아차린 자가 편찬자를 장화로 바꾼 듯하다. 송宋 배송지裴松之[5]의 『삼국지주』三國志注와 후위後魏 역도원酈道元의 『수경주』水經注[6]에서 모두 인용을 하고 있는 것으로 보아 위진魏晋 사람이 지은 것은 의심할 여지가 없다.

남양南陽의 종정백宗定伯이 젊었을 때 밤길을 가다 귀신을 만났다. 그가 물었다.

"누구요?"

귀신이 말했다.

"귀신이오."

귀신이 물었다.

"당신은 또 누구요?"

정백은 그를 속여 나 역시 귀신이라고 말했다. 귀신이 어디까지 가려 하느냐고 묻자, 완시宛市까지 가려 한다고 대답했다. 귀신 역시 완시까지 가려 한다고 하였다. 몇 리를 같이 가다 귀신이 걷는 게 너무 힘드니,[7] 서로 번갈아 업고 가자고 하였다.[8] 정백은 아주 좋다고 하였다.[9] 귀신이 먼저 정백을 업고 몇 리를 가다가 당신이 너무 무거운 것을 보니 귀신이 아닌 듯하다고 말했다. 정백은 내가 죽은 지 얼마 되지 않아 무거운 것이라고 대답했다. 정백이 다시 귀신을 업었는데 귀신의 무게를 거의 느낄 수 없었다. 이렇게 하기를 두세 번 하였다. 정백이 다시 말하기를, 나는 죽은 지 얼마 되지 않아 귀신들이 무엇을 꺼리는지 모르겠다고 하자, 귀신은 사람이 침 뱉는 것을 싫어한다고 대답하였다.…… 완시에 거의 다다랐을 때, 정백은 귀신을 머리 위에 올려놓고 급히 그를 잡았다. 귀신은 꽥꽥 소리를 지르며 내려달라고 하였다. 더 이상 그 말을 듣지 않고, 완시로 내처 달려와 땅에 내려놓자 한 마리 양으로 변하였다. 바로 팔고는 다시 변할까 두려워[10] 침을 뱉고는 천오백 냥을 얻었다. (『태평어람』 884, 『법원주림』 6)[11]

신선 마고麻姑가 동양東陽의 채경蔡經의 집에 강림하였는데, 손톱의 길이가 네 치寸나 되었다. 경이 마음속으로 생각했다. "저 여인의 손은 정말 아름답구나, 내 등을 긁으면 얼마나 좋을까." [이에] 마고가 크게 노했다. 갑자기 경이 땅에 엎어지더니, 두 눈에서는 피가 흘렀다. (『태평어람』 370)[12]

무창武昌 신현新縣의 북산北山 위에는 망부석이 있는데, 모습이 마치 사람이 서 있는 것 같았다. 전설에 의하면[13] 옛날에 정숙한 부인이 있었는데, 그 남편이 병역을 나가 나라의 어려운 일을 구하러 먼 곳으로 가게 되자, 그 부인이 어린 자식을 이끌고[14] 이 산에서 남편을 보내고는, 서서 바라보다 돌이 되었다고 한다. (『태평어람』 888)[15]

진晋 이후에 사람들이 위서僞書를 지을 경우 멀리 떨어져 있는 곳의 진기한 사물을 기록할 때는 그때마다 장화張華를 언급했는데, 이것은 선인仙

人과 신경神境을 언급할 때마다 동방삭을 칭했던 것과 같은 것이다. 장화는 자字가 무선茂先으로, 범양范陽 방성方城 사람이다. 위魏나라 초기에 태상박사太常博士에 천거되었고, 진나라에 들어와서는 관직이 사공司空에까지 이르러 저작을 관할하였으며, 장무군공壯武郡公에 봉하여졌다. 영강永康 원년元年 사월에 조왕 윤趙王倫의 변란[16] 때 장화는 살해되고 그 일족도 모두 죽었다. 그때 나이가 69세(232~300)로 『진서』晋書에 전傳이 있다. 장화는 하도河圖와 참위讖緯에 통달한 데다, 방기서方伎書[17]를 많이 읽었기에, 일의 길흉과 진기한 사물에 대해 잘 알아 박학다식하다는 이름을 얻긴 했으나 역시 그에게 갖다 붙인 말이 많다.[18] 양梁의 소기蕭綺가 기록한 왕가王嘉의 『습유기』拾遺記[19](9)에는 일찍이 장화가 "세상에서 없어진 이야기를 채집해, 문자의 시작부터 신괴한 이야기 및 세간의 항리에서 떠도는 말까지 고구하고 징험하여, 『박물지』 사백 권을 지어 무제武帝에게 바쳤다"[20]고 하였다. 하지만 무제는 근거 없고 의심스러운 부분을 삭제하고 분류하여 10권으로 나누게 하였다. 이 책은 현재도 전하는데 이경異境과 진기한 사물奇物 및 고대의 자질구레한 전해 오는 이야기를 분류하여 기록한 것들은 모두 옛 책에서 취한 것이고, 새롭고 기이한 이야기는 몹시 적기 때문에 [『박물지』라는] 이름과는 걸맞지 않는데, 혹 후대 사람이 엮어 다시 만든 것이기에 그 원본이 아닌 것은 아닐까? 지금 전하는 한漢에서 수隋에 이르는 [시기에 나온] 소설들은 대체로 이런 류이다.

> 『주서』에 다음과 같은 말이 있다. "서역에서는 화완포를 바치고[21] 곤오씨는 절옥도를 바쳤다. 화완포는 더러워졌을 때 그것을 태우면 깨끗해지고, 칼은 마치 밀랍을 자르듯이 옥을 자른다." 포는 한대에 바친 자가 있었지만, 칼에 대한 이야기는 듣지 못했다. (2권 「이산」異産)[22]

거북을 잡아 바둑알 크기로 토막을 내어 붉은 비듬풀을 찧은 즙에 섞어 띠풀로 두껍게 싸 두었다가, 오뉴월 중에 연못에 던져 둔다. 열흘이 지나면 그 살 토막이 모두 거북이 된다. (4권 「희술」戲術)[23]

연나라의 태자 단이 진나라에 인질이 되어 갔다.…… 돌아가고자 하여 진왕에게 청하였으나 왕은 들어주지 않았다. 그러고는 되지도 않을 소리를 하였다.

"까마귀 머리가 희어지고, 말에 뿔이 나면 보내 주겠다."

단이 하늘을 우러르며 탄식을 하니 까마귀 머리가 곧 희어졌고, 아래를 내려다보며 한숨을 쉬니 말에 뿔이 생겨났다. 진왕은 도리 없이 그를 돌려보냈다. 하지만 다리에 함정을 만들어 단을 빠뜨리려고 하였다. 단은 말을 달려 통과했지만, 다리의 장치가 작동하지 않았다. 달아나다가 관關에 이르렀는데[24] 관문은 아직 열려 있지 않았다. 단이 닭울음 소리를 내었더니 이에 많은 닭들이 모두 울어서 드디어 연으로 돌아갔다. (8권 「사보」史補)[25]

노자는 다음과 같이 말했다. "만민은 모두 서왕모에 부속되어 있다. 오직 왕과 진인, 성인, 선인, 도인의 운명만이 하늘의 구천군에 속해 있을 따름이다." (9권 「잡설」雜說 상)[26]

신채新蔡 사람인 간보干寶는 자가 영승令升이다. 진晋나라는 중흥中興 이후에 사관史官을 두었는데, 간보가 처음으로 저작랑으로서 국사國史를 관할하였다. 집이 가난하였기 때문에 산음山陰의 현령이 되기를 원하여, 시안始安의 태수로 옮겼으나, 왕도王導[27]의 청으로 사도의 우장사司徒右長史가

되었다가, (4세기 중에) 산기상시散騎常侍로 옮겼다. 간보는 『진기』晋紀[28] 20권을 지었는데, 당시에는 뛰어난 역사가라고 칭해졌다. [하지만 간보의] 성품은 음양술수를 좋아하여, 일찍이 아버지의 하녀가 죽었다가 다시 살아나고, 그의 형이 기가 끊어졌다가 다시 소생하여 스스로 천신天神을 보았다고 말한 것에 느낀 바 있어, 이에 『수신기』[29] 20권을 지었다. "귀신의 도리가 거짓된 것이 아니라는 것을 밝히고자 한다"發明神道之不誣(자서自序 중의 말)고 하는 말이 『진서』의 전기에 보인다. 『수신기』는 현재 정확히 20권이 남아 있지만 원서는 아니다. [이 책은] 신지神祇의 영이함과 인간과 사물의 변형 이외에도 신선과 오행을 상당히 많이 언급하고 있으며, 그밖에 불교의 설도 때로 보인다.

한나라 때 하비下邳의 주식周式이 일찍이 동해에 갔었는데, 도중에 한 관리를 만났다. 그 관리는 책 한 권을 갖고 있었는데, [배를] 좀 태워 달라고 부탁하였다. 십여 리쯤 가다가 식에게 말했다.

"내 잠시 들를 데가 있는데, 책을 당신의 배 안에 맡겨 둘 테니, 절대 그것을 펴보지 마시오."

[관리가] 가 버린 뒤, 식이 몰래 [그 책을] 열어 보았더니, 그 책에는 죽을 사람들의 이름이 기록되어 있었고,[30] 그 밑에는 식의 이름도 있었다. 잠시 후 관리가 돌아왔는데, 식은 아직도 그 책을 보고 있었다. 관리는 노하여 말하였다.

"보지 말라고 내가 그렇게 일러 주었거늘!"

식은 머리에서 피가 흐르도록 머리를 땅에 조아렸다. 한참 있다가 관리가 말했다.

"그대가 나를 멀리까지 태워다 준 것은 고맙지만, 이 책에서 그대의 이름을 빼버릴 수는 없소. 오늘 집으로 돌아가거든 3년 동안 문 밖에 나오지 않으면 구제될 수 있을 것이오. 내 책을 보았다는 말을 하지 마시오!"

식이 돌아와 집 밖을 나가지 않은 지가 이미 2년여가 되었다. 집안사람들은 모두 이상하게 생각했다. [그때] 이웃 사람이 죽었는데, 그의 아버지가 화를 내며 문상을 갔다 오라고 하자, 식은 하는 수 없이 문을 나섰다가 마침 그 관리를 만나고 말았다. 관리는 말했다.

"내 그대더러 3년 동안을 나오지 말라고 했는데, 오늘 문을 나섰으니, 어찌된다는 것을 알겠지요? 나는 [그대의 일에] 연루되어 채찍으로 맞기는 싫소. 오늘 이미 당신을 보았으니 더 이상 어찌 하겠소?[31] 3일 후 낮에 틀림없이 당신의 목숨을 앗아가리다."

사흘 뒤 낮이 되자[32] 과연 와서 목숨을 취하니, 곧 죽고 말았다. (5권)[33]

완첨은 자가 천리였다. 평소에 귀신의 존재를 부정하여 아무도 그의 지론을 반박하지 못했다. 그는 늘 스스로 말하기를, 이 논리로 명계와 인간 세계幽明를 변별하여 바로잡기에 충분하다고 자부하였다. 어느 날 한 손님이 안내를 받아 완첨을 찾아왔다. 서로 인사를 끝낸 뒤 철학적인 의론을 시작하였다. 손님의 재변은 매우 뛰어났는데, 첨이 그와 오랫동안 이야기하다가 귀신 이야기에 이르게 되자, 격한 말이 오가더니, 손님이 드디어 굴복하면서 정색을 하고 말하였다.

"귀신은 고금의 성현이 모두 전하는 바인데, 어찌 그대 홀로 없다고 하는가? 내가 바로 귀신이오!"

이에 이상한 모양으로 변하더니 잠시 후 없어졌다. 첨은 멍하니 있더니, 기색이 크게 좋지 않았다. 1년이 지나자 죽고 말았다.[34] (16권)[35]

초호焦湖의 묘에 옥으로 만든 베개 하나가 있었는데, 그 옥 베개에는 갈라진 작은 틈이 있었다. 당시 단보현單父縣의 양림楊林이라는 장사꾼이 묘에 와서 소원을 빌었다. 묘의 무巫가 물었다.

"그대는 혼인을 잘 하고 싶은가?"

임이 말했다.

"[그렇게만 된다면] 무척 다행이겠지요."

무는 곧 임을 베개 옆으로 데리고 가서, 그 틈 속으로 들어가게 하였다. 이윽고 들어가 보니 붉은 칠을 한 문과 옥으로 만든 집[36]이 보였다. 조태위趙太尉라는 사람이 그 안에 있었는데, 자기 딸을 임에게 시집보냈다. 그러고는 아들 여섯을 낳으니 모두 비서랑秘書郎이 되었다. 수십 년이 지나도록 [고향으로] 돌아가고[37] 싶은 생각이 들지 않았다. 갑자기 꿈에서 깬 듯하더니, 여전히 베개 옆에 있었다. 임은 오랫동안 허탈해하였다. (지금 전하는 책에는 이 이야기가 없고 『태평환우기』太平寰宇記 126[38]의 인용문에 보인다.)[39]

간보의 책을 이은 것으로는 『수신후기』搜神後記 10권이 있으며, 도잠陶潛이 지었다고 적혀 있다.[40] 이 책은 지금 모두 남아 있는데, 앞서의 책들과 마찬가지로 정령들의 기이한 이야기나 요괴들의 변화가 기록되어 있다. 도잠은 현세를 달관했던 사람으로, 귀신에 대해서는 별로 관심이 없었을 것이니, 아마도 위탁일 것이다.

간보干寶는 자가 영승令升이고 선조는 신채新蔡 사람이다. 그의 아버지 영瑩에게는 총애하는 첩이 있었다. 그의 어머니는 그를 몹시 질투하여 아버지가 죽어 장사를 치를 때 그 첩을 산 채로 무덤 속에 밀어넣어 버렸다. 간보의 형제들은 그때 나이가 어렸으므로 아무것도 알지 못하였다. 십 년이 지나 어머니의 상을 치를 때 무덤을 열어 보니 첩이 관 위에 엎드려 있는 것을 보았는데, 의복이 살아 있을 때와 같았고, 가만히 보니 체온도 여전히 따뜻했다.[41] 수레에 태워 돌아와서 하루가 지나니 소생하여 말하기를, 간보의 아버지가 늘 먹을 것을 가져다주고 함께 잠을 잤는데, 살아 있을 때와 마찬가지로 애정이 변하지 않았다고 하였다. [아버지가] 집안의 길흉사를 첩에게 들려주었다고 했는데, 그것을 맞추어 보니 모두 들어맞았다. 첩은 평상시로 돌아왔다가 몇 년 뒤에 죽고 말았다. 간보의 형은 일찍이[42] 병이 들어 기가 끊어졌으나 며칠 동안 (몸이) 식지 않더니, 얼마 뒤에 드디어 깨어나서 천지간의 귀신의 일을 보았으며, 꿈에서 깬 것 같을 뿐 자기가 죽었던 사실을 알지 못한다고 하였다. (4권)[43]

진晉의 중흥中興 이후, 초군譙郡의 주자문周子文이라고 하는 사람이 있었다. 그의 집은 진릉晉陵에 있었는데, 젊었을 때 활쏘기와 사냥을 좋아하여 자주 산에 들어갔다. 어느 날 갑자기 산 속의 골짜기에서 키가 오륙 척이나 되는 사람이 나타났다. 손에 활과 화살을 쥐고 있었는데, 화살촉의 너비는 두 척쯤 되었고, 눈이나 서리와 같이 흰 빛을 내뿜었다. 그가 갑자기 소리를 질러 불렀다.

"아서阿鼠야!" (원주: 자문子文의 어렸을 때 자小字)

자문은 자기도 모르게 대답했다.

"네."

그 사람은 곧 활에 화살을 먹여 자문을 겨누었다. 자문은 기절하여 쓰러지고 말았다. (7권)[44]

진晉대에는 또 순씨荀氏가 지은 『영귀지』靈鬼志,[45] 육씨陸氏가 지은 『이림』異林,[46] 서융주부西戎主簿 대조戴祚[47]가 지은 『견이전』甄異傳,[48] 조충지祖沖之가 지은 『술이기』述異記,[49] 조태지祖台之가 지은 『지괴』志怪[50] 등이 있었다. 이밖에도 지괴를 지은 사람은 아직도 많이 있다. 즉 공씨孔氏,[51] 식씨殖氏,[52] 조비曹毗[53] 등이 있는데,[54] 지금은 모두 없어졌고 간혹 유문遺文이 [다른 책에 인용되어] 남아 있다. 오늘날 돌아다니는 『술이기』 2권은 양梁 임방任昉[55]이 지었다 일컬어지는데, 당唐·송宋대 사람의 위작으로서 조충지의 책 이름을 답습한 것이다. 그러므로 당대 사람의 책 가운데 그것을 인용한 것은 아무 데도 없다.

유경숙劉敬叔은 자가 경숙敬叔이고 팽성彭城 사람이다. 젊어서부터 똑똑하고 남다른 재주가 있었다. 진말晉末에 남평국南平國의 낭중령郎中令[56]을 지냈고 송宋에 이르러서는 급사황문랑給事黃門郎이 되었다가 몇 년 뒤 병으로 그만두고 태시泰始 연간에 자신의 집에서 죽었다(약 390~470). 저서로 『이원』異苑[57] 십여 권이 세상에 알려졌다(상세한 것은 명明의 호진형胡震亨이 지은 소전小傳에 보인다. 이는 급고각 본汲古閣本 『이원』의 권수卷首에 있다). 『이원』은 10권 본이 현존하고 있으나 역시 원서原書는 아니다.

> 위魏나라 때 궁전 앞에 있던 큰 종이 까닭 없이 크게 울리자 사람들이 모두 그것을 기이하게 여겨 이것을 장화張華에게 물었더니 장화가 다음과 같이 말했다.
>
> "이는 촉군蜀郡의 동산銅山이 허물어졌기 때문에 종이 그것에 응하여 울린 것일 따름이오."
>
> 얼마 안 있어 촉군으로부터 그 일을 상주上奏하여 왔는데 과연 장화의 말과 같았다. (2권)[58]

의희義熙[59] 연간에 동해東海의 서씨徐氏 집안의 하녀 난蘭이 갑자기 여위고 혈색이 나빠졌는데, 이상할 정도로 몸가짐에 공을 들이기에 모두가 잘 살펴보았다. 그런데 빗자루가 벽 모퉁이로부터 하녀의 침상으로 나아가는 것이 보였다. 이에 그 비를 취하여 태웠더니 하녀는 곧 원래대로 돌아갔다. (8권)[60]

진晉의 태원太元 19년, 파양鄱陽의 환천桓闡은 개를 잡아서 향리의 수산綏山의 신에게 제사를 올렸는데 고기가 다 익지 않았다. 신이 노하여 즉시 무당에게 지시하여 말했다.

"환천은 나에게 익지 않은 고기를 주었으니 벌로서 그도 역시 그런 고기를 먹도록 할 것이다."

그 해에 환천은 갑자기 범으로 변해 버렸다. 그가 범이 되게 된 것은 누군가가 반점이 있는 가죽옷을 그에게 입히자 갑자기 뛰어 사람을 습격한 것이 발단이 되었다. (8권)[61]

동완東莞의 유옹劉邕은 상처에 생긴 부스럼딱지를 즐겨 먹었는데, 그 맛이 전복과 같다고 말했다. 일찍이 맹령휴孟靈休를 찾아간 일이 있었는데 영휴는 앞서 자창炙瘡을 앓아 그 부스럼딱지가 침대 위에 떨어져 있었다. 옹이 그것을 집어먹자, 영휴가 몹시 놀라며 아직 떨어지지 않은 부스럼딱지까지 전부 떼어서 옹에게 먹였다. 유옹이 남강국南康國의 태수로 있을 때 역인役人이 이백여 명 정도 있었는데, 그들에게 죄가 있고 없고를 가리지 않고 돌아가며 채찍질을 가하여 부스럼딱지가 떨어지면 항상 그것을 식사로 삼았다. (10권)[62]

임천왕臨川王 유의경劉義慶(403~444)[63]은 성격이 간소하고 문학을 좋아하여 저술이 대단히 많다(상세한 것은 『송서』宋書 「종실전」宗室傳에 보인다). 『유명록』幽明錄 30권[64]이 있어 『수지』의 사부史部 잡전류雜傳類에 보이나 『신당지』에서는 소설小說의 부류에 속했다. 그의 책은 지금은 비록 전하지 않지만, 다른 책에는 인용되어 남아 있는 것이 대단히 많은데, 대개 『수신』이나 『열이』와 같은 종류의 이야기들이다. 그러나 모두 전인前人들의 저작에서 집록한 것으로,[65] 스스로 지은 것은 아니다. 당나라 때에 유행하였으니, 유지기(『사통』)에 의하면 『진서』는 이것으로부터 취한 것이 많다고 하였다.

송宋의 산기시랑散騎侍郎을 맡아보았던 동양무의東陽无疑에게는 『제해기』齊諧記[66] 7권이 있다. 『수지』에는 기록되어 있지만, 지금은 전하지 않는다. 양梁의 오균은 『속제해기』[67] 1권을 지었는데 지금까지 남아 있기는 하지만 역시 원본은 아니다. 오균은 자가 숙상叔庠이고, 오흥吳興의 고장故障 사람이다. 천감天監 초에 오흥의 주부主簿가 되고, 또 건안왕建安王 소위蕭偉의 기실記室을 겸하였다가 나중에는 봉조청奉朝請에 임명되었다. 그가 편찬한 『제춘추』齊春秋가 사실과 들어맞지 않는다는 이유로 면직당하였다. 얼마 안 있어 다시 부름을 받아 통사通史의 편찬을 분부받았지만, 취임하지 못하고[68] 보통普通 원년에 죽었다. 그때 나이 52세(469~520)였다. 그의 사적은 『양서』梁書의 「문학전」文學傳에 상세하게 기록되어 있다. 오균은 일찍이 시인으로서 유명했는데, 문체가 맑고 빼어나서 호사가들이 간혹 그것을 모방하여 "오균체"吳均體[69]라 칭하였다. 따라서 그가 지은 소설도 뛰어나서 볼 만했다. 당·송의 문인들이 그의 문장을 모범으로 삼아 많이 인용하였다. 양선의 거위 장陽羨鵝籠에 대한 기록은 특히 그의 기괴한 작품이다.

양선陽羨의 허언許彦이 수안綏安에서 산길을 갈 때 나이가 열일고여덟쯤 되는 한 서생을 만났다. 길 옆에 누워 있다가 다리가 아파서 그러니 거위의 장鵝籠에 타고 가게 해달라고 하였다. 언彦은 농담이라 생각했으나, 서생은 바로 장으로 들어갔다. 새장이 더 커지지도 않았고 서생 또한 더 작아진 것도 아니었으며, 태연하게 두 마리의 거위와 같이 앉아 있는데, 거위 역시 놀라지 않았다. 언이 장을 지고 가는데도 전혀 무겁지가 않았다. 앞으로 가다 나무 밑에서 쉬었다. 서생은 새장에서 나와 언에게 이야기했다.

"당신을 위해 변변치 않으나마 식사를 차려 드리고 싶습니다."

언이 말했다.

"좋소이다."

이에 입에서 동으로 만든 상자奩를 꺼냈는데, 상자 속에는 여러 가지 안주가 차려져 있었다.……술이 몇 순배 돌자 언에게 말하였다.

"아까부터 여인 한 명을 데리고 왔었는데, 지금 잠시 여기에 불러내겠습니다."

언이 말했다.

"좋소."

서생은 또 입 안에서 여자 한 명을 토해 냈는데, 나이는 열대여섯 살 정도로, 화려한 옷을 입고 매우 아름다운 용모를 가지고 있었다. 함께 자리에 앉아 술을 마셨다. 잠시 후 서생이 취해 누웠다. 그 여자가 언에게 말했다.

"비록 서생과 아내로서의 인연을 맺긴 했지만, 실은 원망하는 마음을 품고 있습니다. 저 역시 아까부터 한 남자와 몰래 동행을 했는데, 서생이 잠이 든 사이 잠시 부르려 하니 당신께서는 행여 말을 하지 마십시오."

언이 말했다.

"좋소이다."

여자가 입에서 한 남자를 토해 냈다. 나이는 스물서넛 정도 되었고, 총명하고 매력적으로 생겼는데, 언과 인사를 나누었다. 서생이 누워 있다가 막 일어나려 하자, 여자가 입에서 비단 가리개를 토해 내 서생을 가렸다. 서생은 이에 여자를 끌어들여 함께 누웠다. 남자가 언에게 말했다.

"이 여자에게 비록 정은 있지만, 마음에 차지 않기에, 아까부터 한 여인과 몰래 동행을 했는데, 지금 잠깐 보려 하니 그대께서는 발설하지 마십시오."

언이 말했다.

"좋소이다."

남자가 또 입에서 부인 한 명을 토해 냈는데, 나이는 스무 살쯤 되었다. 함께 술을 마시며 오랫동안 환담을 나누다, 서생이 움직이는 소리가 들리자 남자가 말했다.

"두 사람이 이미 깨어났습니다."

그러고는 입에서 토해 내었던 여자를 다시 입으로 넣었다. 잠시 후 서생 쪽에 있던 여자가 나와 언에게 말했다.

"서생이 일어나려 합니다."

그러고는 남자를 삼키고는 홀로 언과 마주 앉았다. 그런 뒤에 서생이 일어나 언에게 말했다.

"잠시 잔다는 것이 길어졌습니다. 당신께서 홀로 앉아 계셨을 텐데 적적하셨겠습니다. 날이 이미 늦었으니 당신과 이별을 해야겠습니다."

그러고는 그 여자를 삼키고 여러 그릇들을 모두 입 속에 넣더니 너비가 두 자쯤 되는 큰 동 쟁반을 언에게 주며 말했다.

"당신께 달리 도움을 드릴 만한 것이 없으니, 이것을 당신께 드려 서로 기억케 하고자 합니다."

언은 대원大元[70] 연간에 난대영사蘭臺令史가 되었는데, 그 쟁반으로 시중侍中 장산張散에게 음식 대접을 하였다. 장산이 그 새겨진 글자를 보더니 영평永平 3년[71]에 만든 것이라고 말하였다.[72]

그러나 이런 류의 생각은 아마도 중국 고유의 것은 아닐 것이다. 단성식段成式은 이미 이것이 천축天竺에서 나온 것이라고 말한 바 있다. 그는 『유양잡조』(속집 「폄오편」貶誤篇)에서 다음과 같이 말했다.

불교의 『비유경』譬喩經에는 다음과 같은 말이 있다. 옛날에 범지梵志가 도술을 부려 항아리 하나를 토해 냈는데, 그 안에는 여자가 있었으며, 병풍을 집으로 삼고 있었다. 범지가 잠시 쉬자, [이번에는] 여자가 다시 도술을 부려 항아리 하나를 토해 냈다. 그 안에는 남자가 한 명 있어 함께 누웠다.[73] 범지가 깨어나서는 차례로 삼킨 뒤 지팡이를 짚고 가버렸다. 나는 오균이 일찍이 그 일을 본 일이 있다는 말에 놀라 지극히 괴이하다고 여겼다.[74]

여기에서 말하는 불교의 경전이라는 것은 바로 『구잡비유경』舊雜譬喩經으로, 오나라 때 강승회康僧會[75]가 번역한 것으로 지금도 전한다. 그러나 이 이야기는 또 다른 경전을 저본으로 하고 있다. 『관불삼매해경』觀佛三昧海經(1권) 같은 곳에서는 부처님이 고행을 할 때 희고 가느다란 털의 모습白毫毛相[76]을 관찰하는 것에 대해 이야기하고 있다.

하늘은 털 안에 무수한 빛이 있는 것을 본다. 그 빛은 미묘하여, 모두 드러내 설명할 수가 없다. 그 빛 속에 보살이 현화現化하여 모두 고행을 하고 있는데, 이와 같은 상황이 [모든 털에서] 다를 바 없었다. 보살이 작은 것도 아니요, 털 역시 큰 것도 아니었다.[77)]

이것 또한 범지가 항아리를 토해 낸 상相의 연원이 되어 마땅할 것이다. 위진魏晋 이래로 점차 불경이 번역되었고, [이에 따라] 천축의 이야기 역시 세간에 유포되었다. 문인들은 그 기이한 이야기를 좋아해 의식적으로 혹은 무의식적으로 사용하다가 마침내 중국 고유의 것으로 환골탈태하게 되었다. 진晋나라 사람 순씨荀氏가 지은 『영귀지』靈鬼志 같은 것이 그러한데, 역시 도인道人이 새장에 들어가는 일이 기록되어 있으나, 여기에서는 여전히 외국으로부터 온 것이라고 말하고 있다. 오균에 이르러서야 중국의 서생으로 기록하고 있다.

태원太元 12년에 외국에서 온 도인[78)]이 있었는데, 칼을 삼키고 불을 토해 내며 금은보화를 토해 낼 수 있었다. 스스로 말하기를 그것을 전수해준 스승은 속세의 사람이지[79)] 불가의 사람이 아니라고 하였다. 일찍이 길을 가다가 멜대를 지고 가는 한 남자를 만났다. 그 [멜대] 위에는 한 되 남짓한 여유 공간이 있는 작은 새장이 있었다. [도인이] 짊어진 사람에게 말했다.

"내가 걸어가다 보니 너무 피곤해서 그런데, 당신의 멜대에 얹혀 가고 싶소이다."

멜대를 짊어진 사람이 그를 매우 괴이하게 여기고는 미친 사람일 거라 생각하고 되는대로 말했다.[80)]

"좋도록 허슈."……

이내 새장 안으로 들어갔는데, 새장이 더 커진 것도 아니요, 그 사람이 더 작아진 것도 아니었다. 메고 가는 사람 역시 전보다 더 무겁게 느껴지지도 않았다. 수십 리 길을 간 뒤, 나무 밑에서 쉬며 밥을 먹었다. 멜대를 짊어진 사람이 함께 식사를 하자고 부르자, [도인이] 말했다.

"나도 내 먹을 것은 있소."

그러고는 나오려 하지 않았다.…… 밥을 반도 안 먹었을 때, [도인이] 멜대를 짊어진 사람에게 말했다.

"나는 아내와 함께 먹겠소."

그러더니 다시 입에서 여자를 토해 냈는데, 나이는 스무 살 남짓 되었고, 옷과 용모가 무척 아름다웠다. 두 사람은 함께 밥을 먹었다. 식사가 끝나가자 그 남편은 곧 누웠다. 부인이 멜대를 짊어진 사람에게 말했다.

"저에게는 샛서방이 있는데, 불러내 함께 밥을 먹을 터이니, 남편이 깨더라도 당신께서는 이 사실을 말하지 마시기 바랍니다."

부인은 곧 입 안에서 한 젊은 사내를 꺼내 같이 밥을 먹었다. 새장에는 3명이 있었는데, [새장이] 넓어지거나 좁아지는 일 없이 역시 이전과 다름이 없었다. 조금 있다 그 남편이 움직이며 일어나려 하자, 부인은 바로 샛서방을 입 안으로 넣었다. 남편이 일어나서는 멜대를 짊어진 사람에게 말했다.[81]

"이제 갑시다!"

그러고는 부인을 입 안에 넣고 다음에 식기 등을 넣었다.…… (『법원주림』 61, 『태평어람』 359)[82]

주)______

1) 우리나라 사람에 의해 이루어진 지괴소설에 대한 연구저작으로는 다음의 것들이 있다. 전인초(全寅初), 「위진남북조지괴소설연구」(魏晋南北朝志怪小說硏究), 타이베이(台北): 타이완사범대학(臺灣師範大學) 박사논문, 1979. 장영기(張榮基), 「위진지괴문학지연구」(魏晉志怪文學之硏究), 타이베이: 둥우대학(東吳大學) 박사논문, 1992.
그리고 90년대 이후에 이화여대 중문과 석사논문으로 지괴 작품들에 대한 역주가 지속적으로 이루어지고 있다. 김지선(金芝鮮), 「『신이경』 시론(試論) 및 역주」, 서울: 이화여대 석사논문, 1994. 2. 송정화(宋貞和), 「『목천자전』 시석(試釋) 및 역주」, 서울: 이화여대 석사논문, 1994. 2. 김영지(金映志), 「『습유기』(拾遺記) 시론 및 역주」, 서울: 이화여대 석사논문, 1994. 6. 정선경(鄭宣景), 「『열선전』(列仙傳)에 대한 서사학적(敍事學的) 연구 및 역주」, 서울: 이화여대 석사논문, 1996. 2. 노민영(盧敏鈴), 「『박물지』 시론 및 역주」, 서울: 이화여대 석사논문, 1997. 6. 김지선(金芝鮮), 「위진남북조 지괴(志怪)의 서사성(敍事性) 연구」, 서울: 고려대 박사논문, 2001. 6. 변귀남(卞貴男), 「육조 불교류 지괴소설 연구」(六朝佛敎類志怪小說硏究), 영남대학교 박사논문, 2002. 2.
미국에서의 연구 저작으로는 다음과 같은 것이 있다. Campany Robert Ford, *Chinese Accounts of the Strange: A Study in the History of Religions*, Ph. D. Dissertation, The University of Chicago, 1988.— 옮긴이
2) 『열이전』(列異傳)은 오래전에 이미 산실되었다. 명대 호응린은 "통고"(通告)와 "송지"(宋志)에 모두 이 책이 실려 있지 않기 때문에, 이것은 아마도 송대에 이미 없어졌을 것이라 하였다(『소실산방필총 · 이유철유二酉綴遺』에 보임). 루쉰의 『고소설구침』에는 모두 50칙(則)이 집록되어 있다.— 보주
3) 위 문제(魏文帝). 조비(曹丕, 187~226)를 말한다. 자는 자환(子桓)이고 패국 초(沛國譙; 지금의 안후이성 보현亳縣) 사람이다. 조조(曹操)의 둘째아들로 조조가 죽자 왕위를 계승하여 위왕(魏王)이 되었다. 뒤에 한(漢)을 대신하여 황제를 칭하고 국호를 위(魏)라 하였다. 저서로는 『위문제집』(魏文帝集)이 있다.
4) 위(魏)의 고귀향공(高貴鄕公) 조모(曹髦)의 연호(256~260)이다.— 옮긴이
5) 배송지(裴松之, 372~451). 자는 세기(世期)로 남조(南朝) 송(宋)나라 문희(聞喜; 지금의 산시성山西省에 속함) 사람이다. 국자박사(國子博士)를 역임하였다. 황제의 명을 받들어 진(晋)의 진수(陳壽)의 『삼국지』에 주를 달았는데, 140여 종이나 되는 여러 책들을 널리 취하였으므로 문학과 사학에 관한 자료가 적지 않게 보존되어 있다.
6) 역도원(酈道元, 466 혹은 472~527). 자는 선장(善長)으로 북위(北魏) 범양(范陽; 지금의 허베이성河北省 줘현涿縣) 사람이다. 어사중위(御史中尉), 관우대사(關右大使)의 벼슬을 지냈다. 그가 지은 『수경주』(水經注) 40권은 문학적 가치를 지닌 중국 고대의 지리(地理)에 관한 명저이다.
7) 원문은 "步行大亟". 『태평어람』에는 "步行大極"으로 되어 있고, 『법원주림』(法苑珠林)에는 "步行太遲"로 되어 있다.— 일역본
8) 원문은 "可共迭相擔也". 『법원주림』에는 "迭"이 "遞"로 되어 있고, "擔"이 "檐"으로 되어 있다.— 일역본

9) 원문은 "定伯曰大善". 『태평어람』에는 "定伯乃大喜"로 되어 있다.—일역본

10) 원문은 "恐其便化". 『태평어람』과 『법원주림』 모두에 "恐其變化"로 되어 있으며, 본문에서의 "便"은 "變"의 잘못이다.—일역본

11) 원문은 다음과 같다. 南陽宗定伯年少時, 夜行逢鬼, 問曰, "誰?" 鬼曰, "鬼也." 鬼曰, "卿復誰?" 定伯欺之, 言我亦鬼也. 鬼問欲至何所, 答曰欲之宛市, 鬼言我亦至宛市. 共行數里, 鬼言步行大亟, 可共迭相擔也. 定伯曰大善. 鬼便先擔定伯數里, 鬼言卿大重, 將非鬼也? 定伯言, 我新死, 故重耳. 定伯因復擔鬼, 鬼略無重. 如是再三. 定伯復言, 我新死, 不知鬼悉何所畏忌? 鬼曰, 唯不喜人唾.… 行欲至宛市, 定伯便擔鬼至頭上, 急持之. 鬼大呼, 聲咋咋索下. 不復聽之, 徑至宛市中, 著地化爲一羊. 便賣之. 恐其便化, 乃唾之, 得錢千五百.(『太平御覽』 八百八十四, 『法苑珠林』 六)

12) 神仙麻姑降東陽蔡經家, 手爪長四寸, 經意曰, "此女子實好佳手, 愿得以搔背." 麻姑大怒. 忽見經頓地, 兩目流血.(『太平御覽』 三百七十)

13) 원문은 "相傳云". 『태평어람』에는 "傳云"으로 되어 있다.—일역본

14) 원문은 "婦携幼子". 『태평어람』에는 "婦携弱子"로 되어 있다.—일역본

15) 武昌新縣北山上有望夫石, 將若人立者. 相傳云, 昔有貞婦, 其夫從役, 遠赴國難, 婦携幼子, 餞送此山, 立望而形化爲石.(『太平御覽』 八百八十八)

16) 조왕 윤의 변란(趙王倫之變). 조왕 윤은 곧 사마륜(司馬倫, ?~301)을 가리키며, 자는 자이(子彛)이다. 진 사마의(司馬懿)의 아홉번째 아들로 진 무제(晋武帝) 때 조왕(趙王)에 봉해졌다. 『진서』(晋書) 「효혜제기」(孝惠帝紀)에 기록된 바에 의하면, 영강 원년(永康元年; 300년) 4월 조왕 윤 등이 "조서(詔書)를 위조해 가후(賈后)를 폐위(廢位)시켜 서인(庶人)으로 만들고, 사공(司空) 장화(張華), 상서복야(尙書僕射) 배위(裵頠)를 모두 죽였다"(矯詔廢賈后爲庶人, 司空張華尙書僕射裵頠皆遇害)고 하였다.

17) 의술(醫術), 점복(占卜), 점성(占星), 풍수(風水) 등에 관한 책.—옮긴이

18) 장화의 사적에 대해서는 쟝량푸(姜亮夫)의 『장화 연보』(張華年譜; 상하이: 구뎬원쉐출판사古典文學出版社, 1957년 8월)에 상세한 고증이 되어 있다.—일역본

19) 소기(蕭綺). 남조 양(梁)나라 남란릉(南蘭陵; 지금의 장쑤성 창저우常州) 사람이다. 그가 왕가(王嘉)의 『습유기』(拾遺記)를 초록한 일에 관해서는 이 책의 제6편을 참조할 것.

20) 원문은 다음과 같다. 捃采天下遺逸, 自書契之始, 考驗神怪, 及世間閭里所說, 造『博物志』 四百卷, 奏于武帝.

21) 판닝(范寧)의 『박물지교증』(博物志校證) 2권 「교감기」(校勘記)에 의하면, 『열자』(列子) 「탕문편」(湯問篇)의 "西戎獻錕鋙之劍, 火浣之布"로 되어 있고, 『초학기』(初學記) 22권에 인용된 『십주기』(十洲記)의 "西戎獻昆吾刀, 切玉如切泥" 등으로 되어 있는 것으로 보아, "서역"(西域)의 "域"은 "戎"의 잘못이라는 것을 알 수 있다.—일역본

22) 원문은 다음과 같다. 『周書』曰, "西域獻火浣布, 昆吾氏獻切玉刀, 火浣布汚則燒之則潔, 刀切玉如蠟." 布漢世有獻者, 刀則未聞.(卷二 『異産』)

23) 取鱉銼令如棋子大, 搗赤莧汁和合, 厚以茅苞, 五六月中作, 投池中, 經旬臠臠盡成鱉也.(卷四『戲術』)

24) 원문은 "遁到關". 판닝의 『박물지교증』 8권 「교감기」에 의하면, "遁"이 "夜"로 되어 있

다.—일역본

25) 燕太子丹質于秦,…欲歸, 請于秦王. 王不聽. 謬言曰, "令烏頭白, 馬生角, 乃可." 丹仰而嘆, 烏卽頭白, 俯而嗟, 馬生角. 秦王不得已而遣之, 爲機發之橋, 欲陷丹, 丹驅馳過之而橋不發. 遁到關, 關門不開, 丹爲鷄鳴, 于是衆鷄悉鳴, 遂歸.(卷八『史補』)

26) 원문은 다음과 같다. 老子云, "萬民皆付西王母; 唯王·聖人·眞人·仙人·道人之命, 上屬九天君耳."(卷九『雜說』上)

27) 왕도(王導, 276~339). 자는 무홍(茂弘)으로 동진(東晋) 낭야 임기(琅玡臨沂; 지금의 산둥성에 속한다) 사람이다. 사족(士族) 출신으로 원제(元帝), 명제(明帝), 성제(成帝) 등 3명의 황제를 두루 섬겼다. 관직은 승상(丞相)에 이르렀다.

28) 『진기』(晋紀). 『수서·경적지』에는 23권으로 기록되어 있으며, 동진(東晋)의 간보(干寶)가 지었다고 적혀 있다. 진 선제(宣帝)부터 민제(愍帝)까지의 전후(前後) 53년간의 일이 기록되어 있다. 『진서』「간보전」(干寶傳)에는 다음과 같이 기록되어 있다. "이 책은 간략하고, 직설적이면서도 완곡하여, 사람들 모두가 훌륭한 역사가라고 칭찬하였다." (其書簡略, 直而能婉, 咸稱良史)

29) 『수신기』(搜神記). 『수서·경적지』에는 30권으로 기록되어 있으며, 간보가 지었다고 적혀 있다. 현재 전하는 20권은 후인들이 유서(類書)로부터 집록(輯錄)하여 만든 것이다. 『수신기』는 『수서·경적지』와 『구당서·경적지』에서는 사부(史部) 잡전기류(雜傳記類)에 들어가 있다. 『신당서·예문지』와 『송사·예문지』에서는 자부(子部) 소설류(小說類)에 들어가 있다. 『송사』에 10권으로 되어 있는 것 외에는 다른 세 가지 책에는 똑같이 30권으로 되어 있다. 『사고전서서목제요』(四庫全書書目提要)에는 20권으로 되어 있다. 지금 남아 있는 판본은 『패해』(稗海)와 『한위총서』(漢魏叢書)에 8권으로 되어 있고, 『설부』(說郛)와 『오조소설』(五朝小說)에서는 분권되어 있지 않으며, 다만 『진체총서』(津逮叢書)와 『학진탐원』(學津探原)에는 20권으로 되어 있다. 이 20권은 대부분 본래 다른 책들로부터 채록한 것이다. 이를테면, 1권 첫머리(開端) "신농"(神農)부터 이하 10칙(則)까지는 모두 유향(劉向)의 『열선전』(列仙傳)으로부터 나왔으며, 6, 7권은 모두 『양한서·오행지』(兩漢書五行志)에서 채록한 것이다. 그런 까닭에 호응린은 다음과 같이 말했다. "이 책은 『법원』, 『어람』, 『초학』, 『서초』 등 여러 책으로부터 채록해 나온 것에 지나지 않는다."(此不過從『法苑』『禦覽』『初學』『書鈔』諸書中錄出耳)—보주

우리나라 사람에 의해 이루어진 『수신기』에 대한 연구로는 다음과 같은 것들이 있다. 이병한(李炳漢), 「『수신기』론」, 서울: 서울대 석사논문, 1961. 3. 강영숙(姜榮淑), 「『수신기』의 연구」, 서울: 숙명여대 석사논문, 1987. 송윤미(宋倫美), 「『수신기』 연구」, 서울: 성균관대 석사논문, 1989. 강종임(姜宗任), 「『수신기』 세계관 연구: '신'의 의미층위를 중심으로」, 서울: 이화여대 석사논문, 1993. 6.—옮긴이

30) 원문은 "式盜發視, 書皆諸死人錄". 이것은 "式盜發視書, 皆諸死人錄"로 구두(句讀)할 수도 있다. 번역문은 이것에 따랐다.—일역본

31) 원문은 "可復奈何". 이것은 본래의 텍스트(후화이천胡懷琛 표점 『수신기』와 왕사오잉汪紹楹 교주 『수신기』 등)에 의하면, "無可奈何"로 되어 있다.—일역본

32) 원문은 "至三日日中". 앞서의 후화이천과 왕사오잉의 텍스트에 의하면, "至三日日中

時"로 되어 있다.—일역본

33) 원문은 다음과 같다. 漢下邳周式, 嘗至東海, 道逢一吏, 持一卷書, 求寄載, 行十餘里, 謂式曰, "吾暫有所過, 留書寄君船中, 愼勿發之!" 去後, 式盜發視, 書皆諸死人錄, 下條有式名. 須臾吏還, 式猶視書. 吏怒曰, "故以相告, 而忽視之!" 式叩頭流血, 良久, 吏曰, "感卿遠相載, 此書不可除卿名, 今日已去, 還家三年勿出門, 可得度也. 勿道見吾書!" 式還, 不出已二年餘, 家皆怪之. 隣人卒亡, 父怒使往弔之, 式不得已, 適出門, 便見此吏. 吏曰, "吾令汝三年勿出, 而今出門, 知復奈何? 吾求不見連累爲鞭杖, 今已見汝, 可復奈何? 後三日日中, 當相取也." 至三日日中, 果見來取, 便死.(卷五)

34) 원문은 "歲餘而卒". 후화이천과 왕사오잉의 텍스트에 의하면, "而"자는 "病"으로 되어 있다. 이렇게 되면, 번역문은 "1년이 지나 병사했다"가 된다.—일역본

35) 원문은 다음과 같다. 阮瞻字千里, 素執無鬼論, 物莫能難, 每自謂此理足以辨正幽明. 忽有客通名詣瞻, 寒溫畢, 聊談名理, 客甚有才辨, 瞻與之言良久, 及鬼神之事, 反復甚苦, 客遂屈, 乃作色曰, "鬼神古今聖賢所共傳, 君何得獨言無? 卽僕便是鬼!" 于是變爲異形, 須臾消滅. 瞻黙然, 意色大惡, 歲餘而卒.(卷十六)

36) 원문은 "朱樓瓊室". 왕사오잉의 교주본 「수신기일문」(搜神記佚文)에는 "朱門瓊室"로 되어 있다.—일역본

37) 원문은 "歸". 왕사오잉 교주본에는 "鄕"으로 되어 있다.—일역본

38) 왕사오잉의 교주본에는 『태평환우기』 136으로 되어 있다.—일역본

39) 원문은 다음과 같다. 焦湖廟有一玉枕, 枕有小坼. 時單父縣人楊林爲賈客, 至廟祈求, 廟巫謂曰, "君欲好婚否?" 林曰, "幸甚." 巫卽遣林近枕邊, 因入坼中, 遂見朱樓瓊室. 有趙太尉在其中, 卽嫁女與林, 生六子, 皆爲秘書郎. 歷數十年, 并無思歸之志, 忽如夢覺, 猶在枕傍, 林愴然久之.(今本無此條, 見『太平寰宇記』一百二十六引)

40) 『수신후기』(搜神後記). 『수서·경적지』에는 10권으로 기록되어 있으며, 도잠(陶潛)이 지었다고 적혀 있다. 도잠(약 372~427)의 이름은 연명(淵明)이고 자는 원량(元亮)으로 동진(東晋)의 심양 시상(潯陽柴桑; 지금의 장시성 주장九江) 사람이다.

41) 원문은 "就視猶暖". 왕사오잉 교주『수신후기』에는 "就視猶煖"으로 되어 있으며, 그 다음에 "漸漸有氣息"이 있다.—일역본

42) 원문 "常"은 왕사오잉의 교주본에는 "嘗"으로 되어 있다.—일역본

43) 원문은 다음과 같다. 干寶字令升, 其先新蔡人. 父瑩, 有嬖妾. 母至妒, 寶父葬時, 因生推婢著藏中, 寶兄弟年小, 不之審也. 經十年而母喪, 開墓, 見其妾伏棺上, 衣服如生, 就視猶暖, 輿還家, 終日而蘇, 云寶父常致飮食, 與之寢接, 恩情如生. 家中吉凶輒語之, 校之悉驗, 平復數年後方卒. 寶兄常病, 氣絶積日不冷, 後遂寤, 云見天地間鬼神事, 如夢覺, 不自知死.(卷四)

44) 晉中興後, 譙郡周子文家在晉陵, 少時喜射獵. 常入山, 忽山岫間有一人長五六丈, 手捉弓箭, 箭鏑頭廣二尺許, 白如霜雪, 忽出聲喚曰, "阿鼠!"(原注: 子文小字)子文不覺應曰, "喏". 此人便牽弓滿鏑向子文, 子文便失魂厭伏.(卷七)

45) 순씨(荀氏). 생애는 확실하지 않다. 그가 지은 『영귀지』(靈鬼志)는 『수서·경적지』에는 3권으로 기록되어 있으나 이미 산실되었다. 루쉰의 『고소설구침』에 집본이 있다. [『영

귀지』(靈鬼志)는 『수서·경적지』의 사부 잡전류에 3권으로 기록되어 있으며, "순씨"(荀氏)가 지었다고 적혀 있다. 『당서·예문지』와 『신당서·예문지』에는 똑같이 소설가류에 들어가 있다. 순씨의 이름과 호 그리고 관적에 대해서는 알아볼 길이 없는데, 동진 말 사람이 아닌가 생각된다. 원서는 어떤 것은 분류·기술되어 있으며 각기 편명이 있다. 『세설』(世說)의 "방정"(方正)과 "용지"(容止) 등의 편(篇)에서는 『영귀지』「요증」(謠證)을 인용하고 있는데, "요증"(謠證)은 곧 편명의 하나이다. 청대 도정중(陶珽重) 집본 『설부』에 1칙이 있으나 순씨를 당나라 사람으로 잘못 기록해 놓았다. 『구침』에는 본래 24칙이 집록되어 있다.— 보주]

46) 육씨(陸氏). 『삼국지』(三國志) 「종요전」(鍾繇傳)의 배송지 주(注)에 의하면 육씨는 육운(陸雲)의 조카라고 되어 있다. 생애는 확실하지 않다. 그가 지은 『이림』(異林)은 이미 산실되었다. 루쉰의 『고소설구침』에 집본이 있다. 종요가 귀부(鬼婦)를 만난 일을 기록하고 있다. [『이림』은 진(晋)나라 육씨가 지었다. 『수지』와 신구 양 『당지』에는 모두 기록되어 있지 않다. 육씨의 이름과 호는 알 수 없고, 단지 육운의 조카라는 것만을 알 수 있을 뿐이다. 육기(陸機)에게는 두 명의 아들이 있었는데, 하나는 이름이 울(蔚)이고, 다른 하나의 이름은 하(夏)였다. 혹시 육씨가 육울이나 육하가 아닌지 모르겠다. 『이림』은 과거에는 집본이 없었으나 『구침』에 1칙이 집록되어 있다.— 보주]

47) 대조(戴祚). 이 책의 제1편 주 47)을 참조할 것.

48) 『견이전』(甄異傳)은 동진의 대조가 지었다. 『수지』의 사부 잡전류에 3권으로 기록되어 있으며, "서융의 주부 대조가 지었다"(西戎主簿戴祚撰)라고 적혀 있다. 『당지』의 잡전류와 『신당지』의 소설가류에 모두 들어가 있다. 대조는 자가 연지(延之)이고, 강동(江東) 사람이다. 진나라 말기 유유(劉裕; 송 무제宋武帝)가 서쪽으로 요홍(姚泓)을 정벌할 때 참군(參軍)을 맡아보았다. 유유는 장안(長安)으로 가서 유의진(劉義眞)을 서융 교위(西戎校尉)로 삼았는데, 바로 이때 대조가 서융 교위부의 주부가 되었다. 중집본(重輯本) 『설부』와 『용위비서』(龍威秘書)에는 각기 『견이전』 5칙이 남아 있으나 잘못된 점이 많아 믿을 만하지 못하다. 『구침』에는 17칙이 별도로 집록되어 있다.— 보주

49) 조충지(祖沖之, 429~500). 자는 문원(文遠)이고 남제(南齊) 범양계(范陽薊; 지금의 베이징 다싱大興) 사람이다. 관직은 장수교위(長水校尉)에 이르렀다. 그는 수학(數學)과 역법(曆法) 등의 방면에서 매우 높은 업적을 이루었다. 그가 지은 『술이기』는 『수서·경적지』에 10권으로 기록되어 있으나 이미 산실되었다. 루쉰의 『고소설구침』에 집본이 있다. [『술이기』는 제(齊)나라 조충지가 지었으나, 루쉰은 진(晋)나라 사람이 지었다고 잘못 알고 있다. 『수지』의 사부 잡전류에 10권으로 기록되어 있다. 『당지』의 잡전류와 『신당지』의 소설가류에 모두 들어가 있다. 이 책은 오래전에 이미 실전되었으나 『구침』에 90칙이 집록되어 있다.— 보주]

50) 조태지(祖台之). 자는 원진(元辰)이다. 조충지의 증조부로 동진(東晋) 안제(安帝) 때 관직이 시중(侍中), 광록대부(光祿大夫)에 이르렀다. 그가 지은 『지괴』(志怪)는 『수서·경적지』에 2권으로 기록되어 있으나 이미 산실되었다. 루쉰의 『고소설구침』에 집본이 있다. [『지괴』는 동진의 조태지가 지었다. 『수지』의 사부 잡전류에 2권으로 기록되어 있으며, 『당지』의 잡전류와 『신당지』의 소설가류에는 모두 4권으로 되어 있다. 조태지

는 자가 원진이고, 범양(范陽) 사람이다. 관직은 시중과 광록대부에 이르렀다. 문집 20권이 있는데, 『수지』에 16권으로 기록되어 있고, 양 『당지』에는 모두 15권으로 기록되어 있다. 『진서』 75권에 전(傳)이 있다. 『지괴』는 오래전에 망실되었으나 중집본(重輯本) 『설부』에 『지괴록』 일문 8칙이 있으며 『구침』에 15칙이 집록되어 있다.— 보주]

51) 공씨(孔氏). 공약(孔約)을 가리키며 진(晋)나라 사람으로 생애는 확실하지 않다. 그가 지은 『지괴』는 『수서·경적지』에 4권으로 기록되어 있다. [진 공씨의 『지괴』는 『수지』의 사부 잡전류에 4권으로 기록되어 있으며, "공씨가 지었다"(孔氏撰)라고 적혀 있다. 『당지』의 잡전류와 『신당지』의 소설가류에도 역시 똑같이 기록되어 있다. 어떤 사람은 공씨의 이름이 약(約)이라고도 하고, 또 어떤 이는 그의 이름이 신언(愼言)이라고도 하나 모두 정론(定論)은 아니다. 루쉰의 『구침』에 10칙이 집록되어 있다.— 보주]

52) 식씨(殖氏). 생애는 확실하지 않다. 그가 지은 『지괴기』는 『수서·경적지』에 3권으로 기록되어 있다. [진 식씨의 『지괴기』는 『수지』의 사부 잡전류에 3권으로 기록되어 있으며, 신구 양 『당지』에는 모두 기록되어 있지 않다. 식씨의 이름과 호는 알 수 없다. 『지괴기』는 과거에는 집본이 없었으나 루쉰의 『구침』에 1칙이 집록되어 있다.— 보주]

53) 조비(曹毗). 자는 보좌(輔佐)로 초국(譙國) 사람이다. 관직은 광록훈(光祿勛)에 이르렀다. 그가 지은 『지괴』는 『수서·경적지』와 양 『당지』에 모두 기록되어 있지 않다. [진 조비의 『지괴』는 『수지』와 양 『당지』에 모두 기록되어 있지 않다. 조비는 자가 보좌(輔佐)이고, 초국(譙國) 사람이다. 위(魏)나라 대사마(大司馬) 조휴(曹休)의 후손이다. 관직은 광록훈에 이르렀다. 『진서』 92권에 전(傳)이 있다. 그의 저서로는 『논어석』(論語釋)과 『조씨가전』(曹氏家傳) 각 1권과 문집 10권이 있다. 『지괴』는 오래전에 망실되었고 『구침』에 1칙이 집록되어 있다.— 보주]

54) 공씨의 『지괴』, 식씨의 『지괴기』, 조비의 『지괴』, 이상의 세 책은 이미 산실되었으나 루쉰의 『고소설구침』에 각기 집본이 있다.

55) 임방(任昉, 460~508). 자는 언승(彦升)으로 남조 양(梁) 악안 박창(樂安博昌; 지금의 산둥성 서우광壽光) 사람이다. 송, 제, 양(宋齊梁) 삼조(三朝)를 두루 섬겼다.
『술이기』는 『송사·예문지』에 2권으로 기록되어 있으며 임방이 지었다고 적혀 있다.

56) 유경숙(劉敬叔)은 동진(東晉) 말 유의(劉毅, ?~412)가 남평군(南平郡) 개국공(開國公)이었을 때, 그의 낭중령(郎中令)이었다(『송서』宋書 30권 「오행지」五行志 1). 유의는 송 무제(宋武帝) 유유(劉裕)와 대치하다가 패한 무장이다.— 일역본

57) 『이원』(異苑). 『수서·경적지』에 10권으로 기록되어 있으며 송나라 급사(給事) 유경숙이 지었다고 적혀 있다.

58) 원문은 다음과 같다. 魏時, 殿前大鍾無故大鳴, 人皆異之, 以問張華, 華曰, "此蜀郡銅山崩, 故鍾鳴應之耳." 尋蜀郡上其事, 果如華言.(卷二)

59) 의희(義熙, 405~418)는 동진(東晉)의 안제(安帝) 사마덕종(司馬德宗)의 연호이다.— 일역본

60) 원문은 다음과 같다. 義熙中, 東海徐氏婢蘭忽患羸黃, 以拂拭異常, 共伺察之, 見掃帚從壁角來趨婢床, 乃取而焚之, 婢卽平復.(卷八)

61) 晉太元十九年, 鄱陽桓闡殺犬祭鄉里綏山, 煮肉不熟, 神怒, 卽下敎於巫曰, "桓闡以肉生胎

我, 當謫令自食也." 其年忽變作虎, 作虎之始, 見人以斑皮衣之, 即能跳躍噬逐.(卷八)

62) 東莞劉邕性嗜食瘡痂, 以爲味似鰒魚. 嘗詣孟靈休, 靈休先患炙瘡, 痂落在床, 邕取食之, 靈休大驚, 痂未落者悉褫取飴邕. 南康國吏二百許人, 不問有罪無罪, 遞與鞭, 瘡痂落, 常以給膳.(卷十)

63) 유의경(劉義慶). 남조 송 팽성(彭城; 지금의 장쑤성 쉬저우徐州) 사람이다. 세습으로 임천왕(臨川王)에 봉해졌으며, 저서로는 『세설』(世說), 『서주선현전』(徐州先賢傳) 등이 있다. 『유명록』(幽明錄)은 『수서·경적지』에 20권으로 기록되어 있으나 이미 산실되었다. 루쉰의 『고소설구침』에 집본이 있다. 당나라 때 수찬한 『진서』는 『유명록』 등의 책에서 많은 것을 취하였다라고 하는 유지기(劉知幾)의 말은 『사통』(史通) 「채찬」(采撰)에 다음과 같이 보인다. "진(晋)나라 때의 잡서(雜書)는 짐작건대 같은 종류로 취급되지 않았다. 이를테면 『어림』, 『세설』, 『유명록』, 『수신기』 등과 같은 책들에 실린 내용은 혹은 해학적인 짤막한 이야기이거나 신귀와 기괴한 사물을 기록한 것이었다. 거기에 기록된 사실은 성인들의 것이 아니기에 양웅이 보지 않았던 것이고, 기록된 말들은 혼란스럽고 신비한 이야기이기에 공자가 말하지 않았던 것이다. 본조에 진사를 새로 지었는데, 많은 부분을 [위의 책으로부터] 취하여 책으로 엮었다."(晋世雜書, 諒非一族, 若『語林』·『世說』·『幽明錄』·『搜神記』之徒, 其所載或詼諧小辯, 或神鬼怪物. 其事非聖, 楊雄所不觀; 其言亂神, 宣尼所不語. 皇朝新撰晋史, 多采以爲書)

64) 유의경의 『유명록』은 과거 청대 전증의 『술고당총초』(述古堂叢鈔)와 호정(胡珽)의 『임랑비실총서』(琳瑯秘室叢書)에 집본 각 1권씩 있었으며, 원본 『설부』, 『오조소설』 중집본(重輯本) 『설부』에도 소략한 집본이 있다. 『구침』에 266칙이 집록되어 있는 것이 가장 완비된 것이라 일컬어진다.—보주

65) 루쉰은 『집외집』(集外集) 「선본」(選本)에서 다음과 말하고 있다. 『유명록』은 "고서들을 초록하여 지어진 것이다."(是一部鈔撮故書之作) 이를테면 본편(本篇) 가운데 『수신기』 두 조는 모두 일찍이 유의경에 의해 초록되어 『유명록』에 들어갔는데, 자구만 약간 바꾸었을 따름이다. 완무첨의 무귀론(阮無瞻無鬼論)은 『구침』의 257쪽에 보이며, 초호묘의 옥침(焦湖廟玉枕條) 조는 『구침』 314쪽에 보인다.—보주

66) 동양무의(東陽无疑). 생애는 확실하지 않다. 그가 지은 『제해기』(齊諧記)는 『수서·경적지』에 7권으로 기록되어 있으나 이미 산실되었다. 『고소설구침』에 집본이 있다.

67) 『속(續)제해기』. 『수서·경적지』에 1권으로 기록되어 있으나, 원본(原本)은 오래전에 실전되었다. 현재 전하는 명(明) 집본은 『태평광기』 등의 책으로부터 초록하여 이루어진 것이다.

68) 오균(吳均)이 편찬한 『제춘추』(齊春秋)가 사실과 들어맞지 않는다는 이유로 면직당한 일에 관해서는 『양서』(梁書) 「오균전」(吳均傳)에 다음과 같이 보인다. "균은 『제춘추』를 짓겠다고 임금에게 표를 올렸다. 책이 완성되자 그것을 상주하였다. 고조(高祖; 양 무제 소연蕭衍)는 그 책이 사실과 들어맞지 않는다고 하여 중서사인(中書舍人) 유지린(劉之遴)으로 하여금 몇 가지 항목을 힐문하게 하였다. 결국 균이 말에 조리가 없이 제대로 대답을 하지 못하자, 칙령을 내려 그 책을 성[省; 중서성中書省, 또는 비서성秘書省을 가리킴.—옮긴이]에 넘겨주어 태우게 하고, 그 죄를 물어 면직시켰다. 얼마 후 다시 칙

령으로 그를 불러들여 『통사』(通史)를 편찬케 하였다. 삼황(三皇)에서 제(齊)에 이르기까지 균은 본기(本紀), 세가(世家) 등을 초하여 공을 이루었으나, 오직 열전(列傳)만은 완성치 못하였다."(均表求撰『齊春秋』, 書成奏之, 高祖[梁武帝蕭衍]以其書不實, 使中書舍人劉之遴詰問數條, 竟支離無對, 敕付省焚之, 坐免職. 尋有敕召見, 使撰『通史』, 起三皇, 訖齊代, 均草本紀世家, 功已畢. 唯列傳未就)

69) "오균체"(吳均體). 『양서』「오균전」에 의하면, 오균은 "문체가 맑고 뛰어나며 예스런 맛을 지니고 있어, 호사자들 가운데 어떤 이들은 그것을 본받아 '오균체'라 하였다"(文體淸拔有古氣, 好事者或斅之, 謂爲'吳均體')라고 기록되어 있다.

70) "대"(大)는 "태"(太)와 통하며, 이 경우 동진의 효무제(孝武帝) 사마요(司馬曜)의 연호가 된다.—일역본

71) 영평(永平)은 한 명제(漢明帝) 유장(劉莊)의 연호이다. 곧 영평 3년은 서기 60년이다.—일역본

72) 원문은 다음과 같다. 陽羨許彦于綏安山行, 遇一書生, 年十七八, 臥路側, 云脚痛, 求寄鵝籠中. 彦以爲戱言, 書生便入籠, 籠亦不更廣, 書生亦不更小, 宛然與雙鵝幷坐, 鵝亦不驚. 彦負籠而去, 都不覺重. 前行息樹下, 書生乃出籠謂彦曰, "欲爲君薄設." 彦曰, "善." 乃口中吐出一銅奩子, 奩子中具諸肴饌.…酒數行, 謂彦曰, "向將一婦人自隨. 今欲暫邀之." 彦曰, "善." 又于口中吐一女子, 年可十五六, 衣服綺麗, 容貌殊絶, 共坐宴. 俄而書生醉臥, 此女謂彦曰, "雖與書生結妻, 而實懷怨, 向亦竊得一男子同行, 書生旣眠, 暫喚之, 君幸勿言." 彦曰, "善." 女子于口中吐出一男子, 年可二十三四, 亦穎悟可愛, 乃與彦敍寒溫. 書生臥欲覺, 女子口吐一錦行障遮書生, 書生乃留女子共臥. 男子謂彦曰, "此女雖有情, 心亦不盡, 向復竊得一女人同行, 今欲暫見之, 愿君勿泄." 彦曰, "善." 男子又于口中吐一婦人, 年可二十許, 共酌, 戱談甚久, 聞書生動聲, 男子曰, "二人眠已覺." 因取所吐女人, 還納口中. 須臾, 書生處女乃出謂彦曰, "書生欲起." 乃呑向男子, 獨對彦坐. 然後書生起謂彦曰, "暫眠遂久, 君獨坐, 當悒悒耶? 日又晩, 當與君別." 遂呑其女子, 諸器皿悉納口中, 留大銅盤可二尺廣, 與彦別曰, "無以藉君, 與君相憶也." 彦大元中爲蘭臺令史, 以盤餉侍中張散; 散看其銘題, 云是永平三年作.

73) 원문은 "中有女子與屛, 處作家室". 원문의 구두(句讀)에 따르면, 번역문은 "항아리 안에는 여자와 병풍이 있고"가 되지만, "處作家室"의 번역이 어려워진다. 그래서 이것을 "中有女子, 與屛處, 作家室"로 끊으면, 다음에 나오는 "中有男子, 復與共臥"와 대응한다. 또 "屛處"는 은폐할 곳을 가리킨다. 『한서』 97 하의 「효성조황후전」(孝成趙皇后傳)에는 "상자 속에 어린아이의 사체가 있어, 병처에 묻고, 다른 사람들이 알지 못하게 했다"(篋中有死兒, 埋屛處, 勿令人知)라는 대목이 있는데, 여기에서 "병처"(屛處)는 다른 사람들이 알지 못하는 은밀한 곳을 가리킨다. 또 당의 강승회가 번역한 『구잡비유경』 상권 제18(『대정장』大正藏 제4권에 실려 있음)에 의하면, "中有女子與屛處作家室"은 "壺中有女人與於屛處作家室"로 되어 있고, "中有男子復與共臥"는 "壺中有年少男子復與其臥"로 되어 있다.—일역본

74) 원문은 다음과 같다. 釋氏『譬喩經』云, 昔梵志作術, 吐出一壺, 中有女子與屛, 處作家室. 梵志少息, 女復作術, 吐出一壺, 中有男子, 復與共臥. 梵志覺, 次第互呑之, 柱杖而去. 余以

吳均嘗覽此事, 訝其說以爲至怪也.

『잡비유경』(雜譬喩經)에는 다음과 같은 내용의 이야기가 있다. "옛날에 범지(梵志)가 도술을 부려 항아리 하나를 토해 냈는데, 그 안에는 여자가 있었으며, 병풍을 집으로 삼고 있었다. 범지가 잠시 쉬자, [이번에는] 여자가 다시 도술을 부려 항아리 하나를 토해 냈다. 그 안에는 남자가 한 명 있어 함께 누웠다. 범지가 깨어나서는 차례로 삼킨 뒤 지팡이를 짚고 가버렸다."(昔梵志作術, 吐出一壺, 中有女子與屛, 處作家室. 梵志少息, 女復作術, 吐出一壺, 中有男子, 復與共臥. 梵志覺, 次第互呑之, 柱杖而去) 이 글은 후화이천의 『중국소설의 기원 및 그 변천』(中國小說的起源及其演變, 1934)에도 인용되어 있다.—보주

75) 『구잡비유경』(舊雜譬喩經)은 2권으로 경문(經文)은 비유로서 교의(敎義)를 선전하고 있다. [『대정신수대장경』(大正新修大藏經) 제4권 「본연부」(本緣部) 하(下)에 실려 있다. Samyukta-avadāna-sutra—일역본]
강승회(康僧會, ?~280). 삼국(三國)의 오(吳)의 승(僧) 사람으로, 대대로 천축(天竺)에서 살았으며, 후에 교지(交趾)로 옮겼다. 오(吳)의 적조(赤烏) 10년(247)에 건업(建業; 지금의 장쑤성 난징南京)으로 갔는데, 손권(孫權)은 그를 위하여 건탑사(建塔寺)를 지어 주었으며 경전을 번역하게 했다. 역서로는 『구잡비유경』, 『육도집』(六度集) 등이 있다. [『육도집』은 8권으로, 『육도집경』(六度集經)이라고도 하며, 『대정신수대장경』(大正新修大藏經) 제3권 「본연부」 상에 실려 있다. 당(唐)의 정매(靖邁)의 『고금역경도기』(古今譯經圖紀)에 의하면, 태원(太元) 2년 즉 252년에 나왔다고 한다.—일역본]

76) 『관불삼매해경』(觀佛三昧海經). 10권으로 동진(東晉)의 불타발타(佛陀跋陀)가 번역하였다. [『관불삼매해경』은 『대정신수대장경』 제15권 「경집부」(經集部) 2에 실려 있다. Samādhi-sāgara-sutra. 불타발타는 불타발타라(佛陀跋陀羅), Buddhabhadra, "佛馱跋陀羅"라고도 쓰며, 408년경에 중국에 와서 불경 번역에 종사하여, 『대방광불화엄경』(大方廣佛華嚴經) 60권 등을 번역해 냈다.—일역본]
희고 가느다란 털의 모습(白毫毛相). 불교에서 말하는 부처의 32형상 가운데 하나로, 부처의 눈썹 가운데 흰색의 긴 털이 있는데 그 길이가 한 길 다섯 자나 되며 보통 때에는 눈썹 옆에다 움츠려 말고 있다고 하였다. 그 아래에 인용해 놓은 경문(經文)은 불가(佛家)의 원융호섭(圓融互攝) 이론에서 나온 것이다. 그 설은 세상만물은 모두 마음에서 나오므로 마음에는 크고 작음의 구별이 없고 '상'(相)에도 역시 크고 작음의 구별이 없다고 여긴다. 따라서 털 속에도 보살이 있다고 하는 것이니, 그 보살은 작지 않고 털 역시 크지 않은 것이다.

77) 원문은 다음과 같다. 天見毛內有百億光, 其光微妙, 不可具宣. 于其光中, 現化菩薩, 皆修苦行, 如此不異. 菩薩不小, 毛亦不大.

78) 도인(道人)은 본래 방사(方士)로 도술이 있는 사람을 가리키는 말인데, 육조시대에는 불교의 중도 도인이라 했다.—일역본

79) 원문은 "自說其所受師, 卽白衣". 『태평어람』에는 "自說所受術師白衣"로 되어 있고, 『법원주림』에는 "自說其所受術師白衣"로 되어 있다. 또 불교도는 검은 색의 옷을 입었기에, 속세의 사람을 "백의"(白衣)라고 불렀으며, 속세의 사람과 중을 "백흑"(白黑), 또는 "치소"(緇素)라고도 불렀다.—일역본

80) 원문은 "慮是狂人, 便語之云". 『태평어람』에는 "之云" 두 글자가 없고, 『법원주림』에는 "慮之狂人便語云"으로 되어 있다.—일역본

81) 원문은 "其夫動, 如欲覺, 婦便以外夫內口中. 夫起, 語擔人曰". 『태평어람』에는 이 대목이 없다. 『법원주림』에는 "其夫動如欲覺其婦以外夫起語擔人曰"로 되어 있다.—일역본

82) 원문은 다음과 같다. 太元十二年, 有道人外國來, 能吞刀吐火, 吐珠玉金銀, 自說其所受師, 卽白衣, 非沙門也. 嘗行, 見一人擔擔, 上有小籠子, 可受升餘, 語擔人云, "吾步行疲極, 欲寄君擔." 擔人甚怪之, 慮是狂人, 便語之云, "自可耳."…卽入籠中, 籠不更大, 其人亦不更小, 擔之亦不覺重于先. 旣行數十里, 樹下住食, 擔人呼共食, 云"我自有食", 不肯出.…食未半, 語擔人"我欲與婦共食", 卽復口吐出女子, 年二十許, 衣裳容貌甚美, 二人便共食. 食欲竟, 其夫便臥; 婦語擔人, "我有外夫, 欲來共食, 夫覺, 君勿道之." 婦便口中出一年少丈夫, 共食. 籠中便有三人, 寬急之事, 亦復不異. 有頃, 其夫動, 如欲覺, 婦便以外夫內口中. 夫起, 語擔人曰, "可去!" 卽以婦內口中, 次及食器物.…(『法苑珠林』六十一, 『太平御覽』三百五十九)

제5편에서 다룬 텍스트들은 루쉰 이후에 연구가 진전되어 여러 가지 참고할 만한 저작들이 많이 나왔다. 여기에 간략히 소개하기로 하겠다.

『박물지교증』(博物志校證; 판닝范寧 교증校證, 베이징: 중화서국中華書局, 1980). 내용은 「전언」(前言), 「목록」(目錄), 「본문급교감기」(本文及校勘記), 「일문」(佚文), 「역대서목저록급제요」(歷代書目著錄及提要), 「전인 각본 서발」(前人刻本序跋), 「후기」(後記)로 이루어졌다.

『수신기』(搜神記; 후화이천 표점, 상하이: 상우인서관商務印書館, 1931년 초판, 1957년 상하이 2쇄, 충원서국崇文書局 『백자전서』百子全書).

『수신기』(왕사오잉 교주, 베이징: 중화서국, 1980. 중국고전문학기본총서中國古典文學基本叢書). 내용은 「수신기서」(搜神記序), 「진수신기표」(進搜神記表), 「수신기」(搜神記) 목록(目錄), 본문(本文), 일문(逸文), 「부록」(附錄).

『수신후기』(搜神後記; 왕사오잉 교주, 베이징: 중화서국, 1981. 고소설총간古小說叢刊). 내용은 목록(目錄), 본문(本文), 일문(逸文) 이외에, 『수신기』 이본(異本)으로 『패해』(稗海) 본(8권 본)과 구도흥 본(句道興本; 敦煌石室藏本)을 추가하였다.

또 위자시(余嘉錫)의 『사고제요변증』(四庫提要辨證)에 수록된 『수신기』, 『수신후기』, 『이원』 등에 대한 해제도 참고할 만하다.—일역본

제6편 육조의 귀신 지괴서(하)

불교의 포교 활동을 돕기 위해 씌어진 책은 『수지』에 9가家가 수록되어 있다.[1] 자부子部와 사부史部로 분류되어 있으나 지금은 오직 안지추顔之推의 『원혼지』寃魂志[2]만이 남아 있다. [이 책에서는] 경서經書와 사서史書로부터 인용한 인과응보의 도리를 증명하고 있으며, 이미 유교와 불교가 혼합되고 있다는 단서가 보여지고 있다. 그러나 그 나머지는 모두 없어졌다. 유문遺文을 찾아볼 수 있는 것으로는 송宋 유의경劉義慶의 『선험기』宣驗記[3]와 제齊 왕염王琰의 『명상기』冥祥記,[4] 수隋 안지추의 『집령기』集靈記,[5] 후백侯白의 『정이기』旌異記[6]의 4종이 있다. [이것들은] 대개 불경과 불상에 관계된 이적異蹟을 기술하고, 영험이 실제로 존재한다는 사실을 밝힘으로써, 속세의 사람들에게 충격을 주어 신앙심을 일으키게 한 것으로, 후세에 어떤 사람들은 이것들을 소설로 보기도 한다. 왕염王琰은 태원太原 사람으로 어렸을 때 교지交趾[7]에서 오계五戒를 받았다. 송의 대명大明 및 건원建元(5세기경) 연간에, 금색의 불상金像의 이적을 두 차례나 체험하고, 그로 인해 기記를 지었으며, 불상뿐만 아니라 경문과 탑에 관한 이적異蹟을 편집하였다. 모두 10권으로, 『명상』冥祥이라 이름하였다. 자서自序에 그 일이 아주 상세하게 기술되어 있다(『법원주림』 17권 참조). 『명상기』는 『주림』珠林과 『태평광기』 속에 많이 남아 있다. 그 서술 또한 변화 있고 상세하다. 이제 간략하게 세 가지 기사記事를 인용해 그 나머지를 개관하기로 하겠다.

> 한漢의 명제明帝는 꿈에 신인神人을 보았는데, 키가 거의 두 길丈이나 되고, 온몸이 황금색이었으며, 목 부분에 햇빛이 둘러 있었다. 이 꿈을 여러 신하에게 물어보았더니, 그 가운데 어떤 이가 대답했다.
>
> "서방西方에 부처라고 하는 신이 있어, 그 모습이 마치 폐하가 꿈에 본 신과 같은데, 그 신이 아니겠습니까?"
>
> 이에 천축天竺으로 사자를 보내어 경문과 불상經像을 가져오게 하였다. 그것이 중국에 이르니 천자 왕후를 위시하여 사람들 모두가 그것을 숭배하였다. 사람이 죽어서도 영혼은 사멸하지 않는다는 말을 듣고 놀라 망연자실하지 않는 이가 없었다. 처음에 사자 채음蔡愔이 서역의 중인 가섭마등迦葉摩騰[8] 등과 함께 우전왕優塡王[9]이 그린 석가의 불상釋迦佛像을 가지고 오니, 황제는 그것을 귀중히 여겼는데, 그것은 그가 꿈에 본 것과 같았다. 이에 화공에게 명하여 몇 개의 복사본을 그리게 하여, 남궁南宮[10]의 청량대淸凉臺와 고양문高陽門,[11] 현절수릉顯節壽陵[12]에 바쳤다. 또 백마사白馬寺[13]의 벽에 엄청나게 많은 수레와 말이 탑을 세 겹으로 돌고 있는 화상畵像을 그리게 하였다. 여러 기록에 상세하게 기록되어 있다. (『주림』 13)[14]

> 진晋의 사부謝敷는 자字가 경서慶緖이고, 회계會稽 산음山陰 사람이다.…… 젊어서부터 높은 뜻을 가지고 동산東山에 은거하였다. 위대한 불법을 독실하게 믿어 부지런히 정진하며, 도성 안의 백마사에서 『수릉엄경』首楞

嚴經[15]을 필사했다. 백마사에 화재가 나 집기들과 다른 경들은 모두 타버렸으나 이 경만은 종이의 가장자리만 태우고 말았을 뿐 문자가 있는 곳은 모두 남아 있어 훼손된 것이 없었다. 부가 죽게 되었을 때 친구들은 그가 깨달음을 얻지 못했다고 의심하였는데, 이 경에 대한 이야기를 듣고는 모두 다시금 놀랐다.…… (『주림』 18)[16]

진晋의 조태趙泰는 자가 문화文和이고, 청하淸河 패구貝丘[17] 사람이었다. …… 35세가 되던 해에 갑자기 가슴에 통증을 느끼더니 곧 죽고 말았다. 주검을 땅에 두었는데, 심장이 여전히 따뜻하고, [사후경직이 없어] 다른 사람이 움직이는 대로 몸이 구부러졌다 펴졌다 했다. 주검을 10일 동안 그대로 놔두었는데,[18] 어느 날 아침 목에서 빗소리 같은 소리가 나더니 갑자기 소생하였다. 처음 죽었을 때부터 이야기를 해주었는데 다음과 같았다. 꿈속에서 한 사람이 심장으로 가까이 다가왔는데, 또 두 사람이 누런 말을 타고 두 명의 시종을 데려오더니, 조태의 겨드랑이를 부축하고는[19] 동쪽으로 길을 떠났다. 몇 리나 왔는지 알 수 없는 가운데 커다란 성에 도착했다. 그 성은 우뚝 솟아 있었으며 검은색을 띠고 있었다.[20] 조태를 데리고 성문으로 들어섰는데, 이중문을 지나자 수천 간이나 되는 기와집이 있었고, 남녀노소 할 것 없이 역시 수천 명이 줄지어 서 있었다. 검은 옷을 입은 관리가 대여섯 명이 있어, 각각의 조서에 성과 이름을 기록하다가 다음과 같이 말했다.

"조서를 부군府君[21]께 올릴 것이라네."

조태의 이름은 서른번째에 있었다. 잠시 후 조태와 수천 명의 남녀가 한꺼번에 모두 들어갔다. 부군은 서쪽을 보고 앉아 있었는데 간략하게 명부를 다 훑어보고는, 조태를 다시 남쪽에 있는 검은 문으로 들어가게 하였다. 붉은 옷을 입은 사람이 큰 집 아래 앉아 차례대로 이름을 부르며 물었다.

"살아 있을 적에 무슨 일을 했는가? 어떤 죄를 지었는가? 어떤 선행을 행하였는가?[22] 너희들 말을 잘 헤아릴 테니 있는 그대로 말하라! 여기에서는 항상 육부六部의 사자들을 인간세계에 파견하여 선악을 낱낱이 기록하여 상세한 보고서를 만들어 놓았으니, 거짓말을 할 수 없다." 태가 대답을 하였다.

"아버님과 형님은 벼슬을 하여 모두 이천석[23]의 녹祿을 받았습니다만, 저는 어려서 집에서 공부만 하였을 뿐, 특별히 한 일도 없고, 또 죄를 범한 일도 없습니다."

이에 조태는 수관[24]감작사水官監作使에 임명되었다.……[25] 그 뒤에 조태는 수관도독지제옥사水官都督知諸獄事[26]로 승진되어 병졸과 말을 받고 지옥의 순찰을 명받았다. 그가 돌아본 여러 지옥에서 겪는 고초는 각각 달랐다. 어떤 자는 바늘이 그 혀를 꿰뚫어 피가 온몸에 흘렀고, 어떤 자는 봉두난발을 한 채 벌거벗은 몸과 맨발로 서로를 잡아당기며 가고 있었다. 큰 몽둥이를 든 자가 뒤에서 그들을 몰아세웠다. 철로 만든 침상과 구리 기둥이 있었는데, 속이 비쳐 보일 정도로 벌겋게 달구어져 있었다. 그 사람들을 몰아 그 구리기둥을 껴안고, 그 철침대 위에 눕게 하였다. 거기로 가면 바로 살이 탔지만, 곧 다시 살아났다.……어떤 곳은 끝없이 높고 넓은 칼 나무가 있었는데, 뿌리와 줄기와 가지와 잎이 모두 칼로 되어 있었다. 사람들이 서로 저주하면서 스스로 올라가는 것이 마치 즐거이 경주를 하는 듯했다. 그러나 몸과 머리가 잘라져 조각조각 떨어져 나갔다. 조태는 조부모와 두 아우가 그 지옥에 있는 것을 보고는 얼굴을 마주하고 눈물을 흘렸다. 조태가 지옥의 문을 나오자 두 사람이 문서를 가지고 와 건네주며 지옥의 관리에게 말했다. [지옥에 있는 자 가운데] 세 명은 가족들이 그들을 위해 절에 기를 내걸고 향을 살라 그 죄갚음을 했기 때문에 복사福舍로 가도 된다는 것이었다. 이윽고 세 사람이 지옥에서 나왔다. 저절로 옷을 말쑥하게 차려입고는 몸을 단정히 하고 남쪽의 문으로 갔는데, 그곳은 개광대사開光大舍라 하였다.…… 조태는 순시를 끝내고 수관처水官處로 돌아왔다.…… 주관하는 자[27]가 말했다.

"경은 아무 잘못도 저지르지 않았기에 수관도독을 시킨 것이오. 그렇지 않았다면 지옥에 있는 사람들과 다를 바 없었을 것이오."

조태가 주관하는 자에게 물었다.

"사람이 어떤 일을 행해야 죽어서도 좋은 보답을 받습니까?"

주관자는 단지 다음과 같이 말했다.

"불법을 받드는 제자로서 정진하며 계를 지킨다면, 좋은 보답을 받을 것이며 벌을 받지 않을 것이오."

조태가 다시 물었다.

"사람들이 불법을 섬기기 전에 행한 죄업은 불법을 섬긴 후에 구제를 받을 수 있습니까?"

대답하였다.

"모두 구제를 받을 것이오."

말이 끝나자 주관자는 잠겨 있던 상자를 열고 태의 수명을 조사해 보았다. 아직 30년이 더 남아 있었으므로 조태를 돌려보냈다.…… 이때는 진의 태시太始 5년[28] 7월 13일이었다.…… (『주림』 7, 『광기』 377)[29]

불교는 점차 널리 퍼졌고, 경론經論은 날로 많아졌으며, 잡설 또한 나날이 생겨나, 듣는 이 가운데 [인생의] 무상無常함을 깨달아 불가에 귀의하는 자도 나왔지만, 무상에 겁을 집어먹고 오히려 도망가는 자도 생겨났다. 이에 대한 반발로 방사方士들 역시 경을 위조하여 괴이한 이야기를 많이 지었으며, 불로장생의 도로써 천하의 고苦[30]와 공空[31]으로부터 도피하려는 자들을 망라하였는데, 지금 남아 있는 한대漢代의 소설 가운데 한두 명의 문인의 저작을 제외하고 나머지는 모두가 이들의 손에서 나온 것일 것이다. 방사가 편찬한 책은 대개 옛사람에 이름을 의탁하였기에, 진晋·송宋대의 사람이 지은 것이라 칭하는 것은 많지 않다. 다만 유서類書에 간혹 가다가 『신이기』神異記[32]를 인용한 것이 있는데, 이것은 도사 왕부王浮의 저작이다. 왕부는 진나라 사람으로 사람됨이 천박하고 망녕되다는 평을 들었다. 혜제惠帝 때(3세기 말에서 4세기 초) 백원帛遠과 몇 차례에 걸쳐 논쟁을 벌였으나 굴복하였다. 그로부터 『서역전』西域傳을 고쳐 노자老子의 『명위화호경』明威化胡經을 만들었다(당의 석법림釋法琳의 『변정론』辨正論 6을 참고할 것).[33] 그 말은 『동명기』洞冥記, 『열이전』列異傳 등과 같이 신선과 귀신을 말한 듯하다.

진민陳敏은 손호孫皓의 치세에 강하江夏의 태수太守가 되어 건업建業으로부터 임지로 부임해 갔는데, 궁정宮亭의 묘廟가 영험하다(주注에서는 험驗은 영험靈驗이라 함)는 말을 듣고, 그곳을 지나갈 때에 무사히 임기를 마치게 해주면 은 지팡이 하나를 바치겠다고 빌었다. 임기가 찼기 때문에 가짜로 지팡이를 만들어 묘에 바치고자 했는데, 쇠를 두드려 줄기로 삼고[34] 은으로 도금했다. 얼마 후 산기상시散騎常侍로 발령을 받자 궁정으로 가서 지팡이를 묘에 바치고 난 다음 곧장 길을 나섰다.[35] 날이 저물자 신이 내린 무당降神巫이 신의 말을 대신 전하였다.

"진민은 나에게 은 지팡이를 주기로 했는데, 이제 와서 은으로 도금한 지팡이를 주었으니 곧 물 속에 던져 돌려줄 것이로다.[36] [나를] 속이고 능멸한 죄 용서할 수 없도다!"

이에 은 지팡이[37]를 가져다 겉을 벗겨 보니 그 속에 쇠 줄기가 보였는데,[38] 그것을 호수 속에 던져 버렸다. 지팡이는 물 위에 떠서 나는 듯이 빠른 속도로 멀리 민敏의 배 앞에 이르더니 민의 배를 뒤집어 버리고 말았다. (『태평어람』 710)[39]

단구丹丘에서는 큰 차나무가 나는데 그것을 마시면 날개가 생긴다. (『사류부』事類賦 주16)[40]

『습유기』 10권[41]은 진晋 농서隴西 왕가王嘉가 지은 것으로, 양梁 소기蕭綺의 록錄[42]이라고 적혀 있다. 『진서』「예술열전」藝術列傳에 왕가의 소전이 있다. 그 대략적인 기록에 의하면, 가嘉의 자는 자년子年으로, 농서 안양安陽 사람이다. 처음에는 동양곡東陽谷에 은거하였다가 뒤에 장안長安으로 들어왔다. 부견苻堅이 여러 번 불렀으나 응하지 않았다. 그는 미래의 일을 말할 수 있었기 때문에, 그 언사가 참기讖記와 같아 당시에는 그것을 알아들을 수 있는 자가 드물었다. 요장姚萇이 장안에 들어왔을 때, 왕가를 협박하여 자기를 따르게 하였다. 뒤에 그가 답을 하는 방식이 요장의 뜻에 맞지 않았기에 요장에게 죽임을 당하였다(약 390년). 왕가는 일찍이 『견삼가참』牽三歌讖[43]을 지었으며 또 『습유록』拾遺錄 10권을 지었는데, 그 안에는 기괴한 말이 많았으며, 지금까지도 세상에 행해지고 있다. 하지만 『진서』의 전에서 말하는 『습유록』은 아마도 지금의 『습유기』일 것이다. 앞에는 소기蕭綺의 서序가 있고, 이것에 의하면 이 책은 본래 19권 220편이었는데, 부견苻秦 말기에 이르러 문헌들이 흩어지고 없어질 즈음에, 이 책 역시 없어진 부분이 많아 소기가 다시 번잡한 것을 산거하고 실질적인 것을 남겨 1부部로 합쳤으니, 모두 10권이었다. 오늘날 전해지는 책의 앞 9권은 포희庖犧로부터 동진東晋까지인데, 끝의 1권은 곤륜昆侖 등 아홉 개의 선산仙山을 기록하고 있으니,[44] 서序에서 말한 "서진 말에서 끝난다"事訖西晋之末라고 한 것과는 약간의 차이가 있다. 그 문필은 자못 아름다우나 이야기가 모두 과장되고 진실감이 결핍되어 있다. 소기의 록錄 역시 덧붙여져 있는데, 호응린(『소실산방필총』 32)은 "아마도 소기가 쓰고 나서 왕가에게 가탁한 것일 것이다"蓋卽綺撰而托之王嘉라고 하였다.

소호少昊는 금金의 덕德으로 왕이 되었다. 어머니는 황아皇娥라고 하는데, 아름다운 돌 궁전璇宮에 살면서 밤에는 옷감을 짰다. 혹은 뗏목을 타고 낮으로 떠다니다가 궁상窮桑의 창망한 해안을 두루 돌아다녔다. 그때 신동神童이 있었는데, 용모가 빼어났고, 백제白帝의 아들이라 칭하였으니, 바로 태백금성太白金星의 정精이었다. 물가로 내려와 황아皇娥와 놀고[45] 아름다운 음악을 연주하면서[46] 유람하는 중에 돌아갈 줄을 몰랐다. 궁상이라는 것은 서해의 물가에서 자라고 있다. 한 그루밖에 없는 뽕나무가 있어 위로는 천 심千尋이나 뻗어 있는데, 잎은 붉고 열매는 자주색으로 만 년에 한 번씩 열매를 맺는다. 그것을 먹으면 하늘보다도 수명이 길어진다.…… 제帝의 아들과 황아가 같이 앉아 동봉桐峰과 재슬梓瑟을 타니, 황아는 악기의 연주에 맞추어 맑은 노래를 불렀다.

하늘은 맑고 땅은 넓어 아득한데,
만상萬象은 돌고 돌아 변화는 정해진 바가 없고,
하늘에 잠겨 호탕히 창해 바라보며,

뗏목 타고 가볍게 출렁이며 해 옆으로 떠도네.

어디로 갈거나, 궁상으로 간다네,

마음은 화락和樂을 알면서도 기쁨은 다하지 못했네.

속세에서는 유락游樂하는 곳을 상중桑中이라고 한다. 『시경』「위풍」衛風에, "상중에서 나를 기다린다"라고 한 것이 아마도 이와 비슷한 것일 것이다.…… 황아가 소호少昊를 낳고 궁상씨窮上氏라 불렀는데, 상구씨桑丘氏라고도 하였다. 전국시대에 이르러 상구자桑丘子가 음양서陰陽書를 지었으니, 곧 그의 후예이다.…… (1권)[47]

성제成帝 말년에 유향劉向은 천록각天祿閣에서 책을 교열하면서 그 일에 전념하였다. 어느 날 밤에 어떤 노인이 누런 옷을 입고 푸른 명아주 지팡이를 짚고 누각에 올라 들어왔다. 유향은 어둠 속에 홀로 앉아 책을 소리 내어 읽고 있었다. 노인이 지팡이 끝을 부니 연기가 나면서 타올랐다. 그것으로 향을 비추더니 천지개벽 이전의 일을 말해 주었다. 향은 오행홍범五行洪範의 글[48]을 전수받았는데 그 사설이 번잡하고 광범하여 잊어버릴까 걱정되어 옷의 비단과 예복의 띠紳를 찢어 그 말을 기록하였다. 날이 밝자 [노인은] 가버렸다. 향이 그 성명을 물었더니 이렇게 말하였다.

"나는 태일太一의 정精인데, 천제天帝께서 묘금卯金의 아들[49]에 박학한 자가 있다는 것을 듣고 하계에 내려가 (그를) 보고 오라 하셨네."

이에 품속에서 죽첩竹牒을 꺼내니 거기에는 천문지도서天文地圖書가 있었다.

"내가 그대에게 대략 가르쳐 주겠네."

향의 아들 흠歆이 향으로부터 그 술법을 배웠다. 향 역시 그 사람이 누

구인지 알지 못하였다. (6권)[50]

동정산洞庭山은 물 위에 떠 있었다. 그 아래에는 금으로 칠하고 너비가 수백 칸이나 되는 집이 있어 옥녀玉女가 살고 있었다. 사계절 내내 여러 가지 악기 소리가 들렸으니, 산꼭대기까지도 이르렀다. 초楚나라 회왕懷王 때에 유능한 선비를 뽑아 물가에서 시를 짓게 하였다.…… 뒤에 회왕은 간신들을 등용하였기 때문에 뛰어난 인물들은 모두 도피하였다.[51] 굴원屈原은 충언忠言을 간하다 배척당하여 원수沅水와 상수湘水에 은거하면서 풀옷을 입고 풀을 먹으며 날짐승, 길짐승과 섞여 살면서 세상 사람들과 교제를 하지 않았다. 잣을 따서 계피 기름과 섞어 정신을 보양하였지만 왕에게 쫓겨나 차가운 물 흐름 속에 몸을 던지고 말았다. 초나라 사람들은 그를 사모하여 물의 선인水仙이라 불렀다. 그의 혼은 하늘의 내天河[52]에서 떠돌고 정령이 때때로 상수에 내려오니 초나라 사람들은 그를 위해 사당을 세웠다. 한말漢末까지 그대로 있었다. (10권)[53]

주)

1) 이 내용은 사부(史部) 잡전류(雜傳類)에 들어 있는데, 그 가운데 안지추(顔之推)의 『원혼지』(冤魂志)만이 전해져 오고 있다. 다른 네 가지는 일문이 있을 뿐으로 『구침』 가운데 보이고, 나머지 네 가지는 이미 모두 없어졌는데, 곧 왕연수(王延秀)의 『감응전』(感應傳) 8권과 왕만영(王曼穎)의 『보속명상기』(補續冥祥記) 1권(『당지』에는 11권으로 되어 있음), 송대 광록대부(光祿大夫) 부량(傅亮)의 『응험기』(應驗記) 1권(『당지』에는 육과계陸果系가 지었다고 되어 있음) 및 무명씨의 『진응기』(眞應記) 4권(『당지』에는 『증응집』證應集 2권으로 되어 있음)이 바로 그것이다. 『당지』에는 『선험기』가 없지만, 다유영(多劉泳)의 『인과기』(因果記) 10권이 『수지』에서는 자부(子部) 잡가(雜家)에 들어 있다. 『수지』에는 따로 왕소(王劭)의 『사리감응기』(舍利感應記) 3권이 있다.— 보주

2) 안지추(顔之推, 531~?)의 자는 개(介)이고, 북제(北齊)의 낭야(琅玡) 임기(臨沂; 지금의 산둥에 속함) 사람이다. 처음에 양(梁)에서 벼슬하다가 북제로 들어와 황문시랑(黃門侍郞)이 되었으며, 수(隋)의 개황(開皇) 연간에 죽었다. 그가 찬한 『원혼지』(寃魂志)는 『수서·경적지』에 3권으로 기록되어 있으며, 현행본은 모두 『환혼지』(還魂志)라 불린다. 다음 글에서 말하는 『집령기』(集靈記)는 『수서·경적지』에는 20권으로 기록되어 있으나 이미 없어졌다. 루쉰의 『고소설구침』에 집본이 있다. [『원혼지』는 『수지』에는 『원위지』(寃魏志)라 잘못 기재되어 있는데, 현존본은 모두 『환원지』(還寃志)라 되어 있으며, 『설부』(說郛), 『오조소설』(五朝小說) 등의 판본이 있다. 작자인 안지추의 자는 개(介)이고, 낭야 임기 사람이다. 관직은 중서사인, 황문시랑에 이르렀다. 그의 저서로는 『안씨가훈』(顔氏家訓) 7권과 문집 30권 등이 있다. 『가훈』 '귀심'(歸心)에서는 다음과 같이 말했다. "삼대의 일은 믿을 만하고 모두 증거가 있다…… 한 사람이 도를 닦으면, 얼마나 많은 창생들을 제도하고 얼마나 많은 죄업을 벗어나게 하는가.…… 죽이기를 좋아하는 사람은 그 자신이 죽음에 임박했을 때, 그 업보를 받고, 자손에게까지 앙화가 미치니, 그러한 교훈은 매우 많다."(三世之事, 信而有證.…一人修道, 濟度幾許蒼生, 免脫幾生罪累.…好殺之人, 臨死報驗, 子孫殃禍, 其敎甚多) 그러므로 그의 『환원지』는 불가의 인과응보의 설을 선양한 것이 대부분이다.— 보주]

3) 『선험기』(宣驗記). 『수서·경적지』에 13권으로 기록되어 있다. 유의경(劉義慶)이 지었으며 이미 없어졌다. 루쉰의 『고소설구침』에 집본이 있다. [『선험기』는 『수지』에 30권으로 되어 있으나, 『당지』에는 기록되어 있지 않다. 지금까지는 이 책이 송 유의경이 지은 것으로 여겨져 왔으나, 다이왕수(戴望舒)는 당림(唐臨)의 『명보기서』(冥報記序)에 근거하여 작자는 제(齊)의 경릉왕(竟陵王) 소자량(蘇子良)일 것이라 생각했다(『소설희곡론집』小說戲曲論集, 베이징: 쭤자출판사作家出版社, 1958, 37쪽). 『오조소설』과 중집본 『설부』 가운데 자잘한 몇 칙이 남아 있으며, 루쉰의 『구침』에 35칙이 집록되어 있다.— 보주]

4) 왕염(王琰)은 남제(南齊) 태원(太原; 지금의 산시성山西省에 속함) 사람이다. 제(齊)나라의 태자사인(太子舍人)을 지냈고, 양(梁)나라로 들어가 오흥령(吳興令)이 되었다. 그가 지은 『명상기』(冥祥記)는 『수서·경적지』에 10권으로 저록되었으나 이미 없어졌다. 루쉰의 『고소설구침』에 집본이 있다. [『명상기』는 『수지』에 10권으로 되어 있으며, 『당지』 잡전류와 『신당지』 소설가류에 똑같이 기록되어 있다. 왕염은 『명상기』 외에도 『송춘추』(宋春秋) 20권을 지었다(『수지』 고사류古史類에 보임). 『명상기』는 원본 『설부』에 1칙이 수록되어 있고, 중집본 『설부』에는 7칙이 수록되어 있다. 『구침』에는 131칙 및 '자서'(自序) 1편이 집록되어 있다.— 보주]

5) 『집령기』(集靈記)는 『수지』에 20권으로 되어 있으며, 『당지』 잡전류와 『신당지』 소설가류에는 모두 10권으로 되어 있다. 이 책은 오래전에 없어졌는데, 루쉰의 『구침』에는 1칙이 집록되어 있다.— 보주

6) 후백(侯白). 이 책의 제7편을 참고할 것. 그가 지은 『정이기』(旌異記)는 『수서·경적지』에 15권으로 기록되어 있는데, 이미 없어졌다. 루쉰의 『고소설구침』에 집본이 있다. [『정이기』는 『수지』에 15권으로 되어 있으며, 『당지』 잡전류와 『신당지』 소설가류에도 똑같이 되어 있다. 후백의 생애는 제7편에 보인다. 이 책은 과거에는 중집본 『설부』 등의

본이 있었다.—보주]

7) 옛 지명으로 본래는 오령(五嶺) 이남 일대의 땅을 가리켰다. 한대(漢代)에 교지군(交趾郡)을 두었으니, 고대에는 전하는 말로 이곳 사람들은 누웠을 때 머리가 밖으로 향하고 다리가 안쪽으로 서로 교차되었으므로 교지라 부르게 되었다 한다.—옮긴이

8) 가섭마등. Kāśyapa-Mātaṅga. 축법란(竺法蘭)과 함께 명제(明帝)의 사절과 동행하여 서기 67년에 중국에 경문과 불상을 가져와 전한 중이다.—일역본

9) 우전왕. Uddiyana.—일역본

10) 남궁(南宮)은 후한의 수도 낙양(洛陽)에 있던 궁전으로 북궁(北宮)도 있다.—일역본

11) 후한의 광무제(光武帝)가 낙양으로 천도할 때, 처음으로 설치한 문.—일역본

12) 후한의 명제가 미리 지어놓은 능으로, 생전에 지었기 때문에 수릉(壽陵)이라 부른 것이다.—일역본

13) 백마사(白馬寺)는 허난성(河南省) 뤄양현(洛陽縣) 동쪽에 있다. 『청일통지』(淸一統志)에는 다음과 같이 나와 있다. "한 명제 때, 마등축법란이 처음으로 서역에서 백마로 불경을 가져와, 홍려사(사방의 변경 지역에서 온 손님을 맞이하는 곳)에서 묵었다. 이에 드디어 절 이름을 백마사로 지었으니, 이것이 이 절의 시작이다."(漢明帝時, 摩騰竺法蘭初自西域以白馬馱經而來, 舍于鴻臚寺(爲待四裔賓客之所), 遂取寺爲名, 創置白馬寺, 此僧寺之始也)—보주

14) 원문은 다음과 같다. 漢明帝夢見神人, 形垂二丈, 身黃金色, 項佩日光. 以問群臣, 或對曰, "西方有神, 其號曰佛, 形如陛下所夢, 得無是乎?" 於是發使天竺, 寫致經像. 表之中夏, 自天子王侯, 咸敬事之, 聞人死精神不滅, 莫不懼然自失. 初, 使者蔡愔將西域沙門迦葉摩騰等賚齎優塡王畵釋迦佛像, 帝重之, 如夢所見也, 乃遣畵工圖之數本, 於南宮淸涼臺及高陽門顯節壽陵上供養. 又於白馬寺壁畵千乘萬騎繞塔三匝之像, 如諸傳備載.(『珠林』十三)

15) 『수릉엄경』(首楞嚴經)은 곧 『대불정여래밀인수증료의제보살만행수릉엄경』(大佛頂如來密因修證了義諸菩薩萬行首楞嚴經)으로 일반적으로 『능엄경』이라 약칭한다. 당 중엽 천축의 사문(斯文) 반자밀제(般剌密帝)가 10권으로 번역했다. 수릉엄은 부처가 터득한 삼매의 이름으로 만행(萬行)의 총칭이다.—보주
여기에서의 도성은 동진(東晉)의 수도인 건업(建業; 建康이라고도 하며 지금의 난징)을 가리키는 듯하다. 아울러 『수릉엄경』도 요진(姚秦)의 구마라습(鳩摩羅什)이 한역한 『불설수삼매능엄경』(佛說首三昧楞嚴經) 2권을 가리키는 듯하다.—일역본

16) 원문은 다음과 같다. 晋謝數字慶緖, 會稽山陰人也,…少有高操, 隱于東山, 篤信大法, 精勤不倦, 手寫『首楞嚴經』, 當在都白馬寺中, 寺爲災火所延, 什物餘經, 幷成煨燼, 而此經止燒紙頭界外而已, 文字悉存, 無所毁失. 敷死時, 友人疑其得道, 及聞此經, 彌復驚異.…(『珠林』十八)

17) 『대정신수대장경』(大正新修大藏經) 53에 실린 『주림』 7과 『광기』 377, 『진서』 14권 「지리지」(地理志) 상(上)에 패구(貝丘)가 있는데, 패구는 지금의 허베이성(河北省) 칭허현(淸河縣)이다.—일역본

18) 원문은 "留尸十日, 平旦, 喉中". 『대정신수대장경』 53에는 "又留尸十日卒, 咽喉中"으로 되어 있다.—일역본

19) 원문은 "扶泰腋". 『대정신수대장경』 53에는 "扶策泰腋"으로 되어 있다.—일역본

20) 원문은 "城色青黑". 『대정신수대장경』 53에는 "城邑青黑, 狀錫"으로 되어 있다. 『광기』에는 "城邑青黑色. 遂."로 되어 있다.—일역본

21) 한(漢)·위(魏) 시대의 태수의 존칭이다. 나아가 다른 사람에 대한 경칭으로도 쓰인다. 여기에서는 태산(太山; 泰山) 부군으로, 태산의 신을 가리킨다. 위진(魏晋) 이래로 도교의 신앙에서는 사람이 죽으면 그 혼이 모두 태산으로 모인다고 하였다. 아울러 지옥도 여기에 있다고 믿었다. 유의경(劉義慶)의 『유명록』(幽明錄)에 있는 파병현(巴兵縣)의 비사서례(丕師舒禮)의 말을 볼 것(『고소설구침』에 수록되어 있음).—일역본

22) 원문은 "作何孽罪? 行何福善?". 『대정신수대장경』 53에는 "作何罪行, 何福善?"으로 되어 있다.—일역본

23) 한대(漢代)에 안으로 구향의 낭장으로부터 밖으로 군의 수위에 이르기까지 봉록의 등급은 무릇 이천 석으로, 다시 중이천석(中二千石), 이천석(二千石), 비이천석(比二千石)의 삼등급으로 나뉘었다. 중이천석은 매달 180휘(斛; 발음은 곡이고 열 말쯤 된다)이고, 이천석은 매달 120휘, 비이천석은 매달 100휘를 받았다. 그 뒤로부터 낭장(郎將), 군수(郡守), 지부(知府)를 이천석이라 통칭하게 되었다.—일역본/옮긴이

24) 수관(水官)은 도교에서 말하는 천(天), 지(地), 수(水) 삼관의 하나이다.—일역본

25) 원문은 "爲水官將作". 『대정신수대장경』 53에는 "爲水官監作使, 將二千餘人…"으로 되어 있고, 『광기』에는 "爲水官監作吏, 將二千餘人…"로 되어 있다. 본문에서의 "水官將作"은 "將二千餘人" 이하를 생략하고 초록할 때 오기한 것인 듯하다.—일역본

26) "知諸獄事"는 각 지옥의 일을 관리한다는 의미이다.—일역본

27) 여기에서는 인간의 수명을 관장하는 사람을 말한다.—일역본

28) 태시(太始)는 태시(泰始)로 진 무제(晋武帝) 사마염(司馬炎)의 연호이다. 태시 5년은 서기 269년이다.—옮긴이

29) 원문은 다음과 같다. 晋趙泰字文和, 清河貝丘人也,…年三十五時, 嘗卒心痛, 須臾而死. 下尸于地, 心暖不已, 屈伸隨人. 留尸十日, 平旦, 喉中有聲如雨, 俄而蘇活. 說初死之時, 夢有一人來近心下, 復有二人乘黃馬, 從者二人, 扶泰腋徑將東行, 不知可幾里, 至一大城, 崔巍高峻, 城色青黑, 將泰向城門入. 經兩重門, 有瓦屋可數千間, 男女大小亦數千人, 行列而立. 吏著皂衣, 有五六人, 條疏姓字, 云"當以科呈府君". 泰名在三十, 須臾, 將泰與數千人男女一時俱進. 府君西向坐, 簡視名簿訖, 復遣泰南入黑門. 有人著絳衣坐大屋下, 以次呼名, 問"生時所事? 作何孽罪? 行何福善? 諦汝等辭, 以實言也! 此恒遣六部使者常在人間, 疏記善惡, 具有條狀, 不可得虛." 泰答"父兄仕宦, 皆二千石. 我少在家, 修學而已, 無所事也, 亦不犯惡." 乃遣泰爲水官將作.…後轉泰水官都督知諸獄事, 給泰兵馬, 令案行地獄. 所至諸獄, 楚毒各殊, 或針貫其舌, 流血竟體; 或被頭露髮, 裸形徒跣, 相牽而行, 有持大杖, 從後催促, 鐵床銅柱, 燒之洞然, 驅迫此人, 抱臥其上, 赴卽焦爛, 尋復還生;…或劍樹高廣, 不知限量, 根莖枝葉, 皆劍爲之, 人衆相訾, 自登自攀, 若有欣競, 而身首割截, 尺寸離斷. 泰見祖父母及二弟在此獄中, 相見涕泣. 泰出獄門, 見有二人賫文書, 來語獄吏, 言有三人, 其家爲其于塔寺中懸幡燒香, 救解其罪, 可出福舍. 俄見三人自獄而出, 已有自然衣服, 完整在身, 南詣一門, 云名開光大舍.…泰案行畢, 還水官處.…主者曰, "卿無罪過, 故相使爲水官

都督, 不爾, 與地獄中人無以異也." 泰問主者曰, "人有何行, 死得樂報?" 主者唯言"奉法弟子精進持戒, 得樂報, 無有謫罰也." 泰復問曰, "人未事法時所行罪過, 事法之後, 得以除不?" 答曰, "皆除也." 語畢, 主者開縢篋檢泰年紀, 尙有餘算三十年在, 乃遣泰還.…時晋太始五年七月十三日也.…(『珠林』七, 『廣記』三百七十七)

『명상기』의 '조태'(趙泰)조를 루쉰의 『구침』 453에 의거해 교열하면, "성은 검은색"(城色靑黑) 아래 "주석같이 생기고"(狀[如]錫) 두 글자가 있고, "수관장작"(水官將作)은 "수관감작사"(水官監作使)로 되어 있다.— 보주

30) 불교에서의 인간세의 모든 번뇌.— 옮긴이

31) 불교에서 여기는 모든 사물의 본체.— 옮긴이

32) 『신이기』(神異記). 왕부(王浮)가 지었다. 『수서 · 경적지』와 신 · 구 『당지』에 모두 기록되어 있지 않다. 권수는 자세하지 않다. 루쉰의 『고소설구침』에 집본이 있다. [『신이기』는 『수지』와 신구 양 『당지』에 모두 기록되어 있지 않다. 청대의 정국균(丁國鈞) 및 문(文), 진(秦), 황(黃) 등 사가의 『보진서예문지』(補晋書藝文志) 소설가류에는 각각 『태평어람』에 인용된 것에 근거해 저록했는데, 권수가 없다. 이 책은 과거에는 『패사집전』(稗史集傳) 본이 있었다. 루쉰의 『구침』에는 8칙이 집록되어 있다.— 보주

33) 백원(帛遠). 불교도. 속세의 성은 만(萬)이고, 자는 법조(法祖)이며, 진(晋)의 하내(河內; 지금의 허난성 비양泌陽) 사람이다. 일찍이 장안(長安)에서 불경을 강설했다. 왕부는 백원과 여러 차례 논쟁하였으나 여러 차례 실패하였다. 마침내 노자(老子)의 이름을 의탁하여 『명위화호경』(明威化胡經)을 지었다. 이 내용을 검토하자면, 『서역전』(西域傳)에서는 불교가 노자보다 앞선다고 여기고 있는데, 책 속에서 노자가 계빈국(罽賓國)에 도착하여, "나는 어째서 늦게 태어났고, 부처는 저토록 일찍 태어난 것일까"(我生何以晩, 佛出一何早)라고 말했다고 서술되어 있다. 왕부가 지은 『명위화호경』에서는 거꾸로 그것을 도치시켜, 노자가 유사(流沙)에 이르러 부도(浮圖)를 만들었는데, 죽은 뒤 부처로 변했으며, 이에 따라 불교가 형성되었다고 말하고 있다. 이것은 불교와 도교 두 종교가 정통의 지위를 두고 투쟁하였던 것을 반영하고 있다.

34) 원문은 "捶鐵以爲幹". 『태평어람』(사부총간삼편 본四部叢刊三編本) 710에는, "撫捶鐵以爲幹"으로 되어 있다.— 일역본

35) 원문은 "卽進路". 『태평어람』에는 "乞卽進路"로 되어 있다.— 일역본

36) 원문은 "當以還之". 『태평어람』에는 "當送以還之"로 되어 있다.— 일역본

37) 『태평어람』에는 "은장"(銀杖)이 아니라 "장"(杖)으로 되어 있다.— 일역본

38) 원문은 "剖視中見鐵幹". 『태평어람』에는 "剖視衆見鐵幹"으로 되어 있다.— 일역본

39) 원문은 다음과 같다. 陳敏, 孫皓之世爲江夏太守, 自建業赴職, 聞宮亭廟驗(源注云, 言靈驗), 過乞在任安穩, 當上銀杖一枚. 年限旣滿, 作杖擬以還廟, 捶鐵以爲幹, 以銀涂之. 尋徵爲散騎常侍, 往宮亭, 送杖於廟中訖, 卽進路. 日晩, 降神巫宣敎曰, "陳敏許我銀杖, 今以涂杖見與, 便投水中, 當以還之. 欺蔑之罪, 不可容也!" 于是取銀杖看之, 剖視中見鐵幹, 乃置之湖中. 杖浮在水上, 其疾如飛, 遙到敏舫前, 敏舟遂覆也.(『太平御覽』七百十)

『신이기』의 "진민"(陳敏)조는 루쉰의 『구침』 본 399쪽을 교열하면, "쇠를 두드려 줄기로 삼고"(捶鐵以爲幹) 위에 "무"(撫)자가 있으니, 연문(衍文; 필사나 판각, 조판이 잘못되

어 더 들어간 글자나 글귀)인 듯하다. "돌려 줄 것이로다"(當以還之)는 "당송이환지"(當送以還之)로 되어 있고, "이에 은 지팡이를 가져다 겉을 벗겨 보니"(于是取銀杖看之)에는 "은"(銀)자가 없다.—보주/옮긴이

40) 원문은 다음과 같다. 丹丘生大茗, 服之生羽翼.(『事類賦』注十六)
『신이기』의 "단구에서는 큰 차나무가 나는데"(丹丘生大茗) 조에서 "생"(生)은 "출"(出)의 잘못이다.—보주

41) 『습유기』는 『백자전서』와 『고금일사』, 『설부』, 『패해』 등의 여러 가지 판본이 있다. 또 만력(萬歷) 『한위총서』 본도 있다. 10권 본 가운데 제10권은 단행본으로 『습유명산기』(拾遺名山記)라 이름한다.—보주

42) 현행본 『습유기』의 각 이야기에는 종종 그 말미에 "록왈"(錄曰)이라는 문장이 덧붙여져 있는 것이 있다. 이것은 소기(蕭綺)가 그의 서의 끝부분에 "서이록언"(序而錄焉)이라고 한 것으로 보아 그가 쓴 내용으로 보여진다. 또 『습유기』의 작자에 대해서는 조재지(晁載之)의 『속담조』(續談助)에 인용된 장간지(張柬之)의 『동명기』(洞冥記) 후서(後書)에 "우의(虞義)는 『왕자년습유록』(王子年拾遺錄)을 지었다"고 하는 대목을 근거로 우의가 작자라고 주장한 설도 있다. 이에 대해 야오전쭝(姚振宗)은 그의 『수서경적지고증』(隋書經籍志考證)에서 여기에서의 우의는 남제(南齊)의 우희(虞羲)가 아닌가 하고 추측하였다. 하지만 치즈핑(齊治平)이 교주(校注)한 『습유기』(베이징: 중화서국, 1981)에서는 이 설에 대해 회의적인 입장을 보이면서, "王嘉撰, 蕭綺錄"이라는 전통적인 견해에 따랐다.—일역본

43) 『견삼가참』(牽三歌讖). 진(晋)의 왕가(王嘉)가 지었다. 『수서·경적지』와 신·구 『당지』에 모두 기록되어 있지 않으며, 이미 없어졌다. 『진서』「왕가전」에 "그가 지은 『견삼가참』은 사건이 지나고 나자 모두 들어맞았기에, 대대로 전하여진다"(其所造『牽三歌讖』, 事過皆驗, 累世猶傳之)라고 기록되어 있다.

44) "끝의 1권은 곤륜(昆侖) 등 아홉 개의 선산(仙山)을 기록하고 있으니"(末一卷則記昆侖等九仙山). 이 내용을 검토하자면, 이 권에는 곤륜(昆侖)과 봉래(蓬萊), 방장(方丈), 영주(瀛州), 원교(員嶠), 대여(貸輿), 곤오(昆吾), 동정(洞庭) 등 여덟 선산만 있는데, 대여산(岱輿山) 조는 한 칸이 비어 있고, "옥산"(玉山)이 부가되어 있다. 그래서 아홉 선산이라 한 것이다.—보주

45) 원문은 "宴戲". 치즈핑의 교주본에는 "연희"(讌戲)로 되어 있다.—일역본

46) 원문은 "奏便娟之樂". 치즈핑의 교주본에는 "奏嫂娟之樂"으로 되어 있다.—일역본

47) 원문은 다음과 같다. 少昊以金德王, 母曰皇娥, 處璇宮而夜織, 或乘桴木而晝游, 經歷窮桑滄茫之浦. 時有神童, 容貌絶俗, 稱爲白帝之子, 卽太白之精, 降乎水際, 與皇娥宴戲, 奏便娟之樂, 游漾忘歸. 窮桑者, 西海之濱, 有孤桑之樹, 直上千尋, 葉紅椹紫, 萬歲一實, 食之後天而老.…帝子與皇娥幷坐, 撫桐峰梓瑟, 皇娥倚瑟而淸歌曰, "天淸地曠浩茫茫, 萬象回薄化無方, 浛天蕩蕩望滄滄, 乘桴輕漾著日傍, 當其何所至窮桑, 心知和樂悅未央." 俗謂游樂之處爲桑中也, 『詩·衛風』云 "期我乎桑中", 蓋類此也…及皇娥生少昊, 號曰窮桑氏, 亦曰桑丘氏. 至六國時, 桑丘子著陰陽書, 卽其餘裔也.…(卷一)

48) 원문은 "五行洪範之文". 치즈핑의 교주본에서는 『광기』 161에 의거해, "洪範五行之文"

이라 고쳤는데, 『한서』 36권 「초원왕전」(楚元王傳)에 덧붙어 있는 「유향전」(劉向傳)에 의해, 유향이 『상서』(尙書) 「홍범」(洪範)을 보고 역대의 부서재이(符瑞災異)의 자취를 오행사상의 범주로 정리하여 『홍범오행전론』(洪範五行傳論)을 지었다는 것을 들어, 그 증좌로 삼았다.—일역본

49) 묘금(卯金)은 유(劉)씨 성을 가리킨다. 그것은 유(劉)자를 파자하면 "卯金刂"가 되기 때문이다. 따라서 여기에서 "묘금의 아들"이라고 하면, 유씨의 아들로 유향을 말한다.—일역본

50) 원문은 다음과 같다. 劉向於成帝之末, 校書天祿閣, 專精覃思. 夜, 有老人著黃衣, 植靑藜杖, 登閣而進, 見向暗中獨坐誦書, 老父乃吹杖端, 烟燃, 因以見向, 說開闢已前. 向因受五行洪範之文, 恐辭說繁廣忘之, 乃裂帛及紳, 以記其言, 至曙而去. 向請問姓名, 云 "我是太一之精, 天帝聞卯金之子有博學者, 下而觀焉." 乃出懷中竹牒, 有天文地圖之書, "余略授子焉." 至向子歆, 從向授其術, 向亦不悟此人焉.(卷六)

51) 원문은 "群賢逃越". 여기에서의 "월"(越)은 "달아나다"(走), "떠나다"(離), "달아나다"(逸)의 뜻을 가진 동사이다.—일역본

52) 은하(銀河)를 말한다.—옮긴이

53) 원문은 다음과 같다. 洞庭山浮於水上, 其下有金堂數百間, 玉女居之, 四時聞金石絲竹之聲, 徹於山頂. 楚懷王之時, 擧群才賦詩於水湄.…後懷王好進奸雄, 群賢逃越. 屈原以忠見斥, 隱於沅湘, 披蓁茹草, 混同禽獸, 不交世務, 采柏實以和桂膏, 用養心神, 被王逼逐, 乃赴淸冷之水, 楚人思慕, 謂之水仙. 其神游於天河, 精靈時降湘浦, 楚人爲之立祠, 漢末猶在.(卷十)

제7편 『세설신어』와 그 전후(前後)

한말漢末의 지식인들은 특히 인물의 품평을 중시했는데, 명성을 얻고 얻지 못하는 것이 단편적인 말에 의해 결정되었다. 위진魏晋 이래로는 상대방과 대화를 나눌 때의 표현 방법을 더욱 중시했다. 내뱉는 말은 현실을 벗어난 오묘한 데로 흘렀고, 행동은 짐짓 멋대로 굴었다. 이 점에 있어서는 도덕적인 강직함과 반듯한 품행을 중히 여겼던 한대漢代와 크게 다르다. [이렇게 된 까닭은] 대개 그 당시에는 불교가 널리 퍼져 세속을 초탈하는 기풍이 만연했고, 노장老莊의 설 또한 크게 성행했기 때문인 듯하다. 불교 때문에 그에 반발하여 도교의 숭배가 일어났던 것이다. 그러나 세속으로부터 이탈한다는 점에 있어서는 일치되었으므로, 서로 배척은 하면서도 실제로는 서로 북돋아 주는 결과가 되어 결국은 [서로 간의] 구별이 없어지고 청담淸談이 되었다. 동진 이후에는 이러한 풍조가 더욱 심하여져 [청담에] 거스르는 말을 하는 자는 오직 한두 영웅이었을 따름이다. 세간에서도 숭상하였기 때문에 찬집撰集이 편찬되었다. [이 가운데] 어떤 것은 구문舊聞을 모아 엮은 것이었고, 어떤 것은 최근의 일을 기술한 것이었는데, 비록 자질구레한 짧은 이야기에 불과했지만 모두 인간세계의 말과 행동이었으므로, 드디어 [소설이] 괴이한 일들의 기록志怪의 테두리로부터 벗어났던 것이다.

인간세계의 일을 기술한 것 자체는 상당히 오래전부터 있었으니, 열어구列禦寇, 한비韓非에 모두 기록되어 실린 것이 있다. 다만 그 기록되어 실린 까닭에 있어서는, 열자列子가 진리를 예증하기 위해서였다면, 한비자韓非子는 정치를 논하기 위한 것이었다. 감상의 목적을 위해 지어진 것은 실제로는 위魏에서 싹이 터서 진晉에 와서 크게 성하였다. 비록 통속적인 기호를 따른 것에 지나지 않았고, 어떤 것은 모작模作의 범본範本을 제공하기 위한 것이기는 했어도, 결국은 실용적인 것으로부터는 멀고 오락에 가까운 것이었다. 진의 융화隆和(362) 연간에 하동河東 출신의 배계裴啓라고 하는 처사處士가 있어 한·위 이래로 그 당시까지의 담화와 응대하는 것 가운데 유명한 것들을 모아 엮어 그것을 『어림』語林[1]이라고 하였다. 이것은 당시에 대단히 유행하였지만, 사안謝安의 말을 기록한 부분이 사실과 들어맞지 않았기 때문에,[2] 사안으로부터 비난받고, 책은 결국 없어지고 말았다(상세한 것은 『세설신어』世說新語 「경저편」輕詆篇에 보인다).[3] 그 뒤에도 여전히 때때로 나타났는데, 모두 10권이었다. 수隋대에 와서 없어졌으나 여러 책 속에 간혹 그 유문遺聞이 보인다.

> 누호婁護는 자가 군경君卿으로, 다섯 제후의 집을 차례로 방문했는데, 매일 아침 다섯 제후의 집에서 각각 식사를 보내 왔다. 군경은 입맛이 없어 이에 시험 삼아 다섯 제후가 준 생선과 고기를 섞어서 먹어 보았더니 아주 맛이 좋았다. 세상에서 말하는 '오후청'五侯鯖이라는 것은 군경이 만든 것이다. (『태평광기』 234)[4]

위 무제魏武帝[5]가 말했다.

"내가 자는 동안에 함부로 가까이 오면 안 된다. 가까이 오면 나도 모르게 베어 죽일지도 모르겠다. 너희들은 마땅히 삼갈지니라!"

그 뒤에 일부러 이불을 덮지 않고 자는 척하고 있으려니까, 총애하는 어린아이가 몰래 이불을 가지고 그를 덮어 주었다. 그래서 곧 베어 죽였다. 이후로는 아무도 감히 가까이 오는 자가 없었다. (『태평어람』 707)[6]

종사계種士季[7]가 일찍이 사람들에게 이렇게 말했다.

"내가 어렸을 때 책을 한 권 썼는데, 사람들은 완보병阮步兵[8]의 책이라 하면, 어느 글자에고 모두 뜻이 담겨 있다고 말하다가도 내가 작자라는 사실을 알기만 하면 더 이상 말을 하지 않았다." (『속담조』續談助 4)[9]

조사언祖士言[10]과 종아鍾雅[11]가 서로 조롱했다.

종아가 조사언에게 말했다.

"나는 여汝, 영穎[12] 출신의 선비로 송곳과 같이 예리하지만, 그대는 연燕, 대代[13] 출신의 선비로 망치와 같이 둔하다."

조사언이 말했다.

"나의 둔한 망치로 그대의 예리한 송곳을 때리겠노라."

종아가 말했다.

"나는 신비로운 송곳이니 때릴 수가 없다"

[그러자] 조사언이 말했다.

"신비로운 송곳이 있다면 신비로운 망치도 있다."

종아는 마침내 굴복했다. (『어람』 466)[14]

왕자유王子猷[15]는 일찍이 다른 사람의 빈 집에 잠시 기거한 적이 있었는데, 곧 대나무를 심도록 하였다. 어떤 사람이 물었다.

"잠시 기거할 텐데 어찌 번거로운 일을 하십니까?"

[왕자유는] 한동안 시를 읊조리더니 대나무를 똑바로 가리키며 말했다.

"어찌 이 대나무 없이 하루라도 살 수 있겠는가?" (『어람』 389)[16]

『수지』에 또 『곽자』郭子 세 권[17]이 있는데, 동진東晋의 중랑中郞 곽징지郭澄之가 찬撰한 것으로, 『당지』에 의하면 "가천이 주했다"賈泉注[18]고 했는데, 지금은 전하지 않는다. 지금 남아 있는 문장을 살펴보면 역시 『어림』과 같은 종류이다.

송宋의 임천왕臨川王 유의경劉義慶의 『세설』世說 8권이 있는데, 양梁 유효표劉孝標가 주注하여 10권으로 만든 것[19]이 『수지』에 보인다.[20] 지금 남아 있는 것은 3권으로 『세설신어』라 하는데, 송宋나라 사람 안수晏殊가 편집한 것으로,[21] 주에도 약간 손질한 흔적이 있다. 하지만 누가 신어新語라는 두 글자를 더했는지는 알 수 없다. 당대唐代에는 '신서'新書라고 하였는데, 아마도 『한지』 유가류儒家類에 기록된 유향劉向의 서序 육십칠 편 가운데 이미 『세설』이 있었기 때문에, 글자를 늘려 그것과 구별한 듯하다. 『세설신어』의 현존하는 판본은 대개 38편으로 「덕행」德行에서 「구극」仇隙까지 [그 내용이] 비슷한 것끼리 모아 놓았으며, 사적은 후한後漢에서 시작하여 동진東晋에서 그치고 있다. 신비하고 냉철한 담화와 고귀하고 기발한 행위를 기록하고, 가소로운 잘못과 상궤를 벗어난 행동까지도 기록하여 사람들에게 웃음거리를 제공할 만하다. 유효표劉孝標의 주注 역시 폭넓게 인증하고 있다. 어떤 것은 반박하기도 하고, 어떤 것은 부연설명하면서도 본문으로부터 크게 벗어나지 않았으니, [원서의] 뛰어난 가치를 더해 주었다.

인용된 책은 사백여 종으로 그 대부분이 지금은 전하지 않는 것이어서, 세상 사람들은 그것을 더욱 귀중히 여기고 있다. 그러나 『세설』의 문장은 가끔씩 배계裴啓와 곽징지郭澄之 두 사람의 책에 기록된 것과 서로 같다. 아마도 『유명록』幽明錄, 『선험기』宣驗記와 마찬가지로 옛 문장들을 모은 것으로, 스스로 창작한 것은 아닐 것이다. 『송서』宋書[22]에서는 유의경은 재능이나 식견이 뛰어나지 않았으나, 학문과 교양이 뛰어난 사람들을 불러모으매, 멀고 가까움을 불문하고 반드시 왔으므로, 이러한 책들이 이들 많은 사람들의 손에 의해 이루어진 것인지도 모른다.

완광록阮光祿[23]은 섬剡[24]이라는 곳에 있을 때 훌륭한 수레를 가지고 있었는데, 빌리고자 하는 사람 누구에게나 빌려 주었다. 어떤 사람이 모친의 장사를 지내려고 [수레를] 빌리고자 했으나 감히 말을 꺼내지 못한 일이 있었다. 완광록이 뒤에 그 이야기를 듣고 탄식하며 말했다.

"내게 수레가 있으나 다른 사람들이 감히 빌리지 못한다면 그 수레를 가지고 뭘 하겠는가?"

그러고는 마침내 그것을 불살라 버렸다. (상권 「덕행편」德行篇)[25]

완선자阮宣子[26]는 명성이 있었는데, 태위太尉인 왕이보王夷甫[27]가 그를 만나 다음과 같이 물었다.

"노장老莊과 성인의 가르침은 어디가 다릅니까?"

"거의 같지 않을런지요."[28]

태위는 그 말이 훌륭하다고 여겨 그를 불러 속관으로 삼았다. 이에 대해 세상 사람들이 말했다.

"세 마디 말로 속관이 되었다." (상권 「문학편」文學篇)[29]

조사소祖士少[30]는 재물을 모았고, 완요집阮遙集[31]은 나막신을 수집했는데, 두 사람 모두 언제나 자신의 일을 하는 데 있어서 똑같이 노고를 아끼지 않았다. [그래서 세상 사람들은] 그 우열을 판가름할 수 없었다. 어떤 사람이 조사소를 만나러 갔다. 그때 조사소는 재물을 헤아리고 있다가 손님이 온 것을 보고 그것을 가렸다. 하지만 미처 다 가리지 못해 두 개의 작은 상자를 등 뒤에 두고 몸을 구부려 그것을 가렸지만 마음이 안정되지 못했다. 다른 어떤 사람이 완요집을 만나러 갔다. [완요집은] 손수 불을 불어 나막신에 초蠟를 바르다가 탄식하며 말했다.

"평생 몇 켤레의 나막신을 신게 될지 모르겠구나!"

그 모습은 여유롭고도 밝았다. 이에 승부가 비로소 가려졌다. (중권 「아량편」雅量篇)[32]

세상 사람들이 이원례李元禮에 대해 다음과 같이 평가하였다.

"굳센 소나무 아래 부는 바람과 같이 꿋꿋하다." (중권 「상예편」賞譽篇)[33]

공손도公孫度는 병원邴原에 대해 다음과 같이 평했다.

"이른바 구름 속의 흰 학이니, 제비나 참새를 잡는 그물로는 잡을 수가 없다." (위와 같음)[34]

유령劉伶은 늘 제멋대로 술을 마시고 아무것에도 구속받지 않았는데, 어떤 때는 옷을 벗고 벌거벗은 채 집에 있기도 했다. 사람들이 그것을 보고 꾸짖었다. [그러자] 유령이 대답했다.

"나는 천지를 집으로 삼고 집은 잠방이로 삼는데, 그대들은 어찌 내 잠방이 속에 들어왔는가?" (하권 「임탄편」任誕篇)[35]

석숭石崇은 매번 손님을 청하여 잔치를 열 때마다, 늘 미인들을 시켜 술을 따르도록 했다. 손님이 술을 다 마시지 않으면 미인을 환관에게 넘겨주어 베어 죽이게 했다. 왕승상王丞相[36]이 대장군大將軍[37]과 함께 석숭을 만난 적이 있었다. 승상은 본래 술을 못 마셨으나 번번이 억지로 마셔 취하는 지경에 이르렀다. [그러나 술잔이] 대장군에게 올 때마다 한사코 마시지 않아 그러한 변고를 보았는데, 이미 세 사람이 죽었는데도 변함없는 안색으로 여전히 마시려 들지 않았다. 승상이 그의 태도를 나무라자 대장군이 말했다.

"저 사람은 자기 집 사람들을 죽이는 것인데, 어찌 그대가 참견할 일이겠는가?" (하권 「태치편」汰侈篇)[38]

양梁의 심약沈約(441~513, 『양서』梁書에 전傳이 있음)은 『속설』俗說[39] 3권을 지었는데, 역시 [위의 책들과] 비슷한 것으로, 지금은 남아 있지 않다. 양의 무제는 일찍이 안우安右의 장사長史 은운殷芸(471~529, 『양서』에 전이 있음)에게 칙령을 내려 『소설』小說 30권[40]을 편찬토록 하였다. 수隋에 이르러서는 겨우 10권만이 남았고, 명초에도 여전히 남아 있었다 하나, 지금은 『속담조』續談助와 원본 『설부』[41]에만 보일 뿐이다. 이것 역시 여러 책으로부터 모아 엮은 책으로 시대순으로 되어 있는데, 특히 제왕의 사적史蹟을 권두에 두고, 이어서 주周·한漢의 이야기가 그 뒤에 실리고, 남제南齊까지로 끝을 맺고 있다.

진晉 함강咸康 연간에 주위周謂라는 사인士人이 있었는데,[42] 죽었다 다시 살아났다. 그의 말에 의하면 천제의 부름을 받아 [시종에게] 이끌려 전殿에 올라[43] 천제를 올려다보니[44] 얼굴이 사방으로 한 자나 되었다고 하였다. 그 주위의 신하들에게 "예전의 장천제張天帝이십니까?" 하고 물으니, "상고의 천제는 오래전에 이미 성인이 되어 떠나셨고,[45] 이 분은 최근의 조명제曹明帝이십니다"라고 대답하였다 한다. (『감주집』紺珠集 2)[46]

효무제孝武帝는 아직 당나귀를 본 적이 없었다. 사태부謝太傅가 다음과 같이 물었다.

"폐하께서는 그 모습이 무엇을 닮았을 것이라고 생각하십니까?"

효무제가 입을 가리고 웃으며 말했다.

"바로 돼지를 닮았겠지." (『속담조』 4. 원주에서는 『세설』에서 나왔다고 하였다. 덧붙이자면, 금본今本에는 없다.)[47]

공자가 일찍이 산길을 가다가, 자로에게 물을 떠오라고 시켰다. [자로는] 물 있는 곳에서 호랑이를 만나 싸움을 벌인 끝에 꼬리를 뽑아내어 품에 넣었다. 물을 떠 가지고 돌아와서는 공자에게 물었다.

"뛰어난 사람은 호랑이를 어떻게 죽입니까?"

공자가 말했다.

"뛰어난 사람은 호랑이의 머리를 잡아서 죽이지."

다시 (자로가) 물었다.

"보통 사람은 호랑이를 어떻게 죽입니까?"

공자가 말했다.

"보통 사람은 호랑이의 귀를 잡아서 죽이지."

다시 [자로가] 물었다.

"비천한 사람은 호랑이를 어떻게 죽입니까?"

공자가 말했다.

"비천한 사람은 호랑이의 꼬리를 잡아서 죽이지."

자로는 꼬리를 꺼내 버리고는 분해하며 공자에게 말했다.

"선생님께서는 물 있는 곳에 호랑이가 있다는 사실을 알면서도 저에게 물을 떠오라고 시켰습니다. 저를 죽이려 하신 게지요."

그러고는 공자를 치려고 돌을 가슴에 품고 또 다음과 같이 물었다.

"뛰어난 사람은 사람을 어떻게 죽입니까?"

공자가 말했다.

"뛰어난 사람은 붓 끝으로 사람을 죽이지."

[자로가] 또 물었다.

"보통 사람은 사람을 어떻게 죽입니까?"

공자가 말했다.

"보통 사람은 혀끝으로 사람을 죽이지."

[자로가] 또 물었다.

"비천한 사람은 사람을 어떻게 죽입니까?"

공자가 말했다.

"비천한 사람은 돌을 가슴에 품고 사람을 죽이지."

자로가 돌을 꺼내어 버리고는, 이때부터 마음으로 복종을 하였다.

(원본 『설부』 25. 원주에서는 『충파전』沖波傳에 나온다고 하였다.)[48]

귀곡鬼谷선생이 소진蘇秦과 장의張儀에게 다음과 같이 편지를 썼다.

"두 분 선생께서는 빛나는 공훈을 세우셨습니다. 하지만 봄의 꽃은 가을이 됨에 따라 곧 지게 됩니다. 날이 가면 겨울이 오고 시간이 흐르면 늙게 마련입니다. 그대들은 냇가의 나무를 본 적이 없습니까? 하인과 말몰이꾼이 그 가지를 꺾고, 파도가 그 뿌리를 쳐서 물보라가 일어납니다.[49] 그 나무가 천하의 사람들과 원한이 있어서가 아니라,[50] 대저 그것이 위치한 곳이 그렇게 하도록 만든 것입니다. 그대들은 숭산嵩山과 대산岱山의 소나무와 잣나무, 화산華山과 곽산霍山의 박달나무를 보았습니까?[51] 위로는 푸른 구름까지 잎줄기가 뻗어 있고, 아래로는 명계冥界까지 뿌리가 통하고 있습니다. 위에는 원숭이가 있고, 아래에는 붉은 표범과 기린이 있으며, 천년만년 도끼질을 당하지 않습니다. 이 나무가 천하의 사람과 골육지간이라서가 아니라,[52] 역시 이것이 위치한 곳이 그렇게 하도록 만든 것입니다. 지금 두 분께서는 아침 이슬과 같은 영예에 마음을 빼앗겨 영구적인 공적을 쌓는 것을 무시하고, 선인인 왕자교王子喬, 적송자赤松子가 불로장생을 구하는 것을 경시하며, 덧없이 짧은 관작官爵만을 귀히 여깁니다. 무릇 '여자의 사랑은 언제까지나 향연에 있는 것이 아니고, 남자의 즐거움은 영원히 수레 위에 있는 것이 아니거늘', 애통하고 애통하도다! 두 사람이여!" (『속담조』 4. 원주에는 『귀곡선생서』鬼谷先生書에서 나왔다고 되어 있음.)[53]

『수지』에는 또 『소림』笑林[54] 3권이 있는데, 후한後漢의 급사중給事中 한단순邯鄲淳이 편찬한 것이다. 순은 축竺이라고도 이름했는데, 자는 자례子禮이고, 영천潁川 사람으로, 청년 시절부터 남다른 재주가 있었다. 원가元嘉 원년(151년)에 상우上虞의 장長인 도상度尙이 조아曹娥를 위해 비를 세울 때,[55] 순은 상의 제자였기에 그 자리에서 비문을 지었으니, 붓을 놀려 단숨에 완성하였는데 점 하나 찍지 않고 한 글자도 고치지 않았으므로, 이에 이름이 나게 되었다. 황초黃初 초년(약 221년)에 위魏의 박사급사중博士給事中이 되었다. 그의 사적은 『후한서』「조아전」曹娥傳[56] 및 『삼국지』「위지 · 왕찬전王粲傳」 등의 주에 보인다. 『소림』은 지금 남아 있지 않은데, 그 유문遺

文이 20여 가지가 남아 있다. 사람들의 과실을 들추고, 잘못된 일을 드러내고 있는데, 실제로는 『세설』과 같은 부류에 속하며, 뒤에 나오는 해학 문학의 효시이기도 하다.

노魯나라에 긴 장대를 들고 성문을 들어가려는 자가 있었다. 처음에는 장대를 세워서 들어가려 했으나 들어갈 수 없었고, 옆으로 들고 들어가려 해도 역시 들어갈 수 없었는데, 달리 방도가 생각나지 않았다. 잠시 후 한 노인이 와서 말했다.

"내가 비록 성인은 아니지만 견문은 많다네. 어찌하여 톱으로 가운데를 잘라서 들어가지 않는 겐가!"

마침내 그 노인의 말을 따라 가운데를 잘랐다. (『태평광기』 262)[57]

평원平原의 도구씨陶丘氏는 발해渤海의 묵태씨墨台氏[58]의 딸을 아내로 삼았는데, 용모가 무척 아름답고 게다가 몹시 영리하여 서로 공경하였다. 남자 아이를 하나 낳은 뒤 [같이 친정으로] 돌아갔다. 장모인 정씨丁氏는 연로했는데 사위를 만나러 나왔다. 사위는 집으로 돌아오자 [그 부인을 친정으로] 돌려보냈다. 부인이 떠나면서 자신의 잘못이 무엇인지를 물었다. 남편이 말했다.

"지난번에 장모를 보니 나이가 들어 이미 쇠하였으니 옛날에 비할 바가 아니었소. 그대 또한 늙은 뒤에는 반드시 그렇게 될 터인즉 그래서 보내는 것이지 사실 다른 이유는 없다오." (『태평어람』 499)[59]

갑甲은 부모가 건재하셨는데, 공부하러 떠난 지 삼년 만에 돌아왔다. 외삼촌이 그에게 무엇을 배웠는지를 물었고,[60] 또 아버지와 오래 떨어져 지낸 감회를 말해 보라고 하였다. 이에 다음과 같이 대답했다.

"위양지사渭陽之思[61]가 진秦의 강공康公보다 더했습니다."

이에 갑의 아버지가 그를 꾸짖으며 말했다.

"네가 배웠다 한들 무슨 소용이 있느냐?"

갑이 대답했다.

"어려서 과정지훈過庭之訓[62]의 기회가 없었기에, 공부해도 아무 소용이 없는 것입니다." (『태평광기』 262)[63]

갑과 을이 싸우다가,[64] 갑이 을의 코를 물어뜯었다. 관리가 그를 재판하려고 하자 갑은 을이 스스로 물어뜯었다고 주장하였다. 관리가 말했다.

"무릇 사람의 코는 높고 입은 낮은데,[65] 어떻게 스스로 그것을 물어뜯을 수 있느냐?"

갑이 말했다.

"그는 상床을 밟고 올라가서 물어뜯었습니다." (위와 같음)[66]

『소림』笑林 이후 그것을 계승한 작품이 없지 않았으니, 『수지』에 『해이』解頤[67] 2권이 있다. 양송분楊松玢이 지은 것이라고는 하지만, 지금은 한 글자도 남아 있지 않다. 그러나 여러 책에서 종종 인용하는 『담수』談藪[68]는 바로 『세설』과 같은 종류이다. 『당지』에는 『계안록』啓顔錄 10권[69]이 [저록되어] 있는데, 후백侯白이 지었다. 백白은 자가 군소君素이고, 위군魏郡 사람이다. 학문을 좋아하고, 기지가 있으며, 골계로 말을 잘했다. 수재에 천거되어 유림랑儒林郎이 되었다. 재밌고 우스운 이야기誹諧雜說를 잘 지어내 많은 사람들이 그를 좋아하고 가까이 하였으며, 그가 있는 곳이면 보러 오는 자가 저잣거리를 이룬 듯하였다. 수隋의 고조高祖가 그 명성을 듣고 그를 불러다가 비서성秘書省에서 국사國史를 편수케 하였다. 뒤에 오품五品의

식록食祿을 주었는데, 한 달 남짓 만에 죽고 말았다(약 6세기 후엽). 『수서』 「육상전」陸爽傳에 보인다. 『계안록』은 지금은 없어졌지만, 『태평광기』에 많이 인용되어 있다. 대개 위로는 제자諸子와 사서史書의 옛글을 취하고, 가깝게는 한 개인의 언행을 기록하였다. [기록된] 일들이 대부분 천박하고, 또 비속한 말로 사람을 놀리기를 좋아하였으며, 비웃음이 너무 지나쳐서 때로는 경박한 데로 흐르기도 하였다. 그 가운데 당대에 일어난 일은 뒷사람들이 덧붙인 것이다. 옛날 책에서는 그런 일이 종종 있기도 한데, 소설의 경우에는 특히 심하다.[70)]

> 개황開皇 연간에 성이 출出이고 이름이 육근六斤인 사람이 있었다. (양楊)소素를 만나려고 이름을 쓸 종이를 가지고 성省의 문으로 가서 후백을 만났다. [후백에게] 자기의 이름을 써 달라고 부탁하니, [후백은] "여섯 근 반"六斤半이라고 써 주었다. 이름을 들여보내니, 양소가 그를 불러들여 물었다.
>
> "그대의 이름이 여섯 근 반六斤半이오?"
>
> 그가 대답하였다.
>
> "출육근出六斤입니다."
>
> "그렇다면 어째서 여섯 근 반이라고 하였소?"
>
> "방금 후수재侯秀才에게 써 달라고 부탁했는데, 그가 잘못 적은 것 같습니다."
>
> 그러자 곧 후백을 불러 말하였다.
>
> "그대는 어째서 다른 사람의 이름을 틀리게 적어 주었소?"
>
> 후백이 대답했다.
>
> "틀리지 않았습니다."

양소가 말했다.

"틀리지 않았다면 어째서 성이 출出이고, 이름이 육근六斤인 것을 그대에게 써 달라고 부탁했을 때, 여섯 근 반六斤半이라고 적었소?"

후백이 대답했다.

"제가 성의 문에 있을 때는 마침 저울을 찾을 데가 없었고, 이미 '여섯 근이 넘는다'出六斤는 말을 들은 터라, 아마도 여섯 근 반六斤半임에 틀림없을 것이라 짐작한 것입니다."

그러자 양소가 크게 웃었다. (『태평광기』 248)[71]

산동 사람이 포주蒲州 여자를 아내로 삼았다. [그곳 여자들은] 혹이 난 사람들이 많았는데, 그의 장모의 목에 난 혹은 특히 컸다. 결혼한 지 몇 달이 지나서 처가에서는 사위가 똑똑하지 못한 게 아닐까 의심하여, 장인이 술상을 차려 놓고 친척들을 불러 모아 그를 시험하고자 하였다. 그가 사위에게 물었다.

"자네는 산동에서 공부를 하였으니, 세상 돌아가는 이치를 알고 있으렷다. 학이 잘 우는 것은 어째서인가?"

그가 대답하였다.

"하늘이 그렇게 한 것입니다."

또 물었다.

"송백松柏이 겨울에도 푸른 것은 어째서인가?"

그가 대답하였다.

"하늘이 그렇게 한 것입니다."

또 물었다.

"길가의 나무에 돌기가 있는 것은 어째서인가?"

그가 대답하였다.

"하늘이 그렇게 한 것입니다."

장인이 말하였다.

"자네는 세상 돌아가는 이치를 전혀 모르고 있군 그래. 산동에서는 하릴없이 허랑하게 살아왔구먼."

이렇게 비웃으면서 다음과 같이 말했다.

"학이 잘 우는 것은 목이 길기 때문이고, 송백이 겨울에도 푸른 것은 속이 차 있어서이며, 길가의 나무에 돌기가 있는 것은 수레가 지나가면서 스쳐 상처가 나서 그런 것인데, 어찌 하늘이 그렇게 한 것이라고 하는가?"

사위가 말했다.

"맹꽁이가 잘 우는 것이 어찌 목이 길어서이겠습니까? 대나무도 겨울에 푸른데, 그것이 어찌 속이 차 있기 때문이겠습니까? 장모님의 목 밑에 저렇게 큰 혹이 난 것이 어찌 수레에 스쳐 상처가 나서 그런 것이겠습니까?"

장인은 부끄러워 대답을 하지 못했다. (위와 같음)[72]

그 뒤로 당대에는 하자연何自然의 『소림』笑林[73]이 있었으나, 지금은 역시 없어졌다. 송대에는 여거인呂居仁의 『헌거록』軒渠錄,[74] 심징沈徵의 『해사』諧史,[75] 주문기周文玘의 『개안집』開顏集,[76] 천화자天和子의 『선학집』善謔集[77]이 있었고, 원대와 명대에도 10여 종이 있었다. 대체로 어떤 것은 제자諸子와 사서史書의 옛글에서 취하고, 어떤 것은 같은 시대의 자질구레한 일들을 모아 놓은 것으로, 새로운 취향을 가진 것은 보이지 않는다. 다만 소동파의 이름을 가탁한 『애자잡설』艾子雜說[78]만이 약간 뛰어난데, 왕왕 세정世

情을 비웃고 그 시대의 병폐를 풍자한 점에 있어서 『소림』과 같이 아무런 까닭 없이 지어진 것과는 다르다.

『세설』과 같은 종류의 책에 관해서는 모방한 것이 더욱 많다. 유효표劉孝標의 『속세설』續世說 10권은 『당지』에 보인다. 그러나 『수지』에 의하면, 그것은 거의 그 주를 달아 놓은 임천臨川[79]의 책과 같은 것일 것이다. 당대에는 왕방경王方慶의 『속세설신서』續世說新書[80](『신당지』新唐志 잡가에 보이나 지금은 없어짐)가 있고, 송대에는 왕당王讜의 『당어림』唐語林,[81] 공평중孔平仲의 『속세설』續世說[82]이 있으며, 명대에는 하량준何良俊의 『하씨어림』何氏語林,[83] 이소문李紹文의 『명세설신어』明世說新語,[84] 초횡焦竑의 『유림』類林 및 『옥당총화』玉堂叢話,[85] 장용張墉의 『이십일사지여』二十一史識餘,[86] 정중기鄭仲夔의 『청언』清言[87] 등이 있다. 그러나 옛글로부터 편찬한 것은 달리 특이한 것이 없고, 그 당시의 사건을 기록한 것은 [지나치게 당시 사회의 잘못을] 바로잡으려는 병폐가 있었다. 하지만 당시 사람들은 오히려 쉬지 않고 써댔다. 청대가 되어서는 또 양유추梁維樞의 『옥검존문』玉劍尊聞,[88] 오숙공吳肅公의 『명어림』明語林,[89] 장무공章撫功의 『한세설』漢世說,[90] 이청李清의 『여세설』女世說,[91] 안종교顏從喬의 『승세설』僧世說,[92] 왕탁王晫의 『금세설』今世說,[93] 왕완王琬의 『설령』說鈴이 있는데, 『설령』에는 혜동惠棟이 보주補注를 달았다.[94] 현대에도 역시 역종기易宗夔가 지은 『신세설』新世說[95]이 있다.

주)______

1) 배계(裴啓)의 자는 영기(榮期)이고, 동진(東晉)의 하동(河東; 군치郡治는 지금의 산시성山西省 융지永濟) 사람이다. 그가 지은 『어림』(語林)에 대해 『수서·경적지』 『연단자』(燕丹子)의 제(題) 아래에 다음과 같은 주(注)가 붙어 있다. "양(梁)나라에는……『어림』 10권이 있는데, 동진의 처사[處士; 벼슬하지 않고 민간에 있는 선비, 곧 거사居士—옮긴이] 배

계가 지은 것인데 없어졌다."(梁有…『語林』十卷, 東晉處士裵啓撰, 亡) 루쉰의 『고소설구침』에 집본이 있다.

2) 사안(謝安, 320~385)의 자는 안석(安石)으로, 동진 진군(陳郡) 양하(陽夏; 지금의 허난河南 타이캉太康) 사람이다. 효무제(孝武帝) 때 중서감(中書監)과 녹상서사(錄尙書事)의 관직에 임명되었다. 『세설신어』(世說新語) 「경저편」(輕詆篇)에는 다음과 같이 실려 있다. 유도계(庾道季)는 배계가 『어림』에 기록한, 사안이 배계와 지도림(支道林)에 관하여 말한 것을 사안에게 알려 주자 사안은 "두 사람에 대해 그런 말을 한 적이 없으니, 모두 배계가 꾸며낸 말이다"(都無此二語, 裵自爲此事耳)라고 말했다. 유도계가 동정(東亭; 王珣)의 「경주로하부」(經酒壚下賦)를 읽고 있을 때, 사안이 또 말하였다. "그대는 배씨를 본받고 있구려!"(君乃復作裵氏學!) 이로부터 『어림』은 마침내 읽히지 않게 되었다.

3) 『세설신어』 해당 부분의 우리말 역문과 원문은 다음과 같다.
유도계(庾道季; 庾龢)가 사공(謝公; 謝安)에게 의아한 듯이 말하길: "배랑(裵郎; 裵啓)이 [그가 지은 『어림』에서] '배랑은 분명 나쁘지 않으니 어찌 다시 술을 마실 필요가 있겠는가라고 사안이 평했다'고 했으며, ① 배랑이 또 '지도림(支道林; 支遁)은 구방고(九方皐)가 말을 볼 때 그 털빛은 문제 삼지 않고 그 준일(儁逸)함만 취한 것과 같다고 사안이 평했다'고 했습니다"라고 하자, ② 사공이 말하길: "[나는] 그 두 가지 말을 전혀 한 적이 없으니, 배씨가 스스로 그런 말을 지어낸 것일 뿐이다"라고 했다. 유도계는 마음속으로 결코 그렇지 않다고 생각하여, [배계의 『어림』에 실려 있는] 동정의 「주막 아래를 지나며 지은 부」(經酒壚下賦)를 인용했다. [유도계가] 읽기를 끝냈지만 [사공은] 어떠한 비평도 전혀 하지 않은 채 다만 이르길: "그대도 결국 또 배씨의 학문을 하는구먼!"이라고 했다. 그리하여 『어림』은 마침내 폐기되었다. 지금 있는 것은 모두 그 이전에 써 놓은 것으로 사안의 말이 없다.(庾道季詫謝公曰: "裵郎云: '謝安謂裵郎乃可不惡, 何得爲復飮酒?' ① 裵郎又云: '謝安目支道林如九方皐之相馬, 略其玄黃, 取其儁逸.'" ② 謝公云: "都無此二語, 裵自爲此辭耳." 庾意甚不以爲好, 因陳東亭「經酒壚下賦」. 讀畢, 都不下賞裁, 直云: "君乃復作裵氏學!" 於此『語林』遂廢. 今時有者, 皆是先寫, 無復謝語. 유의경, 김장환 역, 『세설신어』(하), 서울: 살림, 2000) — 옮긴이

4) 원문은 다음과 같다. 婁護字君卿, 歷游五侯之門, 每旦, 五侯家各遺餉之, 君卿口厭滋味, 乃試合五侯所餉之鯖而食, 甚美, 世所謂 '五侯鯖', 君卿所致.(『太平廣記』二百三十四)

5) 조조(曹操)를 가리킨다. — 옮긴이

6) 원문은 다음과 같다. 魏武云, "我眠中不可妄近, 近輒斫人不覺. 左右宜愼之!" 後乃陽凍眠, 所幸小兒竊以被覆之, 因便斫殺, 自爾莫敢近.(『太平御覽』七百七)
마지막 구절은 『태평어람』 707에는 "莫敢近之"로 되어 있다. — 일역본

7) 이름은 회(會, 225~264)이다. — 일역본

8) 완적(阮籍, 210~263)을 가리킨다. 완적은 보병교위(步兵校尉)를 지냈으며, 죽림칠현(竹林七賢)의 한 사람이다. — 일역본

9) 원문은 다음과 같다. 種士季嘗向人道, "吾年少時一紙書, 人云是阮步兵書, 皆字字生義, 旣知是吾, 不復道也."(『續談助』四)

10) 조사언의 이름은 납(納)이고, 범양군 주(范陽郡遒) 사람으로 광록대부(光錄大夫)를 지

냈다.—일역본

11) 자는 언주(彦冑, ?~329)이다. 영천군 장사(永川郡長社) 사람이다.—일역본

12) 두 곳 모두 남쪽에 있으며, 지금의 허난성(河南省) 남부이다.—일역본

13) 두 곳 모두 북쪽에 있으며, 지금의 허베이성(河北省)과 산시성(山西省) 북방이다.—일역본

14) 원문은 다음과 같다. 祖士言與鍾雅語相調. 鍾語祖曰, "我汝潁之士利如錐, 卿燕代之士鈍如槌." 祖曰, "以我鈍槌, 打爾利錐." 鍾曰, "自有神錐, 不可得打." 祖曰, "旣有神錐, 必有神槌." 鍾遂屈.(『御覽』四百六十六)

15) 왕휘지(王徽之, ?~388)를 말하며, 자유는 자이다. 왕희지(王羲之)의 아들이다.—일역본

16) 원문은 다음과 같다. 王子猷嘗暫寄人空宅住, 使令種竹. 或問暫住何煩爾? 嘯咏良久, 直指竹曰, "何可一日無此君."(『御覽』三百八十九)

17) 『곽자』(郭子)는 『수서·경적지』에 3권으로 기록되어 있으며, 곽징지(郭澄之)가 지었다. 곽징지는 자가 중정(仲靜)이고, 동진(東晉) 태원(太原) 양곡(陽曲; 지금의 산시성山西省에 속함) 사람으로, 일찍이 유유(劉裕)의 상국종사중랑(相國從事中郎)을 지냈다. 『곽자』는 이미 없어졌으며 루쉰의 『고소설구침』에 집본이 있다.

[『곽자』는 『수지』의 자부(子部) 소설류(小說類)에 3권으로 기록되어 있는데, 신구 양 『당지』 소설가류에도 똑같이 되어 있다. 곽징지의 자는 중정으로 태원 양곡 사람이다. 진 안제(晋安帝) 의희(義熙) 12년(416) 8월에 유유(劉裕)가 요진(姚秦)을 북벌하자, 군대를 따라 출정하였다. 다음 해 8월에 장안으로 갔다가 요홍(姚泓)을 사로잡았다. 유유가 다시 서쪽을 정벌하려고 막료들을 소집해 회의를 열었는데, 의견이 일치하지 않았다. 차례로 묻다가 징지에게 차례가 돌아가자 그는 대답하지 않고 다만 서쪽을 바라보며 왕찬(王粲)의 시를 읊었다. "남으로 파릉의 언덕을 올라 고개 돌려 장안을 바라보네."(南登灞陵岸, 回首望長安) 유유는 이에 남쪽으로 돌아가기로 결정했다. 그는 뒤에 지위가 상국종사중랑에 올랐고, 남풍후(南豊侯)에 봉해졌는데, 관직에 있을 때 죽었다. 『진서』 92권 문원전(文苑傳)에 전이 있다.—보주]

18) 가천(賈泉, 440~501)은 곧 가연(賈淵)이다. 당나라 사람들이 (당 고조唐高祖인) 이연(李淵)을 피휘하여 연(淵)을 천(泉)으로 고쳤으며, 자는 희경(希鏡)이다. 남조(南朝) 송(宋) 평양(平陽) 양릉(襄陵; 지금의 산시성 샹펀襄汾) 사람이다.

[가천의 원명은 가연으로 유송(劉宋) 때 평양 양릉 사람이다. 당나라 때 사람들이 태조인 이연의 이름을 피휘하여 천으로 고쳤다. 『남제서』(南齊書) 52권 가연전(賈淵傳)에는 다음과 같이 기록되어 있다. "효무(송의 효무제孝武帝 유준劉駿) 시기에 청주(青州)에서 사람들이 오래된 무덤을 파헤쳤는데, 명(銘)에 이르기를 '청주 세자 동해 여랑'(青州世子, 東海女郎)이라 되어 있었다. 황제가 학사(學士)인 포조(鮑照)와 서원(徐爰), 소보생(蘇寶生)에게 물었으나 모두 잘 알지 못했다. [이에] 연이 다음과 같이 대답했다. '이것은 사마월(司馬越)의 딸이 순희아(荀晞兒)에게 시집간 것입니다.' 조사를 해보니 과연 그러했다. 이로 인해 발탁되어 칙령으로 연에게 『곽자』를 주하게 했다."(孝武(宋孝武帝劉駿)世, 青州人發古塚, 銘云: '青州世子, 東海女郎.' 帝問學士鮑照, 徐爰, 蘇寶生, 幷不能悉. 淵對曰: '此是司馬越女嫁荀晞兒.' 檢訪果然. 由是見遇, 勅淵注『郭子』)—보주]

19) 『세설』(世說)은 곧 『세설신어』이다. 지금 남아 있는 각각의 판본은 「덕행」(德行)으로부터 「구극」(仇隙)에 이르기까지 모두 36편이다.
유효표(劉孝標, 462~521)의 이름은 준(峻)이고, 남조 양(梁) 평원(平原; 지금의 산둥성에 속함) 사람으로 일찍이 형주호조참군(荊州戶曹參軍)을 지냈다.

20) 『세설신어』의 우리말 역본은 1984년에 임동석에 의해 선역본(選譯本; 교학연구사, 1984)이 나온 적이 있으며, 완역본은 김장환에 의해 나왔다. 서지사항은 다음과 같다. 김장환 역주, 『세설신어』(서울: 살림, 상 1996, 중 1997, 하 2000) 그리고 우리나라 사람에 의해 이루어진 『세설신어』에 대한 학위논문으로는 다음과 같은 것들이 있다. 김장환(金長煥), 「『세설신어』 연구」, 서울: 서울대 석사논문, 1987. 박미령(朴美玲), 「『세설신어』에 반영된 사상 연구」(『世說新語』所反映的思想研究), 타이베이: 원화대학(文化大學) 석사논문, 1989. 박성호(朴聖鎬), 「『세설신어』 복음절사(複音節詞) 연구」, 서울: 연세대 석사논문, 1989. 김장환(金長煥), 「위진남북조 지인소설(志人小說) 연구」, 서울: 연세대 박사논문, 1992. 2. 이재홍(李在弘), 「『세설신어』의 내용과 언어특성 연구」, 서울: 한국외대 석사논문, 1996. 2.—옮긴이

21) 안수(晏殊, 991~1055)의 자는 동숙(同叔)이고, 북송(北宋) 임천(臨川; 지금의 장시성江西省에 속함) 사람으로, 관직이 집현전학사(集賢殿學士), 동평장사(同平章事) 겸 추밀사(樞密使)에 이르렀다. 안수가 『세설신어』를 편집한 일에 관해서는 명의 원경 본(袁褧本) 『세설신어』에 실려 있는 남송 사람 동분(董弅)의 발(跋)에 다음과 같이 기록되어 있다. "우리 집에 예부터 전해 오는 책은 대개 왕원숙(王原叔)의 집에서 얻은 것이다. 그 뒤에 안원헌공이 손수 교감한 본을 얻었다. 중복된 것을 없애고, 그 주석에도 약간의 수정을 가하였으니, 가장 좋은 판본이었다."(余家舊藏盖得之王原叔家, 後得晏元獻公手自校本, 盡去重復, 其注亦小加剪截, 最爲善本)
[『세설신어』의 간본(刊本)에 관해서는 1929년 일본의 마에다(前田)가의 존경각(尊經閣) 소장 북송 본(北宋本)의 영인본 『세설신어』 3권 부(附) 『세설서록』(世說序錄) 2권이 나왔고, 1956년 5월 베이징의 원쉐구지간행사(文學古籍刊行社)에서 이 북송 본 영인본을 영인하여 왕리치(王利器)의 교감기를 달아 『당사본세설신서잔권』(唐寫本世說新書殘卷)을 부인(附印)하여, 『세설신어』를 간행하였다. 『세설서록』은 남송의 왕조(王藻)가 지은 것으로 『세설신어』 간본의 원류에 관한 귀중한 자료이다. 또 최근의 문헌학자 위자시(余嘉錫)의 유고를 정리한 것이 간행되어 나왔는데, 위자시 찬, 저우쭈모(周祖謨)·위수이(余淑宜) 정리, 『세설신어전소』(世說新語箋疏, 베이징: 중화서국, 1983)이다. 여기에는 상견인명이칭표(常見人名異稱表)와 인명색인(人名索引), 인용서색인(引用書索引) 등이 부록으로 실려 있다. 내용이 광범하며, 특히 사실(史實)의 고증에 중점을 두었다. 쉬전어(徐震堮)가 지은 『세설신어사어교전』(世說新語詞語校箋) 상·하책(베이징: 중화서국, 1984)이 있는데, 여기에는 「세설신어사어간석」(世說新語詞語簡釋; 附檢字表)과 「세설신어인명색인」(世說新語人名索引)이 부록으로 달려 있다. 현행본 『세설신어』에 실려 있지 않은 일문(逸文)에 관해서는 왕조(王藻)의 『세설서록』의 「세설고이」(世說考異)에 3칙이 있고, 청말 예더후이(葉德輝)가 찬한 『세설신어일문』(世說新語佚文; 광서 19년의 제題가 있고, 사현강사 본思賢講舍本 『세설신어』 부간付刊)에 83칙(그 가운데 「양만

배단양」羊曼拜丹陽 1칙은 현행본 「아량」雅量편에 이미 나와 있음)이 실려 있는데, 일본의 후루타 게이이치(古田敬一)가 집한 『세설신어일문』(世說新語佚文; 범례에 쇼와 29년 1954년 1월 5일이라 기록되어 있으며, 히로시마대학 문학부 중국문학연구실, 중문연구총간 제2)이 있다. 또 후루타 게이이치의 『세설신어교감표』(世說新語校勘表; 히로시마대학 문학부 중국문학연구실, 1957, 중문연구총간 제5)가 있는데, 사부총간 본(四部叢刊本)을 저본으로 하여 유서(類書) 등에 『세설』, 『세설신어』 등으로 인용되어 있는 것을 비교한 것이다.—일역본

22) 『송서』(宋書). 양(梁)의 심약(沈約)이 편찬했고, 100권으로 기전체로 된 남조(南朝) 송(宋)의 역사서이다. 아래 글의 유의경(劉義慶)에 관한 서술은 이 책 51권의 「유의경전」(劉義慶傳)에 보인다.

23) 완유(阮裕)로, 자는 사광(思曠)이다. 완적(阮籍)의 족제(族弟)이다. 금자광록대부(金紫光祿大夫), 동양(東陽) 태수를 역임했다.—일역본

24) 회계(會稽)의 섬산(剡山)으로, 완유는 한때 병이 들어 이곳에서 머문 적이 있었다.—일역본

25) 원문은 다음과 같다. 阮光祿在剡, 曾有好車, 借者無不皆給. 有人葬母, 意欲借而不敢言. 阮後聞之, 嘆曰: "吾有車而使人不敢借, 何以車爲?" 遂焚之.(卷上 『德行篇』)

26) 완수(阮脩)로 선자(宣子)는 자이다. 완함(阮咸)의 족자(族子)이다. 홍려승(鴻臚丞), 태자세마(太子洗馬)를 지냈다.—일역본

27) 왕연(王衍, 255~311)으로, 이보는 자이다. 낭야(瑯邪) 임기(臨沂) 사람으로 태위를 지냈다.—일역본

28) "將無同"의 해석에 대해서는 다음의 설명을 참고할 만하다. "위진남북조 시대는 노장학이 비록 성행했지만 공자의 성교(聖教; 儒學)도 여전히 존중했다.…… 당시의 문사들은 경세를 논할 때는 유학을 종으로 삼았고 유가의 인생태도를 여전히 존중하여 항상 도가의 말 속에 유가의 상교(常教)를 담았었다. 위의 인용문은 당시의 그러한 경향을 잘 보여 주는 기록으로서, 당시 문사들이 노장사상의 심취 속에서도 유학을 배척하지 않고 그것을 노장의 학설 속으로 끌어들여 유·도의 사상적 조화를 모색하고자 했음을 설명할 때 거의 빠지지 않고 인용되는 고사이다. 따라서 '將無同'의 구절은 노장학과 유학이 비슷하다는 의미로 해석이 되어야 한다. '將無'는 '將不', '將非' 등과 함께 위진남북조 시대에 자주 사용된 말로서, 어떠한 상황에 대하여 직접적인 판단을 피하고 추측이나 의문의 형식을 빌려 완곡하게 뜻을 표현할 때 쓰인다.…… '將無'를 우리말로 옮긴다면 '혹시 ~이 아닐런지요', '아마도 ~이 아닐런지요', '어쩌면 ~이 아닐런지요', '거의 ~이 아닐런지요' 등의 어감에 해당하는데, 필자는 '將無同'을 '거의 같지 않을런지요'라고 번역하는 것이 문맥상 가장 잘 어울린다고 생각한다.……"(김장환, 「'將無同'을 어떻게 번역할 것인가」, 『중국소설연구회보』 제14호, 서울: 중국소설연구회, 1993. 6)—옮긴이

29) 원문은 다음과 같다. 阮宣子有令聞, 太尉王夷甫見而問曰, "老莊與聖教同異?" 對曰, "將無同." 太尉善其言, 辟之爲掾, 世謂"三語掾".(卷上 『文學篇』)

30) 조약(祖約)으로 사소는 자이다. 위에서의 조납(祖納)의 동생이다.—일역본

31) 완부(阮孚)로, 완함의 아들이다.—일역본

32) 원문은 다음과 같다. 祖士少好財, 阮遙集好屐, 并恒自經營, 同時一累, 而未判其得失. 人有詣祖, 見料視財物, 客至, 屛當未盡, 餘兩小簏, 著背後傾身障之, 意未能平. 或有詣阮, 見自吹火蠟屐, 因嘆曰, "未知一生當著幾量屐?" 神色閑暢. 於是勝負始分.(卷中『雅量篇』)

33) 世目李元禮"謖謖如勁松下風."(卷中『賞譽篇』)

34) 公孫度目邴原: "所謂雲中白鶴, 非燕雀之网所能羅也."(同上)

35) 劉伶恒縱酒放達, 或脫衣裸形在屋中. 人見譏之. 伶曰, "我以天地爲棟宇, 屋室爲褌衣, 諸君何爲入我褌中?"(卷下『任誕篇』)

36) 왕도(王導, 267~330)로, 자는 무홍(茂弘)이며, 진의 승상이었다.—일역본

37) 왕돈(王敦, 266~324)으로 자는 처중(處仲)이며, 진(晋)의 대장군으로, 왕도의 종형이다.—일역본

38) 원문은 다음과 같다. 石崇每要客燕集, 常令美人行酒, 客飮酒不盡者, 使黃門交斬美人. 王丞相與大將軍嘗共詣崇, 丞相素不能飮, 輒自勉强, 至于沈醉. 每至大將軍, 固不飮以觀其變, 已斬三人, 顔色如故, 尙不肯飮, 丞相讓之, 大將軍曰, "自殺伊家人, 何預卿事?"(卷下『汰侈篇』)

39) 심약(沈約)의 자는 휴문(休文)이고, 남조 양(梁)의 오흥(吳興) 무강(武康; 지금의 저장성 더칭德淸) 사람으로, 관직이 상서령(尙書令)에 이르렀다. 그가 지은 『속설』(俗說)은 『수서·경적지』에 3권으로 기록되어 있으나, 이미 없어졌다. 루쉰의 『고소설구침』에 집본이 있다.

[『속설』은 『수지』 자부 잡가류에는 기록되어 있으나, 신구 양 『당지』에는 기록되어 있지 않다. 심약은 자가 휴문으로 오흥의 무강 사람이다. 송(宋)과 제(齊), 양(梁) 세 왕조에서 벼슬했으며, 관직은 건창현후(建昌縣侯)에 이르렀다가 상서령(尙書令)으로 옮겼으며, 특진을 하였다. 음률에 정통해 『사성보』(四聲譜)를 지었다. 『속설』 이외에도 문집 100권과 『이언』(邇言) 10권, 『잡설』(雜說) 2권, 『송서』(宋書) 100권 등이 있다. 『속설』은 청대 마국한(馬國翰)의 『옥함산방집일서』 잡가(雜家)에 집본 1권이 있으며, 루쉰의 『구침』에는 52칙이 집록되어 있다.—보주

40) 『소설』(小說)은 『수지』 자부 소설가류에 기록되어 있으며, 신구 양 『당지』에도 똑같이 되어 있다. 은운(殷芸)은 진군(陳郡) 장평(長平; 지금의 허난성 시화西華) 사람으로, 관직은 안우장사(安右長史, 514~515)에 이르렀다. 『소설』은 이때에 지어진 것이다. 그는 당시 소설을 짓는 사람들과 사이좋게 지냈는데, 이를테면 『신록』(新錄)의 작자인 유지린(劉之遴), 『쇄어』(瑣語)의 작자인 고협(顧協), 『유림』(類林)의 작자인 배자야(裵子野) 등이 그러하다. 『소설』은 과거에는 『속담조』(續談助)와 『설부』에 집본이 있었으며, 루쉰의 『구침』에는 135칙이 집록되어 있다.—보주

41) 『속담조』(續談助). 송 조재지(晁載之)가 지었고, 5권으로, 모두 소설(小說)과 잡저(雜著) 20종을 실어 놓았다.

원본(原本) 『설부』(說郛). 원말 명초(元末明初)에 도종의(陶宗儀)가 편찬했고, 100권으로 한위(漢魏)부터 송원(宋元)에 이르기까지의 각종 필기소설(筆記小說)을 가려 뽑아 이룬 것이다.

42) 원문은 "晋咸康中, 有士人周謂者". 이 전체 구절에 대해서 위자시의 「은운소설집증」(殷芸小說輯證)에 의하면, 송의 증조(曾慥)의 『유설』(類說)에 인용된 것은 "진의 주흥(周興)이~"(晋周興)로 되어 있다고 한다.—일역본

43) 원문은 "引升殿". 『유설』에는 "引"이 없다.—일역본

44) 원문은 "仰視帝". 『유설』에는 "仰視紫氣鬱鬱"로 되어 있다.—일역본

45) 원문은 "久已聖去". 『유설』에는 "久已陞去"로 되어 있다.—일역본

46) 원문은 다음과 같다. 晋咸康中, 有士人周謂者, 死而復生, 言天帝召見, 引升殿, 仰視帝, 面方一尺. 問左右曰, "是古張天帝耶?" 答云, "上古天帝, 久已聖去, 此近曹明帝也."(『紺珠集』二)

47) 孝武帝未嘗見驢, 謝太傅問曰, "陛下想其形當何所似?" 孝武掩口笑云, "正當似猪."(『續談助』四. 原注云, 出『世說』. 案今本無之)

48) 孔子嘗游于山, 使子路取水. 逢虎于水所, 與共戰, 攬尾得之, 內懷中; 取水還. 問孔子曰, "上士殺虎如之何?" 子曰, "上士殺虎持虎頭." 又問曰, "中士殺虎如之何?" 子曰, "中士殺虎持虎耳." 又問, "下士殺虎如之何?" 子曰, "下士殺虎捉虎尾." 子路出尾棄之, 因恚孔子曰, "夫子知水所有虎, 使我取水, 是欲死我." 乃懷石盤欲中孔子, 又問 "上士殺人如之何?" 子曰, "上士殺人使筆端." 又問曰, "中士殺人如之何?" 子曰, "中士殺人用舌端." 又問 "下士殺人如之何?" 子曰, "下士殺人懷石盤." 子路出而棄之, 于是心服.(原本『說郛』二十五. 原注云, 出『冲波傳』)

49) 원문은 "波浪激其根". 위자시의 「은운소설집증」에 의하면, 『예문류취』(藝文類聚) 36에는 "激其根"으로 되어 있다고 하였다. 또 "根"자 뒤에는 다음의 두 구절이 있다. "上無徑尺之陰, 身被數千之痕."—일역본

50) 원문은 "此木非與天下人有仇怨". 『예문류취』에는 "此木豈與天下有愁怨"로 되어 있다.—일역본

51) 원문은 "華霍之樹檀". 『예문류취』에는 "華霍之桐檀"으로 되어 있다. 위자시에 의하면 "樹檀"은 잘못이라 한다.—일역본

52) 원문은 "此木非與天下之人有骨肉". 『예문류취』에는 "此木豈與天下有骨肉哉"로 되어 있다.—일역본

53) 원문은 다음과 같다. 鬼谷先生與蘇秦張儀書云, "二君足下, 功名赫赫, 但春華到秋, 不得久茂. 日數將冬, 時訖將老. 子獨不見河邊之樹乎? 仆御折其枝, 波浪激其根; 此木非與天下人有仇怨, 盖所居者然. 子見嵩岱之松柏, 華霍之樹檀? 上葉幹青雲, 下根通三泉, 上有猿狖, 下有赤豹麒麟, 千秋萬歲, 不逢斧斤之伐: 此木非與天下之人有骨肉, 亦所居者然. 今二子好朝露之榮, 忽長久之功, 輕喬松之求延, 貴一旦之浮爵, 夫'女愛不極席, 男歡不畢輪', 痛夫痛夫, 二君二君!"(『續談助』四. 原注云, 出『鬼谷先生書』)

54) 『소림』(笑林). 『수서·경적지』에 3권으로 기록되어 있으며, 한단순(邯鄲淳)이 지었다. 이미 없어졌는데 루쉰의 『고소설구침』에 집본이 있다.

55) 도상(度尙)의 자는 박평(博平)이고, 동한(東漢) 호륙(湖陸; 지금의 산둥성 위타이魚台) 사람으로, 관직이 요동 태수(遼東太守)에 이르렀다.

조아(曹娥). 동한 상우(上虞) 사람이다. 그의 아버지가 물에 빠져 죽자 강에 뛰어들어

아버지의 시신을 찾다가 죽어 효녀라 불리웠다. 도상이 상우의 장(上虞長)으로 있을 때, 그를 위해 비석을 세웠는데 한단순이 그 비문을 지었다.

56) 『후한서』(後漢書) 114권 「조아전」(曹娥傳) 주에는 우예(虞預)의 『회계전록』(會稽典錄)을 다음과 같이 인용하고 있다. "상우의 장이던 도상(度尙)의 제자인 한단순은 자가 자례이고 겨우 약관의 나이에 남다른 재주가 있었다. 일찍이 위랑에게 먼저 『조아비』를 짓게 하자…… 랑은 재주가 없다고 사양하니 시험삼아 자례에게 그 일을 하게 했다. 붓을 놀려 작품을 이루니 고칠 곳이 없었다…… 그 뒤 채옹이 다시 여덟 글자로 제하기를, '황견유부, 외손제구'라 하였다."(上虞長度尙弟子邯鄲淳, 字子禮, 時甫弱冠, 而有異才. 尙先使魏郞作『曹娥碑』…郞辭不才, 因試使子禮爲之. 操筆而成, 無所点定.…其後蔡邕又題八字曰: '黃絹幼婦, 外孫齏臼.') 황견(黃絹)은 곧 색실(色絲)이니, 합치면 절(絶)자가 되고, 유부(幼婦)는 소녀(少女)로 합치면 묘(妙)자가 된다. 외손(外孫)은 여자로 합치면 호(好)자가 되고, 제구(齏臼)는 곧 수신(受辛)으로 합치면 사(辭)자가 된다. 뜻은 『조아비』(曹娥碑)가 "절묘하고 훌륭한 글"(絶妙好辭)이라는 것이다. 이 글은 지금 『고문원』(古文苑) 가운데 아직도 남아 있다. 한단순은 『소림』 이외에도 문집 2권과 『예경』(藝經) 1권이 있다. 『소림』은 『옥함산방집일서』에 집본 1권이 있고, 루쉰의 『구침』에 29칙이 집록되어 있다.—보주

57) 원문은 다음과 같다. 魯有執長竿入城門者, 初, 竪執之不可入, 橫執之亦不可入, 計無所出. 俄有老父至曰, "吾非聖人, 但見事多矣, 何不以鋸中截而入!" 遂依而截之.(『太平廣記』 二百六十二)

58) 복성(複姓)으로, 송의 성공자(成公子) 묵태(墨台)의 후손이라 한다.—일역본

59) 원문은 다음과 같다. 平原陶丘氏, 取渤海墨台氏女, 女色甚美, 才甚令, 復相敬, 已生一男而歸. 母丁氏, 年老, 進見女婿. 女婿旣歸而遣婦. 婦臨去請罪, 夫曰, "曩見夫人年德已衰, 非昔日比, 亦恐新婦老後, 必復如此, 是以遣, 實無他故."(『太平御覽』 四百九十九)

60) 원문은 "舅氏問其學何所得". 『태평광기』 262에 인용된 것에는 "所"자가 빠져 있다.—일역본

61) 여기에서 위양(渭陽)은 외삼촌과 조카 사이를 일컫는다. 이것은 『시경』 「진풍」(秦風)의 「위양」(渭陽)이라는 시에서 비롯된 것이다. 진(晋)나라의 공자 중이(重耳)는 여희(麗姬)의 난 때문에, 매부인 진 목공(秦穆公)에게로 망명왔었다. 나중에 목공이 그를 고국으로 보내어 진 문공(晋文公)으로 세웠다. 그때 목공의 아들로 진나라의 태자였던 강공(康公)이 고국으로 돌아가는 외삼촌 중이를 배웅하며 지은 것이 바로 이 시이다. 이후로 남의 외삼촌을 높여 부를 때 위양이라 하였다. 원시는 다음과 같다.
외삼촌을 배웅하러(我送舅氏) / 위수 북쪽에 이르렀네.(曰至渭陽) / 무엇을 드릴꺼나(何以贈之) / 수레와 누런 말 네 마리를 드리려네.(路車乘黃)—옮긴이

62) 『논어』 「계씨」(季氏)편에서 나온 말이다. 일찍이 공자가 자기 아들인 이(鯉)를 교육시킨 내용을 가리킨다. 이 이야기는 공자가 홀로 서 있을 때 이가 뜰을 지나가자 그를 불러 세우고는 『시』(詩)와 『예』(禮)에 대해 물은 것으로부터 나왔다. 이후로 "뜰을 지나가는 것"(過庭)이 하나의 전고로서, 아버지의 아들에 대한 가르침이란 뜻으로 쓰이게 되었다. 『논어』의 원문은 다음과 같다. "진항이 공자의 아들인 백어에게 물었다. '그대

는 다른 사람과 다른 것을 전수받은 게 있는가?' 그가 대답하였다. '없습니다. 그 분이 홀로 서 계실 때에 제가 공손히 뜰을 지나가는데, 물어보시길, 시를 배운 적이 있느냐고 하시기에, 없다고 대답하니 시를 배우지 않았다면 더불어 할 말이 없느니라고 하셔서, 저는 물러가 시를 배웠습니다.'……"(陳亢問於伯魚曰: "子亦有異聞乎?" 對曰: "未也. 嘗獨立, 鯉趨而過庭, 曰: '學詩乎?' 對曰: '未也.' 不學詩, 無以言, 鯉退而學詩."…) ―옮긴이

63) 원문은 다음과 같다. 甲父母在, 出學三年而歸. 舅氏問其學何所得, 并序別父久. 乃答曰, "渭陽之思, 過于秦康." 既而父數之, "爾學奚益." 答曰, "少失過庭之訓, 故學無益."(『太平廣記』 二百六十二)

64) 원문은 "爭鬪". 『태평광기』에는 "鬪爭"으로 되어 있다.―일역본

65) 원문은 "夫人鼻高而口低". 『태평광기』에는 "夫人鼻高而耳口低"로 되어 있다.―일역본

66) 원문은 다음과 같다. 甲與乙爭鬪, 甲嚙下乙鼻, 官吏欲斷之, 甲稱乙自嚙落. 吏曰, "夫人鼻高而口低, 豈能就嚙之乎?" 甲曰, "他踏床子就嚙之."(同上)

67) 『해이』(解頤). 『수서·경적지』에 2권으로 기록되어 있고, 양송분(楊松玢)이 지었다. 지금은 없어졌다.

68) 『담수』(談藪). 당 유지기(劉知己)의 『사통』(史通) 「잡술편」(雜述篇) '쇄언류'(瑣言類)에 "양개송의 『담수』"(陽玠松『談藪』)라고 언급되어 있고, 『송사·예문지』에는 양송개(陽松玠)의 『팔대담수』(八代談藪) 2권이 기록되어 있다.

69) 『계안록』(啓顔錄)은 『당지』에서 "수나라 때 후백이 짓다"(隋侯白撰)고 하였다. 『태평광기』 284권에 『계안록』이 인용되어 있는데, 그가 골계로 세상을 비웃던 행적이 몹시 상세하게 기술되어 있다. 이것은 『소림』 이후에 나온 비교적 중요한 소화집이다. 이 책의 일문은 『태평광기』 등의 책에 일부분만이 남아 있는데, 당나라 초기의 이야기들이 적지 않게 섞여 있어, 송나라 초기에 사람들이 보았던 판본은 이미 후대 사람에 의해 어지럽혀졌다는 것을 알 수 있다.―보주

70) 비교적 초기에 나온 소화집으로는 후한(後漢) 한단순의 『소림』과 수의 후백의 『계안록』 이외에도 당의 하자연(何自然)의 『소림』(笑林; 이미 없어졌음, 정초鄭樵의 『통지』通志에 기록되어 있음)이 있고, 진의 육기(陸機)의 『소림』 2칙과 수의 양개송(楊玠松)의 『해이』(解頤), 당의 유눌언(劉訥言; 일설에는 주규朱揆라고도 함)의 『해갹록』(解噱錄), 당의 고택(高擇)의 『군거해이』(群居解頤), 당의 무명씨의 『소언』(笑言) 등이 있다. 또 『전당문』(全唐文) 433권과 육우(陸羽)의 『육문학자전』(陸文學自傳)에서도 육우의 저서에 『학담』(謔談) 3편이 있다고 하였다.―보주

71) 원문은 다음과 같다. 開皇中, 有人姓出名六斤, 欲參(楊)素, 齎名紙至省門, 遇白, 請爲題其姓, 乃書曰 "六斤半". 名既入, 素召其入, 問曰, "卿姓六斤半?" 答曰, "是出六斤." 曰, "何爲六斤半?" 曰, "向請侯秀才題之, 當是錯矣." 卽召白至, 謂曰, "卿何爲錯題人姓名?" 對云, "不錯." 素曰, "若不錯, 何因姓出名六斤, 請卿題之, 乃言六斤半?" 對曰, "白在省門, 會卒無處覓稱, 既聞道是出六斤, 斟酌只應是六斤半." 素大笑之.(『太平廣記』 二百四十八)

72) 山東人娶蒲州女, 多患癭, 其妻母項癭甚大. 成婚數月, 婦家疑婿不慧, 婦翁置酒盛會親戚, 欲以試之. 問曰, "某郎在山東讀書, 應識道理. 鴻鶴能鳴, 何意?" 曰, "天使其然." 又曰, "松柏冬青, 何意?" 曰, "天使其然." 又曰, "道邊樹有骨骨出, 何意?" 曰, "天使其然." 婦翁曰,

"某郞全不識道理, 何因浪住山東?" 因以戱之曰, "鴻鶴能鳴者頸項長, 松柏冬青者心中强, 道邊樹有骨骨出者車撥傷; 豈是天使其然?" 婿曰, "蝦蟆能鳴, 豈是頸項長? 竹亦冬青, 豈是心中强? 夫人項下癭如許大, 豈是車撥傷?" 婦翁羞愧, 無以對之.(同上)

『태평광기』에 인용된 것은 "豈是天使其然?" 다음에 다음의 17자가 더 있다. "胥曰, 請以所聞見奉酬, 不知許否, 曰, 可言之"—일역본

73) 하자연(何自然). 생애가 확실치 않다. 그가 지은 『소림』(笑林)은 『신당서 · 예문지』에 3권이라 기록되어 있으나 이미 없어졌다.

74) 여거인(呂居仁, 1084~1145)의 이름은 본중(本中)이고, 호는 동래선생(東萊先生)이며, 송(宋) 수주(壽州; 지금의 안후이성 서우현壽縣) 사람으로, 일찍이 중서사인을 역임하였다. 그가 지은 『헌거록』(軒渠錄)은 이미 없어졌다. 도종의가 편찬한 『설부』 7권에 집본이 있다.

75) 심징(沈徵)은 송대 삽계(霅溪; 지금의 저장성 우싱吳興) 사람으로, 그 밖의 것은 확실치 않다. 그가 지은 『해사』(諧史) 2권은 이미 없어졌다. 도종의가 편찬한 『설부』 23권에 집본이 있는데, 1권에 송 심숙(沈俶)이 지었다고 제(題)하고 있다.

[송의 심징의 『해사』는 『설부』 23권에 보이며, 또 『고금설해』(古今說海)와 『학해류편』(學海類編) 등에도 들어가 있다. 이 책의 이름은 『해사』이지만, 그 내용은 오히려 의로운 하인이나 절개를 지킨 부인 등으로 소화의 범위에 속하지 않는다.—보주]

76) 주문기(周文玘)는 송대 사람으로, 일찍이 시비서성교서랑(試秘書省校書郞)을 역임했다. 그가 지은 『개안집』(開顔集)은 『송사 · 예문지』에 두 권으로 기록되어 있으나, 이미 없어졌다. 도종의가 편찬한 『설부』 65권에 집본이 있다. [송의 주문이의 『개안집』은 『설부』에 보이는데, 6칙이 실려 있다.—보주]

77) 천화자(天和子)는 송대 사람이다. 그가 지은 『선학집』(善謔集)은 이미 없어졌는데, 도종의의 『설부』 65권에 집본이 있다. [송의 천화자의 『선학집』은 『설부』에 8칙이 보인다. 『통고』(通考)에는 "두췌가 지었다"(竇萃撰)고 적혀 있다. 송대 사람의 소화집은 루쉰이 든 네 가지 이외에도 『설부』 44권에 주휘(朱暉)의 『절도록』(絶倒錄) 3칙이 있고, 『통지』에도 『정진공담해』(丁晋公談諧) 1권과 곽사(郭思)의 『담소가용집』(談笑可用集) 3권이 있으며, 『통고』에는 무명씨의 『열신집』(悅神集) 1권이 기록되어 있고, 『속통고』(續通考)에는 진일화(陳日華)의 『담해』(談諧) 1권과 장지화(張志和)의 『소원천금』(笑苑千金) 1권 및 『취옹골계풍월담』(醉翁滑稽風月談) 2권이 기록되어 있다. 1945년 이후에 나온 『역대소화집』(歷代笑話集)에도 몇 가지가 실려 있다.—보주

78) 동파(東坡)는 소식(蘇軾, 1037~1101)을 말한다. 북송(北宋) 미산(眉山; 지금의 쓰촨성四川省에 속함) 사람으로, 관직은 한림학사(翰林學士), 예부상서(禮部尙書)를 지냈다.

『애자잡설』(艾子雜說). 일명 『애자』(艾子)라고도 하며, 1권으로 소식이 지은 것이라 전해져 온다. 이미 없어졌다. 명(明) 고원경(顧元慶)의 『고씨문방소설』(顧氏文房小說)에 집본이 있다. [『애자잡설』은 『고씨문방소설』과 『설부』, 『오조소설』 등의 책에 기록되어 있다. 또 명의 육작(陸灼)의 『애자후어』(艾子後語)가 있고, 『연하소설』(烟霞小說), 『속설부』(續說郛), 『고금설부총서』(古今說部叢書) 등의 판본이 있다.—보주]

79) 임천(臨川)은 유의경(劉義慶)이 임천왕 유도규(劉道規)의 왕위를 습봉했기에 붙여진

이름이다.—옮긴이

80) 왕방경(王方慶, ?~702)의 이름은 림(綝)이고, 당(唐) 함양(咸陽; 지금의 산시성陝西省에 속함) 사람으로, 관직이 봉각시랑지정사(鳳閣侍郎知正事)에 이르렀다.
『속세설신어』(續世說新語). 『신당서·예문지』에 10권으로 기록되어 있는데 이미 없어졌다.

81) 왕당(王讜)의 자는 정보(正甫)이고, 북송 장안(長安; 지금의 산시성陝西省 시안西安) 사람이다. 그가 지은 『당어림』(唐語林)은 『송사·예문지』에 11권으로 기록되어 있다. [『당어림』은 『설부』에 몇 조목만이 집록되어 있을 뿐이다. 청의 『사고전서』(四庫全書)에서는 『영락대전』(永樂大典)에 실린 것에 근거해 교정과 증보를 가했다. 이후에 나온 각 총서는 대부분 사고 본을 수록하고 있는데, 『수산각총서』(守山閣叢書) 본의 교정이 정밀한 편이다. 1945년 이후에 배인본(排印本)이 나왔다.—보주]

82) 공평중(孔平仲)의 자(字)는 의보(義甫)인데, 혹은 의보(毅甫)라고도 한다. 북송(北宋) 임강 신유(臨江新喩; 지금의 장시 신위新餘이다) 사람으로, 집현교리(集賢校理)를 지냈다. 그가 지은 『속세설』(續世說)은 『송사·예문지』에 12권으로 기록되어 있다. [『속세설』은 송의 공평중(孔平仲)이 지은 것으로 『수산각총서』, 『월아당총서』(粵雅堂叢書), 『총서집성초편』(叢書集成初編), 『사부비요』(四部備要) 등의 판본이 있다.—보주]

83) 하량준(何良俊, 1506~1573)의 자는 원랑(元朗)이고, 호는 자호(柘湖)이며, 명(明) 화정(華亭; 지금의 상하이 쑹장松江) 사람으로, 남경(南京)의 한림원공목(翰林院孔目)을 지냈다. 『하씨어림』(何氏語林)은 『명사·예문지』에 30권으로 기록되어 있다. [『하씨어림』은 명의 하량준이 지었으며, 『사고전서』 본이 있다.—보주]

84) 이소문(李紹文)의 자는 절지(節之)이고, 명 화정 사람이다. 그가 지은 『명세설신어』(明世說新語)는 『명사·예문지』에 8권으로 기록되어 있다. [이소문은 명의 화정 사람으로 자는 절지이고, 따로 『예림류언』(藝林纍言)이 있다.—보주]

85) 초횡(焦竑, 1540~1620)의 자는 약후(弱侯)이고, 호는 의원(漪園), 또는 담원(澹園)이다. 명(明) 강녕(江寧; 지금의 장쑤성 난징시) 사람으로, 관직이 한림원수찬(翰林院修撰)에 이르렀다. 그가 지은 『유림』(類林)은 『초씨유림』(焦氏類林)이라고도 하는데, 『명사·예문지』에 8권으로 기록되어 있으며, 그의 다른 저서 『옥당총화』는 『명사·예문지』에 8권으로 기록되어 있다. [『초씨유림』은 명의 초굉(焦竑)이 지었다. 『월아당총서』(粵雅堂叢書)와 『총서집성』(叢書集成) 본이 있다. 초굉은 명 강녕 사람으로 자는 약후이고, 호는 담원이다. 관직은 일찍이 한림수찬에 이르렀고, 80세에 죽었다. 따로 『옥당총화』 등의 저서가 있다.—보주]

86) 장용(張墉)의 자는 석종(石宗)이고, 명(明) 전당(錢塘; 지금의 저장 항저우) 사람이다. 그가 지은 『이십일사지여』(廿一史識餘)는 『죽향재류서』(竹香齋類書)라고도 하는데, 37권으로, 『사고전서총목제요』 「사초류」(史鈔類)에 서목이 남아 있다.

87) 정중기(鄭仲夔)의 자는 용여(龍如)이고, 명(明) 강서(江西) 사람이다. 그가 지은 『청언』(清言)은 완전한 명칭이 『난원거청언』(蘭畹居清言)으로, 10권이다. 『옥진신담』(玉麈新談) 속에 수록되어 있다. [정중기의 『청언』은 한위(漢魏) 이래의 세상에 듣도 보도 못한 일(僻事)과 뛰어난 문장(雋語)을 채록해 만든 것이다. 『옥진신담』(玉麈新譚) 본이 있

다. 그에게는 이와 별도로 『이신』(耳新)이라는 저서가 있다.— 보주]

88) 양유추(梁維樞, 1589~1662)의 자는 신가(愼可)이고, 청(淸) 진정(眞定; 지금의 허베이 정딩正定) 사람이다. 그가 지은 『옥검존문』(玉劍尊聞)은 『청사고 · 예문지』(淸史稿 · 藝文志)에 10권으로 기록되어 있다. [양유추는 자가 신가이고, 명대 숭정 연간에 거인이 되었다. 관직은 공부주사(工部主事)에 이르렀다. 『옥검존문』은 명대의 세상에 잘 알려지지 않는 일(軼聞)과 자질구레한 일(瑣事)를 기록한 것이다. 따로 『성보일전』(姓譜日箋)과 『내각소지』(內閣小識) 등의 저서가 있다.— 보주]

89) 오숙공(吳肅公)의 자는 우약(雨若)이고, 청(淸) 선성(宣城; 지금의 안후이安徽에 속함) 사람이다. 그가 지은 『명어림』(明語林)은 『청사고 · 예문지』에 14권으로 기록되어 있다. [『명어림』은 청의 오숙공이 지었으며, 『벽림랑관총서』(碧琳瑯館叢書)와 『우원총서』(芋園叢書) 본이 있다.— 보주]

90) 장무공(章撫功)의 자는 인염(仁艶)이고, 청(淸) 전당(錢塘; 지금의 저장 항저우) 사람이다. 그가 지은 『한세설』(漢世說)은 『청사고 · 예문지』에 14권으로 기록되어 있다. [『한세설』은 청의 장무공이 지었다. 장무공의 자는 인염으로 강희 연간에 은공(恩貢)했다.— 보주]

91) 이청(李淸, 1602~1683)의 자는 심수(心水), 또는 영벽(映碧)이고, 호는 천일거사(天一居士)이며, 명(明) 흥화(興化; 지금의 장쑤에 속함) 사람으로, 관직은 형과(刑科) · 이과(吏科)의 급사중(給事中)이었다. 그가 지은 『여세설』(女世說)은 4권이다. [이청의 자는 심수이고, 명의 숭정 연간에 진사가 되어 관직이 대리사좌승(大理寺左丞)에 올랐다. 청의 강희 연간에 국사 편찬에 부름을 받았으나 나이가 많다고 사양하고 나아가지 않았다. 따로 『남북사남당서합주』(南北史南唐書合注)와 『남도록』(南渡錄) 등의 저서가 있다.— 보주]

92) 안종교(顔從喬)가 지은 『승세설』(僧世說)은 고증이 필요하다.

93) 왕탁(王晫, 1636~?)의 자는 단록(丹麓)이고, 청(淸) 인화(仁和; 지금의 저장 항저우) 사람이다. 그가 지은 『금세설』(今世說)은 『청사고 · 예문지』에 8권으로 기록되어 있다. [『금세설』은 청의 왕탁이 지었다. 『월아당총서』(粵雅堂叢書)와 『필기소설대관』(筆記小說大觀) 등의 판본이 있다.— 보주]

94) 왕완(汪琬, 1624~1691)의 자는 초문(苕文)이고, 호는 둔암(鈍庵)으로, 청 장주(長洲; 지금의 장쑤 쑤저우) 사람이다. 관직은 한림원편수(翰林院編修)에까지 이르렀다. 그가 지은 『설령』(說鈴)은 『청사고 · 예문지』에 1권으로 기록되어 있다. [『설령』(說鈴)은 청의 왕완(汪琬)이 지었다. 『소대총서』(昭代叢書)와 『소원총서』(嘯園叢書), 『청인설회』(淸人說薈) 등의 판본이 있다.— 보주]

혜동(惠棟, 1697~1758)의 자는 정우(定宇)이고, 호는 송애(松崖)이며, 청 오현(吳縣; 지금의 장쑤에 속함) 사람이다.

95) 역종기(易宗夔)의 자는 울유(蔚儒)이고, 호남 상담(湖南湘潭) 사람이다. 베이양정부(北洋政府) 때 국무원(國務院) 법제국(法制局) 국장을 지냈다. 그가 지은 『신세설』(新世說) 8권은 1918년 베이징에서 출판되었다.

제8편 당대의 전기문(傳奇文)(상)

소설 또한 시와 마찬가지로 당대唐代에 이르러 한 차례의 변화를 겪었다. 아직까지도 기이한 것을 수집하고搜奇 일사를 기록하는 것記逸으로부터 벗어나지는 못했지만, 서술이 복잡해지고 문장이 화려하게 다듬어져, 육조六朝의 이야기가 그 대강의 줄거리만을 거칠게 기록했던 것에 비하면 진보된 흔적이 매우 뚜렷했다.[1] 더욱 두드러진 사실은 이 시기에 이르러서야 비로소 의식적으로 소설을 짓게 되었다는 것이다. 호응린(『소실산방필총』 36권)은 다음과 같이 말했다.

> 불가사의하고 기괴한 이야기는 육조시대에 성행하였으나, 그것들 대부분은 전해 들은 이야기를 기록한 것이거나 잘못된 기록이 많았고, 아직까지는 제한된 범위 내에서만 허구를 활용하였을 따름이었다. 하지만 당대 문인들은 그들이 좋아하는 기발한 이야기를 의식적으로 소설을 빌려 표현해 내었다.[2]

여기에서 그가 말하는 '의식적으로'作意나 '허구를 활용'幻設하는 것은 곧 의식적인 창작이다.[3] 이러한 글은 당시 어떤 것은 한데 모아지기도 했고, 어떤 것은 단편적인 이야기로 남아 있기도 했는데, 대체로 편폭이 길고 서술이 상세했다. 왕왕 해학에 가까운 것도 있어 비평가들은 그 가운데 수준이 낮은 것과 비속한 것을 비난하여, "전기"傳奇[4]라는 이름으로 폄하함으로써, 한유韓愈나 유종원柳宗元[5] 등의 고상한 문장과 구별하였다. 그러나 세간에서는 매우 유행하여 문인들도 왕왕 그것을 짓기도 했는데, 고관을 만나러 갈 때, 그것을 행권行卷[6]으로 삼기도 했다. 지금 『태평광기』[7]에 남아 있는 것들은(다른 책에 실려 있는 것은 시대나 작자가 대부분 잘못되어 있기에 근거로 삼기에 부족하다)[8] 실제로는 당대唐代의 작품들 가운데 특히 뛰어난 것들이다. 그러나 그 뒤로는 전기가 번성하지 못해 다만 재탕이나 개작이 이루어지거나 모방한 것이 있을 뿐이다. 다만 원·명대元明代의 사람들만이 그 이야기에 바탕하여 잡극雜劇이나 전기傳奇를 지었으니, 마침내 그 영향이 곡曲에까지 이르게 되었다.

'허구'幻設로써 글을 짓는 것은 사실은 진대晉代에도 이미 성행했는데, 이를테면 완적阮籍의 「대인선생전」大人先生全이나 유령劉伶의 「주덕송」酒德頌, 도잠陶潛의 「도화원기」桃花源記, 「오류선생전」五柳先生傳 같은 것들이 모두 그러한 것들이다.[9] 그러나 모두가 우언寓言이 주가 되고 수사는 부차적인 것이었기에, 이와 같은 유형의 글들이 발전하여 왕적王績의 「취향기」醉鄕記, 한유韓愈의 「오자왕승복전」圬者王承福傳, 유종원柳宗元의 「종수곽탁타전」種樹郭橐駝傳[10] 등이 지어졌는데, 전기와는 아무런 관계가 없는 것들이었다. 전기의 원류는 대개 지괴志怪로부터 나온 것이긴 하지만, 거기에다 수식을 덧붙이고 이야기의 곡절이 확대되었으므로, 그 성과가 뛰어났다. 그중에는 비록 풍자나 우의에 기탁하여 우울한 심사를 펼치거나, 화복을 이야기하여 권선징악의 의도를 기탁한 것도 있지만, 대체로 귀납해 본다면 결국은 문장의 수사와 풍부한 상상意想에 [그 목적과 의도가] 있었으므로, 옛날의 귀신을 전하고 인과를 밝히는 것 이외에는 다른 의도가 없었던 이야기와는 그 흥취가 매우 다르다.[11)]

수당隋唐의 사이에 왕도王度라는 이가 『고경기』古鏡記[12)](『광기』 230에 보이는데, 『왕도』王度라고 적혀 있음)를 지었는데, 후생侯生이라는 사람에게서 요괴를 항복시킬 수 있는 신비한 힘을 가진 거울을 손에 넣었다고 자술하였다.[13)] 그 뒤에 그의 동생 적勣(적績이라고 하여야 함)[14)]이 멀리 여행을 할 적에 이 거울을 빌려 가지고 다니며 여러 요괴들을 죽였는데, 끝내는 어디론가 사라져 버렸다고 하였다. 그 문장이 매우 길지만, 고경古鏡의 여러 가지 신령하고 기이한 일들만을 엮어 놓았기에, 아직 육조의 지괴의 자취가 남아 있다. 왕도王度는 태원太源 기祁 사람으로 문중자文中子[15)] 왕통王通의 아우이고, 동고자東皐子 왕적王績의 형이다. 아마도 개황開皇 초에 태어난 듯하고(송宋 조공무의 『군재독서지』 10에서는 통이 개황 4년에 태어났다고 하였음), 대업大業 연간에 어사御史를 지냈으나, 파직당하여 하동河東으로 돌아갔다. 다시 장안長安에 들어와 저작랑著作郎이 되어서는 조칙을 받들어 국사를 찬수하였다. 또 지방으로 나가서는 예성芮城의 현령을 겸하다 무덕武德 연간에 죽었다(약 585~625). 편찬하던 국사 역시 완성하지 못했는데(『고경기』, 『당문수』唐文粹 및 『신당서』「왕적전」에 보인다. 다만 「왕적전」에서는 형의 이름이 응凝[16)]이라고만 했는데, 어느 것이 맞는지는 자세하지가 않다), 남겨진 문장은 단지 이 작품뿐이다. 왕적이 관직을 버리고 용문龍門으로 돌아간 뒤, 사서에는 그가 여행한 것이 기록되어 있지 않다. 아마도 왕도가 거짓으로 지어낸 것일 것이다.

당초唐初에는 또 『보강총백원전』補江總白猿傳 1권이 있으나 누구의 저작인지는 알 수가 없고, 송나라 때에는 아직 어떤 책에도 수록되어 있지 않았다. 지금은 『광기』(444에 『구양흘』歐陽紇이라 적혀 있음)에만 보일 뿐이다. 이 작품은 양梁나라 때의 일이다. 무장인 구양흘[17]이 남방으로 원정을 가 장락長樂에 이르러 시냇가 동굴溪洞[18]로 깊숙이 들어갔다. 그런데 그의 아내가 흰 원숭이에게 납치되었다. 아내를 구출했을 때는 이미 임신을 하고 있었다. 일 년이 지나 아들을 하나 낳았는데, "그 모양이 원숭이를 닮았다"厥狀肖焉. 구양흘은 뒤에 진 무제陳武帝에게 죽임을 당했는데, 아들 순詢은 강총江總[19]에 의해 양육되어 어른이 되었다. 구양순은 당대에 들어서 이름을 떨쳤는데, 그의 모습이 원숭이와 닮았다. 그래서 그를 싫어하는 자가 이 작품을 지어 강총을 보補한 것이라 한 것이니, 소설을 빌려 상대방을 무고하고 경멸했던 풍습의 유래가 이토록 오래되었음을 알 수 있다.

측천무후則天武后 때에는 심주深州 육혼陸渾 사람인 장작張鷟[20]이 있었는데, 자는 문성文成으로 조로調露 초에 진사에 급제하여 기왕부참군岐王府參軍이 되었다. 관리 등용시험을 여러 차례 볼 때마다 모두 우수한 성적을 거둬 크게 문명文名을 떨쳤다. 장안長安의 위尉에 임명되었지만, 성질이 조급하고 방탕하여 재상 요숭姚崇이 특히 그를 싫어하였다. 개원開元 초에 어사御史 이전교李全交가 작이 당시 정치를 비난한 것을 탄핵하여 영남嶺南으로 좌천되었다가, 서울로 다시 불려가 사문원외랑司門員外郎으로 마쳤다(약 660~740, 자세한 것은 신구 『당서』「장천전」張薦傳에 보임). 일본에 『유선굴』游仙窟 1권[21]이 있는데, 영주寧州 양락현襄樂縣의 현위縣尉 장문성張文成이 지었다고 적혀 있다. 막휴부莫休符[22]는 "장작은 약관에 과거에 응시하여 붓을 들기만 하면 훌륭한 문장을 지었기에, 중서시랑中書侍郞 설원초薛元超가 특별히 양락현 위로 임명하였다"[23](『계림풍토기』桂林風土記)고 하였으니, 아직 그가 어렸을 때 지은 것이다. 이야기는 작자 자신이 사명을 띠고 하원河源[24]으로 가던 도중에 밤이 되어 큰 저택에 머물게 되었는데, 십낭十娘

과 오수五嫂라고 하는 두 아가씨를 만나, 연회를 열어 술을 마시며 담소하고, 시로써 서로 화답하다 하룻밤을 묵고 떠난 것을 기술하고 있다. 문장은 변려체에 가까우나 간간이 속어가 섞여 있어, 그가 지은 『조야첨재』朝野僉載, 『용근봉수판』龍筋鳳髓判[25] 등과 같은 풍격을 띠고 있다. 구『당서』에서 다음과 같이 말하고 있는 것은 아마 사실일 것이다.

> 작은 붓을 들기만 하면 번번이 훌륭한 문장을 써내었으나, 깊이가 없이 겉만 화려하여 사상 내용이 결여되어 있고, 그의 논저는 대체로 욕이 많고 난잡하였으나 일세를 풍미하였었기에, 후진의 문인들 가운데 전하여 기록하지 않은 자가 없었다.…… 신라, 일본의 사신이 오면 반드시 황금을 내어서라도 그 문장을 구입하였다.[26]

『유선굴』은 중국에서는 오래전에 없어졌고, 후세 사람들 역시 그 문체를 본받지 않았다. 여기에서는 일부분을 초록하여 개요를 보이고자 하는데, 바로 마루에 올라 주연을 베푸는 정경이다.

> ……십낭은 향아를 불러 소부少府[27]를 위하여 음악을 준비하게 하였다. 쇠로 만든 악기와 돌로 만든 악기가 함께 연주되고, 간간이 관악기가 소리를 냈다. 소합蘇合[28]은 비파를 타고 녹죽綠竹[29]은 필률篳篥을 부는 것이, 선인이 슬瑟을 타고 옥녀가 생笙을 부는 듯하여, 검은 학[30]이 내려다보며 금琴을 듣고 흰 고기[31]가 뛰어올라 음절에 응대하는 듯하였다. 청아한 음률이 울려 나오니[32] 홀연 대들보 위의 먼지가 날리는 듯하고,[33] 고아한 운이 금옥의 소리와 같이 울려 나오니 갑자기 하늘에서 눈이 쏟아지는 듯하여[34] 한동안 음식의 맛을 잊고 공자가 망연자실했다는 것[35]도 근

거 없는 말이 아니었고, 사흘 동안이나 여음餘音이 대들보를 돌았다는 한아韓娥의 노랫소리[36]도 사실과 다르지 않았다.…… 두 미인이 모두 일어나 춤을 추며 같이 나에게 권했다.…… 드디어 춤을 추며 다음과 같이 읊었다.

"이제껏 사방을 돌아다니다
홀연히 두 신선[37]을 만나니,
눈썹은 겨울날에 나온 버드나무 잎 같고,
뺨은 메마른 땅에서 연꽃이 피어난 듯하다.
천 번을 보아도 천 곳이 모두 사랑스럽고,
만 번을 보면 만 가지가 모두 어여쁘네.
오늘밤 만약 정을 이룰 수 없다면
자살하여[38] 황천에 넘겨주리라."

다시 일시에 크게 웃었다. 춤이 끝나자 감사하며 다음과 같이 말했다.

"저는 사실 평범한 남자인데, 다행히도 즐거운 자리에 배석해 음악을 들을 수 있게 해 주시니, 부끄럽고 감사한 마음 비할 곳이 없습니다."

십낭이 다음과 같이 읊었다.

"마음에 들면 원앙처럼 가까워지고,
마음에 없으면 호胡지방과 월越지방처럼 멀어집니다.
그대의 옆으로 다가가 [사랑을] 다하지 않는다면,
또 어디에서 쉴 수 있겠어요?"

그러고는 십낭이 말했다.

"저희는 모두 아무 볼 만한 것이 없는데, 당신께서 말씀하신 '겨울에 나온 버드나무 잎, 메마른 땅에서 핀 연꽃'이니 하는 것은 모두 저희를 놀리신 것이었겠죠."……[39]

그러나 [전기 작품의] 작자가 많이 생겨난 것은 개원 천보天寶 이후의 일이다. 대력大歷 연간에 심기제沈旣濟라는 사람이 있었는데, 소주蘇州 오吳 사람으로, 유교의 경전에 해박하여, 양염楊炎[40]의 추천으로 좌습유左拾遺, 사관수찬史館修撰을 배수받았다. 정원貞元[41] 연간에 양염이 죄를 얻었기에, 심기제 역시 처주處州의 사호참군司戶參軍으로 좌천되었다. 다시 조정으로 돌아와 예부원외랑禮部員外郎이 되었다가, 세상을 떠났다(약750~800). 『건중실록』建中實錄[42]을 편찬하였는데, 사람들이 [사관으로서의] 그의 능력을 칭찬하였다 하며, 『신당서』에 그의 전傳이 있다. 『문원영화』文苑英華[43](833권)에 그의 『침중기』枕中記(『광기』 82에도 보이며 『여옹』呂翁이라 적혀 있음) 1편이 수록되어 있는데, 소설가에 속하는 작품이며 줄거리는 다음과 같다. 개원 7년에 도사 여옹呂翁이 한단邯鄲으로 가던 중 한 주막집에서 묵었다. 그곳에서 길을 가던 소년 노생盧生이 넋을 잃고 앉아 탄식하는 것을 보고는 자루에서 베개를 꺼내어 그에게 주었다. [이에 노생은] 꿈나라로 들어가 청하淸河의 최씨의 딸을 아내로 맞아들이고, 진사에 급제하여, 섬주陝州의 목사牧使가 되었다. [도성으로] 들어와서는 경조윤京兆尹이 되었고, 그곳에서 출정하여 오랑캐들을 쳐부수었다. 이부시랑吏部侍郎이 되었다가 호부상서戶部尙書 겸 어사대부御史大夫로 옮겼으나, 당시 재상에게 시기 당해 뜬소문으로 중상모략을 당하여, 단주자사端州刺史로 좌천되었다. 하지만 3년이 지난 뒤에 소환되어 상시常侍가 되었고, 또 얼마 안 되어 동중서문하평장사同中書門下平章事가 되었다.

> 천자가 직접 하명하는 일과 밀지密旨를 하루에도 세 번씩 접하고, [천자가] 해야 할 일을 진언하고 해서는 안 될 일을 간언하며, 올바른 정치의 도리를 상주하였기에, 현명한 재상이라는 명성을 얻게 되었다. 그러나

동료들이 그를 질투하여, 변방의 무장과 결탁하여 모반을 꾀하였다고 중상했기에, 하옥시키라는 명령이 내려져 담당관이 부하들을 이끌고 그의 집 문 앞에 이르러 급히 그를 잡아가려 하였다. 노생은 생각지도 못한 일로 놀라고 당황해하며 아내에게 말하였다.

"산동의 내 집에는 좋은 땅이 오 경五頃이나 있어 춥고 굶주림은 면할 수 있었는데, 무엇 때문에 고생스럽게 관록官祿을 구하려 했는지 모르겠소. 지금 이 지경이 되니 짧은 갈옷을 입고 청구青駒를 타고 한단의 길을 가고 싶어도 갈 수 없게 되었구려!"

그러고는 칼을 뽑아 자살하려 하였으나, 아내가 말려서 죽음을 면하였다. 그 사건에 연루된 사람은 모두 죽었으나 노생만이 환관의 비호로 말미암아 죽을죄를 감하여 환주驩州로 귀양을 갔다. 몇 년 뒤 천자는 그의 억울함을 알고 다시 불러들여 중서령中書令에 임명하고, 연국공燕國公에 책봉하는 등 은총이 남달랐다. [노생은] 아들 다섯을 낳았으며,⋯⋯ 그 사돈들은 모두 천하의 명문이었고, 손자가 십여 명이나 되었다.⋯⋯ 그 뒤 점점 건강이 쇠하여 여러 번 사퇴하려 하였으나 황제는 허락하지 않았다. 병이 들자 환관들이 문병하러 그칠 사이 없이 오고 명의와 좋은 약이 이르지 않은 것이 없었다⋯⋯ 죽고 말았다. 노생이 하품을 하고 기지개를 켜면서 깨어나 보니, 자기 몸은 [그때까지] 주막 옆에 누워 있었고, 그 옆에 여옹이 앉아 있었으며, 주인이 찌고 있던 기장은 아직 다 익지도 않았고, 보이는 것 모두가 잠들기 전과 같았다. 노생은 벌떡 일어나 말했다.

"꿈이었습니까?"[44]

여옹이 주인에게 말했다.

"인생의 쾌락이라는 것은 그와 같은 것일세!"

노생은 한동안 멍하니 있다가 예를 올리며 말했다.

"모든 영예와 치욕의 도리, 성공과 실패의 운세, 얻고 잃는다는 것의 원리, 살고 죽는 것의 의미를 모두 잘 알게 되었습니다. 이것은 선생님이 저의 욕망을 억제해 주신 때문이겠지요. 어찌 감히 가르침을 받지 않을 수 있겠습니까?"

그러고는 머리 숙여 재배하고 갔다.[45)]

이와 같은 착상은 공명功名을 흠모했던 당대唐代에 있어서는, 비록 환상으로 사람들의 마음을 움직였으나, 역시 독창적인 것은 아니었다. 간보의 『수신기』에서 초호묘焦湖廟의 무巫가 옥베개로 양림楊林을 꿈속으로 들어가게 한 이야기(이 책의 제5편 참조)가 있는데, 그 대의가 서로 같기에 마땅히 이 작품의 근본일 것이다. 명대 사람 탕현조湯顯祖[46)]의 『한단기』邯鄲記는 또한 이 작품을 바탕으로 한 것이다. 심기제의 문필은 간결하고 세련되었으며, 교훈적인 뜻이 많기 때문에, 이야기가 황당무계하였음에도, 오히려 당시 사람들은 높이 평가하여 한유의 『모영전』毛穎傳[47)]에 비유하였다. 간혹 그것을 경박하게 농지거리하는 것으로 비난하는 사람도 있었으나, 그것은 작자가 일찍이 사관史官을 지냈기 때문에, 사서를 서술하는 방식으로 판정하여, 소설의 진의를 잃었던 것이다. 심기제에게는 또 『임씨전』任氏傳(『광기』 452에 보임) 한 편이 있는데, 여우의 요괴가 여자로 화하였다가 끝까지 그 인간의 남편을 위해 지조를 지켰으므로, "비록 오늘날 부인이라도 이보다 못한 이가 있다"雖今之婦人有不如者고 하였으니 역시 세태를 풍자한 작품이다.

"오흥吳興의 재인"(이하李賀의 말)이라고 하는 심아지沈亞之[48)]는 자가 하현下賢이며, 원화元和 10년에 진사과에 급제하였고, 태화太和 초년에는 덕주행영사자德州行營使者 백기柏耆의 판관判官이 되었다. 백기가 죄를 짓고 좌천되자 아지도 남강南康의 위尉로 좌천되었다가 영주郢州의 연掾으로 마쳤다(약 8세기 말에서 9세기 중엽). 그의 문집文集 12권이 지금 남아 있다. 아지는 문명文名이 높았고, 스스로 "아득한 상상력을 발휘할 수 있다"能創窈窕之思고 말하였다. 지금의 문집 중에는 전기문 3편(『심하현집』 2권·4권, 『광기』 282 및 298에도 보임)이 있는데, 모두 화려하고 아름다운 필치로 몽환적인 정경을 서술하고 있다. 신선과 귀신이 인간과 마찬가지로 죽는다는 것을 즐겨 다룬 것은 당시 문인들과 비교할 때 이채를 띤 것이라 할 수 있다. 『상중원』湘中怨[49]에는 다음과 같은 이야기가 기록되어 있다. 정생鄭生이라는 사람이 홀로 된 여자를 만나 서로 몇 년간을 서로 의지하며 살았다. 어느 날 그녀는 자기가 "교궁의 궁녀"蛟宮之娣였는데, 인간세계에 귀양 나온 연한이 이미 찼다고 말하고는 떠나 버렸다. 십여 년 뒤 아름답게 장식한 놀잇배畫艫 속에 있는 그녀를 멀리서 보았는데, 그녀는 얼굴을 찌푸리고 슬픈 노래를 부르고 있더니, "바람이 불고 큰 파도가 일어"風濤崩怒 결국은 그녀가 있는 곳을 놓쳐 버렸다. 『이몽록』異夢錄[50]에는 형봉邢鳳이 꿈에 미인을 보았는데, "활처럼 몸을 젖히는"弓彎 춤을 보여 주었다는 것과 왕염王炎이 꿈에 오왕吳王을 오랫동안 모셨는데, 갑자기 가고笳鼓의 소리가 들리더니 서시西施를 장례지내기에, 염炎은 어명을 받들어 만가挽歌를 지어 왕이 그를 치하하고 칭찬했다는 이야기가 기록되어 있다. 『진몽기』秦夢記[51]는 작자 자신의 이야기를 기술한 것이다. 장안으로 가던 도중 탁천槖泉의 여관에 묵었을 때, 꿈속에서 진秦나라의 관리가 되어 공을 세웠다. 그때 [공주인] 농옥弄玉의 남편 소사簫史가 먼저 죽자 공주를 아내로 맞고, 자기가 머무는 곳을 취미궁翠微宮이라고 적고 있다. 진 목공秦穆公 역시 심아지를 후하게 대접해 주었다. 어느 날 공주가 갑자기 병도 없이 죽자, 이에 목공은 다시는 심아지를 보려 하지 않고 그를 돌려보냈다.

장차 떠나려 하자 [목]공은 술자리를 성대하게 열었는데,[52] 진의 음악을 연주하고 진의 춤을 추었다. 춤추는 자는 어깨를 치고[53] 엉덩이를 비벼 댔는데, 우우하는 소리는 우울하고도 무척 원한에 차 있었다.⋯⋯ 드디어 재배하고 떠나가려는데, 공이 다시 취미궁에 가서 공주의 시인侍人들과 작별 인사를 하라고 명하였다. 다시 궁전 안으로 들어갔을 때 진주와 비취가 부서진 채로 푸른 계단 아래에 있었고, 창문에 친 비단에는 아직도 붉은 얼룩의 자취가 그대로 남아 있었으며, 궁녀들은 소리 내어 울면서 아지를 대하였다. 아지는 한참동안 비통한 마음에 소리도 나오지 않았다. 그래서 궁문에 다음과 같은 시를 써 붙였다.

"임금께서는 상심한 나머지 동쪽으로 돌아가라 하시니,
앞으로 진궁에 다시 올 기약 없네.[54]
봄날에는 공주를 잃은 것으로 상심할지니,
꽃은 비 오듯 떨어지고, 연지의 눈물 흘러내리네."

이렇게 하여 드디어 떠나갔다.⋯⋯ 깨어 보니 여관에 누워 있었다. 다음 날 아지는 친구 최구만崔九萬에게 꿈 이야기를 상세히 해주었다. 구만은 박릉博陵 사람으로 옛일을 잘 알고 있었기에, 나에게 다음과 같이 말했다.

"『황람』皇覽[55]에 이르기를, '진 목공을 옹주雍州[56] 탁천橐泉의 기년궁祈年宮에 장례지냈다'라고 하였으니 그의 신령이 씌운 것이 아니겠소?"

아지가 다시 진나라 때의 지지地誌를 구해 보았더니, 그 말이 구만이 일러 준 것과 같았다. 슬프다! 농옥은 이미 신선이 되었는데 어째서 또 죽는단 말인가?[57]

진홍陳鴻은 강렬한 감정으로 글을 써, 조고弔古[58]에 뛰어났고, 지난 일을 회상할 때에는 마치 자신의 감정을 이겨내지 못하는 듯했다. 진홍은 젊어서 사학을 배웠는데, 정원貞元 21년에 진사에 급제하여 비로소 한거하면서 뜻을 이룰 수 있게 되어, 이에 『대통기』大統紀 30권을 편찬하여 칠 년 만에 완성시켰다(『당문수』唐文粹[59] 95). 장안에 있을 때는 일찍이 백거이白居易[60]와 벗하여 『장한가』長恨歌로 전傳을 지었다[61](『광기』 486에 보인다). 『신당지』의 소설가류에 진홍의 『개원승평원』開元升平源[62] 1권이 있다. 그 주에 이르기를, "자는 대량이오, 정원 연간에 주객랑중主客郞中이었다"[63]라고 하였는데, 아마 같은 사람일 것이다(약 8세기 후반에서 9세기 중엽까지). 그가 지은 것으로는 『동성노부전』東城老父傳[64](『광기』 485)이 있다. 여기서 그는 가창賈昌이란 자가 전란을 겪은 뒤 태평성세를 회상하면서 옛날의 영화와 현재의 영락零落을 서로 비교 대조한 것을 기록하였는데, 그 언어가 대단히 비통하다. 『장한가전』長恨歌傳은 곧 원화元和 초년에 지었는데 역시 개원 연간에 양귀비가 입궁한 것으로부터 촉蜀 땅에서 죽을 때까지의 처음과 끝을 회상하여 서술하였으니, 그 수법은 『가창전』賈昌傳과 서로 비슷하다. 양귀비의 이야기는 당대 사람들이 본래부터 즐겨 이야기하던 것이었지만, 이와 같이 조리 있고 질서정연한 것은 거의 없었다. 게다가 백거이가 노래를 지었기 때문에 특히 세간에서 잘 알려지게 되었다. 청淸의 홍승洪昇이 지은 『장생전전기』長生殿傳奇[65]는 곧 이 이야기傳와 노래歌의 내용에 바탕한 것이다. 『장한가전』은 지금 여러 판본이 있는데, 『광기』 및 『문원영화』文苑英華(794)에 수록된 것은 자구의 같고 다름이 이미 많다. 그리고 명明나라 사람이 『문원영화』의 뒤에 덧실은 것, 곧 『여정집』麗情集과 『경본대곡』京本大曲[66]에서 나온 것은 더욱 다르다. 이는 대개 후대 사람(『여정집』의 작자인 장군방張君房?)이 가필한 것일 것이다.

천보天寶 말년에 오라비 국충國忠이 스스로 승상의 자리에 올라 국권을 멋대로 남용하였기에, 안록산安祿山이 병사를 이끌고 양씨楊氏를 토벌한다는 것을 명분으로 삼아 궁궐로 향했다. 동관潼關이 함락되고, 현종玄宗 일행은 남쪽으로 행궁行宮하여 함양咸陽을 나와 마외정馬嵬停에 이르렀다. 육군六軍[67]은 동요하여, 창을 든 채 앞으로 나아가지 않았다. 시종관과 관리들이 현종의 말 앞에 엎드려 조착晁錯[68][과 같은 행위를 한 국충]을 죽여 천하의 인심을 달랠 것을 청하였다. 국충은 갓끈을 소꼬리털로 대신하고, 물을 쟁반에 담아들고 [사형수로서 해야만 하는 의식을 다 갖추고 난 뒤] 길가에서 죽었다.[69] 그래도 좌우 사람들이 만족하지 않았으므로, 황제가 그 까닭을 물으니, 그때에 감히 말하는 자가 있어 양귀비를 죽여 천하의 원한을 막을 것을 간청하였다. 황제는 이미 돌이킬 수 없다는 것을 알았지만, 차마 그의 죽음을 볼 수 없어 소맷자락을 뒤집어 얼굴을 가리고 그를 끌고 가게 하였다. 귀비는 매우 당황하여 어쩔 줄 모르다가 드디어는 한 자 남짓한 비단에 목이 졸려 죽고 말았다. (『문원영화』에 실려 있음)[70]

천보 말년에 오라비 국충이 스스로 승상의 자리에 올라 국권을 멋대로 남용하였으므로, 오랑캐가 연燕[71] 땅을 어지럽히고 연달아 낙양洛陽, 장안長安의 두 서울이 함락되니, 현종 일행은 남쪽으로 행궁하였다. 임금의 행차가 서문을 나와 100여 리를 왔을 때, 육군의 군사들이 동요하며 창을 든 채 가려고 하지 않았다. 따르던 시종관과 관리들이 황제의 말 앞에 엎드려 조착[과 같은 행위를 한 국충]을 죽여 천하의 인심을 달랠 것을 청하였다. 국충은 갓끈을 소꼬리털로 대신하고, 물을 쟁반에 담아들고 [사형수로서 해야만 하는 의식을 다 갖추고 난 뒤] 길가에서 죽었다. 그래도 좌우의 뜻이 만족하지 않았으므로, 황제가 그 까닭을 물으니, 그때에 감히 말하는 자가 있어 양귀비를 죽여 천하의 노여움을 막을 것을 간청하였다. 현종은 처참한 얼굴을 하고 다만 마음은 차마 그의 죽음을 볼 수 없어 소맷자락을 뒤집어 얼굴을 가리고 그를 끌고 가게 하였다. 귀비가 황제에게 배례하니, 돌린 눈에서는 피눈물이 흘렀고, 금과 비취의 장식이 땅에 떨어졌다. 황제는 몸소 그것을 주웠다. 아아! 이렇게도 아름다운 미녀가 천왕의 총애를 받았지만, 어쩔 수 없이 한 자 남짓한 비단으로 죽었도다. 숙향叔向의 어미[72]가 "몹시 아름다운 자는 주위로부터 반드시 미움을 많이 받는다"甚美必甚惡라고 말한 것과, 이연년李延年이 지은 노래에, "나라를 기울이고 다시 성을 기울인다"傾國復傾城라고 한 것은 이를 두고 한 말이로다. (『여정집』과 『대곡』에 실려 있음)[73]

백행간白行簡의 자는 지퇴知退이고, 그의 선조는 모두 태원太原 사람이었으나, 뒤에 한성韓城에 살다가 다시 하규下邽로 옮겼으며, 백거이의 동생이다. 정원貞元 말년에 진사에 급제하고, 사문원외랑, 주객랑중으로 여러 차례 승진하였다. 보력寶力 2년(826) 겨울에 병으로 죽었는데, 그때 나이 50여 세였다. [그에 대한 기록은] 신구 『당서』 모두에 [그의 형인] 『백거이전』白居易傳에 덧붙여져 실려 있다. 문집 20권이 있지만 지금 남아 있지 않다. 하지만 『광기』(484)에 『이와전』李娃傳이라고 하는 그의 전기문 한 편이 수록되어 있다. 그 내용은 형양滎陽 거족의 아들이 장안의 창기 이와李娃에게 빠져서 빈곤과 병으로 곤란한 지경에 이르러, 급기야는 상여꾼으로까지 영락零落하였는데, 그 뒤에 다시 이와가 구해 주어 그녀의 권면으로 학문을 닦아 드디어 과거에 급제하여 성도부참군成都府參軍을 지냈다고 하는 이야기를 담고 있다. 백행간은 본래 문필에 뛰어난 데다, 이와의 이야기 역시 사람 사는 세상의 정리情理에 가까워 듣는 이의 귀를 쫑긋 세우게 했으므로, 상당히 흥미 있는 작품이라 할 만하다. 원元대에 이미 이 이야기에 바탕을 둔 『곡강지』曲江池[74]가 지어졌고, 명明의 설근연薛近兗은 『수유기』繡襦記[75]를 지었다. 백행간에게는 또 『삼몽기』三夢記 한 편이 있다(원본 『설부』 4에 보인다). 그것은 다음과 같은 세 가지이다.

> 어느 한 사람이 꿈속에서 어떤 장소를 방문하여 그곳에서 다른 한 사람을 만나는 것, 혹은 어느 한 사람이 어떤 행동을 하고 있는데 다른 한 사람이 꿈속에서 그것을 보는 것, 혹은 양쪽이 서로 꿈을 통해 연결되는 것.[76]

어느 것이나 모두 서술이 간략하고 질박하며, 이야기의 줄거리가 특히 참신한데, 그 가운데 첫번째 것이 더욱 뛰어나다.

> 측천무후則天武后 때 유유구劉幽求는 조읍朝邑의 승丞으로 있었는데, 한 번은 사명을 받고 나갔다가 밤에 돌아오게 되었다. 집에 도착하려면 10여 리쯤 남았는데, 마침 절이 하나 있었다. 길이 그 절 옆으로 나 있었는데, 절에서 나는 노래와 웃음소리, 즐겁게 노니는 소리들이 들려왔다. 절의 담이 낮고 무너져 있었으므로 그 안을 다 볼 수 있었다. 유가 몸을 구부리고 그곳을 들여다보니, 십여 명의 남녀가 뒤섞여 앉았는데, 먹을 것을 담은 큰 그릇을 늘어놓고 둘러앉아 함께 그것을 먹고 있었다. 그의 아내도 그 가운데 앉아 웃으며 말하고 있는 것이 보였다. 유는 처음에 너무 놀라 무슨 영문인지 몰랐는데, 한참이 되어 그녀가 이곳에 올 리가 없다는 생각이 들기도 했지만, 또 그냥 내버려 둘 수도 없었다. 다시 가만

히 보니 얼굴 모습이나 행동거지나 말하고 웃는 모습이 아내와 다를 바 없었다. 다가가서 더 자세히 보려고 했지만, 절의 문이 닫혀 있어 들어갈 수가 없었다. 유가 기왓장을 던지니, 술병과 술잔에 맞아 그릇은 깨어지고, [사람들은] 갑자기 보이지 않았다. 유는 담을 넘어 곧장 안으로 들어가 하인과 함께 절을 살펴보았으나, 어느 곳에도 사람은 없었고 절 문의 빗장 역시 그대로 닫혀 있었다. 유는 더욱더 괴이하게 여겨 그대로 말을 타고 집으로 돌아왔다. 그의 집에 도착하자, 아내는 막 잠을 자고 있다가 유가 오는 소리를 듣고 곧 인사를 하고는 웃으면서 말했다.

"조금 아까 꿈속에서 수십 명의 사람들과 함께 어떤 절에서 놀았는데, 모두 다 알지 못하는 사람이었어요. 절의 뜰에서 모여 앉아 먹고 있었는데, 어떤 사람이 밖에서 기왓장을 던져 그릇들은 어지럽게 흩어져 버렸고, 그 때문에 잠을 깼지요."

유도 그가 본 것을 모두 이야기했다. [이것이] 이른바 한 사람이 꿈속에서 어떤 장소를 방문하여, 그곳에서 다른 한 사람을 만나는 것이다.[77)]

주)______

1) 루쉰은 「육조소설은 당대 전기문과 어떤 차이가 있는가—"문학사의 질문에 답함」(六朝小說和唐代傳奇文有怎樣的區別—答文學社問; 이하에서는 「문학사의 질문에 답함」이라 약칭함)에서 다음과 같이 말했다. "육조시대 사람의 소설은…… 문필이 간결하고,…… 당대의 전기문은…… 문필이 정밀하고 복잡하게 얽혀 있어, 간결하고 예스런 풍취를 좋아하는 사람들은 그것을 병폐로 여겼다. 서술된 이야기는 대개 처음과 끝, 이야기의 파란이 있어, 단편적인 이야기로만 그치지 않는다."(六朝人小說…文筆是簡潔的,…唐代傳奇文…文筆是精細, 曲折的, 至于被崇尚簡古者所詬病; 所叙的事, 也大抵具有首尾和波瀾, 不止一点斷片的談柄. 『차개정잡문 2집』且介亭雜文二集, 아래도 같음) 송대 사람 유공보(劉貢父)는 다음과 같이 말했다. "소설이 당에 이르게 되면, 새와 꽃과 원숭이가 작품 속에 분분하게 넘쳐난다."(小說至唐, 鳥花猿子, 紛紛蕩漾) 이것은 당대 소설의 문사의 화려함과 사물 묘사

의 풍부함을 말하는 것이다. 송대 사람 홍매(洪邁)는 『용재수필』(容齋隨筆)에서 다음과 같이 말했다. "당대 소설은 사소한 연애거리로 [그 내용이] 매우 처연하여 애간장이 끊어지며, 신묘한 경지가 있음에도 스스로 알지 못한다."(唐人小說, 小小情事, 淒惋欲絶, 洵有神遇而不自知者) — 보주

2) 원문은 다음과 같다. 變異之談, 盛于六朝, 然多是傳錄舛訛, 未必盡幻設語, 至唐人乃作意好奇, 假小說以寄筆端.

3) 루쉰은 「문학사의 질문에 답함」에서 다음과 같이 말했다. "육조시대 사람의 소설은 …… 허구를 몹시 배척한 듯하다. 이를테면 『세설신어』에서는 배계(裴啓)의 『어림』(語林)에 기록된 사안(謝安)의 말이 사실이 아니라고 했는데, 사안이 한 번 말을 하자 이 책의 성가에 크게 손상을 입혔다고 운운한 것이 바로 그것이다. 당대 전기문은 크게 달랐다. 신선과 인귀, 요물을 모두 마음대로 구사했고, …… 아울러 작자가 일부러 이런 사적이 허구라는 것을 드러내 보임으로써 그의 상상의 재능을 보이는 일이 자주 있었다."(六朝人小說,…好像很排斥虛構, 例如『世說新語』說裴啓『語林』記謝安語不實, 謝安一說, 這書卽大損聲價云云, 就是. 唐代傳奇文可就大兩樣了: 神仙人鬼妖物, 都可以隨便驅使;…而且往往故意顯示着這事迹的虛構, 以見他想像的才能了. 참고로 이 책의 제10편에서 우승유牛僧孺의 『현괴록』玄怪錄 가운데의 "원무유"元無有에 대한 설명을 볼 것) 원대의 우집(虞集)은 『마운헌기』(馬韻軒記)에서 다음과 같이 말했다. "대개 당대의 재사들 가운데 경예도학(經藝道學)에 식견이 있었던 자는 드물었으니, 헛되이 문사를 훌륭하게 짓는 것만 알았다. 한가롭게 마음 쓸 곳이 없으면, 문득 상상의 나래를 펼쳐 저승세계의 괴물과 만나고 감정이 황홀해지는 일에 빠져, 시를 지어 문답을 하다 드디어 이리저리 갖다 붙여 하나의 이야기를 만들었다.…… 반드시 그 일이 실제로 있어야 하는 것이 아니기에, '전기'라 하였다. 원진과 백거이 같은 사람마저 그런 짓을 했는데, 하물며 다른 사람들임에랴."(蓋唐之才人于經藝道學有見者少, 徒知好爲文辭. 閑暇無所用心, 輒想象幽怪遇合, 才情恍惚之事, 作爲詩章答問之, 竟傳會以爲說.…非必眞有是事, 謂之'傳奇'. 元稹, 白居易猶或爲之, 而況他乎? 『道園學古錄』 38卷) — 보주

4) 당대 사람의 소설을 "전기"라 하는 것은 배형(裴鉶)의 소설집 『전기』에서 이름을 따온 것이다. 북송의 범중엄(范仲淹)이 지은 『악양루기』(岳陽樓記)를 당시에 윤사로(尹師魯)가 보고서 "전기체일 따름이다"(傳奇體耳)라고 비평했다(『후산시화』後山詩話를 볼 것). 이 평어에는 오히려 폄하하는 의미가 담겨 있다. 도종의(陶宗儀)의 『철경록』(輟耕錄)에서는 다음과 같이 말했다. "당대에는 전기가 있었고, 송대에는 희곡(戲曲)과 원사(諢詞), 소설이 있었으며, 금대에는 원본(院本)과 잡극이 있었다.……"(唐有傳奇, 宋有戲曲, 諢詞, 小說, 金有院本, 雜劇…) 곧 "전기"라는 명칭은 늦어도 원대에는 이미 그와 같은 문체들과 병렬되고 있었다. 뒤에 이 명칭의 함의는 때때로 변화하기도 했다. 송대 사람은 제궁조(諸宮調)를 전기라고 했고, 명대 사람은 또 희곡의 으뜸을 전기라 칭했다. 그래서 루쉰은 여기에서 "전기문"(傳奇文)이라 칭해 그것들과 구별한 것이다.— 보주

5) 한유(韓愈, 768~824)의 자는 퇴지(退之)이고, 당(唐) 하남 하양(河南河陽; 지금의 허난河南 멍현孟縣) 사람이며, 이부시랑(吏部侍郞) 등의 관직을 지냈다. 저서로는 『한창려집』(韓昌黎集)이 있다. 유종원(柳宗元, 773~819)의 자는 자후(子厚)이고, 당(唐) 하동 해(河東解;

지금의 산시山西 윈청運城) 사람이며, 유주자사(柳州刺史) 등의 관직을 지냈다. 저서로는 『유하동집』(柳河東集)이 있다. 두 사람 모두 당대 산문의 대표적 작가이다.

6) 루쉰은 「문학사의 질문에 답함」에서 다음과 같이 말했다. "당대에는 시문으로 과거시험을 치렀지만, 사회적인 명성도 아울러 보았기에, 그래서 선비가 서울에 가서 과거시험에 응하게 되면 반드시 명사에게 뵙기를 청하고 글을 바쳐 칭찬해 주기를 바랐으니, 이 시문을 '행권'이라 한다. 시문이 넘쳐나 사람들이 보고 싶지 않아 하자, 어떤 사람은 전기문을 사용하였다.……이것은 곧 출세의 수단과 매우 밀접한 관계가 있는 것이었다."(唐以詩文取士, 但也看社會上的名聲, 所以士子入京應試, 也須豫先干謁名公, 呈獻詩文, 冀其稱譽, 這詩文叫做'行卷'. 詩文旣濫, 人不欲觀, 有的就用傳奇文,…也就和敲門磚很有關係) 송의 조언위(趙彦衛)는 『운록만초』(雲麓漫鈔) 2권에서 다음과 같이 말했다. "당대에 과거를 보는 사람들은 먼저 당시 고관들에게 의지하여 [자신의] 성명을 [과거의 주임] 시험관에게 알린 연후에 [자신의 글을] 보내고 며칠 후에 또 보냈으니 이것을 '온권'이라 한다. 이를테면 『유괴록』, 『전기』 등이 모두 이러한 것이다. 대개 이런 문장은 여러 체제를 지니고 있는데 사재, 시필, 의론을 드러내 보일 수 있었다."(唐之擧人, 先藉當世顯人, 以姓名達之主司, 然後以所業投獻, 逾數日又投, 謂之"溫卷", 如『幽怪錄』『傳奇』等皆是也. 蓋此等文備衆體, 可見史才, 詩筆, 議論) — 보주
또 청첸판(程千帆)의 『당대진사행권여문학』(唐代進士行卷與文學; 상하이: 상하이구지출판사上海古籍出版社, 1980)도 참고할 만하다.— 일역본

7) 『태평광기』(太平廣記). 유서(類書)로 북송(北宋) 이방(李昉) 등의 사람들이 조칙을 받들어 편찬했다. 태평흥국(太平興國) 3년(978)에 책이 완성되었는데 오백 권이다. 이 책의 제11편을 참조할 것.

8) '다른 책'이라는 것은, 루쉰의 『당송전기집』 「서례」(序例)에 의하면, 『설해』(說海), 『고금일사』(古今逸史), 『오조소설』(五朝小說), 『용위비서』(龍威秘書), 『당인설회』(唐人說薈), 『예원군화』(藝苑捃華) 등을 가리킨다. ['다른 책'이란 『당인설회』(일명 『당대총서』唐代叢書)를 가리킨다.— 보주]
["시대나 작자가 대부분 잘못되어 있기에 근거로 삼기에 부족한" 예는 다음과 같은 것들이다. 임번(任蕃)의 『몽유록』(夢游錄) 가운데의 「형봉」(刑鳳)과 「심아지」(沈亞之)는 심아지의 『심하현집』(沈下賢集) 가운데의 「이몽록」(異夢錄), 「진몽기」(秦夢記)와 구별해야 한다. 『규염객전』(虬髥客傳)의 작자인 장열(張說)은 두광정(杜光庭)으로 바꾸어야 한다. 『침중기』(枕中記)의 작자인 이필(李泌)은 심기제(沈旣濟)로 바꾸어야 한다. 조업(曹鄴)의 『양진외전』(楊眞外傳)은 송대 사람인 악사(樂史)로 바꾸어야 한다. 조업의 『양비전』(楊妃傳)과 한악(韓偓)의 『개기』(開記), 『미루기』(迷樓記), 『해산기』(海山記) 이 네 편이 당대 사람의 작품이라고 기록되어 있는 것도 모두 송대 무명씨가 지은 것이라 해야 한다.— 보주]

9) 완적(阮籍, 210~263)의 자는 사종(嗣宗)이고, 삼국(三國)시대 위(魏)나라 진류위씨(陳留尉氏; 지금의 허난河南에 속함) 사람이다. 보병교위(步兵校尉)를 지냈다. 그는 세속의 예법을 멸시하였으며, 그가 지은 「대인선생전」(大人先生傳)에서는 대인선생의 허무적이고도 세속초월적인 인생태도를 서술하고 있다.

유령(劉伶)의 자는 백륜(伯倫)이고, 서진(西晉) 패국(沛國; 지금의 안후이 쑤현宿縣) 사람으로, 위(魏)나라에서 건위참군(建威參軍)의 벼슬을 하였다. 그가 지은 「주덕송」(酒德頌)은 대인선생의 '오로지 술에만 전념하는' 생활을 서술하고 있다.

도잠(陶潛). 그가 지은 「도화원기」(桃花源記)는 어부가 도화원에서 본 마을 사람들의 평안하고 순박한 생활정경을 서술하고 있다. 「오류선생전」(五柳先生傳)은 오류선생이 청빈함 속에서 안락함을 누리고 영리를 흠모하지 않는 것을 서술하고 있다.

이러한 문장의 인물과 이야기는 모두 작자의 환상에서 나온 것으로 우언에 가깝다.

10) 왕적(王績, 585~644)의 자는 무공(無功)이고, 호는 동고자(東皐子)이며, 수말 당초(隋末唐初)의 강주 용문(絳州龍門; 지금의 산시山西 허진河津) 사람으로, 비서성정자(秘書省正字)의 벼슬을 지냈다. 그가 지은 『취향기』(醉鄕記)는 속세를 초월한 '취향'의 생활을 서술하고 있다.

한유의 「오자왕승복전」(圬者王承福傳)은 진흙 기와장이인 왕승복이 스스로 즐거워하며 만족하여 독선기신(獨善其身)하는 처세태도를 서술하고 있다.

유종원의 「종수곽탁타전」(種樹郭橐駝傳)은 곽탁타의 나무 심는 이야기를 서술하여 '그 자연스러움에 맡겨 두고, 그 본성을 따른다'(任其自然, 順其本性)는 도리를 설명하고 있다.

11) 우리나라 사람에 의해 이루어진 당대 소설에 대한 연구는 지속적으로 이루어지고 있는 편이다. 다른 분야에 비해 연구자의 숫자도 적지 않고 발표되는 논문 또한 질량 면에서 뒤지지 않는다. 그러나 연구방법론에 있어서 국내의 당대 소설 연구는 논문의 취재(取材)나 글쓰기에 있어서 진부함을 떨치지 못하고 있는 측면이 있다.

장기근(張基槿), 「전기소설연구」, 서울: 서울대 박사논문, 1969. 정범진(丁範鎭), 「당대전기연구」, 서울: 성균관대 박사논문, 1978. 노혜숙(盧惠淑), 「「침중기」·「남가태수전」과 「한단기」·「남가기」의 비교연구」(「枕中記」·「南柯太守傳」與「邯鄲記」·「南柯記」之比較研究), 타이베이: 타이완사범대학(臺灣師範大學) 박사논문, 1988. 성윤숙(成潤淑), 「당전기와 조선 단편소설의 비교 연구」(唐傳奇與朝鮮短篇小說之比較研究), 타이베이: 원화대학(文化大學) 박사논문, 1990. 김성일(金聖日), 「당대 신괴류 소설 주제분석 연구」, 광주: 전남대 박사논문, 1993. 12. 유병갑(俞炳甲), 「당인소설에서 보이는 윤리사상 연구」(唐人小說所見之倫理思想研究), 타이베이: 정즈대학(政治大學) 박사논문, 1993. 6. 윤하병(尹河炳), 「당대 신괴류 소설의 주제분석 연구」, 광주: 전남대 박사논문, 1994. 2. 김낙철(金洛喆), 「당 전기 애정소설의 구조 연구」, 서울: 성균관대 박사논문, 1997. 6. 전성경(全聖逕), 「당대전기소설연구」(唐代傳奇小說研究), 지난(濟南): 산둥대학(山東大學) 박사논문, 1999. 5. 최진아(崔眞娥), 「당대 애정류 전기 연구」(唐代 愛情類 傳奇 研究), 서울: 연세대학교 박사논문, 2002. 6.

미국에서 나온 연구저작으로는 다음과 같은 것이 있다. Curtis P. Adkins, *The Supernatural in T'ang Ch'uan-ch'i Tales—An Archetypal View*, Ohio University (Ph. D.), 1976.—옮긴이

12) 『고경기』(古鏡記). 왕도(王度)의 『고경기』 및 그 다음 문장에서 설명하고 있는 무명씨의 『보강총백원전』(補江總白猿傳), 심기제(沈旣濟)의 『침중기』(枕中記), 『임씨전』(任氏

傳), 심아지(沈亞之)의 『상중원』(湘中怨), 『이몽록』(異夢錄), 『진몽기』(秦夢記), 진홍(陳鴻)의 『장한가전』(長恨歌傳), 『개원승평원』(開元升平源)[『개원승평원』의 작자에 관해서는, 『신당지』 소설가류에 1권으로 기록되어 있으며, 작자는 진홍이라고 한다. 다만 『군재독서지』와 『직재서록해제』(直齋書錄解題) 잡사류에는 작자가 당의 오긍(吳兢)으로 되어 있다. 『자치통감』 210권의 「고이」(考異)에서는, "세상에 전하는 『승평원』은 오긍이 지은 것으로 되어 있지만, 이것에 의하면"이라 하면서, 요문숭(姚文崇)의 열 개 항의 간언을 인용한 뒤, "호사가가 지어 오긍의 이름을 가탁한 듯하니, 다 믿을 만한 것은 못 된다"고 하였다.—일역본], 『동성노부전』(東城老父傳)[이 작품의 작자는 『좌기』(左記) 485와 『송지』(宋志) 모두 진홍으로 되어 있지만, 진홍조(陳鴻祖)라는 설도 있다.—일역본], 백행간(白行簡)의 『이와전』(李娃傳), 『삼몽기』(三夢記) 등은 루쉰의 『당송전기집』에 모두 수록되어 있다.

13) 고경의 전설은 당시에는 자못 유행했다. 당의 유속(劉餗)의 『수당가화』(隋唐嘉話)에는 다음과 같이 기록되어 있다. "복야인 소위(蘇威)에게는 매우 정교하고 좋은 거울이 있었다. 언젠가는 일식이 진행되자, 그 거울 역시 어두워져 보이는 게 없었다. 소위는 주위 사람들에 의해 더럽혀진 것이라 여겨 개의치 않았다. 다른 날 일식이 반쯤 진행되자 그 거울 역시 그것처럼 반쪽만 어두워졌다. 이에 비로소 그것을 소중히 간직했다. 뒤에 궤 안에서 경을 치는 것과 같은 소리가 들려 찾아보니 거울이 내는 소리였다. 그러고는 까닭 없이 아들인 기가 죽었다. 뒤에 다시 소리가 나자 까닭 없이 소위가 몸이 상했다. 그 뒤 거울이 있는 곳을 알 수 없었다."(伏射蘇威有鏡殊精好. 曾日蝕旣, 其鏡亦昏黑無所見. 威以爲左右所汚, 不以爲意. 他日日蝕半缺, 其鏡亦半昏如之, 于是始寶藏之. 後柜內有聲如磬, 尋之, 乃鏡聲也. 無何, 而子夔死. 後更有聲, 無何而威敗. 後不知所在云) 『고경기』에서는 소작(蘇綽)이 죽고 나서 십여 년이 지나 거울이 후(侯)씨 성을 가진 이에게 돌아갔다고 했는데, 이 소작이 바로 소위의 아버지이다.—보주

14) 루쉰이 왕적(王勣)의 적(勣)은 "적(績)이라고 해야 한다"(當作績)고 한 것은 맞는 말이다. 『전당시』(全唐詩)에는 왕적의 시를 권수(卷首)에 싣고 있으며, 또 권말에는 생존 연대를 고찰할 길이 없는 왕적(王勣)의 시 세 수가 있으나, 이 세 수의 시는 실제로는 이미 왕적(王績)의 시 가운데 있는 것이다. 이것을 방증으로 삼는다면 왕적(王績)은 왕적(王勣)과 한사람인 것을 분명히 알 수 있다. 이 설은 쑨왕(孫望)의 『독왕도고경기』(讀王度古鏡記, 1936년 5월 19일 『우한일보』武漢日報)에 보인다.—보주

15) 문중자(文中子)는 곧 왕통(王通, 584~617)으로 자는 중엄(仲淹)이고, 왕적(王績)의 형이다. 촉군 사마서좌(蜀郡司馬書佐)의 벼슬을 지냈다. 저서로는 『중설』(中說) 등이 있다. 죽은 후에 그의 문하의 사람들이 사사로이 시호를 붙여 '문중자'라 하였다.

16) 루쉰이 왕도(王度)가 "일명 응이라 한다"(一名凝)고 한 것은 잘못이다. 루쉰이 근거한 것은 『신당서』이다. "형인 응은 수의 저작랑으로 『수서』를 찬술하다가 끝내지 못하고 죽었다. 적이 나머지 일을 계속했으나 역시 끝맺지 못했다."(兄凝爲隋著作郎, 撰『隋書』未成, 死. 績續餘功, 亦不能成) 사실 왕응(王凝)은 정관(貞觀) 19년에도 여전히 낙주 녹사(洛州錄事)로 있었으며, 왕적은 「여진숙달중차수기서」(與陳叔達重借隋紀書)에서 이미 "망형 예성(예성령芮城令이었던 왕도를 가리킴)"(亡兄芮城)이라 칭했다. 진숙달(陳叔達)은 정

관 9년에 죽었으니, 왕적의 이 편지는 그 이전에 쓰여졌어야 한다. 그때 왕도는 이미 죽었다. 그러므로 그는 정관 19년까지도 살아 있었던 왕응과는 절대로 같은 사람일 수가 없다. 이러한 설은 쑨왕의 『독왕도고경기』에 보인다.— 보주

17) 구양흘(歐陽紇, 538~570)의 자는 봉성(奉聖)이고, 남조(南朝) 진(陳)의 임상(臨湘; 지금의 후난 창사長沙) 사람으로, 안원장군(安遠將軍), 광주자사(廣州刺史)의 벼슬을 지냈다. 그의 아들 순(詢, 557~641)은 자가 신본(信本)이며, 태자솔경령(太子率更令), 홍문관학사(弘文館學士)의 벼슬을 지냈다.

18) 루쉰의 『당송전기집』과 왕피장(汪辟疆)이 교록(校錄)한 『당인소설』(唐人小說, 홍콩香港: 중화서국中華書局, 1987)에는 "계동"(溪洞)이 "제동"(諸洞)으로 되어 있는데, 이것은 광시성(廣西省)에 있는 지명이다.— 옮긴이

19) 강총(江總, 519~594)의 자는 총지(總持)이고, 남조(南朝) 진(陳) 제양고성(濟陽考城; 지금의 허난 란카오蘭考) 사람이다. 진(陳)나라 때 상서령(尙書令)을 지냈기에, 세상 사람들이 강령(江令)이라 불렀다.

20) 장작(張鷟)의 적관(籍貫)에 대해서는 신구 『당서』 「장천전」(張荐傳) 모두에 '육택'(陸澤)으로 되어 있다. 육택은 당대에는 심주(深州)의 관할구역이었으며, 지금의 허베이 선현(深縣)에 있다.

21) 『유선굴』(游仙窟)은 구초본(舊鈔本)이 일본의 쇼헤가쿠(昌平學)에 소장되어 있다(루쉰의 「유선굴서」游仙窟序). 이 책은 일본에 매우 큰 영향을 주었다. 대략적으로 다이호(大寶) 시대에 견당사(遣唐使)였던 야마노우에노 오쿠라(山上憶良)가 일본에 가져와 나라(奈良)조의 문인들이 애독하였다. 『만요슈』(萬葉集)에도 『유선굴』을 근거로 쓰여진 것이 네 수 있다. 헤이안(平安)조에는 더욱 널리 유포되었다. 미나모토노 시타고(源順)가 지은 『와묘루이주쇼』(和名類聚抄)에는 『유선굴』 14조가 인용되어 있다. 『와칸로에이슈』(和漢朗咏集)와 『가라모노가타리』(唐物語)에도 『유선굴』이 인용되어 있다. 『유선굴』은 일본의 구초본 2종 이외에 간본(刊本) 2종(야마다 요시오山田孝雄, 『유선굴 해제』游仙窟解題, 셰류이謝六逸 역)이 있다. 중국에는 일본에서 펴낸 초본을 영인한 것(정전둬鄭振鐸, 「『유선굴』에 관하여」)과 『고일소설총간』 본, 베이신촨다오(北新川島, 장팅첸章廷謙) 본 등이 있다. 1945년 이후에 팡스밍(方詩銘) 주본이 나왔다.— 보주

위의 내용에서 야마노우에노 오쿠라(山上憶良, 660~733)는 야마노에노 오쿠라라고도 하는데, 나라 시대의 가인(歌人)이다. 쇼헤가쿠(昌平學)는 쇼헤이자카가쿠몬조(昌平坂學文所)를 말하며, 1797년 바쿠후(幕府)가 학사의 부지를 넓히고 건물도 개축해서, 공자가 태어난 지명을 따서 이것을 열었다. 이것은 메이지(明治) 유신(1868)까지 70년간 관립의 대학으로 에도시대의 문교센터 역할을 했다.— 옮긴이

22) 막휴부(莫休符)는 당 소종(昭宗) 광화(光化) 때 융주자사(融州刺史)의 벼슬을 했다. 그가 지은 『계림풍토기』(桂林風土記)는 『신당서·예문지』에 3권으로 기록되어 있으나, 지금은 1권만이 전한다.

23) 원문은 "鷟弱冠應擧, 下筆成章, 中書侍郎薛元超特授襄樂尉".

24) 글자 그대로의 의미는 황허(黃河)가 발원하는 곳이다. 여기에서 "사명을 띠고 하원(河源)으로 갔다"는 것은 후대에 나온 류카이룽(劉開榮)의 『당대소설연구』(唐代小說硏究)

에 의하면, 당대에는 대부분 투르판에 사신으로 가는 것을 가리킨다.—일역본

25) 『조야첨재』(朝野僉載). 『신당서·예문지』에 20권으로 기록되어 있으나 이미 없어졌다. 지금 남아 있는 집본은 6권으로, 주로 수·당 양대의 조야(朝野)의 유문(遺文)들을 기술하고 있다.
『용근봉수판』(龍筋鳳髓判). 4권으로 된 판결문집으로, 문장은 모두 변려체(騈驪體)로 씌어졌으며, 이것으로 당시 율령(律令)의 형식을 알 수 있다.

26) 원문은 다음과 같다. 鶩下筆輒成, 浮艷少理致, 其論著率詆誚蕪穢, 然大行一時, 晩進莫不傳記.…新羅日本使至, 必出金寶購其文.

27) 소부(少府). 벼슬명, 여기서는 장문성(張文成)을 가리킴.— 옮긴이

28) 인명으로 쓰였지만, 원래는 식물명이다.—일역본

29) 인명으로 쓰였지만, 원래는 푸른색의 대나무를 가리킨다.—일역본

30) 춘추시대에 사광(師曠)이 금(琴)을 타면 검은 학이 노닐었다고 한다(『예문류취』 41권에 인용된 『한자』韓子).—일역본

31) 고대에 호파(瓠巴)가 금을 타면, 새와 물고기가 가락에 맞춰 춤을 추고 뛰놀았다 한다(『예문류취』 44권에 인용된 『열자』列子).—일역본

32) 원문은 "淸音咷叨". 통행본 『유선굴』(游仙窟; 일본 겐로쿠元祿 3년 각본에 의거해 번인한 중국 구뎬원쉐출판사 간 『유선굴』, 상하이, 1955. 팡스밍方詩銘의 「교주후기」校注後記가 붙어 있음)에는 "淸音叨咷"로 되어 있음.—일역본

33) 한대(漢代)에 노(魯)나라의 우공(虞公)이 노래를 부르면, 노랫소리가 대들보의 먼지마저도 뒤흔들어 날릴 정도였다고 한다(『예문류취』 43권에 인용된 「유향별록」劉向別錄).—일역본

34) 고대에 정사문(鄭師文)이 여름에 금을 타면 계절의 운행까지도 영향을 받아 눈이 쏟아졌다고 한다(팡스밍의 교주).—일역본

35) 『논어』 「술이」(述而)편에 보인다.— 옮긴이

36) 『열자』 「탕문」(湯問)편에 보인다.— 옮긴이

37) 여기에서의 신선은 최십낭(崔十娘)과 최오수(崔五嫂)를 가리킨다. 일반적으로 당대(唐代)에 "선"(仙)이나 "진"(眞)이라고 할 때에는 기녀라든가 자유분방한 여도사 등과 같이 자유롭게 접근할 수 있는 "소가벽옥"(小家碧玉; 천한 여자)을 가리키는 경우가 많았다. 천인커(陳寅恪)의 「앵앵전을 읽고」(讀鶯鶯傳; 천인커, 『원백시전증고』元白詩箋證稿, 北京: 文學古籍刊行社, 1955)에 상세한 고증이 있고, 류카이룽도 이 설을 이어받아 같은 주장을 폈다. 이렇게 볼 때 선굴이란 기방을 가리키게 된다.—일역본

38) 원문은 "剌命". 앞서의 통행본 『유선굴』에는 "剩命"으로 되어 있다.—일역본

39) 원문은 다음과 같다. …十娘喚香兒爲少府設樂, 金石竝奏, 簫管間響: 蘇合彈琵琶, 綠竹吹篳篥, 仙人鼓瑟, 玉女吹笙, 玄鶴俯而聽琴, 白魚躍而應節. 淸音咷叨, 片時則梁上塵飛, 雅韻鏗鏘, 卒爾則天邊雪落, 一時忘味, 孔丘留滯不虛, 三日繞梁, 韓娥餘音是實.…兩人俱起舞, 共勸下官,…遂舞著詞曰, "從來巡繞四邊, 忽逢兩個神仙, 眉上冬天出柳, 頰中旱地生蓮, 千看千處嫵媚, 萬看萬種嬀姸, 今宵若其不得, 剌命過與黃泉." 又一時大笑. 舞畢, 因謝曰, "僕實庸才, 得陪淸賞, 賜垂音樂, 慚荷不勝." 十娘咏曰, "得意似鴛鴦, 情乖若胡越, 不向

君邊盡, 更知何處歇?" 十娘曰, "兒等竝無可收采, 少府公云'冬天出柳, 旱地生蓮', 總是相弄也."…

40) 양염(楊炎, 727~781)의 자는 공남(公南)이고, 당(唐) 봉상천흥(鳳翔天興; 지금의 산시성陝西省 평상鳳翔) 사람으로, 관직은 문하시랑동평장사(門下侍郞同平章事)에까지 이르렀다.

41) 여기에서의 '정원'(貞元)은 마땅히 '건중'(建中)이어야 한다. 신구 『당서』 「양염본전」(楊炎本傳)에 의하면 정원 연간에 양염은 이미 죽고 없었다. 그가 죄를 얻어 관직에서 폄적된 것이 건중 2년(781)이다.

42) 『건중실록』(建中實錄). 『신당서 · 예문지』에는 10권으로 기록되어 있으나, 『송사 · 예문지』에는 15권으로 기록되어 있다. 당 덕종(德宗) 건중(建中) 때의 편년대사기(編年大事記)이다.

43) 『문원영화』(文苑英華). 북송(北宋) 이방(李昉) 등의 사람이 조칙을 받들어 편찬했다. 모두 천 권으로 위로 『문선』(文選)을 계승하고 있으며, 남조(南朝) 양(梁) 말(末)에서 당대(唐代)에 이르기까지의 시문을 수록하고 있다.

44) 원문은 "豈其夢寐也". 여기에서의 '기기'(豈其)는 다음의 두 가지로 분석해 볼 수 있다. 첫째는 '기기'가 같이 쓰여 하나의 부사로서 반문 어기를 나타내는 경우이다. 다시 말해 현대중국어의 '難道'에 해당되는 경우로 '설마 ~일 리가 있겠는가?'라고 해석되는 것이다. 이 경우 '기기'를 나누어 해석하지 않고 하나의 단어로 간주한다. 둘째로는 '其'가 단독으로 해석되어 '기기'(豈其)를 하나의 단어가 아닌 '豈'와 '其'의 두 단어로 보는 경우이다. 이때 '豈' 역시 부사로서 추측, 희망이나 의문의 어기를 나타내며, 이 경우에는 '어쩌면 ~일지도 모른다'로 해석된다. 여기에서의 '기기'는 두번째 경우에 해당되는 듯하다.

참고로 이와 비슷한 예로 다음의 문장을 들 수 있다. "나는 주생(周生)이 말하는 것을 들었는데, '순의 눈은 아마도 눈동자가 두 개다'라고 했다. 또한 항우도 눈동자가 두 개라고 들었는데, 항우는 어쩌면 순의 후예가 아닐까?"(我聞之周生曰"舜目蓋重瞳子." 又聞項羽亦重瞳子, 羽豈其舜裔邪? 『사기』 「항우본기」) 『고한어허사수책』(古漢語虛詞手冊), 창춘(長春): 지린런민출판사(吉林人民出版社), 1984, 258쪽 참조.—옮긴이

45) 원문은 다음과 같다. 嘉謀密命, 一日三接, 獻替啓沃, 號爲賢相, 同列害之, 復誣與邊將交結, 所圖不軌, 下制獄, 府吏引從至其門而急收之. 生惶駭不測, 謂妻子曰, "吾家山東有良田五頃, 足以御寒餒, 何苦求祿? 而今及此, 思衣短褐乘靑駒行邯鄲道中, 不可得也!" 引刀自刎, 其妻救之獲免. 其罹者皆死, 獨生爲中官保之, 減罪死投驩州. 數年, 帝知冤, 復追爲中書令, 封燕國公, 恩旨殊異. 生五子,…其姻媾皆天下望族, 有孫十餘人.…後年漸衰邁, 屢乞骸骨, 不許. 病, 中人候問, 相踵於道, 名醫上藥, 無不至焉,…薨; 生欠伸而悟, 見其身方偃於邸舍, 呂翁坐其傍, 主人蒸黍未熟; 觸類如故. 生蹶然而興曰, "豈其夢寐也?" 翁謂主人曰, "人生之適, 亦如是矣." 生憮然良久, 謝曰, "夫寵辱之道, 窮達之運, 得喪之理, 死生之情, 盡知之矣: 此先生所以窒吾欲也. 敢不受敎!" 稽首再拜而去.

46) 탕현조(湯顯祖, 1550~1616)의 자는 의잉(義仍)이고, 호는 약사(若士)이다. 명대 임천(臨川; 지금의 장시성江西省) 사람으로, 일찍이 절강 수창(遂昌)의 지현(知縣)을 지냈다.

『한단기』(邯鄲記)는 모두 36착[齣; 전기傳奇의 1회를 착齣이라 함.—옮긴이]으로, 심기제

(沈既濟)의 『침중기』(枕中記)와 비교해 보면 정절(情節)이 많이 확장되었다. 『자차기』(紫釵記), 『환혼기』(還魂記; 일명 『모란정』牧丹亭), 『남가기』(南柯記)도 지었는데, 『한단기』와 더불어 『임천사몽』(臨川四夢)이라 칭한다.

47) 『모영전』(毛穎傳). 한유가 문장 속에서 붓을 의인화하여 모영이라 하고, 그의 신세를 서술하는 것을 빌려 자신의 가슴에 담고 있는 울분을 토로했다.

48) "오흥재인"(吳興才人). 당 이하(李賀)의 『송심아지가』(送沈亞之歌)에서 나온 말. "오흥의 재인은 동풍을 원망하니, 복숭아꽃은 온 언덕에 가득하고 천리가 붉은색이로다." (吳興才人怨東風, 桃花滿陌千里紅) 그 서에는 다음과 같이 기록되어 있다. "문인 심아지는 원화 7년 급제를 못하였기에 오강으로 돌아갔다."(文人沈亞之, 元和七年以書不中第, 返歸于吳江)

심아지(沈亞之, 781~832)의 자는 하현(下賢)이고, 당 오흥(吳興; 지금의 저장浙江) 사람으로, 문사(文辭)에 뛰어나 전기를 짓는 데 재주가 있었다. 아래 문장에 보이는 "자기 스스로 '아득한 상상력을 발휘할 수 있다'라고 말한 것"(自謂'能創窈窕之思')은 『심하현집』(沈下賢集) 2권 『위인찬걸교문』(爲人撰乞巧文)에 보인다.

49) 『심하현문집』(沈下賢文集; 사부총간 본四部叢刊本) 3권과 『태평광기』 298에 실려 있다. 『심하현문집』에 인용된 것은 그 제목이 『상중원해』(湘中怨解)이고, 『태평광기』에 인용된 것은 『태학정생』(太學鄭生)이라고 되어 있으며, 출전이 『이문집』(異聞集)으로 되어 있다.—일역본

50) 『이몽록』(異夢錄)은 『심하현문집』 4권과 『태평광기』 282에 실려 있다. 『태평광기』에 인용된 것은 주에 출전이 『이문집』으로 되어 있다.—일역본

51) 『진몽기』(秦夢記)는 『심하현문집』 2권과 『태평광기』 282에 실려 있다. 『태평광기』에 인용된 것은 출전이 『이문집』으로 되어 있다. —일역본

52) 원문은 "公置酒高會". 『심하현문집』에는 "置"가 "追"로 되어 있다.—일역본

53) 원문은 "擊髆". 『심하현문집』에는 "髆"이 "膊"으로 되어 있다.—일역본

54) 원문은 "從此秦宮不復期". 『심하현문집』에는 "宮"이 "官"으로 되어 있다. 『진몽기』의 처음 부분에 꿈속에서 진공이 심아지에게 호감을 갖고, "드디어 시험 삼아 중연에 임명하였다"(遂試補中涓)는 대목이 있는데, 그 뒤에 "진의 관직이다"(秦官也)라고 하는 주(注)가 있다.—일역본

55) 『수지』 잡가(雜家)에 『황람』(皇覽) 120권이라 기록되어 있으며, 무습(繆襲) 등이 지었다고 주기(注記)하였다.—일역본

56) 당대(唐代) 경조윤(京兆尹)에 해당하는 지역으로, 수도인 장안(長安)이 있던 곳이다. —일역본

57) 원문은 다음과 같다. 將去, 公置酒高會, 聲秦聲, 舞秦舞, 舞者擊髆拊髀嗚嗚而音有不快, 聲甚怨.…旣, 再拜辭去, 公復命至翠微宮與公主侍人別, 重入殿內時, 見珠翠遺碎靑階下, 窓紗檀點依然, 宮人泣對亞之. 亞之感咽良久, 因題宮門詩曰, "君王多感放東歸, 從此秦宮不復期, 春景自傷秦喪主, 落花如雨淚臙脂." 竟別去,…覺臥邸舍. 明日, 亞之與友人崔九萬具道; 九萬, 博陵人, 諳古, 謂余曰, "「皇覽」云, '秦穆公葬雍橐泉祈年宮下', 非其神靈憑乎?" 亞之更求得秦時地誌, 說如九萬云. 嗚呼! 弄玉旣仙矣, 惡又死乎?

58) 조고(弔古). 옛일을 생각하다.— 옮긴이

59) 『당문수』(唐文粹)에는 "貞元丁酉歲, 登太常第"로 되어 있다. 왕피장(汪辟疆)이 교록(校錄)한 『당인소설』(唐人小說)의 「동성노부전」(東城老父傳)에서는 "정원(貞元)에 정유(丁酉)년은 없으니, 혹은 정묘(丁卯)나 정축(丁丑)의 잘못인가 한다"고 하였다. 루쉰은 이것을 정원 을유(乙酉; 805)년으로 보아, 정원 21년이라 한 것이다. 천인커(陳寅恪)는 「『동성노부전』을 읽고」(讀東城老父傳; 『중앙연구원역사어언연구소집간』中央硏究員歷史語言硏究所集刊 제10본, 1941; 뒤에 천인커문집陳寅恪文集 2 『금명관총편초편』金明館叢編初編, 상하이구지출판사上海古籍出版社, 1980에 재수록됨)에서 청의 서송(徐松)의 『등과기고』(登科記考)에 의거해, 진홍은 정원 21년 을유년에 진사에 급제하였으니, 앞서의 정유는 을유의 잘못이고, 정묘니 정축이니 하는 것들도 잘못된 것이라 하였다.— 일역본

60) 백거이(白居易, 772~846)의 자는 낙천(樂天)이고, 호는 향산거사(香山居士)라 한다. 당 태원(太原; 지금의 산시山西) 사람으로, 관직은 형부상서(刑部尙書)까지 이르렀다. 『백씨장경집』(白氏長慶集)을 편찬하였다.

61) 『장한가전』(長恨歌傳)은 『태평광기』 468권과 『문원영화』 79권, 『오색선』(五色線), 『청쇄고의』(靑瑣高議) 등의 판본이 있다.— 보주

62) 『개원승평원』(開元升平源). 일설에는 오긍(吳兢)이 편찬하였다고 하는데, 요숭(姚崇)이 당 명황(明皇)에게 10가지 일을 간한 이야기를 기록하고 있다. [『개원승평원』은 진홍이 지었는데, 오긍이 지었다고도 한다. 『자치통감고이』(資治通鑒考異) 12권에 인용되어 있다.— 보주]

63) 원문은 "字大亮, 貞元主客郎中". 천인커의 「『동성노부전』을 읽고」에서 정원(貞元)은 잘못이고, "원화"(元和)라고 해야 한다고 하였다. 또 천인커는 『동성노부전』의 문장 가운데 "진홍조"(陳鴻祖)라는 이름이 자기 스스로를 지칭하는 것으로 네 번 나오는 것으로 보아, 『동성노부전』의 작자는 진홍이 아니라, 진홍조라고 주장하였다.— 일역본

64) 『동성노부전』. 『가창전』(賈昌傳)이라고도 하며, 일설에는 편찬자가 진홍조(陳鴻祖)라고도 한다.

65) 홍승(洪昇, 1645~1704)의 자는 방사(昉思)이고, 호는 패휴(稗畦)로, 청 전당(錢塘; 지금의 저장 항저우) 사람이며, 국자감생(國子監生)을 지냈다. 그가 지은 『장생전전기』(長生殿傳奇)는 50척으로, 당 현종(玄宗)과 양귀비의 애정 이야기를 연출하고 있다.

66) 『여정집』(麗情集). 20권. 작자인 장군방(張君房)은 북송 안륙(安陸; 지금의 후베이湖北) 사람으로, 상서탁지원외랑(尙書度支員外郎) 및 집현교리(集賢校理)를 역임했다. 이 책은 이미 없어지고 1권만이 남아 있다. 『경본대곡』(京本大曲)에 대해서는 자세한 것을 알 수 없다.

67) 원래는 주대(周代)의 제도로 천자의 군대이다. 뒤에 군대의 총칭이 되었다. 상세한 것은 앞서의 천인커의 『원백시전증고』 제1장 「장한가」를 볼 것.— 일역본

68) 조착(晁錯, B.C. 200~154)은 전한의 정치가이자 정론가이다. 형명(刑名)의 학으로 알려졌다. 제후의 세력을 억눌렀기 때문에 미움을 사, 오초칠국(吳楚七國)의 난 때 책임을 지고 처형당했다.— 일역본

69) 옛날에는 관리에게 잘못이 있으면 하얀 관에 소꼬리털로 만든 갓끈을 쓰고 손에는 쟁

반 물을 받쳐들고 물 위에 보검을 올려 놓고 황제를 향해 죄를 청했다. "소꼬리털로 만든 갓끈"은 죄를 기다리는 몸을 표시하고, "쟁반 물"은 물의 성질이 공평한 것이므로 황제가 공평하게 처리하라는 것이고, "보검을 올려 놓는 것"은 죄가 있는 것으로 판명되었을 때 스스로 목을 찌르기 위한 것이다.—보주

소꼬리털로 갓끈을 대신하는 것은 예법에 어긋하는 것으로 재상으로서 그 죄를 인정한다는 것을 의미한다. 쟁반의 물은 스스로를 처형하고 난 뒤, 그 물로 씻어 달라는 뜻을 나타내는 것이다. 그러나 실제로 양국충은 이런 식으로 죽음을 맞이한 것이 아니라, 도망가다가 군사들에게 붙잡혀 참살당했다(『자치통감』 218권을 볼 것).—일역본

70) 원문은 다음과 같다. 天寶末, 兄國忠盜丞相位, 愚弄國柄, 及安祿山引兵向闕, 以討楊氏爲詞. 潼關不守, 翠華南幸, 出咸陽, 道次馬嵬亭, 六軍徘徊, 持戟不進, 從官郎吏伏上馬前, 請誅晁錯以謝天下, 國忠奉氂纓盤水, 死于道周. 左右之意未快, 上問之, 當時敢言者請以貴妃塞天下怨, 上知不免, 而不忍見其死, 反袂掩面, 使牽之而去; 倉皇展轉, 竟就死于尺組之下.(『文苑英華』所載)

71) 당대의 행정구역으로는 유주(幽州) 범양군(范陽郡)이 있는 곳으로, 지금의 허베이성(河北省) 북부, 베이징을 중심으로 한 지역이다.—일역본

72) 『열녀전』(列女傳) 7 「진양숙희」(晋羊叔姬)에 의하면, 진(晋)의 양설자(羊舌子)의 처로 숙향(叔向)과 숙어(叔魚)의 어미이다. 숙향이 어떤 아리따운 아가씨를 아내로 맞으려 할 때, "몹시 아름다우면, 크게 미움 살 일이 있게 된다"고 말했다. 과연 뒤에 그녀를 맞이하고 나서 숙향의 일족은 멸문지화를 입었다.—일역본

73) 원문은 다음과 같다. 天寶末, 兄國忠盜丞相位, 竊弄國柄, 羯胡亂燕, 二京連陷, 翠華南幸, 駕出都西門百餘里, 六師徘徊, 擁戟不行, 從官郎吏伏上馬前, 請誅錯以謝之; 國忠奉氂纓盤水, 死于道周. 左右之意未快, 當時敢言者請以貴妃塞天下之怒, 上慘容, 但心不忍見其死, 反袂掩面, 使牽之而去. 拜于上前, 回眸血下, 墮金鈿翠羽于地, 上自收之. 嗚呼, 蕙心紈質, 天王之愛, 不得已而死于尺組之下, 叔向母云 "甚美必甚惡", 李延年歌曰 "傾國復傾城", 此之謂也.

74) 『곡강지』(曲江池). 원(元)의 석군보(石君寶)가 지었다. 잡극으로 4절(折)로 되어 있다.

75) 설근연(薛近兗). 대략 명 가정(嘉靖) 연간의 사람이다. 그가 편찬한 『수유기』(繡襦記)는 4권으로 41척이다. 일설에는 명 서림(徐霖)이 지었다고 한다.

당대의 전기에 관해서는 『사략』(史略)이 나온 뒤로, 많은 논문과 연구서들이 쏟아져 나왔다. 당대 전기 선집으로는 루쉰이 교록한 『당송전기집』(베이징: 런민원쉐출판사人民文學出版社, 1953)이 있는데, 같은 책의 말미에 붙어 있는 「패변소철」(稗邊小綴)은 실려 있는 각각의 전기에 관한 사료집이다. 왕피장이 교록한 『당인소설』(상하이구뎬원쉐출판사上海古典文學出版社, 1955)에는 역주까지 달려 있다. 연구서로는 앞서의 역주에 인용된 천인커의 논문과 청첸판(程千帆)의 저서 이외에 당말 사람인 진한(陳翰)이 편집한 『이문집』(異聞集) 10권이 있었지만, 모두 산일되고 현재는 송의 증조(曾慥)의 『유설』(類說)과 『태평광기』 등에 일문(逸文)이 남아 있다. 여기에 대해서는 청이중(程毅中)의 「『이문집』고」(『異聞集』考; 원래 『문사』 제7집에 실린 것을 뒤에 수정하여 『고소설간목』古小說簡目에 실었음)를 볼 것. 류카이룽의 『당대소설연구』(唐代小說硏究; 상하이: 상우인서관,

1947년 초판, 1950년 재판)는 상, 하 두 권으로 모두 8장이다. 상권은 제1장에서 전기소설 발흥의 삼대 요인으로 고문운동과 과거제도, 불교의 영향을 들었다. 제2장은 전기소설의 전기 작품으로 「고경기」(古鏡記)와 「보강총백원전」(補江總白猿傳)을 다루었고, 제3장에서는 붕당지쟁(朋黨之爭)과의 연관하에 「주진행기」(周秦行紀)를 다루었으며, 「이와전」을 덧붙여서 그 주제와 당대 혼인 풍속과의 관계 및 작자인 백행간의 신세를 다루었다. 제4장에서는 진사(進士)와 창기문학이라고 하는 각도에서 그 논점과 발생 원인을 탐색하면서, 진사라는 신분에 따라 다니는 사회적인 분위기와 창기의 생활 상황 및 사회적인 지위를 검토하고, 「앵앵전」(鶯鶯傳)과 「곽소옥전」(霍小玉傳)을 소재로 의견을 전개하였다. 제5장은 「침중기」(枕中記)와 「남가태수전」(南柯太守傳)을 다루면서 도교 사상의 인생관과 사회배경을 서술하고, 두 작품의 작품론을 검토하였다. 제6장은 번진(藩鎭)의 발호와 무협소설로서, 「홍선전」(紅線傳)과 「규염객전」(虯髯客傳)에 관하여 기술하였다. 하편은 「속문」(俗文)소설이라고 제목을 달았는데, 「유선굴」을 둘러싼 다각적인 논고로서, 제7장에서는 「유선굴」과 변문의 관계, 제8장에서는 「유선굴」의 내용과 기교, 시대 및 작자를 다루고 있다. 부록으로 이 책에서 다룬 10편의 전기소설을 수록하였다. 또 백행간의 「이와전」에 관해서는 청대의 학자 유정섭(兪正燮)의 『계사존고』(癸巳存稿) 14권 「이와전」에 고증이 있고, 현대시인 다이왕수(戴望舒)에게도 「「이와전」을 읽고」(讀『李娃傳』; 다이왕수, 『소설희곡론집』小說戲曲論集, 베이징: 쭤자출판사作家出版社, 1958에 수록됨)가 있는데, 「이와전」의 지리적 배경에 관한 유정섭의 설을 보완하고 발전시켜 참고가 된다. 또 이와의 별명이 일지화(一枝花)인데, 「일지화」라는 설화나 이야기가 있었다는 설도 있다(루궁路工, 「唐代의 說話와 變文」, 『민간문학』民間文學, 1962년 제6기). 다이왕수는 이야기라는 설에 대해서는 부정적이다. 또 소책자로 장창궁(張長弓)의 『唐代 傳奇 作者 및 그 時代』, 펑위안쥔(馮沅君)의 「당전기작자신분고계」(唐傳奇作者身分估計; 뒤에 『펑위안쥔고전문학논문집』馮沅君古典文學論文集, 지난濟南: 산둥런민출판사山東人民出版社, 1980에 수록됨)가 있고, 저우사오량(周紹良)의 「『동성노부전』 전증」(『東城老父傳』箋證; 『소량총고』紹良叢稿, 지난: 치루서사齊魯書社, 1984에 수록됨)도 참고가 된다.—일역본
『수유기』(綉襦記)는 명대의 서림(徐霖)이 지은 것이라 한다.—보주

76) 원문은 다음과 같다. 彼夢有所往而此遇之者, 或此有所爲而彼夢之者, 或兩相通夢者.

77) 天后時, 劉幽求爲朝邑丞, 嘗奉使夜歸, 未及家十餘理, 適有佛寺, 路出其側, 聞寺中歌笑歡洽. 寺垣短缺, 盡得睹其中. 劉俯身窺之, 見十數人兒女雜坐, 羅列盤饌, 環繞之而共食. 見其妻在坐中語笑. 劉初愕然, 不測其故, 久之, 且思其不當至此, 復不能舍之. 又熟視容止言笑無異, 將就察之, 寺門閉不得入, 劉擲瓦擊之, 中其罍洗, 破迸散走, 因忽不見. 劉逾垣直入, 與從者同視殿廡, 皆無人, 寺扃如故. 劉訝益甚, 遂馳歸. 比至其家, 妻方寢, 聞劉至, 乃敍寒暄訖, 妻笑曰, "向夢中與數十人同游一寺, 皆不相識, 會食于殿庭, 有人自外以瓦礫投之, 杯盤狼藉, 因而遂覺." 劉亦具陳其見, 蓋所謂彼夢有所往而此遇之也.

제9편 당대의 전기문(하)

그러나 전기의 여러 작가 가운데 특히 의미 있는 사람이 두 명 있다. 한 사람은 지은 작품 수는 그리 많지 않으나 후대에 끼친 영향이 매우 크고, 이름 또한 널리 알려진 원진元稹이 바로 그 사람이다. 다른 한 사람은 지은 작품 수는 많고 영향 또한 컸지만 그에 비해 이름은 비교적 알려지지 않은 이공좌李公佐가 바로 그 사람이다.

원진은 자를 미지微之라 하며, 하남河南 하내河內 사람이다. 명경과明經科[1]에 급제하여 교서랑校書郎에 임명되었다. 원화元和 초에 응제應制[2]의 책策이 첫번째로 뽑혀 좌습유左拾遺를 제수받았다. 감찰어사監察御使를 지냈는데, 어떤 사건에 연좌되어 강릉江陵으로 폄적되었다. 다시 괵주虢州의 장사長史의 직위에 있을 때 불리어져 조정에 들어온 뒤, 점차 자리를 옮겨 중서사인, 승지학사承旨學士에까지 이르렀고, 공부시랑동평장사工部侍郎同平長史로 진급하였다. 얼마 있다 재상 자리에서 파면되어 동주자사同州刺史로 나갔다가, 다시 월주越州로 옮겨 절동浙東의 관찰사를 겸임하였다. 태화太和 초 조정에 들어와 상서좌승검교호부상서尙書左丞檢校戶部尙書가 되었고, 악주자사鄂州刺史와 무창군절도사武昌郡節度使를 겸하다가, 태화 5년 7

월에 갑자기 병에 걸려 그날 바로 임지에서 죽었는데, 그때의 나이 53세(779~831)였다. 신구 『당서』에 모두 전傳이 있다. 원진은 어려서부터 백거이와 시를 창화唱和하여 당시에 시를 논하는 자들이 원백元白이라 칭하였고, "원화체"元和體[3]라 불렀다. 그러나 전하는 소설로는 『앵앵전』鶯鶯傳[4](『광기』 488) 1편만이 있을 뿐이다.

『앵앵전』은 최앵앵崔鶯鶯과 장생張生의 이야기를 쓴 것인데, 『회진기』會眞記[5]라고도 한다. 그 대강의 줄거리는 다음과 같다. 정원貞元 연간에 장생張生이라는 사람이 있었는데, 성격이 온순하고 잘생겼으며, 예가 아니면 움직이지 않았는데, 스물세 살이 되도록 여자를 가까이한 적이 없었다. 장생은 포주蒲州로 나갔다가 보구사普救寺[6]에서 묵게 되었는데, 이때 마침 최씨 집안의 과부가 장안으로 돌아가던 길에 포주 땅을 지나다 역시 그 절에 묵게 되었다. 그들의 친척 관계를 따져보니 장생에게는 다른 파의 종모從母가 되었다. 이때 마침 혼감渾瑊이 죽자 그가 통솔하던 군의 병사들이 장례를 틈타 폭동을 일으켜 포주 지방을 약탈하였다. 최씨는 몹시 두려워하였는데, 장생이 포주의 장수의 무리와 잘 알고 있었기에 장수의 도움으로 그녀를 보호해 주었다. 십여 일이 지나서 염사廉使 두확杜確이 와서 군대를 장악하니 병사들의 폭동이 그치게 되었다. 최씨는 이로 말미암아 장생에게 크게 고맙게 여겼으며, 잔치를 열어 초대하였다. 그곳에서 장생은 그의 딸 앵앵을 보고 나서, 앵앵에게 미혹되어, 최씨의 하녀 홍낭紅娘에게 『춘사』春詞 2수를 맡겨 그의 뜻을 알렸다. 그날 밤 아름다운 지전紙箋을 받았는데, 「명월삼오야」明月三五夜라는 제목으로, 그 내용은 다음과 같았다.

서상 아래에서 달을 기다리며,	待月西廂下
바람을 맞으려 문을 반쯤 열었네.	迎風戶半開

담을 격하고 꽃 그림자 움직이니, 隔墻花影動
내 님이 오신 것은 아닐런지. 疑是玉人來

장생은 기쁘기도 하고 또 놀랐다. 이윽고 최앵앵이 왔는데, 단정한 복장에 엄숙한 얼굴로 그의 무례를 나무라고는 곧 돌아갔다. 장생은 한동안 멍하니 있었다. 몇날 밤이 지나서 최앵앵이 다시 와서는 새벽이 되어서야 돌아갔다. 밤새도록 한 마디 말도 없었다.

……장생은 정신이 들자 일어나서 스스로 의심하여 말했다. "어쩌면 이것이 꿈이었던 것은 아닐까?"[7] 날이 밝은 뒤 보니, 하얀 분이 팔에 남아 있고, 향기도 옷에 남아 있었으며, 잠자리에는 아직까지도 눈물의 흔적이 반짝거리며 빛나고 있을 뿐이었다. 그로부터 다시 10여 일이 지났으나 [소식이] 묘연하여 다시는 [소식을] 알 길이 없었다. 장생은 『회진시』會眞詩 30운을 짓기 시작했다. 다 짓기도 전에 마침 홍낭이 왔기에, 그것을 건네주고는 최앵앵에게 전해 달라고 하였다. 이로부터 다시 그를 받아들여 아침이면 몰래 나왔다가 저녁이면 몰래 들어가곤 하면서, 앞서 이른바 서상西廂이라는 곳에서 거의 한 달을 함께 보냈다. 장생이 여러 차례 앵앵의 어머니의 의사를 물어보았지만, "나로서는 어찌할 수 없네"라고만 대답했다. 그래서 장생은 곧 혼인하려고 생각하였다. 이윽고 장생은 장안으로 가게 되었기 때문에,[8] 먼저 그의 사정을 말해 주고 이해를 시켰다. 앵앵은 부드러운 태도로 책망하는 말을 하지는 않았지만[9] 그러나 걱정 어린 안색은 사람의 마음을 움직이는 것이 있었다. 드디어 출발하는 날 저녁이 되어서[10] 그녀의 모습을 볼 수 없었지만, 장생은 그대로 서쪽으로 갔다.……[11]

이듬해 장생은 과거 시험 성적이 좋지 못해, 결국 장안에 머물러 있게 되었다. 앵앵에게 편지를 보내어 자기의 생각을 설명하니, 앵앵도 역시 답장을 보냈다. 장생은 그 답장을 친구들에게 보여 주었다. 이로 말미암아 당시 사람들에 의해 그 이야기가 회자되었다. 양거원楊巨源은 『최낭시』崔娘詩[12]를 지었고, 원진元稹도 속작으로서 장생의 『회진시』 30운[13]의 시를 지었다. 이 이야기를 들은 장생의 친구들은 깜짝 놀랐지만, 장생의 앵앵에 대한 애정은 이미 끊어져 있었다. 원진은 장생과 교분이 두터웠기에, 그 까닭을 물었더니 장생이 말하였다.

"대개 하늘이 정해 준 뛰어나게 아름다운 사물은 그 자신에게 화를 불러오지 않으면, 반드시 다른 사람에게 화를 불러오는 것이라네. 만약 최앵앵이 부유하고 고귀한 사람과 혼인하여 총애를 받는다면[14] 구름이나 비가 되지 않으면,[15] 교룡이나 이무기가 되고 말 것이야. 나는 그 변화를 알지 못하네.[16] 옛날 은殷의 주왕紂王이나 주周의 유왕幽王은 천자로서 자신의 나라를 다스리며[17] 그 권세가 매우 대단하였지만, 한 여자 때문에 일을 그르치고 그의 백성을 뿔뿔이 흩어지게 하였으며 자기 자신까지도 죽여 지금까지도 천하의 비웃음거리가 된 것일세. 나의 덕德이 그런 요물을 이겨 내기에 부족하기에 감정을 참아 두는 것일세."[18]

일 년 남짓 지나서 최앵앵은 다른 사람에게 출가하고, 장생도 다른 여자를 맞아들였다. 장생은 앵앵이 사는 곳을 지나가게 되어 이종 오빠의 자격으로 만나 보려 하였으나 앵앵은 끝내 나오지 않았다. 며칠 후 장생이 떠나가려고 할 때 앵앵은 시 한 수를 지어서 그와 연을 끊었다.

못 본 체 내버려두더니, 이제 와서 무슨 말씀을 하시려오? 棄置今何道
그때는 서로 허물없이 대했건만. 當時且自親
아직도 옛날과 변하지 않은 마음을 갖고 있다면 還將舊來意
지금의 부인이나 사랑해 주세요. 憐取眼前人

이로부터 마침내 다시는 소식을 알지 못하였다. 그 당시 사람들은 대부분 장생이 어려운 일을 잘 처리한 사실을 칭찬했다고 한다.

원진은 장생이라는 사람에 스스로를 기탁해[19] 그 자신이 실제로 겪었던 일을 서술했던 것이다. 비록 빼어난 문장은 아니었다 하더라도 때로 정취가 있기에 그런대로 볼만한 것이 있다. 다만 편말篇末에서 자기의 잘못을 엄식하고 정당화하였기에, 결국은 악취미로 떨어지고 말았다. 그러나 이신李紳[20]과 양거원楊巨源 등과 같은 사람들이 이미 각자의 시를 지어 그것을 널리 퍼뜨렸으며, 원진 역시 일찍이 시명詩名이 있었고 뒤에는 높은 벼슬까지 지낸 바가 있었으므로, 세상 사람들은 여전히 이것을 언급하기를 좋아했다. 송宋의 조덕린趙德麟은 이미 그 이야기를 취하여 『상조접련화』商調蝶戀花[21] 10결闋[22](『후청록』侯鯖錄에 보인다)을 지었고, 금대金代에는 동해원董解元의 『현색서상』弦索西廂[23]이 있으며, 원대元代에는 왕실보王實甫의 『서상기』西廂記,[24] 관한경關漢卿의 『속서상기』續西廂記[25]가 있고, 명대明代에는 이일화李日華의 『남서상기』南西廂記,[26] 육채陸采의 『남서상기』南西廂記[27] 등이 있었다.[28] 그밖에도 『경』竟이니 『번』飜이니 『후』後니 『속』續[29]이니 하는 글자를 붙인 『서상기』들이 꽤 많으며, 지금까지도 여전히 이 이야기는 즐겨 이야기되고 있다. 당인唐人의 전기傳奇 가운데 남아 있는 것은 많지만, 후세에까지 이와 같이 훌륭한 평판을 받은 것은 오직 이 『앵앵전』과 이조위李朝威의 『유의전』柳毅傳뿐이다.

이공좌는 자가 전몽顓蒙이고, 농서隴西 사람이다. 일찍이 진사에 급제하고, 원화元和 연간에 강회江淮의 종사從事가 되었다가 뒤에 파직되어 장안으로 돌아왔다(그가 지은 『사소아전』謝小娥傳 가운데 보인다). 회창會昌 초에 또 양부楊府의 녹사錄事가 되었으나, 대중大中 2년에 과실에 의해 두 계급의 관위兩任官를 강등당하였다(『당서 · 선종기』唐書宣宗紀에 보인다). [이것으로 보아] 아마도 대종代宗 때에 출생하여 선종宣宗 초까지는 아직 생존해 있었던 듯하다(약 770~850). 다른 것은 자세히 알 수 없다. 『신당서 · 종실세계표』新唐書宗室世系表에 천우비신千牛備身 공좌公佐라는 이가 있는데, 다른 사람이다. 그의 작품으로는 지금 4편이 남아 있다. 『남가태수전』南柯太守傳(『광기』 475에 보이는데, 『순우분』淳于棼이라고 적혀 있으나, 『당어림』唐語林에 의거하여 바로잡는다)이 가장 유명하다. 그 이야기는 대략 다음과 같다. 동평東平의 순우분淳于棼은 집이 광릉군廣陵郡의 동쪽 10리쯤 되는 곳에 있었는데, 집 남쪽에는 큰 홰나무槐 한 그루가 있었다. 정원貞元 7년 9월에 그는 너무 취해서 기분이 좋지 않았으므로, 두 친구가 그를 부축하고 집으로 돌아와 동쪽 처마에 눕혀 놓고는, 자기들은 말에게 먹이를 주기도 하고 발을 씻기도 하면서 그를 돌보고 있었다. 순우분은 베개를 베자 멍하니 꿈을 꾸는 듯하였다. 자주색 옷을 입은 두 사람의 사자使者가 나타나더니 왕명王命을 받들었다고 하면서 함께 가자고 하였다. 문을 나서 수레에 오르자 오래된 회나무의 구멍을 가리키며 출발했다. 사자가 수레를 달려 구멍 안으로 들어가니, 갑자기 산과 시내가 보이더니 마침내 큰 성으로 들어갔다. 성의 누대에는 황금으로 "대괴안국"大槐安國이라고 적혀 있었다. 순우분은 이곳에 도착한 뒤 부마駙馬가 되었고, 다시 남가南柯의 태수가 되었다. 군을 다스린 지 30년, "훌륭한 치적의 교화가 널리 퍼지고, 백성들은 즐거워 노래를 부르며, 공덕비를 세우고 생生의 사당을 지었다"風化廣被, 百姓歌謠, 建功德碑,

立生祠宇. 왕은 그를 대단히 중히 여겨, 곧 높은 관직으로 승진시켰다. 5남 2녀를 낳았다. 그 뒤에 군사를 이끌고 단라국檀蘿國과 싸웠으나 패하였고 아내인 공주도 죽어 버렸다. 순우분은 남가군의 태수의 직위를 물러 나왔지만, 권위와 복록이 날로 늘어 왕은 그를 의심하고 꺼려하여, 드디어 그의 동료들과의 접촉을 금지시키고 사택에 가두었다가 돌려보냈다. 이미 깨어나고 보니, 다음과 같았다.

> 집안의 어린 종들이 마당에서 대나무 비를 잡고 있었고, 두 손님은 의자 위에서 발을 씻고 있었다. 석양은 아직 서쪽 담장을 넘어가지 않았고, 먹다 남은 술이 아직 동창 아래에 있었다. 하지만 꿈속에서의 잠깐 동안이 마치 한 세상을 지난 것 같았다.[30)]

이야기의 주제는 『침중기』枕中記와 같으나, 묘사는 더욱 치밀하여 명의 탕현조湯顯祖 역시 이것을 저본으로 하여 『남가기』南柯記라는 전기를 지었다. 이야기의 말미에 하인에게 구멍을 파게 하여 뿌리를 살펴보니 개미들이 모여 있는 것이 모두 앞서 꿈에 보았던 것과 모두 부합하였다는 말이 있다. 이는 현실을 빌려 환상을 증명한 것으로 여운이 길게 남아 있다. 비록 사리와 인정에 있어서는 들어맞지 않는 점이 있기는 했지만, 이미 『침중기』와는 그 수준을 달리하고 있었다.

> ……큰 구멍이 있었고, 뿌리 부분은 환히 트여 밝고 맑았으며, 긴 의자 하나를 넣을 수 있을 정도의 넓이였다. 위에는 흙이 쌓여 성곽과 궁전의 모양을 하고 있었고, 몇 섬 정도의 개미가 그곳에 모여 있었다. 가운데에는 붉은색의 작은 대가 있고, 큰 개미 두 마리가 그곳에 있었는데, 흰 날

개와 붉은 머리를 하고 있었고 길이는 세 치 정도였다. 좌우에는 큰 개미 수십 마리가 그것을 보필하고 있었으며, 개미들은 감히 가까이 오지를 못했는데, 바로 그 왕이었다. 이곳이 바로 괴안국의 수도였다. 또 하나의 굴을 찾아 나가 네 길 정도 되는 남쪽 가지를 올라 구불구불하게 구부러지고 텅 빈 곳에 다시 토성과 작은 누대가 있어 여러 개미가 그곳에 거처하고 있었다. 바로 그가 다스리던 남가군이었다.…… 이전 일을 생각하니 감개가 무량하였다.…… 두 손님이 그것을 파손시킬까 봐 급히 이전처럼 덮어두도록 하였다.…… 다시 단라국을 정벌하였던 일이 생각나, 다시 두 손님에게 부탁하여 밖에서 그 흔적을 찾아보게 하였다. 집의 동쪽 1리쯤 되는 곳에 물이 말라붙은 오래된 시내가 있었는데, 그 옆에 큰 박달나무檀 한 그루가 있었다. 등나무와 새삼이 얽혀 있어 위로 해가 보이지 않았다. 옆에 조그만 구멍이 하나 있었는데 역시 개미들이 그 사이에 모여 있었다. 어찌 이곳이 단라국이 아니겠는가? 아아! 개미의 신비함도 다 헤아릴 수 없는데, 하물며 산에 숨고 나무에 엎드려 있는 큰 동물의 변화에 있어서랴?……[31]

『사소아전』(『광기』 491에 보인다)[32]의 내용은 다음과 같다. 소아小娥는 성이 사謝씨로 예장豫章 사람이다. 8세에 어머니를 잃고, 뒤에 역양歷陽의 협사 단거정段居貞에게 시집을 간다. 부부와 소아의 아버지는 모두 상인으로 강호를 왕래하던 중에 도적에게 살해되고, 소아 역시 다리가 부러져 물에 떨어지나 다른 배로부터 구조를 받는다. 그녀는 유랑하며 상원현上元縣에까지 와서 묘과사妙果寺에 의탁해 비구니로 지내게 된다. 그런데 소아가 꿈을 꾸었는데, 아버지가 원수는 "수레 안의 원숭이, 동문의 풀"車中猴東門草이라고 알려 주고, 또 남편은 원수가 "벼 속을 걷는 하루 사나이"禾中走一日

夫라고 꿈에 알려준다. 그래서 여기저기 지혜가 있다는 사람들을 찾아다녔으나, 아무도 해석을 하지 못했다. 공좌를 찾아가자 마침내 다음과 같이 해석해 주었다.

> "수레 안의 원숭이란, 수레 거車자의 아래 위 각 1획씩을 지운 것으로 신申이라는 글자가 된다. 신申은 후猴에 속하므로,[33] 수레 안의 원숭이라 한 것이다. 풀 초草 밑에 문門이 있고, 문 안에 동東이 있으면 바로 란蘭자가 된다. 또 벼 속을 걷는다는 것은 밭을 뚫고 지나가는 것穿田過이니, 역시 신申자이다. 하루 사나이一日夫란 부夫에 한 획을 더 긋고 아래에 일日자가 있는 것이므로, 춘春자가 된다. 당신의 아버지를 죽인 자는 신란申蘭이고, 당신의 남편을 죽인 자는 신춘申春인 것이 분명하다."[34]

소아는 이에 남장을 하고 남의 고용인 노릇을 하다 과연 두 도적을 심양潯陽에서 만나 찔러 죽인다. 이것이 관가에 알려져 그 일당이 잡히고, 소아는 사면되었다. 수수께끼를 풀어 도적을 잡는다는 것이 이치에 와닿지 않는 면이 있기는 하지만, 당시에는 널리 알려졌다. 이복언李復言[35]은 그 문장을 부연하여 『속현괴록』續玄怪錄에 수록하였고, 명나라 사람은 이것을 바탕으로 평화平話를 지었다[36](『박안경기』拍案驚奇 19에 보인다).

나머지 두 편 가운데 하나는 원제가 확실치 않다. 『광기』에서는 『노강풍온』盧江馮媼(343)이라고 제하였는데, 그 내용은 다음과 같다. 동강董江이라는 사람은 아내가 죽자 다시 맞아들였는데, 새 부인 풍온馮媼이 어떤 여자가 길 가에 있는 한 집에서 울고 있는 것을 보았다고 하였다. 뒤에 알고 보니 바로 죽은 아내의 묘였다. 동강은 이 말을 듣고는 요망한 말을 했다고 하여 새 부인을 쫓아낸다. 그 사건이 매우 간략하기에, 문채도 화려하지 않다. 또 하나는 『고악독경』古岳瀆經(『광기』 467에서는 『이탕』李湯이라고 제하였다)으로 내용은 다음과 같다. 이탕이라는 자가 있었는데, 영태永泰 연간에 초주 자사楚州刺史를 지내고 있었다. 어부들이 구산龜山 아래 물 속에 커다란 쇠사슬이 있는 것을 보았다는 말을 듣고, 사람과 소들로 하여금 끌어내게 하였더니 바람과 파도가 갑자기 일어났다.

원숭이 같은 모습의 괴물이 있었는데, 흰 머리에 긴 갈기가 있고, 눈같이 흰 이에 금색 발톱을 하고 맹렬하게 강둑으로 올라왔다. 키는 다섯 길 정도 되었는데, 웅크리고 앉아 있는 모습이 원숭이 같았다. 그러나 두 눈을 뜨지 못한 채로 혼수상태에 빠져 있는 듯했다…… 한참 있다 목을 길게 빼고 하품을 하더니, 두 눈을 갑자기 떴다. 번개같이 눈이 빛나더니 뒤돌아 사람들을 응시하고는 미쳐 날뛰려 하였다. 구경하던 사람들이 모두 도망가 버리자, 괴물은 서서히 쇠사슬을 당겨 소를 끌고 물로 들어가더니 다시는 나오지 않았다.[37]

당시 이탕과 초주의 저명인사들은 모두 놀랐으나 그 이유를 알지 못했다. 그 뒤에 이공좌가 옛 동오東吳의 땅을 찾았을 때, 동정호洞庭湖에 배를 띄우고, 포산包山에 오르기도 하다가 신비한 동굴靈洞에 들어가 선서仙書를 찾았는데, 돌구멍에서 『고악독경』 제8권을 보고는 마침내 그 이유를 알게 되었다. 그러나 그 경은 오래되고 진기한 문자로 씌어지고 벌레들이 편차篇次를 갉아먹어 전혀 해독할 수가 없었다. 그러나 이공좌와 도사 초군焦君이 같이 자세히 읽어 보니 다음과 같은 글이었다.

우禹가 홍수를 다스릴 때 세 번이나 동백산桐柏山에 갔었는데, 사나운 바람이 일고 번개가 쳤으며, 돌이 소리치고 나무가 울부짖어, 토백土伯이 하천을 둘러싸고 천로天老가 군세를 억눌렀지만, 공을 이룰 수 없었다. 우가 노하여 온갖 신령들을 소집하고 기夔와 용龍에게 명을 내리니 동백桐柏 등의 산군山君들이 길게[38] 머리를 조아리며 명을 기다렸다. 우는 그리하여 홍몽씨鴻濛氏, 장상씨章商氏, 두로씨兜盧氏, 이루씨犁婁氏를 가두고, 회와淮渦의 수신水神인 무지기無支祁를 붙잡았다. 무지기는 응대하는 말을 잘했고, 양자강揚子江과 회수淮水의 깊고 얕음과 평원과 저지대의 멀고 가까운 것을 가려낼 줄 알았다. 원숭이 같은 외모에 납작한 코와 높은 이마, 몸은 푸르고 머리는 희었으며, 금색의 눈에 흰 이를 하고 있었다. 목은 백 척이나 뻗칠 수 있었고, 힘은 아홉 마리의 코끼리를 능가하였다. 치고 날뛰고 달음질치는 것이 가볍고 순간적이라 [그 동작과 말을] 오랫동안 보거나 들을 수가 없었다. 우가 동률童律에게 명을 내렸으나[39] 그를 제지시킬 수 없었고, 오목유烏木由[40]에게 명을 내려도 제지시킬 수 없었으며, 경신庚辰에게 명을 내리자 [드디어] 제지시킬 수 있었다. 수천 년에 걸쳐 치비鴟脾, 환호桓胡, 목매木魅, 수령水靈, 산요山祅, 석괴石怪가 거칠게 굴며 소리치고 둘러쌌으나, 경신은 창을 들고 쫓아가 목에다 큰 사슬을 채우고 코에는 금방울을 꿰어 회수 남쪽의 구산龜山 아래로 옮겨다 놓아서 회수가 언제까지나 평온하게 흘러 바다로 들어가게 하였다. 경신 이후에 그 형상을 그렸던 자는 모두 회수의 파도와 비바람의 재난을 면하려는 것이다.[41]

송대 주희朱熹는 (『초사변증』楚辭辨證에서) 승려가 무지기無支祁를 항복시켰다는 것은 속설이라 하여 배척하였다.[42] 나필羅泌(『노사』路史)은 『무지기변』無支祁辯[43]을 지었고, 원대 오창령吳昌齡의 『서유기』西遊記 잡극[44] 속에도 "무지기는 그의 자매이다"無支祁是他姊妹라는 말이 있으며, 명대의 송렴宋濂[45]도 그 일을 수정 보완하여 글을 지었으니, 송·원 이후 이 설이 끊임없이 전파되었음을 알 수 있다. 또한 널리 민간에 퍼진 결과 학자들까지도 힘써 그 사실을 바로잡고 비판하기에 이르렀으나, 실제로는 이공좌가 상상으로 지어낸 것에서 나온 것일 따름이다. 다만 후대에 와서는 점차 우禹를 승려나 사주대성泗州大聖으로 오인하게 되었고,[46] 명대 오승은吳承恩은 『서유기』西遊記를 지을 때 그 신비한 변화와 신속하게 움직이는 모습을 손오공孫悟空에게 옮겨 놓았다. 이에 우가 무지기를 항복시켰다는 이야기는 드디어 묻혀서 드러나지 않게 되어 버렸다.

전기傳奇의 문장은 이밖에도 여전히 많은데, 비교적 두드러진 것으로는 농서隴西 이조위李朝威가 지은 『유의전』柳毅傳이 있다(『태평광기』 419에 보인다). 그 내용은 다음과 같다. 유의가 과거에 낙방하고 상강湘江 지방으로 돌아가는 길에 경양涇陽을 지나다가 양치는 여자를 만났는데, 용녀龍女라고 했다. 시부모와 남편에게 쫓겨나게 되었다고 말하면서, 유의에게 아버지인 동정군洞庭君에게 편지를 전해 달라고 부탁했다. 동정군에게는 전당군錢塘君이라는 동생이 있었는데, 성격이 억세고 포악하여 사위를 죽이고 딸을 데려와서는 유의와 배필을 맺게 하려 했으나 유의가 완강히 거절했기 때문에 그만두었다. 그 뒤에 유의는 아내를 잃고 집을 금릉金陵으로 옮겨 범양范陽의 노씨盧氏를 맞아들였는데 그가 곧 용녀였다. 또 남해로 옮겼다가 다시 동정으로 돌아갔다. 그의 외사촌 동생 설하薛嘏가 호湖에서 그를 만나 선약 오십 알을 얻었는데, 그 뒤로는 마침내 소식이 끊기고 말았다. 금대金代 사람들은 그 일을 가지고 잡극雜劇을 지었고(이 말은 동해원董解元의 『현색서상』弦索西廂[47] 가운데 보인다),[48] 원대에는 상중현尙仲賢[49]이 『유의전서』柳毅傳書를 지었으며, 번안물로서 『장생자해』張生煮海가 지어졌고,[50] 청대清代 이어李漁는 또 이것을 절충하여 『신중루』蜃中樓[51]를 지었다. 또한 장방蔣防[52]이 지은 『곽소옥전』霍小玉傳[53]이 있는데(『태평광기』 487에 보인다), 그 내용은 다음과 같다. 이익李益은 나이 이십에 진사에 급제하고 나서, 장안에 들어가 명기를 얻으려 생각하다가 곽소옥을 만났다. 그녀의 집에 살면서 이 년간을 서로 어울리다가, 이익은 정현鄭縣의 주부主簿를 제수받고 굳게 혼인을 약속하고 헤어졌다. 생은 어머니를 만나고 나서야 비로소 이미 노씨盧氏와 정혼되어 있다는 것을 알게 되었다. 어머니는 평소에 엄격했으므로, 이익은 감히 거스를 수 없어 마침내 소옥과 연을 끊었다. 소옥은 오래도록 이익으로부터 소식을 들을 수 없게 되자 마침내 몸져눕고 말았다. [이익의] 행방을 좇아 그를 불렀으나, 이익은 또 감히 올 수도 없었다. 하루는 이익이 숭경사崇敬寺에 있는데, 갑자기 어떤 누런 적삼을 입은 협객이 나타나 다짜고짜 그를 데리고 소옥의 집으로 갔다. 소옥은 병을 무릅쓰고 그를 만나 보고는, 그의 변심을 책망하고 나서 길게 통곡하고 죽었다. 이익은 그를 위하여 상복을 입고 아침저녁으로 울면서 깊이 애도했다. 이미 노씨와 혼인했지만, 원귀에게 재앙을 입어 마침내는 시기하는 마음이 생겨 그 아내를 내쫓았다. 세 번이나 아내를 맞았지만, 모두 이러했다. 두보杜甫의 「소년행」少年行에서 이 사실을 일러 다음과 같이 말했다.

> 누런 적삼의 젊은이 마땅히 자주 와야 하리. 黃衫年少宜來數[54]
> 그래야 집 앞에서 동으로 가는 물결을 보지 않을 것이니 不見堂前東逝波[55]

또 허요좌許堯佐[56]가 지은 『유씨전』柳氏傳[57]이 있는데(『태평광기』 485에 보인다), 그 내용은 다음과 같다. 시인 한굉韓翃은 이생李生의 아름다운 첩 유씨柳氏를 얻었는데, 안록산의 난을 만나자 유씨를 법령사法靈寺에 맡겨 놓고 자신은 치청淄青[58] 절도사의 서기가 되어 갔다. 난이 평정되어 다시 오니 유씨는 이미 오랑캐 장수 사질리沙叱利가 데려가고 없었다. 치청의 여러 장수들 중에는 협객 허우후許虞侯란 사람이 있었는데, 그녀를 빼앗아 굉에게 돌려주었다. 이것은 또 맹계孟棨의 본사시本事詩[59]에도 보이는데, 아마도 실제로 있었던 일이었을 것이다. 그밖에 유정柳珵(『태평광기』 275 『상청전』上清傳), 설조薛調(『태평광기』 486 『무쌍전』無雙傳), 황보매皇甫枚(『태평광기』 491 『비연전』非烟傳), 방천리房千里(『태평광기』 491 『양창전』楊娼傳)[60] 등과 같은 사람들에게도 모두 작품이 있지만, 두광정杜光庭[61]의 『규염객전』虬髯客傳(『태평광기』 193에 보인다)만이 널리 유포되었다.[62] 광정은 촉蜀의 도사道士로서 왕연王衍을 섬겼으며, 많은 저술이 있는데, 대개는 당치도 않은 것들이다. 이 이야기의 내용은 다음과 같다. 양소楊素의 기녀로 붉은 털이개를 잡고 있던 이가 이정李靖이 아직 평민으로 있을 때 그의 사람됨을 알아보고는 서로 약속을 하고 도망쳤다. 도중에 규룡의 모양을 한 수염을 기른 나그네(규염객)를 만났는데, [이정의] 비범함을 알아보고 재산을 물려주고 병법을 전해 주어 태종太宗을 보좌하여 당唐 왕조를 일으키도록 하였다. 그리고 자신은 해적을 이끌고 부여국扶餘國으로 들어가 그 군주를 죽이고 스스로 왕이 되었다고 한다. 후대에는 이 이야기가 사람들로부터 환영을 받아 그림까지 그려져, 그것을 삼협三俠이라고 하였다. 희곡 작품으로는 명대 능초성凌初成의 『규염옹』虬髯翁[63]이 있으며, 장봉익張鳳翼과 장태화張太和에게도 모두 『홍불기』紅拂記[64]라는 것이 있다.

위에서 열거한 것 외에도 작자를 알 수 없는 『이위공별전』李衛公別傳,[65] 『이림보외전』李林甫外傳[66]과 곽식郭湜의 『고력사외전』高力士外傳,[67] 요여능姚汝能의 『안록산사적』安祿山事迹[68] 등이 있다. 다만 그 저술의 목적이 숨겨진 일들을 드러내는 데 있었던 것으로, 전기를 짓기 위한 것은 아니었다. 문장이 산만하거나, 자질구레한 일들을 모아 놓은 것이기에, 후대 사람들이 매번 그것을 소설로 보고 있는 것이다.

주)

1) 글자 그대로의 의미는 경술(經術)에 밝다는 것이다. 한대(漢代)에는 명경사책(明經射策)으로 취사하였으니, 수 양제는 명경, 진사 두 과를 두었으며, 당대에는 수나라의 제도를 답습하는 한편 수재(秀才)와 명법(明法), 명자(明字), 명산(明算)을 더해 여섯 과를 두었다. 경의(經義)로 취한 자를 명경이라 하고, 시부(詩賦)로 취한 자를 진사라 하였다. 명경은 다시 오경(五經)과 삼경(三經), 이경(二經), 학구일경(學究一經), 삼례(三禮), 삼전(三傳), 사과(史科) 등의 항목을 두었다. 송대에 경의론책(經義論策)으로 진사를 시험 보면서 비로소 없어졌다. 명청대에는 공생(貢生)에 대한 경칭으로 쓰이기도 했다.— 옮긴이
2) 당송대 사람들의 시문에는 응제를 표제로 삼은 것이 있었으니, 이것은 모두 황제의 명에 응하여 지은 것으로, 내용은 대부분이 송덕을 가송하는 것이었는데, 진부한 말들을 답습하는 것이 많았다.— 옮긴이
3) 『구당서』 「원진전」(元稹傳)에 따르면 원진은 "태원(太原)의 백거이와 친하게 지냈다. 시를 잘 짓고, 풍속과 경물을 묘사하고 노래하는 데 뛰어났기에, 당시에 시를 말하는 자들은 원·백(元白)이라 칭하였다. 벼슬아치부터 마을의 평민들에 이르기까지 모두 읊조리며, '원화체'라 불렀다."(與太原白居易友善. 工爲詩, 善狀咏風態物色, 當時言詩者稱元·白焉. 自衣冠士子, 至閭閻下俚, 悉傳諷之, 號爲'元和體')
4) 『앵앵전』(鶯鶯傳). 원진의 『앵앵전』 및 아래 글에서 서술하고 있는 이조위(李朝威)의 『유의전』(柳毅傳), 이공좌(李公佐)의 『사소아전』(謝小娥傳), 『남가태수전』(南柯太守傳), 『노강풍온전』(盧江馮媪傳), 『고악독경』(古岳瀆經), 장방(蔣防)의 『곽소옥전』(霍小玉傳), 유정(柳珵)의 『상청전』(上清傳), 설조(薛調)의 『무쌍전』(無雙傳), 황보매(皇甫枚)의 『비연전』(非煙傳), 방천리(房千里)의 『양창전』(楊娼傳), 두광정(杜光庭)의 『규염객전』(虯髯客傳) 등은 모두 루쉰의 『당송전기집』에 수록되어 있다. [『앵앵전』은 『태평광기』 488과 『우초지』(虞初志), 『오조소설』(五朝小說), 『설부』(說郛) 등의 판본이 있다.— 보주]
5) "회진"(會眞)에서의 "진"(眞)은 "선"(仙)과 같으며, "회진"(會眞)은 신선을 만난다(遇仙), 또는 신선과 노닌다(遊仙)는 뜻이다. "선"(仙)이 당대(唐代)에는 기녀나 여도사를 가리키는 뜻이 있다는 것은 제8편의 역주에서 밝힌 바 있다.— 일역본
6) 천인커의 「앵앵전을 읽고」에 의하면, 당(唐)의 도선(道宣)의 『속고승전』(續高僧傳) 29 「흥복편」(興福篇) 「당포주보구사석도적전」(唐蒲州普救寺釋道積傳)과 『구당서』 13 「덕종기」(德宗紀) 정원(貞元) 15년 12월 경오(庚午) 및 정유(丁酉)의 여러 조와 대조하여 볼

때, 보구사(普救寺)나 뒤에 나오는 혼감(渾瑊), 두확(杜確) 등의 일들은 모두 원진에 관한 사실적인 기록이라고 한다. 또 볜샤오쉬안(卞孝萱)의 『원진 연보』(元稹年譜; 齊魯書社, 1980, 44~53쪽)에서는 『앵앵전』의 모델 문제에 대해 고증하면서, 천인커의 설에 대한 반론을 소개하였다. 또 저우사오량(周紹良)의 「『전기』전증」(『傳奇』箋證; 『소량총고』에 실려 있음)도 참고가 된다.—일역본
7) 원문은 "豈其夢邪". "豈其"에 관해서는 제8편의 옮긴이주(주 44)를 참고할 것.—옮긴이
8) 원문은 "張生將至長安". 다른 본에는 "張生將之長安"으로 되어 있다.—일역본
9) 원문은 "崔氏宛然無難詞". 이본에는 "崔氏宛無難詞"로 되어 있다.—일역본
10) 원문은 "將行之夕". "將行之再夕"으로 되어 있다.—일역본
11) 원문은 다음과 같다. 張生辨色而興, 自疑曰, "豈其夢邪?" 及明, 睹粧在臂, 香在衣, 淚光熒熒然猶瑩於茵席而已. 是後又十餘日, 杳不復知. 張生賦『會眞詩』三十韻, 未畢而紅娘適至, 因授之, 以貽崔氏. 自是復容之, 朝隱而出, 暮隱而入, 同安於曩所謂西廂者幾一月矣. 張生常詰鄭氏之情, 則曰, "我不可奈何矣." 因欲就成之. 無何, 張生將至長安, 先以情諭之, 崔氏宛然無難詞, 然而愁怨之容動人矣. 將行之夕, 不可復見, 而張生遂西下…
12) 양거원(楊巨源)의 자는 경산(景山)이고, 당나라 포주(蒲州; 지금의 산시山西 융지永濟) 사람으로 관직이 국자사업(國子司業)에까지 이르렀다. 그가 편찬한 『최낭시』(崔娘詩)는 『전당시』(全唐詩) 333권에 수록되어 있다.
13) 『회진시』(會眞詩) 30운(韻). 『전당시』 790권에 수록되어 있다.
14) 원문은 "秉嬌寵". 이본에는 "秉嬌貴"로 되어 있다.—일역본
15) 원문은 "不爲雲爲雨, 則爲". 이본에는 "不爲雲, 不爲雨, 爲"로 되어 있다.—일역본
송옥(宋玉)의 『고당부』(高唐賦; 『문선』文選에 수록됨)의 서(序)에, 초의 양왕(襄王)이 운몽(雲夢)에서 노닐었을 때, 송옥이 양왕에게, 선왕(초의 懷王)이 무산(巫山; 사천성과 호북성의 사이에 있음)의 신녀(神女)와 밀회한 꿈을 꾸었다는 말을 들려주었다 한다. 꿈속에서 신녀는 자기는 무산의 남쪽에 살면서 아침에는 행운(行雲)이 되었다가, 저녁에는 행우(行雨)가 된다고 하였다.—일역본
16) 원문은 "吾不知其變化矣". 이본에는 "吾不知其所變化矣"로 되어 있다.—일역본
17) 원문은 "據萬乘之國". 이본에는 "據百萬之國"으로 되어 있다.—일역본
18) 원문은 다음과 같다. "大凡天之所命尤物也, 不妖其身, 必妖於人. 使崔氏子遇合富貴, 秉嬌寵, 不爲雲爲雨, 則爲蛟爲螭, 吾不知其變化矣. 昔殷之辛, 周之幽, 據萬乘之國, 其勢甚厚, 然而一女子敗之, 潰其衆, 屠其身, 至今爲天下僇笑, 予之德不足以勝妖孼, 是用忍情."
19) "원진이 장생이라는 사람에 스스로를 기탁"(元稹以張生自寓)한 것은 송대 왕성지(王性之)의 『전기변증』(傳奇辨證)에서 다음과 같이 상세하게 논증하였다. ① "미지가 지은 『이모정씨묘지』에는 다음과 같이 되어 있다. '그 여자가 이미 남편을 잃고 군란을 당하자, 미지는 그 집안을 주도면밀하게 돌보아 주었다.' 곧 이른바 전기라는 것은 대개 미지 자신의 일을 서술한 것으로 특별히 다른 성씨를 빌려 스스로의 이름을 감춘 것이다."(微之所作『姨母鄭氏墓志』云: '其旣喪夫遭軍亂, 微之爲保護其家備至.' 則所謂傳奇者, 蓋微之自叙, 特假他姓以自避耳) ② "한퇴지가 지은 『미지처위총묘지』문에는 다음과 같이 되어 있다. '위씨 집안의 사위가 되었을 때 미지는 비로소 교서랑이 되었다.' 바로 전기

에서 말한 이른바 '뒤에 몇 년 있다 장생 역시 장가를 들었다'는 것이다."(韓退之作『微之妻韋叢墓志』文云: '作婿韋氏時, 微之始以選爲校書郎.' 正『傳奇』所謂'後歲餘, 生亦有所娶者也.') ③ "미지는 원씨고염시 백여 편을 지었는데, 그 가운데 『춘사』 두 수에는 모두 앵자가 감추어져 있다."(微之作元氏古艶詩百餘篇, 中有『春詞』二首, 其間皆隱鶯字) ― 보주

20) 이신(李紳, 772~846)의 자는 공수(公垂)이고, 당나라 무석(無錫; 지금의 장쑤) 사람으로, 관직이 수복야(守僕射), 동평장사(同平章事)에까지 이르렀다. 원진, 백거이와 친하게 지냈고, 저작으로는 『추석유집』(追昔游集)이 있다. 그가 지은 『앵앵가』(鶯鶯歌)는 『동비백로서비연가위앵앵작』(東飛伯勞西飛燕歌爲鶯鶯作)이라고도 하는데, 『전당시』 483권에 보인다. 그 시는 다음과 같다.

때까치는 천천히 날고 제비는 빨리 날아가는데, 伯勞飛遲燕飛疾
늘어진 버드나무 금빛으로 벌어지고, 꽃은 해를 향해 웃음짓네. 垂楊綻金花笑日
푸른 창의 아리따운 여인, 자는 앵앵이라네. 綠窗嬌女字鶯鶯
금으로 만든 참새 머리장식 검게 구부러지고 나이는 17세. 金雀婭鬟年十七
아버지 황고(黃姑)는 하늘에 오르고, 아모(阿母)는 있네. 黃姑上天阿母在
적막하니 서리 같은 자태 바탕은 연꽃이라오. 寂寞霜姿素蓮質
문은 닫혀 있고 겹겹이 잠긴 소슬한 절 안에 있으면서 門掩重關蕭寺中
향기로운 풀과 꽃이 필 때조차도 밖을 나서지 않도다. 芳草花時不曾出

21) 조덕린(趙德麟, 1051~1107)의 이름은 령치(令畤)이고, 호는 요복옹(聊復翁)으로, 송의 철종(哲宗) 때 사람이다. 그가 지은 『후청록』(侯鯖錄)은 8권으로, 전해 오는 자질구레한 이야기와 잡사가 많지만, 문학에 관한 논술도 있다. 5권에 원진의 『회진기』(會眞記)에 대한 고증이 아주 상세하게 되어 있으며, 또 그 일을 취해 『상조접련화사』(商調蝶戀花詞) 10결(闋)을 지었다. 그 서에서 다음과 같이 말하고 있다. "지금 한가한 날 그 문장을 상세히 읽어 보고는, 그 번잡한 것을 생략하여 10장으로 나누었다. 각 장의 밑에는 사를 써서 어떤 것은 전문을 완전히 취하기도 하고, 어떤 것은 단지 그 취지만을 취하였다. 또 따로 한 곡을 더 만들어, 이야기의 앞에 실어, 먼저 전편(前篇)의 의미를 서술하였다. 조는 『상조』(商調)라 하고 곡명은 『접련화』(蝶戀花)라 이름하였다."(今于暇日, 詳觀其文, 略其煩褻, 分之爲十章. 每章之下屬之以詞, 或全摭其文, 或止取其意, 又別爲一曲, 載之傳前, 先敍前篇之意, 調曰『商調』, 曲名『蝶戀花』) 사의 끝부분에서는 다음과 같이 말하고 있다. "백낙천은, '하늘과 땅같이 영원해 보이는 것도 언젠가는 끝날 날이 있지만, 이 한은 면면히 이어져 끝날 날이 없으리'라고 말했지만, 이것이 어찌 현종과 양귀비의 일에만 해당하는 것이겠는가!"(樂天曰: '天長地久有時盡, 此恨綿綿無盡期', 豈獨在彼者耶!)

22) 결이라고 하는 것은 가곡(歌曲)이나 사(詞)를 세는 단위로, 두 단락으로 된 사를 나누어 첫 단락을 상결(上闋)이라 하고 두번째 단락을 하결(下闋)이라 함.― 옮긴이

23) 동해원(董解元)은 대략 금(金)의 장종(章宗, 재위 1189~1208) 때 사람이다. 그가 편찬한 『현색서상』(弦索西廂)은 『서상기제궁조』(西廂記諸宮調)라고도 불린다.

24) 왕실보(王實甫)는 원의 대도(大都; 지금의 베이징) 사람이다. 그가 지은 잡극으로 지금 알려진 것은 14종이 있으나, 현존하는 것은 3종만이 있다. 『서상기』(西廂記)가 가장 유명하다.

25) 관한경(關漢卿)의 호는 이재수(已齋叟)이고, 13세기 전기쯤에 태어나, 원이 남송을 멸망시킨 뒤 죽었다. 원 대도 사람이다. 그가 지은 잡극으로 지금 알려진 것은 60여 종이 있으나, 현존하는 것은 18종이다. 어떤 이들은 왕실보의 『서상기』는 단지 4본(本)만이 있는데, 다섯번째 본은 관한경의 속작이라고 여기고 있다. 여기서의 『속서상기』(續西廂記)는 바로 『서상기』의 다섯번째 본을 가리킨다.

26) 이일화(李日華)는 명 오현(吳縣; 지금의 장쑤성에 속함) 사람이다. 그가 지은 『남서상기』(南西廂記)의 개요는 왕실보의 『서상기』와 대체로 일치한다. 『서상기』는 잡극(雜劇)이고, 『남서상기』는 전기(傳奇)이다.

27) 육채(陸采, 1497~1537)의 본명은 작(灼)이고, 자는 자현(子玄)이며, 호는 천지(天池)이다. 명 장주(長州; 지금의 장쑤성 우현吳縣) 사람으로, 그가 편찬한 것으로는 『남서상기』 등 전기 다섯 종이 있다.

28) 명대에 『서상기』를 계승한 것으로는 이일화의 『남서상기』와 육채의 『남서상기』 외에도, 이경운(李景雲)의 『최앵앵서상기』(崔鶯鶯西廂記)와 주공로(周公魯)의 『금서상』(錦西廂), 탁가월(卓珂月)의 『신서상』(新西廂) 등이 있다.— 보주

29) 『경』(竟)은 곧 『경서상』(竟西廂)이며, 실제 이름은 『금서상』(錦西廂)으로, 청의 주항종(周恒綜)이 지었다. 『번』(飜)은 『번서상』(飜西廂)으로, 청초에 연설자(硏雪子)가 지었다. 『후』(後)는 『후서상』(後西廂)으로, 청의 석방(石龐), 설단(薛旦), 탕세형(湯世瀠) 등 세 명이 각각 같은 이름의 작품을 썼다. 『속』(續)은 『속서상』(續西廂)으로 청의 사계좌(查繼佐)가 지었다.

["경"은 주탄륜(周坦綸)의 『경서상』이고, "번"(翻)은 연설자(硏雪子)의 『번서상』이며, "후"는 석방과 설단, 탕세형의 『후서상』이고, "속"은 사계좌의 『속서상』이다. 따로 매재일수(梅齋逸叟)의 『서상기후전』(西廂記後傳)과 우강운객(盱江韻客)의 『속서상승선기』(續西廂升仙記)가 있다. 이것들은 모두 청대 사람의 작품이다. 왕피장(汪辟疆)은 『당인소설』에서 다음과 같이 말했다. "『속서상』, 『번서상』, 『경서상』, 『후서상』…… 모두 지은 이가 적혀 있지 않다."(『續西廂』, 『翻西廂』, 『竟西廂』, 『後西廂』…不著撰人) 이것은 실제로는 자세히 조사한 것이 아니다. 이밖에도 정단(程端)의 『서상인』(西廂印)과 주성회(周聖懷)의 『진서상』(眞西廂), 진신형(陳莘衡)의 『정서상』(正西廂), 벽초헌주인(碧蕉軒主人)의 『불료연』(不了緣), 소징주인(少徵主人)의 『폄진기』(砭眞記) 등등이 있다. 최근에는 주빙학(周冰鶴)의 『증서상』(拯西廂)이 발견되기도 했다.— 보주]

30) 원문은 다음과 같다. 見家之童僕擁篲于庭, 二客濯足于榻, 斜日未隱于西垣, 餘樽尙湛于東牖, 夢中倏忽, 若度一世矣.

31) …有大穴, 根洞然明朗, 可容一榻. 上有積土壤以爲城郭殿臺之狀, 有蟻數斛, 隱聚其中. 中有小臺, 其色若丹, 二大蟻處之, 素翼朱首, 長可三寸, 左右大蟻數十輔之, 諸蟻不敢近, 此其王矣: 卽槐安國都是也. 又窮一穴, 直上南枝可四丈, 宛轉方中, 亦有土城小樓, 群蟻亦處其中; 卽生所領南柯郡也.…追想前事, 感歎于懷,…不欲令二客壞之, 遽令掩塞如舊.…復念檀蘿征伐之事, 又請二客訪迹於外, 宅東一里有古涸澗, 側有大檀樹一株, 藤蘿擁織, 上不見日, 旁有小穴, 亦有群蟻隱聚其間. 檀蘿之國, 豈非此耶? 嗟乎! 蟻之靈異猶不可窮, 況山藏木伏之大者所變化乎?…

32) 『사소아전』(謝小娥傳)은 『태평광기』 491권과 『전당문』(全唐文) 725권, 『녹창녀사』(綠窗女史), 『설부』 등의 판본이 있다.—보주

33) 신(申)이나 후(猴). 모두 뜻은 '원숭이'이다.—옮긴이

34) 원문은 다음과 같다. 車中猴, 車字去上下各一畫, 是申字, 又申屬猴, 故曰車中猴; 草下有門, 門中有東, 乃蘭字也. 又禾中走是穿田過, 亦是申字也; 一日夫者, 夫上更一畫, 下有日, 是春字也. 殺汝父是申蘭, 殺汝夫是申春, 足可明矣.

35) 이복언(李復言)의 이름은 량(諒)이고, 당의 농서(隴西; 지금의 간쑤성甘肅省 동남에 있음) 사람이다. 일찍이 팽성(彭城)의 현령, 소주자사(蘇州刺史) 등을 역임하였다. 그가 지은 『속현괴록』(續玄怪錄)은 『속유괴록』(續幽怪錄)이라고도 하는데, 이문(異聞)과 일사(逸事)가 많다. 그 가운데 『묘적니』(妙寂尼)에 사소아(謝小娥)의 일이 기록되어 있다.

36) 명나라 사람들이 그것에 바탕하여 평화(平話)를 지었다는 것은 명의 능몽초(凌濛初)가 편찬한 초각 『박안경기』(拍案驚奇)의 19권에 있는 「이공좌가 교묘히 꿈속의 말을 해석하고, 사소아가 지혜롭게 배 위의 도적을 잡다」(李公佐巧解夢中言, 謝小娥智擒船上盜)를 가리키는 것이다.

37) 원문은 다음과 같다. 一獸狀有如猿, 白首長鬐, 雪牙金爪, 闖然上岸, 高五丈許, 蹲踞之狀若猿猴, 但兩目不能開, 兀若昏昧,…久乃引頸伸欠, 雙目忽開, 光彩若電, 顧視人焉, 欲發狂怒. 觀者奔走, 獸亦徐徐引鎖曳牛入水去, 竟不復出.

38) 원문은 "桐柏等山君長". 이본에는 "桐柏千君長"으로 되어 있다.—일역본

39) 원문은 "禹授之童律". 이본에는 "禹授之章律"로 되어 있다.—일역본

40) 이본에는 "烏木由"로 되어 있다.—일역본

41) 원문은 다음과 같다. 禹理水, 三至桐柏山, 驚風走雷, 石號木鳴, 土伯擁川, 天老肅兵, 功不能興. 禹怒, 召集百靈, 授命夔龍, 桐柏等山君長稽首請命, 禹因囚鴻濛氏, 章商氏, 兜盧氏, 犁婁氏, 乃獲淮渦水神名無支祁, 善應對言語, 辨江淮之淺深, 原隰之遠近, 形若猿猴, 縮鼻高額, 青軀白首, 金目雪牙, 頸伸百尺, 力逾九象, 搏擊騰踔疾奔, 輕利倏忽, 聞視不可久. 禹授之童律, 不能制; 授之烏木由, 不能制; 授之庚辰, 能制. 鴟脾桓胡木魅水靈山祅石怪奔號聚繞, 以數千載, 庚辰以戰(一作戟)逐去, 頸鎖大索, 鼻穿金鈴, 徙淮陰之龜山之足下, 俾淮水永安流注海也. 庚辰之後, 皆圖此形者, 免淮濤風雨之難.

42) 주희(朱熹, 1130~1200)의 자는 원회(元晦)이고, 호는 회암(晦庵)으로, 남송 휘주무원(徽州婺源; 지금의 장시성江西省에 속함) 사람이다. 일찍이 비각수찬(秘閣修撰) 등의 직위를 역임한 바 있다. 그가 지은 『초사변증』(楚辭辨證)은 2권으로, 그 내용은 앞선 사람들의 주의 오류를 정정한 것이다. 승려가 무지기를 항복시킨 일을 속설로 배척했던 것은 같은 책 하권에 보인다. "지금 세속에서 말하는 승려가 무지기를 항복시킨 것이라든지, 허손이 교룡, 이무기의 정령을 베었다고 하는 것은 본래 확실한 증거가 없는 것으로, 호사가들이 가탁하여 지은 것을 실제화한 것이다. 사리에 밝은 선비들은 모두 한번 웃고 던져 버릴 것으로 깊이 있게 가려낼 필요는 없는 것이다."(如今世俗僧伽降無支祁, 許遜斬蛟蜃精之類, 本無稽据, 而好事者遂假托撰造以實之. 明理之士皆可以一笑而揮之, 正不必深與辯也)

루쉰은 『패변소철』(稗邊小綴)에서 다음과 같이 말했다. "『초사변증(하)』(楚辭辨證下)에

서는 다음과 같이 말했다. '『천문』에 곤이 황제의 식양을 훔쳐 홍수를 막았다 하였는데, 이것은 전국시대에 민간에서 전해지던 이야기로, 지금 세속에서 말하는 승려가 무지기를 항복시킨 것이라든지, 허손이 교룡, 이무기의 정령을 베었다고 하는 것은 본래 확실한 증거가 없는 것으로, 호사가들이 가탁하여 지은 것을 실제화한 것이다.' 이것은 송나라 때 먼저 우가 승려로 와전된 것이다. 왕상지는 『여지기승』(사십사회남동로우이군)에서 다음과 같이 말했다. '수모동은 구산사에 있는데, 민간에 전해지기로는 사주의 승려가 이곳에서 수모를 항복시켰다고 한다.' 이것은 다시 무지기가 수모로 와전된 것이다."(『楚辭辨證(下)』云: '『天問』, 鯤竊帝之息壤以堙洪水, 特戰國時俚俗相傳之語, 如今世俗僧伽降無支祁, 許遜斬蛟蜃精之類, 本無稽据, 而好事者遂假托撰造以實之.' 是宋時先訛禹爲僧伽. 王象之『輿地紀勝』(四十四淮南東路盱眙軍)云: '水母洞在龜山寺, 俗傳泗州僧伽降水母于此.' 則復訛巫支祁爲水母)—보주/옮긴이

43) 나필(羅泌)의 자는 장원(長源)이고, 송 노릉(盧陵; 지금의 장시성 지안吉安) 사람이다. 그가 지은 『노사』(路史) 47권은, 내용이 주로 중국 전설시기의 역사적인 일들을 논술하고 있다. 『무지기변』(無支祁辯)은 같은 책의 『여론』(余論) 3권에 보인다.

44) 서유기(西游記) 잡극. 현존본은 원의 오창령(吳昌齡)이 지었다고 제하였으나, 실제로는 원말명초의 양눌(楊訥; 자는 경현景賢)이 지었다. 6본 24절로, 제1절 『수손연주』(收孫演呪)에는 다음과 같은 말이 있다. "그 원숭이의 힘은 하늘과 견줄 만한데, 옥황상제의 선주(仙酒)를 훔쳐 마시고, 노자의 금단(金丹)을 도둑질하였으니, 그는 저들 마왕 가운데서도 첫번째를 차지한다. 그는 여산 노모의 형제이고, 무지기는 그의 자매이다."(那胡孫氣力與天齊, 偸玉皇仙酒, 盜老子金丹, 他去那魔君中占第一, 他是驪山老母兄弟, 無支祁是他姊妹)

45) 송렴(宋濂, 1310~1381)의 자는 경렴(景濂)이고, 호는 잠계(潛溪)로, 명 포강(浦江; 지금의 저장성에 속함) 사람이다. 관직은 학사승지지제고(學士承旨知制誥)에까지 이르렀다. 그의 무지기에 관한 논술은 그의 저작집인 『송학사전집』(宋學士全集) 28권 『산고악독경』(刪古岳瀆經)에 보인다.

46) 루쉰은 『패변소철』에서 다음과 같이 말했다. "호응린 역시 다음과 같은 말을 했다(『필총』 32). '대개 육조시대 사람이 『산해경』을 모방해 지은 것이다. 혹은 당대 문인의 골계와 완세의 문장을 『악독』이라 명명한 것이 볼만하다. 그 설이 자못 괴이하니, 그런 까닭에 후세 사람 가운데 그것을 말하기를 좋아하는 이도 있는 것이다. 송의 태사인 경렴 역시 그의 문집 가운데에서 그것을 총괄해 글로 즐거움을 삼았을 따름이다. 나필의 『노사』변에는 『무지기』가 있으니, 세상 사람들이 또 우임금의 일을 위조하여 사주의 대성으로 삼은 것은 모두가 가소로운 짓거리이다.'"(胡應麟(『筆叢』三二)亦有說, 以爲'蓋即六朝人踵『山海經』而贋作者. 或唐文人滑稽玩世之文, 命名『岳瀆』可見. 以其說頗詭異, 故後世或喜道之. 宋太史景濂亦隱括集中, 總之以文爲戲耳. 羅泌『路史』辨有『無支祁』; 世又僞禹事爲泗州大聖, 皆可笑.') 본 편의 아래 문장에 "명 송렴 역시 그 일을 총괄해 글로 썼다"(明宋濂亦隱括其事爲文)는 것과 "뒤에 점차로 우임금을 승가나 사주의 대성으로 잘못 썼다"(後來漸誤禹爲僧伽或泗州大聖)는 것은 모두 호응린의 『소실산방필총』에 근거하여 쓴 것이다.—보주

47) 동해원(董解元)의 『현색서상』(弦索西廂)은 곧 『서상기제궁조』(西廂記諸宮調)이다. 이 책의 서두에서는 다음과 같이 말했다. "이전 사람의 악부가 듣기에 좋지 않았던 것에 비해, 제궁조에서는 오히려 뛰어났다."(比前賢樂府不中聽, 在諸宮調裏却著數) 이것으로 이 책이 제궁조임을 알 수 있다. 이 구절 아래에서 "역시 아니다"(也不是)라는 말을 몇 차례 한 것은 이 제궁조가 다른 게 아니고, 앵앵과 장생의 이야기라는 것을 말해 주는데, 마지막에는 "유의전서도 아니다"(也不是柳毅傳書)라고 말했다. 이것으로 볼 때 당시에는 『유의전서제궁조』(柳毅傳書諸宮調) 역시 유행했는데, 일찌감치 없어졌다는 것을 알 수 있다. 유의(柳毅)에 관한 희곡으로는 따로 송대의 관본 잡극 『유의대성악』(柳毅大聖樂)이 있고, 남희(南戲)로 『유의동정용녀』(柳毅洞庭龍女)가 있었는데, 애석하게도 모두 없어졌다.—보주

48) 동해원의 『현색서상』 1권에 의하면 다음과 같은 말이 있다. "전대 사람들의 악부에 비한다면 들을 만한 것은 아니지만, 제궁조에서는 오히려 뛰어나다.……『이혼천녀』도 아니고, 『알장최호』[당의 맹계孟棨의 『본사시』本事詩에 있는 말이다. 최호崔護가 청명절淸明節 날, 교외로 나갔다가, 어떤 집에서 물을 청해 마실 때, 그 집 아가씨가 그의 시를 읽고, 사모하다가 죽었는데, 뒤에 다시 살아났다는 이야기이다.—일역본]도 아니며, 『쌍점예장성』[송의 노주廬州의 기녀 소소경蘇小卿과 서생인 쌍점雙漸이 고난을 겪고 나서 맺어지는 이야기이다.—일역본]도 아니고 『유의전서』도 아니다."(比前賢樂府不中聽, 在諸宮調裏却着數,…也不是離魂倩女, 也不是謁漿崔護, 也不是雙漸豫章城, 也不是柳毅傳書)

49) 상중현(尙仲賢)은 원(元) 진정(眞定; 지금의 허베이 정딩正定) 사람이다. 일찍이 강절(江浙)의 행성관리(行省官吏)를 지냈다. 그가 지은 잡극은 11종이 있다고 알려져 있으나 지금은 『유의전서』 등 3종만이 남아 있다.

50) 『장생자해』(張生煮海). 일설에는 상중현(尙仲賢)이 지었다고 하나, 이미 없어졌다. 지금 남아 있는 것은 원(元) 이호고(李好古)가 지은 것이다. 극의 줄거리는 장우(張羽)가 용왕의 딸과 사랑하였으나 용왕에 의해 방해를 받았는데, 뒤에 선인들의 도움으로 마침내 부부가 되었다는 이야기이다.

51) 이어(李漁, 1611~약 1679)의 호는 립옹(笠翁)으로, 청 난계(蘭溪; 지금의 저장성에 속한다) 사람이다. 그가 지은 『신중루』(蜃中樓)의 줄거리는 동정(洞庭)과 동해 두 용왕의 딸이 신루(蜃樓)에서 유람하며 놀고 있을 때, 우연히 유의(柳毅)와 장우(張羽)를 만나 각각 서로 사랑하다가 결국 결혼했다는 이야기다.

52) 장방(蔣防)의 자는 자미(子微)이고, 당 의흥(義興; 지금의 장쑤 이싱宜興) 사람이다. 관직은 한림학사에까지 이르렀다.

53) 『곽소옥전』(霍小玉傳)은 『태평광기』, 『설부』, 『우초지』 등의 판본이 있다.—보주

54) 원문은 "黃衫年少來宜數"가 맞음.—옮긴이

55) 두보(杜甫, 712~770)의 자는 자미(子美)이고, 당 공현(鞏縣; 지금의 허난에 속함) 사람이다. 일찍이 좌습유(左拾遺)를 지냈다. 저작집으로 『두공부집』(杜工部集)이 있다. 그가 지은 「소년행」(少年行) 제2수의 원시(의 전문)는 다음과 같다.

둥지의 제비는 새끼를 이끌고 모두 가버리고, 巢燕引雛渾去盡
강가의 꽃 열매는 이미 많지 않네. 江華結子已無多

누런 적삼의 젊은이 마땅히 자주 와야 하리. 黃衫年少宜來數
그래야 집 앞에서 동으로 가는 물결을 보지 않을 것이니. 不見堂前東逝波
[두보시집에는, "華"는 "花", "已"는 "也", "宜來"는 "來宜"로 되어 있음.—옮긴이]

56) 허요좌(許堯佐). 당(唐) 헌종(憲宗) 때의 인물로, 일찍이 태자교서랑(太子校書郎)과 간의대부(諫議大夫)를 지냈다.

57) 『유씨전』(柳氏傳)은 『태평광기』, 『우초지』 등의 판본이 있다.—보주

58) 당대 번진(藩鎭)의 이름. 치청평로(淄青平盧), 또는 평로(平盧)라 불렸다. 보응(寶應) 원년(762)에 설치되었다가 천우(天祐) 2년(905)에 주전충(朱全忠)에 의해 병탄되는 동안 절도사인 이정기(李正己)의 조손(祖孫) 삼대에 걸쳐 54년 동안 다스려졌다. 당 백거이(白居易)는 「하평치청표」(賀平淄青表)를 지었다. 이정기는 멸망한 고구려의 유장(遺將)으로 산동 지역을 거점으로 자신의 독자적인 세력을 확보하여 그 위세를 한동안 떨쳤다.—옮긴이

59) 맹계(孟棨). 맹계(孟啓)라고도 한다. 자는 초중(初中)이고, 당대(唐代) 사람으로, 사훈랑중(司勳郎中)을 지냈다. 그가 지은 『본사시』(本事詩) 1권은 당대 시인들의 일사(軼事)와 민간의 전문(傳聞)을 기록한 것이다.

60) 유정(柳珵)은 당 포주 하동(蒲州河東; 지금의 산시山西 융지永濟) 사람이다. 그가 지은 『상청전』(上淸傳)은 당의 재상 두참(竇參)이 총애하는 하녀인 상청이 당 덕종(德宗)에게 눈물로 하소연하여 두참으로부터 받은 원한을 풀었다는 이야기이다. [『상청전』은 총서 중에는 단지 『태평광기』에만 수록되어 있다.—보주]

설조(薛調)는 당 하중 보정(河中寶鼎; 지금의 산시 완룽萬榮) 사람이다. 일찍이 호부원외랑(戶部員外郎)과 한림학사승지(翰林學士承旨)를 지냈다. 그가 지은 『무쌍전』(無雙傳)은 유무쌍(劉無雙)과 왕선객(王仙客)의 애정 이야기이다. [『무쌍전』은 『태평광기』, 『설부』 등의 판본이 있다.—보주]

황보매(皇甫枚)의 자는 준미(遵美)이고, 당 안정(安定; 지금의 간쑤 징촨涇川) 사람으로, 일찍이 여주 노산(汝州魯山)의 현령을 지냈다. 『삼수소독』(三水小牘) 등의 저작이 있다. 『비연전』(非烟傳)은 보비연(步非烟)과 조상(趙象)의 사랑이 죽어서도 변하지 않았다는 이야기이다. [『비연전』은 『태평광기』, 『설부』, 『우초지』, 『녹창녀사』, 『당인설회』, 『용위비서』, 『예원군화』 등의 판본이 있다.—보주]

방천리(房千里)의 자는 곡거(鵠擧)이고, 당 하남(河南; 지금의 허난 뤄양洛陽) 사람으로, 일찍이 국자박사(國子博士)와 고주 자사(高州刺史)를 지냈다. 그가 지은 『양창전』(楊娼傳)은 장안의 명기(名妓)인 양창(楊娼)이 영남의 수갑(嶺南帥甲)에게 사랑을 받았으나 수(帥)가 죽자 양창도 죽음으로 보답하였다는 이야기이다. [『양창전』은 『우초지』, 『녹창녀사』, 『당인설회』, 『용위비서』 등의 판본이 있다.—보주]

61) 두광정(杜光庭, 850~933)의 자는 성빈(聖賓)이고, 자호(自號)를 동영자(東瀛子)라 하였다. 당말 오대(唐末五代)의 처주 진운(處州縉雲; 지금의 저장에 속한다) 사람이다. 일찍이 천태산(天台山)에서 도(道)를 배웠고, 당(唐)에서는 내정공봉(內廷供奉)의 벼슬을 했으며, 촉(蜀)으로 들어간 뒤에는 간의대부(諫議大夫)를 지냈다.

62) 『규염객전』(虬髥客傳)은 『태평광기』, 『설부』 등의 판본이 있다.—보주

63) 능초성(凌初成, 1580~1644)은 곧 능몽초(凌濛初)이다. 명(明) 오정(烏程; 지금의 저장 우싱) 사람으로 일찍이 상해현승(上海縣丞)과 서주통판(徐州通判)을 지냈다. 이 책의 제21편을 참조할 것. 그가 지은 잡극 『규염옹』(虬髯翁)의 정식 명칭은 『규염옹정본부여국』(虬髯翁正本扶餘國)이며 4절로 되어 있다.
[명대의 능초성(凌初成; 濛初)은 『규염옹』 북잡극(北雜劇)에서 규염객을 주인공으로 삼은 이외에도 같은 이야기의 북잡극 두 편을 더 썼는데, 하나는 그 이름이 『북홍불』(北紅拂)로서 홍불(紅拂)이 주인공으로 이미 영인본이 있으며, 다른 하나는 이정(李靖)이 주인공으로 『맥홀인연』(驀忽姻緣)인 듯하다.—보주]

64) 장봉익(張鳳翼, 1527~1613)의 자는 백기(伯起)이고, 호는 영허(靈墟)이며, 명(明) 장주(長州; 지금의 장쑤 우현) 사람이다. 잡극 작품으로는 지금 5종이 남아 있다. 『홍불기』(紅佛記)는 모두 34착(齣)이다. 장태화(張太和)는 자가 유우(幼于)이고, 호는 병산(屛山)이며, 명 전당(錢塘; 지금의 저장 항저우) 사람이다. 그가 지은 『홍불기』는 지금 없어졌다.

65) 『이위공별전』(李衛公別傳). 당(唐)의 이복언(李復言)이 지었다. 『태평광기』 418권에 들어 있으며, 『이정』(李靖)이라 적혀 있다. 글의 말미에 "『속현괴록』(續玄怪錄)에서 나왔다"(出『續玄怪錄』)고 하는 주석이 있다. [『이위공별전』은 단행본으로 된 전기문은 아니고 이복언의 전기집 『속현괴록』 가운데의 한 편으로 원명은 『이위공정』(李衛公靖)이다.—보주]

66) 『이림보외전』(李林甫外傳). 1권이며, 『고금설해』(古今說海)와 예더후이(葉德輝)가 집(輯)한 『당개원소설육종』(唐開元小說六種) 등의 책에 보인다. [『이림보별전』(李林甫別傳)은 『설부』와 『당개원소설육종』, 『당인소전삼종』(唐人小傳三種) 등의 판본이 있다.—보주]

67) 곽식(郭湜)의 생평과 사적은 자세하지 않다. 그가 지은 『고력사외전』(高力士外傳) 1권은 명(明) 고원경(顧元慶)의 『고씨문방소설』(顧氏文房小說)과 『당개원소설육종』 등의 책에 보인다. [곽식의 『고력사외전』은 『고씨문방소설』과 『당개원소설육종』, 『당인소전삼종』 등의 판본이 있다.—보주]

68) 요여능(姚汝能)은 관직이 화음위(華陰尉)에 이르렀으며, 그 밖의 것은 자세히 알 수 없다. 그가 지은 『안록산사적』(安祿山事迹)은 『신당서 · 예문지』에 3권으로 기록되어 있다. 먀오취안쑨(繆荃孫)이 집(輯)한 『우향령습』(藕香零拾)과 『당개원소설육종』 등의 책에 보인다. [이밖에도 쩡이펀(曾貽芬)이 교점한 『안록산사적』(上海古籍刊行社, 1983)도 있다.—일역본]

제10편 당대의 전기집과 잡조(雜組)

당대唐代에는 산문으로 된 전기傳奇를 지어 그것을 모아 하나의 집集으로 만든 것이 많이 있었다. 그러나 우승유牛僧孺의 『현괴록』玄怪錄만큼 대단한 명성을 갖고 있는 것은 없다. 우승유의 자는 사암思黯이며, 본래는 농서隴西 적도狄道 사람이지만, 완과 엽宛葉 지방[1]에서 살았다. 원화元和 초에 현량방정과賢良方正科에 응하여,[2] 그의 대책이 첫번째로 뽑혔으니, 잘못된 정치를 조목조목 지적함에 있어 솔직하여 재상이라도 꺼려하지 않았다. 과거의 시험관들이 모두 옮겨 가자 그 자신도 이궐현伊闕縣의 위尉에 임명되었다. 목종穆宗이 즉위하자 점차로 어사중승御史中丞에까지 이르렀으며, 뒤에는 호부시랑 겸 동중서문하평장사同中書門下平章事가 되었다. 무종武宗 때에 순주 장사循州長史로 폄적되었지만, 선종宣宗이 즉위하고부터는 다시 불러들여져 태자소사太子少師가 되었다. 대중大中 2년에 죽으니, 태위太尉로 추증追贈되었다. 향년 69세(780~848)였고, 시호諡號를 문간文簡이라 했으며, 신·구 『당서』에 전傳이 있다. 승유의 성격은 완고한 편이었으며, 지괴志怪를 매우 좋아했다. 그가 지은 『현괴록』 10권[3]은 지금은 이미 없어졌으나, 『태평광기』에 31편이나 인용되어 있어 그 대강을 살펴볼 수 있다.[4] 그 문장은 비록 다른 전기와 별로 다를 것이 없지만, 때로 사람들에게 허구라는 사실을 보여 주어 사실이라고 믿어 주기를 바라지는 않았다. 대개 이공좌李公佐나 이조위李祖威와 같은 무리들은 다만 그 글솜씨를 드러내려는 데 목적이 있었기 때문에, 사건이 허구虛構라는 것을 말하려 하지 않았다. [그러나] 승유에 이르러서는 상상적인 허구로 자신의 생각을 드러내려 했으므로 일부러 그것이 허구라는 흔적을 드러냈다. 『원무유』元無有는 곧 그 한 예이다.

보응寶應 연간에 원무유元無有란 사람이 있었다. 한번은 음력 2월 말에 유양維揚의 교외를 혼자서 가고 있었다. 날이 저물 때쯤 되어 비바람이 크게 일어났다. 그때는 병란이 있은 뒤라, 살던 사람들이 대부분 도망가 버려[5] 마침 길 옆에 있는 빈 집으로 들어갔다.[6] 잠깐 사이에 비가 그치고 활처럼 굽어진 달이 나왔다.[7] 무유가 북쪽 창가[8]에 앉아 있는데, 갑자기 서쪽 복도에서 지나가는 사람의 소리[9]가 들려왔다. 얼마 안 있어 달빛 속에서[10] 네 사람이 보였는데, 의관衣冠이 모두 특이했으며, 매우 유쾌하게 이야기하면서 시를 읊었다. 그러더니 [한 사람이] 말했다.

"오늘 저녁은 마치 가을 날씨처럼 바람과 달이 이렇게 좋으니, 우리가 어찌 한 마디씩 하여[11] 평소의 생각을 펼쳐 보이지 않을 수 있겠는가?"[12]

…… 읊조리는 소리가 낭랑해서 무유는 그것을 자세하게 다[13] 들을 수가 있었다. 그 첫번째로 의관을 갖춘 키가 큰 사람이 먼저 읊조리며 말했다.

"제齊나라의 깁이나 노魯나라의 비단은 눈서리처럼 희고, 저 맑게 울리는 높은 소리는 내가 내는 것이지[14]."

두번째로는 검은 의관을 한 키가 작은 보잘것없는 사람이 시를 읊으

며 말했다.[15]

"귀한 손님을 맞아 연회를 베푸는 좋은 밤에 휘황한 등촉은 내가 잡는 것이지."

세번째 사람은 오래되고 낡은 누런 의관을 한 사람으로, 역시 키가 작고 보잘것없었는데, 시를 읊으며 말했다.

"맑고 차가운 샘물은 아침에 긷고,[16] 나는 뽕나무 껍질로 만든 끈에 매달려 언제나 드나든다네."

네번째 사람도 오래된 검은 의관을 한 사람이었는데[17] 시를 읊으며 말했다.

"장작을 때고 물을 부어 음식을 끓여서는,[18] 다른 사람들의 입과 배를 채우는 것은 나의 공로지."

무유도 네 사람을 이상하게 여기지 않았고, 네 사람 역시 무유가 집 안에 있는 것을 유념하지 않았다. 그리고 서로 번갈아 가며 칭찬하였다. 그들이 자부하는 것을 보니[19] 비록 완사종阮嗣宗의 『영회』咏懷라 할지라도 미칠 수 없을 것 같았다.[20] 네 사람은 날이 샐 무렵이 되어 곧 있던 곳으로 돌아갔다. 무유가 그들을 찾았으나, 집 안에는 오로지 낡은 절구 공이, 등잔대,[21] 두레박, 깨진 솥이 있을 뿐이었다. 그래서 네 사람이란 곧 이 물건들이 변해서 된 것이란 것을 알게 되었다. (『태평광기』 369)[22]

우승유가 조정에 있을 때, 이덕유李德裕와 각각 파를 세워 당쟁을 했는데,[23] 그가 소설 짓는 것을 좋아했으므로, 이덕유의 문객인 위관韋瓘이라는 사람이 마침내 승유의 이름을 가탁하여 『주진행기』周秦行紀[24]를 지어 그를 모함했다. 그 이야기는 다음과 같다. 자신이 진사 시험에서 떨어져 완, 엽宛葉으로 돌아갈 때, 이궐伊闕의 명고산鳴皐山 아래를 지나게 되었는데, 날이 저물어 길을 잃었다. 마침 박태후薄太后[25]의 묘당에 들어가 한·당의 비빈妃嬪들과 주연을 베풀었다. 태후가 지금의 천자가 누구냐고 묻자 대답했다.

"지금의 황제는 선제先帝의 장자長子이십니다."[26]

태진太眞[27]이 웃으며 말했다.

"심씨 할멈沈婆의 아들[28]이 천자라니, 괴이하기도 하다."

다시 시를 짓다가 마침내 왕소군王昭君으로 하여금 잠자리를 시중들게 하고는 날이 밝자 떠나왔는데, "도대체 어찌된 영문인지 알지 못했다"竟不知其何如(자세한 것은 『태평광기』 489를 보라). 이덕유는 그로 인해 논論을 지었으니, 승유의 성은 도참圖讖과 조응되며, 『현괴록』에는 또 감추어진 말이 많은데, 그 의도는 백성들을 현혹시키는 데 있다. 『주진행기』는 곧 그 자신이 후비들과 저승에서 만났다는 것으로, 자신이 인신人臣의 신분이 아니라는 것을 증명하려 한 것이다.

> 심지어는 덕종德宗을 심씨 할멈의 아들이라 하고, 대종황후代宗皇后를 심씨 할멈이라고 희롱하여, 사람들로 하여금 전율을 느끼게 하므로, 그 군주에 대한 무례함이 지나친 것이라고 할 수 있다.[29]

지금 조대朝代에 반역을 저지르지 않으면, 반드시 자손대에 이르러서도 반역하는 일이 있게 된다. 그러므로 "반드시 희생[30]의 노소를 가리지 않고 모두 형벌에 처해야 한다. 그렇게 형벌이 내려져야 나라가 평안할 것이다"(자세한 것은 『이위공외집』 4를 보라).[31] 예로부터 소설을 가탁하여 다른 사람을 모함한 것 가운데 이것이 가장 기괴하다. 그 당시를 살펴보면 이러한 설은 역시 통용되지 않았었다. 오히려 승유는 재명才名이 있었던 데다, 높은 벼슬까지 지냈으며, 그가 지은 책은 마침내 세상에 널리 전하여졌다. 그리고 그것을 모방하는 사람들도 적지 않았다. 이복언이 지은 『속현괴록』 10권[32]은 "선술仙術과 감응感應의 두 부분으로 나누어져 있다"分仙術感應二門. 설어사薛漁思[33]에게는 『하동기』河東記 3권이 있는데, "역시 초자연적이고 기괴한 일을 기록하고 있으며, 서문序文에 의하면 우승유의 책의 속작이라고 하였다"亦記譎怪事, 序云續牛僧儒之書(모두 송宋 조공무의 『군재독서지』 13에 보인다). 또한 『선실지』宣室志[34] 10권을 지어, 신선과 귀신 세계의 신비하고 기이한 일들을 기록한 사람이 있었으니, 이름을 장독張讀이라 하며, 자는 성붕聖朋이다. 그는 장작張鷟의 후손으로, 우승유의 외손이다(『당서』 「장천전」張荐傳에 보인다). 후대에도 그가 "어려서부터 자주 봐 왔으므로 그 유풍을 따른 것"少而習見, 故沿其流派(청淸 『사고전서』 자부子部 소설가류 3)이 아닌가 하고 의심했다.

그밖에 무공武功 사람 소악蘇鶚의 『두양잡편』杜陽雜編[35]이 있는데, 당나라 때의 이야기를 기록하고 있으며, 이역 지방의 진기하고 기이한 사물들을 과장하여 서술하고 있다. 참요자參寥子 고언휴高彦休의 『당궐사』唐闕史[36]는 비록 간간이 실제 기록이 있기는 하나, 역시 꿈을 보고 선인이 되었던 이야기를 서술하고 있다. 그러므로 약간 변형된 것이기는 하지만, 모두 전기라 할 수 있다. 강변康駢의 『극담록』劇談錄[37]이 인간세상에서 일어난 일들을 많이 언급한 것이라든지, 손계孫棨의 『북리지』北里志[38]가 전적으로 화류계의 골목 이야기를 서술한 것이라든지, 범터范攄의 『운계우의』雲溪友議[39]가 특히 가영歌咏을 중시한 것이라든지 하는 것에 이르러서는, 점점 인간사에 접근하여 신과 요괴의 일로부터 멀어진 것 같지만, 사건을 선별한 것이 참신하고, 문장의 운용에 공을 들이고 있어, 사실은 여전히 전기를 골격으로 하고 있다. 배형裴鉶의 저작 등은 그 이름을 직접 『전기』傳奇[40]라 칭하면서 신선과 괴이하고 황당한 이야기를 많이 서술하였으며, 수식을 많이 하여 보는 이를 현혹시켰다.[41] 배형은 회남절도부대사淮南節度副大使 고변高騈의 종사從事로 있었는데, 고변은 뒤에 실의했을 때 더욱 신선을 좋아하다 모반하여 죽었으니, 이는 당시에 그가 고변에게 아첨하기 위해 지은 것이지 그의 본심은 아니었을 것이다. 섭은낭聶隱娘이 묘수妙手 공공아空空兒에게 이긴 이야기는 이 책에서 나온 것이다(이 글은 『광기』 194에 보인다). 명나라 사람이 이것을 취하여 단성식段成式의 『검협전』劍俠傳[42]으로 위작하였는데, 널리 퍼져 지금까지도 여전히 문인들이 즐겨 이야기하는 것이 되었다.

단성식은 자가 가고柯古이고, 제주齊州 임치臨淄 사람이다. 재상 문창文昌의 아들로, 음관蔭官에 의해 교서랑校書郞이 되고, 길주吉州 자사刺史로 옮겼다가, 대중大中 연간에 귀경하여 관직이 태상소경太常少卿의 자리에까지 이르렀다가, 함통咸通 4년(863) 6월 세상을 떠났다. 『신당서』의 「단지현전」段志玄傳 말미에 소전小傳이 있다(또는 『유양잡조』와 『남초신문』南楚新聞에도 보인다). 단성식의 집에는 기이한 책과 비밀스런 책奇篇秘籍들이 많이 있었고, 박학하고 기억력이 좋았다. 특히 불교 서적에 조예가 깊었으며, 어려서는 사냥을 좋아하였다. 또 어려서부터 문장으로 이름을 날렸는데, 사구詞句가 심오하고 박학하여 세상 사람들이 진기하고 중히 여겼다. 그의 소설로는 『여릉관하기』廬陵官下記[43] 2권이 있었는데 지금은 없어졌고, 『유양잡조』 20권 총 30편[44]은 모두 남아 있고, 『속집』續集 10권이 있다. 각 권의 1편[45]에는 비밀스런 책이 수록되기도 하였고, 기이한 이야기를 서술하기도 했는데, 신선·부처·사람·귀신으로부터 동식물에 이르기까지 모두 다 기재하고 있고, 종류에 따라 서로 모아 놓았기에 유서類書와 비슷한 데가 있다. 그 기원은 혹은 장화의 『박물지』로부터 나오기도 했지만, 당대唐

代에 있어서는 그것보다 독창적인 것이었다. 매 편에는 각각 제목이 있으나, 생소하고 괴벽하여 [그 뜻을 알기 힘들다]. 이를테면 도술을 기록한 것을 『호사』壺史라 하고, 불경을 베낀 것은 『패편』貝編이라 하였으며, 상례喪禮를 서술한 것을 『시조』尸竈라 하고, 괴이한 것을 기록한 것을 『낙고기』諾皐記라고 한 것처럼 선택하여 기술한 것이 고아하고 기이한 것이 많아, 그 제목에 충분히 부합한다.

하계夏啓는[46] 동명공東明公이고, 문왕文王[47]은 서명공西明公이며, 소공邵公[48]은 남명공南明公이고, 계찰季札[49]은 북명공北明公이어서, 이 사명四明이 사방의 귀신을 주재하였다.[50] 지극히 충효로운 사람은 수명이 다하고 나면, 모두 지하의 주재자가 되어 140년 동안 하선下仙의 도를 전수받고 대도를 받는 것이다.[51] 상성上聖의 덕이 있는 사람은 수명이 다하면, 삼관三官의 서書를 받고 지하의 주재자가 되어, 천 년이 되면 삼관의 오제로 옮기고, 다시 천사백 년이 지나면 비로소 태청太淸[52]으로 떠나, 구궁九宮의 중선中仙이 되는 것이다. (『옥격』玉格 2권)[53]

처음으로 하늘에 전생轉生한 자는 다섯 가지 상相이 있다. 그 하나는 빛이 몸을 덮어 옷이 없다. 그 둘은 물物을 보면 희유希有의 마음이 생기는 것이다. 그 셋은 얼굴이 붉어지는 것이다. 그 넷은 의심하는 것이다. 그 다섯은 두려워하는 것이다. (『패편』 3권)[54]

개국 초에 현장법사가 오도인도五度印度로 경전을 얻으러 가자, 서역에서는 그를 존경하였다. 나[단성식]는 왜倭의 승려 금강삼매金剛三昧를 만났다. 그는 다음과 같이 말했다. "일찍이 중천사中天寺에 가 본 적이 있는데,

절 안에 현장의 삼으로 만든 신과 수저를 많이 그려 놓았고, 채운彩雲에 그것을 실어 놓았다. 아마 서역에는 없는 물건이었기 때문이었을 것이다. 현장법사의 재일齋日이 될 때마다 그것에 두 손을 들고 땅에 엎드려 절을 하였다." (위와 같음)[55]

천옹天翁의 성은 장張씨이고, 이름은 견堅이며,[56] 자는 자갈刺渴로 어양漁陽 사람이다. 어려서부터 어디에 얽매이지 않고 조금도 거리끼는 바가 없었다. 일찍이 그물로 흰 참새白雀 한 마리를 잡아 아끼며 길렀다. 꿈에 유劉씨 성의 천옹이 노하여 그를 책망하며 매번 죽이려 하였다. 그때마다 흰 참새가 장견에게 알려 주어, 견이 여러 가지 수단을 강구하여 대응했기에 끝내 해칠 수가 없었다. 천옹은 마침내 견을 보러 내려왔다. 견은 성대하게 차려놓고 환영하였다. [견은] 몰래 천옹의 수레를 몰아 백룡을 타고 채찍을 휘두르며 하늘로 올랐다. 천옹은 남은 용을 타고 뒤따랐지만, 잡지 못했다. 견은 현궁玄宮에 도착한 뒤 백관을 바꾸고, 북문을 막았다. 흰 참새를 상경후上卿侯에 봉하고, 흰 참새의 자손이 지상에서 태어나지 않도록 하였다. 유씨 천옹이 지배권을 잃고 오악을 배회하며 재앙을 일으키기에, 견은 이를 근심하여 유씨 천옹으로 하여금 태산太山의 태수를 맡게 하여 생사의 명부를 주관하게 하였다. (『낙고기』 14권)[57]

대력大歷 연간에 어떤 선비의 장원이 위남渭南에 있었는데, 병에 걸려 서울[장안]에서 죽었기에, 아내인 유씨柳氏가 그 장원에서 거처하였다. ……그 선비의 상재祥齋의 날 저녁 유씨는 밖에 나와 앉아 바람을 쏘이고 있었는데, 말벌 한 마리가 그녀의 머리 주위를 맴돌았다. 유씨가 그것을 부채로 쳐서 땅에 떨어뜨려 보니 호두였다. 유씨가 주워 손바닥에 놓고 놀고 있는데, 점점 자라기 시작하였다. 처음에는 주먹만 하더니 밥 사발만 해졌다. 놀라 바라보는 사이에 이미 쟁반 정도의 크기까지 되었다. 갑자기 두 개의 부채로 나뉘더니 공중에서 빙빙 도는데 소리가 마치 벌떼와 같았다. 갑자기 유씨의 머리에서 하나로 합해져, 유씨의 머리가 부숴지고, 이빨은 나무에 가 박혔다. 그 물건이 날아가 버렸기에 도대체 어떤 괴물인지 알 수가 없었다. (위와 같음)[58]

또 문신文身의 일을 모은 것을 『경』黥이라 했고, 매를 기르는 방법을 기술한 것을 『육확부』肉攫部라고 한 것이 있으며, 속집으로는 『폄오』貶誤라는 것이 있어 고증을 수록하였고, 『사탑기』寺塔記라는 것이 있어 사찰을 기록해 놓았다. 다루고 있는 바가 넓은 데다가 진기하고 기이한 것이 많아서 전기傳奇와 앞을 다투어 세상 사람들에게 사랑받았다.

단성식은 시에 능했으나, 산문 작품과 마찬가지로 난해하고 화려하였다. 그때에 기祁 지방 사람인 자는 비경飛卿인 온정균溫庭筠,[59] 자는 의산義山인 하내河內의 이상은李商隱[60] 등도 모두 그런 시를 가지고 서로 과시하며, "삼십육체"三十六體[61]라 불렀다. 온정균에게도 『건손자』乾𦠆子[62]라고 하는 소설 3권이 있어, 그 유문遺文이 『광기』에 보인다. 하지만 사실의 요점만을 기록한 것으로, 간략하여 볼 만한 것이 없으니, 그의 시부의 아름다운 풍격과 다르다. 이상은은 소설 방면에서는 이름이 알려져 있지 않으나, 지금 『의산잡찬』義山雜纂 1권[63]이 있다. 『신당지』에는 기록되어 있지 않은데, 송의 진진손陳振孫[64](『직재서록해제』直齋書錄解題 11)은 이상은의 작이라 하였다. 그 책은 모두 민간의 일상적인 이야기와 비루한 일들을 집록하고 종류에 따라 분류하고 있다. 비록 자질구레한 것들을 모아 엮은 것에 지나지 않는다고는 하나, 자못 인간 세태의 비밀스럽게 감추어진 부분들을 꿰뚫고 있기도 하니,[65] 대개 웃음거리에 지나지 않는 것만은 아닐 것이다.

살풍경

소나무 아래 행차소리.

꽃을 보고 눈물을 흘린다.

이끼 위에 자리를 깔다.

늘어진 버들을 잘라낸다.

꽃 밑에서 잠방이를 말리다.

봄 놀이에 무거운 짐.

정원 안의 돌에 말을 매다.

달빛 아래 관솔불.

걸어가는 장군.

산을 등지고 있는 높은 누대.

과수원에 채소를 심다.

꽃시렁 아래서 닭, 오리를 먹인다.[66]

꼴사나운 모양

손님이 되어 다른 사람과 욕하고 싸우는 것.

……

손님이 되어 대탁臺桌을 차 엎어버리는 것.

……

장인, 장모 앞에서 사랑타령을 하는 것.

씹다 남은 어육을 쟁반 위에 뱉는 것.

여러 사람 앞에서 번듯이 눕는 것.

국그릇 위에 젓가락을 걸쳐놓는 것.[67)]

십계

술을 취하도록 마시지 말라.

어두운 곳에서 사람을 놀라게 하지 말라.

몰래 사람을 헐뜯지 말라.

혼자 과부의 방에 들어가지 말라.

다른 사람의 편지를 뜯어 보지 말라.

장난으로 남의 물건을 취하고는 모른 체하지 말라.

어두운 곳을 혼자 가지 말라.

무뢰한 자제들과 교제하지 말라.

남의 물건을 빌려 쓰고 10일이 넘도록 돌려주지 않는 짓을 하지 말라.[68)]

(원래 한 조가 빠져 있다.)

중화中和 연간에 이취금李就今이란 자가 있었는데, 자는 곤구衮求이며, 임진臨晉의 령令이 되었다. 그도 역시 호를 의산義山이라 했고, 시에 능하였다. 처음 진사에 급제하였을 때는 항상 창가倡家에서 놀았다는 것이 손계孫棨의 『북리지』北里志에 보인다. 이 『잡찬』이란 작품이 혹시 이 사람이 지은 것인지도 모르므로, 반드시 이상은이 지은 것이 아닐 수도 있다. 그러나 별다른 뚜렷한 증거도 없기 때문에, 단정할 수는 없다. 그 뒤로도 때때로 모방하여 지은 자가 있었으니, 송대에는 속작이 나와 왕군옥王君玉[69)]의 작품이라 칭했고,[70)] 재속再續이 있어 소동파[71)]가 지은 것이라 칭했으며,[72)] 명대에는 삼속三續이 나와 황윤교黃允交[73)]가 지은 것이라 칭하였다.

주)

1) 당대(唐代)의 진주(陳州) 회양군(淮陽郡) 완구현(宛丘縣; 지금의 허난성 화이양淮陽)과, 여주(汝州) 임여군(臨汝郡)의 엽현(葉縣; 지금의 허난성 예현의 남쪽 지방)이다.—일역본

2) 우승유(牛僧儒)가 현량방정과(賢良方正科)에 응한 것은 두목(杜牧)의 「당고태자소사기장군개국공증태위우공묘지명병서」(唐故太子少師奇章郡開國公贈太尉牛公墓誌銘幷序; 『번천문집』樊川文集 7)에 의하면, 원화(元和) 4년으로 기록되어 있으나, 『통감』(通鑑) 237권에는 원화 3년(808) 하사월(夏四月)의 조에 기록되어 있다. 『통감』에 의하면, 우승유는 그때 이궐(伊闕)의 위(尉)였고, 우승유와 함께 시정의 잘못을 규탄했던 이는 황보식(皇甫湜; 육혼현陸渾縣의 위尉)과 이종민(李宗閔; 화주華州의 참군參軍)이었다. 탄핵을 받은 재상 가운데에는 이길보(李吉甫)가 있었는데, 이것이 곧 우이당쟁(牛李黨爭)의 발단이었다.—일역본

3) 『현괴록』(玄怪錄)의 판본 및 일문에 관해서는 그 뒤 연구가 진행되어, 현재는 본문의 기술을 고쳐 쓸 필요가 있다. 청이중(程毅中)의 연구에 의하면, 우선 베이징도서관(北京圖書館) 소장의 서림송계(書林松溪) 진응상(陳應翔) 각본 『유괴록』(幽怪錄) 4권, 부(附) 이복언(李復言)의 속록(續錄) 1권이 있다. 이것은 베이징도서관 선본서목(善本書目)에 의하면, 명각본(明刻本)이라고 한다. 이 진응상 각본은 『현괴록』의 유일하면서도 편목도 가장 많은 단각본(單刻本)으로, 44편이 실려 있다. 『유괴록』이라 하는 것은 송대 사람이 시조인 현랑(玄朗)의 휘를 피해서 고친 것이다. 하지만 『당지』, 『신당지』, 『송지』에는 권수가 10권으로 기록되어 있고, 진각본(陳刻本)은 4권이며, 『광기』에서는 이 본 이외의 일문이 있기 때문에, 진각본은 『현괴록』의 원본이 아니다. 현재 이 진각본을 저본으로 교정을 보고, 『광기』 등에 보이는 일문을 모아 보유(補遺)한 본이 나와 있는데, 이것이 『현괴록 · 속현괴록』(청이중 점교點校, 베이징: 중화서국, 1982. 고소설총간古小說叢刊)이다. 이 책의 「점교설명」(點校說明)을 참고할 것.—일역본

우리나라 사람에 의해 이루어진 『현괴록』에 대한 연구로는 다음과 같은 것들이 있다. 박민웅(Park Min-woong), *Niu Seng-ju(780~848) and His Hsuan-kuai lu*, Ph.D dissertation, University of Wisconsin-Madison, 1993. 송윤미(宋倫美), 「현괴록 연구」(玄怪錄硏究), 서울: 성균관대 박사논문, 2000. 2.—옮긴이

4) 우승유(牛僧儒)의 『현괴록』은 『설부』와 『오조소설』, 『당인설회』, 『용위비서』 등의 판본이 있는데, 또 정전둬(鄭振鐸)가 『태평광기인득』(太平廣記引得)을 근거로 집록한 31칙 본이 있다.—보주

5) 원문은 "人戶多逃". 루쉰이 의거한 것은 『광기』이지만, 런민원쉐출판사판(뒤에 중화서국판) 『태평광기』에 실린 것과 진각본(陳刻本) 1권에 실린 것하고는 다른 곳이 있다. "多逃"는 진각본에는 "逃竄"으로 되어 있다.—일역본

6) 원문은 "遂入路旁空莊". 진각본에는 "遂"가 없다.—일역본

7) 원문은 "斜月方出". "方"은 진각본에는 "自"로 되어 있다.—일역본

8) 원문은 "北窓". 진각본에는 "北軒"으로 되어 있다.—일역본

9) 원문은 "行人聲". 진각본에는 "人行聲"으로 되어 있다.—일역본

10) 원문은 "見月中". 진각본에는 "未幾至堂中"으로 되어 있다.—일역본

11) 원문은 "吾輩豈得不爲一言". 런민원쉐출판사판 『태평광기』에는 "吾輩豈不爲一言"으로 되어 있고, 진각본에는 "吾黨豈不爲文"으로 되어 있다.—일역본

12) 원문은 "以展平生之事也". 진각본에는 "以紀平生之事"로 되어 있다.—일역본

13) 원문은 "具悉". 진각본에는 "甚悉"로 되어 있다.—일역본

14) 원문은 "予所發". 진각본에는 "爲子發"로 되어 있다.—일역본

15) 원문은 "其二黑衣冠短陋人詩曰". 진각본에는 "詩"가 없다.—일역본

16) 원문은 "候朝汲". 진각본에는 "俟朝汲"으로 되어 있다.—일역본

17) 원문은 "故黑衣冠人". 진각본에는 "黑衣冠身亦短陋"로 되어 있다.—일역본

18) 원문은 "爨薪貯泉相煎熬". 진각본에는 "貯泉"이 "貯水"로 되어 있고, "相"이 "常"으로 되어 있다.—일역본

19) 원문은 "觀其自負". 런민원쉐출판사판 『태평광기』에는 "羨其自負"로 되어 있다. 진각본에는 이 네 글자가 아예 없다.—일역본

20) 원문은 "亦若不能加矣". 진각본에는 "亦不能加耳"로 되어 있다.—일역본

21) 원문은 "燈臺". 진각본에는 "燭臺"로 되어 있다.—일역본

22) 원문은 다음과 같다. 寶應中, 有元無有, 常以仲春末獨行維揚郊野. 値日晚, 風雨大至, 時兵荒後, 人戶多逃, 遂入路旁空莊. 須臾霽止, 斜月方出, 無有坐北窓, 忽聞西廊有行人聲, 未幾, 見月中有四人, 衣冠皆異, 相與談諧吟咏甚暢, 乃云, "今夕如秋, 風月若此, 吾輩豈得不爲一言, 以展平生之事也?"…吟咏旣朗, 無有聽之具悉. 其一衣冠長人卽先吟曰, "齊紈魯縞如霜雪, 寥亮高聲予所發." 其二黑衣冠短陋人詩曰, "嘉賓良會淸夜時, 煌煌燈燭我能持." 其三故弊黃衣冠人, 亦短陋, 詩曰, "淸冷之泉候朝汲, 桑綆相牽常出入." 其四故黑衣冠人詩曰, "爨薪貯泉相煎熬, 充他口腹我爲勞." 無有亦不以四人爲異, 四人亦不虞無有之在堂隍也, 遞相褒賞, 觀其自負, 則雖阮嗣宗『咏懷』, 亦若不能加矣. 四人遲明乃歸舊所; 無有就尋之, 堂中惟有故杵燈臺水桶破鐺: 乃知四人卽此物所爲也.(『太平廣記』三百六十九)

23) 이덕유(李德裕, 787~850)의 자는 문요(文饒)이며, 당 조군(趙郡; 지금의 허베이 자오현趙縣) 사람이다. 무종(武宗) 때 관직이 문하시랑(門下侍郞), 동평장사(同平章事)에 이르렀으나, 뒤에는 애주(崖州)로 폄적되어 죽었다. 저작에 『차류씨구문』(次柳氏舊聞), 『회창일품집』(會昌一品集)이 있다. 당쟁(黨爭)이란 당 목종(穆宗)·선종(宣宗) 연간에 이길보(李吉甫), 이덕유 부자가 중심이 되고, 우승유(牛僧孺), 이종민(李宗閔)이 중심이 된 두 관료집단이 수십 년 동안 진행해 온 붕당 투쟁(朋黨鬪爭)을 가리킨다.

24) 위관(韋瓘)의 자는 무홍(茂弘)이며, 당 경조 만년(京兆萬年; 지금 산시陝西 시안西安) 사람으로, 관직은 중서사인에 이르렀다. 『주진행기』(周秦行記)를 지었는데, 루쉰의 『당송전기집』에 집록되어 있다. [『주진행기』는 『태평광기』, 『설부』, 『우초지』, 『고씨문방소설』 등의 판본이 있다.—보주]

25) 한 문제(漢文帝)의 어머니이다.—일역본

26) 이것은 『고씨문방소설』 본에 의한 것이다. 『당송전기집』에는 "금황제의 이름은 적으로 대종 황제의 장자이다"(今皇帝名適, 代宗皇帝長子)라고 되어 있는데, 이것은 『태평광기』 489권에 근거하여 쓴 것으로 문장의 의미가 더 낫다. 지금의 황제는 당 덕종(德宗)을 가리킨다.—보주

27) 양귀비이다.—일역본

28) 당의 덕종(德宗)의 모후(母后)의 성이 심씨이다. 그래서 덕종을 "심씨 할멈의 아들"이라 한 것이다.—일역본

29) 원문은 "乃至戲德宗爲沈婆兒, 以代宗皇后爲沈婆, 令人骨戰, 可謂無禮於其君甚矣!"

30) 이덕유의 『주진행기론』(周秦行紀論)에서 나온 말이다. 원문은 "태뢰"(太牢)로 제사 지낼 때 희생으로 쓰는 "소"(牛)를 가리키는데, 여기에서는 우승유(牛僧儒)의 성인 "우"(牛)를 빗대어 쓴 것이다.—옮긴이

31) 원문은 "須以'太牢'少長咸置于法, 則刑罰中而社稷安".
이덕유는 『주진행기』에 의거하여 『주진행기론』을 지었는데, 그 속에서 다음과 같이 말했다. "나는 일찍이 태뢰씨(太牢氏; 양국涼國의 이공李公이 일찍이 우승유를 태뢰라고 불렀다)가 그 몸을 신비롭게 하고 행동을 기발하게 보였다는 말을 들었다. 그의 성은 국가가 천명을 받는 도참(圖讖)과 조응된다고 하면서, '머리와 꼬리가 셋인 기린 60년, 두 개의 뿔이 난 송아지 미쳐 날뛰고, 용과 뱀이 서로 싸우니 피는 내를 이루네'라고 하였다. 그가 지은 『현괴록』을 보면 감추어진 말이 많아 사람들이 이해할 수 없다. 내가 태뢰씨의 『주진행기』를 얻어 반복하여 보건대, 태뢰씨 자신이 제왕의 후비와 저승에서 만나 자기는 인신의 신분이 아니라는 것을 증명하려 하였으니, 장차 '미쳐 날뛰는 데'(狂顚)에 뜻을 두고 있다."(余嘗聞太牢氏(涼國李公嘗呼牛僧儒爲太牢.…)好奇怪其身, 險易其行. 以其姓應國家受命之讖, 曰: '首尾三麟六十年, 兩角犢恣子狂顚, 龍蛇相鬪血成川.'及見著『玄怪錄』, 多造隱語, 人不可解.…余得太牢『周秦行紀』, 反覆覩其太牢以身與帝王后妃冥遇, 欲證其身非人臣相也, 將有意于'狂顚') 덧붙이자면, 『주진행기론』은 『이위공외집』(李衛公外集)에 보인다.

32) 『속현괴록』(續玄怪錄)은 『신당서 · 예문지』 자부 소설류에 "이복언의 『속현괴록』 5권"(李復言『續玄怪錄』五卷)으로 되어 있다. 송대 조공무의 『군재독서지』 자부 소설류에는 다음과 같이 나와 있다. "『속현괴록』 10권, 이복언이 지었는데, 우승유의 책을 속작한 것으로, 선술과 감응 세 부분으로 나뉘어 있다."(『續玄怪錄』十卷, 右李復言撰, 續牛僧儒書也. 分仙術, 感應三門) 여기에서 "삼"(三)은 "이"(二)의 잘못이다. 하지만 지금 남아 있는 송본은 남송 "임안부 태묘전 윤가서적포"(臨安府太廟前尹家書籍鋪) 간본으로 네 권만이 남아 있으며, 송대 황제의 이름을 피휘하여 『속유괴록』(續幽怪錄)으로 개명했는데, 문류(門類)를 나누지는 않았다. 상우인서관(商務印書館)에서는 영인을 해 『속고일총서』(續古逸叢書)와 『사부총간속편』(四部叢刊續編)에 수록하였다. 『태평광기』 중에는 『두자춘』(杜子春), 『설위』(薛偉), 『니묘적』(尼妙寂) 등 13칙이 있는데, 윤본에는 수록되지 않은 것이고, 호정(胡珽)의 『임랑비실총서』(琳琅秘室叢書)에는 송본을 수록한 이외에도 『광기』에서 집록하여 『습유』(拾遺) 2권을 만들었다. 그밖에도 『설부』, 『오조소설』, 『당인설회』, 『용위비서』 등의 판본이 있다.—보주

33) 설어사(薛漁思). 생평이 자세치 않다. 그가 지은 『하동기』(河東記) 3권은 이미 없어졌다. 『설부』에 한 권이 집록되어 있다. [『하동기』는 원본 『설부』 본이 있다(4권 『묵아만록』墨娥漫錄을 볼 것).—보주]

34) 『선실지』(宣室志). 『신당서 · 예문지』에 10권으로 기록되어 있으며 한(漢) 문제(文帝)가

선실에서 가의(賈誼)를 불러 귀신을 물은 것을 취하여 책이름으로 하였다. 찬자는 장독(張讀)으로 자는 성붕(聖朋; 성용聖用이라고도 한다)이고 당 심주 육택(深州陸澤; 지금의 허베이 선현深縣) 사람이다. 대중(大中) 연간에 진사가 되었고 여러 차례 중서사인·예부시랑으로 옮겼으며 상서좌승(尙書左丞)으로 마쳤다.

[『선실지』는 『패해』(稗海), 『설부』(說郛), 『경적일문』(經籍逸文), 『필기소설대관』(筆記小說大觀) 등의 판본이 있다.—보주]

[현재 장융친(張永欽)과 허우즈밍(侯志明)이 교정한 『선실지』가 『독이지·선실지』(獨異志·宣室志; 베이징: 중화서국, 1983)에 실려 있다. 이것은 명 만력 간(萬曆刊) 『패해』 본을 저본으로 하여 교정한 것으로 일문을 모아 수록했다. 장독(張讀)은 장융친과 허우즈밍의 「점교 설명」(點校說明)에 의하면, 당 문종(文宗) 대화(大和) 8년(834)이나 대화 9년에 태어났다고 한다.—일역본]

35) 소악(蘇鶚)의 자는 덕상(德祥)이며, 당 무공(武功; 지금의 산시陝西에 속함) 사람으로, 광계(光啓) 연간에 진사가 되었다. 그가 지은 『두양잡편』(杜陽雜編)은 『신당서·예문지』에 3권으로 기록되어 있다. [『두양잡편』에는 기이한 기예와 보물에 관한 기이한 견문과 사건이 많이 묘사되어 있는데, 당대 전기문의 한 지류이다. 1945년 이후 중화서국 1958년 단행본이 있는데, 『송창잡록』(松窗雜錄), 『계원총담』(桂苑叢談)과 합병하여 간행되었다.—보주]

36) 고언휴(高彦休)의 호는 참료자(參寥子)이며, 생평(生平)은 자세하지 않다. 그가 지은 『당궐사』(唐闕史)가 『신당서·예문지』에 세 권으로 기록되어 있다. [『당궐사』는 『설부』, 『설고』(說庫), 『지부족재총서』(知不足齋叢書) 등의 판본이 있다.—보주]

37) 강변(康駢)의 자는 가언(駕言)이고, 당 지양(池陽; 지금의 산시陝西 징양涇陽) 사람으로, 건부(乾符) 연간에 진사(進士)가 되었다. 관직은 숭문관교서랑(崇文館校書郎)에까지 이르렀다. 그가 지은 『극담록』(劇談錄)은 『신당서·예문지』에 세 권으로 기록되어 있다. [『극담록』은 류스헝(劉世珩)의 『귀지당인집』(貴池唐人集) 교증본(校增本)과 구뎬원쉐출판사(古典文學出版社) 1958년 단행본이 있다.—보주]

38) 손계(孫棨)의 자는 문위(文威)이고, 스스로 호를 무위(無爲)라 했다. 당 희종(僖宗) 때의 사람이다. 관직은 한림학사, 중서사인에까지 이르렀다. 저서로는 『북리지』(北里志) 한 권이 있다. [『북리지』는 명 초본(鈔本) 『설부』 등의 판본이 있으며, 1945년 이후 1957년 구뎬원쉐출판사 본이 있는데, 『교방기』(教坊記), 『청루집』(青樓集)과 합쳐서 간행되었다.—보주]

39) 범터(范攄)는 스스로 호를 오운계인(五雲溪人)이라 했으며, 대개 당 함통(咸通) 때 사람이다. 그가 지은 『운계우의』(雲溪友議)가 『신당서·예문지』에 세 권으로 기록되어 있다. [『운계우의』는 명대에 간행된 3권 본과 『사부총간속편』(四部叢刊續編) 본 및 1957년 구뎬원쉐출판사 표점본이 있다.—보주]

40) 배형(裵鉶)은 당말 사람으로, 고변(高駢)의 종사(從事)를 지냈으며, 뒤에는 어사대부(御史大夫), 성도절도부사(成都節度副使)의 벼슬을 지냈다. 그가 지은 『전기』(傳奇)는 『신당서·예문지』에 세 권으로 기록되어 있으나, 이미 없어졌다. 『세계문고』(世界文庫)에 집본(輯本)이 있다[『전기』는 상하이구지출판사上海古籍出版社에서 펴낸 저우렁자周楞伽 집본

이 있다.—보주][정전둬 주편 『세계문고』에 집본이 있고, 그 뒤에 저우렁자 집주본(1980)이 나왔다.—일역본].

아래 문장의 고변(高駢, ?~887)은 자가 천리(千里)로, 당말 유주(幽州; 지금의 베이징에 속함) 사람이다. 성도윤(成都尹), 검남서천절도관찰사(劍南西川節度觀察使) 등의 벼슬을 지냈다.

41) 우리나라 사람에 의해 이루어진 배형의 『전기』에 대한 연구로는 다음의 것이 있다. 최진아(崔眞娥), 「배형 『전기』의 시론 및 역주」, 서울: 이화여대 석사논문, 1996.—옮긴이

42) 『검협전』(劍俠傳)은 검협에 대한 이야기가 모두 33편이 실려 있으며, 『비서이십일종』(秘書二十一種) 등의 판본이 있다. 『용위비서』(龍威秘書)는 당대 단성식(段成式)이 지은 것으로 되어 있으나 믿을 수 없다. 이 책은 송 이후 사람이 탁명하여 편집한 것으로, 그 가운데 『승협』(僧俠), 『경서점노인』(京西店老人), 『난릉노인』(蘭陵老人), 『노생』(盧生) 등은 단성식의 『유양잡조』(酉陽雜俎)에서 제재를 취한 것으로 황보씨(皇甫氏)의 『원씨기』(原氏記), 배형의 『전기』, 원교(袁郊)의 『감택요』(甘澤謠), 강변(康駢)의 『극담록』(劇談錄), 손광헌(孫光憲)의 『북몽쇄언』(北夢瑣言), 오대(五代)의 왕정보(王定保)의 『당척언』(唐摭言), 송왕질(宋王銍)의 『보시아소명록』(補侍兒小名錄), 오숙(吳淑)의 『강회이인전』(江淮異人傳), 홍매의 『이견지』 등의 책에서도 제재를 취했다.—보주

43) 『여릉관하기』(廬陵官下記). 『신당서 · 문예전(文藝傳)』에 세 권으로 기록되어 있었으나 이미 없어졌다. 청 도정(陶珽)이 다시 편집한 『설부』에 그 없어진 문장이 실려 있다. [『여릉관하기』는 이미 없어졌다. 『태평광기』에도 남아 있는 일문이 없다.—보주]

44) 우리나라 사람에 의해 이루어진 단성식(段成式)의 『유양잡조』에 대한 연구로는 다음의 것이 있다. 정민경(鄭暋暻), 「단성식의 『유양잡조』 연구」(段成式的酉陽雜俎研究), 北京: 中國社會科學院 博士論文, 2002. 6.—옮긴이

45) 여기에서 "각 권의 1편"이라 한 것은 잘못이다. 전집(前集) 20권 30편과 속집(續集) 10권 6편이다. 『유양잡조』의 본문을 교정하고 주석을 가한 것으로는 이마무라 요시오(今村與志雄)가 역주한 『유양잡조』 5책(도쿄: 헤이본샤平凡社 도요분코東洋文庫, 1980. 7~1981. 12)이 있다. 또 팡난성(方南生) 점교(點校), 『유양잡조』(베이징: 중화서국, 1981)가 있다.—일역본

46) 하(夏)나라 왕으로 우(禹)의 아들.—옮긴이

47) 주(周)의 문왕(文王)으로 무왕(武王)의 아버지.—옮긴이

48) 주 무왕(周武王)의 아우.—옮긴이

49) 춘추시대 오(吳)나라 태자.—옮긴이

50) 이 대목은 양(梁)의 도원경(陶元景)의 『진고』(眞誥)를 초록한 것인 듯하다. 원문 "四時主四方鬼"는 『진고』에는 "四明主領四方鬼"로 되어 있다. 또 『영락대전』(永樂大典) 2592 「신」(神) 시문에 인용된 안원헌공(晏元獻公) 『유요』(類要)의 주에 "『酉陽雜俎』曰"이라고 한 대목을 인용한 것에는 "四明主四方鬼"로 되어 있다. 따라서 "四時"는 "四明"이라고 해야 할 듯하다.—일역본

51) 원문은 "乃授下仙之教,". 『진고』에는 "得受下仙之教"로 되어 있다.—일역본

52) 도가의 삼청(三淸)의 하나로 40리 상층의 공간.—옮긴이

53) 원문은 다음과 같다. 夏啓爲東明公, 文王爲西明公, 邵公爲南明公, 季札爲北明公, 四時主四方鬼. 至忠至孝之人, 命終皆爲地下主者, 一百四十年, 乃授下仙之敎, 授以大道. 有上聖之德, 命終受三官書, 爲地下主者, 一千年乃轉三官之五帝, 復一千四百年方得游行太清, 爲九宮之中仙.(『玉格』 卷二)

54) 始生天者五相, 一光覆身而無衣, 二見物生希有心, 三弱顔, 四疑, 五怖.(『貝編』 卷三)

55) 國初僧玄奘往五印取經, 西域敬之. 成式見倭國僧金剛三昧, 言嘗至中天寺, 寺中多畵玄奘麻屩及匙箸, 以彩雲乘之, 蓋西域所無者, 每至齋日, 輒膜拜焉.(同上)

56) 장견(張堅)은 마스다 와타루(增田涉)의 일역주에 의하면 한말 황건적군의 수령인 장각(張角)을 지칭한다고 하였다.—보주

57) 天翁姓張, 名堅, 字刺渴, 漁陽人, 少不羈, 無所拘忌. 常張羅得一白雀, 愛而養之, 夢劉天翁責怒, 每欲殺之, 白雀輒以報堅, 堅設諸方待之, 終莫能害. 天翁遂下觀之, 堅盛設賓主, 乃竊騎天翁車, 乘白龍, 振策登天, 天翁乘餘龍追之, 不及. 堅旣到玄宮, 易百官, 杜塞北門, 封白雀爲上卿侯, 改白雀之胤不産於下土. 劉翁失治, 徘徊五岳作災, 堅患之, 以劉翁爲太山太守, 主生死之籍.(『諾皐記』 卷十四)

[청의 유정섭(兪正燮)의 『계사존고』(癸巳存稿) 13권 「장천제」(張天帝)에 그의 말을 인용하여, 다음과 같이 기술하였다. "이것은 장릉(張陵)이 도서를 지었을 때의 의론일 것이다. 도장(道藏)의 책을 조사했지만 보이지 않았다."—일역본]

58) 大歷中, 有士人莊在渭南, 遇疾卒于京, 妻柳氏因莊居.…士人祥齋日, 暮, 柳氏露坐逐涼, 有胡蜂繞其首面, 柳氏以扇擊墜地, 乃胡桃也. 柳氏遽取, 玩之掌中; 遂長, 初如拳, 如椀, 驚顧之際, 已如盤矣. 曝然分爲兩扇, 空中輪轉, 聲如分蜂, 忽合于柳氏首. 柳氏碎首, 齒著于樹. 其物因飛去, 竟不知何怪也.(同上)

59) 온정균(溫庭筠, 약 812~866)의 자는 비경(飛卿)이고, 당 태원(太原; 지금의 산시山西) 사람으로, 방성위(方城尉), 국자조교(國子助敎)의 벼슬을 지냈다. 그가 지은 『건손자』(乾䐁子)가 『신당서 · 예문지』에 세 권으로 기록되어 있으나 이미 없어졌다. 『태평광기』에 그 없어진 문장이 실려 있다. [온정균의 생졸년에 대해서 샤청다오(夏承燾)의 「온비경계년」(溫飛卿繫年; 샤청다오, 『당송사인연보』唐宋詞人年譜, 상하이 구뎬원쉐출판사, 1955)에서는 함통(咸通) 11년에 죽었다 한다.—일역본]

60) 이상은(李商隱, 약 813~858)의 자는 의산(義山)이고, 호는 옥계생(玉溪生)이다. 당 회주(懷州) 하내(河內; 지금의 허난 친양沁陽) 사람으로 비서랑(秘書郎), 동천절도사판관(東川節度使判官) 등의 벼슬을 지냈다. [이상은의 생졸년에 관해서는 장차이톈(張采田)의 『옥계생연보회전』(玉溪生年譜會箋; 베이징: 중화서국, 1962)에서는 원화(元和) 7년(812)에 태어났다고 한다.—일역본]

61) 삼십육체(三十六體). 『신당서 · 예문지』에 다음과 같이 기록되어 있다. "이상은이 초기에 지은 글은 괴이하고 예스런 풍이 있었다. 영호초(令狐楚)의 부에 있을 때에 초가 본래 장주(章奏)를 잘하였으므로 [이상은이] 그 학문을 전수받았다. 이상은의 변려체는 하나는 길고 하나는 짧으나, 지나치게 수사가 화려하고 치밀하다. 그 당시 온정균, 단성식이 모두 그런 시를 가지고 서로 과시하여 '삼십육체'라 불렀다."(商隱初爲文瓌邁奇古, 及在令狐楚府, 楚本工章奏, 因授其學. 商隱駢偶長短, 而繁縟過之. 時溫庭筠·段成式俱用是

相夸, 號'三十六體') 또 송(宋) 왕응린(王應麟)도 『소학감주』(小學紺珠)에서 세 사람의 항렬이 모두 열여섯번째이므로 이와 같이 불렀다고 하였다.

62) 『건손자』(乾𦠆子)는 그 유문(遺文)이 『태평광기』에 32칙이 보인다. 『설부』와 『용위비서』 본이 있는데, 수록된 내용은 더욱 적다.—보주

63) 『의산잡찬』(義山雜纂)은 『설부』 등의 판본이 있다. 루쉰은 1926년 7월에 촨다오(川島; 촨다오는 필명으로 본명은 장팅첸章廷謙, 저장성 사오싱 사람으로 베이징대학 졸업, 『위쓰』語絲의 편집인이었음)에게 보낸 편지에서 다음과 같이 말했다. "『당인설회』는 물릴 수 있다면 내가 생각하기에는 꼭 살 필요는 없는 것 같습니다. 편자인 '산음련당거사'(山陰蓮塘居士)는 비록 동향 사람이기는 하지만,…… 수록된 것은 대부분 멋대로 고친 것이거나 산절된 것으로, 가지고 놀기에는 안 될 것은 없지만 진짜라고 믿어 버리면 적잖게 속아 넘어가게 될 것입니다. 아마도 근래 상우인서관에서 영인한 『고씨문방소설』이 그것보다 훨씬 좋을 것입니다. 『당인설회』 안에 있는 『의산잡찬』도 그다지 좋지 않은데, 내가 갖고 있는 명 초본 『설부』(각본 『설부』는 가짜임)에서 베낀 1권이 더 좋습니다. 그 안에는 당대 사람의 속어가 있는데, 명대 사람은 이해를 하지 못해 그것을 고쳐놓긴 했지만 잘못 고쳐놓았습니다."(『唐人說薈』如可退還, 我想大可以不必買, 編者'山陰蓮塘居士'雖是同鄉,…所收的東西, 大半是亂改和刪節的, 拿來玩玩, 固無不可, 如信以爲眞, 則上當不淺也. 近來商務館所印的『顧氏文房小說』, 大概比他好得多. 『唐人說薈』裏的『義山雜纂』, 也很不好. 我有從明抄本『說郛』(刻本『說郛』, 也是假的)抄出的一卷, 好得多, 內有唐人俗語, 明人不解, 將他改正, 可是改錯了)—보주/옮긴이

64) 진진손(陳振孫)의 자는 백옥(伯玉)이고, 호는 직재(直齋)이며, 남송(南宋) 안길(安吉; 지금의 저장성에 속함) 사람이다. 시랑(侍郎)의 벼슬을 지냈다. 그가 지은 『직재서록해제』는 22권으로, 역대의 서적을 53가지로 분류하여 권수(卷數), 저자(著者) 및 품평(品評)의 잘잘못을 상술하였다. 원서는 이미 없어졌으며, 현존하는 판본은 『영락대전』(永樂大典)으로부터 집교(輯校)한 것이다. [청 건륭(乾隆) 연간 사고관신(四庫館臣)에 의해 이루어졌다. 『사고전서총목』(四庫全書總目) 85권 「사부」(史部) 목록류(目錄類)를 볼 것.—일역본]

65) 촨다오의 『잡찬사종』(雜纂四種)에는 "파역"(頗亦)이 "역파"(亦頗)로 되어 있다.—보주

66) 원문은 "殺風景. 松下喝道. 看花淚下. 苔上鋪席. 斫却垂楊. 花下晒褌. 游春重載. 石笋繫馬. 月下把火. 步行將軍. 背山起樓. 果園種菜. 花架下養鷄鴨".
『의산잡찬』의 인용문은 함분루 본(涵芬樓本) 『설부』를 다음과 같이 교감했다. "소나무 아래 행차소리"(松下喝道)는 "꽃길 사이 행차소리"(花間喝道)로 되어 있고, "걸어가는 장군"(步行將軍)은 "기생과 연회를 벌이며 세속의 일을 말한다"(妓筵說俗事)로 되어 있으며, "산을 등지고 있는 높은 누대"(背山起樓)는 "과수원에 채소를 심다"(果園種菜)와 서로 바뀌어 있고, "여러 사람 앞에서 번듯이 눕고"(對衆倒臥) 네 글자는 없고, 십계(十誡)의 순서는 모두 다르고 용자(用字) 역시 많이 다른데, 이를테면 "다른 사람의 편지를 뜯어보지 말라"(不得開人家書)는 "개인적인 편지"(私書)로 되어 있으며, "장난으로 남의 물건을 취하고는 모른 체하지 말라"(不得戲取物不令人知)는 "말하지 말라"(不言)로 되어 있고, "어두운 곳을 혼자 가지 말라"(不得暗黑獨自行)는 "어두운 곳을 혼자 가

고”(黑暗獨行)로 되어 있고, “무뢰한 자제들과 교제하지 말라”(不得與無賴子弟往還)에는 “제”(弟)자가 없고, “남의 물건을 빌려 쓰고 10일이 넘도록 돌려주지 않는 짓을 하지 말라”(不得借人物用了經旬不還)에는 “료”(了)자가 없다.—보주

67) 원문은 “惡模樣. 作客與人相爭罵. … 做客踏鞦臺桌. … 對丈人丈母唱艶曲. 嚼殘魚肉歸盤上. 對衆倒臥. 橫箸在羹碗上”.

68) 원문은 “十誡. 不得飮酒至醉. 不得暗黑處驚人. 不得陰損于人. 得獨入寡婦人房. 不得開人家書. 不得戲取物不令人知. 不得暗黑獨自行. 不得與無賴子弟往還. 不得借人物用了經旬不還”.

69) 왕군옥(王君玉). 송대(宋代)에는 왕군옥이란 사람이 둘 있다. 『사고전서총목제요』에는 『국로담원』(國老談苑) 2권이 예전에는 본래 이문(夷門) 은수(隱叟) 왕군옥(王君玉)이 지었다고 기록되어 있다. 또 『송사』 「왕규전」(王珪傳)에 의하면 규(珪)의 종형(從兄) 기(琪; 자는 군옥君玉)는 성도(成都) 화양(華陽) 사람으로, 인종(仁宗) 때 관각교감(館閣校勘), 집현교리(集賢校理)를 지냈다고 하였다. 『잡찬속』(雜纂續) 1권의 작자는 물론 두 사람 가운데 하나일 것이다.

70) 촨다오(川島)는 『잡찬사종서언』(雜纂四種序言)에서 다음과 같이 말했다. 『잡찬속』의 작자는 “초본 『설부』에는 왕군옥으로 되어 있고, 왕질(王銍)이 아닌데, 황윤교(黃允交)도 역시 왕군옥에게 속작이 있다고 하였으니, 이것은 왕질과는 관계가 없는 듯하다. 다만 왕군옥이 세상에 이름이 알려진 사람이 아니고, 왕질은 당시의 작가라는 사실을 알 수 있을 뿐이다.”—보주

71) 소동파(蘇東破). 이 책의 제7편을 참고할 것. 『잡찬이속』(雜纂二續) 1권에서는 “소식이 지었다”(蘇軾撰)고 적혀 있다.
[『잡찬』 및 그 속작에 관해서, 작자는 처음의 3종은 통행본 『설부』 76에, 뒤의 황윤교(黃允交)의 『잡찬삼속』(雜纂三續)은 『설부속』(說郛續) 45에 의한 것인 듯하다. 또 원본 『설부』(장종상張宗祥 중교重校, 상하이: 상우인서관, 1927) 5권에, 『잡찬』이라고 하여 상권(上卷)에 “이의산”(李義山)의 것이 있고, 중권(中卷)에 『왕군옥속찬』(王君玉續纂)이라는 것이 있고, 하권(下卷)에 『소자첨속찬』(蘇子瞻續纂)이 있다. 그리고 “금본(今本)과 서로 차이가 있다”고 하는 주가 있다. 『의산잡찬』의 구성은 돈황(敦煌)에서 출토된 「잡초」(雜鈔)와 관계가 있다고 한다. 이것에 관해서는 뒤에 나바 도시사다(那波利貞)가 그 전문을 기록해 「당초본잡초고」(唐鈔本雜鈔考)를 써서, 1942년 『중국학』(支那學) 10권(小島祐馬·本田成之 還曆記念號)에 소개하면서, 어린이 교육용인 듯하다고 하였다. 이것을 뒤이어 저우이량(周一良)의 「돈황사본잡초고」(敦煌寫本雜鈔考; 『清華學報』 第35期)에서는 『잡초』의 내용에 관해서 검토하면서, 『잡초』 말미의 “세상약유십종탑실사”(世上略有十種箚室事) 운운한 대목에 관하여, 의산『잡찬』의 “부달시의”(不達時宜) 23조와 “실거취”(失去就) 10조, “강회”(强會) 8조(모두 통행본 『설부』 76에 실린 것에 의함)가 『잡초』의 같은 대목과 거의 같다는 사실을 지적하고는, 이로 볼 때 의산『잡찬』은 옥계생(곧 이상은)이 지은 것은 아니지만, 당대 사람의 구본임에는 틀림이 없다고 하였다. 상세한 것은 왕중민(王重民), 『돈황고적서록』(敦煌古籍叙錄), 베이징: 중화서국, 1979, 215~218쪽을 참고할 것.—일역본]

72) 소동파가 꼭 『잡찬이속』의 작자는 아닐 것이고, 아마도 가탁일 것이다.—보주

73) 황윤교(黃允交)는 명(明) 흡현(歙縣; 지금의 안후이성에 속한다) 사람이다. 『잡찬삼속』(雜纂三續) 1권을 지었다.
[황윤교의 생애는 자세하지 않다. 그의 『잡찬삼속』으로부터 그가 흡현 사람으로 과거에 실패한 거인이라는 사실을 알 수 있는데, 『잡찬삼속』은 그가 남경(南京)에 있을 때 지은 것이다. 그는 거인이 되지 못했기 때문에 책 속에서 스스로 변명하는 말을 가끔 했다. 이를테면 "뜻이 없음"(沒意頭) 가운데에는 "과거시험에 떨어진 수험생에게 신랑을 과시한다"(對落第擧子夸新郎君)는 조목이라든가, "시의에 맞지 않음"(不達時宜) 가운데의 "과거시험에 떨어진 선비를 초대하여 거인을 맞이하게 한다"(邀落第秀才看迎擧人)는 조목이라든가, "차마 들을 수 없음"(不忍聞) 가운데의 "시험에 떨어진 뒤 『위성』을 부르다"(下第後唱『渭城』)는 조목, "흔쾌한 마음"(快意) 가운데의 "어린 아들이 급제하다"(年少兒子及第)는 조목이 그러하다.—보주]

제11편 송대의 지괴와 전기문

송나라가 중국을 하나로 통일시키고 나서 여러 나라들의 도서를 수집하였는데, 항복한 왕들의 신하들 중에는 천하에 이름이 알려진 명사들이 많았으며, 이들 가운데 어떤 이들은 원망하는 말을 공공연하게 펼치기도 하였다. 이에 이들을 모두 관각館閣으로 불러들여 그 봉록을 후히 주어 책을 편찬하게 하였으니, 『태평어람』太平御覽과 『문원영화』文苑英華 각각 천 권이 만들어졌다. 또 야사野史, 전기傳記, 소설 등 각 부문의 저작으로부터 편찬해 낸 본문 500권, 목록 10권의 책이 만들어졌으니, 이것이 곧 『태평광기』太平廣記이다.[1] 태평흥국太平興國 2년(977) 3월에 조칙을 받들어 그 편찬 사업이 시작되어, 그 이듬해 8월에 책이 만들어져 진상되니, 8월에 칙령을 받들어 사관史館에 보내어졌으며, 6년 정월에 임금의 명을 받들어 판목版木에 새겨지게 되었다(『송회요』宋會要 및 『진서표』進書表에 의거함). 뒤에 후학들에게 그리 요긴한 책이 아니라는 의견이 나와, 판목을 수거하여 태청루太淸樓에 보관하였기에, 송나라 사람들은 오히려 이를 본 사람이 많지 않다. 『광기』는 채집한 범위가 광범위하여, 인용한 서적이 344종에 이르며, 한漢·진晋으로부터 오대五代에 이르기까지의 소설가들의 작품이 수록되어 있는데, 현재는 원서가 이미 없어진 것들 가운데 왕왕 이 책에 수록된 것에 의해 살펴볼 수 있는 것들도 있다. 또 이것을 분류, 편집하여 55부部로 나누었으니, 각 부의 권수의 많고 적음에 의해 진晋·당唐 소설의 소재로 어느 것을 많이 다루고 있는지도 알 수 있기에, 패사稗史와 설화說話의 보고일 뿐만 아니라 그 당시 문학적 관심사에 대한 통계가 되기도 한다. 이제 그 가운데 비교적 많은 부部를 아래에 들었는데, 이 책의 끝부분에 있는 잡전기雜傳記 9권이 바로 당의 전기문傳奇文이다.

> 신선神仙 55권, 여선女仙 15권, 이승異僧 12권, 인과응보因果應報 33권, 징응徵應; 休咎也[2] 11권, 정수定數[3] 15권, 몽夢 7권, 신神 25권, 귀鬼 40권, 요괴妖怪 9권, 정괴精怪 6권, 재생再生 12권, 용龍 8권, 호虎 8권, 호狐 9권.

『태평광기』는 이방李昉[4]이 감수하고, 그밖에 12명이 편찬에 참여하였다. 이 가운데에는 서현徐鉉[5]이 있고, 오숙吳淑이 있는데, 모두 일찍이 소설을 쓴 적이 있었으며, 그 작품들이 모두 전해져 내려온다.[6] 서현은 자가 정신鼎臣이고, 양주揚州 광릉廣陵 사람이다. 남당南唐의 한림학사를 지내다 이욱李煜을 따라 송에 입조入朝하였다. 관직은 직학사원급사중直學士院給事中, 산기상시散騎常侍에까지 이르렀으나, 순화淳化 2년[991년]에 연좌되어 정난靜難의 행군사마行軍司馬로 폄적되었다가 감기에 걸려 그곳에서 죽었다. 이때의 나이가 76세(916~991)로 자세한 이야기는 『송사』宋史 「문원전」文苑傳에 실려 있다. 서현은 남당에 있을 때 이미 지괴 작품을 썼는데, 20년이 지나 『계신록』稽神錄 6권[7]을 만들었다.[8] 단지 150가지의 이야기만 있는데, 『광기』가 편찬될 때 자신의 작품이 수록되기를 바랐으나, 감히 스스로 이야기를 못해 송백宋白[9]으로 하여금 이방에게 의향을 타진케 하였다. 그랬더니 이방이 다음과 같이 이야기하였다.

"어찌 서솔경徐率更의 말에 터무니없는 것이 있겠는가!"[10]

이에 그의 글이 수록되었다. 그러나 그의 문장은 평범하고 단순하여 육조 지괴의 질박한 맛도 없고, 당나라 전기의 그윽한 정취도 없다. 송나라 초에 지괴는 "믿을 만하다"可信는 것을 장점으로 삼으려 하였지만, 다시 유행되지는 않았다.

광릉에 왕씨 성을 가진 할머니가 있었는데, 며칠을 앓다가 갑자기 그 아들에게 말했다.

"내가 죽으면 반드시 서계의 호씨浩氏 집안의 소로 태어날 것이니,[11] 너는 꼭 그것을 사오너라.[12] 내 배 밑에는 '왕' 자가 있을 것이니, 그것이 바로 그 소이니라."

얼마 후 마침내 죽었다. 그 서계라는 곳은 해릉의 서쪽 지명이다. 그 백성 가운데 호씨 성을 가진 사람의 소가 새끼를 낳았는데, 배에 흰 털로 "왕" 자가 새겨져 있었다. 그 아들이 찾아다니다 그 소를 얻어, 속백束帛[13]을 주고 소를 사 가지고 돌아왔다. (2권)[14]

과촌에 한 어부가 있었는데, 아내가 몸이 쇠약해지는 병에 걸렸다. 서로 전염을 하여 죽은 자가 여럿이 되었다. 어떤 이가 말하기를, 병에 걸린 사람은 산 채로 관에 넣고 못을 박은 뒤 버리면 그 병을 근절시킬 수 있을 것이라고 하였다. 얼마 후에 그 딸이 병에 걸렸기에 산 채로 관에 넣고 못을 박은 뒤 강에 떠내려 보냈다. 금산에 이르니 한 어부가 그것을 보고 기이하게 여겨 뭍으로 끌고 와서 열어 보니 여자가 아직도 살아 있었다. 이에 자신의 집에 두고 물고기와 장어를 많이 잡아 먹이니 한참 만에 병이 나았다. 마침내 어부의 아내가 되었는데 지금까지도 아무런 병이 없다. (3권)[15]

오숙은 서현의 사위로, 자는 정의正儀이고, 윤주潤州 단양丹陽 사람이다. 어려서부터 총명하였고, 글을 짓는 데 뛰어났다. 남당 시기에 진사에 급제하였고, 교서랑校書郎으로 내사內史에서 근무하다 이욱李煜을 따라 송나라에 입조하였다. 관직은 직방원외랑職方員外郎에까지 이르렀고, 함평咸平 5년에 56세(947~1002)의 나이로 세상을 떠났다. 역시 『송사』「문원전」에 전이 있다. 그가 지은 『강회이인록』江淮異人錄 3권[16]은 지금 『영락대전』永樂大典[17]에서 뽑아내어 책으로 만든 것이 남아 있다. 모두 25명의 사람이 나오는데, 모두가 당시의 협객, 술사 및 도사들의 전기傳記이다. 사적은 대체로 기괴하고 신비한 것들이다. 당나라의 단성식段成式이 지은 『유양잡조』에 이미 「도협」盜俠 1편이 있어, 기괴한 인물의 기이한 이야기를 서술하고 있는데, 아홉 사람밖에 다루고 있지 않다.[18] 여러 기이한 인물들만을 모아 전문적으로 저술한 것은 사실상 오숙으로부터 비롯된다. 명나라 사람은 『광기』에서 베껴 『검협전』劍俠傳을 위작僞作하여 그 여파를 드높였다. 그리하여 하늘을 날고 칼을 날리는 이야기는 날로 성행하여 현재까지도 계속되고 있다.

성유문成幼文이 홍주洪州의 녹사참군錄事參軍으로 있을 때, 그가 살고 있던 집에는 길가에 접한 창문이 있었다. 하루는 창 밑에 앉아 있는데, 그 때는 비가 막 그친 뒤라 땅이 질었고, 겨우 다닐 만큼 길이 좁았다. 한 어린애가 거기에서 신발을 팔고 있었는데, 그 모습이 무척이나 가난해 보였다. 그때 어떤 못된 소년이 그 아이에게로 오더니 신발을 잡아당겨 진흙 속에 떨어뜨렸다. 아이가 울면서 그 배상을 요구하니 소년은 그를 꾸짖으며 돈을 주려 하지 않았다. 그 아이가 말했다.

"우리 집에는 먹을 것이 없어[19] 신발을 팔아먹을 것을 마련하려 했는데, 모두 더러워져 버렸어."

그곳에 한 서생이 지나가다가 아이를 가엾게 여기고 그 값을 변상해 주었다. 소년이 화가 나서 말하였다.

"이 아이는 나한테 돈을 달라는 것인데,[20] 임자가 무슨 상관이오?"

그러면서 그를 욕했다. 서생은 몹시 성난 기색을 하였다. 성유문은 그 서생의 의협심을 가상히 여겨 불러들여 같이 이야기해 보고는 그를 진기한 사람이라 여겨 그를 머물러 자고 가게 하였다. 밤에 같이 이야기하다가 성유문이 잠깐 안에 들어갔다가 다시 나와 보니 서생이 간 곳이 없었다. 밖의 문은 모두 닫혀 있었는데, 그를 찾을 수가 없었다. 조금 있으려니 서생이 다시 앞에 나타나서 말하였다.

"아침에 왔던 그 못된 녀석을 용서할 수 없어서 이미 그 놈의 목을 베었습니다."

하면서 그것을 땅에 내던졌다. 성유문은 깜짝 놀라 말하였다.

"이 사람이 그대를 화나게 만든 것은 사실이지만, 사람의 목을 잘라 피가 땅에 흘렀으니, 어찌 나까지 연루되지 않겠소?"

서생이 말하였다.

"염려하실 것 없습니다."

그러더니 곧 소량의 약을 꺼내어 머리 위에 바르고 그 머리카락을 휘어잡고 비비니 모두 물로 변하였다. 그리고 성유문에게 말하였다.

"아무것도 보답할 것이 없어 이 술법을 그대에게 가르쳐 드리고자 합니다."

성유문이 말했다.

"나는 속세를 떠나 도를 닦는 사람이 아니므로 감히 가르침을 받을 수 없습니다."

서생은 이에 깊이 머리 숙여 절을 하고 돌아갔다. 겹문은 모두 그대로 잠겨 있었는데, 간 곳을 알 수 없었다.[21]

송대에는 비록 유학을 숭상하면서 불교와 도교를 함께 허용했다고는 하지만, 신앙의 근본은 일찍부터 무귀巫鬼에 있었다. 그러므로 서현과 오숙 이후에도 여전히 변괴와 예언의 이야기가 많았으니, 장군방張君房의 『승이기』乘異記[22](함평 원년의 서序가 있음), 장사정張師正의 『괄이지』括異志,[23] 섭전聶田의 『조이지』祖異志[24](강정康定 원년의 서가 있음), 진재사秦再思의 『낙중기이』洛中紀異,[25] 필중순畢仲詢의 『막부연한록』幕府燕閑錄[26](원풍元豐 초에 지어짐) 등이 모두 그런 종류이다. 휘종徽宗이 도사 임영소林靈素에게 미혹되어 신선을 독실하게 믿고, 스스로를 "도군"道君이라 부르고부터는 세상 사람들이 도교를 높이 신봉하게 되었다. [송 왕조가] 남쪽으로 옮겨서도 이러한 기풍은 바뀌지 않았는데, 고종高宗은 퇴위하여 남내南內에 살면서도 신선과 환술에 관한 책들을 좋아하였다. 이때에 지흥국군知興國軍을 지낸 바 있는 역양歷陽의 곽단郭彖은 자를 차상次象이라 하였는데, 『규거지』睽車志[27] 5권을 지었고, 한림학사인 파양鄱陽의 홍매洪邁는 자를 경로景盧라 하였는데, 『이견지』夷堅志 420권[28]을 지었다. 어느 것이든 모두 진상하여 황제의 읽을거리를 제공하려 했던 듯하다. 이러한 책들은 대체로 사실의 기록에 편중되고 묘사가 적어 『계신록』稽神錄과 거의 비슷한데, 다만 『이견

지』만은 저자의 명성과 책의 양이 많은 것 때문에 사람들로부터 칭송을 받았다.[29)]

홍매는 어려서부터 기억력이 좋았고, 여러 책들을 폭넓게 읽었다. 하지만 두 형을 따라 박학굉사과博學宏詞科에 응시하였다가 혼자만 낙제하였으니, 나이 50이 되어서야 비로소 급제하여 칙령소산정관勅令所刪定官이 되었다. 아버지인 호皓는 일찍이 [당시의 재상인] 진회秦檜의 미움을 샀는데, 그 여파가 홍매에게까지 미쳐 드디어 지방으로 쫓겨가 복주福州의 첨차교수添差教授가 되었다가, 이부랑吏部郞으로 옮겨 예부禮部를 겸임하였다. 일찍이 금金의 사신을 맞이하였을 때 접대를 잘하였기에, 보빙사報聘使가 되어 금왕조에 갔다가 조견朝見의 예에 대한 송나라의 입장을 관철하느라 주장을 굽히지 않다가 억류되었다. 조정으로 돌아와서는 또 금나라로 사신 가서 조정의 명을 욕되게 했다 하여 파면되기에 이르렀다. 그러나 얼마 안 가서 다시 기용되어 천주泉州의 지知[30)]가 되었다가, 또 길주吉州, 감주贛州, 무주婺州, 건녕建寧 그리고 소흥부紹興府의 지知를 역임하고는, 순희淳熙 2년에 단명전학사端明殿學士를 지내다가 죽었다. 향년 80세(1096~1175)[31)]로, 시호를 문민文敏이라 하였으며, 그의 전傳이 『송사』에 있다. 홍매는 조정에서 직언을 감히 했고, 또 견문이 매우 넓어 저술한 바가 많았으며 고정考訂, 변증辨證한 것이 모두 당대 학자들을 능가하는 것들이었다. 『이견지』는 그가 만년에 소일거리로 지은 것으로, 소흥紹興 말년에 처음으로 간행되었고 순희淳熙 초년에 끝맺었다. 그 10여 년 동안에 무릇 갑甲으로부터 계癸에 이르기까지 200권, 지갑支甲으로부터 지계支癸, 그리고 삼갑三甲에서 삼계三癸에 이르기까지 각 100권, 사갑四甲으로부터 사을四乙까지 각 10권을 완성하였는데, 그 양이 많다는 점에 있어서는 『태평광기』와 비슷하다. 지금은 단지 갑甲에서 정丁까지의 80권, 지갑支甲에서 지무支戊까지의 50권, 삼지三

志 약간 권, 그리고 또 적초본摘鈔本 50권과 20권만이 남아 있다. 진기하고 특이한 일은 본래 드물게 있기 때문에 진귀해지는 것인데, 그러나 작자의 서에 의하면 숫자가 많은 것으로 스스로 만족을 느꼈기에, 늙기 전에 급히 책을 만드느라 혹은 50일 만에 10권을 짓기도 했다. 믿을 수 없는 사람이 예로부터 내려오는 이야기를 약간 손질하여 보내온 것으로 몇 권을 채운 곳이 있었지만, 빼고 윤색할 겨를도 없이 그대로 수록하였다(진진손陳振孫의 『직재서록해제』直齋書錄解題 11에 의함).[32] 대개 그 의도는 숫자를 많이 채우는 데 있었으므로, 『송사·본전本傳』에서 말한 대로 "귀신사물의 변화를 캐 들어갔다"極鬼神事物之變고 할 수는 없었다. 다만 그가 지은 소서小序 31편 가운데 열에 아홉만은 "각각 새로운 생각을 제시하여, 서로 중복되지 않았다"各出新意, 不相重複. 조여시趙與旹가 그 개요를 가려 자신이 지은 『빈퇴록』賓退錄[33] 8에 수록하고 "미칠 수 없는 것"不可及이라고 탄복한 것은 이 책에 대한 올바른 평가라 말할 수 있다.

전기문傳奇文도 역시 지은 사람이 있었다. 오늘날 당나라 사람이 지은 것이라 잘못 전해진 『녹주전』綠珠傳[34] 1권과 『양태진외전』楊太眞外傳[35] 2권은 곧 송의 악사樂史가 지은 것이다. 『송지』에는 또 『등왕외전』滕王外傳, 『이백외전』李白外傳, 『허매전』許邁傳[36] 각 1권이 기록되어 있는데, 지금은 모두 전하지 않는다. 악사는 자가 자정子正으로, 무주撫州 의황宜黃 사람이며, 남당南唐에서 송宋으로 들어와 저작좌랑著作佐郎이 되었다. 능주陵州의 지知로 나갔다가 부賦를 헌상한 것으로 말미암아 조정으로 불러들여져 삼관편수三館編修가 되었다. 그리고 여러 차례에 걸쳐 바쳐진 그의 저서는 모두 420여 권인데, 모두가 과거科擧와 효제孝弟, 신선神仙 등의 일을 기술한 것이었다. [그는] 저작랑著作郎으로 옮겼다가 사관史館으로 출사出仕했으며, 태상박사太常博士가 되었다. 서주舒州, 황주黃州, 상주商州의 지知로 나갔다가 다시 조정으로 되돌아온 뒤로는 다시 문관文館으로 들어가 서경감마사西京勘磨司[37]를 맡아보았다. 금인자수金印紫綬[38]를 받았으며, 경덕景德 4년에 죽었는데 그의 나이 78세였다(930~1007). 사적事跡은 『송사』와 『악황목전』樂黃目傳 첫머리에 상세히 실려 있다. 악사는 또 지리에 뛰어나서 『태평환우기』太平寰宇記[39] 200권을 지었다. 증거로 인용한 책들이 100여 종에 달하고 있는데, 때로 소설가들의 기사가 섞여 있었다. 『녹주』綠珠, 『태진』太眞 두 전傳은 본래 패관야사稗官野史를 모아 지은 것인데, 『여지지』輿地志의 기록도 채록해 놓았다. 편編 말에 교훈을 남겨 놓은 것 역시 당대唐代 사람의 경우와 마찬가지인데, 거기에 엄정함을 더했던 것은 송대 사람들의 오래된 습관이 이와 같았기 때문이었다. 이것은 다음의 『녹주전』에서 가장 명백하게 드러난다.

> ……조왕趙王 사마륜司馬倫이 군신君臣의 한계를 어지럽혔을 때, 손수孫秀[40]는 사람을 시켜 녹주綠珠를 요구하였다.……석숭石崇은 분연히 성을 내며 말했다.
>
> "다른 것이라면 아까울 바 없지만 녹주만은 그렇게 할 수 없다!"[41]
>
> 수는 이것으로[42] 사마륜에게 참소하여 석숭의 일족을 멸하였다. 잡으러 온 병사들이 갑자기 들이닥치자 숭이 녹주에게 말했다.
>
> "내가 지금 너로 인해 죄를 얻게 되었구나."
>
> 녹주가 울면서 말했다.
>
> "당신 앞에서 죽어 진심을 보이고자 합니다!"
>
> 이에 누대에서 떨어져 죽었다.[43] 석숭은 동시東市로 끌려가 처형되었다. 후세 사람들은[44] 그 누대의 이름을 녹주루綠珠樓라 하였다. 누대는 보경리步庚里에 있었고, 적천狄泉에 가까운데, 그 천은 바로 [낙양洛陽의] 정

성正城의 동쪽에 있다. 녹주에게는 송위宋褘라는 제자가 있었는데, 뛰어난 미인이었으며, 피리를 잘 불어 훗날 진晋 명제明帝의 궁중으로 들어갔다. 오늘날 백주白州에 쌍각산雙角山으로부터 흘러 나와 용주강容州江으로 합류해 들어가는 시내가 하나 있는데, 그것을 녹주강綠珠江[45]이라 부른다. 귀주歸州의 소군촌昭君村,[46] 소군장昭君場과 오吳 땅에 서시곡西施谷, 지분당脂粉塘이 있는 것과 역시 마찬가지로 미인의 출생지를 따서 이름지은 것이리라. 또 쌍각산雙角山 아래에 녹주정綠珠井이 있는데, 오래전부터 전해오는 말에 의하면, 이 샘의 물을 길어 마신 사람이 딸을 낳으면 대부분 반드시 아름다웠는데, 마을의 어떤 식견 있는 자가 미인은 시세時世에 이로울 것이 없다 하여 큰 돌을 가지고 그것을 막아 버렸다 한다. 그 뒤로는 예쁜 딸을 낳아도 이목구비와 사지가 거의 온전치 못했다 한다. 기이하도다! 산수가 그렇게 할 수 있다니!

……그 뒤로 시인들이 가무에 뛰어난 기녀를 시로 읊을 때에는 모두가 녹주라는 이름을 쓰고 있다. 그 까닭은 무엇인가? 아마도 일개 비녀婢女의 몸으로 배움은 없었지만 주인의 은혜에 느낀 바 있어 분연히 자신의 몸을 돌보지 않았으니, 그 뜻이 장렬하고 꿋꿋해[47] 진실로 후세 사람들이 우러르고 가송하기에 충분했기 때문일 것이다. 많은 녹을 누리고 높은 자리를 도둑질하며, 인의仁義의 성품을 잊고, 경박한 감정을 품어, 조삼모사朝三暮四하는 원숭이처럼 오직 이익에만 힘써 그 절조가 오히려 한 부녀자만 못하다면 어찌 부끄럽지 않겠는가? 지금 이 전傳을 짓는 것은 다만 아름다운 일을 서술하여 화의 근원을 막고자 할 뿐 아니라 은혜와 의를 저버리는 무리들을 징계하고자 함이다.……[48]

그 뒤 박주亳州 초譙 땅 사람으로 진순秦醇[49]이란 사람이 있었는데, 자는 자복子復(자리子履라고도 함)으로, 역시 전기를 지었다. 지금 남아 있는 것은 4편으로, 북송北宋의 유부劉斧가 편찬한 『청쇄고의전집』靑瑣高議前集 및 『별집』別集[50]에 보인다. 그의 문장은 자못 당대唐代 사람들을 본보기로 삼으려 했으나, 그 문장의 수사와 취향이 모두 졸렬하다. 다만 한두 가지 뛰어난 표현이 어쩌다 눈에 띄어 그 사이에 점철되어 있을 따름이다. 대체로 옛일에 의탁하고 최근에 일어난 사건은 다루지 못했던 것은 여전히 당시 선비들의 고루한 생각에 얽매였던 때문이었다. 그러므로 악사 역시 이와 같았다. [4편 가운데] 첫번째는 『조비연별전』趙飛燕別傳[51]이다. 그 서序에 의하면 이씨李氏 집 담 모퉁이에 감추어져 있던 깨어진 대나무 상자 속에서 발견했다고 한다. 이것은 조후趙后가 한의 궁중으로 들어간 것으로부터 스스로 목을 매고 죽기까지의 일과 다시 저승의 응보應報로 큰 자라로 변하게 된 일을 기술하고 있다. 그 문장 속에 "난초 향기 우러나는 탕물 출렁이고 소의昭儀[52]는 그 가운데 앉아 있으니, 마치 삼 척의 맑고 시린 샘물 속에 빛나는 옥이 잠긴 듯하다"蘭湯灩灩, 昭儀坐其中, 若三尺寒泉浸明玉는 말이 있는데, 명대明代 사람들 가운데 어떤 사람이 무릎을 치며 진실로 고대의 서적이라고 믿었던 것은 지금 사람들이 양신楊愼이 위작한 한漢의 『잡사비신』雜事秘辛에 속은 것과 똑같다. 이른바 한의 영현伶玄이 지었다고 하는 『비연외전』飛燕外傳 역시 이와 같은 부류이나 그 문장만큼은 월등히 뛰어날 따름이다. 두번째는 『여산기』驪山記[53]이고, 세번째는 『온천기』溫泉記이다. 이 두 편은 다음과 같다. 장유張兪라는 사람이 과거에서 떨어져 촉蜀으로 돌아가려 할 때 여산驪山 아래에서 한 늙은이에게 나아가 양귀비의 이야기를 물었더니, 그 늙은이가 모두 말해 주었다. 다른 날 장유가 다시 여산을 지날 때, 양귀비가 자신을 데려오라고 보낸 사자와 만났다. 양귀비는 인간 세상의 일을 묻고는 목욕을 하게 해주었다. 다음 날 관리에게 명하여 [그를] 돌려보내도록 했다. 놀라 일어나 보니 그것은 꿈이었다. 그리하여 역驛에서 시를 지었다. 그 뒤에 야외野外에서 걷고 있는데, 어떤 목동이 그의 시에 화답한 시酬和詩를 건네주며 전날 어떤 부인이 맡긴 것이라고 하였다. 네번째는 『담의가전』譚意歌傳[54]이라고 하는 것인데, 당시의 이야기이다. 담의가는 본래 양갓집 자녀로 장사長沙에서 길을 잘못 들어 창기가 되었는데, 여주汝州 사람 장정자張正字라는 사람과 서로 사랑하여 굳게 혼약하였다. 그러나 정자는 어머니의 명에 못 이겨 마침내 다른 여자를 아내로 맞아들였다. 삼 년이 지나 아내가 죽었는데, 그때 장사로부터 어떤 나그네가 와서 정자가 신의를 저버린 것을 책망하고 의가의 현명함을 얘기해 주자 드디어 그를 아내로 맞아 돌아갔다. 뒤에 그 아들 성成은 진사가 되고, 의가는 "죽도록 대부大夫의 아내로서 부부가 해로하고 자손이 번창하였다"終身爲命婦, 夫妻偕老, 子孫繁茂. 아마 장방蔣防의 『곽소옥전』霍小玉傳을 답습하여 '단원'團圓으로 결말을 맺은 듯하다.

작자가 누구인지 모르는 『대업습유기』大業拾遺記[55] 2권이 있는데, '당 안사고顔師古 찬撰'이라 적혀 있다. 『수유록』隋遺錄이라고도 한다.[56] 그 발跋에 회창會昌 연간에 상원上元 와관사瓦棺寺의 누각樓閣에서 얻었으며, 본래 명칭은 『남부연화록』南部烟花錄으로, 곧 『수서』 유고遺稿인데 애석하게도 결손된 곳이 많아 보충하여 전한다고 하였다. 말미에는 이름이 없으나 아마 본문을 지은 사람과 같은 사람일 것이다. 이것은 양제煬帝가 강도江都로 행차하려 할 즈음에 마숙모麻叔謀에게 운하를 개통하라고 명한 것으로부터 시작하여, 다음으로 도중에서 [벌어진] 여러 가지 방자한 일들을 기술하고, 미루迷樓를 지어 황제가 그 안에서 방탕에 빠진 모습을 기술했으며, 당시 사람들의 민심이 당의 태조太祖에게로 돌아간 것을 기술하였다. 우문화급宇文化及이 장차 반란을 꾀하여, 궁중의 노예를 해방시켜 상하에게 나누어 줄 것을 청했더니, 그것을 허락하여 "이에 분초의 변이 있었다"是有焚醮之變.[57] 그 서술은 자못 혼란스럽고 진실성이 결여되어 있었으나, 문체는 화려하고, 때로 정취도 빼어난 바 있어 볼 만한 것이 있었다.

……장안에서 헌납한 어거녀御車女 원보아袁寶兒는 나이가 십오 세로, 허리와 팔다리가 호리호리했으며, 백치미 같은 교태가 넘쳐 황제가 그녀를 특별히 총애했다. 당시 낙양에서 합체영련화合蒂迎輦花[58]가 헌상되었다. 숭산嵩山 골짜기에서 발견했는데, 사람들이 그 이름을 알지 못하므로, 그것을 채집한 자가 기이하게 여겨 공납한 것이라 했다.……황제가 보아에게 그것을 가지게 하고는 '사화녀'司花女라 불렀다. 그때 우세남虞世南이 황제의 곁에서 요동 정벌의 지휘라는 덕음德音[59]을 초안하고 있었는데, 보아는 그를 오랫동안 쳐다보았다. 황제가 세남에게 말하였다.

"예로부터 전해 오기를, 비연飛燕은 손바닥 위에서 춤을 출 수 있을 정도였다고 하였지만, 짐은 늘 그 말이 유생들이 문자로 꾸며낸 것일 뿐, 사람이 어떻게 그렇게 할 수 있겠느냐고 말했었네. 하지만 지금 보아를 손에 넣고 나서야 비로소 옛일을 깨닫게 되었지. 지금 보아는 멍청하다 할 정도로 경을 뚫어지게 바라보고 있는데, 경은 재주가 있는 사람이니 그 아이를 비웃는 시를 지어 보게나!"

세남은 부름에 응하여 절구를 지어 읊었다.

"눈썹 그리는 법[60]을 아직 반도 배우지 못했으며, 처진 어깨에 축 늘어진 소매가 참으로 우습게도 생겼구나. 어리석었기에 오히려 황제의 사랑을 받아, 오래도록 꽃가지를 잡고 황제 옆에서 수레를 타고 다니노라."

황제는 크게 기뻐하였다.……[61]

……황제는 점점 정신이 흐려져 왕왕 요괴에게 미혹되곤 했다. 일찍이

오공吳公의 집에 있는 계대鷄臺에서 놀았는데 황홀한 가운데 진陳의 후주後主[62]와 만나게 되었다.…… 무녀舞女 수십 명이 좌우로 둘러서서 시중을 드는데 그중에서 한 사람이 매우 아름다웠다. 황제는 여러 번 그녀를 쳐다보았다. 후주가 말했다.

"전하께서는 이 사람을 모르시겠습니까? 그가 바로 여화麗華[63]입니다. 제가 도엽산桃葉山 앞에서 전함을 타고 이 사람과 함께 북쪽으로 건너갔을 때를 늘 기억하고 있습니다. 당시 여화가 가장 애석해했던 것은 바야흐로 임춘각臨春閣에 기대어 동곽준東郭㕙[64]의 자호필紫毫筆을 시험해 보느라 작고 광택 있는 붉은 비단에 강령江令[65]의 '벽월'璧月 구에 대한 답시를 적고 있었는데 시사詩詞가 끝나기도 전에 한금호韓擒虎가 청총구靑驄駒로 달려들어 수많은 군대로 에워싸고 짓쳐들어와 모두 갈 바를 몰라하여 어느덧 오늘에 이르게 된 것이지요."

조금 있다 녹색의 문양이 있는 바닷물을 재는 잔에 붉은 고량으로 새로 빚은 술을 따라서 황제에게 권했다. 황제는 그것을 마시고 대단히 기뻐했으며, 여화에게 '옥수후정화'玉樹後庭花[66]라는 춤을 추어 줄 것을 청했다. 여화는 춤을 추지 않은 지 오래이고 우물에서 나온 뒤로 허리와 팔다리가 예전 같지 않아 지난날의 자태로 돌아갈 수 없다는 말로 사양했다. 그러나 황제가 재삼 청했기에 천천히 일어나 한 곡을 마쳤다. 후주가 황제에게 물었다.

"소비蕭妃[67]와 이 사람을 비교하면 어떻습니까?"

황제가 대답했다.

"봄에 피는 난초와 가을날의 국화는 각기 한 철의 아름다움이 있는 것이지."……[68]

또한 『개하기』開河記 1권[69]이 있는데, 마숙모麻叔謀가 수 양제隋煬帝의 조칙을 받들어 운하를 열면서, 백성을 괴롭혀 묘지를 파헤치고, 뇌물을 받고, 어린애를 잡아먹었다가, 그 일이 발각되자 마침내 주살되었던 일을 서술하고 있다.[70] 『미루기』迷樓記 1권[71]은 수 양제가 만년에 방탕한 생활을 하다가 왕의王義의 절실한 간언으로 홀로 이틀을 거했으나 즐겁지 않다고 여겨 다시 궁전으로 들어갔고, 나중에 아이들의 노래를 듣고 스스로의 운명이 끝났음을 깨닫는다는 이야기를 서술하고 있다. 『해산기』海山記 2권[72]은 처음에 [황제의] 탄생降生으로부터 시작하여, 그 다음으로 토목사업을 일으키다 귀신을 보고, 강도江都[73]로 행차하여 왕의에게 자문을 구하고 살해되는 데 이르기까지 갖추어 기록하지 않은 것이 없을 정도이다. 이 세 가지 책은 『수유록』과 서로 비슷하나, 서술이 좀더 상세하다. 그러나 때로 비속한 말이 섞여 있어 문채文采는 손색이 있다. 『해산기』는 『청쇄고의』 가운데 이미 보이기 때문에 북송인이 지은 것이 분명하며, 다른 것도 마찬가지이다. 현행본에서는 당의 한악韓偓[74]이 지은 것이라고 적혀 있으나, 이것은 명나라 사람들이 쓸데없이 첨가한 것이다. 제왕의 방종한 생활은 세상 사람들이 정작 맞닥뜨리기는 싫어하지만 즐겨 이야기하는 바이다. [그래서] 당나라 사람들은 명황明皇에 대해 이야기하기를 좋아했고, 송대가 되어서는 수 양제의 이야기가 더해졌다. 명의 나관중羅貫中은 그런 이야기들을 모아 『수당지전』隋唐志傳[75]을 지었고, 청의 저인획褚人獲은 이것을 증보 개정하여 『수당연의』隋唐演義[76]를 지었다.[77]

『매비전』梅妃傳 1권도 역시 지은이가 없다. 대개 당시의 그림에 매화를 든 미인을 매비梅妃라 불렀던 것을 보고 되는대로 당 명황 때 사람일 것이라 말한 듯하다. 그래서 이 전을 지었다. 강江씨 성에 이름이 채빈采蘋인 소녀가 궁궐에 들어갔다가 태진太眞[78]의 질투로 다시 쫓겨나 안록산의 난을 만나 병사들에게 죽임을 당했다. 발문에 의하면 이 전은 대중大中 2년에 씌어진 것으로, 만권萬卷 주준도朱遵度[79]의 집에 있었는데, 지금은 엽소온葉少蘊[80]이 나에게 주어 얻을 수 있었다고 말했다. 말미에는 서명을 해놓지 않았지만 대개 본문을 지은 사람일 것이다. 스스로 엽몽득葉夢得과 동시대라고 말하고 있는 것으로 보아, 남도南渡 전후에 씌어졌을 것이다.[81] 현행본 가운데 어떤 것은 당의 조업曹鄴[82]이 지은 것이라 제하고 있으나, 역시 명나라 사람들이 근거 없이 덧붙인 것이다.

주)

1) 『태평광기』(太平廣記)는 모두 92류(類)로 분류되어 있으며, 55부(部)가 아니다. 어떤 류는 따로 소류(小類)로 나뉘어 있기도 하다. 이 책은 명 허자창(許自昌) 간본과, 청대의 황성(黃晟) 간본, 소엽산방(掃葉山房)과 『필기소설대관』(筆記小說大觀) 석인본(石印本) 및 중화서국 왕사오잉(汪紹楹) 교본(校本) 등이 있다.—보주

2) "休咎也"는 작자의 주(注)인 듯하다. 의미는 길흉을 뜻한다.—일역본

3) 정해진 운명이라는 뜻.—옮긴이

4) 이방(李昉, 925~996)의 자는 명원(明遠)으로, 북송의 심주 요양(深州饒陽; 지금의 허베이河北) 사람이다. 관직은 우복야(右僕射), 중서시랑평장사(中書侍郎平章事)에 이르렀다. 일찍이 『구오대사』(舊五代史)를 편수(編修)하는 데 참여하였고, 또 『태평어람』, 『태평광기』 및 『문원영화』를 감수하였다. 『태평광기·진서표(進書表)』의 기록에 의하면, 함께 『태평광기』를 지은 12인은 여문중(呂文仲), 오숙(吳淑), 진악(陳鄂), 조린기(趙隣幾), 동순(董淳), 왕극정(王克貞), 장계(張洎), 송백(宋白), 서현(徐鉉), 탕열(湯悅), 이목(李穆), 호몽(扈蒙)이다.

5) 서현(徐鉉, 916~991)은 북송 양주 광릉(揚州廣陵; 지금의 장쑤성 장두江都) 사람이다. 남당(南唐)에서 벼슬을 했고 나중에 이욱(李煜)을 따라 송(宋)으로 들어가 태자솔경령(太子率更令)이 되었다. 아래의 이방의 말은 송나라 원경(袁褧)의 『풍창소독』(楓窗小牘) 상권(卷上)에 보인다. 그가 지은 『계신록』(稽神錄)은 『송사·예문지』에 10권으로 기록되어 있다. 이미 산일되었으나 원말 명초의 도종의(陶宗儀)가 편찬한 『설부』 3권과 14권에 집본이 있다. [명말의 『진체비서』(津逮秘書)와 청대의 『학진토원』(學津討原) 등에 실려 있다.—일역본]

6) 원문은 "지금 모두 전해져 온다"(今俱傳)는 것이므로, 이 번역이 맞다. 그러나 일역본에서는 반대로 "지금은 모두 없어졌다"(いま, みな散逸している)고 번역하였다. 어느 것이 맞는지에 대해서는 알아볼 필요가 있다.— 옮긴이

7) 『계신록』(稽神錄)은 서현(徐鉉)이 지었다. 『송지』에는 저자가 괴량(蒯亮)으로 되어 있지만 믿을 수 없다. 왜냐하면 그 가운데 있는 "괴량" 1칙이 잘못되었기 때문인데, 이 조는 원래 『태평광기』 220권에 보인다. 『계신록』의 원서는 이미 없어졌으며, 『진체비서』 모진(毛晋) 집본(輯本) 6권에 모두 175조가 있고, 『습유』(拾遺) 1권은 또 13조이다. 그 가운데 3조는 잘못 들어가 있는데, 의문스러운 것도 2조가 있다. 따로 『학진토원』(學津討原)과 『오조소설』, 『설부』, 『당인설회』, 상무(商務) "송인소설"(宋人小說) 교보본(校補本) 등이 있다.— 보주

8) 조공무(晁公武)의 『독서지』(讀書志)에 따르면 『계신록』 서현의 자서에는 다음과 같이 실려 있다. "을미에서 을묘까지 모두 20년 동안 150가지의 일을 얻었다."(自乙未至乙卯, 凡二十年, 近得百五十事) 모진 본과 합치하지 않는 것은 서현이 을묘년 이후에 이어서 기록했기 때문일 것이다. 상우인서관 1919년 송인소설 교보본에는 육심원(陸心源)이 『군서교보』(群書校補)에서 『태평광기』로부터 집록한 35조를 덧붙이고, 또 증조(曾慥)의 『유설』(類說)로부터 집록한 12조가 추가되어 있어 모두 225조로 가장 완비되어 있다.— 보주

9) 송백(宋白)의 자는 태소(太素)이고, 송나라 대명(大名; 지금의 허베이에 속함) 사람으로 관직이 이부상서(吏部尙書)에 이르렀다. 일찍이 『태평광기』, 『문원영화』의 편찬에 참여하였다.

10) 원문은 "詎有徐率更言無稽者!"

11) 원문은 "必生西溪浩氏爲牛". 『학진토원』 제16집에 수록된 『계신록』에는 "必生某西溪浩氏爲牛"로 되어 있다.— 일역본

12) 원문은 "子當贖之". 『학진토원』 본에는 "子當尋而贖"으로 되어 있다.— 일역본

13) 비단 다섯필을 한데 묶은 것.— 옮긴이

14) 원문은 다음과 같다. 廣陵有王姥, 病數日, 忽謂其子曰, "我死, 必生西溪浩氏爲牛, 子當贖之, 而我腹下有'王'字是也." 頃之遂卒, 其西溪者, 海陵之西地名也; 其民浩氏, 生牛, 腹有白毛成"王"字. 其子尋而得之, 以束帛贖之以歸.

『계신록』 2권의 제명은 『왕모』(王姥)인데, 명 간본 『태평광기』 434권의 교본에는 "왕모"(王姥)가 "왕씨노모"(王氏老姥)로 되어 있고, "기서계"(其西溪)에는 "기"(其)자가 없으며, "해릉"(海陵)은 "광릉"(廣陵)으로 되어 있고, 마지막 두 글자인 "이귀"(以歸)는 "이거"(而去)로 되어 있다.— 보주

15) 瓜村有漁人, 妻得勞瘦疾, 轉相傳染, 死者數人. 或云: 取病者生釘棺中, 棄之, 其病可絶. 頃之, 其女病, 卽生釘棺中, 流之于江, 至金山, 有漁人見而異之, 引之至岸, 開視之, 見女子猶活, 因取置漁舍中, 多得鰻鰲魚以食之, 久之病愈, 遂爲漁人之妻, 至今尙無恙.

『계신록』 3권의 제명은 『어인녀』(漁人女)로 되어 있는데, 명 간본 『태평광기』 220권의 교본에는 "수"(瘦)자가 없고, "전염"(傳染)은 "전저"(傳著)로 되어 있고, "어사중"(漁舍中)은 "중"(中)자가 없다.— 보주

16) 『강회이인록』(江淮異人錄)은 『도장』(道藏), 『설부』, 『지부족재총서』, 『광사십가소설』(廣四十家小說), 『함해』(函海) 등의 판본이 있다.— 보주

17) 『영락대전』(永樂大典). 명대 영락 연간에 해진(解縉) 등이 편집한 유서(類書)로서 처음에는 『문헌대성』(文獻大成)이라고 이름하였다가, 뒤에 다시 각종 도서 7, 8천 종을 널리 수집하여 22,877권, 범례, 목록 60권으로 편집하여 『영락대전』이라 이름을 정하였다. 이미 없어졌으며, 현재는 영인 출판된 일문(佚文) 730권이 있다.

18) 『유양잡조』 9권 "도협"(盜俠) 9칙은 모두 제목이 열거되어 있지 않는데, 그 가운데 3칙은 단성식이 지은 『검협전』(劍俠傳)을 가탁하여 수록되어 있으며, 제목은 『승협』(僧俠), 『서경점노인』(西京店老人)과 『여생』(廬生)으로 되어 있다.— 보주

19) 원문은 "吾家且未有食". 『지부족재총서』 제12집 및 『도장』 동현부(洞玄部) 기전류(記傳類)에 실린 『강회이인록』에 의하면, "且"가 "旦"으로 되어 있다.— 일역본

20) 원문은 "兒就我求食". 『지부족재총서』 본과 『도장』 본에는 "食"이 "錢"으로 되어 있다.— 일역본

21) 원문은 다음과 같다. 成幼文爲洪州錄事參軍, 所居臨通衢而有窗. 一日坐窗下, 時雨霽泥濘而微有路, 見一小兒賣鞋, 狀甚貧窶, 有一惡少年與兒相遇, 絓鞋墮泥中. 小兒哭求其價, 少年叱之不與. 兒曰, "吾家且未有食, 待賣鞋營食, 而悉爲所汚." 有書生過, 憫之, 爲償其值. 少年怒曰, "兒就我求食, 汝何預焉?" 因辱罵之. 生甚有慍色; 成嘉其義, 召之與語, 大奇之, 因留之宿. 夜共話, 成暫入內, 及復出, 則失書生矣, 外戶皆閉, 求之不得, 少頃復至前曰, "旦來惡子, 吾不能容, 已斷其首." 乃擲之於地. 成驚曰, "此人誠忤君子, 然斷人之首, 流血在地, 豈不見累乎?" 書生曰, "無苦." 乃出少藥, 傅於頭上, 捽其髮摩之, 皆化爲水, 因謂成曰, "無以奉報, 愿以此術授君," 成曰, "某非方外之士, 不敢奉教." 書生於是長揖而去, 重門皆鎖閉, 而失所在.

22) 장군방(張君房)은 이 책의 제8편 주 66)을 참조. 그는 일찍이 비서각(秘書閣)에 소장된 도서(道書)의 수교(修校)를 맡아보아, 그 가운데 중요한 것을 가려 뽑아 『운급칠첨』(雲笈七籤) 122권을 편찬하였다. 그가 지은 『승이기』(乘異記)는 『송사 · 예문지』에 3권으로 기록되어 있다. [『승이기』는 『설부』, 『용위비서』(龍威秘書) 등의 판본이 있다. 34권 11문(門)으로 75칙(則)이다.— 보주]

23) 장사정(張師正)의 자는 불의(不疑)이며 송 희녕(熙寧) 연간(1068~1077)에 신주(辰州)의 수(帥)가 되었다. 그가 지은 『괄이지』(括異志)』는 『송사 · 예문지』에 10권으로 기록되어 있다. [『괄이지』는 『설부』, 『사부총간속편』 등의 판본이 있다. 왕질(王銍)은 이 책이 위태(魏泰)가 가탁한 것이라 했다.— 보주]

24) 섭전(聶田)은 생애가 자세하지 않다. 『조이지』(祖異志)는 도종의(陶宗儀)가 편찬한 『설부』 6권에 집본이 있으나, 권수 및 찬자의 성명은 없다. 청대 도정(陶珽)이 다시 편집한 『설부』 118권에 『조이기』(徂異記) 1권이 기록되어 있는데, 송 섭전(聶田)의 찬이라고 적혀 있다. [『조이지』는 『조이기』라고도 하며, 『설부』 본이 있다.— 보주]

25) 진재사(秦再思)는 생애가 자세하지 않다. 그가 지은 『낙중기이』(洛中紀異)는 『송사 · 예문지』에 10권으로 기록되어 있다. [『낙중기이』와 『막부연한록』은 『설부』, 『오조소설』 등의 판본이 있다.— 보주]

26) 필중순(畢仲詢)은 송 원풍(元豐) 연간에 남주 추관(嵐州推官)이 되었다. 그가 지은 『막부연한록』은 『송사 · 예문지』에 10권으로 기록되어 있다.

27) 곽단(郭彖)의 자는 백상(伯象)으로, 북송 화주 역양(和州歷陽; 지금의 안후이성 허현和縣에 속함) 사람이다. 진사로부터 지흥국군(知興國軍)의 관직을 역임하였다. 그가 지은 『규거지』(睽車志)는 『송사 · 예문지』에 1권으로 기록되어 있고, 송 진진손(陳振孫)의 『직재서록해제』(直齋書錄解題)에는 5권으로 되어 있다. [『규거지』는 『패해』와 『고금설해』, 『용위비서』, 『필기소설대관』 등의 판본이 있다.—보주]

28) 『이견지』(夷堅志)는 지금 갑(甲), 을(乙), 병(丙), 정지(丁志) 각 20권이 남아 있으며, 지지(支志)는 갑(甲), 을(乙), 경(景; 원래는 병인데 피휘하여 개명했음), 정(丁), 무(戊), 경(庚), 계(癸) 각 10권이고, 삼지(三志)는 기(己), 신(辛), 임(壬) 각 10권이며, 지보(志補)는 25권이고, 재보(再補) 1권까지 모두 206권이다. 말미에는 유관자료가 덧붙어 있다. 이 책은 장원제(張元濟)가 주편했으며, 갑, 을, 병, 정지는 엄원조(嚴元照)가 영인한 송대의 수사 본에 근거한 것이고, 지지(支志)와 삼지(三志)는 모두 황비열(黃丕烈)이 구사본(舊寫本)을 교정한 것에 근거했으며, 지보(志補)는 엽조영(葉祖榮)의 분류 본을 위주로 하면서 명 초본을 보완했다. 재보(再補)는 여러 책들에서 멋대로 취했다. 교정을 볼 때는 육심원(陸心源)과 여윤창(呂胤昌), 주전신(周傳信) 등 여러 본을 참고로 하였다.—보주

29) 『이견지』 지경(支庚) 자서(自序)에는 다음과 같이 기록되어 있다. "44일 만에 책이 완성되니, 스스로도 그 신속함에 놀랐다."(四十四日書成, 自詫其速; 조여시趙與旹의 『빈퇴록』賓退錄 8권을 볼 것) 지을(支乙)에서는 다음과 같이 말했다. "소희 경술년 섣달에 회계로부터 서쪽으로 돌아가 갑인년 여름까지 『이견』은 신, 임, 계 삼지 모두 60권 및 지갑 10권이 완성되었다.…… 다시 지을편이 완성되니 스스로 기뻐하였다."(紹熙庚戌臘從會稽西歸, 至甲寅之夏季, 『夷堅』之書編成辛 · 壬 · 癸三志, 合六十卷, 及支甲十卷.…又成支乙編, 殊自喜也)—보주

30) 주재자라는 뜻이다. 지사(知事), 지현(知縣), 지주(知州), 지청(知廳)의 지(知)이다.—일역본

31) 홍매(洪邁)의 생졸년은 전대흔(錢大昕)의 『홍문민공연보』(洪文敏公年譜)에 따르면 1123년에 태어나서 1202년에 죽은 것으로 되어 있다.

32) 진진손(陳振孫)의 『서록해제』(書錄解題) 11권에서는 다음과 같이 말했다. 홍매가 "만년에 급하게 책을 만드니, 시덥잖은 사람들이 『광기』 가운데의 옛 이야기들을 많이 취해다가 앞뒤로 개찬하면서 따로 이름을 지어 올린 것이 몇 권에 달했으나 다시 삭제하고 윤색함이 없이 수록하였다. 이야기의 서술이 저열하고, 문장의 수사가 비루하니 일고의 가치가 없다."(晩歲急于成書, 妄人多取『廣記』中舊事改竄首尾, 別爲名字以投之, 至有數卷者, 亦不復刪潤, 逕以入錄. 雖叙事猥釀, 屬辭鄙俚, 不屑也)—보주

33) 조여시(趙與旹, 1172~1228)의 자는 행지(行之)이며, 송의 종실로 일찍이 여수(麗水)의 승(丞)을 지냈다. 『빈퇴록』(賓退錄) 10권이 있다.
[『빈퇴록』 8권에는 다음과 같이 기록되어 있다. "홍문민이 지은 『이견지』에는 32편이 실려 있는데, 모두 31개의 서는 각각이 새로운 내용으로 서로 중복되지 않아 옛사람에게는 없던 것이다. 이제 그 내용을 모아 그것을 쓰니, 보는 사람들은 그것이 미치지

못한다는 사실을 알아야만 한다."(洪文敏著『夷堅志』, 積三十二篇, 凡三十一序, 各出新意, 不相復重, 昔人所無也. 今撮其意書之, 觀者當知其不可及) — 보주]

34) 『녹주전』(綠珠傳). 『송사 · 예문지』에 증치요(曾致堯)의 『광중태기』(廣中台記) 80권, 또 『녹주전』 1권이 저록되었다. 그러나 마단림(馬端臨)의 『문헌통고 · 경적고』(文獻通考經籍考), 조공무의 『군재독서지』 등의 책에는 송대의 악사(樂史)가 지은 것으로 되어 있다. 루쉰의 『당송전기집』에 집록되었다. [『녹주전』은 『설부』, 『속담조』(續談助), 『임랑비실총서』(琳琅秘室叢書), 『용위비서』(龍威秘書) 등의 판본이 있다.— 보주]

35) 『양태진외전』(楊太眞外傳). 『송사 · 예문지』에 『양비외전』(楊妃外傳) 1권으로 기록되어 있으며, 주(注)에 "작자를 모름"(不知作者)이라고 되어 있다. 진진손의 『직재서록해제』에는 "『양비외전』 1권은 직사관, 임천의 악사, 자정이 지었다"(『楊妃外傳』一卷直史館臨川樂史子正撰)라고 밝혀져 있다. 루쉰의 『당송전기집』에 집록되었다. [『양태진외전』은 『설부』, 『당인설회』, 『고씨문방소설』, 『속담조』, 『임랑비실총서』, 『용위비서』 등의 판본이 있다.— 보주]

36) 『등왕외전』(滕王外傳), 『이백외전』(李白外傳), 『허매전』(許邁傳). 『송사 · 예문지』에 모두 각각 1권으로 기록되어 있다. 앞의 둘은 악사가 지은 것으로 되어 있고, 뒤의 것은 지은이가 기록되어 있지 않다.

37) 감마사(勘磨司). 『송사 · 악황목전(樂黃目傳)』에 의하면, "마감사"(磨勘司)로 되어 있다.

38) 자수는 보라색 실로 짠 허리띠이다. 『한서 · 백관공경표(百官公卿表)』 상에는 다음과 같은 기록이 있다. "상국과 승상은 모두 진나라의 관제로 모두 금인자수를 하였다"(相國, 丞相, 皆秦官, 皆金印紫綬)고 하였으니, 여기에서 금인(金印)은 보라색 허리띠에 금박을 한 것을 가리킨다.— 옮긴이

39) 『태평환우기』(太平寰宇記). 북송의 악사(樂史)가 편찬한 지리총지(地理總志)로 200권으로 되어 있다. 태평흥국(太平興國) 연간(976~983)에 만들어졌으며, 내용은 지역의 연혁을 주로 서술하고, 아울러 풍속, 인물, 경제, 문화 등도 다루고 있다.

40) 교록한 『당송전기집』 7권에 『녹주전』 1권이 실려 있다. 『임랑비실총서』 본과 『설부』 38에 실린 것에 의거해 교록한 것이라 한다. 이것에 의하면, "손수" 위에 "賊類"라는 두 글자가 있다.— 일역본

41) 원문은 "他無所愛, 綠珠不可得也". 『당송전기집』 본에는 "吾所愛, 不可得也"로 되어 있다.— 일역본

42) 원문은 "秀自是". 『당송전기집』 본에는 "自是"가 "因是"로 되어 있다.— 일역본

43) 원문은 "於是墮樓而死". 『당송전기집』 본에는 "於" 위에 "崇因止之"라는 네 글자가 더 있다.— 일역본

44) 원문은 "後人". 『당송전기집』 본에는 "時人"으로 되어 있다.— 일역본

45) 녹주강(綠珠江)은 광시성(廣西省) 보바이(博白)현의 서쪽에 있다. 『영표록이』(嶺表錄異)에는 다음과 같이 기록되어 있다. "백주의 경계에는 물길이 한 줄기 있는데, 쌍각산에서 나와 용주강과 합치며, 녹주강이라 부른다. 이것은 귀주에 소군촌이 있어 미인이 태어난 곳을 이름으로 삼은 것과 마찬가지이다."(白州界有一派水, 出自雙角山, 合容州江, 呼爲綠珠江; 亦猶歸州有昭君村, 取美人生處爲名也) — 보주

46) 소군촌(昭君村)은 후베이성(湖北省) 싱산현(興山縣)의 남쪽에 있으며, 소군원(昭君院)이 있고, 송대에는 홍산현의 치소를 이곳으로 옮겼다. 또 소군대(昭君台)도 있다. 『환우기』(寰宇記)에는 다음과 같이 기록되어 있다. "한대의 왕장이 곧 이 고을 사람이었기 때문에 소군현이라 부른다. 마을이 무협과 이어져 있는 곳이 이 땅이다."(漢王嬙卽此邑之人, 故曰昭君之縣. 村連巫峽, 是此地) 또 『안륙부지』(安陸府志)에는 다음과 같이 나와 있다. "소군촌은 형문주에 있다. 두보의 시 '뭇 산과 골짜기가 형문으로 나아가고, 명비가 태어나 자란 마을이 있다네'라고 한 것이 그 증거이다."(昭君村在荊門州, 有杜甫詩'群山萬壑赴荊門, 生長明妃尙有村'爲證) — 보주

47) 원문은 "志烈懍懍". 『당송전기집』 본에는 "其志烈懍懍"으로 되어 있다.— 일역본

48) 원문은 다음과 같다. …趙王倫亂常, 孫秀使人求綠珠,…崇勃然曰, "他無所愛, 綠珠不可得也!" 秀自是譖倫族之. 收兵忽至, 崇謂綠珠曰, "我今爲爾獲罪." 綠珠泣曰, "願效死於君前!" 於是墮樓而死. 崇棄東市, 後人名其樓曰綠珠樓. 樓在步庚里, 近狄泉; 泉在正城之東. 綠珠有弟子宋禕, 有國色, 善吹笛, 後入晋明帝宮中. 今白州有一派水, 自雙角山出, 合容州江, 呼爲綠珠江, 亦猶歸州有昭君村昭君場, 吳有西施谷脂粉塘, 蓋取美人出處爲名. 又有綠珠井, 在雙角山下, 故老傳云, 汲此井飮者, 誕女必多美麗, 里閭有識者以美色無益於時, 因以巨石鎭之, 爾後有産女端姸者, 而七竅四肢多不完具. 異哉, 山水之使然!… …其後詩人題歌舞妓者, 皆以綠珠爲名.…其故何哉? 蓋一婢子, 不知書, 而能感主恩, 憤不顧身, 志烈懍懍, 誠足使後人仰慕歌咏也. 至有享厚祿, 盜高位, 亡仁義之性, 懷反復之情, 暮四朝三, 唯利是務, 節操反不若一婦人, 豈不愧哉? 今爲此傳, 非徒述美麗, 窒禍源, 且欲懲戒辜恩背義之類也.…

49) 진순(秦醇)은 북송 사람이며 유부(劉斧)의 『청쇄고의』(靑瑣高議)에 수록된 『조비연별전』(趙飛燕別傳)에는 "초천 진순의 아들 복이 지었다"(譙川秦醇子復撰)라고 서(署)하였고, 『온천기』(溫泉記)에는 "박주 진순의 아들 리가 지었다"(亳州秦醇子履撰)라고 서(署)하였다. 다른 일은 자세하지 않다.

50) 유부(劉斧)는 대략 송 인종(仁宗), 철종(哲宗) 때의 사람으로, 『청쇄고의』 권수(卷首)의 손부추(孫副樞)의 서문에서는 그를 일러 "유부 수재"(劉斧秀才)라 하였다. 다른 일은 자세하지 않다. 『청쇄고의』는 근인 동강(董康)이 사례거(士禮居)의 사본(寫本)에 근거하여 간행한 것으로, 전후집(前後集) 각 10권, 별집(別集) 7권으로 되어 있다.

51) 『조비연별전』(趙飛燕別傳)은 『청쇄고의』, 『설부』, 『패승』(稗乘), 『용위비서』 등의 판본이 있다. 호응린은 『소실산방필총』에서 이 편목이 송대 사람은 쓸 수 없는 것으로 육조시대 사람이 지은 것이라 의심하였다.— 보주

52) 조후(趙后).— 옮긴이

53) 『여산기』(驪山記)와 『온천기』(溫泉記)는 모두 『청쇄고의별집』에 보인다. 루쉰은 『패변소철』에서 "그 문장이 잡되긴 하지만 간간이 빼어난 말이 있다. 만약 정성을 들여 지었더라면 이 작품과 같은 것(내 생각으로는 『조비연별전』을 가리킴)도 만들 수 있었을 것이다."(其文蕪雜, 亦間有俊語. 倘精心作之, 如此篇(按, 指『趙飛燕別傳』)者, 亦尙能爲) — 보주

54) 『담의가전』(譚意歌傳)에 대해서는 루쉰이 『패변소철』에서 다음과 같이 말했다. "본래는 '전'이라는 글자가 없었으나 요즘 덧붙였다. 주에서, '영노의 재능과 빼어난 미모를

기록했다'고 하였으나, 지금은 삭제되었다. 의가는 문장 속에 의가로 되어 있으나 누구인지는 알 수 없다. 당대에는 담의가가 있었는데, 아마도 설도나 이야의 무리였을 것이다. 신문방이 『당재자전』에서 그 이름을 거명했던 적이 있는데, 사적은 없다. 진순의 이 전도 역시 달리 본받은 게 있었던 것 같지는 않으며, 거의 『앵앵전』과 『곽소옥전』 등을 절취하여 전반부로 삼고, 대단원으로 끝맺었다."(本無'傳'字, 今加. 有注云: '記英奴才華秀色', 今刪. 意歌, 文中作意哥, 未知孰是. 唐有譚意哥, 蓋薛濤, 李冶之流, 辛文房『唐才子傳』曾擧其名, 然無事迹. 秦醇此傳, 亦不似別有所本, 殆竊取『鶯鶯傳』, 『霍小玉傳』等爲前半, 而以團圓終之) — 보주

55) 『대업습유기』(大業拾遺記). 『송사 · 예문지』 소설류에 안사고(顔師古)의 『수유록』(隋遺錄) 1권이 기록되어 있고, 전기류(傳記類)에 안사고의 『대업습유』(大業拾遺) 1권이 기록되어 있다. 『대업습유기』의 본문과 발(跋)을 지은 사람에 대한 문제에 관해서는 루쉰이 『당송전기집 · 패변소철』에서 일찍이 다음과 같이 말하였다. 이 책의 "본문과 발문은 문장과 내용이 조잡하며, 한 사람의 손으로 씌어진 듯하다. 그리고 그것을 안사고에 의탁한 것은 그 술책이 마치 갈홍(葛洪)의 『서경잡기』(西京雜記)가 유흠(劉歆)의 『한서』의 유고(遺稿)로부터 베꼈다고 말한 것과 똑같다. 그러나 문재(文才)와 식견에 있어 손색이 많고, 누락된 부분이 특별히 많아 일일이 결점을 들추어 낼 수 없으니, 이미 그것이 거짓임을 알겠다"(本文與跋, 詞意荒率, 似一手所爲. 而托之師古, 其術與葛洪之『西京雜記』, 謂鈔自劉歆之『漢書』遺稿者正等. 然才識遠遜, 故罅漏殊多, 不待吹求, 已知其僞)라고 하였다. [『대업습유기』는 일명 『수유록』이라고도 하는데, 본래는 『남부연화록』(南部烟花錄)이라고 하였으며, 『설부』와 『백천학해』(百川學海) 등의 판본이 있다. — 보주]

56) 『수유록』은 당 안사고가 지은 것이 아니다. 청대 『사고전서총목』 143권에는 다음과 같이 기록되어 있다. "왕득신은 『진사』에서 이것이 '몹시 나쁜 작품으로 의심할 만하다'고 하였고, 요관 역시 『서계총어』에서 다음과 같이 말했다. '『남부연화록』은 문장이 극히 속되다. 또 다음과 같은 진후주의 시가 실려 있다.' 석양은 무슨 생각이라도 있는 듯, 작은 창에 비스듬히 걸쳐 있네. '이것은 당대 사람 방역의 시로 육조시대의 말은 이렇지 않다. 『당예문지』에 『연화록』이 실려 있는데, 광릉에 행차한 일을 기록한 것으로 이것이 이미 없어졌기에, 이 책을 위작한 것이라는 소문이 돌았다.' 그런즉 이것 역시 위작이다. 이제 하권을 보면 월관에 행차했을 때 소후와 밤에 이야기를 나누는 것이 기록되어 있는데, '그대 집안의 일은 모두 양소에게 이미 부탁해 놓았다'고 하는 말이 나온다. 이때에는 양소가 죽은 지 이미 오래되었는데, 어찌 안사고가 이와 같이 소홀하게 잘못을 저질렀겠는가? 그 가운데 실린 수양제의 여러 작품 및 우세남이 원보아에게 지어 준 것은 명대에 육조시대의 시를 집록하고 왕왕 모아 엮은 것으로 모두 고찰하지 않은 데서 나온 잘못이다."(王得臣『麈史』稱其'極惡可疑', 姚寬『西溪叢語』亦曰'『南部烟花錄』文極俚俗. 又載陳後主詩云: 夕陽如有意, 偏傍小窗明. 此乃唐人方棫詩, 六朝語不如此. 『唐藝文志』所載『烟花錄』, 記幸廣陵事, 此本已亡, 故流俗僞作此書'云云. 然則此亦僞本矣. 今觀下卷記幸月觀時與蕭后夜話, 有'儂家事一切已託楊素了'之語, 是時素死久矣, 師古豈疏謬至此乎? 其中所載煬帝諸作及虞世南贈袁寶兒作, 明代輯六朝詩者, 往往采掇, 皆不考之過也) — 보주

57) 분초지변(焚草之變). 『수서 · 우문화급전(宇文化及傳)』의 기록에 따르면, 우문화급 등이

병란(兵亂)을 일으켰을 때, 사마덕감(司馬德戡)이 일찍이 성안에 병사들을 모아 횃불을 켜고 성밖과 서로 호응하였다. 수 양제가 그 소리를 듣고 이게 무슨 일이냐고 묻자 배건통(裴虔通)이 거짓으로 다음과 같이 말했다. "풀을 쌓아 둔 창고에 불이 나서 바깥의 사람들이 그것을 끄느라고 소란스러울 따름입니다."(草坊被焚, 外人救火, 故諠囂耳) 양제는 그 말을 사실로 믿고 방비를 하지 않고 있다가 마침내 피살되었다. 역사에서는 이 병변(兵變)을 "분초의 변"(焚草之變)이라 부르고 있다.

58) 꼭지가 합쳐진 영련화라는 뜻으로, 여기에서 연(輦)은 황제의 수레를 말한다. 이 꽃을 바쳤다는 것은 곧 행궁(行宮)을 환영한다는 뜻이 담겨 있다.—일역본/옮긴이

59) 황제의 말로, 특별히 죄수의 석방이라든가, 체납된 조세를 면제하는 등의 은사를 내리는 것을 가리킨다.—일역본

60) "鴉黃"은 당대(唐代) 여성들의 화장법 가운데 하나로, 이마에 누런 분을 칠하는 것이다.—일역본

61) 원문은 다음과 같다. …長安貢御車女袁寶兒, 年十五, 腰肢纖墮, 騃冶多態, 帝寵愛之特厚. 時洛陽進合蒂迎輦花, 云得之嵩山塢中, 人不知名, 采者異而貢之.…帝令寶兒持之, 號曰, "司花女". 時虞世南草征遼指揮德音勅于帝側, 寶兒注視久之. 帝謂世南曰, "昔傳飛燕可掌上舞, 朕常謂儒生飾于文字, 豈人能若是乎? 及今得寶兒, 方昭前事; 然多憨態, 今注目于卿, 卿才人, 可便嘲之!" 世南應詔爲絶句曰, "學畵鴉黃半未成, 垂肩嚲袖太憨生, 緣憨却得君王惜: 長把花枝傍輦行." 帝大悅.…

62) 육조시대 진(陳)나라의 후주인 진숙보(陳叔寶)를 가리킨다.—일역본

63) 진후주가 총애했던 미녀의 한 사람으로 귀비가 되었다. 성은 장(張)이고, 이름이 여화(麗華)이다. 진(陳)이 멸망할 때, 수나라 군사에게 잡혀 고경(高熲)에서 참살되었다.—일역본

64) 교활한 토끼의 이름으로, 『전국책』(戰國策) 10권 「제책」 3에는 "동곽준"(東郭逡)으로 되어 있다.—일역본

65) 상서령(尙書令) 강총(江總)이다. 진후주에 의해 벼슬길에 나서, 이부상서(吏部尙書)로부터 상서복야(尙書僕射)가 되었다. 재상의 직책에 있으면서, 정사를 돌보지 않고, 후주의 후궁에서 연회의 시중을 들었다 한다.—일역본

66) 진(陳)의 후궁에서 연주하고 창화하던 악곡의 하나이다.—일역본

67) 육조시대, 양(梁)의 명제(明帝)의 딸로, 수의 양제(煬帝)가 진왕(晋王)이었을 때, 그의 비가 되었다.—일역본

68) 원문은 다음과 같다. …帝昏湎滋深, 往往爲妖崇所惑, 嘗游吳公宅鷄臺, 恍惚間與陳后主相遇.…舞女數十許, 羅侍左右, 中一人迥美, 帝屢目之. 后主云, "殿下不識此人耶? 卽麗華也. 每憶桃葉山前乘戰艦與此子北渡, 爾時麗華最恨, 方倚臨春閣試東郭㕙紫毫筆, 書小研紅綃作答江令'璧月'句, 詩詞未終, 見韓擒虎躍青驄駒, 擁萬甲直來冲人, 都不存去就, 便至今日." 俄以綠文測海蠡酌紅粱新醞勸帝, 帝飮之甚歡, 因請麗華舞"玉樹後庭花", 麗華辭以抛擲歲久, 自井中出來, 腰肢依拒, 無復往時姿態, 帝再三索之, 乃徐起終一曲. 后主問帝, "蕭妃何如此人?" 帝曰, "春蘭秋菊, 各一時之秀也."…

69) 『개하기』(開河記)는 『송지』 사부(史部) 지리류(地理類)에 기록되어 있는데, 주에서는

"작자를 알 수 없다"고 하였다. 청대 『사고전서총목』에서는 "문사가 더욱 천박하여 뒷골목의 전기에 가까우니, 누군가가 의탁한 것에서 나온 것으로 언급할 가치가 없다"(詞尤鄙俚, 皆近于委巷之傳奇, 同出依託, 不足道)고 하였다. 『설부』, 『당인설회』, 『고금일사』, 『고금설해』, 『역대소사』(歷代小史) 등의 판본이 있다.—보주

70) 당대 이광문(李匡文)의 『자가집』(資暇集) 하권에는 다음과 같이 되어 있다. "민간에서 어린아이를 겁줄 때, '마호가 온다'고 하는데, 그 내원을 모르는 사람들이 수염 많은 신이 [수염으로] 찌를까 봐 그런 것이라 생각하는데, 그런 것이 아니다. 수나라의 장군 마호는 성격이 포학하였다. 양제가 변하[의 운하]를 열게 했을 때, 그 위세가 이미 대단해 어린아이들이 소문을 듣고 두려워하였다. 서로 겁을 주면서 '마호가 왔다!'고 했는데, 어린아이들의 말이 정확하지 않아 호가 호로 바뀐 것이다."(俗怖嬰兒曰: '麻胡來!' 不知其源者, 以爲多髯之神而驗刺者, 非也. 隋將軍麻祜, 性酷虐. 煬帝令開汴河, 威稜旣盛, 至稚童望風而外, 互相恐嚇曰: '麻祜來!' 稚童語不正, 轉祜爲胡)—보주

71) 『미루기』(迷樓記)는 『설부』, 『당인설회』, 『고금일사』, 『고금설해』, 『역대소사』 등의 판본이 있다.—보주

72) 『해산기』(海山記) 2권은 원래 『청쇄고의』 후집 5권에 보이는데, 편제(篇題) 아래에는 원래 소주(小注)가 있었다. 상권에는 "양제 궁중의 꽃과 나무를 이야기한 것"(說煬帝宮中花木)이라 하고, 하권에는 "양제 후원의 조수를 기록한 것"(記煬帝後苑鳥獸)이라고 한 것은 모두 엮은이가 덧붙인 것이다. 따로 『당인설회』 본이 있는데, 멋대로 당대의 한악(韓偓)이 지은 것이라 적혀 있다.—보주

73) 지명이다. 첫째는 군(郡)의 이름으로, 수(隋) 개황(開皇) 9년 남연주(南兗州)를 양주(揚州)로 바꾸고 총관부(總管府)를 두었으며 대업(大業) 초에 부(府)를 폐하고 강도군(江都郡)을 두었으니, 치소(治所)는 강양(江陽; 지금의 장쑤성 양저우시揚州)에 있었다. 수 양제가 강도에 궁원을 크게 짓고 행도(行都)로 정했다가 당에 폐하여졌다. 둘째는 부(府)의 이름이다. 오대 때 오나라가 양주에 도읍을 정하고 강도부로 승격시켰다. 오대 남당(南唐)은 강녕부(江寧府)로 천도하여 이것을 동도(東都)로 삼았다. 치소는 강도(지금의 양저우시)이다. 셋째는 현(縣)의 이름으로 장쑤성에 속한다. 진(秦)의 광릉현(廣陵縣)은 한대에는 강도현이었으니, 옛 성터가 지금의 현의 서남쪽에 있다. 당 이후 치소를 지금의 양저우시로 옮겼다.—옮긴이

74) 한악(韓偓, 844~923)의 자는 치요(致堯; 치광致光이라고도 한다)이며, 어릴 때의 자는 동랑(冬郎)이다. 당 경조 만년(京兆萬年; 지금 산시陝西 시안西安) 사람으로 일찍이 한림학사(翰林學士), 중서사인(中書舍人)을 지냈다.

75) 나관중 및 『수당지전』(隋唐志傳)에 대해서는 이 책의 제14편을 참조할 것.

76) 저인획(褚人獲; 저인확褚人穫) 및 『수당연의』(隋唐演義)에 대해서는 이 책의 제14편 및 주 57)을 참조할 것.

77) 미국에서 이루어진 『수당연의』에 대한 연구로는 다음과 같은 것이 있다. Robert Earl Hegel, '*Sui T'Ang Yen-I*': *The Sources And Narrative Techniques Of A Traditional Chinese Novel*, Phd. Columbia University, 1973 —옮긴이

78) 양귀비(楊貴妃)를 가리킴.—옮긴이

79) 주준도(朱遵度)는 남당 청주(南唐青州; 지금의 산둥성) 사람으로 책 모으기를 좋아하여 "주만권"(朱萬卷)이란 칭호가 있었고, 은거하면서 벼슬은 하지 않았다. 저작에 『군서려조목록』(群書麗藻目錄) 등이 있다.

80) 엽소온(葉少蘊, 1077~1148)의 이름은 몽득(夢得)이고, 호는 석림거사(石林居士)이며, 남송 오현(吳縣; 지금의 저장에 속함) 사람으로, 일찍이 강동(江東)의 안무제치대사(安撫制置大使)를 역임하였고, 건강부(建康府) 지주를 겸하였다. 저서에 『피서록화』(避暑錄話), 『석림사』(石林詞) 등이 있다.

81) 『매비전』(梅妃傳)은 『설부』, 『당인설회』, 『고씨문방소설』, 『용위비서』 등의 판본이 있다. 루쉰은 『패변소철』에서 다음과 같이 말했다. "뒤에는 무명씨의 발이 있는데, '만권 주준도의 집에서 얻어, 대중 2년 7월에 쓴 것'이라 하였고, 또 '엽소온이 나에게 주어 얻었다'고 하였다. 이 내용을 검토하자면, 주준도는 책읽기를 좋아하여 사람들이 '주만권'이라고 여겼다. 아들인 앙은 '소만권'이라 칭했는데, 주에서 송으로 들어와 위주녹사참군이 되어 여러 차례 벼슬에 올라 수부랑중에 이르렀다. 『송사』 439 문원에 전이 있다. 소온은 곧 엽몽득의 자이다. 몽득은 소성 4년에 진사가 되고 고종 때 복주 지현으로 마쳤으니, 남북송 때의 사람으로, 그 연대가 멀리 떨어져 있는데, 어떻게 주준도의 가서를 얻을 수 있었겠는가? 아마도 발문 역시 위작으로 진짜 자신의 이름을 석림[엽몽득의 호가 석림이다]이라 기록한 사람이 지은 것은 아닐 것이다. 이제 그것을 송대 사람의 저작 가운데 넣기로 하겠다."(後有無名氏跋, 言'得于萬卷朱遵度家, 大中二年七月所書.' 又云: '惟葉少蘊與予得之.' 案, 朱遵度好讀書, 人目爲'朱萬卷'. 子昂, 稱'小萬卷', 由周入宋, 爲衛州錄事參軍, 累仕至水部郎中. 『宋史』四三九文苑有傳. 少蘊則葉夢得之字. 夢得爲紹聖四年進士, 高宗時終于知福州, 是南北宋間人, 年代遠不相及, 何從同得朱遵度家書. 蓋幷跋亦僞, 非眞識石林者之所作也. 今卽次之宋人著作中) — 보주

82) 조업(曹鄴)의 자는 업지(業之)인데, 업지(鄴之)라고도 한다. 당 계주(桂州; 관할구역은 지금의 광시廣西 구이린桂林) 사람으로, 일찍이 사부랑중(祠部郎中), 양주자사(洋州刺史)를 지냈다. 저서에 『조사부집』(曹祠部集)이 있다.

제12편 송대의 화본(話本)

송宋이라고 하는 한 시대의 문인들이 지은 지괴작품은 이미 평범한 데다 문채마저 결여되어 있었다.[1] 또 그들의 전기傳奇는 대부분 지나간 옛일을 기탁하고 근래의 일들은 피했다. 과거의 작품을 모방한 것은 그 수준이 훨씬 미치지 못했으니, 독창적이라 할 만한 것은 더더욱 없었다. 그러나 시정市井에서는 새로운 형태의 문예가 일어났다. 그것은 곧 속어로 책을 짓고 이야기를 서술한 것이었으니, 그것을 일러 "평화"平話라고 하였다. 곧 지금의 "백화[2]소설"白話小說이라고 하는 것이 바로 이것이다.[3]

그러나 백화로 글을 지은 것은 실제로는 송대에서 비롯된 것은 아니다. 청 광서光緖 연간[1875~1908]에 돈황 천불동敦煌千佛洞의 장경藏經이 처음으로 발굴되어[4] 대개는 영국과 프랑스로 반출되어졌으며,[5] 중국에서도 그 나머지를 수습해 경사도서관京師圖書館에 수장하였다.[6] 이 책들은 송초에 갈무리해 두었던 것으로, 불경이 많았지만 그 안에는 속문체俗文體로 된 이야기도 여러 종류 있었는데, 대체로 당말 오대唐末五代의 사람들이 옮겨 적어 놓은 것이었다.[7] 『당태종입명기』唐太宗入冥記, 『효자동영전』孝子董永傳, 『추호소설』秋胡小說 같은 것은 런던박물관에 있고, 『오운입오고사』伍員入

昊故事는 중국의 모씨[8]에게 있지만,[9] 애석하게도 아직 볼 수가 없기에, 이것들과 후대 소설과의 관계를 알 수 없다. 개인적인 생각으로 그것을 미루어 볼 때, 속문俗文[10]이 일어나게 된 데에는 두 가지 이유가 있었을 것이니, 그 하나는 오락을 위해서이고, 다른 하나는 교훈을 주기 위해서였다. 그 가운데에서도 교훈적인 것이 주를 이루었다. 그러므로 위에 열거한 여러 책들도 대부분 권선징악에 관한 것들이 많다. 경사도서관에 소장된 것 역시 속문으로 된 『유마』維摩, 『법화』法華 등의 경문經文과 『석가팔상성도기』釋迦八相成道記, 『목련입지옥고사』目蓮入地獄故事[11]가 있다.[12]

『당태종입명기』는 처음과 끝부분이 모두 빠져 있고 중간만이 겨우 남아 있다. 대개 태종이 [자신의 형인] 건성建成과 [동생인] 원길元吉을 죽였기 때문에 생혼生魂이 [명부로 불려가] 취조당했던 일을 기술하고 있다. 당대에는 그 당시 조정의 과오를 들추어내는 것을 꺼렸기에 송대에 와서야 비로소 성행하였다. 이것은 비록 태종에 관한 것을 다룬 것이지만, 마땅히 당대 사람이 지은 것으로 보아야 한다. 그 문장은 대략 다음과 같다.[13]

……판관이 노했기에 감히 이름을 말하지 못했다. 이에 황제가 말했다.

"경은 가까이 오라."

작은 목소리로 말하였다.[14]

"[판관의] 성은 최崔요, 이름은 자옥子玉이라 합니다."[15]

"짐이 기억해 두겠소."

말을 마치고 나니[16] 사자使者가 황제를 모시고 원문院門에 이르렀다.[17] 사자가 아뢰었다.

"부디 폐하께서는 여기에 서 계시기 바랍니다. 신이 들어가서 판관에게 보고하고 속히 돌아오겠습니다."[18]

말을 마치고는 청에 이르러 절을 한 뒤 말했다.

"판관께 아뢰오. 대왕의 처분을 받들어 태종의 생혼이[19] 판관님의 조사를 받기 위해 지금 문 밖에 와 있는데, 감히 모시고 들어오지는 못했습니다."

판관은 이 말을 듣고[20] 놀라면서 급히 일어섰다……[21]

송나라 때에 『양공구간』梁公九諫 1권[22](『사례거총서』士禮居叢書[23]에 있음)이 있었는데, 문장은 역시 [위의 『입명기』와 같이] 질박하고 보잘것없었다. 이 책은 무후武后가 태자를 폐하여 여릉왕廬陵王으로 삼고, 황제의 자리를 그 조카인 무삼사武三思에게 양위하려 하자, 적인걸狄仁杰이 아홉 번씩이나 지극히 간하매, 이에 무후가 감동하여 깨닫고는 태자를 다시 불러 옹립한 것을 서술하고 있다. 책의 앞부분에 범중엄范仲淹의 『당상량공비문』唐相梁公碑文[24]이 있는데, 번양番陽[25]의 수守로 폄적되었을 때 지은 것으로,[26] 곧 이 책은 명도明道 2년(1033) 이후에 나온 것이다.

여섯번째 간언諫言

측천무후가 삼경까지 잠을 자다 다시 꿈을 꾸었다. 꿈에 대라천녀大羅天女를 상대로 바둑을 두는데, 바둑판의 돌들이 금방 잡혀 번번이 천녀에게 지다가 갑자기 놀라 깨어났다. 다음 날 조례를 받을 때 여러 대신에게 그 꿈이 어떤가를 물어보았다. 재상인 적狄이 상주했다.

"신이 그 꿈의 길흉을 따져보건대 나라에 상서롭지 않습니다. 폐하께서 대라천녀를 상대로 바둑을 두는데, 바둑판의 돌들이 금방 잡혀 번번이 천녀에게 지신 것은 그 바둑판의 돌이 그 위치를 제대로 잡지 못하였기에 금방 잡혀 그 다스림을 잃게 된 것을 말하는 것입니다. 지금 태자인 여릉왕이 폄적되어 천리나 떨어진 방주房州에 가 있는데, 이는 바로 바둑판에 돌이 있기는 하나 그 위치를 제대로 잡지 못했다는 것을 말하며, 급기야 [폐하께서] 그런 꿈을 꾸게 된 것입니다. 신이 원컨대 동궁東宮의 자리에 빨리 여릉왕을 태자로 옹립해야지, 만약 무삼사를 옹립한다면 끝내 아니 될 것이옵니다!"[27]

그러나 현존하는 송대의 통속소설에 의거해 보면, 당말의 권선징악을 위주로 한 것과는 약간 다르니, 실제로는 잡극의 "설화"說話에서 나온 것이다. 설화라는 것은 들어 놀랄 만한 고금의 일들을 구연하는 것으로, 대개 당대에 이미 그런 것이 있었던 듯하다. 단성식의 『유양잡조』(『속집』 4 「폄오편」貶誤篇)에는 다음과 같은 내용이 있다.[28] "나는 태화太和 말에 동생의 생일날 잡희雜戲를 보러 갔다. 시인市人의 소설이 있었는데 편작扁鵲을 '편작'褊鵲이라 하여 상성으로 읽었다.……"[29] 이상은李商隱의 『교아시』驕兒詩(집集 1)에도 다음과 같은 내용이 있다. "어떤 이는 장비의 수염을 놓하고, 어떤 이는 등애의 말더듬는 것을 비웃었다."[30] [이것으로] 당시에 이미 삼국지에 관한 이야기를 구연하는 자가 있었던 듯하나 확실하지는 않다. 송나라가 도읍을 변汴 지방에 정하매 백성들은 편안했고 물자가 풍족하였으며, 오락거리가 무척 많았다. 시정에는 여러 기예伎藝가 있었는데, 그 가운데에는 "설화"가 있었고, 이것을 업으로 삼았던 자를 "설화인"說話人이라 불렀다. 설화인에는 또 전문가가 있었는데, 맹원로孟元老[31](『동경몽화록』東京夢華錄 5)[32]는 일찍이 그 종목을 들어 소설小說, 합생合生, 설원화說諢話, 설삼분說三分, 설『오대사』五代史[33]라고 하였다. 남쪽으로 내려온 뒤에도 이러한 풍속은 변하지 않았는데, 오자목吳自牧[34](『몽량록』夢粱錄 20)이 기재한 것에 의거하면 아래와 같은 4과科가 있었다.

설화라고 하는 것은 설변舌辯[35]이라 하는데, 4가家가 있긴 했어도, 각 가마다 또한 방계가 있다.

또 "소설"은 "은자아"銀字兒라 이름하기도 하는데, 이것은 기생의 연정이나 신령스럽고 괴이한 이야기, 전기傳奇, 공안公案, 검술, 봉술, 입신양명과 같은 일들이다.[36]…… 고금의 일들이 마치 물 흐르듯 막힘없이 이야기되었다.

"담경"談經이라는 것은 불경을 부연하여 이야기하는 것을 말한다. "설참청"說參請이라는 것은 손님과 주인이 참선하고 깨닫는 등의 이야기를 말한다.…… 또 "설원경"說諢經이라는 것도 있다.[37]

"강사서"講史書[38]라는 것은 『통감』通鑒과 한漢·당唐 등 역대의 역사와 전기의 흥폐興廢, 전쟁에 관한 일들을 말한다.

"합생"合生은 술 마실 때 제목을 제시하면 즉석에서 시사를 지어 노래 부르는 것起今隨今[39]과 비슷한 것으로, 각각 특정한 것을 다루고 있다.[40]

관원 내득옹灌園耐得翁[41](『도성기승』都城紀勝)은 전성기를 누리던 임안臨安이 번성했을 때 벌어졌던 일들을 기술하였는데, 역시 설화를 소설, 설경 설참청, 설사說史, 합생 등 4가로 분류하였다.[42] 그리고 소설을 3가지 류類로 나누었는데, "그 하나가 은자아銀字兒[43]로 기생의 연정이나 신령스럽고 괴이한 이야기, 전기와 같은 것들이다. 설공안說公案은 모두 완력을 쓰고, 칼을 들고 봉을 부리는 것과 입신양명에 관한 것이다.[44] 설철기아說鐵騎兒는 무사가 말을 타고 싸우는 것을 말한다".[45] 주밀周密[46]의 책(『무림구사』武林舊事 6)에서 들고 있는 4과科는 약간 다르다. 그것은 곧 연사演史, 설경원경說經諢經, 소설, 설원화說諢話를 말하며, 합생[47]은 없다. 또 소설에 웅변사雄辯社([같은 책] 권3)가 있었다고 한 것으로 보아 그 당시 설화인들은 각각

자신의 가수家數를 지켰을 뿐만 아니라, 또한 집회가 있어 그 기예를 연마했던 것을 알 수 있다.

설화는 비록 설화인이 각자 자신의 타고난 능력과 순간적인 기지로 그때마다 이야기를 이끌어 갔지만, 그들이 의거했던 저본이 있었다. 이것이 곧 "화본"話本이다. 『몽량록』夢陽錄(20) 영희影戲[48]조 아래에는 다음과 같은 내용이 있다. "그 화본과 강사서라고 하는 것은 매우 비슷한데, 대개 실제로 있었던 일과 꾸며낸 것이 반반 정도였다."[49] 또 소설강경사小說講經史조 아래에는 다음과 같은 내용이 있다. "대저 소설이라는 것은 과거의 왕조에서 일어났던 일들을 이야기하는데, 잠깐 동안에 이야기를 꾸며낼 수 있다."[50] [이것은] 『도성기승』에서 말한 것과 같으나, 단지 "꾸며댄다"捏合는 것이 "설명한다"提破로 되어 있을 뿐이다. 이것으로 강사의 문체는 역사적인 사실을 순서대로 서술하다가 중간중간 허구적인 이야기를 집어넣는 것이고, 소설의 문체는 한 이야기를 말하면 금방 그 결말을 알 수 있는 것임을 알 수 있다. 현재 남아 있는 『오대사평화』五代史平話 및 『통속소설』通俗小說[51]의 잔본殘本은 이런 두 가지 화본을 대표하는 것으로, 그 체제는 바로 위에서 말한 바와 같다.

『신편오대사평화』新編五代史平話는 강사講史의 하나로 맹원로孟元老의 이른바 "설『오대사』"說五代史의 화본에 거의 가깝다. 이 책은 양梁·당唐·진晉·한漢·주周 각각의 조대마다 두 권씩으로 되어 있는데, 각각 시로부터 시작해 다음에 정문正文으로 들어가며 또 시로서 끝맺고 있다. 다만 『양사평화』梁史平話만이 개벽開闢으로부터 시작하여 역대 흥망의 일을 간단하게 서술하고 있는데, 입론은 자못 특이하나 역시 황당무계한 인과설이 뒤섞여 있다.

용과 호랑이가 서로 싸운 지 그 몇 해인가?
오대五代는 양·당·진·한·주라네.
흥망이 바람 앞의 등불처럼 명멸明滅하니
군주와 나라가 바뀌는 것이 마치 역말을 바꾸는 것 같도다.

혼돈 상태의 천지가 나뉘면서부터 기풍이 비로소 시작되었으니, 복희伏羲가 팔괘八卦를 그려 문자로 글을 쓰는 것이 생겨났으며, 황제가 의상을 걸치고 나서 천하가 다스려지게 되었다.…… 그때 제후들은 모두 순종하였으나, 치우蚩尤와 염제炎帝만이 제후들을 침범하여 포학한 행위를 행하며 제왕의 덕화德化에 복종하지 않았다. 황제黃帝가 이에 제후들을 이끌어 대군을 동원하였다.…… 드디어 염제를 죽이고 치우를 사로잡아 온 나라가 평정되었다. 이 황제는 싸움의 우두머리가 되어 온 세상으로 하여금 후세에 무기를 사용하도록 가르쳤다.…… 탕湯이 걸桀을 치고 무왕武王이 주紂를 친 것은 모두 신하로서 군주를 시해하고 하夏, 은殷 나라를 빼앗은 것이었다. 탕왕과 무왕이 불합리하게 이러한 일을 했기에, 뒤에 주周 왕실은 쇠약해지고 제후들은 강대해졌으며, 춘추시대 240년 동안[52] 신하가 그 군주를 시해한 일도 있었고, 자식이 그 아비를 죽이는 일도 있었던 것이다. 공자孔子는 성인으로 삼강三綱이 구렁텅이에 빠지고, 구법九法이 무너진 것을 보고, 직필로 한 권의 책을 지었으니, 이것을 『춘추』春秋라 부른다. 다른 사람이 잘한 것을 칭찬하고, 다른 사람의 악한 것은 폄하여 벌하였다. 그러므로 맹자孟子는 "공자가 『춘추』를 짓자 난을 일으킨 신하와 역적들이 두려워했다"[53]고 하였다. 다만 성이 유劉이고, 자가 계季인 한 고조漢高祖만이 진 시황의 나라를 빼앗았지만 천하를 찬탈하고 군주를 시해하는 책략을 쓰지 않았으니 진실로 다음과 같도다.

손에는 삼 척의 용천검龍泉劍 들고,

중원中原의 400주州를 빼앗았도다.

유계劉季는 항우項羽를 죽이고 나라를 세워 국호를 한漢이라 하였다. 다만 공신들을 의심하고 꺼려했기 때문에 한신韓信, 팽월彭越, 진희陳豨와 같은 무리들이 모두 멸족당함을 면치 못했다. 이 세 공신은 억울함을 품고 천제天帝에게 호소하였더니, 천제가 세 공신이 죄도 없이 죽임을 당한 것을 불쌍히 여겨 그들로 하여금 환생하여 세 명의 호걸로 태어나게 했다. 한신은 조가曹家로 가서 환생하여 조조曹操가 되었고, 팽월은 손가孫家로 가서 손권孫權이 되었으며, 진희는 한의 종실宗室이었던 유가劉家로 가서 유비劉備가 되었다. 이 세 사람은 그들의 천하를 나누었다.…… 삼국엔 각각 역사서가 있으니 『삼국지』三國志라 하는 것이 그것이다.[54]

이에 다시 진晉으로부터 당唐에 이르러서는 황소黃巢의 난亂과 주씨周氏가 나라를 세우는 것[55]에 이르기까지 계속되고 있다. 그 하권은 현재는 없어졌으나 아마도 양梁이 망하는 데서 끝났을 것이다. 전체의 서술은 번잡한 것과 간략한 것이 자못 다르다. 대개 역사적으로 중요한 일은 오히려 자세히 다루지 않으면서, 일단 자질구레한 일들을 언급했다 하면 여러 가지로 수식을 가하였다. 변려문騈儷文으로 서술하고, 시가詩歌로써 증명하였으며, 또 익살스러운 말을 섞어서 재미있는 웃음거리를 만들어 내고자 했다. 이를테면 황소가 과거에 낙방하고 주온朱溫 등과 함께 도적이 되어 후가장侯家莊의 마평사馬評事를 겁탈하려 나서는 도중의 정경을 말한 부분 같은 것이 바로 그러한 예이다.

……황소가 말했다.

"만일 가서 그를 겁탈할 때 아우들은 손을 쓸 필요가 전혀 없다네. 내게는 상문검桑門劍이 하나 있는데, 하늘이 내게 주신 것으로, 내가 그 칼을 한번 뽑아들기만 하면 누구도 대적할 수 없을 걸세!"

말을 마치자 바로 떠났다. 가는 길에 높은 산 고개를 하나 지나게 되었는데, 그 이름은 현도봉懸刀峰이라 했다. 반나절이 지나고 나서야 비로소 고개를 다 내려갈 수 있었다. 얼마나 높은 고개였던가! 바로 이러했다네. 뿌리는 땅끝까지 뻗어 있고, 꼭대기는 하늘가에 잇닿아 있으며, 무성한 늙은 전나무 드넓은 하늘을 스치는 듯하고, 꼿꼿한 외로운 소나무 푸른 하늘을 찌르는 듯하다. 산 꿩은 해 속에 사는 닭과 서로 다투고, 은하수는 골짜기 여울물과 맞닿아 흐르며, 솟구치는 샘물은 비와 섞여 가는 물보라를 일으키고, 기이한 바위와 구름이 서로 밀치고 있다. 대체 그 높이가 얼마나 될까?

몇 해 전에 굴러 내린 한 나무꾼이
지금까지도 고개 밑까지 굴러가지 못했다네.[56)]

황소의 형제 네 사람[57)]은 이 높은 고개를 지나서, 후가장侯家莊을 바라보았다. 얼마나 훌륭한 집이었던가! 다만 눈앞에 보이는 것은 이와 같았다. 돌은 한가로운 구름 속에 감추어져 있고, 산은 시냇물과 잇닿아 있으며, 제방 가에는 늘어진 버드나무 바람에 하늘하늘 흔들려 냇가의 다리에 스치고, 길가의 한가로운 꽃들은 햇빛에 비치며 무리 지어 들길을 가리고 있다. 이 네 형제가 마을을 바라보니 5리를 넘지 않을 것 같았으나, 날이 이제 막 신시申時[58)] 정도밖에 되지 않아 함께 수풀 속으로 들어

가 숨어 있다가[59] 날이 저무는 것을 기다려 그 마가馬家의 문 앞에 이르렀다.……[60]

『경본통속소설』[61]이 본래 몇 권이었는지는 알 수 없으나, 현재 10권에서 16권까지가 남아 있으며, 매 권이 각각 한 편으로 되어 있다. 그것은 『연옥관음』碾玉觀音,[62] 『보살만』菩薩蠻, 『서산일굴귀』西山一窟鬼, 『지성장주관』志誠張主管, 『요상공』拗相公, 『착참최녕』錯斬崔寧, 『풍옥매단원』馮玉梅團圓 등이다. 매 편마다는 각각 시작과 끝이 있고, 순식간에 끝나는 점[63]은 오자목이 [『몽량록』에서] 기록한 것과 똑같다.

그 제재는 그 당시의 것으로부터 취한 것이 많고, 혹은 다른 종류의 설부說部에서 따온 것도 있는데, 오락적인 것을 위주로 하되 권선징악적인 것이 섞여 있기도 하다. 체제는 열에 아홉이 쓰잘 데 없는 이야기나 다른 일을 앞세우고 나서 그로부터 연결지어 본문으로 들어간다. 이를테면 『연옥관음』碾玉觀音에서는 함안군왕咸安郡王이 봄나들이 나가는 것을 서술하기 위해 봄을 묘사한 시구春詞를 10여 수나 열거하고 있다.

> 맑게 해가 비치는 산에는 이내[64]가 자욱하니 경치가 아름답고, 따뜻한 날씨에 집으로 돌아가는 기러기 모래톱을 날아 오르놋다. 동쪽 교외에는 바야흐로 [피기 시작한] 꽃들이 눈에 들어오고, 남쪽 둔덕에는 드문드문 풀이 새싹을 돋아내놋다. 제방 위의 버드나무, 아직 까마귀 하나 감추지 못하고, 꽃을 찾아 발길 닿는 대로 걷다 산가山家에 이르놋다. 밭이랑의 몇 그루 붉은 매화는 흩날리고, 붉은 살구 가지 끝엔 아직 꽃 소식 없노매라.

이 『자고천』鷓鴣天은 초봄孟春[65]의 경치를 묘사하고 있는데, 중춘仲春을 묘사한 사보다는 훌륭하지 못하다.

……

이 세 수의 사는 모두 왕형공王荊公[66]의 것만 못하다. 왕형공은 꽃잎이 한잎 한잎 바람에 날려 땅으로 떨어지는 것을 보고는 봄이 가는 것은 동풍이 보내기 때문이라는 것을 알고 있었다. 다음에 그 시가 있다.

봄날 봄바람 어떤 때는 좋다가,
봄날 봄바람 어떤 때는 나쁘기도 하지.
봄바람 없으면 꽃이 안 피고,
꽃이 피면 또 바람에 불려 떨어지기에.

소동파[67]는 동풍이 봄을 돌려보내는 것이 아니라 봄비가 봄을 돌려보내는 것이라고 말했다. 다음에 그 시가 있다.

애당초 비 오기 전에 꽃 사이로 봉오리를 보았더니,
비 오고 나니 잎 아래 꽃 하나도 없네.
벌, 나비 분분히 담 넘어 날아가니,
봄기운은 오히려 옆집에 있는 것일까?

진소유秦少游[68]는 바람 때문도 아니고 비 때문도 아니며, 바로 버들 솜이 날리면 봄기운이 사라지는 것이라고 말했다. 다음에 그 시가 있다.

삼월의 버들 꽃 가볍게 다시 날리니,

하늘하늘 나부끼며 봄을 돌려보내는구나.
이 꽃은 본래 무정한 것이기에,
하나가 동쪽으로 날면 하나는 서쪽으로 날아가노라.[69)]

……

왕암수王岩叟[70)]는 바람 때문도, 비 때문도, 버들솜 때문도, 나비 때문도, 꾀꼬리 때문도, 두견새 때문도, 제비 때문도 아니고, 90일의 봄빛이 지나면 봄이 간다고 말하였다. 일찍이 다음과 같은 시가 있었다:

바람을 원망하고, 비를 원망해 본들 둘 다 아닐세.
바람, 비 없어도 봄은 돌아가는 것.
뺨 가의 붉은 기운 바래고, 파란 매실은 [아직] 작기만 한데,
입가의 노란빛 없어지면 어린 제비 날기 시작하네.
두견새 힘차게 울기 시작하니 꽃 그림자 사라지고,
누에가 열심히 먹어대니 산뽕나무 잎 드문드문해지네.
다만 근심스러운 것은 봄이 돌아가 찾을 길 없는 것,
드넓은 세상살이 한갓 도롱이 입은 이 신세 저버리노라.

이야기하는 이가 무엇 때문에 이렇듯 봄이 가는 것을 읊은 사春歸詞를 말하고 있는가? 소흥紹興 연간에 행재行在[71)]에 관서關西의 연주延州 연안부延安府 사람으로, 삼진절도사三鎭節度使, 함안군왕咸安郡王이라는 신분을 가진 사람[72)]이 있었다. 그 당시 봄이 가는 것을 아쉬워하여 많은 가권家眷들을 거느리고 봄놀이를 나가려 하는데,……[73)]

이러한 도입부引首는 강사講史에서 먼저 천지개벽을 이야기하는 것과 약간 다르다. 대개 시詩, 사詞 외에도 옛날에 일어났던 일故實을 인용하기도 했는데, 혹은 서로 비슷한 것을 취하기도 하고, 혹은 전혀 다른 것을 취하기도 했지만, [그럼에도] 그 당시의 일들이 많았다. [이야기가] 다른 것을 취할 경우는 반대로부터 역전의 효과를 노린 것이었고, 서로 비슷한 것을 취한 경우는 미리 맛을 보여 주기 위한 것으로, 갑자기 이야기를 연결지어 정식 이야기로 들어갔다. 그렇기 때문에 서술이 막 시작되더라도 주된 뜻이 분명해졌던 것이다. 내득옹의 이른바 "설파한다"提破는 것과 오자목의 이른바 "주워 모아 맞춘다"捏合는 것은 아마도 이것을 가리키는 것일 것이다. 무릇 그 상반부上半部를 일러 "득승두회"得勝頭回[74]라고 하는데, 두회頭回는 전회前回라고도 부른다. 이야기를 듣는 사람들 가운데 병사가 많았기 때문에 좋은 말을 앞에 붙여 득승得勝이라고 한 것이지, 궁중에 들어가 이야기했기 때문에 이러한 이름이 붙은 것은 아니다.[75] 문체는 『오대사평화』五代史平話에서 자잘한 일들을 서술한 것과 무척 비슷하나 더욱 상세하다. 『서산일굴귀』西山一窟鬼[76]에서는 오수재吳秀才가 한번 귀신에 유혹당한 뒤로는 만나는 모든 것이 귀신이 아닌 것이 없게 된 일을 서술하고 있다. 대개 『귀동』鬼童(4)[77]의 『번생』樊生에 근원을 둔 듯하나, 묘사가 복잡다단하고 세밀하여, 명청明淸 연의演義라 하더라도 이것을 뛰어넘는 것이 없었다. 이를테면 [주인공이] 결혼을 약속하게 된 실마리에 대해 다음과 같이 서술하고 있다.

> …… 학당을 연 뒤 일 년 남짓[78] 지나니 다행히도 그 거리의 사람들이 모두 아이들[79]을 그 학당으로 보내 가르침을 받게 하였으므로,[80] [생활에는] 어느 정도 여유가 있게 되었다. 바로 그날 학당에서 글을 가르치고

있는데, 문득 푸른 천으로 만든 발 위의 방울 소리가 들리더니 한 사람이 들어왔다. 오선생이 들어온 이를 보니, 다른 사람이 아니라 10년 전[81)]에 이사 갔던 옆집의 왕노파였다. 원래 그 노파는 "중매쟁이"로 매파 노릇만으로 먹고살고 있었다. 오선생은 공손하게 읍을 하고 말했다.

"오랜만입니다. 요사이 할머니는 어디에 살고 계십니까?"

노파가 말했다.

"선생님께서 이 늙은이를 벌써 잊으신 줄 알았습니다그려. 지금은 전당문錢塘門의 성곽 옆에 살고 있습지요."

선생이 물었다.

"할머니께서는 연세가 얼마나 되셨습니까?"

노파가 말했다.

"저야 되지 못하게 먹은 나이가[82)] 일흔다섯입지요만, 선생님은 올해 몇이나 되셨는지요?[83)]"

선생이 말했다.

"저는 스물둘입니다."

노파가 말했다.

"선생님은 이제 겨우 스물둘인데, [보기엔] 오히려 서른이 넘은 사람 같습니다그려. 아마도 매일같이 신경을 많이 쓰시기 때문이라고 생각됩니다만. 저의 못난 생각 같아서는 역시 부인을 맞이하셔야 될 것 같습니다."

선생이 말했다.

"저도 이곳에서 몇 번이나 다른 사람에게 물어보았습니다만 어쩐지 마땅한 사람이 없군요."

노파가 말했다.

"그러기에 '웬수가 아니면 만날 수 없다'고 한 게 아니겠습니까. 교관님께 알려드리기로는 이곳에 좋은 자리가 한 군데 있습니다요. 지참금[84]이 1천 관 정도 있고, 몸종도 하나 딸려 있는 데다, 재주도 썩 괜찮아 악기라면 뭐든 조금씩은 다룰 줄 알고, 게다가 글씨도 잘 쓰고, 셈도 잘 합니다요. 또 행세깨나 하는 대갓집 출신으로, 공부하는 사람에게만 시집가려고 하는데, 선생님이 어떻게 생각하실런지요?"

선생은 그 말을 다 듣고 무한히 기뻐서 만면에 웃음을 띠고 말하였다.

"만약 참으로 그런 사람이 있다면 더할 나위 없이 좋지요. 그런데 그 아가씨는 지금 어디에 있습니까?"……[85]

남송이 망하자 잡극이 쇠퇴하고, 설화도 마침내 다시 유행하지 않았지만, 화본은 남아 있는 것이 자못 많았다. 후대 사람들이 그것을 보고 모방하여 책을 지었는데, 비록 이미 구연한 이야기口談는 아니었지만, 옛 체제를 아직도 보존하고 있었다. 소설 부류로는 『박안경기』拍案驚奇, 『취성석』醉醒石[86] 등이 있고, 강사 부류에는 『열국연의』列國演義, 『수당연의』隋唐演義[87] 등이 있으나, 세간에서는 이 두 가지를 점차 엄격하게 구별하지 않아 드디어는 둘 다 "소설"이라고 통명通名하게 되었다.

주)

1) 호응린의 『소실산방필총』 29권 "구류서론하"(九流緖論下)에서는 다음과 같이 말했다. "당대 이전의 소설은 허망한 내용을 기록한 것이 대부분이나 화려한 문체가 볼 만하다. 송대 이후의 소설은 사실적인 것을 차례로 논한 내용이 대부분이나 문장의 수식이 특히 부족하다. 무릇 당대 이전에는 문인과 재주 있는 선비들의 손에서 나왔으나 송대 이후에는 시골의 학자나 노인들의 이야기에서 나왔기 때문에 그러한 것이다."(小說, 唐人

以前, 紀述多虛, 而藻繪可觀. 宋人以後, 論次多實, 而彩艷殊乏. 蓋唐以前出文人才士之手, 而宋以後率俚儒野老之談故也) — 보주

2) "백화"는 "백화문"(白話文)과 같은 것이다. 한어(漢語)의 구어(口語) 문장어(文章語)의 일종이다. 어떤 특정한 시대의 구어에 가까우며, 당시 또는 그 이후의 일반대중에 의해 이해되어졌던 문장어이다. 문학혁명 및 그 뒤의 5·4운동의 과정 속에서 백화를 축으로 하는 과거 문학이 변천해 왔던 자취를 재정리하는 움직임이 나타났는데, 이 책의 작자인 루쉰도 그 가운데 한 사람이었다.— 일역본

3) 우리나라 사람에 의해 이루어진 화본(話本)에 관한 연구로는 다음과 같은 것들이 있다. 김영식(金映植), 「송원화본연구」(宋元話本硏究), 서울: 서울대 박사논문, 1994. 2. 김원동(金元東), 「고전백화단편소설연구」, 서울: 서울대 박사논문, 1993. 함은선(咸恩仙), 「화본소설 과보관 연구」(話本小說果報觀硏究), 타이베이: 원화대학(文化大學) 박사논문, 1989. 6. 김명구(金明求), 「허실 공간의 전이와 유동—송원 화본소설의 공간 검토」(虛實空間的移轉與流動—宋元話本小說的空間探討), 타이완사범대학(臺灣師範大學) 박사논문, 2002. 6.— 옮긴이

4) 저우사오량(周紹良)은 『돈황변문회록』(敦煌變文滙錄) 서(叙)에서 다음과 같이 말했다. 천불동(千佛洞) "제163굴에는 대량의 고서적이 수장되어 있는데, 광서(光緖) 15년경(1889)에야 비로소 주지인 왕도사에 의해 발견되었다."— 보주

5) 저우사오량은 『돈황변문회록』 서에서 다음과 같이 말했다. "1907년 영국의 스타인(Sir Aurel Stein)은 제2차 중앙아시아 탐험을 시작했는데, 그 해 3월 15일에 돈황에 도착했으며, 5월 11일에 처음으로 뇌물을 써서 천불동 동굴을 열고 그 문고(文庫)에 소장되어 있는 두루마리와 잡동사니 등을 발견하였는데, 높이가 지면으로부터 10피트 정도까지 쌓여 있었으며, 그 부피는 약 500입방피트였다.…… 스타인은 남들보다 앞서서 발견했기 때문에 그 가운데 6,000여 권을 뽑아 묶어서 돌아가 대영박물관에 들여놓았다.…… 그 뒤 1908년에 프랑스의 펠리오(M. Paul Pelliot) 역시 소문을 듣고 재빨리 뒤쫓아 와 그 해 3월 3일에 다시 석실을 열고 2,000여 권을 몰래 구입해 돌아갔다. 프랑스로 돌아간 뒤에는…… 모든 서적들을 국가도서관의 사본부에 보관하였다."— 보주

6) 저우사오량은 『돈황변문회록』 서에서 다음과 같이 말했다. "펠리오가 베이징을 거쳐 갈 때 그 소득물이 소문으로 전해졌는데 드디어 그것을 본 식자들은 크게 놀랐다. 그때…… 리성둬(李盛鐸)과 류팅천(劉廷琛)이 정부에 건의하여 변방인 둔황으로부터 베이징으로 가져와 국보의 유실을 막았다.…… 베이징으로 옮겨진 두루마리는 실제로는 8,600권으로, 『돈황겁여록』(敦煌劫餘錄) 천서우안(陳授庵) 씨의 서에 보인다."— 보주
이상의 둔황 사본이 해외로 반출되게 된 경위에 대해서는 피터 홉커크의 『실크로드의 악마들』(김영종 역, 서울: 사계절, 2000)이 참고할 만하다.— 옮긴이

7) 정전둬(鄭振鐸)는 『중국문학사』(中國文學史) "중세기(中世紀) 제3편 상" 98쪽에서 다음과 같이 말했다. "이 보고(寶庫)에 있는 사본 가운데 어떤 것은 베껴 쓴 연월과 인명이 기록된 것도 있고, 어떤 것은 연월이 없기도 하다. 연월이 있는 것으로 논하자면, 가장 이른 것이 기원후 5세기이고, 가장 늦은 것은 기원후 10세기 말년의 것도 있다. 대개 이 문고(文庫)는 그 정도 시기에 봉해진 듯하다." 샹다(向達)는 『돈황변문집』(敦煌變

文集) 인언(引言)에서 다음과 같이 말했다. "각본 가운데에는 기원후 868년에 인쇄된 『금강경』(金剛經)이 있는데, 처음과 끝이 완전한 것으로, 세계에 현존하는 최초의 목각본 책이다. 장서의 내용은 절대 다수가 불교의 경전으로, 나머지 일부분은 도교와 경교(景敎), 마니교의 경전 및 경사자집(經史子集)의 서적과 여러 가지 장부 등이다. 이러한 서적들은 대부분 한문으로 되어 있으며, 그 이외의 것으로는 중앙아시아 고대에 통용되던 문자들, 이를테면 위구르나 사마르칸트(康居), 쿠차(龜玆), 호탄(和闐), 산스크리트(梵), 티베트(藏) 등의 문서로 쓰여진 두루마리도 있다."—보주

위의 내용 가운데 상다가 기원후 868년 인쇄된 『금강경』을 세계에 현존하는 최초의 목각본 책이라 주장한 부분은 잘못이다. 잘 알려진 대로 세계 최고의 목판 인쇄물은 751년(경덕왕 10년) 무렵에 간행된 『무구정광대다라니경』(無垢淨光大陀羅尼經)이다. 『무구정광대다라니경』은 일찍이 당나라에서 신라로 전래되어 이미 성덕왕 5년(706년)에 경주 황복사 석탑에 봉안된 바 있는데, 현재 전하는 다라니경은 1966년 10월 13일 경주 불국사의 석가탑을 보수하기 위해 해체하였을 때 발견된 것으로, 1967년 불국사 삼층석탑 내 발견 유물을 국보 제126호로 일괄 지정할 때 포함되었다. 도화라국(都貨邏國)의 승려 미타산(彌陀山)이 법장(法藏)과 함께 704년경 한역하여 대장경에 편입한 것으로, 이 판본은 판광(板匡)의 위·아래 변의 길이 5.3~5.5cm, 각 항의 글자수 7~9자, 종이폭 6.5~6.7cm, 전체 길이 약 620cm이다. 경문 전부를 완전하게 새겨 글자 면을 위쪽으로 하여 먹칠한 다음, 종이를 놓고 말총과 같은 인체로 문질러서 찍어내어 두루마리 형식으로 장정한 책이며, 현재 국립중앙박물관에 보관되어 있다. 이 다라니경이 발견되기 전에는 서기 770년경에 인쇄한 일본의 『백만탑다라니경』이 세계 최고로 알려졌으나, 이제는 우리나라의 『무구정광대다라니경』이 일본보다 약 20년 앞서는 세계에서 가장 오래된 목판인쇄물로 밝혀졌으며, 중국 최고의 목판인쇄물은 서기 868년에 인쇄한 『금강반야바라밀경』으로 영국 대영박물관에 소장되어 있다.—옮긴이

8) 중국의 모씨는 류푸(劉復, 1891~1934)를 가리킨다. 류푸은 프랑스에 유학하여, 펠리오가 가져갔던 돈황 본 사본을 교록하고 나서, 『돈황철쇄』(敦煌掇瑣) 상·중·하 삼집을 편찬 간행하였다(上輯 1925, 中輯 1934, 下輯 1935, 國立中央硏究院 歷史語言硏究所 刊). 이 『돈황철쇄상집』(敦煌掇瑣上輯)에 「오자서변문」(伍子胥變文)이 실려 있다. 루쉰이 본문을 집필할 때는 『돈황철쇄』가 간행되기 전이었을 것이다. 또 「돈황철쇄서목」(敦煌掇瑣序目)은 『반농 잡문』(半農雜文; 베이핑北平: 싱윈탕서점星雲堂書店, 1934)에 실려 있다. 루쉰과 류푸의 관계에 대해서는 「류반농 군을 추억하며」(憶劉半農君; 『차개정잡문』에 실려 있음)를 볼 것.—일역본

9) 『당태종입명기』(唐太宗入冥記)는 왕중민(王重民) 등이 편집한 『돈황변문집』(敦煌變文集) 2권에 보인다. [루쉰이 인용한 『당태종입명기』는 단지 『사주문록』(沙州文錄; 창푸蔣斧가 편하고, 뤄푸창羅福萇이 보완함)의 일부이다. 정전둬의 『중국문학사』 "중세권 제3편 상"에도 큰 단락으로 인용되어 있다. 『돈황변문집』에는 현재 잔결로 남아 있는 전문 약 3,400자가 인용되어 있다. 이 두루마리의 번호는 사斯2630이고, 표제는 원래 없었는데, 왕궈웨이와 루쉰 이래 의안된 것에 따라 표제를 단 것이다.—보주] [돈황 사본에는 각각 발견자가 붙인 고유번호가 매겨져 있는데, 프랑스의 펠리오에 의한 것은 중국어로

는 백(伯), 또는 영문으로 P로 번호를 매기고, 스타인에 의한 것은 사(斯) 또는 S로 번호가 매겨진다. 고고학자인 스타인보다는 중국학에 나름의 조예가 있던 펠리오가 가져간 사본들에 중요한 자료가 많이 있는 것은 당연한 일이다.— 옮긴이]

『효자동영전』(孝子董永傳)은 『돈황변문집』 1권에 보이는데, 『동영변문』(董永變文)이라 적혀 있다. [『효자동영전』은 『돈황변문집』에는 『동영변문』으로 제목이 바뀌어 있다. 원래 두루마리의 번호는 사2204호인데, 모두 937자로 창구(唱句)로 되어 있다.— 보주]

『추호소설』(秋胡小說)은 『돈황변문집』 2권에 보이며, 『추호변문』(秋胡變文)이라 제하였고, 현재 남아 있는 것은 잔본이다. [『추호소설』은 『돈황변문집』에는 『추호변문』으로 제목이 바뀌어 있다. 원래 두루마리의 번호는 사133호이다.— 보주]

『오운입오고사』(伍員入吳故事)는 『돈황변문집』 1권에 보이며 『오자서변문』(伍子胥變文)이라 적혀 있다. [『오운입오고사』는 『돈황변문집』에는 『오자서변문』으로 제목이 바뀌어 있다. 원래는 4권이 있었다. 갑권은 백3213호으로 이야기의 첫 부분만 남아 있고, 을권은 사6331호로 단지 12행만 남아 있으며,…… 병권은 사328호로 이야기의 주요 부분이 남아 있고, 정권은 백2794호로 두 절이 남아 있으며, 모두 병권이 보존하고 있는 부분 안에 있는데, 다만 문구가 약간 차이가 있다.— 보주]

10) 여기에서 루쉰이 "속문"(俗文)이라고 부르는 것은 오늘날 우리가 "변문"(變文)이라 부르는 것이다. 이 변문의 이야기들을 영국과 프랑스에 있는 원본으로부터 초록하여 중국에 남아 있는 원본과 한데 모아 교정을 보고 활자 본으로 간행한 것이 몇 가지 있다. 주 9)와 11)에서 언급한 『돈황변문집』(敦煌變文集) 상·하(왕중민王重民·왕칭수王慶菽·상다向達·저우이량周一良·치궁啓功·쩡이궁曾毅公 공동편집, 베이징: 런민원쉐출판사, 1957/2쇄 1984)가 1985년까지 나온 것으로는 가장 완비된 것이다.

이러한 자료에 바탕하여 여러 나라 학자들이 연구한 결과, 변문은 당대에 사원 등에서 행하여졌던 속강(俗講)이라는 불교 교의의 포교를 위해 만들어진 이야기로부터 나왔다는 사실이 분명해졌으며, 후대의 이야기나 제궁조(諸宮調), 송원대의 화본 등이 속강을 기록한 변문과 밀접한 관계를 맺고 있다고 알려졌다.

속강과 변문, 그 뒤의 설화나 화본과의 관계에 관한 연구논문으로는 왕궈웨이와 천인커의 논문을 필두로 하여, 정전둬, 쑨카이디, 상다, 왕중민 등의 논문이 있고, 앞서의 『돈황변문논문집』에 실려 있는 상다의 「인언」(引言)과 그 하권 말미에 부록으로 실린 「돈황변문논문목록」(敦煌變文論文目錄; 目錄, 錄文, 通論, 專題硏究와 跋의 네 부분으로 나뉘어 있음)은 지금까지도 참고가 되고 있다.

정전둬의 『중국문학연구』(中國文學硏究) 상·중·하(베이징: 쭤자출판사作家出版社, 1957)에는 「오자서와 오운소」(伍子胥與伍雲召), 「불곡 속문과 변문」(佛曲俗文與變文), 「불곡서록」(佛曲叙錄), 「변문으로부터 탄사로」(從變文到彈詞) 등이 실려 있다.

쑨카이디의 『중국 단편백화소설을 논함』(論中國短篇白話小說; 상하이: 탕디출판사棠棣出版社, 1953)에는 「당대 속강 궤범과 그 본의 체재」(唐代俗講軌範與其本之體裁) 등이 실려 있다. 그 뒤 『중국 단편백화소설을 논함』에 실린 논문은 「독변문」(讀變文) 한 편을 덧붙여, 쑨카이디 『창주집』(滄州集 上·下, 베이징: 중화서국, 1965) 1권에 실려 있다.

상다의 『당대 장안과 서역문명』(唐代長安與西域文明; 베이징, 싼롄서점三聯書店, 1957년 초판, 1979년 베이징 2쇄)에는 「당대속강고」(唐代俗講考) 등이 있다.

왕중민의 『돈황유서논문집』(敦煌遺書論文集)에는 「돈황변문연구」(敦煌變文硏究) 등의 관련 논문이 있고, 부록으로 샹다의 「돈황변문집인언」(敦煌變文集引言)이 실려 있다.

저우사오량과 바이화원(白化文)이 편한 『돈황변문논문록』(敦煌變文論文錄) 상·하(상하이: 상하이구지출판사上海古籍出版社, 1982)에는 중국인민공화국 성립 이전부터 1950~60년대의 변문연구논문이 가려 뽑아져 있다.

장시허우(張錫厚)의 『돈황문학』(敦煌文學; 상하이구지출판사, 1980)은 입문서이다.

장리훙(蔣禮鴻)의 『돈황변문자의통석』(敦煌變文字義通釋) 增訂本, 상하이: 상하이구지출판사, 1981; 우샤오루(吳小如)의 「장리훙의 『돈황변문자의통석』 찰기」(讀蔣禮鴻『敦煌變文字義通釋』札記), 『문헌』(文獻) 3집, 베이징: 수무원셴출판사(書目文獻出版社), 1980.

왕중민의 『돈황고적서록』(敦煌古籍叙錄; 중화서국, 1979년 新一版)에는 관련 작품에 대한 해제가 있다.

상우인서관 편, 『돈황유서총목색인』(敦煌遺書總目索引, 베이징: 중화서국, 1983).

Jao Tsung-i and P. Demièville, *Airs de Touen-houang(Touen-houang Kiu) Textes à chanter des VIIIe-X^{e}siècles*, Paris, 1971.

A. Waley, *Ballads and Stories from Tun Huang*, George Allen and Unwin Ltd, London, 1960. 이 책은 돈황변문 연구의 정수로서 돈황문학에 대한 안내서 역할도 하고 있다.―일역본

11) 『유마』(維摩). 전칭은 『유마힐경강경문』(維摩詰經講經文)으로, 『돈황변문집』 5권에 보인다. 현재는 모두 잔권 여섯 편이 남아 있다. [『유마』의 온전한 이름은 『유마힐경강경문』(원래의 경은 7권으로 요진姚秦의 삼장三藏 구마라십鳩摩羅什이 번역했음)은 모두 6권으로 각권의 번호는 사(斯)4571, 사3872, 백(伯)2122, 백2292, 베이징 광자(光字)94(백3079), 아직 번호가 붙여지지 않은 1권(원명은 『문수문질』文殊問疾로서 원래는 뤄전위羅振玉의 『돈황령습』敦煌另拾에 보임)이다. 소련에서는 1962년에 『유마쇄금』(維摩碎金; 곧 『유마힐경강경문』의 일부)과 『십길상』(十吉祥)을 발견했는데, 소련과학원(蘇聯科學院) 아주인민연구소(亞洲人民硏究所)에서 교정과 번역, 주를 달고 원문까지 붙여 출판했다.―보주]

『법화』(法華)는 전칭이 『묘법연화경』(妙法蓮華經)으로, 『돈황변문집』 5권에 보인다. 현재는 두 편이 남아 있다. [『법화』의 온전한 명칭은 『묘법연화경강경문』(妙法蓮華經講經文)으로 백2305와 백2133 두 권이 있다.―보주]

『석가팔상성도기』(釋迦八相成道記). 이 내용을 검토하자면, 『돈황변문집』 4권의 『태자성도경』(太子成道經), 『태자성도변문』(太子成道變文), 『팔상변』(八相變) 및 7권의 『팔상압좌문』(八相押座文) 네 편은 모두 석가가 도를 이루는 이야기를 서술하고 있는데 『석가팔상성도기』는 이 네 편을 가리켜 하는 말인 듯하다. [『석가팔상성도기』는 모두 세 종류가 있다. 그 첫번째는 원명이 『팔상변』으로 원래 베이징도서관(北京圖書館) 소장이다. 번호는 운자(雲字) 24호와 내자(乃字) 91호이고, 따로 『팔상압좌문』이 있는데, 번호는 사2440이다. 그 두번째는 『태자성도경』 1권으로 번호는 백2999인데, 그 사구

(詞句)가 똑같지만 빠진 부분이 있는 것으로 7권이 있다. 그것은 곧 사548, 사2682, 사2352, 백2924, 백2299, 사4626 및 베이징 잠자(潛者) 80호이다. 그 세번째는 『태자성도변문』으로 백3496(베이징 퇴자推字 79호)과 사480, 사4128, 사4533, 사3096 등 문자가 서로 다른 두루마리 다섯 개가 있다.— 보주]

『목련입지옥고사』(目連入地獄故事)는 『돈황변문집』 6권에 보이며, 『대목건련명간구모변문』(大目乾連冥間救母變文)이라 적혀 있다. [『목련입지옥고사』는 모두 세 가지가 있다. 그 첫번째는 『목련연기』(目蓮緣起)라 하는데, 번호는 백2193이다. 그 두번째는 원명이 『대목건련명간구모변문병도일권병서』(大目乾蓮冥間救母變文并圖一卷幷序)로서, 『불설우란분경』(佛說盂蘭盆經)에 근거하여 부연해 놓은 것이다. 번호는 사2614이고, 사구가 똑같지만 빠진 부분이 있는 것으로 8권이 더 있는데, 곧 백2319, 백3485, 백3107, 백4988, 베이징 영(盈)76, 베이징 려(麗)85, 베이징 상(霜)89 및 사3704가 있다. 그 세번째는 『목련변문』(目蓮變文)으로 번호는 베이징 성자(成字) 96이다.— 보주] [우리나라 사람에 의해 이루어진 목련 이야기에 대한 연구로는 김영지(金映志)의 『목련희 연구』(目連戲 硏究, 서울대 박사논문, 2002. 8)가 있다. — 옮긴이]

12) 우리나라 사람에 의해 이루어진 돈황에 대한 연구는 아직은 미진한 편이다. 연구자의 숫자도 많지 않거니와 그 중요성에 비해 학계 전체의 관심도 상대적으로 크지 않은 편이다. 그러나 최근에 돈황학에 대한 중요성을 인식한 몇몇 연구자들에 의해 돈황에 대한 조명이 이루어지고 있다. 그 가운데 대표적인 논고로는 다음의 두 가지를 들 수 있을 것이다. 전홍철(全弘哲), 「돈황 강창문학의 서사체계와 연행양상 연구」, 서울: 한국외대 박사논문, 1995. 2. 박완호(朴完鎬), 「돈황화본소설연구」, 광주: 전남대 박사논문, 1996. 6. 특히 전홍철의 논문은 중국소설의 발달을 강창문학과 연계하여 단순히 읽기만을 위한 독물(讀物)로서가 아니라 실제로 연행(演行)되던 것이 후대에 소설로 정착된 것이라는 주장을 폈다. 그의 이러한 문제의식은 중국소설사의 범위를 확대하고 정통문학에 가려져 있던 평민문학을 복권시키는 의의를 갖고 있다.

아울러 우리에게 돈황 연구자로 잘 알려져 있는 빅터 메이어(Victor H. Mair, 중국명은 梅維恒)의 대표 저작 『당대 변문』(*Tang Transformation Texts*, Harvard Univ. Press, 1989)도 볼 만하다. 1943년 출생한 메이어는 서구 돈황 변문 연구자 중 가장 뛰어나면서 활발한 연구 업적을 남긴 학자로서 1976년 하버드대학에서 박사학위를 받은 후 줄곧 돈황 변문 연구에 몰두하였으며 현재는 펜실베이니아대학 아시아중동학과 교수 겸 고고인류학박물관 고문으로 재임 중이다. 저서로는 본서 외에 『돈황통속서사문학』(*Tun-huang Popular Narratives*, Cambridge Univ. Press, 1983), 『그림과 연행』(*Painting and Performance*, Hawaii Univ. Press, 1988) 등이 있으며, 번역서로는 영문판 『노자』, 『장자』 등이 있고 최근에는 『중고한어속어사전』(中古漢語俗語辭典) 편찬 작업을 하고 있다. 이 가운데 『당대 변문』은 전홍철, 정광훈에 의해 우리말로 옮겨져 『중국소설연구회보』(서울: 한국중국소설학회) 제45호(2001년 3월)부터 51호(2002년 9월)까지 연재된 바 있다.— 옮긴이

13) 『당태종입명기』(唐太宗入冥記)는 원래는 빠진 부분이 매우 많은데, 매 행의 끝부분마다 두세 글자씩 빠져 있다. 루쉰이 인용한 6행의 원문은 다음과 같다.

판관이 노했기에 감히 이름을 말하지 못했다. 이에 황제가 말했다. "경은 가까이 와서 부담 없이 말하라." 작은 목소리로 말하였다. "□□□ 성은 최(崔)요, 이름은 자옥(子玉)이라 합니다." "짐이 기억해 두겠소." 말을 마치고 나니 사자(使者)가 황제를 모시고 □□□원문(院門)에 이르렀다. 사자가 아뢰었다. "부디 폐하께서는 여기에 서 계시기 바랍니다. 신이 들어가서 판관에게 보고하고 □□□ 속히 돌아오겠습니다." 말을 마치고는 청에 이르러 절을 한 뒤 말했다. "판관께 아뢰오. 대왕의 처분을 받들어 태종의 생혼이 판관님의 조사를 받기 위해 지금 문 밖에 와 있는데, 감히 모시고 들어오지는 못했습니다." 판관은 이 말을 듣고 놀라면서 급히 일어섰다.……(判官懆惡, 不敢道名字. 帝曰, "卿近前來輕道." 輕道, "□□□姓催(崔), 名子玉." "朕當識." 才言訖, 使人引皇帝至□□院門, 使人奏曰, "伏維陛下且立在此, 容臣入報判官□□□速來." 言訖, 使者來到廳拜了, "啓判官: 奉大王處□□□(分將)太宗是(皇)[帝]生魂到, 領判官推勘, 見在門外, 未敢引□□(入." 崔)判官(子玉)聞言(語), 驚忙起立)ㅡ일역본

14) 원문은 "輕道". 앞서의 『돈황변문집』 1권 「당태종입명기」와 그 「교기」에 의하면, "輕道"를 "帝"의 말로 해석하여, "卿近前來輕道"로 구두하였다.ㅡ일역본

15) 원문은 "姓崔, 名子玉". 『돈황변문집』에 의하면, "　　姓催名子玉"으로 "姓" 앞에 세 글자 분량의 여백이 있다. "催"는 "崔"의 잘못이다.ㅡ일역본

16) 원문은 "言訖". 『돈황변문집』에 의하면, "言" 위에 "纔"가 있다.ㅡ일역본

17) 원문은 "至院門". 『돈황변문집』에 의하면, "至　　院門"으로 가운데 부분에 두 글자 분량의 여백이 있다.ㅡ일역본

18) 원문은 "容臣入報判官速來". 『돈황변문집』에 의하면, "容臣入報判官　　　速來"로 세 글자 분량의 여백이 있다.ㅡ일역본

19) 원문은 "奉大王處, 太宗是生魂到". "奉大王處(分將), 太宗皇[帝]生魂到(分將)"은 원래의 사본에서 두 글자 분량의 오탈자가 있는 것을 『돈황변문집』의 교정자가 보충해 넣었다. "[帝]"는 교정자가 보충한 것이다.ㅡ일역본

20) 원문은 "'未敢引.' 判官聞言". 이것도 앞서의 경우와 마찬가지로 『돈황변문집』의 교정자가 다음과 같이 보충해 넣었다. "未敢引(入). (催)子玉聞語".ㅡ일역본

21) 원문은 다음과 같다. …判官懆惡, 不敢道名字. 帝曰, "卿近前來." 輕道, "姓崔, 名子玉." "朕當識." 言訖, 使人引皇帝至院門, 使人奏曰, "伏惟陛下且立在此, 容臣入報判官速來." 言訖, 使來者到廳拜了, "啓判官: 奉大王處, 太宗是生魂到, 領判官推勘, 見在門外, 未敢引." 判官聞言, 驚忙起立,…

22) 『양공구간』(梁公九諫) 1권은 『사찰거총서』(士札居叢書)에서 사서루(賜書樓) 소장 초본(抄本)에 근거하여 가경(嘉慶) 병인(1896)년에 간행되었다. 『강운루서목』(絳雲樓書目) 진경운(陳景雲) 주에서는 다음과 같이 말했다. "이북해가 지은 『양공별전』에는 공이 앞뒤로 상주하고 응대한 말이 모두 실려 있는데, 『구간』을 상세하다고 보았다."(李北海撰『梁公別傳』, 備載公前後奏對之語, 視『九諫』爲詳) 『독서민구기』(讀書敏求記)에서는 다음과 같이 말했다. "『양공구간』 1권은……『당서』와 서로 차이가 있는데, 가지고 있다가 두루 고찰할 만하다."(『梁公九諫』一卷…與『唐書』互有異同, 存之以備考可也)ㅡ보주

23) 곧 『사례거황씨총서』(士禮居黃氏叢書)이다. 청대 장주(長洲) 사람인 황비열(黃丕烈; 자

는 紹武, 호는 蕘圃)은 청대의 유수한 장서가로, 그는 자신의 장서로부터 가려 뽑아 총서를 만들었다. 『양공구간』 1권과 『선화유사』(宣和遺事) 전후(前後) 이집(二集) 등도 실려 있다.—일역본

24) 범중엄(范仲淹, 989~1052)의 자는 희문(希文)이고, 북송 오현(烏縣; 지금 장쑤에 속함) 사람으로, 일찍이 참지정사(參知政事)를 지냈다. 저작에 『범문정공집』(范文正公集)이 있다. 『당상량공비문』(唐相梁公碑文)은 『범문정공집』 11권에 보인다. 이 책의 부록 『범문정공연보』(范文正公年譜)의 기록에 의하면, 범중엄은 보원(寶元) 원년(1038)에 파양(鄱陽)에서 윤주(潤州)로 부임하여, "팽택을 거쳐 적량공의 묘를 참배하고, 그의 명예와 절개를 사모하여 그를 위해 기를 짓고 비를 세운다"(道由彭澤, 謁狄梁公廟, 慨慕名節, 爲之作記立碑)고 하였다.

25) 『양공구간』 권수(卷首)의 「당상량공묘비」(唐相梁公墓碑)에는 "番易"로 되어 있고, 『범문정공집』(四部叢刊本)에는 "鄱陽"으로 되어 있다.—일역본

26) 『당상량공묘비』("비문"碑文이라 되어 있지 않음)에는 다음과 같이 기록되어 있다. "중엄이 폄적되어 번이(번양)로 수자리 나가던 중 배를 타고 군을 옮기다가 팽택을 지나는 길에 공의 사당에 들러 서술하였다."(仲淹貶守番易(番陽), 移舟徙郡, 道過彭澤, 謁公之祠而述焉)—보주

27) 원문은 다음과 같다. 第六諫. 則天睡至三更, 又得一夢, 夢與大羅天女對手着棋, 局中有子, 旋被打將, 頻輸天女, 忽然驚覺. 來日受朝, 問諸大臣, 其夢如何? 狄相奏曰, "臣圓此夢, 于國不祥. 陛下夢與大羅天女對手着棋, 局中有子, 旋被打將, 頻輸天女: 蓋謂局中有子, 不得其位, 旋被打將, 失其所主. 今太子廬陵王貶房州千里, 是謂局中有子, 不得其位, 遂感此夢. 臣愿東宮之位, 速立廬陵王爲儲君, 若立武三思, 終當不得!"
루쉰이 인용한 여섯번째 간언은 범중엄의 『당상량공묘비』에 서술된 것과 자못 차이가 있다. "또 하루는 측천이 공에게 말했다. '내가 꿈에 쌍륙을 노는데 이기지 못한 것은 어째서요?' 공이 대답했다. '쌍륙에 이기지 못한 것은 궁중에 아들이 없기 때문입니다.' 다시 명을 내려 대책을 세우도록 했다."(又一日, 則天謂公曰: '我夢雙陸不勝者何?' 對曰: '雙陸不勝者, 宮中無子也.' 復命策出)—보주

28) 위핑보(俞平伯)는 『소설수필』(小說隨筆)에서 다음과 같이 말했다. "『소설사략』에서는 『유양잡조』를 인용하여 당대에 이미 시인소설(市人小說)이 있었다는 사실에 대한 증거로 삼았는데, 그 증거가 각별히 확실하다. 『유양』의 해당 대목의 전문을 보면 당의 시인소설과 송대의 설화가 직접적인 계승관계를 갖고 있다는 사실을 더한층 증명해준다고 할 수 있다. 그 관계는 불경 이야기에 더욱 밀접하게 나타나 있다."(『잡반아지이』雜拌兒之二, 148~9쪽) 덧붙이자면, 『유양』의 전문은 "상성"(上聲) 두 글자 아래에 또 "시정의 사람이 말했다. 이십 년 전 일찍이 상도재에서 이것을 말했다"(市人言: '二十年前嘗于上都齋會設此.')라는 내용이 있다. 이어서 위핑보는 "비슷한 점을 열거하여"(列相同之点) 만든 대조표에서 다음과 같이 말했다. ① 『유양』에서는 당대의 시인소설을 잡희(雜戱)라고 칭했다. 『동경몽화록』(東京夢華錄)에서는 다음과 같이 말했다. "송대의 소설 강사는 '경와기예'에 들어간다."(宋之小說講史列入'京瓦伎藝') ② 『유양』에서는 편(扁)자를 상성으로 읽는다고 했다. 『몽량록』(夢粱錄)에서는 다음과 같이 말했다. "왕륙

대부가 글자를 말하는 것은 정말 속되지 않은데, 그 연원을 묻고 기록한 것인 매우 광범위하다."(王六大夫講得字眞不俗, 記問淵源甚廣) ③『유양』에서는 "일찍이 상도재에서 이것을 말했다"(嘗于上都齋會設此)라고 했는데, 『무림구사』(武林舊事)에서는 다음과 같이 말했다. "2월 8일 상주 장왕의 생신에 곽산의 행궁에서 백희가 다투어 열렸는데 웅변사의 소설이 있었다."(二月八日爲相州張王生辰, 霍山行宮百戲競集, 雄辯社小說)—보주

29) 원문은 "予太和末, 因弟生日觀雜戲, 有市人小說, 呼扁鵲作'褊鵲'字, 上聲…".

30) 원문은 "或謔張飛胡, 或笑鄧艾吃".

31) 맹원로(孟元老)의 호는 유란거사(幽蘭居士)이고, 송대 사람으로 생애는 자세하지 않다(송 휘종 때 간악의 건조를 감독했던督造艮岳 맹규孟揆일지도 모른다는 설이 있다). 그가 지은 『동경몽화록』 10권은 남송 초에 지어졌다. 내용은 북송의 수도 변량(汴梁)의 도시, 거리, 세시, 풍속, 기예 등을 되살려 기록해 놓고 있다.

32) 『동경몽화록』의 우리말 역본은 다음과 같다. 맹원로 지음, 김민호 옮김, 『동경몽화록』, 서울: 소명출판, 2010.

33) 『동경몽화록』(外四種, 상하이: 상하이구뎬원쉐출판사, 1956)의 5권 「경와기예」(京瓦技藝)에는 "尹常賣, 『五代史』"로 되어 있다.—일역본

34) 오자목(吳自牧)은 남송 전당(錢塘; 지금의 저장 항저우) 사람으로 생애는 자세하지 않다. 그가 지은 『몽량록』 20권은 남송의 수도 임안(臨安)의 교묘(郊廟), 궁전, 풍속, 물산 및 여러 가지 직업과 잡희(百工雜戲) 등을 기록하고 있다.

35) 원문은 "舌辨"으로 되어 있다. 『동경몽화록 외사종』(東京夢華錄外四種; 台北: 古亭書屋, 1975)에 실려 있는 『몽량록』 20권 「소설강경사」(小說講經史)에는 "說辯"으로 되어 있다.—일역본

36) 원문은 "公案撲刀杆棒發迹變態之事". 앞서의 『몽량록』에는 "公案朴刀捍棒發發踪參之事"로 되어 있다. 「『몽량록』교감기」(『夢粱錄』校勘記)에서는 쑨카이디의 『중국 단편 백화소설을 논함』에 실려 있는 「송조 설화인의 가수 문제」(宋朝說話人的家數問題)의 "說公案皆是朴刀, 捍棒, 發跡, 變態之事"로 해야 한다는 지적을 덧붙여 놓았다. 또 루쉰 역시 "發發踪參"을 "發跡變態"로 고쳐 놓았다. 『몽량록』의 이 대목은 『도성기승』(都城記勝)의 「와사중기」(瓦舍衆技)의 기록에 바탕한 것이다.

"은자아"(銀字兒)는 쑨카이디의 「송조 설화인의 가수 문제」에 의하면, 은자관(銀字管)은 "필률"(觱篥)의 일종으로, 은을 상감한 피리라고도 하는데, 말하고 노래할 때 은자관으로 반주했다고 한다. 다만 리샤오창(李嘯倉)의 「석은자아」(釋銀字兒; 李嘯倉, 『宋元技藝雜考』, 上海: 上雜出版社, 1953에 실려 있음)에 의하면, "은자"는 뒤에 애절하고 아리따운 곡조를 가리키는 것일 것이라고 하면서, 예인들이 상연하기 전에 은자관을 연주하여 청중의 주의를 끌었다는 설을 제기하였다.—일역본

37) "담경"(談經)은 "설경"(說經)이라고도 한다. 아마도 당대(唐代)의 "속강"(俗講)에서 유래한 것일 것이라고 한다(『中國戲曲曲藝詞典』, 上海: 上海辭書出版社, 1981, 659쪽). "설참청"(說參請)은 일설에는 선당(禪堂)에서의 설법(說法)과 문난(問難)으로부터 발전한 형식이라고 한다(『中國戲曲曲藝詞典』, 640쪽). "설원경"(說諢經)은 골계로 사람을 웃기는 이야기의 일종이라고 한다(『中國戲曲曲藝詞典』, 640쪽).—일역본

38) 또는 "강사"(講史), "설사서"(說史書), "연사"(演史)라고도 한다. 원대에는 "평화"(平話)라고도 했다. "강사"는 후대의 "평서"(評書), "평화"(評話)와 관계가 밀접해 일반적으로 후자는 전자가 직접 발전해 온 것이라 한다(『中國戲曲曲藝詞典』, 659쪽).—일역본

39) 원문은 "'合生', 與起今隨今". 기금수금(起今隨今)은 『몽량록』 20권에 의하면, 원래는 "기령수령"(起令隨令)이다. ["어떤 물건을 가리키면 바로 그 사물에 대해 이야기를 꾸며대는 것"(起今隨今)은 "기령수령(起令隨令)"이라 해야 한다. 기령(起令)은 제목을 내는 것이고, 수령(隨令)은 제목에 따라 즉석에서 한 수의 시사(詩詞)를 노래 부르는 것이다.—보주]

[『몽량록』 원문에는 "與"자 위의 "合生"이라는 두 글자가 없다. 쑨카이디가 지적한 대로, 이것은 오탈자일 것이다. "合生" 두 글자를 보충해야 한다. 루쉰이 예문으로 들 때, 고친 듯하다. "합생"(合生)은 "합생"(合笙)이라고도 한다. 또 "교합생"(喬合生)으로 쓰는 경우도 있다. 합생은 딱히 무엇인지 알기 어려운 기예이다. "합생"이라고 하는 명칭의 연예는 당대에 이미 있었다(『신당서』 119 「무평일전」武平一傳). 이것은 원래 호인(胡人)이 만들었던 악곡으로, 무용을 하면서 실제 사실과 인물을 대상으로 노래했던 경박하고 부박한 잡희(雜戲)였던 듯하다. 천루헝(陳汝衡)에 의하면, 송대에는 "합생"이라고 하는 명칭을 답습하긴 했지만, 무용을 포함하고 있지는 않았으며, 처음에는 술자리에서 기녀의 재정(才情)을 시험했던 일종의 기예였다(洪邁, 『夷堅志』 支乙卷 六 「合生詩詞」). "기령수령"의 "령"(令)은 쑨카이디가 말한 대로, "주령"(酒令)의 "령"이다. 손님이 술자리에서 기녀에게 문제를 내는 것이 "기령"이고, 기녀가 여덟 구의 율시(律詩)를 음창(吟唱)하는 것으로 답하는 것이 "수령"이다(陳汝衡, 『宋代說書史』, 上海: 上海文藝出版社, 1979, 50쪽). 이와 같은 기예가 대중연예로 발전하여 "합생"(合笙)이라고 기록된 것이라고 추측되는데, "생소"(笙簫) 등의 악기를 반주로 한 것일 것이다. 하지만 대중연예로서의 합생의 실제 모습은 전하지 않는다. 쑨카이디는 두 사람이 연주하면서 어떤 때는 무용도 하고, 노래도 부르며, 어떤 때는 사물을 가리켜 제영(題詠)하고, 골계로 풍자가 섞인 연예였을 것이라고 한다. 리샤오창(李嘯倉)의 「합생고」(合生考; 앞서 나온 바 있는 李嘯倉, 『宋元技藝雜考』에 실려 있음)와 천루헝의 『송대설서사』에서는 "합생"은 "설화"의 종목에는 포함되지 않는다고 하였다. 또 "교합생"(喬合生)은 송대의 설화로서, 합생으로부터 파생된 기예인데, 골계풍자의 연예였을 것이라 한다(리샤오창, 「합생고」).—일역본

40) 원문은 다음과 같다. 說話者, 謂之舌辨, 雖有四家數, 各有門庭: 且"小說"名"銀字兒", 如烟粉靈怪傳奇公案撲刀杆棒發迹變態之事.…談論古今, 如水之流. "談經"者, 謂演說佛書, "說參請"者, 謂賓主參禪悟道等事.…又有"說諢經"者. "講史書"者, 謂講說『通鑒』漢唐歷代書史文傳興廢戰爭之事. "合生", 與起今隨今相似, 各占一事也.

41) 관원내득옹(灌園耐得翁). 관포내득옹(灌圃耐得翁)이라고도 하며, 성은 조(趙)이고 남송 사람이다. 그가 지은 『도성기승』(都城紀勝) 1권은 시정(市井), 와사(瓦舍), 중기(重伎) 등 14가지 종류로 나누어져 있으며, 당시 수도였던 임안의 거리, 점포, 원림(園林), 건축(建築)과 와사(瓦舍), 기예(伎藝) 등을 기록해 놓고 있다.

42) "설화를 4가로 분류한"(說話有四家)은 남송대에는 『도성기승』이 가장 빠르다. 4가를

가리키는 것이 무엇인가에 대해서는 각각의 견해가 일치하지 않는데, 왕구루(王古魯)와 후스잉(胡士瑩)의 설이 가장 정확한 듯하다. 그들 두 사람은 4가를 ① 은자아(銀字兒), ② 설철기아(說鐵騎兒), ③ 설경(說經), 설참청(說參請), ④ 강사서(講史書)로 보았다. 이들은 모두 소설을 은자아와 설철기아 두 종류로 나누었다(『이각박안경기 부록일』二刻拍案驚奇附錄一과 『항저우대학학보』杭州大學學報를 볼 것). "설철기아"는 곧 『취옹담록』(醉翁談錄) 가운데의 "신화"(新話)로 "중흥명장전"(中興名將傳)과 같이 금나라에 대항하여 의병을 일으킨 영웅전기고사(英雄傳奇故事) 등이다.—보주

43) 원문은 "一者銀字兒". 『도성기승』에는 "一者小說, 謂之銀字兒"로 되어 있다.—일역본
관원내득옹의 『도성기승』에는 "그 하나가 은자아"(一者銀字兒)가 원래는 "그 하나는 소설로 은자아라 부른다"(一者小說, 謂之銀字兒)로 되어 있다. —보주

44) 원문은 "皆是搏拳提刀赶棒及發迹變態之事". 『도성기승』의 원문에는 "拳提" 두 글자가 없다. 그리고 『도성기승』 원문과 『무림장고총서』(武林掌故叢書) 제1집본에는 "撲刀趕棒及發迹變態之事"로 되어 있지만, 저본인 『동정십이종』(楝亭十二種) 본에 의해 "變泰"로 하면, 원문을 "皆是搏刀捍棒及發迹變泰之事"로 바꿀 수 있다.—일역본
"완력을 쓰고, 칼을 들고 봉을 부리는 것"(搏拳提刀杆棒及發)은 『무림장고총서』(武林掌故叢書)에는 본래 "박도간봉"(撲刀赶棒)으로 되어 있는데, "박도간봉"(朴刀桿棒)이라 해야 한다.—보주

45) 원문은 "一者銀字兒, 如烟粉靈怪傳奇; 說公案, 皆是搏拳提刀赶棒及發迹變態之事; 說鐵騎兒, 謂士馬金鼓之事".

46) 주밀(周密, 1232~1298)의 자는 공근(公謹)이고, 호는 초창(草窗)이다. 남송 제남(濟南) 사람으로 절강 오흥(浙江吳興)에서 살았다. 일찍이 의오(義烏)의 현령을 지냈다. 그가 지은 『무림구사』(武林舊事) 10권은 송이 망한 뒤에 지어졌으며, 남송 수도 임안의 잡사를 기술해 놓고 있는데, 그중에서도 민간기예에 대한 기록이 자못 상세하다.

47) 『무림구사』 6권의 「제색기예인」(諸色伎藝人) 조에는 "合笙, 雙秀才"로 되어 있다. 이 "合笙"은 "合生"과 같은 것이다.—일역본

48) 『몽량록』 20권 「백희기예」(百戲伎藝) 조에 있다. 영회지거(影繪芝居)이다. 변경(汴京)에서는 "소지"(素紙)를 재료로 하였지만, 뒤에 형체를 "양피"(羊皮)로 만들었다 한다. 영희에 관해서는 쑨카이디의 「근세 희곡의 창연 형식은 괴뢰희 영희고에서 나왔다」(近世戲曲的唱演形式出自傀儡戲影戲考) 및 「괴뢰희영희보재」(傀儡戲影戲補載)를 볼 것(『창주집』滄州集 상책에 실려 있음).—일역본

49) 원문은 "其話本與講史書者頗同, 大抵眞假相半".

50) 원문은 "蓋小說者, 能講一朝一代故事, 頃刻間捏合".

51) 『오대사평화』(五代史平話). 『신편오대사평화』(新編五代史平話)를 말하며, 이 책은 오대가 흥망한 역사를 개술해 놓고 있다. [무진 동씨 송분실(武進董氏誦芬室)이 송(宋) 건상본(巾箱本)을 영인한 적이 있는데, 그 뒤의 표점배인본(標點排印本)은 모두 이것을 따랐다. 다만 차오위안중(曹元忠)이 지적한 대로, 이 『신편오대사평화』는 잔본이다. 근년에 이르러 다이부판(戴不凡)은 그 빠진 부분의 일부가 『남송지전』(南宋志傳)에 있다고 하였다. 다이부판의 「『오대사평화』의 부분 궐문」(『五代史平話』的部分闕文; 다이부판戴不

凡, 『소설견문록』小說見聞錄, 항저우: 저장런민출판사浙江人民出版社, 1980)을 볼 것.—일역본]
『통속소설』(通俗小說)은 곧 『경본통속소설』(京本通俗小說)로, 화본집이며, 잔본 9편이 남아 있다. 강동로담(江東老蟫; 먀오취안쑨繆荃孫)은 발(跋)에서 다음과 같이 말하였다. 그 가운데 "정주삼괴(定州三怪) 한 회는 매우 심하게 파손되었고, 김주량황음(金主亮荒淫) 두 권은 너무 외설적이어서 감히 전하지 못했다."(定州三怪一回, 破碎太甚; 金主亮荒淫兩卷, 過于穢褻; 未敢傳摹) 그리하여 현행본은 7편뿐이다.

52) 『신편오대사평화』(上海: 中國古典文學出版社, 1954년 1쇄, 1955년 2쇄)에 의하면, 242년이라 한다.—일역본

53) 원문은 "孔子作『春秋』而亂臣賊子懼". 앞서의 『신편오대사평화』 본에는 "孔子作『春秋』而天下亂臣賊子懼"로 되어 있다.—일역본

54) 원문은 다음과 같다. 龍爭虎戰幾春秋, 五代梁唐晉漢周, 興廢風燈明滅裏, 易君變國若傳郵. 粤自鴻荒旣判, 風氣始開, 伏羲畫八卦而文籍生, 黃帝垂衣裳而天下治.…那時諸侯皆已順從, 獨蚩尤共炎帝侵暴諸侯, 不服王化. 黃帝乃帥諸侯, 興兵動衆,…遂殺死炎帝, 活捉蚩尤, 萬國平定. 這黃帝做着個厮殺的頭胸, 教天下後世習用干戈.…湯伐桀, 武王伐紂, 皆是以臣弒君, 簒奪了夏殷的天下. 湯武不合做了這個樣子, 後來周室衰微, 諸侯强大, 春秋之世二百四十年之間, 臣弒其君的也有, 子弒其父的也有. 孔子聖人爲見三綱淪, 九法斁, 秉那直筆, 做一卷書, 喚做『春秋』, 褒奬他善的, 貶罰他惡的, 故孟子道是"孔子作『春秋』而亂臣賊子懼". 只有漢高祖姓劉字季, 他取秦始皇天下不用簒弒之謀, 眞個是: 手拿三尺龍泉劍, 奪却中原四百州. 劉季殺了項羽, 入着國號曰漢, 只因疑忌功臣, 如韓王信彭越陳豨之徒, 皆不免族滅誅夷. 這三個功臣抱屈銜寃, 訴于天帝, 天帝可憐見三個功臣無辜被戮, 令他每三個托生做三個豪傑出來: 韓信去曹家托生做着個曹操, 彭越去孫家托生做着個孫權, 陳豨去那宗室家托生做着個劉備. 這三個分了他的天下,…三國各有史, 道是『三國志』是也.…

55) 주온(朱溫)이 양(梁)나라를 세운 것을 말함.—옮긴이

56) 원문은 "至今未曾攧到底". 『신편오대사평화』에는 "至今未曾攧到地"로 되어 있다.—일역본

57) 원문은 "黃巢兄弟四人". 『신편오대사평화』에는 "四個兄弟"로 되어 있다.—일역본

58) 신시(申時)는 오후 3시에서 5시를 가리킨다.—옮긴이

59) 원문은 "同入個樹林中𨫼了". 『신편오대사평화』에는 이 구절 맨 앞에 "且"자가 덧붙여져 있다. "且同入個樹林中𨫼了". "𨫼"은 "躲"와 통용된다.—일역본

60) 원문은 다음과 같다. 黃巢道, "若去劫他時, 不消賢弟下手, 咱有桑門劍一口, 是天賜黃巢的, 咱將劍一指, 看他甚人, 也抵敵不住." 道罷便去, 行過一個高嶺, 名做懸刀峰, 自行了半個日頭, 方得下嶺. 好座高嶺! 是: 根盤地角, 頂接天涯, 蒼蒼老檜拂長空, 挺挺孤松侵碧漢, 山鷄共日鷄齊鬪, 天河與澗水接流, 飛泉飄雨脚廉纖, 怪石與雲頭相軋. 怎見得高? 幾年攧下一樵夫, 至今未曾攧到底. 黃巢兄弟四人過了這座高嶺, 望見那侯家莊. 好座莊舍! 但見: 石惹閑雲, 山連溪水, 堤邊垂柳, 弄風裊裊拂溪橋, 路畔閑花, 映日叢叢遮野渡. 那四個兄弟望見莊舍遠不出五里田地, 天色正晡, 同入個樹林中𨫼了, 待晚西却行到那馬家門首去.…

61) 『경본통속소설』(京本通俗小說)은 먀오취안쑨의 1915년 영인본이 있다. 그는 자신이

근거한 저본이 "원대 사람의 사본(寫本)을 영인한 것이 확실하다"고 말했다. 여기 남아 있는 7권은 모두 명대 풍몽룡(馮夢龍)이 편정(編訂)한 『경세통언』(警世通言)과 『성세항언』(醒世恒言)에 들어가 있다. 10권 『연옥관음』(碾玉觀音)은 곧 『경세통언』 8권의 『최대조생사원가』(崔待詔生死冤家)이고, 11권의 『보살만』(菩薩蠻)은 같은 책 7권의 『진가상단양선화』(陳可常端陽仙化)이며, 12권 『서산일굴귀』(西山一窟鬼)는 같은 책 14권의 『일굴귀라도인제괴』(一窟鬼癩道人除怪)이고, 13권 『지성장주관』(志誠張主管)은 같은 책 16권 『소부인금전증년소』(小夫人金錢贈年少)나 『장주관지성탈기화』(張主管志誠脫奇禍)이며, 14권 『요상공』(拗相公)은 같은 책 4권 『요상공음한반산당』(拗相公飮恨半山堂)이고, 15권 『풍옥매단원』(馮玉梅團圓)은 같은 책 12권 『범추아쌍경중원』(范鰍兒雙鏡重圓)이며, 16권 『착참최녕』(錯斬崔寧)은 『성세항언』 33권 『십오관희언성교화』(十五貫戲言成巧禍)이다. 먀오취안쑨의 말에 의하면 "일찍이 『정주삼괴』(定州三怪) 1회가 있었는데, 너무 심하게 훼손되었고, 『김주량황음』(金主亮荒淫) 2권은 지나치게 외설스러워 수록하지 못했다"고 한다. 덧붙이자면, 『정주삼괴』는 곧 『경세통언』 19권의 『최아내백요초요』(崔衙內白鷂招妖)이고, 『김주량황음』은 따로 예더후이(葉德輝)의 배인본이 있으니, 곧 『성세항언』 23권의 『김해릉종욕망신』(金海陵縱欲亡身)이다.—보주
우리나라 사람에 의해 이루어진 것으로는 장영(張暎), 「『경본통속소설』 연구」(서울: 성균관대 박사논문, 1994. 2)와 이영구 「경본통속소설 연구」(서울대 석사학위논문, 1979)가 있다.—옮긴이

62) "碾"은 옥을 갈아 기물(器物)을 만드는 것으로, 이 제목은 옥을 갈아 만든 관음상이라는 뜻이다.—일역본

63) 원문은 "頃刻可了"이다. 직역을 하자면 "순식간에 끝난다"는 것이 되는데, 의미는 그 분량이 앉은 자리에서 다 읽어 낼 수 있을 정도라는 것이다.—옮긴이

64) 산에 낀 안개.—옮긴이

65) 음력 1월을 말한다.—옮긴이

66) 왕안석(王安石, 1021~1086)이다. 이하 옛사람들의 시구를 인용하고 있지만, 실제로 원작에는 없으며, 이것은 설화인(說話人)이 옛사람의 이름을 빌려 자기 멋대로 개찬한 경우가 많기 때문이다.—일역본

67) 소식(蘇軾, 1036~1101).—옮긴이

68) 진관(秦觀, 1049~1100).—옮긴이

69) 예문에서는 생략하였지만, 진관의 뒤로 소요천(邵堯天; 邵雍夫), 증량부(曾兩府), 주희진(朱希眞; 朱敦儒), 소소매(蘇小妹; 전하는 말로는 소동파의 누이라고 함)가 지은 것이라 칭하는 시가 덧붙여져 있는데, 이것들은 "호접"(蝴蝶), "황앵"(黃鶯), "두견"(杜鵑), "연자"(燕子) 등 봄을 상징하는 것들이다.—일역본

70) 왕암수의 자는 언림(彦霖)이고, 남송 철종(哲宗) 때 사람으로, 시어사(侍御使)를 지냈다.—일역본

71) 천자가 순행할 때 거처하는 곳. 여기에서는 남송 때 오랑캐에 쫓겨 항주(杭州)로 내려간 일을 가리킨다. 그러므로 여기에서의 행재는 항주를 말한다.—옮긴이

72) 삼진절도사는 진남(鎭南), 무안(武安), 영국절도사(寧國節度使)를 가리킨다. 절도사는

원래 군사(軍事)와 정무(政務), 재정(財政)을 장악하고 있는 지방장관으로, 당대에는 막강한 권력을 갖고 있었으나, 송대에는 이미 힘을 잃고 있었다. 남송의 명장 한세충(韓世忠, 1089~1151)은 소흥(紹興) 13년 함안군왕에 봉해졌다가, 뒤에 삼진절도사가 되었다.—일역본

73) 원문은 다음과 같다. 山色晴嵐景物佳, 暖烘回雁起平沙, 東郊漸覺花供眼, 南陌依稀草吐芽. 堤上柳, 未藏鴉, 尋芳趁步到山家, 隴頭幾樹紅梅落, 紅杏枝頭未着花. 這首『鷓鴣天』說孟春景致, 原來又不如仲春詞做得好:…這三首詞, 都不如王荊公看見花瓣兒片片風吹下地來, 原來這春歸去是東風斷送的. 有詩道: 春日春風有時好, 春日春風有時惡, 不得春風花不開, 花開又被風吹落. 蘇東坡道, 不是東風斷送春歸去, 是春雨斷送春歸去. 有詩道: 雨前初見花間蕊, 雨後全無葉底花, 蜂蝶紛紛過墻去, 却疑春色在鄰家. 秦少游道, 也不干風事, 也不干雨事, 是柳絮飄將春色去. 有詩道: 三月柳花輕復散, 飄揚淡蕩送春歸, 此花本是無情物, 一向東飛一向西.…王岩叟道, 也不干風事, 也不干雨事, 也不干柳絮事, 也不干胡蝶事, 也不干黃鶯事, 也不干杜鵑事, 也不干燕子事, 是九十日春光已過春歸去. 曾有詩道: 怨風怨雨兩俱非, 風雨不來春亦歸, 腮邊紅褪青梅小, 口角黃消乳燕飛, 蜀魄健啼花影去, 吳蠶強食柘桑稀, 直惱春歸無覓處, 江湖辜負一蓑衣. 說話的因甚說這春歸詞? 紹興年間, 行在有個關西延州延安府人, 本身是三鎮節度使咸安郡王, 當時怕春歸去, 將帶着許多鈞眷游春,…

74) "득승두회"(得勝頭回)에 관한 몇 구절은 루쉰이 「송대 민간의 이른바 소설 및 그 이후」(『무덤』 수록)에서 예를 들어 풀이한 것이 더 분명하다. "득승두회"에 대한 정설로서 이야기할 만한 것은 대개 네 가지가 있다. ① 대개 서로 상관이 있는 시사로 본문을 이끌어 내는 것. 이를테면 10권에서 춘사(春詞) 11수로 연(함)안군(延[咸]安郡)의 왕유춘(王游春)을 이끌어내 오는 것과, 12권에서 선비인 심문술(沈文述)의 사(詞)를 자구에 따라 해석한 것으로 귀신을 만나는 것을 이끌어 내는 것이 모두 그러하다. ② 서로 비슷한 일로 본문을 이끌어 내는 것. 이를테면 14권의 왕망(王莽)으로 왕안석을 이끌어 내는 것이 그것이다. ③ 비교적 손색 있는 일로 본문을 이끌어 내는 것. 이를테면 15권의 위생(魏生)이 실없는 말로 관직이 떨어진 것으로 유귀(劉貴)가 실없는 말로 큰 화를 불러오는 것을 이끌어 내는 것과 16권의 '상호간의 인연'(交互姻緣)으로 '두 개의 거울이 다시 만나'(雙鏡重圓)로 이야기가 뒤바뀌어 '교화에 대해 도리어 몇 배나 뛰어난 결과가 빚어지게 된 것'(有關風化, 到還勝似幾倍) 등이 모두 그러하다. ④ 상반되는 일로 본문을 이끌어 내는 것. 이를테면 13권의 왕처후(王處厚)가 거울로 백발을 보는 사(詞)에는 분수를 알고 만족한다는 의미가 담겨 있는데, 이것으로 늙는 것을 인정하지 않는 장사렴(張士廉)이 만년에 아내를 얻었다가 패가망신하는 것이 그러하다. 이러한 네 가지 정설은 곧 후대의 수많은 모방작들을 구속하였다.—보주

"득승두회"에 관해서는 다른 해석도 있다. "득승두회"는 "득승리시두회"(得勝利市頭回)라고도 한다. 곧 "화본"(話本)의 입화(入話)이다. "소솨두회"(笑耍頭廻)라고도 하는데(『中國戲曲曲藝詞典』, 663쪽), 상세한 것은 후스잉(胡士瑩)의 『화본소설개론』(話本小說概論; 베이징: 중화서국, 1982)을 볼 것.—일역본

75) "득승두회"(得勝頭回)는 이를테면 『착참최녕』(錯斬崔寧)에 인용된 것으로는 "소솨두

회”(笑耍頭回)라고도 하는데, 이를테면 『청평산당화본(淸平山堂話本) · 문경원앙회(刎頸鴛鴦會)』가 있고, “두회”라고 약칭한 것도 있는데, 이를테면 『고금소설·사홍조용호군신회(史弘肇龍虎君臣會)』가 있다. 자세하게 분석해 보면 서두는 제목(題目), 편수(篇首), 입화(入話), 두회(頭回; 두회는 없거나 빼기도 함)의 네 항목으로 나눌 수 있고, 그 다음에 비로소 정문(正文)과 편미(篇尾)가 온다. 어떤 이는 “입화”와 “두회”를 서로 뒤섞어 “두회”가 곧 “입화”라고 여기기도 한다. 사실 화본에서 한 수나 몇 수의 시사(詩詞)로 시작하는 것을 “편수”(篇首)라고 하는데, 이 시사를 풀이하는 말을 “입화”라고 하며 별도의 이야기가 아니다. “두회”야말로 별도의 작은 이야기로 관중들이 모두 모일 때까지 기다리는 데 쓰이는 것이다.—보주

76) 『경세통언』(警世通言)에서는 「일굴귀라도인제괴」(一窟鬼癩道人除怪)라는 제목으로 실려 있는데, 제목 아래 “송대 사람의 소설로 『서산일굴귀』(西山一窟鬼)라고도 한다”는 주가 달려 있다.—일역본

77) 『귀동』(鬼董). 일명 『귀동호』(鬼董狐)라 하며, 5권이다. 작자의 성은 심(沈)인데, 송대 사람이다. [『귀동』은 일명 『귀동호』라고도 하는데, 원대 관한경(關漢卿)의 이름을 가탁했다. 상우인서관 배인본이 있다.—보주]

78) 원문은 “有一年之上”. 『경본통속소설』(京本通俗小說; 리례원黎烈文 표점標點, 상하이: 상우인서관, 1925) 제12권에는 “也有一年之上”으로 되어 있다.—일역본

79) 원문은 “孩子們”. 『경본통속소설』에는 “孩兒們”으로 되어 있다.—일역본

80) 원문은 “與它教訓”. 『경본통속소설』에는 “與他教訓”으로 되어 있다.—일역본

81) 원문은 “十年前”. 『경세통언』에는 “半年前”으로 되어 있다.—일역본

82) 원문은 “犬馬之年”. 『경본통속소설』에는 “天馬之年”으로 되어 있고, 『경세통언』에는 “犬馬之年”으로 되어 있다.—일역본

83) 원문은 “青春多少”. 『경본통속소설』에는 “青年多少”로 되어 있고, 『경세통언』에는 “青春多少”로 되어 있다.—일역본

84) 원문은 “房計”. 『경본통속소설』에는 “房臥計”로 되어 있다.—일역본

85) 원문은 다음과 같다. …開學堂後, 有一年之上, 也罪過, 那街上人家都把孩子們來與它教訓, 頗有些趲足. 當日正在學堂裏教書, 只聽得青布簾兒上鈴聲響, 走將一個人入來. 吳教授看那入來的人: 不是別人, 却是十年前搬去的鄰舍王婆. 原來那婆子是個“撮合山”, 專靠做媒爲生. 吳教授相揖罷, 道, “多時不見. 而今婆婆在那裏住?” 婆子道, “只道教授忘了老媳婦, 如今老媳婦在錢塘門裏沿城住.” 教授問, “婆婆高壽?” 婆子道, “老媳婦犬馬之年七十有五. 教授青春多少?” 教授道, “小子二十有二.” 婆子道, “教授方才二十有二, 却像三十以上人, 想教授每日價費多少心神; 據我媳婦愚見, 也少不得一個小娘子相伴.” 教授道, “我這裏也幾次問人來, 却沒這般頭腦.” 婆子道, “這個‘不是寃家不聚會’. 好教官人得知, 却有一頭好親在這裏, 一千貫錢房計, 帶一個從嫁, 又好人才, 却有一床樂器都會, 又寫得算得, 又是嗶嚥大官府第出身, 只要嫁個讀書官人. 教授却是要也不?” 教授聽得說罷, 喜從天降, 笑逐顏開, 道, “若還眞個有這人時, 可知好哩! 只是這個小娘子如今在那裏?”…

86) 『박안경기』(拍案驚奇)와 『취성석』(醉醒石)은 이 책의 제21편을 참조할 것. [『박안경기』는 명대 능몽초(凌濛初)가 지은 의화본집(擬話本集)이고, 『취성석』은 명청대의 동로고

광생(東魯古狂生)이 지은 의화본집이다.—보주]

87) 『열국연의』(列國演義). 이 책의 제15편을 참조할 것. [『열국연의』는 명대 여소어(余邵魚)의 『열국지전』(列國之傳)이나 청대 채원방(蔡元放) 평점 본 『동주열국지』(東周列國志)를 가리킨다.—보주]

『수당연의』(隋唐演義)는 이 책의 제14편을 참조할 것.

제13편 송·원의 의화본(擬話本)

설화說話가 이미 성행함에 따라 당시에 지어진 몇몇 책들도 자연히 화본의 영향을 받게 되었다. 북송北宋 때에 수재秀才인 유부劉斧[1]는 고금의 패설稗說을 이리저리 모아 『청쇄고의』靑瑣高議와 『청쇄척유』靑瑣摭遺[2]를 지었다. 문장은 비록 문아하지 않고 통속적이었으나, 아직은 화본話本이라 할 수 없었는데, 글의 제목 아래에 각각 칠언七言의 부제가 달려 있었다. 이를테면 다음과 같다.

『유홍기』流紅記 (紅葉題詩娶韓氏)

『조비연외전』趙飛燕外傳 (別傳敍飛燕本末)[3]

『한위공』韓魏公 (不罪碎盞燒鬚人)

『왕사』王榭 (風濤飄入烏衣國)[4]

모두 하나의 제목에 하나의 해설이 있어, 원대元代 극본의 결말 부분에 있는 '제목'題目, '정명'正名[5]과 매우 비슷하다. 그래서 변경汴京 설화의 표제標題는 아마도 그런 체재體裁를 취하고, 그런 습속이 전해 내려와 글에까지 미치게 된 것이 아닌가 한다. 전체가 설화의 체제에 의해 변화된 것으로는 『대당삼장법사취경기』大唐三藏法師取經記와 『대송선화유사』大宋宣和遺史[6] 두 책이 지금까지 남아 전해지고 있는데, 모두 처음과 끝이 시로써 시작되고 끝맺고 있고, 중간에도 시사詩詞가 삽입되어 있으며, 어구는 속어가 많다. 그러나 화본과는 다르고, 강사講史에 가까운데 구연口演한 이야기는 아니며, 소설과 비슷하지만, 도입부는 없다.[7] 전증은 『선화유사』를 『등화파파』 등의 15종[8]과 아울러 '사화'詞話라고 하였는데(『야시원서목』 10),[9] 거기에는 사詞도 있고 화話도 있었기 때문이다. 그러나 그 가운데 있는 『착참최녕』과 『풍옥매단원』은 『경본통속소설』에도 보인다. 이것들은 본래 설화의 일종으로, 설화 전문가로부터 전해져 온 것으로, 이야기하는 것이 물 흐르듯 하고, 전편의 구성이 잘 어우러져 있으므로 『선화유사』가 미칠 수 있는 바가 결코 아니다. [그것은] 『선화유사』에도 사詞가 있고 설說이 있다고는 하나, 전체가 설화인에게서 나온 것은 아니고, 작자가 옛 책에서 주워 모은 데다 짤막한 이야기를 덧붙여 덧대고 이어서 억지로 한 권의 책을 만든 것이기 때문이다. 따라서 형식만이 겨우 남아 있을 뿐, 생기가 결여되어 있고, 문장 역시 대부분 작자 자신이 지은 것이 아니기에 창작이라 하기에 부족하다. 『취경기』는 특히 치밀하지 못하고 간략하다. 다만 설화는 없어졌어도, 화본話本이 마침내 문자화되어 작품집으로 탈바꿈하였던 것은 그런 작품들이 그 사이를 이어주는 역할을 해주었기 때문이다.

『대당삼장법사취경기』 3권은 구본舊本이 일본에 있다.[10] 또한 소본小本이 하나 있는데, 『대당삼장법사취경시화』大唐三藏法師取經詩話라고 제하였으며, 내용은 모두 같다.[11] 권말의 한 행行에 '중와자장가인'中瓦子張家人이라고 되어 있는데, 장가張家는 송대 임안의 서점이므로 세간에서는 그 때문에 송대에 간행된 것으로 여기고 있다. 그러나 원대에까지도 장가가 혹시 그대로 있었다면 이 책은 아마 원대 사람이 지은 것일지도 모른다.[12] 3권은 다시 17장으로 나뉘어 있는데, 오늘날 볼 수 있는 장회章回로 나뉜 소설은 이로부터 비롯되었다. 각 장에는 반드시 시가 있었으므로 시화詩話라고 부른 것이다.[13] 맨 앞 장은 구본이나 소본 모두 없어졌고, 그 다음 장은 현장玄奘 등이 후행자猴行者를 만나는 일을 기술하고 있다.

가는 길에 후행자를 만나는 곳. 제2

스님 일행 여섯 사람은 그날 길을 떠났다.…… 우연히 어느 날 정오에 흰 옷을 입은 한 수재를 만났는데, 그는 정동正東으로부터 와서 곧 스님에게 절하며 말했다.

"안녕하십니까! 스님은 지금 어디로 가시는지요? 설마 다시 서방 천축으로 불경을 가지러 가시는 건 아닐 테지요?"

법사가 합장하며 말했다.

"소승은 칙명을 받자와 동쪽 땅의 중생들이 아직 불교의 가르침을 얻지 못했기에 불경을 가지러 갑니다."

수재가 말했다.

"스님께선 생전에 두 번이나 불경을 가지러 가시다가 중도에 재난을 만났으니, 만약 이번에도 떠나신다면 반드시 목숨을 잃게 될 것입니다."

법사가 말했다.

"그대가 어떻게 알 수 있단 말이오?"

수재가 말했다.

"저는 다른 사람이 아니라 화과산花果山 자운동紫雲洞의 팔만사천의 동으로 된 머리와 철로 된 이마를 가진 미후왕獼猴王입니다. 저는 오늘 스님께서 불경을 가지러 가는 것을 도우러 왔습니다만, 이곳으로부터 백만 리 길을 가자면 서른여섯 개의 나라를 지나야 하고 어려움을 겪게 될 곳이 많이 있습니다."

법사가 대답했다.

"만일 그러하다면, 삼세의 연이 있는 것이니, 동쪽 땅의 중생들은 큰 이익을 얻게 될 것이오."

그리고 당장 그를 후행자라고 바꿔 불렀다. 현장법사의 일행 일곱은 다음 날 함께 가면서 좌우에서 그를 모셨다. 후행자는 이것을 기념하는 시를 지었다.

백만 리 길은 저쪽을 향하여 있는데
이제 대사를 도우러 그 앞에 왔도다.
진정한 가르침을 받들게 되길 한 마음으로 축원하노니
함께 서방 천축의 계족산鷄足山으로 간다네.

삼장법사가 화답하는 시를 지었다.

이날 전생에 깊은 인연이 있어
오늘 아침 드디어 대명선大明仙[14]을 만났구나.
가는 길에 만일 요마妖魔가 있는 곳에 이르더라도
신통력을 보여 부처의 앞길을 지켜주기를 바라노라.[15]

그리하여 행자行者의 신통력을 빌려, 일행은 대범천의 왕궁大梵天王宮에 들어갔다. 법사는 경의 강론이 끝나자, "몸을 보이지 않게 하는 모자 하나隱形帽一頂, 금고리 달린 지팡이 하나金鐶錫丈一條, 바리때 하나鉢盂一隻, 이

세 가지 물건 일습"을 하사받고, 다시 하계로 돌아왔다. 향림사香林寺를 지나다가, 대사령大蛇嶺, 구룡지九龍池 등 여러 위험한 곳을 거쳤으나, 모두 행자의 법력으로 아무 일 없이 안전하게 지나갈 수 있었다. 다시 심사신深沙神이 금교金橋로 변해 큰 강을 건넜고, 귀자모국鬼子母國, 여인국女人國을 나와 왕모지王母池가 있는 곳에 이르자, 법사는 복숭아가 먹고 싶어 원숭이 행자에게 가서 훔쳐 오라 명했다.

왕모지로 들어가는 곳. 제11

……법사가 말했다.

"오늘 반도蟠桃[16]가 열매를 맺었다니, 서너 개 정도 훔쳐 먹고 싶구나."

후행자가 말했다.

"제가 팔백 살이었을 때 열 개를 훔쳐먹었다가 왕모에게 잡혀 쇠몽둥이로 왼쪽 옆구리 팔백 대, 오른쪽 옆구리 삼천 대를 맞는 벌을 받고, 화과산 자운동에 유배되었습니다. [그 때문에] 지금까지도 옆구리 아래가 아직도 아프니, 저는 이제는 감히 훔쳐 먹지 못하겠습니다.……"

앞으로 나아가다가 갑자기 높이가 만 길[17]이나 되는 석벽石壁이 보였다. 또 넓이가 사오 리나 되는 반석도 보였다. 또 넓이가 수십 리나 되는 두 개의 연못이 있었는데, 깊이가 만 길이나 되는 물이 가득 차 있어 까마귀도 날지 못했다. 일곱 사람이 겨우 앉아 막 쉬려는 참에 고개를 들어 멀리 바라보니, 만 길이나 되는 석벽 사이에 복숭아나무 몇 그루가 빽빽이 자라나 있었다. 위로는 푸른 하늘과 잇닿아 있고, 가지와 잎이 무성하였으며, 아래는 연못에 잠겨 있었다.……

행자가 말했다.

"지금 나무 위에는 십여 개의 열매가 있지만, 지신地神이 오직 저곳만을 지키고 있으니 훔쳐 낼 길이 없습니다."

법사가 말했다.

"너는 신통력이 대단하니 네가 가면 괜찮을 게야."

말이 끝나기도 전에 복숭아 세 개가 연못 속으로 굴러 떨어졌다. 법사가 놀라 지금 떨어진 게 무엇이냐고 물었다. 대답하여 말했다.

"법사님께서는 놀라지敬 마십시오(여기서 敬은 驚의 약자이다). 그것은 반도가 막 익어서 물 속으로 떨어진 것입니다."

법사가 말했다.

"그러면 그것을 가져다가 먹게 해다오."……[18]

행자가 지팡이로 돌을 치니 앞뒤로 동자童子 둘이 나타났는데, 그 가운데 하나는 나이가 3천 살이고 다른 하나는 5천 살이었다. 모두 쫓아 버렸다.

……다시 몇 번을 두드리니 문득 어린아이 하나가 나왔다. 아이에게 물었다.

"너는 몇 살이냐?"

아이가 대답했다.

"7천 살입니다."

행자는 금환장金鐶杖을 내려놓고, 그 아이로 하여금 손 안으로 들어오게 하고는 스님에게 잡수시겠느냐고 물었더니, 스님은 이 말을 듣고 놀라서 달아났다. 행자의 손 안에서 몇 번 돌려지더니 그 아이는 한 개의 대추乳棗로 변하였다. 그때 입 속으로 삼켰다가 나중에 동쪽 땅인 당조唐朝로 돌아가, 마침내 서천西川에서 그것을 토해 냈다. 지금까지 이 땅에서 나고 있는 인삼人蔘이 바로 그것이다. 그때 공중에 어떤 사람이 나타나더니 곧 시를 읊었다.

> 화과산 속의 한 녀석,
> 어렸을 적에도 이곳에서 못된 짓을 하더니,
> 이제 다시 마음을 조이며 허공에서 보고 있으려니,
> 지난번의 복숭아 도둑이 또 왔구나.[19)]

이리하여 마침내 천축에 이르러 경문經文 5,400권을 얻었다. 『다심경』多心經[20)]은 없었으나, 향림사香林寺로 돌아와 비로소 정광불定光佛로부터 그것을 전수받았다. 일곱 사람이 돌아오자 황제는 곧바로 [장안의] 교외로까지 마중 나갔고, 저주諸州에서는 불법을 받들었다. 7월 15일 정오에 천궁天宮으로부터 연꽃 따는 배採蓮舡가 내려와 법사는 그것을 타고 서쪽으로 향해 신선이 되어 갔다. 그 뒤에 태종太宗은 다시 후행자를 동근철골대성銅筋鐵骨大聖으로 봉했다.

『대송선화유사』大宋宣和遺事[21)]를 두고 세간에서는 많은 사람들이 송대 사람이 지은 것이라고 여겼다. 그러나 문장 안에 여성원呂省元[22)]의 「선화강편」宣和講篇과 남유南儒의 「영사시」咏史詩가 들어 있는데,[23)] 성원과 남유가 모두 원대 언어를 사용하고 있다. 하지만 이 책이 원대 사람으로부터 나온 것인지 아니면 송대 사람의 구본舊本을 원나라 때 다시 증보한 것인지는 알 수 없다. 말투가 송대 사람과 크게 비슷한 것은 옛날 책을 베껴서 요약했기 때문에 그리된 것이지, 작자 본래의 어투는 아닐 것이다. 책은 전후 2집으로 나누어져 있고,[24)] 요순堯舜을 칭송하는 것으로부터 시작해 고종高宗이 임안을 수도로 정하는 것으로 끝나며, 연대순으로 부연 서술하고 있어, 체재는 강사講史와 매우 흡사하다. 다만 [앞선 문헌으로부터] 절록節錄하여 책을 만들되, 서로 잘 어울리게 다듬어 놓지 않았기 때문에, 앞뒤의 문체가 들쑥날쑥한 것이 확연히 눈에 띈다. 이 책이 [저본으로 삼아] 베껴 온 책은 10여 종이 있다.[25] 전집前集은 먼저 역대 제왕의 음탕한 잘못荒淫之失을 서술한 것이 그 첫번째이다. 이것은 대개 송대 사람의 강사의 서두開篇와 같다. 다음으로는 왕안석王安石의 변법의 폐해를 서술한 것이 그 두번째이다. 이것은 북송 말 사대부사회의 상투적인 의론士論이기도 하다. 다음은 왕안석이 채경蔡京을 조정으로 끌어들이고, 동관童貫, 채유蔡攸가 순변巡邊[26]한 것을 서술한 것이 그 세번째이다. 앞머리 부분은 구어체를 쓰고 있고, 뒤의 두번째 부분은 문언체에다 시를 엇섞어 놓은 것이다. 그 네번째는 양산락梁山濼에 의적들이 모이게 된 전후 사정으로, 앞부분에서는 양지楊志가 칼을 팔다가 사람을 죽이고, 조개晁蓋가 생일 선물을 강탈하며, 마침내 20인을 규합해 함께 태행산太行山의 양산락으로 들어가 초적草賊으로 전락하게 된 것을 서술하고 있다. 송강宋江 역시 염파석閻婆惜을 살해하고 달아나 집 뒤의 구천현녀九天玄女의 사당廟에 숨었다가 관병官兵이 이미 물러난 것을 보고 그곳에서 나와 현녀에게 고맙다는 말을 한다.

……문득 향탁香案 위에 무슨 소리가 나는 듯하여 보았더니, 문서 한 권이 그 위에 있었다. 송강은 그 책을 열어 보고 나서야 비로소 그것이 하늘에서 내려온 책天書임을 알았다. 또한 거기에는 삼십육 인의 이름이 적혀 있었으며, 다음과 같이 네 구절로 적혀 있었다.[27]

산목山木으로 인해 나라가 망하고, 병도兵刀는 수공水工을 쓰도다.[28]
하루아침에 장수가 되어, 나라 안에 위풍을 떨치리라.

송강이 읽고 나서 입으로 말은 않고 마음속으로 생각을 하였다. 이 네 구절은 나의 이름을 말한 것이 분명하다. 다시 천서 1권을 손에 들고 펼쳐 자세히 살펴보니 장수 삼십육 인의 이름이 보였다. 그 삼십육 인은 어떤 사람들인가?[29]

> 지다성 오가량, 옥기린 이진의,[30] 청면수 양지, 혼강룡 이해, 구문룡 사진, 입운룡 공손승, 낭리백조 장순,[31] 벽력화 진명, 활염라 완소칠, 입지태세 완소오, 단명이랑 완진, 대도 관필승, 표자두 임충,[32] 흑선풍 이규, 소선풍 시진, 금창수 서녕, 박천조 이응, 적발귀 유당, 일직당[33] 동평, 삽시호 뇌횡, 미염공 주동, 신행태보 대종, 새관색 왕웅, 병위지 손립, 소리광 화영, 몰우전 장청, 몰차란 목횡, 낭자 연청, 화화상 노지심, 행자 무송, 철편 호연작, 급선봉 색초, 변명삼랑 석수,[34] 화선공 장잠, 모착운 두천, 철천왕 조개.

송강이 이름을 보고 나니, 끝부분에 다음과 같은 한 줄의 글이 있었다. "천서는 천강원天罡院 삼십육 인의 맹장에게 부여하나니, 호보의呼保義 송강을 두령으로 삼아 널리 충의忠義를 행하고 간사한 무리奸邪들을 없애버려라."[35]

이에 송강은 주동 등 아홉 사람을 이끌고,[36] 역시 산채山寨로 갔는데, 때마침 조개가 이미 죽어 있었기에, 그에 따라 우두머리로 추대되었다. "각자가 정예들을 이끌고 주와 현을 약탈하고, 방화살인을 하며 회양淮陽, 경서京西, 하북河北의 3로路[37] 24주 80여 현을 공격하여 노략질하고, 자녀와 옥과 비단을 약탈했으며, 포로로 잡아간 사람이 무척 많았다."[38] 그러

다가 노지심魯智深 등이 그의 밑으로 들어와서 마침내 삼십육 인의 숫자를 채웠다.[39)]

하루는 송강이 오가량吳加亮과 상의하였다.

"우리 삼십육 명의 맹장이 이미 숫자가 채워졌소이다. [이렇게 되기까지] 동악東嶽이 보호해 준 은덕을 잊어서는 안 될 것이니, 반드시 찾아가 향을 사르고 우리의 소망을 제사 드립시다."

날을 택하여 제사를 드리는데,[40)] 송강은 다음과 같은 네 구절의 시를 써서 깃발 위에[41)] 달았다.[42)]

올 때는 삼십육 인, 갈 때는 열여덟 쌍,

만약 하나라도 모자라면, 맹세코 귀향하지 않으리!

송강은 삼십육 인을 이끌고 동악으로 가서 금향로에 향을 피워 소망을 제사 드렸다. 조정에서는 어찌하지 못하고,[43)] 단지 방을 붙여 송강 등을 불러들일 수밖에 없었다. 장張씨 성에 숙야叔夜란 이름을 가진 원수元帥가 있었는데, 대대로 장수를 배출한 집안의 자손으로, 그들을 설득하여 불러들이러 왔다. 송강과 그들 삼십육 인은 송나라에 귀순하여, 각각 대부大夫라는 호칭을 하사받았고,[44)] 각 로路의 순검사巡檢使로 나뉘어 부임하였다. 이로써 삼 로의 도적들이 모두 평정되었다. 뒤에 송강을 보내 방랍方臘을 포로로 잡는 데 공이 있었으므로, 그를 절도사로 봉하였다.[45)]

그 다섯번째는 휘종徽宗이 이사사李師師의 집에 행차하는 것, 조보曹輔가 간언하는 것과 장천각張天覺이 은거하는 것이다. 그 여섯번째는 도사

임령소林靈素가 천거되어 등용되는 것과 그가 특이하게 죽어 장례 치르는 모습을 기록하였다. 그 일곱번째는 선달臘月에 정월 보름밤을 미리 지내는 것預賞元宵[46]과 정월 대보름날 밤의 등불 구경看燈의 성대함으로, 모두가 평화체平話體이다. 정월 대보름날 밤에 등불 구경하는 것에 대해서는 다음과 같이 서술하고 있다.

> 선화宣和 6년 정월 14일 밤, 대내[47]의 문大內門의 바로 위에 있는 한 줄의 붉은 비단실 위에 한 마리의 선학仙鶴이 내려앉았는데, 입 안에는 조서詔書를 한 장 물고 있었다. 중사中使[48]가 받아 펼쳐 보니, "모든 백성에게 선포한다"宣萬姓라고 하는 성지聖旨였다. 그러자 쾌행가快行家[49]가 금자패金字牌를 손에 들고는, "모든 백성에게 선포한다"라고 소리쳤다. 잠깐 사이에 경사京師의 백성들이 구름과 파도처럼 모여들었다. 모두가 머리에는 옥매玉梅, 설류雪柳, 뇨아아鬧蛾兒[50] 등을 꽂고, 오산鰲山 기슭으로 가 등 구경을 하였다. 선덕문宣德門의 바로 위에는 서너 명의 고관이 있었는데,……성지를 받자와 금전과 은전을 뿌리니 모든 백성들이 금전을 다투어 주었다. 그 교방대사敎坊大使[51] 원도증袁陶曾이 일찍이 사를 지은 것[52]이 있는데, 『살금전』撒金錢이라고 이름하였다.

> 빈번히 엎드려 절하며, 태평성대를 기뻐하는 사이 또다시 정월 보름밤의 경사스러움을 만났어라. 오산은 높이 솟아 푸르고, 단문端門[53]을 마주하고 진주와 옥을 번갈아 꾸미니, 마치 항아嫦娥가 선궁에서 내려와 잠시 속세에 있는 듯하도다. 성은은 고루 베풀어지고, 궁궐 난간에 기대어, 성안聖顏은 내려보고 계시네. 금전을 뿌려 어지러이 떨어뜨리니 만백성이 좌우를 돌보지 않고 밀치며 줍네. 관에게 고하여도 이 실례만은 오히려

면죄되리라.

이날 밤 금전을 뿌린 뒤, 모든 백성들이 각자 시정에 흩어져 노니는 모습이 다음과 같았다.

> 등불은 휘황하고 불야성을 이룬 하늘.
> 생황 소리, 노래 소리 북적대는 긴봄長春의 땅.[54)]

후집後集은 곧 금나라 사람이 양곡을 실으러 온 것으로부터 시작하여 경성京城이 함락되기까지가 그 여덟번째이다. 또 금나라 병사가 성 안으로 들어와서 황제와 황후가 북으로 끌려가는 욕을 보는 것으로부터 시작하여 고종이 임안에 도읍을 정하는 데까지가 아홉번째, 열번째이다. 곧 『남신기문』南燼紀聞, 『절분록』竊憤錄 및 『속록』續錄[55)]으로부터 취했으되 약간 빼버린 부분이 있다. 두 책은 모두 현재까지 남아 있는데, 신기질辛棄疾[56)]이 지은 것이라 제하였으나,[57)] 송대 사람들은 이미 위서僞書라 여기고 있었다. 권말에 다시 결론이 있어 다음과 같이 말하고 있다.

> 세간의 식자들은 고종이 중원을 회복할 기회를 잃은 것이 두 번 있었다고 말하고 있다. 즉 건염建炎 초[58)]에 그 기회를 잃은 것은 황잠선潛善, 왕백언伯彦이 눈앞의 안일에만 빠져 있다가 그 일을 그르친 것이다. 소흥 이후에 다시 그 기회를 잃은 것은 진회秦檜가 오랑캐를 위해 첩자 노릇을 해서 그 일을 그르친 것이다. 이 두 번의 기회를 잃음으로 해서 중원의 땅은 회복되지 못하였고, 군부君父의 큰 원수를 갚지 못했으며, 국가의 치욕은 씻을 수가 없었다. 이는 충신의사忠臣義士들이 팔뚝을 걷어붙

이고 적신賊臣의 살을 먹고 그 가죽을 깔고 자지 못함을 한탄하는 까닭이로다![59)]

역시 남송 때 진회의 무리가 세력을 잃은 뒤 사대부들이 상투적으로 말하던 의론士論일 따름이다.

주)

1) 유부(劉斧)의 생애는 현재까지 알려진 것이 매우 적다. 현재 남아 있는 본에는 자정전(資政殿) 대학사(大學士) 손부추(孫副樞)의 서가 한 편 있는데, 그를 수재라 칭하고 있다. 집(集)에 기술된 것으로 그의 선인은 일찍이 옥관(獄官)류의 직책을 역임한 바 있다는 것을 알 수 있다. 그의 족적은 일찍이 태원(太原)과 변경(汴京), 항주(杭州) 등 각지에 미쳤으며, 북송 인종(仁宗) 연간에 청년시절을 보냈고, 그의 말년은 철종(哲宗) 시대 또는 그 이후에 해당한다. 그가 엮은 것으로는 『청쇄고의』(青瑣高議)와 『청쇄척유』(青瑣摭遺), 『한부명담』(翰府名談) 등이 있다.—보주

2) 『청쇄고의』와 『청쇄척유』, 『청쇄고의별집』(青瑣高議別集)은 이 책의 제11편 주 50)을 참조할 것. [『청쇄고의』는 잡사와 지괴, 전기문을 포함하고 있는 총집(叢集)이다. 조공무의 『군재독서지』와 『송사예문지』에 모두 기록되어 있는데, 둘 다 모두 본서를 18권이라 하였다. 아울러 후자에서는 작자에게 『한부명담』(翰府名談) 25권과 『척유』(摭遺) 20권이 있다고 하였다. 근대에 이르러 동씨(董氏) 송분실(誦芬室)은 사찰거(士札居) 사본(寫本)에 근거하여 판각했는데, 전후집 각 10권과 별집 7권에 이른다. 『한부명담』은 이미 없어졌는데 증조(曾慥)의 『유설』(類說) 52권 가운데 15칙이 보존되어 있다.—보주] [『청쇄척유』에 대해서는 루쉰이 『당송전기집』 부록 『패변소철』에서 다음과 같이 말했다. "동씨(董氏) 각본 가운데 별집은 『송지』에는 없던 것이지만, "송대 사람이 즉시 『청쇄척유』에 인용한 것이 있는 것으로 보아 지금의 이른바 별집이라 의심된다. 『송지』에서는 『한부명담』의 '척유'라 여겼는데, 아마도 이것 역시 잘못된 것일 것이다."(然宋人卽時有引『青瑣摭遺』者, 疑卽今所謂別集. 『宋志』以爲『翰府名談』之'摭遺', 蓋亦誤爾) 내 생각으로는, 루쉰이 의심한 것은 매우 타당하다. 왜냐하면 별집 4권의 『왕사』(王榭)는 『감주집』(紺珠集)에 보이는데, 원래 『습유』(拾遺; 곧 『척유』를 가리킴)에 보인다고 하였기 때문이다.—보주]

3) 『청쇄고의』 목록에 『조비연외전』(趙飛燕外傳)이라 제한 것은 실제로 본문에는 『조비연별전』(趙飛燕別傳)이라 되어 있는데, 전집(前集) 7권에 보이며, 송의 진순(秦醇)이 지은

것이다. 루쉰은 『사략』 제11편에 진순의 이 편과 다른 세 편을 인용하였는데, 곧 전집(前集) 6권의 『여산기』(驪山記)와 『온천기』(溫泉記) 및 별집(別集) 2권의 『담의가전』(譚意歌傳)이 그것이다. 이밖에도 후집(後集) 5권의 무명씨의 『해산기』(海山記) 2권이 인용되어 있다.— 보주

4) 『유홍기』(流紅記)는 『청쇄고의』 전집 5권에 보인다. 『조비연외전』은 『청쇄고의』 전집 7권에 보이며, "외전"(外傳)은 "별전"(別傳)이라고도 한다. 『한위공』(韓魏公)은 『청쇄고의』 후집 2권에 보인다. 『왕사』(王榭)는 『청쇄고의별집』 4권에 보인다.

5) 제목과 정명은 "정목"(正目)이라고도 한다. 원 잡극의 각본의 말미에서 희곡 전체의 줄거리를 총결하는 대구(對句)이며, 한 연(聯)이나 두 연으로 되어 있다. 대구의 말구(末句)가 극의 이름의 전칭(全稱)으로 전칭 가운데 세 글자 또는 네 글자가 극명의 약칭이 된다. 이를테면 관한경(關漢卿)의 『단도회』(單刀會; 明抄本)의 말미 대구는 다음과 같다.

孫仲謀獨占江東地, 請喬公言定三條計,

魯子敬設宴索荊州, 關大王獨赴單刀會.

여기에서 『關大王獨赴單刀會』가 극명이고, 『單刀會』는 약칭이다(『중국희곡곡예사전』中國戲曲曲藝詞典, 33~34쪽).— 일역본

6) 『대당삼장법사취경기』(大唐三藏法師取經記). 『대당삼장취경시화』(大唐三藏取經詩話)라고도 하며, 3권이다. 일본에 도쿠토미 소호 세이키도(德富蘇峰成簣堂) 소장 대자 본(大字本) 『취경기』, 미우라 간주(三浦觀樹) 소장 소자건상본(小字巾箱本) 『취경시화』(뒤에 오오쿠라 기시치로大倉喜七郎에게 귀속됨)가 있다. 이 둘은 각각 잔결본이 있다. 1916년 중국에서 영인본이 나왔다. [도쿠토미 소호(德富蘇峰, 1863~1957)는 메이지·다이쇼·쇼와기의 평론가. 1887년에 민유샤(民友社) 결성, 잡지 『국민의 친구』(國民之友) 창간, 1890년 국민신문 창간. 진보적인 평민주의 입장에 선 내셔널리스트로 알려져 있다. 그러나 청일전쟁 후 내무성 참사관이 된 후 변절자로 비난받아 1898년 『국민의 친구』가 폐간되었다. 1911년 귀족원의 의원이 되었지만, 1913년에는 정계를 떠나, 이후에는 평론가로 활약했다.— 옮긴이]

『대송선화유사』(大宋宣和遺事)는 간단히 『선화유사』라고 하며, 원(元)·형(亨)·이(利)·정(貞) 4집, 혹은 전·후 2집으로 나누어져 있다. 이 책과 『대당삼장법사취경기』는 모두 송원(宋元) 간에 나온 것이나, 지은이는 자세하지 않다.

7) 원문은 "주워 모아 맞춘다"(捏合)인데, 앞서 12편의 "오자목(吳自牧)의 이른바 '주워 모아 맞춘다'"는 대목에서 인용된 바 있다.— 옮긴이

8) 『선화유사』와 『등화파파』(燈花婆婆) 등의 15종은 이 책의 제1편 주 72, 73)을 참조할 것.

9) 전증의 『야시원서목』 10권에 저록된 송대 사람의 사화(詞話) 16종은 다음과 같다. *『등화파파』, *『종과장로』(種瓜張老), 『자라개두』(紫羅蓋頭), 『여보원』(女報冤), 『풍취교아』(風吹轎兒), *『착참최녕』(錯斬崔寧), *『소(산)정아』(小(山)亭兒), *『서호삼탑』(西湖三搭), *『풍옥매단원』(馮玉梅團圓), *『간첩화상』(簡帖和尙), 『이환생』(李煥生), 『오진우』(五陣雨), 『소금전』(小金錢), *『선화유사』 4권, 『연분소설』(烟粉小說) 4권, 『호해기문』(湖海奇聞) 2권. 이에 대한 설명은 쑨카이디의 『중국통속소설서목』(中國通俗小說書目) 1권에 보인다.

* 표시가 있는 것은 지금 전하는 본이 있거나 개사본(改寫本)이 있는 것이다.— 보주

10) 『대당삼장법사취경기』는 원래 일본 도쿠토미 소호 세이키도 소장의 대자 잔본(殘本)이다. 상권은 "입향산사제사"(入香山寺第四)의 후반 "법사가 한 번 보고는 물러나 놀라 당황하다"(法師一見, 退步驚惶)의 "놀라 당황하다"(驚惶) 두 글자로부터 상권 말까지이다. 중권은 모두 빠져 있다. 하권은 비교적 완전하다. 상하 권 각각의 쪽 가운데 제본한 곳 끝부분은 한 글자나 두 글자가 없는 부분이 자못 많아 소자 본(小字本)만 못하다. 하지만 이 잔본으로 소자 본의 알아보기 어려운 글자나 잘못된 글자, 빠진 글자를 찾아 바로잡을 수는 있다.—보주

11) 『대당삼장취경시화』는 원래 일본 미우라 간주 장군이 소장하고 있는 소자건상본이다. 상권의 첫 쪽과 중권 2, 3쪽이 빠져 있는 것 이외에는, 상·중·하 3권이 모두 온전하며, 빠진 글자가 매우 적다. 다만 자적(字迹)이 어떤 것은 비교적 모호하여 대자 본만큼 분명하지 못하다.—보주

12) 이러한 루쉰의 주장에 대해 이의를 제기한 사람은 도쿠토미 소호와 정전둬(鄭振鐸, 1898~1958)이다. 이들은 모두 이 책이 송각 판본일 것이라고 주장했다. 도쿠토미 소호가 송각 판본이라 주장하는 근거는 루쉰이 정리한 것에 의하면 다음의 세 가지이다(도쿠토미 소호의 글은 1927년 11월 14일에 도쿄의 『국민신문』에 실렸음). 첫째, 종이와 먹과 자체가 송대의 것이다. 둘째, 송대 황제의 이름을 피휘했다. 셋째, 뤄전위(羅振玉)도 이렇게 말했다. 이에 대해 루쉰은 첫번째 항목에 대해서는 구적(舊籍)을 직접 볼 기회가 없었기에 무어라 말할 수 없지만 두번째, 세번째 항목에 대해서는 다음과 같이 해명했다. 어느 특정한 왕조 시대에 피휘하여 결필(缺筆; 이것은 당대부터 시작된 피휘의 방법으로, 책을 쓰거나 번각할 때 황제의 이름 등에서 마지막 필획 하나를 의도적으로 결락시키는 것을 말한다)한 것으로 판본을 확정하는 것은 장서가들의 초보적인 지식에 지나지 않지만, 그러나 그것을 전적으로 믿을 수는 없다. 그것은 결필이 고의거나 관습적으로 후대에까지 답습이 되는 경우도 있기 때문이다. 이를테면, "경사도서관에 소장되어 있는 『역림주』(易林注) 잔본(현재는 영인본이 『사부총간』에 남아 있음)의 항(恒)자와 구(構)자는 모두 필획이 빠져 있어(덧붙이자면, 송 진종眞宗의 이름이 항恒이고 고종의 이름이 구構임)…… 먀오취안쑨은 송본(宋本)이라 단정했다. 하지만 내용을 자세히 보면 오히려 음시부(陰時夫)의 『운부군옥』(韻府群玉)을 인용하고 있는데, 음시부는 명명백백한 원대 사람"인 것이다(루쉰의 『화개집속편』에 실린 「『삼장취경기』 등에 관하여」를 참고할 것. 이 글은 원래 1927년 1월 15일에 『베이신』北新 주간 제21기에 실렸다).

정전둬는 왕궈웨이(王國維, 1877~1927)가 이 책의 마지막에 "중와자장가인"(中瓦子張家印)이라는 글귀가 있는 것으로 송본이라 단정한 것을 근거로 삼았다(정전둬의 글은 1931년 『중학생』 잡지 신년호에 실렸으며, 루쉰은 바로 다음 호인 2월호에 「『당삼장취경시화』에 관하여」關于『唐三藏取經詩話』라는 제목으로 반론을 제기했다). 장가는 남송대 임안의 서적포라는 것이다. 그러나 루쉰은 『사략』의 본문에서 "원대에까지도 장가가 혹시 그대로 있었다면"(逮于元朝, 張家或亦無恙)이라고 말하면서, 또 왕궈웨이에게는 "달리 『양절고간본고』(兩浙古刊本考) 두 권이 있는데, 민국(民國) 11년 서(序)가 있고, 유서(遺書) 제2집 가운데 수록되어 있으며, 상권 '항주부간판'(杭州府刊版)의 신(辛), 원(元) 잡본(雜本) 항목 아래, 『경본통속소설』, 『대당삼장취경시화』 3권이 포함되어 있다. 이것

은 『취경시화』가 원대 본이라는 것을 확정해 주는 것일 뿐 아니라 『통속소설』 역시 원대 본이라는 것을 말해 주는 것"이라고 하여 이 책이 원대 판본이라는 사실을 극력 주장하였다(루쉰의 『이심집』二心集에 실린 「당삼장취경시화의 판본」唐三藏取經詩話的版本을 참고할 것). 루쉰의 이러한 주장의 핵심은 루쉰 자신의 말을 빌리면 장서가와 역사가의 차이로 요약할 수 있다. 곧 장서가는 책이 오래되었다는 것을 증명하고자 하는 데 뜻이 있지만 역사가는 좀더 객관적으로 사실에 접근해 나가려 한다는 것이다.—옮긴이

13) 루쉰이 이렇게 말한 것은 왕궈웨이의 설을 따른 듯하다. 왕궈웨이는 「관당 별집 보유 대당삼장취경시화 발」(觀堂別集補遺大唐三藏取經詩話跋)에서 다음과 같이 말했다. "시화라고 칭하는 것은 당송 사대부들의 이른바 시화가 아니라, 그 가운데 시가 있고 이야기가 있어 이러한 명칭이 있게 된 것이다. 그 가운데 사가 있고, 이야기가 있는 것은 사화라 일렀다."(其稱詩話, 非唐宋士大夫所謂詩話, 以其中有詩有話, 故得此名, 其有詞有話者, 則謂之詞話) 이에 대해 멍야오(孟瑤)는 운문 부분을 완전히 사(詞; 詩餘)로 쓴 백화소설은 없기 때문에, 이때의 사는 특정한 문체를 가리키는 '사'(詞)만을 가리키는 것이 아니라, 넓은 의미의 문자(文字)를 가리키는 '사'(詞)로 보아야 한다고 하였다. 따라서 이것은 사조(詞調), 시찬(詩讚), 변려(駢麗), 산문(散文)이 일체가 된 백화소설을 가리키는 것이다. 이렇게 볼 때, "시화", "사화"는 기본적으로 "소설"의 일종으로, "시화"의 저본은 또 "소설" 화본의 가지이고, "화본" 전체의 체계 가운데의 세목인 것이다(멍야오, 『중국소설사』中國小說史, 타이베이: 좐지원쉐출판사傳記文學出版社, 1980, 141쪽).—옮긴이

14) 『대당삼장취경시화』(리례원黎烈文 표점, 상하이: 상우인서관, 1925년 초판, 1926년 재판)에는 "大明賢"으로 되어 있다.—일역본

15) 원문은 다음과 같다. 行程遇猴行者處第二. 僧行六人, 當日起行.…偶于一日午時, 見一白衣秀才, 從正東而來, 便揖和尙, "萬福萬福! 和尙今往何處, 莫不是再往西天取經否?" 法師合掌曰: "貧道奉勅, 爲東土衆生未有佛教, 是取經也." 秀才曰: "和尙生前兩回去取經, 中路遭難, 此回若去, 千死萬死!" 法師云: "你如何得知?" 秀才曰: "我不是別人, 我是花果山紫雲洞八萬四千銅頭鐵額獼猴王. 我今來助和尙取經, 此去百萬程途, 經過三十六國, 多有禍難之處." 法師應曰: "果得如此, 三世有緣, 東土衆生, 獲大利益." 當便改呼爲猴行者. 僧行七人, 次日同行, 左右伏事. 猴行者因留詩曰: 百萬程途向那邊, 今來佐助大師前, 一心祝願奉眞教, 同往西天鷄足山. 三藏法師詩答曰: 此日前生有宿緣, 今朝果遇大明仙, 前途若到妖魔處, 望顯神通鎭佛前.

16) 3천 년마다 한 번씩 열린다는 전설상의 복숭아.—옮긴이

17) 원문은 "高岑萬丈". 『취경시화』에는 "高…萬丈"으로 되어 있는데, 루쉰이 "岑"을 보충한 듯하다.—일역본

18) 원문은 다음과 같다. 入王母池之處第十一. …法師曰: "願今日蟠桃結實, 可偸三五個吃." 猴行者曰: "我因八百歲時偸吃十顆, 被王母捉下, 左肋判八百, 右肋判三千鐵棒, 配在花果山紫雲洞, 至今肋下尙痛, 我今定是不敢偸吃也."…前去之間, 忽見石壁高岑萬丈, 又見一石盤, 闊四五里地, 又有兩池, 方廣數十里, 瀰瀰萬丈, 鴉鳥不飛. 七人才坐, 正歇之次, 擧頭遙望, 萬丈石壁之中, 有數株桃樹, 森森聳翠, 上接靑天, 枝葉茂濃, 下浸池水.…行者曰: "樹上今有十餘顆, 爲地神專在彼處守定, 無路可去偸取." 師曰: "你神通廣大, 去必無妨." 說

由末了, 攧下三顆桃入池中去, 師甚敬惶, 問此落者是何物? 答曰: "師不要敬(驚字之略), 此是蟠桃正熟, 攧下水中也." 師曰:"可去尋取來吃!"…

19) …又敲數下, 偶然一孩兒出來, 問曰: "你年多少?" 答曰: "七千歲." 行者放下金鐶杖, 叫取孩兒入手中, 問和尙你吃否? 和尙聞語, 心敬便走. 被行者手中旋數下, 孩兒化成一枚乳棗. 當時呑入口中, 後歸東土唐朝, 遂吐出于西川, 至今此地中生人參是也. 空中見有一人, 遂吟詩曰: 花果山中一子才, 小年曾此作場乖, 而今耳熱空中見, 前次偸桃客又來.

20) 『반야다심경』, 곧 『반야바라밀다심경』(般若波羅蜜多心經)을 말한다. 현장(玄奘)이 번역했으며, 1권이다. 현장이 번역하기 앞서 구마라십(鳩摩羅什)이 번역한 『마하반야바라밀다명주경』(摩訶般若波羅蜜多明呪經)이 있었다. 『반야심경』(般若心經), 또는 『심경』(心經)이라고도 한다.—일역본/옮긴이

21) 『대송선화유사』(大宋宣和遺事)는 성의원(盛意園) 소장의 "금릉왕씨락천교정중간"(金陵王氏洛川校正重刊) 4권 본이 있고, 또 소엽산방(掃葉山房) 영인 황선포(黃善圃) 소장 2권 본이 있다.—보주

22) 여성원(呂省元). 여중(呂中)이 아닌지 의심스럽다. 『사고전서총목제요·대사기강의(大事記講義)』에는 다음과 같이 기록되어 있다. "송 여중이 지음. 중(中)의 자는 시가(時可)이고, 천주 진강(泉州晋江) 사람이다. 순우(淳祐) 연간에 진사가 되었고, 국자감의 승(丞)으로 옮겨 숭정전설서(崇政殿說書)를 겸하다가 조경 교수(肇慶敎授)로 옮겼다."(宋呂中撰, 中字時可, 泉州晋江人. 淳祐中進士, 遷國子監丞, 兼崇政殿說書, 徙肇慶敎授)

[위자시(余嘉錫)의 『사고제요변증』(四庫提要辨證) 9권 「사부」(史部) 7 '대사기강의'(大事記講義) 조에는 『애일정려장서지』(愛日精廬藏書志) 20권의 구초본(舊抄本) 『황조대사기』(皇朝大事記) 9권 『중흥대사기』(中興大事記) 4권과 기록, 황우직(黃虞稷)의 수발(手跋)이 실려 있는데, 그 수발에 여중(呂中)이 "순우 7년에 진사에 6등으로 급제했다"(淳祐七年廷對第六人)고 기록되어 있다. 곧 여중은 순우 7년에 진사에 급제하긴 했지만, 6등이었지 성원은 아니었다는 것이다. 따라서 본문의 성원을 여중이 아닌지 의심스럽다고 본 주석의 내용은 의문이 생긴다. 또 위자시의 고증에 의하면 『사고전서총목제요』의 여중에 관한 기록은 잘못이 많다고 한다. 또 저우사오량(周紹良)은 「수경산방재『선화유사』발」(修綆山房梓『宣和遺事』跋)에서, 『유사』의 각 판본을 서술하며, 『유사』가 "의화본"이라고 하는 루쉰의 설에 이의를 제기하고는, 그렇게 말한 중요한 근거로 『빈퇴록』(賓退錄)을 들어 『유사』는 『수호전』의 원시적인 추형이라고 단정하였다(『소량총고』에 실려 있음).—일역본]

23) 여성원의 「선화강편」은 『신간대송선화유사』 형집(亨集)의 말미에, 그리고 남유의 「영사시」는 같은 책의 이집(利集)에 각각 보인다. 여기에서 성원(省元)은 송대의 제도로 예부(禮部)가 시행한 진사 시험에 일등으로 합격한 자를 말한다. 예부가 상서성(尙書省)에 속해 있었기 때문에, 이러한 호칭이 붙은 것이다. 남유는 남쪽 지방의 유자(儒者)라는 의미이다.—일역본

24) 루쉰이 의거한 판본은 사례거황씨총서 본(士禮居黃氏叢書本) 『중간송본선화유사』(重刊宋本宣和遺事) 전집(前集) 1권과 후집(後集) 1권일 것이다. 이하 황본(黃本)으로 약칭한다. 1915년 상하이 함분루(涵芬樓)에서 배인한 '금릉왕씨락천교정중간본'(金陵王氏

洛川校正重刊本)은 잘못이 있기는 하지만, 수미가 갖추어져 있다.—일역본

25) "베껴 온 책은 10여 종이 있다"(剽取之書當有十種). 이 10종의 책은 대략 다음과 같다. 『속송편년자치통감』(續宋編年資治通鑑), 『구조편년비요』(九朝編年備要), 『전당유사』(錢塘遺事), 『빈퇴록』(賓退錄), 『건염중흥기』(建炎中興期), 『황조대사기강의』(皇朝大事記講義), 『남신기문』(南燼紀聞), 『절분록』(竊憤錄), 『절분속록』(竊憤續錄), 『임령소전』(林靈素傳)이다. [『소설월보』(小說月報) 호외(號外), 『중국문학연구』(中國文學研究) 가운데 왕중셴(汪仲賢)의 『선화유사고증』(宣和遺事考證)에 의한 것이다.—보주]

26) 변경을 순찰함.—옮긴이

27) 원문은 "又題著四句道:". 황본과 『신간대송선화유사』(新刊大宋宣和遺事; 上海: 中國古典文學出版社, 1915. 함분루 배인본에 의함, 이하 함분루배인본이라 약칭함) 모두에 "詩曰" 두 글자가 덧붙어 있다. 곧 "又題著四句道, 詩曰:"로 되어 있다.—일역본

28) 산목(山木)은 송강의 성인 송(宋)의 파자(破字)이고, 수공(水工)은 이름인 강(江)의 파자이다.—옮긴이

29) 이 삼십육 천강(天罡)의 성명은 후대의 공성여(龔聖與)의 상찬(象贊)과 명초 주유돈(朱有燉)의 잡극 『표자화상자환속』(豹子和尙自還俗), 나관중(羅貫中)의 『수호』(水滸)와 대체로 비슷하다. 다만 공성여의 찬에는 공손승(公孫勝)과 임충(林冲), 두천(杜遷)이 없고, 송강(宋江), 해진(解珍), 해보(解寶)가 있는데, 주돈유의 잡극은 『유사』(遺事)와 같으며, 나관중 본에는 송강이 있고, 두천과 손립(孫立), 조개(晁蓋)가 없다. 작호(綽號) 역시 많이 다른데, 자세한 것은 『소설희곡신고』(小說戲曲新考), 38~40쪽을 보라.—보주

30) 원문은 "李進義". 함분루배인본에는 "盧進義"로 되어 있다.—일역본

31) 원문은 "浪裏白條張順". 함분루배인본에는 "浪裏百跳張順"으로 되어 있다.—일역본

32) 원문은 "豹子頭林冲". 황본과 함분루배인본에는 "林冲"으로만 되어 있다.—일역본

33) 원문은 "一直撞". 황본과 함분루배인본에는 "一撞直"으로 되어 있다.—일역본

34) 원문은 "拼命三郎石秀". 함분루배인본에는 "揲命二朗石秀"로 되어 있다. 뒤의 "火船工"은 "火舡工"으로 되어 있다.—일역본

35) 원문은 다음과 같다. …則見香案上一聲響亮, 打一看時, 有一卷文書在上. 宋江才展開看了, 認得是個天書; 又寫着三十六個姓名; 又題著四句道: 破國因山木, 兵刀用水工, 一朝充將領, 海內聳威風. 宋江讀了, 口中不說, 心下思量: 這四句分明是說了我裏姓名; 又把開天書一卷, 仔細看覷, 見有三十六將的姓名. 那三十六人道個甚底? 智多星吳加亮, 玉麒麟李進義, 靑面獸楊志, 混江龍李海, 九紋龍史進, 入雲龍公孫勝, 浪裏白條張順, 霹靂火秦明, 活閻羅阮小七, 立地太歲阮小五, 短命二郞阮進, 大刀關必勝, 豹子頭林冲, 黑旋風李逵, 小旋風柴進, 金槍手徐寧, 撲天雕李應, 赤髮鬼劉唐, 一直撞董平, 挿翅虎雷橫, 美髯公朱同, 神行太保戴宗, 賽關索王雄, 病尉遲孫立, 小李廣花榮, 沒羽箭張靑, 沒遮攔穆橫, 浪子燕靑, 花和尙魯智深, 行者武松, 鐵鞭呼延綽, 急先鋒索超, 拼命三郞石秀, 火船工張岑, 摸着雲杜千, 鐵天王晁蓋. 宋江看了人名, 末後有一行字寫道: "天書付天罡院三十六員猛將, 使呼保義宋江爲帥, 廣行忠義, 殄滅奸邪."

36) "이에 송강은 주동 등 아홉 사람을 이끌고"(于是江率朱仝等九人)의 원문은 다음과 같다. "송강이 이 때문에, 주동과 뇌횡 및 이규, 대종, 이해 등 아홉 사람을 데리고"(宋江爲

此, 只得帶領朱仝, 雷橫, 幷李逵, 戴宗, 李海等九人)로서, 단지 다섯 사람의 이름만을 말하고 있다. 앞 문장에 근거하면 다른 나머지 네 사람은 사진(史進)과 공손승(公孫勝), 무송(武松), 석수(石秀)이다.— 보주

37) 지금의 성에 해당하는 송대의 행정구역.— 옮긴이

38) 원문은 "各人統率强人, 略州劫縣, 放火殺人, 攻奪淮陽, 京西, 河北三路二十四州八十餘縣, 劫略子女玉帛, 擄掠甚衆".

39) "그러다가 노지심 등이 그의 밑으로 들어와서 마침내 삼십육 인의 숫자를 채웠다"(已而魯智深等亦來投, 遂足三十六人之數)의 원문은 다음과 같다. "그 호연작은 오히려 이횡(위 문장에는 일장청 장횡으로 되어 있음)을 데리고, 조정을 배반하고, 역시 송강에게 투항하여 도적이 되었다. 그때 노지심이라는 중이 반란을 일으켜 역시 송강에게 투항하러 왔다. 이 세 사람이 온 뒤, 마침 삼십육 인의 숫자가 채워졌다."(其呼延綽却帶領得李橫(上文作一丈靑張橫)反叛朝廷, 亦來投宋江爲寇. 那時有僧魯智深反叛, 亦來投奔宋江. 這三人來後, 恰好是三十六人數足) 이 내용을 검토해 보면, 천서상의 천강원(天罡院) 삼십육 원(員)의 맹장(猛將)에는 이횡이 없고, 일장청 장횡도 없으며, "낭리백도(浪裏白跳; 황본에는 '백조'白條라 되어 있음) 장순(張順)"이어야 한다.— 보주

40) 원문은 "擇日起行". 함분루배인본에는 "起行"이 "起程"으로 되어 있다.— 일역본

41) 원문은 "放旗上". 함분루배인본에는 "放旂上"으로 되어 있다.— 일역본

42) 원문은 "宋江題了四句放旗上道:". 황본과 함분루배인본에는 모두 "道" 다음에 "詩曰"이 있다. 곧 "道, 詩曰:"이다.— 일역본

43) 원문은 "朝廷不奈何". 함분루배인본에는 "不奈何"가 "無其奈何"로 되어 있다.— 일역본

44) 원문은 "各受大夫誥勅". 황본과 함분루배인본에는 "各受武功大夫誥勅"로 되어 있다.— 일역본

45) 원문은 다음과 같다. 一日, 宋江與吳加亮商量, "俺三十六員猛將, 幷已登數, 休要忘了東嶽保護之恩, 須索去燒香賽還心願則個." 擇日起行, 宋江題了四句放旗上道: 來時三十六, 去後十八雙, 若還少一個, 定是不歸鄕! 宋江統率三十六將往朝東嶽, 賽取金爐心願. 朝廷不奈何, 只得出榜招諭宋江等. 有那元帥姓張名叔夜的, 是世代將門之子, 前來招誘; 宋江和那三十六人歸順宋朝, 各受大夫誥勅, 分注諸路巡檢使去也; 因此三路之寇, 悉得平定. 後遣宋江收方臘有功, 封節度使.

46) 원소(元宵)는 정월 대보름날 밤이다. 예로부터 중국 각지에서는 이날 밤에 등을 만들어 들고 나가 즐겼는데, 북송 선화(宣和) 연간에는 정월 보름 밤에 비가 내려 이 행사를 치르지 못할까 하여 섣달 초하루부터 특정한 문에 등을 꾸며 두고는 "預賞元宵"라 하였다 한다(孟元老, 『東京夢華錄』 6卷, 正月 十六日 條를 볼 것. 또 『新刊大宋宣和遺事』 亨集을 볼 것).— 일역본

47) 황궁을 가리킴.— 일역본

48) 궁정에서 파견된 사자(使者). 환관이 많다.— 일역본

49) 송대에 궁정에서 명령을 전달하는 신하.— 옮긴이

50) "옥매(玉梅), 설류(雪柳), 뇨아아(閙蛾兒)"는 장식물인 듯하다. 원소절 전후에 변경의 "시인(市人)이 옥매(玉梅), 야아(夜蛾), 봉아(蜂兒), 설류(雪柳), 보리엽(菩提葉), 과두원

자(科頭圓子), 박두초추(拍頭焦鎚)를 팔았다"라고 하는 기록이 『동경몽화록』 6권에 보인다.—일역본

51) 교방(敎坊)은 궁정음악을 관리하는 관서로, 그 장관인 듯하다.—일역본

52) 원문은 "曾作詞". 황본과 함분루배인본에는 "曾作一詞"로 되어 있다.—일역본

53) 정전(正殿) 앞에 있는 정문.—옮긴이

54) 원문은 다음과 같다. 宣和六年正月十四日夜, 去大內門直上一條紅綿繩上, 飛下一個仙鶴兒來, 口內銜一道詔書, 有一員中使接得展開, 奉聖旨: 宣萬姓. 有那快行家手中把着金字牌, 喝道, "宣萬姓!" 少刻, 京師民有似雲浪, 盡頭上戴着玉梅, 雪柳, 鬧蛾兒, 直到鰲山下看燈. 却去宣德門直上有三四個貴官,…得了聖旨, 交撒下金錢銀錢, 與萬姓搶金錢. 那敎坊大使袁陶曾作詞, 名做『撒金錢』: 頻瞻禮, 喜升平又逢元宵佳致. 鰲山高聳翠, 對端門珠璣交制, 似嫦娥, 降仙宮, 乍臨凡世. 恩露勻施, 凭御闌聖顔垂視. 撒金錢, 亂抛墜, 萬姓推搶沒理會; 告官裏, 這失儀, 且與免罪. 是夜撒金錢後, 萬姓各各遍游市井, 可謂是: 燈火熒煌天不夜, 笙歌嘈雜地長春.

55) 『남신기문』(南燼紀聞)은 한 권이다. 『절분록』(竊憤錄), 『절분속록』(竊憤續錄)은 각 한 권이다. 두 책은 모두 송 휘종, 흠종 두 황제가 포로가 되어 북쪽으로 끌려갔던 사건을 기록하고 있다.

56) 신기질(辛棄疾, 1140~1207)의 자는 유안(幼安)이고, 호는 가헌(稼軒)이며, 남송 역성(歷城; 지금의 산둥 지난濟南) 사람이다. 호북(湖北), 호서(湖西), 호남(湖南), 복건(福建), 절동(浙東) 등지의 안무사(安撫使)를 역임하였고, 금에 항거할 것을 적극 주장하였다. 사집(詞集) 『가헌장단구』(稼軒長短句) 등의 저작이 있다.

57) 『대송선화유사』(大宋宣和遺事) 후집은 거의 『남신기문』과 『절분록』, 『절분속록』에서 취재한 것이다. 『필기소설대관』(筆記小說大觀) 본 『절분록』 제요에는 다음과 같이 나와 있다. "신기질 찬, 모두 2권, 휘종과 흠종 두 황제가 북으로 끌려갔던 일을 기록하고 있는데, 연월이 모두 잘못되어 사실과 부합하지 않으며, 『남도록』과 같은 사람의 손에서 나온 듯한데, 『남신기문』을 검증해 보면 문장 역시 비슷하다. 단연코 신기질이 지은 것은 아니다. 어쩌면 당시 서고가 책 이름을 거짓으로 위탁해 세상 사람을 속인 것일 수도 있다."(辛棄疾撰, 凡二卷, 其徽, 欽二帝北狩事, 年月皆舛誤不合, 與『南渡錄』若出一手, 證之『南燼紀聞』, 文亦相同. 斷非棄疾所作. 或當時書庫僞託書名以欺世耳) 『필기소설대관』 본 『남신기문』에는 송의 황기(黃冀)가 지은 것이라 적혀 있다.—보주

58) "건염 초"의 "초"(初)자는 2권 본에 근거한 것이다. 4권 본에는 "화"(禍)로 되어 있는데, 채택할 수 없다. 왜냐하면 "건염 초"와 다음 문장의 "소흥 이후"는 서로 대가 되기 때문이다.—보주

59) 원문은 다음과 같다. 世之儒者謂高宗失恢復中原之機會者有二焉: 建炎之初失其機者, 潛善伯彦偸安于目前誤之也; 紹興之後失其機者, 秦檜爲虜用間誤之也. 失此二機, 而中原之境土未復, 君父之大仇未報, 國家之大恥不能雪, 此忠臣義士之所以扼腕, 恨不食賊臣之肉而寢其皮也歟!

제14편 원·명으로부터 전래되어 온 강사(講史)(상)

송대의 설화인說話人 가운데에는 소설과 강사에 모두 뛰어난 사람이 많았지만(그 이름은 『몽량록』夢粱錄과 『무림구사』武林舊史에 보인다),[1] [글로서 남아 있는] 저작이 있었다는 소리는 듣지 못했다. 원대는 소요가 많았고, 문화가 침체했던 때였으므로 더 논할 것이 없다. 일본 나이카쿠분코內閣文庫[2]에는 원 지치至治(1321~1323) 연간 신안新安의 우씨 간본虞氏刊本 전상全相(지금의 이른바 수상전도繡像全圖와 같다) 평화平話 5종[3]이 있다. 그것은 『무왕벌주서』武王伐紂書,[4] 『악의도제칠국춘추후집』樂毅圖齊七國春秋後集,[5] 『진병육국』秦併六國,[6] 『여후참한신전한서속집』呂后斬韓信前漢書續集,[7] 『삼국지』三國志이며, 매 집이 각각 3권으로 되어 있다(『사문』 제8편 제6호, 시오노야 온의 『명의 소설 '삼언'에 관하여』關于明的小說"三言"). 지금은 다만 『삼국지』만이 인본印本이 있고(시오노야 온 박사의 영인본 및 상우인서관의 번인본飜印本), 다른 4종은 볼 수가 없다.[8] 그 가운데 『전상삼국지평화』全相三國志平話[9]는 상하 두 란欄으로 나뉘어 있는데, 상란은 그림이고, 하란은 이야기를 서술하고 있다. 도원결의桃園結義로부터 시작하여 공명孔明이 병사하는 데서 끝을 맺고 있다. 그리고 첫머리에서는 먼저 한 고조漢高朝가 공신들을 살육하자,

옥황상제가 판결을 내려 한신韓信은 조조曹操로 환생케 하고, 팽월彭越은 유비劉備로, 영포英布는 손권孫權이 되게 하였으며, 고조는 헌제獻帝가 되게 한 것을 서술하였으니, 그러한 구상은 『오대사평화』와 다를 바 없다.[10] 다만 문필이 훨씬 못 미치고, 문장도 뜻을 다 나타내지 못하여, 거칠게 그 대강의 줄거리만을 갖추었을 따름이다. 이를테면 '적벽오병'赤壁鏖兵[11]에 대해서 다음과 같이 서술하고 있다.

> 각설하고 무후武侯[12]가 강을 지나 하구夏口에 이르렀을 때, 조조가 배 위에서 큰소리로 외쳤다.
>
> "난 이제 죽게 되었구나!"
>
> 군사들이 소리쳤다.
>
> "모두가 장간蔣幹 때문이다."
>
> 부하들이 칼을 휘둘러 장간을 토막 냈다. 조조가 배에 올라 황급히[13] 도망을 쳐 강어귀로 나오니, 사면의 배가 모두 불에 타고 있었다. 수십 척의 배가 있었는데, 배 위에서 황개黃蓋가 말했다.
>
> "역적 조조를 죽여, 천하를 태산처럼 평안케 하라!"
>
> 조조의 부장들은 수전水戰에 능하지 못했는데, 적군은 활을 뽑아 쏘아 댔다. 조조가 미처 손을 쓸 수도 없이 사방에서 불이 일어났고, 앞에서도[14] 활을 쏘아 댔다. 조조가 도망가고자 했으나, 북쪽에는 주유周瑜가 있었고, 남쪽에는 노숙魯肅이 있었으며, 서쪽에는 능통陵統[15]과 감녕甘寧이 있었고, 동쪽에는 장소張昭와 오포吳苞가 있어 사방에는 죽이라는 말뿐이었다. 사관史官은 말한다.
>
> "만일 조씨 가문에 다섯 명의 황제가 나올 운이 없었다면, 조조는 도망갈 수 없었을 것이다."

조조는 그런 운명을 입어 서북쪽으로 달아나 강 언덕에 이르니 여러 사람이 조조를 맞아 말에 태웠다. 각설하고 해질 무렵에 불이 일어나 다음 날 점심께가 되어서야 비로소 뚫고 나왔다. 조조가 돌아보니 아직도 하구夏口의 배 위로 연기와 화염이 하늘을 뒤덮고 있는 것이 보였고, 본대의 군사는 일만도 되지 않았다. 조조가 서북쪽을 향해 도망가다가 채 오 리도 못 가서, 강 언덕에 오천의 군사가 있었는데 상산常山 조운趙雲의 군사임을 알아보았다. 그들이 가로막고 있었으므로, 부장들이 일제히 공격하여 조조는 적진을 뚫고 지나갔다…… 저녁이 되어 큰 숲에 이르렀다…… 조조는 활영로滑榮路를 찾아갔다. 이십 리를 못 가 오백 명의 칼 든 군사들을 보았는데, 관우가 가로막고 있는 것이었다. 조조가 좋은 말로 관우에게 말했다.

"제가 정후亭侯[16]에게 은혜를 베푼 것을 생각해 보시오."

관우가 말했다.

"이것은 군사軍師[17]의 엄명이오."

조조는 진을 뚫고 빠져나갔다. 두 사람이 말을 하고 있는 사이에 앞에서 먼지가 일어 조조가 탈출할 수 있게 하였던 것이다. 관우가 몇 리를 쫓아가다 다시 되돌아와 동쪽으로 십오 리를 채 못 가서 유비와 공명을 만났다. 조조를 도망치게 한 것이 관우의 잘못은 아니었다. 言使人小着玄德(이 구절은 해석할 수가 없음). 사람들이 왜 그렇게 했느냐고 물었다. 무후가 말했다.

"관장군은 인덕仁德이 있는 사람이라, 지난날 조조에게 은혜를 입었으므로 이번에 탈출시켜 준 것이다."

관우는 이 말을 듣고 분연히 말에 올라 유비에게 다시 그를 쫓겠다고 말했다. 유비가 말했다.

"아우가 본디 돌로 만든 사람이 아니거늘, 어찌 피곤하지 않겠는가?"
공명이 말했다.
"저도 같이 떠나게 하신다면 절대 실패하지 않을 것입니다."……
(중권 18에서 19쪽까지)[18)]

그 이야기의 진행이 간략한 것을 보면, 자못 설화인들이 사용하던 화본이 아닌가 하고 의심해 볼 만한데, 이것을 [이야기하는 가운데] 부연하여 우여곡절을 덧붙이면 듣는 사람을 즐겁게 할 수 있었을 것이다. 그러나 쪽마다 반드시 그림이 있는 것으로 보아, 사람들이 열람했던 책이었음을 알 수 있다. 나머지 4종도 역시 이런 유형이었을 것이다.

『삼국지』를 이야기하는 것은 송대宋代에 이미 매우 성행하였다. 대개 당시에는 영웅이 많았는데, 그들의 무용武勇과 지모智謀는 사람들을 감동시킬 만큼 뛰어났다. 아울러 사건의 전개 역시 초楚·한漢처럼 간단하지도 않고, 또 춘추열국春秋列國처럼 복잡하지도 않았으므로, 강설講說하기에 더욱 적합했다. 소동파蘇東坡(『지림』志林[19)] 6)는 다음과 같이 말했다. "왕팽王彭이 일찍이 말했다. '여염집의 아이들이 장난치느라 그 집안 식구들이 귀찮아지면, 이내 돈을 주어 설화인이 옛일을 얘기하는 것을 모여 앉아 듣게 했다. 삼국의 일을 얘기하는 데 이르러서는 유비가 패했다는 말을 들으면 빈번히 미간을 찌푸렸으며 눈물을 흘리는 아이도 있었다. 조조가 패했다는 말을 들으면 기뻐하며 쾌재를 불렀다. 이로써 군자와 소인의 은택이 영원히 끊이지 않음을 알 수 있다.'"[20)] 와사瓦舍[21)]에서는 '설삼분'說三分[22)]이 전문적인 설화의 한 종류였으며, "강『오대사』"[23)]와 나란히 놓고 있다(『동경몽화록』東京夢華錄 5).[24)] 금金·원元의 잡극에서도 역시 삼국시대의 일을 자주 이용했다. 『적벽오병』赤壁鏖兵, 『제갈량추풍오장원』諸葛亮秋風五丈原, 『격강투지』隔江鬪智, 『연환계』連環計, 『부탈수선대』復奪受禪臺[25] 등과 같은 것들은 지금도 희문戱文으로서 상연되고 있는 것이 특히 많아, 세상 사람들이 이것들을 즐겨 이야기했다는 것을 알 수 있다.[26] 이것은 소설에 있어서는 나관중羅貫中의 본本이 있었기 때문에 더욱 명성이 뚜렷해졌다.

관중은 이름이 본本이고, 전당錢塘 사람이다(명대 낭영郎瑛의 『칠수류고』七修類稿 23, 전여성田汝成의 『서호유람지여』西湖遊覽志餘 25, 호응린의 『소실산방필총』 41). 혹은 이름을 관貫, 자를 관중이라고도 했고(명대 왕기王圻의 『속문헌통고』續文獻通考 177), 혹은 월越나라 사람으로 홍무洪武 초년에 살았다고 했으나(주량공周亮工의 『서영』書影[27]), 대개 원·명 사이(약 1330~1400)의 사람이었다. 그가 지은 소설은 매우 많아, 명나라 때에는 수십 종이 있었다고 하나(『지여』志餘), 현존하는 것으로는 『삼국지연의』三國志演義 외에도 『수당지전』隋唐志傳, 『잔당오대사연의』殘唐五代史演義, 『삼수평요전』三遂平妖傳, 『수호전』水滸傳 등이 있다. 그는 또 사곡詞曲에도 능하여, 잡극으로 『용호풍운회』龍虎風雲會[28]가 있다(제목이 『원인잡극선』元人雜劇選에 보인다).[29] 그러나 현존하는 그의 여러 소설은 모두 여러 차례 후인들의 증보와 삭제를 거친 것으로, 원본의 면목은 거의 다시 볼 수가 없다.

나관중 본 『삼국지연의』[30]로 오늘날 볼 수 있는 것으로는 명의 홍치弘治 갑인甲寅(1494) 간본刊本이 가장 오래되었다. 전서가 24권이고, 240회로 나누어져 있으며, "진 평양후 진수 사전, 후학 나관중 편차"晉平陽侯陳壽史傳, 後學羅貫中編次라고 적혀 있다. 한 영제漢靈帝 중평中平 원년의 "제천지도원결의"祭天地桃園結義로부터 시작하여, 진 무제晉武帝 태강太康 원년의 "왕준계취석두성"王濬計取石頭城에서 끝마쳤다. 무릇 처음부터 끝까지 97년간(184~280)의 사실이며, 모두 진수의 『삼국지』 및 배송지裴松之[31]의 주注에 따라 배열하고, 간간이 평화平話에서 따오고, 다시 부연하여 지은 것이다.[32] 그 비평은 진수와 배송지, 그리고 습착치習鑿齒, 손성孫盛[33]의 말에서 많이 취했고, 또 '사관'史官 및 '후인'後人의 시를 더욱 많이 인용하고 있다.[34] 그러나 예로부터 전해오는 역사적 사실에 의거하다 보면 서술에 제약이 생기고, 허구를 섞어 넣으면 혼란이 가중되기에, 그러므로 명의 사조제謝肇淛[35](『오잡조』五雜俎 15)는 이미 "지나치게 사실을 중시하다 보니 진부해졌다"太實則近腐고 했고, 청淸의 장학성章學誠[36](『병진차기』丙辰箚記)은 또 "칠할은 사실이고 삼할은 허구라서 보는 사람을 현혹시켜 혼란스럽게 한다"七實三虛惑亂觀者는 것을 결점으로 여겼다. 인물을 묘사함에 있어서도 또한 잘못이 많다. 유비가 후덕한 사람이라는 것을 강조한 나머지 위선자같이 되어 버렸고, 제갈량이 지모가 많다는 것을 그린다는 것이 요괴에 가깝게 되어 버렸다.[37] 오직 관우에 대해서는 특히 뛰어난 표현이 많아, 그의 의리와 용맹이 때때로 눈으로 보는 듯하다. 이를테면 관우의 출신, 풍채 그리고 용력勇力을 다음과 같이 서술했다.

……계단 아래에서 한 사람이 크게 소리치고 나오며 말했다.

"소장小將이 가겠습니다. 화웅華雄의 머리를 잘라 와서 장하帳下에 바치겠습니다."

뭇사람들이 그를 보니, 키가 9척 5촌이나 되고, 수염은 1척 8촌이나 되며, 단봉丹鳳의 눈, 누에가 누워 있는 듯한 눈썹, 얼굴은 그을은 대춧빛 같고,[38] 목소리는 큰 종소리와 같은 사람이 장전帳前에 서 있었다. 원소袁紹가 누구냐고 물으니 공손찬公孫瓚이 말했다.

"저 사람은 유현덕劉玄德의 아우 관關 아무개[39]라는 사람이오."

원소가 무슨 직책에 있느냐고 물으니 공손찬이 말했다.

"유현덕을 따라 다니는 마궁수馬弓手로 있소이다."

장상帳上에 있던 원술袁術이 크게 소리쳤다.

"너는 우리 제후들에게는 대장감이 없다고 업신여기느냐? 일개 궁수로 어찌 감히 함부로 지껄이고 있느냐? 나와 봉술로 승부를 가려 보자!"

조조가 급히 말리면서 말했다.

"공로公路,[40] 노여워할 것 없네. 저 사람이 큰소리를 친 것을 보아서는 반드시 널리 무술을 배운 바가 있을 것일세. 그러니 출전시켜 보았다가 만약에 그가 승리하지 못하면 그때 가서 그를 죽이더라도 늦지는 않을 것이네."

……관 아무개가 말했다.

"만약 승리하지 못하거든 내 목을 베시오."

조조는 따끈한 술 한 잔을 거르게 하여 관 아무개에게 주어 마시게 하고 말에 오르도록 했다. 관 아무개는 말했다.

"술을 따른 대로 그냥 두시오. 갔다가 곧 돌아올 테니."

그러고는 장막帳幕을 나와 칼을 빼들고 나는 듯이 말에 올랐다. 여러 제후들은 진외陣外에서 북소리가 크게 울리고 함성이 크게 일어나는 것을 들었는데, 그것은 마치 하늘이 주저앉고 땅이 꺼지며 산악이 움직여 무너지는 것 같았다. 모두들 겁을 집어먹었으나 그래도 귀를 기울여 들으려 했다. 말방울 소리가 나더니 말이 본진本陣에 이르고, 관운장은 화웅의 머리를 들어서 땅바닥에 내던졌다. 따라 놓았던 술은 아직도 따뜻했다.……[41]

또 이를테면 조조가 적벽에서 패배한 대목에서 제갈공명은 조조의 명이 다하지 않을 것임을 알았기에, 일부러 관우로 하여금 화용도華容道에서 막아서게 하여 그를 놓아주게끔 만들었다가, 다시 군법으로 그를 몰아

세워 군령장軍令狀이라고 하는 서약을 세워 보냈다. 이것은 공명의 교활함을 드러내 보일 뿐이고, 관우의 기개는 늠연하여 원 간본의 평화와는 차이가 크다.

……화용도에서는 인마가 셋으로 나뉘었다. 그 가운데 하나는 낙오하고, 다른 하나는 도랑에 빠지고, 나머지 하나만이 조조를 따라 험준한 곳을 지나니, 길은 약간 평탄해졌다. 조조가 뒤를 돌아보니 다만 300여 기騎만이 뒤를 따를 뿐, 의衣, 갑甲, 포袍, 개鎧를 말끔하게 차려입은 자는 하나도 없었다.……또 몇 리를 채 못 가서 조조는 말 위에서 채찍질을 하며 큰소리로 웃었다. 여러 장수들이 승상께서 무엇 때문에 웃으시냐고 물었다. 조조가 말했다.

"사람들은 모두 제갈량과 주유의 지모가 충분히 많다고 하지만, 나는 그들의 무능함을 비웃고 있는 것일세. 이번의 패배는 내 자신이 적을 얕잡아 봤기 때문이라고 하나, 만약 이곳에다가 일개 려旅의 군사를 잠복시켜 두었더라면, 우리는 모두 꼼짝없이 잡히고 말았을 것이오."

이 말이 미처 끝나기도 전에 포 소리가 울리더니, 양쪽에서 칼을 빼든 병사 오백 명이 진을 치고 있었는데, 그 가운데는 관운장이 청룡도를 들고 적토마를 탄 채 앞길을 가로막고 있었다. 조조의 군사들이 이를 보고 혼비백산하여 서로 얼굴만 쳐다볼 뿐 모두 말을 하지 못하였다. 조조가 사람들 사이에서 다음과 같이 이야기하였다.

"일이 이 지경에까지 이르렀으니, 죽기를 각오하고 싸움을 벌일 수밖에 없겠소."

여러 장수들이 말했다.

"설령 병사들이 겁을 먹지 않았다 하더라도, 말의 힘이 다 떨어졌습니다. 싸움을 벌이면 모두 죽을 것입니다."

정욱程昱이 말했다.

"제가 알기로 관운장은 윗사람에게는 오만하나 아랫사람들에게는 차마 어쩌지 못하고, 강자는 업신여기지만 약자를 능멸하지 않는다[42]고 합니다. 어려움이 있는 자는 반드시 구해주니, 그의 인의는 세상에 잘 알려진 바입니다. 승상께서는 이전에 그에게 은혜를 베풀어주신 적이 있으니, 어찌 직접 가셔서 부탁을 드리지 않으십니까? [그렇게만 하신다면] 반드시 이 어려움을 빠져나갈 수 있을 것입니다."

조조는 그의 말을 따라 즉시 말을 앞으로 몰고 나가, 관운장에게 몸을 굽혀 말했다.

"장군께서는 별고 없으십니까?"

관운장 역시 몸을 굽혀 답례하며 말했다.

"제가 군사軍師의 명령을 받들어 승상을 기다린 지 오래되었습니다."

조조가 말했다.

"이 사람 조조가 싸움에 패하여 위태로운 상황에 빠져, 이곳에 이르렀으니 [이제 더 이상] 갈 곳이 없습니다. 장군께서 예전에 하신 말씀을 중히 여겨 주시기 바랍니다."

관운장이 대답하였다.

"이전에 제가 비록 승상의 두터운 은혜를 입긴 하였으나, 일찍이 백마의 위기白馬之危[43]를 해결하여 은혜를 갚은 것으로 알고 있습니다. 지금은 명령을 받들고 있는 입장이니, 어찌 사사로이 할 수 있겠습니까?"

조조가 말했다.

"다섯 개 관소關所의 경비를 맡은 장수 여섯을 참했던 일五關斬將을 아직도 기억하십니까?[44] 옛사람들은 대장부가 세상에서 처신함에 있어 반드시 신의를 중히 여기라고 하였습니다. 장군께서는 『춘추』를 잘 알고 계실 터이니, 유공지사庾公之斯가 자탁유자子濯孺子를 쫓아낸 것을 어찌 모르시겠습니까?"[45]

관운장이 듣고는 고개를 숙이고 오래도록 말이 없었다. 당시 조조가 이 일을 인용하매 아직 말이 끝나지도 않았는데, 관운장은 의리를 산같이 중히 여기는 사람이고, 또 조조의 군사들이 두려워하며 모두 눈물을 흘리려 하고 있는 모습을 본 데다, 또 다섯 개 관소의 경비를 맡은 장수를 참하는 동안 자신을 풀어 주었던 은혜를 떠올리자 어찌 마음이 흔들리지 않겠는가! 그래서 말머리를 돌려 군사들에게 말하였다.

"사방으로 흩어져라!"

이것은 명백하게 조조를 놓아준다는 뜻이었다. 조조는 관운장이 말머리를 돌리는 것을 보고는 바로 여러 장수들과 같이 뚫고 지나갔다. 관운장이 몸을 돌렸을 때에는 앞에 여러 장수들이 이미 조조를 호위하며 지나가고 있었다. 관운장이 대갈일성을 하자 모두 말에서 내려 울며 땅에 엎드렸다.[46] 관운장은 차마 죽이지 못하고 망설이고 있는데, 그때 마침 장료張遼가 말을 몰고 왔다. 관운장이 이것을 보고 다시 옛날 생각에 마음이 흔들려 길게 탄식을 하고는 모두 놓아주었다. 후에 사관史官이 다음과 같은 시를 남겼다.

> 가슴 속 깊숙이 의리를 오래도록 지녀, 종신토록 은혜 갚을 것을 생각하도다.
>
> 위풍은 해와 달과 나란히 하고, 명예는 하늘과 땅을 울리도다.
>
> 충성과 용기는 삼국에서 가장 높고, 신묘한 지략으로 적의 칠둔을 빠뜨렸도다.

지금에 이르기까지 천 년 동안 병사들은 뛰어난 영웅의 혼을 숭배하도다.
(제100회[47) 「관운장이 의리로 조조를 풀어주다」)[48)

홍치弘治 연간 이후 각본刻本이 무척 많았는데, 명대를 놓고 이야기하더라도 그것이 무릇 몇 종이나 있었는지 자세히 알 수 없을 정도이다(자세한 것은 『소설월보』小說月報 20권 10호 정전둬의 「삼국지연의의 변천」을 볼 것). 청 강희康熙 연간에 이르러 무원茂苑의 모종강毛宗崗이라는 사람이 있었는데, 자는 서시序始로,[49) 김인서金人瑞가 『수호전』水滸傳 및 『서상기』西廂記를 고쳐 쓴 것을 본받았다. 곧 구본舊本에 내용을 첨가하고 수정하여, 스스로 고본古本을 얻었다고 말하고는 평을 달아 간행하여, "성탄외서"聖嘆外書[50) 라고도 불렀으니, 그 뒤로는 모든 구본들이 다시는 통용되지 않았다. 무릇 개정된 바는 그 서례序例에 의해 볼 수 있는데, 그 대강을 들어보면 다음과 같다. 첫째는 고친 것改이다. 이를테면 구본 제159회 「폐헌제조비찬한」廢獻帝曹丕簒漢의 경우 본래는 황후 조씨가 오빠인 조비를 도와 헌제를 배척하는 것으로 되어 있으나, 모본毛本에는 한漢을 도와 조비를 배척하는 것으로 되어 있다.[51) 둘째는 첨가增이다. 이를테면 제167회 「선주야주백제성」先主夜走白帝城의 경우 구본에서는 손부인孫夫人에 대해 언급이 없으나, 모본에는 다음과 같이 되어 있다. "부인이 오吳에 있으면서 효정猇亭의 병사가 패하였다는 사실을 듣고, 선주先主가 전투 중에 죽었다고 잘못 전해 들어 병사를 이끌고 강가로 와, 아득히 서쪽을 향하여 곡을 하다 강에 빠져 죽었다."[52) 셋째는 삭제削이다. 이를테면 제205회 「공명화소목책채」孔明火燒木柵寨의 경우 구본에는 공명이 상방곡上方谷에서 사마의司馬懿를 화공하려 할 때 위연魏延도 함께 태워 죽이려 했던 것이 있고,[53) 제234회에는 「제갈첨대전등애」諸葛瞻大戰鄧艾의 경우 등애가 서한을 보내 항복을 권유하자 제갈첨이 다 읽고 나서 의심하고 있는데, 그의 아들 상尙이 그를 힐책하여 죽기를 각오하고 싸우자고 하는 대목[54] 등이 있으나, 모본에는 이러한 것들이 하나도 없다. 이밖에도 자잘한 것으로, 첫째 회목回目을 정리하였고, 둘째 문사文辭를 수정하였으며, 셋째 논찬論贊[55]을 삭제하였고, 넷째 자잘한 일들을 빼거나 보충하였으며, 다섯째 시문詩文을 고치거나 바꾼 것을 들 수 있다.

『수당지전』隋唐志傳[56]의 원본은 아직 발견되지 않았고, 청 강희 14년(1675) 장주長洲의 저인확褚人穫[57]의 개정본이 있는데, 『수당연의』隋唐演義라고 이름을 바꾸었다.[58] 그 서에는 다음과 같이 기록되어 있다. "『수당지전』은 나씨羅氏[59]이고, 임씨林氏가 찬집纂輯하였는데, 잘된 작품이라 할 만하다. 그러나 수隋의 궁궐에서 비단을 자르는 것으로부터 시작하여 그 이전의 것은 빠지고 소략하게 다루어진 것이 많다. 그 뒤 당말唐季의 한두 가지 일을 보충하여 집어넣기도 하였으나, 단편적인 데 그쳐 앞뒤 연결이 되지 않아, 읽는 이들에게는 여전히 문제되는 것이 있었다."[60] 이것으로 개정의 개요를 알 만하다.

『수당연의』는 모두 100회로 수나라 임금이 진陳을 정벌하는 것으로 시작된다. 그 다음에는 주周가 수隋에게 선양禪讓하고, 수나라는 당나라에 의해 망하며, 무후武后가 천자를 칭하고, 명황明皇[61]이 촉蜀으로 행궁하며, 양귀비가 마외馬嵬에서 목매달아 죽고, 장안, 낙양을 수복한 뒤 명황이 서내西內에 물러나 살면서 도사로 하여금 양귀비의 영혼을 불러오게 하며, 장과張果라는 선인을 만나서 이로 인해 명황과 양귀비가 수양제隋煬帝와 주귀아朱貴兒의 후신임을 알게 되는 것으로 전편이 마침내 끝난다. 무릇 수·당 간의 영웅들, 이를테면, 진경秦瓊, 두건덕竇建德, 단웅신單雄信, 왕백당王伯當, 화목란花木蘭 등의 사적들이 모두 전前 70회 사이에 삽입되어 있다. 그 가운데 명황과 양귀비의 재세인연再世因緣의 이야기는 서序에서 이르기를 원우령袁于令이 소장하고 있는 『일사』逸史[62]에서 얻었는데, 그것이 새롭고 기이한 까닭에 이 책에 수록되었다고 한다. 이 밖의 일들은 정사正史의 기紀와 전傳에 근거한 것이 많고, 또 당송대의 여러 가지 기록과 전설들이 더해져 있다. 이를테면, 수隋대의 일들은 『대업습유기』大業拾遺記, 『해산기』海山記, 『미루기』迷樓記, 『개하기』開河記,[63] 당唐대의 일은 『수당가화』隋唐嘉話, 『명황잡록』明皇雜錄, 『상시언지』常侍言旨, 『개천전신기』開天傳信記, 『차류씨구문』次柳氏舊聞, 『장한가전』長恨歌傳, 『개원천보유사』開元天寶遺事 그리고 『매비전』梅妃傳, 『태진외전』太眞外傳[64] 등이고, 그 서술에 사실史實로부터 유래한 서술이 많은 점은 거의 『삼국지연의』에 뒤지지 않는다. 다만 그 문장은 순전히 명말 당시의 기풍과 마찬가지여서, 표면적으로는 화려하고 부박하나, 중후함이 결여되어, 나관중이 갖고 있던 본래의 면목은 거의 찾아볼 수 없게 되었다. 또 시덥잖은 이야기와 비꼬는 말을 즐겨 쓰고 있지만, 정신은 반대로 삭막할 따름이다. 이제 그 한 예를 들어 보기로 하겠다.[65]

……하루는 현종이 소경궁昭慶宮에 한가로이 앉아 있는데, 안록산이 그 옆에 앉아서 시중을 들고 있었다. 현종은 그의 배가 무릎 아래까지 늘어져 있는 것을 보고는 그것을 가리키고 놀려대며 말하였다.

"이 녀석 배는 마치 항아리를 안고 있는 것처럼 크구먼. 도대체 저 안에 담고 있는 것이 뭔지 모르겠는걸."

이에 안록산이 손을 모으고 대답하였다.

"이 속에는 결코 다른 물건은 없고, 오직 [폐하를 향한] 붉은 마음만이 있을 따름입니다. 신은 원컨대 이 붉은 마음을 다하여 폐하를 섬기고자 하옵니다."

현종은 안록산의 말을 듣고 마음속으로 무척 기뻐하였다. 그러나 뉘 알았으랴.

사람이 그 마음을 숨기면, 헤아릴 수 없는 것.

스스로 붉은 마음이라 말하지만, 그 마음 먹과 같이 검어라.

현종이 안록산을 대하는 마음은 정말 진심腹心이었으나, 안록산이 현종을 대하는 마음은 도리어 순전히 사악한 마음賊心, 잔인한 마음狼心, 개의 마음狗心이었으니, 곧 진정 변심한 마음負心, 애당초 있지도 않은 마음喪心이었다. 마음이 있는 사람이 바야흐로 이를 악물고 마음 아파하며切齒痛心,[66] 그 마음을 쪼개고 그 마음을 먹지 못하는 것을 한탄하는 것이다. 뻔뻔스럽게도 그는 또 사람을 속여 붉은 마음이라고 말한 것이다. 우스운 것은 현종은 그래도 그 이리 같은 놈의 야심을 알아차리지 못하고 오히려 그가 진심이거니 믿으려 했으니, 이 어찌 어리석은 마음이 아니겠는가? 쓸데없는 말은 그만두기로 하자. 그리하여 그날 현종이 안록산과 한동안 한가로이 앉아 있다가 좌우를 돌아보고는 양귀비는 어디에 있느냐고 물었다. 이때는 바야흐로 봄이 무르익을 무렵이라, 날씨가 따뜻하여, 양귀비는 마침 후궁의 난탕蘭湯에 앉아 목욕을 하고 있었다. 궁녀가 돌아와서 현종에게 보고하였다.

"귀비가 이제 목욕을 막 끝냈습니다."

현종이 미소를 지으며[67] 말했다.

"미인이 새로 목욕을 하고 나면 마치 물 위로 피어오른 부용과도 같은 법이지."

이에 궁녀로 하여금 곧 귀비에게 오라고 전하되, 다시 머리 빗고 화장하지 않아도 좋다고 하였다.[68] 조금 뒤에 양귀비가 왔다. 그대가 귀비가 새로 목욕을 하고 나면 어떤 모습이냐고 묻는다면, 「황앵아」黃鶯兒라는 노래가 있어 잘 이야기해 주고 있다.

> 옥과 같이 끼끔하고, 귀막이 옥같이 부드럽게 빛나도다.
> 몸은 더욱 향기롭고, 구름같은 머릿단 제대로 빗지 않았어도 오히려 교태로워라.
> 비단 치마는 긴 것을 싫어하고, 가벼운 적삼이 시원하도다.
> 바람 맞고 잠시 서 있으면 기분은 날아갈 듯.
> 자세히 훑어보자니, 물 위로 솟은 부용이라도, 화장한 미인보다 못하리라.
>
> (제83회)[69]

『잔당오대사연의』殘唐五代史演義[70]는 아직 보이지 않으나, 일본의 『나이카쿠분코 서목』內閣文庫書目에서 2권 60회로, "나본 찬, 탕현조 비평"羅本撰, 湯顯祖批評이라 제하였다고 하였다.

『북송삼수평요전』北宋三遂平妖傳의 원본 역시 볼 수 없는데, 비교적 먼저 나온 본은 4권 20회이며, 서序에 왕신수王愼修[71] 보補라 하였다.[72] 패주貝州의 왕칙王則이 요술로써 반란을 일으킨 이야기를 기술하고 있다. 『송사』(292 「명호전」明鎬傳)에는 다음과 같이 기록되어 있다. 칙則은 본래 탁주涿州 사람인데, 어느 해 기근이 들어 떠돌다 은주恩州(당대에는 패주라고 하였음)에 이르렀다. 경력慶歷 7년에 동평군왕東平郡王이라 참칭僭稱하고, 득성得聖이라 연호를 바꾸었으나改元, 66일 만에 평정되었다. 소설은 곧 이 일에 바탕을 둔 것으로, 첫머리開篇에서는 먼저 변주汴州의 호호胡浩가 선화仙畫

를 얻었는데, 그의 아내가 그것을 태웠더니, 재가 몸을 둘러쌌다. 이로 인하여 임신하고 딸을 낳으니, 이름을 영아永兒라고 했다. 또 요사스런 여우 성고고聖姑姑가 영아에게 도술을 전수해, 마침내 종이로 사람을 만들고 콩으로 말을 만들 수 있게 되었다. 왕칙은 패주에서 군역을 치르고 있었는데, 뒤에 영아를 아내로 맞이하였다. 술사術士인 탄자화상彈子和尙, 장란張鸞, 복길卜吉, 좌출左黜 등이 모두 만나보러 와서는, 왕칙이 왕이 될 것이라고 말했다. 마침 지주知州가 탐욕스럽고 가혹하여, 마침내 술법으로 창고 속의 돈과 쌀을 실어 내어 군사들을 사서 난을 일으켰다. 이내 문언박文彦博이 군사를 이끌고 와서 그를 토벌하였는데, 이때 장란, 복길, 탄자화상 등은 왕칙의 무도함을 보고 모두 먼저 돌아가 버렸지만, 문언박의 군대는 여전히 이길 수가 없었다. 다행히도 탄자화상의 화신인 제갈수지諸葛遂智가 문文을 도와 사악한 술법을 진압하였다. 마수馬遂는 거짓 항복하여 왕칙을 쳐서 그의 입술을 찢어 주문을 외우지 못하게 하였다. 이수李遂는 또 땅을 파는 군사들을 이끌고 지하도를 만들어 성으로 들어가 칙과 영아를 사로잡았다. 공을 세운 세 사람의 이름이 모두 수遂였으므로 『삼수평요전』이라 한 것이다.

『평요전』은 오늘날 통행되는 판본이 18권 40회이고, 초황楚黃 장무구張無咎의 서문이 있어, 용자유龍子猶가 개정[73]하였다고 하였다. 이 본은 명 태창泰昌 원년(1620)에 이루어졌다.[74] 앞에 15회를 더하여 원공袁公이 구천현녀九天玄女로부터 도법을 받았는데, 그것을 다시 탄자화상에게 도적맞은 것과 요사스런 여우 성고고의 연단법練丹法을 기술하고 있다. 그 밖의 5회는 구본의 각 회 사이에 삽입되어 있는데, 대부분이 여러 기괴한 술법을 가진 사람들의 도술을 보충 서술하고 있다. 사건은 임의로 창작된 것 이외에도, 다른 잡다한 이야기들로부터 여러 가지를 취한 것들이 부회하여 삽입되어 있다. 이를테면 제29회에서는 두칠성杜七聖이 부절符節을 팔면서 환술幻術을 보여 주는 장면을 서술하고 있다. 아이의 머리를 잘라 이불을 덮어두면 다시 붙는다는 것이었다. 우연찮게도 이렇게 큰소리치는 것을 탄자화상이 듣고는 마침내 아이의 살아 있는 혼生魂을 잡아 국수 집으로 들어가 접시 아래에 덮어놓았다. 두칠성이 재삼 주문을 외웠지만 아이는 끝내 일어나지 않는다.

두칠성이 당황하여 구경꾼들을 보고 말했다.

"구경 나오신 손님 여러분들! 세상살이 길은 각각 다르지만, 세상사 결국은 마찬가지라는 것은 어쩔 수 없이 먹고살아야 하기 때문입니다. 조금 전에 제가 드린 말씀이 그대로 되지 않은 것은 여러 손님들께서 죄를 용서해 주시기 바랍니다. 이번에야말로 머리를 붙이고 나서[75] 내려가 한 잔 마시기로 하겠습니다. 세상 천지에 누구나 알고 보면 이웃사촌이 아니겠습니까요."

두칠성이 죄를 빌면서 말했다.

"제 잘못입니다. 이번엔 붙이겠습니다."

그러나 입 속으로 주문을 외우고 이불을 들쳐 보았을 때, 여전히 붙어 있지 않았다. 두칠성은 초조해져서 말했다.

"당신은 저에게 머리를 못 붙이게 하셨습니다. 제가 또 여러 차례 간청하면서 제 잘못을 인정하고 용서해 주시길 바랐는데, 당신은 오히려 이렇듯 나 몰라라 하시는군요."[76]

그러고는 곧 뒤로 가서 바구니 안에서 종이 보따리 하나를 꺼내 와 열고는 박씨 하나를 꺼냈다. 땅 위의 흙을 파헤치고는 박씨를 속에 묻었다. 입으로 뭐라뭐라고 주문을 외우더니, 입에서 물을 한 줄기 뿜어내고는 크게 소리쳤다.

"얍!"

순식간에 괴이한 일이 벌어졌다. 땅 속에서 넝쿨 하나가 나와 점점 자라더니, 가지와 잎이 생긴 뒤, 꽃이 피는 게 보였다. 문득 꽃이 지더니 작은 박이 하나 열렸다. 사람들이 그것을 보고 모두 갈채를 보냈다.

"잘한다!"

두칠성이 그 박을 따서, 왼손으로는 박을 잡고 오른손으로는 칼을 들고 말했다.

"당신이 먼저 도리에 어긋나게 우리 아이의 혼백을 거두어 가서, 나로 하여금 머리를 못 붙이게 했으니, 당신도 이 세상에서 살 생각일랑 마시오!"[77)]

그러고는 박을 향해 칼을 잡고서는 박을 두 조각 냈다. 각설하고 그 화상은 누대에서 국수를 들고서 먹으려 하던 참이었다. 그런데 그 화상의 머리가 목뼈로부터 데굴데굴 아래로 굴러 떨어졌다. 누대에서 국수를 먹고 있던 사람들은 모두 깜짝 놀라, 담이 작은 사람은 국수를 내던지고 누대를 뛰어 내려갔고, 담이 큰 사람은 서서 보고만 있었다. 그 화상은 황급히 그릇과 젓가락을 놓고서, 일어나 누대의 바닥을 더듬어 머리를 찾아냈다. 두 손으로 두 귀를 잡고 그 머리를 목 위에 올려놓고 제대로 자리 잡게 하고는, 손으로 한번 쓰다듬었다. 화상이 말했다.

"내가 국수만 먹느라, 그 사람 아들의 혼백을 돌려주는 것을 잊어 버렸군."

그러고는 손을 뻗어 접시를 들췄다. 이쪽에서 접시를 막 들추자마자 저쪽에서는 두칠성의 아들이 이미 벌떡 일어났다. 보고 있던 사람들이 함성을 내질렀다. 두칠성이 말했다.

"내가 이제껏 이러한 술법을 부려오면서, 오늘에야 스승을 만났구나."……[78]

이것은 대개 전해져 오던 옛이야기로, 울지악尉遲偓[79](『중조고사』中朝故事)은 당 함통咸通 연간의 것이라 하였고, 사조제謝肇淛(『오잡조』五雜組 6)는 또 명대 가정嘉靖, 융경隆慶 간의 일로 보고 있다. 하지만 술법을 부리는 사람의 이름이 없고, 스님僧도 죽은 것으로 되어 있는데, 이 책에서는 그것을 약간 고쳐 쓴 것이다.[80] 마수馬遂가 도적[왕칙]을 치다가 피살된 것은 당시의 사실로서, 송宋 정해鄭獬의 『마수전』馬遂傳[81]이 있다.

주)

1) 송대(宋代)의 설화인(說話人)은 『몽량록』(夢粱錄)에 실린 것에 근거하면, 소설(小說)에는 담담자(譚淡子), 옹이랑(翁二郎), 옹연(雍燕), 왕보의(王保義), 진량보(陳良輔), 진랑부(陳郎婦), 조아서이랑(棗兒徐二郎) 등이 있었고, 강사(講史)에는 대서생(戴書生), 주진사(周進士), 장소낭자(張小娘子), 구기산(邱機山), 서선교(徐宣教) 등이 있었다. 『무림구사』(武林舊事)에 실린 것은 더욱 많은데, 소설에는 채화(蔡和), 이공좌(李公佐), 장소사랑(張小四郎), 주수(朱脩), 손기(孫奇), 임변(任辯), 시규(施珪), 엽무(葉茂), 방서(方瑞), 유화(劉和), 왕변(王辯), 성욱(盛昱), 왕기(王琦), 왕반(王班), 직(直), 적사랑(翟四郎), 죽장이(粥張二), 허제(許濟), 장흑척(張黑剔), 유주암(俞住菴), 진빈(陳彬), 태주장욱(泰州張昱), 주리일랑(酒李一郎), 교선(喬宣), 왕사랑(王四郎), 왕십랑(王十郎), 왕육랑(王六郎), 호십오랑(胡十五郎), 고의모삼(故衣毛三), 전장삼(全張三), 조아서영(棗兒徐榮), 서보의(徐保義), 왕보의(王保義), 장박(張拍), 가훈(歌訓), 심전(沈佺), 심창(沈唱), 호수주(湖水周), 녹간주(熝肝朱), 철조장무(掇條張茂), 왕삼교(王三教), 서무(徐茂), 왕주관(王主管), 옹언(翁彥), 혜삼(嵇三), 진가암(陳可庵), 임무(林茂), 하달(夏達), 명동(明東), 왕수(王壽), 백견의(白見義), 사혜영(史惠英) 등이 있었고, 강사에는 장해지(張解之), 주팔관인(周八官人), 단계자(檀溪子), 진진사(陳進士), 진일(陳一), 진삼관인(陳三官人), 임선교(林宣教), 서선교(徐宣教), 이랑중(李郎中), 무서생(武書生), 유진사(劉進士), 공팔관인(鞏八官人), 서계선(徐繼先), 목서생(穆書生), 왕공사(王貢士), 육진사(陸進士), 진소낭자(陳小娘子) 등이 있었다.— 보주

2) 일본 내각에서 소장하고 있는 고적과 고문서를 보관하는 문고. 메이지(明治) 17년(1884) 설립되어, 다이조칸분코(太政官文庫)라고 했다가 다음 해 나이카쿠분코(內閣文庫)라 칭했다. 에도(江戶)시대 도쿠가와 쇼군 집안의 모미지야마분코(紅葉山文庫)와 쇼헤이자카가쿠몬조(昌平坂學問所) 등의 장서를 인수하였다. 처음에는 고쿄(皇居; 천황이 사는 곳) 안에 있었지만, 1971년 기타노마루공원(北の丸公園)에 개설된 국립공문서관의 일부문이 되었다. 소장하고 있는 한적 목록으로 『개정 나이카쿠분코 한적 분류 목록』(改訂內閣文庫漢籍分類目錄; 도쿄: 나이카쿠분코, 1971)이 있다.—일역본

3) 신안우씨간본전상평화오종(新安虞氏刊本全相平話五種). 일본에 소장되어 있는 원간(原刊)에는 '건안 우씨 신간'(建安虞氏新刊)이라 적혀 있다. 건안은 곧 지금의 푸젠성 젠어우(建甌)이다. 우씨는 간행한 사람의 성씨이다. 이 다섯 종의 평화는 똑같이 상·중·하 세 권으로 나뉘어 있다. 지은이가 적혀 있지 않다.

4) 『봉신연의』(封神演義)의 조본이다. 『봉신연의』의 서두에서 30회까지는 제12, 13, 14회를 제외하고는 거의 완전히 『무왕벌주서』(武王伐紂書)를 확대 개편한 것이다. 제13회부터야 비로소 이 책을 벗어나 신괴(神怪) 부분만을 묘사하고 있는데, 그럼에도 비중을 삶아 죽이고, 백이와 숙제가 무왕에게 간하는 두 소절은 그대로 삽입되어 있다. 87회 이후에 이르게 되면 다시 이 책의 고골(敲骨)과 부잉부(剖孕婦), 천리안(千里眼), 순풍이(順風耳), 화소오문화(火燒鄔文畵) 등의 정절을 채용하고 있다. 제재로 말하자면 두 책은 대동소이한데, 인물은 『봉신연의』 쪽이 많이 첨가되었다.—보주

5) 마땅히 전집(前集)이 있었을 것이다. 지금 전하는 『전칠국지손방연의』(前七國志孫龐演義)는 없어진 전집을 답습한 것이다. 『손방연의』(孫龐演義)와 이 책의 인물이나 이야기는 모두가 서로 일맥상통하고 있다. 이 두 책은 신괴한 부분이 매우 많다. 청대 사람 서진(徐震)이 엮은 『후칠국지악전연의』(後七國志樂田演義)는 대부분이 사실(史實)에 근거하여 묘사했으므로, 이 책과는 그 취향이 크게 다르다.—보주

6) 순수한 역사소설로 신괴적인 성분은 조금도 들어 있지 않으며, 내용은 모두 『전국책』과 『사기』 등에 바탕했다.—보주

7) 여후(呂后)가 한초(漢初)의 공신들을 참살하는 것을 기술했는데, 구조가 상당히 긴박하다. 단번에 써 내려간 것이 사람들의 마음을 놀라게 하고 혼백을 움직이게 하는 것이 비교적 짜임새 있는 강사(講史) 화본(話本)이다.—보주

8) 그러나 다른 4종 역시 뒤에 나왔는데, 구라이시 다케시로(倉石武四郞)에 의해 영인본이 간행되었고, 그 뒤 1956년에 원쉐구지간행사(文學古籍刊行社)에서 구라이시 다케시로의 영인본에 『삼국지』(涵芬樓影印本)를 합쳐서, 『전상평화오종』(全相平話五種)으로 간행되었다. 또 상하이의 구뎬원쉐출판사에서 1955년 표점활자본(標點活字本)이 간행되었다.—일역본

9) 『삼국지평화』는 『삼국연의』의 조본으로, 민간설화인의 입으로부터 직접 기록된 것이라, 문인의 윤식(潤飾)을 거치지 않았다. 그 가운데 이를테면 유비가 태행산(太行山)에서 낙초(落草)하고, 장비가 소리를 질러 장판교(長板橋)를 끊어 버리며, 방통이 개로 변하고, 제갈량이 부농 출신인 것 등은 원시 민간작품의 면모를 드러내 보여주기에 충분하다.—보주

10) 이러한 이야기는 『오대사평화』와 『삼국지평화』를 제외하고도, 『고금소설』(古今小說) 제31권에 「요음사사마모단옥」(鬧陰司司馬貌斷獄)이 실려 있는데, 정공(丁公)이 유방(劉邦)을 고소하여, 뒤에 주유(周瑜)로 태어나고, 척씨(戚氏)는 여후(呂后)를 고발하여, 감씨(甘氏)로 태어나며, 여후는 복후(伏后)로 탁생(托生)하고, 항우는 여마동(呂馬童) 등 여섯 장수를 고발하여 관우로 태어나 오관(五關)을 지나며 여섯 장수를 참하고, 또 괴통(蒯通)은 공명으로 탁생하고, 번쾌(樊噲)는 장비로 탁생하며, 기신(紀信)은 조운(趙雲)으로 탁생하고, 소하(蕭何)는 양수(楊修)로 탁생하는 등등의 이야기이다. 청의 서석린(徐石麟)의 잡극 『대전륜』(大轉輪)은 대체로 『고금소설』과 비슷한데, 약간 고치고 덧붙인 부분이 있을 뿐이다. 이를테면 우희(虞姬)가 주창(周倉)으로 탁생하고, 속하사인(屬下舍人)이 여백사(呂伯奢)로 탁생하는 등등이다.—보주

11) 적벽에서의 섬멸전, 또는 격전을 의미함.—일역본

12) 제갈량의 작위가 무향후(武鄕侯)라서 무후라 부른 것임.—옮긴이

13) 원문은 "荒速". 「삼국지평화교감표」(三國志平話校勘表; 『삼국지평화』三國志平話, 상하이: 상하이구뎬원쉐출판사, 1955)에 의하면, "荒"은 "慌"으로 해야 한다.—일역본

14) 원문은 "前". 「삼국지평화교감표」에 의하면, "箭"으로 해야 한다.—일역본

15) 「삼국지평화교감표」에 의하면, "凌"으로 해야 한다.—일역본

16) 관우의 작위는 한수정후(漢壽亭侯)이다.—옮긴이

17) 제갈량을 가리킴.—옮긴이

18) 원문은 다음과 같다. 却說武侯過江到夏口, 曹操舡上高叫 "吾死矣!" 衆軍曰, "皆是蔣幹." 衆官亂刀銼蔣幹爲萬段. 曹操上舡, 荒速奪路, 走出江口. 見四面舡上, 皆爲火也. 見數十隻船, 上有黃蓋言曰, "斬曹賊, 使天下安若太山!", 曹相百官, 不通水戰, 衆人發箭相射. 却說曹操措手不及, 四面火起, 前又相射. 曹操欲走, 北有周瑜, 南有魯肅, 西有陵統甘寧, 東有張昭吳苞, 四面言殺, 史官曰: "倘非曹公家有五帝之分, 孟德不能脫." 曹操得命, 西北而走, 至江岸, 衆人撮曹公上馬. 却說黃昏火發, 次日齋時方出, 曹操回顧, 尙見夏口舡上烟焰張天, 本部軍無一萬. 曹相望西北而走, 無五里, 江岸有五千軍, 認得是常山趙雲, 攔住, 衆官一齊攻擊, 曹相撞陣過去.…至晚, 到一大林.…曹公尋滑榮路去, 行無二十里, 見五百校刀手, 關將攔住. 曹相用美言告雲長, "看操亭侯有恩." 關公曰: "軍師嚴令." 曹公撞陣却過. 說話間, 面生塵霧, 使曹公得脫. 關公趕數里復回, 東行無十五里, 見玄德, 師軍. 是走了曹賊, 非關公之過也, 言使人小着玄德(案此句不可解). 衆問爲何. 武侯曰, "關將仁德之人, 往日蒙曹相恩, 其此而脫矣." 關公聞言, 忿然上馬, 告主公復追之. 玄德曰, "吾弟性匪石, 寧奈不倦." 軍師言, "諸葛赤(亦?)去, 萬無一失."…
루쉰이 인용한 이 대목의 『전상삼국지평화』(全相三國志平話)는 『전상평화삼국지교감기』(全相平話三國志校勘記)에 의하면 다음과 같은 이동(異同)이 있다. "권의 중간 십팔 쪽 이십칠 행의 '릉통'(陵通)은 릉(陵)의 음이 릉(凌)과 통하며, 이하 같다. 십팔 쪽 삼십일 행의 '장천'(張天)에서의 장(張)은 창(漲)의 성문(省文)인 듯하다. 십팔 쪽 삼십팔 행의 '활영'(滑榮)은 음이 '화용'(華容)과 통하며, 이하 같다. 십구 쪽 칠 행의 '불권'(不倦)에서의 권(倦)은 권(卷)의 형위(形僞)이다. 십구 쪽 팔 행의 '적거'(赤去)에서의 거(去)는 역(亦)의 형위이다."(卷之中第十八叶廿七行'陵通', 陵音通凌, 下同. 第十八叶卅一行'張

天', 張疑漲之省文. 第十八叶卅八行'滑榮'音通'華容', 下同. 第十九叶七行'不倦', 倦, 卷之形僞. 第十九叶八行'赤去', 去, 亦之形僞) 이와는 별도로 루쉰은 "혼황"(昏黃)을 "황혼"(黃昏)으로 고쳤다. 다음의 두 구절은 탈자가 있는 듯한데, 다음과 같이 보충해 넣었다. "看操[對]亭侯有恩." "其[因]此而脫矣." — 보주

19) 송대의 시인 소식(蘇軾)의 『동파지림』(東坡志林)으로, 1권 본과 5권 본, 12권 본(明 萬歷 商濬의 『稗海』本)이 있다. 루쉰은 『패해』 본에 의거한 듯하다. 5권 본에서는 당송사료필기총간(唐宋史料筆記叢刊) 『동파지림』(왕쑹링王松齡 점교點校, 베이징: 중화서국, 1981, 함분루교인본에 의함) 1권 「회고」(懷古)에 실려 있음. 예문 가운데, "頻蹙眉"는 왕쑹링 점교본에는 "顰蹙"으로 되어 있다. — 일역본

20) 원문은 "王彭嘗云, 途巷中小兒薄劣, 其家所厭苦, 輒與錢, 令聚坐聽說古話, 至說三國事, 聞劉玄德敗, 頻蹙眉, 有出涕者, 聞曹操敗, 卽喜唱快. 以是知君子小人之澤, 百世不斬". "君子小人之澤"이라는 말은 『맹자』 「이루」(離婁) 하(下)의 "군자의 은택은 오대가 지나면 끊어진다"(君子之澤, 五世而斬)에서 나왔다. — 일역본

21) 송대의 도시 오락장으로, 북송(北宋)의 맹원로(孟元老)의 『동경몽화록』(東京夢華錄) 5권 「경와기예」(京瓦技藝)에는 "瓦肆"로 되어 있고, 남송(南宋)의 『도성기승』(都城記勝) 「와사중기」(瓦舍衆伎)의 "瓦舍"와 『몽량록』 19권의 "瓦舍", 『무림구사』 6권 「와자구란」(瓦子勾欄)의 "瓦"가 이것이다. 처음에는 수시로 세워진 작은 건물 크기의 연예장이었으나, 뒤에 특정한 지역에 고정되었던 듯하다. — 일역본

22) 송·원대의 강사(講史)의 일종으로, 삼국시대에 대한 이야기이다. "삼분"(三分)이라는 명칭을 가진 화본은 중국에서는 알려진 바 없으며, 일본 덴리도쇼칸(天理圖書館)에 『지원신간전상삼분사략』(至元新刊全相三分事略) 상·중·하 세 권이 소장되어 있다. 이 책은 나관중의 『삼국지통속연의』보다 앞서 나온 강사평화(講史平話)의 하나이다. 이리야 요시타카(入矢義高)와 천상화(陳翔華)에 의하면, 이 책은 『삼국지평화』보다 뒤에 나왔을 것이라 한다. 셰상화(謝翔華)는 이 책의 해제(解題)와 『삼국지평화』(涵芬樓影印本)와의 교감의 결과를 기록한 논문을 쓴 바 있다(「소설사상 또 하나의 강사 평화 『삼분사략』」小說史上又一部講史平話『三分事略』, 『문헌』文獻 제12집, 베이징: 수무원셴출판사書目文獻出版社, 1982). — 일역본

23) 여기에서 "강"(講)은 불필요한 말이다. 앞서의 제12편의 역주를 볼 것. — 일역본

24) "곽사구는 삼분을 말하고, 윤상은 오대사를 팔았다."(霍四究說三分, 尹常賣五代史; 『동경몽화록』 5권) — 보주

25) 『적벽오병』(赤壁鏖兵). 도종의(陶宗儀)의 『철경록』(輟耕錄) 25권 '금원본명목'(金院本名目)에 기록되어 있으나 지금은 전해지지 않는다.
『제갈량추풍오장원』(諸葛亮秋風五丈原). 『제갈량군둔오장원』(諸葛亮軍屯五丈原)이라고도 한다. 조본(曹本) 『녹귀부』(錄鬼簿)에 기록되어 있다. 금대와 원대 사이에 왕중문(王仲文)이 지었다. 지금은 없어지고 일문(逸文)만이 남아 있다.
『격강투지』(隔江鬪智). 전체 명칭은 『양군사격강투지』(兩軍師隔江鬪智)이다. 원나라와 명나라 사이에 무명씨가 지었다. 명(明) 장진숙(臧晉叔)의 『원곡선』(元曲選) 신집(辛集)에 수록되어 있다.

『연환계』(連環計). 전체 명칭은 『금운당암정연환계』(錦雲堂暗定連環計)이며, 『금운당미녀연환기』(錦雲堂美女連環記)라고도 한다. 원대에 무명씨가 지었다. 명대 장진숙의 『원곡선』 임집(壬集)에 수록되어 있다.

『부탈수선대』(復奪受禪臺). 전체 명칭은 『사마소부탈수선대』(司馬昭復奪受禪臺)이다. 동명의 극작품은 두 가지가 있는데, 하나는 원대 이수경(李壽卿)이 지은 것이고, 다른 하나는 원대 이취진(李取進)이 지은 것이다. 조본(曹本) 『녹귀부』에도 기록되어 있으나 전하는 본(本)은 보이지 않는다.

[원명대의 잡극 가운데 삼국 이야기를 묘사한 것으로 현재 남아 있는 것은 관한경(關漢卿)의 『관대왕단도회』(關大王單刀會)와 『관장쌍부서촉몽』(關張雙赴西蜀夢), 주개(朱凱)의 『유현덕취주황학루』(劉玄德醉走黃鶴樓), 고문수(高文秀)의 『주유알노숙』(周瑜謁魯肅; 제2절의 곡문이 『원인잡극구침』元人雜劇鉤沉에 남아 있음)과 『유선주양양회』(劉先主襄陽會), 정광조(鄭光祖)의 『취사향왕찬등루』(醉思鄉王粲登樓) 및 무명씨의 작품 몇 가지이다.—보주]

26) 전기(傳奇) 방면에서 삼국 이야기를 묘사한 것은 『곡해총목제요』(曲海總目提要)에 실린 것에 따르면 다음과 같은 것들이 있다. 제갈량을 묘사한 것으로는 『초려기』(草廬記), 『칠승기』(七勝記), 『금낭계』(錦囊計), 『출사표』(出師表)가 있고, 유비와 관우, 장비를 묘사한 것으로는 『소도원』(小桃園), 『서천도』(西川圖), 『고성기』(古城記), 『사군기』(四郡記), 『보천기』(補天記), 『쌍충효』(雙忠孝)가 있으며, 조조를 묘사한 것으로는 『사록기』(射鹿記), 『첨두수』(簷頭水)가 있고, 손권을 묘사한 『소강동』(小江東) 및 마초(馬超)를 묘사한 『청강소』(靑鋼嘯) 등이 있다. 경극으로 삼국 이야기를 상연한 것은 백여 종이 넘는데, 자세한 것은 『이원계년소록』(梨園系年小錄)을 볼 것. 청대 궁정대희(宮廷大戲)인 『정치춘추』(鼎峙春秋) 이백사십 척은 삼국극을 집대성한 것이다.—보주

27) 주량공(周亮工)의 『인수옥서영』(因樹屋書影; 十卷本) 1권에 보인다.—일역본

28) 『용호풍운회』(龍虎風雲會). 전체 명칭은 『송태조용호풍운회』(宋太祖龍虎風雲會)이다. 송 태조(宋太祖) 조광윤(趙匡胤)이 밤에 조보(趙普)를 찾아간 일과 중국을 통일한 이야기를 서술하고 있다. 명대(明代) 식기자(息機子)가 편집한 『잡극선』(雜劇選)에 수록되어 있다.

29) 나관중의 생평에 대한 간략한 서술은 가중명(賈仲名)의 『녹귀부속편』(錄鬼簿續編)에 의하면 다음과 같다. "태원 사람으로, 호는 호해산인이라 하였다. 사람들과 거의 어울리지 않았다. 악부의 은어가 극히 청신했다. 나와는 서로 나이를 떠나 허물없는 사이가 되었다. 당시 상황이 어지러워 각기 멀리 떨어져 있게 되었다. 지정 갑진년(1364)에 다시 만났다가 헤어진 지 다시 육십 년이 되어 끝내 그의 생사를 알지 못했다."(太原人, 號湖海散人. 與人寡合. 樂府隱語, 極爲清新. 與余爲忘年交. 遭時多故, 各天一方. 至正甲辰復會, 別來又六十年, 竟不知其所終) 그가 지은 잡극은 『조태조용호풍운회』(趙太祖龍虎風雲會) 말고도 『삼평장사곡비호자』(三平章死哭蜚虎子)와 『충정효자련환간』(忠正孝子連環諫)이 있는데, 애석하게도 모두 없어졌다.—보주

나관중에 관해서는 『녹귀부속편』(명 무명씨 찬, 『녹귀부』 外四種, 상하이: 상하이구지출판사上海古籍出版社, 1978에 수록되어 있음)에 의하면, "태원 사람으로, 호해산인이라 불리

었다"고 한다. 『속편』(續編)의 저자인 무명씨와는 "망년지교"(忘年之交)였으나 멀리 떨어져 있다가 지정 갑진년(1364)에 재회한 일이 있었던 듯하다. 또 쑨카이디의 『원곡가고략』(元曲家考略; 상하이: 상하이구지출판사, 1981)의 「병고」(丙藁; 112쪽)에 『녹귀부속편』을 보충한 자료가 집록되어 있다.— 일역본

30) 『삼국지연의』(三國志演義). 『삼국지통속연의』(三國志通俗演義)라고도 부른다. 권두에 홍치(弘治) 갑인년(甲寅年; 1494) 용우자(庸愚子; 장대기蔣大器)의 서와 가정(嘉靖) 임오년(壬午年; 1522) 관중(關中)의 수염자(修髯子; 장상덕張尙德)의 소인(小引)이 있다. 상우인서관에서 영인할 때 이 소인을 빼버렸기 때문에 홍치 연간의 간본으로 오인받게 되었다. 이 책은 지금 보이는 『삼국연의』(三國演義) 간본 가운데 가장 먼저 나온 것이다.
[상우인서관에서 영인한 『삼국지통속연의』 24책은 일반적으로 명 홍치 본으로 알려져 있으나, 사실은 가정 본이다. 이 책에는 비록 홍치 갑인년 용우자의 서가 실려 있으나, 본래는 가정 임오년 관중 수염자의 서도 있는데, 현행본에는 빠져 있다. 마롄(馬廉)이 보았다는 책에 의하면, 수염자의 서가 있었다고 한다. 용우자의 서는 가정 본에서야 비로소 인입(印入)된 것일 수도 있는데, 서에서는 "책이 완성되자 사군자들 중 호사가들이 다투어 서로 베껴 읽었다"(書成, 士君子之好事者, 爭相謄錄, 以便觀覽)고 하였으니, 이것으로 이 책이 가정 이전에는 전초본(傳鈔本)만이 있었음을 알 수 있다. 자세한 것은 정전뒤의 「삼국지연의의 변천」(三國志演義的演化; 『중국문학연구』 상책上冊)을 볼 것.— 보주]
[우리나라 사람에 의해 이루어진 『삼국지연의』에 대한 전문 연구는 이 작품이 일반 대중에 널리 알려져 있는 것에 비하면 상대적으로 초라하다고 할 정도로 미진한 편이다. 연구자의 숫자는 물론이고 발표된 논문도 질량 면에서 일반 사람들의 주목에 값하는 것이 드물다. 그 가운데 대표적인 연구자로는 다음의 세 사람을 들 수 있다. 이진국(李鎭國), 「『삼국연의』 모평(毛評)의 서사이론 연구」, 서울: 서울대 박사논문, 1994. 6. 정동국(鄭東國), 「『삼국연의』의 한국 고시조와 소설에 대한 영향」(『三國演義』對韓國古時調與小說之影響), 타이베이: 원화대학(文化大學) 박사논문, 1985. 홍순효(洪淳孝), 「『삼국연의』연구」, 타이베이: 타이완사범대학(臺灣師範大學) 박사논문, 1983.
구미에서 이루어진 『삼국연의』에 대한 학위논문으로는 다음과 같은 것이 있다. Andrew Hing-bun Lo, *'San-Kuo-Chih Yen-I' And 'Shui-Hu Chuan' In The Context Of Historiography: An Interpretive Study*, Phd. Princeton University, 1981. Catherine Diana Alison Bailey, *The Mediating Eye: Mao Lun, Mao Zonggang And The Reading Of 'Sanguo Zhi Yanyi'* (China), Phd. University Of Toronto(Canada), 1991. Andrew West(魏安), *Quest for the Urtest: The Textual Archaeoiogy of The Three Kingdoms*(追求其原文: 三國志演義的考證學), Phd. Princeton University, 1993.— 옮긴이]

31) 진수(陳壽, 233~297)의 자는 승조(承祚)이고, 서진(西晉) 안한(安漢; 지금의 쓰촨 난충南充) 사람으로, 진(晉)나라 때 저작랑(著作郎), 치서시어사(治書侍御使)를 역임했다. 진나라가 오(吳)나라를 평정한 뒤에 삼국의 관찬(官撰)과 사찬(私撰)의 저작들을 모아 『삼국지』 한 권을 편찬했다.

배송지(裵松之)에 대해서는 이 책의 제5편 주 5)를 참조할 것.

32) 『삼국연의』는 진수의 『삼국지』에만 근거한 것이 아니라, 많은 부분이 평화(平話)에서 제재를 취하였다. 쑨카이디의 「삼국지평화와 삼국지통속연의」(三國志平話與三國志傳通俗演義; 『창주집』 수록)에는 『삼국연의』가 평화에서 취재한 것에 대한 대조표가 실려 있는데, 이것은 "무릇 『평화』에 있는 것이 『지전』에도 있는데, 『지전』은 의미를 더하고 확대 개편한 것에 지나지 않을 따름이다"라는 사실을 증명해 주고 있다.—보주

33) 습착치(習鑿齒, ?~384)의 자는 언위(彦威)이고, 동진(東晉) 양양(襄陽; 관할구역은 지금의 후베이 상판襄樊) 사람으로, 일찍이 형양태수(滎陽太守)를 지냈으며 저서에는 『한진춘추』(漢晉春秋)가 있다.

손성(孫盛)의 자는 안국(安國)이고, 동진 태원(太原)의 중도(中都; 지금의 산시山西 핑야오平遙) 사람으로, 관직이 비서감(秘書監)에 이르렀고, 급사중(給事中)이 더해졌다. 저서로는 『위씨춘추』(魏氏春秋), 『진양추』(晉陽秋) 등이 있다.

34) 정전둬의 「삼국지연의의 변천」에는 다음과 같이 기술되어 있다. "가정(1522~1566) 본에 실려 있는 '사관'(史官), '후인'(後人), '고인'(古人), '송현'(宋賢), '전현'(前賢), '호증선생'(胡曾先生), '소강절'(邵康節) 등의 시편은 모두 삼백삼십여 수이고, 만력(1573~1620)에 나온 여러 판본들에 실려 있는 주정헌(周靜軒)의 시는 무릇 칠십일 수이다. 이들 정헌의 시는 전대 사람의 빠진 부분을 보충하려는 의도가 있는 듯하다. 그래서 무릇 삼백삼십여 수에서 읊고 있는 곳은 정헌이 미치지 못하는 바이다.…… 이것으로 주의 시가 가정 본 이후에 나온 것임을 더욱 분명하게 알 수 있다."—보주

35) 사조제(謝肇淛)의 자는 재항(在杭)이고, 명 장락(長樂; 지금의 푸젠성에 속함) 사람으로, 만력 연간 광서우포정사(廣西右布政使)를 지냈다. 그가 지은 『오잡조』(五雜俎)는 16권으로, 풍물(風物)이나 역사적 사실이 많이 기록되어 있다. 그 가운데 『삼국연의』를 언급하면서 다음과 같이 말하고 있다. "지나치게 사실을 중시하다 보니 진부해져서, 작은 마을의 소인배는 즐겁게 할 수 있겠지만, 사군자가 지켜야 할 도리가 되기에는 부족하다."(事太實則近腐, 可以悅里巷小兒, 而不足爲士君子道也)

36) 장학성(章學誠, 1738~1801)의 자는 실재(實齋)이고, 청(淸) 회계(會稽; 지금의 저장 사오싱紹興) 사람으로, 일찍이 국자감(國子監)의 전적(典籍) 벼슬을 했다. 저작으로는 『문사통의』(文史通義) 등이 있다. 그가 지은 『병진찰기』(丙辰札記)는 1권으로, 그 가운데에서 다음과 같이 말하고 있다. "무릇 연의지서(演義之書)에는 『열국지』(列國志), 『동서한』(東西漢), 『설당』(說唐) 및 『남북송』(南北宋)이 있는데, 대부분 사실을 기록하고 있다. 『서유기』, 『금병매』류의 작품은 모두가 허구이기 때문에, 문제될 것이 없다. 단지 『삼국연의』가 칠할은 사실이고 삼할은 허구라서 보는 사람을 현혹시켜 혼란스럽게 한다."(凡演義之書, 如『列國志』,『東西漢』,『說唐』及『南北宋』, 多記實事; 『西遊記』,『金瓶梅』之類, 全憑虛構, 皆無傷也. 唯『三國演義』則七分實事, 三分虛構, 以至觀者往往爲之惑亂)

37) 쑨카이디는 「삼국지평화와 삼국지통속연의」에서 다음과 같이 말했다. "책 속의 인물들의 성격은 모두 희곡(戲曲) 사화(詞話)의 시중 사람들의 억설로부터 만들어진 것을 답습한 것이다. 직접 그것을 얻어 옮겨 싣지 않았기에, 점차 본래의 면목을 잃었던 것이다.…… 유비의 사람됨은 '도량이 있으면서 푸근했는데'(有度而緩; 劉曄이 魏文帝에게

한 말), 책 속에서는 고의로 떠받드느라, 오히려 사람들로 하여금 그 사람됨이 성실하지 못한 것으로 의심케 했다."—보주

38) 원문은 "面如重棗"이다. 루쉰은 "중조"(重棗)가 어떤 대추인지 알 수는 없지만, 그 뜻은 얼굴빛이 붉다는 것을 나타낸다고 말한 바 있다(「얼굴 분장에 대한 억측」臉譜臆測, 『차개정잡문』에 실려 있음). 이것에 관해서 "重棗"의 "重"은 "薰"의 잘못으로, "薰"은 "연기에 그을리다"라는 뜻이 있다는 설도 있다. 하지만 『청평산당화본』(淸平山堂話本)의 하나인 「서호삼탑기」(西湖三塔記; 명 홍편洪楩 편, 탄정비譚正璧 교주校注, 『청평산당화본』淸平山堂話本, 상하이: 구뎬원쉐출판사, 1957)에서 신장(神將)의 풍채를 묘사하면서, "面色深如重棗"라 하였으니, "重棗"라고 하는 용법이 있었던 것은 확실하다. 한 마디로 얼굴색이 잘 익은 대추와 같이 붉다는 것을 뜻한다.—일역본

39) 이곳에서 "관 아무개"(關某)라고 한 것과 비슷하게, 뒤에 모종강(毛宗崗)의 개본(改本)에서는 모두 "관공"(關公)이라 했는데, 원본과 개본 모두 감히 그 이름을 직접 부르지 않음으로써 존경을 표시했던 것이다.—보주
여기에서 관우의 이름을 직접 쓰지 않고, 관 아무개라고 한 것은 후대에 관우가 민중 신앙의 대상이 되어 신격화되었기에 그 이름을 직접 부르는 것을 피했기 때문이다. 뒤에 모종강이 개편한 『삼국지연의』(第一才子書)에서는 관 아무개라고 하지 않고 관공(關公)이라 하였다.—일역본

40) 원술의 자.—옮긴이

41) 원문은 다음과 같다. …階下一人大呼出曰, "小將願往, 斬華雄頭獻于帳下!" 衆視之: 見其人身長九尺五寸, 髯長一尺八寸, 丹鳳眼, 臥蠶眉, 面如重棗, 聲似巨鍾, 立于帳前. 紹問何人. 公孫瓚曰, "此劉玄德之弟關某也." 紹問見居何職. 瓚曰, "跟隨劉玄德充馬弓手." 帳上袁術大喝曰, "汝欺吾衆諸侯無大將耶? 量一弓手, 安敢亂言. 與我亂棒打出!" 曹操急止之曰, "公路息怒, 此人旣出大言, 必有廣學; 試教出馬, 如其不勝, 誅亦未遲." …關某曰, "如不勝, 請斬我頭." 操教釃熱酒一杯, 與關某飮了上馬. 關某曰, "酒且斟下, 某去便來." 出帳提刀, 飛身上馬. 衆諸侯聽得寨外鼓聲大震, 喊聲大擧, 如天摧地塌, 岳撼山崩. 衆皆失驚, 却欲探聽. 鸞鈴響處, 馬到中軍, 雲長提華雄之頭, 擲于地上; 其酒尙溫. …(第九回「曹操起兵伐董卓」)
상하이 함분루(涵芬樓)가 기사(己巳; 1929) 중추(中秋)에 영인하여 간행한 『명 홍치 본 삼국지통속연의』(明弘治本三國志通俗演義; 사실은 嘉靖本) 1권.—일역본

42) 원문은 "不凌弱". 가정 본 『삼국지연의』에 의하면, "不陵弱"으로 되어 있다.—일역본

43) 『삼국지연의』 제25회에서 관우가 조조의 계책으로 하비성에서 뜻하지 않게 항복하였는데, 백마관(白馬關)에서 원소(袁紹)의 장수인 안량(顔良)을 베고 공을 세운 것을 말한다. 『삼국지』 제26회와 제27회를 참고할 것.—옮긴이

44) 이 일은 백마관에서 안량을 베고 난 뒤에 일어난 것으로, 유비의 종적을 모른 채 조조의 수하에 있던 관우가 유비가 원소에게 있다는 사실을 알고 유비에게 가던 도중 다섯 관문을 지나며 조조의 수하 장수 여섯을 참한 일을 말한다. 제26회와 제27회를 참고할 것.—옮긴이

45) 가정 본 『삼국지통속연의』 원주에는 다음과 같은 사실이 실려 있다. "옛날 춘추시대

에, 정나라에 현명한 대부가 있었는데, 이름을 자탁유자라 하였으며, 활쏘기에 정통했다. 정나라가 자탁유자로 하여금 병사들을 이끌고 위나라를 침범하니, 위나라는 장수 유공지사로 하여금 맞서 싸우게 하였다. 정나라 병사가 크게 패하여, 위나라는 유공지사로 하여금 그들을 뒤쫓게 하였다. 시종이 말했다. '위나라 병사가 가까이 이르렀으니, 대부께서는 화살로 그를 쏘셔도 되겠습니다.' 자탁유자는 말했다. '오늘은 내가 병이 나서 활을 잡을 수 없으니, 추격병이 가까이 오면 나는 반드시 죽겠구나.' 그러고는 수레를 타고 달아났다. 위나라 병사가 쫓아오자, 자탁유자가 물었다. '나를 쫓은 자는 누구냐?' 좌우에서 따르는 이들이 말했다. '위나라 장수인 유공지사입니다.' 자탁유자가 말했다. '나는 살겠구나…… 그 사람은 일찍이 윤공지타에게서 기예를 배웠느니라. 그리고 윤공지타는 나의 도제이다. 윤공지타는 정직한 사람이니 그 벗도 반드시 바른 사람일 것이다. 그래서 나는 그 사람이 나에게 해를 입히지 않을 것을 아는 것이다.' …… 유공지사가 추격해 와서 큰소리로 외쳤다. '선생께서는 어째서 활을 잡지 않으셨는지요?' 자탁유자가 대답했다. '오늘 내가 팔이 아파 활을 잡을 수 없소이다.' 유공지사가 말했다. '내가 옛날에 윤공지타에게서 활쏘기를 배웠고, 윤공지타는 선생에게서 기예를 배웠소. 내 어찌 차마 선생의 기예로 선생에게 해를 입히겠소. 하지만 비록 그렇다고는 하나 오늘 일은 임금께서 시키신 일이니 내 마음대로 그만둘 수는 없는 일이오.' 그러고는 화살을 잡고 그 촉을 빼고는 화살 네 대를 쏘고 돌아갔다. 이에 자탁유자가 목숨을 부지하고 정나라로 돌아가니 천하의 사람들이 그 의로움을 칭찬했다. 『맹자』에 나온다."(昔日春秋之時, 鄭國有一賢大夫, 名子濯孺子, 深精弓矢之藝. 鄭使子濯孺子領兵侵衛, 衛使庾公之斯迎之, 鄭兵大敗. 衛使庾公之斯追之. 從者曰: '衛兵至近, 大夫可以用箭射之.' 子濯孺子曰, '今日我疾作, 不可以執弓, 追兵近, 吾必死矣.' 乘車而走. 衛兵赶上, 子濯孺子問曰: '追我者誰也?' 左右曰: '衛將庾公之斯也.' 子濯孺子曰: '吾生矣…他曾于尹公之他處學藝來. 尹公之他却是我的徒弟. 尹公之他是個正直之人, 其朋友必是正人也. 我故知其人必不肯加害于我.'…庾公之斯追至, 大叫曰: '夫子何不持弓矢乎?' 子濯孺子答曰: '今日吾臂疼, 不可以執弓也.' 庾公之斯曰: '我昔學射于尹公之他, 尹公之他學藝于夫子, 我不忍以夫子之藝反害于夫子, 雖然如此, 今日之事乃君之事也, 我不敢廢之.' 遂執矢去其箭頭, 發四矢而回焉. 于是子濯孺子得命而還鄭, 天下稱義. 出『孟子』) — 보주

46) 원문은 "哭拜于地". 가정 본『삼국지연의』에 의하면, "拜哭于地"로 되어 있다.—일역본

47) 가정 본『삼국지통속연의』 10권.—일역본

48) 원문은 다음과 같다. …華容道上, 三停人馬, 一停落後, 一停塡了坑塹, 一停跟隨曹操過險峻, 路稍平妥. 操回顧, 止有三百餘騎隨後, 并無衣甲袍鎧整齊者.…又行不到數里, 操在馬上加鞭大笑. 衆將問丞相笑者何故. 操曰, "人皆言諸葛亮周瑜足智多謀, 吾笑其無能爲也. 今此一敗, 吾自是欺敵之過, 若使此處伏一旅之師, 吾等皆束手受縛矣." 言未畢, 一聲炮響, 兩邊五百校刀手擺列, 當中關雲長提靑龍刀, 跨赤免馬, 截住去路. 操軍見了, 亡魂喪膽, 面面相覷, 皆不能言. 操在人叢中曰, "旣到此處, 只得決一死戰." 衆將曰: "人縱然不怯, 馬力乏矣: 戰則必死." 程昱曰: "某知雲長傲上而不忍下, 欺强而不凌弱, 人有患難, 必須救之, 仁義播于天下. 丞相舊日有恩在彼處, 何不親自告之, 必脫此難矣." 操從其說, 卽時縱馬向前, 欠身與雲長曰: "將軍別來無恙?" 雲長亦欠身答曰, "關某奉軍師將令, 等候丞相多時."

操曰, "曹操兵敗勢危, 到此無路, 望將軍以昔日之言爲重." 雲長答曰, "昔日關某雖蒙丞相厚恩, 某曾解白馬之危以報之. 今日奉命, 豈敢爲私乎?" 操曰, "五關斬將之時, 還能記否? 古之人大丈夫處世, 必以信義爲重; 將軍深明『春秋』, 豈不知庾公之斯追子濯孺子者乎?" 雲長聞之, 低首良久不語. 當時曹操引這件事, 說猶未了, 雲長是個義重如山之人, 又見曹軍惶惶, 皆欲垂淚, 雲長思起五關斬將放他之恩, 如何不動心, 于是把馬頭勒回, 與衆軍曰, "四散擺開!" 這個分明是放曹操的意. 操見雲長勒回馬, 便和衆將一齊衝將過去, 雲長回身時, 前面衆將已自護送操過去了. 雲長大喝一聲, 衆皆下馬, 哭拜于地, 雲長不忍殺之, 正猶豫中, 張遼縱馬至, 雲長見了, 亦動故舊之心, 長嘆一聲, 幷皆放之. 後來史官有詩曰: 徹膽長存義, 終身思報恩, 威風齊日月, 名譽震乾坤, 忠勇高三國, 神謀陷七屯, 至今千古下, 軍旅拜英魂.(第一百回「關雲長義釋曹操」)

본문에 인용된 원문은 『신각안감연의전상삼국영웅지전』(新刻按鑒演義全像三國英雄志傳)과 다음과 같이 약간의 이동(異同)을 보이고 있다. 這個分明是放曹操的意.→這個分明是放曹操的意思. / 操見雲長勒回馬→操見雲長回馬 / 便和衆將一齊衝將過去→便乘空和衆將一齊衝將過去 / 張遼縱馬至→張遼驟馬而至 / 亦動故舊之心→又動故舊之情 / 後來史官有詩曰→史官有詩贊曰 / 終身思報恩→終身忠報恩 / 神謀陷七屯→英雄陷七屯 / 至今千古下→至今千載下—보주

49) 정전둬의 「삼국지연의의 변천」(三國志演義的演化)과 「가정 본 삼국지연의의 발견」(嘉靖本三國志演義的發見)은 그 뒤에 정전둬 『중국문학연구』(베이징: 쭤자출판사, 1957) 상책(上冊) 제2권 「소설연구」(小說硏究)에 실려 있다. 한편 「삼국지연의의 변천」에서 "모종강(毛宗崗)의 자는 서시(序始)이고, 호는 성산(聲山)이다"라고 기술한 데 대해서, 위핑보(兪平伯)는 "자가 서시인 것은 맞지만, 호가 성산이라고 하는 것은 잘못된 것"이라고 지적하면서, 모덕음(毛德音; 그의 이름은 미상임)이 만년에 실명하여 성산이라고 불리웠는데, 『비파』(琵琶)와 『삼국』(三國)을 평하며, 그 아들인 종강에게 구술하여 필사하게 했다. 그래서 『비파기』와 『삼국지연의』의 평론은 그의 아들의 손에 의해 완성되었지만, 성산이라고 제했기에, 그러한 잘못이 일어났던 것이라는 것이다(위핑보, 『잡반아지이』雜拌兒之二). 이밖에도 쑨카이디의 「삼국지평화와 삼국지통속연의」가 있다(쑨카이디, 『창주집』 상책에 실려 있음).—일역본

50) 모종강은 청나라 초 장주(長洲; 지금의 장쑤 쑤저우) 사람으로, 생평이 자세하지 않다. 김인서(金人瑞)는 곧 김성탄(金聖歎, 1608~1661)으로, 원래의 성은 장(張)이고, 이름은 채(采)로, 청나라 초기 오현(吳縣; 지금의 장쑤성에 속함) 사람이다. 김성탄이 『수호전』의 매회 정문(正文) 서두에 평어(評語)를 덧붙였기에, 그것을 '성탄외서'(聖歎外書)라 부르며, 모종강 역시 같은 수법으로 『삼국연의』 매회 서두 부분에 평어를 덧붙였고, 또 매회에는 협비(夾批)도 있는데, 아울러 '성탄외서'라 모칭(冒稱)했다.

51) 가정 본에는 다음과 같이 되어 있다. "조황후가 말했다. '지금 백관들이 폐하가 조정을 열어 정사를 묻기를 청하고 있는데, 어찌하여 서로 미루고 있습니까?' 황제가 울며 말했다. '그대의 오빠가 한나라 왕실을 찬탈하고자 백관으로 하여금 몰아세우는 까닭에 짐이 나서지 않는 것이오.' 조씨가 크게 노해 말했다. '당신은 우리 오빠가 나라를 찬탈한 역적이라고 하나, 당신네 고조는 한낱 풍패현(豊沛縣)의 술 좋아하는 필부로, 근거

없는 무뢰배에 지나지 않았지만, 진나라 왕조의 천하를 찬탈했더랬소. 우리 아버지는 천하를 깨끗이 소탕하셨고, 우리 오빠는 여러 번 큰 공을 세웠으니, 어찌 황제가 될 수 없단 말이오! 당신이 즉위한 지 삼십여 년이 되었으나, 우리 아버지와 오빠가 아니었으면, 당신은 벌써 별 볼 일 없게 되어 버렸을 거예요.' 말을 마치고는 수레에 올라 나가 버렸다. 황제는 크게 놀라, 황급히 옷을 갈아입고 전전(前殿)으로 나갔다."

모본(毛本)의 범례(凡例)에서는 다음과 같이 말했다. "속본의 기사는 잘못된 것이 많다.…… 조후가 조비를 욕했다는 사실은 범엽(范曄)의 『후한서』에 자세하게 나와 있는데, 속본에서는 또 그녀가 나쁜 일에 가담하는 것으로 잘못 서술했다." 그래서 모본에서는 다음과 같이 고쳤다. "조후는 크게 노해 말했다. '우리 오라버니가 어찌하여 이런 대역무도한 일을 저지를 수 있단 말이냐!' 말이 아직 끝나기도 전에 조홍(曹洪)과 조휴(曹休)가 검을 차고 들어와 황제가 전으로 나가기를 청하는 모습이 보였다. 조후가 크게 욕을 하며 말했다. '이 모두가 너희들 역적들이 부귀를 노리고 역모를 꾀한 것이로구나. 우리 아버님께서 공이 천하를 뒤덮고 그 위세가 천하를 진동시켰어도, 감히 황제의 지위를 찬탈할 생각을 하지 않으셨거늘, 우리 오빠라는 작자는 그 자리를 이어받은 지 얼마 되지도 않아 한나라 왕실을 찬탈할 생각을 하니 하늘도 반드시 무심치 않으리라.' 그렇게 말을 마치고는 통곡을 하며 궁으로 들어가니, 좌우에서 모시고 있는 자들이 모두 흐느끼며 눈물을 흘렸다."(제80회를 볼 것) — 보주

52) 원문은 "夫人在吳聞猇亭兵敗, 訛傳先主死于軍中, 遂驅兵至江邊, 望西遙哭, 投江而死".
모본의 예언(例言)에는 다음과 같이 실려 있다. "손부인이 강에 뛰어들어 죽은 일은 『효희전』에 상세하게 나와 있다. 하지만 속본에서는 그가 오나라로 돌아갔다는 것만 기록되어 있다. 이제 모두 고본에 의거하여 바로잡는다."(孫夫人投江而死, 詳于『梟梁姬傳』中, 而俗本但紀其歸吳. 今悉依古本辨定) — 보주

53) 가정 본에는 다음과 같이 되어 있다. "산위에서 불화살을 쏘아 내리고, 지뢰가 일제히 터졌으며, 초방(草房) 안에 있는 마른 장작에 불이 붙었다. 위연(魏延)이 뒷골짜기쪽으로 달아났다. 그러나 골짜기 입구의 성벽이 끊어진 것을 보고 하늘을 우러러 길게 탄식하며 말했다. '나는 오늘 끝장이구나.'…… 각설하고 공명은 병사를 거두어 위남(渭南)의 대채로 돌아가, 진영을 안돈시켰다. 위연이 보고하여 말했다. 마대(馬岱)가 호로곡(葫蘆谷) 후미의 입구 성벽을 끊어 놓았는데, 하늘에서 큰 비가 내리지 않았으면, 오백의 군사가 모두 골짜기 안에서 타 죽었을 것입니다."
원주(原注)는 다음과 같다. "이것은 곧 공명이 사마의와 위연을 모두 불태워 죽이려 한 것으로, 뜻밖에도 하늘에서 큰 비가 내려 두 사람이 목숨을 건진 것이다. 뒤에 공명이 죽을 때, 마대에게 계책을 남겨, 위연을 참살토록 했다." — 보주

54) 가정 본에는 등애가 서신을 보내 제갈첨에게 투항을 권유하는 내용이 다음과 같이 나와 있다. "제갈첨이 다 보고는 머뭇거리며 결단을 내리지 못했다. 그 아들인 제갈상이 옆에 있다가 물었다. '아버님께서는 위나라에 투항할 의사가 있으시군요?' 첨이 꾸짖으며 말했다. '내 어찌 투항을 하겠느냐?' 상이 말했다. '소자가 보기에는 아버님께서 세 가지를 고려하고 계신 듯합니다. 위나라로 하여금 진영에 들어오게 해 그들을 만나 보신 것이 그 하나요, 그 서신을 손에 넣고 그들이 온 의도를 살피신 것이 그 둘이며,

낭야왕(瑯邪王)에 봉하려 한다는 것을 보고도 노하지 않으신 것이 그 셋입니다.' 첨이 그 서신을 찢으며 말했다. '내가 내 아들만 못하구나.' 그러고는 무사로 하여금 그 사신을 참하여 종자에게 그 머리를 가지고 진영으로 돌아가게 했다."

모본 예언은 다음과 같다. "고본 『삼국지』에는 없는데, 속본 연의에 있는 것은, 이를테면 제갈량이 위연을 상방곡에서 태워 죽이려 한 것과 제갈첨이 등애의 서신을 손에 넣고 머뭇거리며 결단을 내리지 못하는 것 등인데, 이것들은 근거가 없는 것들로, 요즘 사람들이 알지 못하는 바이다. 그것이 근거 없다는 것을 모르고, 옛사람을 지나치게 원망할 수는 없는 노릇이다. 이제 모두 삭제한다."—보주

55) 공덕을 논하며 칭찬하는 것.—옮긴이

56) 『수당지전』(隋唐之傳). 나관중의 『수당지전』 원본은 이미 전하지 않으며, 금본(今本)에는 『수당양조지전』(隋唐兩朝之傳)이라 제하였고, 12권 122회이다. 명나라 만력 기미(己未; 1619)년 간본(刊本)의 권수(卷首)에 양신(楊愼)과 임한(林瀚; 곧 아래 문장에서의 '임씨'林氏를 가리킴)의 서(序)가 있는데, 임씨는 서문에서 스스로 이 책을 자신이 편집한 것이라고 했다. 내용은 수말(隋末)로부터 당 희종(僖宗) 건부(乾符) 연간까지의 일을 기록한 것이다. 임한의 자는 형대(亨大)이고, 명나라 민현(閩縣; 지금의 푸젠 민허우閩侯) 사람으로, 관직이 남경 이부상서(南京吏部尙書)에 이르렀다.

57) 저인확(褚人穫)의 자는 석농(石農)이고, 청나라 장주(長洲; 지금의 장쑤성 쑤저우) 사람이다. 저서에는 『견호집』(堅瓠集), 『독사수필』(讀史隨筆) 등이 있다.

58) 준양승암비평(鐫楊升庵批評) 『수당양조지전』 12권 122회, 명 만력 47년(기미년) 고소(姑蘇) 공소산(龔紹山) 간본. 제(題) "동원 관중나본 편집, 서촉 승암 양신 비평"(東原貫中羅本編輯, 西蜀升庵楊愼批評). 머리에 양신과 임한(林瀚)의 서가 있다. 이 책은 수말과 당 일대의 일들을 기록한 것으로 희종(僖宗) 건부(乾符) 5년까지 되어 있다. 일본 손케이카쿠분코(尊經閣文庫) 소장본이다.—보주

59) 나관중(羅貫中)을 가리킨다.—옮긴이

60) 원문은 "『隋唐志傳』創自羅氏, 纂輯于林氏, 可謂善矣. 然始于隋宮剪彩, 則前多闕略, 厥後補綴唐季一二事, 又零星不聯屬, 觀者猶有議焉".

61) 현종(玄宗).—옮긴이

62) 원우령(袁于令, 1592~1674)의 이름은 온옥(韞玉)이고, 호는 탁암(籜庵)으로, 명말청초 오현(吳縣; 지금의 장쑤성에 속함) 사람이다. 저서로는 전기(傳奇) 『서루기』(西樓記)와 소설 『수사유문』(隋史遺文) 등이 있다. 그가 소장하고 있던 『일사』(逸史)는 당대(唐代) 노조(盧肇)가 지은 것으로, 이미 없어졌다. 저인확의 『수당연의』(隋唐演義) 서문에서는 다음과 같이 말하고 있다. "옛날 원탁암(袁籜庵) 선생께서 일찍이 내게 소장하고 계시던 『일사』를 보여 주셨다. 거기에는 수양제(隋煬帝), 주귀아(朱貴兒), 당명황(唐明皇), 양옥환(楊玉環)이 다시 환생하여 혼인의 연분으로 맺어지는 내용이 실려 있었는데, 매우 참신하고 좋았기에, 함께 상의하고 검토하여 본전(本傳)에 삽입하여, 이 책의 시작부터 끝까지 가장 관건이 되는 부분으로 삼았다."(昔籜庵袁先生曾示予所藏『逸史』,載隋煬帝, 朱貴兒,唐明皇,楊玉環再世姻緣事, 殊新異可喜, 因與商酌編入本傳, 以爲一部之始終關目)

63) 『대업습유기』(大業拾遺記), 『해산기』(海山記), 『미루기』(迷樓記), 『개하기』(開河記)에 대

해서는 이 책의 제11편을 참조할 것.

64) 『수당가화』(隋唐嘉話). 3권으로 당나라 유속(劉餗)이 지었다.
『명황잡록』(明皇雜錄). 2권으로 당나라 정처회(鄭處誨)가 지었다.
『상시언지』(常侍言旨). 1권으로 당나라 유정(柳珵)이 지었다.
『개천전신기』(開天傳信記). 1권으로 당나라 정계(鄭棨)가 지었다.
『차류씨구문』(次柳氏舊聞). 1권으로 당나라 이덕유(李德裕)가 지었다.
『개원천보유사』(開元天寶遺史). 4권으로 오대(五代)의 왕인유(王仁裕)가 지었다.
『장한가전』(長恨歌傳), 『매비전』(梅妃傳)은 각각 이 책의 제8편과 제11편을 참조할 것.
『태진외전』(太眞外傳). 이 책의 제11편 주35)를 참조할 것.

65) 루쉰은 다음과 같이 청 저인확의 개본 『수당연의』를 평했다. "서술에 내력이 많아, 거의 『삼국지연의』 못지않다."(叙述多有來歷, 殆不亞于『三國志演義』) 저인확 스스로도 다음과 같이 말했다. "정사 및 야승에 기록된 수당 시대의 기이한 일과 통쾌한 일, 아취가 있는 일들을 취해다 책을 만들었다."(取正史及野乘所記隋唐間奇事, 快事, 雅趣事 匯纂成編) 루쉰은 또 저인확에 대해서 다음과 같이 평했다. "장난치기를 좋아했으나, 정신은 오히려 삭막했다."(且好嘲戲, 而精神反蕭條矣) 이것은 아래 인용문 가운데 스물여섯 개의 "심"(心)자를 연이어 사용한 것을 가리킨다.— 보주

66) 원문은 "有心之人, 方切齒痛心". 저인확, 『수당연의』(홍콩香港: 쉐린서점學林書店, 1957년 초판. 청초淸初 사설초당간본四雪草堂刊本을 바탕으로 정리한 것)에 의하면, "有心之" 세 글자가 없고, "人方切齒痛心"로 되어 있다.— 일역본

67) 원문 "微笑"는 앞서의 『수당연의』에는 "微微笑"로 되어 있다.— 일역본

68) 원문은 "不必更洗梳妝". 앞서의 『수당연의』에는 "不必更梳妝"로 되어 있다.— 일역본

69) 원문은 다음과 같다. …一日玄宗於昭慶宮閑坐, 祿山侍坐於側, 見他腹垂過膝, 因指着戲說道, "此兒腹大如抱甕, 不如其中藏的何所有?" 祿山拱手對道, "此中幷無他物, 惟有赤心耳; 臣願盡此赤心, 以事陛下." 玄宗聞祿山所言, 心中甚喜. 那知道: 人藏其心, 不可測識. 自謂赤心, 心黑如墨! 玄宗之待安祿山, 眞如腹心; 安祿山之對玄宗, 却純是賊心狼心狗心, 乃眞是負心喪心. 有心之人, 方切齒痛心, 恨不得卽剖其心, 食其心; 虧他還哄人說是赤心. 可笑玄宗還不覺其狼子野心, 却要信他是眞心, 好不癡心. 閑話少說. 且說當日玄宗與安祿山閑坐了半晌, 回顧左右, 問妃子何在, 此時正當春深時候, 天氣向暖, 貴妃方在後宮坐蘭湯洗浴. 宮人回報玄宗說道, "妃子洗浴方完." 玄宗微笑說道; "美人新浴, 正如出水芙蓉." 令宮人卽宣妃子來, 不必更洗梳妝. 少頃, 楊妃來到. 你道他新浴之後, 怎生模樣? 有一曲「黃鶯兒」說得好: 皎皎如玉, 光嫩如瑩. 體愈香, 雲鬢慵整偏嬌樣. 羅裙厭長, 輕衫取涼, 臨風小立神駘宕. 細端詳; 芙蓉出水, 不及美人妝.(第八十三回)

70) 『잔당오대사연의』(殘唐五代史演義). 일본의 『나이카쿠분코 서목』(內閣文庫書目)에 다음과 같이 기록되어 있다. "『잔당오대사연의전』(殘唐五代史演義傳) 60회는 2권이고, 송의 나본(羅本)으로 명나라 탕현조(湯顯祖)가 비평을 했다. 청나라 판본은 4권이다."
[『잔당오대사연의전』 60칙(則), 8권 본에는 "이탁오 평점"이라 제하였고, 그림이 있으며, 반엽(半葉) 구행(九行), 행이십자(行二十字)이다. 6권 본에는 "옥명당 평점"(玉茗堂評點)이라 제하였으며, 매회에 평이 붙어 있고, 여전히 탁오 운운이라 되어 있다. 그림

이 있고, 반엽 십일 행에 행이 십오 자이다. 증각 12권 본은 "관중 나본 편집"(貫中羅本編輯)이라 제하였고, 머리에 장주(長洲)의 주지표군건(周之標君建) 서가 있다.—보주]
[『개정 나이카쿠분코 한적 분류 목록』(改訂內閣文庫漢籍分類目錄; 도쿄: 內閣文庫, 1971, 437쪽)의 「집칠 희곡소설류 강사」(集七戲曲小說類講史)의 조에 "鐫玉茗堂批點『殘唐五代史演義傳』 二卷 六十回 題明羅本撰 湯顯祖評 淸刊(三讓堂) 昌四冊 308函29號"라고 기재되어 있는데, "昌"은 "쇼헤이자카가쿠몬조 구장"(昌平坂學問所舊藏)을 나타낸다.—일역본

71) 왕신수(王愼修)는 명나라 전당(錢塘; 지금의 저장성 항저우) 사람인데, 생평이 자세하지 않다.

72) 『평요전』(平妖傳)의 원본은 "동원 나관중 편차"(東原羅貫中編次)라고 제하였는데, 첫머리에 무승동창조익개보(武勝童昌祚益開甫) 서가 있으며, 연월은 기록되어 있지 않고, 장무구(張无咎)가 서한 『신평요전』(新平妖傳)의 이른바 무림(武林) 구각(舊刻)은 이십 회뿐이다. 4권이다. 명 전당(錢塘)의 왕신수(王愼修) 정간 본(精刊本)은 마롄(馬廉) 소장으로, 본문은 한 면에 9행, 한 줄에 20자씩 인쇄되었고, 본문 속에 삽화가 있는데, 좌우 면을 합쳐야 한 폭이 되며, 모두 30폭이 있다. 그림에는 각자공(刻字工)의 이름이 "금릉 유희현 각"(金陵劉希賢刻)이라고 기록되어 있다. 이 책은 만력(萬歷) 이십 몇 년에 새겨졌다.—보주
베이징대학도서관(北京大學圖書館)에는 명 각본(明刻本) 4권 20회의 『삼수평요전』(三遂平妖傳; 明 萬歷間 王愼修 校刻, 馬廉 舊藏)이 있는데, 근년에 그 배인본(排印本)이 간행되었다. 이것이 곧 장룽치(張榮起) 정리 『삼수평요전』(베이징: 베이징대학출판사, 1983, 베이징대학도서관장선본총서北京大學圖書館藏善本叢書)이다. 또 일본에서도 그에 앞서 같은 20회본의 영인본이 간행되었는데, 이것이 요코야마 히로시(橫山弘) 해제 『삼수평요전』(도쿄: 덴리대학출판부 간天理大學出版部刊 야기쇼텐八木書店 발행, 1981, 덴리도서관선본총서한적지부제십이권天理圖書館善本叢書漢籍之部第十二卷)이다. 베이징판 『삼수평요전』의 「후기」에 두 책을 대교(對校)한 결과가 기록되어 있다. 또 베이징판의 「부록」은 『평요전』 연구를 위해 자료로서 참고하기에 좋다.—일역본
우리나라 사람에 의해 이루어진 연구는 다음과 같다. 서정희(徐貞姬), 「양종 『삼수평요전』 연구」(兩種『三遂平妖傳』硏究), 타이베이: 타이완대학(臺灣大學) 박사논문, 1987.—옮긴이

73) 장무구(張無咎)의 이름은 예(譽)이고, 명말 초황(楚黃; 지금의 후베이성 황강黃崗) 사람인데, 그 나머지는 상세하지 않다.
용자유(龍子猶)는 곧 풍몽룡(馮夢龍)이다. 이 책의 제21편을 참조할 것.

74) 『신평요전』(新平妖傳). 명 태창(泰昌) 원년 간본으로 "송 동원 나관중 편"(宋東原羅貫中編), "명 농서 장무구 교"(明隴西張无咎校)라 적혀 있다. 일본 나이카쿠분코 소장본으로, 명 풍몽룡이 증보하였다.—보주

75) 원문은 "這番敎我接了頭". 4권 20회 본 『삼수평요전』에서는 "敎我接了頭"의 "敎"가 "交"로 되어 있다.—일역본

76) 원문은 "你却直恁的無理". 4권 20회 본에서는 "你却直恁的無理"의 "理"가 "禮"로 되어

있다.—일역본

77) 원문은 "你也休想在世上活了!" 4권 20회 본에서는 "你也休想在世上活了"의 "想"이 "要"로 되어 있다.—일역본

78) 원문은 다음과 같다. 杜七聖慌了, 看着那看的人道, "衆位看官在上, 道路雖然各別, 養家總是一般, 只因家火相逼. 適間言語不到處, 望看官們恕罪則個. 這番教我接了頭, 下來吃杯酒, 四海之內, 皆相識也." 杜七聖伏罪道, "是我不是了, 這番接上了." 只顧口中念咒, 揭起臥單看時, 又接不上. 杜七聖焦躁道, "你教我孩兒接不上頭, 我又求告你再三, 認自己的不是, 要你恕饒, 你却直恁的無理." 便去後面籠兒內取出一個紙包兒來, 就打開, 撮出一顆葫蘆子, 去那地上, 把土來掘松了, 把那顆葫蘆子埋在地下, 口中念念有詞, 噴上一口水, 喝聲"疾!"可霎作怪: 只見地下生出一條藤兒來, 漸漸的長大, 便生枝葉, 然後開花, 便見花謝, 結一個小葫蘆兒. 一夥人見了, 都喝采道, "好!" 杜七聖把那葫蘆兒摘下來, 左手提着葫蘆兒, 右手拿着刀, 道, "你先不近道理, 收了我孩兒的魂魄, 教我接不上頭, 你也休想在世上活了!" 向着葫蘆兒, 攔腰一刀, 剁下半個葫蘆兒來. 却說那和尙在樓上, 拿起麵來却待要吃; 只見那和尙的頭從腔子上骨碌碌滾將下來. 一樓上吃麵的人都吃一驚, 小膽的丢了麵跑下樓去了, 大膽的立住了脚看. 只見那和尙慌忙放下碗和箸, 起身去那樓板上摸, 一摸摸着了頭, 雙手捉住兩隻耳朶, 掇那頭安在腔子上, 安得端正, 把手去摸一摸. 和尙道: "我只顧吃麵, 忘還了他的兒子魂魄," 伸手去揭起楪兒來. 這裏却好揭得起楪兒, 那裏杜七聖的孩兒早跳起來; 看的人發聲喊. 杜七聖道, "我從來行這家法術, 今日撞着師父了."…(第二十九回下『杜七聖狠行續頭法』)

4권 20회 본『삼수평요전』제11회.—일역본

79) 울지악(尉遲偓)은 남당(南唐) 사람으로, 일찍이 조의랑수급사중(朝議郎守給事中)을 역임하면서 국사(國史)를 편수했다.

『중조고사』(中朝故事).『송사·예문지』에 2권으로 기록되어 있는데, 환술을 부리는 사람이 머리를 잇는 이야기(人續頭故事)는 하권에 보인다.

80)『광사십가소설』(廣四十家小說) 본「중조고사」하권 제5조에 서술된 것은『신평요전』제29회와 대체로 비슷한데, 다른 것은 결미이다. "칼로 그 외를 베어 떨어뜨리니, 외마디 소리를 내며, 아이가 전처럼 일어났다. 무리 가운데 어느 중의 머리가 갑자기 땅에 떨어졌다. 이에 곧 연희 도구를 수습하고는, 어린아이는 주머니 속으로 들어가 손을 묶고 등에 업혔다. 얼굴을 향해 명주 같은 기운을 한 줄기 토해 내고는 위로 허공에 솟구쳤다. 갑자기 손을 뻗어 위로 기어오르기를 한 길 남짓 오르더니 사라져 드디어 종적이 없어졌다. 그 중은 여전히 몸과 머리가 따로 있었다."(以刀削其𤓰瓜落, 喝一聲, 小兒乃起如故. 衆中有一僧頭, 欻然墮地. 乃收拾戲具, 幷小兒入布囊中, 結手背上. 仰面吐氣一道如匹練, 上衝空中. 忽引手攀緣于上, 丈餘而沒, 遂失所在. 其僧竟身首異處焉)—보주

81) 정해(鄭獬, 1022~1072)의 자는 의부(毅夫)이고, 북송 안륙(安陸; 지금의 후베이성에 속함) 사람이다. 일찍이 한림학사(翰林學士)와 지개봉부(知開封府)를 역임했다.

『마수전』(馬遂傳). 정해가 지은『운계집』(鄖溪集)에 보인다.

[『송사』446권「마수전」에는 다음과 같은 내용이 실려 있다. "마수는 개봉 사람이다. ……베이징의 지사가 되었다. 왕칙이 반란을 일으켰다는 소식을 듣고, 한밤중에 개탄

하다가, 새벽에 일어나 유수인 가창조에게 알리고, 적을 토벌하기를 청했다.…… 칙은 성복을 하고 그를 알현하였다. 마수는 화복으로써 그를 깨우쳤으나, 대답하지 않았다. 이에 마수는 왕칙을 죽이고자 하였으나, 마춤한 병장기가 없었다. 그때 장득일이 옆에 있어, 자신을 돕게 하고자, 득일에게 눈짓을 하였으나, 득일은 꼼짝도 하지 않았다. 마수가 분기탱천하여 잔을 던져 왕칙을 맞추어, 그 목에서 피가 나왔으나, 좌우에는 그를 돕는 이가 끝내 없었다. 적당은 칼을 들고 모여들어 마수의 한쪽 팔을 베었다. 그러나 마수는 여전히 왕칙을 꾸짖으며 말했다. '요망한 도적 같으니, 내 너를 만갈래로 찢어죽이지 못하는 것이 한이 되노라!' 적당은 마수를 결박시켜 청사 앞에서 그를 능지처참했다.……이 일이 인종에게 알려지자, 오래도록 탄식하고는 궁원사를 추증하였다."(馬遂, 開封人,…爲北京指使. 聞王則叛, 中夜叱咤, 晨起詣留守賈昌朝, 請擊賊.…則盛服見之, 遂諭以禍福, 輒不答. 遂將殺則, 而無兵杖自隨. 時張得一在側, 欲其助己, 目得一, 得一不動. 遂奮起投杯抵則, 扼其喉毆之流血, 而左右卒無助之者. 賊黨攢刃聚譟. 至斷一臂, 猶詈則曰: '妖賊, 恨不斬汝萬段!' 賊縛遂廳事前支解之.…事聞仁宗, 歎息久之, 贈宮苑使) — 보주

제15편 원·명으로부터 전래되어 온 강사(하)

『수호』水滸에 대한 이야기 역시 남송南宋 이래로 유행되던 전설로서, 송강宋江 역시 실제로 존재했던 사람이다. 『송사』宋史(22) 휘종徽宗 선화宣和 3년에는 다음과 같은 기록이 실려 있다. "회남淮南의 도적 송강 등이 회양군淮陽軍을 침범하여 장수를 파견하여 토벌하였으나, 다시 경동京東, 강북江北을 침범하여 초楚의 해주海州의 영역까지 들어왔기에 지주知州인 장숙야張叔夜에게 명하여 그들을 귀순시켰다."[1] 항복한 후의 일에 대해서는 사서에 언급되지 않았지만, 패사稗史[2]에는 다음과 같이 기록되어 있다. "방랍을 거두어들일 때 공이 있었기에 절도사로 임명하였다."[3](13편에 보임) 그러나 방랍을 사로잡은 이는 대개 한세충韓世忠(『송사』 본전)으로,[4] 송강의 무리와는 아무 상관이 없다. 다만 『후몽전』侯蒙傳(『송사』 351)에는 또 다음과 같이 언급되어 있을 따름이다. "송강이 경동을 노략질하자, 후몽이 상서를 올리기를, 송강이 36명을 이끌고 제齊와 위魏[5] 땅을 횡행하고 있으나, 관군 수만 명이 있어도 감히 대항할 자가 없으니,[6] 차라리 송강을 사면하여 그로 하여금 방랍을 토벌토록 하여 스스로 속죄하게 하는 것이 낫다고 하였다."[7] 이것이 패사의 저본이 된 듯하다. 그러나 당시에 비록 이런 의론이 있긴 하였으나, 실제로 실행되지는 않았으며, 송강 등은 결국 살해 당하였다.[8] 홍매洪邁의 『이견을지』夷堅乙志(6)에는 다음과 같이 기록되어 있다.

> 선화 7년, 호부시랑 채거후蔡居厚가 파직당하고, 청주青州의 지현으로 부임하려다가, 병으로 부임하지 못하고 금릉金陵으로 돌아갔다가 등에 종기가 나서 죽었다. 얼마 되지 않아서 그의 친척 왕생이 죽었다 다시 살아났는데, 채거후가 저승에서 벌을 받고 있는 것을 보았다. 그곳에서 채거후는 왕생에게 돌아가 그의 처에게 다음과 같이 말해 달라고 부탁을 하였다. '지금 단지 운주鄆州의 일을 심판받고 있다.' 부인이 통곡을 하며 말했다. '시랑이 작년에 운주에서 부대를 지휘하고 있을 때, 양산락梁山濼의 도적 500명이 투항을 하였는데, 내가 여러 차례 간청을 하였지만 듣지 않고 모두 주살하였다.'……[9]

『을지』는 건도乾都 2년[10]에 씌어진 것으로, 선화 6년과는 불과 40여 년의 차이밖에 없기에, 보고 들은 바가 매우 가깝다. 지옥에서 벌을 받았다는 이야기는 소설가의 말일 것이나, 항복한 자들을 주살하였다는 것은 지어낸 이야기가 아닐 것이다. 산동의 호걸들의 최후가 아마도 이러했을 것이기 때문이다.

그러나 송강 등이 양산락에 모였을 때, 실제로 그 세력이 매우 성대하였다. 『송사』(353)에도 다음과 같은 기록이 있다. "돌아다니며 열 개의 군을 유린하였지만, 관군들은 감히 그 예봉을 막을 수가 없었다."[11] 이에 기이한 소문과 이야기들이 민간에서 생겨나, 나돌아다니다 복잡해져 하나의 이야기가 되었다. 게다가 호사가들이 이런 이야기들을 주워 모아 다듬어 문자화시킨 것이 나오게 되었다. 송의 유민遺民 공성여龔聖與가 『송강삼십육인찬』宋江三十六人贊[12]을 지었는데, 자서自序에 다음과 같이 기록하였다. "송강에 대한 이야기는 길거리와 골목의 이야기에서 보이는데, 수집해 기록할 만한 것은 못 된다. 그러나 고여高如, 이숭李嵩 같은 무리[13]가 생생하게 묘사한 것이 있고,[14] 사대부들 역시 내치지 않았다."[15](주밀周密의 『계신잡지』癸辛雜識 속집 상) 지금 고여와 이숭이 지은 것은 비록 유실되었지만, [이것으로] 송말에 이미 옮겨 적은 책이 있었다는 것을 알 수 있다. 『선화유사』宣和遺事는 이전의 책들로부터 베끼고 모아 만든 것이다. 때문에 전집前集 중에 있는 양산락 취의梁山濼聚義의 시말始末 또한 당시 옮겨 적은 것 가운데 하나일 것이다. 그 회목은 다음과 같다.

양지 등이 화석강[16]을 운송하다 눈으로 인해 기한을 어기다

양지가 길을 가다 여비가 떨어져 칼을 팔다가 살인을 하여 위주衛州로 유배 가다

손립 등이 양지楊志를 탈취하고 태행산太行山으로 가 산적이 되다

석갈촌 조개의 무리가 생신강[17]을 빼앗다

송강이 조개 등에게 탈주하라고 연락해 주다

송강이 염파석을 살해하고 벽에 시를 제題하다

송강이 36인의 장수의 이름이 있는 천서를 얻다

송강이 양산락으로 도망가 조개를 찾다

송강과 36 장수가 함께 반란을 일으키다

송강이 동악을 향하여 소망을 제사드리다

장숙야가 송강과 36 장수를 불러 항복을 권유하다

송강이 방랍을 거둘 때 공이 있어 절도사로 봉해지다[18]

『선화유사』에 실린 것은 공성여의 찬과 다른 점이 많다. 공성여의 찬에는 송강이 36인 가운데 하나로 들어가나, 『선화유사』에서는 별도로 되어 있다. 그리고 『선화유사』에서는 오가량吳加亮, 이진의李進義, 이해李海, 완진阮進, 관필승關必勝, 왕웅王雄, 장청張靑, 장잠張岑으로 되어 있으나,[19] 찬에서는 오학구吳學究, 노진의盧進義, 이준李俊, 완소이阮小二, 관승關勝, 양웅楊雄, 장청張淸, 장횡張橫으로 되어 있고, 별호渾名 역시 간혹 다른 것이 있다.[20] 또 원대의 잡극에서도 역시 여러 가지 수호 이야기를 제재로 취하고 있는데,[21] 송강, 연청燕靑, 이규李逵 등이 더욱 자주 보이고,[22] 성격도 각각 현재 전하는 『수호전』에서와는 차이를 보이고 있다. 하지만 송강의 인의롭고 후덕한 점에 대해서는 다른 말이 없다. 그러나 진태陳泰[23](다릉茶陵 사람, 원나라 연우延祐 을묘년에 진사를 지냄)가 뱃사공篙師에게서 들은 것을 기록한 것에 의하면, "송강의 사람됨은 난폭하고 의협심이 강하다"宋之爲人勇悍狂俠(『소안유집보유』所安遺集補遺 「강남곡서」江南曲序)[24]고 하여 다른 책에서 기술한 것과는 정반대이다. 내 생각으로는 이런 종류의 이야기로 당시 사람들의 입에 오르내리던 것들이 분명 무척 많았을 것이다. 비록 이미 여러 종류의 판본들이 있었겠지만, 지나치게 간략하다든지, 어긋나는 부분이 많았을 것이다. 이에 어떤 사람이 다시 그것들을 모아서 취사선택한 뒤에 방대한 책으로 엮어, 비교적 조리가 있고 볼 만한 것이 되게 한 것이 후세에 전하는 방대한 『수호전』일 것이다. 그것을 모아 엮은 사람에 대해서, 혹자는 나관중(왕기王圻, 전여성田汝成, 낭영郎瑛의 설)이라고도 하고, 혹자는 시내암(호응린의 설)이라고도 하며, 혹자는 시내암이 짓고 나관중이 편집하였다고 하고施作羅編(이지李贄의 설), 혹자는 시내암이 짓고 나관중이 이었다施作羅續(김인서金人瑞의 설)고[25] 주장하였다.

원본 『수호전』은 지금 구할 수 없다. 주량공周亮工[26](『서영』書影 1)은 다음과 같이 말했다. "옛날 노인들로부터 전해들은 이야기로는, 나관중이 지은 『수호전』 100회는 각 회의 처음 부분에 요망한 말이 있는데, 가정嘉靖 때에 곽무정郭武定이 그 책을 중각重刻하면서 머리말을 삭제해 버려 단지 본문만 남게 되었다."[27] 삭제된 것은 대개 "등화파파[28] 등의 이야기"(『수호전전서』水滸傳全書 발범發凡)로서, 본래는 역시 송대 사람의 단편 사화短篇詞話였으나(『야시원서목』 10), 나씨가 그것을 습용한 것이며, 나머지는 고찰할 수 없다.

현존하는 『수호전』으로는 알려진 것이 여섯 가지 본이 있는데, 그 가운데 특히 중요한 것으로는 네 가지가 있다.[29]

그 첫번째는 115회 본 『충의수호전』忠義水滸傳이다. 앞에 "동원 나관중 편집"東原羅貫中編輯이라 서署하였고, 명 숭정崇禎 말년에 『삼국연의』와 합각하여 『영웅보』英雄譜[30]라는 이름으로 출간했다.[31] 단행본은 보이지 않는다.[32] 이 책은 홍태위洪太尉의 잘못으로 요마妖魔들을 달아나게 하는 데서부터 시작하여, 그 다음으로 108인이 점차 양산박梁山泊에 모였다가, 초안招安[33]을 받아들인 뒤, 요遼나라를 격파하고, 전호田虎, 왕경王慶, 방랍方臘을 평정하는데, 이때 노지심魯智深은 육화사六和寺에서 앉은 채로 죽고, 송강은 음독 자살하여, 여러 차례 영험을 보이더니, 결국 신이 되었다. 다만 언어 표현이 졸렬하고, 구성 체제가 어지러우며, 중간에 삽입된 시가詩歌 역시 거의 비속한 것이 많아, 마치 초기에 씌어져 아직 윤색이 가해지지 않은 듯하다. 비록 원본은 아니지만 대개 그것에 가까운 것이라 하겠다. 다음은 임충林冲이 고구高俅에게 미움을 사서 창주滄州로 유배되어 대군초장大軍草場[34]의 간수가 되었는데, 큰 눈이 내리는데 위험한 집을 나와 술을 사러 가는 대목이다.

……각설하고, 임충은 행장을 풀어 놓고, 사방이 모두 허물어진 것을 보고 혼자 생각했다.

"이 집에서 어떻게 한겨울을 보낼 수 있겠는가? 눈이 멈추고 날이 개면 미장이를 불러와서 수리시켜야지."

그러고는 온돌土炕 옆에서 불을 쪼였으나, 몸이 썰렁해 옴을 느끼고 생각했다.

"전임자가 (5리 밖에 저잣거리가 있다고) 말한 대로, 가서 술이나 좀 사다 먹어야지."

곧바로 화창花槍으로 술 표주박을 둘러메고 나와 발걸음 닿는 대로 동쪽을 향하여 가다가 반 리를 채 못 가서 오래된 사당에 이르렀다. 임충은 참배하며 말하였다.

"신명의 보우하심을 비나이다. 다음에 다시 와서 지전을 사르겠습니다."

또 1리를 가니 가게가 하나 있었다. 임충은 거침없이 가게 안으로 들어갔다. 주인이 말하였다.

"손님께서는 어디서 오셨습니까?"

임충이 말하였다.

"주인장, 이 표주박을 못 알아보시겠소?"

주인이 말하였다.

"이것은 초장草場의 간수님 것이로군요. 기왕 이곳에 오셨으니 어서 앉으십시오. 먼저 한 상 대접해서 손님을 맞는 인사로 하겠습니다."

임충은 한참 먹고 나서 약간의 쇠고기와 한 표주박의 술을 사서 화창으로 둘러메고 바로 돌아오는데 이미 날이 저물었다. 서둘러 초장으로 가 보고는, "아뿔사" 하고 소리쳤다. 원래 하늘도 무심치 않은 법이라, 충신과 의사忠臣義士를 보호하여, 이런 큰 눈 속에서도 임충의 생명을 구하였던 것이다. 그 두 칸짜리 초가집은 벌써 눈에 눌려 쓰러져 있었다……[35]

또 110회의 『충의수호전』이 있는데,[36] 역시 『영웅보』 본이며, "내용은 115회 본과 대략 같다"內容如百十五回本略同(『후스 문존』胡適文存 3). 따로 124회의 『수호전』이 있는데, 문사가 빠지고 생략된 부분이 있고, 간간이 읽기 어려운 데가 있으나, 역시 이와 같은 판본이다.[37]

그 두번째는 100회 본 『충의수호전』이다. 앞에 "전당 시내암 적본, 나관중 편차"[38]라고 서署하였다(『백천서지』 6). 곧 명 가정 때 무정후武定侯 곽훈郭勛[39]의 집에서 전해온 본으로, "앞에 왕태함汪太函[40]의 서문이 있고, 천도외신天都外臣이라고 탁명한 것"[41](『야획편』野獲篇 5)인데, 지금은 보이지 않는다.[42] 이것과는 별도로 역시 100회 본이 있는데, 이지李贄[43]의 서문과 비점批點이 있다. 아마도 곽씨 본으로부터 나온 것인 듯한데, "시내암 집찬集撰, 나관중 찬수纂修"라고 제목을 바꾸었다. 그러나 지금은 역시 구하기 어렵고, 오히려 일본에서 교호享保 무신戊申(1728)년에 번각한 전 10회와 호레키寶歷[44] 9년(1759)에 이어서 번각한 11회부터 20회까지가 있는데, 역시 요마를 잘못하여 놓쳐 버리는 데에서 시작하여, 노달魯達, 임충의 사적으로 이어지는 것은 115회 본과 같다. 제5회의 노달에 관해서, "그리하여 명성은 변방 삼천 리에까지 떨치고, 깨달음을 강남에서 제일가는 곳에서 얻도다"[45]라는 말이 있는 것은 곧 육화사六和寺에서 앉은 채로 죽은 이야기를 가리키는 것으로, 그 결말도 역시 다르지 않다. 다만 문사에 있어서는 크게 첨삭을 가하여, 거의 본래의 모습이 바뀌었으며, 좋지 않은 시를 제거하고, 변어騈語를 더욱 많이 삽입시켰으며, 묘사 역시 더욱 세밀해졌다. 이를테면 임충이 눈 속에서 술을 사러 가는 구절은 115회 본의 것보다 한 배 남짓이나 많다.

……각설하고 임충은 곧 상 위에다가 보따리와 침구를 놓고 앉아서 불을 피우기 시작하였다. 집 옆에 한 무더기의 숯이 있었는데, 몇 덩어리를 가져와서 땅에 파놓은 화로에 불을 피웠다. 고개를 들어 그 초옥을 쳐다보니, 사방은 모두 허물어진 데다, 또 삭풍에 흔들흔들 움직이고 있었다. 임충이 말했다.

"이 방에서 어떻게 한겨울을 날 수 있을까? 눈이 멈추고 날이 개면 성안에 가서 미장이를 불러와서 수리를 시켜야지."

한참 불을 쪼이고 있노라니, 몸이 썰렁해 옴을 느껴 이내 생각하였다.

"전임자가 말하기를 오리 길 밖에 저잣거리가 있다고 했는데, 술이나 좀 사다 먹어야지."

곧 보따리에서 부스러기 은자를 약간 꺼내고 화창으로 표주박 술병을 메고, 불타고 있던 숯을 덮고 나서 털모자를 꺼내 쓰고는 열쇠를 갖고 나와 초가집 문을 잡아당겨 닫았다. 대문께로 나와서는 초장의 문짝 둘을 반대로 당겨서 잠그고, 열쇠를 몸에 지니고 발길 닿는 대로 동쪽으로 갔다. 눈 덮인 땅을 옥을 부수어 흩는 것처럼 밟으며 구불구불 북풍을 등에 받고 걸어갔다. ─ 그때 눈이 바야흐로 쉴 새 없이 내리고 있었다. 반여리 정도를 못 가서 오래된 묘당 하나가 보였다. 임충이 고개를 푹 숙여 절을 하며 말했다.

"신명의 보우하심을 비나이다. 다음에 다시 와서 지전을 사르겠습니다."

다시 한참을 가니 인가가 보였다. 임충이 멈춰 서서 보니 대나무 울타리에 빗자루 하나가 한데 내걸려져 있었다. 임충은 거침없이 가게 안으로 들어갔다. 주인이 말했다.

"손님께서는 어디서 오시는 길이십니까?"

임충이 말했다.

"주인장 이 표주박을 알아보시겠소?"

주인이 그것을 보고 말했다.

"이 표주박이야 초료장草料場의 간수님 것이지요."

임충이 말했다.

"어떻게 금방 알아보셨소?"

주인이 말했다.

"기왕에 초료장 간수님이시라니까, 이리 좀 앉으시지요. 날씨가 차니 술 몇 잔 올려 손님 대접 하겠습니다요."

주인은 삶은 쇠고기 한 접시를 썰고 술 한 주전자를 데워서 임충에게 권했다. 또 [임충] 자신도 약간의 쇠고기를 사고 술 몇 잔을 더 마셨다. 그러고 나서 한 표주박의 술을 사고 그 두 덩어리의 쇠고기를 싸고는 부스러기 은자를 약간 냈다. 화창에 술 표주박을 메고 품 안에 쇠고기를 넣고 큰소리로 말했다.

"폐가 많았소이다."

대 울타리를 나와 그대로 북풍을 받으며 돌아왔다. 그 눈을 보니 저녁이 되자 더 많이 내렸다. 옛날에 어떤 서생이 사詞 한 수를 지었는데, 가난한 사람이 눈을 원망한다는 내용이었다.

아득한 광야로부터 매서운 바람 불어오니, 때맞춰 눈이 내리도다.

버들개지를 줍고 목화솜 따서, 버들고리만 한 눈을 만드네.

숲 속을 보니 대나무 집, 띠풀 집, 다투어 눈 속에 쓰러지도다.

부자나 권세 있는 집에서는 오히려 이렇게 말하는구나.

"역병을 막으려면 아직도 부족하지."

쪼이고 있는 것은 짐승 뼈 모양의 숯[46]이 담긴 벌건 화로요,

입고 있는 것은 솜옷과 솜저고리라네.

손에는 매화를 잡고, "나라의 길조"라고 노래 부르며,

가난한 백성들은 조금도 생각지 않는구나.

은사隱士는 한가롭게 누워 눈을 노래하는 시를 많이도 짓도다.

임충은 그 눈을 밟고 북풍을 받으며 나는 듯이 초장문 앞으로 달려와 자물쇠를 열고 안으로 들어가 보고는 깜짝 놀라 소리를 내질렀다. 원래 하늘도 무심하지 않은 법이라 선인과 의사善人義士를 지켜주는구나. 이 한 차례의 큰 눈으로부터 임충의 생명을 구한 것이었다. 그 초가 두 칸은 벌써 눈에 쓰러져 있었다.…… (제10회「임교두풍설산신묘」)[47]

세번째는 120회 본『충의수호전서』忠義水滸全書이다. "시내암 집찬, 나관중 찬수"라고 되어 있는 것은 이지가 서序한 100회 본과 역시 같다. 첫머리에 초인楚人 양정견楊定見[48]의 서序가 있으니,[49] 스스로 이탁오李卓吾를 사사師事했는데, 원무애袁無涯[50]의 청에 의해 이 전傳을 각본한다고 말하였다. 그 다음에는 발범發凡 10조가 있고, 그 다음에는『선화유사』가운데의 양산락의 시말과 108인의 적관籍貫과 출신이 있다. 전서全書는 처음부터 조정의 초안招安을 받아들이는 것까지는 줄거리가 115회 본과 완전히 같으나, 요遼를 쳐부수는 곳은 약간 다르며, 또한 시사詩詞가 적고, 전호와 왕경을 평정한 것은 줄거리가 약간 다르나, 방랍을 평정하는 대목은 또 모두

같다. 문장 표현은 100회 본과 거의 같지만, 단지 자구에 있어 약간 수정한 것이 있을 뿐이다. 이를테면 100회 본 가운데의 "임충이 말했다. '어떻게 금방 알아보았는가?'"林冲道 '如何? 便認的.'라고 된 것을 여기서는 "임충이 말했다. '원래 그랬었군!'"林冲道, '原來如此.'이라고 해놓았다. 또 시사가 비교적 많은 것은 간행할 때 더해 넣은 것이다. 그래서 발범에서 이렇게 말하고 있다. "구본舊本에서의 번잡한 시사를 없애 버렸다. 이것은 한편으로는 이야기의 실마리가 끊길까 염려해서이고, 다른 한편으로는 읽는 이가 혼란스럽지 않을까 염려해서이다. 그리하여 직절하고 분명해졌다. 그러나 이렇게 하여 인물의 모습을 형용하는 데 있어 자못 글의 정취를 상하게 하는 경우에는 모두 없애 버리지 않고, 다시 고쳐 넣었다. 어떤 것은 원본을 그냥 내버려둔 채 원래 있던 시사를 집어넣었으며, 어떤 것은 원본을 거스르고 원래 없던 시사를 더해 넣었다. 오로지 권선징악勸善懲惡을 세심하게 신경 쓰고, 아울러 유희적인 효과도 고려했던 것이다."[51] 이것 역시 이지의 평이 있지만 100회 본과는 다르다. 그러나 둘 다 모두 빈약할 뿐만 아니라 조악하기에, 아마도 엽주葉晝[52] 등이 위탁한 것인 듯하다(자세한 것은 『서영』書影 1을 보라).

발범에서는 또 이렇게 말하고 있다. "고본古本에는 나관중의 치어致語[53]가 있고, 등화파파 등의 일이 있었다고 하는데, 이미 다시 볼 수 없게 된 것은 후대 사람들이 '네 큰 도적'四大寇에 얽매여 적당히 빼버린 것도 있고, 120회의 번잡함을 싫어하여 쓸모없는 것을 빼버린 것이 있기 때문인데, 이것은 모두 잘못된 것이다. 곽무정郭武定 본은 구본에 있는 [송강과] 염파석의 일을 [원래 있던 곳으로부터 다른 곳으로] 옮겨 놓았는데, 이것은 아주 훌륭하게 처리한 것이다. 도적 가운데 왕경과 전호를 빼고 요나라를 덧붙인 것은 오히려 변변치 못한 작가들이 이야기의 앞뒤를 호응시키는 방법이니, 대작가는 결코 그와 같은 짓을 하지 않는다는 것을 모르는 것이다."[54] 이로써 『수호』에는 고본 100회가 있었는데, 당시에 "이미 다시 볼 수 없었다"既不可復見는 것을 알 수 있다. 또 구본舊本이 있는데 120회 본과 같으며, 그 가운데 "네 큰 도적"四大寇이 있다고 한 것은 대개 왕경, 전호, 방랍과 송강을 말하는데, 즉 시진柴進이 백병풍白屛風에서 보았던 황제가 직접 쓴 이름을 말한다(115회 본의 67회와 『수호전서』水滸全書 72회에 보임). 곽씨 본에서는 비로소 그러한 굴레를 깨뜨리고 왕경과 전호를 삭제하고 요나라를 덧붙여 100회로 만들었다. 『수호전서』에서는 다시 왕경, 전호를 덧붙이고 요나라도 그대로 두어 120회로 만들었는데, 이렇게 하여 송강은 비로소 사구로부터 물러나 앉았다. 그러나 『선화유사』에서 말한 "삼로의 도적"三路之寇이라는 것은 실제로는 회양淮陽, 경서京西, 하북河北의 삼로三路를 공격하여 약탈을 자행한 강도를 말하며, 이들은 모두 송강과 한 패거리였다. 누가 그것을 잘못 읽었는지는 모르겠지만, 결국 왕경과 전호의 무리로 그것을 대신하게 하였다. 그러나 내 생각으로는 요나라를 물리친 이야기는 명대에 시작된 것이 아닌 듯하다. 송대는 외적이 침입해 오고 내정이 해이해졌기 때문에, [백성들의 생각이] 민간의 초적草賊들에게 돌아간 것은 인지상정이었을 것이다. 따라서 어떤 이는 패사 야승稗史野乘을 지어 스스로를 위로하는 수단으로 삼았으며, [그러다가] 이설異說이 많아져 앞뒤가 맞지 않게 되었다. 그래서 후대의 소설들은 취사선택의 차이에 따라 서로 달라졌다. 선택한 화본 또한 한 가지가 아니었기에 달라지기도 하였다. 전호와 왕경 이야기만 하더라도 100회 본과 117회 본[55]에 똑같이 있지만, 문장은 전혀 다른 것도 대개 이와 같은 이유 때문이다. 단지 그 뒤의 방랍을 평정하는 대목은 각각의 판본이 모두 같은데, 아마도 곽본郭本이 의거하고 있는 구본 앞에 분명히 다른 판본이 있었을 것이라는 의문이 생긴다. 곧 방랍 평정으로부터 초안招安을 접한 뒤의 일은 『선화유사』에 기록된 것과 같으니, 비로소 사리事理에 맞지만, 증거가 여전히 부족하니 확실히 단정할 수는 없다.

위의 다섯 개의 판본을 통해 볼 때, 현존하는 『수호전』은 실제로는 두 가지가 있음을 알 수 있다. 그 하나는 간략한 것[56]이고, 다른 하나는 번잡한 것[57]이다. 호응린(『필총』 41)은 다음과 같이 말했다. "내가 20년 전에 읽었던 『수호전』 본은 아직은 읽을 만한 가치가 있었지만, 십 몇 년이 지나 민중閩中의 서고書賈들이 간략하게 간행한 것은 단지 사실만을 기록하고, 중간에 수식적인 표현游詞과 여운餘韻, 그리고 정취神情가 깃든 곳을 모두 빼버렸으니, 마침내 가치가 없어지고 말았다. 다시 수십 년이 지나 [비교하여] 증거로 삼을 원본이 없어지게 되면, 이 책은 영원히 없어지고 말 것이다."[58] 호응린이 보았다는 판본이 어떤 것인지 지금으로서는 알 수 없지만, 만약 115회 간본簡本이었다면, 아마도 번본繁本보다 앞서 이루어졌을 것이다. 그 용어나 어휘가 번본과 매번 차이를 보이고 있으니, 만약 요약본이었다면 개작할 필요가 전혀 없었을 것이다. 또 간본의 작자는 단지 '나관중'이라고만 제하고 있고, 주량공이 옛날 노인故老에게서 들었다는 것에도 역시 나씨羅氏라고만 말하고 있으니, 곽씨 본이 나오고 나서야 비로소 시내암이 지었다는 설이 대두되었다. 따라서 시내암이 지었다고 하는 것은 번본을 부연하여 지은 이가 탁명托名한 듯하니, 이것은 뒤에 생겨난 것으로 고본古本에는 없었을 것이다. 후대 사람이 번본에 시내암이 짓고 나관중이 편찬했다施作羅編고 적혀 있는 것을 보고는, 그것이 의탁한 것임을 깨닫지 못하고, 드디어 멋대로 부연敷衍하여, 시내암이 나관중과 같은 고향 사람으로 전당錢塘 사람이라고 단정하기도 했고(명 고유高儒의 『백천서지』 6), 또는 나관중의 스승이라고도 했다.[59] 호응린(『필총』 41)

역시 자신이 본 『수호전』의 소서小序를 믿고, 시내암에 대해 다음과 같이 말했다. "[시내암이] 일찍이 저잣거리의 책방에서 고서를 뒤적이다가, 낡은 종이 사이에서 송나라 장숙야張叔夜가 도적들에게 항복을 권고했다는 글 한 통을 발견했는데, 108인이 나타나게 된 유래가 모두 갖추어져 있었다. 이에 이것을 윤색하여 하나의 작품으로 만들게 되었다."[60] 또 "시내암의 일은 전숙화田叔禾의 『서호지여』西湖志餘에 보인다"[61]라고 말했지만, 실제로는 『지여』志餘에 그런 말이 없으니 잘못 알고 기록한 것이다. 최근에 우메이吳梅가 지은 『고곡주담』顧曲麈談[62]에서는 다음과 같이 말했다. "『유규기』幽閨記는 시군미施君美가 지었다. 군미君美는 이름이 혜惠이니, 바로 『수호전』을 지은 시내암이다."[63] 내 생각으로는 혜惠 역시 항주 사람이긴 하지만, 그가 시내암이라는 것이 무슨 책에 근거한 것인지 알 수 없으므로, 역시 가볍게 믿을 것은 못 된다 하겠다.

네번째는 70회 본 『수호전』인데, 정전正傳 70회에 설자楔子[64]가 1회이므로 사실상은 71회인 셈이다. 원서原序 1편이 있는데, "동도 시내암 찬"東都施耐庵撰이라 적혀 있다. 자가 성탄聖歎인 김인서金人瑞가 전한 것으로, 스스로 고본古本을 얻었다고 말했다. 단지 70회뿐이며, 송강이 천서를 받은 뒤, 곧 노준의盧俊義가 꿈에 일당이 모두 장숙야에게 사로잡히는 것을 보는 것으로 끝난다. [그리하여] 초안 이후의 것은 나관중이 이어서 지은 것이라는 사실을 지적하고, 이것은 "악찰"惡札[65]이라고 배척하였다. 이것은 120회 본의 전반부 70회와 다를 것이 없는데, 단지 변어駢語를 특히 많이 삭제하였다. 120회 본의 발범에 "구본의 시사의 번잡함을 없앴다"舊本去詩詞之繁累는 말이 있는 것으로 보아, 김성탄이 정말로 고본을 얻은 것같이 보인다. 그러나 문장 안에 시사를 산거함으로 해서 말투가 결국 들쑥날쑥해진 것은 여전히 100회 본에 의거했기 때문일 것이다. 주량공(『서영』書影 1)

은 『수호전』에 대해 다음과 같이 기록해 말했다. "최근에 김성탄이 70회 이후는 나관중의 속작이라고 단정하고, 극구 나관중을 비난하고는, 다시 시내암의 서序를 위조하여, 앞에 두어 이 책은 마침내 시내암이 지은 것처럼 되었다."[66] 주량공과 김성탄은 동시대 사람이므로, 이 설은 믿을 만할 것이다. 다만 자구字句에 있어서만은 잘된 곳이 있으니, 이를테면 제5회의 노지심이 와관사瓦官寺의 스님을 힐책하는 대목을 들어보기로 하겠다.

……지심智深이 면전으로 다가서자, 그 스님은 겁을 집어먹고는 펄쩍 뛰며 말했다.

"사형께선 좀 앉아 함께 한 잔 드시지요."

지심은 선장禪杖을 들고 말했다.

"너희 두 녀석은 어찌하여 절을 황폐하게 만들었느냐?"

그 스님이 말했다.

"사형, 앉아서 소승의 말씀을 들으시지요……"

지심은 눈을 부릅뜨며 말했다.

"말해, 말해 봐!"

"……말씀을 올리자면, 먼젓번 저희 절은 정말이지 좋은 곳이었습죠. 전장田莊도 넓었고, 스님들도 아주 많았으니까요. 그런데 아래채에 머물던 늙은 중 몇몇이 술을 마시고 마구 횡포를 부리며, 돈으로 여자를 첩으로 두기까지 했습니다요. 그래서 장로 스님께서 그들을 막아 보려 했지만 실패했고, 오히려 시비를 걸어 주지 스님이 밖으로 쫓겨나셨습니다. 그로 인해 절이 황폐하게 된 것입니다요……"[67]

성탄은 "소승의 말씀을 들으시지요…"聽小僧…라는 말 아래에, "그 말이 끝나지 않았다"其語未畢라고 주를 달고 있고, "…말씀을 올리자면"…說 아래에 다시 해석을 덧붙였으며, 마지막 부분에서는, "장법章法이 지극히 기이하니, 이는 예로부터 일찍이 없었던 바이다"章法奇絶從古未有라는 말로 칭찬을 하고 있다. 이런 "지극히 기이하다"奇絶와 같은 말은 바로 성탄이 집어넣은 것으로 『서상기』西廂記를 비개批改할 때도 역시 마찬가지였다. 이 대목은 100회 본에서는 다음과 같이 되어 있다.

> 그 스님이 말하였다. "사형께서는 좀 앉아서 소승의 얘기를 들어보시지요." 지심은 눈을 부릅뜨며 말했다. "말해, 말해 봐!" 그 스님은 말했다. "이전에 저희 절은 아주 좋은 곳이었습니다. 전장도 넓고, 스님들도 아주 많았었는데……"[68)]

그러나 115회 본에서는 지심이 눈을 부릅떴다는 문장이 없고, 다만 다음과 같이 서술하고 있을 뿐이다.

> 그 스님이 말하였다. "사형께서는 소승의 말씀을 좀 들어보시지요. 이전에 저희 절은 전장도 넓었고, 스님들도 많았었는데……"[69)]

내용을 삭제하고 간행한 까닭은 열에 아홉이 세태가 변했기 때문일 것이다. 후스胡適는 『문존』文存 3에서 다음과 같이 말하였다. "김성탄은 도적들이 천하를 횡행하던 시대에 태어나, 직접 눈으로 장헌충張獻忠, 이자성李自成과 같은 강도의 무리들이 전국을 황폐하게 만든 것을 보았다. 그런 까닭에 그는 강도는 권장할 수 없으며, 마땅히 입으로 주살하고 붓으로 내쳐야만 한다고 생각했던 것이다."[70)] 청대에 이르러서 세상이 변하고 상황이 달라지게 되자, 드디어 다음과 같은 입장이 다시 나타나게 되었다. "비록 처음에는 행동이 바르지 못하긴 하였으나, 확실하게 회개하고 개과천선하여 수양을 잘 하였다. 그 뜻을 헤아려 보면 진실로 가상하고, 그 공 또한 진실로 없앨 수 없는 것이다."[71] 그리하여 115회 본의 67회에서 결말까지를 떼어내어, 『후수호』後水滸라 칭하였으니, 일명 『탕평사대구전』蕩平四大寇傳[72]이라고도 하여, 70회 뒤에 덧붙여 발행하였다. 그 권두에는 건륭 임자년壬子年(1792) 상심거사賞心居士의 서가 있다.

청초에 『후수호전』 40회가 있었는데, "옛 송대의 유민 저, 안탕산초평"古宋遺民著, 雁宕山樵評이라 하였으니, 아마도 100회 본을 이어서 쓴 것일 것이다.[73] 이 책에서는 송강은 이미 죽고, 남은 사람들은 여전히 송을 위하여 금나라에 저항하고 있었으나 공이 없었다. 이준李俊은 마침내 무리를 이끌고 바다를 건너 섬라暹羅의 왕이 되었다고 하고 있는데, 결말 부분이 자못 두광정杜光庭의 『규염전』虬髯傳과 비슷하다. 옛 송대의 유민이라고 하는 사람이 이 책 권두의 「논략」論略에서 다음과 같이 말했다. "어떤 사람인지 알지는 못하지만, 시대를 가지고 고찰해 보면, 시내암과 나관중의 시대와 그리 차이가 나지 않는다. 혹은 같은 시대일 수도 있으며, 그들보다 후대가 아닌지는 또한 알 수가 없다."[74] 그러나 사실은 진침陳忱이 이름을 의탁한 것이다. 진침은 자가 하심遐心이고, 절강浙江 오정烏程 사람이다.[75] 생평과 저작은 모두 사라져 없어지고, 다만 이 책만 전해져 내려올 뿐이다. 그는 명말의 유민이었기에(『양절유헌록』兩浙輶軒錄 보유補遺 1, 『광서가흥부지』光緒嘉興府志 53), 비록 유희로 지은 것이긴 하나, 외지로 이주하고자 하는 의도가 분명하게 보이고 있다. 그러나 도광道光 연간에 이르러서는 산음山陰의 유만춘俞萬春이 지은 『결수호전』結水滸傳 70회와 결자結子 1회가 나온다. 이것은 『탕구지』蕩寇志[76]라고도 불리는데, 지은 의도가 완전히 반대되는 것으로, 양산박의 수령들은 죽지 않으면 주살되고, 다음과 같은 말로 70회 본을 마무리 짓고 있다. "당시 송강은 방랍을 토벌하라는 명령을 받은 적이 전혀 없고, 다만 장숙야에게 붙잡혀 법에 의해 처벌되었다는 구절만이 있을 뿐이다."[77] 유만춘의 자는 중화仲華이고, 별호는 홀래도인忽來道人으로, 일찍이 그의 부친을 따라 월粵 땅에서 벼슬을 하였다.[78] [소수민족인] 요족瑤族의 반란이 있을 때, 정벌을 수행하였다가 공이 의서議敍[79]되어, 뒤에 항주에서 의술 활동을 하였다. 만년에는 도교와 불교를 신봉하다 도광 기유(1849)년에 세상을 떠났다. 『탕구지』는 병술년에서 시작되어 정미년까지 22년 사이에 지어졌는데, "손보고 다듬을 겨를도 없이 죽었다"未遑修飾而歿.[80] 함풍咸豊 원년(1851)에 그의 아들 용광龍光이 비로소 원고를 편집하여 출판하였다(본서의 지어本書識語). 작품 속에서 이야기를 만들고 문장을 지음에 있어서, 어떤 때는 『수호전』의 수준을 넘기도 하고, 풍경의 묘사 역시 시내암, 나관중도 미처 시도하지 못한 점이 자못 있다. 기왕의 작품들에 얽매였던 같은 류의 소설 가운데에서는 대체로 뛰어난 작품에 든다고 할 수 있다.

이밖에도 강사講史에 속하는 것은 그 숫자가 상당히 많다. 명대에 이미 상고시대의 우하虞夏(주유周游의 『개벽연의』開闢演義, 종성鍾惺의 『개벽당우전』開闢唐虞傳 및 『유하지전』有夏志傳),[81] 동서주東西周(『동주열국지』東周列國志, 『서주지』西周志, 『사우전』四友傳),[82] 양한兩漢(원굉도袁宏道가 평한 『양한연의전』兩漢演義傳),[83] 양진兩晋(『서진연의』西晋演義, 『동진연의』東晋演義),[84] 당唐(웅종곡熊鍾谷의 『당서연의』唐書演義),[85] 송宋(척확재尺蠖齋가 평하고 해석한 『양송지전』兩宋志傳)[86] 등의 역사 사실을 기록한 평화平話들이 있었다. 청대에 들어와서도 끊이지 않았는데, 어떤 것은 전사全史를 총괄하기도 하였고(『이십사사통속연의』二十四史通俗演義),[87] 어떤 것은 옛 문장을 고치고 덧붙인 것이 있다(양한, 양진, 수당 등). 그러나 대개 『삼국지연의』를 본받기는 하였으나 그에 미치지는 못하였다. 비록 그 가운데 나은 작품이 있다 하더라도, 역사 사실에 얽매여 상투적인 말들을 답습하였다. 그런 까닭에 문장 표현이 형편없었으며, 서술에 있어서도 대담한 것이 결여되었다. 채오蔡奡는 『동주열국지독법』東周列國志讀法[88]에서 다음과 같이 말하고 있다. "만약 이것을 경전이라고 치더라도, 필경은 소설과 같은 체재를 가지고 있고,…… 그러나 그것을 소설이라고 말할 경우에는, 하나하나의 이야기들이 모두 유교의 경전이나 그 주석서로부터 나온 것이다."[89] 이것은 원래는 칭찬하려는 말이었지만, 강사의 단점이 여기에 있기도 하다.

어느 한 시기를 서술한 이야기로, 특히 한 사람이나 혹은 몇 명의 사람에 중점을 둔 것으로는 『몽량록』(20) 강사조講史條에 의거해 보면 다음과 같은 것이 있다. "왕륙대부王六大夫[90]가 있었는데, 함순咸淳 연간에 『복화편』復華篇 및 『중흥명장전』中興名將傳을 부연敷衍하니, 듣는 이들이 수없이 몰려들었다."[91] 그런즉 마땅히 강사에 채록되었을 것이다. 『수호전』도 그 가운데 하나로, 그 뒤에 나온 것들은 더욱 많았다. 비교적 유명한 것으로 『황명영렬전』皇明英烈傳[92]이 있는데, 『운합기종』雲合奇踪이라고도 불리며, 무정후武定侯 곽훈郭勛의 집에서 전해져 내려오던 것이다. 명 왕조를 개국할 때 공이 있던 신하들을 기록하고 있는데, 특히 그 선조 곽영郭英의 공을 선양하고 있다. 나중에 『진영렬전』眞英烈傳[93]이라는 것도 나왔는데, 앞서와는 반대의 입장에서 곽영을 매도하고 있다. 웅대본熊大本이 편찬한 『송무목왕연의』宋武穆王演義,[94] 여응오余應鼇가 편찬한 『악왕전연의』岳王傳演義[95]가 있고, 또 추원표鄒元標가 편찬한 『정충전전』精忠全傳[96]이 있는데, 이들은 모두 송 악비岳飛의 공적과 억울한 죄를 기술하고 있으며, 그 뒤에 나온 『설악전전』說岳全傳[97]은 바로 이 이야기에 바탕해 부연한 것이다. 청대에는 『여선외사』女仙外史[98]가 있는데, 작자는 여웅余熊이며(유정기劉廷璣의 『재원잡지』在園雜志의 설), 청주靑州 당새아唐賽兒의 난을 기술하고 있다. 『도올한평』檮杌閑評[99]은 작자의 이름이 없고, 위충현魏忠賢과 객씨客氏의 악사惡事를 기술하고 있다. 무용武勇에 관한 것으로는, 당대의 설가薛家(『정동정서전전』征東征西全傳),[100] 송의 양가楊家(『양가장전전』楊家將全傳) 및 적청狄靑의 무리(『오호평서평남전』五虎平西平南傳)[101] 등을 기술한 것이 있는데, 문장과 내용 모두가 졸렬하지만 시정에서는 널리 성행하였다. 그밖에 옛 사실에 탁명하여 남의 나쁜 소문을 퍼뜨려 개인적인 원한을 갚으려고 한 작품도 많이 있지만 여기에서는 더 이상 언급하지 않기로 하겠다.

주)______

1) 원문은 "淮南盜宋江等犯淮陽軍, 遣將討捕, 又犯京東, 江北, 入楚海州界, 命知州張叔夜招降之".

2) 여기에서의 패사는 『대송선화유사』(大宋宣和遺事)를 가리킨다.—일역본

3) 원문은 "收方臘有功, 封節度使".

4) 『송사』「한세충전」(韓世忠傳): "선화 2년 방랍이 반란을 일으켜 강소와 절강을 진동시켰다. 사방에서 군사를 이동시켰다. 세충은 편장으로서 왕연을 따라 그들을 토벌하였다. 항주에 주둔해 있을 때, 적이 갑자기 들이닥쳤는데 그 기세가 대단했다. 대장은 당황하고 두려워하며 대책을 세우지 못했다. 세충은 병사 이천을 북관언에 매복시켰다가, 적들이 지나가자 복병이 일어나니 적들이 유린되어 혼란에 빠졌다. 세충이 추격하니, 적들이 패배하여 달아났다. 왕연이 탄식하여 말했다. '진정 만인의 적이로다!'……그때 조서가 내려와 방랍의 목을 베는 자에게는 양진 절월을 제수한다고 하였다. 세충은 끝까지 추격하여 목주의 청계동에 이르렀다. 적당이 깊이 바위 집에 은거하여 세 곳의 동굴로 들어가니, 여러 장수들이 속속 이르렀으나 들어가는 길을 아는 이가 없었다. 세충은 계곡에 몰래 잠입하여 촌부에게 길을 물어, 앞장서 창을 들고 짓쳐들어가, 험한 길을 몇 리 정도 가서는 그들의 은신처를 공격하여 수십 명을 격살하고 방랍을 사로잡아 나왔다. 신흥종은 병사를 이끌고 동굴 입구를 가로막고는 그 포로들을 빼앗아 자기 공으로 돌리니 세충에게는 상이 돌아가지 않았다. 다른 장수인 양유충이 대궐로 돌아가 그 사실을 직소하니, 승절랑으로 승진하였다."(宣和二年, 方臘叛, 江浙震動. 調兵四方. 世忠以

偏將從王淵討之. 次杭州, 賊奄至, 勢張甚. 大將惶怖無策. 世忠以兵二千伏北關堰, 賊過伏發, 衆蹂亂. 世忠追擊, 賊敗而遁. 淵嘆曰: '眞萬人敵也!'…時有詔, 能得臘首者授兩鎭節鉞. 世忠窮追至睦州清溪峒, 賊深據巖屋爲三窟. 諸將繼至, 莫知所入. 世忠潛行溪谷, 問野婦得徑, 卽挺身仗戈直前, 渡險數里, 擣其穴, 格殺數十人, 擒臘以出. 辛興宗領兵截峒口, 掠其俘爲己功, 故賞不及世忠. 別帥楊惟忠還闕直其事, 轉承節郞) — 보주

5) 제(齊)와 위(魏)는 지금의 산둥(山東)과 허난(河南) 일대이다. 이와는 별도로 『송사』「장숙야전」(張叔夜傳)에는 다음과 같이 기록되어 있다. "송강이 하삭에서 일어나 열 개의 군을 돌아다니며 노략질을 하였으되, 관군은 감히 그 예봉을 꺾지 못했다. 들리는 말에 그가 곧 올 것이라 하므로, 장숙야는 첩자를 보내어 그들이 향하는 곳을 탐지케 하였다. 도적들은 지름길로 해안가에 이르러 큰 배 십여 척을 빼앗아 소금을 실었다. 이에 죽음도 불사할 용사를 모집하여 천 명을 얻으매 가까운 성에 매복시켜 두고 날랜 군사를 내보내 적들을 해변으로부터 떨어진 곳으로 유인하였다. 먼저 숨겨 두었던 건장한 군졸들이 해변에서 군사들과 합치기를 기다렸다가 불을 일으켜 그 배들을 태우니 적들이 그 소식을 듣고 모두 싸울 뜻을 잃었다. 복병이 그 틈을 타 그 둘째 괴수를 잡으니 송강은 이내 항복했다."(宋江起河朔, 轉略十郡, 官軍莫敢嬰其鋒. 聲言將至. 叔夜使間者覘所向, 賊徑趨海瀕, 劫鉅舟十餘, 載擄獲. 于是募死士得千人, 設伏近城, 而出輕兵距海, 誘之戰; 先匿壯卒海旁, 伺兵合, 擧火焚其舟. 賊聞之, 皆無鬪志. 伏兵乘之, 擒其副賊, 江乃降) 이 내용을 검토해 보자면, "하삭"(河朔)은 하북성을 가리킨다. 『송사』에 실린 세 가지 기록이 모두 다른 것은, "송강이 활동했던 지역은 상당히 컸으나, 『송사』에서는 개별적으로 그것을 압축시키고 축소하였으며, 나아가 이것들을 연관해서 서술하지도 않았기에"(宋江活動的地區相當大, 『宋史』旣想個別的壓縮弄小他, 又不將他們連貫起敍述), 이렇게 달라진 것이다. "양산박은 송강의 근거지일 가능성이 있으며"(梁山泊可能是宋江的根據地), "양산박은 운성현, 곧 제주에 속해 있으면서 동평부에 속해 있었고, 동평은 또 경동에 속해 있었다"(梁山泊屬鄆城, 卽濟州, 隸東平府, 而東平又屬于京東). (嚴敦易, 「水滸傳的演變」) — 보주

6) 『송사』에는 "無敢抗者" 밑에 "其才必過人" 다섯 글자가 더 있다.— 일역본

7) 원문은 "宋江寇京東, 蒙上書, 言宋江以三十六人橫行齊魏, 官軍數萬, 無敢抗者, 不若赦江, 使討方臘以自贖".

8) 산시(陝西)의 부곡(府谷) 지방에서 1939년 「송고무공대부하동제이장절공묘지명」(宋故武功大夫河東第二將折公墓志銘)이 발견되었는데, 그 가운데에는 다음과 같은 내용이 있다. "공의 이름은 가존"(公諱可存)이고, "선화 초에 방랍이 반란을 일으키자 제4장군에 기용되었다"(宣和初方臘之叛用第四將軍). "방랍의 적당이 사로잡히자 무절대부가 되었다. 회군하여 궁궐문을 지날 때, 도적인 송강을 체포하라는 어명을 받잡고, 그 달을 넘기지 않고 [계속 도적을 잡아] 무공대부로 승진하셨다."(臘賊就擒, 遷武節大夫. 班師過國門, 奉御筆捕草寇宋江. 不踰日, 遷武功大夫) — 보주

9) 원문은 다음과 같다. 宣和七年, 戶部侍郎蔡居厚罷, 知靑州, 以病不赴, 歸金陵, 疽發于背(…), 卒. 未幾(…), 其所親王生亡而復醒, 見蔡受冥譴, 囑生歸告其妻, 云'(…)今只是理會鄆州事'. 夫人慟哭曰, '侍郞去年帥鄆時, 有梁山濼賊五百人受降, 旣而悉誅之, 吾屢諫, 不聽也.…

루쉰이 인용한 홍매의 『이견을지』 6권 "채시랑" 조의 문구는 원문과 약간 다른 점이 있다. "其所親王生亡而復醒, 見蔡受冥譴, 囑生歸告其妻, 云" 이 대목은 원문이 아니기 때문에 괄호 밖에 표점을 해야 한다. 원문은 다음과 같다. "왕생이 갑자기 죽었다 사흘만에 소생해서는 연이어 소리치며 말했다. '시랑 부인을 오시라고 청하게.'…… 죄수는 크게 소리를 지르다가 갑자기 잡아당기니, 고통이 참을 수 없는 정도인 듯했다. 자세히 보니 곧 시랑이었다.…… 돌아와 아무개에게 말했다. '그대는 지금 돌아가는 길에 내 아내에게 전해주게나, 속히 공을 세워 나를 구해달라고.'"(王生暴亡, 三日復蘇. 連呼曰: '請侍郎夫人來.' '…囚大叫頓掣, 苦痛如不堪忍者, 細視之, 乃侍郎也.…回望某云: 汝今歸便與吾妻說, 速營功果救我.')—보주

여기에 인용된 것은 생략된 곳이 많은데, 특히 "其所親王生"으로부터 "告其妻, 云"까지는 『이견지』로부터의 인용이라고 하기보다는 차라리 요약이라고 하는 편이 낫다. 본래 루쉰이 인용한 것에는 말줄임표가 없으나, 원문에 의해 말줄임표를 보충해 넣었다. 이 대목의 맨 마지막 부분을 제외하고 중간에 삽입된 말줄임표가 바로 그것이다.—일역본/옮긴이

10) 서기 1166년.—옮긴이

11) 원문은 "轉略十郡, 官軍莫敢攖其鋒".

중화서국판 『송사』 353권 「장숙야전」에는 "攖"이 "嬰"으로 되어 있다.—일역본

12) 공성여(龔聖與, 1222~약 1304)의 이름은 개(開)이고, 호는 취암(翠巖)이다. 송말원초의 회음(淮陰; 지금의 장쑤) 사람이다.

『송강삼십육인찬』(宋江三十六人贊)은 공성여가 송강 등 36인 각각에 대해 쓴 4언시로서, 송 주밀(周密)의 『계신잡지속집』(癸辛雜識續集)에 보인다. [주밀의 『계신잡지속집』 상권(『학진토원』學津討原 제19집에 실려 있음)에 의하면, 『송강삼십육찬』(宋江三十六贊)으로 되어 있다. 송강 등 36인의 사실과 양산락(梁山濼)에 대해 고증한 논문으로는 위자시(余嘉錫)의 「송강삼십육인고실」(宋江三十六人考實)이 상세하다(『위자시논학잡저』余嘉錫論學雜著, 2책, 베이징: 중화서국, 1963, 하책 325~416쪽).—일역본]

13) 고여와 이숭의 무리(高如李嵩輩). 일설에는 고여, 이숭 등은 송원간의 민간문인이라고 하며, 일설에는 고여는 인명이 아니라 한다. 이렇게 보면 전체 구절의 뜻이 당시의 이숭의 무리와 같은 고수가 된다. 이숭(李嵩)은 남송 전당(錢塘; 지금의 저장 항저우) 사람으로, 일찍이 삼대 동안 화원대조(畵院待詔)를 지냈으며, 인물 그리는 것으로 유명하였다.

14) 원문은 "雖有高如李嵩輩傳寫". 이 대목은 명 진굉서(陳宏緖)의 『한야록』(寒夜錄)에 인용된 구본(舊本) 『계신잡지』(癸辛雜識)에는 "雖有高人如李嵩輩傳寫"으로 되어 있다. 이숭은 남송의 유명한 화가이다. 『항주부지』(杭州府志)와 『도회보감』(圖繪寶鑒)에는 다음과 같은 내용이 실려 있다. "이숭은 전당 사람이다. 종훈이 그를 길러, 광, 녕, 리 삼조 관화원대조가 되었는데, 도가와 불가의 인물을 그리는 데 뛰어나 종훈의 유지를 받들었다."(李嵩, 錢塘人, 從訓養之, 爲光, 寧, 理三朝官畵院待詔, 工畵人物道釋, 得從訓遺意) "베껴 쓰다"(傳寫)의 의미는 "생생하게 묘사하는 것"(傳神寫照)으로, 여기에서는 소설이 아니라 그림을 가리킨다. 이 설은 양헌익(楊憲益)의 『영묵신전』(零墨新箋) 92~93쪽에 보

인다. 『곡해총목제요』(曲海總目提要) 14권 『수호기』(水滸記)의 설명에서도 다음과 같이 말했다. "송나라 때 화가인 이숭의 무리가 그들의 상을 생생하게 묘사하여, 사대부들이 내치지 않았으니, 공성여가 서른여섯 사람에 대한 찬을 짓기에 이르렀다."(宋時畵手李嵩輩, 傳寫其像, 士大夫頗不見黜, 龔聖與至爲作三十六贊)— 보주

15) 원문은 "宋江事見于街談巷語, 不足采著, 雖有高如李嵩輩傳寫, 士大夫亦不見黜".

16) 송의 휘종은 진기한 화석(花石)을 좋아하여 해마다 진상하는 것을 실은 배가 회수(淮水)와 변수(汴水)의 연안에 잇달아 있게 되었는데, 이 같은 행렬을 화석강(花石綱)이라고 하였다.— 옮긴이

17) 채경(蔡京)의 생일에 베이징의 양사보(梁師寶)가 보내는 축하예물을 운반하는 행렬을 말한다.— 옮긴이

18) 원문은 다음과 같다. 楊志等押花石綱阻雪違限. 楊志途貧賣刀殺人刺配衛州. 孫立等奪楊志往太行山落草. 石碣村晁蓋伙劫生辰綱. 宋江通信晁蓋等脫逃. 宋江殺閻婆惜題詩于壁. 宋江得天書有三十六將姓名. 宋江奔梁山濼尋晁蓋. 宋江三十六將共反. 宋江朝東岳賽還心願. 張叔夜招宋江三十六將降. 宋江收方臘有功封節度使.

지금 통행되는 4권 본 『신간송선화유사』(新刊宋宣和遺事)에는 회목이 없다. 다만 소엽산방(掃葉山房) 영간(影刊) 2권 본에는 다음의 여섯 개의 회목만이 있을 따름이다. "양지 등이 화석강을 운송하다 기한을 어겨 위주로 유배를 가다"(楊志等押花石綱違限配衛州), "손립 등이 양지를 탈취하고 태행산으로 가 산적이 되다"(孫立等奪楊志往太行山落草), "송강이 염파석을 살해하고 조개를 찾아가다"(宋江殺閻婆惜往尋晁蓋), "송강이 36인의 장수의 이름이 있는 천서를 얻다"(宋江得天書三十六將名), "송강과 36 장수가 함께 반란을 일으키다"(宋江三十六將共反), "장숙야가 송강과 36 장수를 불러 항복을 권유하다"(張叔夜招宋江三十六將降).— 보주

19) 이 여덟 사람 이외에도 『유사』(遺事)에는 완통(阮通; 천서에는 阮小五로 되어 있음)이 더 있는데, 찬에서는 "완소오"로 되어 있다.— 보주

20) 『유사』의 낭리백조(浪裏白條; 4권 본에는 百跳로 되어 있음), 금창수(金槍手), 적발귀(赤髮鬼), 일당직(一撞直), 급선봉(急先鋒), 화선공(火船工)이 『찬』(贊)에서는 낭리백도(浪裏百跳), 금창반(金槍班), 척팔퇴(尺八腿), 일당직(一撞直), 선봉(先鋒), 선화아(船火兒)로 되어 있다.— 보주

21) 원 잡극 가운데 수호이야기로부터 제재를 취한 것으로는 지금까지 알려진 것이 삼십여 종이 있는데, 현존하는 것은 고문수(高文秀)의 『흑선풍쌍헌공』(黑旋風雙獻功), 이문울(李文蔚)의 『동락원연청박어』(同樂院燕靑博魚), 강진지(康進之)의 『양산박흑선풍부형』(梁山泊黑旋風負荊), 무명씨의 『노지심지상황화욕』(魯智深智賞黃花峪)[여기에서 『지상』智賞은 잘못된 것이다. 본래의 제목은 『노지심희상황화욕』魯智深喜賞黃花峪이다.— 옮긴이] 등이 있다.

[위에서 든 것 이외에 원대 사람의 잡극 가운데 『수호』 이야기를 제재로 취한 것으로는 『수호희곡집』(水滸戱曲集) 제1집에 다음과 같은 것들이 실려 있다. 이치원(李致遠)의 『대부소처환뢰말』(大婦小妻還牢末), 무명씨의 『쟁보은삼호하산』(爭報恩三虎下山). 이밖에 명대의 주유돈(朱有燉)의 『흑선풍장의소재』(黑旋風杖義疎財)와 『표자화상자환

속』(豹子和尙自還俗) 및 무명씨의 네 가지 작품, 곧 『양산오호대겁뢰』(梁山五虎大劫牢), 『양산칠호뇨동대』(梁山七虎鬧銅臺), 『왕왜호대뇨동평부』(王倭虎大鬧東平府), 『송공명배구궁팔괘진』(宋公明排九宮八卦陣)이 있으며, 명말 능몽초(凌蒙初)의 『송공명뇨원소』(宋公明鬧元宵)도 있다. 청대에는 장도(張韜)의 『대원장신행계주도』(戴院長神行薊州道)와 당영(唐英)의 『십자파』(十字坡)가 있다. 『수호희곡집』(水滸戲曲集) 제2집에는 전기(傳奇) 여섯 종이 실려 있다. 곧, 이개선(李開先)의 『보검기』(寶劍記), 진여교(陳與郊)의 『영보도』(靈寶刀), 심경(沈璟)의 『의협기』(義俠記), 허자창(許自昌)의 『수호기』(水滸記), 이소보(李素甫)의 『원소뇨』(元宵鬧), 범희철(范希哲)의 『투갑기』(偸甲記)이다.—보주]

22) 송강(宋江)에 대한 것으로는 『구궁팔괘진』(九宮八卦陣)과 『원소절』(元宵節)이 있고, 연청(燕青)에 대한 것은 『연청박어』(燕青博魚)가 있으며, 이규(李逵)에 대한 것은 『쌍헌공』(雙獻功), 『부형』(負荊), 『장의소재』(杖義疎財)가 있다. 이미 없어진 것은 더욱 많은데, 다만 고문수(高文秀)만이 이규에 관한 극본을 여덟 종이나 썼다(자세한 것은 앞의 주 21)을 볼 것).—보주

23) 진태(陣泰)의 자는 지동(志同)이고, 호는 소안(所安)이다. 원 다릉(茶陵; 지금의 후난湖南) 사람으로, 한림서길사(翰林庶吉士)에서 수룡남령(授龍南令)으로 옮겨 제수받았다. 저작에 『소안유집』(所安遺集)이 있다.

24) 「강남곡서」(江南曲序)에는 송강에게 처가 있다고 기록되어 있고, 양산박은 "넓이가 구십 리 정도 되는 외떨어진 호수가 연못처럼 되어 있는데, 물길에는 모두 마름이 심어져 있으니, 송강의 처가 심은 것이라 한다. 송강의 사람됨은 난폭하고 의협심이 강하다. 처음에 내가 이곳을 지날 때, 연꽃을 보기를 바랐으나, 지금은 더 이상 남은 것이 없고, 잔향만 전해올 뿐이었다"(絶湖爲池, 闊九十里, 皆渠河菱芡, 相傳以爲宋妻所植. 宋之爲人, 勇悍狂俠.…始余過此, 荷花彌望, 今無復存者, 惟殘香相送耳).—보주

25) 『수호전』의 편찬자에 대해서는 견해가 일치하지 않고 있다. 어떤 사람은 나관중이 지었다고 한다. 왕기(王圻)의 『속문헌통고』(續文獻通考) 177권에는 "『수호전』은 나관중의 작품이다"(『水滸傳』, 羅貫著)라고 하였다. [왕기의 『속문헌통고』에는 다음과 같이 기록되어 있다. "『수호』는 나관이 지은 것으로, 관은 자가 관중이고, 항주 사람이며, 소설 수십 종을 편찬했는데, 『수호전』은 송강의 일을 서술한 것으로 간교한 도적들이 속임수를 쓰는 대목이 매우 상세하게 묘사되어 있다."(『水滸』者, 羅貫著. 貫字貫中, 杭州人, 編撰小說數十種, 而『水滸傳』敍宋江事, 奸盜脫騙機械甚詳) 전여성(田汝成)의 『서호유람지여』(西湖游覽志餘)에는 "전당의 자가 관중인 나본이라는 자는 남송 때 사람이다"(錢塘羅貫中本者, 南宋時人)라고 했다. 나머지는 왕기와 마찬가지인데, 다만 "송강"을 "송강 등"이라 했다. 낭영(郎瑛)의 『칠수유고』(七修類稿)에는 다음과 같이 기록되어 있다. "『삼국』과 『송강』 두 책은 항주 사람인 자가 관중인 나본이 엮은 것으로, 나는 반드시 구본이 있다고 생각하기에, 엮었다고 하였다. 『송강』은 또 전당 시내암 적본이라고도 한다."(『三國』, 『宋江』二書, 乃杭人羅本貫中所編, 予意舊必有本, 故曰編. 『宋江』又曰錢塘施耐庵的本)—보주]

전여성의 『서호유람지여』 25권에서는, "전당의 관중 나본은 소설 수십 종을 편찬하였으며, 『수호전』은 송강 등의 일을 서술하고 있는데, 사악한 도적들의 속임수와 계교가

매우 상세하다"(錢塘羅貫中本者, 編撰小說數十種, 而『水滸傳』敍宋江等事, 奸盜脫騙機械甚詳)라고 하였으며, 낭영의 『칠수유고』 상권에서는 "삼국, 송강의 두 책은 항주 사람 나본 관중이 편찬하였다"(三國宋江二書, 乃杭人羅本貫中所編)라고 하였다. 어떤 사람은 시내암이 지었다고 하였다. 호응린(胡應麟)의 『소실산방필총』(少室山房筆叢) 41권에서는 "원대 사람 무림의 시아무개가 편찬한 『수호전』이 특히 성행하였다"(元人武林施某所編『水滸傳』特爲盛行)라고 하였는데, 시아무개는 시내암을 가리킨다. 어떤 사람은 시내암이 짓고 나관중이 편집하였다고 하였다. [호응린의 『소실산방필총』에서는 다음과 같이 말했다. "원대 사람인 시 아무개가 엮은 『수호전』이 특히 성행하였다. 세간에서는 모두 근거 없는 허구적인 이야기라고 여겼는데, 요점만 말하자면 그 내용이 다 그런 것은 아니다. 내가 우연히 어느 소설의 서를 보다 보니, 시 아무개가 일찍이 저잣거리의 책방에서 고서를 뒤적이다가, 낡은 종이 사이에서 송나라 장숙야가 도적들에게 항복을 권고했다는 글 한 통을 발견했는데, 백팔 인이 나오게 된 유래가 모두 갖추어져 있었으니, 이에 이것을 윤색하여 하나의 작품으로 만들게 되었다고 한다. 그 문인인 나본 역시 그것을 본받아 『삼국연의』를 지으니, 극히 천박하고 유치했다."(元人武林施某所編『水滸傳』特爲盛行, 世率以爲鑿空無據, 要不盡爾也. 余偶閱一小說序, 稱施某嘗入市肆紬閱故書, 于敝楮中得宋張叔夜禽賊招語一通, 備悉其一百八人所由起, 因潤飾成此編. 其門人羅本亦效之爲「三國演義」, 極淺陋可嗤也) — 보주]
명 원무애(袁無涯)의 원간본 『이탁오평충의수호전전』(李卓吾評忠義水滸全傳; 120회로 권이 나누어져 있지 않음)에서는 "시내암이 모아 짓고 나관중이 찬수하였다"(施耐庵集撰, 羅貫中纂修)라고 적혀 있다. 그리고 이지의 『충의수호전서』(忠義水滸傳敍)에서도 "시내암, 나관중 두 사람이 수호를 전하였다"(施羅二公傳水滸)라고 말하고 있다. [이지의 『충의수호전서』에는 다음과 같이 기록되어 있다. "『수호전』은 분개하여 지은 것이다. 대개 송 왕실은 견실하지 못하고, 상하가 뒤바뀌어, 크게 현명한 이는 아래에 처해 있고, 변변치 못한 자가 윗자리를 차지하였다. 점점 오랑캐들이 윗자리를 차지하고, 중원의 한족이 아래에 처하였으니, 당시의 임금과 재상은 더욱이 연작의 무리가 위급한 상황에서 자신의 안위만을 돌보고, 돈을 내고 신하 행세를 하던 이들은 달가운 마음으로 개나 양일 뿐인 무리에게 무릎을 꿇었던 것이다. 시내암과 나관중 두 사람은 몸은 원에 있었으나, 마음은 송에 있었다. 비록 원나라에 태어났으나, 송나라의 일에 진실로 분개하였던 것이다. 이 때문에 두 황제가 북쪽으로 잡혀간 것에 분개하여, 요를 대파했다고 함으로써 그 분을 풀었고, 남쪽으로 천도하여 구차하게 안위를 도모한 것에 분개하여, 방랍을 멸했다고 함으로써 그 분을 풀었다. 감히 묻노니 분을 풀어 준 이 누구이던가? 바로 지난날 수호에 모였던 강도들이니, 그들을 충성스럽고 의롭다 이르지 않을 수 없는 것이다. 이런 까닭에 시내암과 나관중 두 사람이 『수호』를 짓고, 또 충의를 그 전의 이름으로 삼았던 것이다."(『水滸傳』者, 發憤之所作也. 蓋自宋室不兢, 冠屨倒施, 大賢處下, 不肖處上. 馴至夷狄處上, 中原處下, 一時君相, 猶然處堂燕鵲, 納幣稱臣, 甘心屈膝于犬羊已矣. 施, 羅二公身在元, 心在宋, 雖生元日, 實憤宋事也. 是故憤二帝之北狩, 則稱大破遼以泄其憤; 憤南渡之苟安, 則稱滅方臘以泄其憤. 敢問泄憤者誰乎? 則前日嘯聚水滸之强人也, 欲不謂之忠義不可也. 是故施, 羅二公傳『水滸』, 而復以忠義名其傳焉) 이것으로 이지는

『수호』가 시내암과 나관중 두 사람의 합작으로 여겼다는 것을 알 수 있다. 루쉰은 이지가 "시내암이 짓고 나관중이 편집했다"(施作羅編)고 하는 설을 주장한 것은 곽본의 상황에서 추단한 것임에 틀림없다고 생각했다. 루쉰은 본편의 아래 대목에서 다음과 같이 말했다. "이것과는 별도로 역시 백회본이 있는데, 이지의 서문과 비점(批點)이 있다. 아마도 곽씨 본으로부터 나온 것인 듯한데, '시내암 집찬, 나관중 찬수'라고 제목을 바꾸었다."(別有本亦一百回, 有李贄序及批点, 殆卽出郭氏本, 而改題爲'施耐庵集撰, 羅貫中纂修')—보주]

어떤 사람은 시내암이 짓고 나관중이 그것을 이었다고 했는데, 이 편의 주 59)를 참조할 것. [김인서(金人瑞) 『수호전』 70회 "성탄외서"(聖嘆外書)에서 다음과 같이 말했다. "칠십 회로 이루어진 한 권의 책은 대작이라고 할 수 있고, 이 한 회는 대단원이라 할 수 있다. 이것을 읽으면, 마치 천리에서 용의 무리가 바다로 들어가는 것 같아, 미진한 감이 전혀 없다. 우스운 것은 나관중이 제멋대로 개꼬리를 덧붙여 그 추악함을 드러낸 것이다."(一部書七十回, 可謂大鋪排. 此一回可謂大結束. 讀之正如千里群龍, 一齊入海, 更無絲毫未了之憾. 笑殺羅貫中, 橫添狗尾, 徒見其丑也)—보주]

[『수호전』의 작자에 대한 논의는 수없이 많다. 그 가운데 우리말로 옮겨져 있어 쉽게 참고할 수 있는 것으로는 이혜순의 다음의 책이 있다. 이혜순, 『『수호전』 연구』, 서울: 정음사, 1985, 26~30쪽.—옮긴이]

26) 주량공(周亮工, 1612~1672)의 자는 원량(元亮)이고, 호는 역원(櫟園)이다. 명말청초의 상부(祥符) 사람이다. 명 숭정(崇禎) 연간에 감찰어사(監察御使)를 역임하였고, 청대로 들어와서는 호부우시랑(戶部右侍郞)을 역임하였다. 저작에 『뇌고당집』(賴古堂集), 『인수옥서영』(因樹屋書影) 등이 있다.

27) 원문은 "故老傳聞, 羅氏爲『水滸傳』一百回, 各以妖異語引其首, 嘉靖時郭武定重刻其書, 削其致語, 獨存本傳".

28) 등화파파(燈花婆婆). 전증(錢曾)의 『야시원서목』(也是園書目) 사화 부분에 『등화파파』 한 편이 기록되어 있는데, 당(唐) 유적중(劉積中)이 등불 속에서 뛰쳐나온 백발의 노부(老婦)로부터 시달림을 당하는 이야기를 묘사한 것이다. 원문은 이미 없어졌으며 『평요전』(平妖傳) 가운데 그 사건이 약간 서술되어 있다.

[쑨카이디(孫楷第)의 「소설방증 · 등화파파」(小說旁證 · 燈火婆婆; 『국립베이핑도서관관간』國立北平圖書館館刊 9권 1호, 1935年 1, 2月 合刊)에서는 명 전희언(錢希言)의 『동신』(桐薪)의 기술을 원용하여 「등화파파」의 앞 대목은 당의 단성식의 『유양잡조』 전집(前集) 15권 「낙고기」(諾皐記) 하(下)의 "유적중"(劉積中)의 말이고, 뒤 대목은 『유양잡조』 전집 14권 「낙고기」 상(上)의 「용흥사승지원」(龍興寺僧智圓)의 말을 취해 부연한 것인 듯하다고 하였다. 풍몽룡이 개편한 『평요전』 제1회에서는 당의 간의대부(諫議大夫) 유직경(劉直卿)의 말로서 「입화」(入話)에 사용되었다. 『동신』에 관해서는 장룽치(張榮起)가 정리한 『삼수평요전』(三遂平妖傳; 北京大學出版社 刊, 167쪽)의 부록 5 「소설사료」(小說史料)를 볼 것.—일역본]

29) 『수호전』의 변천과 여러 판본에 대한 연구는 후스(胡適)의 「수호전고증」(水滸傳考證; 1920년 7월, 뒤에 『후스 문존』에 다시 수록됨)이 선구이지만, 그 자신이 인정한 대로 결

론에 잘못이 있으며(명대 중기에 70회 본 『수호전』이 있었다고 가정한 것), 추론이 면밀하지 못하다. 이러한 후스의 주장을 수정하여, 그 뒤 『수호전』 연구의 기초를 다진 것이 루쉰이었으며, 그 뒤 여러 가지 연구가 나오게 된다. 리쉬안보(李玄伯), 「『수호전』을 읽고」(讀『水滸傳』; 1925년 리쉬안보李玄伯 표점 배인, 『중간백회본충의수호전』重刊百回本忠義水滸傳에 실려 있음). 위핑보(兪平伯), 「『수호전』 70회 고본의 유무를 논함」(論『水滸傳』七十回古本的有無; 『소설월보』小說月報 19권 4호). 후스, 「수호전신고」(水滸傳新考; 상우인서관 간 120회 본 『충의수호전서』忠義水滸全書의 서序). 정전둬(鄭振鐸), 「수호전의 변천」(水滸傳的演化; 뒤에 『중국문학논집』 상책 제2권 「소설연구」에 실림). 쑨카이디, 「수호전구본고」(水滸傳舊本考), 「김성탄 본 수호전 발」(跋金聖嘆本水滸傳; 뒤에 『창주집』 상책에 실림). 허신(何心), 『수호연구』(水滸硏究; 상하이: 상하이원이롄허출판사上海文藝聯合出版社, 1954). 옌둔이(嚴敦易), 『수호전의 연변』(水滸傳的演變, 베이징: 쭤자출판사, 1957). 또 여러 본에 의한 교감기가 달려 있는 『수호전』 판본으로는 『수호전전』(水滸全傳) 상·중·하책(베이징: 런민원쉐출판사人民文學出版社, 1954. 정전둬 등이 교감)이 있다.—일역본

30) 『영웅보』(英雄譜). 명 숭정 연간에 각인(刻印)되었다. 쪽마다 상하 두 란으로 나누어져 있는데, 상은 『충의수호전』이고 하는 『삼국연의』이다.

31) 현재 방간(坊間)에서 통행되는 『한송기서』(漢宋奇書; 『영웅보』英雄譜라고도 한다) 본 『수호전』 115회는 명 숭정 본(崇禎本)에서 나온 것이다. 그 가운데 하나가 금릉(金陵) 흥현당재행(興賢堂梓行)으로, 속표지에 『삼국수호합전』(三國水滸合傳)이라 제하였고, 성성복문당(省城福文堂) 소장판이다. 상란(上欄)은 『수호』가 십삼행(十三行), 행칠자(行七字)로 되어 있고, 『삼국』이 십이행(十二行), 행이십자(行二十字)로 되어 있다.—보주

32) 단행본으로는 『신각출상경본충의수호전』(新刻出像京本忠義水滸傳) 115회가 있는데, 청 금릉(金陵) 덕취당(德聚堂) 간본으로, 정문(正文)은 반엽(半葉) 십사행(十四行), 행삼십자(行三十字)이다. "동원 나관중 편집"(東原羅貫中編輯), "서림 문성당 재행"(書林文星堂梓行)이라고 적혀 있다.—보주

33) 옛날에 반기를 들고 일어난 무리의 세력이 워낙 강해 조정에서도 어쩔 수 없는 경우에는, 그들의 세력을 인정하고 벼슬을 주어 초무를 함으로써 기존의 사회질서에 편입시키는 경우가 있었는데, 이것을 "초안"(招安)이라 한다.—옮긴이

34) 군량과 말풀을 쌓아 둔 곳.—옮긴이

35) 원문은 다음과 같다. …却說林冲安下行李, 看那四下裏都崩壞了, 自思曰, "這屋如何過得一冬, 待雪晴了叫泥水匠來修理." 在土炕邊向了一回火, 覺得身上寒冷, 尋思 "却纔老軍說(五里路外有市井), 何不去沽些酒來吃?" 便把花槍挑了酒葫蘆出來, 信步投東, 不上半里路, 看見一所古廟, 林冲拜曰, "願神明保祐, 改日來燒紙." 却又行一里, 見一簇店家, 林冲徑到店裏. 店家曰, "客人那裏來?" 林冲曰, "你不認得這個葫蘆?" 店家曰, "這是草場老軍的. 既是大哥來此, 請坐, 先待一席以作接風之禮." 林冲吃了一回, 却買一腿牛肉, 一葫蘆酒, 把花槍挑了便回, 已晩, 奔到草場看時, 只叫得苦. 原來天理昭然, 庇護忠臣義士, 這場大雪, 救了林冲性命: 那兩間草廳, 已被雪壓倒了.…(第九回「豹子頭刺陸謙富安」)

36) 『정준합각삼국수호합전』(精鐫合刻三國水滸合傳)은 일본 나이카쿠분코 소장 명 웅비관(雄飛館) 간본이 있다. 표지에 『영웅보』(英雄譜)라 적혀 있다. 책의 상층은 『수호』이고,

하층은 『삼국』이다. 앞에 그림 백 쪽이 있는데, 자못 정교하다. 정문은 상(上) 십칠행(十七行), 행십사자(行十四字)이고, 하(下) 십사행(十四行), 행이십이자(行二十二字)이다. 머리에 변언(弁言)이 있고, 꼬리에 "웅비적옥보서우웅비관"(熊飛赤玉甫書于雄飛館)이라 서명하였다. 이 합각본 『수호』의 회목은 106회이나, 실제로는 110회이다. 루쉰이 인용한 이 대목은 금릉(金陵) 홍현당(興賢堂) 본 『영웅보』에도 보인다. 이 책에는 "동"(冬)이 "일동"(一冬)으로 되어 있고, "각"(却)은 "흡"(恰)으로 되어 있으며, 나머지는 모두 같다.—보주

37) 방간본(坊刊本) 『제오재자』(第五才子; 속표지에는 『수호전전』水滸全傳이라 적혀 있음) 12권, 124회. 목차 앞에는 "오문의 김인서 성탄 감정"(吳門金人瑞聖嘆鑒定)이라 적혀 있다. 머리에 건륭(乾隆) 병진(丙辰) 고항매간후서(古杭枚簡侯序)가 있다. "매"(枚) 앞에는 "진"(陳)자가 빠져 있는데, 아마도 강희 본으로부터 나온 것인 듯하다. 광서(光緒) 을묘(乙卯) 신전대도당 본(新鐫大道堂本)이 있다. 이 절본은 더욱 간략한 데다, 오자가 있어 줄거리의 개요인 듯하다. 이를테면, 루쉰이 인용한 윗대목은 이 본에는 다음과 같이 되어 있다. "각설하고 임충이 행장을 풀어 놓고, 온돌 앞에서 불을 쬐다가 몸이 썰렁해옴을 느끼자, 전임자가 삼 리 밖에 저잣거리가 있다고 한 말이 떠올랐다. 어찌 술을 사다가 먹지 않을쏜가. 곧바로 화창으로 술 표주박을 둘러메고 나와 동쪽으로 갔다. 일 리를 못 가서 오래된 사당이 보이자, 사당에 들어가 참배하며 말했다. '신명의 보우하심을 비나이다. 다음에 와서 지전을 사르겠습니다.' 사당을 나와서 다시 이 리를 가니, 가게가 하나 있었다. 임충은 거침없이 가게 안으로 들어가, 술을 몇 잔 마시고는 약간의 쇠고기와 한 표주박의 술을 사서 화창으로 둘러메고 바로 돌아왔다. 날은 이미 저물었는데, 서둘러 초장에 도달하니, 두 칸짜리 초가집은 이미 눈에 눌려 쓰러져 있었다."(却說林冲安下行李, 在土炕邊向了一回大(火), 覺得身上寒冷, 尋思老軍說, 三里外有市井, 何不去沽些酒來吃. 便把花槍挑了葫蘆出來, 投東而去. 行不上一里路, 看見一所古廟, 入廟拜曰: '愿神明保佑, 改日來燒紙.' 出廟又行兩里, 見一簇店家. 林冲逕到酒店, 吃了幾杯酒, 又買了一腿牛肉, 一葫蘆酒, 把花槍挑了便回. 時日已晚, 奔到草場, 見兩間草屋, 已被雪壓到(倒)了)

간본(簡本) 가운데에도 『경본증보교정전상수호지전평림』(京本增補校正全像水滸志傳評林) 25권이 있는데, 일본 닛코(日光) 고잔 린노지(晃山輪王寺) 지간도(慈眼堂) 소장 명 여씨쌍봉당(余氏雙峰堂) 간본이다. 위에는 평(評)이 있고, 가운데에는 그림이며, 아래가 본문이다. 반엽(半葉) 십사행(十四行), 행이십일자(行二十一字)이다. 칠 권 앞에는 회수(回數)가 기록되어 있으나, 칠 권 뒤에는 회수가 기록되어 있지 않다. "중원 관중 나도본 명 경보 편집"(中原貫中羅道本明卿父編輯), "후학 앙지 여종운 등보 평교"(後學仰止余宗雲登父評校), "서림 문대 여상두 자 고보 보재"(書林文臺余象斗子高父補梓)라 적혀 있다. 이 내용을 검토하자면, 이 본의 문자는 간략하여, 115회 『영웅보』 본과 대체로 비슷하며, 이문(異文)이 많지 않은데, 비교적 중요한 것은 "安下行李"가 "安放行李了"로 되어 있고, "見一簇店家"가 "見一簇莊家"로 되어 있고, "已晚"이 "到晚"으로 되어 있는 것뿐으로, 모두 『영웅보』보다 낫다.—보주

38) 원문은 "錢塘施耐庵的本, 羅貫中編次".

"적본"(的本)은 원대에 전문적인 서적에 쓰였던 명칭이다. 원간본(原刊本) 잡극(雜劇)

30종 가운데 극명(劇名) 표제(標題)에 "적본"(的本) 두 글자가 올라 있는 것은 아홉 가지가 있다고 한다. "적본"은 "적확(的確)한 진본(眞本)"이라는 의미이다. "족본"(足本)이 "내용이 완전한"이라는 의미를 갖고 있는 것과는 대치된다(옌둔이嚴敦易, 『수호전의 변천』水滸傳的演變, 218쪽).—일역본

39) 곽훈(郭勛). 명 호주(濠州; 관할구역은 지금의 안후이 펑양鳳陽) 사람이다. 명 개국공신 곽영(郭英)의 후예로 무정후(武定侯)를 습봉받았다. [곽훈이 죽은 해는 『명사』(明史) 130권 「곽영전」(郭英傳)에 딸려 있는 전(傳)에, 곽훈이 가정 20년(1541) 죄를 얻어 금의옥(錦衣獄)에 하옥되었다가, 다음 해 겨울 옥중에서 사망했다는 것으로 미루어 볼 때, 가정 21년(1542) 겨울일 것이다.—일역본

40) 곧 왕도곤(汪道昆)이다. 이 판본은 현재 보이지 않는다.—보주

41) 원문은 "前有汪太函序, 托名天都外臣者".

42) 허신(何心)은 그의 『수호연구』(水滸硏究)에서 다음과 같이 말했다. "곽본 이전의 『수호전』 가운데, 송강이 염파석(閻婆惜)을 맞아들이는 일은 본래 유당(劉唐)이 편지를 보낸 뒤로 배치되어 있었다. 그러나 이렇게 서술하게 되면 오히려 통하지 않는 부분이 약간 생기게 된다. 그것은 송강이 돈으로 염파석에게 도움을 주던 때부터 염파석을 죽일 때까지의 사이에는 최소한 몇 개월의 시간이 있었을 텐데, 어째서 조개(晁蓋)의 편지가 여전히 송강의 초문대(招文袋) 속에 남아 있었겠는가 하는 것이다. 그래서 곽본(郭本)에서는 송강이 염파석을 맞아들이는 대목을 유당이 편지를 보내는 것보다 앞서 배치하였다. 120회 본과 70회 본은 모두 직접 곽본을 베낀 것이기에, 이미 옮겨져 있는 것이다. 그러나 천도외신서(天都外臣序) 각본과 용여당(容與堂) 본, 115회 본은 곽본 이전에 성립된 것이기에 여전히 본래의 진면목을 보존하고 있었던 것이다. 이것으로 볼 때, 천도외신서 각본은 곽본보다 오래된 것이 마땅하다."(郭本以前的『水滸傳』中, 宋江娶閻婆惜一事, 本是安置在劉唐送信之後. 但是這樣寫法却有些不通, 因爲從宋江賙濟閻婆惜起, 至殺死閻婆惜止, 其間至少應當有幾個月, 何以晁盖的書信還留在宋江的招文袋里? 因此郭本便把宋江娶閻婆惜一節移置在劉唐送信之前. 百二十回本與七十回本都是直抄郭本的, 所以也已經移動過了. 而天都外臣序刻本, 容與堂本, 百五十回本則都成立在郭本之前, 所以還保存着原來的眞面目. 由此看來, 天都外臣序刻本應當比郭本更古)—보주

43) 이지(李贄, 1527~1602)의 자는 탁오(卓吾)이고, 별호는 온릉거사(溫陵居士)이며, 명 천주 진강(泉州晋江) 사람이다. 일찍이 운남 요안 지부(雲南姚安知府)를 역임하였다. 저작에 『분서』(焚書), 『장서』(藏書) 등이 있고, 일찍이 『수호전』에 평점(評點)을 가하였다.

44) 교호(享保)는 일본 나카미카도(中御門) 천황의 연호(1716~1736)이다. 호레키(寶曆)는 일본 모모조노(桃園) 천황의 연호(1751~1764)이다.

45) 원문은 "直教名馳塞北三千里, 證果江南第一州".

46) "獸炭"은 짐승의 형상을 한 탄(炭)이다. 『진서』(晋書) 「양유전」(羊誘傳)에 의하면 양유는 탄을 뭉쳐서 짐승의 형상을 만들어 술을 데우는 데 사용했다고 한다.—일역본

47) 원문은 다음과 같다. …只說林冲就床上放了包裹被臥, 就坐下生些焰火起來, 屋邊有一堆柴炭, 拿几块來生在地爐裏; 仰面看那草屋時, 四下裏崩壞了, 又被朔風吹撼搖振得動. 林冲道, 這屋如何過得一冬, 待雪晴了, 去城中喚個泥水匠來修理." 向了一回火, 覺得身

上寒冷, 尋思"却才老軍所說五里路外有那市井, 何不去沽些酒來吃?" 便去包裹取些碎銀子, 把花槍挑了酒葫蘆, 將火炭蓋了, 取氈笠子戴上, 拿了鑰匙出來, 把草廳門拽上, 出到大門首, 把兩扇草場門反拽上, 鎖了, 帶了鑰匙, 信步投東, 雪地裏踏着碎瓊亂玉, 迤邐背着北風而行,── 那雪正下得緊. 行不上半里多路, 看見一所古廟, 林冲頂禮道, "神明庇佑, 改日來燒錢紙." 又行了一回, 望見一簇人家, 林冲住脚看時, 見籬笆中挑着一個草帚箒兒在露天裏. 林冲徑到店裏; 主人道, "客人那裏來?" 林冲道, "你認得這個葫蘆麽?" 主人看了, 道, "這葫蘆是草料場老軍的." 林冲道, "如何? 便認的." 店主道, "旣是草料場看守大哥, 且請少坐, 天氣寒冷, 且酌三杯權當接風." 店家切一盤熟牛肉, 燙一壺熱酒, 請林冲. 又自買了些牛肉, 又吃了數杯, 就又買了一葫蘆酒, 包了那兩塊牛肉, 留下些碎銀子, 把花槍挑了酒葫蘆, 懷內揣了牛肉, 叫聲"相擾", 便出籬笆門, 依舊迎着朔風回來. 看那雪, 到晩越下的緊了. 古時有個書生, 做了一個詞, 單題那貧苦的恨雪: 廣莫嚴風刮地, 這雪兒下的正好, 拈絮撏綿, 裁幾片大如栲栳, 見林間竹屋茅茨, 爭些兒被他壓倒. 富室豪家, 却道是"壓瘴猶嫌少", 向的是獸炭紅爐, 穿的是棉衣絮襖, 手拈梅花, 唱道"國家祥瑞" 不念貧民些小. 高臥有幽人, 吟咏多詩草. 再說林冲踏着那瑞雪, 迎着北風, 飛也似奔到草場門口, 開了鎖, 入內看時, 只叫得苦. 原來天理昭然, 佑護善人義士, 因這場大雪, 救了林冲的性命; 那兩間草廳, 已被雪壓倒了.…(第十回『林教頭風雪山神廟』)

48) 양정견(楊定見)의 자는 봉리(鳳里)이고, 명 마성(麻城; 지금의 후베이) 사람이다. 그는 『충의수호전서 · 소인』(忠義水滸全書小引)에서 다음과 같이 말했다. "내가 이탁오 선생을 모시고 있었을 때, 외모를 계승하고 마음도 위임받아, 탁오 선생이 아닌 것이 없었다[의역을 하면, "성심성의껏 이탁오 선생을 본받아 그를 섬겼다."—옮긴이].……내가 오(吳) 땅에 가서 지부 진무이(陳無異) 사군[使君; 옛날 주州, 군郡의 장관에 대한 존칭.—옮긴이]을 뵈었을 때 원무애씨를 만났다.……이로부터 몇 차례 교제하는 말이 오가다가, 문득 이야기가 탁로(卓老)에게까지 미쳤다. [원무애씨는] 탁로가 남긴 말을 열심히 구하고, 탁로가 비열(批閱)하여 남긴 책 또한 열심히 구했다 하였으니, 무애씨는 기인인가 그렇지 않으면 그런 벽(癖)이 있는 것일까? 나는 나의 보따리를 찾아서, 탁오 선생이 비정(批定)한 『충의수호전』 및 『양승암집』 두 책을 함께 그에게 넘겨주었다. 값진 보물을 얻은 듯이 기뻐한 무애는 세상에 공개하기를 원하였다."(吾之事卓吾先生也, 貌之承而心之委, 無非卓吾先生者.……自吾游吳, 訪陳無異使君, 而得袁無涯氏.……嗣是數過從語, 語輒及卓老, 求卓老遺言甚力, 求卓老所批閱之遺書又甚力, 無涯氏豈狂耶癖耶? 吾探吾行笥, 而卓吾先生所批定『忠義水滸傳』及『楊升庵集』二書與俱, 挈以付之. 無涯欣然如獲至寶, 願公諸世)

49) 『소설구문초』(小說舊聞鈔)에서의 루쉰의 안어(按語)는 다음과 같다. "일찍이 두 가지 『수호전』을 본 적이 있는데, 『충의수호전』 일백 회로 이지의 서가 있고, 다른 하나는 『신전이씨장본충의수호전서』로 모두 120회이며, 초인 양정견의 서가 있다. 책 속에는 비어가 있는데, 이탁오의 손에서 나온 것이라 하나, 천박한 것이 아마도 엽문출 무리의 소위인 듯하다."(嘗見『水滸傳』二種: 曰『忠義水滸傳』, 凡一百回, 有李贄序, 一曰『新鐫李氏藏本忠義水滸傳序』, 凡一百二十回, 有楚人楊定見序. 書中幷有批語, 稱出李卓吾手, 而膚陋, 殆卽葉文出輩所爲) — 보주

50) 원무애(袁無涯)의 이름은 숙도(叔度)이고, 명말 소주(蘇州) 사람이다. "서식당"(書植堂)

을 경영하면서 서적을 간행하였다.

51) 원문은 "舊本去詩詞之煩蕪, 一慮事緒之斷, 一慮眼路之迷, 頗直截淸明, 第有得此以形容人態, 頗挫文情者, 又未可盡除, 玆復爲增定, 或攛原本而進所有, 或逆古意而益所無, 惟周勸懲, 兼善戲謔".

52) 엽주(葉晝)의 자는 문통(文通)이고, 명 무석(無錫; 지금의 장쑤) 사람이다. 저작에 『열객편』(悅客編) 등이 있다. 항상 유명한 사람을 가탁하여 여러 책에 평점을 가하였다. 주량공은 『인수옥서영』(因樹屋書影)에서 다음과 같이 지적하였다. "온릉[이지를 가리킴]의 『분·장서』가 성행할 때, 세간에는 온릉의 이름을 빌린 것이 여러 종 나왔다. 이를테면, 『사서제일평·제이평』, 『수호전』, 『비파』, 『배월』 같은 여러 평들은 모두 문통의 손에서 나온 것이다."(當溫陵『焚·藏書』盛行時, 坊間種種借溫陵之名以行者, 如『四書第一評·第二評』·『水滸傳』·『琵琶』·『拜月』諸評, 皆出文通手)

53) "치어"(致語)는 곧 개장백(開場白)의 의미이다. 자세한 것은 허신(何心)의 『수호연구』(水滸硏究) 제7장을 볼 것. 『등화파파』사화는 지금까지 『신평요전』 가운데 보존되어 있는데, 이미 풍몽룡의 손질을 거친 것인 듯하다. 제1편을 참고할 것. "나씨의 원본 『평요전』은 20회만 있다. 현재 통행되고 있는 40회 본은 풍몽룡이 개편한 것이다. 제1회에서 제15회까지는 모두 풍씨가 덧붙인 것이다. '등화파파'의 치어 역시 풍씨가 추가한 것이다. 이 '치어'는 본래 『수호전』 가운데 있었는데, 뒤에 산거되었다. 풍씨는 『평요전』 제1회에서 말한 것이 원숭이의 정령이고, '등화파파'에서 말한 것도 원숭이의 정령이었기 때문에 그것을 써서 『평요전』의 치어로 삼았던 것이다."(羅氏原本『平妖傳』只有二十回. 現在通行的四十回本, 乃是馮夢龍所改編的. 第一回至第十五回, 都是馮氏所增. 那'燈花婆婆'的致語, 也是馮氏加上去的. 這'致語'本在『水滸傳』中, 後來被刪落了. 馮氏因爲『平妖傳』第一回說的是猴精, 而'燈花婆婆'說的也是猴精, 所以便寫來作爲『平妖傳』的致語. 何心, 『水滸硏究』, 95~96쪽) — 보주

54) 원문은 다음과 같다. 古本有羅氏致語, 相傳燈花婆婆等事, 旣不可復見, 乃後人有因'四大寇'之拘而酌損之者, 有嫌一百二十回之繁而淘汰之者, 皆失. 郭武定本卽舊本移置閻婆事, 甚善, 其于寇中去王田而加遼國, 猶是小家照應之法, 不知大手筆者正不爾爾.

55) 117회 본. 오늘날 전해지는 『수호』에는 117회 본이 없다.

56) "간본"(簡本)이라고 한다.— 보주

57) "번본"(繁本)이라고 한다.— 옮긴이

58) 원문은 다음과 같다. 余二十年前所見『水滸傳』本尙極足尋味, 十數載來, 爲閩中坊賈刊落, 止錄事實, 中間游詞餘韻神情寄寓處一概刪之, 遂旣不堪覆瓿, 復數十年, 無原本印證, 此書將永廢.

59) 시내암(施耐庵), 나관중(羅貫中)의 관계 문제에 관해서는 고유(高儒)의 『백천서지』(百川書志) 6권 「사지」(史志) 3에 실려 있다. "『충의수호전』(忠義水滸傳) 100권 전당(錢塘) 시내암 적본, 나관중 편차."(『忠義水滸傳』一百卷, 錢塘施耐庵的本, 羅貫中編次) 또 호응린은 『소실산방필총』 41권에서 다음과 같이 말했다. "원대(元代) 무림(武林)의 시(施) 아무개라는 사람이 지은 『수호전』이 특히 성행했다.…… 그 문하 사람인 나본 역시 그것을 본받아 『삼국지연의』를 지었는데 매우 천박하고 비루하여 비웃을 만하다."(元人武

林施某所編『水滸傳』, 特爲盛行,…其門人羅本亦效之爲『三國志演義』, 絶淺陋可嗤也)

60) 원문은 "嘗入市肆紬閱故書, 于敝楮中得宋張叔夜禽賊招語一通, 備悉其一百八人所由起, 因潤飾成此編".

61) 원문은 "施某事見田叔禾『西湖志餘』".

62) 우메이(吳梅, 1884~1939)의 자는 구안(瞿安)이고, 호는 상애(霜厓)이다. 창저우(長洲; 지금의 장쑤 우현吳縣) 사람이다. 일찍이 베이징대학 등의 학교에서 교수를 역임했다. 그가 지은 『고곡주담』(顧曲麈談)은 희곡의 음률과 작곡 방법에 대해 논술한 것으로, 그 가운데 원·명 이후 희곡 작가들의 사적과 일화를 전문적으로 기술해 놓은 장(章)이 하나 있다.

63) 원문은 "『幽閨記』爲施君美作. 君美, 名惠, 卽作『水滸傳』之耐庵居士也".

64) 본래는 희곡 용어로, 원 잡극에서 4절 이외에 덧붙인 짧은 독립적인 대목이다. 보통 제일 앞에 쓰여 극의 줄거리의 발단으로 삼았다.—일역본

65) "악찰"(惡札). 김성탄(金聖嘆)은 후몽(侯蒙)이 상서를 올려 송강(宋江)을 초안(招安)하고자 한 데 대해서 반대했다. 그는 "반란을 일으킨 도적"(反賊)은 초안할 수 없으며, 다만 토벌하여 섬멸할 수 있을 뿐이라고 생각했다. 김성탄은 관화당 본(貫華堂本) 『김인서산정수호전』(金人瑞刪定水滸傳) 첫머리 『송사목』(宋史目)의 평어(評語)에서 다음과 같이 말했다. "군자는 한 마디 말로써 지혜롭게도 되고 한 마디 말로써 지혜롭지 못하게 되기도 한다. 후몽과 같은 사람 역시 다행히도 결국은 죽고 말았다. 만약 진정으로 동쪽을 평정하는 일을 맡게 되었다면, 그가 공무에 있어 크게 실패하여 세상 사람들의 웃음거리가 되지 않았을지 어떻게 알겠는가? 어찌하여 나관중은 변변치 못하게도 그와 같은 주장을 그대로 본받아 『수호전』에 덧붙여 악찰을 지었는가."(君子一言以爲智, 一言以爲不智, 如侯蒙其人者, 亦幸而遂死耳. 脫眞得知東平, 惡知其不大敗公事, 爲世僇笑者哉! 何羅貫中不達, 獨祖其說, 而有續『水滸傳』之惡札也)

66) 원문은 다음과 같다. 近金聖歎自七十回之後, 斷爲羅所續, 因極口詆羅, 復僞爲施序于前, 此書遂爲施有矣.

67) …智深走到面前, 那和尙吃了一驚, 跳起身來, 便道, "請師兄坐, 同吃一盞." 智深提着禪杖道, "你這兩個, 如何把寺來廢了?" 那和尙便道, "師兄請坐, 聽小僧…" 智深睜着眼道, "你說你說!" "…說: 在先敝寺, 十分好個去處, 田莊又廣, 僧衆極多, 只被廊下那幾個老和尙吃酒撒潑, 將錢養女, 長老禁約他們不得, 又把長老排告了出去, 因此把寺來都廢了.…"

68) 那和尙便道, "師兄請坐, 聽小僧說." 智深睜着眼道, "你說你說!" 那和尙道, "在先敝寺, 十分好個去處, 田莊廣有, 僧衆極多…"

69) 那和尙曰, "師兄聽小僧說: 在先敝寺, 田莊廣有, 僧衆也多…"

70) 聖嘆生在流賊遍天下的時代, 眼見張獻忠李自成一班强盜流毒全國, 故他覺得强盜是不能提倡的, 是應該口誅筆伐的.

71) 雖始行不端, 而能翻然悔悟, 改弦易轍, 以善其修, 斯其意固可嘉, 而其功誠不可泯.

72) 일명 『정사구전』(征四寇傳), 『수호후전』(水滸後傳)이나 『속수호전』(續水滸傳)이라고도 한다. 통행본(通行本)과 야둥도서관(亞東圖書館) 배인본이 있다.—보주

73) 『수호후전』(水滸後傳) 8권 40회는 명 진침이 지은 것이다. "옛 송대의 유민 저, 안탕산

초 평"(古宋遺民著, 雁宕山樵評)이라 적혀 있다. 권수에 논략이 있다. 진침의 자는 하심이고, 호는 안탕산초(雁宕山樵)로, 절강(浙江) 오정(烏程) 사람이다. 그는 명 만력 연간에서 청 강희 연간까지 살았다. 아울러 그는 이 소설 이외에도 적지 않은 시를 지었다. 『남심지』(南潯志)와 『명시기사』(明詩記事), 『명시종』(明詩綜), 『심계시징』(潯溪詩徵) 및 『오흥시존』(吳興詩存) 내에 그의 시 일백여 수가 있는데, 그 가운데 대부분은 애국주의의 광휘가 찬란하게 빛나고 있어, 『수호후전』의 이해에 도움이 된다. 상세한 것은 쉬푸밍(徐扶明)의 『수호후전의 작자 진침의 애국주의 사상』(水滸後傳作者陳忱的愛國主義思想; 『文學遺産選集』 2輯)을 볼 것.— 보주

74) 원문은 "不知何許人, 以時考之, 當去施羅未遠, 或與之同時, 不相爲下, 亦未可知".

75) 진침(陳忱)의 사적과 저작에 관해서는 루쉰이 『소설구문초』「수호후전」조에서 지적한 대로, 후스의 「『수호후전』서」(『水滸後傳』序; 곧 「水滸續集兩種書」, 뒤에 『후스 문존』 2집 2권에 수록됨)에 왕왈정(汪曰楨)의 『남도진지』(南壽鎭志)에 의거한 상세한 기록이 있다. 다만 같은 시대에 절강(浙江)에는 동명이인이 있었는데(자는 용단用亶이고 수수秀水 사람), 이 사람이나 그의 저작과 혼동하는 일이 자주 있었다. 『수호후전』의 작자인 진침은 순치(順治) 초년에 귀장(歸莊), 고염무(顧炎武), 오염(吳炎), 왕석천(王錫闡) 등과 경은시사(驚隱詩社)를 결성하였으나, 동인들 가운데 문자옥에 연루된 자가 나오자, 시사를 해산하였다 한다. 현재 진침의 『수호후전』에 관한 사료는 쿵링징(孔另境)이 집록(輯錄)한 『중국소설사료』(中國小說史料; 정전둬 서, 자오징선 발, 상하이: 구뎬원쉐출판사, 1957)에 정리되어 있다.— 일역본

76) 『탕구지』(蕩寇志). 70권, 70회, 결자(結子) 1회가 덧붙어 있다. 청 함풍(咸豐) 3년 서패가(徐佩珂)가 남경에서 간행한 것이 초인본(初印本)으로, 본문은 반엽(半葉) 7행, 행이십오자(行二十五字)이다. 달리 동치(同治) 7년의 복본(覆本)과 함풍 7년 중간본(重刊本) 및 광서(光緖) 병신(丙申) 환문서국(煥文書局) 연인본(鉛印本)이 있다.— 보주

77) 원문은 "當年宋江幷沒有受招安平方臘的話, 只有被張叔夜擒拿正法一句話". 이 두 구절은 유만춘(兪萬春)의 『탕구지』 첫머리 「인언」(引言)에 보인다.

78) 유만춘(1794~1845)의 생년에 관해서, 궁둔(公盾)은 「『탕구지』에 관하여」(關于『蕩寇志』)에서, 「『탕구지』연기」(『蕩寇志』緣起)에 유만춘이 13살 되던 해에 베이징에서 꿈을 꾼 것이 기록되어 있는데, 말미에 이것이 "가경(嘉慶) 11년 4월 초9일"이었다고 쓰여져 있는 것으로부터 역산하여 건륭 59년(1794)에 태어났다고 고증하였다(『학술월간』學術月刊, 1962년 제12기에 실림. 뒤에 『중국근대문학논문집』中國近代文學論文集, 「소설권」小說卷, 베이징: 서후이커쉐출판사社會科學出版社, 1983에 재수록됨).— 일역본

79) 청대의 제도로 공적이 있는 관리를 이부에서 심사하여 등급을 정하는 것.— 옮긴이

80) 『탕구지』 목록 뒤에는 작자인 유만춘의 아들 용광(龍光)이 함풍 원년(1851)에 쓴 발어가 있다. "도광 신묘(1831)와 임진(1832)년 사이에, 절강성 동쪽에서 요민이 변란을 일으키니, 선친께서는 선대부를 따라나서 종군하였다. 선군께서는 평소 활과 말타기에 능숙하시어 명중시키는 기예가 있었기에, 드디어 공이 의서되었다. 월지방으로 돌아와서는 의술로 서호 등지를 유력하였다. 임인(1842)년에 영이가 반란을 일으키자, 다시 군문에 방책을 올려 전투에 대한 대비와 장비에 대해 낱낱이 진술하여, 무군인 유

옥파로부터 상을 받았다. 만년에는 원문으로 돌아와 선업을 쌓았다. 기유(1849)년 봄 정월에 병 없이 돌아가셨다. 저서로는 『기사론』, 『화기고』, 『척남당기효신서석』, 『의계변증』, 『정토사상』 등이 있는데, 모두 원고인 상태로 간행되지는 못했다. 특히 분량이 많은 것은 『탕구지』이다. 『탕구지』는 『수호전』을 완결한 것이다.…… 도광 병술(1826)에 짓기 시작하여, 정미(1847)에 마쳤으니, 이십여 성상이 지나고서야 비로소 그 실마리를 마감할 수 있었으나, 손보고 다듬을 겨를도 없이 돌아가셨다."(道光辛卯壬辰間, 粵東傜民之變, 先君隨先大父負羽從戎, 緣先君子素嫻弓馬, 有命中技, 遂以功獲議敍. 已而歸越, 以岐黃求遨游于西湖間. 歲壬寅, 嘆英夷犯順, 又獻策軍門, 備陳戰守器械, 見賞于劉玉坡撫軍. 晩歸元門, 兼修淨業. 己酉春王正月, 無疾而逝. 著有『騎射論』, 『火器考』, 『戚南塘紀效新書釋』, 『醫界辨證』, 『淨土事相』, 皆屬稿而未鐫. 而尤有卷帙繁重者, 則『蕩寇志』是. 『蕩寇志』所以結『水滸傳』者也.…草創于道光之丙戌, 迄丁未, 寒暑凡二十易, 始竟其緒, 未遑修飾而歿) — 보주

81) 태곳적의 우·하(虞夏)의 일을 서술한 것으로는 주유(周游)의 『개벽연의』(開闢演義), 종성(鍾惺)의 『개벽당우전』(開闢唐虞傳) 및 『유하지전』(有夏志傳) 같은 것들이 있다. 주유는 자가 앙지(仰止)이고, 호가 오악산인(五岳山人)이다. 명대(明代) 사람으로 생평은 자세하지 않다.

『개벽연의』. 6권 80회이다. 종성(1574~1624)의 자는 백경(伯敬)으로, 명대 호광(胡廣) 경릉(竟陵) 사람이다. [『신간안감편찬개벽연석통속지전』(新刊按鑒編纂開闢衍繹通俗志傳)은 6권 80회, 명 주유 찬. "오악산인 주유 앙지집"(五岳山人周游仰止集), "청죽거사 왕황자 승석"(淸竹居士王黌子承釋)이라 적혀 있다. 표지에는 "종백경선생 평"(鍾伯敬先生評)이라 제하였고, 권수(卷首)에는 숭정(崇禎) 을해(乙亥; 8년) 왕황(王黌)의 서가 있다. 내용은 반고씨(盤古氏)가 천지개벽한 것으로부터 주 무왕(周武王)이 백성들을 위로하고 죄 있는 통치자를 징벌한 것(吊民伐罪)까지를 기술하였다. 인서당(麟瑞堂) 본이 있다.— 보주]

『개벽당우전』. 곧 『반고지당우전』(盤古至唐虞傳)으로 2권 14칙(則)으로 되어 있다. [『안감연의제왕어세반고지당우전』(按鑒演義帝王御世盤古至唐虞傳; 『반고지전』이라 약칭함)은 2권 14칙, 명 무명씨 찬. "경릉 종성 경백부 편집"(景陵鍾惺景伯父編輯), "고오 풍몽룡 유룡부 감정"(古吳馮夢龍猶龍父鑒定)이라 적혀 있다. 종성(鍾惺)의 서 및 "역대 계통도"와 「역대제왕가」(歷代帝王歌)가 있다. 명 서림(書林) 여계악(余季岳) 간본이 일본 나이카쿠분코에 소장되어 있다.— 보주]

『유하지전』(有夏志傳). 4권 19칙이다. 두 책은 "경릉 종성 경백보 편집", 또 "고오 풍몽룡 유룡보 감정"에는 구제(舊題)가 달려 있는데, 실제로는 명대 무명씨가 지은 것이다. [『안감연의제왕어세유하지전』(按鑒演義帝王御世有夏志傳; 『유하지전』이라 약칭함)은 4권 19칙, 명 무명씨 찬. 제명은 『반고지전』과 거의 같다. 책머리에 종성의 서가 있으며 일본 나이카쿠분코 본이 있다. 이와는 별도로 같은 사람의 『유상지전』(有商志傳) 4권이 있고, 청 가경 연간 계고당(稽古堂) 『하상합전』(夏商合傳) 12칙도 있다.— 보주]

82) 동·서주(東西周)의 일을 적은 것으로는 『동주열국지』(東周列國志), 『서주지』(西周志), 『사우전』(四友傳) 같은 것이 있다.

『동주열국지』. 24권 108회로 되어 있다. 명대 여소어(余邵魚)가 지은 『열국지전』(列

國志傳), 명말 풍몽룡이 개정한 『신열국지』(新列國志), 청대 채원방(蔡元放)이 정리하여 고친 『동주열국지』 모두에 평어가 있다. [류슈예(劉修業) 여사에게 「방간본 『열국지전』」(坊刊本『列國志傳』)이라고 제한 고증 논문이 있다(류슈예, 『고전소설희곡총고』古典小說戲曲叢考, 베이징: 쭤자출판사, 1958). 이것은 방간본 『열국지전』 16권 219회의 판본 고증으로부터 붓을 들어 『열국지』의 판본과 원류(源流), 『열국지』의 내용 분석, 『열국지』의 산편(刪編) 구본(舊本) 『열국지』와 원곡(元曲)의 비교를 고찰하였는데, 소설사상 원(元) 지치간(至治刊) 평화오종(平話五種) 가운데 『무왕벌주서』(武王伐紂書) 3권과 『악의도제』(樂毅圖齊) 3권이 이 책의 바탕이 된 듯하다고 추정한 점이 주목할 만하다. 또 런던의 대영박물관에 『전상춘추오패칠웅열국지전』(全像春秋五霸七雄列國志傳)이라고 제한 상도하문(上圖下文)의 권을 나누지 않은 224절의 방각본을 봤다는 사실을 「부기」(附記)에 기록하였다.—일역본] [『동주열국지』는 청 채원방 평점(評點)이다. 23권, 108회. 이 책은 자못 광범하게 유포되어 간본 역시 많다. 권수(卷首)의 채서(蔡序)는 가장 이른 것이 건륭 원년으로 제한 것이 있고, 건륭 17년이나 23년으로 제한 것도 있다. 열국을 서술한 강사(講史)로 가장 먼저 나온 것은 명 여소어의 『열국지전』이다. 소어의 자는 외재(畏齋)이고, 복건(福建) 건녕부(建寧府) 건양현(建陽縣) 사람이다. 여상두(余象斗)는 만력 때 이 책을 중간하면서, 그를 "돌아가신 아재비뻘 되는 친척"(先族叔翁)이라 불렀으며, 가정과 융경(隆慶) 때 사람이다. 이 책은 원간본은 아직 보이지 않는다. 지금 보이는 것은 『신간경본춘추오패칠웅전전열국지전』(新刊京本春秋五霸七雄全傳列國志傳) 8권과 『신전진미공선생평점춘추열국지전』(新鐫陳眉公先生評點春秋列國志傳) 12권이다. 뒤에 명 풍몽룡이 새로 엮은 『신열국지』 108회가 나왔는데, 여소어의 책 가운데 소루한 곳을 고서(古書)에 근거하여 개정한 것이다. 풍몽룡은 자가 유룡(猶龍)으로, 남직예(南直隸) 오현(吳縣) 사람이다. 숭정(崇禎) 연간에 복건 수녕현(壽寧縣) 지현(知縣)을 지냈다. 자세한 것은 쑨카이디의 『중국통속소설서목』, 24~26쪽을 볼 것.—보주]

『서주지』(西周志). 보이지 않는다. 황모시(黃摩西)의 『소설소화』(小說小話)에 실린 것에 따르면 다음과 같다. 이 책은 "소왕이 남으로 정벌을 나간 것, 목왕이 서왕모를 만난 것과 서언왕을 평정한 일들을 서술하고 있다."(鋪張昭王南征·穆王見西王母及平徐偃王事) [『서주사우전』(西周四友傳)은 보이지 않는다. 알려진 것으로는 『서주지』가 있는데, 황모시는 『소설소화』인에서 다음과 같이 말했다. "소왕이 남정하고, 목왕이 서왕모를 알현한 것과 언왕을 평정한 일을 서술하였다. 『열국지』보다 약간의 변화가 있는데, 말은 대부분이 근거가 없다."(鋪張昭王南征, 穆王見西王母及平復偃王事. 較「列國志」稍有變化, 而語多不根) 또 『귀곡사우지』(鬼谷四友志) 3권이 있는데, 회를 나누지는 않았으며, 일명 『손방연의칠국지전』(孫龐演義七國志傳)이라고도 한다.—보주]

『사우전』(四友傳). 즉 『귀곡사우지』로 3권이며, 회목이 나누어지지 않았다. 청대 양경창(楊景淐)이 지었다.

83) 양한(兩漢)의 일을 서술한 것으로는 원굉도(袁宏道)가 평한 『양한연의전』(兩漢演義傳)이 있다. 원굉도(1568~1610)의 자는 중랑(中郎)이고, 호는 석공(石公)이며, 명대 공안(公安; 지금의 후베이에 속함) 사람이다. 명대 삼대관본(三臺館本)의 『전한지전』(全漢志

傳)은 14권으로 첫머리에 원굉도의 서가 있다.

[양한(兩漢)의 강사로 비교적 이른 시기에 나온 것으로는 민각(閩刻) 구본(舊本) 세 가지가 있다. 하나는 『전한지전』 12권(西漢, 東漢 각 6권)으로, 명 웅대목(熊大木)이 지었다. 만력 16년 간본이다. 웅대목의 자는 추곡(鍾谷)으로 복건 건녕부 건양현(建陽縣) 사람이다. 두번째는 『양한개국중흥전지』(兩漢開國中興傳志) 6권으로 지은이는 알 수 없다. 만력 33년 간본이다. 세번째는 『전한지전』 14권이다. 비교적 늦게 나온 것으로는 견위(甄偉)의 『중각서한통속연의』(重刻西漢通俗演義)가 있는데, 10권 146칙이다. 이상은 모두 명 간본이다. 청대에는 또 무명씨의 『동한연의평』(東漢演義評)이 있는데, 8권 32회로, 산성(珊城) 청원도인(淸遠道人) 중편(重編)이라 적혀 있다. 자세한 것은 쑨카이디의 『중국통속소설서목』, 28~29쪽을 볼 것.— 보주]

84) 양진(兩晉)의 일을 서술한 것으로는 『동서진연의』(東西晉演義)가 있다. 이 책은 『서진연의』(西晉演義) 4권과 『동진연의』(東晉演義) 8권을 포함하고 있다. 명대 무명씨가 지었으며, "말릉 진씨 척확재 평석"(秣陵陳氏尺蠖齋評釋)이라 적혀 있다. 첫머리에 치형산인(雉衡山人; 명대 양이증楊爾曾)의 서가 있다.

[『동서진연의』는 서진 4권, 동진 8권으로 명 무명씨가 지은 것이다. 만력 46년 주씨대업당(周氏大業堂) 간본이 있는데, "말릉 진씨 척확재 평석"이라 적혀 있다. 매 권에는 연대가 시작되고 끝나는 것이 기록되어 있는데, 동·서진을 나누어 서술하고 있으며, 회수는 표시하지 않았다. 머리에 치형산인(양이증)의 서가 있다. 이와 별도로 『동서진연의지전』(東西晋演義志傳) 12권 50회가 있는데, 명 삼대관(三台館) 원간본(原刊本)으로, "쌍봉당주인 감정"(雙峰堂主人鑑定), "삼대관여씨 재행"(三台館余氏梓行)이라 적혀 있다. 또 『동서진연의』 12권 50회도 있는데, 양이증이 엮은 것이다. 이 두 권의 판본은 사실은 같은 것이다. 청말 오견인(吳趼人)도 『양진연의』(兩晋演義)를 썼는데, 완성시키지는 못했다.— 보주]

85) 당대(唐代)의 일을 적은 것으로는 웅종곡(熊鐘谷)의 『당서연의』(唐書演義)가 있다.
웅종곡은 곧 웅대목(熊大木)으로 명대 건양(建陽; 지금의 푸젠에 속함) 사람이다.
『당서연의』. 전체 명칭은 『당서지전통속연의』(唐書志傳通俗演義)이며 90절(실제로는 89절임)로 되어 있다. [『당서지전』은 명 웅대목 찬으로, 명대의 각본이 역시 많다. 지금 보이는 것으로는 양씨청강당(楊氏淸江堂), 당씨세덕당(唐氏世德堂), 여씨삼대관(余氏三台館) 및 무림장주관(武林藏珠館) 네 가지가 있으며, 모두 90절로, 89절이나 87절로 된 것도 있다.— 보주]

86) 송대(宋代)의 일을 서술한 것으로는 척확재 평석의 『남북양송지전』(南北兩宋志傳)이 있다. 척확재는 명대 진계유(陳繼儒)의 서재 이름이다.
『남북양송지전』. 『남송지전』(南宋志傳), 『북송지전』(北宋志傳) 각 10권 50회를 포함하고 있다. 책에는 "고숙 진씨 척확재 평석"(姑孰陳氏尺蠖齋評釋)이라 적혀 있다. 『남송』에는 "진계유 편차"(陳繼儒編次)라고 제하였고, 『북송』에는 편찬인이 적혀 있지 않다. 『남송』은 태조(太祖)의 일을 이야기하고 있으며, 『북송』은 송초(宋初)와 진종(眞宗), 인종(仁宗) 두 조대의 일을 부연하고 있다. 책이름은 『남송』·『북송』이나 실제로는 역사상에 있어서의 남북송의 분기(分期)와 무관하며 또한 남송 때의 일을 언급하지 않고 있다. [『전상안감연의남북양송지전』(全像按鑒演義南北兩宋志傳)은 남북으로 나누어 서술하였는데, 합해서 20권이다. 명 건양(建陽) 여씨(余氏) 소장본이다. 남송은 "진계유 편차"(陳繼儒編次)라 제하였고, 북송은 지은이가 없다. 머리에 삼대관주인(三台館主人) 서가 있는데, 일본 나이카쿠분코에 소장되어 있다. 이와는 별도로 명 금릉(金陵) 세덕당(世德堂) 간본과 명 엽곤지(葉昆池) 간 옥명당(玉茗堂) 평점본이 있는데, 후자는 서명이 『신각옥명당비점수상남북송전』(新刻玉茗堂批點綉像南北宋傳)으로 "연석산초 정정"(研石山樵訂正), "직리기인 교열"(織里畸人校閱)이라 제하였고, 남송·북송 각각 10권 50회이다. 이것은 소주(蘇州) 간본으로 현재 통행본은 모두 이것으로부터 나왔다. 정첸(鄭騫)이 소장한 명 간본은 서명이 『신각전상안감연의남북송전제평』(新刻全像按鑒演義南北宋傳題評)으로 남아 있는 것은 4권에서 7권까지이다.— 보주]

87) 전 역사를 모두 적은 것으로는 『이십사사통속연의』(二十四史通俗演義)가 있다. 이 책은 26권 44회로 되어 있으며, 청대의 여무(呂撫)가 지었다. 원래의 제목은 『강감연의』(綱鑒演義)인데 후대에 책이 전해지면서 지금의 이름으로 바뀌어 불리게 되었다.
[『이십사사통속연의』는 본명이 『강감연의』(綱鑒演義)이다. 26권 44회로, 청 여무(呂撫) 찬으로 옹정(雍正) 원간본(原刊本)과 정기당(正氣堂) 활자본 등이 있다. 여무는 자가 안세(安世)로 절강(浙江) 신창(新昌) 사람이며, 제생(諸生)이었다. 건륭 원년 효렴방정(孝廉方正)에 급제하였다. 요즘 사람인 채동번(蔡東藩) 역시 『역조사통속연의』(歷朝史通俗演義)를 썼는데, 회문당(會文堂)에서 출판되었다.— 보주]

88) 채오(蔡奡)의 자는 원방(元放)이고, 호는 야운주인(野雲主人)이며, 청대 강녕(江寧; 지금의 장쑤에 속함) 사람이다.
『동주열국지독법』(東周列國志讀法). 평본(評本) 『동주열국지』에 보인다.

89) 원문은 "若說是正經書, 却畢竟是小說樣子,…但要說他是小說, 他却件件從經傳上來".

90) 왕륙대부는 남송의 설화인(說話人)이다. "여러 역사에 두루 통했고"(諸史俱通), 궁정에서 강설을 하면서, 녹봉을 받았는데, 이종(理宗, 1225~1264)으로부터 극찬을 받았다. 『복화편』(復華篇)은 『복화편』(福華篇)의 잘못이다. 가사도(賈似道)가 문객인 요영중(廖瑩中)에게 명하여 이 책을 지었는데, 악주강(鄂州江)상의 대첩(大捷)을 과장하여 서술한 것이다. 『중흥명장전』(中興名將傳)은 대략 『취옹담록』(醉翁談錄)에서 말한 바와 같이, "새로 장준과 한세충, 유기, 악비를 강설한 것"(新話說張(浚)韓(世忠)劉(錡)岳(飛))이다.— 보주

91) 원문은 "有王六大夫, 于咸淳年間敷衍『復華篇』及『中興名將傳』, 聽者紛紛".

92) 『황명영렬전』(皇明英列傳). 6권으로 명대 무명씨가 지었다. [『황명영렬전』 6권은 명 삼대관 간본으로, "서림 여군소 재행"(書林余君召梓行)이다. 청 건륭 『금서총목』에는 "군소 여응조 영렬전"(君召余應詔英烈傳)이 있는데, 바로 이것이다. 이와 별도로 이른바 『옥명당 비점』(玉茗堂批點) 본이 있다. 가장 이른 것은 『황명개운영무전』(皇明開運英武傳) 8권으로 명 만력 19년 서림(書林) 양명봉(楊明峰) 간본이다.— 보주]
[『황명영렬전』은 명 간본 가운데 가장 이른 것으로 8권 본(8권 60칙)과 6권 본 두 가지가 있고, 『운합기종』(雲合奇蹤)이라 제한 서문장보편(徐文長甫編)이라 의탁한 개정본은 명간 20권 본(80칙)과 5권 80회 본, 청간 10권 80회 본 등이 있다. 상세한 것은 쑨카

이다 『중국통속소설서목』과 『일본 도쿄에서 본 중국 소설 서목』(日本東京所見中國小說書目)을 볼 것. 또 자오징선은 「영렬전본사고증」(英烈傳本事考證)을 썼다(자오징선, 『중국고전소설총고』中國古典小說叢考, 지난濟南: 치루서사齊魯書社, 1980). 『운합기종』 본 2종을 저본으로 교정 주석을 가하고 정리한 활자본으로는 자오징선, 두하오밍(杜浩銘) 교주(校注), 『영렬전』(상하이: 쓰롄출판사四聯出版社, 1955)이 있다.
다이부판(戴不凡)의 「시내암은 곧 곽훈으로 의심함」(疑施耐庵即郭勛; 다이부판, 『소설견문록』小說見聞錄에 실려 있음)에서는 명 간본 『황명종신록』(皇明從信錄; 선궈위안沈國元 찬, 천캉위안陳建原 저) 등에 의거해 곽훈의 사적을 고증했는데(다만 『명사』에 곽훈의 전이 없다고 한 것은 잘못이다), 『삼국지』, 『수호전』을 모방하여 『국조영렬전』(國朝英烈傳)을 지었다는 기록이 보이기 때문에, 『영렬전』이 곽훈이 지은 것이라는 설은 믿을 만한 것이라고 했다.— 일역본]

93) 『진영렬전』(眞英列傳). 보이지 않는다. 황모시의 『소설소화』(小說小話)에 실린 것에 따르면 다음과 같다. "이전의 책(『영렬전』英列傳을 가리킴)을 반대하여 지은 것 같다. 여러 개국공신의 장수 중에서 곽영(郭英)에 대해 대단히 통렬하게 비난하고 있다."(似因反對前書(指『英列傳』)而作, 開國諸將中, 于郭英多所痛詆)

94) 『송무목왕연의』(宋武穆王演義). 곧 『대송중흥통속연의』(大宋中興通俗演義)로 8권 80편이다. "오봉 웅대목 편집"(鰲峰熊大木編輯)이라 제하였다. [『무목왕연의』(武穆王演義)는 곧 『신간대송중흥통속연의』(新刊大宋中興通俗演義)로, 명 웅대목(熊大木)이 지었으며, 8권 80칙으로, 가정 31년 양씨(楊氏) 청백당(淸白堂) 간본이다. 최초의 간본은 일본 나이카쿠분코에 소장되어 있다.— 보주]

95) 『악왕전연의』(岳王傳演義). 즉 『대송중흥악왕전』(大宋中興岳王傳)으로 8권이다. "홍설산인 여응오 편차"(紅雪山人余應鰲編次)라 적혀 있으나, 실제로는 웅대목의 『대송중흥통속연의』의 별본으로 전해지는 책이다. [『대송중흥악왕전』은 8권으로, 만력 연간 삼대관 간본이다. "홍설산인 여응오 편차"(紅雪山人余應鰲編次)라 적혀 있으나, 실제로는 웅대목이 지은 것이다. 역시 일본 나이카쿠분코에 소장되어 있다.— 보주]
여응오(余應鰲)의 생평은 자세하지 않다.

96) 『정충전전』(精忠全傳). 즉 『악무목왕정충전』(岳武穆王精忠傳)으로 6권 68회이다. 명대 무명씨가 지었다. 웅대목의 『대송중흥통속연의』의 산절본(刪節本)이다. "추원표가 편찬 개정하다"(鄒元標編訂)고 제하였는데 가탁한 것이다. 추원표(鄒元標, 1551~1624)의 자는 이첨(爾瞻)이고, 명대 길수(吉水; 지금의 장시江西에 속함) 사람이다. 이부좌시랑(吏部左侍郞)의 벼슬을 지냈으며 『원학집』(願學集)을 지었다.

97) 『설악전전』(雪岳全傳). 20권 80회로 청대 전채(錢彩)가 지었다. 채의 자는 금문(錦文)이며, 인화(仁和; 지금의 저장 항저우) 사람이다. [이 책은 건륭 연간에 금서가 되었으며, 『금서총목』에 보인다.— 보주] [이 책은 청의 전채(錢彩)가 지었는데, 김풍(金豊)의 증정(增訂)과 김풍의 서(序)가 있다. 정전둬에 의하면, 명대에 나온 악비(岳飛)에 관한 이야기는 여기에 다 모여 있다고 한다(정전둬, 「악전의 변천」岳傳的演化. 뒤에 정전둬의 『중국문학논집』 상책에 재수록됨).— 일역본]

98) 『여선외사』(女仙外史). 100회이다. 여웅(呂熊)의 자는 문조(文兆)이고, 청초 오(吳)지방

사람이다. 『시경륙예변』(詩經六藝辨) 등을 지었다.

[『여선외사』는 균황헌(鈞璜軒) 간본으로, 청 여웅이 지었다. 『재원잡지』(在園雜志)에서는 오지방 사람이라 하였는데, 절강(浙江) 신창(新昌) 사람인 듯하다. 영락 연간 당새아(唐賽兒)가 농민을 이끌고 기의했던 사건을 기술한 것이다. 유정기(劉廷璣) 품제(品題), 홍승(洪升) 평어(評語) 등이 있다. 등지성(鄧之誠) 찬 『청시기사초편』(淸詩紀事初編) 3권 「이과」(李果; 중화서국 홍콩분국香港分局, 1976, 上冊 3512~3쪽)에는 명말청초의 시인 이과(1611~1654)의 소전(小傳)이 기록되어 있는데, 그의 옛 친구 가운데 한 사람인 여웅이 『여선외사』의 저자라고 하면서, 곤산(崑山) 사람이라고 했는데, 만년에 오(吳) 지방에 거주하다가 여든두 살에 죽었다고 하였다. 이러한 사실은 셰푸천(謝伏琛)의 「『중국통속소설서목』보유」(『中國通俗小說書目』補遺; 『문헌』文獻 제16집, 베이징: 수무원셴출판사, 1983년 6월에 실려 있음)에서도 지적한 바 있다.— 일역본]

99) 『도올한평』(檮杌閑評). 『명주연』(明珠緣)이라고도 하며 50회로 지은이의 성명이 적혀 있지 않다.

[중국소설사료총서(中國小說史料叢書) 『도올한평』(베이징: 런민원쉐출판사, 1983)의 교점자(校點者) 류원중(劉文忠)의 「교점후기」(校點後記)에 의하면, 명말 사람이 집필했을 가능성이 크며, 상재(上梓)한 연대는 청 강희(康熙), 옹정(雍正) 무렵일 것이라 했다. 또 다이부판은 『도올한평』에 보이는 희곡자료로 볼 때, 이러한 명말 사실의 기술은 근거가 있으며, 청대 사람이 두찬(杜撰)했다는 것은 있을 수 없다고 하였다(다이부판, 「명청소설 가운데의 희곡 사료」明清小說中的戲曲史料, 『소설견문록』, 167~169쪽).— 일역본]

100) 당(唐)의 설가(薛家)를 서술하고 있는 것은 『정동정서전전』(征東征西全傳)이다. 『정동』(征東)은 곧 『설당후전』(說唐後傳)[『신각증이설당후전』 55회는 청 무명씨가 지었다. 표지에는 "원호어수 교정"鴛湖漁叟校訂이라 서명했다. 나통羅通이 북쪽을 소탕하고 설인귀薛仁貴가 동쪽으로 정벌한 두 가지 일을 부연하였다. 건륭 33년 원호최락당鴛湖最樂堂 등의 간본이 있다. 『이설정서연의전전』異說征西演義全傳 6권 40회는 청 무명씨가 지었으며, 청 건륭, 도광 등의 간본이 있는데, "중도일수 원본"中都逸叟原本, "오문순장주인 편차"吳門恂庄主人編次라 적혀 있다.— 보주]으로 55회이고, 『정서』(征西)는 『정서설당삼전』(征西說唐三傳)으로 10권 88회로 이루어졌으며, 모두 청나라의 이름을 알 수 없는 작가가 지은 것이다. 설가(薛家)는 당대 명장 설인귀(薛仁貴) 일가를 지칭하는 것이다.

[설가장(薛家將)에 관한 이야기는 예부터 민간에 유전되었다. 『설인귀정요사략』(薛仁貴征遼事略; 趙萬里 編注, 상하이: 구뎬원쉐출판사, 1957)은 『영락대전』(永樂大典) 5244권 요자운(遼字韻; 영국 옥스퍼드 도서관 소장)에서 집출(輯出)한 것으로, 그 문체는 지치 신간 평화오종(至治新刊平話五種)과 유사하며, 송원 화본의 하나라고 한다. 뒤의 『설당후전』의 선구가 된 화본이다.— 일역본]

101) 송(宋)의 양가(楊家)와 적청(狄靑)의 무리를 서술하고 있는 것은 『양가장전전』(楊家將全傳)과 『오호평서평남전』(五虎平西平南傳)이다.

『양가장전전』은 일명 『양가통속연의』(楊家通俗演義)라고도 하며, 8권 58칙으로 이루어져 있고 명나라의 이름을 알 수 없는 작가가 지었다. [『양가장통속연의』(楊家將通俗演義) 8권 58칙은 따로 『신편전상양가부세대충용통속연의』(新編全像楊家府世代忠勇

通俗演義)라 적혀 있다. 명 무명씨 찬으로, "진회묵객 교열"(秦淮墨客校閱), "연파조수 참정"(烟波釣叟參訂)이라 적혀 있다. 머리에 만력 병오(丙午) 진회묵객(秦淮墨客)의 서가 있다. 진회묵객은 기진륜(紀振倫)으로 자는 춘화(春華)이다. 만력 34년 정간본(精刊本)이 있으며, 베이징도서관과 베이징대학도서관에 소장되어 있다.— 보주]

『오호평서평남전』은 『오호평서전전』(五虎平西全傳)과 『오호평남후전』(五虎平南後傳)을 포함하는 것으로, 전전(前傳) 14권은 112회이고, 후전(後傳) 6권은 42회로 모두 청나라의 이름을 알 수 없는 작가가 지은 것이다. 양가(楊家)는 송대의 명장 양업(楊業) 일가를 가리킨다. "오호"(五虎)는 적청 등 다섯 사람을 지칭한다. [『오호평서전전』은 14권 112회이고, 『오호평남후전』은 6권 42회로, 청 무명씨 찬이며, 동문당(同文堂) 등의 간본이 있다.— 보주] [위자시는 「양가장고사고신록」(楊家將故事考信錄)이라는 글을 썼는데(『余嘉錫論學雜著』 下冊에 실려 있음), 양가장 전설의 모태가 된 양업 등의 사실을 고증한 논문이긴 하지만, 소설고증이라는 측면에서도 참고가 된다.— 일역본]

제16편 명대의 신마소설(神魔小說)(상)

도교와 도사를 지극히 받드는 것은 송宋 선화宣和 연간에 극도에 달했으며, 원나라 때에도 비록 불교에 귀의하기는 했지만, 여전히 도교를 매우 존중하여 그 환술幻術에 대한 미혹이 세간에 두루 퍼져 있었다. 명나라 초기에 조금씩 쇠퇴하는 듯했지만, 중엽이 되자 다시 활발하게 퍼졌다. 성화成化 연간[1465~1487년]에는 방사 이자李孜와 불승佛僧인 계효繼曉가 나왔고, 정덕正德 연간[1506~1521년]에는 색목인[1] 우영于永[2]이 나왔는데, 모두 방사의 환술 등의 잡된 기예로 관직을 받아 부귀영화와 권세를 누렸으니, 세상 사람들로부터 선망을 받았다. 이에 요망한 주술이 자연스럽게 성행하였고, 그 영향은 문장에까지 미치게 되었다. 게다가 역대로 이어져 온 삼교三教의 다툼은 모두 해결되지 않은 채 서로를 수용하여, "근원이 같다"同源고 하였으니, 이른바 의리義利, 사정邪正, 선악善惡, 시비是非, 진망眞妄 등의 여러 가지 대립적인 개념들이 모두 혼합된 데에다 다시 이것을 분석하여 이원二元으로 통합하였다. 비록 전문적인 명칭은 없지만 신마神魔라 하면 대개 개괄할 수 있을 것이다. 소설 분야에 있어서는 명초明初의 『평요전』平妖傳이 그 선구가 될 것이며, 그것을 이어 나온 작품들이 매우 많다. 이런 모든 작품에서 서술하고 있는 바는 송 이래로 도사들이 만들어 낸 이야기는 아니지만, 시정의 일반 백성들의 생각으로, 번잡하고 천박하여 거의 볼만한 것이 없다. 그러나 그것이 사람들의 마음에 미친 힘은 매우 컸는데, 다시 어떤 문인이 나와 그런 이야기들을 모아 윤색을 하여 장편의 대작이 배태되었던 것이다.

이런 소설들을 모아 집성한 것으로 지금은 『사유기』四游記가 세상에 전한다. 이 책은 모두 4종이고, 저자는 세 사람인데, 어떤 사람이 편정編定했는지는 알 수 없으며, 다만 각본刻本의 상태로 보아 명대의 작품이 틀림없을 것이다.[3] 그 첫번째는 『상동팔선전』上洞八仙傳으로, 『팔선출처동유기전』八仙出處東游記傳이라고 하며, 2권 56회로, "난강蘭江 오원태吳元泰가 지었다"蘭江吳元泰著라고 적혀 있다.[4] 그 줄거리는 다음과 같다. 철괴鐵拐(성은 이李이고, 이름은 현玄)가 득도하여 종리권鍾離權을 제도濟度하니, 종리권은 여동빈呂洞賓을 제도하였다. 두 사람이 다시 함께 한상韓湘과 조우曹友를 제도하고, 장과張果, 남채화藍采和, 하선고何仙姑는 따로 도를 닦았다.[5] 이것이 팔선八仙이다. 하루는 모두 반도蟠桃대회에 참석했다 돌아오는 길에 각각 보물을 밟고 바다를 건너는데, 용왕의 아들이 남채화가 밟고 있는 옥판玉版을 탐내어 빼앗았기에 큰 싸움이 벌어졌다. 팔선이 "불로 동해 바다를 불태우니"火燒東洋 용왕이 패배하여 천병天兵의 도움을 청했으나 역시 지고 말았다. 뒤에 관음보살의 화해를 얻어 각각 사과하고 돌아갔다. 그리하여 "높은 하늘과 깊은 바다가 멀어지고 천하가 태평한"天淵迥別天下太平 세월이 이로부터 시작된 것이다. 작품은 문어와 속어가 혼합되어 사용되고 있고, 이야기 역시 서로 어긋나는 것으로 보아, 민간의 전설을 되는대로 취하여 지은 것인 듯하다.

두번째 『오현령관대제화광천왕전』五顯靈官大帝華光天王傳, 즉 『남유기』

南游記는 4권 18회로 이루어져 있으며, "삼태산인 앙지 여상두 편"三台山人仰止余象斗編이라고 적혀 있다.[6] 상두象斗[7]는 명말의 서상書商으로, 『삼국지연의』의 각본에도 그 이름이 보인다. 그 줄거리는 다음과 같다. 묘길상妙吉祥 동자는 독화귀獨火鬼를 죽임으로써 여래如來의 노여움을 샀다. 그래서 쫓겨나 마이낭낭馬耳娘娘의 아들이 되었는데, 이를 삼안령광三眼靈光이라 한다. 다섯 가지의 신통술을 갖춰 아버지의 원수를 갚고 영허靈虛에서 노닐다가, 금창金槍을 훔친 죄로 인해 천제에게 죽임을 당하였다. 다시 염마천왕炎魔天王의 집안에 태어났으니, 이가 바로 영요靈耀이다. 천존天尊을 사부로 모시고 있다가, 다시 그의 금도金刀를 사취詐取하여 녹여서 금벽돌을 만들어 법보法寶로 삼고는 끝내 천궁에서 소동을 일으키니, 상계上界는 가마솥에 물 끓듯이 시끌벅적하였다. 현천상제玄天上帝가 물로써 그를 굴복시키니, 인간세상으로 도망쳐 소蕭씨로 환생하였는데, 이가 바로 화광華光이다. 그는 여전히 신통력을 가지고 있어 신마神魔와 싸워대니, 중계中界 역시 가마솥에 물 끓듯이 시끌벅적하였으나, 천제는 이내 그를 용서하였다. 화광은 금벽돌을 잃어버렸기에 이를 다시 제련하려고 금탑을 찾다 철선鐵扇공주를 만나 그녀를 잡아 아내로 삼았다. 또 여러 요괴들을 항복시키니 그가 가는 곳마다 그를 당해낼 자가 없었다. 그 어머니를 그리워하여 지부地府를 방문했다가 다시 다투었기에 음사陰司에서 커다란 소동이 일어나, 하계下界 역시 가마솥에 물 끓듯이 시끌벅적하였다. 얼마 안 있어 생모가 사실은 요괴로, 이름을 길지타 성모吉芝陀聖母라고 하는 것을 알게 되었다. 성모는 소장자蕭長者의 처를 잡아먹고 환술로 그 모습을 변화시켜 화광을 낳았으나, 여전히 사람을 잡아먹었기에 부처에게 잡혀 바야흐로 지옥에서 악보惡報를 받고 있었던 것이다. 화광은 그를 구해 나갔다.

……각설하고 화광華光이 세번째로 저승에 내려갔다. 어머니를 구해올 수 있어 무척 기분이 좋았다. 그 길지타 성모는 다음과 같이 말했다.

"내 자식이 나를 구해내다니 좋을시고. 나는 기아岐娥가 먹고 싶구나."

화광이 물었다.

"기아가 무엇입니까? 저희 내외는 모두 모르겠습니다."

어머니가 말했다.

"기아를 모른다면 천리안千里眼과 순풍이順風耳에게 한번 물어보거라."

화광은 곧 그 두 사람에게 물으니, 두 사람이 대답하였다.

"그 기아라는 것은 사람으로서, 어머님께서 또 사람을 먹을 생각을 하시는군요."

화광이 다 듣고 나서 어머니에게 말했다.

"어머니, 어머니가 풍도酆都[8]에 계시면서 고통을 받으시길래 제가 갖은 계교를 다해서 구해드렸는데, 어째서 또 사람을 잡아먹으려 하십니까? 이 일은 절대로 안 됩니다."

어머니가 말했다.

"나는 먹을 테다! 불효자 녀석 같으니라고. 네가 기아를 나에게 먹여 줄 수 없다면, 누가 너더러 나를 구해달라고 했단 말이냐."

화광은 어쩔 수가 없어 미적대며 말하였다.

"이틀의 시간만 주시면 어머니에게 먹여 드리겠습니다."…… (제17회 『화광삼하풍도』華光三下酆都)[9]

이에 방을 붙여 의원을 구하니, 어떤 사람이 선도仙桃만이 그 병을 치료할 수 있다 말했다. 화광은 즉시 제천대성齊天大聖의 모습으로 변환하여 선도를 훔쳐 어머니께 바쳤다. 길지타는 그제서야 사람을 잡아먹을 생각을 하지 않았다. 그러나 제천齊天이 선도를 훔쳤다는 혐의를 받아, 불모佛母에게 물어보고는 화광의 짓임을 알고 그를 토벌하러 왔다. 그러나 화단火丹에 의해 불태워져 패배하고 말았다. 그의 딸 월패月孛는 해골骷髏骨을 가지고 있었는데, 그것을 두드리면 적이 곧 두통이 일어나 이틀이 지나면 죽었다. 화광이 이 도술에 걸려 죽게 되었을 때, 화염왕火炎王 광불光佛이 나서서 화해를 시켜, 월패가 해골 위에 있는 두드린 흔적을 깎아내자 화광은 비로소 치유가 되었고, 마침내는 불도에 귀의하였다고 한다.

명의 사조제謝肇淛(『오잡조』五雜俎 15)는 화광소설을 『서유기』와 비교하면서 다음과 같이 말했다. "모두 오행생극五行生克의 이치로, 불이 맹렬하게 타오르면 하늘이나 땅에서 그것을 소멸시킬 자가 없다. 그러나 진무眞武(현천상제)가 물로써 그것을 제압하니, 비로소 정도正道로 돌아간 것이다."[10] 또 길지타가 지옥에서 나오자마자 사람을 잡아먹으려는 것에 대해서 [사조제는] 개과천선의 어려움에 대해 개탄을 하고 있다.[11] 이것으로 만력 연간에 이미 이 책이 있었음을 알 수 있다.[12] 심덕부沈德符[13]가 극곡劇曲을 논한 데에도(『야획편』野獲編 25), 역시 "화광이 기적을 보인 것은 너무나도 기괴하고 터무니없는 것"華光顯聖則太妖誕이라는 말이 있다.[14] 이것은 이런 이야기가 당시에 극본으로 연출되었음을 말해 주는 것이다.

그 세번째는 『북방진무현천상제출신지전』北方眞武玄天上帝出身志傳, 즉 『북유기』北游記 4권 24회로 역시 여상두가 편하였다.[15] 진무眞武 자신과, 도를 깨우쳐 요괴를 항복시킨 일을 기술하고 있다. 상제가 현천이라고 하는 설은 한나라 때 이미 있었다(『주례』「대종백」大宗伯 정鄭씨 주). 그러나 실제로는 후대의 현제玄帝와는 같지 않다. 이 현제 진무라는 것은 대개 송대 방사의 말에서 기원하였을 것이다. 곧 『원동옥력기』元洞玉歷記(『삼교수신대전』三教搜神大全 1에 인용됨)에 있는 다음과 같은 이야기가 바로 그것이다.

원시元始가 옥청玉清에서 설법을 하다가, 하계에 좋지 못한 기풍이 가득 차 있는 것을 보고, 명을 내려 주의 무왕으로 하여금 주紂를 토벌해 양陽의 세계를 다스리고, 현제에게 마귀를 사로잡아 음陰의 세계를 다스리게 했다. "상제의 분부로 현제는 머리를 풀어헤치고 맨발이 되어, 황금 갑옷을 입고 검은 도포를 걸치고, 검은 색의 원수元帥의 대기大旗를 세우고, 정갑丁甲을 이끌고 인간세상으로 내려가, 육천의 마왕六天魔王과 통음洞陰의 들에서 싸움을 벌였다. 이때 마왕은 감坎과 리離 두 기氣로써 푸른 거북과 거대한 뱀으로 화하였는데, 변화가 막 이루어지려 할 때 현제가 신통력으로 그것을 밟고 서 여러 마귀들을 풍도의 대동大洞에 가두니 백성들이 태평하고, 인간세상이 평정되었다."[16] 원나라 때에는 봉지封地를 더하였고, 명나라 때 역시 숭앙해 받들었다.[17] 여기에서 말하고 있는 것이 간간이 이전의 전설과 부합하기는 하나, 때때로 불교의 설화佛傳로부터 절취하기도 하였고, 잡되게 비속한 말로써 영험을 과장하는 것은 마치 촌 무당이나 사당지기들의 견해와 비슷하다. [소설의 줄거리는 다음과 같다.] 처음에 수 양제隋煬帝 때 옥제玉帝가 연회를 벌이고 있을 즈음에, 갑자기 인간세상이 생각났다. 마침내 삼혼三魂 가운데 하나로써 유씨劉氏의 아들이 되게 하였는데, 여래와 삼청三清[18]에 의해 감화되어 이에 봉래蓬來에 은거하였다. 그러나 세속에 집착하는 마음을 버리지 못해, 가도국哥闍國에 태어났다가, 그 다음에 서하西霞에서 태어났는데, 모두 왕자로서였다. 천존天尊의 가르침을 입어 나라를 버리고 집을 나와 공행功行이 거의 끝날 무렵 하늘로 옥제를 배알하러 갔다. 거기서 탕마천존蕩魔天尊에 봉해지고, 천장天將들을 한데 모으라는 명령을 받았다. 이에 다시 정락국淨洛國 왕자로 태어나 두모원군斗母元君에 감화되어 무당산武當山에 들어가 성도하였다. 현제가 바야흐로 천궁에 오르니 갑자기 중계中界에서 요기妖氣가 일어나는 것이 보였다. 이것이

천장들이 인간세계를 어지럽히는 것이라는 사실을 알고, 이에 또다시 범계凡界로 내려와 거북과 뱀의 괴물을 항복시키고, 조공명趙公明을 굴복시키고, 뇌신雷神을 사로잡고, 월패月孛와 다른 신장神將들을 붙잡아, 이들을 끌고 가서 하늘에 참배케 했다. 옥황상제는 곧 여러 신을 봉하여 현천玄天의 부장部將으로 삼았는데, 모두 36명이었다. 하지만 양자강에 과鍋와 죽람竹纜이라고 하는 두 요괴가 있어 달아나기만 하여 잡을 수가 없었다. 진무眞武가 이에 자신의 화신 가운데 하나를 시켜 다시 인간세상에 들여보내 무당산에서 그것을 진압케 하였다. 편말에는 곧 영락 3년에 현제가 나라를 도와 적을 물리친 일을 기술하였고, 그 밑에는 "지금까지 이백여 년"至今二百餘載이라는 글이 있으므로, 이 책은 마땅히 명말에 유행하였던 것 같다. 그러나 옛 각본에는 뒤의 한 마디가 없는 것으로 보아 뒤의 한 마디가 있는 것은 곧 후대에 증보한 판본임을 알 수 있다.[19]

네번째는 『서유기전』西游記傳으로, 4권 41회이며, "제운 양지화 편, 천수 조경진 교라고 제"[20]하였다.[21] 손오공이 득도하고, 당 태종이 저승으로 들어가며, 현장이 천자의 명을 받고 경을 구하러 가다가 도중에서 어려운 일을 만나지만, 결국은 서토西土에 이르러 경을 구해 동으로 돌아온다는 이야기를 서술하고 있다.[22] 태종의 꿈에 대해서는 당대 사람들이 이미 말한 적이 있으니, 장작張鷟의 『조야첨재』朝野僉載[23]에서 다음과 같이 말하고 있다.

> 태종은 밤중이 되자 갑자기 숨이 끊어지고 인사불성이 되었다. 한 사람이 나타나서 말하였다.
>
> "폐하, 잠시만 같이 갔다 오시지요."
>
> 태종이 물었다.

"그대는 누구신가?"

그가 대답했다.

"신은 살아 있는 사람으로서 저승 세계의 일을 재판하는 자입니다."

태종이 들어가서 판관을 알현하니, 판관은 [태종에게] 6월 4일의 일을 묻고 나서 곧 돌려보내게 하였다. 조금 전에 나타났던 자가 다시 태종을 맞아 안내하고 나왔다.[24]

또 이 일을 기술한 속문俗文[25]도 있는데, 돈황의 천불동에서 발견된 잔권殘卷이 있다(자세한 것은 제12편을 볼 것). 현장이 천축에 갔던 일[26]은 실제로는 천자의 명을 받아 간 것이 아니었다. 이 일에 대해서는 『당서』唐書(191 「방기전」方伎傳)에 자세하며, 또 현장에 대한 전기가 있으니, 『대자은사삼장법사전』大慈恩寺三藏法師傳[27]이라고 하며, 『불장』佛藏[28] 가운데 있다. 애당초에는 여러 가지 기괴한 일들이 없었으나, 후세의 패설稗說 가운데에서 자못 신괴한 일들이 다루어졌다. 『대당삼장취경시화』大唐三藏取經詩話에는 이미 후행자猴行者, 심사신深沙神 및 여러 기이한 곳에 대한 이야기가 있고, 금金대의 원본院本에도 『당삼장』唐三藏[29](도종의陶宗儀 『철경록』輟耕錄)이 있으며, 원대의 잡극에는 오창령吳昌齡의 『당삼장서천취경』唐三藏西天取經[30](종사성鍾嗣成 『녹귀부』錄鬼簿)이 있어, 일명 『서유기』西游記(지금 일본의 시오노야 온 교인본이 있다)라고도 하였다. 그 가운데에는 손오공이 계고戒箍[31]를 머리에 두른 것과, 사승沙僧, 저팔계猪八戒, 홍해아紅孩兒, 철선공주鐵扇公主 등이 이미 등장하고 있다.[32] 취경에 대한 이야기는 당말로부터 송·원에 이르는 동안 점차로 부연되면서 신기하고 기이하게 변해 갔으며, 또한 이야기의 내용이 조리가 있어, 소설가들이 이를 취하여 기전記傳을 만들게 되었던 것이다.[33]

이 책의 전 9회는 손오공의 득도에서부터 항복하기까지의 이야기로서 그 줄거리는 다음과 같다. 돌에서 태어난 원숭이石猴가 물의 근원을 찾아내니, 여러 원숭이들이 그를 왕으로 받들었다. 그러나 다시 산을 나와 스승을 찾아가 도를 깨닫고는 큰 신통력으로 천지를 어지럽혔다. 옥황상제가 하는 수 없이 제천대성齊天大聖에 봉하였더니, 다시 반도대회蟠桃大會를 소란케 하여, 상제는 관구이랑진군灌口二郎眞君[34]에게 명하여 그를 토벌하게 하였다. 드디어 큰 싸움을 치르고 나서, 오공은 사로잡히고 말았다. 그때의 싸움과 변화하는 모습을 다음과 같이 서술하고 있다.

……그 작은 원숭이들은 진군이 온 것을 보고 황급히 후왕猴王에게 알렸다. 후왕은 곧 금고봉金箍棒을 들고 구름 신발을 신었다. 두 사람은 마주 보고 각각 성명을 말하고, 드디어 진영을 갖추어 300여 합을 싸웠다. 두 사람은 각각 [신장을] 만 길이나 크게 변신하여 싸우다 구름 속으로 들어갔다가 동굴로부터 나왔다.…… 제천대성이 한참을 싸우다 문득 그곳을 본거지로 삼고 있던 원숭이들이 놀라 사방으로 흩어지는 것을 보고는 몸을 빼내어 도망을 쳤다. 진군은 큰 걸음으로 뒤쫓는데, 급히 달아나는 것만큼 급히 추격했다. 대성은 황급히 몸을 변화시켜 물 속으로 들어갔다. 진군이 말하였다.

"이 원숭이가 물에 들어갔으니, 틀림없이 물고기로 변했겠다. 나는 물수리로 변하여 저 놈을 쫓아가야겠다."

손오공은 진군이 쫓아오는 것을 보고, 다시 한 마리의 능에鴇鳥로 변하여 나무 위로 날아갔다가, 진군이 쏜 화살에 맞아 풀밭 언덕에 떨어졌다. 진군은 두루 찾았으나 찾지 못하고 천왕의 군영으로 돌아가서 손오공이 패배한 일 등을 보고하고, 또 쫓아갔으나 자취를 찾지 못했다고 말했다.

천왕이 조요경照妖鏡으로 한번 비추어 보더니 급히 말했다.

"요망한 원숭이 녀석은 관구의 자네의 사당에 들어가 있다네."

진군이 관구로 돌아가니, 후왕은 급히 진군의 모습으로 변하여, 중당中堂에 앉아 있었다. 진군이 신창神槍을 한번 쓰자, 후왕은 그것을 슬쩍 비키며, 본래의 모습으로 변하여, 두 사람은 갖은 수단을 겨루면서 싸웠다. 후왕은 화과산花果山으로 돌아가려고 마음을 먹었으나, 사면에서 천장天將들이 둘러싸고 주문을 외워댔다. 문득 진군이 보살과 함께 구름 끝에서 보고 있노라니, 후왕의 정력이 바야흐로 피폐해진 것을 보고는 노군老君이 금강권金剛圈을 던져 후왕의 머리를 한차례 때렸다. 후왕이 땅에 넘어지니 진군의 신견神犬에게 가슴과 배를 물리고, 다시 한번 끌려갔다가 오히려 진군의 형제 등의 신창에 찔리고, 쇠사슬로 결박당하였다…… (제7회 「진군이 손오공과 끝장을 보다」)[35]

그러나 [후왕은] 베어도 상처가 나지 않고, 불로 태워도 죽지 않아서, 여래는 마침내 오행산 밑에 눌러 놓고는 경을 가지러 가는 사람을 기다리게 하였다. 그 다음 4회는 곧 위징魏徵이 용을 베고, 태종이 저승에 들어가고, 유전劉全이 참외를 진상하고, 현장이 천자의 명을 받아 서쪽으로 가는 것이다. 곧 경전을 구하러 가게 된 유래가 된다. 14회 이하는 현장이 도중에 제자들을 만나고, 어려움을 겪게 되는 이야기이다. 이렇게 하여 부처를 만나 경을 얻어 동쪽으로 돌아와 증과證果[36]하는 것으로 끝을 맺고 있다. 무리는 모두 셋으로, 손행자孫行者, 저팔계猪八戒, 사승沙僧이고, 또 용마龍馬를 얻는다. 재난은 30여 차례로, 그 가운데 큰 것으로는 오장관五莊觀, 평정산平頂山, 화운동火雲洞, 통천하通天河, 독적산毒敵山, 육이미후六耳獼猴, 소뢰음사小雷音寺 등이다. 무릇 간략하게 기술한 것이 많으나, 역시 이따금씩 유희적인 표현游詞을 섞어 넣어 웃음거리를 더하고 있다. 이를테면 화운동의 싸움을 묘사한 것은 다음과 같다.

> …… 그 산의 앞뒤 토지신들이 모두 와서 머리를 조아리며 이름을 고했다.
>
> "이곳은 고송간枯松澗이라고 하는 곳으로, 시냇가에는 산동굴이 하나 있어 화운동火雲洞이라 합니다. 동굴 안에는 마왕이 하나 있는데, 우마왕牛魔王의 아들로 홍해아紅孩兒라고 합니다. 그는 삼매三昧의 진화眞火를 가지고 있는데 아주 무서운 것입니다요."
>
> 손행자는 그 이야기를 듣고 토지신들을 물러가게 했다.…… 팔계와 함께 동굴로 들어가 찾아보았다.…… 마왕은 소요小妖에게 분부하여 오륜五輪의 작은 수레를 끌고 가 오방五方의 대형을 갖추게 하고는, 드디어 창을 들고 돌진하여 행자와 몇 합을 겨루었다. 팔계가 싸움을 돕자, 마왕이 달아나다가 돌아서서 코를 한번 치니 코에서 불이 쏟아져 나왔다. 그리하여 단번에 오륜의 수레에 모두 불길이 일어났다. 팔계가 말했다.
>
> "형님, 빨리 달아납시다! 조금 있다가는 제가 통째로 구워져 양념만 바르면 완전히 저 놈의 먹이가 되겠어요."
>
> 행자는 비록 불에 타는 것은 피할 수 있었지만, 연기가 두려웠기에 두 사람은 도망가는 수밖에 없었다.…… (제32회 「당 삼장이 요괴를 거두고 흑하를 건너다」)[37]

다시 관세음觀世音을 청해 와 칼을 연대蓮臺로 변하게 해서 마왕을 유인하여 그를 붙잡았다. 그러나 항복하였다가 다시 반격을 해오자 오금의 테五金箍를 두르고 감로甘露를 뿌리자 비로소 두 손을 모으고 낙가산落伽山

으로 돌아갔다고 한다. 『서유기』 잡극 가운데 「귀모귀의」鬼母皈依 1착齣은 곧 발우鉢盂를 들어 어린 아들을 구해 내는 이야기를 사용한 것인데, 그 가운데 이런 말이 있다. "세존께 아뢰오니 자비를 베푸소서. 제가 당 삼장이 서역으로 갔다가 돌아오도록 돕겠으니, [그 당승은] 화해아火孩兒가 살려서 돌려보낼 것입니다. 앞으로 가면, 이성랑二聖郞이 구해 줄 것입니다."[38] (3권) 그러나 이 이야기에서는 그 아들이 우마왕의 아들로 바뀌어, 선지식善知識에 도달하는 선재동자善才童子[39]와 혼동되어 있다.

주)______

1) 원대에 원 왕조는 자신들의 종족의 여러 성바지(諸姓)를 몽고(蒙古)라 일컫고, 기타 민족의 여러 성바지를 색목(色目)이라 일컬었다. 고려(高麗)와 여진(女眞), 글안(契丹) 및 북방인들은 한인(漢人)이라 일컬었으며, 남방인들은 남인(南人)이라 일컬었는데, 각각 그 대우가 달랐다.—일역본

2) 이자(李孜). 이자성(李孜省)이라고도 한다. 그와 계요(繼堯), 우영(于永) 세 사람의 사적은 『명사』(明史) 「영행열전」(佞幸列傳)에 보인다.

3) 루쉰의 이러한 지적은 너무도 당연하게 받아들여져 이후의 연구자들의 주의를 끌지 못했지만, 뒤에 류춘런(柳存仁)은 이것이 극히 중요한 견해라는 사실을 지적하였다(자세한 것은 류춘런柳存仁, 『런던에서 본 중국소설서목 제요』倫敦所見中國小說書目提要, 4쪽 이하를 볼 것).—일역본

4) 『상동팔선전』(上洞八仙傳)은 일명 『신간팔선출처동유기』(新刊八仙出處東游記)라고도 한다. 명 서림(書林) 여문태(余文台) 간본으로, 일본 나이카쿠분코(內閣文庫)에 소장되어 있는데, 회를 나누지 않았다. 이와는 별도로 도광(道光) 10년 『사유전전』(四遊全傳) 본이 있는데, "치화당"(致和堂) 재(梓)라고 적혀 있다. 상권은 29회이고, 하권은 27칙이다. 또 가경(嘉慶) 16년 방간(坊刊) 소형본(小型本) 『사유합전』(四遊合傳)이 있는데, 원서(原書) 하권 27칙의 회수(回數)를 개편한 것으로, 56회에서 끝이 난다. 소봉래선관본(小蓬萊仙館本)과 가경 본(嘉慶本)은 대략 같다.—보주
『상동팔선전』 또는 『팔선출처동유전』(八仙出處東遊傳)에 관해서는, 쑨카이디의 『중국통속소설서목』(中國通俗小說書目) 5권 「명청소설부을」(明清小說部乙) 「영괴」(靈怪) 제이(第二) 및 『일본 도쿄에서 본 중국 소설 서목』 4권 「명청부」(明清部) 3 「영괴」류에 명의 여문태(余文台) 간본(日本 內閣文庫 所藏)이라고 기록되어 있다. "난강 오원태 저"(蘭江吳

元泰著), "사우 능운룡 교"(社友凌雲龍校)라고 적혀 있고, 서림 여씨(書林余氏)의 상재(上梓)로, 권수(卷首)에 여상두 인(余象斗引)이 있다. 또 류춘런에 의하면, 대영박물관(大英博物館)에 역시 명 간본 잔본 『신각팔선출처동유기』(新刻八仙出處東遊記)가 소장되어 있다고 한다.—일역본

5) "장과(張果), 남채화(藍采和), 하선고(何仙姑)는 따로 도를 닦았다"(張果, 藍采和, 何仙姑則別成道)고 하는 것은 사실 철괴가 먼저 채화를 제도하고, 두 사람이 다시 하선고를 제도하였으며, 장과 역시 철괴의 제도를 받은 것이다. 제10회에서는, "철괴는…… 채화와 선고 등이 반드시 신선의 반열에 오를 것을 알았다"(鐵拐…知采和, 仙姑等當入仙侶)고 하였고, 제22회에서는, "하선고가…… 하루는 냇물 위에서 철괴와 채화를 만나 선인이 되는 비결을 주었다"(何仙姑…一日于溪上遇鐵拐, 采和, 授以仙訣)고 하였으며, 제20회에서는 "장과가…… 철괴 등 여러 선인이 도를 논한 것을 받았다"(張果…得受鐵拐諸仙論道)고 하였다.—보주

6) 『오현령관대제화광천왕전』(五顯靈官大帝華光天王傳)은 곧 『남유화광전』(南游華光傳)으로 명 간본은 보이지 않는다. 도광 10년 『사유전전』(四遊全傳) 본 18칙이 있는데, "삼태관산인 앙지 여상두 편"(三台館山人仰止余象斗編)이라 제하였으며, 4권이다. 제3권은 "서림 오운당 유씨 재"(書林五云堂劉氏梓)라 제하였고, 결함(結銜)은 "신미세 맹동 서림 금성당 재"(辛未歲孟冬書林錦盛堂梓)라 제하였으니, 이 책은 실제로는 가경 16년에 명 간본을 복간한 것으로, 도광 10년에 다시 여러 손을 거쳐 중간(重刊)되었다. 또 가경 16년 소형본도 있다.—보주

『남유기』는 『중국통속소설서목』에서는 "명 간본은 보이지 않는다"고 하였다. 하지만 류춘런에 의하면, 대영박물관에 『전상화광천왕남유지전』(全像華光天王南遊志傳) 4권 18칙, 여상두 편(余象斗編)이 현존한다고 한다. 이것은 명 간본이다. 또 류춘런에 앞서 류슈예(劉修業)는 『고전소설희곡총고』(古典小說戲曲叢考)에서 대영박물관 소장 『남유기』를 다룬 짧은 글을 썼지만, 고증은 하지 않았다.—일역본

7) 여상두(余象斗)의 자는 앙지(仰止)이고, 스스로를 삼태산인(三台山人)이라 불렀으며, 명대 건안(建安; 지금의 푸젠성 젠어우建甌) 사람이다. 그가 편찬한 것으로는 『남유기』(南游記), 『북유기』(北游記) 등이 있고, 간행한 것으로는 『열국지전』(列國志傳), 『전한지전』(全漢志傳), 『삼국지전평림』(三國志傳評林), 『수호지전평림』(水滸志傳評林) 등이 있다.

[여상두는 자가 앙지이고 호는 삼태관산인이라 하였다. 쑨카이디는 다음과 같이 말했다. "명 복건 건녕부 건양현 사람으로 책방으로 이름난 가문이다. 송에서 명에 이르는 동안 대대로 그 업을 지켜 오기를 수백 년에 이르렀다. 내가 아는 바로는 여씨가 명대에 찍어낸 소설 가운데, 삼태관이라 제한 소설로는 『당국지전』과 『대송중흥악왕전』, 『남북양송지전』이 있으며, 이것들은 '담양서림 삼태관 재행'이라고 병서되어 있다. 성과 이름까지 서명된 것으로는 삼태관 여씨라 서명한 『동서양전연의』와 여군소라 서명한 『영렬전』, 문태 여상두라 서명한 『열국지전』, 원소라 서명한 『이십사제통속연의전한지전』이 있다. 이 모두가 삼태관 본이다. 쌍봉당이라 제한 것으로는, 『대송중흥연의』와 『삼국지전』이 있다. 또 『만금정림』에는 성과 이름이 같이 서명되어 있으니, 쌍봉당 문태 여씨 재라 하였다. 이것들은 모두 쌍봉당 본이다. 제명이 다른 것들은 지금은 그 세

차를 정할 수 없다. 일본 호사분코에 소장되어 있는 『경본통속연의안감전한지전』 12권을 보면 만력 16년 간본으로 '서림 문태 여세등 재'라 서하였으니, 여세등의 자가 문태이고, 만력 병오(34년) 본 『경본춘추오패칠웅전상열국지전』(호사분코, 대련도서관에 모두 이 본이 있다)에는 '후학 외재 여소어 편집', '서림 문태 여상두 평재'라 제하였고, 그 표지의 지어에서는 '상두 교정 중간' 운운이라 하였고, 말미에는 '여문태 지'라 서하였다. 나이카쿠분코에 소장되어 있는 명본 『팔선전』은 표지에 '여문태 재'라 서하였고, 서에는 '삼태산인 앙지 여상두'라 서명하였으니, 앙지의 여상두와 자가 문태인 여세등은 실제로는 같은 사람이다. 또 『동서양진연의』를 보면, '쌍봉당 여씨 감정', '삼태관 여씨 재행'(마우경[렴] 선생은 복본을 소장하고 있다)이라 서명하였고, 『당국지전』에는 삼태관이라 서명하였으며, 또 '쌍봉당기'라는 도장이 있는데(일본 도쿄제대 연구소 소장), 곧 삼태관과 쌍봉당은 실제로는 같은 집안에서 운영하는 서점으로, 곧 여상두가 경영하는 것이다."(明福建建寧府建陽縣人, 以書肆名家. 自宋至明, 世守其業, 凡數百年. 以余所知, 余氏在明時所刻小說, 有題三台館者, 如『唐國志傳』, 『大宋中興岳王傳』, 『南北兩宋志傳』, 幷署'潭陽書林三台館梓行'. 其秉署姓名者, 如『東西兩晉演義』署三台館余氏, 『英烈傳』署余君召, 『列國志傳』署文台余象斗, 『二十四帝通俗演義全漢志傳』署元素. 凡此幷三台館本. 有題雙峰堂者, 如『大宋中興演義』, 如『三國志傳』. 又有『萬錦情林』秉署姓名, 曰雙峰堂文台余氏梓. 凡此皆雙峰堂本. 諸所題名有不同者, 今不能定其世次. 觀日本蓬左文庫所藏『京本通俗演義按鑒全漢志傳』十二卷, 系萬歷十六年刊本, 署云'書林文台余世騰梓', 則余世騰字文台; 而萬歷丙午(34年)本『京本春秋五覇七雄全像列國志傳』(蓬左文庫, 大連圖書館均有此本)題'後學畏齋余邵魚編集', '書林文台余象斗評梓', 其封面識語'象斗校正重刊'云云, 末署'余文台識'. 內閣文庫藏明本『八仙傳』, 封面署'余文台梓', 序署'三台山人仰止余象斗', 則仰止之余象斗與字文台之余世騰實爲一人. 又觀『東西兩晉演義』, 署'雙峰堂余氏鑑定', '三台館余氏梓行'(馬隅卿先生藏覆本); 『唐國志傳』署三台館, 又有'雙峰堂記'圖章(日本宮內省藏); 『萬錦情林』署'三台館主人仰止余象斗纂', '書林雙峰堂文台余氏梓'(日本東京帝大硏究所藏), 則三台館與雙峰堂實爲一家之書肆, 且卽象斗所經營者)—보주]

[여상두에 관해서는 근년에 관구이취안(官桂銓)에 의해 여씨 가문의 족보를 사용해 고증한 것이 있다.—일역본]

8) 현(縣)의 이름이다. 한(漢) 파군(巴郡) 지현(枳縣) 땅으로, 수(隋) 의녕(義寧) 2년(618년)에 풍도현(豊都縣)을 두었고, 당대에는 충주(忠州)에 속했으며, 명 홍무(洪武) 때에는 풍도현(酆都縣)으로 바꾸었다. 청초에는 중경부(重慶府)에 속했다가, 옹정(雍正) 연간에 충주로 다시 바꾸었으며, 1958년 풍도현(豊都縣)이 되었다. 이곳에는 평도산 선도관(平都山仙都觀)이 있어 도가(道家) 칠십이 복지(福地) 가운데 하나이다. 전설에 의하면 서한(西漢) 왕방평(王方平)과 동한(東漢)의 음장생(陰長生)이 모두 이곳에서 득도했다 한다. 도사들의 말로는 이곳에 음부(陰部)가 있어 사람들이 죽으면 모두 이곳으로 돌아온다고 한다.—옮긴이

9) 원문은 다음과 같다. …却說華光三下酆都, 救得母親出來, 十分歡悅. 那吉芝陀聖母曰, "我兒你救得我出來, 道好, 我要討岐娥吃." 華光問, "岐娥是甚麽子, 我兒媳俱不曉得." 母曰, "岐娥不曉得, 可去問千里眼順風耳." 華光卽問二人. 二人曰, "那岐娥是人, 他又思量吃人." 華光聽罷, 對娘曰, "娘, 你住酆都受苦, 我孩兒用盡計較, 救得你出來, 如何又要吃人, 此事

萬不可爲." 母曰, "我要吃! 不孝子, 你沒有岐娥與我吃, 是誰要救我出來?" 華光無奈, 只推曰, "容兩日討與你吃."…(第十七回『華光三下酆都』)

10) 皆五行生克之理, 火之熾也, 亦上天下地, 莫之撲滅, 而眞武以水制之, 始歸正道.

11) "길지타가 지옥에서 나오자마자 사람을 잡아먹으려는 것에 대해서 [사조제는] 개과천선의 어려움에 대해 개탄을 하고 있다."(又于吉芝陀出獄卽思食人事, 則致慨于遷善之難) 이 대목의 원문은 『오잡조』(五雜俎) 15권에 다음과 같이 나와 있다. "이 소설에는 화광천왕의 어미가 사람을 잡아먹기를 좋아해 아귀지옥에 들어간 내용이 실려 있다. 수백 년이 지나 그 아들이 득도하여, 그를 구해내었다. 막 옥문을 나서자마자 사람 고기를 달라고 하였다. 그 아들이 읍소하자, 어미가 노해서 말했다. '이런 불효자 같으니! 사람을 잡아먹지 않는다면, 무엇 때문에 나를 구해냈단 말이냐?' 세상에서 악을 행하는 자 가운데에는 이와 같은 경우가 왕왕 있다."(小說載華光天王之母, 以喜食人入餓鬼獄. 經數百年, 其子得道, 乃拔而出之. 甫出獄門, 卽求人肉. 其子泣諫. 母怒曰: '不孝之子如此! 若無人食, 何用救吾出來?' 世之爲惡者, 往往如此矣) — 보주

12) 『오잡조』의 작자인 사조제(謝肇淛)는 만력 20년(1593)에 진사가 되었기에, 루쉰은 만력 때 『화광천왕전』(華光天王傳)이 이미 출판되었을 것이라 추단한 것이다. 비록 『화광천왕전』의 명 판본은 발견되지 않았지만, 이 책은 『동유기』(東游記)보다 앞서 출판되었다. 명본 『동유기』에는 다음과 같은 여상두(余象斗)의 서가 있다. "재주 없는 여상두가 스스로 『화광』 등의 전을 간행하니, 이 모두가 다 마음속에서 이루어진 편집으로부터 나온 것이다."(不佞斗自刊『華光』等傳, 皆出予心胸之編輯) — 보주

13) 심덕부(沈德符). 이 책의 제4편 주 87)을 참조할 것.

14) 『야획편』(野獲編)은 일명 『만력야획편』(萬曆野獲編)이라고도 한다. 이 책의 25권에서는 다음과 같이 말했다. "화광이 기적을 보이고, 목련이 명부에 들어가며, 대성이 마귀의 무리를 거두는 것은 너무나도 기괴하고 터무니없는 것"(華光顯聖, 目連入冥, 大聖收魔之屬, 則太妖誕)이다. 내 생각으로는, 『남유기』 제1회 독화대왕(獨火大王)의 단락과 제7회 첫대목 오행길지타(五行吉芝陀) 성모(聖母)의 말은 모두 극본에서 인물이 등장할 때의 독백인 듯하다.— 보주

15) 『북방진무현천상제출신지전』(北方眞武玄天上帝出身志傳) 4권은 명 간본은 보이지 않고, 도광 10년 『사유전전』(四遊全傳)이 명 간본 24칙을 복간한 것과 가경 16년 소봉래선관(小蓬萊仙館) 『사유합전』(四遊合傳) 본과 소형본(小型本) 24회가 있다. 도광 10년 본이 근거한 저본은 비교적 오래되었는데, 만력 본인 듯하며, 말미에 "이제까지 이백여 년에 이르도록"(至今二百餘載)이라고 하는 문장이 없고, 매 쪽마다 상단에는 모두 그림이 있다. 가경 16년 본은 비록 일찍 나오기는 했지만, 근거하고 있는 저본은 오히려 약간 늦다. 그리고 매 쪽마다 상단에 그림이 없다.— 보주
[『북유기』는 『중국통속소설서목』에서는 "명 간본은 보이지 않는다"고 하였다. 류춘런에 의하면, 대영박물관에는 『전상북유기현제출신전』(全像北遊記玄帝出身傳) 4권 24칙 여상두 편(余象斗編)이 현존한다고 한다. 이것이 명 간본이다. 이것은 류슈예의 『고전소설희곡총고』에 모두 실려 있다. 다만 고증은 없다. 대영박물관 소장 『북유기』의 권말에 "임인세계 춘월 서림 웅앙 합재"(壬寅歲季春月書林熊仰合梓; 원문은 두 행으로

쓰여져 있음)라고 기록된 패자(悖子)가 있는데, 류춘런은 "임인"은 명 세종 가정 21년(1542)이 아니면, 늦어도 신종 만력 30년(1601)일 것이라 추정했다.— 일역본

16) 원문은 "上賜玄帝披髮跣足, 金甲玄袍, 皂纛玄旗, 統領丁甲, 下降凡世, 與六天魔王戰于洞陰之野, 是時魔王以坎離二炁, 化蒼龜巨蛇, 變現方成, 玄帝神力攝于足下, 鎖鬼衆于酆都大洞, 人民治安, 宇內淸肅".

17) 원명(元明)의 두 왕조가 진무제(眞武帝)를 숭배한 일에 관해서는 『원사 · 성종기』(元史成宗紀)의 기재에 따르면 다음과 같다. "원(元) 성종(成宗) 철목이(鐵穆耳)가 대덕(大德) 7년(1303) 12월에 진무(眞武)를 '원성인위현천상제'(元聖仁威玄天上帝)로 봉했다."(元成宗鐵穆耳大德七年十二月, 加封眞武爲'元聖仁威玄天上帝') 『명사 · 찰지』(明史札志)에 기록된 것에 따르면, 명(明) 태조(太祖) 주원장(朱元璋)이 남경(南京)에서 사당을 짓고 진무를 모시어 제사 지냈다(明太祖朱元璋于南京建廟宇崇祀眞武)고 하며, 명 성조(成祖) 주체(朱棣)가 영락(永樂) 13년(1415) 수도인 남경에 "진무묘"(眞武廟)를 짓고 매년 3월 3일과 9월 9일에 제사를 지냈다(明成祖朱棣永樂十三年于京師建'眞武廟', 每年三月三日 · 九月九日祭祀)고 한다.

18) 도가에서는 인간세상과 천계 이외에도 삼청이 있다고 한다. 여기에는 다시 두 가지 설이 있다. 그 하나는 옥청(玉淸), 상청(上淸), 태청(太淸)으로, 이것은 신선이 사는 선경이다. 다른 하나는 대적(大赤), 우여(禹餘), 청미(淸微)를 가리킨다. 여기에서는 도교를 대표하는 진인(眞人), 즉 노자를 말한다.— 옮긴이

19) 류춘런에 의하면, 명 간본 『북유기』의 말미에 영락(永樂) 3년 황모달자(黃毛韃子)가 반란을 일으키자 황제가 친히 정벌에 나섰는데, 진무(眞武)가 영험을 부려 황제의 생명을 구했으며, 이에 황제가 융평후(隆平侯)에게 명을 내려 무당산(武當山)에 금전(金殿)을 세우게 했다고 기록되어 있으며, 그 뒤에 "이제까지 이백여 년이 되었다"(至今二百餘載)는 문구가 있다고 한다.— 일역본

20) 원문은 "題齊雲楊志和編, 天水趙景眞校".

21) 『사유기전』은 일명 『사유당삼장출신전』이라고도 한다. 청 도광 10년 『사유전전』 본에는 회수가 표시되어 있지 않으며, "제운 양치화 편, 천수 조육(경이라 되어 있지 않음)진교"(齊云楊致和編, 天水趙毓(不作景)眞校)라 적혀 있다. 또 소봉래선관과 가경 16년 본이 있는데, "양(양)옥(지)화 편, 조석소(암) 진교"(陽(楊)玉(至)和編, 趣石巢(庵)眞校)라고 적혀 있으니, 모양이 비슷해서 글자가 잘못된 듯하다.— 보주

22) 『팔선출처동유기전』(八仙出處東遊記傳), 『남유기』(南遊記), 『북유기』(北遊記)와 『서유기전』(西遊記傳)은 『사유기』(四遊記)라는 이름으로 합간된 것이 통행되고 있다. 이것이 곧 쑨카이디의 『중국통속소설서목』에서 들고 있는 도광 10년에 간행된 『사유전전』(四遊全傳)과 소봉래선관본(小蓬萊仙館本) 『사유합전』(四遊合傳), 그리고 후스의 『후스논학근저』(胡適論學近著) 3권에 실린 「사유기 본의 서유기전 발」(跋『四遊記』本的『西遊記傳』)에서 언급한 가경 16년 본의 『사유기』이다. 하지만 『사유기』는 각각의 단행본을 모은 것으로, 그 단행본으로서는 『서유기전』을 제외하고 나머지 세 가지는 명 간본이 있었다고는 하나, 현재는 발견되고 있지 않다. 이 세 가지는 모두가 여상두가 편집했거나, 편집과 출판에 관여한 것으로, "그 판식(板式)과 지질(紙質), 행관(行款), 각공(刻

工)은 모두가 질박하며, 전서(全書)가 위는 그림이고 아래는 본문으로 오래된 각본이라는 것은 말할 필요도 없다."(류춘런) 현재 발견된 판본은 대체로 만력 연간에 상재된 것이지만, 만력 이전에 나온 판본이 있을 가능성도 대단히 많다. 『서유기전』만은 명간의 단행본이 발견되고 있지 않지만, 이 세 가지와 여상두의 말(일본 나이카쿠분코 소장 『팔선출처동유기』 권수에 있는 여상두 인, 쑨카이디 편, 『일본 도쿄에서 본 중국 소설 서목』에 초록되어 있음)로부터 유추하여 볼 때, 『서유기전』도 명 간본이 존재했었다고 가정할 수 있다. 이것은 류춘런의 추정이기는 하지만, 꽤나 설득력이 있어 긍정할 만한 의견이라고 생각된다.

『서유기전』은 종래의 소설사에서는 4권 41회로 기록되었다. 하지만 중국소설사료총서 『당삼장서유석액전·서유기전』(唐三藏西遊釋厄傳·西遊記傳; 베이징: 런민원쉐출판사, 1984)에 부록으로 실려 있는 천신(陳新)의 「정리 교어」(整理校語)에 의하면, 청의 가경 간본 『사유기』의 양치화(楊致和) 본에는 여전히 회목의 차서가 없이, "40개의 회목밖에 없는데", 그 뒤의 번각본의 이른바 제3회 "功完道作佛和仙"은 본문 중의 운어(韻語)의 말미의 한 구절을 회목(回目)으로 오인한 것으로 실제로는 40회라 한다.

또 후스(胡適)가 소장하고 있는 『사유기전』은 "제운 양지화 편"(齊雲陽至和編)이라 제하고 있으며, "가경 16년 신미(辛未; 1811년) 명헌주인(明軒主人)"의 총서(總序)가 있다(후스의 「사유기 본의 서유기전 발」跋『四遊記』本的『西遊記傳』에 의함).

또 재단법인 도요분코(財團法人東洋文庫)에 『서유삼장출신전』(西遊三藏出身傳) 4권 1책 소본(小本)이 소장되어 있는데, 책의 양 쪽이 『서유당삼장출신전』(西遊唐三藏出身傳)과 회원루장판(會元樓藏板)이라고 되어 있다. 목록의 뒤에 도회(圖繪) 네 쪽이 있는데, 당승(唐僧)과 손오공(孫悟空), 저팔계(猪八戒), 사승(沙僧)이다. 판심(版心)에는 "서유지전수상"(西遊志傳繡像)이라고 되어 있다. 본문에는 "西遊記傳卷一 齊雲陽至和○天水趙礫眞校 龍江聚古齋梓"라고 되어 있다(○는 미상). 이 양지화(陽至和) 본은 양치화(楊致和) 본의 옛 간본일 것이다.—일역본

23) 『조야첨재』(朝野僉載). 이 책의 제8편 주 25)를 참조할 것. 여기에서의 인용문은 현재 전해지는 6권 본 6권에 보인다. 6월 4일의 일은 이세민(李世民)이 건성(建成)과 원길(元吉)을 죽인 일을 가리키는 것으로, 『구당서·태종기』(舊唐書太宗紀)를 참조할 것.

24) 원문은 다음과 같다. 太宗至夜半奄然入定, 見一人云, "陛下暫合來, 還卽去也." 帝問 "君是何人?" 對曰, "臣是生人判冥事." 太宗入見判官, 問六月四日事, 卽令還, 向見者又送迎引導出.

『조야첨재』 6권(唐宋史料筆記叢刊, 중화서국, 148~149쪽)에 있다. 또 『태평광기』 146에 인용되어 있다. "太宗入見判官, 問六月四日事"라고 되어 있고, "명관"(冥官) 대신에 "판관"(判官)이라고 한 것으로 보아 루쉰은 『태평광기』에 인용된 것에 의거한 것인 듯하다. ["六月四日事"는 진왕(秦王)이었던 이세민이 고조(高朝) 무덕(武德) 9년 6월 4일에, 현무문(玄武門)에서 병사들을 매복시켰다가 황태자(皇太子)인 이건성(李建成)과 제왕(齊王) 이원길(李元吉)을 살해한 사건을 가리킨다. 그 뒤 진왕 이세민은 제위에 올라 태종이 되었다.—일역본]

25) 『사략』에서 루쉰이 말하는 "속문"(俗文)이라 함은 오늘날 말하는 "변문"(變文)을 가리

킨다.—옮긴이

26) 현장이 천축에 들어갔던 일(玄奘入竺). 『구당서·방기전(方伎傳)』의 기록에 따르면 다음과 같다. "승려인 현장은 성이 진(陳)씨로 낙주(洛州) 언사(偃師) 사람이다. 대업(大業) 말년에 출가하여 경론을 널리 섭렵하였다. 일찍이 번역한 것에 잘못이 많으니, 서역에 가서 이본을 널리 구해 참고해 따져보겠노라고 말한 바 있었다. 정관(貞觀) 초년에 상인을 따라 서역으로 갔다."(僧玄奘, 姓陳氏, 洛州偃師人. 大業末出家, 博涉經論. 嘗謂翻譯者多有訛謬, 故就西域, 廣求異本以參驗之. 貞觀初, 隨商人往游西域)

[『구당서』 191권 「방기전」에는 다음과 같이 실려 있다. "승려인 현장은 성이 진씨로 낙주 언사 사람이다. 대업 말년에 출가하여 경론을 널리 섭렵하였다. 일찍이 번역한 것에 잘못이 많으니, 서역에 가서 이본을 널리 구해 참고해 따져보겠노라고 말한 바 있었다. 정관 초년에 상인을 따라 서역으로 갔다.……서역에서 17년간 있는 동안 백여 개 국을 거치면서 그 나라의 말을 모두 해득하였으며, 그곳의 산천, 요속과 그 땅에 있는 것을 채집하여 『서역기』 12권을 편찬했다. 정관 19년 경사로 돌아오니, 태종이 그를 보고 크게 기뻐하며, 그와 이야기를 나누었다. 이에 조서를 내려 범본 675부를 홍복사에서 번역케 하고, 또 우복야 방현령과 태자 좌서자 허경종에게 칙령을 내려 석학 사문 오십여 명을 널리 불러들여 가지런히 정리하는 작업을 서로 돕게 했다. 고종은 궁에서 돌아간 문덕태후의 명복을 빌기 위해 자은사 및 번경원을 만들었다.……경성의 사람들이 다투어 와서 예를 갖추어 배알하니 현장은 조용한 곳으로 옮겨 번역했으면 하는 주청을 올려 칙령으로 의군산 옛 옥화궁으로 옮겼다가, [현경] 6년 죽으니, 그때 나이 오십육 세였다. 돌아가 백록원에서 장사 지냈다.……"(僧玄奘, 姓陳氏, 洛州偃師人. 大業末出家, 博涉經論. 嘗謂翻譯者多有訛謬, 故就西域廣求異本, 以參驗之. 貞觀初, 隨商人往游西域.…在西域十七年, 經百餘國, 悉解其國之語, 仍采其山川謠俗, 土地所有, 撰『西域記』十二卷. 貞觀十九年, 歸至京師, 太宗見之大悅, 與之談論. 于是詔將梵本六百七十五部于弘福寺翻譯, 仍勅右仆射房玄齡, 太子左庶子許敬宗廣召碩學沙門五十餘人, 相助整比. 高宗在宮, 爲文德太后追福, 造慈恩寺及翻經院…以京城人衆競來禮謁, 玄奘乃奏請逐靜翻譯, 勅移于宜君山故玉華宮, [顯慶]六年卒, 時年五十六. 歸葬于白鹿原.…) — 보주]

27) 『대자은사삼장법사전』(大慈恩寺三藏法師傳) 10권으로 당대(唐代) 승려인 혜립(慧立)의 원찬(原撰)이고, 언종(彦悰)이 전보(箋補)했다. 현장의 사적을 기술하고 있으며, 이 책은 『불장』(佛藏) 50권에 들어 있다. [이 책은 모두 10권으로, 당 사문(沙門)인 혜립이 지었고, 석언종(釋彦悰)이 주석과 서를 달았다.— 보주] [이 책은 『대정신수대장경』(大正新修大藏經) 50권에 수록되어 있는 이외에, 근년에 중외교통사적총간(中外交通史籍叢刊)의 하나로 쑨위탕(孫毓棠)·셰팡(謝方)이 점교(點校)한 『대자은사삼장법사전』(大慈恩寺三藏法師傳; 베이징: 중화서국, 1983)이 간행되었다.—일역본]

28) 『불장』(佛藏). 불교 경전의 총집으로 경(經), 율(律), 논(論)의 3장(藏)으로 되어 있으며, 인도와 중국의 불교 저작들이 수록되어 있다. 남북조(南北朝) 시대부터 모으기 시작했는데, 그 후 각 조대에서도 계속하여 새롭게 번역한 경론(經論)과 저술을 모아 편입시켰다.

29) 『당삼장』(唐三藏). 『철경록』(輟耕錄) 25권 「금원본명목」(金院本名木)에 기록되어 있으

나 지금은 없어졌다.

30) 오창령(吳昌齡). 원대(元代) 대동(大同; 지금의 산시山西에 속함) 사람이다. 그가 지은 『당삼장서천취경』(唐三藏西天取經)은 지금은 겨우 2절(折)만이 남아 있을 뿐이다. 그 아래 문장에 있는 시오노야 온 교인본(校印本) 『서유기』는 실제로는 양눌(楊訥)이 지은 『서유기』 잡극(雜劇)이다. 이 책의 제9편 주 44)를 참조할 것.

[1928년 일본의 구나이쇼 즈쇼료(宮內省圖書寮)에서 "전기"(傳奇) 40종이 발견되었는데, 이 가운데 명 만력 갑인간본(甲寅刊本) 양동래(楊東來) 평(評) 오창령 『사유기』가 있어 시오노야 온에 의해 중인(重印)되었다. 이 잡극은 『녹귀부』(錄鬼簿)에 기록되어 있는 오창령의 『당삼장서천취경』(唐三藏西天取經)으로 믿어졌지만, 쑨카이디의 고증 「오창령과 잡극 서유기」(吳昌齡與雜劇西遊記; 1939년 6월, 뒤에 『창주집』 하책에 재수록됨)에 의해 양경언(楊景言; 楊景賢으로도 쓴다)의 『서유기』 잡극으로 판명되었다. 오창령의 『당삼장서천취경』은 2절만이 현존한다.—일역본]

31) 머리에 쓰는 쇠로 된 둥근 테로 손오공이 잘못을 저지르거나 삼장의 말을 듣지 않을 때 삼장이 주문을 외우면 이것이 조여져 오공에게 고통을 주게 된다.—옮긴이

32) 원대 사람의 잡극으로 당 삼장(三藏)의 일을 묘사한 것으로는 다음의 두 가지가 있다. 하나는 오창령의 잡극인 『당삼장서천취경』이고, 다른 하나는 양섬(楊暹; 자는 景賢)의 육본(六本) 잡극 『서유기』로, 양자는 같은 책이 아니다. 전자는 단지 『회회』(回回)와 『북전』(北餞) 두 절만이 남아 있는데, 『만학청음』(萬壑清音), 『철백구』(綴白裘), 『납서영곡보』(納書楹曲譜), 『승평보벌』(升平寶筏), 『원인잡극구침』(元人雜劇鉤沉)에 남아 있으며, 다른 두 절은 없어졌다. 초본 『녹귀부』에 의하면, 제목 정명(題目正名)은 "노회회노루규불, 당삼장서천취경"(老回回老樓叫佛, 唐三藏西天取經)이다. 후자는 육본 이십사 절이 모두 남아 있는데, "그 가운데에는 손오공이 계고를 머리에 두른 것과, 사승, 저팔계, 홍해아, 철선공주 등이 이미 등장하고 있다"(其中收孫悟空, 加戒箍, 沙僧, 猪八戒, 紅孩兒, 鐵扇公主皆已見)고 한 것은 모두 양섬의 『서유기』에 나오는 것들이다. 자세한 것은 쑨카이디의 『창주집·오창령여잡극서유기(吳昌齡與雜劇西遊記)』를 볼 것.—보주

33) 루쉰이 이 책을 쓸 때에는 몰랐지만, 그 뒤, 당시 베이핑도서관(北平圖書館) 선본실(善本室)에 소장되어 있던 전초본(傳鈔本) 『영락대전』(永樂大典) 가운데 제13139권(送字韻)에 「위징몽참경하룡」(魏徵夢斬涇河龍)이라는 조목이 있는 것이 발견되었다. 『서유기』로부터의 인용이라고 기록되어 있는데, 전문은 천이백여 자로 모두 백화이다. 정전둬는 루쉰이 오승은의 『서유기』에 조본(祖本)이 있다는 설을 믿었다고 하면서, 오승은이 의거한 것은 양치화(楊致和)의 『서유기』가 아니라, 이 『영락대전』 본이었다는 사실을 지적했다(정전둬, 「서유기의 변천」西遊記的演化, 처음에는 성훠서점生活書店에서 발간한 잡지 『문학』文學 1933년 10월호 1권 4기에 실렸다가 뒤에 1957년 쭤자출판사에서 나온 정전둬의 『중국문학논집』 상책에 재수록되었고, 1983년 싼롄서점三聯書店에서 나온 정전둬의 『서체서화』西諦書話 상책에 다시 수록되었다).

다시 그 뒤 송원(宋元) 희문(戲文)이 집일(輯逸)되는 과정에서 『서유기』 전설을 다룬 일문(逸文)이 존재했다는 지적이 나왔으며, 또 조선에서 간행된 한어교과서인 『박통사언해』(朴通事諺解; 그 원간原刊은 15세기 말로 추정되며 상세한 것은 알 길이 없다)에 『서유

기』 평화(平話)가 인용되어 있어, 화본으로서의 『서유기』가 보급되었다는 사실이 분명해졌다(자세한 것은 일본의 오타 다츠오太田辰夫가 1959년에 쓴 『박통사언해소인서유기고』朴通事諺解所引西遊記考와 『원후이보』文匯報 1961년 7월 8일의 「독『서유기평어』잔문」讀『西遊記平語』殘文을 볼 것). 또 닝샤(寧夏)에서 송원대에 간각(刊刻)된 서하문장경(西夏文藏經)과 함께 발견된 「쇄석진공보권」(鎖釋眞空寶卷; 抄本 1卷)에도 당삼장취경(唐三藏取經) 전설이 가송된 것임을 알 수 있게 되었다. 이 "보권"에 관해서 샹다(向達)는 명대 만력 중엽의 작품일 것이라고 했다(샹다, 「명청 교체기의 보권 문학과 백련교」明淸之際之寶卷文學與白蓮敎. 뒤에 샹다, 『당대의 장안과 서역 문명』唐代長安與西域文明, 베이징: 싼롄서점, 1957년 1판, 1979년 베이징 2쇄에 재수록됨). 후스잉(胡士瑩)의 『탄사보권서목』(彈詞寶卷書目)에서는 송 또는 명 초본으로 기록되어 있다.

이러한 자료를 초록하여 한데 모은 것이 『서유기자료회편』(西遊記資料匯編; 주이쉬안朱一玄·류위천劉毓忱 편, 중저우서화사中州書畵社, 1983)이다.—일역본

우리나라 사람에 의해 이루어진 『서유기』에 대한 연구는 그렇게 많은 편은 아니다. 윤태순(尹泰順), 「『서유기』 연구」, 서울: 성균관대 박사논문, 1995. 8. 나선희(羅善姬), 「『서유기』 연구—허구적 세계에 대한 인식을 중심으로」, 서울: 서울대 박사논문, 2001.—옮긴이

34) 이랑(二郞)은 진(秦)나라 장군 이빙(李氷)의 아들이다. 독성잡지(獨醒雜志)에 따르면 관구이랑신(灌口二郞神)은 이빙 부자를 제사 지내는 것을 말한다.—옮긴이

35) 원문은 다음과 같다. …那小猴見眞君到, 急急報知猴王. 猴王卽掣起金箍棒, 步上雲履. 二人相見, 各言姓名, 遂排開陣勢, 來往三百餘合. 二人各變身萬丈, 戰入雲端, 離却洞口,…大聖正在開戰, 忽見本山衆猴驚散, 抽身就走; 眞君大步趕上, 急走急追. 大聖慌忙將身一變, 入水中. 眞君道, "這猴入水必變魚蝦, 待我變作魚鷹逐他." 大聖見眞君趕來, 又變一鴇鳥, 飛在樹上, 被眞君拽弓一彈, 打下草坡, 遍尋不見, 回轉天王營中去說猴王敗陣等事, 又趕不見踪迹. 天王把照妖鏡一照, 急云 "妖猴往你灌口去了." 眞君回灌口; 猴王急變做眞君模樣, 座在中堂, 被二郎用一神槍, 猴王讓過, 變出本相, 二人對較手段, 意欲回轉花果山, 奈四面天將圍住念咒, 忽然眞君與菩薩在雲端觀看, 見猴王精力將疲, 老君擲下金剛圈, 與猴王腦上一打. 猴王跌倒在地, 被眞君神犬咬住胸肚子, 又拖跌一交, 却被眞君兄弟等神槍刺住, 把鐵索綁縛.…(第七回「眞君收捉猴王」)

여기에 인용한 본문을 앞서 역주에서 언급한 중국소설사료총서 본 『서유기전』과 양지화(陽至和) 본과의 이동(異同)을 다음과 같이 정리한다. ( ) 속이 양지화 본으로, "상동"(上同)은 중국소설사료총서 본과 같은 문장이라는 것을 의미하며, ○는 문자가 분명치 않다는 것을 표시한다. 이로써 예문 가운데 의미가 통하지 않는 것이 분명해졌다. 같은 책 1권 "眞君收捉猴王"에 의하면 다음과 같다. 猴王卽掣起金箍棒→猴王聽得, 卽掣起金箍棒(猴王卽得掣起金箍棒) / 步上雲履→登步雲履(整步雲履) / 二人相見→兩下相見(兩二人相見) / 遂排開陣勢→遂擺開陣勢(遂前開陣勢) / 來往三百餘合→鬪經三百餘合(鬪○三百餘合) / 二人各變身萬丈→二人各變身長萬丈(上同) / 大聖正在開戰→大聖正在鬪戰 / 抽身就走→抽身走轉(抽身走戰) / 急走急追→急走急趕(上同) / 大聖慌忙將身一變→大聖慌了, 搖身一變 / 入水中→鑽入水中(上同) / 魚鷹→水獺(魚鷹) / 被眞

君拽弓一彈→眞君拽起弓一彈 / 打下草坡→打落草坡 / 去說猴王敗陣等事→云及猴王敗陣等事 / 妖猴往你灌口去了→那妖猴往你…(妖猴往你…) / 眞君回灌口→眞君回廟中(眞君回營中) / 猴王急變做眞君模樣→果見變作眞君模樣(取見變做…) / 被二郎用一神槍→被二郎掣一神鋒(幫一神鋒) / 變出本相→變出眞形 / 二人對較手段→二人又較手段(上同) / 意欲回轉花果山→打轉花果山(轉花果山) / 奈四面天將→四面天將(上同) / 圍住念咒→圍困愈緊(圍固念咒) / 忽然眞君與菩薩在雲端觀看→忽然老君菩薩在雲端觀看 / 老君擲下→老君丢下(上同) / 與猴王腦上一打→當猴王腦上一打 / 猴王跌倒在地→猴王連跌兩交(猴王這兵器) / 被眞君神犬咬住胸肚子→就被眞君神犬咬住腿肚子 / 又拖跌一交→又倒跌一交(又拖跌一跤) / 神槍刺住→神鋒按住(神鋒按住) / 綁縛→捆綁(縛綁)—일역본

36) 무명(無明)의 번뇌를 끊고 불생불멸(不生不滅)의 진리를 깨치는 일.—옮긴이

37) 원문은 다음과 같다. …那山前山後土地, 皆來叩頭報名, "此處叫做枯松澗, 澗邊有一座山洞, 叫做火雲洞, 洞有一位魔王, 是牛魔王的兒子, 叫做紅孩兒. 他有三昧眞火, 甚是利害." 行者聽說, 叱退土神,…與八戒同進洞中去尋,… 那魔王分付小妖, 推出五輪小車, 擺下五方, 遂提槍殺出, 與行者戰經數合, 八戒助陣, 魔王走轉, 把鼻子一捶, 鼻中冒出火來, 一時五輪車子, 烈火齊起. 八戒道, "哥哥快走! 少刻把老猪燒得囫圇, 再加香料, 盡他受用." 行者雖然避得火燒, 却只怕煙, 二人只得逃轉.… (第三十二回「唐三藏收妖過黑河」)

앞서의 인용문의 경우와 마찬가지로 중국사료총서 본『서유기전』4권「당삼장수요과흑하」(唐三藏收妖過黑河)와의 이동을 다음과 같이 정리한다. 那山前山後土地→那山前山後土神(上同) / 叩頭報名→叩頭, 報說(上同) / 一座山洞→一洞(一座洞) / 洞有一位魔王→洞中有一魔王(洞有一魔王) / 牛魔王的兒子→(牛魔王的鬼子) / 分付小妖→分付小妖 / 擺下五方→排下五方(拂下五方) / 提槍→挺槍 / 鼻中冒出火來→口中噴出火來(○中冒出火來) / 雖然避得火燒, 却只怕煙→雖然避得火, 亦有些怕烟(却○此)—일역본

38) 원문은 "告世尊, 肯發慈悲力. 我着唐三藏西游便回, 火孩兒妖怪放生了他. 到前面, 須得二聖郎救了你".

『서유기잡극』(西遊記雜劇: 쑤이수썬隋樹森 편,『원곡선외편』元曲選外編, 베이징: 중화서국, 1959년 1판, 1980년 3쇄) 제3본의 말미에 있는데, 여기에는 "火孩兒"의 위에 "那唐僧" 세 글자가 있다.—일역본

39) 수다나(Sudhana).『화엄경』(華嚴經) 34에 나오는 제자로 사승신(四勝身)의 한 사람이며, 관세음보살(觀世音菩薩)의 시자(侍者)이다.—일역본

제17편 명대의 신마소설(중)

또 100회 본 『서유기』가 있는데, 이것은 대개 41회 본 『서유기전』西遊記傳 이후 나온 것으로,[1] 오늘날 특히 성행하고 있으며, 원초元初의 도사道士 구처기邱處機[2]가 지은 것으로 알려져 있다. 처기는 실제로 서역에 갔다 온 일이 있으며, 이지상李志常이 그 일을 기록하여 『장춘진인서유기』長春眞人西遊記를 지었다.[3] 이것은 모두 두 권으로 현재 『도장』道藏 가운데 남아 있다.[4] [그러나 이것은 『서유기』와는 다른 책으로] 단지 『서유기』라는 같은 이름 때문에 세상 사람들이 같은 책이라고 생각했던 것이다. [그래서] 청초淸初에 소설 『서유기』를 간행한 사람이 다시 우집虞集[5]이 쓴 『장춘진인서유기』의 서문을 취하여 그 첫머리에 부쳤다.[6] 그리하여 근거 없는 말은 더욱더 가려낼 수 없게 되어 버렸다.

그러나 청 건륭乾隆 말에 이르러 전대흔錢大昕의 『장춘진인서유기』[7] 발跋(『잠연당문집』潛研堂文集 29)에서 이미 소설 『서유연의』西遊演義는 명대 사람이 지은 것이라 하였고,[8] 기윤紀昀[9](『여시아문』如是我聞 3)이 다시 "그 가운데 제새국祭賽國의 금의위錦衣衛,[10] 주자국朱紫國의 사례감司禮監,[11] 멸법국滅法國의 동성병마사東城兵馬司, 당 태종唐太宗의 대학사 한림원 중서과大學

士翰林院中書科[12] 등은 모두 명대의 관제官制와 같기 때문에",[13] 명대 사람이 지은 것이 틀림없다고 하였지만,[14] 작자가 누구인지는 여전히 알 수 없었다. 그러나 향토의 문헌은 사람들이 특히 말하기 좋아하는 것이기에, 그 뒤에 산양山陽 사람 정안丁晏(『석정기사속편』石亭記事續編),[15] 완규생阮葵生(『다여객화』茶余客話)[16] 등과 같은 사람이 이미 모두 옛 기록을 뒤져 내어 『서유기』의 작자가 오승은吳承恩이라는 것을 알아내었다. 오옥진吳玉搢(『산양지유』山陽志遺)[17] 역시 그 설을 긍정하긴 했지만, 아직도 나관중羅貫中이 진수陳壽의 『삼국지』를 부연했듯이 이것 역시 구처기의 책을 부연한 것이 아닌가 의심했는데, 이것은 아직 2권 본[18]을 보지 못했기 때문에 그렇게 말한 것이다. 또 "어떤 사람이 『후서유기』後西遊記가 있는데, 그것은 사양선생射陽先生이 지은 것이라 한다"[19]라고 말한 것은 단지 속설俗說을 기록한 것일 따름이다.

오승은의 자字는 여충汝忠이고, 호號는 사양산인射陽山人이다.[20] 성격이 민첩하고 지혜가 많았으며, 많은 책을 두루 읽었고, 또한 해학에 뛰어났으며, 잡기雜記 몇 종種을 저술하여 그 명성이 일세를 풍미했다. 가정 갑진년甲辰年에 세공생歲貢生[21]이 되었고, 후에 장흥현長興縣의 승丞[22]을 지냈다. 융경隆慶 초에 산양山陽으로 돌아왔다가 만력 초에 죽었다(약 1510~1580).[23] 잡기의 하나가 곧 『서유기』(『천계회안부지』天啓淮安府志 16 및 19, 『광서회안부지』光緖淮安府志 공거표貢擧表에 보인다)로서, 나머지 것은 알 수 없다. 또 시詩에도 능하여, 그의 "언어표현은 세밀하면서도 명쾌하며, 내용은 넓으면서도 깊이가 있어"詞微而顯, 旨博而深(진문촉陳文燭의 서어序語), 명대를 통해 회군淮郡[24] 출신 시인 가운데 으뜸이었다. 그러나 늘그막에는 가난했던 데다 자식마저 없어, 유고遺稿가 많이 산실되었다. 구정강邱正綱[25]이 불완전하게 남아 있는 것들을 수습해 『사양존고』射陽存稿 4권[26]과 『속고』續稿 1권을 엮어 내었고, 오옥진은 이것들을 모두 『산양기구집』山陽耆舊集[27] 속에 수록하였다(『산양지유』山陽志遺 4). 그러나 동치同治 연간에 편찬된 『산양현지』山陽縣志[28]에서는, 『인물지』人物志 가운데 "해학에 뛰어났으며, 잡기를 저술하였다"善諧劇著雜記라고 하는 말을 없앴고, 『예문지』藝文志에서는 또 『서유기』의 항목이 수록되지 않았다. 그리하여 오씨吳氏의 성질과 행실이 마침내 진실한 모습을 잃게 되었고, 『서유기』가 오씨로부터 나왔다는 것을 아는 사람 역시 더욱 적어졌다.[29]

『서유기』 전서全書의 대체적인 모습은 양지화楊志和가 지은 41회 본과 거의 같다. 전7회는 손오공의 득도에서부터 항복하기까지의 이야기로, 양본楊本의 전9회에 해당한다. 제8회는 석가가 경문을 만드는 것을 기록하고 있는데, 아난阿難[30]이 결집結集[31]했다고 하는 불경의 기록과는 합치되지 않는다. 제9회는 현장玄奘의 부모가 어려움을 겪는 것과 현장이 복수하는 일을 기록하고 있으나, 역시 사실이 아니다. 이것들은 양본에는 모두 없는 것으로, 오씨가 보탠 것이다.[32] 제10회에서 12회까지는 위징魏徵이 용을 칼로 벤 일과 현장이 태종太宗의 천자의 명을 받아 서역으로 길을 떠나기까지의 일들을 기록하고 있는데, 이것은 양본의 10회에서 13회에 해당하는 부분이다. 제14회에서[33] 99회까지는 천축天竺으로 들어가는 도중에 재난을 만나는 일을 모두 기록하고 있다. 구九라는 것은 구究[34]이고, 사물은 구九에서 극에 달한다. 9×9는 81이므로, 81난難이 있게 된다. 그래서 100회는 동쪽으로 돌아와 각각 부처가 되고 보살이 되는成眞 것으로서 끝을 맺고 있다.

다만 양지화 본은 이야기의 뼈대는 이미 세워져 있지만, 문자표현이 조잡하고 거칠어 겨우 책 모양을 이루고 있을 따름이다.[35] 반면에 오씨는 뛰어난 재능을 갖고 있는 데다, 사람됨이 영민하고 학식이 넓었기 때문에,

그가 제재를 취한 범위가 대단히 광범위하다. 『사유기』西遊記로부터는 『화광전』華光傳 및 『진무전』眞武傳을 취하고, 서유에 관한 이야기로부터는 『서유기잡극』西遊記雜劇 및 『삼장취경시화』三藏取經詩話(?)도 취하였다. 변안하고 옮겨 온 것으로는 당대의 전기(이를테면 『이문집』異聞集, 『유양잡조』 등)를 사용하였고,[36] 풍자나 야유의 경우는 당시에 일어났던 일로부터 취하였다. 여기에 수식과 묘사를 더하여 거의 면모를 바꾸어 놓았다. 이를테면 관구이랑灌口二郞이 손오공과 싸우는 것은 양본楊本에서는 겨우 300여 마디의 말이 있을 뿐인 데 반해, 오승은 본에서는 그것의 10배로 늘어났다. 먼저 두 사람은 각각 "신통력으로 거대한 모습으로 변신했다가"法象, 다음에 제천대성은 참새가 되었다가, "대자로"大鶩老로 변하고, 물고기로 변했다가는 물뱀으로 변했으며, 진군眞君은 매로 변했다가 대해학大海鶴으로 변하고, 또 물수리로 변했다가 회학灰鶴으로 변한다. 제천대성이 다시 능에로 변하니, 진군이 그것을 천한 새라 여겨[37] 상대할 만한 가치도 없다고 생각하여 곧장 원모습을 드러내어 탄환으로 그것을 맞춰 떨어뜨린다.

> …… 대성大聖은 그 기회를 틈타 산 언덕으로 굴러 떨어져 내려와 그곳에 숨어 있다가 다시 변하여 토지신 묘廟로 변하였다. 입을 크게 벌리니 묘의 문과 같았다. 이빨은 문짝으로 변하였고, 혀는 보살의 상으로 변했으며, 눈은 격자창으로 변하였다. 다만 꼬리를 수습하기가 곤란해, 뒤쪽에 세워 깃대로 바꾸었다. 진군이 언덕 아래로 뒤쫓아 내려오니 맞춰 떨어뜨린 능에는 보이지 않고, 작은 묘 한 칸이 있을 따름이었다. 급히 봉안을 부릅뜨고 자세히 보니 깃대가 뒤에 서 있는 것이 보여, 웃으며 말했다.
>
> "이것이 원숭이 녀석이구나. 지금 저 놈이 나를 또 속이려고 들다니. 내가 이제껏 묘우廟宇를 보아 왔지만, 뒤에 깃대가 서 있는 것은 본 적이

없어. 분명 저 축생畜生이 농간을 부리는 걸 거야. 저 놈이 나를 속여서 내가 들어가면 곧 한 입에 꽉 물어 버릴 텐데, 내가 어떻게 들어가겠어? 우선 주먹으로 격자창부터 박살을 내고 나서, 문짝을 걷어차야지."

대성이 그 말을 듣고는…… 풀쩍 호랑이의 모습으로 튀어 올라 다시 허공에서 모습을 감추었다. 진군이 앞뒤로 뒤쫓았다.…… 허공으로 몸을 일으키자, 이천왕李天王이 조요경照妖鏡을 높이 들어 올리며 나타哪吒와 함께 구름 끝에 서 있는 것이 보였다. 진군이 말했다.

"천왕, 후왕猴王을 보셨습니까?"

천왕이 말했다.

"위로는 올라오지 않았네. 내가 여기서 조요경으로 그 놈을 비추고 있거든."

진군은 변환하는 시합을 해 신통력을 부려 여러 원숭이들을 잡은 일을 모두 이야기하고는 말했다.

"그 녀석이 묘로 변했길래, 바로 내려치자마자 곧 도망가 버렸습니다."

이천왕이 그 말을 듣고 다시 조요경을 사방으로 비추더니 껄껄 웃으며 말했다.

"진군, 빨리 가보시오. 저 원숭이 녀석이 은신법을 써서 포위망을 벗어나 당신의 관강灌江 어귀로 가버렸소이다."

……각설하고 대성은 관강 어귀에 이르자, 몸을 흔들어 이랑二郎의 모습으로 변화해서 구름으로부터 내려와 곧바로 묘 안으로 들어갔다. 귀판鬼判은 알아차리지 못하고 하나하나씩 절을 하며 맞아들였다. 그는 가운데에 앉아 공물을 점검하였다. 이호李虎가 소원성취의 예물로 올리는 세 가지 희생三牲[38]과 장룡張龍이 서약해 올린 보복保福, 조갑趙甲이 아들을 보기를 원한다는 문서, 전병錢丙이 병이 낫기를 기원하는 것 등이 있

었다. 막 살펴보고 있는데, 어떤 사람이 알려 왔다.

"나리께서 또 오십니다."

여러 귀판들이 황급히 쳐다보고는 놀라지 않는 자가 없었다. 진군이 말했다.

"무슨 제천대성이라는 놈이 금방 여기 오지 않았느냐?"

여러 귀판들이 말했다.

"무슨 대성이라는 것은 보지 못했고, 또 한 분의 나리께서 안에서 공물을 살펴보고 있습니다."

진군이 문으로 짓쳐 들어가자, 대성이 그것을 보고 본래의 모습을 드러내며 말했다.

"낭군, 시끄럽게 소리칠 것 없네. 묘우는 이미 성姓이 손孫씨라네."

진군은 곧바로 세 갈래로 갈라지고 양쪽에 칼날이 선 신봉三尖兩刃神鋒을 들어 머리를 향해 내려쳤다. 후왕은 술법을 부려 신봉을 피하고는, 수화침繡花針을 잡아당겨 한번 휘두르니 사발만큼이나 굵어져 앞으로 쫓아갔다가 [신봉을] 마주 대하고 서로 겨루었다. 둘은 떠들썩하게 묘의 문을 치고 나가, 안개 속 구름 속을 지나가며 싸움을 벌이다, 다시 화과산에 이르렀다. 황급해진 사대천왕四大天王 등 무리들은 방어를 더욱 굳건히 하였다. 강, 장태위康張太尉 등은 진군을 맞이하여 합심노력하여 미후왕을 에워쌌음은 더 말할 게 없다…… (제6회 하「소성이 위세로서 대성을 항복시키다」)[39)]

그러나 작자의 구상의 환상적인 바는 대체로 여든한 가지의 어려움八十一難에 있다. 이를테면「금두산에서의 싸움」金兜山之戰(50~52회),「두 마음의 다툼」二心之爭(57과 58회),「화염산에서의 싸움」火焰山之戰(59~61회)

과 같은 것들은 변화를 부리는 것이 극히 기이하고 자유분방한데, 앞의 두 가지 이야기는 양지화의 판본에도 이미 있으나, 뒤의 한 이야기는 잡극 『서유기』와 『화광전』華光傳 가운데의 철선공주鐵扇公主를 취하여 『서유기전』에서는 겨우 이름만 보이는 우마왕牛魔王과 짝을 이루도록 해, 그 신괴스러움과 이국적인 효과를 더하였던 것이다. 우마왕이 여러 신에 의해 굴복당해, 나찰녀羅刹女로 하여금 파초선芭蕉扇을 바치게 하고, 화염산의 불을 끄고 현장 등을 도와 서역으로 가게 한 상황을 기술하고 있다.

……그 소의 화신은 마음속으로 놀라 겁에 떨더니,……위쪽으로 곧바로 도망갔다. 때마침 탁탑 이천왕托塔李天王과 나타태자哪吒太子가 어두약차 거령신魚肚藥叉巨靈神을 이끌고 허공에서 앞길을 가로막았다.……우왕牛王은 급해지자, 전과 같이 몸을 흔들어 변신하였다. 한 마리의 커다란 흰 소로 변하더니, 두 개의 쇠와 같은 뿔로 천왕을 들이받으니, 천왕은 칼로 내려쳤다. 뒤이어 손행자孫行者가 역시 그곳에 도착했다.……말했다.

"이 놈 신통력이 보통이 아니군, 저런 모습으로 변했으니, 저 놈을 어떻게 한다?"

태자가 웃으며 말했다.

"대성은 걱정 마시게나. 내가 저 놈 잡는 거나 보구려."

나타태자는 큰소리를 질렀다.

"변하라!"

그러고는 머리 세 개와 팔 여섯 개의 괴물로 변해, 몸을 날려 우왕의 등 뒤로 뛰어올라, 참요검斬妖劍으로 목덜미를 향해 한번 휘두르니, 곧 소 머리가 잘려 떨어졌다. 천왕이 칼을 내던지고, 그제서야 손행자와 서로 인사하는데, 그 우왕의 몸통에서 다시 머리 하나가 생겨나더니, 입에서 검은 기운을 토해 내고 눈에서는 금빛이 뿜어져 나왔다. 나타에게 칼을 맞고 머리가 떨어진 곳에서 다시 머리가 생겨나고, 이러기를 열 몇 번이나 칼을 맞았지만, 그때마다 막바로 열 몇 개의 머리가 생겨났다. 나타가 화륜火輪을 꺼내서, 소의 화신의 뿔 위에 걸어놓고 진화眞火를 내뿜었다. 활활 타는 불길이 우왕을 태우자, 우왕은 미친 듯이 울부짖으며 머리를 흔들고 꼬리를 내둘렀다. 어찌어찌하여 가까스로 변신하여 벗어나려 했지만, 다시 탁탑천왕托塔天王이 조요경으로 그의 본상을 비추었으므로, 꼼짝 못하고 도망칠 길이 없게 되자, 다음과 같이 소리칠 수밖에 없었다.

"목숨만 살려주신다면, 진정으로 불가에 귀의하겠습니다."

나타가 말했다.

"목숨이 아깝거든, 어서 부채를 가지고 오너라!"

우왕이 말했다.

"부채는 산에 있는 저의 아내가 가지고 있습니다."

나타는 그 말을 듣고 요괴를 묶었던 끈縛妖索을 풀었다,…… 콧구멍을 뚫어 손으로 끌고 갔다.…… 파초동芭蕉洞의 입구로 돌아갔다. 소의 화신이 소리쳤다.

"부인, 부채를 가지고 나와 내 목숨을 구해주시게나!"

나찰녀는 그 소리를 듣고, 급히 비녀와 옥고리를 풀고, 화려한 옷도 벗고는, 여도사처럼 푸른 실로 머리를 묶고, 비구니처럼 흰 옷을 입고, 1장 2척 길이의 파초선을 두 손으로 받쳐 들고 문밖으로 걸어 나왔다. 금강중성金剛衆聖과 천왕 부자天王父子를 보더니, 급히 땅바닥에 꿇어앉아, 머리를 조아리고 절을 하며 말했다.

"바라옵건대 보살님께서는 저희 부부의 목숨을 살려 주십시오. 이 부채를 손씨 아재에게 바쳐 하시는 일이 성공하기를 빌겠습니다."……

……손대성이 부채를 가지고 산 옆으로 다가가 온 힘을 다해 부채를 한 차례 펄럭이니, 그 화염산은 불길이 잠잠해지고 조용히 빛이 사그라 들었다. 다시 한번 부채질을 하니, 살랑살랑 맑은 바람이 약하게 부는 소리만 들렸고, 세번째로 부치니 하늘 가득 구름이 일고 가랑비가 보슬보슬 내렸다. 시가 있어 이를 증명하도다.

팔백 리 먼 곳에 있는 화염산, 불과 빛의 땅으로 명성이 있도다.
불이 오루五漏[40]를 태우니 선단仙丹도 만들기 어렵고, 불이 삼관三關을 불사르니 길조차 분명치 않네.
다만 파초선을 빌려 와 비와 이슬을 내리게 하니, 이것은 다행히도 천장天將의 신령스러운 공력을 도움받은 것이라네.
소를 잡아끌고 불가에 귀의케 하고 하렬下劣을 항복시키니, 물과 불이 서로 연결되어 자연의 본질이 스스로 평온해지도다.
(제61회 하「손행자삼조파초선」孫行者三調芭蕉扇)[41]

또한 작자의 품성이 "해학에 뛰어났기에"復善諧劇, 비록 신비롭고 환상적인 일을 서술하면서도 항상 우스운 말을 섞어 넣었고, [작품 속에 등장한] 귀신과 마귀神魔 모두가 인간다운 감정을 갖고 있었으며, 정령精靈과 이매魑魅 역시 인간사의 이치를 잘 알고 있었고, 세상을 비웃는 냉소적인 작자의 의도가 작품 속에 깃들어 있다(자세한 것은 후스의『서유기고증』에 보인다). 이를테면, 손오공이 금두동金兜洞의 무소의 요괴兕怪에게 크게 패하여 금고봉金箍棒을 잃어버리고는 옥황상제를 알현하여 병사를 동원해 토벌해 줄 것을 간청하는 다음과 같은 대목이 그러하다.

…… 그때 사천사四天師가 [그 사실을] 영소전靈霄殿에 전달하여 상주하였다. 손행자는 안내되어 옥황상제를 알현하자, 위쪽을 향해 읍을 하고 말했다.[42)]

"나리, 번거롭게 해드리게 됐군요. 이 손가는 당승唐僧을 보호해 서역으로 경經을 구하러 가는 길인데, 도중에 흉한 일 많고 좋은 일 적기로야 더 말할 것도 없습니다그려. 그런데 지금 금두산에 이르니, 금두동에 사는 무소 괴물兕怪이 당승을 동굴 안에 잡아두고, 끓여먹으려는지, 삶아먹으려는지, 햇볕에 말려 먹으려는지 모를 지경에 이르렀습니다. 이 손가가 그 놈 있는 데를 찾아가서 싸움을 벌였지만, 그 괴물의 신통력이 대단해 내 금고봉을 빼앗아 갔기 때문에 요마를 사로잡기가 어렵게 되었습니다. 그 괴물은 나를 조금 안다고 하는 말을 했는데, 혹시라도 하늘의 흉성凶星이 속세를 그리워하여 하계로 내려온 것이 아닌가 생각됩니다. 이 때문에 특별히 상주하러 왔으니, 천존께서는 자비를 베푸사 잘 살펴보시고, 칙령을 내리시어 흉성을 취조하시며, 병사를 내어 요마를 토벌해 주시기를 엎드려 비옵니다. 이 손가는 무서움과 두려움이 극도에 달하여 이를 이겨내지 못하겠습니다."

그러고는 다시 큰 절을 올리고 "이상 진언하옵니다"라고 말했다. 그 옆에 갈선옹葛仙翁이 있다가 웃으며 말했다.

"그대는 어찌하여 처음엔 거만하다가 나중에는 공손한고?"

행자가 말했다.

"어찌 감히 그러겠소. 그 뭐 처음에는 오만하고 나중엔 공손한 것이 아니라, 이 손가가 지금 휘두를 방망이가 없어졌다는 것이지."……

(제51회 상 「심원공용천반계」心猿空用千般計)[43)]

이 책을 비평하고 의론한 것으로는 청대 산음山陰 사람, 오일자悟一子 진사빈陳士斌의 『서유진전』西游眞詮[44](강희康熙 병자년 우동尤侗의 서序), 서하西河의 장서신張書紳의 『서유정지』西游正旨[45](건륭 무진년의 서) 및 오원도인悟元道人 유일명劉一明의 『서유원지』西游原旨[46](가경 15년의 서)가 있는데, 혹은 학문을 장려한 것이라고도 하고, 혹은 선禪에 관해 이야기한 것이라 하고, 혹은 도를 강론한 것이라 하여, 모두 문장의 배후에 감추어진 뜻을 밝히고 있으며, 문장이 매우 번잡하다. 그러나 작자가 비록 유생이긴 하지만, 이 책은 실제로는 유희적인 데서 나온 것으로 도를 말한 것은 아니었으므로, 책 전반에는 단지 오행생극五行生克의 상투어가 가끔 보일 뿐이고, 특히 불교 방면에 대해서는 공부하지 않은 것 같다. 그러므로 마지막 회에 이르러서는 극히 황당무계한 경문의 목록經目이 있다. 하지만 삼교三教가 뒤섞여 일반에 보급된 지가 오래되었으므로, 그 저작에 있어서도 역시 석가와 노자를 동류로 하여, 불교에서 말하는 진성眞性과 도교에서 말하는 원신元神이라는 개념이 뒤섞여 있어, 삼교를 따르는 신도들이 제각기 멋대로 갖다붙일 수 있게 되었을 따름이다. 만약 억지로라도 이 책의 대의를 구하려고 한다면, 사조제謝肇淛(『오잡조』五雜組 15)의 다음과 같은 말을 들 수 있다. "『서유기』는 황당무계한 이야기가 끝 간 데 없이 이어져 있지만, 그 종횡무진한 변화에 있어, 원숭이를 [불가사의하게 움직이는] 마음을 표상하는 것으로, 돼지를 [억제할 수 없는] 의지의 분출로 삼고 있다. 처음에는 [원숭이가] 멋대로 하늘로 오르고 땅으로 내려오는 것을 아무도 막을 수 없었지만, 필경에는 긴고緊箍의 주문으로 마음속의 원숭이를 온순하게 다스려 죽을 때까지 변하지 않도록 했다. 이것은 대개 마음을 부리는 비유를 구한 것이니, 터무니없는 작품은 아닌 것이다."[47] 이 몇 마디의 말이 충분히 정확하게 지적해 내고 있다. 작자 자신도 다음과 같이 말했을 따름이다. "여러 스님들은 [등불 아래에서][48] 불교의 교의와 서역에 가서 경문을 취한 인연에 대해서 의론하였다.…… 삼장이 입을 다물고 말없이, 다만 손으로 자기의 심장을 가리키며 몇 번 머리를 끄덕이니, 여러 스님들은 그 뜻을 이해하지 못했다.…… 삼장이 말했다. '마음心이 생기면 여러 가지 마魔가 생기고, 마음이 멸하면 여러 가지 마가 멸하는 것입니다. 제가 일찍이 화생사化生寺에서 부처에게 서원誓願을 세웠던바, 이 마음을 다하지 않을 수가 없습니다. 이번에 가는 것은 반드시 서역에 가서 부처를 알현하고 경을 구해 와서 우리들의 법륜을 회전시켜 황제 폐하의 판도를 영구히 공고하게 하려는 것입니다.'"[49](13회)

『후서유기』後西遊記[50] 6권 40회는 작가가 누구인지 밝히지 않고 있다. 그 내용은 다음과 같다. 화과산에 다시 돌 원숭이石猴가 나왔는데, 여전히 신통력을 지니고 있으면서 소성小聖이라 칭하였다. 그는 반게半偈란 호를 하사받고 대전大顚 스님을 보필해 다시 서역으로 가서 경건하게 진정한 해탈眞解을 구한다. 도중에 저일계猪一戒를 굴복시키고, 사미沙彌와 만나며, 또 여러 마귀들과 조우해 여러 차례 위기에 빠지지만, 결국 영산靈山에 도달하여 해탈하고 돌아온다는 것이다. 유교와 불교의 근본이 하나라고 주장하는 것은 역시 『서유기』와 같다. 그러나 문장이나 사건의 서술에 있어 모두 뒤떨어지며, 오승은의 시문詩文이 세련되고 화려한 것으로 미루어 보아 그가 지은 것은 아닐 것이다. 또 『속서유기』續西遊記[51]가 있는데 보이지 않고, 『서유보』西游補에 붙어 있는 잡기에 다음과 같은 말이 있을 뿐이다.[52] "『속서유』는 모방한 것이 진실에 가깝기는 하나, 너무 구애되어 있고, 비구比丘와 영허靈虛를 첨가한 것이 특히 군더더기이다."[53]

주)______

1) 『서유기』 100회 본과 41회 본의 선후 문제에 관해서는 마땅히 100회 본이 앞에 와야 한다. 루쉰은 1935년 「『중국소설사략』 일본어 번역본 서」에서 다음과 같이 말했다. "정전둬 교수는 『사유기』 중의 『서유기』는 오승은의 『서유기』를 간추린 것으로, 결코 그 조본(祖本)이 아니라는 사실을 증명하였다. 이로써 졸저 제16편에서 말한 것을 정정할 수 있을 것이다. 그 정확한 논문은 『구루집』(痀僂集)에 수록되어 있다."(『차개정잡문 2집』을 참고할 것) 정전둬의 글은 『서유기의 변천』으로 제하였다.
[41회 본 『서유기전』은 100회 본 『서유기』의 절본(節本)이다. 쑨카이디의 『중국통속소설서목』 5권에서는 『서유기전』이라 칭했는데, "이 책 역시 절본으로 주정신 본과 규모는 대략 같지만, 지금은 그 내력이 자세하지 않다"(此書亦節本, 與朱鼎臣本規模略同, 今不詳其來歷)고 하였다. 이 내용을 검토해 보자면, 주정신 본은 곧 "『정계전상당삼장서유석액전』(鼎鍥全像唐三藏西游釋厄傳) 10권으로, 현존하며, 명 만력 연간 서림(書林) 유련태(劉蓮台) 간본이다. 상도하문(上圖下文)으로 정문(正文) 반엽(半葉) 십행(十行)에 행십칠자(行十七字)이다.…… 정신의 자는 충회(沖懷)로 광주(廣州) 사람이다. 이 책은 절본(節本)인 듯하다." 이 책은 현재 베이징도서관에 남아 있으며, 또 일본 지겐지(慈眼寺) 소장본도 있다.— 보주]
[루쉰은 양치화(楊致和; 루쉰은 楊志和라고 하였음)의 41회 본(사실은 40회) 『서유기』가 오승은의 일백회 본 『서유기』보다 앞서며, 『서유기전』이 오승은 『서유기』의 조본(祖本)이라고 하였다. 이러한 견해에 대해 정면으로 비판한 것이 후스(胡適)였다. 후스는 『국립베이핑도서관관간』(國立北平圖書館館刊) 제5권 제3기(1931년 5~6월, 北平)에 「쇄석진공보권 발문」(跋鎖釋眞空寶卷; 말미에 30.3.15라고 씌어 있음)을 기고했는데, 여기에서 그는 닝샤(寧夏)에서 송원대에 간각된 서하문(西夏文)으로 된 불교경전과 함께 발견된 「쇄석진공보권」에 관해 "발문" 형식의 해설로 이 보권에 나오는 당승취경(唐僧取經) 이야기가 오승은의 『서유기』의 이야기와 부합한다는 점에 주목하여, 이것은 원대에 유행했던 『서유기』에 근거한 것이 아니고, 오승은의 『서유기』에 근거한 것으로서, 그 성립 연대는 결코 송원대가 아니고 "만명"(晩明)이라고 단정하였다. 또 그는 「『사유기』 본의 『서유기전』에 대한 발문」(跋『四遊記』本的『西遊記傳』; 말미에 20.3.15 改稿라고 기록되어 있음)이라고 제한 논고를 덧붙이면서, 그가 소장하고 있는 『사유기』가 청 가경 16년 신미(1811년) 명헌주인(明軒主人)의 총서가 있는 간본이라는 사실로부터 『사유기』의 하나로서의 『서유기전』은 청대 중엽의 "망녕된 사람"(妄人)이 오승은 본을 억지로 삭제하여 축약한 절본으로, 오승은 본 이전에 나온 "옛 판본"이 아니라고 논하고는, 이에 루쉰이 『서유기전』을 오승은 본보다 앞선 판본으로 믿은 것은 잘못이라고 비판했다.
이러한 후스의 논고는 현재의 관점으로 보더라도 수긍할 만한 점이 있다. 이를테면 고대에 성립되어 구송(口誦)으로 전승되거나 고본(古本)으로 전해져 왔던 작품이 후세에 간행된 예는 흔히 있으며, 이러한 경우 간행된 연대가 반드시 작품의 성립연대를 의미하지는 않는다. 「쇄석진공보권」의 경우나, 『서유기전』의 경우도 오승은 본이 앞서 성립되었다고 하는 것이 입론의 전제조건이 되고 있지만, 그의 추론은 사실로부터의 귀납이라기보다 사실상 그 전제조건으로부터의 연역으로, 결론이 선취되었다고 하는 인상

을 받게 된다.

당시 후스의 이러한 논고에 관하여 양쪽에서 비판이 나왔다. 그 하나는 위핑보(兪平伯)의 「「쇄석진공보권 발문」을 반박함」(駁『跋鎖釋眞空寶卷』; 말미의 기록에 의하면 1933년 4월 21일 집필하였다 함)으로, 『문학』 제1권 제1호(상하이: 성훠서점生活書店, 1933)에 게재되었다. 다른 하나는 정전둬의 「서유기의 변천」(말미의 기록에 의하면 1933년 1월 6일에 씌어졌다고 함)으로, 『문학』 제1권 제4호(1933년 성훠서점)에 게재되었다. 정전둬는 『문학』 편집위원회의 성원 가운데 한 사람이었기에, 그의 주장과 중복되는 것이 있는 위핑보의 논문을 우선적으로 게재하였던 듯하다.

위핑보의 논고(뒤에 1936년 상하이량유도서인쇄공사上海良友圖書印刷公司에서 나온 량유문학총서 『연교집』燕郊集에 수록됨)는 「쇄석진공보권」에 관한 후스의 고찰의 행문(行文)에 즉하여, 그의 주장이 모순과 자가당착으로 가득 차 있다는 것을 밝혔다. 본래 이 「보권」은 1929년 가을 국립베이핑도서관에 서하문 경권과 함께 구입된 이래, 취경 전설과의 관련에 주목하여 「『쇄석진공보권』 1권 원사본(元寫本) 현장(玄奘)의 취경 전설을 서술한 전설의 역사적 연구의 절호의 자료」(자오완리趙萬里, 「국립베이핑도서관전람회목록」國立北平圖書館圖書展覽會目錄, 『국립베이핑도서관관간』 제4권 제5호, 1930년 9~10월, 베이핑)로 간주되었다. 후스의 「발」은 이 보권의 성립연대를 명대에서 명말로 끌어내렸지만, 이 논증은 사실 증거가 없는 것으로, 논리적으로도 오류를 범하고 있다. 위핑보는 다음과 같은 사실을 지적하였다. "그는 오승은이 소설의 작자라고 믿었기에, 오씨의 연대로 소설을 추정하였고, 또 소설의 연대로 「보권」을 추정했지만, 그것은 잘못 중의 잘못이다. 소설은 과연 「보권」을 추측하기에 충분하지 않으니, 『서유』의 작자는 지금까지도 의심스러운 부분이 있으며, 현재의 소설이 꼭 오승은이 지은 것도 아닌 것이다." 위핑보의 이러한 반박문이 특별하게 새로운 증거를 제시한 것은 없고, 후스의 입론의 논리적인 결함을 따르고 있는데, 같은 맥락에서 『홍루몽』의 고증에서도 한결같이 외재적 증거 ── 경우에 따라서는 부박한 측면이 종종 있는 ── 에 의하고 있는 후스와 달리, 그는 "행간에서 작자의 창작심리를 읽어 내 그 과정을 추구하는 방법을 채택"하였다. 하지만 그의 감상은 정치하였던 까닭에, 이 반박에는 간과할 수 없는 요소가 포함되어 있다. 그는 특히 후스의 학자로서의 깊이가 얕다는 것이 이것으로 다 드러났다고 하였다.

정전둬의 「서유기의 변천」은 후스의 「쇄석진공보권 발문」과 「『사유기』 본의 『서유기전』에 대한 발문」에 있어서의 후스의 논점에 대한 비판으로부터 시작하고 있다. 이 내용은 뒤에 1957년 12월 쭤자출판사에서 간행된 『중국문학논집』에 실린 같은 글에서는 삭제되었다. 또 뒤에 1983년 10월 간행된 『서체서화』(西諦書話)에 실린 「서유기의 변천」에서는 "어떤 사람"의 설로 되어 있는데, 그가 비판한 "어떤 사람"은 사실은 후스였다. 여기에서 정전둬는 후스의 논고 두 편을 반박하면서, 새로 나온 자료를 구사하여 세덕당 본(世德堂本) 『서유기』의 조본은 『영락대전』(永樂大典)에 그 일문이 남아 있는 화본 『서유기전』일 것이라고 논했다. 아울러 후스와 다른 각도에서 『서유기전』을 다루어 『서유기전』은 오승은 본 『서유기』보다 뒤에 성립되었으며, 또 신자료의 하나인 주정신(朱鼎臣)의 『당삼장서유석액전』(唐三藏西遊釋厄傳)도 오승은 본 『서유기』보다 뒤에 성립되었는데, 주정신 본은 양치화의 『서유기전』보다 앞서 출현한 듯하다고 논했다. 따라서 정전둬가 세덕당 본 『서유기』를 오승은 본의 가장 이른 판본이라 확신한 것은 당연하다.

루쉰은 이러한 정전둬의 논고를 받아들여 1935년 6월 마스다 와타루(增田涉)의 일본역이 나올 즈음에, 일본어로 집필한 「『중국소설사략』 일본어 번역본 서」(『中國小說史略』日本譯本序; 『차개정잡문 2집』에 실려 있음)에서 그러한 사실을 밝혔다. 그러나 루쉰은 같은 글의 바로 뒤 문장에서 "하지만 나는 오히려 개정을 하지 않았으니, 그렇게 불비한 것을 목도하고도 내버려둔 채, 일본어 역본의 출판을 대함에 기쁠 따름이다. 다만 언젠가 게으른 잘못을 보완할 시기가 있기를 염원한다"고 하였다.— 일역본]

2) 구처기(邱處機, 1148~1227)의 자는 통밀(通密)이고, 스스로 장춘자(長春子)라 호를 붙였다. 원대의 서하(西霞; 지금의 산둥) 사람이다. 칭기즈 칸이 중앙아시아에 있을 때 그를 불러 본 뒤 국사로 삼아 도교를 총괄하여 다스리게 하였다. 죽은 뒤 장춘연도주교진인(長春演道主敎眞人)으로 추증(追贈)되었다. 그는 『섭생소식론』(攝生消息論), 『대단직지』(大丹直指) 등을 편찬하였다.

3) 『장춘진인서유기』(長春眞人西游記) 2권은 원초 구처기의 문인인 진상자(眞常子; 通元大師) 이지상(李志常)이 서술한 것이다. 전대흔(錢大昕)은 발문에서 이 책은 "서역 지방의 풍속에 있어서 많은 고증 자료를 제공해 주고 있는데, 세상에 전하는 판본이 드물어 나는 『도장』에서 비로소 베껴 얻었다"(于西域道里風俗, 多可資考證者. 而世鮮傳本, 予始從『道藏』抄得之)고 하였다.— 보주

4) 이지상(李志常, 1193~1256)의 자는 호연(浩然)이고, 도호(道號)는 통현대사(通玄大師)이다. 구처기의 제자로 구처기를 따라 칭기즈 칸을 알현하였다. 돌아온 뒤 도중에 겪은 일을 기록한 『장춘진인서유기』 2권을 편찬하였다. 이 책은 『도장』 정을(正乙)부에 수록되어 있다. 『도장』은 도교 경전의 총집이다. 육조 시기부터 도경(道經)을 모으기 시작하여 계속해서 증보를 하였다. 지금 통행하는 『도장』은 『정통도장』(正統道藏; 5305권)과 『만력속도장』(萬曆續道藏; 180권)이다.

5) 우집(虞集, 1272~1348)의 자는 백생(伯生)이고, 호는 도원(道園)으로 원나라 인수(仁壽; 지금의 쓰촨성) 사람이다. 관직은 한림직학사(翰林直學士) 겸 국자감 좨주(國子監祭酒)까지 올랐다. 편찬한 책으로는 『도원학고록』(道園學古錄)이 있다. 청초 왕상욱(汪象旭)이 『서유증도서』(西游證道書)에 평을 가하고 간행할 때, 비로소 우집이 지은 『장춘진인서유기서』(長春眞人西遊記序)를 권수(卷首)에 두었다.

[『서유증도서』. 중국에서는 1930년 전후에 방각본이 보급되었다고 하는데, 일본 나이카쿠분코(內閣文庫) 소장 왕담의(汪憺漪) 평 『고본서유증도서』(古本西遊證道書) 일백회(淸初 原刊本)를 쑨카이디 등이 조사한 결과, 그 뒤의 청 간본 『서유기』는 이 본에서 나온 것으로 판명되었다. 청 간본에서는 현장의 부모가 어려움을 겪고 현장이 복수하는 것이 제9회에 있는데, 그것은 이 본에 그렇게 되어 있기 때문이며, 작자를 "구장춘"(丘長春)이라 한 것도 이 본에서 시작되었다고 한다(쑨카이디, 『일본 도쿄에서 본 중국 소설 서목』).— 일역본]

6) 왕담의(汪憺漪; 象旭)의 『서유증도서』(西游證道書) 일백회부터, "이 책은 비로소 우집의 서가 첫머리에 들어가 구장춘이 지은 것이라 하였고, 아울러 고본을 얻어 '진광예부임

봉멸, 강류승북구보본' 일회를 추가했다고 했는데, 실제로 이 회는 상욱 스스로가 지은 것으로 고본과는 아무 관련이 없다"(此書始冠以虞集序, 以爲邱長春作, 幷謂得古本增加'陳光蕊赴任逢滅, 江流僧復讐報本'一回. 實則此回乃象旭自爲之, 與古本無涉. 쑨카이디, 『중국통속소설서목』中國通俗小說書目 5권).—보주

7) 전대흔(錢大昕, 1728~1804)의 자는 신미(辛楣)이고, 호는 죽정(竹汀)이다. 청 가정(嘉定; 지금의 상하이) 사람으로, 관직은 소첨사(少詹事)에까지 이르렀다. 편찬한 책으로는 『이십이사고이』(二十二史考異)와 『잠연당문집』(潛研堂文集) 등이 있다. 『잠연당문집』 29권 「『장춘진인서유기』 발문」(跋『長春眞人西遊記』)에서 다음과 같이 말했다. "여염의 소설에 『당삼장서유연의』(唐三藏西游演義)란 것이 있는데, 명나라 사람이 지은 것이다."(村俗小說有『唐三藏西游演義』, 乃明人所作)

8) 전대흔의 『장춘진인서유기』(長春眞人西游記; 『補元史藝文志地理類』)에서는 다음과 같이 말했다. "여염의 소설로 당 현장의 이야기를 부연한 것 역시 『서유기』라 칭하는데, 명대 사람이 지은 것이다. 소산의 모대가는 『철경록』에 근거해 구처기의 손에서 나온 것이라 하였으니, 진정 견강부회한 말이다."(郇俗小說演唐玄奘故事, 亦稱『西游記』, 乃明人所作. 蕭山毛大可據『輟耕錄』, 以爲出處機之手, 眞郢書燕說矣)—보주

위에서 영서연설(郢書燕說)이라는 말은 영(郢) 땅의 사람이 쓴 글을 연(燕) 지방 사람이 잘못 해석했다는 뜻이다.—옮긴이

9) 기윤(紀昀). 이 책의 제22편을 참고할 것.

10) 명(明) 금위군명(禁衛軍名).—옮긴이

11) 사례(司禮)라고도 하는데, 궁중(宮中)의 의례(儀禮)를 주관함.—옮긴이

12) 관명으로, 이미 한무제(漢武帝) 때 설치된 이후 명대에 와서는 비밀문서 등을 담당하는 관직으로 변함.—옮긴이

13) 원문은 "其中祭賽國之錦衣衛, 朱紫國之司禮監, 滅法國之東城兵馬司, 唐太宗之大學士翰林院中書科, 皆同明制".

14) 『여시아문』(如是我聞) 3권은 곧 『열미초당필기』 9권으로, "오운암이 집에서 계를 잡고 점을 치고 있는데, 신이 내려 스스로를 구장춘이라 하였다. 어떤 손님이 물었다. '『서유기』가 과연 선사께서 지어 금단의 오묘한 뜻을 서술한 것입니까?' 대답하였다. '그렇다.' 또 물었다. '선사께서는 원나라 초에 책을 쓰셨는데, 그 가운데 제새국의 금의위……중서과가 모두 명나라의 제도와 같은 것은 어째서입니까?' 계가 갑자기 움직이지 않았다. 다시 물으니, 더 이상 대답하지 않아, 이미 할 말이 없어 숨어 버린 것임을 알 수 있었다. 그런즉 의심할 바 없이 『서유기』는 명나라 사람에 의해서 의탁된 것이다"(吳雲巖家扶乩, 其仙自云邱長春, 一客問曰: '『西游記』果仙師所作, 以演金丹奧旨乎?' 曰: '然.' 又問: '仙師書作于元初, 其中祭賽國之錦衣衛…中書科皆同明制, 何也?' 乩忽不動; 再問之, 不復答, 知已辭窮而遁矣. 然則『西游記』爲明人依托無疑也).—보주

15) 정안(丁晏, 1794~1875)의 자는 검경(儉卿)이고, 청나라 산양(山陽; 지금의 장쑤성 회안淮安) 사람으로, 내각중서(內閣中書)를 지냈다. 『이지재총서』(頤志齋叢書) 22종을 편했고, 그가 지은 『석정기사속편』(石亭紀事續篇) 1권에는 회안 지방의 약간의 저작들의 서발(序跋)이 수록되어 있다. 이 책의 「서『서유기』후」(書『西遊記』後)에는 다음과 같이 기

록되어 있다. "우리 군의 강희(康熙) 초의 구지(舊志) 예문(藝文)의 서목을 고찰해 보면, 오승은의 조(條)에 『서유기』 1종이 있다."(及考吾郡康熙初舊志藝文書目, 吳承恩下有『西遊記』一種) [정안의 『석정기사속편(石亭記事續編) · 회음좌록(淮陰脞錄)』 자서에는 다음과 같이 기록되어 있다. "오승은은……명 가정 때 세공생으로 서유기를 지었는데, 강희 구지 『예문목』에 실렸다. 전죽정의 『잠연당집』에서는 『장춘진인서유기』 2권이 다른 사람이 지은 것으로, 소설 『서유연의』는 명나라 사람이 지은 것으로 우리 향리의 오승은이 지은 것인지도 모른다고 하였다."(吳承恩,…明嘉靖時歲貢生, 所著『西游記』, 載康熙舊志『藝文目』. 錢竹汀『潛研堂集』謂『長春眞人西游記』二卷, 別自爲書, 小說『西游演義』乃明人所作, 而不知爲吾鄉吳承恩作也) — 보주]

16) 완규생(阮葵生, 1727~1789)의 자는 보성(寶誠)이고, 호는 오산(唔山)으로, 청나라 산양 사람이다. 관직은 형부시랑(刑部侍郎)을 역임하였다. 그가 지은 『다여객화』(茶余客話) 30권에는 청초의 전장제도 및 당시 인물들의 언행 등이 기록되어 있다. 이 책의 21권에는 다음과 같이 기록되어 있다: "구지(舊志)에 의하면 사양(射陽; 오승은)은 성격이 민첩하고 지혜가 많았으며, 시문을 지음에 있어 붓을 들기만 하면 바로 문장이 이루어졌다. 또한 해학에 뛰어났으며, 잡기(雜記)를 몇 가지 저술하였다. 애석한 것은 잡기의 서명을 기록하지 못한 것으로, 『회현문목』(淮賢文目)에만 사양이 편찬한 『서유기통속연의』가 실려 있을 뿐이다."(按舊志稱射陽性敏多慧, 爲詩文下筆立成. 復善諧謔, 著雜記數種. 惜未注雜記書名, 惟『淮賢文目』載射陽撰『西遊記通俗演義』) [완규생의 『다여객화』 22권 본 21권에는 다음과 같이 기록되어 있다. "김장산 선생은 산음의 령으로 있으면서(1742), 읍지를 찬수했는데, 오사양이 지은 『서유기』를 읍지에 넣고자 하였다. 덧붙이자면, 구지에서는 다음과 같이 칭했다. 사양은 성격이 민첩하고 지혜가 많았으며, 시문을 지을 때는 붓을 대자마자 곧 이루었고, 또한 해학에 뛰어났으며, 잡기(雜記) 몇 종(種)을 저술하였다. 애석하게도 잡기의 서명이 밝혀져 있지 않다. 다만 '회현문목'에 사양이 지은 『서유기통속연의』가 실려 있다(이 내용을 검토해 보자면, 이에 앞서 천계 『회안부지』 19권 '예문지일' '회현문목'에 '오승은, 『사양집』 4책, □권; 『춘추열전서』; 『서유기』'라 기록된 것이 있는데, 현재 알려진 바에 의하면 이것이 『서유기』가 오승은이 지었다는 것에 대한 가장 이른 기록이다). 이 책은 명말에야 비로소 크게 유행하였다. 여염의 일반 사람들이 그것을 즐겨 이야기했으니, 이전에는 이것 역시 들어보지 못한 바이다. 세상 사람들은 증도서(證道書)라 부르고, 견강부회하게 비평하여 금단(金丹)의 대지(大旨)와 합치된다고 하였다. 첫머리에 원대의 허도원[바로 뒤에 나오는 주 17)의 오옥진 『산양지유』山陽志遺 4권에는 우도원虞道園으로 되어 있음.—옮긴이]의 서가 있어, 장춘진인의 비본으로 존중하였으나, 역시 잘못된 것으로 가소로운 일이다. 덧붙이자면 명대의 군지는 사양의 손에서 나왔다 하고, 사양은 읍지를 찬수했을 때로부터 그리 멀리 떨어져 있지 않았으니, 어찌 세속에서 통행하는 원대 사람의 소설로 자기 이름을 올릴 수 있었겠는가. 어떤 이는 장춘이 먼저 이것을 기록하고, 사양이 이를 바탕으로 부연한 것이라 하나, 극히 허무맹랑한 소견일 따름이다. 이를테면 『좌씨』에 『열국지』가 있고, 『삼국』에 『연의』가 있는 격이라는 것인가. 그 가운데 방언과 속어를 보면 모두가 회안의 향음과 가담으로 길거리와 골목의 아녀자들 모두가 알아들을 수 있었지만, 다른 지

방 사람이 읽으면 꼭 그렇지는 않았다. 그런즉 회안 사람의 손에서 나온 것임은 의심할 바 없다."(金漳山先生令山陽(1742), 修邑志, 以吳射陽撰『西游記』事欲入志. 按舊志稱: 射陽性敏多慧, 爲詩文下筆立成, 復善諧謔, 著雜記數種. 惜未注雜記書名. 惟'淮賢文目'載射陽撰『西游記通俗演義』(按, 此前天啓『淮安府志』卷十九"藝文志一""淮賢文目": "吳承恩, 『射陽集』四冊, □卷; 『春秋列傳序』; 『西游記』." 據目前所知, 這是『西游記』爲吳承恩撰的最早記載.) 是書明季始大行. 里巷細人樂道之, 而前此亦未之有聞. 世乃稱爲證道之書, 批評穿鑿, 謂吻合金丹大旨. 前冠以虛道園一序, 而尊爲長春眞人秘本, 亦作僞可嗤者矣. 按明郡志謂出射陽手, 射陽去修志時未遠, 豈能以世俗通行之元人小說攘列已名. 或長春初有此記, 射陽因而衍義, 極誕幻詭變之觀耳, 亦如『左氏』之有『列國志』, 『三國』之有『演義』. 觀其中方言俚語, 皆淮上之鄉音街談, 巷弄市井婦孺皆解, 而他方人讀之不盡然. 是則出淮人之手無疑) 완규생은 "오사양이 『서유기』 이야기를 지었다는 사실(以吳射陽撰『西游記』事)이 읍지에 실리는 것을 반대했기에, 건륭에 나온 『회안부지』(淮安府志, 1747)와 『산양현지』(山陽縣志, 1748)에는 모두 이 일이 간행되어 실리지 않았다"고 하였다.—보주]

17) 오옥진(吳玉搢, 1698~1773)의 자는 자오(藉五)이고, 호는 산부(山夫)로, 청나라 산양 사람이다. 관직은 봉양부(鳳陽府)의 훈도(訓導)를 지냈다. 일찍이 『산양현지』와 『회안부지』의 편찬 작업에 참여하였다. 그가 지은 『산양지유』(山陽志遺) 4권은 현지(縣志)와 부지(府志)에서 수록하지 못한 산양 지역의 여러 일들을 수록하고 있다. 그 책의 4권에 다음과 같이 기록되어 있다. "가정 연간의 공생(貢生) 오승은은 자가 여충(汝忠)이고 호는 사양산인(射陽山人)으로 우리 회안의 인재이다.……『서유기』를 이전에 증도서(證道書)라 부른 것을 고찰해 보면, 이 책이 금단(金丹)의 대지(大旨)와 합치되는 것이 있어 그렇게 부른 것이다. 원대의 우도원(虞道園)이 서를 쓰기를 이 책은 원나라 초 장춘진인 구처기가 지은 것이라고 말하였다. 그러나 군지(郡志)에서는 오승은 선생이 지은 것이라 하고 있다. 천계(天啓) 연간이라면 선생이 살았던 시기와 그리 멀지 않은 때이니, 그 말에 반드시 근거가 있을 것이다. 생각건대 처음에 장춘진인의 책이 있었고, 선생에 이르러 통속연의로 꾸며지지 않았나 싶다. 이를테면 『삼국지』가 진수(陳壽)를 근본으로 하고 있으나 연의에 있어서는 나관중을 칭하는 것과 같은 이치이다. 책 중에 우리 고향의 방언이 많이 있으니, 이것이 회안 사람의 손에서 나온 것임은 의심할 바가 없다. 혹자는 『후서유기』가 있는데 사양선생이 지은 것이라고 말했다."(吳貢生承恩字汝忠, 號射陽山人, 吾淮才士也. …考『西遊記』舊稱爲證道書, 謂其合于金丹大旨; 元虞道園有序, 稱此書系其國初邱長春眞人所撰. 而郡志謂出先生手, 天啓時去先生未遠, 其言必有所本. 意長春初有此記, 至先生乃爲之通俗演義, 如『三國志』本陳壽, 而演義則稱羅貫中也. 書中多吾鄉方言, 其出淮人手無疑. 或云有『後西遊記』, 爲射陽先生撰)

18) 『장춘진인서유기』를 가리킨다.—옮긴이

19) 원문은 "或云有『後西遊記』, 爲射陽先生撰".

20) 동치 연간의 『산양현지』 12 "인물"(人物) 2와 광서 연간의 『회안부지』 28 "인물" 1에 의하면, "오승은은 자가 여충이고, 호는 사양산인으로, 산양 사람"(吳承恩, 字汝忠, 號射陽山人, 山陽人)이라 하였다. 덧붙이자면, 사양(射陽)은 호수의 이름으로, 지금의 장쑤성 화이안(淮安)현 동남쪽 70리 되는 곳이다.—보주

21) 명청시대에 해마다 지방학생 중 우수한 자를 선발하여 서울로 보내어 국자감(國子監)에서 공부시키던 제도.—옮긴이

22) 현승(縣丞)은 현령이나 현장 다음가는 벼슬이다. 그래서 현이(縣貳)라고도 불렀다.—옮긴이

23) 명 천계(天啓) 연간의 『회안부지』 16 "인물지"(人物志) 2 "근대문원"(近代文苑)에는 다음과 같이 기록되어 있다. "오승은은 성격이 민첩하고 지혜가 많았으며, 많은 책을 두루 읽었고, 시문을 지을 때는 붓을 들자마자 곧 이루었으니, 청아하고 유려한 것이 진소유의 풍이 있었다. 또한 해학에 뛰어났다. 잡기(雜記) 몇 종을 저술하여 그 명성이 일세를 풍미했다. 팔자가 기구하여 결국 공생으로 현승을 제수받았다. 오래지 않아 허리 구부리는 것을 수치스러워하여 드디어 옷소매를 뿌리치고 돌아갔다. 방랑하며 시와 술로 세월을 보내다 죽었다."(吳承恩性敏而多慧, 博極群書, 爲詩文下筆立成, 淸雅流麗, 有秦少游之風. 復善諧劇. 所著雜著幾種, 名震一時. 數奇, 竟以明經授縣貳. 未久, 耻折腰, 遂拂袖而歸. 放浪詩酒, 卒)—보주

24) 허난성(河南省) 퉁바이산(桐柏山)에서 발원하여 안후이성, 장쑤성을 거쳐 황허로 들어가는 강(江) 일대를 지칭.—옮긴이

25) 구정강(邱正綱). 구도(邱度)를 말한다. 호는 여홍(汝洪)이고, 청나라 산양(지금의 장쑤 화이안) 사람이다. 오승은의 내외종 손자로 관직은 광록시경(光祿寺卿)에까지 이르렀다. 그가 편찬한 『사양선생존고』(射陽先生存稿) 4권이 있는데, 권두에 진문촉(陳文燭)의 서가 있다. 『속고』(續稿)는 보이지 않는다.

26) 『사양선생존고』(射陽先生存稿) 4권은 명 만력(萬曆) 18년에 각본이 나왔다. 1930년에야 비로소 고궁도서관(故宮圖書館)에서 발견되었다. 앞서 『고궁주간』(故宮週刊) 제12기(1929. 12. 28)에서 제53기(1930. 11. 11)까지에 선별되어 실렸는데, 곧 다시 단행본으로 묶여져 나왔다. 다만 속집(續集) 1권은 지금까지도 발견되지 않았다.—보주

27) 『산양기구집』(山陽耆舊集). 보이지 않는다. 오옥진이 『산양지유』 4권에서 다음과 같이 기록하였다. "내가 처음 필사본 1권을 얻었는데, 종이와 먹이 이미 변질되고 낡아 있었다. 그 후 계속하여 각본(刻本) 4권과 속집 1권을 얻었는데, 완전한 것이었다. 그 시를 모두 『산양기구집』에 수록하였다."(予初得一抄本, 紙墨已渝敝. 後陸續收得刻本四卷, 幷續集一卷, 亦全. 盡登其詩入『山陽耆舊集』)

28) 『산양현지』(山陽縣志). 21권이며, 청 동치(同治) 연간에 존보(存保), 하소기(何紹基) 등이 찬수하였다. 이 책의 12권 『인물지』(人物志) 2에는 다음과 같이 기록되어 있다. "오승은의 자는 여충이고, 호는 사양산인으로, 글을 잘 지었다. 가정 연간에 세공생이 되었고, 관직이 장흥현의 승에 이르렀다. 총명하고 박학하여 세상 사람들로부터 추앙받았는데, 당시의 금석문은 대부분 그의 손에서 나왔다. 집이 가난하였고 자식도 없었기에, 그의 유고는 대부분 없어졌다. 같은 현의 사람인 구정강이 불완전하게 남아 있는 것을 주워모아 4권으로 분류 간행하여, 세상에 유포하였다. 태수 진문촉이 그 서문을 쓰고 이름을 『사양존고』라 하였는데, 또 『속고』 1권이 있다. 대개 그 가운데 십분의 일 정도가 남아 있는 것이리라."(吳承恩 字汝忠, 號射陽山人, 工書, 嘉靖中歲貢生, 官長興縣丞. 英敏博洽, 爲世所推, 一時金石之文, 多出其手. 家貧無子. 遺稿多散失; 邑人丘正綱收拾殘缺, 分爲

四卷, 刊布于世, 太守陳文燭爲之序, 名曰『射陽存稿』, 又『續稿』一卷, 蓋存其什一云) 그리고 같은 책 18권 『예문지』에는 "오승은 『사양존고』 4권, 『속고』 1권"(吳承恩『射陽存稿』四卷, 『續稿』一卷)이라 기록되어 있다.

29) 『서유기』의 작자로서의 오승은의 사적(事蹟)을 중국근대문학 성립 이래 최초로 발굴한 것은 루쉰이었다. 1920년 초부터 상하이의 야둥도서관(亞東圖書館)에서 장회소설의 고전이 이른바 신식표점을 달고 후스의 서나 고증이 덧붙여진 활자본으로 간행되자, 고전장편소설의 보급과 재평가가 활기를 띠게 되었는데, 『서유기』의 경우에는 그의 「서유기고증」(西遊記考證; 1923년 2월 4일 개고)에서 오승은의 사적이 소개되었다고 한다. 그러나 사실 최초로 집필된 「서유기서」(西遊記序)에서는 『서유기』의 작자가 누구인지 알 수 없었는데, 뒤에 장루이짜오(蔣瑞藻, 1891~1929)의 『소설고증』(小說考證) 2권 「서유기」에 의해 오승은이 작자라는 사실이 알려졌고, 뒤이어 저우수런(周樹人) 곧 루쉰에게서 오승은에 관한 자료가 제공되어 오승은의 전기(傳記)가 소개되었다고 할 수 있다. 이것은 후스 자신이 「서유기고증」에서 분명히 말한 바 있고, 또 루쉰이 후스 앞으로 1922년 8월 14일과 같은 해 8월 21일에 부친 편지에서도 언급한 바 있는 것이다.

그 뒤 오승은의 전기 연구도 진척되었는데, 현재까지 나온 것은 대체로 다음과 같다.

류슈예(劉修業)의 논문 네 편, 곧 「오승은 연보」(吳承恩年譜), 「오승은 교유고」(吳承恩交遊考), 「오승은 저술고」(吳承恩著述考), 「오승은 논저 잡사고」(吳承恩論著雜事考). 류슈예, 『고전소설희곡총고』(古典小說戲曲叢考)에 실렸다가, 뒤에 류슈예가 집교(輯校)한 『오승은 시문집』(吳承恩詩文集)에 「오승은 교유고」를 제외한 세 편이 재수록됨.

류슈예 집교, 『오승은 시문집』, 곧 『사양선생존고』(射陽先生存稿) 4권(상하이: 구뎬원쉐출판사, 1958)의 부록 5편, 곧 「오승은 시문집 서발 집록」(吳承恩詩文集序跋輯錄), 「오승은 시문 사적 집록」(吳承恩詩文事蹟輯錄), 「오승은 연보」, 「오승은 저술고」, 「오승은 논저 잡사고」.

쑤싱(蘇興), 『오승은 연보』(吳承恩年譜), 베이징: 런민원쉐출판사, 1980.

류슈예에 의하면, 오승은이 태어난 해는 홍치(弘治) 13년(1500)경이고, 죽은 해는 만력 10년(1582)경인 듯하다고 한다.— 일역본

30) 아난타(阿難陀)의 약칭. 석가의 제자로 석가의 종형제. 석가 입적 후 경문 찬집(經文撰集)에 참여하고, 가섭(迦葉)에 이어 장로(長老)가 되었음.— 옮긴이

31) 석가여래가 죽은 뒤에 제자들이 모여 석가여래의 언행을 적어 경전(經典)을 만든 일.— 옮긴이

32) 루쉰이 『중국소설사략』을 집필할 때, 『서유기』는 청대 간본을 사용하였다. 청 간본 『서유기』는 모두 제9회에서 현장의 부모가 어려움을 겪고, 현장이 복수하는 이야기가 실려 있는데, 현존하는 명 간본 『서유기』에서는 모두 이 이야기가 없다. 명 간본 서유기』의 존재가 널리 알려지게 된 것은 1930년 전후이다. 중국에서 통행되고 있는 『서유기』는 쑨카이디에 의하면, 다음의 세 가지이다. 진사빈(陳士斌) 찬, 『서유진전』(西遊眞銓) 일백회, 건륭 경자(庚子; 45년)간. 장서신(張書紳) 찬, 『신설서유기』(新說西遊記) 일백회, 건륭 기사(己巳; 14년)간. 유일명(劉一明) 찬, 『서유원지』(西遊原旨) 일백회, 가경

24년간. 이밖에 『서유증도서』(西遊證道書; 坊刻本)와 『통이서유정지』(通易西遊正旨)가 있고, 앞서 언급한 야둥도서관의 표점배인본(標點排印本)도 청 간본을 저본으로 한 것이다.

그런데 일본에서는 명 간본 『서유기』 곧 세덕당 본(世德堂本)을 시발로 네 가지가 발견되었고, 또 주정신(朱鼎臣) 『당삼장서유석액전』(唐三藏西遊釋厄傳)이라고 하는 명 간본도 발견되었다. 세덕당 본과 주정신 본은 당시 국립베이핑도서관(國立北平圖書館; 지금의 베이징도서관)에서 구입한 것이다(두 책의 서영書影이 『국립베이핑도서관관간』國立北平圖書館館刊 제8권 제3기, 1934년 5~6월에 게재되어 있음). 이 가운데에서도 세덕당 본은 오승은 본의 가장 이르고 또 완전한 각본으로 간주되어 지금에 이르고 있다(쑨카이디, 『일본 도쿄에서 본 중국 소설 서목』, 정전둬, 「서유기의 변천」). 그런데 이 세덕당 본 『서유기』에는 현장의 부모가 어려움을 겪고, 현장이 복수하는 이야기가 없다. 이것은 다른 세 가지 명 간본 『서유기』도 마찬가지이다. 그래서 이 명 간본 『서유기』 네 가지를 오승은 본으로 보게 되면, "현장의 부모가 어려움을 겪고, 현장이 복수하는 것"은 모두 "오승은이 보탠 것"이라는 루쉰의 말은 의심스러운 것이 되어 버린다.

다만 여기에서 하나의 의문이 생겨나게 되는데, 그것은 앞서 언급한 주정신 본의 4권 정집(丁集)에서 현장의 부모가 어려움을 겪고, 현장이 복수하는 이야기가 실려 있다는 것이다. 주정신 본이 발견되었을 때, 일본의 서지학자 나가사와 기쿠야(長澤規矩也)는 이것을 오승은 본의 조본이 아닌가 하는 설을 발표했는데, 중국에서는 후스가 이것을 오승은 본의 "약본"(略本) 곧 간략하게 만든 본이라고 하였다. 쑨카이디도 후스와 마찬가지 결론으로, 『중국통속소설서목』 5권 「명청소설부」 을(乙)의 「당삼장서유석액전」(唐三藏西遊釋厄傳)의 조에서 "명, 주정신 찬. 정신은 자가 충회(冲懷)이고, 광주(廣州) 사람이다. 이 책은 절본(節本)인 듯하다"고 하였다. 그리고 『일본 도쿄에서 본 중국 소설 서목』의 해제에서는 더욱 상세하게 해설했는데, 역시 "이 주정신 본은 간본(簡本)으로, 오승은의 백회 본에서 나온 것이 아닌가 생각된다"고 기술하였다. 정전둬의 「서유기의 변천」에서도 역시 주정신 본은 오승은 본을 "산절"(刪節)한 것이라고 주장하면서, 현장의 부모가 어려움을 겪고 현장이 복수하는 이야기가 삽입된 것은 주정신 본으로부터 시작된 것인 듯하며, 오승은의 원본이나 그 조본인 『영락대전』의 "고본"(古本)에서는 이 이야기가 분명히 없었던 것이라고 지적했다. 이 주정신 본과 양치화의 『서유기전』 두 본의 성립시기를 오승은 본의 앞에 둘 것인가 그렇지 않으면 뒤에 둘 것인가 하는 문제에 있어서는 정전둬나 쑨카이디 두 사람의 논고에 의문의 여지가 남아 있다.

당시 위핑보는 「「쇄석진공보권 발문」을 반박함」에서 오승은이 『서유기』를 지었다는 근거로 『회안부지』를 들었는데, 여기에서 이른바 『서유기』가 이 세덕당 본이었는지의 여부는 결정하기 어렵다고 말하면서, 명칭은 『서유기』이지만 실체가 다른 예가 너무나 많다는 사실을 지적하고는, 『서유기』에서 오씨의 이름으로 제한 것이 보이지 않는다고 하였다. 그래서 세덕당 본 『서유기』에는 "화양동천주인 교"(華陽洞天主人校)라고 적혀 있을 뿐, 교정자가 오승은이라고 하는 것은 어디에도 써 있지 않으며, 같은 책의 임진년(만력 20년, 1592)의 말릉(秣陵)의 진원(陳元)의 서에서도 오승은이 지었다는 사실을 암시한 말이 전혀 없다고 하였다. 그는 오승은이 『서유기』를 지었다고 하는 것은 하나의 설이라고 해도 좋고, 의문을 남기는 것도 괜찮지만, 정론이라고 하기에는 더더욱 많은 증거가 없으면 안 된다고 했다.

이러한 지적은 당시에나 그 뒤에 세덕당 본 『서유기』를 오승은 본이라고 하는 설이 대세를 점하는 과정 속에 묻혀 버렸는데, 재론의 가치가 있다고 하겠다.—일역본

33) "제13회에서"라고 해야 옳다.—일역본

34) 곧 구극(究極)으로, 다함없는 이치를 궁구(窮究)한다는 것이다.—옮긴이

35) 양지화의 절본(節本) 『서유기전』(西遊記傳)은 오승은의 원본 『서유기』에 근거했을 것이다. 그래서 당승이 출가한 전설이 없다. 이것은 뒤에 청대의 왕담의(汪憺漪)가 집어넣은 것이다.—보주

36) 오승은은 『우정지서』(禹鼎志序)에서 다음과 같이 말했다. "나는 어려서 기이한 이야기를 좋아하였다. 아이들을 위한 서당에 다닐 때, 늘 야언이나 패사를 몰래 사가지고는 아버지나 선생님에게 야단맞고 뺏길까 두려워, 몰래 은밀한 곳을 찾아 그것을 읽었다. 좀더 커서는 좋아하는 정도가 더욱 심해져 더욱 기이한 것만을 듣게 되었다. 성인이 되어서는 곡절하고 독특한 이야기를 널리 구해 거의 다 내 가슴속에 담아 두었다. 일찍이 당대 사람인 우승유나 단성식이 지은 전기가 물정을 잘 묘사한 것을 좋아하였다."(余幼年卽好奇聞. 在童子社學時, 每偸市野言稗史, 惧爲父師訶奪, 私求隱處讀之. 比長, 好益甚, 聞益奇; 迨于旣壯, 旁求曲致, 幾貯滿胸中矣. 嘗愛唐人如牛奇章, 段柯古輩所著傳記, 善模寫物情) 진한(陳翰)의 『이문집』(異聞集)은 비교적 이른 시기에 나온 당인(唐人) 전기(傳奇) 선본(選本)으로, 그 가운데 『유의』(劉毅)는 일찍이 오승은이 "번안하고 옮겨와" 『서유기』 제3회에서 사용한 듯하다. 우기장(牛奇章; 僧儒)의 『현괴록』(玄怪錄) 중의 "원무유"(元无有)는 제34회 후반의 "목선암삼장담화"로 뒤바뀐 듯하다.—보주

37) 능에는 너새과에 딸린 큰 새로서, 모래땅이나 평야, 논밭에 살면서 식물성 먹이나 곤충, 개구리 등을 잡아먹는다. 여기에서는 극히 천하고 음란한 새의 대명사로 쓰였는데, 난(鸞)이나 봉(鳳), 응(鷹), 아(鴉)와 같은 새들을 상대하여 교미한다고 한다.—일역본—옮긴이

38) 소, 양, 돼지를 가리킨다.—옮긴이

39) 원문은 다음과 같다. …那大聖趁着機會, 滾下山崖, 伏在那里又變, 變一座土地廟兒: 大張着口, 似個廟門; 牙齒變作門扇; 舌頭變做菩薩; 眼睛變做窓櫺; 只有尾巴不好收拾, 竪在後面, 變做一根旗杆. 眞君趕到崖下, 不見打倒的鴇鳥, 只有一間小廟, 急睛鳳眼, 仔細看之, 見旗杆立在後面, 笑道, "是這猢猻了. 他今又在那里哄我. 我也曾見廟宇, 更不曾見一個旗杆竪在後面的. 斷是這畜生弄諠. 他若哄我進去, 他便一口咬住. 我怎肯進去? 等我掣拳先搗窓櫺, 後踢門扇." 大聖聽得,…撲的一個虎跳, 又冒在空中不見. 眞君前前後後亂趕,…起在半空, 見那李天王高擎照妖鏡, 與哪吒住立雲端. 眞君道, "天王, 曾見那猴王麽?" 天王道, "不曾上來, 我這里照着他哩." 眞君把那賭變化, 弄神通, 拿群猴一事說畢, 却道, "他變廟宇, 正打處, 就走了." 李天王聞言, 又把照妖鏡四方一照, 呵呵的笑道, "眞君, 快去快去, 那猴子使了個隱身法, 走出營圍, 往你那灌江口去也."…却說那大聖已至灌江口, 搖身一變, 變作二郞爺爺的模樣, 按下雲頭, 徑入廟里. 鬼判不能相認, 一個個磕頭迎接. 他坐在

中間, 點查香火: 見李虎拜還的三牲, 張龍許下的保福, 趙甲求子的文書, 錢丙告病的良愿. 正看處, 有人報"又一個爺爺來了." 衆鬼判急急觀看, 無不驚心. 眞君却道, "有個什麽齊天大聖, 才來這里否?" 衆鬼判道, "不曾見什麽大聖, 只有一個爺爺在里面查點哩." 眞君撞進門; 大聖見了, 現出本相道, "郎君, 不消嚷, 廟宇已姓孫了!" 這眞君卽擧三尖兩刃神鋒, 劈臉就砍. 那猴王使個身法, 讓過神鋒, 掣出那綉花針兒, 幌一幌, 碗來粗細, 趕到前, 對面相還. 兩個嚷嚷鬧鬧, 打出廟門, 半霧半雲, 且行且戰, 復打到花果山. 慌得那四大天王等衆隄防愈緊; 這康張太尉等迎着眞君, 合心努力, 把那美猴王圍繞不題.…(第六回下「小聖施威降大聖」)

40) 누(漏)는 구멍(穴)이라는 뜻이다. 인간의 신체에서는 코, 귀, 입을 가리키는데, 코와 입 그리고 양음부(兩陰部)라는 설도 있다.—일역본

41) 원문은 다음과 같다. …那老牛心驚膽戰,…望上便走. 恰好有托塔李天王幷哪吒太子領魚肚藥叉巨靈神將幔住空中.…牛王急了, 依前搖身一變, 還變做一只大白牛, 使兩只鐵角去觸天王, 天王使刀來砍. 隨後孫行者又到,…道, "這厮神通不小, 又變作這等身軀, 却怎奈何?" 太子笑道, "大聖勿疑, 你看我擒他." 這太子卽喝一聲 "變!" 變得三頭六臂, 飛身跳在牛王背上, 使斬妖劍望頸項上一揮, 不覺得把個牛頭斬下. 天王丢刀, 却才與行者相見. 那牛王腔子里又鑽出一個頭來, 口吐黑氣, 眼放金光. 被哪吒又砍一劍, 頭落處, 又鑽出一個頭來,; 一連砍了十數劍, 隨卽長出十數個頭. 哪吒取出火輪兒, 挂在老牛的角上, 便吹眞火, 焰焰烘烘, 把牛王燒得張狂哮吼, 搖頭擺尾. 才要變化脫身, 又被托塔天王將照妖鏡照住本像, 騰挪不動, 無計逃生, 只叫 "莫傷我命, 情願歸順佛家也!" 哪吒道, "旣惜身命, 快拿扇子出來!" 牛王道, "扇子在我山妻處收着哩." 哪吒見說, 將縛妖索子解下,…穿在鼻孔里, 用手牽來,…回至芭蕉洞口. 老牛叫道, "夫人, 將扇子出來, 救我性命!" 羅刹聽叫, 急卸了釵環, 脫了色服, 挽靑絲如道姑, 穿縞素似比丘, 雙手捧那柄丈二長短的芭蕉扇子, 走出門; 又見金剛衆聖與天王父子, 慌忙跪在地下, 磕斗禮拜道, "望菩薩饒我夫妻之命, 願將此扇奉承孫叔叔成功去也."…孫大聖執着扇子, 行近山邊, 盡氣力揮了一扇, 那火焰山平平息焰, 寂寂除光, 又搧一扇, 只聞得習習瀟瀟, 淸風微動; 第三扇, 滿天云漠漠, 細雨落霏霏. 有詩爲證: 火焰山遙八百程, 火光大地有聲名. 火煎五漏丹難熟, 火燎三關道不淸. 特借芭蕉施雨露, 幸蒙天將助神功. 牽牛歸佛休顚劣, 水火相聯性自平.(第六十一回下『孫行者三調芭蕉扇』)

42) 원문은 "朝上唱個大喏"으로, "唱喏"에 관해서는, 쑨카이디는 「창야고」(唱喏考; 孫楷第, 『滄州集』 下冊 6卷에 수록됨)에 근거하였다. 「창야고」의 「석속」(釋俗) 제3에 의하면, "명대의 소설로 검토해 볼 때, 모두 '唱喏'라고 할 때는 대체로 '作揖'을 가리킨다.……'肥喏'라 하고, '大喏'라고 하는 것은 결국 '深深作揖'한다는 것이다."—일역본

43) 원문은 다음과 같다. …當時四天師傳奏靈霄, 引見玉陛, 行者朝上唱個大喏, 道, "老官兒, 累你累你. 我老孫保護唐僧往西天取經, 一路凶多吉少, 也不消說. 于今來在金峴山, 金峴洞, 有一兕怪, 把唐僧拿在洞里, 不知是要蒸, 要煮, 要曬. 是老孫尋上他門, 與他交戰, 那怪神通廣大, 把我金箍棒搶去, 因此難縛妖魔. 那怪說有些認得老孫, 我疑是天上凶星思凡下界, 爲此特來啓奏, 伏乞天尊垂慈洞鑒, 降旨査勘凶星, 發兵收剿妖魔, 老孫不勝戰栗屛營之至." 却又打個深躬道, "以聞." 旁有葛仙翁笑道, "猴子是何前倨後恭?" 行者道, "不敢不敢. 不是甚前倨後恭, 老孫于今是沒棒弄了."…(第五十一回上「心猿空用千般計」)

44) 진사빈(陳士斌)의 자는 윤생(允生)이고, 호는 오일자(悟一子)로, 청 산음(山陰; 지금의 저장 사오싱) 사람이다. 『서유진전』(西游眞詮)은 100회로, 매 회의 본문 뒤에는 진사빈의 평술(評述)이 있다.

45) 장서신(張書紳)의 자는 남훈(南熏)이며, 청 서하(西河; 지금의 산시) 사람이다. 덧붙이자면, 장서신의 평본(評本) 이름은 『신설서유기』(新說西游記)이다. 따로 『통이서유기정지』(通易西游記正旨) 한 종이 있는데 청 장함장(張含章)의 손에서 나온 것이다.
["서하의 장서신의 『서유정지』"는 야둥도서관 본 『서유기』(상하이, 1933년 8월판)에서의 후스의 「서유기고증」(1923년 2월 4일 개고. 야둥 본 『서유기』의 1923년 재판부터 실려 있음)과 함께 장서신의 「서유기총론」이 부록으로 실려 있는데, 그 말미에 "건륭무진추칠월진서하장서신제"(乾隆戊辰秋七月晋西河張書紳題)라고 기록되어 있다. 건륭 무진은 건륭 13년(1748)이다. 그래서 왕원방(汪原放)의 「교속후기」(校續後記)에 의하면, 저본으로 한 것은 『서유정지』 목판(木版) 2책의 대자(大字) 백회본이라고 한다. 삼진(三晋)의 장서신의 비점(批點)과 선성당 장본(善成堂藏本), 권수(卷首)에 장서신의 「자서」(自序)와 「서유기총론」이 있으며, 연월은 건륭 무진년(1748) 추칠월로 기록되어 있다. 그리고 이 건륭 목판본은 후스가 보내준 것이라 기록된 것으로 볼 때, 당시 후스의 장서였을 것이다. 왕원방은 이 본 이외에도 『서유원지』(西遊原旨)와 『수상서유기』(繡像西遊記)를 참조했다고 하였다.
작자는 이 야둥 본에 의해, "서하의 장서신의 『서유정지』" 운운이라고 기술한 것임에 틀림없다. 이 『서유정지』가 건륭 원각본인지의 여부나, 후세 사람이 건륭 원각본에 의해 번각한 본인지, 그리고 『통이서유정지』(通易西遊正旨)와는 어떠한 관계가 있는지, 그 어느 것이든, 위 본주의 안어(按語)는 재검토가 필요하다.—일역본]

46) 유일명(劉一明)의 호는 오원자(悟元子), 소박산인(素樸散人)이며, 청 유중(楡中; 지금의 간쑤 란저우蘭州) 사람으로, 도사이다. 『서유원지』(西游原旨)는 100회로 매회의 본문 뒤에는 유일명의 평술이 있다.

47) 원문은 다음과 같다. "『西遊記』曼衍虛誕, 而其縱橫變化, 以猿爲心之神, 以猪爲意之馳, 其始之放縱, 上天下地, 莫能禁制, 而歸于緊箍一咒, 能使心猿馴伏, 至死靡他, 蓋亦求放心之喩, 非浪作也."

48) 원문에는 없는 것으로, 일역본을 보고 보충해 넣었다.—옮긴이

49) 원문은 "衆僧們議論佛門定旨, 上西天取經的緣由,…三藏箝口不言, 但以手指自心, 点頭幾度, 衆僧們莫解其意,…三藏道, '心生種種魔生, 心滅種種魔滅, 我弟子曾在化生寺對佛說下誓願, 不由我不盡此心, 這一去, 定要到西天見佛求經, 使我們法輪回轉, 皇圖永固'".
예문은 왕원방 교점 『서유기』(상하이: 야둥도서관, 1933년 9월 8판)와 대교하였으며 그 결과를 다음과 같이 비교하였다. 衆僧們議論佛門定旨→衆僧們燈下議論佛門定旨 / 緣由→原由 / 三藏道→三藏答曰 / 回轉, 皇圖永固→回轉, 願聖主皇圖永固—일역본

50) 『후서유기』(後西游記). 40회로 "천화재자평점"(天花才子評點)이라 제하였으나, 지은이는 자세하지 않다. 강희 연간 유정기(劉廷璣)의 『재원잡지』(在園雜志)에서 이미 이 책에 대해 논급하고 있는 것으로 보아 명말 청초 때 사람이 지은 것으로 생각된다. [『후서유기』 사십회는 대련도서관 장본으로 "수상전기후서유기"(繡像傳奇後西游記), "본

아장판"(本衙藏板)이라 제하였으며, 청 건륭 계축(58년) 금창서업당(金閶書業堂) 간본이다.—보주]

51)『속서유기』(續西游記). 100회로 "수상비평속서유진전"(繡像批評續西游眞詮)이라 제하였으며, 권수(卷首)에 진부거사(眞復居士)의 서문이 있으나, 지은이는 자세하지 않다. 숭정 연간 동열(董說)의『서유보』(西游補)에 붙어 있는 잡기에서 이미 이 책에 대해 논급하고 있는 것으로 보아 명대 사람이 지은 것이다.

52)『속서유기』 일백회는 청 동치(同治) 무진(戊辰) 어고산방(漁古山房) 간본이다. 봉면에 "수상비평속서유진전"(繡像批評續西游眞詮)이라 제하였으며, 앞머리에 진복거사(眞復居士) 서가 있으며, 오진자(悟眞子) 비평으로 그림 쉰여덟 폭이 있다. 명대 사람이 지은 것은 이름은 없어졌다.—보주

53) 원문은 "『續西游』摹擬逼眞, 失于拘滯, 添出比丘靈虛, 尤爲蛇足".

본편의 말미에 다음의 사항을 부기한다. 세덕당 본『서유기』는 중화인민공화국 성립 후 활자본이 간행되었다. 오승은,『서유기』, 베이징: 쭤자출판사, 1954년 6월. 베이징도서관(北京圖書館) 소장 명 간본 금릉(金陵) 세덕당(世德堂)『신각출상관판대자서유기』(新刻出像官板大字西遊記)를 찍은 필름에 의했으며, 청대 간본을 참조한『신설서유기』(新說西遊記; 청 건륭 14년, 書業公本)에 근거해 현장의 부모가 어려움을 겪고 현장이 복수하는 이야기가 보충되어 있다.

또 최근에는 이탁오 비점(批點),『서유기』(一百回, 明 刊本)의 영인본도 나왔다.

또 주정신(朱鼎臣),『당삼장서유석액전』(唐三藏西遊釋厄傳)에 관해서는 류춘런의『런던에서 본 중국소설서목 제요』(倫敦所見中國小說書目提要)에 '부록'으로「당 삼장 서유석액전 발문」(跋唐三藏西遊釋厄傳)이 실려 있는데, 주정신 본의 성립에 관한 고증이 있다. 여기에서는 주정신 본과 양치화 본은 일백회 본『서유기』보다 앞서 성립했다고 논하고 있다. 류춘런의『런던에서 본 중국소설서목 제요』의 본래 명칭은 다음과 같다. Liu Tsun-yan, *Chinese Popular fiction in Two Libraries*, Hongkong: Lungmen Bookstore, 1967. 이 책의 부록(Appendix II)으로서 공간된 것이다.

또 중국에서는 중국소설사료총서(中國小說史料叢書)『당삼장서유석액전』(唐三藏西遊釋厄傳),『서유기전』(西遊記傳; 베이징: 런민원쉐출판사, 1984)이 나왔는데, 정리자인 천신(陳新)은「정리후기」(整理後記)에서 쑨카이디와 정전둬의 설을 재검토할 것을 주장하고 있다.—일역본

제18편 명대의 신마소설(하)

『봉신전』封神傳 100회의 금본今本에는 지은이가 기록되어 있지 않다. 양장거梁章鋸(『낭적속담』浪迹續談 6)[1]는 다음과 같이 말했다. "임월정林樾亭(덧붙이자면 이름은 교음喬蔭이다)[2] 선생이 일찍이 나에게 말한 것에 의하면, 『봉신전』이라고 하는 책은 앞선 조대朝代인 명대의 어떤 유명한 학자가 지었으며, 『서유기』, 『수호전』과 더불어 삼대 작품으로 정립시키려 한 것으로, 작자는 우연히 『상서』尙書 「무성」武成편의 '오직 그대 신이시여, 원하옵기로는 저를 잘 도와주소서'唯爾有神尙克相予라는 대목을 읽고 부연하여 이 전傳을 지었다고 하였다.[3] 그 봉신의 일은 『육도』六韜(『구당서·예의지禮儀志』에 인용됨), 『음모』陰謀[4](『태평어람』에 인용), 『사기』「봉선서」封禪書, 『당서·예의지』 등의 책에 각각 의거하여, 이것을 호화롭게 꾸미고 괴이하게 만든 것으로, 전혀 근거가 없는 것은 아니다."[5] 그러나 어떤 유명한 학자라는 사람의 이름은 말하지 않고 있다. 일본에 소장되어 있는 명대의 각본刻本에는 허중림許仲琳[6] 편編이라고 제하였다(『나이카쿠분코 도서 제2부 한서목록』內閣文庫圖書第二部漢書目錄[7]). 지금은 그 서가 보이지 않기에, 언제 지어졌는지 확정할 수는 없지만, 장무구張無咎가 지은 『평요전』平妖傳의 서에서 이미 『봉신』[8]에 대해 언급하고 있으므로, 이것은 아마도 융경隆慶, 만력萬曆 연간(16세기 후반)에 지어졌을 것이다. 이 책의 개편시開篇詩에, "상나라와 주나라의 이야기는 예로부터 전해져 오는 것"商周演義古今傳이라고 하는 구절이 있는 것[9]으로 보아, 작자의 의도는 사실史實의 부연에 있었던 듯하다. 그러나 신과 요괴에 대한 것이 많아, 열에 아홉은 허구이며, 실제로는 상商과 주周의 싸움을 빌려 스스로 환상을 서술한 것에 지나지 않는다. 『수호』에 비교하면 진실로 가공架空의 결점이 눈에 띄고, 『서유』와 나란히 해보면 그 웅혼함과 분방함이 부족하다. 그러므로 오늘에 이르기까지 아직까지도 이것을 이상의 두 책과 정립鼎立할 수 있는 것으로 간주하는 사람은 없다.

『사기』「봉선서」에는 "팔신장八神將을 태공 이래 제사드리고 있다"[10]라고 하였고, 『육도』「금궤」金匱[11] 중에도 역시 태공의 신비한 법술을 기록한 것이 간간이 보인다. 달기妲己가 여우의 정령精靈이라는 것[12]은 당대 이한李瀚의 『몽구』蒙求[13] 주에 보이니, 상商과 주周의 신괴하고 기이한 이야기는 그 유래가 오래된 것이다. 그러나 "봉신"封神이란 또한 명대의 민속신앙으로, 『진무전』眞武傳에도 보이므로, 반드시 『상서』에 근거한 것이라고 확정할 필요는 없다. 『봉신전』은 수신受辛[14]이 여와궁女媧宮에 참배하고, 시를 지어 신을 모독하니,[15] 신이 세 요물[16]에게 명하여 주紂를 유혹하게 함으로써 주周나라를 돕게 하는 것으로부터 이야기가 시작된다. 제2회부터 제30회까지는 상주商紂의 포학함, 자아子牙[17]의 은둔과 현달, 서백西伯[18]의 재난으로부터의 탈출, 상商에 대한 무왕의 반역으로부터 은과 주가 전쟁을 벌이는 국면까지를 잡다하게 서술하고 있다. 그 뒤는 대부분 전쟁을 서술하고 있으며, 신선과 부처가 착종되어 등장하는데, 주나라를 돕는 것은 천교闡教 즉 도교와 불교道釋이며, 은나라를 돕는 것은 절교截教이다.[19] 절교가 무엇을 말하는 것인지 알 수 없으나, 전정방錢靜方(『소설총고』小說叢考 상上)[20]은 다음과 같이 생각했다. 『주서』周書 「극은편」克殷篇에 "무왕武王이 드디어 사방을 정벌하고 보니, 무릇 패악한 나라가 아흔아홉이나 되었으며, [거기서] 일억십만 칠천칠백일흔아홉 마귀를 죽여 그 귀를 잘랐고, 삼억일만 이백삼십 명의 사람을 사로잡았다"[21](내 생각으로는 이 문장은 「세부편」世俘篇에 있는 것으로 전씨가 어쩌다 잘못 쓴 것 같다)는 말이 있는데,[22] 마귀와 사람을 구분하여 말하고 있으므로, 작자가 마침내 이것으로부터 절교를 발생시켰다는 것이다. 그러나 "마라"摩羅는 범어로 주대周代에는 아직 번역되지 않았으니, 「세부편」에서의 마魔라고 하는 글자는 다른 데에서는 마磨라고도 되어 있는데, 당연히 오자일 것이나, 상세하게 알 수는 없다. 이 전쟁에서 각자 자기의 도술을 구사하여 서로 사상자를 내었으나, 절교가 마침내 패하였다. 그리하여 주왕紂王이 스스로 분신焚身하고, 주 무왕周武王이 은殷으로 들어가며, 자아子牙는 귀국하여 신에게 제사드리고, 무왕이 여러 나라들을 분봉하는 것으로 끝을 맺고 있다. 국토를 나누어 제후로 봉한 것封國은 공신들에게 보답한 것이고, 신에게 제사드린 것封神은 공을 이루는 데 도움을 준 귀신들에게 보답한 것이다. 그러나 사람과 신들의 죽음은 겁수劫數, 곧 그 운명에 맡겼다. 그 중간에 때로 부처의 이름이 나오기도 하고, 어쩌다가 명교名教[23]를 말하기도 하면서 삼교三教를 혼합하고 있는 것은 대략 『서유』와 같지만, 그 바탕을 이루고 있는 것은 방사方士들의 견해일 뿐이다. 작품 속의 여러 전쟁 가운데서 절교의 통천교주通天教主가 만선진萬仙陣을 펴자, 천교闡教의 여러 신선들이 힘을 합해 그것을 깨뜨리는 것이 가장 격렬하다.

화설하고 노자老子와 원시元始는 만선진 안으로 쳐들어가 통천교주를 포위하였다. 금령성모金靈聖母는 세 명의 대사에게 포위당하니⋯⋯옥여의玉如意로 세 명의 대사에게 한참 동안을 대항하다가 자기도 모르는 사이에 머리 위의 금관이 땅에 떨어져 머리가 흩어졌다. 그래서 성모는 머리를 풀어헤치고 큰 싸움을 벌였다. 한창 싸우고 있을 때 연등도인燃燈道人과 맞닥뜨렸다. 연등도인은 정해주定海珠를 부려 성모의 정수리를 정통으로 맞혔다. 가련하도다. 바로 이와 같도다.

신으로서의 위치는 별들의 우두머리였으니
북궐의 향 연기 만 년까지 남아 있으리.

연등은 정해주로 금령성모를 때려죽였다. 광성자廣成子는 주선검誅仙劍을 부리고, 적정자赤精子는 육선검戮仙劍을 부리며, 도행천존道行天尊은 함선검陷仙劍을 부리고, 옥정진인玉鼎眞人은 절선검絶仙劍을 부리자 몇 줄기 검은 기운이 하늘로 치솟더니 만선진을 뒤덮었다. 무릇 봉신대封神臺에 이름이 올라 있는 자들은 오이가 쪼개지고 채소가 잘라지는 것처럼 모두 살육당했다. 자아子牙는 타신편打神鞭을 가지고 마음대로 휘둘러 댔다. 만선진 속에서는 또 양임楊任이 오화선五火扇을 부쳐 천 길이나 되게 불길을 일으키니 검은 연기가 하늘에 자욱했다.⋯⋯나타哪吒는 세 개의 머리와 여덟 개의 팔을 드러내고 돌아다니면서 충돌했다.⋯⋯통천교주는 만선이 이처럼 도륙을 당하는 것을 보고 크게 노하여 급히 외쳤다.

"장이 정광선張耳定光仙은 빨리 육혼번六魂幡을 가지고 오라!"

정광선은 접인도인接引道人이 흰 연꽃으로 몸을 감싸고 있으면서 사리의 빛이 드러나고 있는 것을 보고, 또 십이 대 제자[24]와 현도의 문인玄道文人[25]이 모두 영락瓔珞, 금등金燈을 가지고 있어 빛이 몸을 감싸고 있는 것을 보고서, 저들이야말로 맑고 바른 출신들이며, 절교는 결국 어그러지고 말 것이라는 것을 알았다. 그는 육혼번을 거두고 살짝 만선진을 빠져나가 재빨리 갈대와 쑥 밑으로 가서 숨었다. 바로 이와 같도다.

뿌리는 깊어, 본래 서방의 객이었거늘
갈대와 쑥 사이에 몸을 숨기고 보번寶幡을 바치도다.

화설하고 통천교주는…… 싸우고 싶은 마음이 없어져…… 물러나고자 했으나 [자신의] 교도의 문인敎下門人들에게 비웃음을 살까 봐 두려워 억지로 버티고 있을 따름이었다. 그러다가 다시 노자에게 한 대 얻어맞자, 통천교주는 급히 자전추紫電錘로 노자를 때렸다. 노자가 웃으며 말했다.

"이런 물건이 어찌 내게 가까이 올 수 있겠는가?"

그러고는 머리 위에 영롱한 보탑寶塔을 드러내니, 이 추가 어찌 내려올 수 있었겠는가?…… 이십팔 수宿의 성관星官들이 죽어나가 순식간에 전멸하였다. 다만 구인邱引은 전세가 불리함을 보고 토둔술土遁術을 써서 달아났다. 육압陸壓에게 발견되었으나, 육압은 그를 쫓아가지 못할까 저어하여 황급히 공중으로 솟아올라 호리병을 열고 한 줄기 흰 빛을 내보내자 그 위에서 한 물체가 날아왔다. 육압이 허리를 굽혀 절을 하고 명했다.

"보물이여 몸을 돌려라."

불쌍한 구인은 그 머리가 벌써 땅에 떨어져 있었다.…… 차설하고 접인도인은 만선진 안에서 건곤대乾坤袋를 열고 홍기紅氣의 객客[26] 삼천을 모두 거두어들였다. 극락에 갈 인연이 있는 자들은 모두 이 자루 속에 거두어들여진 것이었다. 준제準提는 공작명왕孔雀明王과 함께 진중陣中에서 스물네 개의 머리와 열여덟 쌍의 팔을 드러냈는데, 영락瓔珞, 산개傘蓋, 화관花貫, 어장魚腸, 금궁金弓, 은극銀戟, 백월白鉞, 번幡, 당幢을 틀어쥔 데다, 신저神杵, 보좌寶銼, 은병銀瓶 등도 가지고 통천교주와 싸웠다. 통천교주는 준제를 보자 갑자기 삼매진화三昧眞火를 일으키고 크게 욕하며 말했다.

"괘씸한 놈! 어찌 감히 이토록 심하게 나를 능멸하더니, 다시 와서 나의 진을 어지럽힌단 말이냐!"

그러고는 규우奎牛를 몰아 내닫게 하고 칼을 들고 달려들자, 준제는 칠보묘수七寶妙樹로써 막아냈다. 바로 이와 같도다.

서방의 극락도 무궁한 술법도
모두가 다 연꽃의 화신이라네. (제84회)[27]

『삼보태감서양기통속연의』三保太監西洋記通俗演義 역시 100회로,[28] "이남리인二南里人 편차編次"라 적혀 있다. 앞에 만력 정유丁酉(1597)년 국추菊秋의 길일吉日 나무등羅懋登[29]의 서序가 있는 것으로 보아, 나씨羅氏가 곧 작자임을 알 수 있다. 이 책은 영락 연간의 태감太監 정화鄭和와 왕경굉王景宏[30]이 외이外夷 39개국을 정복하고, 그들로 하여금 모두 조공을 바치게 한 일을 서술하고 있다. 정화에 대해서는 『명사』明史(304 「환관전」宦官傳)에서 다음과 같이 말하고 있다.

운남雲南 사람으로, 세상 사람들은 삼보태감三保太監이라 불렀다. 영락 3년[31] 정화와 그의 동료인 왕경굉 등은 [황제의] 명을 받고 사자使者로서 서양西洋의 큰바다로 나아갔다.[32] 사졸士卒 이만 칠천팔백여 명을 이끌고, 많은 황금과 비단을 넉넉하게 싣고, 대규모의 선단을 이루어…… 소주蘇州의 유가하劉家河[33]로부터 배를 띄워 복건福建에 이르고, 복건의 오호문五虎門[34]으로부터 출범하여 제일 먼저 점성占城에 이르고, 다음에 여러 나라들을 두루 돌아다니며 천자의 조서를 널리 알렸다. 그리고 군주와 우두머리들에게 황금과 비단을 선물로 주고, 복종하지 않는 경우에는 무력으로 그들을 위협하였다. 전후 일곱 차례나 사자로서 원정하여 편력한 나라는 모두 삼십여 개국에 이르렀으며,[35] 가지고 온 이름 모를 보물은 셀 수도 없었지만, 중국에서 들인 비용 또한 막대하였다. 정화 이후에 무릇 명을 받고 해외로 나갔던 자로서 정화를 찬미하여 외번外藩에게 과시하지 않은 이가 없었다. 그래서 세간에서는 '삼보태감의 서방 대해로의 원정'을 명대 초기의 빛나는 사건이라고 전하고 있다.[36]

대개 명대에는 정화의 명성이 자자했기에, 세상 사람들이 즐겨 이야기하는 바가 되었다. 그러나 가정 이후에 왜구倭寇가 빈번해지자, 민간에서는 현재의 나약함을 슬퍼해, 다시 정화의 이야기에 사로잡혀 마침내는 원정의 지휘관임을 잊고 환관 정화를 그리워하여, 민간俚俗의 전문傳聞들을 모아 이 작품을 지었던 것이다. 그러므로 자서自序에서는 다음과 같이 말했다. "오늘날 동쪽의 소요[37]로 인하여 여유가 없으니, 어찌 서역의 이적이 교화에 복종하던 때와 비하겠는가. 서역의 이적이 교화에 복종하던 때와 비교할 수 없게 되었으니, 어찌 왕경홍과 정화 두 공으로 하여금 오늘날의 상황을 보게 할 수 있겠는가."[38] 그러나 [정작] 책에서는 괴이한 것을 많이 이야기하고 오로지 황당한 것만을 다루고 있어 서언의 비탄함과는 거리가 멀다. 책의 제1회에서 7회까지는 벽봉장로碧峰長老의 탄생, 출가 및 마귀를 항복시킨 일을 다루고 있고, 제8회에서 14회까지는 벽봉碧峰과

장천사張天師가 법술을 겨룬 것을 다룬 것이고, 제15회 이하는 정화가 천자로부터 인장을 받고 [지휘관이 되어] 병사를 모아 서쪽으로 원정을 나가니, 천사와 벽봉이 그를 도와 요괴를 제거하고, 여러 나라가 조공하고, 정화를 모신 사당을 세운다는 이야기이다.[39] 이 책에서 서술된 전쟁은 『서유기』, 『봉신전』에서 섞어 취하였으나,[40] 문장표현이 졸렬하고, 곁가지가 더해져 있는데, 특히 항간의 전설이 자못 많다. 이를테면 "다섯 귀신이 저승의 판관에게 소란을 피우는 것"五鬼鬧判, "다섯 마리의 쥐가 동경에서 소란을 피우는"五鼠鬧東京 등의 이야기가 모두 이 소설에 의해 보존되어 있는 것은 이 책이 갖고 있는 미덕이기도 하다. 다섯 마리 쥐五鼠의 이야기는 『서유기』의 이심지쟁二心之爭[41]의 모습을 바꾸어놓은 듯하고,[42] 다섯 귀신五鬼의 이야기는 오랑캐外夷와 명이 싸운 뒤 나라를 위해 목숨을 바친 자의 영혼이 저승에서 죄의 경중을 따짐에 악보惡報를 당한 이가 많게 되자, 마침내 큰 소동을 일으켜 판관에게 멋대로 대어드는 이야기를 기술하고 있다. 말다툼을 주고받는 것이 아래와 같다.

……다섯 귀신이 말했다.

"설사 뇌물을 받고 법을 팔아먹은 게 아니라 해도, 오히려 취조가 공정하지 않소이다."

염라왕이 말했다.

"무엇이 공정하지 않다는 게냐? 내가 알아듣도록 말 좀 해보렷다."

그러자 맨 먼저 강로성姜老星이 말했다.

"소인은 금련상국金蓮象國의 총병관總兵官으로, 나라를 위해 가정을 잊어버리는 것이 신하된 자의 직분이거늘, 어찌하여 또 나를 벌악분사罰惡分司로 보내야 한다고 말씀하시는 겁니까? 이렇게 말한다면 나라를 위해 힘을 다한 것이 오히려 잘못되었단 말이 아닙니까?"

최판관崔判官이 말했다.

"나라에 아무런 대난大難도 없었는데, 어찌 나라를 위해 힘을 다했다고 하느냐?"

강로성이 말했다.

"남방인[43]들은 보선寶船이 천 척, 장수가 천 명, 날랜 병사만도 백만으로, 그 형세가 달걀을 쌓아올린 듯 위태로웠는데, 그래도 나라에 결코 대난이 없었다고 말하시오?"

최판관이 말했다.

"남방인들이 언제 일찍이 남의 종묘사직을 멸하고, 남의 영토를 삼키며, 남의 재물을 탐낸 적이 있었다고, 그 형세가 달걀을 쌓아올린 듯 위태로웠다고 하는가?"

강로성이 말했다.

"나라의 형세가 위급하지 않았다면, 내가 어찌 함부로 사람들을 죽이려 했겠소이까?"

판관이 말했다.

"남방인들이 온 것은 항복 문서 한 장으로 족했을 따름이네. 그들이 어찌 다른 사람을 위압하고 핍박했겠나? 모두가 너희들이 무리하게 전쟁을 강행했기 때문이지. 이것이 함부로 사람을 죽인 게 아니란 말인가?"

교해간咬海干이 말했다.

"판관대왕이 틀렸소이다. 우리 조왜국爪哇國의 어안군魚眼軍 오백 명이 한 칼에 두 동강이 났고, 보졸步卒 삼천 명은 한 솥에 삶겨지고 말았으니, 이래도 우리가 무리하게 전쟁을 일으킨 것이란 말이오?"

판관이 말했다.

"모두 다 너희들이 자초한 것이다."

원안첩목아圓眼帖木兒가 말했다.

"우리들은 한 사람이 네 동강이로 참살당했는데, 이것도 우리가 무리하게 전쟁을 일으킨 것이오?"

판관이 말했다.

"역시 너희들이 자초한 것이다."

반룡삼태자盤龍三太子가 말했다.

"나는 칼을 들고 스스로 목을 쳤는데, 이것이 어찌 그들의 위압과 협박 때문이 아니었겠소?"

판관이 말했다.

"역시 너희들이 자초한 것이다."

백리안百里雁이 말했다.

"우리가 불에 태워져 장작불 귀신이 된 것이 어찌 그들의 위압과 협박 때문이 아니겠소?"

판관이 말했다.

"역시 너희들이 자초한 것이다."

다섯 귀신은 일제히 소리치면서 말했다.

"당신은 자초했다는 말만 하고 있는데, 예로부터 이런 말이 있소이다. '사람을 죽인 자는 목숨으로 배상하고, 돈을 빌린 자는 돈을 돌려준다.' 그들이 불의의 칼로 우리들을 죽였는데도, 당신은 어째서 그들을 대신해 재판을 왜곡하시오?"

판관이 말했다.

"나는 여기서 공평무사하게 법을 집행하고 있는데, 어찌 재판을 왜곡한다고 말하느냐?"

다섯 귀신이 말했다.

"공평무사하게 법을 집행한다면, 어째서 그들로 하여금 우리 목숨에 대한 대가를 치르도록 판결을 내리지 않소이까?"

판관이 말했다.

"너희들의 목숨에 대한 대가를 치르도록 해선 안 돼!"

다섯 귀신이 말했다.

"그 '안 돼'라는 두 글자만으로도 이미 사폐私弊가 되오."

이 다섯 귀신은 수도 많고 입도 많아서 마구 소리치고, 왁자지껄 떠들어대며 한 패가 되어 소동을 부렸다. 판관은 그들이 점점 흉폭해지는 것을 보고 어떻게 할 수가 없어 일어나 소리쳤다.

"닥쳐라! 어떤 놈이 감히 여기가 어디라고 함부로 떠들어대는 거냐? 나에게 사私가 있다면, 내 이 붓이 사사로움을 용납한다는 거냐?"

다섯 귀신은 일제히 앞으로 걸어나와 손으로 확 잡아당겨 그 붓을 빼앗으면서 말했다.

"쇠붓이라면 사가 없겠지만, 네 놈의 거미줄 같은 수염으로 만든 이 붓이야 이빨 사이가 모두 사私; 絲인데, 감히 사사로움을 용납하지 않는다고 말할 테냐?" (제90회 「영요부오귀료판」)[44]

『서유보』 16회는 천목산초天目山樵[45]의 서序에 남잠南潛이 지었다고 했다.[46] 남잠은 오정烏程의 동열董說이 출가한 후의 법명이다.[47] 열說은 자가 약우若雨이고, 만력 경신庚申(1620)년에 태어났다. 어려서부터 총명하여, 스스로 자진해서 『원각경』圓覺經을 먼저 외우고, 그 다음에는 사서 및 오경을 읽었다.[48] 열 살 때에는 글을 지을 줄 알았고, 열세 살 때에는 수재에 급제하였다. 하지만 중원에 도적 떼가 횡행하는 것을 보고는 드디어 관도에 나아갈 뜻을 끊어 버렸다. 명明이 망하자 영암靈岩[49]에서 삭발하고, 이름을 남잠이라 하고, 호를 월함月函이라 했는데, 그 밖의 다른 별칭 또한 대단히 많다.[50] 30여 년간 도회지에 발을 들여놓지 않고, 다만 어부와 나무꾼과 벗삼았으니, 세상 사람들은 불가佛家의 성인으로 추앙했다.[51] 저서로는 『상당만참창수어록』上堂晩參唱酬語錄[52](유수鈕琇의 『고승속편』觚賸續編, 지강之江의 포양생抱陽生 『갑신조사소기』甲申朝事小記)과 『풍초암잡저』豊草庵雜著 10종, 시문집 약간이 있다.[53] 『서유보』는 "삼조파초선"三調芭蕉扇의 뒷부분으로부터 시작하는데, 손오공이 탁발을 하다가 청어정鯖魚精에 미혹되어 점차 몽경으로 들어가는 것을 서술하고 있다. 진시황을 찾아가 구산탁驅山鐸을 빌려 화염산을 옮기려고 배회하는 사이, 만경루萬鏡樓에 들어갔다가, 그곳에서 큰 혼란에 빠져, 과거의 모습을 보기도 하고, 미래를 추구하기도 하며, 갑자기 미인으로 변했다가 홀연 염라로 변했다 하다가, 허공주인虛空主人이 한번 부르짖자 비로소 몽경을 벗어난다. 청어鯖魚는 본래 손오공과 동시에 출생하여 "환부"幻部에서 살며 스스로 '청청세계'靑靑世界라고 호하였으니, 일체의 경계는 모두 이것에 의해 만들어진 것이지만, 사실은 존재하지 않는 것, 즉 "행자의 정"行者情이다. 그러므로 "큰 진리를 깨닫고 그것에 통달하려면, 먼저 공으로 정[54]의 근원을 깨버리지 않으면 안 되고, 공으로 정의 근원을 깨버리려면 먼저 정 안으로 들어가지 않으면 안 되고,[55] 정 안으로 들어가면 세계의 정의 근원의 허망함이 드러나는데, 그런 뒤에야 정 밖으로 나와서 진리의 근본의 실제 모습을 인식할 수 있게 된다."[56] (이 책 권수卷首의 「답문」答問) 여기에서 청어정鯖魚精이니, 청청세계靑靑世界니, 소월왕小月王이니 하는 것은 모두 정情을 말하는 것이다. 어떤 이는 본문 가운데 "살청대장군"殺靑大將軍, "도치력일"倒置歷日 등의 말이 있는 것으로 보아, 이것은 명이 망한 뒤의 미언微言을 기탁한 것이라고 말하기도 하였다.[57] 그러나 작품 전반에 걸쳐 명말의 세간의 풍속을 규탄하는 뜻은 많지만, 명의 사직社稷을 통한한 흔적은 적으므로, 이 책이 이루어진 시기는 명이 아직 망하기 전인 듯하다.[58] 따라서 변방의 소요에 관해 언급하고 있을 뿐, 불교의 심오한 교의에 대해서는 미처 파악하지 못하고 있고, 그 주안점은 당시 사람들의 생각과 같았다. 행자行者에게는 세 명의 스승이 있으니, 첫째는 조사祖師, 둘째는 당승唐僧, 셋째는 목왕穆王; 악비(岳飛)으로서, "유불도 삼교 전체를 이루고 있다"湊成三教全身(제9회). 다만 그 구성과 문장 표현은 풍부하고 화려하며, 황홀하고 환상적이며 기이하게 두드러진 부분은 때로 사람을 놀라게 하기에 족한데, 사이사이에 우스갯소리를 집어넣은 것 역시 뛰어나기에 동시대 작가들이 감히 기대할 수 있는 경지가 아니었다.

행자(이때는 우미인虞美人으로 화해서 녹주綠珠 등과 연회하고 난 다음 작별하고 나왔다)는 즉시 본래의 모습을 나타내고 머리를 들어 살펴보니, 원래 그곳이 바로 여와女媧의 문 앞이었다. 행자는 크게 기뻐하며 말했다.

"우리 하늘이 소월왕小月王이 보낸 한 무리의 답공사자踏空使者에게 산산조각으로 밟혀 구멍이 났는데, 어제는 도리어 그 죄명을 나에게 뒤집어씌웠다.…… 듣자 하니 여와는 하늘을 보수하는 데 오랫동안 익숙하다 하니, 오늘 여와에게 부탁해서 내 대신 잘 좀 고쳐 달라고 해야지. 그러고 나서 영소靈霄에 탄원하여 내 몸이 결백하다는 걸 보여 줘야지. 이거야말로 참 좋은 기회로구나."

문가로 다가가 자세히 보았으나, 두 쪽의 검은 대문은 굳게 닫혀 있고 문 위에는 다음과 같이 씌어진 종이가 붙어 있었다.

"20일, 헌원軒轅의 집에서 한담을 나누다 십 일 만에 돌아옵니다. 손님들께 죄송합니다. 우선 이것으로 용서 바랍니다."

행자는 다 보고 나서 되돌아갔다. 귀에는 단지 닭 울음 소리가 세 번 들렸을 뿐이었으나, 날은 이미 밝아 왔다. 수백만 리를 갔으나 진시황은 보이지 않았다. (제5회)[59)]

문득 검은 사람 하나가 높은 누각 위에 앉아 있는 것을 보고 행자는 웃으며 말했다.

"옛사람들의 세계[60)]에도 도둑놈은 있었군. 만면에 숯검댕을 칠하고 저곳에서 구경거리가 되어 있으니."

몇 발자국 가서 다시 말했다.

"역적이 아니라, 여기가 바로 장비의 묘였군."

또 생각하고 말했다.

"장비의 묘라면 정포건頂包巾을 쓰고 있어야 할 텐데,…… 황제의 모자를 쓰고, 또 검은색 얼굴을 했으니, 이 사람은 틀림없는 대우현제大禹玄帝야. 앞으로 나아가 그를 뵈옵고 요괴를 다스리고 마귀들을 베어 버린 비결을 좀 가르쳐 달래야지. 그럼 진시황도 찾을 필요가 없겠구나."

두리번거리며 그 앞으로 다가가니, 다만 누대 아래에 석간石竿이 하나 서 있는 게 보였다. 그 석간 위에는 비백飛白[61)]의 깃발이 하나 꽂혀 있고, 깃발 윗면에 자주색 글씨가 여섯 자 씌어 있었다.

"전한의 명사 항우."先漢名士項羽

행자는 다 보고 나서 한바탕 크게 웃고 말했다.

"참으로 '일이 닥치지 않았을 때는 생각하지 말라, 생각해 보았자 전혀 마음 같지 않으니까'란 말과 같구나. 내가 이렇게 생각하고 저렇게 생각해 봤지만,…… 다 틀려 버렸다는 걸 누가 알았겠는가. 오히려 그는 내가 녹주루綠珠樓 위에 있을 때 서로 헤어져 있었던 애인[62]이었구나."

그때 다시 생각을 돌려 말했다.

"아이고, 이 손오공이 진시황을 찾아 구산탁자를 빌리려고만 했기 때문에, 이 옛사람 세계로까지 기어 들어왔구나. 초 백왕楚伯王은 시황보다 후대 사람인데도 지금 벌써 보았는데 시황은 어째서 보이지 않는 걸까? 좋은 생각이 났다. 바로 대 위로 올라가서 항우를 만나보고[63] 시황의 소식을 그에게 물어보면, 그거야말로 가장 확실한 소식이겠지."

행자가 바로 벌떡 일어나 자세히 보니 높은 누각 아래에는……미인 한 사람이 앉아 있고, 귓가엔 다만 "우미인, 우미인" 하고 부르는 소리가 들렸다……행자는 즉시 몸을 한 번 흔들어, 이전과 같이 미인의 모양으로 변했다. 곧바로 높은 누각으로 올라가 소매 안에서 한 자쯤 되는 흰 비단 수건을 꺼내어 하염없이 눈물을 닦아 내었다. 다만 얼굴을 반쪽만 드러내고 항우를 바라보는 것이 원망하는 듯, 화가 난 듯했다. 항우가 크게 놀라서 황급히 꿇어앉으니, 행자는 등을 돌렸다. 항우는 다시 나는 듯 따라가 행자의 앞으로 가서 무릎을 꿇으면서 말했다.

"미인이여, 그대와 잠자리를 같이하는 사람을 가엾게 여겨서 웃는 얼굴을 보여 주구려."

행자는 여전히 아무 말도 하지 않았다. 항우는 어쩔 수 없어 함께 우는 수밖에 없었다. 행자는 별안간 복사꽃 같은 얼굴을 붉히면서 항우를 손가락질하면서 말했다.

"나쁜 사람! 당신은 혁혁한 공을 세운 장군[64]이면서 여자 하나도 보호하지 못하고서 무슨 낯으로 이 높은 누대高臺에 앉아 있는 거예요?"

항우는 울기만 할 뿐 감히 대답을 못 했다. 행자는 측은한 듯한 태도를 약간 드러내 보이며, 손으로 그를 부축해 일으키며 말했다.

"속담에 이르기를 '남자의 두 무릎은 황금과 같이 귀중하다'고 했으니, 당신은 앞으로는 함부로 무릎을 꿇지 말아요."…… (제6회)[65]

주)

1) 양장거(梁章鉅, 1775~1849)의 자는 굉중(閎中)이고, 호는 퇴암(退庵)이며, 청(淸) 장락(長樂; 지금의 푸젠성에 속함) 사람이다. 관직은 강소 순무(江蘇巡撫)에까지 이르렀다. 그가 지은 책으로는 『귀전쇄기』(歸田瑣記), 『낭적총담』(浪迹叢談) 등이 있다. 낭적속담(浪迹續談)은 8권으로 신기한 이야기나 잘 알려지지 않은 사실(異聞逸事), 명승고적(名勝古迹)에 대해 기술하고 있고, 아울러 희극, 소설도 언급하고 있다.
2) "임월정"(林樾亭)은 곧 임교음(林喬蔭)으로, 청 후관(侯官) 사람이다. 자는 육만(育萬)이고, 월정이라고도 한다. 박학다문하고, 문사에 뛰어났으며, 관리로서 할 일에 능통했는데, 건륭 때 거인이 되어 강진현(江津縣)의 지현이 되었다. 『삼례술수구의』(三禮述數求義)와 『병성거사집』(甁城居士集)이 있다.—보주
3) 전정방(錢靜方)은 『소설총고』(小說叢考)에서 유월(兪樾)의 『소부매한화』(小浮梅閑話)를 인용하여 다음과 같이 부연해서 말했다. "무왕이 은나라를 정벌하매, 한번 전투에 나서자 천하가 크게 안정되었기에, 전쟁이 많이 없었다. 그러나 세상에 전하는 『봉신전』이라고 하는 책에서는 수없이 많은 전쟁을 치른 것으로 되어 있다. 모든 신선과 부처가 다 와서 전쟁을 도왔다. 그 설은 실제로는 「무성」편에 뿌리를 두고 있다. 『서경』 중의 무성은 주나라 말기에 이미 진본이 아니었다. 그러므로 맹자가 말했다. '『서경』에 있는 말을 글자 그대로 다 믿는다면, 차라리 『서경』이 없느니만 못하다. 나는 「무성」편에서도 두세 쪽만을 받아들일 뿐이다.' 동진 사람들이 제멋대로 고친 뒤에 이 책은 더욱 믿지 못하게 되었다. 그 가운데 '오직 그대 신이시여, 원하옵기로는 나를 잘 도와주셔서, 억조창생을 구제하게 하소서'라는 구절이 있는 것으로 무왕을 대성현으로 생각하여 귀신에게 도움을 구하려 했을 리가 있겠는가? 『봉신전』은 그 설을 견강부회하여 드디어 모든 신선과 부처가 와서 전쟁을 도왔다고 하는 내용이 있게 되었다."(武王伐殷, 一戎衣而天下大定, 未嘗有許多戰事也. 而世俗所傳『封神傳』一書, 刀費無數戰爭. 一切仙佛, 皆來助戰. 其說實根本于「武成」一篇. 『書經』中之武成, 于周季已非眞本, 故孟子曰: '盡信書則不如無書.' 我于『武成』, 取二三策而已. 經東晉人改竄之後, 其書更不足憑……)—보주
4) 『육도』(六韜). 주대(周代) 여상(呂尙)이 지었다고 전해진다. 『구당서·예의지』에 인용된 『육도』에 의하면 다음과 같다. "무왕(武王)이 주(紂)를 정벌할 때 눈이 한 길 정도 내렸다. 다섯 대의 수레와 두 마리의 말이 바퀴자국도 없이 진영에 와서 만나길 청했다. 무왕이 기이하게 생각하고 묻자 태공(太公)이 대답했다. '이것은 반드시 오방(五方)의 신이 명을 받으러 온 것입니다.' 드디어 그 이름대로 불러들여 각각 그 직책으로써 명하였

다. 은나라를 이기고 나니 바람과 비가 순조로웠다."(武王伐紂, 雪深丈餘, 五車二馬, 行無轍迹, 詣營求謁. 武王怪而問焉, 太公對曰: '此必五方之神, 來受事耳.' 遂以其名召人, 各以其職命焉. 旣而克殷, 風調雨順) [청의 양소임(梁紹壬)의 『양반추우암수필』(兩般秋雨盦隨筆) 6권 「봉신전」(封神傳; 상하이: 상하이구지출판사, 1928년 8월, 332쪽)에서 『구당서 · 예의지』에 인용된 『육도』를 초록하여 다음의 안어(按語)를 덧붙인다.——덧붙이자면, 다섯 대의 수레와 두 마리의 말이라고 하는 것은 사해(四海)의 신인 축융(祝融)과 구망(句芒), 전욱(顓頊), 욕수(蓐收), 하백(河伯), 풍백(風伯), 우사(雨師)이다. 또 『사기』 「봉선서」에 "팔신장은 태공 이래 제사드려졌다"고 한 것으로 볼 때, 민간의 전승이 모두 비난될 수는 없다. 지금 집집마다 문에 "강태공재차제신회피"(姜太公在此諸神迴避)라고 붙여 놓는 것도 이것에 근거한 것이다.— 일역본]

『음모』(陰謀). 전체 명칭은 『태공음모서』(太公陰謀書)로 주대 여상이 지었다고 전해진다. 덧붙이자면 『태평어람』 12에 "태공봉신"에 관한 인용문이 있는데, 이것은 『금궤』(金匱)에서 나온 것으로, 『음모』에서 나온 것이 아니다.

5) 원문은 다음과 같다. 林樾亭(案名喬蔭)先生嘗與余談, 『封神傳』一書是前明一名宿所撰, 意欲與『西遊記』, 『水滸傳』鼎立而三, 因偶讀『尚書』「武成」篇'唯爾有神尙克相予'語, 衍成此傳. 其封神事則隱據『六韜』(『舊唐書』「禮儀志」引)『陰謀』(『太平御覽』引)『史記』「封禪書」, 『唐書』「禮儀志」各書, 鋪張假詭, 非盡無本也.

루쉰은 그의 『소설구문초』 「봉신전연의」(封神傳演義)의 조에서 똑같이 양장거(梁章鉅)의 『귀전쇄기』(歸田瑣記) 7에 기록된 임월정 선생의 말을 다음과 같이 인용하였다. "우리 향리의 임월정 선생의 말에 의하면 예전에 집에 있는 물건을 남겨 두지 않고 팔아서 큰딸을 시집보낸 선비가 있었다. 둘째딸이 그것을 원망하자 선비는 빈곤을 걱정하지 말라고 말하며 위로하면서, 『상서』 「무성」편의 '오직 그대 신이시여, 원하옵기로는 나를 잘 도와주소서'(唯爾有神尙克相予)라고 말한 대목으로부터 부연하여 『봉신전』을 지어 그 원고를 딸에게 주었다. 뒤에 그 사위가 그것을 간행하여 뜻밖에도 큰 이익을 보았다." 루쉰은 뒤에 『중국소설의 역사적 변천』에서도 이 에피소드를 사용했다.— 일역본

6) 허중림(許仲琳)의 호는 종산일수(鐘山逸叟)이고, 명대 응천부(應天府; 지금의 장쑤 난징) 사람이며, 생평은 자세하지 않다.

7) 『위쓰』(語絲) 제146기 및 제147기(각각 1927년 8월 27일과 1927년 9월 3일 출판)에 「소설 목록 두 건에 관하여」(關于小說目錄兩件)가 연재되었다. 여기에서의 「갑 나이카쿠분코 도서 제2부 한서 목록」(甲 內閣文庫圖書第二部漢書目錄)의 「자. 제십류, 소설」(子. 第十類, 小說)의 「이 전기연의, 잡기」(二 傳奇演義, 雜記)의 조에, "封神演義(百回, 二十卷. 明 許仲琳編, 明版. 二十本)"라고 했다. 그리고 「목록」의 말미에 "루쉰이 덧붙이기를, 이 목록은 상세하고 정밀하지는 않지만, 여러 가지 정보를 제공하고는 있다. 이를테면,……『봉신연의』의 편자를 명의 허중림이라고 했는데, 현재 중국에서 통용되고 있는 대부분의 본에서는 모두 그 이름을 빠뜨리고 있다. 이것은 양장거(梁章鉅)가 임월정의 말(『낭적속담』浪跡續談 및 『귀전쇄기』歸田瑣記에 보임)을 기술하면서 겨우 '명 왕조의 어떤 유명한 학자'라고 말했기 때문이다……"라고 기록되어 있다.

뒤의 『나이카쿠분코 한적 분류 목록』(內閣文庫漢籍分類目錄; 도쿄: 內閣文庫, 1957년 3월)

의 기록에 의하면, "新刻鍾伯敬先生批評封神演義, 20卷 100回 明 許仲琳 明刊(舒文淵) 楓20冊"이라 되어 있다. 여기에서 "풍"(楓)은 "모미지야마분코"(紅葉山文庫; 楓山文庫) 구장(舊藏)을 나타낸다.

『봉신연의』의 작자에 관해서 이 나이카쿠분코 본을 조사한 푸시화(傅惜華)의 「나이카쿠분코 방서기」(內閣文庫訪書記; 쿵링징孔另境 집록, 『중국소설사료』中國小說史料에 인용됨)와 쑨카이디의 『일본 도쿄에서 본 중국 소설 서목』 4권 「영괴류」(靈怪類)에 의하면, 모두가 명 간본 『봉신연의』의 제2권 제1엽에 "종산일수 허중림 편집"(鍾山逸叟許仲琳編輯)이라 제하고 있다는 사실을 지적했다. 다만 푸시화는 다른 각 권에 이러한 제(題)가 없는 것에 의문을 품고 봉면(封面)의 지어(識語)에 "茲集乃□□(原缺二字)先生考訂批評, 家藏秘冊"으로 되어 있는 것과 권수(卷首)의 이운상(李雲翔)의 서의 기술로부터 원작자가 허중림이고, 개정 평차(改定評次)한 사람이 이운상일 것이라고 추정하였다. 다만 쑨카이디는 거의 같은 설을 가지고 있으면서, 다른 한편으로 석인본(石印本) 『전기휘고』(傳奇彙考) 7권 「순천시」(順天時) 전기의 해제의 기술에 의거하여, 원대의 도사 육서성(陸西星; 字는 長庚)이 『봉신전』의 작자라고 하는 설을 들고 있기도 하다(孫楷第, 『中國通俗小說書目』 5卷 「封神演義」條).

류춘런(柳存仁)도 육서성이 『봉신연의』의 작자라고 하는 설을 주장한 학자의 한 사람이다. 류춘런은 일찍이 「봉신연의 작자 육서성」(封神演義作者陸西星; 『우주풍』宇宙風 을간乙刊 24에 실려 있으나, 보이지 않는다未見. 마스다 와타루增田涉 역, 『중국소설사』支那小說史 하책下冊, 이와나미 문고판岩波文庫版, 1942에 의함)을 썼는데, 뒤에 이 설을 부연·발전시켜 「원 지치 본 전상무왕벌주평화 명 간본 열국지전 권일과 봉신연의」(元至治本全相武王伐紂平話明刊本列國志傳卷一與封神演義; 『신아학보』新亞學報 제4권 제1기, 1959년 홍콩에 게재)에서는 육서성을 작자라 하면서, 나이카쿠분코 본 제99회에 육장경이라고 하는 별호가 감추어져 있는 흔적이 있으며, 그 후의 다른 간본은 개찬된 것이라는 사실을 발견했다고 하였다. 또 그의 다른 논문(Liu Tsun-yan, *Buddhist and Taoist Influences on Chinese Novels*, vol. 1, 1962, Kommissions-verlag, Otto Harrassowitz, Wiesbaden; 중국어 명칭은 「佛道影響中國小說考」)에서도 1937년 봄에 『문사』(文史)에 「육서성작봉신고」(陸西星作封神考)를 기고했고, 뒤에 『서성집』(西星集)에 실었다고 회고하면서, 육서성의 사적을 고증하였다.—일역본

8) 『평요전』(平妖傳) 서. 장무구(張無咎)는 숭정(崇禎) 연간에 『평요전』을 거듭 수정했는데 그가 지은 서문(序文)에서 다음과 같이 말하고 있다. "『속삼국지』, 『봉신연의』 등은 병자들의 잠꼬대와 같이 온통 허튼소리만 지껄이고 있다."(至『續三國志』, 『封神演義』等, 如病人囈語, 一味胡談)

9) 쑨카이디는 정본이라고 할 만한 명 간본 『봉신연의』의 봉면(封面)에 "비평전상무왕벌주외사"(批評全相武王伐紂外史)라고 되어 있는 것과 그 내용으로 보아 지금의 『봉신연의』는 원 간본 『무왕벌주서』 평화를 그대로 이어받아 확충한 것인 듯하다고 하였다(쑨카이디, 『일본 도쿄에서 본 중국 소설 서목』). 류춘런은 나이카쿠분코 본 『열국지전』(列國志傳)과 마찬가지로 나이카쿠분코 본의 명 간본 『봉신연의』를 대교하여, 시문(詩文)의 자구와 이야기, 인물 등이 모두 『열국지전』 1권을 답습하고 있으며, 『열국지전』은 원 지

치 본 『전상무왕벌주평화』를 계승했지만, 그 부분은 뒤에 『봉신』의 작자에 의해 삭제되었다는 사실을 지적하면서(류춘런, 「원 지치 본 전상벌주평화 명 간본 열국지전 권일과 봉신연의의 관계」), 『봉신연의』의 원작자의 문제를 다루었다. 그의 영문 저서인 『중국소설에 대한 불교와 도교의 영향』(*Buddhist and Taoist Influences on Chinese Novels*) 1권에서는 『서유기』의 최초의 제명은 『서유석액전』으로, 『봉신연의』에 있어서 허중림의 위치는 『서유기』에 있어서의 주정신(朱鼎臣)에 해당한다는 도식을 제시하고, 『서유기』에 있어서 오승은(吳承恩)의 위치에 해당하는 사람은 육서성(陸西星)이라고 하였으니, 아마도 오승은의 『서유기』는 『봉신연의』보다 약간 뒤에 씌어진 것인 듯하다는 설을 내세웠다.—일역본

10) 원문은 "八神將, 太公以來作之". 여기에서의 "팔신장(八神將)은 태공 이래 제사드리고 있다"라는 말은 『사기』 「봉선서」에서는 그 원문이 "팔신장은 옛날부터 있었다. 어떤 사람은 태공 이래 제사드리고 있다고 말한다"(八神將自古而有之, 或曰太公以來作之)라고 되어 있다. 이것은 양장거의 『귀전쇄기』 7권에서 인용한 바에 의한 것이다.
[루쉰이 집록한 『소설구문초』에서 『양반추우암수필』 6권 『귀전쇄기』 7권으로부터 초록했는데, 『사기』 「봉선서」의 인용은 어느 것이나 같은 문장이다.—일역본]

11) 금궤(金匱). 주대(周代) 여상(呂尙)이 지었다고 전해지는 고대의 병서이다. 『수서·경적지』에 2권으로 기록되어 있다.

12) 유월(兪樾)의 『소부매한화』에서는 다음과 같이 말했다. "달기는 『상서·목서』 매전과 『사기·은본기』에 보이니, 진실로 경사에 분명히 존재하는 문장이다. 『진어』에는 다음과 같이 말했다. '은신이 유소를 정벌하니, 유소씨는 그 딸인 달기를 바쳤다.' 위주에서는 다음과 같이 말했다. '유소는 달기가 성으로 삼고 있는 나라로서, 달기는 그 딸이다.' 『사기색은』에서도 다음과 같이 말했다. '달은 자이고, 기는 성이다.'……『대취편』에서는 『고금사물고』를 인용하여 다음과 같이 말했다. '상의 달기는 여우의 정령이다. 어떤 사람은 비록 정령이긴 하지만 아직 그 변환이 충분치 않아 비단으로 감쌌으니, 궁중에서는 그를 본받았다.' 길거리와 골목의 이야기가 바로 오늘날 연의가가 근본으로 삼은 것이다."(妲己見『尙書·牧誓』枚傳, 『史記·殷本紀』, 固經史明文也. 『晉語』云: '殷辛伐有蘇, 有蘇氏以妲己女焉.' 韋注曰: '有蘇, 己姓之國, 妲己其女也.' 『史記索隱』亦云: '妲, 字; 己, 姓也.'…『代醉篇』引『古今事物考』, 謂: '商妲己, 狐精也. 或曰: 雖精, 猶未變足, 以帛裹之, 宮中效焉.' 委巷之談, 卽今演義家所本)—보주

13) 이한(李瀚). 당말(唐末) 만년(萬年; 지금의 산시陝西 시안西安) 사람이다. 후진(後晉)에서 한림학사(翰林學士)를 지냈다. 그가 지은 『몽구』(蒙求)는 2권으로, 송(宋) 서자광(徐子光)이 집주(集注)한 것이 있다. 달기가 여우의 정령이라고 하는 것은 서자광의 주본에는 보이지 않는다.

14) 은나라의 주(紂)임금을 가리킨다.—옮긴이

15) 시의 전문은 다음과 같다. "봉황 난새 그려진 보배로운 휘장 모습 특이한데, / 모두가 금칠로 교묘하게 단장한 것이로다. / 굽은 눈썹은 먼 산의 푸르름. / 하늘하늘 춤추는 소매 노을 자락에 비치네. / 빛 속의 배꽃은 고운 자태를 다투고, / 안개 속의 작약은 아름다운 단장을 뽐내네. / 다만 요염한 자태로 거동에 능한 이 얻어 / 데리고 돌아가

오랫동안 즐겁게 군왕을 모시게 하려네."(김장환 역, 『선불영웅전』, 27쪽. 서울: 여강출판사, 1992. 옮긴이가 약간 수정을 하였음)—옮긴이

16) 천 년 묵은 여우의 정령과 머리가 아홉인 꿩의 정령, 그리고 옥석으로 된 비파의 정령이다.—옮긴이

17) 흔히 강태공(姜太公)이라 불리는 여상(呂尙)을 가리킨다.—옮긴이

18) 주 무왕의 아버지인 문왕(文王)을 가리킴.—옮긴이

19) 류춘런은 그의 영문 논고 『중국소설에 대한 불교와 도교의 영향』에서 천교(闡敎)와 절교(截敎)를 도교의 두 가지 종파로 보면서, 전자의 대표를 노자(老子)와 현시천존(玄始天尊)으로, 후자의 대표를 통천교주(通天敎主)라고 하였다. 또 천교의 역어는 'Promulgating Sect'로 절교의 역어는 'Intercepting Sect'라고 했다. 또 『봉신연의』에서는 도교를 불교보다 우위에 있는 종교로 묘사하고 있다.—일역본

20) 전정방(錢靜方)의 별호(別號)는 묘동일해(泖東一蟹)이며, 근대의 청포(靑浦; 지금의 상하이에 속함) 사람이다. 그가 지은 『소설총고』(小說叢考)는 1916년에 상우인서관(商務印書館)에서 출판되었다.

21) 원문은 "武王遂征四方, 凡憝國九十有九國, 馘魔億有十萬七千七百七十有九, 俘人三億萬有二百三十".

이 예문은 청의 주우증(朱右曾)의 『일주서집훈교석』(逸周書集訓校釋) 4권(『皇淸經解續編』本)의 「세부」(世俘) 제37에 있다. 노문초(盧文弨)에 의하면 "億" 다음에 "十萬"은 없어야 한다. "十"자는 연문(衍文)이거나 잘못이라고 하였다(억은 만만임). 또 "魔"는 주우증의 『교석』에는 "磨"로 되어 있는데, 전정방의 인용을 존중하여 그대로 두었다. 주우증은 "磨는 본래 魔로 되어 있다. 어떤 본에는 磨로 되어 있다. 어느 것이 맞는지는 상세하지 않다"고 했다. 또 편명 "세부"(世俘)에서의 "세"(世)는 크다는 뜻이다.—일역본

22) 전정방의 『소설총고』에서 『봉신연의』에 관한 내용은 거의 전부가 유월의 『소부매한화』를 인용하고 있는데, 다만 자구만 약간 바꾸어 놓았을 뿐이다. 유월이 「세부편」을 「극은편」으로 오인한 것인데 전정방 역시 똑같은 실수를 저질렀다.—보주

23) 유가(儒家)가 정한 명분과 교훈을 준칙으로 하는 도덕관념.—옮긴이

24) 불도(佛徒)를 가리킴.—옮긴이

25) 도교의 무리들.—옮긴이

26) 절교도를 가리킴.—옮긴이

27) 원문은 다음과 같다. 話說老子與元始衝入萬仙陣內, 將通天敎主裹住. 金靈聖母被三大士圍在當中,…用玉如意招架三大士多時, 不覺把頂上金冠落在塵埃, 將頭髮散了. 這聖母披髮大戰, 正戰之間, 遇着燃燈道人, 祭起定海珠打來, 正中頂門. 可憐! 正是: 封神正位爲星首, 北闕香煙萬載存. 燃燈將定海珠把金靈聖母打死. 廣成子祭起誅仙劍, 赤精子祭起戮仙劍, 道行天尊祭起陷仙劍, 玉鼎眞人祭起絶仙劍, 數道黑氣沖空, 將萬仙陣罩住. 凡封神臺上有名者, 就如砍瓜切菜一般, 俱遭殺戮. 子牙祭起打神鞭, 任意施爲. 萬仙陣中, 又被楊任用五火扇扇起烈火千丈, 黑煙迷空.…哪吒現三首八臂, 往來衝突.…通天敎主見萬仙受此屠戮, 心中大怒, 急呼曰, "長耳定光仙快取六魂幡來!" 定光仙因見接引道人白蓮裹體, 舍利現光; 又見十二代弟子玄都門人俱有瓔絡金燈, 光華罩體, 知道他們出身淸正, 截敎畢

竟差訛. 他將六魂幡收起, 輕輕的走出萬仙陣, 徑往蘆蓬下隱匿. 正是: 根深原是西方客, 躲在蘆蓬獻寶幡. 話說通天敎主…無心戀戰, 欲要退後, 又恐敎下門人笑話, 只得勉强相持. 又被老子打了一拐, 通天敎主着了急, 祭起紫電鎚來打老子. 老子笑曰, "此物怎能近我?" 只見頂上現出玲瓏寶塔; 此鎚焉能下來?…只見二十八宿星官已殺得看看殆盡; 止邱引見勢不好了, 借土遁就走. 被陸壓看見, 惟恐追不及, 急縱至空中, 將葫蘆揭開, 放出一道白光, 上有一物飛去; 陸壓打一躬, 命"寶貝轉身", 可憐邱引, 頭已落地.…且說接引道人在萬仙陣內將乾坤袋打開, 盡收那三千紅氣之客. 有緣住極樂之鄉者, 俱收入此袋內. 準提同孔雀明王在陣中現二十四頭, 十八隻手, 執定瓔絡, 傘蓋, 花貫, 魚腸, 金弓, 銀戟, 白鉞, 幡, 幢, 加持神杵, 寶銼, 銀瓶等物, 來戰通天敎主. 通天敎主看見準提, 頓起三昧眞火, 大罵曰, "好潑道! 焉敢欺吾太甚, 又來攪吾此陣也!" 縱奎牛衝來, 仗劍直取, 準提將七寶妙樹架開. 正是: 西方極樂無窮法, 俱是蓮花一化身. (第八十四回)

사설초당(四雪草堂) 정정(訂正), 종백경(鍾伯敬) 선생 원본 『봉신연의』 19권 백회(강희 간본. 일본 재단법인 도요분코財團法人東洋文庫 소장)의 제84회 「자아공취임동관」(子牙共取臨潼關)에 의해, 예문을 교감하였다. 왼쪽은 예문의 원문이고, 오른쪽은 강희 간본이다. 괄호는 강희 간본에 근거해 고친 것이다. 用五火扇扇起烈火→用五火扇(煽)起烈火 / 黑煙迷空→黑(烟)迷空 / 俱有瓔絡金燈→俱有瓔(珞), 金燈 / 只得勉强相持→只得免强相持,(사실 "勉"과 "免"은 서로 통한다) / 玲瓏寶塔→靈籠寶塔 / 止邱引見勢不好了→止丘引見勢不好了 / 有緣住極樂之鄉者→有緣在極樂之鄉者 / 現二十四頭→現(三)十四頭 [참고로 김장환 역, 『선불영웅전』(5권 47쪽)에는 34개로 되어 있다.—옮긴이] / 執定瓔絡→執定瓔(珞) / 七寶妙樹→七寶(玅)樹,("妙"와 "玅"는 서로 통한다)—일역본

28) 『삼보태감서양기통속연의』(三保太監西洋記通俗演義) 20권 100회는 명 만력 연간 정간본(精刊本)으로, 대형 삽도가 있다. 또 보월루 본(步月樓本)이 있는데, 따로 "영일재장판"(映日齋藏板)이라 제하였으며, 만력 본을 복간한 것이다. 이밖에도 판본은 여전히 많다.—보주

29) 나무등(羅懋登)의 자는 등지(登之)이고, 별호는 이남리인(二南里人)이며, 명대 만력 연간의 사람이다. [나무등의 원적은 산시(陝西)인 듯하나 실제로는 명대 응천부(應天府) 사람이다. 일찍이 구준(邱濬)의 『투필기』(投筆記)를 주석했고, 시혜(施惠)의 『배월정』(拜月亭)과 고명(高明)의 『비파기』(琵琶記)를 음석(音釋)했으며, 『향산기』(香山記) 전기에 서를 지었다.—보주]

30) 정화(鄭和, 1371~1435)의 본래의 성은 마(馬)씨이고, 어렸을 때의 자는 삼보(三保)였다. 회족(回族)으로 명대(明代) 곤양(昆陽; 지금의 윈난雲南 진닝晉寧) 사람이다. 환관으로서 연왕이 병사를 일으켰을 때 따라가 정씨 성을 하사받았다. 일찍이 일곱 차례나 "서쪽 바다"(西洋)에 사절로 나갔다. 가장 멀리까지 항해한 것은 아프리카 동쪽 해안과 홍해 해구에 이른 것이다.

왕경굉(王景宏)은 곧 왕경홍(王景弘)으로 명대의 환관이다. 여러 차례 정화의 부사를 지내면서 서쪽 바다(西洋)에 사절로 나갔다. [『명사』(明史)는 당연하게도 청대(淸代)에 편찬됐기에, 건륭(乾隆)의 휘(諱)인 "홍력"(弘曆)을 피하여 "弘"을 "宏"으로 바꾼 것이다.—일역본]

31) 1405년.—옮긴이

32) 『서양기』에서 서술한 정화가 서양으로 나아간 일은 그 가운데 괴이한 것들을 제외하고는 대부분 『명사』와 부합한다. 『명사』에서는, "장수와 사졸 이만 칠천팔백여 명"(將士卒二萬七千八百餘人)이라 했는데, 『서양기』에서는, "웅병과 용사 삼만여 명"(雄兵勇士三萬名有另)이라 한 것 등이 그러하다.—보주

33) 지명. 장시성(江西省) 후커우현(湖口縣) 남쪽. 상인과 나그네가 많이 거주하여 대단히 번성한 곳으로 두창현(都昌縣)과 후커우현 사람들은 이곳에서 무역을 한다.—옮긴이

34) 푸젠성 민허우현(閩侯縣) 동해중(東海中)에 위치하고 있으며, 우후산(五虎山) 동쪽으로부터 백여 리 떨어진 곳에 우후먼(五虎門)이 있다.—옮긴이

35) 『서양기』 내용의 구십 퍼센트는 아홉 개 나라에 대한 전쟁을 묘사한 것이다. 아홉 개 나라는 금련보상국(金蓮寶象國; 23~33회), 조와국(爪哇國; 34~45회), 여아국(女兒國; 46~50회), 살발국(撒發國; 51~61회), 금안국(金眼國; 62~71회), 목골도속국(木骨都束國; 72~78회), 은안국(銀眼國; 79~83회), 아월국(阿月國; 84~86회), 방도국(邦都國; 87~93회) 등이다. 이들을 정벌한 뒤에는 그 소문이 여러 나라에 퍼져 그러한 풍문만을 듣고 항복하러 왔으므로, 꼭 싸움을 벌일 필요가 없었다. 이때 마환(馬歡)의 『영애승람』(瀛涯勝覽)과 비신(費信)의 『성차승람』(星搓勝覽)에서의 "제국입공"(諸國入貢)을 자료로 하여 내용을 채워 넣었다.—보주

36) 원문은 다음과 같다. 雲南人, 世所謂三保太監者也. 永樂三年, 命和及其儕王景宏等通使西洋, 將士卒二萬七千八百餘人, 多賚金帛, 造大舶,…自蘇州劉家河泛海至福建, 復自福建五虎門揚帆, 首達占城, 以次遍歷諸國, 宣天子詔, 因給賜其君長, 不服則以武懾之. 先后七奉使, 所歷凡三十餘國, 所取無名寶物不可勝計, 而中國耗費亦不貲. 自和後, 凡將命海表者, 莫不盛稱和以夸外蕃, 故俗傳'三保太監下西洋'爲明初盛事云.
이 예문을 『명사』(明史)에서 인용할 때, "…"로 표시한 곳 이외에도 생략된 곳이 다섯 군데가 있다. 또 "永樂三年"의 뒤에 "六月"이라는 두 글자가 생략되었다. 『명사』(중화서국 교점본)에 의해 다음과 같이 고친다. 王景宏→王景(弘) / 以次遍歷諸國→以次遍歷諸(番)國 / 中國耗費亦不貲→中國耗(廢)亦不貲
[위에서 "番"을 생략한 것은 중국사회에 뿌리 깊게 남아 있던 전통적인 화이사상(華夷思想)에 루쉰이 반감을 느꼈기 때문인 듯한데, 현재는 그러한 배려는 필요없다고 사료된다.—일역본/옮긴이]

37) 원문은 "동사"(東事)이며, 임진왜란을 가리킨다. 나무등(羅懋登)의 자서에는 "만력 정유세 국추지길이 남리인 나무등 서"(萬歷丁酉歲菊秋之吉二南里人羅懋登序)로 기록되어 있다. 만력 정유는 만력 25년(1597)으로, 도요토미 히데요시(豊臣秀吉)는 만력 20년에 조선을 침략하였다.—일역본/옮긴이

38) 원문은 "今者東事倥偬, 何如西戎即序, 不得比西戎即序, 何可令王鄭二公見".

39) 정화(鄭和)의 사적과 그것에 관한 많은 기록들은 중국과 외국의 교통사(交通史), 특히 아시아 남부와 중국의 교통사 연구에 있어 동서양의 역사가들의 주목을 끌고 있다. 『삼보태감서양기통속연의』(三保太監西洋記通俗演義) 역시 역사가의 관심을 끌어, 상다(向達)의 논문 「삼보태감이 서양에 내려간 것에 관한 몇 가지 자료」(關於三保太監下西

洋的幾種資料; 처음에 1929년 1월 출판된 『소설월보』 제20권 제1호에 실림. 뒤에 샹다의 『당대 장안과 서역 문명』唐代長安與西域文明에 재수록됨)가 그 소설을 역사가의 입장에서 하나의 자료로서 다루었다. 소설사에 있어서는 샹다는 오승은의 『서유기』의 영향을 많이 받았다고 하였다.—일역본

40) 이것은 『서유기』에서의 금각대왕(金角大王)과 은각대왕(銀角大王)이 『서양기』에서는 금각대선(金角大仙)과 은각대선(銀角大仙)으로 바뀌고, 『서유기』에 흡혼병(吸魂甁)이 있는데, 『서양기』 28회에도 흡혼병이 있으며, 『서유기』의 저팔계가 일단 위기에 처하자 무리를 떠나 고로장(高老莊)으로 마누라를 보러 가고, 『서양기』에서도 마공공 역시 남경으로 돌아가려는 것을 말한다.—보주

41) 『서유기』에서 진짜와 가짜 손오공이 서로 싸우는 이야기를 가리킨다.—옮긴이

42) "다섯 마리의 쥐가 동경에서 소란을 피우다"(五鼠鬧東京)는 95회에 보이며, 민간 이야기의 기록인 듯하다. 다섯 마리의 쥐가 수재(秀才)와 승상(丞相), 황제, 국모(國母) 및 포공(包公)으로 변해서 각각 두 사람이 된다는 것으로 『서유기』에서의 진짜 손오공과 가짜 손오공 이야기와 비슷하다. 뒤에 『포공안』(包公案)에도 이 이야기가 들어갔다. 경극(京劇)에서의 『쌍포안』(雙包案)에 이르게 되면, 다섯 마리 쥐가 한 마리의 쥐로 바뀌어 진짜 포공과 가짜 포공만이 있게 된다.—보주

43) 명나라 사람들을 말한다.—옮긴이

44) 원문은 다음과 같다. …五鬼道, "縱不是受私賣法, 却是查理不淸." 閻羅王道, "那一個查理不淸? 你說來我聽着." 劈頭就是姜老星說道, "小的是金蓮象國一個總兵官, 爲國忘家, 臣子之職, 怎麽又說道我該送罰惡分司去? 以此說來, 却不是錯爲國家出力了麽?" 崔判官道, "國家苦無大難, 怎叫做爲國家出力?" 姜老星道, "南人寶船千號, 戰將千員, 雄兵百萬, 勢如累卵之危, 還說是國家苦無大難?" 崔判官道, "南人何曾滅人社稷, 呑人土地, 貪人財貨, 怎見得勢如累卵之危?" 姜老星道, "旣是國勢不危, 我怎肯殺人無厭?" 判官道, "南人之來, 不過一紙降書, 便自足矣, 他何曾威逼于人, 都是你們偏然强戰, 這不是殺人無厭麽?" 咬海干道, "判官大王差矣. 我爪哇國五百名魚眼軍一刀兩段, 三千名步卒煮做一鍋, 這也是我們强戰麽?" 判官道, "都是你們自取的." 圓眼帖木兒說道, "我們一個人劈作四架, 這也是我們强戰麽?" 判官道, "也是你們自取的." 盤龍三太子說道, "我擧刀自刎, 豈不是他的威逼麽?" 判官道, "也是你們自取的." 百里雁說道, "我們燒做一個柴頭鬼兒, 豈不是他的威逼麽?" 判官道, "也是你們自取的." 五個鬼一齊吆喝起來, 說道, "你說甚麽自取, 自古道'殺人的償命, 欠債的還錢', 他枉刀殺了我們, 你怎麽替他們曲斷?" 判官道, "我這里執法無私, 怎叫做曲斷?" 五鬼說道, "旣是執法無私, 怎麽不斷他塡還我們人命?" 判官道, "不該塡還你們!" 五鬼說道, "但只'不該'兩個字, 就是私弊." 這五個鬼人多口多, 亂吆亂喝, 嚷做一駄, 鬧做一塊. 判官看見他們來得凶, 也沒奈何, 只得站起來喝聲道, "哇, 甚麽人敢在這里胡說! 我有私, 我這管筆可是容私的?" 五個鬼齊齊的走上前去, 照手一搶, 把管筆奪將下來, 說道, "鐵筆無私. 你這蜘蛛須兒扎的筆, 牙齒縫里都是私(絲), 敢說得個不容私?"… (第九十回 『靈曜府五鬼鬧判』)

『신각전상삼보태감서양기통속연의』(新刻全像三保太監西洋記通俗演義) 20권 100회(명간본, 일본 재단법인 도요분코 소장)의 제18권 제90회 「영요부오귀투판」에 의해 교감한

결과를 다음과 같이 기술한다. 앞은 예문이고 뒤는 명 간본이다. 괄호는 명 간본에 의해 고친 것이다. 臣子之職→臣子之(戢) / 判官大王差矣→判官大(人)差矣 / 判官道, "也是你們自取的." 盤龍三太子→判官道, "也是你自取的." 盤龍三太子 / 百里雁→百里(鴈) / 五鬼說道, "但只'不該'兩個字→五個鬼說道, "但只'不該'兩個字 / 都是私(絲)→명 간본에서는 "絲"자가 작은 글씨로 되어 있다.— 일역본

45) 천목산초(天目山樵). 장문호(張文虎, 1808~1895)를 가리키며, 자는 맹표(孟彪)이고, 별호가 천목산인이며 청대 남회(南滙; 지금의 상하이에 속함) 사람이다. 일찍이 유림외사(儒林外史)를 평술(評述)한 바 있다.

46) 천목산초의 『서유보』 서에서는 다음과 같이 말했다. "『서유』는 불교를 빌려 도교를 말하였으니, 오일자는 그로 인하여 도교나 불교나 그 종지는 같다는 것을 드러내 보여주었으며, 그래서 그 말이 뛰어난 것이다. 남잠은 본래 유가의 선비였으나, 나라의 변란을 겪고, 출가하여 부처를 섬겼으니, 이 책이 비록 『서유』를 빌렸으나, 실제로는 자신이 평생 겪은 깨달음의 자취를 서술한 것으로 원서와는 그 홍취가 다르니, 어찌 오일자를 위해 풀이한 것이겠는가."(『西游』借釋言丹, 悟一子因而暢發仙佛同宗之旨, 故其言長; 南潛本儒者, 遭國變, 棄家事佛, 是書雖借經『西游』, 實自述生平閱歷了悟之迹, 不與原書同趣, 何必爲悟一子之詮解) 덧붙이자면, 『서유보』는 실제로는 "나라의 변란" 이전에 씌어진 것이다.— 보주

47) 유월의 『춘재당수필』(春在堂隨筆)에서, "남잠은 출가한 후의 법명이다"(爲僧後更名南潛)라고 하였다. 류푸(劉復)의 『서유보 작자 동약우 전』(西游補作者董若雨傳)에서는 "약우의 저작은 전후 2기로 나눌 수 있는데, 병신년(順治 13년, 1656년, 약우가 37세 되던 해) 약우가 스님이 된 해를 계선으로 하여, 그 뒤로 쓴 책은 순수한 불교서적이고, 그 이전에 쓴 것은 여러 가지 종류가 다른 책들이다. 시문이나 수필은 양쪽에 다 있는데, 전기에 약간 더 많고 후기에 약간 적은 차이가 있다는 것에 지나지 않는다."(若雨的著作, 可以分爲前後二期, 以丙申(順治十三年, 公元1656, 若雨37歲)若雨實行作和尙的一年做界線: 這一年以後所著的書, 是純粹的佛學書; 這一年以前所著的, 是各種門類不同的書. 至于詩文及隨筆, 則兩期中都有, 不過前期多一點, 後期少一點)— 보주

48) 류푸의 『전』에는 다음과 같이 기록되어 있다. "약우는 어렸을 때 '아직 시를 짓지 못했으면서, 고문사를 지었다(『시집자서』). 고문사 이외에 배운 것은 팔고문이었다(상동)'. '병술년 가을, 십여 년 동안의 팔고문을 남김없이 …… 태워버렸다.' 병술은 순치 3년 1646년으로 약우 나이 27세 되던 해이다. 그래서 '십여 년'이라고 하는 세 글자는 '십여 년 전'이라고 말해야 한다. 만약 '십여 년 이래'라고 말하게 되면, 명이 망한 뒤에도 여전히 팔고문을 지었다는 게 돼 사실과 부합하지 않게 된다. '열네 살의 나이(계유, 숭정 6년, 1633)에 제자원이 되어 녹봉을 받았다.'"(『심지』 18권 24쪽)(若雨少時'未嘗爲詩; 爲古文辭(『詩集自序』). 古文辭之外; 所學的是應制之文(同上). 丙戌之秋, 焚…十餘年應制文無遺也, 丙戌是順治三年公元1646, 若雨27歲. 所以'十餘年'三字, 應作'十餘年前'講, 若作'十餘年來'講, 那是到了明亡之後還在作應制之文, 就與事實不符了. '年十四(癸酉, 崇禎六年, 公元1633)補弟子員, 旋食餼.'—『潯志』卷18頁24)— 보주

49) 류푸(劉復)에 의하면 영암(靈巖)의 부산화상(夫山和尙)에게 사사하였다 한다.— 일역본

50) 유월(俞樾)의 『춘재당수필』에 다음과 같이 기록되어 있다. "내가 왕사성의 『남심지·동열전』에 근거하여 보니, 실려 있는 이름이 매우 많다. 처음에는 이름을 열, 자를 약우, 호를 서암이라 하고, 자칭 자고생이라 했다가,…… 문곡대사가 지령이라는 이름을 내리고, 나라의 변란이 있은 뒤에는 성을 임으로 바꾸고 이름은 건, 자를 원유라 하고, 호는 남촌이라 하였으며, 임호자라고 부르기도 했고, 또 고목림이라 부르기도 했는데, 영암대사의 이름은 원잠이고, 자는 사암이라 하였다. 승려가 된 뒤에는 이름을 남잠이라 하고, 자는 월함, 또는 월암이라 하고, 호는 보초, 또는 풍암이라 하였다."(余按汪謝城『南潯志·董悅傳』, 所載名字甚多; 初名說, 字若雨, 号西庵, 自稱鷓鴣生,…聞谷大師錫名智齡; 國變後, 改姓林, 名蹇, 字遠游, 号南村, 亦稱林鬍子, 又稱槁木林, 靈岩大師之名曰元潛, 字俟庵; 爲僧後, 更名南潛, 字月涵, 一作月岩, 号補樵, 一号楓庵) — 보주

51) 동열(董說)의 전기로는 류푸의 「서유보 작자 동약우 전」(西遊補作者董若雨傳)이 있다. 1929년 상하이의 베이신서국(北新書局)에서 간행된 류푸 교점 『서유보』에 부록으로 실려 있다. 뒤에 류반눙(劉半農)의 유저(遺著) 『반눙 잡문 2집』(半農雜文二集; 상하이: 량유도서공사, 1935년 7월. 1983년 12월 상하이서점上海書店의 복인본이 있음)에 실렸다. 『서유보』는 명말 숭정(崇禎) 연간의 각본이 있으며, 1955년 8월 원쉐구지간행사(文學古籍刊行社)에서 영인본이 간행되었다. 또 야둥도서관의 지형(紙型)에 근거해 간행된 구뎬원쉐출판사 본(왕위안팡汪原放 교점校點, 1957년 9월, 상하이)이 있는데, 부록으로 앞서의 류푸의 전기가 실려 있다.— 일역본

52) 『상당만삼창수어록』(上堂晚參唱酬語錄). 『광서오정현지』(光緒烏程縣志) 31권에 동열(董說)의 저작이 매우 많이 기록되어 있다. 하지만 이 책에서는 언급되어 있지 않다. 루쉰의 『소설구문초』에 초록된 포양생(抱陽生)의 『갑신조사소기』(甲申朝事小紀)에는 『상당만삼창수어록』으로 되어 있으며, 동열이 출가한 뒤에 지은 것이라 한다. 아래 문장의 『풍초암잡저』(豊草庵雜著) 10종이란 『광서오정현지』 31권의 기재에 따르면 그 10종은 다음과 같다. 『소양몽사』(昭陽夢史; 『몽향지』夢鄕志라고도 한다), 『비연향법』(非烟香法), 『유곡편』(柳谷編), 『하도괘판』(河圖卦板), 『문자발』(文字發), 『분야발』(分野發), 『시율표』(詩律表), 『한요가발』(漢鐃歌發), 『악위』(樂緯) 및 『소엽록』(掃葉錄)이다. 또한 근대의 유승간(劉承幹)이 집(輯)한 『오흥총서』(吳興叢書)에는 『풍초암시집』(豊草庵詩集) 11권, 『풍초암문집』(豊草庵文集) 전·후집 각 3권, 『보운시집』(寶雲詩集) 7권, 『선악부』(禪樂府) 1권이 실려 있다.

53) 오흥(吳興)의 유승간(劉承幹)이 찍은 『동약우시문집』(董若雨詩文集) 8책은 27권으로, 『풍초암시집』(豊草庵詩集) 11권, 『풍초암문집』(豊草庵文集) 3권, 『풍초암전집』(豊草庵前集) 3권, 『풍초암후집』(豊草庵後集) 2권, 『보운시집』(寶雲詩集) 7권 및 『선악부』(禪樂府) 1권이다.— 보주

54) 인간의 욕망이라고도 할 수 있다.— 옮긴이

55) 원문은 "破情根必先走入情內". 구뎬원쉐출판사 본 및 양부(羊阜)의 교점본에 의하면 "破"자 앞에 "空"이 보충되어 있다. 곧 "空破情根必先走入情內"이다.— 일역본

56) 원문은 "悟通大道, 必先空破情根, 破情根必先走入情內, 走入情內見得世界情根之虛, 然後走出情外認得道根之實".

57) 장루이짜오(蔣瑞藻)의 『소설고증』(小說考證) 2권 「서유보」(西遊補)에 따르면, 『궐명필기』(闕名筆記)에 인용된 설인 듯하다.— 일역본

장루이짜오의 『소설고증』에 인용된 『궐명필기』에 의하면 다음과 같다. "선생은 왕조가 바뀐 뒤, 세상이 변하여 오랑캐들이 널려 있는 것을 목격했는데, 책 속에서 말하는 청청세계 및 살청대장군 등은 자못 숨겨진 의미가 기탁되어 있다. 특히 두드러진 것으로, 청어는 서쪽을 평정하는 것을 말하는데, 소호의 방언에 '오'와 '어' 두 글자는 모두 '흔'으로 읽힌다. 또 천산을 거꾸로 걸고, 하늘 입구를 뚫는다는 등의 말에도 역시 '오'자를 은밀히 투사하고 있다.……전서는 모란으로 시작해서 도화로 끝나는데, 화왕세계에 이족이 틈입해서는 안 된다는 것이다. 경박한 도화가 비록 때를 틈타 아름다움을 뽐낼지라도, 결국에는 흘러가는 물의 흐름을 따를 뿐이다. 이것이 작자가 입언한 본래의 뜻인 것이다."(先生當鼎革後, 目擊世變, 腥膻遍地, 書中所云青青世界及殺青大將軍等, 頗寓微意. 尤其顯者, 鯖魚指平西而言; 蘇湖方言, '吳''魚'二字幷讀若'痕'. 又倒挂天山, 鑿開天口等詞, 亦隱射'吳'字.…全書以牡丹始, 以桃花終: 花王世界, 不宜異種羼入; 輕薄之桃花, 雖能乘時顯媚, 亦終于逐逝水之流耳. 此作者立言之本旨也) — 보주

58) 『서유보』(西游補)는 숭정(崇禎) 14년(1641) 의여거사(嶷如居士) 서본(序本)이 현존한다. [『서유보』 16회는 명 숭정 본으로, "신사(숭정 14년, 1641년) 중추 의여거사가 호구천경에서 쓰다"(辛巳中秋嶷如居士書于虎丘千頃云)라는 서가 있다. 부록으로 그림 열여섯 폭이 있는데, 베이징도서관 소장본으로 1955년 원쉐구지간행사의 영인본이 있다. 또 공청실(空青室) 간 대자본(大字本)이 있는데, 표지에 "삼일도인 평열"(三一道人評閱)이라 제하였으며, 머리에 계축(癸丑; 咸豐 3년) 맹동(孟冬) 천목산초(天目山樵) 서(序)가 있다. 또 『서유기답문』(西遊記答問) 말미에 『속서유보잡기』(續西游補雜記)가 붙어 있다. 또 선바오관샤오쉬진부사(申報館小說進步社; 『신서유기』新西遊記로 개명함), 베이신서국(北新書局; 공청실 본을 사용한 것으로 류푸의 『서유보 작자 동약우 전』西游補作者董若雨傳이 부록으로 붙어 있음), 수이모서점(水沫書店) 등의 배인본이 있다.— 보주]

이로써 이 책이 명(明)의 멸망 이전에 지어졌다는 것을 증명할 수 있다. [동열의 『풍초암시집』 2권 「채삼편」에서는 "『서유』는 일찍이 우초의 붓을 보충한 것으로 만경루가 비고 급제하여 돌아갔다"(『西游』曾補虞初筆, 萬鏡樓空及第歸)고 하였고, 하주(下注)에서는 "내가 십년 전에 일찍이 『서유』를 보충했는데, '만경루' 1칙이 있었다"(余十年前增補『西游』, 有'萬鏡樓'一則)고 하였다. 이 시는 경인년(1650)에 지어졌는데, 십년을 거슬러 올라가면, 경진(1640)이 된다. 류푸는 다음과 같이 단언하였다. "수많은 사람들이 『서유보』는 명이 망한 뒤에 지어진 것이라 하여, 이로부터 여러 가지 추측이 나왔으나, 현재는 그에 대한 증거를 찾을 길 없으니, 모든 추측들을 일소하여 없애버려도 좋을 것이다."(許多人以爲『西游補』是明亡後所作, 從而有種種的揣測, 現在找到了這個證據, 可以把所有的揣測一掃而空了) — 보주]

59) 원문은 다음과 같다. 行者(時化爲虞美人與綠珠輩宴後辭出)卽時現出原身, 擡頭看看, 原來正是女媧門前. 行者大喜道, "我家的天, 被小月王差一班踏空使者碎碎鑿開, 昨日反拖罪名在我身上.…聞得女媧久慣補天, 我今日竟央女媧替我補好, 方才哭上靈霄, 洗個明白, 這機會甚妙." 走近門邊細細觀看, 只見兩扇黑漆門緊閉, 門上貼一紙頭, 寫着 "二十日到軒轅

家閑話, 十日乃歸, 有慢尊客, 先此布罪". 行者看罷, 回頭就走, 耳朵中只聽得鷄唱三聲, 天已將明, 走了數百萬里, 秦始皇只是不見. (第五回)

60) 원문은 "古人世界". 구뎬원쉐출판사 본과 광둥런민출판사(廣東人民出版社) 본을 대교한 결과 "古人世界裏"라고 기술한다.—일역본

61) 한자의 서체의 일종으로 후한(後漢)의 채옹(蔡邕)이 창안했다고 전해진다.—일역본

62) 『서유보』 제5회에서 손행자(孫行者)는 녹주(綠珠) 등이 있는 악향대(握香臺)에 올라 아름다운 시녀로 변신했는데, 우미인이라고 착각될 정도여서 우미인 행세를 한다. 그리하여 녹주에게는 자기 남편이 '초 백왕 항우'(楚伯王項羽)라고 말하고, 녹주와 서시(西施) 등 둘러싸고 있는 미녀들 앞에서 이별한 남편의 일 등에 대해 사설을 늘어놓는다. 이것을 말하는 것이다.—일역본

63) 원문은 "徑到臺上見了項羽". 구뎬원쉐출판사 본과 광둥런민출판사 본에는 "上"자 다음에 ","가 보충되어 있다.—일역본

64) 구뎬원쉐출판사 본에는 "嚇嚇將軍"으로 되어 있고, 광둥런민출판사 본에는 "赫赫將軍"으로 되어 있다.—일역본

65) 원문은 다음과 같다. 忽見一個黑人坐在高閣之上, 行者笑道, "古人世界也有賊哩, 滿面涂了烏煤在此示衆." 走了幾步, 又道, "不是逆賊. 原來倒是張飛廟." 又想想道, "旣是張飛廟, 該帶一頂包巾.…帶了皇帝帽, 又是玄色面孔, 此人決是大禹玄帝. 我便上前見他, 討些治妖斬魔秘訣, 我也不消尋着秦始皇了." 看看走到面前, 只見臺下立一石竿, 竿上插一首飛白旗, 旗上寫六個紫色字: "先漢名士項羽." 行者看罷, 大笑一場, 道, "眞個是'事未來時休去想, 想來到底不如心'. 老孫疑來疑去,… 誰想一些不是, 倒是我綠珠樓上的遙丈夫." 當時又轉一念道, "哎喲, 吾老孫專爲尋秦始皇, 替他借個驪山鐸子, 所以鑽入古人世界來, 楚伯王在他後頭, 如今已見了, 他却爲何不見? 我有一個道理: 徑到臺上見了項羽, 把始皇消息問他, 倒是個着脚信." 行者卽時跳起細看, 只見高閣之下,… 坐着一個美人, 耳朵邊只聽得叫"虞美人虞美人".…行者登時把身子一搖, 仍前變做美人模樣, 竟上高閣, 袖中取出一尺冰羅, 不住的掩淚, 單單露出半面, 望着項羽, 似怨似怒. 項羽大驚, 慌忙跪下, 行者背轉, 叫"美人, 可憐你枕席之人, 聊開笑面". 行者也不做聲; 項羽無奈, 只得陪哭. 行者方纔紅着桃花臉兒, 指着項羽道, "頑賊! 你爲赫赫將軍, 不能庇一女子, 有何顏面坐此高臺?" 項羽只是哭, 也不敢答應. 行者微露不忍之態, 用手扶起道, "常言道, '男兒兩膝有黃金.' 你今後不可亂跪!"(第六回)

제19편 명대의 인정소설(人情小說)(상)

신마소설이 성행할 때, 인간 세상에서 벌어지는 일들을 기록한 소설 역시 갑자기 생겨났다. 그 소재는 송대 시인市人소설의 "은자아"銀字兒[1]와 같은 것으로, 대개 [인간생활에 있어서의] 헤어짐과 만남, 기쁨과 슬픔 및 출세와 창업의 일들을 서술하였다. 간혹 인과응보가 섞여 들기는 했으나, 신비하고 괴이한 이야기는 별로 언급되어 있지 않고, 또 세태의 묘사를 통해 인생살이에 있어서의 영고성쇠를 드러냈기에, 혹자는 그것을 "세정서"世情書[2]라고도 불렀다.

여러 세정서 가운데 『금병매』金瓶梅[3]가 가장 유명하다. 처음에는 단지 필사본만이 유통되었으나, 원굉도袁宏道가 몇 권을 보고 나서 『수호전』과 짝을 이루어 "외전"外典(『상정』觴政)[4]으로 삼으면서부터 명성이 갑자기 높아졌다. 세상 사람들은 여기에 『서유기』를 보태 삼대기서三大奇書[5]라 칭하였다. 만력 경술년(1610)에 오중吳中[6]에서 처음으로 각본이 나왔는데, 모두 100회였다. 그 53회에서 57회까지는 원래 빠져 있었으나, 각본을 만들 때 보충하였다(『야획편』野獲編 25에 보인다).[7] 작가가 누구인지 모르나, 심덕부沈德符에 의하면 가정 연간의 유명한 인사라고 하였기에(역시 『야획편』에 보인다), 그로 인해 세상 사람들은 태창太倉의 왕세정王世貞이나 혹은 그 문인(강희 을해년 사이謝頤가 서에서 말함)[8]의 작품이라고 여기게 되었다. 이로 인해 다시 뜬소문이 생겨났는데, 왕세정이 이 책을 지은 것은 종이에 독을 발라 그 원수인 엄세번嚴世蕃을 살해하려 한 것이라고도 하고, 혹은 당순지唐順之를 살해하려 했다고 말한 사람도 있었다.[9] 이 때문에 청 강희 연간에 팽성彭城의 장죽파張竹坡의 평각본評刻本[10]에서는 마침내 『고효설』苦孝說이 그 첫머리에 놓여지게 되었다.[11]

『금병매』는 전편을 통해 『수호전』에서 나온 서문경西門慶을 실마리로 삼고 있는데, 서문경은 호를 사천四泉이라 하고, 청하淸河 사람이었다. "글공부는 그다지 하지 않고, 하루종일 한가로이 노닐며 방탕한 생활을 하였는데"不甚讀書, 終日閑游浪蕩, 한 명의 처와 세 명의 첩이 있었다. 또 "하릴없이 빈둥거리며 아첨이나 일삼는 본분을 제대로 지키지 않는 무리"幫閑抹嘴不守本分的人와 십형제를 결의하였다. 다시 반금련潘金蓮을 좋아하게 되어 그 남편 무대武大를 독살하고 첩으로 맞아들였다. 무송武松이 복수를 하러 왔으나 찾아내지 못하고 이외부李外傅를 잘못 죽여 맹주孟州로 유배를 갔다. 하지만 서문경은 그대로 아무 일 없었다. 이에 날로 방종해져, 반금련의 하녀 춘매春梅와도 통정을 하고, 다시 이병아李甁兒와 사통을 하여 역시 첩으로 맞아들였으며, "또 두세 번의 횡재를 얻어 재산도 점점 늘었다"又得兩三場橫財, 家道營盛. 얼마 안 있어 이병아는 아들을 낳고, 서문경은 채경蔡京에게 뇌물을 주고 금오위부천호金吾衛副千戶라는 벼슬을 얻고는 이에 더욱 방탕해져 미약을 구해 욕정을 풀고, 뇌물을 받고 법을 마음대로 집행하는 등 못하는 짓이 없었다. 그러나 반금련은 이병아에게 아들이 있는 것을 질투하여 여러 번 계교를 꾸며 그 아들을 놀라게 하니 마침내 그 아들은 경기가 들어 죽고 말았다. 이병아 역시 아들이 죽은 것을 마음 아파하다 죽고 말았다. 반금련은 서문경을 필사적으로 미혹시켰는데, 서문경은 어느 날 저녁 음약淫藥을 너무 과도하게 먹어 또한 죽고 만다. 반금련과 춘매는 다시 서문경의 사위 진경제陳敬濟와 사통을 하는데, 이 일이 발각되어 팔려 가게 된다. 반금련은 마침내 쫓겨나 왕파의 집에서 시집가기를 기다리고 있다가, 무송이 마침 사면을 받아 돌아오니 그에게 살해당하고 만다. 춘매는 주수비周守備의 첩으로 팔려 가 총애를 받다 또 아들을 낳고는 결국 정실부인이 된다. 마침 손설아孫雪兒는 유괴되었다가 다시 풀려나 관에 의해 공매에 붙여진다. 춘매는 손설아가 일찍이 "진경제를 때리도록 부추겼던"唆打陳敬濟 것에 앙심을 품고, 그녀를 사서 욕보이고 다시 술집에 창기로 팔아 버린다. 또 진경제를 아우라고 속여 집으로 불러들여서는 여전히 그와 통정을 한다. 주수비는 송강을 정벌하는 데 공이 있어 제남濟南의 병마제치兵馬制置로 발탁되고, 진경제 역시 군문軍門에 들어가 참모로 승진한다. 그 뒤에 금나라 군사가 침입하였을 때, 수비는 전사한다. 춘매는 전처의 아들과 이전부터 사통을 하였었는데, 음란함이 지나쳐 죽고 만다. 금나라 군사가 막 청하淸河에 이르자, 서문경의 처는 그 유복자 효가孝哥를 이끌고 제남으로 도망가려 한다. 그 길에 보정普淨 스님을 만나 영복사永福寺로 인도되어 가서는, 그곳에서 [그간에 이루어진 일들의] 인과를 꿈에 현시케 하니, 마침내 효가는 출가하여 법명을 명오明悟라 하였다.

작가는 세간의 정리世情에 대하여 매우 잘 이해하고 있었던 듯하며, 무릇 그 묘사는 혹은 명쾌하게 알기 쉽고, 혹은 곡절이 많으며, 혹은 다 드러내 보이면서 진상을 다 밝히고 있고, 혹은 미묘하고 완곡한 표현으로 풍자의 뜻을 담고 있으며, 혹은 한 번에 두 가지 측면을 모두 묘사하여, 그것들을 대조시킴으로써 변환하는 일상생활의 정리가 곳곳에 드러나게 하였으니, 그 당시 소설에 있어 이보다 뛰어난 것은 없었기에, 사람들이 왕세정이 아니면 지을 수가 없다고 여겼던 것이다. 이 책이 지어진 것이 시정의 방탕한 사내와 음란한 아낙을 묘사한 것으로만 본다면 본문의 내용과 별로 부합하지 않는다. 서문경은 원래부터 세족 출신의 유력자였기에, 권력자와 귀족들과 왕래가 있었을 뿐 아니라, 사족士族들과도 교분이 있었다. 그렇기에 이 집안에 대해 책을 쓴 것은 바로 모든 지배계층을 욕한 것으로, 그들의 저열한 언행만을 묘사하여 붓으로 욕한 것은 아닐 것이다.

……부인(반금련)이 말했다.

"옘병할 인간, 말 잘 했어. 생각난 일이 하나 있는데, 말하려고 하다 또 잊어버렸지."

그러고는 춘매에게 말했다.

"너 그 신발 좀 가져다 보여 드려라."

"이 신발이 누구 것인지 알겠어요?"

서문경이 말했다.

"누구 신발인지 모르겠는데."

부인이 말했다.

"저것 좀 봐, 아직도 시치미를 떼고 있네.[12] 그래 나 같은 능구렁이를 속이려구요. 당신, 남모르게 좋은 일을 하시는구려![13] 내왕來旺의 부인의 냄새나는 신발을 보물이라도 되는 것처럼 장춘오藏春塢[14]의 설동雪洞 안에 있는 배첩갑拜帖匣[15] 속에 종이랑 향이랑 한데 모아 같이 놔두었더군. 무슨 희한한 물건도 아닌데, 벌 받을 짓 하는군요.[16] 물론 그 음탕한 년은 죽어 아비지옥에 떨어졌을 거야."

또 추국을 가리키며 욕을 했다.

"이 년이 내 신발인 줄 알고 꺼내 왔다가 나한테 몇 대 얻어맞았지."

그러고는 춘매에게 일렀다.

"얼른 갖다 버려."

춘매는 신발을 땅바닥에 내던지고는 추국을 보면서 말했다.

"너한테 상으로 줄 테니 네가 신어."

추국이 신발을 주워 들며 말했다.

"마님 신발은 제 발가락 하나밖에는 안 들어가요."

부인이 욕하며 말하였다.

"육시랄 년이 아직도 그 년을 무슨 빌어먹을 마님이라고 불러! 그 년은 너의 집 주인의 전생의 마님이야! 그렇지 않다면 어째서 그 신발을 이렇게 소중하게 감추어 두었겠어? 훗날 대대로 잘 물려주려고 했겠지. 염치없는 양반 같으니!"

추국은 신발을 가지고 곧 밖으로 나가다가 다시 부인에게 불려 돌아왔다. 부인이 말했다.

"칼 좀 갖고 와. 내 그년의 신발을 갈기갈기 찢어서 변소간에 처넣어, 그 년이 음산陰山의 뒤에서 영원히 다시 살아나지 못하도록 할 테다."

그러고 나서 서문경을 향해 말했다.

"당신이 보면 마음이 더 아프시겠지만, 나는 더욱더 보란 듯이 잘라낼 테니 보세요."

서문경은 웃으면서 말했다.

"이 년아, 그만 집어치워. 나한테 그럴 마음은 없어.…" (제28회)[17)]

……등불을 켤 때가 되었을 때, 채어사가 말했다.

"하루 동안 폐를 많이 끼쳤소이다. 술은 이제 그만합시다."

그러고는 일어나 술자리를 물러났다. 좌우에서 등불을 켜들려고 하니 서문경이 말했다.

"등은 그만두어라. 나리께서는 뒤로 가셔서 옷을 갈아입으시지요."

이리하여…… 비취헌[18]으로 안내하고…… 각문角門을 닫아 잠그니 보이는 건 화려하게 차려입고 화장한 두 기녀가 계단 아래에 서서 앞을 향하여 초를 꽂아놓듯 절을 네 번 하였다.…… 채어사는 그것을 보고서는 들어가려고 하니 들어갈 수도 없고, 물러나자니 두고 나올 수도 없어서 곧 말하였다.

"사천! 자네는 어째서 나를 이토록 후대하오? 몸 둘 바를 모르겠네 그려."

서문경이 웃으며 말했다.

"옛날의 동산지유東山之遊와 무엇이 다르겠습니까?"

채어사가 말하였다.

"나야 사안謝安의 재주만 못하지만, 자네는 왕우군王右軍[19]과도 같은 고상한 운치가 있다네."

……이리하여 비취헌 안으로 들어가니, 붓과 먹 등의 문방구가 엄연하게 있는 것을 보고, 종이와 붓을 찾아 시를 지어 주려 하였다. 서문경은 즉시 서동書童에게 명하여 단계端溪[20]의 벼루에 먹을 진하게 갈고 비단 종이 한 폭을 펴놓게 하였다. 이 채어사는 장원의 재주꾼인지라 손에 붓을 잡더니, 문장에 점을 가하지도 않고, 글자는 용사龍蛇처럼 내달려 등불 아래서 일필휘지하여 시를 한 수 지었다.…… (제49회)[21]

명대 소설 가운데 인간의 추악한 면모를 드러낸 소설의 경우에는 그 인물마다 실제 모델이 있었으니, 이것은 대개 문필을 빌려 지난날의 원수를 갚는 것이었으나, 그 시비에 대해서는 추측하기가 매우 어렵다. 심덕부

沈德符는 『금병매』 역시 당시의 인물을 공격한 것으로, "채경 부자는 분의를 가리키고, 임영소는 도중문을 가리키며, 주면은 육병을 가리키고,[22] 나머지도 역시 각각 해당하는 인물이 있었다"[23]고 말했다. 그러므로 서문경과 같은 주요 인물은 당연하게도 따로 특정한 인물이 있었을 것이다. 개편開篇에서의 이른바 "일찍이 부유하고 고귀한 일가가 있었다. 뒤에는 형편없이 처량한 신세가 되어, 권모와 술책은 조금도 소용이 없었고, 친우親友 형제들도 하나도 의지할 수가 없었다. 겨우 몇 년의 영화를 누린 데 불과했지만 오히려 많은 이야깃거리를 만들어 놓았다. 그 가운데에는 또 총애를 다투고鬪寵, 싸워 이기려 하고爭强, 간통하고迎奸, 색으로 미혹시키는賣俏 여자가 몇이 있어, 처음에는 자못 요염하고 매혹적이지만, 끝에 가서는 등불 그림자 아래 시신을 눕히고, 빈 방을 피로 물들이기를 면치 못하게 되었다"[24](제1회)라고 한 것이 그것이다. 결말은 조금 더 나아가 불교의 사상을 빌리고 있다. 곧 서문경의 유복자 효가孝哥가 영복사永福寺의 방장方丈에서 막 잠을 자고 있는데, 보정普淨이 그의 어머니와 여러 사람들을 데리고 와서 선장禪杖으로 가리켜 보인다. 효가가 "몸을 뒤집으니, 그것은 바로 서문경이었다. 목에는 무거운 칼을 쓰고, 허리는 쇠사슬로 묶여 있었다. 다시 선장으로 한번 건드리자 전과 같이 효가가 침상에서 잠을 자고 있었다.…… 원래 효가는 바로 서문경의 전생轉生이었던 것이다."[25](제100회) 이러한 결말은 정말 괴이한 듯하지만, 이러한 조상의 업보가 자손에게 남겨지는 것은 세월이 흘러도 마찬가지여서, 이것으로부터 해탈하는 도리는 오로지 "명오"明悟[밝은 깨달음]에 있음을 말하였을 따름이다. 효자[왕세정]가 죽은 아버지의 원죄에 한을 품고, 이 책을 지어 원수를 갚았다고 하는 것은 비록 그 기이한 의도와 지극한 행위가 이 책에 생기를 더하기에 족할지라도 증거는 없기에 믿을 수는 없다.

그러므로 문장표현과 의상意象이라는 관점에서 『금병매』를 살펴본다면, 이것은 곧 다름 아닌 세정世情을 묘사하여, 그 진실과 거짓을 철저하게 드러내 보인 것이었고, 또 당시는 세상이 쇠락하여 만사가 어지러워져 있었으므로, 이에 고언苦言을 발하고, 극히 준렬하게 꾸짖었으나, 때때로 은밀하고 완곡한 부분까지도 다루어 외설스러운 묘사도 많다. 후대에는 독자들이 그 밖의 문장은 제쳐놓고 오로지 이 점에만 주의하였으므로 이에 악명을 붙여 "음서"라고 하였다. 그러나 사실은 그것이 당시의 유행이기도 했다. 성화成化 연간[1465~1487년]에 방사 이자李孜, 승僧 계효繼曉가 이미 방중술을 바쳐서 갑작스럽게 고귀한 자리에 올랐고, 가정嘉靖 연간[1522~1566년]에 이르러는 도중문陶仲文이 홍연紅鉛을 바쳐서 세종의 총애를 얻어, 벼슬이 특진광록대부주국소사소부소보예부상서공성백特進光祿大夫柱國少師少傅少保禮部尙書恭誠伯에 이르렀다. 이로부터 퇴폐적인 기풍이 점차로 사대부들에게까지 미치어, 도어사都御史인 성단명盛端明과 포정사참의布政使參議인 고가학顧可學[26]은 모두 진사 출신이지만, 둘 다 추석방秋石方이라는 최음제의 처방을 내놓아 높은 자리를 차지했다.[27] 순식간에 입신출세하는 것은 세상 사람들이 간절히 바라는 바이니, 요행을 바라는 자들 가운데 자신들의 지혜와 힘을 다해 진기한 처방과 약을 구하려는 사람들이 많았으며, 이에 세간에서는 점차 규방의 일과 미약에 대해 거리낌 없이 이야기하기를 부끄러워하지 않았다. 이미 기풍이 이렇게 변하자 문학세계에도 그 영향이 미쳐, 이 때문에 방사들이 등용된 이래로 방술과 미약이 흥성하였고, 음란하고 요망한 심리가 일반화하여, 소설 역시 신마神魔를 다룬 이야기가 많아지고 특히 늘상 규방의 일을 서술하게 되었다.

그러나 『금병매』의 작자는 문장에 능해서, 비록 간혹 외설스러운 말이 섞여 있긴 하지만 그 밖의 뛰어난 곳이 더러 있기도 하다. [후대에 이와 같은 작품을 쓴 작가들 가운데] 수준이 낮은 이들의 경우에는 의도적으로 묘사한 것이 오로지 성교에 있었고, 또 정상적인 심리를 넘어서 마치 색정광色情狂과 같았지만, 오직 『육포단』肉蒲團만은 그 취향이 자못 이어李漁[28]와 흡사하여 비교적 뛰어난 작품이었다. 이 가운데 저급한 작자들은 음란한 것을 쓰고자 했으나 문장력이 뒤따르지 못해 작은 책을 지어 세간에 간행하여 유포했으나 모두 중도에서 제재를 당하여 지금은 대부분 전하지 않는다.

만력 시기에는 또 『옥교리』玉嬌李[29]라고 하는 것이 있었는데, 역시 『금병매』 작자의 손에서 나온 것이라 하였다.[30] 원굉도袁宏道는 일찍이 대강의 이야기를 듣고,[31] "전서[32]와 마찬가지로 각각이 모두 인과응보를 기본 줄거리로 삼고 있는데, 무대武大는 후세에 방탕아로 다시 태어나, 손 위건 손 아래건 닥치는 대로 사통하고, 반금련 역시 음부가 되어 마침내는 극형에 처해지고, 서문경은 멍청한 남자가 되어 처첩이 정부를 두는 것을 방관하게 되니, 이로써 윤회가 어긋나지 않았음을 보여 주고 있다"[33]라고 말하였다. 그 뒤에 심덕부沈德符는 그 첫 권을 보고 다음과 같이 비평했다. "더럽고 천한 것이 온갖 단서로 나타나고, 인륜을 등지고 도리를 무시했으며,…… 그 황제는 완안대정完顔大定이라 일컫고, 귀계(하언)[34]와 분의(엄숭)가 서로 대립하던 것 역시 암암리에 기탁되어 있다. 가정 신축[35]의 서상제공[36] 등은 이름을 그대로 쓰고 있어, 더욱 놀랄 만하다.…… 그러나 필봉은 분방하면서도 생기가 있어 『금병매』보다 나은 듯하다."[37] (모두 『야획편』 25권에 보임) 현재 이 책은 이미 없어졌는데, 간혹 우연히 보이는 것들은 문장과 사적事迹이 모두 원굉도와 심덕부 두 사람의 말과는 같지 않은 것으로 보아, 대개 후대 사람이 모방하여 지은 것으로, 그 당시에 읽혔던 판본은 아니다.

『속금병매』續金瓶梅 전후집은 모두 64회로, "자양도인 편"紫陽道人編이라고 제하였다.[38] 자양도인이 스스로 말한 바에 의하면, 동한東漢 때 요동遼東의 삼한三韓 지역에 선인仙人인 정령위丁令威라고 하는 자가 있었고, 그 뒤 500년이 지나 임안臨安의 서호西湖 지역에 선인인 정야학丁野鶴이라고 하는 자가 있었는데, 삶을 마칠 때 다음과 같이 유언하였다. "'500년 뒤에 또 정야학이라는 이름을 가진 자가 나올 것이니, 그는 나의 후신으로, 이곳에 찾아올 것이다.' 그 뒤 명말에 이르러 과연 동해 출신으로 같은 이름을 가진 자가 있었다. 이곳에 와서 관직을 그만두고 물러나 스스로 자양도인이라 일컬었다."[39] (62회) 권수卷首에 『태상감응편음양무자해』太上感應編陰陽無字解[40]가 있고, "노 제읍 정요항 참해"魯諸邑丁耀亢參解[41]라고 서署하였다. 서문에는 다음과 같은 말이 있다. "간사한 인간 기奸杞가 나의 『천사』天史를 남도南都에서 태운 뒤부터 세상에 큰 변화가 일어났으니, 이미 인과응보의 일을 다시 입에 담지 않았다. 이제 성스러운 천자가 『감응편』을 반포하고 친히 어서御序를 지어 신하들을 경계하고 깨우치게 했다."[42] 즉 『속금병매』는 당연히 청대 초기에 지어졌으며, 정요항이 그 작자이다. 요항은 자가 서생西生이고, 호가 야학野鶴이며, 산동 제성인山東諸城人으로, 약관에 제생諸生이 되어 강남에 가서 여러 명사들과 함께 시문詩文의 결사結社를 만들었지만 귀향하고부터는 실의와 번민의 나날을 보내다가 『천사』 10권을 지었다. 청대 순치順治 4년[43]에 베이징에 들어가 순천順天의 적籍으로부터 발공생拔貢生으로 선발되어, 양백기鑲白旗의 교습敎習[44]을 맡아 지냈는데, 시명詩名이 특히 높았다. 그 후 용성容城의 교유敎諭가 되었다가, 혜안惠安의 지현知縣으로 옮겼으나 부임하지 않았고, 60세 이후에는 눈병을 앓아 스스로 목계도인木鷄道人이라 일컬었고, 72세에 죽었다(약 1620~1691).[45] 저서로는 시집 10여 권과 전기傳奇 4편이 있다(건륭 『제성지』諸城志 13 및 36).[46] 『천사』는 역대의 길흉의 여러 가지 일들을 분류하여 지은 것으로, 남도에서 태워졌다고 하나 실제적인 상황은 자세하지 않다. 『제성지』에는 다만 "이로써 익도의 종우정[47]에게 바치니 우정은 그것을 진귀하게 여겼다"以獻益都鍾羽正, 羽正奇之라고만 되어 있을 뿐이다.

『속금병매』의 취지는 매우 간단하다. 전집에서는 보정普淨이 지장보살地藏菩薩의 화신으로, 어느 날 아귀에게 먹을 것을 베풀면서, 윤회輪廻의 대부大簿를 여러 귀신들에게 하나씩 가리켜 주어 장래의 악보惡報를 알게 하였는데, 그 뒤에 모두 그 말대로 되었다. 서문경은 변경汴京의 부호 심월沈越의 아들로 다시 태어나, 이름을 김가金哥라 하였다. 심월의 처의 아우인 원지휘袁指揮가 맞은편에 살고 있었는데, 상저常姐라고 하는 딸은 곧 이병아의 후신으로, 일찍이 심씨의 집에서 그네를 뛰고 놀다가 이사사李師師에게 발견된다. 그는 그 아름다운 모습을 탐내어 천자의 명이라고 속이고 그녀를 데리고 가 이름을 은병銀瓶이라 바꾼다. 금인金人이 변경을 함락시키니, 민중들은 뿔뿔이 흩어지고, 김가는 마침내 거지로 전락하게 된다. 은병은 창기가 되어 정옥경鄭玉卿과 밀통한다. 그 뒤에 적원외翟員外의 첩으로 시집갔는데, 또 정옥경과 함께 양주揚州로 도망쳤다가 묘청苗青에게 속아서 팔렸다가 이내 스스로 목을 매 죽고 만다. 후집에서는 동경東京[48]의 공천호孔千戶[49]의 딸 매옥梅玉에 대해 서술하고 있다. 매옥은 아름다운 미모로 부귀를 갈망하여 스스로 기꺼운 마음으로 금인金人인 금합목아金哈木兒의 첩이 되었으나, 본처가 "질투가 대단해서"凶妒 그를 강탈해 데리고 가서 학대하였다. 매옥은 자살하려 하였으나 꿈에 자기는 춘매春梅의 후신이고, 본처는 손설아孫雪娥의 후신이라는 것을 알게 된다. 그래서 늘 재계하고 염불하였더니 번뇌가 일지 않아 마침내 악연으로부터 벗어날 수 있게 되었다. 반금련은 산동山東의 여지휘黎指揮의 딸로 다시 태어나, 이름을 금계金桂라고 했다. 남편은 유가자劉瘸子[50]라고 하는데, 그 전생은 사실은 진경제陳敬濟로서, 전생의 업으로 인해 신체가 온전치 못했다. 금계는 원통해하고 분개하다가, 요사스러운 방술을 불러들였는데, 다시 경기를 일으킨 것으로 말미암아 끝내 고질병이 되고 말았다는 내용이다.

그 나머지도 모두 다른 사람들에게 얽힌 악보惡報를 서술하고 있으며, 사이사이에 국가의 대사를 서술하고 있다. 또 불교와 도교의 경전과 유가의 도리儒理를 함께 인용하여 상세하게 해석을 덧붙였는데, 걸핏하면 수백 자에 이르렀다. 그러나 열에 아홉은 『감응편』感應篇을 최후의 귀착점으로 삼고 있다. 그 이유는 이른바 "불교와 도교, 유교의 철학을 이야기하려면, 먼저 인과因果의 설로부터 시작해야 하는데, 인과의 설은 근거가 없기에, 다시 『금병매』로부터 이야기해 나가는 것이다"[51](제1회). 명대의 "음서"淫書의 작자들은 본래 인과를 밝힌다는 것으로 스스로를 정당화하기를 좋아했다. 그리하여 이 책은 "단지 부부의 관계라고 하는 것은 변고가 대단히 많고,…… 수많은 원업을 만들어 내어 대대로 갚아 나가는 것이니, 이는 진실로 애욕의 강에 스스로 몸을 던지고, 욕정의 불길에 휩싸여 스스로를 불사르는 것이다. 『금병매』에서는 색色을 말하였고, 『속금병매』에서는 공空을 말하였으니, 이것은 곧 색으로부터 공으로 돌아오는 것이니, 공즉시색空卽是色이라, 이에 과보로부터 불법佛法으로 들어가는 것이다.……"[52](제43회) 그러나 이른바 불법이라는 것 역시 순수한 것이 아니라, 여전히 유교, 도교가 혼재되어 있어 신마소설의 여러 작가들과 그 생각이 크게 다르지 않다. 다만 힘써 실행하는 것만을 비교적 중시하는 듯하고, 또 어떤 것에도 집착하지 않고자 하였기에, 당시의 유불도 삼교일치三敎一致의 탁상공론과 삼교의 차등을 함부로 나누는 따위의 폐단을 대단히 비난하고 있다. 이를테면 이사사의 옛 집이 관에 몰수되어, 그 자리에 대각니사

大覺尼寺가 세워지자, 유자儒者와 도사道士가 나서서 서로 다투는 것이 그 예이다.

……여기 대각사大覺寺에서 불교가 융성했던 것은 말할 것도 없다. 그 뒤에 천단天檀[53]의 도관道官과 유학의 학교闔學의 생원生員이 이 땅을 두고 다투자 상사上司 역시 단호히 결정을 내리지 못하였다. 이에 그들은 각각 올출태자兀朮太子의 진영에 글 한 편씩을 올려 말하였다. "여기 이사사의 집은 땅이 넓어 스님과 기녀가 함께 살고 있는데, 단지 비구니에게만 절을 지어 준다면 오래도록 사단이 생겨날 수 있으니, 마땅히 공공장소로 삼아야 합니다. 그 뒤에 있는 후원의 반은 마땅히 반으로 나누어 삼교당三教堂을 짓고 유·불·도 삼교의 강당으로 삼아야 합니다." 왕나으리王爺[54]가 허락하자 비로소 삼교의 다툼이 그쳤다. 그 도관은 자기가 혼자 차지하지 못하고 삼분사열三分四裂이 되자 와서 돌보지도 않았다. 이곳 개봉부開封府의 수재秀才 오도리吳蹈理와 복수분卜守分이라는 두 염치없는 생원은 이를 명목으로 공문서를 붙이고 한 사람당 3전씩 하여 오히려 삼사백 냥의 자본을 거두어들였다. 얼마 안 있어 세 칸의 큰 건물을 세웠다. 원래는 석가불釋迦佛을 가운데에 두고, 노자를 왼쪽에, 공자를 오른쪽에 모시기로 했는데, 단지 자기들의 체면이 깎이지 않으려고, 도리어 공자를 중간에 놓고 부처와 노자를 좌우에 둠으로 해서 이단외도異端外道를 멸시하고 배척한다는 뜻을 드러내 보였다. 그 뜰 가운데의 정자와 연못, 두 칸의 장각粧閣,[55] 당시 은병銀甁이 침실로 사용했던 곳을 서재로 개조하였다.……이들 풍류수사風流秀士와 홍취를 아는 문인들과 그 부랑자제들은 선禪을 말하지도 도道를 말하지도 않고, 매일 삼교당에서 술을 마시고 시를 지으며, 오히려 색色자만을 강하며 아주 즐겁게 지냈다. 그래

서 그 곳을 삼공서원三空書院이라 이름 지었으니, 이는 삼교가 모두 공空이라는 뜻을 말한 것이다.…… (제37회 상上「삼교당청루성정토」三教堂青樓成淨土)[56)]

또 『격렴화영』隔簾花影[57)] 48회가 있는데, 세상에서는 『금병매』의 속작으로 알고 있지만, 사실은 『속금병매』 중의 인명人名(이를테면 서문경西門慶을 남궁길南宮吉로 한 것과 같은 류)과 회목回目을 바꾸고, 또 번다하게 인과를 말한 것을 삭제하고 생략하여 쓴 것이다. 그러나 책의 끝마무리가 완결되지 않은 것으로 보아 속작을 지으려 한 것 같으나, 나오지 않았다. 일명 『삼세보』三世報라 한 것은 아마 장래에 나올 속작에서 서술될 내용이 포함되어 있는 것이거나, 혹은 무대가 독살당한 것 역시 하나의 전생의 업으로 보아 삼세라는 수를 맞춘 것일 것이다.

주)

1) 이 책의 제12편의 주36) 등을 참고할 것.—옮긴이
2) "세정"(世情)이란 인정세태(人情世態)를 말한다.—옮긴이
3) 『금병매』. 난릉 소소생(蘭陵笑笑生)이 지은 것으로, [그의] 실제 이름은 자세히 알 수 없다. 난릉(蘭陵)은 지금의 산둥의 이현(嶧縣)이다. 루쉰은 「『중국소설사략』 일본어 번역본 서」(中國小說史略日本飜譯本序)에서 다음과 같이 지적하고 있다. "『금병매사화』(金瓶梅詞話)가 베이핑(北平)에서 발견된 이래 지금까지 통행되는 동서의 조본(祖本)은 현행본(現行本)에 비해 거칠지만 대화는 오히려 산둥 지방에서만 사용하는 방언으로 씌어져 있어, 금병매가 결코 장쑤 사람 왕세정(王世貞)에 의해 지어진 책이 아니라는 사실을 확실하게 증명하고 있다."(『金瓶梅詞話』被發見于北平, 爲通行至今的同書的祖本, 文章雖比現行本粗率, 對話却全用山東的方言所寫, 確切的證明了這決非江蘇人王世貞所作的書)
[「『중국소설사략』 일본어 번역본 서」의 원문은 일본어로 되어 있으며, 『차개정잡문 2집』에 실려 있다. 또 『금병매사화』는 1933년 베이징고일소설간행회(北京古佚小說刊行會)에서 영인본이 나왔고, 뒤에 일본에서도 영인본이 간행되었다. 이것이 1963년 동경의 가부시키카이샤 다이안(株式會社大安)에서 간행한 『금병매사화』 5책이다. 이것은 베

이징도서관 소장본과 이것과 같은 판본의 일본 닛코(日光) 고잔 린노지(晃山輪王寺) 지간도(慈眼堂; 덴카이 다이소조天海大僧正의 묘소廟所)의 서고 '덴카이조'(天海藏) 소장본, 도쿠야마 모리(德山毛利) 가의 소장본을 대교하여 만들어진 텍스트이다.
『금병매사화』가 처음 소개되었던 당시 궈위안신(郭源新; 鄭振鐸)이 쓴 「『금병매사화』를 말함」(談『金瓶梅詞話』; 문장 말미에 1933년 5월 20일 탈고했다고 기록되어 있음)이 있다(『문학』 제1권 제1기, 상하이: 성훠서점, 1933년 7월. 뒤에 『정전뒤문학논집』 상책에 재수록됨).
명대사 전문가인 우한(吳晗)은 「금병매의 저작시대 및 그 사회적 배경」(金瓶梅的著作時代及其社會背景)을 썼다(『문학계간』文學季刊 창간호, 리다서국立達書局, 1934년 1월. 뒤에 우한의 『독사차기』讀史箚記, 베이징: 싼롄서점, 1957년 7월 2쇄에 재수록됨).
『금병매』가 간본이 되기 이전에 사본으로 유포되었을 때, 그것을 보았던 사람 가운데 원굉도(袁宏道)의 벗이었던 『오잡조』(五雜俎)의 작자인 사조제(謝肇淛)가 있었다. 일본 도쿄의 마에다(前田) 가의 손케이카쿠분코(尊經閣文庫)에는 그의 문집인 『소초재문집』(小草齋文集) 28권이 현존하고 있는데, 근년에 그 24권에 「『금병매』 발」(『金瓶梅』跋)이 있다는 사실이 마타이라이(馬泰來; 현재 시카고대학에 재임)에 의해 발견되어 소개되었다. 그의 「사조제의 금병매 발문」(謝肇淛的金瓶梅跋; 『중화문사논총』中華文史論叢, 1980년 제4기, 상하이구지출판사, 1980년 10월)에 그 전문(全文)과 서영(書影)이 소개되어 있다. "오늘날 알려져 있는 한 가장 이르게 나온 『금병매』를 평가한 사료"(마타이라이馬泰來의 말)로서 중시되고 있다.
또 「사조제의 금병매 발문」에는 『금병매』의 모방작으로서 『옥교려』(玉嬌麗)가 덧붙여져 있다. 이것에 근거하고 또 명 태창(泰昌) 원년 각본 천허재 비점(天許齋批點) 『북송삼수평요전』(北宋三遂平妖傳)의 서와 득월루(得月樓) 각본 수상(繡像) 『평요전전』(平妖全傳)의 서(둘 다 앞서 언급한 바 있는 베이징대학출판사 간, 『삼수평요전』에 부록으로 실려 있음)에도 『옥교려』로 되어 있는 것으로 미루어, 『옥교려』가 맞으며, 『옥교리』(玉嬌李)라는 것은 아마도 심덕부(沈德符)의 오필(誤筆)인 듯하다.
영문 논고는 다음의 두 편이 있다. P. D. Hanan, *The Text of The Chin Ping Mei*, Asia Major New Series, Vol. IX, Part I, 1962. P. D. Hanan, *Source of The Ghin P'ing Mei*, Asia Major, Vol. X, Part I, 1963.
『금병매』의 간본의 서지적인 사항에 관해서는 쑨카이디의 『서목』과 류춘런의 『서목제요』의 해당 항목을 참조할 수 있다. 단행본을 포함하여 이상에서 언급된 논문들 이외에도 상당히 많은 자료가 최근에 쏟아져 나왔다. 후원빈(胡文彬), 장칭산(張慶善)은 저간의 연구 성과들을 가려뽑아 한 권의 책으로 묶었다(우한·정전둬 등, 『금병매를 논함』論金瓶梅, 베이징: 원화이수출판사文化藝術出版社, 1984년 12월 제1판). 여기에는 앞서의 루쉰과 우한 그리고 정전둬 등의 논문들이 내용별로 분류되어 실려 있으므로 좋은 참고가 된다. 기타 자료는 여기에서는 생략하기로 하겠다.—일역본/옮긴이]
[우리나라 사람에 의해 이루어진 연구는 최근 이루어진 것으로 다음의 두 논문을 들 수 있다. 강태권(康泰權), 「『금병매』 연구」, 서울: 연세대 박사논문, 1992. 6. 김태곤(金兌坤), 「『금병매』 명청대 평론 연구」, 서울: 한국외국어대 박사논문, 1993. 2.
아울러 서구인에 의해 이루어진 『금병매』에 대한 연구로는 다음과 같은 것들을 들 수

있다. Chien Ying-Ying, *The Feminine Struggle for Power: A Comparative Study of Representative Novels East and West*, Ph.D dissertation, University of Illinois at Urbana-Champaign, 1987. Fifi Nafei Ding, *Obscene Objects: The Politics of Sex in "Jin Ping Mei"*, Ph.D dissertation, University of California, Berkeley, 1991. Indira Suh Satyendra, *Toward a Poetics of the Chinese Novel: A Study of the Prefatory Poems in the "Chin P'ing Mei Tz'u-hua"*, Ph.D dissertation, University of Chicago, 1989. Katherine Carlitz, *The Rhetoric of Chin Ping Mei*, Indiana University Press, 1986. Katherine Newman Carlitz, *The Role of Drama in The "Chin P'ing Mei": The Relationship Between Fiction and Drama as a Guide to The Viewpoint of a 16th Century*, Ph.D dissertation, University of Chicago, 1978. Maram Epstein, *Beauty is the Beast: The Dual Face of Woman in Four Ch'ing Novels*, Ph.D dissertation, Princeton University, 1992. Mary Elizabeth Scott, *Azure from Indigo: "Hong-lou Meng"'s Debt to "Jin Ping Mei"*, Ph.D dissertation, Princeton University, 1989. Mary Ellen Hirsch, *The Depiction of Women in "Jin Ping Mei" and "Hong-lou Meng"*, M. A. Thesis, University of Oregon, 1991. Paul Varo Martinson, *Pao Order and Redemption: Perspectives on Chinese Religion and Society Based on a Study of The "Chin P'ing Mei"*, Ph.D dissertation, University of Chicago, 1973. Peter H. Rushton, *The Jin Ping Mei and the Nonlinear Dimensions of the Traditional Chinese Novel*, Mellen Univ. Press, 1994. Peter Halliday Rushton, *The Narrative Form of Chin P'ing Mei*, Ph.D dissertation, Stanford University, 1979. TongLin Lu, *Rose And Lotus-Narrative of Desire in Frace and China*, SUNY Press, 1991(=Tong-lin Lu, *Desire and Love: A Comparative Study of Narrative*, Ph.D dissertation, Princeton University, 1988). Victoria Baldwin Cass, *Celebrations at the Gate of Death: Symbol and Structure in "Chin P'ing Mei"*, Ph.D dissertation, University of California, Berkeley, 1979. Wu Jian-hsin, *Distinguishing Characteristics of Domestic Novels in the Ming and Qing Dynasties*, Ph.D dissertation, University of Wisconsin-Madison, 1994. Yang Robert Yi, *The Moon and The Lether Sack: Parody in "Jin Ping Mei" and "Rou Pu-tuan"*, Ph.D dissertation, University of California, Berkeley, 1982.—옮긴이]

4) 『금병매』를 "외전"(外典)이라고 부르는 문제에 대해, 원굉도의 『상정』(觴政) 「장고」(掌故)에서는 주보(酒譜), 주령(酒令)을 '내전'(內典)이라 하고, 사전(史傳), 시부(詩賦)를 '외전'(外典)이라 하였으며, "전기(傳奇) 즉 『수호전』, 『금병매』 등을 일전(逸典)이라 한다"고 하였다. 심덕부(沈德符)는 『야획편』(野獲編) 25권에서 "원중랑(袁中郎)이 『상정』에서 『금병매』를 『수호전』에 짝 지어 외전으로 삼았다는데, 내가 그것을 일찍이 볼 수 없었던 것이 안타깝다"(袁中郎『觴政』以『金瓶梅』配『水滸傳』爲外典, 予恨未得見)고 한 것으로 보아, "일전"을 "외전"이라 잘못 쓴 것 같다. 루쉰은 여기에서 『야획편』의 말을 연용(沿用)하여 쓰고 있다.

[심덕부의 『야획편』에는 다음과 같이 기록되어 있다. “원중랑(원굉도의 자가 중랑이다)의 『상정』에서는 『금병매』를 『수호전』에 짝 지어 외전으로 삼았는데, 애석하게도 나는 아직 보지 못했다. 병오(만력 34년, 1606년)에 중랑을 경사의 숙소에서 만났을 때 물어보았다. ‘전질을 갖고 계신가요?’ 그가 대답했다. ‘아우가 몇 권을 봤는데, 몹시 기이하고 통쾌하다고 그럽디다. 지금은 마성의 연백 유승희의 집에 전본이 있다는데, 아마도 그의 처가인 서문정에게서 기록해 얻은 것인 듯하여이다.’ 또 삼 년이 지나 원중도가 과거를 치르러 왔을 때, 그 책을 휴대하고 있었다. 그래서 빌려 필사하여 가지고 돌아왔다.…… 얼마 후 (금병매가) 장쑤 일대에서 팔리고 있었다.”(袁中郎(按, 袁宏道字中郎)『觴政』以『金瓶梅』配『水滸傳』爲‘外典’, 予恨未得見. 丙午(萬歷三十四年, 卽1606年), 遇中郎京邸, 問: ‘曾有全帙否?’ 曰: ‘弟睹數卷, 甚奇快; 今惟麻城劉延白承禧家有全本, 蓋從其妻家徐文貞錄得者. 又三年, 小修上公車, 已攜有其書, 因與借抄挈歸.…未幾時, 而吳中縣之國門矣) — 보주]

5) 삼대기서(三大奇書). 서호조수(西湖釣叟)의 「『속금병매』 서」(續金瓶梅序)에서는 다음과 같이 말했다. “지금 천하에 소설이 수풀처럼 많으나, 삼대기서로 추천한다면 『수호』, 『서유』, 『금병매』를 들 수 있다.”(今天下小說如林, 獨推三大奇書: 曰『水滸』·曰『西遊』·曰『金瓶梅』)

6) 지금의 쑤저우(蘇州)를 말한다.—옮긴이

7) 심덕부의 『야획편』에는 다음과 같이 기록되어 있다. “그러나 원서는 실제로는 53회에서 57회까지가 비는데, 두루 찾았으나 구하지 못하여, 껄렁한 선비가 보충해서 인쇄에 들어갔으나, 천박하고 비루한 것은 물론이려니와 때로 오어를 쓰기도 했으며, 전후 맥락 역시 끊어지고 일관되게 이어지지 않아, 첫눈에 모작임을 알 수 있었다.”(然原書實少五十三回至五十七回, 遍覓不得, 有陋儒補以入刻, 無論膚淺鄙俚, 時作吳語, 卽前後血脉, 亦絶不貫串, 一見知其贋作矣) 등지성(鄧之誠)의 『골동쇄기』(骨董瑣記)에는 다음과 같이 기록되어 있다. “지금 세상에 전하는 『금병매사화』는 53회에서 55회가 통행본과 다른데, ‘배를 타고 놀러 나가는’ 일은 말투가 달라 이른바 오어인 듯싶다.”(今傳世『金瓶梅詞話』, 五十三至五十五回, 與通行本不同, 有‘乘船出游’事, 口氣不類, 殆卽所謂吳語) — 보주

8) 『금병매』의 작자에 대해서는 의견이 일치되지 않고 있다. 심덕부는 『야획편』 25권에서 다음과 같이 말했다. “이 책은 가정(嘉靖) 연간(年間)의 대명사(大名士)가 직접 쓴 것이라 들었다.”(聞此爲嘉靖間大名士手筆) 『한화암수필』(寒花盦隨筆)에서는 “세상에 전해지고 있는 『금병매』는 왕엄주(王弇州) 선생이 직접 쓴 것이다”(世傳『金瓶梅』一書, 爲弇州先生手筆)고 말하고 있다. 청(淸) 고공섭(顧公燮)의 『소하한기적초』(消夏閑記摘抄)에서도 역시 지은이를 “(왕)예의 아들 봉주”([王]忬子鳳洲)라고 말하고 있다. 장죽파(張竹坡) 평점본(評點本) 『금병매』 사이(謝頤) 서(序)에서는 “『금병매』라는 이 책은 봉주의 문인이 지은 것이라고 전하기도 하고, 혹은 봉주가 지은 것이라고도 한다”(『金瓶』一書, 傳爲鳳洲門人之作也, 或云卽鳳洲作)고 하였다.

왕세정(王世貞, 1526~1590)의 자는 원미(元美)이고, 호는 봉주(鳳洲), 혹은 엄주산인(弇州山人)이다. 명(明) 태창(太倉; 지금의 장쑤에 속함) 사람으로, 관직은 남경 형부상서(南京刑部尙書)까지 지냈다. 저서로는 『엄주산인사부고』(弇州山人四部稿) 등이 있다.

9) 왕세정이 책을 지어 “그 원수를 죽였다”(以殺其仇)는 것에 대해서는 전설이 일치하지

않는다. 고공섭(顧公燮)의 『소하한기적초』(消河閑記摘抄)에서는 다음과 같이 말하고 있다. 왕예(王忬)가 집에 『청명상하도』(清明上河圖)를 소장하고 있었는데, "엄세번이 강제로 그것을 요구하자 예는 주기가 아까워 그림에 뛰어난 사람을 찾아 그것을 모사하여 바쳤다"(嚴世蕃强索之, 忬不忍舍, 乃覓名手摹贋者以獻). 엄세번이 이것을 안 후 그를 해쳤다. "예의 아들 봉주(鳳洲)는 아버지가 억울하게 돌아가신 것이 원통해 복수를 하려 하였으나 방법이 없었다."(忬子鳳洲痛父寃死, 圖報無由) 이에 『금병매』를 지어 바친 뒤, 봉주는 손톱, 발톱 다듬는 사람을 많은 돈을 주어 매수하여 엄세번이 책을 열심히 읽고 있을 때 그 다리에 상처를 약간 내라고 시켰다. "몰래 피부가 짓무르는 약을 바르면 나중에 점점 피부가 썩어 들어가서 조정에 나아갈 수 없게 될 것이다."(陰擦爛藥, 後漸潰腐, 不能入直) 엄숭 역시 나이가 들어 행동이 굼뜨게 되자, 부자가 모두 점점 황제의 총애를 잃어 몰락하게 되었다는 등의 이야기가 있다. 『한화암수필』(寒花盦隨筆)에서는 다음과 같이 말하고 있다. "이 책은 어떤 효자가 지은 것으로, 이것으로 그 아버지의 원수에게 복수하였다. 그 효자가 알고 있는 어떤 고위 관리가 그 효자의 아버지를 죽였기에, 원수를 갚고자 여러 차례 시도하였으나 모두 성공을 거두지 못하였다. 나중에 갑자기 그 고위 관리가 책을 볼 때 반드시 손가락에 침을 묻혀 책장을 넘긴다는 것을 알아냈다."(此書爲一孝子所作, 用以復其父仇者. 蓋孝子所識一巨公, 實殺孝子父, 圖報累累皆不濟. 後忽偵知巨公觀書時, 必以指染沫翻其書葉) 효자는 삼 년 만에 이 책을 지어서 "책장의 모서리에 독약을 발라"(粘毒藥于紙角) 고위 관리가 이 책을 다 보았을 때 "독기운이 나와 마침내 죽고 말았다"(毒發遂死). 또 다음과 같은 이야기도 있다. "효자는 봉주이고, 고위 관리는 당형천(唐荊川)이다. 봉주의 아버지 예가 엄씨에게 죽임을 당하였는데 실제로는 형천이 모함을 한 것이었다."(孝子卽鳳洲也. 巨公爲唐荊川. 鳳洲之父忬, 死于嚴氏, 實荊川譖之也)

[『궐명필기』에는 다음과 같이 기록되어 있다. "『금병매』는 옛 설부 가운데 사대기서(덧붙이자면, 다른 세 작품은 『삼국』과 『수호』, 『서유』이다)이다. 전해오기로는 왕세정의 손에서 나왔다고 하는데, 엄숭의 독항도를 원수 갚기 위한 것이라 한다(내 생각으로는 이것은 형가가 진왕을 찌른 것을 비유한 것이다). 어떤 이는 당형천의 일이라고 한다. 형천이 강서의 순무로 있을 때, 여기저기에서 거두어들이는 것이 있었다. 한 사건이 발생하여 어떤 이가 사형을 당하였다(내 생각으로는 세정의 아비인 왕예를 가리킨다). 그 아들이 여러 가지 방법으로 아비의 복수를 하고자 하였으나 기회를 얻을 수 없었다. 마침 형천이 자리에서 물러나 돌아가면서 기이한 책을 두루 열람하니 점차 이를 보고 감탄해 마지않았다. 곧 급히 이 책(금병매)을 되는대로 지어 종이에 비상을 발라 진상했다. 이는 형천이 책을 읽을 때 반드시 책장에 침을 묻혀 차례차례 책을 펼쳐 읽는 것을 알았기 때문이었다. 형천이 책을 손에 넣은 뒤, 하룻밤 만에 읽기를 끝내니, 갑자기 혀뿌리가 굳어 옴을 느껴 거울에 비쳐보니 검은색으로 변했다."(『金瓶梅』爲舊說部中四大奇書(按, 另三種爲『三國』, 『水滸』, 『西游』). 相傳出王世貞手, 爲報讐嚴嵩之督亢圖(按, 此以荊軻刺秦王爲喩). 或謂系唐荊川事. 荊川任江西巡撫時, 有所周納, 獄成, 罹大辟以死(按指世貞之父王忬). 其子百計求報, 而不得間. 會荊川解職歸, 遍閱奇書, 漸嘆觀止; 乃急草此書, 漬砒于紙以進; 蓋審知荊川讀書, 必逐葉用紙粘舌, 以次披覽也. 荊川得書後, 覽一夜而畢, 驀覺舌本强澀, 鏡之黑矣) — 보주]

엄세번(嚴世蕃, ?~1565)의 호는 동루(東樓)이고, 명대 분의(分宜; 지금의 장시에 속함) 사람으로, 관직은 공부좌시랑(工部左侍郞)까지 올랐었다. 그의 부친 엄숭과 함께 국정을 멋대로 하며 다년간 나쁜 짓을 하다 뒤에 죽임을 당하였다. 당순지(唐順之, 1507~1560)는 자가 응덕(應德)이고, 호는 형천(荊川)이며, 명대 무진(武進; 지금의 장쑤) 사람으로, 관직은 우첨도어사(右僉都御史)에까지 이르렀다. 『형천선생문집』(荊川先生文集) 등이 있다.

10) 『금병매』의 가장 이른 판본은 『금병매사화』로, 명 만력 간본이며, 일본의 닛코(日光) 고잔 린노지(晃山輪王寺) 지간도(慈眼堂) 덴카이조(天海藏) 본과 베이징도서관 장본, 일본 도쿠야마 모리(德山毛利) 씨 세이소쿠도(棲息堂) 장본 등이 있다. 흔흔자(欣欣子)의 서에서는 작자가 난릉(蘭陵)의 소소생(笑笑生)이라 하였으니, 아마도 가정 연간 지금의 산둥 역현(嶧縣) 사람으로 진짜 이름은 아직 알려지지 않았다. 청초에는 완화서옥(玩花書屋) 장판과 팽성(彭城) 장죽파(張竹坡) 비평 『제일기서』(第一奇書) 본이 있다. 기타 판본도 많이 있다.—보주

11) 장죽파(張竹坡)는 청 팽성(彭城; 지금의 장쑤 쉬저우徐州) 사람으로, 생애는 잘 알려져 있지 않다. 유정기(劉廷璣)는 『재원잡지』(在園雜誌)에서 다음과 같이 말했다. "인정과 세상일에 대해 잘 묘사한 것으로 『금병매』만 한 것이 없으니 진정으로 기서(奇書)라 칭할 만하다.……팽성의 장죽파가 우선 대충의 줄거리를 잡았고, 다음에는 권(卷)과 단(段)에 따라 나누어 주(注)를 하고 비점(批點)을 달았다. 김성탄(金聖嘆)의 뒤를 계승했다고 할 만하며, 악을 징벌하고 선을 권하는 것이 한눈에 드러난다. 그는 아쉽게도 오래 살지 못하였으니, 죽은 뒤 판목(板木)으로 이전에 왕창부(汪蒼孚)에게 졌던 빚을 배상하려 하였는데, 불이 나 모두 타버렸기에, 세상에 지금 전하는 것이 몹시 적다."(深切人情世務, 無如『金瓶梅』, 眞稱奇書.…彭城張竹坡爲之先總大綱, 次則逐卷逐段分注批點, 可以繼武聖嘆, 是懲是勸, 一目了然. 惜其年不永, 歿後將刊板抵償夙逋于汪蒼孚, 舉火焚之, 故海內傳者甚少)

『고효설』(苦孝說)은 장죽파가 지은 것이다. 『금병매』를 지은 이는 어떤 효자로, 그 부친이 원수의 계략에 넘어갔기에 이 책을 지은 것이라는 것이다. 문장 끝에 다음과 같은 내용들이 있다. "작가의 마음에 아직도 슬픔이 남아 있는가! 그렇다면 『금병매』를 『기산지』, 『고효설』이라 이름지어야 할 것이다."(作者之心, 其有余痛乎, 則『金瓶梅』當名之曰『奇酸誌』, 『苦孝說』)

12) 원문은 "你看他還打張鷄兒哩". "打張鷄兒"은 "시치미 떼고 모른 척한다"(佯推不知)는 뜻이다. 요령서(姚靈犀)의 『병외치언 · 금병소찰』(瓶外卮言 · 金瓶小札)에는 "打張驚兒"로 되어 있다.—보주

13) 원문은 "你幹的好繭兒". 요령서의 『금병소찰』에 다음과 같이 나와 있다. "확실하게 풀이할 수 없다. 곧 다른 사람 뒤에서 정당하지 못한 수작을 부리는 것이다.……원서에는 어떤 때 맹(萌)자로 잘못 써놓기도 했다. 이 내용을 검토하자면, 『조야첨재』에서는 '문제가 왕현을 놀리며 말하기를, 노인을 앉혀놓고 뒤에서 쑥덕대지 마시오'라고 하였다. 견아(繭兒)은 아마도 이 말에서 나왔을 것이다. 배지를 견(繭)이라 한 것은 다른 사람을 속이는 행위를 비유한 것이다."(未得確解. 卽背人做出不正當之勾當也.…原書有時誤書作萌字. 按, 『朝野僉載』: '文帝戲王顯曰: 抵老不得作繭.' 繭兒殆此語所出. 背地作繭, 喩瞞人

所爲)—보주 ["你幹的好萌兒!"은 "你幹的好事兒!"로 볼 수 있다. 의미는 "당신, 남모르게 좋은 일 하시는구려!" 정도로 옮길 수 있다.—옮긴이]

14) 장죽파 비평 『금병매』 수권(首卷)의 「서문경방옥」(西門慶房屋)에 의하면, 그 집의 의문(儀門) 밖에 화원(花園)이 있고, 화원 가운데 장춘오가 있다.—일역본

15) 지금의 명함을 모아놓은 상자 같은 것.—옮긴이

16) "不當家化化"는 앞서의 요령서의 『금병소찰』에는 다음과 같이 나와 있다. "『제경경물략』에는 '부당가'로 되어 있는데, 오어에서의 죄과와 같은 것인 듯하다. 『홍루몽』 28회에서는 '왕부인이 듣고는 '아미타불, 부당가화랍적'이라 하였으니, 주에는 '북방 사람의 속어로 경솔하게 죄업을 짓는다는 것이다'라고 하였다.'"(『帝京景物略』作'不當價', 如吳語之罪過也. 『紅樓夢』卄八回: "王夫人聽了道, '阿彌陀佛, 不當家花拉的.' 注曰: '北人俗語爲輕慢造孽.'") 『아녀영웅전』(兒女英雄傳) 역시 마찬가지이다.—보주

17) 원문은 다음과 같다. …婦人(潘金蓮)道, "怪奴才, 可可兒的來, 想起一件事來, 我要說又忘了." 因令春梅, "你取那隻鞋來與他瞧." "你認的這鞋是誰的鞋?" 西門慶道, "我不知是誰的鞋." 婦人道, "你看他還打張鷄兒哩. 瞞着我黃猫黑尾, 你幹的好繭兒. 來旺媳婦子的一隻臭蹄子, 寶上珠也一般收藏在藏春塢雪洞兒裏拜帖匣子內, 攪着些字紙和香兒, 一處放着. 甚麽罕稀物件, 也不當家化化的, 怪不的那賊淫婦死了墮阿鼻地獄." 又指着秋菊罵道, "這奴才當我的鞋, 又翻出來, 教我打了幾下." 分付春梅, "趁早與我掠出去." 春梅把鞋掠在地下, 看着秋菊說道, "賞與你穿了罷." 那秋菊拾着鞋兒說道, "娘這個鞋, 只好盛我一個脚指頭兒罷." 那婦人罵道, "賊奴才, 還叫甚麽□娘哩. 他是你家主子前世的娘! 不然, 怎的把他的鞋這等收藏的嬌貴? 到明日好傳代. 沒廉恥的貨!" 秋菊拿着鞋就往外走, 被婦人又叫回來, 分付 "取刀來, 等我把淫婦鞋剁作幾截子, 掠到茅厠裏去, 叫賊淫婦陰山背後永世不得超生." 因向西門慶道, "你看着越心疼, 我越發偏剁個樣兒你瞧." 西門慶笑道, "怪奴才, 丢開手罷了, 我那裏有這個心."…「第二十八回」

가장(架藏)의 장죽파(張竹坡) 비평 『금병매』(康熙 刊本, 半葉十行, 行二十字本)를 가지고 다음과 같이 교감한다. 怪→恠(怪의 俗字) / 把淫婦鞋剁作幾截子→把淫婦剁作幾截子 / 茅厠→(毛)厠—일역본

공란 □는 一作"屄".—옮긴이

18) 「서문경방옥」(西門慶房屋)에 의하면, 화원(花園)의 뒤에 있다.—일역본

19) 왕희지(王羲之).—옮긴이

20) 광둥성(廣東省) 광주(廣州) 서쪽의 시냇가로 이곳에서 나온 돌을 단계석(端溪石)이라 하여 이것으로 만든 벼루를 으뜸으로 친다.—옮긴이

21) 원문은 다음과 같다. …掌燈時分, 蔡御史便說, "深擾一日, 酒告止了罷." 因起身出席. 左右便欲掌燈, 西門慶道, "且休掌燈. 請老先生後邊更衣." 于是…讓至翡翠軒,…關上角門, 只見兩個唱的, 盛妝打扮, 立於階下, 向前插燭也似磕了四個頭.…蔡御史看見, 欲進不能, 欲退不舍, 便說道, "四泉, 你何如這等愛厚? 恐使不得." 西門慶笑道, "與昔日東山之游, 又何異乎?" 蔡御史道, "恐我不如安石之才, 而君有王右軍之高致矣."…因進入軒內, 見文物依然, 因索紙筆, 就欲留題相贈. 西門慶卽令書童將端溪硯研的墨濃濃的, 拂下錦箋. 這蔡御史終是狀元之才, 拈筆在手, 文不加點, 字走龍蛇, 燈下一揮而就, 作詩一首.…「第四十九

回」 앞서와 마찬가지로 다음과 같이 교감한다. 盛妝打扮→盛(粧)打扮 / 立於階下→立於(堦)下 / 令書童將端溪硯研的→令書童(連忙)將端溪硯研的 ─ 일역본

22) 분의(分宜). 엄숭을 가리킨다. 그는 명대 분의(지금의 장시에 속함) 사람으로, 가정 연간의 간신이다. 『명사』「간신열전」(奸臣列傳)에 전(傳)이 있다.

도중문(陶仲文), 육병(陸炳)은 모두 가정 연간의 아첨쟁이 신하로 『명사』「영행열전」(佞幸列傳)에 전이 있다.

[도중문은 명대 황강(黃岡) 사람이다. 일찍이 나전만옥산(羅田萬玉山)에서 부산(符山)을 받고, 소원절(邵元節)과 잘 지냈다. 가정 연간에 황매(黃梅)의 현리(縣吏)에서 요동고대사(遼東庫大使)가 되었고, 해가 차서 결원을 보충하려 경사에 갔을 때, 원절이 그를 황제에게 추천하였다. 부수(符水)를 입에 머금고 있다가 검에 뿌려 궁중의 요귀를 없애버렸다. 장경태자(莊敬太子)가 천연두를 앓자 그를 위해 기도하니 나아서, 진인으로 봉해졌다. 황제가 서내(西內)로 이거하여 날마다 장생을 기원하니, 교묘도 참배하지 않고, 조강(朝講)도 모두 폐하고는 군신이 서로 접촉이 없었으나, 중문만이 때로 알현할 수 있을 뿐이었다. 알현하면 황제는 자리를 내주고 그를 스승이라 부르면서 이름을 부르지 않았다. 처음에는 소보예부상서(少保禮部尙書)를 제수받았으니, 얼마 있다가 소부(少傅)를 더하고 소보(少保)를 겸한 데다가 소사(少師)까지 맡아보아 한 사람이 삼고(三孤; 삼공에 다음가는 관직)를 겸한 것은 명대가 끝날 때까지 중문밖에 없었다. 공성백(恭誠伯)으로 봉하여졌다가 팔십여 세에 죽으니, 시호는 영강후숙(榮康厚肅)이라 했다.─ 보주]

23) 원문은 다음과 같다. 蔡京父子則指分宜, 林靈素則指陶仲文, 朱勔則指陸炳, 其它亦各有所屬.

24) 有一處人家, 先前怎地富貴, 到後來煞甚凄凉, 權謀術智, 一毫也用不着, 親友兄弟, 一個也靠不着, 享不過幾年的榮華, 倒做了許多的話靶. 內中又有幾個鬪寵爭强迎奸賣俏的, 起先好不妖嬈嫵媚, 到後來也免不得尸橫燈影, 血染空房. 앞서와 마찬가지로 다음과 같이 교감한다. 有一處人家→有一箇人家 ─ 일역본/옮긴이

25) 過身來, 却是西門慶, 項帶沈枷, 腰繫鐵索. 復用禪杖只一點, 依舊還是孝哥兒睡在床上.… 原來孝哥兒卽是西門慶托生. 이 예문도 앞서와 마찬가지로 교감하였다.─ 일역본

26) 성단명(盛端明)과 고가학(顧可學)은 모두 가정 연간의 아첨쟁이 신하로 『명사』「영행열전」에 전이 있다.

[성단명은 명 요평(饒平) 사람으로, 자는 희도(希道)이다. 홍치 연간에 진사가 되어 검토(檢討)를 제수받았고, 이어 우부어사(右副御史)가 되었다. 남경의 식량 비축을 감독했다가 탄핵받아 파직되었다. 집 안에 십 년을 머물면서 스스로 약석을 깨달아 그것을 먹고 장생할 수 있다고 말했으니, 도중문이 그를 발탁하고 엄숭 역시 그를 도와 드디어 예부우시랑(禮部右侍郎)이 되었다가 상서(尙書)로 승진하였다.─ 보주]

[고가학은 명 무석(无錫) 사람으로 진사로 절강참의(浙江參議)가 되었다가 탄핵받아 물러났다. 세종(世宗)이 장생을 좋아하는 것을 틈타 스스로 수명을 연장하는 술법에 능하다고 말하고는 엄숭에게 뇌물을 주어 발탁되었으며, 관직은 태자태보(太子太保)에 이르렀다. 황제가 그의 말에 미혹되어 도를 취하고 약을 구하러 사방에 사신을 보

내니, 사람들이 모두 그를 미워했다.―보주]

27) 본문에 서술되어 있는 명 왕조 성화(成化), 가정 연간의 폐풍은 심덕부(沈德符)의 『만력야획편』(萬歷野獲編) 21권(『원명사료필기총간』元明史料筆記叢刊, 베이징: 중화서국, 1959년 2월 1판, 1980년 11월 베이징 2쇄, 546~547쪽)의 「비방견행」(秘方見倖), 「진약」(進藥) 두 칙(則)에 기록되어 있다. 이것에 의하면, "홍연"(紅鉛)은 소녀의 초경(初經)을 취하여 진사(辰砂)와 같은 모양으로 빚어 만든 것이고, "추석"(秋石)은 동정인 소년의 소변에서 취하여 정제한 것이다.―일역본

28) 『육포단』(肉蒲團). 『각후선』(覺後禪)이라고도 하는데, 6권 20회로서, 구각본(舊刻本)에는 "정치반정도인 편차"(情痴反正道人編次)라고 제하였으며, "정은선생 편차"(情隱先生編次)라는 별제(別題)가 있다. 책의 앞부분에는 서릉(西陵) 여여거사(如如居士)의 서가 있다. 유정기는 『재원잡지』에서 이어(李漁)가 지은 것이라고 말하고 있다. 이어에 대해서는 이 책 제9편 주 51)을 참고할 것.

29) 『옥교리』(玉嬌李). 『옥교려』(玉嬌麗)라고도 하는데, 지금은 전하지 않는다. 심덕부는 『야획편』 25권에서 다음과 같이 말했다. "중랑(中郎)이 또 말하기를, 또 『옥교리』라는 이름의 작품이 있는데, 이것 역시 이 명사의 손에서 나온 것으로 전서와 마찬가지로 각각 인과응보를 말하고 있다."(中郎又云, 尙有名『玉嬌李』者, 亦出此名士手, 與前書各說報應因果)

30) 『옥교리』는 『옥교려』라고 해야 한다. 쑨카이디는 『중국통속소설서목』에서 다음과 같이 말했다. "명 무명씨 찬으로 없어졌다. 『야획편』 25권에 인용된 바로는 『금병매』와 같은 사람의 손에 의해 나왔다고 한다. 장무구의 『신평요전』 초각 서에서는 다음과 같이 말했다. '『옥교리』와 『금병매』는 슬기로운 여종들이 부인은 되었더라도 일상적인 장부를 기록할 수 있을 뿐, 일찍이 집안일을 처리하는 것은 배우지 못한 것과 같으니, 『수호전』을 모방하였으나 궁색할 따름이다.' 중각 개정본의 서에서는 다음과 같이 말했다. '『옥교려』와 『금병매』는 달리 그윽한 경지를 열어 계속해서 도리에 어긋나는 이야기만 하다가 교훈적인 이야기로 끝나니, 『수호전』에 버금간다고 하겠다.' 『옥교려』와 『금병』를 병칭하는 것은 아마도 이 책을 지칭하는 듯하며, 이 책은 명말까지도 남아 있었다."(明無名氏撰, 佚. 『野獲編』卷二五引, 云與『金瓶梅』同出一手. 張無咎『新平妖傳』初刻序云: '『玉嬌麗』, 『金瓶梅』如慧婢作夫人, 只會日用帳簿, 全不曾學得處分家政, 效『水滸』而窮者也.' 及重刻改訂序則云: '『玉嬌麗』, 『金瓶梅』另辟幽蹊, 曲中奏雅, 『水滸』之亞.' 以『金瓶梅』, 『玉嬌麗』幷稱, 似所指卽此書, 則其書明季猶存也)―보주

31) 심덕부의 『야획편』 25권에서는 다음과 같이 말했다. "중랑(원굉도의 자가 중랑이다) 역시 귀로 귀동냥을 했을 뿐, 그것을 보지는 못했다. 작년에 경사에 갔을 때, 공부육구 구지충에게서 얼핏 몇 권을 볼 수 있을 따름이었다……구지충이 전직하여 외지로 나간 뒤에 이 책이 어디로 갔는지 알 길이 없다."(中郎(按袁宏道字中郎)亦耳剽, 未之見也. 去年抵輦下, 從邱工部六區(志充)得寓目焉, 僅首卷耳.…邱旋出守去, 此書不知落何所)―보주

32) 『금병매』를 가리킴.―옮긴이

33) 원문은 "與前書各設報應因果, 武大後世化爲淫夫, 上蒸下報; 潘金蓮亦作河間婦, 終以極刑; 西門慶則一騃憨男子, 坐視妻妾外遇, 以見輪迴不爽".

34) 귀계(貴溪). 하언(夏言)을 가리킨다. 그는 귀계(지금의 장시) 사람으로 가정 연간에 관직이 무영전대학사(武英殿大學士)에까지 이르렀다. 『명사』「하언전」(夏言傳)에 보인다.

35) 가정(嘉靖) 20년.—옮긴이

36) 서상(庶常)은 서길사(庶吉士)로 관명이다. 홍무(洪武) 초년에 『상서』(尙書) 「입정」(立政) 편의 "서상길사"(庶常吉士)의 의미를 취하여, 서길사를 두고 육과(六科) 및 중서(中書)에 모두 배치했는데, 영락(永樂) 2년부터 한림원(翰林院) 전속이 되어 학문과 서법에 뛰어난 진사를 임명하였다.—일역본

37) 원문은 "穢黷百端, 背倫蔑理,…其帝則稱完顔大定, 而貴溪(夏言)分宜(嚴嵩)相構, 亦暗寓焉. 至嘉靖辛丑庶常諸公, 則直書姓名, 尤可駭怪.…然筆鋒恣橫酣暢, 似尤勝『金瓶梅』".

38) 『속금병매』는 순치(順治) 원간본으로 12권이며, 베이징도서관에 구초본(舊抄本)이 있다. 기타 방각본 역시 많다.—보주

39) 원문은 "說'五百年後又有一人名丁野鶴, 是我後身, 來此相訪'. 後至明末, 果有東海一人, 名姓相同, 來此罷官而去, 自稱紫陽道人".

40) 『태상감응편음양무자해』(太上感應編陰陽無字解). 정요항(丁耀亢)이 지었다. 내용은 『태상감응편』의 주지를 참해(參解)한 것이다. 『태상감응편』은 『도장·태청부』(道藏·太淸部)에 30권으로 기록되어 있으며, "송 이창령 전"(宋李昌齡傳)이라고 적혀 있다.

41) 노(魯)는 산둥 지방이고, 제음은 주청현(諸城縣)을 가리킨다. 참해(參解)의 "참"(參)은 검증한다는 것이다.—일역본

42) 원문은 "自奸杞焚予『天史』于南都, 海桑旣變, 不復講因果事, 今見聖天子欽頒『感應篇』, 自制御序, 戒諭臣工".

43) 1647년.—옮긴이

44) 양백기(鑲白旗)는 팔기(八旗)의 하나이고, 교습(敎習)은 학관(學官)의 이름이다. 명대 만력 연간에 만주족의 우두머리인 누르하치가 여진(女眞)의 각 부족을 통일하는 과정에서 팔기제도를 창시하였다. 초기에는 군사, 행정, 생산의 세 가지 직능을 겸하고 있었지만, 뒤에 병적(兵籍)의 제도로 바뀌어 기의 색깔을 표지로 삼아 정황(正黃), 정백(正白), 정홍(正紅), 정람(正藍)으로 나누었다가 다시 만력 43년에 양황(鑲黃), 양백(鑲白), 양홍(鑲紅), 양람(鑲藍)을 증가해 팔기라고 하였다. 청대 초기 제실(帝室) 직속의 친위군이었다. 바로 이 양백기의 자제들을 위한 교육기관의 교습에 임명되었다는 것을 말한다.—일역본

45) 정요항(丁耀亢)의 생졸년에 관해서는 예쯔전(葉子振)의 『소설쇄담』(小說瑣談)의 「속금병매」(續金瓶梅)에 의하면, 정첸(鄭騫)의 「선본전기십종제요」(善本傳奇十種提要; 『연경학보』燕京學報 24기)에 인용된 정덕 간본(正德刊本) 『이두합집』(李杜合集)의 정요항의 발문에, 순치(順治) 계사(癸巳; 순치 11년)에 정씨는 56세였다는 기록이 보이는 것으로 미루어, 그의 생년은 만력 27년 기해(己亥)이고, 또 건륭 『제성현지』(諸城縣志) 36권에 "卒年七十二"라고 되어 있는 것으로 보아, 강희(康熙) 9년 경술(庚戌)에 죽은 것으로 보인다. 따라서 생졸년은 1599~1670이 된다. 예더후이(葉德均), 『희곡소설총고』(戲曲小說叢稿) 상하책, 중화서국, 1979년 5월. 또 쿵링징(孔另境)의 『중국소설사료』(中國小說史料), 155~157쪽에도 초록되어 있음.—일역본

46) 정요항의 저작에 관해서는 『건륭제성지』(乾隆諸城志)에 의하면, 시집으로 『소요유』(逍遙游) 1권, 『육방시초』(陸舫詩草) 5권, 『초구시』(椒邱詩) 2권, 『강간초』(江干草) 1권, 『귀산초』(歸山草) 2권, 『청산정초』(聽山亭草) 1권이 있다. 전기사종(傳奇四種)은 『서호선전기』(西湖扇傳奇), 『화인유전기』(化人游傳奇), 『단사담전기』(蚺蛇膽傳奇), 『적송유전기』(赤松游傳奇)를 가리킨다.

47) 종우정(鍾羽正)의 자는 숙렴(叔濂)이고, 명 익도(益都; 지금의 산둥) 사람으로 관직은 공부상서(工部尙書)에까지 이르렀다. 『숭아당집』(崇雅堂集)을 지었다.

48) 송의 수도인 변량(汴梁)을 말한다.—옮긴이

49) 천호는 관명으로, 송·원·명의 위(衛)에서 병사 천 명을 거느린 무관의 명칭이다.—일역본

50) 가(瘸)는 파(跛)로 절름발이라는 뜻이다.—일역본

51) 원문은 다음과 같다. 要說佛說道說理學, 先從因果說起, 因果無憑, 又從『金瓶梅』說起.

52) 只有夫婦一倫, 變故極多,…造出許多寃業, 世世償還, 眞是愛河自溺, 欲火自煎, 一部『金瓶梅』說了個色字, 一部『續金瓶梅』說了個空字, 從色還空, 卽空是色, 乃自果報, 轉入佛法.… 어떤 청대 간본(半葉 十行, 行二十四字本. 東京大學文學部中國哲學中國文學硏究室 所藏本. 坊刻本)에는 "즉공시색"(卽空是色)이 "문공시색"(問空是色)으로 되어 있음.—일역본

53) 명대 가정 연간에 베이징의 영정문 안에 세운 제단으로 황제가 매년 동짓날에 친히 천제를 봉사하던 곳.—옮긴이

54) 왕야(王爺)는 봉건시대, 왕의 작위를 받은 사람에 대한 존칭.—옮긴이

55) 머리 빗고 화장하는 정자.—옮긴이

56) 원문은 다음과 같다. …這里大覺寺興隆佛事不題. 後因天壇道官幷闔學生員爭這塊地, 上司斷決不開, 各在兀朮太子營里上了一本, 說道"這李師師府地寬大, 僧妓雜居, 單給尼姑盖寺, 恐久生事端, 宜作公所. 其後半花園, 應分割一半, 作三教堂, 爲儒釋道三教講堂." 王爺準了, 才息了三處爭訟. 那道官見自己不獨得, 又是三分四裂的, 不來照管. 這開封府秀才吳蹈理卜守分兩個無恥生員, 借此爲名, 也就貼了公帖, 每人三錢, 倒斂了三四百兩分資. 不日盖起三間大殿, 原是釋迦佛居中, 老子居左, 孔子居右, 只因不肯倒了自家門面, 便把孔夫子居中, 佛老分爲左右, 以見貶黜異端外道的意思. 把那園中臺榭池塘, 和那兩間妝閣, 當日銀瓶做過臥房的, 改作書房.…這些風流秀士, 有趣文人, 和那浮浪子弟們, 也不講禪, 也不講道, 每日在三教堂飮酒賦詩, 倒講了個色字, 好個快活所在. 題曰三空書院, 無非說三敎俱空之意.…(第三十七回上「三教堂靑樓成淨土」)

57) 『격렴화영』(隔簾花影). 전체 이름은 『삼세보격렴화영』(三世報隔簾花影)이다. 청의 무명씨가 지었다. 책 앞부분에 사교거사(四橋居士)의 서가 있다. 아마 강희(康熙) 연간 이후의 작품일 것이다.

[『격렴화영』. 호남(湖南)에서 간행된 대자본(大字本)이다. 쑨카이디는 『통속소설서목』에서 다음과 같이 말했다. "책 앞부분에 사교거사(四橋居士)의 서가 있는데, 작자일 것이다. 내 생각으로는, 『쾌심편』의 평자 역시 사교거사라고 서명했으니, 이와 같은 것이다."(首四橋居士序, 當卽作者. 按『快心編』評者亦署四橋居士, 與此同)—보주]

제20편 명대의 인정소설(하)

『금병매』·『옥교리』 등이 세간에서 인기를 얻자, 이를 모방한 작품이 계속해서 나왔다. 그러나 다른 한편으로는 이와는 다른 부류를 낳기도 했는데, 인물과 이야기의 줄거리는 모두 달랐지만, 책이름만은 여전히 이를 답습한 것이 많았다. 이를테면 『옥교리』, 『평산냉연』 같은 것 등이 모두 그러하다.[1] 그 서술한 바는 대개 재자가인才子佳人들의 일이었으며, 문아하고 풍류스러운 일들이 그 사이에 점철되어 있는 가운데, 과거의 급제와 실패, 운명의 행복과 불행이 주축을 이루고 있었다.[2] 처음에는 [주인공들의 운명이] 어긋나기도 하였지만, 끝에는 거의 뜻대로 끝났으므로, 그 당시에는 "가화"佳話라고 불리웠다. 그 내용을 살펴본다면 모두가 당인전기唐人傳奇와 비슷한 것이 있지만, 실제로는 무관하다. 대개 서술된 인물이 재인才人이었기 때문에, 시대는 비록 달랐지만 그 사적은 비슷했던 것으로, 이것은 우연히 그렇게 부합된 것일 뿐 반드시 모방으로부터 나온 것은 아니었다. 『옥교리』와 『평산냉연』은 불역 본이 있고,[3] 또 『호구전』好逑傳이라는 이름의 작품은 불역, 독역 본이 있다.[4] 그러므로 이것들은 외국에서 특히 유명하여, 중국에서 이들 작품들이 차지하고 있는 명성을 크게 넘어서고 있다.

『옥교리』玉嬌梨는 지금은 제목을 『쌍미기연』雙美奇緣이라고 바꾼 것도 있는데, 작자의 이름은 없다.[5] 전체가 겨우 20회로, 줄거리는 다음과 같다. 명 정통正統 연간[1436~1449년]에 태상경太常卿 백현白玄이라는 자가 있었다. 아들은 없고 늘그막에 홍옥紅玉이라는 딸을 하나 얻었는데, 문재文才가 매우 뛰어났다. 그녀가 아비를 대신하여 국화시菊花詩를 지은 것이 손님들에게 알려지자, 어사 양정조楊廷詔는 이로 인해 자기의 아들 양방楊芳의 아내로 맞이하고자 하였다. 백현은 양방을 집으로 초대하여 처남인 한림翰林[6] 오규吳珪에게 부탁하여 그를 시험해 보게 하였다.

……오한림은 양방을 데리고 정자 옆에 서 있었다. 양방이 머리를 드니 문득 위쪽에 편액扁額[7]이 하나 가로 걸려 있고, "불고헌"弗告軒이라는 세 글자가 씌어 있는 것이 보였다. 양방은 이 세 글자를 알고 있다고 자신했으므로 주목하여 바라보았다. 오한림은 양방이 자세히 보고 있는 것을 보고 말하였다.

"이 세 글자는 빙군聘君[8] 오여필吳與弼이 쓴 것으로, 점획에 생기가 있어 명필이라 할 만하오."

양방은 글자를 알고 있다는 사실을 뽐내려고 다음과 같이 대답하였다.

"과연 명필입니다. 헌軒자는 그저 보통은 되지만, 이 불弗, 고告 두 자는 입신의 경지올시다."

그러나 "고"告자를 거성으로 읽어 버려 불, 고 두 글자를 모르고 있는 것이 되어 버렸다. 이 두 글자는 대개 『시경』의 "불훤불고"弗諼弗告[9]의 뜻을 취한 것으로, 이 "고"자는 마땅히 "곡"谷자와 동음으로 읽어야 하는 것이다. 오한림은 듣고 나서 마음속으로 그의 무식을 알아차리고 대답을 흐리고 말았다. (제2회)[10]

백현은 마침내 혼인을 허락하지 않았다. 양은 이로써 원한을 품고 이에 백현을 추천하여 에센乜先[11]의 진영으로 가서 상황上皇을 영접하도록 하였다. 백현은 그의 딸을 오한림에게 맡기고 떠나갔다. 오규는 곧 홍옥을 데리고 금릉으로 돌아갔는데, 우연히 소우백蘇友白이 벽에다가 적어놓은 시를 보고 그의 재능을 아껴 홍옥을 그에게 출가시키고자 하였다. 소우백은 신부를 잘못 보고, 결국 따르지 않았다. 오규는 노하여 학관學官[12]에게 부탁하여 우백을 수재에서 제명시키도록 하였다. 학관이 막 주저하고 있을 때 백현이 조정으로 귀환하여 관직이 올라서 귀향한다는 보고가 때마침 들어와, 곧 우백을 수재에서 제명해 버렸다. 우백은 제명당했기에 서울로 들어가 그의 숙부가 있는 곳으로 가려 하였다. 도중에 그는 소년 몇 명이 고음苦吟하면서 바야흐로 백홍옥의 신류시新柳詩에 화답하는 시를 짓고 있는 것을 보았다. 화운을 잘한 사람에게 시집을 보낸다는 것이었다. 우백도 화운한 시를 두 수 지었는데, 그것을 장궤여張軌如가 갑자기 훔쳐가지고 백현에게 바쳤다. 백현은 장궤여를 서빈西賓[13]으로 머물러 있게 하였다. 얼마 안 있어 소유덕蘇有德이란 자가 우백의 이름을 사칭하고 백씨에게 청혼하였는데, 그 자리에서 장張을 만나 서로 상대방의 흠을 들춰내어 공박하였으므로 둘 다 실패하고 말았다. 우백은 홍옥의 신류시를 보고 그를 사모하여, 마침내 강을 건너 북으로 가서 오규에게 부탁하여 구혼하려 하였다. 하지만 도중에 도적을 만나 잠시 이씨의 집에 머물러 있게 되었다. 우연히 노몽리盧夢梨라고 하는 한 소년을 만났는데, 그 소년은 우백의 재주에 매우 감복하여 자기의 누이동생을 종신토록 맡아 주길 부탁하였다. 우백은 드디어 서울로 들어가 감생監生[14]의 자격으로 응시하여 차석으로 급제하였다. 그리고 다시 노몽리를 방문하였으나 그는 이미 난을 피하여 멀리 옮겨간 뒤여서 크게 실망하였다. 그는 노몽리가 사실은 백홍옥의 이종으로서 이미 먼저 금릉에 가서 백씨에게 의지하고 있는 것을 알지 못하였다. 백현은 사위 얻기가 어려워 성명을 바꾸고 산음山陰[15]으로 가 우적사禹迹寺에서 유씨柳氏라는 한 소년을 만났는데 재주와 학식이 매우 뛰어났다. 그 다음 날 방문하고 곧 자기 딸과 조카딸을 아내로 주기로 약속했다. 돌아와서 그 까닭을 다음과 같이 말했다.

> …… "……문득 한 소년을 만났는데, 성은 유柳가고 역시 금릉 사람이야. 그의 인물과 풍류는 진정 '사가謝家의 옥수玉樹'[16]라 할 수 있지.…… 내 그의 풍채가 훤하고 품격이 빼어나며神淸骨秀,[17] 학문이 넓고 재주가 높은 것學博才高을 보아 하니, 조만간 한림원에서 두각을 나타낼 게 틀림없어.……홍옥을 그에게 출가시키자니 조카딸이 또 나보고 자기 딸만 생각한다고 할 것이요, 조카딸에게 짝지어 주자니 또 홍옥은 나보고 아버지로서 딸은 생각하지 않고 조카딸만 생각해 준다고 말할 것이야. 유생을 제외하고 만약에 다시 한 사람을 찾아보려고 한다면 그거야말로 절대 불가능한 일이지. 내가 생각해 보니 아황娥皇과 여영女英이 함께 순임금 한 사람을 섬긴 일이 있거늘, 옛 성인이 이미 그렇게 행한 일이 있고, 내가 또 보니 너희 자매 둘이 서로 애모하는 것이 다만 좋은 친구라고만 할 정도가 아니니, 나도 차마 너희들이 떨어져 있게 못하겠구나. 그래서 그 당장에서 한마디로 그만 둘 다 그에게 허락하고 말았다. 이 일은 내가 얼마나 통쾌하게 처리했는지 모른다."…… (제19회)[18]

그러나 두 여자 모두 우백友白을 사모하고 있었기에, 그것을 듣고 매우 불만스러워했다. 얼마 후 유가 백씨에게 가서 자기가 사실은 소우백이라고 말했다. 그때 변성명하고 산음을 떠돌았던 것이었다. 현玄도 진짜 이름을 고백하니 모두 크게 놀라며 뜻밖의 일에 대해 기뻐했으며 마침내 혼례를 치렀다. 그런데 노몽리盧夢梨는 실제로는 여자로서, 그에 앞서 남장을 하고 스스로 우백에게 의탁을 했던 것이었다.

『평산냉연』 역시 20회로, '적안산인 편차'荻岸山人編次라고 적혀 있다. 청대 성백이盛百二(『유당속필담』柚堂續筆談)는 이 작품은 가흥嘉興의 장박산張博山이 열너덧 살 때에 지은 것으로,[19] 그 부친의 친구인 어떤 사람이 그것을 이어서 완성했다고 하였다. 박산의 이름은 소劭이며, 청 강희康熙 연간의 사람이다. "어려서부터 다 자란 아이의 재주를 갖고 있었으며, 아홉 살 때는 『매화부』梅花賦를 지어 그 스승을 놀라게 했다."[20](완원阮元의 『양절유헌록』兩浙輶軒錄 7에 인용된 이방담李方湛의 말) 다분히 조숙했기에 세상 사람들은 이 책을 그의 작품으로 보았지만, 문장과 그 내용이 진부하여 도저히 아이가 지은 것으로 볼 수 없다. 이 책에서는 "앞선 조대"先朝의 융성했던 시기를 서술하고 있지만, 어느 때에 지어졌는지에 대해 언급하지 않고 있고, "앞선 조대"가 어느 황제인지도 상세하지 않다. 그때 흠천감欽天監[21]의 정당관正堂官이 규·벽奎壁[22]의 밝은 빛이 온 땅에 가득한 것을 천자에게 아뢰니 천자가 크게 기뻐하며 참된 재주를 가진 자를 찾을 것을 명하였다. 또 때마침 흰 제비가 선회하며 나는 것을 보고 여러 관리들에게 백연시白燕詩를 지을 것을 명하였지만, 다들 할 수 없다고 사양했다. 대학사大學士 산현인山顯仁이 그의 딸 산대山黛가 지은 것을 바쳤는데 그 시는 다음과 같다.

석양에 비감해하니 흰 마음 드물고
복사꽃에 숨어드니 형체조차 없구나.
여린 빛깔이지만 까마귀의 색 빌리기를 치욕스러워하고
여위었으나 눈만을 먹고 산다네.

칠흑 같은 밤을 날아 돌아오매 그 자취 남아 있고
봄날의 붉은 꽃잎 가득 물고 있어도 옷을 더럽히지 않네.
부귀를 자랑하는 붉은 대문들에도
마침내 나의 깨끗한 몸으로 돌아올 수 있게 하네. (제1회)[23]

천자가 그것을 보고 잠箴을 올리도록 하니, 천자의 마음에 꼭 들어, 옥척玉尺 하나를 내려 주어, "이것으로 세상의 재능을 재도록"以此量天下之才 하였다. 금여의金如意[24]를 일집一執 주었으니, "그 문장은 필묵을 지휘할 수 있고, 그 무력은 강포함을 막아낼 수 있다. 장성하여 사윗감을 택할 때 어떤 망령된 자가 억지로 결혼하고자 하면 곧 이것으로 그의 머리를 치고, 쳐 죽여도 괜찮다"[25]고 하였다. 또 천자가 쓴 편액 하나를 하사받았는데 "홍문재녀"弘文才女라 적혀 있었다. 그때 산대는 열 살이었다. 그 부친이 누대樓臺를 지어 옥척을 보관하고, 그것을 옥척루玉尺樓[26]라 하였으며 또한 그곳을 산대가 공부하는 곳으로 삼았다. 이로부터 재녀才女의 이름이 크게 알려져, 그 시문詩文을 구하는 자들이 구름처럼 모여들었다. 훗날 산대는 시로써 어떤 귀족의 자제를 조롱하여 원망을 사게 되었는데, 그가 사람을 시켜 그 시문이 모두 그녀가 지은 것이 아니라고 무고하게 했다. 그리하여 또 어명을 받들어 문신文臣으로 하여금 옥척루로 가서 산대와 시합하여 겨루도록 했는데, 문신이 따를 수 없어 무고했던 자는 죄를 얻게 되었고 산대의 명성은 더욱 날리게 되었다. 그때 냉강설冷絳雪이라 하는 촌색시가 있었는데, 그 역시 어려서부터 시에 능했다. 그런데 은사隱士인 송신宋信의 기분을 상하게 하여, 송신은 계책을 세워 그를 모함하여, 관리로 하여금 산씨山氏에게 계집종으로 팔아 버리게 하였다. 강설은 도중에 시를 제題하다가 낙양洛陽의 재인才人 평여형平如衡을 만났으나, 잠깐 사이에 서로를 잃어버리고 말았다. 산씨 집에 도착해서는 스스로 그 재주를 드러내어 매우 사랑받았다. 또 시를 제題한 것이 천자에게 알려지게 되었다. 평여형은 운간雲間[27]으로 가서 재주 있는 선비를 찾다가 연백함燕白頷을 알게 되었는데, 그의 집안은 대대로 부귀하였고 뛰어난 재주가 있었으며 시에 능했다. 장관長官은 그 두 사람을 다 조정에 천거했으나 두 사람 모두 천거로써 출세하기를 원하지 않았다. 그리하여 둘 다 도성으로 가서 과거시험에 응시했으며, 또 이름을 바꾸고 산대를 만나 볼 수 있기를 청했다. 산대는 일찍이 그의 풍자시를 본 적이 있었기 때문에 강설과 함께 계집종으로 변장하고 시로 시합했다. 여러 차례 시를 주고받은 끝에 두 사람(평여형과 연백함)은 마침내 굴복하고 떠나 버렸다. 또 장인張寅이란 자가 있었는데 역시 청혼하려고 하여 산씨 집으로 와서 옥척루 아래에서 시험을 받게 되었다. 장씨는 문장을 지을 수 없어 크게 조롱을 당하고는, 급한 마음에 멋대로 누대로 올라갔다가 여의如意에 맞아 거의 죽게 되었는데, 엎드려 빌고서야 겨우 용서받게 되었다. 장은 예관禮官[28]에게 부탁해 조정에 상소하기를, 산대가 소년들과 함께 시를 주고받으며 희롱하면서 풍기를 문란케 하고 있다고 하였다. 천자는 곧 그들을 붙잡아 심문했다. 장은 또 그 두 사람은 실제로는 평여형과 연백함의 탁명托名이라고 고발하였다. 그러나 그때 마침 방이 나붙어 평여형은 회원會元으로 합격하고 연백함은 회괴會魁[29]로 합격했음이 밝혀졌다. 이에 천자는 대단히 기뻐하며 유지를 내려 산현인山顯仁에게 그들 가운데에서 사윗감을 삼으라고 분부했다. 마침내 산대는 연백함에게 시집가고 냉강설은 평여형에 시집가게 되었다. 결혼하는 날에는 모든 일이 미쁘고 충만하였다.

……두 아가씨가 가마에 오르니 치장한 시녀들의 따르는 무리가 백 명

도 넘었다. 길에는 폭죽과 북소리가 허공에까지 울려 퍼졌고, 채색한 깃발과 꽃등이 사람들의 눈을 어지럽혔으니, 진실로 천자께서 하명하신 혼례이고, 재상이 딸을 출가시키는 것이며, 장원狀元, 탐화探花[30]가 아내를 맞아들이는 것이었다. 한때의 부귀는 모든 인간세계의 융성함을 점유하고 있는 것이라……만일 진정으로 재능이 없다면 어찌 이와 같을 수 있겠는가? 지금까지도 경성京城에서는 모두 평산냉연平山冷燕이 네 명의 재자才子임을 전하고 있다. 한적한 창가에서 사적을 읽고는 흠모의 정을 이겨내지 못하여 이를 위해 전傳을 만드노라 운운. (제20회)[31]

두 책의 대지大旨는 모두 여자를 높이고 그들의 범상치 않은 재능을 칭송하는 데 있다. 또 팔고문八股文[32]을 대단히 경시하고 시사의 재화才華를 숭상하며, 세련되고 문아한 인재를 중히 여기고 속된 선비들을 비웃고 있다. 그러나 이른바 재주라는 것이 오로지 시의 능함에 있을 터인데, 이 책에서 들고 있는 잘된 시라는 것이 비속한 것이 훨씬 많아서, 마치 시골 구석의 글방선생이 지은 것 같다. 또 배필을 구할 땐 반드시 시험을 거치고, 결혼을 하는데 천자의 명을 기다리는 것은 당시의 과거科擧 사상에 얽매인 것인데, 만일 작자에게 비범한 재주가 없다면 실로 이러한 사상을 뚫고 나가 높이 날아갈 수 없는 것이다.

『호구전』 18회는 일명 『협의풍월전』俠義風月傳이라고도 하며, "명교중인 편차"名教中人編次라고 제하였다.[33] 그 대략적인 내용은 역시 앞의 두 책과 대략적으로 같으나, 문장표현만은 비교적 훌륭하다. 인물의 성격 역시 약간 다른데, 이른바 "미모에 재주가 있고, 잘 생긴 데다 의협심마저 있는"既美且才, 美而又俠 경우이다. 이 책에는 수재秀才 철중옥鐵中玉이라는 자가 등장한다. 그는 북직예北直隸의 대명부大名府[34] 사람으로서,

……용모가 아름답고 기품이 있어, 마치 미인과도 같았다. 이 때문에 마을에서는 별명을 붙여 "철미인"鐵美人이라 불렀다. 만약에 그의 인품을 두고 이야기하자면, 뛰어나게 아름다운 경우에는 성격은 반드시 부드럽고 살뜰한 법이다. 그러나 뜻밖에도 그의 사람됨은 비록 준수하게 생기기는 하였지만 성격은 마치 무쇠처럼 대단히 고강단이 있었다. 게다가 약간의 완력마저 있어 걸핏하면 힘을 쓰고 거칠게 굴었다. 한가할 때에도 그가 담소하는 것을 쉽게 볼 수 없었다.…… 또 하나의 장점이 있었으니, 누구라도 어려움에 처해서 그의 도움을 구하면,…… 흔쾌히 해결해주었다. 그러나 만약에 듣기 좋은 말로 아첨을 하면서 혜택을 기대하면, 그는 오히려 들은 척도 안 했다. 그러므로 사람들 모두가 그 사람에게 감격했으나, 또 모두가 까닭 없이 감히 그에게 가까이하고자 하는 이가 없었다.…… (제1회)[35]

그의 부친 철영鐵英은 어사御史였는데, 중옥中玉은 부친이 강직하기 때문에 화를 입을까 염려되어 도성으로 들어가 간하였다. 때마침 대쾌후사리大夬侯沙利가 한원韓愿의 처를 뺏는 것을 보고,[36] 곧 지략을 써서 도로 빼앗아 원愿에게 돌려주자, 의협이라는 칭송이 널리 알려졌다. 그러나 중옥 역시 화를 입을까 두려워 감히 도성에 머물러 있지 못하고, 산동山東으로 유학遊學갔다. 역성歷城[37]의 퇴직한 병부시랑兵部侍郎인 수거일水居一에게 빙심氷心이라고 하는 딸이 하나 있었는데, 대단히 아름다우면서도 재능과 식견이 남자를 능가하였다. 같은 현縣에 과기조過其祖라고 하는 자가 있었는데, 그는 대학사大學士의 아들로 억지로 구혼하였다. 이에 수거일은 감히 거절할 수 없어 질녀를 빙심과 바꾸어 그에게 시집보냈다. 혼인 뒤에야 비로소 발각되어 기조는 그를 크게 원망하면서 계략을 써서 거일을 함정에 빠뜨리고 또 갖은 방법으로 빙심을 얻으려고 하였으나, 빙심은 매번 지략으로써 그의 계략에서 벗어났다. 과기조는 또 현령縣令에 부탁하여 거짓으로 조정의 칙지를 전해 빙심을 핍박하였다. 때마침 중옥이 역성에 있다가 그녀를 만나 그것이 허위라는 사실을 간파하고 물리쳐 내어 계략은 또 실패하였다. 빙심은 이로 인하여 철중옥에게 대단히 감복하였다. 빙심은 중옥이 급한 병이 났을 때 곧 자기 집에 청해 와서 돌보아 주었다. 그런지 닷새가 지나서야 중옥은 비로소 그 집을 떠났다. 그 뒤로도 과기조는 여전히 재삼 빙심에게 장가들려고 도모했지만 모두 뜻을 이루지 못하였다. 중옥은 마침내 빙심과 결혼하였지만 부부의 연은 치르지 않았다.[38] 얼마 안 있다 과학사過學士는 어사 만악萬諤에게 부탁하여 두 사람의 결혼을 주상케 하였던바, 먼저 "한 남자와 한 여자가 함께 한 방에 거처하면 수상쩍은 일이 없지 않았을 것이다. 이제 그 부모가 그들의 사통을 묵인하여 세간의 이목을 끌었는데도 그대로 방치해 둔 것은 실로 명교를 손상시킴이 있도다"[39]라고 하였다. 이에 조정에서 칙지를 내려 조사하여 회답하라고 하였다. 뒤에 황제는 그 두 사람이 비록 혼례는 치렀지만 동침은 하지 않았다는 사실을 알고, 이에 빙심을 불러서 황후로 하여금 빙심의 몸을 검사하게 하였던바 과연 처녀였다. 이에 무고했던 자는 모두 질책을 당하였다. 그리고 수빙심과 철중옥은 "진정 좋은 배필 중에서도 더욱 뛰어난 사람이구나"眞好逑中出類拔萃者라고 칭찬하고, 다시금 화촉을 밝히게 함으로써 명교를 빛내도록 하였다. 또 "그대는 돌아가 금후로는 더욱더 덕을 높이고 풍속의 교화를 밝게 해야만 할 것이다"汝歸宜益懋後德以彰風化也라고 당부하였다.

또 『철화선사』鐵花仙史 26회가 있는데, "운봉산인 편차"雲封山人編次라고 적혀 있다.[40] 그 줄거리는 다음과 같다. 전당錢唐의 채기지蔡其志는 친한 친구 왕열王悅과 함께 조상으로부터 물려받은 매검원埋劍園에서 놀면서 부용을 감상하며 지내다가 꽃이 질 무렵이 되어서야 비로소 헤어졌다. 그 뒤에 도성에 들어가 다시 서로 만났는데, 이미 각각 강보에 싸인 아들, 딸을 데리고 있었다. 이에 [자식들의] 혼인을 약속하고 왕래가 더욱 친밀해졌다. 왕열의 아들은 유진儒珍이라 하였는데 일곱 살 때에 시에 능했으며, 동창인 진추린陳秋麟과 함께 열서너 살 때에 생원[41]이 되었다. 일찍이 매검원을 빌려 기거하면서 친구들을 초대하여 꽃을 감상하며 시를 지었다. 추린은 어느 날 밤에 여자를 만났는데, 그녀는 자칭 부검화符劍花라 하였다. 그 뒤에도 여러 차례 왔었는데 어느 날 저녁 폭풍우로 인해 옥부용이 다 뽑힌 다음부터는 발길이 끊어졌다. 뒤에 왕씨의 집안이 쇠락하고 유진도 시험에 급제하지 못하자, 채蔡는 그의 곤궁함을 꺼려서 자기 딸을 하원허夏元虛에게 출가시키려 했다. 그때 마침 추린은 이미 향시에 장원[42]으로 급제하고 급히 친구 소자신蘇紫宸과 모의하여 매파에게 부탁하여 채의 딸을 얻어, 시기를 보아 유진에게 돌려줄 생각이었으나 채의 딸 약란若蘭이 결국 달아나 자신紫宸의 숙부 성재誠齋의 보호를 받았다. 하원허는 명문 집안의 자제였지만 품행이 방정하지 못하였다. 그의 누이동생인 요지瑤枝가 때때로 비꼬고 질책하는 것에 노하여, 그녀를 천거하여 궁녀 선발[43]에 응하게 하였다. 요지는 소집되어 도성으로 들어가던 중 배가 난파되었다가 역시 성재에게 구조되었다. 성재는 또 유진을 초청해 와서 서빈西賓[44]으로 삼았다. 그런데 채기지는 만년에 고적하게 되자, 여러 차례 왕유진을 불러들여 보살펴 주다가 아들로 삼았다. 왕유진 역시 해원解元으로 급제하고, 소성재의 딸 형여馨如를 아내로 맞이했다. 진추린은 하요지夏瑤枝에게 청혼하였으나 성재가 허락하지 않았더니, 어느 날 밤 요지가 스스로 와서 두 사람이 함께 달아났다. 그때 소자신은 이미 연해 지방에 침입한 왜구들을 평정하고 신선이 되어 있었는데, 갑자기 왕, 진 두 사람에게 편지를 보내어 진짜 요지는 그대로 소씨蘇氏 집에 있으며, 함께 달아난 것은 사실은 꽃 귀신이라는 것을 말하고, 왕, 진 두 사람으로 하여금 오뢰법五雷法으로 그 요물을 퇴치하게 하니 요물은 곧 달아났다. 성재는 마침내 진짜 요지를 그에게 시집가도록 허락했다. 어느 날 유진은 소씨에게로 가서 문득 약란의 구비舊婢를 보고 깜짝 놀랐다. 이에 성재는 자기가 거두어들인 채씨의 딸이 본래 유진의 약혼녀였다는 사실을 확실히 알고 그녀를 유진에게 돌려보냈다. 나중에 두 집안의 부부는 모두 80세가 넘어서 소자신이 준 금단金丹을 복용하고 어느 날 저녁에 아무런 병 없이 죽었으니 세상에서는 시해屍解[45]라고 여겼다.

『철화선사』는 비교적 후대에 나온 것으로, 종래의 틀을 벗어나려고 한 것 같다. 그리하여 이야기를 전개함에 있어서 기이한 것을 힘써 구하였다. 작자 자신도 대단히 자부하면서 서언에서 다음과 같이 말했다.[46] "전기의 작가들은 재자가인의 슬픔과 기쁨, 이별과 만남을 묘사하여, 사람들의 이목을 즐겁게 하고 마음을 기쁘게 해준다. 그러나 이런 책이 완성되어 제목이 붙여질 때에는 종종 허술한 구석이 있었다. 이를테면 『평산냉연』은 모두 재자가인의 성姓으로 제목을 지은 것이고, 『옥교리』는 또 주요 인물의 이름 가운데 각각 한 자씩 따서 설명한 것이다.[47] 이와 같이 소략하게 다룬 것은 진정 재자가인을 의식적으로 무시하려 했기 때문이 아니고, 실제로는 내키는 대로 이야기를 만들어 책을 완성하는 데 편하고 어려움이 없도록 하기 위해서였다. 이 책에는 이와는 달리 특이한 점이 있는데,…… 읽는 사람이 철鐵이나 꽃花이나 신선仙으로 생각하면서 읽다 보면 재자가인의 일들이 그 사이에 포함되어 있는 것이다."[48] 그러나 문필이 서툴고 매끄럽지 않으며, 줄거리가 혼란스러운 데다, 전쟁과 신선, 요괴들의 이야기가 섞여들어 가 있어 이미 인정소설의 범주를 벗어나기도 한다.

주)______

1) 『금병매』(金甁梅)라는 책의 이름은 소설 속의 인물인 반금련(潘金蓮), 이병아(李甁兒), 춘매(春梅) 세 사람의 이름에서 각각 한 글자씩 따온 것이다. 이러한 방법을 답습한 것으로는 『옥교리』(玉嬌梨)와 같은 것이 있는데, 백홍옥(白紅玉)의 "옥"(玉), 오무교(吳无嬌; 백홍옥의 가명)의 "교"(嬌)와 노몽리(盧夢梨)의 "리"(梨)의 세 글자로 이루어진 것이다. 『평산냉연』(平山冷燕)은 평여형(平如衡), 산대(山黛), 냉강설(冷絳雪), 연백함(燕白頷) 네 사람의 성으로 지은 것이다.

2) 귀창허(郭昌鶴)의 『가인재자소설연구』(佳人才子小說硏究)에서는 다음과 같이 말했다. "그 내용은 다음 몇 가지로 귀납될 수 있다. (1) 진정한 재자가 진정한 가인을 낳는다. (2) 인연은 하늘이 정한 것이나, 결합하는 형식은 오히려 예교에 어긋나지 않는 자유연애이다. (3) 처음 만남은 대부분 후화원이나 묘우 안이다. (4) 좋은 일에는 항상 마가 낀다. (5) 결과는 대단원이다."(其內容可歸納爲數點: (1)有眞才子必生一個眞佳人; (2)因緣是天定的, 而結合的形式却是不違禮敎的自由戀愛; (3)初會多在後花園或廟宇中; (4)好事多磨; (5)結果是大團圓. 『문예계간』 창간호) 또 어떤 이는 다음과 같이 말했다. "가인재자식의 소설은 …… 항상 말하는 대로 모두 문장이 되는 재자와 물고기도 놀라 숨고 기러기도 떨어지는 가인을 벗어나지 않는데, 세번째로 중요한 배역은 반드시 나쁜 사람이어야 한다. 그는 비록 자격은 없지만 언제나 계교를 꾸며 내어 재자와 결혼을 다투고, 다툼이 이루어지지 않으면, 성질이 나 필사적으로 그들을 훼방 놓는다. 수많은 어려움을 거치고 난 뒤 결과적으로는 사랑하는 이들이 가족이 된다. 마지막 어려움의 해결은 대부분 재자가 장원급제하고 황제가 조서를 내려 그들을 결혼시키는 것에 의지한다. 나쁜 사람이 가인을 누리는 염복이 있을 리 없는 것은 당연한데, 그는 나쁜 짓을 하다가 반드시 엄중한 징벌을 받고야 만다. 책 속의 주인공은 당연히 시인이고, 책 속의 여주인공도 여류 시인이라는 것은 말할 필요도 없으며, 기회가 되면 시를 짓는데, 그들이 짓는 시는 대부분 밀랍을 씹는 맛이다."(佳人才子式的小說…總離不了一個出口成章的才子, 一位沈魚落雁的佳人, 第三個很要緊的脚色一定是一個壞人. 他雖然沒有資格, 他總要想方設計來同才子爭婚姻, 爭不成功, 氣了就拚命同他們搗亂. 經過許多困難以後, 結果有情人才成眷屬. 最後困難的解決, 多半靠才子点上了頭名狀元, 皇帝下詔書叫他們完婚. 至于壞人當然決不會有享受佳人的艶福, 他作了壞事情, 也一定要受嚴重的懲罰. 書中主人當然是一位詩人, 書中的女主人翁不消說也是一位女詩人, 一有機會就作詩, 他們作的詩大都味同嚼蜡. 『중덕문화연구』中德文化硏究, 24쪽) — 보주

3) 『옥교리』, 『평산냉연』 불역 본. 『옥교리』의 불역 본 *Ju-Kiao-Li*(*Iu-kiao-li*)는 프랑스인 아벨 레뮈사(M. Abel-Rémusat, 雷暮沙, 銳摩沙)가 최초로 번역한 것인데, 다시 『두 명의 사촌자매』(*Les Deux Cousines*, 兩個表姐妹)라는 제목으로 1826년 파리에서 출판되었다 [불역 본이 나온 뒤, 이것이 매우 유행하여 그 다음 해에는 영국의 런던에서 이둔트와 클로즈케(Idunt and Clozke)의 영역 본이 나왔는데, 일명 『두 명의 사촌형제』라 하였다. 또 슈투트가르트의 독역 본도 있다. 단편적인 번역으로는 일찍이 1821년 런던에서 스톤턴(Staunton)이 중국 공사의 구술을 바탕으로 앞부분 4회를 번역한 바 있다. 쑨카이디의 『중국통속소설서목』 초판 367~368쪽을 참고할 것.— 보주]. 그 후 다시 스탄 줄리앙(Starn Julien, 裘利恩)의 번역본이 역시 『두 명의 사촌자매』(兩個表姐妹)라는 제목으로 1864년 파리에서 출판되

었다. 『평산냉연』의 불역 본 *Ping Chan Ling Yen*은 스탄 줄리앙이 번역한 것인데, 다시 『재학을 갖춘 두 젊은 처자』(*Les Deux Jeunes Filles Lettrées*, 兩個有才學的年青姑娘)라는 제목으로 1860년 파리에서 출판되었다.

[『옥교리』와 『평산냉연』의 불역 본(1925년 이전에 한정함)에 관해서는 다음의 서지를 볼 것. Henri Cordier, *Bibliotheca Sinica*, Deuxiéme edition 1900~1909, vol. III pp. 1754~1779, vol. V Supplement pp. 3935~3959. 그 뒤에는 Tung-li Yuan(袁同禮), *China in Western Literature A Continuation of Cordier's Bibliotheca Sinica*, Far Eastern Publication, Yale University, New Haven Conn., 1958.—일역본]

4) 『호구전』(好逑傳) 불역, 독역 본. 불역 본으로는 다르시(G. d'Arcy, 阿賽)가 번역한 *Hao-Khieou-tschouan*이 있는데, 다시 『아름다운 아가씨』(*La Femme Accomplie*, 完美的姑娘)라는 제목으로 1842년 파리에서 출판되었다. 독역 본 가운데 가장 먼저 나온 것은 *Haoh Kjo'h Tschwen*으로 폰 뮈어(C. G. Von Murr, 摩爾)가 영문판에서 중역(重譯)한 것이며, 제목을 『호구의 즐거운 이야기』(*Die Angenehme Geschichte des Haoh Kjo'h*, 好逑快樂的故事)라고 붙였으니, 잘못되어 '호구'(好逑)가 이름으로 되어 버렸다. 1766년 라이프치히에서 출판되었다. 직접 중문판에서 번역된 것으로는 『빙심과 철중옥』(*Eisherz und Edeljaspis*, 氷心與鐵中玉)이라는 제목으로 프란츠 쿤(F. Kuhn, 法郎玆·孔)이 번역한 것이 있고, 또 『행복한 결혼이야기』(*Die Geschichte einer Glücklichen Gattenwahl*, 一個幸福的結合的故事)라는 제목으로 1926년 라이프치히에서 출판되었다.
[『호구전』은 유럽인들이 최초로 번역한 중국소설이다. 이것은 1761년(건륭 26년) 토머스 퍼시(Thomas Percy)가 주관한 것인데, 그는 미국에서 간행된 『영국고시잔존』(英國古詩殘存)으로 유명하다. 『호구전』은 모두 4책으로 주석이 덧붙여져 있고, 부록으로 『중국희제요』와 『중국언어집』 및 『중국시선』이 덧붙어 있다. 광주에 사는 영국 상인 윌킨슨(James Wilkinson)이 번역한 것이다. 출판되자 한때 유행하였다. 1766년 서명을 M이라고만 한 어떤 프랑스인이 불어로 번역했고, 뮈어(Murr)라는 이름의 독일인이 독일어로 번역하였다. 역자는 "호구"(好逑)가 『시경』 「관저」편에서의 "군자의 좋은 짝"(君子好逑)에서 나온 것임을 몰라 호구선생이 쓴 것으로 잘못 알았다. 괴테가 1796년(가경 원년) 1월에 실러에게 쓴 편지에서 『호구전』을 읽어 보았다고 했는데, 실러는 뮈어의 번역에 만족하지 않아 스스로 다시 개편하려고 했다. 그러나 그는 몇 페이지 개편한 뒤에 더 이상 작업을 계속하지 못했다. 30년 뒤 곧 1827년(도광 7년) 괴테는 아이크만과 『호구전』에 대해 다시 이야기한다. 또 파리(Paris)도 이 책을 번역했는데, 제목을 『정이 깊은 한 쌍』(*The Affectionate Pair*)이라 하였으며, 그는 이 책을 유럽인이 중국어를 처음 배울 때 쓰는 교과서로 삼았다. 1911년(선통 3년) 옌타이(烟台)의 동산 미국 장로회출판국에서 발러(F. W. Baller)의 영문 주석이 달린 중문 본이 나왔는데, 영문 이름은 『행복한 결합』(*The Fortunate Union*)이다. 작자는 서문에서 "다른 뜻은 없고, 뒷날 중국에 오는 사람이 중국어를 학습하는 데 단계적으로 올라가 바라만 보다가 뒤로 물러나는 일이 없도록 하기 위함"이라고 말했다.—보주]

5) 『옥교리』(玉嬌梨). 청대 장균(張勻)이 지은 것이다. "이적산인 편차"(荑荻山人編次)라고 적혀 있다("이적산인"은 "적안산인"荻岸山人으로 쓰기도 함).

[『옥교리』는 일명 『쌍미기연』(雙美奇緣)이라고도 하는데, 후서(後署)에 "천화장주인제"(天花藏主人題)라 하였다. 일본 나이카쿠분코 장본에는 『중정비평수상옥교리소전』(重訂批評繡像玉嬌梨小傳)이라 제하였는데, 청대 강희 간본인 듯하다. 베이징대학 도서관 소장 취금당(聚錦堂)과 옹정 경술 퇴사당(退思堂) 간본 『천화장칠재자서』(天花藏七才子書)가 있는데, 아마도 『옥교리』를 삼재자, 『평산냉연』을 사재자로 하여 이것을 합해서 칠재자라 한 것 같다.—보주]

[『옥교리』의 찬자(撰者)에 관해서 위 주에서는 "청의 장균(張勻)이 지었다"고 했는데, 이것은 쑨카이디의 『서목』의 설을 따른 것이다. 쑨카이디는 그 근거를 제시하지 않았다. 앞서 언급한 바 있는 나이카쿠분코 소장의 『옥교리』는 『옥교리』의 가장 이른 각본으로, "소정당주인"(素政堂主人)이라 제한 「옥교리서」(玉嬌梨序)가 있고, 또 지은이의 이름이 없는 「연기」(緣起)가 있다. 이 "소정당주인"은 "천화장주인"(天花藏主人)인 듯하다. 왕중민(王重民)은 뒤에 이 사람의 서가 있는 각본이 12종이나 있는 것으로 알려져 있다고 했다(왕중민, 『중국선본서제요』中國善本書提要, 상하이구지출판사上海古籍出版社, 1983, 403쪽). 이 책은 1980년에 간행되었지만, 1939년~1949년 사이에 집필된 것이다.

『평산냉연』에도 "천화장주인제어소정당"(天花藏主人題於素政堂)이라고 서명한 서가 있다. 그 뒤 다이부판(戴不凡)의 조사에 의하면, 천화(장)주인(혹은 天花才子)의 서가 있는 편(編), 정(訂), 저(著), 술(述)의 소설은 8종이고, 천화장주인의 서(자서를 제외하고)가 있고 다른 사람의 서명(혹은 미서명)으로 편찬된 소설은 10종이며, 천화재자평점이라고 제한 소설은 1종(곧 『후서유기』後西遊記)으로, 모두 19종(뒤에 26종으로 정정)에 이른다고 하였다. 그리고 이 천화장주인이야말로 명말 청초의 사람인 가흥(嘉興)의 서진(徐震; 자는 秋濤, 호는 烟水山人)의 별호라는 설을 폈다(다이부판, 「천화장주인은 곧 가흥의 서진이다」天花藏主人卽嘉興徐震, 『소설견문록』小說見聞錄에 수록됨). 그것과 관계가 있는 19종(혹은 26종; 작품명의 열거는 생략함)의 작품이 모두 서진이 편찬한 것인지, 또는 다른 사람의 작품을 개작한 것인지, 그렇지 않으면 다른 사람의 작품에 서를 쓴 것일 뿐인지는 추가적인 연구가 필요하다(다이부판의 말).—일역본]

6) 진사(進士)를 가리킴.—일역본

7) 그림이나 글씨를 써서 방 안이나 문 위에 걸어 놓는 널조각.—옮긴이

8) 조정에서 예를 갖추어 초빙하는 학행이 있는 사람을 말한다.—일역본

9) "弗諼弗告"에서 "弗諼"은 "잊지 않는다"는 뜻이다. 『시경』 「위풍」(衛風)의 「고반」(考槃)에서 "홀로 잠자며 홀로 말하고, 아예 이 뜻 길이 잊지 않으리라"(獨寐寤言, 永矢不諼)는 대목과 "홀로 잠자고 홀로 일어 지새고, 아예 이 경지 남에게 알리지 않으리라"(獨寐寤宿, 永矢不告)는 대목에서 따온 것이다. 그리고 「모전」(毛傳)에서는 "고(告)는 음(音)이 곡(谷)이다"라 하였다.—일역본

10) 원문은 다음과 같다. …吳翰林陪楊芳在軒子邊立着. 楊芳擡頭, 忽見上面横着一個匾額, 題的是"弗告軒"三字. 楊芳自恃認得這三個字, 便只管注目而視. 吳翰林見楊芳細看, 便說道, "此三字乃是聘君吳與弼所書, 點畫遒勁, 可稱名筆." 楊芳要賣弄識字, 因答道, "果是名筆, 這軒字也還平常, 這弗告二字寫得入神." 却將告字讀了去聲, 不知弗告二字, 蓋取『詩經』上"弗諼弗告"之義, 這"告"字當讀與"谷"字同音. 吳翰林聽了, 心下明白, 便模糊答

應.…(第二回)

일본 나이카쿠분코(內閣文庫) 소장 『신전비평수상옥교리소전』(新鐫批評繡像玉嬌梨小傳; 4책, 20회. 淸 荑秋山人 編次. 淸 康熙 刊本)에 근거해 다음과 같이 교감한다. 賣弄識字, 因答道→賣弄識字, 便答道 / 將告字讀了去聲→將告字讀了常音 / 糢糊答應→糢糊應道—일역본

11) 에센(也先)이라고도 하며, 와라(瓦剌)의 승상, 탈환(脫懽)의 아들로 몽고의 오이라트부와 타타르부를 통일하여, 태사회왕(太師懷王)이라 칭했다. 명 정통(正統) 14년(1449) 몽고군이 대거 쳐들어와 하북성 회래현(懷來縣)의 토목보(土木堡)에 이르렀을 때 명나라 군사는 대패하여 영종(英宗)이 포로가 되었다. 몽고군이 영종을 데리고 북쪽으로 가버리자, 명에서는 영종의 아우인 대종(代宗)이 즉위하고 영종을 태상황(太上皇)으로 삼았다. 경태(景泰) 말년 몽고군과 명나라 군 사이에 강화가 성립되어 에센은 상황을 송환시켰다.—일역본/옮긴이

12) 학교 교육을 담당하는 교관(敎官)으로 교관(校官)이라고 한다. 물론 여기에서 학교라고 하는 것은 근대의 학교제도와는 다른 것이다. 과거제도의 하나로서의 유학(儒學)을 가리킨다. 동시(童試)를 거쳐 직예성(直隸省) 부주현(府州縣)의 유학(儒學)에 들어가는 것을 입학이라 하고, 입학한 뒤에는 수재라 불렀다.—일역본

13) "서빈"(西賓)은 고대에 비장(裨將)이나 가정교사를 일컫는 말이다. 주인은 동쪽에, 손님은 서쪽에 자리를 잡고 앉은 데서 유래하였다.—옮긴이

14) 명청 시대의 국자감 학생.—옮긴이

15) 현재의 저장성(浙江省) 사오싱(紹興).—일역본

16) "옥수"(玉樹)는 용모가 아름답고 재능이 뛰어난 인물을 말한다. 『세설신어』 「용지」(容止)편에 나온다. 사가(謝家)는 왕사(王謝)의 사(謝)로, 육조시대의 대표적인 귀족이다.—일역본

17) 정신과 육체가 맑고 빼어남.—옮긴이

18) …"…忽遇一個少年, 姓柳, 也是金陵人. 他人物風流, 眞個是'謝家玉樹'…我看他神淸骨秀, 學博才高, 旦暮間便當飛騰翰苑.…意欲將紅玉嫁他, 又恐甥女說我偏心; 欲要配了甥女, 又恐紅玉說我矯情. 除了柳生, 若要再尋一個, 却萬萬不能. 我想娥皇女英同事一舜, 古聖人已有行之者; 我又見你姊妹二人互相愛慕, 不啻良友, 我也不認分開; 故當面一口就都許他了. 這件事我做得甚是快意."…(第十九回)

19) 성백이(盛百二, 1720~?)의 자는 진천(秦川)이고, 청대 수수(秀水; 지금의 저장 자싱嘉興) 사람이다. 일찍이 치천(淄川)의 지현을 지냈다. 『유당속필담』(柚堂續筆談) 세 권을 지었는데 내용은 대부분 문단의 일화와 연혁이다.

장박산(張博山)의 이름은 소(劭)이고, 청대 수수 사람이다. 저작으로 『목위시초』(木威詩鈔)가 있고, 『양절유헌록』(兩浙輶軒錄)에는 그의 시가 수록되어 있다.

[『평산냉연』의 구간본은 "순치 무술 입추월 천화장주인이 소정당에서 제하다"(順治戊戌立秋月天花藏主人題于素政堂)라고 적혀 있다. 덧붙이자면 순치 무술은 순치 15년, 곧 1658년으로 영력 12년이기도 하다. 이 해는 명나라가 아직 명맥을 잇고 있었기에, 『평산냉연』은 명말의 작품이라 할 수 있다. 『휴리시계』(携李詩系)에는 다음과 같이 기록

되어 있다. "장균의 자는 선형이고 호는 작공으로 수수의 제생이다. 열두 살의 나이로 패사를 지었으니, 지금 전하는 『평산냉연』이다. 또 전기도 지었는데, 『십미도』와 『장생락』 등 이십 종이 그것으로, 천하의 극단들이 다투어 그것을 전파하였다. 죽음에 임박해서는 다음과 같이 글을 남겼다. '벌거벗고 왔다가 벌거벗고 돌아가니, 웃음을 터뜨리며 멋대로 놀아 볼거나. 돌아갈 때는 오던 길로 가지 말고, 경루와 해상산을 뛰어넘어갈지어다.' 『작산당집』이 있다."(張匀, 字宣衡, 号鵲公, 秀水諸生. 年十二, 作稗史, 今所傳『平山冷燕』也. 又爲傳奇, 有『十眉圖』, 『長生樂』二十種, 海內梨園, 爭傳播之. 臨卒書云: '赤剝來時赤剝還, 放開笑口任顚玩. 還時不再依前路, 跳過琼樓海上山.' 有『鵲山堂集』) 덧붙이자면 『십미도』는 장령(張靈)과 최영(崔瑩)의 일을 부연한 것이고, 『장생락』은 유신(劉晨)과 완조(阮肇)의 일을 부연한 것이다. 『평산냉연』도 "적안산인 편차"라고 제한 것이 있으며, 또 『옥교리』와 합해서 칠재자라고 칭한 것으로 보아 이 두 책 모두 장균이 지은 것일 수도 있다는 것을 알 수 있다. 루쉰 역시 장박산이 열너덧 살에 『평산냉연』을 지었다는 설에 회의를 품고 "도저히 아이가 지은 것으로 볼 수 없다"(殊不類童子所爲)고 생각했다.— 보주]

[쑨카이디의 『서목』에서는 장소의 설과 수수의 장균의 설, 이렇게 두 설을 들어 어느 것이 맞는지는 알 수 없다고 하였다. 또 앞서 언급한 대로 다이부판은 서진이라고 하는 제3의 인물을 들고 있기도 하다.— 일역본]

20) 원문은 "少有成童之目, 九齡作『梅花賦』驚其師".

21) 제실(帝室) 직속의 천문대로 천문과 역법을 담당했다.— 일역본

22) 모두가 별 이름. 규수(奎宿)는 이십팔 수(宿)의 하나로, 백호칠수(白虎七宿)의 첫번째 수인데, 별이 열여섯 개이다. 예로부터 문장을 지배한다고 믿어져 왔다. 벽수(壁宿)는 동수(東宿)라고도 한다. 이십팔 수의 하나이다. 북궁현무칠수(北宮玄武七宿)의 마지막 수로, 별이 두 개 있다.— 일역본

23) 원문은 다음과 같다. 夕陽憑弔素心稀, 遁入梨花無是非, 淡去羞從鴉借色, 瘦來只許雪添肥, 飛回夜黑還留影, 銜盡春紅不涴衣, 多少朱門夸富貴, 終能容我潔身歸.(第一回)

일본 국립국회도서관 소장 『신각천화장비평평산냉연』(新刻天花藏批評平山冷燕; 2책 4권 20회, 半葉 13행, 行二十五字本, 荻岸散人編次. 英德堂藏板)에 의거해 다음과 같이 교감한다. 啣盡春紅不涴衣→啣盡春紅不浣衣— 일역본

24) 여의(如意)는 불교에서 보살이 갖고 있는 기물로서, 옥이나 뿔, 대 따위로 만들었는데 한 자쯤 되는 자루는 끝이 굽어 고사리 모양과 같다. 원래는 등의 가려운 곳을 긁는 데 썼는데 가려운 곳이 마음먹은 대로 긁힌다는 뜻에서 나온 말이라 한다.— 옮긴이

25) 文可以指揮翰墨, 武可以扞御强暴, 長成擇婿, 有妄人强求, 則以此擊其首, 擊死勿論.

앞서와 마찬가지로 다음과 같이 교감한다. 長成擇婿→倘後長成擇婿 — 일역본

26) 이 내용을 검토해 보면, 재자가인 소설은 일반적으로 소형이 많은데, 매 편이 이십 회를 넘지 않고, 심지어 7, 8회 정도인 것도 있다. 매 편은 대략 명대 "삼언"의 1회에 해당하며, 또 희곡에서 소설로 개편된 것도 많다. 이를테면 『초엽박』, 『연자전』, 『하전기』, 『비목어』, 『풍쟁오』 등은 모두 희곡에서 소설로 개편된 것인 듯하다. 『평산냉연』도 희곡이 있는데, 『곡해총목제요』(曲海總目提要) 24권의 주방분(朱放奔)의 『옥척루』(玉尺

樓)가 그것이다. 소설 『평산냉연』의 서에서는 다음과 같이 말했다. "만약 따르는 무리의 인물들을 볼 것 같으면 되는대로 묘사하였으니, 어찌 극중 주인공의 준수함을 돋보이게 할 수 있겠는가?"(若于陪輩人物草草, 則安能引襯得起劇中主人之舒俊) 소설 『평산냉연』과 희곡 『옥척루』 가운데 도대체 어느 것이 앞서는 것인지는 알 수 없다.—보주

27) 장쑤성 쑹장(淞江) 현의 옛 명칭이다. 화정(華亭)이라고도 했다. —옮긴이

28) 예의를 담당하는 관리로, 육부 가운데 제3부인 예부(禮部)가 이에 해당한다. 다만 당송(唐宋) 이후에는 예의를 전담하지는 않고, 공거(貢擧), 학교(學校), 고시(考試), 풍속교화(風俗敎化), 종교 및 외빈의 접대 등을 맡아보았다.—일역본

29) 회원은 장원이고, 회괴는 차석이다.—옮긴이

30) 장원(壯元)은 과거시험의 마지막 단계인 전시(殿試)에서 1등의 성적으로 진사에 급제한 것을 말하고, 탐화(探花)는 2등으로 급제한 것을 말한다.—일역본

31) 원문은 다음과 같다. …二女上轎. 隨妝侍妾足有上百, 一路火炮與鼓樂喧天, 彩旗共花燈奪目, 眞個是天子賜婚, 宰相嫁女, 狀元探花娶妻: 一時富貴, 占盡人間之盛.…若非眞正有才, 安能如此? 至今京城中俱傳平山冷燕爲四才子; 閑窗閱史, 不勝欣慕而爲之立傳云.(第二十回)

32) 원문은 "제예"(制藝)로 과거시험에서 부과하는 특수한 문장을 가리킨다. 시문(時文)이라고도 한다.—일역본/옮긴이

33) 『호구전』 4권은 독처헌(獨處軒) 대자본(大字本)과 능운각(凌雲閣) 재본(梓本), 호덕당(好德堂) 본, 삼양당(三讓堂)간 소본(小本) 등이 있다. 호덕당 본이 꽤 괜찮은데, 선화리유풍노인(宣化里維風老人)의 서가 있으며, 대략 순치(順治) 간본인 듯하다. 산음(山陰)의 이응계(李應桂)의 전기 『소하주』(小河洲)의 본래 이야기는 『곡해총목제요』(曲海總目提要) 23권에 보이며, 자계진존매(慈谿陣存梅) 전기 『호구전』은 구련(裘璉)이 『제사』(題辭)를 썼는데, 모두 소설 『호구전』에 근거하여 쓴 것이다.—보주

34) 대명부(大名府)는 부(府)의 명칭으로, 삼국시대(三國時代) 위(魏)의 양평군(陽平郡)이었고, 당대(唐代)에는 천웅군(天雄軍)이었다가, 오대(五代) 진대(陳代)에 이르러 대명부라 개칭하였다. 청대에 이르러 직예성(直隸省)의 관할지역으로 편입되었으며, 대명(大名)과 이원(二元) 두 성을 관할하고 있다.—옮긴이

35) 원문은 다음과 같다. …生得豊姿俊秀, 就象一個美人, 因此里中起個諢名, 叫做"鐵美人". 若論他人品秀美, 性格就該溫存. 不料他人雖生得秀美, 性子就似生鐵一般, 十分執拗; 又有幾分膂力, 動不動就要使氣動粗; 等閑也不輕易見他言笑.…更有一段好處, 人若緩急求他,…慨然周濟; 若是諛言諂媚, 指望邀惠, 他却只當不曾聽見: 所以人都感激他, 又都不敢無故親近他.…(第一回)

36) 『호구전』에 의하면 [원문의] "한원처"(韓愿妻)는 마땅히 "한원녀"(韓愿女)로 써야 한다. [『옥교리』와 『평산냉연』, 『호구전』, 그리고 『철화선사』(鐵花仙史)는 모두 재자가인 소설이지만, 이들 작품의 서지적인 것에 관해서는 쑨카이디의 『서목』과 류춘런의 『서목제요』 이외에 아잉(阿英)의 「소설한담 1」(小說閒談 1; 아잉, 『소설한담』, 상하이: 구뎬원쉐출판사, 1958)과 역시 아잉의 「소설수기록」(小說搜奇錄; 아잉, 『소설삼담』小說三談, 상하이: 상하이구지출판사, 1979)에 관련된 기술이 있다. 특히 아잉의 「소설수기록」의 「호구전」

의 조에서는 『호구전』의 여러 간본 가운데, 호덕당 본(好德堂本)을 소개하면서 유풍노인(維風老人)의 서(다른 간본에는 없는)를 초록해 놓았다. 또 대련도서관참고부(大連圖書館參考部)에서 엮은 『명청소설 서발선』(明清小說序跋選; 선양沈陽: 춘평원이출판사春風文藝出版社, 1983)에도 이 도서관에 소장되어 있는 재자가인 소설의 서발과 내용 소개, 그리고 판본 설명이 있다.

재자가인 소설의 연구에 관해서는 궈창허(郭昌鶴)의 「가인재자소설연구」(佳人才子小說硏究; 『문학계간』文學季刊 창간호 및 제2호, 1934년 1월에 실림)가 있다. 재자가인 소설은 작품 그 자체는 통속적이고 상투적인 내용이긴 하지만, 청대가 되어서도 여전히 유행했는데, 그것이 사회심리에 넓고 깊게 파고들었던 그 일단에 대해서, 루쉰은 「소외」(疎外)라는 글에서 지적한 바 있다(『차개정잡문』에 수록됨). 장편소설 『홍루몽』은 제1회의 공공도인(空空道人)과 돌의 대화에서 알 수 있듯이, 가인재자 소설에 대한 비판 — 소설에 의한 소설의 비판에서 생겨났다는 말이 나올 정도였던 것이다.

재자가인 소설은 일본의 에도문학(江戶文學)에도 영향을 주었는데, 아소 이소지(麻生磯次)의 『에도문학과 중국문학』(도쿄: 三省堂, 1946)에 의하면, 바킨(馬琴)의 『가이칸교키교카구덴』(開卷驚奇俠客傳; 初集, 天保 2年 刊. 二集, 天保 6年 刊)의 간쇼로쿠(館小六)에게는 『호구전』의 철공자(鐵公子)의 그림자가 드리워져 있고, 『마쓰라사요히메 세키콘로쿠』(松浦佐用媛石魂錄; 前編, 文化 5年 刊. 後編 文政 11年 刊)는 『평산냉연』의 취향에 힘입은 바 있다고 하였다. — 일역본]

37) 역성(歷城)은 산둥성에 속해 있다. 한대에 처음 설치되어 대대로 이어져 내려왔는데, 명청대에는 제남부(濟南府)와 산동성의 관할지에 소속되었다. — 옮긴이

38) 원문은 "합근"(合巹)으로, 구식 결혼식에서 신랑, 신부가 한 조롱박을 쪼개서 만든 조롱박 잔에다 술을 부어 함께 마시는 의식에서 유래되었다. — 옮긴이

39) 원문은 다음과 같다. 孤男寡女, 共處一室, 不無曖昧之情, 今父母循私, 招搖道路而縱成之, 實有傷于名教.

이 예문은 『호구전』(好逑傳) 제17회 「채출은정방표인정진의협」(蔡出隱情方表人情眞義俠)의 일부이다. "共處一室"은 어떤 본에는 "幷處一室"로 되어 있다. 인용된 곳의 앞 부분에 "孤男寡女, 無媒而共處一室"이라는 구절이 있다. — 일역본

40) 『철화선사』는 일소거사(一嘯居士) 평점이라 적혀 있다. 간본에는 그림이 열두 쪽 있으며, 통행 소본(小本)도 있다. — 보주

41) 원문은 "입반"(入泮)으로, 옛날에 제후가 세운 학교를 반궁(泮宮)이라 했는데, 부(府)와 현(縣)의 학교인 반궁에 들어가 생원이 되는 것을 지칭한다. — 옮긴이

42) 원문은 "해원"(解元)으로, 명청시대 향시(鄕試)의 수석 합격자이다. — 옮긴이

43) 원문은 "점선"(點選)으로, 민간에서 궁녀를 뽑는 것을 말한다. — 옮긴이

44) 앞서 주 13)에서 말한 대로 고대의 가정교사를 가리킴. — 옮긴이

45) (도교에서) 몸을 남겨 두고 혼백만 빠져 나가 신선이 되는 도술. — 옮긴이

46) 『철화선사』의 이 서문은 실제로는 삼강조수(三江釣叟)가 지은 것으로 꼭 작자가 지은 것으로 볼 필요는 없다. — 보주

47) 『평산냉연』의 서명은 주인공인 평여형(平如衡)과 산대(山黛), 냉강설(冷絳雪), 연백함

(燕白頷)의 성을 합성한 것이고, 『옥교리』(玉嬌梨)는 주인공인 백홍옥(白紅玉)과 그녀의 화명(化名)인 오무교(吳无嬌) 및 노몽리(盧夢梨)의 이름에서 각각 마지막 글자를 모아서 합성한 것이다.—보주

48) 원문은 다음과 같다. 傳奇家摹繪才子佳人之悲歡離合, 以供人娛目悅心者也. 然其成書而命之名也, 往往略不加意. 如『平山冷燕』則皆才子佳人之姓爲顔, 而『玉嬌梨』者又至各摘其人名之一字以傳之, 草率若此, 非眞有心唐突才子佳人, 實圖便于隨意扭捏成書而無所難耳. 此書則有特異焉者,…令人以爲鐵爲花爲仙者讀之, 而才子佳人之事掩映乎其間.

제21편 명대의 송대 시인소설(市人小說)을 모방한 소설과 후대의 선본(選本)

송대의 설화說話 가운데 강사講史만큼 후대에 큰 영향을 준 것은 없었다. 제14, 15편에서 말한 것처럼 저작이 쏟아져 나왔다. 명대의 설화인說話人 역시 대부분이 강사로 이름을 얻었고, 간혹 설경說經[1]이나 원경諢經이 있기는 했으나, 소설을 강講한 사람은 무척 드물었다. 다만 명말에 이르러 송대의 시인소설市人小說[2]과 같은 부류의 소설들이 다시 등장했는데, 어떤 것은 옛이야기를 그대로 옮긴 것도 있었고, 어떤 것은 새로 지은 것도 있어 잠시 동안 세간에 널리 유행하기는 했으나, 옛 명칭은 없어져 다시는 시인소설이라 부르지 않았다.

이러한 이야기를 많이 수록한 책 가운데 가장 먼저 나온 것은 『전상고금소설』全像古今小說[3] 40권이다. [당시의] 서사書肆인 천허재天許齋는 다음과 같이 독자들에게 알리고 있다. "본 서점에서는 고금의 유명작가의 연의소설 120종을 구입하였는데, 우선 삼분의 일을 초각합니다."[4] 녹천관주인綠天館主人의 서에서는 다음과 같이 말하고 있다. "무원야사茂苑野史가 집에 소장하고 있는 고금의 통속소설이 무척 많은데, 상인의 간청에 의해 일반 백성들에 도움이 될 만한 것 40종을 뽑아내어 일집으로 간행하도다."[5] 그러나 속집에 대해서는 언급이 없다. 그러고는 "삼언"三言이 나왔는데, "삼언"이라는 것은 첫째 『유세명언』喩世明言, 둘째 『경세통언』警世通言을 일컫는데, 모두 아직 발견되지 않아, 다만 서목만을 알 수 있을 따름이다. 『명언』 24편 가운데 21편은 『고금소설』에서 나온 것이고, 나머지 3편 역시 『통언』 및 『성세항언』醒世恒言에 보이는데,[6] 『고금소설』의 잔본殘本을 취해서 만든 것 같다. 『통언』은 40편으로, 천계天啓 갑자년(1624) 예장豫章 무애거사無碍居士의 서가 있고, 40편 가운데 『경본통속소설』京本通俗小說에 있는 작품 7편이 들어 있다(시오노야 온의 『명의 소설 '삼언'에 관하여』關于明的小說"三言" 및 『송명통속소설유전표』宋明通俗小說流傳表에 보인다). 이것으로 이렇게 모아서 펴낸 것 가운데에는 대개 옛날 책에서 옮겨 온 것도 있어, 모두가 명대 작가들의 모방작이 아니라는 것을 알 수 있다. 셋째는 『성세항언』으로 역시 40편으로 되어 있다. 천계 정묘년(1627) 농서隴西 가일거사可一居士의 서에는 다음과 같이 말하고 있다.

"육경六經과 국사國史 이외의 모든 저술은 다 소설이다. 이치를 숭상하다 보면 난해함에 빠지는 병폐가 생기고, 문장을 수식하다 보면 수사에만 치우치게 되는 단점이 있기도 한데, 그렇게 되면 일반 백성들에게 읽혀져 항심恒心을 진작시키기에 부족하게 된다. 그런 까닭에 『명언』과 『통언』에 이어 『성세항언』을 지은 것이다."[7] 이것으로써 『항언』이 "삼언" 가운데 가장 마지막에 나온 것임을 알 수 있다. 그중 『십오관희언성교화』十五貫戲言成巧禍라는 작품은 『경본통속소설』 15권의 『착참최녕』錯斬崔寧으로, 『항언』 역시 옛 작품에서 옮겨 온 것으로, 편집 체제가 대개 『통언』과 같았음을 알 수 있다. 송선노인松禪老人은 『금고기관』今古奇觀의 서에서 다음과 같이 말했다. "묵감재墨憨齋가 『평요』平妖를 증보하였는데, 있는 기교를 다 부리고 말을 교묘하게 꾸며 본래의 모습을 잃지 않았다.……『유세』, 『성세』, 『경세』

등 '삼언'은 인정세태의 여러 측면들을 아주 잘 묘사하였고, 슬픔과 즐거움, 헤어짐과 만남의 지극함을 갖추어 묘사하였다."[8]

『평요전』에는 장무구張無咎의 서가 있는데 "대개 나의 친구 용자유龍子猶가 증보한 것이다"[9]라고 하였다. 같은 책의 첫번째 쪽에 제명題名이 있는데, "풍유룡 선생 증정"馮猶龍先生增定이라고 적혀 있는 것으로 보아, "삼언" 역시 풍유룡[10]이 지은 것임을 알 수 있다. 용자유라고 하는 것은 "유룡"猶龍이라고 하는 자字를 뒤섞어 지은 것이다. 유룡은 이름이 몽룡夢龍으로 장주長州 사람이다[11](『곡품』曲品에는 오현吳縣 사람이라고 되어 있고, 『완담시화』頑潭詩話[12]에는 상숙常熟 사람이라고 되어 있다). 때문에 녹천관주인은 그를 무원야사라고 칭하고 있는데, 숭정崇禎 연간에 공생貢生으로부터 선발되어 수녕壽寧의 지현知縣을 제수받았다. 시집으로 『칠락재고』七樂齋稿가 있지만, "우스갯소리를 잘하고, 간간히 통속적이고 격식에 구애받지 않는 절조節調를 집어넣어 시인으로 평가받을 수는 없다"[13](주이존朱彛尊, 『명시종』明詩綜 71). 그러나 사곡詞曲에 뛰어나 『쌍웅기전기』雙雄記傳奇[14]가 있고, 또 『묵감재전기정본십종』墨憨齋傳奇定本十種[15]을 출판하여 당시 명성이 자못 드높았다. 그 가운데 『만사족』萬事足, 『풍류몽』風流夢, 『신관원』新灌園은 모두 자신이 지은 것이고, 소설 역시 좋아하여 『평요전』을 증보하고 "삼언"을 지었다. 또 일찍이 심덕부沈德符에게 권하여 『금병매』의 사본을 서고書賈에 넘겨 간행케 하였으나, 실현되지는 않았다(『야획편』野獲編 25).[16]

『경본통속소설』에 수록되어 있는 7편 가운데 5편은 [남송의] 고종高宗 때의 일이고, 가장 시대가 멀리 떨어진 것이라 하더라도 [북송의] 신종神宗 때의 일로서,[17] 아주 가까운 시대의 견문에 바탕했기에 서술이 몹시 핍진하였다.[18] 『성세항언』에서는 그 체제를 바꾸어 한대漢代의 일이 두 편, 수당隋唐의 일이 열한 편 들어가 있으며, 진당晋唐의 소설(『속재해기』, 『박이지』, 『유양잡조』, 『수유록』 등)에서 소재를 취한 것이 많다.[19] 그러나 고금의 풍속이 많이 바뀌었기에, 허구적으로 표현함으로써 생기를 잃고 있다. 송대의 이야기 11편은 자못 생동감이 있는데, 『착참최녕』 이외에 또 송대의 화본으로부터 옮겨 온 것이 있을지 모르나 확실하지는 않다.[20] 명대의 이야기 15편은 서술한 내용이 모두 가까운 시기의 견문에 의한 것이기에, 인정세태의 묘사에 허구의 필요성이 없었으므로, 비교적 한당漢唐을 묘사한 작품들보다 비교적 뛰어나다.[21]

제9권 『진다수생사부처』陳多壽生死夫妻 1편의 내용은 다음과 같다.[22] 주朱씨와 진陳씨 두 사람은 바둑친구로서 그들의 아들과 딸을 결혼시켜 사돈을 맺으려 한 사이였는데, 진씨의 아들이 나중에 문둥병을 앓자 주씨는 혼약을 파기하려 하였으나 그의 딸은 따르지 않았다. 끝내 진씨에게로 시집가서 병간호를 했지만 3년이 지나서 부부는 모두 독약을 마시고 죽었다. 그 두 친구가 혼약을 하는 대목과 딸의 어머니가 원한을 품는 등의 대목은 모두 그다지 수식은 하지 않았지만, 그 정경은 오히려 그림과 같다.

> ……왕삼로와 주세원은 그 소학생의 걸음걸이가 점잖고, 말소리가 청아하며, 또 절을 하는 모습이 아주 예절이 있음을 보고 칭찬을 아끼지 않았다. 왕삼로가 곧 물었다.
>
> "자제분은 몇 살이나 되었소?"
>
> 진청이 대답해 말했다.
>
> "아홉 살입니다."
>
> 왕삼로가 말했다.
>
> "옛날에 득남 축하연 할 때를 생각하니 바로 어제 같은데 순식간에 이미 9년이 되어 버렸으니 정말 세월은 화살 같군요. 어찌 우리가 늙은 게

아니겠소이까?"

또 주세원에게 물었다.

"제가 기억하기로 댁의 따님도 그 해에 태어났지요?"

주세원이 말했다.

"그렇습니다. 우리집 딸 다복이도 이제 아홉 살이 되었습니다."

왕삼로가 말했다.

"제가 말이 많더라도 나무라지 마십시오. 두 분께서는 이미 평생의 바둑 친구이신데, 어찌 아들딸을 약혼시켜 사돈을 맺지 않으십니까? 옛날에 주진촌朱陳村이란 곳이 있었는데, 그 마을에는 두 성씨만이 살고 있어 대대로 혼인을 해왔다고 합니다.[23] 지금 두 분의 성씨가 마침 부합하고 있으니 이는 틀림없는 하늘의 인연입니다. 하물며 훌륭한 아들이고 훌륭한 딸이라는 것은 세상이 다 알고 있는 터인데 나쁠 게 뭐 있겠습니까?"

주세원 자신도 이미 소학생이 마음에 든지라 진청이 입을 열기를 기다리지 않고 먼저 대답했다.

"이 일은 더없이 좋겠습니다만 오직 진형께서 원하지 않으실까 두렵습니다. 만약에 찬성해 주신다면 저에게는 다른 할 말이 없겠습니다."

진청이 말했다.

"이미 주형께서 이 빈한한 사람을 버리지 않으셨고 저희는 신랑 측이고 하니 무슨 사절할 것이 있겠습니까? 그렇다면 삼로께서 중매를 맡아주십시오."

왕삼로가 말했다.

"내일은 중양절이라 양구陽九[24]는 불리하고, 모레는 대길일이니 제가 곧 찾아뵙겠습니다. 오늘 한마디로 정혼이 된 것은 두 분의 본심에서 나오신 것입니다. 저는 다만 다 된 결혼 축하주나 몇 잔 얻어 마시기를 바랄 뿐 중매에 대한 사례는 필요 없습니다."

진청이 말했다.

"제가 우스운 이야기를 할 테니 들어보시지요. 옥황대제가 인간 세상의 황제와 인척을 맺으려고 하였는데, '양가가 모두 황제이니 마찬가지로 황제에게 중매를 부탁해야만 되겠다'고 생각하고 이에 조군 황제竈君皇帝에게 청하여 인간세계로 내려가 중매를 서 달라고 했답니다. 인간 세상의 황제가 조군을 보고 깜짝 놀라, '어디서 온 중매인이길래 이렇게 검소이까?'라고 말하니, 조군이 '이제까지 중매인 가운데 어디 흰 사람이 있었습니까?'[25]라고 말하더랍니다."

이에 왕삼로와 주세원은 함께 웃었다. 주와 진 두 사람은 다시 바둑을 두다가 저녁때가 되어서야 비로소 헤어졌다.

단지 일국의 승부에 따라,

삼생(전, 현, 후생)의 남녀의 인연을 정하도다.

…………

……주세원의 처 유씨는 사위에게 이런 병이 있다는 것을 알고는 집에서 소리내어 울었다. 남편을 원망하며 말하였다.

"우리 딸이 썩은내가 나는 것도 아닌데, 어쩌자고 그리도 급하게 아홉 살에 벌써 약혼을 해버렸어요? 이제 와서 어떡하면 좋아요? 아예 저 옴두꺼비가 죽기라도 한다면 우리 딸이 빠져나올 수 있겠지만, 지금은 저 놈이 죽으려야 죽지도 않고 살아도 산 것 같지 않구려. 딸아이는 점점 나이가 많아지는데 저 놈에게 시집을 보낼 수도 없고 그렇다고 파혼할 수도 없게 되었어요. 그렇게 되면 결국 그 문둥이를 기다리면서 홀로 살아야 하는 생과부가 되지 않느냐 말이에요. 이게 모두 왕삼인가 하는 그 늙은 영감쟁이가 일껏 나서서 우리 딸아이 일생을 망쳐 놓은 거예요."

……주세원은 원래부터 공처가 기질이 있는지라, 아내가 되나캐나 지껄여대며 혼자 욕하다가 스스로 지쳐서 그만둘 때까지 내버려두고는 말참견을 하지 않았지만, 마음속으로는 번민하고 있었다. 어느 날 유씨는 우연히 장롱을 정리하다가 바둑판과 바둑알을 보고는 자신도 모르게 갑자기 화가 나서 또 남편에게 욕을 하였다.

"네놈들 둘이서 이 잘난 바둑을 두다가 마음이 맞아 혼약을 맺는 바람에 우리 딸 인생을 망쳐 놓았단 말이지. 그래 이 화근단지를 여적 남겨두었다가 어쩌겠다는 거요?"

그렇게 말하면서 문 앞으로 걸어가 그 바둑알을 거리에다 내팽개치고 바둑판도 내던져 산산조각 내버렸다. 주세원은 점잖은 사람이었으므로 아내가 성질을 부리는 것을 보고도 그를 막지도 못하고 점잖게 그곳을 피해 밖으로 나갔다. 딸 다복이도 부끄러워 와서 말릴 수가 없었다. 아내는 혼자 지껄여대다 지쳐서 곧 그쳐 버렸다.[26]

당시에 또 『박안경기』拍案驚奇 36권[27]이 있었다. 매 권을 1편으로 하였는데, 무릇 당대唐代의 이야기가 6편, 송대가 6편, 원대가 4편, 명대가 20편으로,[28] 옛날부터 내려오는 사실을 수록하고 있다는 점에 있어서는 역시 "삼언"과 같다. 첫머리에 즉공관주인卽空觀主人의 서문이 있는데, 다음과 같다. "용자유 씨가 편집한 『유세』 등의 제언諸言은 자못 고아한 도리雅道를 담고 있으면서, 때로 훌륭한 교훈을 드러내어, 오늘날의 케케묵은 낡은 풍습을 타파하였다. [그러면서] 송대와 원대의 옛날이야기 역시 거의 모두 수집되어 있다…… 그리하여 고금의 잡다하고 자질구레한 이야기들 가운데 새롭게 들을 만하고 이야기하는 데 도움이 될 만한 것을 취하여, 이것을 부연하고 확대하여 약간의 권을 만들었다."[29] [이것이 나온 지] 얼마 안 되어 『이각』二刻 39권이 나왔는데, 무릇 춘추시대의 이야기가 1편, 송대의 것이 14편, 원대의 것이 3편, 명대의 것이 16편, 시대가 분명치 않은 것(명대?)이 5편이 있고, 『송공명뇨원소잡극』宋公明鬧元宵雜劇 1권이 덧붙여져 있다. 숭정崇禎 임신년(1632)의 자서가 있는데, 대략 다음과 같이 서술하고 있다. "정묘년 가을,[30]…… 우연히 고금의 유명하면서도 기록될 만한 진기한 이야기를 장난삼아 한두 가지 취해다가 이것을 부연하여 말을 꾸몄으니……40종이 되었다.…… 그 남은 재료도 자못 많았는데,[31] 그것을 그대로 버려둘 수가 없어 이에 다시 40칙을 엮었다."[32] 정묘년은 천계天啓 7년이니, 곧 『성세항언』이 판각되었던 때로, 이때 마침 이 책이 나와 그 뛰어남을 다투었던 것이다. 그러나 서술이 평범하면서도 진부하고 인증이 빈약하여 『성세항언』에 미치지 못한다. 즉공관주인은 능몽초凌濛初[33]의 별호別號이다. 몽초는 자가 초성初成이며 오정烏程 사람으로, 저서로는 『언시익』言詩翼, 『시역』詩逆, 『국문집』國門集과 잡극 『규염옹』虬髯翁 등이 있다(명明의 소설 『삼언』).[34]

『서호이집』西湖二集 34권에는 『서호추색』西湖秋色 100운이 덧붙여져 있으며, "무림 제천자 청원보 찬"武林濟川子淸原甫纂이라 적혀 있다.[35] 매 권은 1편으로 역시 고금의 일을 잡다하게 부연하고 있으나, 반드시 서호와 관련이 있는 것들이다. 그 책 이름을 보면 마땅히 초집初集이 있어야 하나 [현재까지] 보이지 않는다. 앞에는 호해사湖海士의 서序가 있는데, 청원淸原[36]을 주자周子라 칭하고 있으며, 그 밖의 다른 일들은 자세하지 않다. 청대 강희 연간에 자가 완초浣初인 태학생太學生 주청원周淸原이란 사람이 있었으나, 무진武進 사람이다(『국자감지』國子監志 82 「학정록」鶴征錄 1). 또 건륭 연간에도 자가 청원淸原인 주욱周昱이란 전당錢塘 사람이 있었으나(『양절유헌록』 23) 시대가 미치지 못하고 있으니 모두 별개인이다. 이 책 역시 다른 일로

써 본문을 이끌어 내고 있는데, 스스로 그것을 "인자"引子라 이름하였다. 인자는 간혹 많은 것은 서넛까지도 있어 다른 책과 조금 다르다. 문장 역시 매끄럽지만 황제의 덕을 칭송하기를 즐겨하고 교훈을 드러내고 있으며 또한 분에 차 있는 말도 많다. 이것은 아마도 이른바 "운명을 맡은 이가 나에게 지나치게 횡액을 내리고, 쥐새끼 같은 무리들이 나를 무고하게 모욕하였다"司命[37]之厄我過甚而狐鼠之侮我無端[서序에서는 청원의 말이라고 서술되어 있다]고 했기 때문이리라. 그 가운데 당대 시인 융욱戎昱[38]을 가탁하여 글공부하는 선비文士가 뜻을 얻지 못한 한을 다음과 같이 드러내었다.[39]

……차설하고 한공의 부하인 한 관리가 있었는데, 성은 융戎이고, 이름은 욱昱으로 절서의 자사浙西刺史였다. 이 융욱은 반안潘安[40]의 용모와 자건子建[41]의 재능을 가지고 있어, 붓을 들기만 하면 사람을 놀라게 하고 천 마디의 문장도 금방 이루었다. 스스로 이러한 재능을 갖고 있다는 사실을 뽐내어 성격이 극히 오만하고 안하무인격이었다. 그러나 그때는 전란의 시대라서 무武를 중시하고 문文은 중시하지 않았다. 만일 수백 근의 힘이 있다면,……십팔반 무예에 모두 정통한 것은 말할 것도 없고, 한두 가지만 알고 있어도,……머리에 사모紗帽를 쓰지 않을 수 없었다. 말 앞에서 길을 비키라고 외치는데, 앞쪽에서 외치면 뒤에서는 옹위하며 굉장치도 않은 위풍과 기세로 무위武威를 드날리는데, 어찌 "천지현황"天地玄黃 네 글자를 알 필요가 있겠는가? 그런데 융욱이 [자신의] 재능을 자부하고 있는 것은 이렇듯 무를 숭상하는 시대가 되어서는 오히려 큰 저잣거리에서 천자天子의 관을 팔면서 호랑이의 수염을 잡고 있는 것과 같은 격이다. 이런 장사에 누가 와서 사겠는가? 분명히 다른 사람들이 그대를 상대하지 않을 것이다. 그대가 재능을 자부한다 하더라

도 오히려 누구를 놀라게 할 수 있을 것인가? 시를 백 편 천 편 써낸들 진을 칠 수도 없고, 전투를 치를 수도 없으며, 오랑캐를 물리칠 수도 없고, 도적들을 제압할 수도 없는데, 그 사람을 어디에다 쓰겠는가? 융욱은 이 시보따리를 등에 지고 다녔지만 내놓고 팔 곳이 없었는데, 어떤 기녀에 의해서 거두어지게 되었다. 이 기녀는 누구인가? 성은 김金이고, 이름은 봉鳳이며 나이는 바야흐로 열아홉이었다. 용모는 비할 바가 없었고 가무에 뛰어났으며, 성품이 그윽하고 조용하여 결코 번잡스런 일을 좋아하지 않았고 오로지 한 마음으로 좋아한 것은 시부詩賦 두 글자뿐이었다. 그는 융욱의 이 시보따리를 보고 대단히 좋아했다. 융욱은 마침 내놓고 팔 데가 없었던 터에, 김봉이 자신의 시보따리를 좋아하는 것을 보고는 이것을 풀어놓고 마치 잡화점을 연 것처럼 하나하나씩 꺼냈다. 두 사람은 아주 마음이 잘 맞아 서로 아끼고 사랑하여 다시는 버리지 않았다. 이때부터 김봉은 다시는 손님을 받지 않았으니 바로 이러했다.

> 슬픔은 살아 헤어지는 것보다 더 슬픈 것이 없고,
> 즐거움은 새로이 서로를 알게 되는 것보다 더 즐거운 것이 없다.[42]

이때부터 융욱은 정사政事의 여가에 서호로 노닐러 갈 때는 언제나 김봉과 돌아다니면서 즐겼다.…… (9권「한진공인렴량증」)[43]

『취성석』醉醒石[44]은 15회로 "동로고광생 편집"東魯古狂生編輯이라 적혀 있다. 기술하고 있는 내용은 이미李微가 호랑이로 변한 일만이 당대唐代의 일이고, 그 나머지는 모두 명대明代의 일이며, 또 숭정조崇禎朝의 일까지 미치고 있으니, 아마도 그 당시에 지어졌을 것이다.[45] 문필은 자못 날카롭게 드러내는 바가 있으나, 지나치게 간략하다. 그러므로 평화平話를 읽을 때와 같은 분위기가 때로 강하게 느껴진다. 교훈을 드러내 보이는 것이라든가 비평하고 의론하는 것을 좋아하는 점에 있어서는 『서호이집』보다 더욱 심하다.[46] 송대의 시인소설 역시 비록 간간이 교훈과 비유가 삽입되어 있지만, 그 주된 뜻은 시정에서 일어나는 일들을 서술하여 마음을 즐겁게 하려는 데 있었다. 명대 사람이 이것을 모방한 것 가운데 말류末流에 속하는 것들은 교훈투성이를 늘어놓은 글들로서 주객이 전도되어 [마음을 즐겁게 하려는] 본래의 뜻을 잃고 있다. 또 대부분 관직에서의 영달을 치켜세우고 있어 사대부들을 비호하고 있으니, 그 형식은 겨우 남아 있으나 정신은 송대와 매우 다르다 할 수 있다. 이를테면 제14회에는 다음과 같은 일이 기술되어 있다. 회남淮南의 막옹莫翁이 딸을 수재秀才인 소蘇씨에게 출가시켰는데, 얼마 지나서 그 딸이 소씨가 가난하다는 사실을 싫어해 스스로 떠날 것을 요구하여, 다시 시집을 가 술집 아낙네가 되었다. 한편 소씨는 연거푸 시험에 급제하여 진사가 되어 금의환향할 때 술집 앞을 지나게 되었다. 그녀가 술을 팔고 있는 것을 보고는 가마에서 내려 인사했다. 그녀는 겉으로는 내색하지 않았으나, 마음은 매우 고통스러웠다. 또한 모든 사람들이 비웃고 욕하는 것을 견딜 수 없어 마침내 스스로 목을 매고 죽었다. 이는 곧 이른바 벼슬하지 못한 선비를 위해 크게 기염을 토하고 있는 것이다.

……상점 계산대 옆에 단정하고 예쁜 부인이 하나 앉아 있는 것이 보였는데, 그녀는 다름 아닌 막씨莫氏였다. 소진사蘇進士가 보고는 말했다.

"내 가서 그녀를 한번 만나 보리라. 그녀가 어떻게 나를 대할지 보고 싶구나."

그러고는 가마를 멈추게 하고 일산을 펴고 관복을 입고는 마침내 술집 안으로 들어갔다. 때마침 그 술집 주인은 짧은 상의와 바지를 입고 곁채에서 돈을 세고 있다가, 관리가 들어오는 것을 보고 몸을 피했다. 막씨는 가마에서 내리는 것을 보고 소진사임을 이미 알아보았으나, 오히려 부끄러워하지도 않고 못마땅해하지도 않으면서 그저 아무렇지 않은 표정을 지었다. 소진사가 앞으로 나아가 공손하게 읍을 하자 그녀는 미동도 하지 않은 채 말했다.

"당신은 당신의 벼슬살이나 하시지요. 저는 저의 술이나 팔겠어요."

소진사는 이에 한번 웃고 나서 가버렸다.

> 한번 엎지른 물은 담을 날 없고, 한번 떠나간 부인은 돌아올 날 없네.
>
> 서로 만나서는 빙그레 웃기만 할 뿐, 한참 동안 서서 미적거리기만 하네.

이것을 생각해 보건대, 막씨의 마음이 어찌 움직이지 않을 수 있었겠는가만은, 단지 그렇게 정과 의를 끊는 행동을 하고 나서, 만면에 기쁜 기색을 하고 흔연히 맞이한들 다시 결합할 수 있는 것도 아니요, 더군다나 슬픔을 안고 울면서 옷깃을 부여잡고 스스로의 허물을 탓한들 가련히 여겨 다시 거두어들이지도 않을 것이니, 오히려 무뚝뚝하게 대하고 단번에 갈라서는 것이 오히려 깨끗할 것이기 때문이다. 그녀가 마음속으로 일찍이 당시의 경솔한 행동을 후회하지 않은 적이 없었던 것은 아니었겠지만, 이제는 어찌할 수 없는 일이 되어 버린 것이다.

> 마음은 슬프고 쓰라려 남몰래 탄식하며, 몇번이고 지난 시절의 잘못을 후회했다네.
>
> 상원의 임낭수琳琅樹[47]를 옮겨다, 어찌 문 앞의 도리화[48]로 삼았을꼬.[49]

결말 부분에서 작자는 이렇게 비평하고 있다. "살아서는 비웃음을 당하고, 죽어서는 오명을 얻었도다."生前貽譏死後貽臭 "주매신의 처[50] 이후의 또 한 사람이다."是朱買臣妻子之後一人 인용한 평론은 약간 관대하여 죄가 마치 남자의 "[처지가] 안정되어 있지 못하고 가난했던"不安貧賤 탓으로 돌리고 있는 듯하지만, 역시 끝내 용서할 수 없음을 다음과 같이 말하고 있다.

> 부인에 관해서 말하자면, 글을 읽고 도리를 깨달은 일이 거의 없었을 것이기에, 어찌 웅대한 생각이 있고 크나큰 긍지가 있었겠는가? 하물며 때로 굶주림과 추위가 동시에 닥치게 되면, 남과 서로 비교해 볼 것이며, 또 옆에서 다른 사람들이 조소하는 것도 감내하기 어려웠을 것이고, 친척들의 염량세태 또한 참아내기 어려웠을 것이다. [시험 결과를 발표하는] 방 위에 이름을 한 번도 올리지 못하고, 몸에 걸친 푸른 옷을 바꿔 입지도 못했으며, 좋은 꼴 보지도 못하고 불우한 처지에 익숙해 있는 남편을 떨치고 일어서게 하지도 못한 채, 오로지 통곡만 하고 있을 뿐이라면, 어떻게 그녀더러 원망하고 한탄하지 말라고 하겠는가. 그러나 "굶어죽는 것은 하찮은 일이고, 절개를 잃는 것은 큰 일"餓死事小失節事大이니, 이 가난뱅이 수재가 두 눈 버젓이 뜨고 살아 있는데, 다시 시집가 다른 사내 품에 안긴 것은 조석으로 [남편을] 은애하는 마음이 없었던 것은 아니었을까? 진정 윤리를 심하게 어겼도다! 이것이 주매신의 처가 천고에 웃음을 사게 된 까닭이러라.[51]

『유세』 등 삼언은 청초清初에도 여전히 널리 통행되었던 듯하다. 왕사정王士禛(『향조필기香祖筆記 10』)은 다음과 같이 말했다. "『경세통언』에 『요상공』拗相公 1편이 있는데, 왕안석王安石이 재상 노릇을 그만두고 금릉金陵

으로 돌아간 일을 서술하고 있다. 극히 통쾌하지만, 이는 노다손盧多遜이 영남嶺南으로 폄적된 일에 바탕하여 약간 덧붙여 보탠 것이다."[52] 이 책이 그렇듯 보기 드문 책이 아니었음을 알 수 있다. 뒤에 점점 자취를 감추었으나, 그 가운데 소수가 선본選本에 의해 지금까지 전해지고 있다. 그 선본은 『금고기관』今古奇觀이라 하는데, 모두 40권 40회로 이루어져 있으며, 서序에 "삼언"과 『박안경기』拍案警奇를 합하면 모두 이백 개의 이야기가 되어, 그것을 두루 다 읽어 보기가 어려우므로 이에 포옹노인抱甕老人이 선각選刻하여 이 본本을 만들었다고 말하고 있다.[53] 『송명통속소설류전표』宋明通俗小說流傳表에 따르면 『고금소설』古今小說에서 취한 것이 18편[54]이고, 『성세항언』에서 취한 것이 11편(제1, 2, 7, 8, 15~17, 25~28회), 『박안경기』에서 취한 것이 7편(제 9, 10, 18, 29, 37, 39, 40회)이며, 이각二刻이 3편이다. 삼언이박三言二拍의 인쇄본은 현재로서는 대단히 구해 보기 어려우나, 『금고기관』을 통해 그 대체적인 모습은 볼 수 있다.[55] 책이 이루어진 시기는 숭정崇禎 연간으로, 삼언이박과의 시대관계는 시오노야 온이 일찍이 다음과 같이 도표로 만들었다(『명의 소설 '삼언'』).

천계天啓 1년(신유辛酉)	고금소설古今小說		
│	유세명언喩世明言		
4년(갑자甲子)	경세통언警世通言		
5년			
6년			
7년(정묘丁卯)	성세항언醒世恒言	박안경기拍案驚奇(初)	
숭정崇禎 1년			
2년			
3년			
4년			
5년(임신壬申)		박안경기(二)	금고기관今古奇觀
│			
17년			

『금고기문』今古奇聞[56] 22권은 각 권마다에 하나의 사건이 다루어지고 있으며, "동벽산방 주인이 엮어 순서를 매기다"東壁山房主人編次라고 적혀 있다. 기록된 내용은 매우 난잡하며, 『성세항언』에 수록된 작품 4편(『십오관희언성대화』十五貫戲言成大禍, 『진다수생사부처』陳多壽生死夫妻, 『장숙아교지탈양생』張淑兒巧智脫楊生, 『유소관자웅형제』劉小官雌雄兄弟)이 있고, 다른 한 편은 『서호가화』西湖佳話의 『매서한적』梅嶼恨迹[57]인데, 나머지는 그 출처가 상세하지 않다.[58] 문장 속에 "발역"髮逆이라는 글자가 있으니, 당연히 청대 함풍咸豐·동치同治 시기의 책일 것이다.

『속금고기관』續今古奇觀 30권 역시 매 권마다 하나의 사건을 다루고 있는데, 지은이의 이름이 없다. 이 책은 『금고기관』에서 선별하고 남은 『박안경기』의 작품 29편을 모두 수록하고 있다. 하지만 『금고기관』의 한 편(「강우인경재중의득과명」康友仁輕才重義得科名)[59]은 권수卷數를 채우기 위한 것으로 선본選本이라 칭하기에는 부족하다. 동치 7년(1868년) 장쑤의 순무巡撫 정일창丁日昌[60]이 일찍이 음사소설淫詞小說을 엄금했는데, 『박안경기』 역시 그 안에 들어가 있었으므로, 아마도 이 책은 책장사가 금지된 후에 만든 것으로 보인다.

주)

1) 명대의 설경(說經). 이를테면 『금병매사화』는 명 가정 연간의 작품으로 제39회에서는 "인과를 설하고 불가의 곡을 창했다"(說因果唱佛曲兒)고 하였다. 이것이 곧 설경의 예증으로, 설한 것은 오조(五祖) 이야기의 보권(寶卷)이다. 또 40회에서는 "각종의 인과 보권"(各種因果寶卷)이라 하였다. 제15회에서는 상원등시(上元燈市)에 대해 말하면서, "저쪽 높은 언덕배기에서는 이야기꾼이 사곡으로 양공을 칭찬하고, 이쪽에서는 동발을 두드리며 유각승이 삼장을 이야기한다"(又有那站高坡打談的詞曲楊恭, 到看這搧響鏺游脚僧

演說三藏)고 하였다. 아마도 당 삼장이 서역에서 불경을 가져온 이야기를 설한 것인 듯하다. 명대 사람 왕치등(王穉登)의 『오사편』(吳社編)에서도 "도인이 경을 치며 담경을 했다"(道人擊磬談經)고 하였다. 명말 장대(張岱)의 『도암몽억』(陶庵夢憶) 5권 "양주청명"에서는 "노승은 인과에 대해 말하고, 맹인은 설서했다"(老僧因果, 瞽者說書)고 하였다. 이것은 설경(說經)과 설서(說書)가 비슷한 곡예라는 것을 설명해 준다.— 보주

2) 이 책의 제12편 송(宋)의 화본(話本)에 이미 나왔던 말로, 본래 시인(市人)은 도시에 사는 사람, 평민을 가리킨다기보다는 거리에서 기예를 연행하는 예인(藝人)을 말하며, 여기에서의 소설(小說)은 잡희(雜戲) 가운데 하나로서의 "소설"을 말한다(胡士瑩, 『話本小說概論』, 16쪽). 시인소설은 당대부터 사용된 말이긴 하지만, 시대의 흐름에 따라 그 실제 모습과 내용이 변했을 것이다. 그러한 사정을 고려하면 번역을 하는 것보다는 원어 그대로 두는 것이 낫다.— 일역본

3) 『전상고금소설』(全像古今小說). 40권으로 명대 풍몽룡(馮夢龍)이 편찬한 것이다. 원서(原書)에는 지은이가 적혀 있지 않으나, 권수(卷首)에 녹천관주인(綠天官主人)의 서문이 있다. 녹천관주인의 이름은 상세하지 않지만 서문 가운데 칭하고 있는 "무원야사"(茂苑野史)는 풍몽룡의 별호(別號)이다. 이 책은 뒤에 『유세명언』(喩世明言)으로 바뀌어 『경세통언』(驚世通言), 『성세항언』(醒世恒言)과 함께 합쳐져 "삼언"(三言)으로 불린다.

4) 원문은 "本齋購得古今名人演義一百二十種, 先以三之一爲初刻".

5) 茂苑野史家藏古今通俗小說甚富, 因賈人之請, 抽其可以嘉惠里耳者, 凡四十種, 俾爲一刻.
천허재(天許齋)의 말과 녹천관주인의 서에는 모순이 있다. 이른바 무원야사씨는 곧 풍몽룡이다. 녹천관주인의 서에서는 풍몽룡이 고금의 통속소설 사십 종을 뽑아 그에게 책을 내라고 주었다는 사실을 밝히고 있다. 그러나 천허재는 오히려 그들이 이미 고금의 명인(名人) 연의(演義) 120종을 얻었다고 말했다. 그래서 루수룬(陸樹崙)은 「삼언의 판본 및 기타」(三言的版本及其他; 『푸단대학학보』復旦大學學報, 1963년 제1기)에서 녹천관주인이 진즉이 『고금소설일각』(古今小說一刻)의 원각본을 낸 적이 있으며, 천허재가 얻은 120종은 이미 나중 일일 것이라고 의심하였다. 현재는 비록 녹천관의 원각본을 볼 수 없지만, 연경당이 『유세명언』을 번각할 때, "녹천관 초각 고금소설"(綠天館初刻古今小說)이라고 분명히 말한 것이 유력한 방증이 되며, 이것은 천허재가 초각한 사람이 아니라, 후각(後刻)한 사람이라는 사실을 설명해 주고 있다.— 보주

6) 『명언』(明言) 24권. 연경당(衍慶堂) 간각(刊刻)으로, 『중각증보고금소설』(重刻增補古今小說)이라고 제하였으나, 사실은 『고금소설』 잔본(殘本) 21편에 근거하여 『경세통언』에서 한 편(『가신선대뇨화광묘』假神仙大鬧華光廟)과 『성세항언』에서 두 편(『백옥낭인고성부』白玉娘忍苦成夫, 『장정수도생구부』張廷樹逃生救父)을 모아서 만든 것이다.

7) 원문은 다음과 같다. 六經國史而外, 凡著述, 皆小說也, 而尙理或病于艱深, 修詞或傷于藻繪, 則不足以觸里耳而振恒心, 此『醒世恒言』所以繼『明言』『通言』而作也.
일본 나이카쿠분코 소장 『성세항언』(明 葉敬池 刊本)에 근거해 다음과 같이 교감한다. 繼『明言』『通言』而作也→繼『明言』, 『通言』而刻也 — 일역본

8) 원문은 다음과 같다. 墨憨齋增補『平妖』. 窮工極變, 不失本來. …至所纂『喩世』, 『醒世』, 『驚世』'三言', 極摹世態人情之岐, 備寫悲歡離合之致.

가장(架藏)의 통행본(『繪圖今古奇觀』, 上海商務印書館鉛字版印行)에 의하면, 고소 소화주인(姑蘇笑花主人)의 서라고 기재되어 있으며, 예문의 "不失本來"는 "不失本末"로 되어 있다.—일역본

9) 원문은 "蓋吾友龍子猶所補也".

10) 풍유룽(馮猶龍, 1574~1646). 이름은 몽룽(夢龍)이며, 달리 용자유(龍子猶), 고곡산인(顧曲散人), 묵감재주인(墨憨齋主人), 무원야사(茂苑野史) 등으로 서(署)하기도 했다. 명대 장주(長洲; 지금의 장쑤 우현吳縣) 사람이다. 시집 『칠악재고』(七樂齋稿)를 지었는데 이미 산실(散失)되었다.

[룽자오쭈(容肇祖)의 『명 풍몽룡의 일생 및 그의 저술』(明馮夢龍的生平及其著述)에는 다음과 같이 나와 있다. "평생 펴낸 책으로는 『칠락재고』, 『묵감재전기정본』, 『삼언』, 『지낭』, 『지낭보』, 『고금담개』, 『정사』, 『증보삼수평요전』, 『묵감재신편열국지』, 『수녕현지』, 『연도일기』, 『중흥실록』, 『중흥위략』, 『춘추형고』, 『춘추지월』, 『간본춘추대전』, 『사서지월』, 『패경』, 『마적각례』, 『절매전』 등이 있다."(平生所編計有『七樂齋稿』, 『墨憨齋傳奇定本』, 『三言』, 『智囊』, 『智囊補』, 『古今談概』, 『情史』, 『增補三遂平妖傳』, 『墨憨齋新編列國志』, 『壽寧縣志』, 『燕都日記』, 『中興實錄』, 『中興偉略』, 『春秋衡庫』, 『春秋指月』, 『刊本春秋大全』, 『四書指月』, 『牌經』, 『馬吊脚例』, 『折梅箋』等)—보주]

[근년에 『풍몽룡전집』(馮夢龍全集; 江蘇古籍出版社, 1993)이 출판되었다. 모두 22권으로 각 권의 제목은 다음과 같다. 1. 『신평요전』(新平妖傳), 2. 『고금소설』(古今小說), 3. 『경세통언』(警世通言), 4. 『성세항언』(醒世恒言), 5. 『신열국지』(新列國志), 6. 『고금담개』(古今譚概), 7. 『정사』(情史), 8. 『태평광기초』(太平廣記鈔) 상, 9. 『태평광기초』 하, 10. 『지낭』(智囊), 11. 『삼교우념』(三敎偶拈), 『광소부』(廣笑府), 12. 『묵감재정본전기』(墨憨齋定本傳奇) 상, 13. 『묵감재정본전기』 하, 14. 『태하신주』(太霞新奏), 15. 『강감통일』(綱鑑統一) 상, 16. 『강감통일』 하, 17. 『갑신기사』(甲申紀事), 『수녕대지』(壽寧待誌), 『중흥전략』(中興傳略), 18. 『괘지아』(掛枝兒), 『산가』(山歌), 『절매전』(折梅箋), 『패경십삼편』(牌經十三篇), 『마조각례』(馬吊脚例), 19. 『춘추형고』(春秋衡庫), 20. 『인경지월』(麟經指月), 21. 『사서지월』(四書指月), 22. 『춘추정지참신』(春秋定旨參新), 부록(附錄), 풍몽룡 연보(馮夢龍年譜).—옮긴이]

11) 일본의 시오노야 온은 진대의 좌사(左思)의 『촉도부』(蜀都賦)에 "패장주지무원"(佩長洲之茂苑)이라는 말이 있는 것으로 보아 무원(茂苑)을 장주(長洲)의 이칭으로 보아도 무방하다고 생각했다. 그러나 소주부(蘇州府)에는 오현(吳縣)과 장주 두 현이 있는데, 『곡품』(曲品)에서는 풍몽룡이 오현 사람이라고 하였다. 그 자신이 제(題)한 지명 역시 "고소"(姑蘇), "동오"(東吳), "오문"(吳門), "고오"(古吳) 같은 대명사들로 종래에는 장주를 사용한 적이 없다. 반증으로는 문징명(文徵明)이 소주의 장주 사람인데, 그가 무원이라는 말을 썼을 뿐, "고소"니 "동오"니 하는 말을 사용하지 않았다는 것을 들 수 있다.—보주

무원은 장주의 별칭이다. 루수룬(陸樹侖), 『풍몽룡 연구』(馮夢龍硏究), 상하이: 푸단대학출판사(復旦大學出版社), 1987, 4쪽.—옮긴이

12) 『완담시화』(頑潭詩話)는 청 태창(太倉)의 진호(陳瑚)가 지은 것으로 『초범루총서』(峭帆

樓叢書)에 들어 있다.—보주

13) 원문은 "善爲啓顔之辭, 間入打油之調, 不得爲詩家".

14) 『쌍웅기전기』(雙雄記傳奇). 혹은 『선악도』(善惡圖)라고 하기도 하는데, 풍몽룡이 편찬하였다. 단신(丹信)과 유쌍(劉雙)이 억울하게 감옥에 들어갔다가 뒤에 왜구를 정벌하는 데 공을 세워 관직이 정동장군(征東將軍)에 이르게 된다는 이야기이다.

15) 『묵감재전기정본십종』(墨憨齋傳奇定本十種). 또는 『신곡십종』(新曲十種)이라고 부르기도 하는데, 풍몽룡이 다시 정리한 것이다. 그 십종이라고 하는 것은 『신관원』(新灌園), 『주가용』(酒家傭), 『여장부』(女丈夫), 『양강기』(量江記), 『정충기』(精忠旗), 『쌍웅기』(雙雄記), 『만사족』(萬事足), 『몽뢰기』(夢磊記), 『쇄설당』(灑雪堂), 『초강정』(楚江情)이다. 다음 글에서 서술하고 있는 『만사족』, 『풍류몽』(風流夢), 『신관원』 세 가지 가운데 『만사족』은 풍몽룡이 지은 것이고, 『신관원』은 장봉익(張鳳翼)의 『관원기』(灌園記)를 개편하여 지은 것이다. 『풍류몽』은 상술한 십종 이외의 것으로, 탕현조(湯顯祖)의 『모란정』(牧丹亭)을 개편하여 지은 것이다.

[이밖에도 『주가용』은 육무종(陸无從)과 흠홍강(欽虹江)의 원본을 개편한 것이고, 『여장부』는 장봉익의 『홍불기』와 능몽초의 『규염옹』을 개편한 것이고, 『양강기』는 여율운(余聿雲)의 원본을 개편한 것이고, 『정충기』는 이매실(李梅實)의 원본을 개편한 것이고, 『몽뢰기』는 사반(史槃)의 원본을 개편한 것이고, 『쇄설당』은 매효기(梅孝已)의 원본을 개편한 것이며, 『초강정』은 원우령(袁于令)의 『서루기』(西樓記)를 개편한 것이다.—보주]

16) 룽자오쭈의 『명 풍몽룡의 일생 및 그의 저술』에는 다음과 같이 나와 있다. "풍몽룡은 명 신종 만력 2년 갑술(1574)에 태어났다. 서른여섯 살 되던 해에, 수수(秀水)의 심덕부(沈德符)에게 초본(鈔本) 『금병매』가 있다는 사실을 알고 서고(書賈)에게 높은 가격으로 구매해 각인하도록 종용했으나, 심이 허락하지 않았다. 광종(光宗) 태창(泰昌) 원년(1620), 사십칠 세의 나이에 나관중의 『삼수평요전』을 증보하여 이십 회를 사십 회로 늘려, 이 해에 출판하였다. 몇 년 뒤 집에서 보관하고 있던 고금소설 120종 가운데 삼분의 일을 가려 뽑아 『고금소설』 40권을 내고, 나중에 다시 교정을 보아 『유세명언』으로 개편하였다. 나이 오십에 다시 속집 40종을 이어서 내니, 이것이 『경세통언』이다. 천계(天啓) 7년 정묘, 그의 나이 쉰넷에 다시 40종을 모아 『성세항언』 40권을 만들어 통칭 『삼언』이라 하였다. 사종(思宗) 숭정 7년, 나이 예순하나에 세공(歲貢)으로 선발되어 복건의 수녕현(壽寧縣) 지현을 제수받았다. 예순다섯에는 수녕 지현의 직을 사임하였다. 당왕(唐王) 융경(隆慶) 2년, 그의 나이 일흔다섯에 『중흥전략』(中興傳略)을 지었는데, 죽은 해는 자세하지 않다."—보주

풍몽룡의 사적과 저작에 관해서는 후스잉(胡士瑩)의 『화본소설개론』(話本小說槪論; 412~416쪽)에도 기술되어 있지만, 소책자로는 먀오융허(繆詠禾)의 『풍몽룡과 삼언』(馮夢龍和三言; 상하이구지간행사上海古籍刊行社, 중국고전문학기본지식총서中國古典文學基本知識叢書, 1979년 3월)이 좀더 정리가 잘 되어 있다. 다만 먀오씨는 그의 저서에서 풍몽룡이 편찬한 소품문집으로 『고금담개』(古今譚槪)와 『지낭』(智囊), 『정사』(情史; 곧 『정사유략』情史類略), 『소부』(笑府)의 네 종을 들면서, 이 가운데 『소부』에 관해서, "현존하지

않으며, 단지 일본어 역본[에도시대의 漢文笑話를 가리키는 듯함—일역본 역자]에서 거꾸로 전역(轉譯)한 선본이 있을 뿐이다"라고 했는데, 일본 나이카쿠분코에 『소부』 13권이 현존하고 있다. 또 이밖에도 풍몽룡에게는 『태평광기초』(太平廣記鈔)가 있는데, 이것 역시 근년에 간행되었다.

또 풍몽룡에게는 복건성 수녕현(壽寧縣)에서 4년간 지현(知縣)으로 재임하던 중에 지은 지방지 『수녕대지』(壽寧待志) 상하 2권이 있으니(중국에서는 없어졌고, 일본에 남아 있음), 그의 지현 생활의 실록으로서 그 가치가 평가되고 있다(린잉林英, 천위쿠이陳煜奎, 「풍몽룡의 4년 동안의 지현 생활의 실록—『수녕대지』 평개」馮夢龍四年知縣生活的實錄—『壽寧待志』評介, 『중화문사논총』中華文史論叢, 1983년 제1집에 실려 있음). 풍몽룡의 생졸은 그 뒤의 연구에 의하면, 명 만력 2년(1574)에 태어나 명의 당왕(唐王) 융무(隆武) 2년, 청의 순치(順治) 3년(1646)에 향년 73세로 죽었다고 한다.—일역본

17) 『연옥관음』(碾玉觀音), 『보살만』(菩薩蠻), 『서산일굴귀』(西山一窟鬼), 『착참최녕』(錯斬崔寧)과 『풍옥매단원』(馮玉梅團圓)이 고종 때 일이고, 『요상공』(拗相公)은 신종 때 일이다.—보주

18) 『경본통속소설』(京本通俗小說)에 관해서는 그것을 발견하고 간행한 먀오취안쑨(繆荃孫)의 발(跋)에 의하면, 원인(元人) 사본을 영인한 것으로, 모두 9종이 있지만, 「정주삼괴」(定州三怪) 한 회는 파손이 심하고, 「김주량황음」(金主亮荒淫) 2권은 외설이 심하여 빼버려, 결국 7종으로 간행한다고 하였다. 다만 빠진 2종을 포함하여 여기에 수록된 이야기들은 모두 명말의 『경세통언』과 『성세항언』에 수록되어 있다. 정전둬는 명대 융경(隆慶)과 만력 이후의 산물로, 『청평산당화본』(清平山堂話本)과 "삼언"(三言) 사이에 나타난 것인 듯하다고 하였고, 쑨카이디는 「풍옥매단원」에 구우(瞿佑)의 사(詞)가 보이는 것으로 보아, 원말명초에 엮어진 것이라고 했으며, 리자루이(李家瑞)는 속자(俗字)의 변천으로 보아, 이것이 선덕(宣德) 이전의 사본인 것은 불가능하다고 논증하였다(후스잉胡士瑩, 『화본소설개론』話本小說概論, 491쪽). 그리고 더 나아가 명말의 『경세통언』과 『성세항언』에 바탕해, 두 책에 "송인소설"(宋人小說), "송본"(宋本) 등으로 주기(注記)되어 있는 이야기와 본문 가운데 "대송"(大宋) 또는 "아송"(我宋)이라는 표현이 있는 이야기를 취해 먀오씨가 위작한 것은 아닌가 하는 설이 종종 나왔다. 일본의 서지학자 나가사와 기쿠야(長澤規矩也)의 논문 「경본통속소설의 진위」(京本通俗小說の眞僞; 長澤規矩也, 『書誌學論考』, 도쿄: 松雲堂書店·館書院, 1937)를 볼 것. 근년에 중국에서도 위작설이 나왔다(먀오융허繆詠禾, 『풍몽룡과 삼언』馮夢龍和三言, 20쪽을 볼 것). 하지만 『경본통속소설』이 책으로 만들어지기까지의 과정이 어떠했든, 그 안에 수록된 내용이 송대의 화본인 것만은 틀림없는 사실이다.—일역본

19) 『성세항언』에서 양나라 오균의 『속제해기』에서 제재를 취한 것으로는 2권 「삼효렴양산립고명」(三孝廉讓產立高名)의 두회(頭回) 전진자형수(田眞紫荊樹) 이야기이고, 당 정환고(鄭還古)의 『박이지』(博異志)에서 제재를 취한 것은 4권의 「관원수만봉선녀」(灌園叟晚逢仙女)의 두회이며, 당 단성식의 『유양잡조』 속집 4권에서 제재를 취한 것은 37권의 「두자춘삼입장안」(杜子春三入長安)이고, 송 무명씨의 『수유록』(隋遺錄)에서 제재를 취한 것은 제24권 「수양제일유소견」(隋煬帝逸游召譴)이다.—보주

20) 『성세항언』 가운데 송대 사람의 화본인 듯한 것으로는 다음과 같은 것들이 있다. 21권 『영절사입공신비궁』(郢節使立功神臂弓)은 원본이 『홍백지주』(紅白蜘蛛)로 『취옹담록』(醉翁談錄)에 보이며, 『보문당서목』(寶文堂書目)에는 『홍백지주기』(紅白蜘蛛記)로 되어 있다. 남희(南戲) 및 명 양경현(楊景賢)의 희극에도 『홍백지주』가 있다. 또 정전둬는 14권 『요번루다정주승선』(鬧樊樓多情周勝仙) 역시 송대 사람 화본일 것이라고 생각했는데, 『중국문학연구』(中國文學研究) 403쪽을 볼 것.—보주

21) 루쉰은 여기에서 『성세항언』 정도만을 들고 있는데, 이것은 그가 최초로 『사략』을 집필한 뒤, 「제기」(題記)에 기록한 대로, 원간(元刊) 『전상평화』(全相平話) 및 "삼언"이 발견되었고, 1931년 베이신서국(北新書局)에서 수정판이 나왔을 때는 제14편과 제15편과 함께 본편도 어느 정도만 개정하는 데 그쳤기 때문이다. 또 「『중국소설사략』 일본어 번역본 서」(『中國小說史略』日本譯本序)에서 서술한 대로, "올해[1935년—일역본 역자] 고인이 된, 마롄(馬廉) 교수는 작년에 잔본 『청평산당』을 번인하여 송인화본의 재료를 더욱 풍부하게 했다"(원문은 일본어). 하지만 이것에 관해서도 루쉰은 "오히려 개정을 하지 않고 그렇게 불비한 것을 목도하고도 내버려 둔 채" 뒷날 보완할 시기를 기다린다고 했는데, 여기에도 이유가 있는 듯하다[이상의 내용은 앞서 제17편의 역주에서도 인용된 바 있음.—옮긴이].

여기에서 [일역본] 역자로서 다음과 같이 보충한다.

『청평산당화본잔십오종』(清平山堂話本殘十五種), 베이핑: 구진샤오핀수지인행사(古今小品書籍印行會), 1929년. 이것은 일본 나이카쿠분코 소장본 명판(明版) 「청평산당」(清平山堂)의 영인이다. 청평산당은 명 가정 연간 『이견지』와 『당시기사』(唐詩紀事), 그리고 『회사지몽』(繪事指蒙)을 간행한 전당(錢塘)의 홍편(洪楩)의 당호이다. 이 『청평산당화본잔십오종』의 간행은 일본의 서지학자 나가사와 기쿠야(長澤規矩也)가 제공한 나이카쿠분코 소장본의 사진판에 근거한 것을 마롄(馬廉, 1893~1935)이 「청평산당화본」에 기록한 것이다. 마롄의 「청평산당화본서목」(清平山堂話本序目)은 뒤에 나온 탄정비(譚正璧)의 교주본(校注本)에 수록되어 있다. 또 나가사와 기쿠야의 논문 「경본통속소설과 청평산당화본」(京本通俗小說と清平山堂話本; 『동양학보』東洋學報, 17권 2호에 실려 있음)이 있다.

『우창의침집』(雨窓欹枕集; 『雨窓集』 殘五種, 『欹枕集』 殘七種), 베이핑: 마스핑야오탕(馬氏平妖堂) 간, 1934년 8월. 핑야오탕(平妖堂)은 장서가로 알려진 마롄(자는 隅卿)의 당호이다. 마롄이 어머니를 기념하여 간행한 것이다. 권수에 있는 「영인천일각구장우창의침집서」(影印天一閣舊藏雨窓欹枕集序)와 그 「부표」(附表)는 소설사 연구에 있어 현재까지도 유익하며, 뒤에 탄정비의 교주본에 부록으로 실렸다.

『청평산당화본』(清平山堂話本), 명(明) 홍편(洪楩) 편(編), 탄정비 교주, 상하이: 구뎬원쉐출판사, 1957년 4월. 앞서 나온 두 종의 영인본에 의거하여 청평산당화본잔이십칠종(清平山堂話本殘二十七種)과 아잉(阿英)이 발견 소개한 청평산당화본잔이종(清平山堂話本殘二種)에 관한 그의 문장 「기가정비취헌급매행쟁춘—신발현적청평산당화본이종」(記嘉靖翡翠軒及梅杏爭春—新發現的清平山堂話本二種) 한 편, 그리고 앞서 나온 마롄의 문장 두 편이 부록으로 실려 있다. 청평산당 홍편이 간행한 화본은 모두 육집(六

集)이다. 육집의 명칭은, 우창집(雨窓集), 장등집(長燈集), 수항집(隨航集), 의침집(欹枕集), 해한집(解閒集), 성몽집(醒夢集)이라 하고, 각각의 집은 상하 두 권으로 나뉘었다. 또 각권은 화본 다섯 편씩 실려 있으니, 모두 육십 편의 화본이 실려 있는 셈이라, "육십가소설"(六十家小說)이라고도 불린다. 현재까지는 잔본 29권밖에 발견되지 않았지만, 소설사상 송원 화본을 최초로 모아 놓은 중요한 작품집이다.

"삼언" 등에 실려 있는 화본 가운데 송원 시대에서 제재를 취한 화본은 쉬스녠(徐士年)에 의하면, 42편이 있다고 한다(쉬스녠, 「송원 백화 단편소설의 사상과 예술」宋元短篇白話小說的思想和藝術, 『고전소설론집』古典小說論集, 상하이: 상하이출판공사上海出版公司, 1955년 6월). 이것은 웅용봉(熊龍峯)이 간행한 만력본 단편소설사종(短篇小說四種; 일본 나이카쿠분코 소장. 뒤에 1958년 5월, 왕구루王古魯 집록集錄 교주校注, 『웅용봉사종소설』熊龍峯四種小說로 상하이의 구뎬원쉐출판사에서 간행됨)도 조사대상에 포함한 숫자이다. 뒤에 천루헝(陳汝衡)은 중화인민공화국 건국 이후 재인식되어 정리 간행된 송대 설화인의 참고서 『녹창신화』(綠窓新話; 宋, 皇都風月主人 編, 周夷 校補, 상하이: 구뎬원쉐출판사, 1957년 8월)도 포함하여, 명 조율(晁瑮)의 『보문당서목』(寶文堂書目; 徐𤊹, 『홍우루서목』紅雨樓書目과의 합간본이 1957년 12월, 구뎬원쉐출판사에서 간행됨)과 대조하면서 재음미한 결과, 이 42편이라고 하는 숫자는 포함하고 있는 작품 가운데 두서너 편의 출입이 있기는 하지만 대체로 믿을 만하다고 하였다(천루헝陳汝衡, 『송대설서사』宋代說書史, 96~99쪽).

또 『웅용봉사종소설』과 『녹창신화』 이외에 나엽(羅葉)의 『취옹담록』(醉翁談錄) 10집 20권도 들지 않으면 안 될 것이다. 이것은 1940년 일본 센다이(仙台)에서 발견된 것으로, 1941년 영인본이 나왔으며, 남송 간본으로 보여지는데, 내용에 원대 사람의 작품이 들어 있고 원대의 물건이 나오는 것으로 보아, 원대 각본일 것이라고 하였다. 상세한 것은 『취옹담록』의 「출판설명」(出版說明)을 볼 것(나엽羅葉, 『취옹담록』醉翁談錄, 상하이: 구뎬원쉐출판사, 1957년 4월). 이것의 갑집(甲集) 1권 「설경서인」(舌耕敍引)의 「소설인자」(小說引子)는 화본소설의 분류에 관해, 『동경몽화록』(東京夢華錄)과 『도성기승』(都城記勝), 『몽량록』(夢梁錄)의 기록의 불비함을 보완한 것으로, 뒤에 "삼언"의 원류를 더듬어 가는 데 있어서도 중요한 자료가 된다.

"삼언"에 실린 120편의 이야기의 연대에 관해서는 앞서 나온 바 있는 먀오융허(繆詠禾)의 『풍몽룡화삼언』(22쪽)에 일일이 밝혀져 있다. 그것에 의하면, 춘추전국시대의 이야기가 셋이고, 진한대가 여섯, 위진남북조가 둘, 수당대가 열여덟, 오대가 다섯이며, 송대의 이야기는 쉰 가지이고, 원대는 넷, 그리고 명대가 스물여덟이며, 연대가 미상인 것이 셋이다. 송대와 명대의 이야기가 특히 많은 것이 눈에 띈다.—일역본

우리나라 사람에 의해 이루어진 『청평산당화본』에 대한 연구로는 다음과 같은 것들이 있다. 권용호(權容浩), 「『청평산당화본』 연구」(『淸平山堂話本』 硏究), 서울: 중앙대 석사논문, 1996. 2. 윤희정, 「『청평산당화본』 연구」(『淸平山堂話本』 硏究), 서울: 성균관대 석사논문, 1996. 2. 백승엽(白昇燁), 「『청평산당화본』의 구연체제 및 언술구조 연구」(『淸平山堂話本』의 口演體制 및 言述構造 硏究), 서울: 단국대 박사논문, 2000. 8. 신진아(申珍我), 「『청평산당화본』 연구」(『淸平山堂話本』 硏究), 서울: 연세대 석사논문, 2001. 2.—옮긴이

22) 『진다수생사부처』의 본래 이야기는 『정사』(情史) 10권 『진수』(陳壽)와 명 허호(許浩)의 『복재일기』(復齋日記)에 보인다. 명 범문약(范文若)의 『생사부처』(生死夫妻)와 오항선(吳恒宣)의 『의정연』(義貞緣)은 모두 이 이야기에서 제재를 취하여 전기로 만든 것이다.—보주

23) 주진촌(朱陳村)은 당대의 시인 백거이(白居易)의 시 「주진촌」(朱陳村; 『백씨장경집』白氏長慶集, 10권)에서 읊었던 마을로, 지금의 장쑤성 풍현(豊縣)의 동남쪽이다. 뒤에 혼인을 맺을 때의 연기(緣起)가 좋다는 말로 사용되었다.—일역본

24) 양구(陽九)는 양의 수의 극치인 구(九)가 겹치는 것으로, 중국인들은 천재와 흉작 그리고 액운을 가리킨다고 믿었다.—일역본/옮긴이

25) 원문의 중매인은 매인(媒人)으로, 석탄과 같이 검은 사람이라는 뜻의 "매인"(煤人)과 음이 같다. 여기에서 매파 노릇을 하는 조군(竈君)은 부엌의 아궁이신으로, 모습이 검기 때문에 이런 우스갯말이 나온 것이다.—옮긴이

26) 원문은 다음과 같다. …王三老和朱世遠見那小學生行步舒徐, 語音淸亮, 且作揖次第甚有禮數, 口中誇奬不絶. 王三老便問, "令郞幾歲了?" 陳靑答應道, "是九歲." 王三老夸道, "想着昔年湯餠會時, 宛如昨日, 倏忽之間, 已是九年, 眞個光陰似箭, 爭敎我們不老?" 又問朱世遠道, "老漢記得宅上令愛也是這年生的." 朱世遠道, "果然, 小女多福, 如今也是九歲了." 王三老道, "莫怪老漢多口, 你二人做了一世的棋友, 何不扳做兒女親家. 古時有個朱陳村, 一村中只有二姓, 世爲婚姻. 如今你二人之姓適然相符, 應是天緣. 況且好男好女, 你知我見, 有何不美?" 朱世遠已自看上了小學生, 不等陳靑開口, 先答應道, "此事最好, 只怕陳兄不願, 若肯俯就, 小子再無別言." 陳靑道, "旣蒙朱兄不棄寒微, 小子是男家, 有何推托? 就請三老作伐." 王三老道, "明日是重陽日, 陽九不利; 後日大好個日字, 老夫便當登門. 今日一言爲定, 出自二位本心; 老漢只圖吃幾杯見成喜酒, 不用謝媒." 陳靑道, "我說個笑話你聽: 玉皇大帝要與人皇對親, 商量道, '兩親家都是皇帝, 也須得個皇帝爲媒纔好.' 乃請竈君皇帝往下界去說親. 人皇見了竈君, 大驚道, '那個做媒的怎的這般樣黑?' 竈君道, '從來媒人, 那有白做的?'" 王三老同朱世遠都笑起來, 朱陳二人又下棋至晩方散. 只因一局輸贏子, 定下三生男女緣. …… …朱世遠的渾家柳氏, 聞知女婿得個恁般的病症, 在家裏哭哭啼啼. 抱怨丈夫道, "我女兒又不髓臭起來, 爲甚忙忙的九歲上就許了人家? 如今却怎麽好? 索性那癩蝦蟆死了, 也出脫了我女兒, 如今死不死, 活不活, 女孩兒看看年紀長成, 嫁又嫁他的不得, 賴又賴他的不得. 終不然, 看著那癩子守活孤孀不成? 這都是王三那老烏龜一力竄掇, 害了我女兒終身."…朱世遠原有怕婆之病, 憑他夾七夾八, 自罵自止, 幷不揷言, 心中納悶. 一日, 柳氏偶然收拾廚櫃子, 看見了象棋盤和那棋子, 不覺勃然發怒, 又罵起丈夫來道, "你兩個只爲這幾著象棋上說得着, 對了親, 賺了我女兒. 還要留這禍胎怎的?" 一頭說, 一頭走到門前, 將那象棋子亂撒在街上, 棋盤也摜做幾片. 朱世遠是本分之人, 見渾家發性, 攔他不住, 洋洋的躱開去了, 女兒多福又怕羞, 不好來勸. 任他絮聒個不耐煩, 方纔罷休.…

나이카쿠분코 소장 『성세항언』(明, 葉敬池 刊本)에 근거해 다음과 같이 예문을 교감한다. 陳靑答應道→陳靑應答道 / 莫怪老漢多口→莫恠老漢多口 / 朱世遠已自看上了→朱世遠已目看上了 / 就請三老作伐→就煩三老作伐 / 明日是重陽日→明日是個重

陽日 / 只因一局輸贏了→只因一局輸贏子 / 定下三生男女緣→定了三生男女緣 / 女孩兒看看年紀長成→女孩兒年紀看看長成 / 嫁又嫁他的不得→嫁又嫁他不得 / 賴又賴他的不得→賴又賴他不得 / 幷不挿言→竝不揷言 / 廚櫃子→櫥櫃子 / 你兩個只爲這幾著象棋上→你兩個老王八只爲這幾着象棋上 / 絮聒→絮咶—일역본

27) 『박안경기』(拍案驚奇). 현존하는 명대 상우당(尙友堂) 간본에 의하면 40권으로 되어 있으니, 36권 본은 그 잔본이다.

[『박안경기초각』의 경우 청초 소한거(消閑居) 간본은 36권만이 남아 있으며, 기타 나중에 나온 송학재(松鶴齋), 문수당(文秀堂) 등의 판본은 모두 그다지 좋지 않은데, 역시 36권이다. 하지만 『박안경기이각』에서는 『박안경기초각』의 원본이 40권이라고 했다. 이전에 각각의 장서가가 보존하고 있는 것은 모두 36권뿐이었다. 쑨카이디의 『서목』에도 "상우당 원간 40권 본, 아직 보이지 않음"(尙友堂原刊四十卷本, 未見)이라 하였다. 다만 일본 닛코(日光) 고잔 린노지(晃山輪王寺) 지간도(慈眼堂)에서 이 상우당 원본이 발견되었는데, 이것은 확실히 40권으로, 나머지 4권은 다음과 같다. 37권 「굴돌중임혹살중생, 운주사마명전내질」(屈突仲任酷殺衆生, 鄆州司馬冥全內侄), 38권 「점가재한서투질, 연친맥효녀장아」(占家財狠婿妬侄, 延親脈孝女藏兒), 39권 「교세천사양한발, 병성현령소감림」(喬勢天師禳旱魃, 秉誠縣令召甘霖), 40권 「화음도독봉이객, 강릉군삼척천서」(華陰道獨逢異客, 江陵郡三拆天書).—보주]

[『박안경기』 초각의 상우당 간 사십 권 본은 일본 닛코 고잔 린노지 지간도에 남아 있다. 도요타 미노루(豊田穰)의 「명 간 사십권 본 박안경기 및 수호지전평림 완본의 출현」(明刊四十卷本拍案驚奇及び水滸志傳評林完本の出現; 『斯文』 23-6, 1941년) 및 나가사와 기쿠야(長澤規矩也) 편, 『닛코 산 「덴카이조」 주요 고서 해제』(日光山「天海藏」主要古書解題; 日光: 日光山輪王寺, 1966)를 볼 것. 또 Tien-yi Li, "The Original Edition of the P'o-an ching-ch'i"(李田意, 「『拍案驚奇』的原刊本」), *The Tsing Hua Journal of Chinese Studies*, vol. 1 no. 3(『淸華學報』 新一卷 三號)을 볼 것.—일역본]

28) 위 주의 내용에 따라 새로 발견된 40권 본의 37권은 당 회창(會昌) 연간의 일이고, 38권은 원곡(元曲) 『노생아』(老生兒) 이야기를 원용한 것이며, 40권의 이야기는 당대 사람의 『일사』(逸史)를 인용한 것이다. 따라서 40권을 모두 계산에 넣으면, "당대 이야기 여섯 편"은 "당대 이야기 아홉 편"이 되고, "원대 이야기 네 편"은 "원대 이야기 다섯 편"으로 고쳐야 한다.—보주

29) 원문은 "龍子猶氏所輯『喩世』等諸言, 頗存雅道, 時著良規, 一破今時陋習, 如宋元舊種, 亦被搜括殆盡.…因取古今來雜碎事, 可新聽睹, 佐談諧者, 演而暢之, 得如干卷".

30) 『박안경기초각』에는 "정묘년 가을"(천계 7년, 1627)로 나와 있으나, "범례오칙"(凡例五則)의 말미에는 오히려 "숭정 무진 초동 즉공관주인 지"(崇禎戊辰初冬卽空觀主人識)라고 서명한 것으로 보아, 간행 연대는 다음 해(숭정 무진 즉 1628년)라는 것을 알 수 있다. 왕구루(王古魯)의 『일본방서기』(日本訪書記)를 볼 것.—보주

31) 원문 "백량여재"(柏梁餘材)는 기둥과 대들보를 세우고 남은 재목이고, "무창잉죽"(武昌剩竹)은 무창 지방에 대나무가 많이 있듯이 자료가 많다는 것이다. 또 백량대(柏梁臺)는 한 무제 때 세운 대(臺)인데, 잣나무(柏)를 대들보로 썼다고 한다. 무창의 대나무

는 진(晋)의 무장인 도간(陶侃)의 고사에서 나온 말이다(『晋書』 66, 「陶侃傳」). 도간은 정서대장군(征西大將軍), 형주자사(荊州刺史)로서 무창에 있었는데, 배를 만들 때, 남은 "나무 부스러기(木屑)와 대나무 끝부분(竹頭)"를 장부에 기재하여 간수해 두었다가 뒤에 나무 부스러기는 눈 녹은 땅 위에 깔고, 대나무 끝부분으로는 촉(蜀)지방을 정벌할 때, 정장선(丁裝船)을 만들었다고 한다. 무창은 좋은 대나무의 산지로 유명하다.—일역본/옮긴이

32) 원문은 다음과 같다. 丁卯之秋…偶戱取古今所聞, 一二奇局可紀者, 演而成說,…得四十種.…其爲柏梁餘材, 武昌剩竹, 頗亦不少, 意不能恝, 聊復綴爲四十則.

33) 능몽초(凌濛初). 이 책의 제9편 주 63)을 참고할 것. 그가 지은 『언시익』(言詩翼) 4권은 이전 사람들의 『시경』 평주(評注)를 채집한 것이다. 『시역』(詩逆) 4권은 『시경』을 풀이한 것이다. 『국문집』(國門集) 1권은 능몽초가 남경에 머물러 있을 때 지은 시문(詩文)들을 수록한 것이다. 잡극 『규염옹』(虬髯翁)의 정식 이름은 『규염옹정본부여국』(虬髯翁正本夫餘國)이다.

[능몽초의 사적(事跡)에 관해서는 엽덕균(葉德均)의 「능몽초 사적 계년」(凌蒙初事跡繫年)에 『능씨종보』(凌氏宗譜; 嘉慶 十年 乙丑刊) 등을 사용하여 상세하게 조사되어 있다(예더쥔葉德均, 『희곡소설총고』戱曲小說叢稿 하책에 수록되어 있음).—일역본]

34) 능몽초의 저작은 『광서오정현지』(廣西烏程縣志)에 의하면 다음의 여러 가지가 있다. 『성문전시적총』(聖門傳詩嫡冢) 16권 부록 1권, 『언시익』(言詩翼; 『언시익전傳』이라고도 함), 『시역』(詩逆) 4권, 『합평시선』(合評詩選; 『주비선시』朱批選詩라고도 함), 『시경인물고』(詩經人物考), 『좌전합청』(左傳合鯖), 『아사사한이동보평』(倪思史漢異同補評) 32권, 『후한서찬평』(後漢書纂評), 『산정송사보유』(算定宋史補遺), 『영등삼차』(嬴滕三劄), 『초구십책』(剿寇十策), 『탕즐후록』(湯櫛後錄), 『국문집』(國門集) 1권, 『국문을집』(國門乙集) 1권, 『계강재시문』(鷄講齋詩文), 『사편목탄』(巳編囊涎), 『연축구』(燕築謳), 『남음삼뢰』(南音三籟), 『동파산곡선희집평』(東坡山谷禪喜集評) 14권.

덧붙이자면, 『여풍몽정합편』(與馮夢禎合編), 『도위합집』(陶韋合集) 18권. 덧붙이자면 『오정현지』에는 희곡이 들어 있지 않다. 능몽초는 『규염옹』 이외에도 『북홍불』(北紅拂), 『망택배』(莽擇配), 『맥홀인연』(驀忽姻緣), 『전도인연』(顚倒姻緣), 『혈지보구』(穴地報仇), 『예정평』(禰正平), 『유백륜』(劉伯倫), 『송공명뇨원소』(宋公明鬧元宵) 등 잡극을 쓰기도 했고, 또 전기 『교합삼금기』(喬合衫襟記)를 썼으며, 『남음삼뢰』 안에는 곡문 5척이 남아 있기도 하다. 기타 『십육국춘추산정』(十六國春秋刪正), 『세설신어보』(世說新語補), 『세설신어평주』(世說新語評注), 『서상기오본해증』(西廂記五本解證; 주유돈의 이름으로 되어 있음), 『염이편』(艶異編; 왕세정의 이름으로 되어 있음) 등이 있다.—보주

35) 『서호이집』(西湖二集)의 판본은 세 가지가 있다. 첫번째는 명 원간본(原刊本)으로 "무림제천자청원보찬"(武林濟川子淸原甫纂)이라 제하였고, 머리에 호새사 서(湖海士序)와 정도(精圖)가 있으며, 대략 숭정(崇禎) 연간에 간행되었는데, 상하이잡지공사(上海雜誌公司) 배인본이 있다. 두번째는 숭정 운림취금당(雲林聚錦堂) 복간본(復刊本)이다. 세번째는 선간본(選刊本)으로 『서호문언』(西湖文言)이라 하였는데, 아홉 편만이 남아 있다. 달리 『서호습유』(西湖拾遺)가 있는데, 전당(錢塘) 매계(梅溪) 진수기(陳樹基)가 찬집한

것으로 모두 48권이며, 앞의 3권은 그림이고, 말권은 "지우지선"(止于至善)이라 실제로는 44권이며, 『서호이집』에서 취한 것이 28권이고, 『서호가화』(西湖佳話)에서 취한 것이 15권, 『성세항언』에서 취한 것이 1권이다. 광서 연간 상하이신보관(上海申報館) 중배본(重排本)이 있다.—보주

주집의 『서호이집』에 관해서는 아잉의 논고 「서호이집에 반영된 명대 사회」(西湖二集所反映的明代社會)를 볼 것(『문학』 5권 5기, 상하이: 성훠서점, 1935년 11월. 뒤에 아잉, 『소설한담』, 상하이: 구뎬원쉐출판사, 1958년 5월에 재수록됨). 또 『서호이집』의 34편의 소설 각각의 소재의 내원(來源)에 관해서는 다이부판(戴不凡)의 「『서호이집』 취재의 내원」(『西湖二集』取材的來源; 다이부판, 『소설견문록』小說見聞錄 수록)이 있다. 다이씨가 무림(武林)의 주청원(周淸原)에 관한 사료로서 들었던 "주청원(周淸原; 蓉湖)의 저작은 실은 무진(武進)의 주청원으로 다른 사람의 저작"이라고 한다(양위펑楊玉峰, 「『서호이집』의 작자 주청원의 잘못」『西湖二集』作者周淸原弁誤, 『중화문사논총』中華文史論叢, 1983년 제3집). 이것만 제외한다면 참고할 만하다.—일역본

최근에 천메이린(陳美林) 교점(校點) 본 『서호이집』(장쑤구지출판사江蘇古籍出版社, 1994. 중국화본대계中國話本大系)이 나왔다. 부록으로는 「서호이집서」(西湖二集序)와 「서호추색일백운」(西湖秋色一百韻) 그리고 「서호이집소재집록」(西湖二集素材輯錄)이 실려 있다. 아울러 미국에서 나온 학위논문으로는 다음과 같은 것이 있다. Charles Joseph Wivell, *Adaptation and Coherence in Late Ming Short Vernacular Fiction: A Study of the Second West Lake Collection*(西湖二集), Ph.D. Dissertation, University of Washington, 1969.—옮긴이

36) 청원(淸原). 주즙(周楫)의 자는 청원이고, 호가 제천자(濟天子)이며, 명대 무림(武林; 지금의 저장 항저우) 사람이다. 『서호이집』에 있는 호해사(湖海士)의 서문에 "주즙의 집안이 가난하여 공명에 뜻을 얻지 못하였다"(周子家貧, 功名蹭蹬)라고 기록된 것을 보면 매우 뜻을 제대로 펴지 못한 듯하다.

[호해사의 서(序)에 의하면, "작자의 가슴 속에 품고 있는 강개함은 백 간짜리 집처럼 낭랑했다"(作者胸懷慷慨, 朗朗如百間屋)고 하며, 또 "손바닥을 마주치며 고금의 일들을 이야기하는데 파도가 넘실대고 뇌성벽력이 치는 것이 항우가 장감을 치듯 하고, 또 조식이 이야기하는 것 같았다"(抵掌而談古今也, 波濤洶涌, 雷震霆發, 大似項羽破章邯, 又如曹植之談)고 한다. 이것으로 그가 설변에 뛰어났다는 것을 알 수 있다. 호해사의 서에서는 또 "뜻을 품고도 때를 만나지 못해 어렵사리 살아가며 사나운 운수에 어려움을 겪어, 배우가 되어 수비파로 세상에 알려지기를 원했다"(懷才不遇, 蹭蹬厄窮, 而至愿爲優伶, 手琵琶以求知于世)고 한다. 아마도 그는 설창이나 연극을 업으로 삼았던 듯하다. 루쉰이 특히 융욱의 이야기를 예로 든 것은 작자의 "부득이하여 다른 사람의 술잔을 빌려 자신의 가슴에 맺힌 한을 푼 것"(不得已而借他人之酒杯, 澆自己之磊塊)을 표현하려 한 것이다.—보주]

37) 별 이름으로, 문창(文昌)의 네번째 별이다. 『초사』(楚辭) 「구가」(九歌)의 소사명(少司命)으로, 재앙을 막아 준다고 한다.—일역본

38) 융욱(戎昱). 당(唐) 형남(荊南; 지금의 후베이 장링江陵) 사람이다. 일찍이 건주 자사(虔州

刺史)를 지냈는데, 숙종 때 폄적을 받아 신주 자사(辰州刺史)가 되었다. 후세 사람들이 『융욱시집』(戎昱詩集)을 편집하였다.

39) 융욱의 이야기는 당 맹계(孟棨)의 『본사시 · 정감제일』(本事詩 · 情感第一)에서 나온 것이다.—보주

40) 반악(潘岳)을 가리킴.—옮긴이

41) 자건(子建)은 조식(曹植)의 자이다.—옮긴이

42) 『초사』(楚辭) 가운데 「구가」(九歌) 「소사명」(少司命)에 나오는 구절이다.—옮긴이

43) 원문은 다음과 같다. …且說韓公部下一個官, 姓戎名昱, 爲浙西刺史. 這戎昱有潘安之貌, 子建之才, 下筆驚人, 千言立就, 自恃有才, 生性極是傲睨, 看人不在眼裏. 但那時是離亂之世, 重武不重文, 若是有數百斤力氣,…不要說十八般武藝件件精通, 就是曉得一兩件的,…少不得也摸頂紗帽在頭上戴戴.…馬前喝道, 前呼後擁, 好不威風氣勢, 耀武揚威, 何消得曉得"天地玄黃"四字. 那戎昱自負才華, 到這時節重武之時, 却不道是大市裏賣平天冠兼挑虎刺, 這一種生意, 誰人來買, 眼見得別人不作興你了. 你自負才華, 却去嚇誰? 就是寫得千百篇詩出, 上不得陣, 殺不得戰, 退不得虜, 壓不得賊, 要他何用? 戎昱負了這個詩袋子, 沒處發賣, 却被一個妓者收得. 這妓者是誰? 姓金名鳳, 年方一十九歲, 容貌無雙, 善於歌舞, 體性幽閑, 再不喜那喧嘩之事, 一心只愛的是那詩賦二字. 他見了戎昱這個詩袋子, 好生歡喜. 戎昱正沒處發賣, 見金鳳喜歡他這個詩袋子, 便把這袋子抖將開來, 就象個開雜貨店的, 件件搬出. 兩個甚是相得, 你貪我愛, 再不相捨; 從此金鳳更不接客. 正是: 悲莫悲兮生別離, 樂莫樂兮新相知. 自此戎昱政事之暇, 游於西湖之上, 每每與金鳳盤桓行樂.…(卷九『韓晉公人奩兩贈』)
일본 나이카쿠분코 소장 『서호이집』(半葉十行, 行二十字本, 明刊)에 의거해 예문을 교감하였음.—일역본

44) 『취성석』(醉醒石). 명대 작품으로 지은이의 이름이 없으나 "동로고광생 편집"(東魯古狂生編輯)이라 제하였다. [『취성석』에 관해서 정전둬의 「명청 이대의 평화집」(明淸二代的平話集)의 「취성석」 조의 말미에는 "15회 본 역시 아마도 전서(全書)는 아닌 듯하다"고 주기(注記)되어 있다. 동강(董康)이 간행한 송분실총간이집(誦芬室叢刊二集) 『취성석』 15권(1917년 간)의 원본은 앞서의 역주에서 들었던 명 간본과 다른데, 루쉰은 동강의 간본에 근거한 듯하다. 또 동강 간본에는 강동로담(江東老蟫; 먀오취안쑨繆荃孫)의 서가 있는데, 『취성석』에 대한 고증을 하고 있다. 또 다이부판의 「『취성석』 수록」(『醉醒石』隨錄; 다이부판, 『소설견문록』)은 『취성석』의 성서(成書) 간행 연대와 회수에 관해 시사하는 바가 많다.—일역본]
이미화호(李微化虎). 『취성석』 제6회 "뛰어난 재주의 유생은 세속을 싫어하다 원래의 모습을 잃었고, 의협심이 있는 벗은 고아를 생각하여 관록을 반으로 나누었다"(高才生傲世失原形, 義氣友念孤分半俸)에 보인다. 원래 당(唐)의 전기(傳奇)인데 『태평광기』(太平廣記) 427권에 인용된 『선실지』(宣室志)에는 제목이 『이징』(李徵)으로 되어 있다.

45) 『취성석』의 원간본에는 정도(精圖)가 덧붙여 있으며, 베이징도서관 소장이다. 따로 동씨송분실(董氏誦芬室) 중간본이 있다. 또 동로고광생의 진짜 이름은 알 수 없다. 이 책에서 "명조"(明朝)니 "선조"(先朝)니 하고 칭하는 것은 청대 사람의 말투로 이 책이 청

초에 나왔다는 것을 증명해 주고 있다.—보주

46)『취성석』 서에는 다음과 같은 내용이 있다. "이찬황(곧 당의 이덕유)의 평천장에는 취성석이라는 것이 있다. 몹시 취해서 그 위에 누우면 취기가 곧 가셨으니, 대개 술을 깨게 하는 돌이었던 것이다."(李贊皇(按卽唐李德裕)之平泉莊, 有醉醒石焉, 醉甚而依其上, 其醉態立失, 盖亦醒醉之石也) 소설을 술 깨는 돌이라 한 것은 당연하게도 세상을 권계하는 뜻이 담겨 있다는 것이다.—보주

47) 고관대작의 부인을 가리키는 말로, 상원(上苑)은 황제가 감상하고 즐기며 사냥을 하기 위해 만든 원림(園林)이다. 다른 본에서는 "낭원"(閬苑)으로 되어 있는데, 이것은 낭풍(閬風)의 원(苑), 곧 선인이 거주하는 곳이라는 것과, 당대 낭주(閬州)에 있던 융원(隆園; 곧 玄宗 李隆基의 휘를 피하기 위해 낭원이라 한 것임)이라는 두 가지 설이 있다.—일역본/옮긴이

48) 도리화(桃李花)는 고관대작의 아내가 되었을 팔자가 술집 여주인이 된 것을 가리킨다.—옮긴이

49) 원문은 다음과 같다. …見櫃邊坐着一個端端正正裊裊婷婷婦人, 却正是莫氏. 蘇進士見了道, "我且去見他一見, 看他怎生待我." 叫住了轎, 打著傘, 穿著公服, 竟到店中. 那店主人正在那廂數錢, 穿著兩截衣服, 見個官來, 躲了. 那莫氏見下轎, 已認得是蘇進士了, 却也不羞不惱, 打著臉. 蘇進士向前, 恭恭敬敬的作上一揖. 他道, "你做你的官, 我賣我的酒." 身也不動, 蘇進士一笑而去. 覆水無收日, 去婦無還時, 相逢但一笑, 且爲立遲遲. 我想莫氏之心豈能無動, 但做了這絶性絶義的事, 便做到滿面歡容, 欣然相接, 討不得個喜而復合; 更做到含悲飮泣, 牽衣自咎, 料討不得個憐而復收, 倒不如硬著, 一束兩開, 倒也乾淨. 他那心裡, 未嘗不悔當時造次, 總是無可奈何: 心里悲酸暗自嗟, 幾回悔是昔時差, 移將上苑琳琅樹, 却作門前桃李花.

일본 도쿄대학 문학부 중국철학중국문학연구실 소장『취성석』(목차 및 본문 제15회가 빠져 있음. 명말청초 간본인 듯함)에 근거해 다음과 같이 예문을 교감한다. 打著傘, 穿著公服→打着傘, 穿着公服("著"는 모두 "着"으로 되어 있음) / 見個官來→見箇官來("個"는 모두 "箇"로 되어 있음) / 這絶性絶義的事→這絶情絶義的事 / 倒不如硬著→倒不如硬着 / 上苑琳琅樹→閬苑琳琅樹 —일역본

50) 주매신(朱買臣)의 처가 곤궁한 생활을 못 견디고 남편을 버리고 떠났는데, 뒤에 주매신이 회계 태수(會稽太守)가 되어 가던 길에 아내와 재회하는 이야기가『한서』(漢書)의 그의 전(傳)에 실려 있다. "엎질러진 물은 다시 담을 수 없다"는 성어는 본래 태공망(太公望) 여상(呂尙)과 그의 아내인 마씨(馬氏) 사이에서 나온 것이나, 후세에 주매신과 그의 아내에게 부회된 것이라 한다(청淸의 적호翟灝의『통속편』通俗編 37권「고사」故事).—일역본

51) 원문은 다음과 같다. 若論婦人, 讀文字, 達道理甚少, 如何能有大見解, 大矜持? 況且或至飢寒相逼, 彼此相形, 旁觀嘲笑難堪, 親族炎凉難耐, 抓不來榜上一個名字, 灑不去身上一件藍皮, 激不起一個慣淹蹇不遭際的夫婿, 盡堪痛哭, 如何叫他不要怨嗟. 但"餓死事小失節事大", 眼睜睜這個窮秀才尙活在, 更去抱了一人, 難道沒有旦夕恩情? 忒殺蔑去倫理! 這朱買臣妻, 所以貽笑千古.

앞서와 마찬가지로 다른 본에 근거해 예문을 교감하였다. "個"가 "箇"로 되어 있고, "蔑去倫理"가 "藏去倫理"로 되어 있다. "장"은 "멸"의 잘못인 듯하다.—일역본

52) 원문은 다음과 같다. 『警世通言』有『拗相公』一篇, 述王安石罷相歸金陵事, 極快人意, 乃因盧多遜謫嶺南事而稍附益之.

왕사정(王士禎, 1634~1711). 자는 이상(貽上)이고, 호는 완정(阮亭), 어양산인(漁洋山人)으로, 청대 신성(新城; 지금의 산둥 환타이桓臺) 사람이다. 관직은 형부상서(刑部尙書)까지 지냈다. 저서로는 『대경당집』(帶經堂集) 등이 있다. 그가 지은 『향조필기』(香祖筆記) 12권은 옛일들을 고증하고 시문을 품평한 책이다.

노다손(盧多遜). 송대 회주 하내(懷州河內; 지금의 허난 친양沁陽) 사람이다. 태평흥국(太平興國) 때 중서시랑평장사(中書侍郎平章事)를 맡아 지냈고, 병부상서(兵部尙書)를 겸직하였다. 뒤에 진왕(秦王) 조정미(趙廷美)와 친분을 맺었다는 이유로 영남(嶺南)의 애주(崖州)에 유배당했다. [노다손의 일은 왕벽지의 『민수연담록』(澠水燕談錄) 10권에 다음과 같이 나와 있다. "노다손이 남쪽 주애로 좌천되어 갔다. 고개를 넘다가 산 속의 주점에서 쉬었다. 주점의 노파는 행동거지가 온화하고 정숙했으며, 자못 경사의 일들을 이야기하였다. 노다손이 그를 방문하자 노파는 그가 노다손인 줄 모르고 말했다. '우리 집은 예전에 변량에 있었는데, 여러 대에 걸친 선비 집안이었습죠. 아들 하나가 주현에서 벼슬을 하고 있었는데, 노상공이 법을 어기고 어떤 일을 처결했는데, 아들은 그것을 따를 수 없어 무고하게 남쪽으로 좌천을 당했습니다요. 남쪽으로 간 지 일년 만에 온 집안이 몰락을 하고, 늙은 노파 혼자 이곳에 떨어져 나와 살 줄이야 생각이나 했겠습니까? 노상공이 윗사람을 속이고 아랫사람을 기롱하며, 위세에 의지해 사물을 해코지하였으니, 하늘도 무심하지 않아(하늘의 도리가 분명해) 남쪽으로 좌천을 당하게 되었습니다요. 오래지 않아 아마도 여기에서 만나게 되면 빨리 숙원을 풀게 될 것입니다.' 그러고는 소리 내어 울었다. 노다손은 밥도 먹지 않고 서둘러 수레에 올라 떠났다."(盧多遜南遷朱崖, 逾岭憩一山店, 店嫗擧止和淑, 頗能談京華事. 盧訪之, 嫗不知爲盧也, 曰: '家故汴都, 累代士族, 一子仕州縣, 盧相公違法治一事, 子不能奉, 誣竄南方. 到方周歲, 盡室淪喪, 獨殘老嫗流落在此, 意有所待. 盧相欺上罔下, 倚勢害物, 天道昭昭, 行當南竄. 未亡間庶見于此, 以快宿憾爾.' 因号呼泣下. 盧不待食, 促駕而去)—보주]

53) 『금고기관』의 간본에 관해서 살펴보면 다음과 같다. 프랑스 파리 국립도서관 소장 『금고기관』을 조사한 류슈예(劉修業)의 「『금고기관』」(류슈예, 『고전소설희곡총고』古典小說戲曲叢考, 58~59쪽)에 의하면, 파리 국립도서관 소장본은 봉면(封面)에 "금고기관"이라고 제하고, 왼쪽 위 모퉁이에 "묵감재수정"(墨憨齋手定), 왼쪽 아래 모퉁이에 "오군보한루"(吳郡寶翰樓)라고 제하였으며, 위쪽에 가로로 "유세명언이각"(喩世明言二刻)이라 제하였다 한다(『고전소설희곡총고』에 속표지의 서영書影이 있음). 앞에는 소화주인서(笑花主人序)가 있고, 목록 아래에는 "포옹주인정정"(抱甕主人訂定)이라 되어 있으며, 전서(全書)는 사십 권이다. 발본(拔本)의 체례(體例)와 행관(行款), 자체(字體)가 명 간본 "삼언"과 매우 비슷한데, 류슈예는 이 본이 원본 『금고기관』일 것이라 추측하고 있다. 청초의 『금고기관』의 번각본의 서언에 『고금기관』(古今奇觀)이라 한 것도 있기에, 이 책의 원명이 『고금기관』일 것이라고 한 설도 있으나(이를테면 쑨카이디의 『중국통속

소설서목』), 류 여사는 이 원각본과 대조하여 그것은 번각본의 잘못으로, 『금고기관』이 원명이라고 단정하였다. 앞서의 역주에서 살펴본 바와 같이 루쉰은 송선노인서(松禪老人序)라고 씌어져 있고, "不失本末"이 "不失本來"로 씌어져 있는 텍스트를 근거로 했다. 이것은 류춘런의 『서목제요』(195쪽)에서 말한 바와 같이 상당히 후대의 판본인 듯하다.—일역본

54) 여기서 "『고금소설』에서 취한 것이 18편"(取『古今小說』者十八篇)이라고 말한 것은 마땅히 『고금소설』에서 취한 것이 8편(『금고기관』 제3, 4, 11~13, 23, 24, 32회)과 『경세통언』에서 취한 것이 10편(『금고기관』 제5, 6, 14, 19~22, 31, 33, 35회)이라고 해야 한다. "『박안경기』에서 취한 것이 7편"(取『拍案驚奇』者七篇)이라고 한 것은 마땅히 『박안경기』 초각(初刻)에서 취한 것이 8편(『금고기관』 제9, 10, 18, 29, 30, 37, 39, 40회)과 『박안경기』 이각(二刻)에서 취한 것이 3편(『금고기관』 제34, 36, 38회)이라고 해야 한다.
[상우당(尙友堂) 『박안경기초각』 40권 본이 발견된 뒤에야 『금고기관』 제30회 「염친은효녀장아」(念親恩孝女藏兒)가 『박안경기초각』 제38권에서 나온 것임을 알게 되었다.—보주]

55) "삼언이박"(三言二拍)의 "삼언"(三言)은 정전둬 주편 『세계문고』(世界文庫)에, "통언"(通言)과 "항언"(恒言)이 실려 활자본이 간행되었고, 뒤에 "삼언"도 중화인민공화국 건국 이후, 교주를 붙인 활자본이 쭤자출판사(作家出版社), 런민원쉐출판사(人民文學出版社)에서 간행되었다. "이박"(二拍)은 장징루(張靜廬) 주편 『중국문학진본총서』(中國文學珍本叢書)에 『박안경기』 36권 본이 실려 활자본이 간행되었고, 마찬가지로 건국 후에 왕구루(王古魯)가 수록편주(蒐錄編注)한 『초각 박안경기』(初刻拍案驚奇), 『이각 박안경기』(二刻拍案驚奇)가 각각 1957년 9월과 1957년 5월, 상하이의 구뎬원쉐출판사에서 간행되었다. 또 현재 일반적으로 "삼언"이라고 할 때는 원본 『유세명언』(喩世明言; 곧 『전상고금소설』全相古今小說 사십 권)과 『경세통언』 사십 권, 『성세항언』 사십 권을 가리키며, 이십사 권본 『유세명언』은 포함하지 않는다.—일역본

56) 『금고기문』(今古奇聞). "동벽산방주인이 엮어 순서를 매기다"(東壁山房主人編次)라고 적혀 있다. 광서(光緖) 13년(1887)에 "동벽산방주인 왕인야매보"(東壁山房主人王寅冶梅甫)의 서문이 있다. 왕인(王寅)의 자는 야매(冶梅)이고, 청나라 강소(江蘇) 남경(南京) 사람이다.
[『금고기문』은 『고금기문』(古今奇聞)이라고도 하는데, 22권으로 광서 신묘 베이징 방간본(坊刊本)이며, 또 연인본(鉛印本)도 있다. 책머리에 광서 13년 왕야매(王冶梅)의 서가 있다. 또 동벽산방주인(東壁山房主人)은 왕인의 별호이다. 인의 자는 야매이고 생애는 자세하게 알려진 것이 없다. 그의 자서에 의하면 『금고기문』은 그가 일본에서 가지고 와서 번각한 것이라는 사실을 알 수 있다.—보주]

57) 『서호가화』(西湖佳話). 온전한 명칭은 『서호가화고금유적』(西湖佳話古今遺迹)으로 16편이며, "옛 오나라 묵랑자가 엮었다"(古吳墨浪子輯)라고 적혀 있다. 서호(西湖)의 아름다운 경치를 배경으로 갈홍(葛洪), 백거이(白居易) 등의 이야기를 서술하고 있다.
『매서한적』(梅嶼恨迹)은 『서호가화』의 제14편으로 풍소청(馮小靑)의 이야기를 서술하고 있다.

58) 『금고기문』은 『성세항언』, 『서호가화』에서 뽑은 5편을 제외하면 그 나머지 15편은 청나라 두강(杜綱)의 『오목성심편』(娛目醒心編)에서 뽑은 것이다. 그밖에 『유상주득량우기연』(劉孀姝得良遇奇緣)은 청나라의 이름 모를 이가 엮은 『기재휘편』(紀載滙編)에서 뽑았고(야서일수墅西逸叟가 지은 『과허지』過墟志), 『임예향행권계전절』(林蕊香行權計全節)은 청나라 왕도(王韜)가 지은 『둔굴란언』(遁窟讕言)에서 뽑았다(7권의 『영예향』寧蕊香).
[이 책의 서문은 광서 13년에 씌어졌으므로, 간본이 이 해보다 앞서는 함풍(咸豊)이나 동치(同治) 연간에 나왔을 리가 없다.—보주]
[『금고기관』의 소재에 관해서는 본문에서 들고 있는 것 이외에, 다이부판이 두 가지를 보충한 바 있다(다이부판, 「『금고기문』의 출처에 대한 보론」『今古奇聞』的出處補, 『소설견문록』, 252~253쪽).—일역본]

59) 「강우인경재중의득과명」(康友仁輕才重義得科名)은 『오목성심편』(娛目醒心編) 9권에서 선록하여 『속금고기관』에 「배유금암중획준·거미색안하등과」(賠遺金暗中獲雋·拒美色眼下登科)라는 이름으로 개명하여 실렸다.—보주

60) 정일창(丁日昌, 1823~1882)의 자는 우생(雨生)으로, 청나라 풍순(豊順; 지금의 광둥에 속함) 사람이다. 1868년에 장쑤(江蘇) 순무(巡撫)를 역임할 때, 일찍이 두 차례나 음란한 소설을 엄히 금할 것을 상소했는데, 금지된 책이 269종에 이르렀다.
[화본에 관하여 루쉰이 처음에 『사략』을 집필하고 공간(公刊)했을 당시는 새로운 자료가 잇달아 발견되어 그에 관한 연구도 비약적으로 발전하였다. 이러한 사실은 루쉰도 생전에 인정한 바 있다. 이에 관한 연구서는 앞서의 역주에서 든 것들 이외에 종합적인 연구서로 다음과 같은 것들이 있다. 이것들은 또한 본서의 제12편과 제13편의 기술과도 관련이 있다. 쑨카이디의 『중국통속소설서목』, 류춘런의 『서목해제』는 말할 것도 없고, 리톈이(李田意)는 「일본에서 본 중국 단편소설 약기」(日本所見中國短篇小說略記; 『청화학보』淸華學報, 신新 1권 2호, 1957년 4월, 타이베이)에서 쑨카이디가 기술한 내용을 보완하였다. 또 쑨카이디 자신이 그 뒤에 쓴 논고 역시 기초적인 작업으로서 빼놓을 수 없다.
「삼언이박원류고」(三言二拍源流考), 『국립베이핑도서관관간』(國立北平圖書館館刊) 제5권 제2책, 1931년 3~4월, 베이핑. 뒤에 쑨카이디의 『창주집』(滄州集) 상책에 실림.
「중국통속소설제요」(中國通俗小說提要), 『국립베이핑도서관관간』 제5권 제5책, 1931년 9~10월, 베이핑.
「소설방증」(小說旁證), 『국립베이핑도서관관간』 제9권 제1책, 1935년 1~2월, 베이핑. 화본 아홉 종의 재원(材源)에 대한 고찰이다.
「『소설방증』십제」(『小說旁證』十題), 『문헌』(文獻) 제2집, 베이징: 수무원셴출판사(書目文獻出版社), 1979년 12월.
정전둬(鄭振鐸)의 이후의 연구도 빼놓을 수 없다. 「명청 이대의 평화집」(明淸二代的平話集), 『소설월보』(小說月報) 22권 7~8호, 상하이: 상우인서관(商務印書館), 1931년 7~8월. 뒤에 정전둬의 『중국문학논집』(中國文學論集) 상책(1957년판)과 『서체서화』(西諦書話; 1983년판)에 수록됨.
또 근년에 나온 연구서로는 다음과 같은 것들이 있다.

탄정비(譚正璧) 편, 『삼언양박자료』(三言兩拍資料) 상하 이책(上下二冊), 상하이: 상하이구지출판사(上海古籍出版社), 1980년 10월.
탄정비, 탄쉰(譚尋), 『고본희견소설회고』(古本稀見小說匯考), 항저우: 저장런민출판사(浙江人民出版社), 1984년 11월. 전기소설과 화본소설, 장회소설의 세 부분으로 나뉘어 있고, 해제가 실려 있다.
후스잉(胡士瑩), 『화본소설개론』(話本小說槪論) 상하 이책(上下二冊), 베이징: 중화서국(中華書局), 1980년 5월 1판, 1982년 7월 베이징 2쇄.
역대의 소설과 희곡에 대한 금지조처에 대한 사료집으로는 다음과 같은 것들이 있다.
왕샤오촨(王曉傳), 왕리치(王利器) 집록, 『원명청삼대금훼소설희곡사료』(元明淸三代禁毁小說戲曲史料), 베이징: 쭤자출판사, 1958년 7월.—일역본]

제22편 청대의 진당(晉唐)을 모방한 소설과 그 지류

당인소설唐人小說의 단행본은 명나라에 이르자 열에 아홉은 없어졌다. 송나라 때 칙명으로 편찬된 『태평광기』가 이루어졌으나, 궁정 안에만 두고 반포하지 않았기에, 거의 유전되지 않았다. 이 때문에 후대에 어쩌다 그 원본을 발견한 이가 모방하여 글을 지으면,[1] 세상 사람들은 깜짝 놀라 기이하고 뛰어난 작품이라 여겼다. 명나라 초기에 전당錢塘 사람 구우瞿佑[2]는 자가 종길宗吉로서, 시인으로 이름이 나 있었는데, 『전등신화』剪燈新話라는 소설도 지었다.[3] 문제文題나 의경意境에 있어 당나라 사람들을 모방했으나, 문필이 번잡하고 유약해서 그들 작품과 부합하지 않았다. 그러나 규방의 연애심리를 잘 묘사했고, 우아한 말들을 골라 썼기 때문에 특히 당시 사람들에게 사랑받았으며, 모방작이 무수히 생겨났는데, 이 책이 금서가 되어서야 비로소 이러한 풍조가 쇠퇴하기 시작했다.[4] 가정嘉靖 연간에 이르러 당인소설이 다시 출간되었는데, 서적상들이 종종 『태평광기』의 문장을 뽑아다가 다른 책들과 뒤섞어서 총집叢集을 간행하였으니, 진짜와 가짜가 어우러져 있는 대로 자못 성행하였다.[5] 본래 소설과는 인연이 없다고 할 수 있는 문인들까지도 종종 기인奇人이나 협객俠客, 그리고 호랑이나 개, 곤충들에 관한 전傳을 써서 [자신의] 문집에 포함시켰다. 대개 기이한 것을 전하는傳奇 이러한 풍조는 명나라 말기에 크게 유행하였으니, 조대가 바뀌어 [청대가 되어서도] 바뀌지 않았다.

그러한 전문적인 문집 가운데 가장 유명한 것은 포송령蒲松齡의 『요재지이』聊齋志異이다.[6] 포송령은 자가 유선留仙[7]이고, 호가 유천柳泉으로 산동 치천淄川 사람이다. 어려서부터 뛰어난 재능이 있었으나 늙을 때까지 [과거에 급제해] 관도에 오르지 못했으므로,[8] 일개 수재秀才로서 집에서 학생들을 가르쳤다. 강희康熙 신묘辛卯년[1711년]에 비로소 세공생歲貢生이 되었으나(『요재지이』 서발),[9] 4년이 지나 그대로 죽고 말았는데, 그때 나이 86세(1630~1715)[10]였다. 그의 저서로는 『문집』 4권과 『시집』 6권, 『요재지이』 8권(문집에 장원張元의 묘표墓表가 부록으로 실려 있다)과 『성신록』省身錄, 『회형록』懷刑錄, 『역자문』曆字文, 『일용속자』日用俗字, 『농상경』農桑經 등이 있다(이환李桓의 『기헌류징』耆獻類徵 431).[11] 그의 『요재지이』는 권을 나누어 16권으로 만든 것도 있는데, 모두 431편으로,[12] 작자의 나이 50세에 비로소 완성된 작품으로[13] 스스로 제문題文을 지어 다음과 같이 말하고 있다.

> 재능은 비록 간보干寶와 같지 않지만, 늘 귀신 이야기 수집하는 것을 좋아했고, 소동파가 황주黃州에서[14] 사람들이 들려주는 귀신 이야기를 즐겼던 것과 마찬가지로 [이야기를 듣다가] 짬이 나면 붓을 들어 그대로 한 편의 글을 이루었다. 얼마간의 시간이 흐르자 여러 곳의 동호인들이 우편으로 부쳐 주었다. 그로 인해 이야기가 잘 수집되어 점점 많이 쌓이게 되었다.[15]

그렇게 하여 그는 오랜 세월을 두고 이야기를 모으고 거두어들였다.

그러나 이 책 속의 사적事迹 또한 당대 사람들의 전기唐人傳奇로부터 변화하여 나온 것이 많이 있는데(이를테면 『봉양사인』鳳陽士人, 『속황량』續黃粱[16] 등), 이를 스스로 밝히지 않은 것은 대개 옛것을 모방하면서도 또 그것을 꺼렸기 때문일 것이다. 작자는 기이한 소문을 수집하려고 그 문 앞에 담배와 차를 준비해 놓고 시골 농부와 노인들을 불러와서 그들에게 억지로 이야기를 시켜 밑그림으로 삼았다고 하였으니,[17] 다만 항간에 떠도는 이야기에 지나지 않을 따름이다.

『요재지이』 역시 당시의 같은 부류의 책들과 마찬가지로 신선이나 여우 귀신狐鬼, 요물 도깨비 이야기를 기술한 것에 지나지 않지만, 묘사가 자세하고 서술의 순서가 정연하여 전기傳奇의 수법을 사용하면서도 괴이함을 기록함으로써 그 변환하는 모습이 눈앞에 보이는 듯하다. 또 혹은 취향을 달리하여 따로 기인의 비범한 행동을 서술하거나 환상적인 경계에서 나와 갑자기 인간세계로 들어가기도 했다. 어쩌다 자질구레한 사건을 서술한 것 역시 대부분이 간결하였기 때문에 독자의 이목에 참신한 인상을 가져다주었다. 또 어양산인漁洋山人(왕사정)은 이 책을 격찬하여 구입하려 했으나 구하지 못했다고 전한다.[18] 그래서 그 명성을 더욱 떨쳤으니 다투어 서로 베끼게 되었다. 그럼에도 작자가 세상을 떠날 때까지 판각되지 않았는데, 건륭 말년에 와서야 비로소 엄주嚴州[19]에서 간행되었다. 뒤에 단명륜但明倫, 여담은呂湛恩[20]이 각각 주注를 달았다.

명말 지괴의 많은 책들은 대개 간략한 데다 또 대부분이 황당무계하고 허탄하여 인정에 부합되지 않았으나, 『요재지이』만이 [이런 모든 것과 궤를 달리하여] 서술이 상세하면서도 일상적인 생활의 평상적인 모습을 드러내 보여 주었다. 곧 꽃 요정이나 여우 도깨비가 대부분 인간 세상의 정리를 구비하고 있어 쉽사리 친근감을 갖게 하여 그것들이 이물異物이라는 사실을 잊어버리게 하지만, 갑자기 돌발적인 사건이 일어나 다시 그것들이 인간이 아님을 알게 된다. 이를테면 『호해』狐諧에서는 박흥博興의 만복萬福이 제남濟南에서 여우 아가씨를 아내로 맞이하였는데, 그녀는 우스운 이야기를 아주 잘 하여 좌중에 모인 사람들을 포복절도케 했으며 뒤에 갑자기 떠났지만 모든 게 보통 사람과 다를 게 없었다고 기술하고 있다. 『황영』黃英에서는 마자재馬子才가 도씨陶氏 집안의 딸 황영黃英을 아내로 맞아들였는데, 그녀는 실제로는 국화의 요정이었으며 재물을 모으고 물건을 사들이는 것이 다른 사람과 다를 게 없었다고 한다. 그러나 그 아우가 취해서 쓰러지니 돌연 국화로 변했으니, 곧 변괴가 갑자기 일어난 것이다.

……하루는 술자리를 베풀었는데 만萬이 주인 자리에 앉고, 손孫은 두 손님과 좌우의 자리에 나누어 앉고, 그 아래에 긴 의자 하나를 놓고 호狐를 앉혔다. 호는 술을 잘 못마신다고 사양하여 모두들 앉아서 이야기할 것을 청하니 그렇게 하기로 했다. 술잔이 몇 번 돌고 나서는 모두들 주사위를 던져 과만瓜蔓의 주령酒令[21]을 하였다. 한 손님이 과색瓜色이 걸려 술을 마셔야 할 때, 장난으로 술잔을 그 다음 자리로 옮기면서 말했다.

"호낭자는 정신이 멀쩡하니 한 잔만 드시지요."

호는 웃으면서 말했다.

"저는 본래 술을 못합니다. 다만 이야기를 하나 해서 여러분들의 술맛을 돋우어 드리고자 합니다."

……손님들이 모두 말했다.

"사람을 욕하면 벌주를 당합니다."

호가 웃으며 말했다.

"제가 여우를 욕하면 어떨까요?"

모두 말했다.

"괜찮습니다."

그러고는 귀를 기울여 함께 들었다. 호는 말했다.

"옛날 어떤 대신이 홍모국紅毛國에 사신으로 나갔는데, 호액狐腋의 관을 쓰고 국왕을 알현했습니다. 국왕이 그것을 보고 이상히 여겨 묻기를 '무슨 모피인고? 따뜻해 보이는군' 하니 대신이 '여우입니다'라고 대답했습니다. 왕이 말하기를 '이 물건은 평생 들어보지 못했는데, 그 호자狐字의 자획은 어떻게 쓰뇨' 하고 물으니, 사신이 공중에다 그 글자를 쓰면서 아뢰기를 '오른쪽은 큰 참외가 하나, 왼쪽은 조그만 개 한 마리입니다'라고 하더랍니다."

이에 주인과 손님은 또다시 폭소를 했다.

……몇 달 살다가 만과 같이 돌아왔다……그 다음 해에, 만은 다시 일이 있어 제로 갔는데 호도 같이 갔다. 갑자기 몇 사람이 와서 호는 그들과 말을 했는데, 극히 허물이 없어 보였다. 그러고는 만에게 말했다.

"저는 본래 섬중 사람으로 당신과는 전세의 인연이 있어 마침내 이렇게 오랫동안 당신을 모셔 왔습니다. 이제 우리 형제가 와서 그들을 따라 돌아가게 되었기에 일을 돌보아 드릴 수 없게 되었습니다."

만이 만류했으나 듣지 않고 드디어 떠나갔다. (「5권」)[22]

……도는 평소에 술을 잘 마셔 한 번도 그가 깊이 취한 것을 보지 못했다. 그에게는 증생이란 친구가 있었는데 그의 주량도 대적할 자가 없었다. 그때 마침 마를 방문했더니 마는 그로 하여금 도와 함께 술 마시는 것을 겨루게 하였다. 두 사람은……진시辰時[23]부터 사루四漏까지 각각 백 호壺씩 마시더니, 증은 진흙처럼 흐물거리며 술에 몹시 취하여 앉은

자리에서 깊이 잠들어 버렸고, 도는 일어나서 자러 가려고 문을 나와 국화 밭을 밟았으나, 늘씬한 몸이 무너져 내리더니, 입었던 옷을 옆에 버려 두고는 땅에 닿자마자 그대로 국화로 변했다. 크기는 사람만 하고 꽃이 10여 송이 달렸는데 모두 주먹만큼이나 컸다. 마가 몹시 놀라 이를 황영에게 알렸다. 영이 급히 가서 국화를 뽑아 땅 위에 놓고 말하였다.

"어떻게 하다 이토록 취했을까?"

이에 옷으로 덮어놓고 마와 함께 돌아가면서 보면 안 된다고 주의를 주었다. 날이 밝아 가 보니 도는 밭가에 누워 있었다. 마는 이에 누이[황영]와 동생[도]이 국화의 요정이라는 것을 깨달았지만 더욱더 그들을 경애하였다. 그런데 도는 사실이 탄로 난 후로 더욱 술을 마셨다.…… 화조일花朝日[24]이 되자 증이 방문하여 두 하인을 시켜 약초를 넣은 백주 한 동이를 함께 다 먹기로 약속하였다.…… 증은 이미 만취가 되자 여러 하인들이 그를 업고 갔다. 도는 땅에 누워서 다시 국화로 변했다. 마는 전에도 한 번 보았던 터라 놀라지 않고 예전과 같이 그를 뽑아 놓고 그 옆을 지키면서 그 변화하는 것을 보고 있었다. 한참 있다 보니 잎이 점점 시들어 가매 크게 놀라서 비로소 황영에게 알렸다. 영이 그 말을 듣고는 놀라 말했다.

"내 동생을 죽였구나!"

그러고는 달려가서 그것을 보니 뿌리와 줄기가 이미 말라 있었다. 영은 매우 애통해하면서 그 줄기를 잘라 화분에다 심고 그것을 그녀의 방 안으로 가지고 들어가 날마다 물을 주었다. 마는 크게 뉘우치고 증을 매우 미워하였다. 며칠이 지나서 들으니 증은 벌써 취해서 죽었다고 했다. 화분 속의 꽃은 점차 싹이 터서 9월에는 꽃이 피었는데 줄기는 짧고 흰 꽃이었으며, 그것을 맡으면 술 향기가 있어서 "취도"醉陶라고 불렀고 술을 뿌려 주면 곧 무성하였다.……황영은 늙어 죽을 때까지 아무런 이변도 없었다. (「4권」)[25]

또 그가 인간 세상의 일을 서술한 것 역시 지나치게 과장되게 묘사하여 상궤에서 벗어난 것에 지나지 않는다. 이를테면 『마개보』馬介甫라고 하는 한 편은 양씨楊氏에게 사나운 부인이 있었는데, 그 시아버지를 학대하고 또 손님에게까지 태만히 굴었으나 형제들은 두려워할 뿐이었다는 것을 서술하고 있다. 손님을 대할 때 모두가 갈팡질팡이었던 일을 다음과 같이 말하고 있다.

……약 반 년이 지나서 마馬가 갑자기 하인을 데리고 양씨 집에 들렀다. 그때 마침 양씨의 아버지가 문 밖에서 볕을 쬐며 이를 잡고 있어서 하인인가 하여 이름을 밝히고 주인에게 가서 이르도록 시켰다. 양씨의 아버지는 솜옷을 걸치고 들어가 버렸다. 어떤 사람이 마씨에게 일러 주었다.

"저 사람이 양씨의 부친입니다."

마가 깜짝 놀라 의아해하고 있을 때 양씨 형제가 미처 예모禮帽도 갖추지 못하고 나와서 맞이하였다. 마루에 올라 서로 읍을 하고 곧 부친을 뵐 것을 청하니 만석萬石이 병환 중이시라는 핑계로 사양하고 앉아서 담소나 나눌 것을 재촉했다. 그리하여 어느새 저녁때가 되는 것도 몰랐다. 만석이 여러 차례 식사 준비가 되었노라고 말했으나 끝내 나올 기색이 없었다. 형제가 번갈아 드나들더니 비로소 비쩍 마른 하인이 술병을 들고 들어왔다. 잠깐 동안에 그것을 다 마시고 앉아 잠시 기다리고 있노라니 만석이 연방 일어나 재촉하며 소리치는데 이마와 뺨 사이에는 진땀이 흐르며 김을 내뿜고 있었다. 마침내 예의 비쩍 마른 하인이 식사를 가지고 들어왔는데 껍질 벗긴 조밥이 너무 타서 도저히 먹을 수가 없었다. 식사를 마치고 만석은 허둥지둥 나가 버렸다. 만종이 이불을 가지고 와 손님과 함께 잤다.…… (10권)[26]

각 권의 말미에 [포송령이] 매번 엮어 놓은 짧은 글로 말하자면 사실을 설명해 놓은 것이 극히 간단해 전기의 필법에 맞지 않는다. 그러므로 몇 줄로 끝나 버려 육조六朝의 지괴志怪에 가깝다. 또 『요재지이습유』聊齋志異拾遺[27] 1권 27편이 있는데 후대 사람들이 엮어 모은 것이다. 그러나 그 가운데 특히 빼어난 작품이 없는 것을 보면 아마도 작자가 스스로 빼 버린 것이거나 다른 사람이 모방해 쓴 것인 듯하다.[28]

건륭 말에 전당錢塘의 원매袁枚[29]는 『신제해』新齊諧 24권과 속 10권을 지었다. 처음에는 『자불어』子不語라고 이름하였다가 뒤에 원대 사람의 설부說部에 같은 이름이 있는 것을 보고 지금의 이름으로 바꾸었다. 그 서序에 다음과 같이 기록되어 있다. "되는대로 말하고 되는대로 들은 것을 기록하여 여기에 남겨 두는 것이지 다른 의미가 있는 것은 아니다."[30] 그 문장은 꺾고 다듬어 수식하지 않아 오히려 자연스럽다. 그러나 지나치게 솔직하여 난잡하고 거친 부분이 많기도 하다. 스스로 '장난삼아 지은 것'戲編이라 제題한 것이 오히려 솔직한 말인 듯하다. 순수하게 『요재』를 본받은 작품으로는 당시 오문吳門의 심기봉沈起鳳이 지은 『해탁』諧鐸[31] 10권(건륭 56년 서가 있다)이 있지만, 그 뜻이 지나치게 익살스럽고 문필 역시 섬세하다. 만주의 화방액和邦額[32]이 지은 『야담수록』夜譚隨錄 12권(역시 56년의 서가 있다)은 다른 사람의 책(이를테면 『동기각』佟觭角, 『야성자』夜星子, 『양의』瘍意 같은 것은 모두 『신제해』에 바탕을 두고 있다)에서 제재를 빌려 온 것이 자못 많아 모두가 자신으로부터 나온 것은 아니다. 문투도 역시 때로 조야하고 거칠지만, 변방의 경물景物과 시정의 상황을 기술한 것은 특히 볼만하다. 그밖에 장백長白의 호가자浩歌子[33)]의 『형창이초』螢窗異草 3편 12권(건륭 연간의 작품으로 달리 4편 4권 본이 있는데, 이것은 서적상의 위조이다), 해창海昌의 관세호管世灝[34)]의 『영담』影談 4권(가경 6년의 서가 있다), 평호平湖의 풍기봉馮起鳳[35)]의 『석류척담』昔柳摭談 8권(가경 연간의 작품),[36)] 근래에 이르러서는 금궤金匱의 추도鄒弢[37)]의 『요수집』澆愁集 8권(광서 3년의 서가 있다)이 있는데 모두 지괴志怪이며, 앞서의 책들과 마찬가지로 『요재』의 상투적인 틀을 벗어나지 못하고 있다. 오직 서여예손黍餘裔孫[38)]의 『육합내외쇄언』六合內外瑣言 20권[39)](가경 초의 작품인 것 같다), 일명 『소길잡기』璅蛣雜記라고 하는 것은 일부러 기이하고 심오한 말을 써서 풍유諷喩의 뜻을 깔고 있다. 그러한 형식은 선대先代의 작가들이 미처 시도하지 못했던 것이지만 그 뜻은 천박하다. 김무상金武祥[40)](『강음예문지』江陰藝文志 하下)의 말에 따르면 자가 현서賢書인 강음 사람 도신屠紳이 지은 것이라고 한다. 신이 지은 것에는 또 『악정시화』鶚亭詩話[41)] 1권이 있는데 문사가 비교적 간략하고 역시 모두가 기이한 이야기를 기술한 것은 아니지만 그 풍격을 살펴보면 실제로는 역시 이와 같은 종류이다.

『요재지이』는 백 년이 넘도록 유행하여 그것을 모방하고 칭송하는 자가 많았지만, 기윤紀昀에 이르러서는 은근한 불만의 말들이 있었다. 성시언盛時彦[42)]은 『고망청지』姑妄聽之 발跋에서 기윤의 말을 인용하여 다음과 같이 말했다.

> 『요재지이』가 한 시기 동안 성행하였지만 재자才子의 필법이지 책을 짓는 이의 필법은 아니다. 우초虞初로부터 천보天寶에 이르기까지 고서古書가 많이 없어져 버렸다. 그 완전한 것을 볼 수 있는 것으로 유경숙劉敬叔

의 『이원』異苑, 도잠陶潛의 『속수신기』續搜神記 등의 소설류이고, 『비연외전』飛燕外傳·『회진기』會眞記 등은 전기傳記류이다. 『태평광기』는 사항별로 분류하여 모아 놓았기에 [소설류와 전기류를] 아울러 수록할 수 있었다. 오늘날 한 책에서 두 가지 체재를 아우르고 있는 것은 이해할 수 없는 부분이다. 소설은 견문을 기술하고 있어 서사에 속하므로 극장에서 상연되는 각본과 같이 임의대로 수식하는 작품과는 다르다.……이제 남녀 간에 정답게 주고받는 말이나, 음란한 자태에 대해 그 묘사가 세밀하고 곡절이 있어 살아 있는 듯하니, 만일 작가 자신에게서 나온 말이라면 이럴 수가 없을 것 같고, 작자가 다른 사람의 말을 대신한 것이라면 어디서 그것을 보고 들었을지 또한 이해할 수 없는 부분이다.[43]

이는 아마도 [기윤이] 포송령이 당대 사람의 전기와 같이 상세하게 묘사하면서 또 육조 시기의 지괴와 같이 간략하게 서술한 것이 섞여 있는 것으로 보아 이미 자신이 쓴 글이 아님에도 그 묘사가 특히 상세한 것을 비난하여 말한 듯하다. 기윤紀昀의 자는 효람曉嵐이고, 직예성 헌현直隸獻縣 사람이다. 그 부친 용서容舒는 요안姚安의 지부知府를 지냈다. 윤은 어려서부터 재주가 뛰어나 나이 24세에 순천順天의 향시鄕試에 수석으로 급제하였지만 31세가 되어서야 진사가 되었다. 편수관編修官으로부터 시독학사侍讀學士에 이르렀는데, 기밀을 누설한 죄에 연루되어 변방의 우룸치烏魯木齊로 폄적되었다가[44] 3년이 지나 돌아와 편수編修를 배수받았다. 다시 3년이 지나 시독侍讀으로 발탁되어 『사고전서』의 편찬을 총괄하니 그 서국書局을 13년 동안 통괄하였다. 일생의 정력을 모두 『사고제요』四庫提要와 『목록』目錄에 쏟았으므로 다른 저서는 매우 적다. 후에 거듭 벼슬자리가 올라 예부상서禮部尙書에 이르렀으며 경연강관經筵講官에 임명되었다. 이로부터 다시 다섯 차례나 총헌總憲[45]이 되었고, 세 차례나 예부의 장長이 되었다(이원도李元度의 『국조선정사략』國朝先正事略 20).[46] 건륭 54년 비적秘籍을 편찬하기 위해 열하熱河[47]에 갔는데, "그때 이미 교정과 정리가 오래전에 끝나고, 다만 관리를 감독하여 제첨題簽[48]을 서가에 보존하는 일뿐이었으므로 해는 길어도 할 일이 없었다."[49] 이에 보고 들은 바를 좇아 기록하여 패관소설 6권을 짓고 『난양소하록』灤陽消夏錄이라 하였다.[50] 2년 뒤에 『여시아문』如是我聞을 짓고, 또 이듬해에 『괴서잡지』槐書雜誌를 짓고, 이듬해 또 『고망청지』姑妄聽之를 지었으니, 모두 4권이다. 가경 3년 여름에 다시 열하에 가서 다시 『난양속록』灤陽續錄 6권을 완성하였으니, 그때 나이 이미 75세였다.[51] 2년 뒤에 그의 문하생 성시언盛時彦이 이를 합간合刊하여 『열미초당필기오종』閱微草堂筆記五種(본서本書)이라 이름하였다.[52] 10년 정월 다시 예부로 돌아가 협판대학사協辦大學士를 제수받았으며, 태자의 소보少保[53]의 직을 더하여 국자감의 일을 관리하였다. 2월 14일 재위하던 중 생을 마쳤으니, 그의 나이 82세(1724~1805)로, 시호는 "문달"文達이라 하였다(『사략』事略).

『열미초당필기』는 비록 "애오라지 소일거리로서"聊以消日 쓰여진 책이지만, 그러나 책을 쓰는 기준이 매우 엄격하였고, 그 요체를 들어 보면, 질박한 것을 숭상하고 화려한 것을 물리침에 있어서 [육조의] 진晋, 송宋을 추종하고 있다. 자서自序에서 다음과 같이 말한 것은 바로 이를 두고 한 말이다.

> 멀리 왕중임王仲任, 응중원應仲遠과 같은 옛날 작가들은 경서를 인용하고 고서에 근거하여 학식과 조리가 있었다. 도연명陶淵明, 유경숙劉敬叔, 유의경劉義慶은 짧은 문장으로 간략하게 표현하여 자연스럽고 고상한 풍취가 있었다. 이에 진실로 전대의 선인들이 지은 바를 감히 멋대로 흉내 낼 바

는 아니나, 대체적인 의도는 풍속과 교화에 어긋나지 않기를 바랐다.[54]

이와 같은 궤범軌範에 따랐기 때문에 『요재』가 전기傳奇를 본받은 것과는 그 길이 달랐다. 그러나 진, 송 당시의 사람들의 책과 비교해 보면 『열미』는 또 지나치게 의론에 치우쳐 있다. 그것은 아마도 단지 소설을 짓는 것에만 만족하지 않고 오히려 사람들의 마음에 유익한 바가 되고자 했기 때문이었을 것이다. 그러므로 진, 송 지괴의 정신과는 자연히 어긋날 수밖에 없었고 또 말류에 가서는 더욱 엄해져서 더 쉽게 인과응보의 이야기로 타락했다.

다만 기윤은 본래 문필이 뛰어났던 외에도 비서를 많이 보고 또 생각이 평정하고 막힌 데가 없었기에, 무릇 귀신의 상태를 추측하고 인간세계의 감추어진 부분을 드러냄에 있어 여우 귀신狐鬼을 빌려 자신의 견해를 서술하고 있는데, 뛰어난 발상과 절묘한 말이 때로 읽는 이의 입이 벌어지게 할 만하였다. 그리고 사이사이에 고증이 섞여 있는데, 이것 또한 반짝이는 견해를 보여 주고 있다. 또 서술은 조용하고 평담 문아하여 자연스러운 정취가 넘쳐 나고 있어 그 이후에 그의 자리를 빼앗을 만한 사람이 아무도 없었으니, 진실로 그의 지위와 명망이 높았기 때문에 전해진 것만은 아니었다. 이제 다음에 비교적 간단한 것 삼칙三則을 그 예로 들고자 한다.

> 정위廷尉인 유을재劉乙齋가 어사御使로 있을 때 일찍이 서하연西河沿에서 집 한 채를 빌려 살았다. 매일 밤 몇 사람이 딱따기를 쳤는데 날이 샐 때까지 낭랑한 소리가 울렸다.…… 그 소리나는 곳을 살펴보면 형체가 없는데도 [그 소리가] 귀에 거슬려 잠시도 잘 수 없었다. 을재는 본래 강직한 사람이었으므로 스스로 글 한 편을 지어 그 죄상을 지적하고 서술하

여 큰 글씨로 써서 벽에 붙여 그들을 몰아내니 그날 저녁에 비로소 조용해졌다. 을재는 스스로 창려昌黎가 악어를 몰아낸 것에 못지않다고 자랑했다.

나는 다음과 같이 말했다.

"그대의 문장과 도덕으로 말하자면 창려와 대적할 바는 아니지만 성격이 강직하고 기가 세서 평생 떳떳하지 못한 일을 한 적이 없으므로 감히 용감하게 귀신을 두려워하지 않은 것일세. 또 형편이 옹색하여 이곳으로 이사왔던 것이고 능력이 안 돼 다른 곳으로 이사갈 수도 없기에 어쩔 도리 없이 오직 죽기 살기로 귀신에 대항할 수밖에 없었던 게지. 이것은 자네에게 있어서는 '궁지에 몰린 짐승이 최후의 발악을 한 것'困獸猶鬪이고, 귀신에게 있어서는 '궁지에 몰린 도적은 쫓지 않는다'窮寇勿追는 것일 따름일세.……"

을재는 웃으면서 나의 등을 치며 말했다.

"자네는 위수魏收[55]처럼 경박한 데가 있군 그래! 하지만 자네야말로 나를 알아주는 사람일세." (『난양소하록』 6)[56]

전백암田白巖이 말했다.

"일찍이 여러 친구들과 더불어 부계扶乩[57]를 했는데, 그때 내려온 신선은 자칭 진산민眞山民으로 송말宋末의 은사라 했다. 창화唱和가 바야흐로 한창 무르익었을 때 밖에서 아무개아무개라는 손님이 왔다고 알리자 계乩는 갑자기 움직이지 않았다. 다른 날 다시 하강하였길래 여러 사람들이 머리를 조아리고 어제 급히 간 까닭을 물었더니, 계는 이렇게 판단하여 말했다. '그 두 사람 가운데 한 사람은 처세에 지나치게 능하고 응대에 뛰어난지라 서로 만나면 반드시 수백 마디의 아첨하는 말을 늘어

놓을 텐데, 운수산인[58]은 응대에 서툴기에 오히려 그를 피하는 것이 낫고, 나머지 한 사람은 생각이 너무 주도면밀하고 예법에 지나치게 밝아 다른 사람과 말을 할 때는 항상 글자 하나하나를 곰곰이 따져 책망하는 것이 끝이 없기에 한운야학閑雲野鶴이 어찌 이토록 가혹한 요구를 감내할 수 있겠소. 그래서 달아났던 것이오.'"

뒤에 선친이신 요안공姚安公이 이를 듣고 말했다.

"그 신선은 결국 강개한 선비일 뿐, 그릇은 넓지 못하다고 할 수 있다." (『괴서잡지』槐西雜誌 1)[59]

이의산李義山의 시에 "부질없이 자야에 귀신의 비가를 듣는다"空聞子夜鬼悲歌라고 한 것은 진晉나라 때의 귀신 노래 『자야』子夜의 일을 인용한 것이다. 또 이곡창李谷昌의 시에 "가을날 무덤에서 귀신이 포가의 시를 읊다"秋墳鬼唱鮑家詩라고 한 것은 포참군鮑參軍에게 『호리행』蒿里行이라는 시가 있기에 그 사詞를 환상적으로 만든 것에 불과하다. 그러나 세간에서는 종종 이런 일이 있었다. 전향심田香沁은 이렇게 말하고 있다. "일찍이 별장에서 글을 읽었는데, 바람 자고 달 밝은 날 저녁, 곤곡昆曲을 노래하는 소리가 들렸다. 그 소리가 맑고 청아하여 사람의 마음을 슬프게 하고 영혼을 감동시키매 자세히 알아 보니 곧 『모란정』牡丹亭 「규화」叫畵의 1척이었다.[60] 그 까닭은 잃어버린 채 끝날 때까지 귀기울여 들었다. 불현듯 담 밖이 모두 말라빠진 도랑과 황폐한 경사지로 인적이 드문 곳이란 것을 깨달았다. 그렇다면 이 곡은 어디에서 나오는 소리인가? 문을 열고 밖을 내다보니 단지 갈대만 바람에 슬슬 날리고 있을 뿐이었다." (『고망청지』姑妄聽之 3)[61]

기윤은 또 "천성적으로 타협을 모르고 고지식하여 심과 성에 대하여 공연한 의론을 하거나 학파를 표방하는 것을 즐겨하지 않아서"[62](성서어盛序語), 일을 처리함에 있어서는 관대한 것을 귀히 여기고 사람을 논함에 있어서는 관용을 베풀고자 하였으므로, 송대 유자宋儒들의 가혹한 관찰에는 특히 반발하였다. 그의 저작에서도 『사고총목제요』四庫總目提要에 보이는 것과 마찬가지로 조금이라도 거슬리는 곳이 있으면 그대로 드러내고 있다. 또 인정에 어긋난 의론에 대해서는 [이것이 비록] 세상 사람들이 습관이 되어 유심히 살피지 않는 것이라 하더라도 그때마다 의문을 제기하여 그것이 잘못된 것임을 드러내 보여 주었으니, 이러한 일은 그 이전과 이후의 여러 작가들에게 일찍이 없었던 점이었다. 하지만 세상 사람들은 그러한 사실은 깨닫지 못하고 다만 떠들썩하게 권선징악을 보여 준 뛰어난 작품이라고만 칭찬하고 있다.

오혜숙吳惠叔은 다음과 같이 말했다.

"의원인 아무개는 본래 성실하고 후덕했다. 어느 날 저녁 어떤 늙은 할멈이 금팔찌 한 쌍을 가지고 와서 낙태시키는 약을 사려고 했다. 의원은 깜짝 놀라 이를 준엄하게 거절했다. 다음 날 저녁에는 다시 진주 화잠花簪 두 개를 더 가지고 왔는데, 의원은 더욱 놀라 단호히 쫓아 보내었다. 그로부터 반 년 남짓 뒤에 갑자기 명부의 사자에게 붙잡혀 가는 꿈을 꾸었다. 말인즉 그를 살인자라고 고소한 사람이 있다는 것이었다. 명부에 이르니 머리를 풀어헤치고 목에 붉은 수건을 두른 한 여자가 [의원에게] 약을 구걸했으나 얻지 못했던 정황을 울면서 말하였다.

의원이 말했다.

'약이란 사람을 살리려고 쓰는 것인데 어찌 감히 사람을 죽이는 것으로 이익을 볼 수 있겠소. 당신 스스로 사통하여 일이 낭패를 보게 된 것이거늘 내게 무슨 허물이 있다는 거요?'

여자가 말했다

'내가 약을 구걸했을 때에는 태아의 형상이 아직 이루어지지 않았으며 만약 낙태를 시켰더라면 나는 죽지 않아도 되었을 것입니다. 이것은 아무것도 모르는 핏덩이를 없애고 목숨이 꺼져 가는 것만을 기다리던 한 생명을 온전하게 보존하는 것이었습니다. 약을 구하지 못했으니 아이를 낳지 않을 수 없었던 것이고, 이로 인해 아이는 목 졸려 죽는 지경에 이르러 많은 고통을 받았으며, 나 역시 핍박을 받아 목을 매게 되었던 것입니다. 이것은 당신이 한 생명을 살리려다 도리어 두 생명을 죽인 것입니다. 죄가 당신에게 돌아가지 않는다면 누구에게 돌아가겠습니까?'

명부의 관리는 탄식을 하며 말했다.

'그대가 말한 것은 일의 앞뒤 사정을 살펴 그것을 상식적인 차원에서 참작한 것이고, 저 사람이 고집한 것은 [사람으로서 마땅히 지켜야 할] 도리인데, 송대 이래로 하나의 도리만을 고집하느라 일의 앞뒤 사정을 득실을 돌아보지 않은 사람이 어찌 이 한 사람뿐이겠는가? 그대는 이제 그만해 두라!'

그러고는 책상을 치는 소리가 들리더니 의원은 놀라 잠이 깼다." (『여시아문』 3)[63]

동광東光에 있는 왕망하王莽河는 곧 호소하胡蘇河인데 가물면 물이 마르고 장마가 지면 물이 불어서 언제나 건너기에 좋지 않았다. 외삼촌인 마주록馬周籙 공이 다음과 같이 말했다.

"옹정 말기에 어떤 비렁뱅이 부인이 한 손으로는 아이를 안고 한 손으로는 병든 시어머니를 부축하고 이 강을 건너게 되었다. 강의 중간에 이르러 시어머니가 발을 헛디뎌 엎어지자 그 부인은 아이를 물에 버리고 힘들여 시어머니를 업고 나왔다. 시어머니가 크게 꾸짖으며 말했다.

'나는 70세의 노파인데 죽은들 뭐 손해날 게 있겠느냐? 장씨 가문은 몇 세대가 이 아이에 의해 제사 지내게 될 터인데 너는 어찌하여 아이를 버리고 나를 구했느냐? 조상의 제사를 끊게 한 것은 바로 너다!'

부인은 울면서 감히 말을 못하고 오래도록 꿇어앉아 있기만 했다. 이틀이 지나서 시어머니는 결국 손자 때문에 울다가 밥을 안 먹다 죽어 버렸다. 부인은 목이 메어 소리내어 울지도 못하고 멍하니 며칠을 앉아 있다가 역시 그대로 죽어 버렸다……

이 일에 대해 의론을 늘어놓은 사람이 있었으니, 말하기를 아이와 시어머니를 비교하면 시어머니가 중요하기도 하지만 시어머니와 조상 섬기는 것을 비교해 보면 조상 섬기는 것이 중요하기도 하다고 하였다. 만약 그 며느리에게 혹시 남편이 있다거나 아니면 [남편의] 형제라도 있었다면 아들을 버린 것이 옳다. 이미 [시어미와 며느리] 두 세대가 곤궁한 과부로 단지 한 가닥 외로운 자식뿐이라면, 시어머니가 꾸짖는 것이 옳다. 비록 부인이 죽었다 할지라도 여전히 여한이 있었을 것이다.

요안공姚安公은 다음과 같이 말했다.

'학문을 하는 사람은 끊임없이 다른 사람을 질책해야 한다. 무릇 급류가 용솟음쳐 잠깐 동안이라도 마음을 놓고 있다가는 곧 떠내려가 버리는데, 어찌 먼 장래의 일을 심사숙고할 수 있겠는가? 그 상황이 두 사람 모두를 살릴 수 없어 아이를 버리고 시어머니를 구한 것은 천리를 제대로 구사한 것이고, 인정으로 보아도 수긍할 만한 바이다. 만약 시어미니가 죽고 아이가 살아남았다면,…… 또 아이만을 사랑하고 시어머니를 버렸다고 책망할 사람이 없었겠는가? 그리고 아이로 말하자면 이제 막 어미의 품을 벗어나지 못한 상황에서 제대로 길러낼 수 있을지도 알지 못했을 터인데, 만약 시어머니가 죽고 아들마저 길러내지 못한다면 그 때 가서 후회한들 또한 어찌하겠는가? 이 부인이 한 행동은 이미 보통사람의 상황을 훨씬 뛰어넘지만, 불행히도 시어머니는 스스로 목숨을 끊고, 이 때문에 부인도 따라 죽게 된 것 또한 슬픈 일이다. 여전히 득의에 찬 모습으로 그 주둥이를 놀려 정의精義의 학문이라고 여긴다면, 곧 백골이 되어서도 원망을 품고 황천에서도 한을 품는 일이 되지 않겠는가? 손복孫復이 『춘추존왕발미』春秋尊王發微를 지은 뒤로 240년 동안은 폄을 받은 사람은 있어도 칭찬받은 사람은 없었으며,[64] 호치당胡致堂[65]이 『독사관견』讀史管見에서 삼대 이래로 완전한 사람이 없다 하였으니, 잘잘못을 가리자는 측면에서는 그 잘잘못을 가렸는지는 모르겠으나, 내가 듣고자 하는 바는 아니다.'"(『괴서잡지』 2)[66]

『난양소하록』은 막 탈고되자 곧 서사에서 출간되어 얼마 되지 않아 『요재지이』와 함께 우뚝 솟은 위치를 점하였고, 『여시아문』 등이 이를 뒤이어 더욱 널리 유행하였다. 그 영향으로 문인들이 이를 모방한 작품들이 나왔는데, 비록 『요재지이』의 유풍遺風이 여전히 남아 있기는 하나, 세세한 묘사가 점차 없어져 끝내는 송, 명대 사람들의 괴이담을 기록한 책談異之書과 비슷하게 되었다. 이를테면 같은 시대의 임천臨川의 악균樂鈞[67]이 지은 『이식론』耳食論 12권(건륭 57년 서문),[68] 『이록』二錄 8권(59년 서문), 뒤에 나온 해창海昌의 허추타許秋垞[69]가 지은 『문견이사』聞見異辭 2권(도광 26년 서문),[70] 무진武進의 탕용중湯用中[71]의 『익경패편』翼駉稗編 8권(28년 서문)[72] 등이 모두 이와 같은 것이다. 장주長洲의 왕도王韜가 지은 『둔굴란언』遁窟讕

言(동치 원년에 이루어짐),[73] 『송은만록』淞隱漫錄(광서 초에 이루어짐),[74] 『송빈쇄화』淞濱瑣話[75](광서 13년 서문)[76] 각 12권과 천장天長의 선정宣鼎[77]이 지은 『야우추등록』夜雨秋燈錄 16권(광서 21년 서문)[78]에 이르러서는 그 필치 또한 순수하게 『요재지이』와 같은 부류로서, 한때 매우 널리 전파되었으나, 기록된 내용은 이미 여우 귀신 이야기는 점점 적어지고 기생들의 연애 이야기가 성행하게 되었다.

체재가 비교적 기씨紀氏의 오서五書에 가까운 것으로는 운간雲間의 허원중許元仲[79]이 지은 『삼이필담』三異筆談 4권(도광 7년 서문),[80] 덕청德淸의 유홍점兪鴻漸[81]이 지은 『인설헌수필』印雪軒隨筆 4권(도광 25년 서문)[82]이 있는데, 후자는 『열미초당필기』를 매우 추앙하고 있으나, "그 사이에 송대 유학을 배격하는 말이 지나치게 많은 것이 약간 혐이 된다"微嫌其中排擊宋儒語過多(2권)고 하였으니, 실제로는 그 취지가 다른 것이다. 광서 연간에는 덕청德淸의 유월兪樾[83]이 『우태선관필기』右台仙館筆記 16권[84]을 지었는데, 기이한 이야기만을 서술하고 인과응보에 관하여서는 언급을 하지 않았다. 또 양주옹羊朱翁(역시 유월을 가리킴)이 『이우』耳郵 4권[85]을 지었는데, 스스로 "장난삼아 지은 것"戱編이라고 하였으며, 서에서 다음과 같이 말하고 있다.

> 구상과 수사가 역시 선악과 인과응보의 이야기를 담고 있는 듯하나, 실제로는 한가로이 소일하기 위한 것으로 감히 권선징악에 그 뜻이 있다고 말할 수는 없다.[86]

자못 『신제해』新齊諧를 모범으로 삼은 듯하나, 서술이 간결하고 아취가 있어 『열미초당필기』와 비슷하다. 하지만 내용은 무척 달라 귀신의 이야기는 열에 하나 정도 있을 따름이다. 이밖에도 강음江陰의 김봉창金捧

闓[87]의 『객창우필』客窓偶筆 4권(가경 원년 서), 복주福州의 양공진梁恭辰[88]의 『지상초당필기』池上草堂筆記 24권(도광 28년 서),[89] 동성桐城의 허봉은許奉恩[90]의 『이승』里乘 10권(역시 도광 연간에 지어진 듯하다)[91] 등도 역시 기이한 이야기들을 기록하고 있어, 그 외양은 지괴류와 같으나, 화복禍福을 잔뜩 늘어놓고 권선징악만을 위주로 하고 있기에 소설이라 부르기에는 부족한 측면이 있다.

주)

1) 당송 전기문과 지괴소설을 모방한 사람은 금과 원대에도 있었다. 이를테면 금의 원호문(元好問)에게는 『속이견지』 4권이 있었는데, 『득월이총서』(得月簃叢書)에 수록되었다. 원대의 관한경(關漢卿)을 탁명한 것으로 『귀동』(鬼董) 5권이 있는데, 『지부족재총서』(知不足齋叢書) 등에 수록되었다. 무명씨의 『이문총록』(異聞叢錄) 4권은 『패해』(稗海)에 수록되었다.—보주

2) 구우(瞿佑, 1341~1427)의 자는 종길(宗吉)이고, 명대의 전당(錢塘; 지금의 저장 항저우) 사람이다. 일찍이 국자조교(國子助敎)와 주왕부(周王府)의 장사(長史)의 벼슬을 지냈다. 지은 책으로는 『존재유고』(存齋遺稿), 『귀전시화』(歸田詩話) 등이 있다. 그가 지은 『전등신화』(剪燈新話) 4권 21칙은 당대 사람들의 전기소설(傳奇小說)을 모방하여 지은 것이다. 청의 황우직(黃虞稷)의 『천경당서목』(千頃堂書目) 자부(子部) 소설류의 주에는 다음과 같은 말이 있다. "구우에게는 또 『전등여화』(剪燈余話; 내 생각으로는 『신화』新話로 써야 한다)가 있는데, 정통(正統) 7년[일어본 역자에 의하면, 정통 7년은 임술壬戌이고, 6년은 신유辛酉이며, 8년은 계해癸亥이다. 잘못이 있는 듯하다.—일역본] 계유(癸酉)에 이시면(李時勉)이 그 책을 금할 것을 청하였기에 이정(李楨)의 『여화』(余話)와 함께 모두 수록하지 않았다."(瞿佑又有『剪燈余話』(按應作『新話』), 正統七年癸酉李時勉請今毁其書, 故與李楨『余話』皆不錄)

3) 『전등신화』에 관해서는 예로부터 구우가 지은 것이 아니라는 설이 있었다. 루쉰의 『소설구문초』에 인용된 『청우기담』(聽雨紀談)에 가흥(嘉興)의 주정(周鼎)의 설로서, 『신화』는 구우가 지은 것이 아니라 양렴부(楊廉夫)가 지은 것이라 했는데, 단지 「추향정기」(秋香亭記) 한 편만이 구우의 자필이라고 하였다. 장루이짜오(蔣瑞藻)의 『소설고증』(小說考證) 「속편」(續編) 1권 「전등여화」(剪燈餘話) 조에 인용된 『도공담찬』(都公談纂)도 같은 설이다. 마찬가지로 『소설구문초』에 인용된 『칠수류고』(七修類稿) 23권에서도 양렴부가 지은 것이라고 했다. 역자가 아는 한도 내에서도 마찬가지로 명의 왕기(王錡)의 『우

포잡기』(寓圃雜記) 5권(『현람당총서』玄覽堂叢書 본에 의함. 베이징: 중화서국, 1984년 6월)에서도 역시 『청우기담』에 실린 내용과 똑같이 기록되어 있다. 다이부판(戴不凡)은 「『전등신화』의 작자」(『剪燈新話』的作者; 『소설견문록』小說見聞錄)에서, 그가 소장하고 있는 명각 소설 잔본 1책의 전기소설 제1편에서 제7편까지가 모두 『전등신화』 및 『여화』에 보이는데, 각 편 모두 작자의 이름이 적혀 있는 것으로 보아, 『전등신화』는 한 사람의 작자가 지은 것이 아니고, 복수의 작자의 작품을 편집해서 이루어진 것이라고 추정하였다. 그리고 『금병매사화』(金瓶梅詞話)의 흔흔자(欣欣子)의 서에 "노경휘(盧景暉)의 『전등신화』"라고 기록되어 있는 것도 "구우가 지은 것이 아니라"고 하는 설의 방증이 된다고 볼 수 있다.

양렴부는 곧 양유정(楊維楨, 1296~1370, 호는 鐵崖)이다. 하지만 구우의 작이 아니라고 주장하는 사람들 역시 마찬가지 의미에서 양렴부가 지은 것이라고 적극적으로 주장하는 것 같지는 않다.

베이징도서관 편저, 『중국판각도록』(中國版刻圖錄, 증정본; 베이징: 원우출판사文物出版社, 1961년 3월 재판)에는 『신증보상전등신화태전』(新增補相剪燈新話太傳)이 실려 있다. 명 정덕(正德) 6년(1511) 양씨 청강당 간(楊氏清江堂刊)인데, 작자는 "구우 종길 편저"(瞿祐宗吉編著)라고 적혀 있다. "瞿佑"를 "瞿祐"라 한 것이 눈에 띈다.—일역본

4) 『전등신화』의 모방작으로는 이창기(李昌祺)의 『전등여화』(剪燈餘話) 4권(영락 18년 경자 1420년 자서가 있음)과 소경첨(邵景詹)의 『멱등인화』(覓燈因話) 2권(만력 20년 임진 1592년 작자의 소인小引이 있음)이 있다. 모두 저우릉자(周楞伽) 교주 『전등신화 외 이종』(剪燈新話外二種; 상하이: 상하이구지간행사上海古籍刊行社, 1981년 11월 新一版)에 『신화』와 함께 수록되어 있다.

『전등신화』는 당시 크게 유행하여, "삼언"과 "이박"에도 그것을 소재로 한 백화 단편소설이 실릴 정도였다.

『전등신화』는 중국에서는 그 뒤 매몰되어, 동강(董康)의 송분실총간(誦芬室叢刊) 이편(二編)으로 1917년 『신화』와 『여화』가 간행될 때까지 잊혀져 있었다. 하지만 조선에서는 조선 초기 선비들 사이에 크게 환영받아, 주석서도 나왔는데, 나아가 김시습(金時習, ?~1493)에 의해 『신화』를 번안한 전기문학의 걸작 『금오신화』(金鰲新話)가 나왔다(김태준金台俊, 『조선소설사』朝鮮小說史, 안우식安宇植 역, 헤이본샤平凡社 도요분코東洋文庫, 1975년 4월 도쿄, 51~64쪽).

또 일본에서는 덴몬(天文)에서 덴쇼(天正; 16세기경) 사이에 고슈(江州) 사람 나카무라 부젠슈보(中村豊前守某)의 아들이 지었다고 하는 『기이 조탄슈』(奇異雜談集)에 『전등신화』에서 세 편을 취해 소개하였고, 에도 시대에 들어서는 조선의 『전등신화구해』(剪燈新話句解) 및 이창기의 『전등여화』가 경장목활자본(慶長木活字本)으로 번각되었다(이시자키 마타조石崎又造). 아사이 료이(淺井了意, 1612~1691)는 『오토기보코』(御伽婢子)에 『전등신화』 20편에서 18편을 뽑아 번안하여 인명과 지명을 일본식으로 바꾸었는데, 이것은 그 뒤 일본의 속문학에 깊고 넓은 영향을 주었다. 일본문학의 걸작 사이카쿠(西鶴)의 『쇼코쿠 바나시』(諸國咄)과 우에다 아키나리(上田秋成)의 『우게츠 모노가타리』(雨月物語)의 소재는 『오토기보코』를 매개로 한 『전등신화』에서 유래한 것들이다.—일역본

5) 명 가정(嘉靖) 연간 이래 설부(說部)를 총집(叢集)으로 간행한 것으로는 육집(陸輯) 등이 집간한 『고금설해』(古今說海), 이식(李栻)이 집간한 『역대소사』(歷代小史), 오관(吳琯)이 집간한 『고금일사』(古今逸史), 왕문호(王文浩)가 집간한 『당인설회』(唐人說薈; 일명 『당대총서』唐代叢書) 등이 있다. 이러한 책들은 진위가 엇섞여 있어, 일찍이 루쉰은 『파당인설회』(破唐人說薈), 『당송전기집』 「서례」(序例) 등의 문장에서 비평을 가한 적이 있다. [또 루쉰의 「책의 부활과 급조」(書的還魂和赶造; 『차개정잡문 2집』)를 볼 것.— 일역본]
[왕피장(汪辟疆)의 『당인소설』(唐人小說)의 서례에는 다음과 같이 기록되어 있다. "당대 사람의 소설은 송초에 『태평광기』를 편찬할 때 대부분 수록되었다. 본편의 취재는 『광기』를 위주로 하였다. 불비한 것이나, 간혹 빠지고 잘못된 것은 『도장』과 『문원영화』, 『태평어람』, 『자치통감』, 『태평환우기』, 『명초원본설부』, 『고씨문방소설』, 『전당문』 및 근래 함분루에서 영인한 구본 당대 사람의 소설 전집을 가지고 교정을 보고 보충하였다. 명대에 통행되었던 『고금일사』와 『설해』, 『오조소설』, 『역대소사』, 청대 사람의 『정속설부』, 『용위비서』, 『당인설회』 등의 총각은 어떤 것은 편명을 멋대로 바꾸거나, 어떤 것은 지은이를 멋대로 고쳐 대개 근거로 삼아 수록하지 않았다."(唐人小說, 宋初修『太平廣記』大部分已收入. 本編取材, 卽以『廣記』爲主. 其所不備, 或間有脫誤者, 則用『道藏』, 『文苑英華』, 『太平御覽』, 『資治通鑒考異』, 『太平寰宇記』, 『明鈔原本說郛』, 『顧氏文房小說』, 『全唐文』及近日涵芬樓影印之舊本唐人專集小說校補. 至明代通行之『古今逸史』, 『說海』, 『五朝小說』, 『歷代小史』, 淸人之『正續說郛』, 『龍威秘書』, 『唐人說薈』等叢刻, 或擅改篇名, 或妄題撰者, 概不據錄) 여기에서 어떤 것들이 명청대의 서고들이 "총집을 간행하여, 진짜와 가짜가 어우러져 있는 대로 자못 성행"(刻爲叢集, 眞僞錯雜, 而頗盛行)하였는가를 알 수 있다.— 보주]
6) 우리나라 사람에 의해 이루어진 『요재지이』에 대한 연구 논문으로는 다음의 것을 들 수 있다. 박정도(朴正道), 「『요재지이』 연구」, 타이베이: 타이완사범대학 박사논문, 1988. 배병균(裵炳均), 「『요재지이』 연구」, 서울: 서울대 박사논문, 1993. 유영림(柳姈林), 「『요재지이』 언어운용연구」(『聊齋志異』言語運用硏究), 한국외국어대학교 박사논문, 2002. 2. 아울러 『요재지이』의 우리말 역본으로는 김혜경 역, 『요재지이』(1~6권, 서울: 민음사, 2002)이 있다.— 옮긴이
7) 『포송령집』(蒲松齡集, 1962)의 뒤에 붙어 있는 참고자료의 하나인 장원(張元)의 「유천포선생묘표」(柳泉蒲先生墓表; 이하 「묘표」墓表로 간칭함)에 의하면, 포송령의 "또 다른 자는 검신"(一字劍臣)이라 한다.— 보주
8) 「묘표」에 의하면 포송령 "선생은 처음에 동자시에 응하였는데 곧 현·부·도 세 시험에서 모두 일등을 하여 박사 제자원 후보가 되었고, 문명이 여러 선비들 사이에 자자했다. 그러나 과거 시험장에서처럼 금방 배척당했다"(先生初應童子試, 卽以縣, 府, 道三第一補博士弟子員, 文名藉藉諸生間, 然如棘闈輒見斥)고 한다.— 보주
9) 포송령은 강희 49년 경인(1710)에 세공생(歲貢生)이 되었다. 왕홍모(王洪謀)의 「유천거사행략」(柳泉居士行略)에서는 "경인에 향리에서 세공이 되었다"(庚寅貢于鄉)고 하였고, 포가 지은 「유천공행략」(柳泉公行略)에서는, "기축년 해에 부친께서는 녹봉을 받으셨고…… 경인년에 세공이 되셨다"(歲己丑, 我父食餼…庚寅歲貢)고 하였다. 『치천현지』(淄川縣志)와 『요재지이』 서발에는 "신묘년에 세공이 되었다"(辛卯歲貢)고 하여 1년이 늦

게 되어 있다.—보주

10) 포송령(蒲松齡)의 생졸년에 관해서는 청의 장원(張元)이 『유천포선생묘표』(柳泉蒲先生墓表)에서 다음과 같이 말했다. 포송령은 "강희 54년(1715) 정월 22일에 죽었는데, 그때 나이가 76세였다"(以康熹五十四年(1715)正月二十二日卒, 享年七十有六). 이것에 의거해 미루어 보면 그가 태어난 해는 숭정(崇禎) 13년(1640)임을 알 수 있다.

11) 『포송령집』(蒲松齡集)은 루다황(路大荒)이 엮은 것으로 『일용속자』(日用俗字)와 『농상경』(農桑經)이 실려 있다. 그러나 『성신어록』(省身語錄; 『성신록』省身錄으로 되어 있지 않음)과 『회형록』(懷刑錄)은 문집에 서문만이 실려 있다. 『역자문』(歷字文)은 실려 있지 않다. 일본 『게이오기주쿠대학 소장 료사이 간케이 시료 모쿠로쿠』(慶應義塾大學所藏聊齋關係資料目錄) 안에는 초서운각장초본(鈔棲雲閣藏鈔本) 『회형록』(懷刑錄) 1책과, 초필원경초본(抄畢元卿抄本) 『성신어록』 1본, 초경씨장초본(抄耿氏藏抄本) 『역자본』 1본이 실려 있다. 포송령에게는 따로 『요재리곡집』(聊齋俚曲集) 14종이 『포송령집』에 실려 있는데, 그것은 『장두기』(墻頭記), 『고부곡』(姑婦曲), 『자비곡』(慈悲曲), 『번염앙』(翻魘殃), 『한삼곡』(寒森曲), 『봉래연』(蓬萊宴), 『준야차』(俊夜叉), 『궁한사』(窮漢詞), 『쾌곡』(快曲), 『산준파』(酸俊巴), 『양투주』(禳妒咒), 『부귀신선』(富貴神仙), 『마난곡』(磨難曲), 『증보행운곡』(增補幸雲曲) 등으로 『금슬락』(琴瑟樂)만이 빠져 있다. 게이오기주쿠대학에는 『금슬락곡』(琴瑟樂曲) 2종이 수장되어 있는데, 하나는 구초본(舊抄本)이고, 하나는 초천산각장초본(抄天山閣藏抄本)이다. 『포송령집』에는 또 희곡 3척이 있는데, 『요관』(鬧館), 『종매경수』(鍾妹慶壽), 『위군』(闈窘; 「남려조구전화랑아」南呂調九轉貨郎兒가 덧붙어 있음)이 그것이다.—보주

포송령의 저작은 『요재지이』를 제외하고 루다황(路大荒)이 정리한 『포송령집』 상하이책(上下二冊; 베이징: 중화서국, 1962년 8월)에 망라되어 있다. 또 『포송령집』에는 루다황이 엮은 「포류천 선생 연보」(蒲柳泉先生年譜; 1957년 重訂)가 부록으로 있는데, 그것에 의하면, 포송령은 명 숭정(崇禎) 13년 경진(庚辰; 1640년)에 태어나 청 강희 54년 을미(乙未; 1715년)에 죽었다고 한다.

또 루다황(1895~1972)이 죽은 뒤 위의 「연보」를 단행본으로 하여 루씨의 포송령에 관한 연구논문과 「연보 습유」(年譜拾遺) 및 엮은이에 의한 루다황의 전기를 한데 모아 놓은 루다황의 『포송령 연보』(蒲松齡年譜; 리스자오李士釗 편집, 지난濟南: 치루서사齊魯書社, 1980년 8월)가 있다.—일역본

12) 『요재지이』는 오랫동안 사본으로 유포되다가 간본이 몇 종 나왔고, 주석본도 있는데, 판본에 따라 실려 있는 편수도 제각각인데, 현재 나와 있는 장유허(張友鶴) 집교(輯校) 『요재지이』 회교회주회평본(會校會注會評本) 상중하 3책(上中下三冊; 베이징: 중화서국, 1962년 7월)이 표준이 되는 판본이다. 이것은 중화인민공화국 건국 이후 발견된 작자의 수고본(手稿本; 半部, 곧 『요재지이』 四冊 및 附冊, 1955년 10월 上海 1刷, 베이징: 원쉐구지간행사文學古籍刊行社, 영인본)과 건륭 주설재(鑄雪齋) 초본(抄本; 北京大學圖書館 소장. 12권. 이것 역시 근년에 활자본이 간행됨)을 저본으로 하여, 건륭 청가정각본(青柯亭刻本)으로 교감하고, 기타 여러 본을 대조한 것이다. 장유허의 「후기」(後記)에서는 『요재지이』의 중요한 사본과 간본(刊本), 주본(註本) 14종에 관한 기술이 있다.

작자의 수고본에 관해서, 그리고 수고본과 청가정각본의 이동(異同)에 대해 연구한 책으로는 양런카이(楊仁愷)의 『요재지이 원고 연구』(聊齋志異原稿研究; 선양沈陽: 랴오닝 런민출판사遼寧人民出版社, 1958년 2월)가 있다.—일역본

13) 루다황(路大荒)은 「포류천 선생 연보」(蒲柳泉先生年譜)에서 다음과 같이 말했다. "강희 18년 기미(1679)에 선생은 마흔 살이었다.…… 이 해 봄에 『지이』는 대체적인 책이 이미 이루어졌다."(康熙十八年己未(1679), 先生四十歲.…是年春, 『志異』書大體已成)—보주

14) 황주(黃州). 여기에서는 북송(北宋) 때 황주로 귀양을 갔던 소식(蘇軾)을 가리킨다. 송의 엽몽득(葉夢得)의 『피서록화』(避暑錄話) 1권에는 다음과 같은 이야기가 있다. "자첨(子瞻)이 황주와 영표[嶺表; 오령산맥五嶺山脈 이남의 땅으로, 지금의 광동과 광서에 속하는 지역.—옮긴이]에 있을 때, 매일 일어나면 손님을 불러들여 이야기를 하지 않으면 반드시 밖에 나가 다른 사람을 방문하였다.…… 거리낌 없이 즐겁게 이야기하다 보면 더 이상 [그 이야기의 내용에] 구속되는 바가 없었다. 이야기를 잘 못하는 이에게 억지로 귀신 이야기를 하게 하였으며, 어쩌다 귀신이란 없는 것이라고 말하는 사람이 있으면 되는대로 이야기하라고 말했다. 이에 이야기를 듣는 사람들 가운데 포복절도하지 않는 자가 없었으며, 모두들 즐거움을 만끽하고서야 돌아갔다."(子瞻在黃州及嶺表, 每日起, 不招客相與語, 則必出而訪客.…談諧放蕩, 不復爲畛畦. 有不能談者, 則强之說鬼; 或辭無有, 則曰姑妄言之. 于是聞者無不絶倒, 皆盡歡而去)

15) 원문은 다음과 같다. 才非干寶, 雅愛搜神, 情同黃州, 喜人談鬼, 聞則命筆, 因以成編. 久之, 四方同人又以郵筒相寄, 因而物以好聚, 所積益夥.
앞서의 역주에서 든 장유허(張友鶴) 집교본에 근거해 예문을 다음과 같이 교감한다. 情同黃州→情類黃州(장유허의 교어校語에 의하면 청가정각본에는 "同"으로 되어 있다고 한다.) / 閒則命筆→聞則命筆 — 일역본

16) 『봉양사인』은 당의 백행간(白行簡)의 『삼몽기』(三夢記)에서 전화되어 나온 것이고, 『속황량』은 당 심기제의 『침중기』에서 전화되어 나온 것이다.— 보주

17) 포송령이 기이한 이야기를 수집한 것에 관해서는 추도(鄒弢)의 『삼차여필담』(三借廬筆談)에 다음과 같은 사실이 보인다. "전하기로는 선생이 향리에 살고 있는데,…… 이 책을 지을 때에는, 새벽이 되기만 하면 큰 자기 항아리를 가지고 나갔는데, 그 안에는 쓴 차를 담아 두고, 담배 한 봉지를 준비해 행인들이 다니는 큰길가에 놓아두었다. 밑에 갈대 방석을 깔고 앉았는데, 담배와 차를 신변에 두었다. 길을 가는 사람을 보면 반드시 억지로 붙잡아 말을 걸어 그 사람이 알고 있는 바에 따라 기이한 이야기를 수집하였다. 목이 말라 하면 차를 마시게 하고, 때로는 담배를 권하기도 하여 반드시 이야기를 다 하게 한 뒤에야 그만두었다. 어쩌다 이야기를 하나 얻어 들으면 집으로 돌아가서 이야기를 손질했다. 이와 같이 하기를 20여 년의 세월이 지나서야 비로소 이 책이 완성된 것이다."(相傳先生居鄉里,…作此書時, 每臨晨, 携一大磁甖, 中貯苦茗, 具淡巴菰一包, 置行人大道旁, 下陳蘆襯, 坐于上, 烟茗置身畔. 見行道者過, 必强執與語, 搜奇說異, 隨人所知, 渴則飮以茗, 或奉以烟, 必令暢談乃已. 偶聞一事, 歸而粉飾之. 如是二十余寒暑, 此書方告蕆) [역종기(易宗夔)의 『신세설』(新世說) 6권에 서술된 내용도 대략적으로 같다.—보주]

18) 왕사정(王士禎)이 『요재지이』를 구입하려 했던 일에 관해서는 청의 육이염(陸以湉)이

『냉여잡지』(冷廬雜識)에서 다음과 같이 말했다. "포송령의 『요재지이』는 국내에 널리 퍼져 있어, 거의 모든 집에 이 책이 있었다. 전하는 바로는 왕사정이 그 책을 좋아하여 오백금을 주고 사려 하였으나 얻지 못하였다고 한다."(蒲氏松齡『聊齋志異』流播海內, 幾于家有其書, 相傳魚洋山人愛重此書, 欲以五百金購之不能得) 예홍(倪鴻)의 『동음청화』(桐陰清話)에도 비슷한 이야기가 실려 있다. 루쉰의 『소설구문초』 '『요재지이』조'의 안어(按語)에서는 다음과 같은 사실을 지적해 내고 있다. "왕어양(王魚洋)이 『요재지이』의 원고를 구입하려 하였다는 것과 포류선(蒲留仙)이 길 가는 사람을 억지로 붙들고 기이한 이야기를 하게 하였다는 이 두 가지 사실은 정말 터무니없는 것인데, 세상 사람들이 이 사실을 편벽되게 좋아하여 사실로 전한 것은 기이하다고 할 만하다."(王魚洋欲市『聊齋志異』稿及蒲留仙强執路人使說異聞二事, 最爲無稽, 而世人偏艷傳之, 可異也)

[『신세설』(新世說) 2권에는 다음과 같이 기록되어 있다. "포류선은 경전의 해석을 정밀하게 연마하고, 옛 학문에 마음을 두고 궁구하다가, 청초의 어지러운 세상사를 목격하고는 여우 귀신을 빌려 책을 한 권 편찬하여 울분을 풀고 식자들에게 고하고자 하였다. 이십 년이 지나 드디어 『요재지이』 16권을 완성하였다. 왕완정에게 교정을 부탁하니, 왕은 많은 돈으로 그의 원고를 사고자 하였다. 공이 허락하지 않자, 평어를 덧붙여 그에게 돌려주었다. 뒷부분에 다음과 같은 절구 한 편을 병서하였다. 잠시 되는대로 말한 것을 되는대로 들어, 콩 넝쿨 오이 시렁에 가는 비 내리듯 속살거리고, 인간 세상의 말 짓는 데 싫증이 난 김에, 가을 무덤 귀신 노랫소리를 즐겨 듣나니."(蒲留仙研精訓典, 究心古學, 目擊淸初亂離時事, 思欲假借狐鬼, 纂成一書, 以抒孤憤而諗識者. 歷二十年, 遂成『聊齋志異』十六卷. 就正于王阮亭, 王欲以重金易其稿, 而公不肯, 因加評語以還之. 并書後一絶云: 姑妄言之姑聽之, 豆棚瓜架雨如絲. 料應厭作人間語, 愛聽秋墳鬼唱詩) 이 이문(異聞)은 널리 유포되어 육이첨은 『냉여잡지』 6권에서 "전하기로는 어양산인이 이 책을 몹시 중시하여, 오백 금으로 구입하고자 하였으나 얻지 못했다고 한다. 이 설은 믿을 만한 게 못 된다"(相傳漁洋山人愛重此書, 欲以五百金購之不能得. 此說不足信). 예홍(倪鴻)은 『동음청화』(桐陰清話) 1권에서 다음과 같이 말했다. "듣자니 그 책이 처음 완성되었을 때 왕어양에게 교정을 부탁하였으니, 왕은 많은 돈으로 그것을 사고자 하였으나, 포는 견결히 넘겨주지 않아, 평어를 가하여 돌려주었고, 뒷부분에 절구 한 수를 병서하였다고 한다."(聞其書初成, 就正于王漁洋, 王欲以百千市是稿, 蒲堅不與, 因加評騭而還之, 并書後一絶云云) 『삼차여필담』(三借廬筆談)에서도 다음과 같이 말했다. "어양이 삼천 금으로 그의 원고를 사서 대신 간행하고자 하였으나, 그렇게 하지 못했다. 또 다른 사람에게 부탁하여 몇 차례 청을 넣으니, 선생은 그 정성을 보아 발걸음 잰 이로 하여금 원고를 가지고 가게 하였다. 완정은 하룻밤 사이에 다 읽고는 몇 차례 평을 가하니 사자가 그대로 가지고 돌아갔다."(漁洋欲以三千金售其稿, 代刊之, 執不可. 又托人數請, 先生鑑其誠, 令急足持稿往. 阮亭一夜讀竟, 略加數評, 使者仍持歸) — 보주]

19) 여기에서 말한 『요재지이』가 처음에 엄주(嚴州)에서 간행되었다는 것은 건륭 31년(1766)의 청가정간본(青柯亭刊本)을 가리키는 것으로, 조기고(趙起杲)가 간각(刊刻)하였다. 엄주의 관할구역은 지금의 저장 건덕(建德)에 있다.

["건륭 말년에 와서야 비로소 엄주에서 간행되었다"고 하는 것은 확실치 않다. 건륭의

치세는 모두 60년으로, 건륭 중기, 곧 31년(1766)에 절강 엄주의 포정박(鮑廷博)이 조기고(趙起杲)를 대신하여 간각한 청가정 본(靑柯亭本)이 현존하는 가장 이른 각본이다. 루쉰이 본 것은 이 각본이 건륭 말년에 복각된 것인 듯하다. 그래서 인용한 세 편의 대목은 모두 청가정 본과 서로 부합한다. 이를테면 「호해」(狐諧)편의 "下設一榻屈狐"에서 "上"으로 되어 있지 않고 "下"로 되어 있는 것과 "此物生平未嘗得聞"에서의 "嘗"이 "曾"으로 되어 있지 않은 것, 「황영」(黃英)편 가운데 "甚惡曾"의 "惡"이 "怒"로 되어 있지 않은 것이 모두 그러하다.— 보주]

20) 단명륜(但明倫)의 자는 천서(天敍)이고, 운호(雲湖)라 하기도 한다. 청의 광순(廣順; 지금의 구이저우貴州 창순長順) 사람으로 일찍이 양회염운사(兩淮鹽運使)를 지냈다. 그가 주석한 『요재지이』는 도광(道光) 22년(1842)에 간행되었다. 여담은(呂湛恩)은 청의 문등(文登; 지금의 산둥에 속함) 사람으로, 그가 지은 『요재지이』의 주석은 일찍이 도광 5년(1825)에 단독으로 간행되었고, 도광 23년(1843)에 주석과 『요재지이』의 원문이 합쳐져 간행되었다.

21) 장유허에 의하면, 명 영락제(永樂帝)는 계속해서 자신에게 반항하는 건문제(建文帝)의 충신 경청(景淸)의 일족을 주살하고, 그의 출신지의 사람들을 몰수하니, 그로 인한 영향이 잇달았다고 한다. 이것이 마치 오이덩굴이 뻗어 가는 모양과 같다고 하여 "과만초"(瓜蔓抄)라 한 것이다.— 일역본/옮긴이

22) 원문은 다음과 같다. …一日, 置酒高會, 萬居主人位, 孫與二客分左右座, 下設一榻屈狐. 狐辭不善酒, 咸淸坐談. 許之. 酒數行, 衆擲骰爲瓜蔓之令; 客値瓜色, 會當飮, 戲以觥移上座曰, "狐娘子大淸醒, 暫借一觴." 狐笑曰, "我故不飮, 願陳一典以佐諸公飮."…客皆言曰, "罵人者當罰." 狐笑曰, "我罵狐何如?" 衆曰, "可." 於是傾耳共聽. 狐曰, "昔一大臣, 出使紅毛國, 著狐腋冠見國王, 國王視而異之, 問 '何皮毛, 溫厚乃爾?' 大臣以 '狐'對. 王言 '此物生平未嘗得聞. 狐字字劃何等?' 使臣書空而奏曰, '右邊是一大瓜, 左邊是一小犬.'" 主客又復哄堂.…居數月, 與萬偕歸.…逾年, 萬復事於濟, 狐又與俱. 忽有數人來, 狐從與語, 備極寒暄; 乃語萬曰, "我本陝中人, 與君有夙因, 遂從爾許時, 今我兄弟至, 將從以歸, 不能周事." 留之, 不可, 竟去.「卷五」

장유허 집교본 4권(500~504쪽)에 실려 있다. 교감한 결과는 다음과 같다. 下設一榻屈狐→上設一榻屈狐 / 著狐腋冠見國王, 國王視→著狐腋冠見國王, 王視(여기에서 "國"자를 생략한 것은 이것이 연문衍文이기 때문이다.) / 今我兄弟至→今我兄弟至矣 — 일역본

23) 아침 7시에서 9시 사이.— 옮긴이

24) 꽃의 생일, 음력 2월 12일 혹은 2월 15일이 꽃신에게 제사 지내는 날임.— 옮긴이

25) 원문은 다음과 같다. …陶飮素豪, 從不見其沈醉. 有友人曾生, 量亦無對, 適過馬, 馬使與陶較飮, 二人…自辰以訖四漏, 計各盡百壺, 曾爛醉如泥, 沈睡坐間, 陶起歸寢, 出門踐菊畦, 玉山傾倒, 委衣於側, 卽地化爲菊: 高如人, 花十餘朶皆大於拳. 馬駭絶, 告黃英; 英急往, 拔置至上, 曰, "胡醉至此?" 復以衣, 要馬俱去, 戒勿視. 旣明而往, 則陶臥畦邊, 馬乃悟姊弟菊精也, 益愛敬之. 而陶自露迹, 飮益放,…値花朝, 曾來造訪, 以兩僕舁藥浸白酒一壇, 約與共盡.…曾醉已憊, 諸僕負之去. 陶臥地又化爲菊; 馬見慣不驚, 如法拔之, 守其旁以觀其變, 久之, 葉益憔悴, 大懼, 始告黃英. 英聞, 駭曰, "殺吾弟矣!" 奔視之, 根株已枯; 痛絶, 掐其梗

埋盆中, 携入閨中, 日灌溉之. 馬悔恨欲絶, 甚惡曾. 越數日, 聞曾已醉死矣. 盆中花漸萌, 九月, 既開, 短幹粉朵, 嗅之有酒香, 名之"醉陶", 澆以酒則茂.…黃英終老, 亦無他異.「卷四」
이것 역시 앞서의 장유허 집교본 11권(1446~1452쪽)에 실려 있는데, 교감한 결과는 다음과 같다. 沈睡坐間→沈睡座間 / 諸僕負之去→諸僕負之以去 ―일역본

26) 원문은 다음과 같다. …約半載, 馬忽携僮僕過楊, 直楊翁在門外曝陽捫虱, 疑爲傭僕, 通姓氏使達主人; 翁被絮去, 或告馬, "此卽其翁也." 馬方驚訝, 楊兄弟岸幘出迎, 登堂一揖, 便請朝父, 萬石辭以偶恙, 捉坐笑語, 不覺向夕. 萬石屢言具食, 而終不見至, 兄弟迭互出入, 始有瘦奴持壺酒來, 俄頃引盡, 坐伺良久, 萬石頻起催呼, 額頰間熱汗蒸騰. 俄瘦奴以饌具出, 脫粟失飪, 殊不甘旨. 食已, 萬石草草便去; 萬鍾襆被來伴客寢.… (卷十)
마개보(馬介甫)의 말을 장유허 집교본 6권(721~736쪽)에 근거해 다음과 같이 교감한다. 直楊翁在門外→値楊翁在門外 / 翁被絮去→翁披絮去 ― 일역본

27) 『요재지이습유』(聊齋志異拾遺). 1권 27편으로 이루어져 있다고 하는데 아직 보이지 않는다. 달리 도광 10년(1830)의 득월이총서 본(得月簃叢書本) 『요재지이습유』 1권과 광서 4년(1878) 베이징 취진당 본(聚珍堂本) 『요재습유』 4권 등이 있다.
[루쉰이 본 『요재지이습유』는 두 가지 본이 있다. 하나는 광서 베이징 취진인본(聚珍印本)이고 다른 하나는 민국 2년 민국편집서국(民國編輯書局; 곧 中華圖書館) 배인본이다. 이 책은 각 편이 「진세륜」(陳世倫), 「해교선」(解巧璇), 「기주안」(沂州案) 등과 같이 여기저기서 주워 모아 엮은 것으로, 편폭은 비교적 길며, 내용은 역대의 필기에서 흔히 보아 오던 것이다. 이것은 다른 사람의 모방작으로, 포송령 자신이 산거한 것은 아니다.―보주]

28) 이밖에도 포송령의 작품이 아닌가 하는 문제가 종종 제기되곤 하는 백화장편소설로 『성세인연전』(醒世姻緣傳)이 있다. 이것은 일백회로, "서주생 집저, 연려자 교정"(西周生輯著, 然藜子校定)이라 적혀 있다. 1933년 상하이의 야둥도서관에서 이것의 신식 표점본이 간행되었는데, 여기에 부록으로 실려 있는 후스의 「『성세인연전』 고증(『醒世姻緣傳』考證)」에서 "서주생"이야말로 포송령이라는 주장이 제기되면서부터, 『성세인연전』이 그의 작품이라는 설이 유행하였다. 그러나 이 점에 대해 의문을 표시한 학자도 있었다. 이마무라 요시오(今村與志雄), 「포송령 소전―『요재지이』의 작자와 그 시대」(蒲松齡小傳―『聊齋志異』の作者とその時代; 처음에는 오사카시립대학大阪市立大學 중국문학연구실中國文學硏究室 편, 『중국팔대소설』中國八大小說, 1965년 6월, 도쿄: 헤이본샤平凡社에 실렸다가, 뒤에 이마무라 요시오, 『역사와 문학의 여러 양상』歷史と文學諸相, 1976년 5월, 도쿄: 게이소쇼보勁草書房에 재수록됨).
이 문제를 둘러싸고 근년에도 여전히 의견이 나뉘어 있다. 이를테면 진싱야오(金性堯)의 「『성세인연전』 작자가 포송령이 아니라는 설」(『醒世姻緣傳』作者非蒲松齡說; 『中華文史論叢』 1980년 제4집)과 리융샹(李永祥)의 「포송령과 『성세인연전』」(蒲松齡與『醒世姻緣傳』; 『中華文史論叢』 1984년 제1집)이 그것이다. 이 문제와 별도로 『성세인연전』의 판본으로는 중국고전소설연구자료총서(中國古典小說硏究資料叢書)의 하나로서 간행된 황추쑤(黃秋肅) 교주, 『성세인연전』 상중하 삼책(上中下三冊; 상하이: 상하이구지출판사, 1981년 11월)이 있다. 진싱야오의 전언(前言)이 있고, 쉬즈모(徐志摩)와 후스, 쑨카이

디, 왕나이강(汪乃剛) 등의 문장도 부록으로 실려 있다.—일역본
우리나라 사람에 의한 『성세인연전』에 대한 연구로는 다음과 같은 것이 있다. 정재량(鄭在亮), 『성세인연전 연구』, 서울: 성균관대 박사논문, 1997.—옮긴이

29) 원매(袁枚, 1716~1798)의 자는 자재(子才)이고, 호는 간재(簡齋), 수원노인(隨園老人)으로 전당(錢塘; 지금의 저장 항저우) 사람이다. 일찍이 강포(江蒲), 강녕(江寧) 등의 지현(知縣)을 지냈다. 『소창산방집』(小倉山房集)과 『수원시화』(隨園詩話) 등의 저작이 있다.

30) 원문은 "妄言妄聽, 記而存之, 非有所感也". 가장(架藏)의 『정속신제해』(正續新齊諧; 『隨園全集』本, 通行의 石印本)에 의하면, "非有所感也"는 "非有所惑也"로 되어 있다.—일역본

31) 심기봉(沈起鳳, 1741~?)의 자는 동위(桐威)이고, 호는 홍심사객(紅心詞客)으로, 청의 오현(吳縣; 지금의 장쑤성에 속함) 사람이다. 저작으로는 『해탁』(諧鐸) 12권이 있다.
[심기봉의 『해탁』은 자못 널리 유포되었다. 그의 전기로는 『보은연』(報恩緣), 『재인복』(才人福), 『문성방』(文星榜), 『복호도』(伏虎韜) 4종이 우메이(吳梅)가 엮은 『투마타실곡총』(套摩他室曲叢)에 들어가 있다.—보주]

32) 화방액(和邦額)의 자는 한재(閑齋)이고, 호는 제운주인(霽雲主人)으로 청의 만주(滿洲) 사람이다.
[화방액의 『야담수록』은 그의 나이 마흔네 살(건륭 신해, 1791년) 때 작품이다. 자서에는 다음과 같이 나와 있다. "매번 두서너 명의 벗들과 술잔을 들고 다탁에서 촛불이 꺼질 때까지 귀신 이야기를 하는데, 달바라기 하며 앉아 여우 이야기 하다 점차 흥미로운 대목에 이르면 문득 기록해 나가니 시간이 흐르자 한 권의 책이 되었다."(每喜與二三朋友干酒觴茶榻滅燭談鬼, 坐月說狐, 稍涉匪夷, 輒爲記載, 日久成帙)—보주]

33) 호가자(浩歌子)는 윤경란(尹慶蘭)을 말하며, 자는 사촌(似村)이고 청의 만주 양황기인(鑲黃旗人)이다.

34) 관세호(管世灝)의 자는 월미(月楣)이고, 청의 해창(海昌; 지금의 저장 하이닝) 사람이다.

35) 풍기봉(馮起鳳)의 자는 재화(梓華)이고, 청의 평호(平湖; 지금의 저장에 속함) 사람이다.

36) 『석류척담』 8권은 따로 왕런지(汪人驥)가 중집(重輯)한 4권 본이 있는데, 『신보관총서전집』(申報館叢書全集)에 실려 있다.—보주

37) 추도(鄒弢)의 자는 한비(翰飛)이고, 호는 소상관시자(瀟湘館侍者)로 청의 금궤(金匱; 지금의 장쑤성 우시無錫) 사람이다. 저작으로는 『삼차려필담』(三借廬筆談) 등이 있다.
[『요수집』의 작자인 추도는 자가 한비이고, 호는 소상관시자이다. 어린 나이에 객지를 돌다가 고소(姑蘇)에서 서당을 차려 몇십 년을 지냈다. 이밖에도 장회소설인 『단장비』(斷腸碑)와 필기소설인 『삼차려필담』 및 『삼차려총고』(三借廬叢稿)를 썼다.—보주]

38) 서여예손(黍餘裔孫)은 곧 도신(屠紳)으로 이 책의 제25편을 참고할 것.

39) 도신이 건륭 53년(1788)에 지은 작품이다. 당시 도신은 운남(雲南) 광통현(廣通縣) 지현이었다.—보주

40) 김무상(金武祥, 1841~1924)의 자는 연생(溎生)이고, 호는 속향(粟香)으로, 청말 강음(江陰; 지금의 장쑤성에 속함) 사람이다. 저작으로는 『속향수필』(粟香隨筆), 『강음예문지』(江陰藝文志) 등이 있다.

41) 『악정시화』(鶚亭詩話)는 도신이 그의 친척과 벗들과 함께 쓴 것으로 모두 36조로 되어

있으며, 심섭원(沈燮元)의 『도신연보』(屠紳年譜)에 부록으로 실려 있다.—보주

42) 성시언(盛時彦)의 자는 송운(松雲)으로, 청의 베이핑(北平; 지금의 베이징) 사람이다. 기윤(紀昀)의 문하생으로, 아래 부분의 인용문은 『열미초당필기·난양소하록』의 자서(自序)에 보인다.

43) 원문은 다음과 같다. 『聊齋志異』盛行一時, 然才子之筆, 非著書者之筆也. 虞初以下天寶以上古書多佚矣; 其可見完帙者, 劉敬叔『異苑』陶潛『續搜神記』, 小說類也, 『飛燕外傳』『會眞記』, 傳記類也. 『太平廣記』事以類聚, 故可並收; 今一書而兼二體, 所未解也. 小說旣述見聞, 卽屬敍事, 不比戱場關目, 隨意裝點; …今燕昵之詞, 媟狎之態, 細微曲折, 摹繪如生, 使出自言, 似無此理, 使出作者代言, 則何從而聞見之, 又所未解也.

天寶以上→干寶以上 —일역본

44) 현재 우룸치 시 인민공원(人民公園) 안에는 이를 기념한 '열미초당'(閱微草堂)이 세워져 있다.—옮긴이

45) 제독학정(提督學政)을 말한다.—일역본

46) 건륭 때, "사고전서관을 열고 하간의 기윤을 총찬관으로 삼았다. 공은 유가의 전적을 꿰뚫고 있었고, 백가에 두루 통하였다. 무릇 육경의 전과 주의 득실이며, 여러 사서의 이동(異同)과 자집의 갈래와 파별 및 민간의 사와 곡, 의술과 점복과 같은 것에서 핵심적인 것을 가려내고 버리가 될 만한 것을 끌어내지 않은 것이 없었으니, 근원을 거슬러 찾아내는 일을 끝까지 맡아보았다. 한 권의 책이 올라오면, 유향과 증공의 예를 본받아 제요를 지어 간수의 앞에 두었다. 황제가 문득 둘러보고는 훌륭하다고 말했다. 또 황제의 명을 받들어 『간명목록』을 지으니, 그 안에 들어간 서목이 만여 종에 이르렀다. 모두가 공이 손수 의론한 것으로, 평이 정밀하였고, 식견은 왕중보와 완효서보다 윗길이었다."(開四庫全書館, 以河間紀公爲總纂官. 公貫沏儒籍, 旁通百家. 凡六經傳注得失, 諸史異同, 子集支分派別, 以及詞曲醫卜之類, 罔不抉奧提綱, 溯源竟委. 每進一書, 仿劉向, 曾鞏例, 作提要冠諸簡首. 上輒覽而善之. 又奉詔撰『簡明目錄』, 存書存目多至萬餘種, 皆公一手所訂, 評騭精審, 識力在王仲寶, 阮孝緖之上)—보주

47) 중국(中國) 동북부(東北府)의 성(省). 한족과 몽고족이 잡거하며 대륙성, 초원성 기후이며 우량이 적음.—옮긴이

48) 제첨(題簽)은 선장본(線裝本)의 표지에 책이름을 써서 붙인 종잇조각이다. 조관희의 「중국소설 판본학에 대한 초보적 검토」(『중국소설논총』 제11집, 서울: 한국중국소설학회, 2000. 2)를 참고할 것.—옮긴이

49) 원문은 "時校理久竟, 特督視官吏題簽皮架而已, 晝長無事".

50) 원문은 다음과 같다. "乾隆己酉(1789)夏, 以編排秘籍, 于役灤陽時校理久竟, 特督視官吏題籤皮架而已. 晝長無事, 追錄見聞, 憶及卽書, 都無體例. 小說稗官, 知無關于著述; 街談巷語, 或有關于勸懲. 聊付鈔胥存之, 命曰『灤陽消夏錄』云爾."—보주

51) 『열미초당필기』 제5종 『난양속록』의 전언(前言)에서 다음과 같이 말했다. "금년 오월 난양으로 수행갔다. 임직에서 물러나온 말미에 낮이 길어 한가한 시간이 많아 이에 두루 엮어 책을 만들어 『난양속록』이라 이름했다.…… 가경 무오(1798) 7월 후삼일에 관혁도인이 예부의 근무지에서 쓰니, 이때 나이 일흔다섯이라."(今歲五月, 扈從灤陽. 退直

之余, 晝長多暇, 乃連綴成書, 命曰『灤陽續錄』.…嘉慶戊午(1798)七月後三日觀弈道人書于禮部直廬, 時年七十有五) — 보주

52) 『열미초당필기』 서말에는 다음과 같이 적혀 있다. "경신(가경 5년, 1800)년 음력 9월 길문 사람 성시언이 삼가 기록하다."(庚申(嘉慶五年, 1800)季秋之吉門人盛時彦謹志) — 보주 우리나라 사람에 의한 『열미초당필기』에 대한 연구로는 다음과 같은 것이 있다. 이민숙(李玟淑), 「기윤(紀昀)의 『열미초당필기』 연구(硏究)」, 서울: 한국외국어대학교 박사논문, 2000. 2. 미국에서 이루어진 『열미초당필기』에 대한 연구로는 다음과 같은 것이 있다. Tak-Hung Leo Chan, *'To Admonish And Exhort': The Didactics Of The 'Zhiguai' Tale In Ji Yun'S 'Yuewei Caotang Biji'* (China), Phd., Indiana University, 1991. — 옮긴이

53) 소보(少保)는 태보(太保)의 보좌역으로, 삼고(三孤)의 하나이다. 삼고(三孤)란 주대(周代)에 천자(天子)를 보좌하던 삼공(三公) 다음가는 벼슬로, 곧 소사(少師), 소부(少傅), 소보(少保)를 지칭함. — 옮긴이

54) 원문은 다음과 같다. 緬昔作者如王仲任應仲遠引經據古, 博辨宏通, 陶淵明劉敬叔劉義慶簡淡數言, 自然妙遠, 誠不敢妄擬前修, 然大旨期不乖于風教.
이 단락의 인용문은 『열미초당필기·고망청지(姑妄聽之)』 자서에 보인다.

55) 위수(魏收, 506~572)는 남북조시대의 학자로, 자(字)는 백기(伯起)이고, 날래고 재주가 있으며 글을 잘 지어(機警能文), 북위(北魏) 말에 온자승(溫子升), 형소(邢邵)와 더불어 북의 삼재(三才)라 일컬어졌고, 사관(史官)으로서 중용되어 『위서』(魏書)를 찬수하였다. 위수는 실제로는 사람됨이 경박하여 형소와 온자승이 부를 짓지 못하는 것을 두고 스스로 오만하게, "모름지기 부를 지어야만 대재사가 될 수 있다"(須作賦, 始成大才士)고 말했다 한다. — 옮긴이

56) 원문은 다음과 같다. 劉乙齋廷尉爲御史時, 嘗租西河沿一宅, 每夜有數人擊柝, 聲琅琅徹曉,…視之則無形, 聒耳至不得片刻睡. 乙齋故强項, 乃自撰一文, 指陳其罪, 大書粘壁以驅之, 是夕遂寂. 乙齋自詫不減昌黎之驅鰐也. 余謂"君文章道德, 似尙未敵昌黎, 然性剛氣盛, 平生尙不作曖昧事, 故敢悍然不畏鬼; 又拮据遷此宅, 力竭不能再徒, 計無復之, 惟有與鬼以死相持: 此在君爲'困獸猶鬪', 在鬼爲'窮寇勿追'耳.…" 乙齋笑擊余背曰, "魏收輕薄哉! 然君知我者."(『灤陽消夏錄』 六)

57) 부계(扶乩)는 일종의 귀신을 부르는 방법으로, 정자(丁字) 모양의 나무를 모래를 담은 그릇 위에 세우고 그 양끝에 추를 달아 두 사람이 각각 그것을 붙잡으면, 저절로 모래 위에 그 추에 의해서 형상이 그려지게 된다. 다른 사람과 시사(詩詞)를 창화(唱和)하면서, 사람들에게 길흉을 보여 주는데, 사람이 약방문을 쓰거나 그 일이 끝났을 때, 혹은 신이 물러날 때는 추가 움직이지 않는다. 서양에도 이와 비슷한 것이 있으니, 펜듈럼이나 다른 보조도구를 이용해 물길을 찾거나 길흉을 점치는 것으로 다우징(dowsing)이라고도 한다. — 옮긴이

58) 계(乩)의 자칭. 뒤의 한운야학(閑雲野鶴)도 마찬가지이다. — 일역본

59) 원문은 다음과 같다. 田白巖言, "嘗與諸友扶乩, 其仙自稱眞山民, 宋末隱君子也, 倡和方洽, 外報某客某客來, 乩忽不動. 他日復降, 衆叩昨遽去之故, 乩判曰, '此二君者, 其一世

故太深, 酬酢太熟, 相見必有諛詞數百句, 雲水散人拙于應對, 不如避之爲佳; 其一心思太密, 禮數太明, 其與人語, 恒字字推敲, 責備無已, 閑雲野鶴豈能耐此苛求, 故逋逃尤恐不速耳.'" 後先姚安公聞之曰, "此仙究狷介之士, 器量未宏." (『槐西雜誌』一)

60) 명 탕현조의 『모란정』 제26척 「완진」(玩眞)은 뒤에 연창본(演唱本)으로 「규화」(叫畵)라 개명되었다. 제24척 「습화」(拾花)와 함께 연창되어 「습화·규화」라 합칭하기도 한다.—보주

61) 원문은 다음과 같다. 李義山詩"空聞子夜鬼悲歌", 用晉詩鬼歌『子夜』事也; 李昌谷詩"秋墳鬼唱鮑家詩", 則以鮑參軍有『蒿里行』, 幻窅其詞耳. 然世間固往往有是事. 田香沁言, "嘗讀書別業, 一夕風靜月明, 聞有度昆曲者, 亮折淸圓, 凄心動魄, 諦審之, 乃『牡丹亭』,『叫畵』一齣也. 忘其所以, 傾聽至終. 忽省墻外皆斷港荒陂, 人迹罕至, 此曲自何而來? 開戶視之, 惟蘆荻瑟瑟而已."(『姑妄聽之』三)

앞서와 마찬가지로 『열미』에 의거해 예문을 교감한다. 田香沁言→田香沚言 —일역본

62) 원문은 다음과 같다. 天性孤直, 不喜以心性空談, 標榜門戶.

63) 吳惠叔言, "醫者某生素謹厚, 一夜, 有老嫗持金釧一雙就買墮胎藥, 醫者大駭, 峻拒之; 次夕, 又添持珠花兩枝來, 醫者益駭, 力揮去. 越半載餘, 忽夢爲冥司所拘, 言有訴其殺人者. 至, 則一披發女子, 項勒紅巾, 泣陳乞藥不與狀. 醫者曰, '藥以活人, 豈敢殺人以漁利. 汝自以奸敗, 于我何尤!' 女子曰, '我乞藥時, 孕未成形, 倘得墮之, 我可不死: 是破一無知之血塊, 而全一待盡之命也. 既不得藥, 不能不産, 以致子遭扼殺, 受諸痛苦, 我亦見逼而就縊: 是汝欲全一命, 反戕兩命矣. 罪不歸汝, 反誰歸乎?' 冥官喟然曰, '汝之所言, 酌乎事勢; 彼之所執者則理也. 宋以來固執一理而不揆事勢之利害者, 獨此人也哉? 汝且休矣!' 拊几有聲, 醫者悚然而寤."(『如是我聞』三)

64) 기윤의 『사고전서간명목록』(四庫全書簡明目錄) 3권 경부(經部) 5 「춘추」류에는 다음과 같이 나와 있다. "『춘추존왕발미』 12권은 송의 손복이 지은 것이다. 그의 설은 『공양』과 『곡량』을 은밀히 도와 심화시킨 것으로 춘추에는 폄을 받은 사람은 있어도 칭찬받은 사람은 없었다고 한다. 그리하여 240년 동안 선한 유형은 하나도 없게 되었다."(『春秋尊王發微』十二卷, 宋孫復撰. 其說陰祖『公』,『谷』; 而加以深刻, 謂春秋有貶無褒. 遂使二百四十年中無一善類) —보주

65) 송 숭안(崇安) 사람인 호인(胡寅, 1098~1156)을 가리킨다. 자는 명중(明仲)이고 호안국(胡安國)의 동생의 아들로 선화(宣和) 3년에 진사가 되어 교서랑(校書郞)을 제수받았으며, 양시(楊時)에게 학문을 전수받았다. 금나라가 남침을 해오자 호인은 고종(高宗)에게 상서를 올려 군사를 일으켜 북벌을 해야 한다고 주장했다. 당시 주화파였던 진회(秦檜)에 의해 형주(衡州)로 귀양갔다가 다시 진회의 무고로 신주(新州)로 갔으나 진회가 죽고 나서 복관되었다.—옮긴이

66) 원문은 다음과 같다. 東光有王莽河, 卽胡蘇河也, 旱則涸, 水則漲, 每病涉焉. 外舅馬公周籙言, "雍正末有丐婦一手抱兒一手扶病姑涉此水, 至中流, 姑蹶而仆, 婦棄兒于水, 努力負姑出. 姑大詬曰, '我兒七十老嫗, 死何害? 張氏數世待此兒延香火, 爾胡棄兒以拯我? 斬祖宗之祀者, 爾也!' 婦泣不敢語, 長跪而已. 越兩日, 姑竟以哭孫不食死; 婦嗚咽不成聲, 痴坐數日, 亦立槁.…有著論者, 謂兒與姑較則姑重, 姑與祖宗較則祖宗重. 使婦或有夫, 或尙有

兄弟, 則棄兒是; 旣兩世窮嫠, 止一線之孤子, 則姑所責者是: 婦雖死, 有餘悔焉. 姚安公曰, '講學家責人無已時. 夫急流洶涌, 少縱卽逝, 此豈能深思長計時哉? 勢不兩全, 棄兒救姑, 此天理之正而人心之所安也. 使姑死而兒存,…不又有責以愛兒棄姑者耶? 且兒方提抱, 育不育未可知, 使姑死而兒又不育, 悔更何如耶? 此婦所爲, 超出恒情已萬萬, 不幸而其姑自殞, 以死殉之, 亦可哀矣. 猶沾沾焉而動其喙, 以爲精義之學, 毋乃白骨銜寃, 黃泉賫恨乎? 孫復作『春秋尊王發微』, 二百四十年內有貶無褒; 胡致堂作『讀史管見』, 三代以下無完人, 辨則辨矣, 非吾之所欲聞也.'"(『槐西雜志』二)

67) 악균(樂鈞)의 자는 원숙(元淑)이고, 호는 연상(蓮裳)으로 청의 임천(臨川; 지금의 장시에 속함) 사람이다. 저작으로는 『청지산관시집』(青芝山館詩集)이 있다.

68) 따로 5권 본이 있으며 150칙이다. 『병암필기』(絣盦筆記)에서는 이 책의 "문장에 있어서 문자의 용법과 사구의 배치 및 플롯이 『요재』와 아주 가깝다"(措詞拘局, 雅近『聊齋』) 고 칭찬하였다. 작자인 악균(樂鈞)은 애당초 이름이 궁보(宮譜)였으며, 자는 원숙(元淑)이고, 호는 연상(蓮裳)으로 강서(江西) 임천(臨川) 사람이다. 가경 6년에 거인이 되었으며, 따로 『청지산관시문집』(青芝山館詩文集)이 있다.— 보주

69) 허추타(許秋垞)는 청의 해창(海昌; 지금의 저장 하이닝) 사람이다. 저작으로는 『비파연의』(琵琶演義) 등이 있다.

70) 『문견이사』 2권은 『필기소설대관』(筆記小說大觀)에 들어 있으며, 『신보관총서속록』(申報館叢書續錄)에도 보인다.— 보주

71) 탕용중(湯用中)의 자는 지경(芷卿), 청의 상주(常州; 지금의 장쑤성에 속함) 사람이다.

72) 『병암필기』에서는 다음과 같이 말했다. "이 책은 애오라지 『요재』를 모방하여, 여우 귀신을 기록한 것이 열에 너덧이고, 앞선 이들의 남아 있는 견문과 일사를 기록한 것이 열에 두셋이다."(其書專仿『聊齋』, 記狐鬼事者十之四五, 記前輩遺聞佚事者十之二三) — 보주

73) 『둔굴란언』(1862) 12권은 작자가 "귀로 듣고 눈으로 본 것을 붓가는 데 따라 그대로 쓴 것"(耳聞目見, 信筆直書)이다.— 보주

74) 『송은만록』(1884) 12권은 따로 10권 본이 있는데, 매 편마다 오우여(吳友如)의 전혈도(全頁圖)가 앞에 붙어 있다. 작자가 『요재지이』를 모방하여 이 작품을 지었기에 방각본 가운데에는 『후요재도설』(後聊齋圖說)이라 개칭한 것도 있다. 묘사한 것은 대부분 청춘남녀의 연애 이야기(烟花粉黛)나 기이한 사람의 괴이한 일(奇人怪事)이다. 존문각주(尊聞閣主)는 다음과 같이 말했다. "이 책에서 남녀 간의 애정을 서술한 것은 아리따운 자색에, 돌아보매 생생한 자태요, 협사를 서술한 것은 수염과 눈썹이 모두 눈앞에 펼쳐져 있는 듯하고, 기이한 귀물을 기록한 것은 모골이 송연하며, 기이한 행적을 쓴 것은 이목을 일신케 하며, 이역의 경물을 실은 대목은 가슴이 갑자기 상쾌해진다."(此書敍麗情, 則色澤姸麗, 顧盼生姿; 敍俠士, 則須眉畢現; 志奇鬼, 則毛發森竪; 書奇行, 則耳目一新; 載異景, 則胸膈頓爽) — 보주

75) 왕도(王韜, 1828~1897)의 자는 자전(紫詮)이고, 호는 중도(仲弢)이며, 천남둔수(天南遁叟)라는 호도 가지고 있다. 청의 장주(長洲; 지금의 장쑤 우현吳縣) 사람으로 저작과 번역서가 무척 많다. 그가 지은 『송은만록』(淞隱漫錄)은 『후요재지이』(後聊齋志異)라고도 불리고, 『송빈쇄화』(淞濱瑣話)는 『송은속록』(淞隱續錄)이라고도 불린다.

76) 『송빈쇄화』(1887) 12권은 방각본에 『삼속요재지이』(三續聊齋志異)로 개칭한 것도 있다.—보주

77) 선정(宣鼎, 1834~1879)의 자는 수매(瘦梅)이고, 청의 천장(天長; 지금의 안후이성에 속함) 사람이다. 저작으로는 『반혼향전기』(返魂香傳奇) 등이 있다.

78) 『야우추등록』 16권과 『속록』 10권에 대해서 평자들은 "그 종지가 선행을 권하고 음행을 징벌하는 것을 벗어나지 않되, 아름다우면서도 요사스럽지 않고, 질박하면서도 속되지 않아 진실로 위로는 유천에 필적할 만하고 가깝게는 둔수와 나란히할 만하다." (其宗旨不外勸善懲淫, 綺而不妖, 盾而不俚, 洵可上匹柳泉, 近儕遁叟)고 하였다. 하지만 어떤 사람은 "『요재』의 범위를 벗어나지 못하고, 그 필묵은 『형창이초』에 미치지 못한다" (不能出『聊齋』範圍, 其筆墨且不及『螢窗異草』)고 여기기도 했다.—보주

79) 허원중(許元仲)의 자는 소구(小歐)이고, 청대의 송강(松江; 지금의 상하이에 속함) 사람이다.

80) 허원중의 『삼이필담』은 작자가 항주에 있을 때 쓴 것이다. 평자는 청대의 역사적 사실과 전대의 남아 있는 견문에 있어 수집해 갖추어 싣지 않은 것이 없다 하였다. "그러나 그릇된 것을 고찰하고 거짓된 것을 바로잡는 데 있어 때때로 다른 곳에서 도움을 빌렸으니 앞선 세대의 조심스럽고도 신중한 깊은 뜻이 특히 드러나 있었다."(而考訛正僞, 時時借助他山, 尤見前輩矜愼之深意) — 보주

81) 유홍점(俞鴻漸, 1781~1846)의 자는 검화(劍華)이고, 청의 덕청(德淸; 지금의 저장성에 속함) 사람이다. 저작으로는 『인설헌문초』(印雪軒文抄)와 『인설헌시초』(印雪軒詩抄) 등이 있다.

82) 존문각주(尊聞閣主)는 다음과 같이 말했다. "본편은 비록 옛 전적의 진귀한 문장의 편린이기는 하나, 그 논단은 탁월하며, 제재도 풍부하고, 번잡한 것과 간략한 것이 마땅한 제자리를 찾고 있다. 또 그 기록은 모두가 실사구시로 쇠귀신이나 뱀귀신의 이야기가 아니다."(本編雖吉光之片羽, 而論斷卓犖, 取材富有, 繁簡得宜. 且其記載皆實事求是, 不爲牛鬼蛇神之說) — 보주

83) 유월(俞樾, 1821~1907)의 자는 음보(蔭甫)이고, 호는 곡원(曲園)으로, 청의 덕청 사람이다. 저술이 무척 많은데 『춘재당전서』(春在堂全書)라 총칭하고 있다.

84) 장명비의 『고금소설평림』에서는 다음과 같이 말했다. "유곡원이 만년에 지은 것이다. 곡원의 설경과 설자 등의 저작들은 자못 마음으로 깨달은 바가 있다. 이 책의 서사는 천박하고 드문드문하여 실제로는 괜찮다고 할 만한 게 없다."(俞曲圓晩年所作. 曲園說經說子諸作, 頗有心得. 本書敍事, 膚淺潦草, 實不佳妙) — 보주

85) 『이우』 자서에서는 다음과 같이 말했다. "대체로 사람에 관한 일들이 대부분을 차지하고 있고, 귀신과 괴이한 일을 다룬 것은 열에 하나둘뿐이다."(大率人事居多, 其涉及鬼怪者, 十之一二而已) — 보주

86) 원문은 "用意措辭, 亦似有善惡報應之說, 實則聊以遣日, 非敢云意在勸懲".

87) 김봉창(金捧閶, 1760~1810)의 자는 개당(玠堂)으로 청의 강음(江陰; 지금의 장쑤성에 속함) 사람이다. 그가 지은 『객창우필』(客窓偶筆)은 원래 8권이었으나, 뒤에 산실되어 그 손자가 4권으로 편집하여 『객창이필』(客窓二筆) 1권과 합쳐서 간행하였다.

88) 양공진(梁恭辰)의 자는 경숙(敬叔), 청의 복주(福州; 지금의 푸젠성에 속함) 사람이다.

89) 『지상초당필기』는 『권계록』(勸戒錄)에서 『사록』(四錄)까지로, 일명 『북동원필기』(北東園筆記)라고도 하며, 이 가운데에는 인과응보의 설이 대부분이다.— 보주

90) 허봉은(許奉恩)의 자는 숙평(叔平)이고, 청의 동성(桐城; 지금의 안후이성에 속함) 사람이다.

91) 『이승』은 일명 『난초관외사』라고도 한다. 평자는 "이 책의 필묵이 『요재』보다는 이해하기 쉬우나, 준엄한 경각심을 불러일으키는 것은 오히려 『요재』에 미치지 못한다"(其書筆墨于『聊齋』爲近, 警峭處却不及『聊齋』)고 하였다.— 보주

제23편 청대의 풍자소설

사회에 대한 날카로운 풍자를 소설稗史에 기탁한 것은 진당晋唐 시기에 이미 있었으나,[1] 명대에 이르러 성했는데, 특히 인정소설에서 더욱 그러하였다. 그러나 이런 류의 소설들은 대개 어느 한 사람을 설정해 놓고 그의 형편없는 모습을 자세히 묘사함으로써 상대적으로 훌륭한 선비와 대비시켜 그 재화才華를 드러나게 하였다.[2] 그렇기 때문에 왕왕 현실적이지 못하고 그 용처가 "조롱거리"打諢에나 비할 수 있을 따름이었다. 비교적 뛰어난 작품은 묘사 역시 때로 뛰어난 점이 있고, 사회에 대한 날카로운 풍자 역시 칼날보다 더 예리한 경우도 있다. 그러나 『서유보』西游補 외에는 언제나 한 사람 혹은 한 집안에 집중되어 있었기에, 개인적으로 원한을 품고 비방을 한 것[3]이지, 세상사에 대해 불만을 가지고 붓을 들어 공격한 것 같지는 않다. 사회 전체에 대한 질책에 가까운 것으로는 『종규착귀전』鍾馗捉鬼傳[4] 10회가 있는데, 아마도 명대 사람의 작품인 듯하다. 이것은 각양각색의 사람들을 취해서 귀신 무리로 비유하고는 하나하나 파헤쳐 그 감추어져 있는 속내를 드러내고 있다. 그러나 표현과 내용이 천박하고 노골적이어서 대놓고 욕하는 것이나 마찬가지이기 때문에 이른바 "완곡"婉曲이라는 것은 찾아볼 수가 없다. 오경재吳敬梓의 『유림외사』儒林外史가 나오고 나서야, 공정성을 견지하면서 당시의 폐단을 지적하게 되었으니, 특히 당시 사대부 계층에 그 풍자의 예봉을 겨누었다. 그 문장은 또한 개탄하는 가운데 해학이 있고, 완곡하면서도 풍자가 많이 담겨 있었다. 이에 소설說部 가운데 비로소 풍자지서諷刺之書라 부를 만한 것이 나오게 되었다.

오경재吳敬梓는 자가 민헌敏軒이고, 안휘安徽 전초全椒 사람이다. 어려서부터 재기발랄하여 기억하고 암송하는 데 뛰어났고, 조금 더 커서는 관학官學의 제자원弟子員[5]이 되었다. 특히 『문선』文選에 정통하였고, 시부詩賦는 붓을 들기만 하면 곧 글이 이루어질 정도였다. 그러나 생계를 꾸려 나가는 데 있어서는 젬병이면서도 성격은 호방하여 몇 년 되지 않아 있는 재산을 다 날려 버렸으니, 어떤 때는 양식이 떨어지는 지경에까지 이르렀다.[6] 옹정 을묘乙卯에 안휘 순무巡撫인 조국린趙國麟의 추천으로 박학홍사과博學鴻詞科에 응시하게 되었으나 결국 나아가지 않았다.[7] 금릉金陵으로 집을 옮긴 뒤 문단의 맹주盟主가 되었고, 또 뜻을 같이 하는 이들을 모아 우화산雨花山 기슭에 선현사先賢祠를 건립하여 태백泰伯 이하 이백삼십 명을 제사 지냈는데, 자금이 부족하자 살던 집을 팔아 그 일을 이루어 내니 집은 더욱 가난해졌다. 말년에는 스스로 문목노인文木老人이라 호를 붙이고, 양주揚州에서 객지 생활을 하며, 더욱 일상사에 뜻을 잃고 무절제하게 술을 마셔대다 건륭 19년 객사하니 그때 나이 54세(1701~1754)였다. 그가 지은 책으로는 『시설』詩說 7권과 『문목산방집』文木山房集 5권[8]이 있으며, 시 7권이 있는데 모두 잘 전해지지는 않았다(자세한 것은 신표점 본新標點本 『유림외사』 권수卷首를 볼 것).[9]

오경재의 저작은 모두 홀수奇數이다. 『유림외사』 역시 그 한 예로 55회이다. 이 책은 아마도 옹정 말년에 이루어진 듯한데, [이때는] 저자가 바야흐로 금릉에서 몸을 기탁하고 있을 때였다. 그때는 명明이 망하고 아직 100년이 채 못 되었으므로, 선비들에게는 명말의 유풍이 아직 남아 있어 팔고문[10] 외에는 아무것도 마음에 두지 않았고, 형식적인 문제만을 다루며 성현聖賢을 그리워하고 있었다. 오경재가 묘사한 것은 바로 이런 부류의 사람들로, 대부분 스스로 보고 들은 바에 의거하였기에, 그것을 묘사한 문필 역시 그러한 정황을 그려 내기에 충분하였다. 그러므로 어두운 부분을 밝혀내고 감추어진 것을 찾아내 그 행적을 감추고 있는 사물이 없었다. 무릇 관료官師와 유자儒者, 명사名士, 산인山人, 그리고 사이사이에 시정세민市井細民들까지도 모두 작품 속에 모습을 드러냈는데, 그들의 목소리와 모습을 아울러 그려 내어 당시의 세상이 눈앞에 있는 듯하였다. 그러나 이 책에는 주된 줄기가 없고 다만 각종 인물을 구사하여, [그 인물들이] 열을 지어 등장하면 그에 따라 사건이 그들의 등장과 함께 벌어졌다가 그들이 퇴장하면 같이 끝난다. [따라서] 장편이라고 하지만 자못 단편과 같은 체제가 되었다. 그러나 비단 쪼가리를 여러 조각 모아 첩자帖子를 이루어 낸 것과 같이 비록 그 폭이 크지는 않지만, 때로 진기한 것이 있어 사람들의 마음을 즐겁게 하고 눈이 번쩍 뜨이게 하는 것이 있다. 오경재는 또 재주 있는 선비才士를 좋아하여, "성에 안 찬다는 듯이 [그들을] 끌어들였지만, [팔고문을 짓는 이른바] '시문을 짓는 선비'時文士들만큼은 원수처럼 미워했고, 그들 가운데서도 특히 뛰어난 자는 더욱 싫어하였다"[11](정진방程晋芳이 지은 전傳에서 이름). 그러므로 그의 책 속에서는 팔고문과 팔고문 출신자를 더욱 맹렬히 공격하고 있다. 이를테면 팔고문의 편찬자인 마이선생馬二先生으로 하여금 팔고문이 참으로 귀한 까닭을 다음과 같이 자술케 하고 있다.

……과거 공부擧業는 예로부터 지금까지 사람마다 꼭 해야 할 일이었습니다. 이를테면 공자님이 살아계시던 춘추 시기에는 '명성과 덕행'[12]으로 벼슬을 했기에, 공자는 그저 '말을 하되 오류가 적고 행동하되 후회할 일이 적으면 관직과 봉록이 그 안에 있게 되는 법이다'[13]라고 말씀하셨던 것입니다. 이것이 바로 공자님의 과거 공부였지요.[14] 한대에는 '현량방정'[15]의 과가 설치되었기에 공손홍, 동중서는 현량방정으로 뽑혔습니다. 이것이 한대 사람들의 과거 공부였지요. 당조에 이르러서는 시부로 선비를 뽑았기에 공자나 맹자의 말을 해서는 벼슬을 하지 못했습니다. 그래서 당대 사람들은 모두 시 공부를 했는데, 이것이 당조 사람들의 과거 공부였습니다. 송대에 이르러서는 더 좋아졌으니, 등용된 사람은 모두가 도학을 한 사람이 벼슬을 했습니다. 그래서 정자와 주자는 이학理學[16]을 말했던 것입니다. 이것이 곧 송대의 과거 공부였습니다. 우리 명대에 이르러서는 문장으로 인재를 선발했으니, 이것이 가장 좋은 방법입니다. 공자님이 지금 살아 계신다 해도 과거 문장을 읽어 과거 공부를 하지 결단코 '말을 하되 오류가 적고 행동하되 후회할 일이 적으면'이라는 말씀은 하지 않으셨을 것입니다. 어째서냐고요? 날마다 '말을 하되 오류가 적고 행동하되 후회할 일이 적으면'이라는 소리를 해 보았자 누가 벼슬을 시켜 준답디까? [따라서] 공자님의 도 역시 [지금에 와서는] 행하여지지 않는 것입니다. (제13회)[17]

『유림외사』에서 전하고 있는 인물은 대부분이 실존했던 사람들이지만 상형象形이나 해성諧聲, 혹은 수수께끼廋詞와 은어로서 그 성명을 기탁하고 있는데, 옹정·건륭 연간의 여러 문인 학자들의 문집을 참조해 보면 대체로 열에 여덟아홉은 알 수 있다(자세한 것은 이 소설의 상원上元 사람 김화金和의 발跋에 보인다).[18] 여기에서의 마이선생은 자字가 순상純上으로, 처주處州 사람이라 되어 있지만 사실은 전초全椒의 풍수중馮粹中[19]으로 저자의 친구였다. 그의 말은 진솔한 데다, 춘추와 한, 당 등의 고대에 일어났던 일까지도 정통하고 있었으니, "팔고를 익히는 시문사時文士"들 가운데에서는 실로 성실하고 박학했던 선비에 속한다고 볼 수 있다. 그러나 그의 의론은 다만 당시 사람들의 학문에 대한 견해를 모두 드러내 보여 주고 있을 뿐 아니라, 아울러 이른바 유자儒者들의 흉중을 꿰뚫어 볼 수 있게 한다. 그의 기질과 행위는 군자였다. 이를테면 서호西湖에 놀러 가서도 별다른 흥취 없이 자못 살풍경한 모습을 보여 주고 있으니, 그저 아무 생각 없이 배만 채우고 돌아온 것은 세상사에 어둡고 융통성 없는 유자의 본색을 잘 드러내 보여 주고 있다.

> 마이선생은 혼자서 돈 몇 푼을 가지고 전당문을 걸어 나왔다. 찻집에서 차 몇 잔을 마시고 서호가에 있는 패루 앞에 가 앉았다. 배마다 향을 피우러 온 시골 아낙네들이 보였다…… 뒤에는 모두 각자의 남편들이 따르고 있었다…… 물가 언덕에 오르자 각자의 묘廟로 흩어져 가버렸다. 마이선생이 한번 둘러보니 별다른 흥취가 일지 않았다. 일어나서 다시 한참을 더 걸어가니 호숫가에 몇 개인가의 술집이 줄지어 있는 것이 바라다 보였다…… 마이선생은 사 먹을 돈이 없었다…… 할 수 없이 국숫집에 들어가 동전 열여섯 닢을 주고 국수 한 그릇을 사 먹었지만 배가 부르지 않았다. 다시 옆에 있는 찻집으로 들어가 차 한 잔을 마시고 "처주 명산인 말린 죽순"處片을 동전 두 닢어치 사서 씹었더니, 그 맛이 꽤나 괜찮았다. 다 먹고 나왔다…… 앞으로 걸어가 육교六橋를 건너 한 구비 돌아가니 거기는 넓은 전원과 같은 곳이었다. 그곳에는 다른 사람의 관재

棺材와 조기厝基[20]들이 중간에 놓여 있어 걷기에 좋지 않아 기분이 싹 가시었다. 마이선생이 막 돌아가려는데, 길을 가던 사람을 하나 만나 그에게 물었다.

"저 앞에 뭐 볼 만한 곳이 아직 남아 있습니까?"

그 사람이 말했다.

"저기를 돌아서시면 곧 정자사淨慈寺와 뇌봉탑雷峰塔이니, 어찌 볼 만한 곳이 없겠습니까?"

이에 마이선생은 다시 앞으로 걸어갔다.⋯⋯뇌봉탑을 지나니 멀리에 유리 기와를 덮은 집들이 많이 보였는데, 어떤 것은 높은 것도 있고 또 어떤 것은 야트막한 것도 있었다.⋯⋯마이선생이 가까이 다가서니, 꽤 높은 산문이 하나 보였는데, 금자金字로 "칙사정자선사"敕賜淨慈禪寺라고 쓰여진 편액이 세로로 걸려 있었다. 산문 옆에는 작은 문이 있었다. 마이선생은 걸어 들어갔다.⋯⋯부귀한 집안의 아낙네들이 무리를 지어 안팎으로 끊임없이 드나들었다.⋯⋯마이선생은 키가 큰 데다 위가 높은 방건方巾을 쓰고 있었는데, 검실검실한 얼굴에 배를 불룩하니 내밀고 바닥이 두터운 다 떨어진 신발을 신고, 몸을 건들거리며 제멋대로 걸음걸이를 옮겨 사람들 속으로 짓쳐 들어갔다. 여인들도 그를 보지 않았고 그도 여인들을 눈여겨보지 않았다. 여기저기 되는대로 돌아다니다 나와서는 다시 그 찻집에 앉았다.⋯⋯차 한 잔을 마셨다. 가게의 진열대 위에는 귤병橘餅, 깨엿, 종자粽子, 소병燒餅, 말린 죽순處片, 검은 대추黑棗, 삶은 밤 등을 담은 접시가 많이 놓여 있었다. 마이선생은 가짓수마다 몇 푼어치씩 사서 이것저것 가리지 않고 배부르게 먹었다. 마이선생은 피곤함을 느끼자 뻣뻣한 다리를 이끌고 청파문淸波門을 통해 숙소에 도착해 문을 걸고는 잠들었다. 걸음을 많이 걸은 탓으로 숙소에서 꼬박 하루를 자고

사흘째 되는 날에야 일어나 성황산城隍山으로 구경 갔다…… (제14회)[21]

또 범진范進의 집안이 본래 한미하였으나, 향시에 급제하고부터는 갑자기 형편이 피게 되었다. 얼마 되지 않아 모친상을 당했을 때 조심스레 예를 갖춘 것에 대해서 비난하는 말을 한 마디도 하지 않으면서도 그 위선적인 면모를 그대로 다 폭로하였으니, 진실로 별것 아닌 말로 그 풍자의 극치를 다한 좋은 본보기이며, 신랄하게 타격을 입힌 것이라 할 수 있다.

……두 사람(장정재와 범진)이 들어와 먼저 정재가 인사를 하고 범진이 나아가 사생師弟의 예를 갖추었다. 탕지현湯知縣은 여러 차례 사양하다가 자리에 앉아 차를 마셨다. 탕지현은 정재와 오랜만이라는 인사말을 하고 나서 다시 범진의 문장을 한바탕 칭찬하더니 그에게 물었다.

"어째서 회시會試[22]에 응하지 않으셨습니까?"

범진은 막 그것에 대해 말했다.

"모친이 돌아가셔서 복상服喪 중입니다."

탕지현은 깜짝 놀라 황급히 상복을 갈아입히고는 후당으로 안내해 술상을 차려냈다.…… 지현은 좌석을 안배하고 앉게 했다. 내온 것은 은으로 상감한 잔과 젓가락이었다. 범진은 꾸물거리며 술잔과 젓가락을 들지 않았는데, 지현은 그 까닭을 알 수 없었다. 정재가 웃으면서 말했다.

"범선생께서는 복상 중이라 이런 술잔과 젓가락을 사용하지 않으시려는 것 같습니다."

지현은 급히 바꿔 오도록 하였다. 사기로 된 잔과 상아 젓가락으로 바꾸어 왔으나 범진은 그것 역시 들려 하지 않았다. 정재가 말했다.

"이 상아 젓가락도 쓰지 않습니다."

그리하여 곧 아무런 가공도 하지 않은 대나무 젓가락으로 바꾸어 오니 그제서야 그것을 사용하였다. 지현은 마음속으로 걱정했다.

"저 사람은 상중이라면서 이토록 예를 다 차리고 있으니, 만일 술도 마시지 않고 비린 것도 들지 않으면, 다른 것은 준비해 놓은 것이 없으니 어쩌나?"

그러다가 그가 제비집처럼 생긴 그릇燕窩碗에서 큰 새우 원자圓子[23]를 골라 입으로 가져가는 것을 보고서야 비로소 마음을 놓았다.[24] (제4회)[25]

이밖에도 위선적이고 망령된 일들을 신랄하게 묘사한 것이 아직도 많으며, 상투적인 관습習俗을 통렬하게 공격한 곳도 많이 보인다. 그 가운데 왕옥휘王玉煇의 딸이 남편을 따라 죽자 옥휘가 크게 기뻐하다가 정작 위패를 사당에 들이고 송덕표頌德表를 세울 때는, "갑자기 마음이 아파 물러나와 그 자리에 얼굴을 내밀지 않았고"轉覺心傷, 辭了不肯來, 그 뒤에도 스스로 "집에서 날마다 아내의 비통해하는 모습을 대하니 마음이 견디기 힘들다"在家日日看見老妻悲慟, 心中不忍(제48회)고 말한 것은 곧 양심이 예교와 충돌을 일으킨 것을 묘사한 것인데, 극히 심각하게 그려 냈다(자세한 것은 본서의 첸쉬안퉁의 서序를 참고할 것).[26] 작자는 청초淸初에 태어나 명교名教에 속박당하고 있었으나, 마음속에 그에 위배되는 것이 있어 소설稗說에 자신의 감개를 기탁하였는데, 이는 아마도 그것에 대해 깊이 깨달은 바가 있었기 때문인 듯하다. 이 책에는 군자라고 칭할 만한 인물 역시 몇 사람 있다. 두소경杜少卿은 작자가 자신을 그린 것이고, 그밖에 두신경杜愼卿(작자의 형인 청연青然)과 우육덕虞育德(오몽천吳蒙泉), 장상지莊尙志(정면장程綿莊)[27]가 있는데. 이들은 모두가 절개가 곧은 선비貞士들이다. 그들의 성대한 사업은 곧 선현들을 제사 지내는 것祭先賢에서 극치를 이룬다. 이윽고 남경南京의 명사들이 점차 사라져 가고 선현의 사당先賢祠 역시 황폐해져 갔지만, 다행히도 시정市井에는 기인奇人들이 남아 있었다. 그 하나는 '명필'會寫字的이고, 다른 하나는 '불쏘시개를 파는 사람'賣火紙筒子的이며, 다른 하나는 '찻집 주인'開茶館的이고, 다른 하나는 '재봉일을 하는 사람'做裁縫的이었다. 마지막의 한 사람은 특히 세상 물욕이 없는 무사태평한 사람으로 삼산가三山街에 살고 있었는데, 형원荊元[28]이라 하였다. 그는 거문고를 타면서 시를 지었는데, 재봉 일을 하는 틈틈이 이것으로 소일하였고, 간간이 그의 친구들을 방문하기도 했다.

> 하루는 형원이 식사를 마치고 나니 할 일이 없고 해서 곧장 청량산淸涼山으로 어슬렁어슬렁 걸어갔다…… 그에게는 우于씨 성을 가진 오랜 친구가 하나 있었는데 산 뒤에 살고 있었다. 이 우노인于老人은 공부도 하지 않고 장사를 하지도 않았다…… 그는 다섯 아들을 데리고 농사일을 하고 있었다…… 이날 형원이 찾아가니 우씨가 맞이하면서 말했다.
>
> "한동안 안 보이더니 노형께서 오셨구려. 장사가 바빴던 모양이군그래."
>
> 형원이 말했다.
>
> "맞소이다. 오늘에야 겨우 할 일을 끝내고 영감을 보러 왔다우."
>
> 우노인이 말했다.
>
> "마침 끓여 놓은 차가 있으니, 한잔 드시게나."
>
> 그러고는 한잔 따라서 건네주었다. 형원은 그것을 받아들고 자리에 앉아 마시고는 말했다.
>
> "이 차는 빛깔하고 향기와 맛이 모두 훌륭하구만. 영감께서는 어디서 이렇게 좋은 물을 길어 오셨소이까?"

우노인이 말했다.

"우리가 사는 성 서쪽은 자네들의 성 남쪽과 비할 수가 없지. 도처의 샘물이 모두 먹을 만하거든."

형원이 말했다.

"옛사람들이 걸핏하면 '도원으로 세상을 피신한다'桃源避世고 말하더구먼, 내가 보기에는 어디 무슨 도화원이란 게 꼭 필요한 겐가 싶소이다. 다만 영감님처럼 이렇게 한가롭게 유유자적하면서 '도성 안의 숲'城市山林 속에 산다면 그게 곧 살아 있는 신선인 셈이죠."

우노인이 말했다.

"하지만 나는 다 늙어서 할 줄 아는 게 아무것도 없소, 어째 노형처럼 거문고라도 탈 줄 안다면 소일거리라도 될 텐데. 요즘 들어 실력이 좀 늘었을 거라고 생각되는데, 언제 한번 들려주시게나."

형원이 말했다.

"그거야 쉬운 일이지요. 영감께서 [내 거문고 소리에] 귀를 더럽힐 것을 싫어하지만 않는다면 내일이라도 거문고를 갖고 와서 가르침을 받을까 하오."

그러고는 한참 말을 하고 나서 작별하고 돌아갔다. 다음 날 형원이 스스로 거문고를 안고 밭에 오니, 우노인은 벌써 화로에다 좋은 향을 피워 놓고 그곳에서 기다리고 있었다.…… 우노인은 형원을 위해 거문고를 돌로 만든 걸상 위에 잘 놓았다. 형원이 땅바닥에 자리를 깔고 앉자 우노인 역시 그 옆에 앉았다. 형원이 천천히 거문고 줄을 고르고 나서 타기 시작하니, 둥둥 하는 소리에 숲과 나무가 흔들렸다.…… 한참을 타다가 갑자기 변치의 음變徵之音[29]을 타니 쓸쓸하고 처량해졌다. 우노인은 심오하고 미묘한 부분을 듣다가 자기도 모르게 처연한 기분이 들어 눈물을

흘렸다. 이로부터 그 두 사람은 자주 왕래하였으나, 그날은 그냥 헤어졌다. (제55회)[30)]

그러나 유독 사인士人들과는 왕래하기를 즐겨하지 않았는데, 사인들 역시 더불어 벗하고자 할 생각이 없다는 것을 알았다. 진실로 그는 "유림"儒林 가운데의 인물은 아니었던 것이다. 그 뒤로 『유림외사』에 넣을 수 있는 현인이나 군자가 있는지에 대해서는 작자가 의문으로 남겨 놓고 있을 따름이다.

『유림외사』는 처음에는 오직 초본草本만이 전하였으나, 뒤에 양주揚州에서 목판본이 나왔는데,[31)] 얼마 되지 않아서 여러 각본刻本이 나왔다. 일찍이 어떤 사람이 작품 속의 인물을 배열하여 "유방"幽榜[32)]을 지었는데, [이것을 지은 까닭은] 신종神宗 때 수해와 가뭄 등의 큰 재해로 인해 떠돌아다니는 백성들이 거리에 넘치자 "묻혀 있는 인재들을 표창"旌沈抑之人才함으로써 복리福利를 기원하고, [이들에게] 진사 급제를 아울러 하사하고 예관禮官을 국자감國子監에 보내 그들을 제사 지내게 하기 위한 것이었다고 하였다. 또 작자의 문집 가운데에서 변어騈語를 분리해 내어 그것들을 적당히 엮어서 조표詔表를 만들고(김화의 발문에서 이름), [앞서의 유방과 함께] 한 회로 합쳐 맨 뒤에 붙였으니, 이로써 56회 본이 나오게 되었다.[33)] 또 어떤 사람이 스스로 4회를 지었는데, 이야기도 앞뒤가 맞지 않고 말도 졸렬하나, 역시 56회 본 가운데 섞어 넣어 세상에 간행하였으니, 그로 인해 60회 본이 나오게 되었다.[34)]

그 뒤로 『유림외사』와 같이 [사사로운 감정에 치우치지 않는] 공정한 마음으로 세상을 풍자한 책은 드물었다.

주)______

1) 진(晉) 배계(裴啓)의 『어림』(語林) 가운데에는 "색검"(嗇儉)과 "경저"(輕詆) 등과 같은 류의 이야기가 있는데, 곧 "패사에 날카로운 풍자를 기탁한 것"(寓譏彈于稗史)이었다. 당대 무명씨의 『백원전』은 설에 의하면, 구양순을 풍자한 것이라 하고, 심지어 이덕유는 문객인 위관(韋瓘)으로 하여금 우승유로 탁명하여 『주진행기』(周秦行紀)를 쓰도록 하여, "소설을 빌려 다른 사람을 배척하고 모함"(假小說以排陷人)하기도 했다.— 보주
2) 인정소설 가운데 재자가인의 혼인을 망치는 악역을 설정한 것으로는 『옥교리』(玉嬌梨) 중의 장궤여(張軌如)와 『평산냉연』(平山冷燕) 중의 장인(張寅), 송신(宋信), 『호구전』(好逑傳) 중의 과기조(過其祖) 등이 있는데, 그들에 대한 묘사 가운데 나쁜 사람을 설정하여 "날카로운 풍자를 기탁"(寓譏彈)하였다.— 보주
3) 이를테면 『흑백전』(黑白傳)은 동기창(董其昌)을 공격한 것이고, 『남화소사』(南花小史)는 당윤해(唐允諧)를 풍자한 것으로, 모두 "개인적인 원한을 품고 비방을 한 것"(私懷怨毒, 乃逞惡言)이다.— 보주
4) 『종규착귀전』(鐘馗捉鬼傳)은 『참귀전』(斬鬼傳)이라고도 한다. 구간행본(舊刊行本)에는 "양직 초운산인 편차"(陽直樵云山人編次)라고 적혀 있다. 서곤(徐昆)의 『유애외편』(柳崖外編)에서는 청초(淸初)의 유장(劉璋)을 편찬자로 보고 있다.
[천젠셴(陳監先)의 고증에 의하면 청초 유장이 지은 것이라 한다. 자세한 것은 『문학유산』(文學遺產) 102기에 보이는데, 『광명일보』 1956년 4월 29일자에 실려 있다.— 보주]
[『고본평화소설집』(古本平話小說集) 하책(下冊; 베이징: 런민원쉐출판사, 1984년 3월)에 실려 있는 『종규참귀전』(鐘馗斬鬼傳)의 해제를 볼 것.— 일역본]
5) 관학은 만몽팔기(滿蒙八旗)의 자제를 위해 세운 학교를 말하며, 함안관학(咸安官學), 종학(宗學), 각라학(覺羅學), 경산학(景山學) 및 경외팔기관학(京外八旗官學) 등이 있다. 이들 관학에서는 기(騎), 사(射), 청어(淸語)를 학습하였다(許地山, 「淸代文考制度」).
제자원(弟子員)은 명청대 현학(縣學)의 생원(生員)을 가리키며, 현학은 현의 유학(儒學)을 말한다. 사숙에서 동시(童試)를 거치고, 시험을 봐서 직성부주현(直省府州縣)의 유학에 들어가는 것을 입학이라 하고, 입학한 뒤의 속칭이 수재이다(許地山).— 일역본
6) 정진방(程晉芳)의 『문목선생전』(文木先生傳)에는 다음과 같이 나와 있다. "부조의 가업을 이어받은 것이 이만 냥 남짓 되었으나, 본래 살림에 익숙지 않고, 게다가 성격이 호방하여, 가난한 이를 만나면 곧 베풀고, 문사들의 무리와 왕래하며, 술을 기울이고 소리쳐 노래하느라 날과 밤을 다 보내, 몇 년 가지 않아 가산이 거덜 났다……이로부터 과거에 응시하지 않고, 집안은 더욱 가난해졌다. 곧 강동의 대중교로 이사하니, 궁색한 살림으로 집안이 쓸쓸하여, 낡은 책 수십 권을 부둥켜안고 낮이고 밤이고 스스로 기꺼워했다. 궁한 것이 극에 달하면 책을 쌀로 바꾸었다. 혹 겨울에 날씨는 춥고 술과 먹을 것이 없으면 동호인들인 왕경문과 번성모 등 대여섯 사람을 불러 달밤을 틈타 성남문을 나와 성벽을 따라 수십 리 길을 가면서, 노래하고 소리치기를 서로 돌아가며 응대하였다. 새벽이 되어 수서문으로 들어가서는 각자 큰소리로 웃으며 헤어졌다. 매일 밤마다 이러했으니, 이를 두고 '발을 따뜻하게 하는 것'이라 일렀다."(襲父祖業, 有二萬餘金; 素不習治生, 性復豪上, 遇貧卽施, 偕文士輩往還, 傾酒歌呼窮日夜, 不數年而產盡矣.…自此不應鄕擧,

而家益以貧. 乃移居江東之大中橋, 環堵蕭然, 擁故書數十冊, 日夕自娛. 窘極, 則以書易米. 或冬日苦寒, 無酒食, 邀同好汪京門·樊聖謨輩五六人, 乘月出城南門, 繞城堞行數十里, 歌吟嘯呼, 相與應和. 逮明, 入水西門, 各大笑散去. 夜夜如是, 謂之暖足) — 보주

7) 오경재가 박학홍사과에 응시한 일에 관해서는 정진방의 『전』에 의하면, "안휘 순무인 조국린이 그의 명성을 듣고 그를 초빙하여 시험하고 그가 재주 있다 하여 박학홍사과로 추천하였으나, 끝내 정시에 나아가지 않았다"(安徽巡撫趙公國麟聞其名招之試, 才之, 以博學鴻詞薦, 竟不赴廷試)고 한다. 이것은 옹정 을묘(1735) 연간의 일이다. 고운(顧雲)은 『발산지』(盋山志) 4권에서 다음과 같이 말했다. "건륭 연간에 다시 박학홍사과로 추천하여 관리가 내려보낸 격문을 받잡고 조석으로 청을 드렸으나, 결단코 병을 핑계로 사양하였다. 어떤 사람이 그것을 허물하자 다음과 같이 말했다. '내가 이제껏 살아온 것이 떳떳한 바에야 이제 와서 출사한다면 이 세상에 도움이 되겠는가? 아무쪼록 시부 따위로 관직을 얻게 된다면, 비록 매 아무개나 마 아무개와 같다 할지라도 무에 귀하달 게 있겠는가?' 그러고는 끝내 나아가지 않았다."(乾隆間再以博學鴻詞薦, 有司奉所下檄, 朝夕造請, 堅以疾篤辭. 或咎之, 曰: '吾旣生値明盛, 卽出, 其有補斯世耶否耶? 與徒持詩賦博一官, 雖若枚·馬, 曷足貴也?' 卒勿就) — 보주

8) 『시설』(詩說)은 이미 없어졌다. 『유림외사』(儒林外史) 제34회 및 김화(金和)의 발문에 인용된 단편적인 자료를 통해서 이 책이 『시경』을 해설한 것임을 알 수 있다. 『문목산방집』(文木山房集)은 『전초지』(全椒志)에 20권으로 기록되어 있는데, 문장(文)이 5권이고, 시(詩)가 7권이다. 현재는 4권 본(四卷本)이 남아 있는데 부(賦) 1권, 시(詩) 2권, 사(詞) 1권이다.

[『문목산방집』은 금본은 4권으로 나뉘어 있는데, 부 1권과 시 2권, 사 1권, 그리고 그의 아들인 오랑(吳烺)의 『춘화소초』(春華小草), 『정장사초』(靚妝詞鈔) 각 1권이 덧붙어 있다. 근래의 간본에는 오경재가 쓴 「금릉경물도시」(金陵景物圖詩) 23수와 「서호귀주유감」(西湖歸舟有感) 1수가 부록으로 실려 있다. 또 판닝(范寧)이 엮은 『오경재집외시』(吳敬梓集外詩, 1958)에는 위의 24수 이외에 「제아우산인출새도」(題雅雨山人出塞圖)와 「노령행」(老伶行)이 덧붙어 있다.— 보주]

9) 오경재의 경력과 저술에 관한 루쉰의 기술은 1920년 상하이 야둥도서관 간 『유림외사』 권수(卷首)의 후스의 「오경재전」(吳敬梓傳; 뒤에 『후스 문존』 1집 4에 수록됨)에 근거한 것인 듯하다.

또 오경재는 옹정 을묘(乙卯; 1735)에 박학홍사과의 시험에 추천되었으니, 다음 해 곧 건륭 원년 안경(安慶)에 가서 원시(院試)에 참가했지만, 그 뒤 정시에는 가지 않았다. 금릉(金陵)으로 이사한 것은 그 3년 전이다(뒤에 나오는 리한추李漢秋의 안어按語에 근거함).— 일역본

10) 원문은 제예(制藝)이다. 팔고문이란 명청대에 과거 시험에 사용되었던 특수한 문체의 문장이다. 시문(時文)이라고도 한다.— 일역본

11) 원문은 "汲引如不及, 獨嫉'時文士'如仇, 其尤工者, 則尤嫉之".

12) 원문은 "言揚行擧"로, 『예기』(禮記)의 "凡語於郊者必取賢斂才焉, 或以德進, 或以事擧, 或以言揚"에서 인용한 것이다. 그러나 당시에 그런 제도가 실제로 있었던 것은 아니

다.—일역본

13) "言寡尤, 行寡悔, 祿在其中." 『논어』「위정」(爲政)편에 나온다. 원문은 다음과 같다. "자장이 관직을 구하고 봉록을 얻는 방법을 배우고자 했다. 이에 공자께서 말씀하셨다. '많이 듣되 그 가운데 의심 가는 데가 있으면, 유보적인 태도를 취하고, 그 나머지 자신 있는 부분은 신중하게 말하면, 오류가 적어지게 되며, 많이 보되 의심 가는 부분은 마찬가지로 유보적인 태도를 취하고, 그 나머지 자신 있는 부분은 조심스럽게 실행한다면, 후회하는 일이 적어질 것이니라. 말을 하되 오류가 적고, 행동하되 후회할 일이 적으면, 관직과 봉록이 절로 그 안에 있게 되는 법이지.'"(子張 學干祿. 子曰: 多問闕疑, 愼言其餘則寡尤, 多見闕殆, 愼行其餘則寡悔, 言寡尤, 行寡悔, 祿在其中)—옮긴이

14) 이 뒤에는 다음의 부분이 빠져 있다. "전국 시기에 와서는 유세로 벼슬을 하였기에 맹자님은 제나라와 양나라에 가서 자기의 주의와 주장을 역설했는데, 이것이 곧 맹자님의 과거 공부였지요."(講到戰國時, 以遊說做官, 所以孟子歷說齊梁, 這便是孟子的舉業) 이것은 루쉰이 원문을 잘못 인용한 것으로 보인다.—옮긴이

15) 한대에 군국(郡國)에서 선비를 추천받는 제도가 있었는데, 효렴(孝廉)과 현량방정(賢良方正) 두 부문으로 나누어, 효렴은 품행을 중시하였고, 현량방정은 문학재학이 있는 사람을 채용하였다.—일역본

16) 또는 성리학(性理學), 도학(道學), 정주학(程朱學), 주자학(朱子學)이라고도 한다.—일역본

17) 원문은 다음과 같다. …'舉業'二字, 是從古及今, 人人必要做的. 就如孔子生在春秋時候, 那時用'言揚行舉'做官, 故孔子只講得個 '言寡尤, 行寡悔, 祿在其中': 這便是孔子的舉業. 到漢朝, 用賢良方正開科, 所以公孫弘董仲舒舉賢良方正; 這便是漢人的舉業. 到唐朝, 用詩賦取士; 他們若講孔孟的話, 就沒有官做了, 所以唐人都會做幾句詩: 這便是唐人的舉業. 到宋朝, 又好了, 都用的是些理學的人做官, 所以程朱就講理學: 這便是宋人的舉業. 到本朝, 用文章取士, 這是極好的法則. 就是夫子在而今, 也要念文章, 做舉業, 斷不講那 '言寡尤, 行寡悔'的話. 何也? 就日日講究 '言寡尤, 行寡悔', 那個給你官做? 孔子的道, 也就不行了."(「第十三回」)

18) 김화의 『유림외사』에서는 다음과 같이 말했다. "작품 속의 두소경은 선생 자신의 모습이고 두신경은 청연선생이다. 그가 평생 극진하게 받들어모신 이는 강녕 부학교수인 오몽천 선생 한 사람뿐이다…… 작품 속의 장징군은 정면장이고, 마순상은 풍수중이며, 지형산은 번남중이고, 무정자는 정문이다. 기타 평소보는 연갱요이고, 봉사로다는 감봉지이며, 우포의는 주초의이고, 권물용은 시경이고, 소운선의 성은 강이고, 조의생의 성은 송이며, 수잠암의 성은 양이고, 양집중의 성은 탕이고, 풍총병의 성은 양이고, 광초인의 성은 왕이고, 순매의 성은 구이고, 엄공생의 성은 장이며, 고한림의 성은 곽이고, 여선생의 성은 김이고, 만중서의 성은 방이며, 범진사의 성은 도이고, 누공자는 절강의 양씨이거나 혹은 동성의 장씨라 하며, 위사로다의 성은 한이고, 심경지는 곧 수원노인이 말한 '양주 여자'이며, 『고청구집』은 당시 대명세의 시안에 연루된 일이라 한다."(書中杜少卿乃先生自況, 杜愼卿爲青然先生. 其生平所至敬服者, 惟江寧府學教授吳蒙泉先生一人…書中之莊徵君者, 程綿莊; 馬純上者, 馮萃中; 遲衡山者, 樊南仲; 武正字者, 程文也. 他

如平少保之爲年羹堯, 鳳四老爹之爲甘鳳池, 牛布衣之爲朱草衣, 權勿用之爲是鏡, 蕭雲仙之姓江, 趙醫生之姓宋, 隨岑庵之姓楊, 楊執中之姓湯, 馮總兵之姓楊, 匡超人之姓汪, 荀玫之姓苟, 嚴貢生之姓莊, 高翰林之姓郭, 余先生之姓金, 萬中書之姓方, 范進士之姓陶, 婁公子之爲浙江梁氏, 或曰桐城張氏, 韋四老爹之姓韓, 沈琼枝卽隨園老人所稱'揚州女子', 『高靑邱集』卽當時戴名世詩案中事) — 보주

19) 풍수중(馮粹中)의 이름은 조태(祚泰)이고, 청(淸)의 전초(全椒; 지금의 안후이에 속함) 사람이다. 일찍이 정백기(正白旗) 관학(官學)의 교습(敎習)을 지냈다.

20) 관을 임시로 가매장한 곳. — 옮긴이

21) 원문은 다음과 같다. …馬二先生獨自一個, 帶了幾個錢, 步出錢塘門, 在茶亭裏吃了幾碗茶, 到西湖沿上牌樓跟前坐下, 見那一船一船鄕下婦女來燒香的,…後面都跟着自己的漢子,…上了岸, 散往各廟裏去了. 馬二先生看了一遍, 不在意裏. 起來又走了里把多路, 望着湖沿上接連着幾個酒店,…馬二先生沒有錢買了吃,…只得走進一個面店, 十六個錢吃了一碗麵, 肚裏不飽, 又走到間壁一個茶室吃了一碗茶, 買了兩個錢"處片"嚼嚼, 到覺有些滋味. 吃完了出來,…往前走, 過了六橋. 轉個灣, 便像些村莊地方. 又有人家的棺材, 厝基中間, 走也走不淸, 甚是可厭. 馬二先生欲待回去, 遇着一個走路的, 問道 "前面可還有好頑的所在?" 那人道, "轉過去便是淨慈, 雷峰. 怎麽不好頑?" 馬二先生於是又往前走.…過了雷峰, 遠遠望見高高下下許多房子蓋著琉璃瓦,…馬二先生走到跟前, 看見一個極高的山門, 一個金字直匾, 上寫 "敕賜淨慈禪寺"; 山門旁邊一個小門. 馬二先生走了進去;…那些富貴人家女客, 成羣結隊, 裏裏外外, 來往不絶.…馬二先生身子又長, 戴一頂高方巾, 一幅烏黑的臉, 腆着個肚子, 穿着一雙厚底破靴, 橫着身子亂跑, 只管在人窩子裏撞. 女人也不看他, 他也不看女人. 前前後後跑了一交, 又出來坐在那茶亭內,…吃了一碗茶. 櫃上擺着許多碟子: 橘餅, 芝麻糖, 粽子, 燒餅, 處片, 黑棗, 煮栗子, 馬二先生每樣買了幾個錢, 不論好歹, 吃了一飽. 馬二先生覺得倦了, 直着脚跑進淸波門; 到了下處, 關門睡了. 因爲多走了路, 在下處睡了一天; 第三日起來, 要到城隍山走走.…(第十四回)

『유림외사』(와한초당臥閑草堂 본을 저본으로 한 것, 베이징: 쭤자출판사, 1954년 9월)에 의하면 다음과 같다. 便像些村莊地方→便像些村鄕地方 / 厝基中間, 走也走不淸→厝基, 中間走了一二里多路, 走也走不淸 / 馬二先生覺得倦了→馬二先生也倦了 — 일역본

22) 향시에 합격한 사람, 곧 거인(擧人)들이 치르는 시험으로, 향시의 다음 해, 축미진술(丑, 未, 辰, 戌)년의 3월에 천하의 공사(貢士)가 수도에 와서 치렀으며, 예부(禮部)에서 주관하였다. 봄에 거행되었기에, 춘위(春闈)라고도 했다. — 일역본

23) 정월 대보름날 먹는 소가 들어 있는 새알심 모양의 식품. — 옮긴이

24) 루쉰은 『풍자를 논함』(論諷刺)에서 다음과 같이 말했다. "『유림외사』에서는 범진이 거인이 되고 나서 상중에 있었기에 상아젓가락도 사용하지 않으려 한 것을 묘사했는데, 하지만 밥을 먹을 때, 그는 오히려 '제비집처럼 생긴 그릇에서 큰 새우 완자를 골라 입으로 집어넣었다.' 이와 비슷한 상황은 현재에도 마주칠 수 있다.…… 이것은 분명 사실, 그것도 아주 널리 퍼져 있는 사실이다. 그러나 우리는 모두 그것을 풍자라고 부른다."(『儒林外史』寫范擧人因爲守孝, 連象牙筷也不肯用, 但吃飯時, 他却'在燕窩碗里揀了一個大蝦元子送在嘴里', 和這相似的情形是現在還可以遇見的,…這分明是事實, 而且是很廣泛的事實,

但我們皆謂之諷刺) — 보주

25) 원문은 다음과 같다. …兩人[張靜齋及范進]進來, 先是靜齋謁過, 范進上來敍師生之禮. 湯知縣再三謙讓, 奉坐吃茶. 同靜齋敍了些闊別的話; 又把范進的文章稱贊了一番, 問道"因何不去會試?" 范進方才說道, "先母見背, 遵制丁憂." 湯知縣大驚, 忙叫換去了吉服. 拱進後堂, 擺上酒來.…知縣安了席坐下, 用的都是銀鑲杯箸. 范進退前縮後的不擧杯箸, 知縣不解其故. 靜齋笑道, "世先生因遵制, 想是不用這個杯箸." 知縣忙叫換去. 換了一個磁杯, 一雙象牙箸來, 范進又不肯擧動. 靜齋道, "這個箸也不用." 隨卽換了一雙白顔色竹子的來, 方才罷了. 知縣疑惑: "他居喪如此盡禮, 倘或不用葷酒, 卻是不曾備辦." 落後看見他在燕窩碗裏揀了一個大蝦圓子送在嘴裏, 方才放心.…(第四回)

앞서와 마찬가지로 교감하였다. 先是靜齋謁過→先是靜齋見過 — 일역본

26) 1920년 상하이의 야둥도서관 간 『유림외사』 제1판에 있는 첸쉬안퉁의 「『유림외사』신서」(『儒林外史』新叙)를 가리킨다. 문장의 말미에 "1920. 10. 31. 베이징에서"라고 기록되어 있다.— 일역본

27) 두신경(杜愼卿)의 원형(原型)인 청연(靑然), 곧 오경(吳檠, 1696~1750)은 자(字)가 청연이고, 청의 전초 사람이다. 오경재(吳敬梓)의 족형(族兄)으로, 일찍이 형부주사(刑部主事)를 지냈다. [두신경의 이름인 "천"(倩)은 "청"(靑)과 글자 모양이나 소리(形聲)가 모두 비슷하다. 오경재는 매인 데 없이 방탕하여 생활이 궁핍으로 치닫고 전답도 깡그리 팔아먹었으며, 박학홍사과에 나가려 하지도 않았다. 오경은 오히려 귀공자로 한 마음으로 부귀공명을 흠모하면서 가업을 지켜 나갔다. 제31회에서 작자는 두신경이 두소경더러 멍청이라고 부르는 대목을 묘사한 바 있고, 제32회에서는 루씨 노인(婁太爺)의 입을 빌려 신경이 "그리 후덕한 사람은 아니다"(也不是什麽厚道人)라고 말했다. 하지만 『문목산방집』에는 작자가 오경에게 준 시가 아주 많아 형제간에 자못 사이가 좋은 듯이 보인다. 다만 『빈녀행』 2수는 오경이 박학홍사과에 참가한 것에 대한 은밀한 풍자인 듯하다. 자세한 것은 허쩌한(何澤翰)이 지은 『유림외사인물본사고략』(儒林外史人物本事考略; 上海古籍出版社, 1985, 第1版, 30~37쪽)을 볼 것.— 보주]

아래 문장의 우육덕(虞育德)의 원형인 오몽천(吳蒙泉)은 이름이 배원(培源)이고, 자(字)는 호첨(岵瞻)이며, 청의 무석(無錫; 지금의 장쑤성에 속함) 사람이다. 일찍이 원현(元縣)의 교유(敎諭) 및 수안현(遂安縣)의 지현(知縣)을 지냈다. [우육덕(虞育德)의 "虞"자 가운데에는 "吳"자가 들어 있다. 『역』(易) 「몽괘(蒙卦) · 상사(象詞)」에는 "산 아래에서 몽천이 나오고, 군자는 행을 다함으로써 덕을 기른다"(山下出泉蒙, 君子以果行育德)라는 말이 있다. 오몽천은 삼갑 진사의 자격으로 교유라고 하는 한직에 이르렀을 뿐이었기에, 실제로는 불만이 무척 많았다. 작자는 그를 자신의 마음속에 있는 이상적인 인물로 그리기 위해 제36회에서 우육덕이야말로, "배운 티를 내는 것도 없을 뿐아니라, 진사입네 하는 것은 더더구나 없고"(不但無學博氣, 尤其無進士氣.), "흉금이 담담하기로는 위로는 백이나 유하혜, 아래로는 도연명과 같은 인물"(他襟懷冲淡, 上而伯夷 · 柳下惠, 下而陶靖節一流人物)이라고 말했다. 자세한 것은 『본사고략』 42~51쪽을 볼 것.— 보주]

장상지(莊尙志)의 원형인 정면장(程綿莊, 1691~1767)의 이름은 정조(廷祚)이고, 자(字)

는 계생(啓生)으로, 청의 상원(上元; 지금의 장쑤성 난징) 사람으로 저서로는 『청계문집』(靑溪文集)이 있다. [장상지는 정면장의 이름 가운데 한 자를 성으로 쓴 것이다. 제34회에서는 그의 "명성이 일세를 풍미하였으나, 그는 오히려 문을 닫아걸고 저서에만 힘을 기울일 뿐 함부로 사람을 사귀려 하지 않았다"(名滿一時. 他却閉戶著書, 不肯妄交一人)고 하였다. 또 제49회에서는 "이곳 남경에는 장소광 선생이 있는데, 그는 조정에서 부름을 받은 바 있지만, 지금은 집에서 문을 닫아걸고 『역』에 주를 달고 있다"(敝處這里有個莊先生, 他是朝廷徵召過的, 而今在家閉門注『易』)고 하였다. 정면장은 추천을 받아 건륭 병진년의 박학홍사과에 참가한 적이 있으나, 결과는 등용되지 못했다. 그 원인은 당시 재상이었던 장정옥(張廷玉)이 박학홍사과를 이용하여 그를 자신의 문하로 들이려고 했으나, 그는 오히려 성격이 곧아 거절했기 때문이었다. 자세한 것은 『본사고략』 51~61쪽을 볼 것.—보주]

28) 형원은 오형(吳亨; 자가 荊園)을 투사한 것이다. 『국조금릉시징』(國朝金陵詩徵) 22권 오형 소전(吳亨小傳)에서는 다음과 같이 말했다. "형은 자가 형원으로 상원 사람이며, 팔분서에 뛰어났는데, 의공으로 은거하였다."(亨, 字荊園, 上元人, 工八分書, 隱于衣工) 작품 속에는 오형원의 『막수호』(莫愁湖) 시 한 수도 실려 있다. 이밖에 형원의 형상 속에는 작자가 세속에 분개하고 권세 있는 이와 타협하지 않았던 여린(余遴; 『발산지』盋山志 5권)과 청량산 오관심(吳官心; 『重刊江寧府志』 43권) 및 바둑을 잘 두었던 생회벽(生懷璧; 『국조금릉시징』 19권) 등과 같은 사람들의 형상이 결합되어 있는 듯하다. 『본사고략』 104~106쪽.—보주

29) 원문은 변치지음(變徵之音)으로, 이것은 칠음(七音)의 하나인데, 곡조가 비장하다.—옮긴이

30) 원문은 다음과 같다. 一日, 荊元吃過了飯, 思量沒事, 一徑踱到淸涼山來.…他有一個老朋友姓于, 住在山背後. 這于老者也不讀書, 也不做生意,…督率着他五個兒子灌園.…這日, 荊元步了進來, 于老者迎着道, "好些時不見老哥來, 生意忙的緊?" 荊元道, "正是. 今日才打發淸楚些. 特來看看老爹." 于老者道, "恰好烹了一壺現成茶, 請用一杯." 斟了送過來. 荊元接了, 坐着吃, 道, "這茶, 色香味都好. 老爹卻是那裏取來的這樣好水?" 于老者道, "我們城西不比你們城南, 到處井泉都是吃得的." 荊元道, "古人動說'桃源避世', 我想起來, 那裏要甚麼桃源. 只如老爹這樣淸閑自在, 住在這樣'城市山林'的所在, 就是現在的活神仙了." 于老者道, "只是我老拙一樣事也不會做, 怎的如老哥會彈一曲琴, 也覺得消遣些. 近來想是一發彈的好了, 可好幾時請教一回?" 荊元道, "這也容易, 老爹不嫌汚耳, 明日携琴來請教." 說了一會, 辭別回來. 次日, 荊元自己抱了琴, 來到園里, 于老者已焚下一爐好香, 在那里等候.…于老者替荊元把琴安放在石凳上, 荊元席地坐下, 于老者也坐在旁邊. 荊元慢慢的和了弦, 彈起來, 鏗鏗鏘鏘, 聲振林木.…彈了一會, 忽作變徵之音, 凄淸宛轉. 于老者聽到深微之處, 不覺凄然淚下. 自此, 他兩人常常往來. 當下也就別過了.(第五十五回)

31) 『유림외사』 양주(揚州) 초각본(初刻本)의 연대에 관해서는 김화(金和)의 『유림외사』 발(跋)에 따르면 다음과 같다. "이 책은 전초(全椒)의 종정(棕亭) 선생이 양주부(揚州府) 관학(官學)의 교사로 있을 때 상재하여 세상에 나왔는데, 그 뒤로 양주의 서점에서는 여러 가지 각본이 나왔다."(是書爲全椒棕亭先生官揚州府敎授時梓以行世, 自後揚州書肆刻

本非一) 김종정(金棕定)은 건륭 무자(戊子)에서 기해(己亥) 사이(1768~1779)에 양주부 교수를 지냈다. 따라서 이 책은 건륭 기해년(1779) 이전에 간행되었음을 미루어 알 수 있다.

32) 56회 본『유림외사』에서 제56회에 당시 황제인 신종(神宗)이 조서를 내려 우육덕(虞育德) 이하 덕행이 뛰어난 선비들의 명단을 예부 문 앞에 방문(榜文)으로 내걸게 한 것을 말한다. 김화는 이것이 후대 사람이 멋대로 지어 붙인 것이라 하였다.— 옮긴이

33) 비교적 이른 시기에 나온『유림외사』 간본은 모두 56회 본이다. ①와한초당수진본(臥閑草堂袖珍本)은 가경 8년(1803)에 나왔는데, 책머리에 건륭 원년(1736)의 한재노인서(閑齋老人序)가 실려 있다. ②난고당 각본(蘭古堂刻本)은 가경 21년(1816)에 간행되었는데, 와한초당 본을 번각한 것이다. ③군옥재활자본(群玉齋活字本)은 동치 8년(1869)에 간행되었다. 간각(刊刻)이 자못 정밀하여 글자가 크게 눈에 들어온다. 내용은 앞서의 두 가지와 완전히 같다. ④소주서국활자본(蘇州書局活字本) 역시 동치 8년에 간행되었고, 내용은 앞서의 세 가지와 같은데, 김화의 발(跋)이 더 있다. ⑤상하이신보관활자본(上海申報館活字本)은 동치 13년에 간행되었다. 이 각본에는 천목산초(天目山樵; 張文虎)의 지어(識語)가 실려 있다. 문자는 약간의 차이가 있다. ⑥제성당증정활자본(齊省堂增訂活字本) 역시 동치 13년에 간행되었다. 책머리에 성원퇴사서(惺園退士序)가 실려 있고, 다음에 예언(例言) 다섯 조목이 실려 있다. 매회의 뒤의 평어는 구본과 같으나, 회목(回目), 문자와 제56회 "유방"(幽榜) 인물의 이름 순서에는 이미 매우 많은 차이가 있다.— 보주

34) 56회 본『유림외사』는 와한초당 본으로 가경 8년(1803)에 간행됐는데, 현존하는 최고의 판각본이다. 김화의 발에는 다음과 같이 기록되어 있다. "이 책의 원본은 단지 55권일 뿐인데, 금기서화(琴棋書畵)의 네 선비를 끝으로 서술하는 것으로 끝나고 곧이어『심원춘』(沁園春)이라는 사가 한 수 이어져 있다. 언제 어떤 사람이 제멋대로 '유방' 일권을 덧붙였으니, 그 조표라는 것도 선생의 문집 가운데에서 변어를 분리해 내어 적당히 엮어 만든 것으로, 그 졸렬함이 가소롭기 짝이 없으니, 이제 그것을 없애 본래의 모습을 되찾아야 한다."(是書原本僅五十五卷, 于述琴棋書畵四士既畢, 卽接『沁園春』一詞; 何時何人妄增'幽榜'一卷, 其詔表皆割先生文集中騈語襞積而成, 更陋劣可哂, 今宜芟之以還其舊) 60회 본『유림외사』는 제성당 본(齊省堂本)을 증보한 것으로, 광서 4년(1888)에 간행되었는데, 동무석홍생(東武惜紅生)의 서(序)가 있다. 그 가운데 증보한 4편은 심경지(沈瓊之)가 송위부(宋爲富)에게 시집간 이야기를 서술한 것이다. [이 60회 본은 "제성당 60회 석인본을 증보한 것"(增補齊省堂六十回石印本)이다. 한재노인서를 개찬(改竄)한 것이 동무석홍생 서(광서 14년, 1888)이다. 4회를 멋대로 덧붙인 사람은 쑨카이디의 추측에 의하면, 이른바 동무석홍생이라 한다. 덧붙인 4회는 심경지가 송위부에게 시집간 이야기이다. 책머리에는 역시 성원퇴사의 서와 예언이 있다.— 보주]

[오경재와『유림외사』에 관해서는 다음의 자료를 참고할 것. 허쩌한(何澤翰),『유림외사 인물 본사 고략』(儒林外史人物本事考略), 상하이: 구뎬원쉐출판사, 1957년 12월/상하이구지출판사, 1985. 리한추(李漢秋) 편,『유림외사연구자료』(儒林外史硏究資料), 상하이: 상하이구지출판사, 1984년 7월. 천루헝(陳汝衡),『오경재전』(吳敬梓傳), 상하

이: 상하이원이출판사(上海文藝出版社), 1981년 2월. Wu Ching-tzu, *The Scholars*, translated by Yang Hsien-yi and Gladys Yang, 3rd., Foreign Language Press, Peking, 1973. 또 『유림외사』를 이해하는 데 불가결한 요소인 과거시험에 관해서는 앞서의 역주에서 거론한 바 있는 허지산(許地山)의 「청대문고제도」(清代文考制度; 『국가의 정수와 국학』國粹與國學, 타이베이: 수이뉴출판사水牛出版社, 1966년 11월)를 볼 것.—일역본]

[이밖에도 다음과 같은 자료들이 볼 만하다. 쮜자출판사 편집부(作家出版社編輯部) 편, 『유림외사연구논집』(儒林外史研究論集), 쮜자출판사, 1955. 허만쯔(何滿子), 『유림외사를 논함』(論儒林外史), 상하이출판공사(上海出版公司), 1954(1판)/1955(3쇄). 천메이린(陳美林), 『오경재』(吳敬梓), 장쑤런민출판사(江蘇人民出版社), 1978. 멍싱런(孟醒仁), 『오경재 연보』(吳敬梓年譜), 안후이런민출판사(安徽人民出版社), 1981. 안후이성 오경재 탄생 280주년 기념 위원회(安徽省紀念吳敬梓誕生二百八十周年委員會) 편, 『「유림외사」연구논문집』(「儒林外史」研究論文集), 안후이런민출판사, 1982. 왕쥔녠(王俊年), 『오경재와 유림외사』(吳敬梓與儒林外史), 상하이구지출판사, 1983. 천메이린(陳美林), 『오경재 연구』(吳敬梓研究), 상하이구지출판사, 1985. 리한추(李漢秋) 편, 『「유림외사」 연구논문집』(「儒林外史」研究論文集), 중화서국, 1987. 중국『유림외사』학회(中國『儒林外史』學會), 『「유림외사」학간』(「儒林外史」學刊), 황산서사(黃山書社), 1988. 정밍리(鄭明娳), 「유림외사 연구」(儒林外史研究), 타이완사대(臺灣師大) 석사논문, 1976. 강태권(康泰權), 「유림외사의 예술 형상과 주제 사상」(儒林外史的藝術形象與主題思想), 타이완대(臺灣大) 석사논문, 1985.

『유림외사』에 관한 전문 사전으로는 다음의 두 가지가 나와 있다. 천메이린(陳美林) 주편(主編), 『유림외사사전』(儒林外史辭典), 난징: 난징대학출판사(南京大學出版社), 1994. 리한추(李漢秋), 후원빈(胡文彬) 주편, 『유림외사감상사전』(儒林外史鑑賞辭典), 베이징: 중궈푸뉘출판사(中國婦女出版社), 1992.

한편 『유림외사』의 우리말 번역본은 다음과 같다. 홍상훈 등 옮김, 『유림외사』, 서울: 솔출판사, 2009.

우리나라 사람에 의해 이루어진 연구논문으로는 다음과 같은 것들이 있다. 조관희, 「『유림외사』 연구」, 서울: 연세대학교 중문과 박사학위논문, 1993.

미국에서 나온 『유림외사』에 대한 연구로는 다음과 같은 것이 있다. Stephen John Roddy, *'Rulin Waishi' And The Representation Of Literati In Qing Fiction* (China), Phd., Princeton University, 1990. David Lee Rolston, *Theory And Practice: Fiction, Fiction Criticism, And The Writing Of The 'Ju-Lin Wai-Shih'* (Wu, China), Phd., The University Of Chicago, 1988.—옮긴이]

제24편 청대의 인정소설

건륭乾隆 연간(1765년 무렵) 『석두기』石頭記라는 소설이 갑자기 베이징에 나타나 5, 6년 만에 크게 인기를 끌었는데,[1] 모두 사본寫本으로 묘시廟市[2]에서 수십 냥에 팔렸다.[3] 이 판본은 단지 80회뿐으로, 개편開篇에서 본서本書의 유래에 대해서 다음과 같이 서술하였다. 여와女媧가 하늘을 보수할 때 돌 하나만을 사용하지 않고 남겨 두었더니 그 돌이 스스로 한탄하고 있었는데, 어느 날 스님 한 명과 도사 한 명이 나타나 다음과 같이 말했다.

> 겉모양은 오히려 보물 같지만 실제로는 별로 쓸모가 없으니, 이 돌에다 몇 글자를 새겨서 사람들이 이것을 한번 보면 곧 기물奇物이라는 것을 알 수 있도록 해야겠다. 그런 다음에 너를 데려다 저 번영하고 창성한 나라, 학문의 향기가 짙은 가문이나, 꽃과 버들로 뒤덮인 번화한 땅, 온유하고 부귀한 마을로 가서 편안하고 즐겁게 살아가도록 해야지.[4]

그러고는 그 돌을 소매 속에 넣어 가지고 갔다. 다시 몇 겁의 세월이 지났는지 모를 만큼 시간이 흘러, 공공도인空空道人이 이 큰 돌 위에 글자가 새겨져 있는 것을 보고는 돌의 요청에 따라 이것을 그대로 옮겨 적어서 세상에 알렸다. 이 도인은 또 "공空으로 인해서 색色을 보고, 색으로부터 정情이 생기며, 정을 통하여 색으로 들어가고, 색으로부터 공을 깨달으니, 드디어 이름을 정승情僧이라 바꾸고 『석두기』石頭記를 『정승록』情僧錄이라 바꾸었다. 동로東魯의 공매계孔梅溪는 제목을 『풍월보감』風月寶鑑이라 하였는데, 이후에 조설근曹雪芹이 도홍헌悼紅軒에서 십 년 동안 책을 펼쳐 읽고 다섯 차례나 첨삭을 가하여 목록을 만들고 장회章回를 나누어 제목을 『금릉십이차』金陵十二釵라 하고는 책머리에 다음과 같은 절구絶句를 적어 놓았다. '황당한 말이 지면을 채우고 있지만, 한 줌의 피눈물이거늘. 모두들 지은 사람 어리석다 하지만, 뉘라서 그 속에 담긴 참맛을 이해하겠는가?'"[5](척료생戚蓼生이 정리한 80회 본의 제1회)

본문에 서술된 이야기는 다음과 같다. 석두성石頭城(반드시 금릉金陵을 가리키는 것이 아님)에 있는 가부賈府는 녕국공寧國公과 영국공榮國公 두 사람의 후예였다. 녕공寧公의 장손은 부敷라고 하는데 어려서 죽었다. 둘째인 경敬이 작위를 세습받지만, 그는 천성적으로 도교를 좋아해서 작위를 아들 진珍에게 넘겨주고는 집을 버리고 선도仙道를 배운다. 가진은 드디어 방탕해지는데, 그 아들 용蓉이 진가경秦可卿을 아내로 맞는다. 영공榮公의 장손은 사赦라고 하는데, 그 아들 련璉은 왕희봉王熙鳳을 아내로 맞이한다. 둘째는 정政이라 하고, 딸은 민敏이라 하는데 임해林海에게 시집갔다가 중년의 나이로 죽고 겨우 대옥黛玉이라는 딸 하나를 남겨 놓는다. 가정賈政은 왕씨를 아내로 맞아 아들 주珠를 낳았으나 일찍 죽고, 다음으로 원춘元春이라는 딸을 낳았는데 뒤에 비妃로 간택된다. 다음으로 다시 낳은 아들은 옥을 물고 태어났는데, 그 옥에는 글씨가 있었으므로 이름을 보옥寶玉이라 하였다. 사람들은 모두가 "내력이 많다"來歷不小고 여겼으며, 가정의 어머니인 사태군史太君이 특히 그를 아꼈다. 보옥이 7, 8세가 되자 매우 총명하였으나 천성적으로 여자를 좋아하여 늘상 말하기를, "여자의 골육骨肉은 물로 만들어졌고, 남자의 골육은 진흙으로 만들어진 것"女兒是水作的骨肉, 男人是泥作的骨肉이라고 말하여, 사람들은 이에 그가 장래에 '색마'色魔가 될 거라고 여겼다. [그의 아버지인] 가정 역시 그를 그다지 좋아하지 않고 매우 엄하게 다루었는데, 대개 "이 사람의 내력을 알지 못한 것이었다.…… 만약 책을 많이 보고 글을 알며, 여기에 사물의 본성을 연구하여 진리를 깨달은 사람이 아니라면 알 수 없었던"[6](척료생 본 제2회 가우촌賈雨村이 말한 것) 데 기인한 것이었다. 그런데 가씨賈氏 집안에는 실제로 "규방에 뛰어나게 눈에 띄는 인물들이 있었고"閨閣中歷歷有人, 주인집 식구와 하인 이외에도 친척들이 많았으니, 이를테면 대옥黛玉이나 보차寶釵가 모두 얹혀살고 있었고, 사상운史湘雲 역시 때때로 찾아왔으며, 비구니인 묘옥妙玉은 후원에서 수행을 하고 있었다. [다음 페이지의] 그림은 가씨 가문 계보의 개요이다. 점선을 친 것은 인척관계를 나타내고, × 표를 한 것은 부부간이며, * 표를 한 것은 "금릉십이차"金陵十二釵이다.

이야기는 임부인林夫人(가민賈敏)의 죽음으로부터 시작된다. 대옥은 어머니를 여읜 데다가 병마저 잘 앓아, 마침내 외가에 와서 의지하며 살게 되었는데, 그때 보옥寶玉과 같은 나이인 열한 살이었다. 얼마 안 있어 왕부인의 여동생이 낳은 딸 역시 이곳에 왔으니, 이가 바로 설보차薛寶釵로, 나이는 한 살이 더 많았는데, 자못 아름다웠다. 보옥은 순수하고 질박한 성품이었으므로, 두 사람을 치우치는 마음 없이 사랑했다. 설보차는 [이러한 사실에 대해] 대범하게 마음에 두지 않았으나, 대옥은 약간 질투를 했다. 하루는 보옥이 진가경秦可卿의 방에 누워 있다가 문득 태허경太虛境에 들어가는 꿈을 꾸었다. 그곳에서 경환선녀警幻仙女를 만나 『금릉십이차정책』金

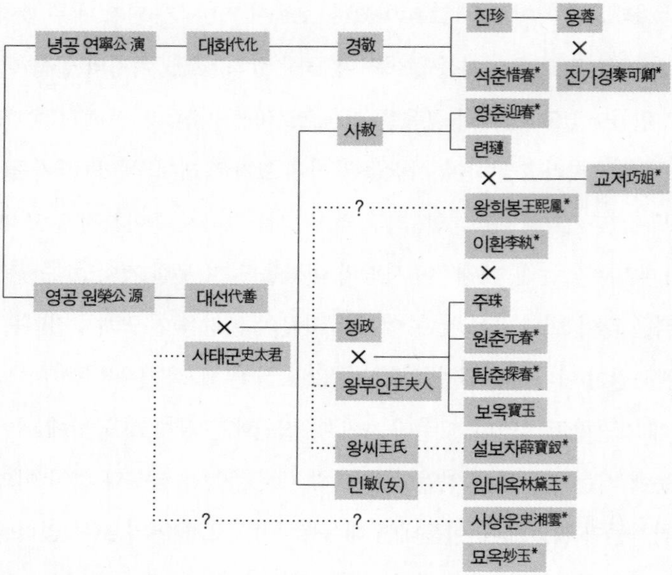

陵十二釵正冊과 『부책』副冊을 보았는데, 그림과 시가 있었으나 이해할 수 없었다. 경환선녀는 새로 만든 『홍루몽』紅樓夢 12지支를 연주하라 명령했는데, 그 마지막 곡末闋인 『비조각투림』飛鳥各投林의 가사는 다음과 같았다.

벼슬한 사람 가업이 쇠락하고,
부귀했던 사람 가산을 탕진했네.
은혜를 베푼 사람 목숨을 부지하고,
매정한 사람 반드시 응보가 따르리.
목숨을 빚진 사람 목숨을 바치고,
눈물을 빚진 사람 눈물이 말라 버렸네!
……

깨달은 사람 불도에 귀의하지만,
깨닫지 못한 사람 헛되이 목숨을 잃는구나.
마치 먹을 것을 다 먹은 새들 숲 속으로 들어간 것처럼,
망망한 대지만 남았으니 자취도 흔적도 찾을 길 없도다! (척본 제5회)[7]

그러나 보옥은 이해가 가지 않았다. 그러다가 다른 꿈을 꾸다 깨어났다. 원춘元春이 비로 간택되자, 영공榮公의 집안은 더욱 번성하였다. 원춘이 [입궁했다가] 집으로 돌아오자 대관원大觀園을 짓고 잔치를 벌이니 친척들이 모두 모여 비할 바 없는 즐거움을 다하였다. 보옥 역시 점차 장성하여 밖에서는 진종秦鍾, 장옥함蔣玉函과 친하게 지내고, 집에 돌아와서는 친자매나 사촌 자매들 및 시종인 습인襲人과 청문晴雯, 평아平兒, 자견紫鵑 등과 왕래하며 친히 지내며 공경하였다. 그는 행여 그녀들의 기분을 상하게 할세라 두루 애정을 쏟으며 마음을 졸였으나, 근심 또한 날로 심해져 갔다.

이날 보옥은 상운의 병이 점차 나아지는 것을 보고 나서 대옥을 보러 갔다. 마침 그때 대옥은 한참 낮잠을 자고 있었으므로 보옥은 깨울 생각을 못하고, 마침 회랑에서 바느질을 하고 있는 자견의 곁으로 가서 물었다.
"간밤에 기침하던 것은 좀 나아졌어?"
자견이 대답했다.
"네, 좀 나아지셨어요."
(보옥이 말했다.
"나무아미타불, 빨리 낫게 해주옵소서."
자견이 웃으며 말했다.
"도련님께서 염불을 다 하시네요. 이건 정말 사건인데요.")

보옥은 웃으며 말했다.

"왜 '병이 급하면 아무 의사에게나 내보인다'는 말이 있잖아."

이렇게 말하면서 보옥이 자견을 보니 검은 반점이 있는 얇은 능자 솜저고리 위에 검은색 비단 겹조끼를 입고 있었다. 보옥은 곧 손을 뻗어 만지면서 말했다.

"이렇게 얇은 것을 입고 바람받이에 앉아 있는 거야? 이제 막 봄바람이 불어오는데, 요즘이 몸에 제일 안 좋은 절기야. 이러다 너마저 병이 나면 더 야단나는 게 아냐."

자견이 말했다.

"앞으로 우리는 말로만 하고 손발일랑은 놀리지 마셔요. 점점 커가는 처지에 어린애처럼 이러시면, 남들 눈에 얼마나 점잖지 못하게 보이겠어요? 게다가 못된 녀석들이 뒤에서 도련님에 대해 이러쿵저러쿵 말을 할 거란 말이에요. 그런데도 도련님은 언제나 조심하시잖고 그저 어릴 때나 마찬가지로 행동하시니 그래서야 쓰겠어요? 그렇잖아도 아가씨는 늘 저희들에게 도련님과 어울려서 새롱대며 이야기하지 말라고 하셨어요. 도련님께서도 요사이 아가씨를 보세요, 도련님을 멀리하고 있지요. 하지만 아직도 그렇게 하지 못하고 있을 뿐이어요."

그러고는 발딱 일어나 바느질감을 가지고 다른 방으로 가버렸다. 이런 모습을 보고 나니 보옥의 마음은 찬물을 한 소랭이 뒤집어 쓴 것 같아 창밖의 대나무를 바라보며 한동안 멍하니 앉아 있었다. 그때 축씨祝氏 어멈이 참대순을 캐러 왔으므로 곧 황망히 뛰어 나왔으나 한동안 얼빠진 것처럼 마음이 갈피를 잡지 못하고 아무렇게나 돌 위에 앉아 정신을 놓고 있었다. 그러다가 자기도 모르게 눈물을 흘렸다. 그는 그대로 대여섯 식경이 되도록 멍하니 앉아 천갈래 만갈래로 생각해 보았지만 도무지

어떻게 해야 좋을지 알 수가 없었다. 이때 마침 설안雪雁이 왕부인의 방에서 인삼을 가지고 나오다 이곳을 지나게 되었다.…… [설안은] 곧 다가와서 살며시 주저앉아 웃으며 말했다.

"여기서 무엇을 하고 계시지요?"

보옥이 갑자기 돌아보니 그것은 설안이었다. 그러고는 말했다.

"너는 또 왜 와서 내게 집적거리는 거야? 넌 계집애가 아니고 사내애라는 거냐? 너희 아가씨(대옥)는 남들의 혐의를 피하기 위해 너희더러 나를 아는 체하지 말라고 그랬다더니, 넌 또 왜 나를 찾아온 게야? 다른 사람들이 보기라도 한다면 또 말이 나올 게 아니겠어? 그러니 어서 네 방으로 돌아가란 말야."

설안은 이 말을 듣고 또 그가 대옥에게서 무안을 당한 것이라고만 생각하고 하는 수 없이 방 안으로 들어가 보았더니, 대옥은 아직 깨지 않았기에 인삼을 자견에게 주었다.……설안이 말했다.

"아가씨는 아직 주무시는데 누가 도련님의 기분을 잡쳐 놓았을까? 저기 앉아 울고 계셔요."……자견은 이 말을 듣고 황급히 바느질하던 것을 내던지고,……바로 보옥을 찾아갔다. 보옥의 앞에 다가가서 웃음을 머금고 말했다.

"제가 몇 마디 말을 한 것은 다 여러 사람이 잘 되라고 그런 거예요. 도련님께서 이렇게 화를 내시며 이런 바람맞이에 나와서 우시다가 병이라도 나시면 제가 혼나잖아요."

보옥은 황망히 웃으며 말했다.

"화를 내기는 누가 화를 냈다는 거야? 내가 들어 보니 네 말에 일리가 있기에 가만히 생각해 본 거야. 너희들이 이렇게 말을 할 때엔 다른 사람들도 그렇게 말을 할 게고, 그렇게 되면 앞으로 아무도 나를 상대해 주지 않을 것이기에 나 혼자 생각하다가 마음이 상했던 거란 말야."…… (척본의 제57회, 괄호 안의 것은 정본程本에 의하여 보충한 것임)[8]

영공부榮公府가 비록 뜨르르하긴 하지만, "먹여 살려야 할 식솔은 날로 많아지고, 일감도 날로 늘어나는데도, 주인이건 노복이건 틀거지를 차리고 호화방탕한 생활에만 빠져 누구 하나 기울어 가는 가운을 바로잡을 생각을 하지 않으니, 날마다 드는 용돈만 해도 줄일 수 없는 지경이었다."[9] 이 때문에, "겉보기에는 아직 그렇게 몰락하지 않은 것 같지만, 안으로는 벌써 주머니가 비어 가고 있었다"[10](제2회). 바야흐로 가운이 쇠퇴해 가니, [그것을 보여 주는] 변고가 점차로 많아지게 되었다. 보옥은 번화하고 풍요로운 생활 속에서도 여러 번 "무상"無常과 대면하였다. 우선 가경可卿이 목을 매 자살을 하였고, 진종秦鍾이 요절을 하였으며, 자신은 아버지의 첩의 저주에 걸려 거의 죽을 뻔하였다. 계속하여 금천金釧이 우물에 몸을 던지고, 또 [가련賈璉의 첩인] 우이저尤二姐가 금을 삼키고 자살을 하였다. 그리고 자신이 총애하던 하녀 청문晴雯이 쫓겨나서는 결국 죽고 말았다. 비참하고 처량한 안개가 아름다운 원림華林을 휘감고 있었지만, 호흡을 통해 이것을 감지한 이는 보옥뿐이었다.

……그는 곧 두 어린 하녀를 데리고 바위 뒤로 갔다. 그러나 소변을 볼 생각은 않고 두 사람에게 물었다.

"내가 밖에 나온 뒤에 너희 습인襲人 언니는 청문 언니한테 사람을 보내서 돌봐 주게 하지 않았니?"

한 아이가 대답했다.

"송할멈을 보내 돌보게 하였어요."

보옥이 말했다.

"[그래 송할멈은] 갔다 와서 뭐라던?"

어린 하녀가 말했다.

"갔다 와서 말하기를 청문 언닌 밤새껏 목을 길게 늘이고 뭔가 소리를 질러 대더니 오늘 아침엔 눈을 감고 입을 꼭 다문 채 인사불성이 되어 말 한마디 못하더래요. 숨결도 몹시 가늘어졌구요."

보옥은 황급히 물었다.

"밤새도록 누구를 불렀다던?"

하녀가 말했다,

("밤새도록 어머니를 부르더래요."

보옥이 눈물을 흘리며 말했다.

"또 누구를 불렀다던?"

하녀가 말했다.)

"누구 다른 사람을 불렀다는 소린 듣지 못했어요."

보옥이 말했다.

"바보 같은 계집애, 네가 아마 똑똑히 듣지 못했겠지."

(……이에 또 생각하였다.)

"비록 임종은 보지 못했지만, 이제라도 영전에 가서 배향을 해야겠다. 그래야 이 오륙 년 동안의 정분을 조금이라도 나누는 게 될 테니까."

……곧장 대관원을 나와 요전날 다녀갔던 그곳으로 갔다. 딴에는 영구가 그곳에 모셔져 있을 것이라 생각했던 것이다. 그러나 뉘라서 알았겠는가. 청문의 오라비와 올케는 청문이 숨을 거두자마자 장례비로 돈냥이나 얻어낼 심산으로 왕부인을 찾아갔다. 왕부인은 그 말을 듣고 은자 열 냥을 내어주면서 다음과 같이 명령했다.

"당장 밖으로 내다 화장을 하도록 해라. '폐병'으로 죽은 시체는 절대 집 안에 두어서는 안 되느니라!"

이들 부부는 이 말을 듣고 한편으로 사람을 고용하여 입관시키고, 성 밖에 있는 화장터로 실어 내갔다.

…… 보옥은 헛걸음을 했다.

…… 홀로 한참 동안을 서 있다가 별 수 없이 대관원으로 돌아오는 수밖에 없었다. 자기 방으로 돌아오려다 별 재미가 없을 것 같아 그 김에 다시 대옥을 찾아갔더니 대옥은 방에 있지 않았다.

…… 다시 형무원蘅蕪院에 가 보니 조용한 게 아무도 없었다.

…… 다시 소상관瀟湘館으로 와 보니, 대옥은 그때까지도 돌아오지 않았다.

…… 막 어떻게 해야 하나 생각하고 있는데, 갑자기 왕부인의 하녀가 들어와 그를 찾으며 말했다.

"대감님께서 돌아오셔서 도련님을 찾으십니다. 좋은 시제詩題감을 하나 얻으셨나 본데 빨리 가 보세요!"

보옥은 이 말을 듣고 하녀와 함께 갈 수밖에 없었다.

…… 이때 가정賈政은 막 여러 식객들과 함께 가을 경치를 보고 온 이야기를 나누고 있었다. 가정이 말했다.

"그리고 헤어질 무렵에 갑자기 얘깃거리가 하나 나왔는데, 정말이지 천고에 드문 가담佳談이었소. '풍류준일風流俊逸, 충의강개忠義慷慨', 이 여덟 자가 모두 갖추어졌단 말이지. 정말 좋은 제목이니 모두들 만사挽詞를 하나씩 지어 보는 게 어떻겠소."

여러 사람들이 듣고는 모두들 어떻게 훌륭한 제목인지 가르쳐 달라고 청을 드렸다. 그러자 가정이 이내 말했다.

"근자에 항왕恒王이란 분이 청주青州를 지키고 있었는데, 이 항왕은 여색을 무척 즐기는 데다 공사를 마치고 여가가 나면 무예를 익히기를 좋아했더라오. 그래서 많은 미녀를 뽑아 그들과 함께 매일 무예를 익혔더랬소.…… 그 가운데 성은 임林이요 항렬은 넷째인 미녀가 있었는데, 자색도 으뜸이었고, 거기다 무술은 더욱 뛰어나, 모두들 임사낭林四娘이라 불렀다나요.[11] 항왕은 그 여자를 특히 좋아하여 임사낭으로 하여금 여러 미녀들을 통솔하게 하고는 궤획장군姽嫿將軍이라고 불렀답니다."

여러 문객들이 저다마 찬탄하였다.

"정말 희귀하고 묘한 이야기로군! '궤획'[12]이라는 글자에다 '장군'이라는 두 글자를 붙여 놓으니 한결 풍류의 맛이 나는데요. 정말 절세의 기문奇文입니다! 그 항왕이라는 사람도 최고의 풍류를 아는 사람인 것 같습니다."……

(척본戚本 제78회, 괄호 안의 문장은 정본程本에 의거하여 보충하였음)[13]

『석두기』의 결말은 비록 보옥의 꿈夢幻 속에 일찍부터 암시되어 있지만, 80회에서는 "비감한 전조"悲音만이 드러나 있어 그 결말을 알기가 무척 어렵다. 건륭 57년(1792)에 즈음하여 120회의 배인본이 나오게 되는데, 『홍루몽』이라고 개명을 하게 된다. 자구字句 역시 일치하지 않는 곳이 때때로 있는데 정위원程偉元은 그 앞의 서에서 다음과 같이 말하고 있다.

……그러나 원본의 목록은 120권으로,……힘을 다하여 수집하였는데 장서가로부터 심지어 오래된 종이 더미까지 유념하지 않은 것이 없었다. 수년 동안 겨우 20여 권을 모았을 뿐이다. 하루는 우연히 길거리의 고서상에서 10여 권을 찾아내어 비싼 값으로 그것을 구입하였다.……

그러나 글자를 알아볼 수 없을 정도로 낡아 수습할 수 없는 것은 우인友人과 함께 세밀한 수정을 가하여, 중복된 것은 잘라 버리고 부족한 부분은 채워 넣어 전체를 베껴 썼고, 다시 동호인들에게 인쇄를 해주었다. 『석두기』 전서는 이에 비로소 완성을 보게 되었다.[14]

여기에서의 우인은 아마 고악高鶚[15]을 가리키는 듯한데, 고악에게도 서가 있어 그 말미에 "건륭 연간 신해년 동지 다음 날"[16]이라고 쓰여 있는 것을 보면 정위원의 서程序보다 1년이 앞서는 것을 알 수 있다.[17]

후반부 40회의 분량은 비록 초본初本의 절반에 불과하지만, 큰 사건이 번갈아 일어나고 파멸과 사망이 잇달아 일어나, 이른바 "먹을 것을 다 먹은 새들이 숲 속으로 들어가 망망한 대지만 남았다"食盡鳥飛獨存白地고 한 것과 맞아떨어진다. 다만 결말에서는 그러한 분위기가 약간 호전된다. 먼저 보옥은 통령옥通靈玉을 잃고 나서 정신이 나간 것과 같은 상태에 빠진다. 그때 가정賈政은 외지로 부임하려다가 보옥이 아내를 맞이한 뒤 길을 떠나려 했는데, 대옥은 병약했으므로 이에 보차를 맞이하게 한다. 이 혼사는 왕희봉에 의해 계획되어 아주 극비리에 진행되었지만, 결국 대옥이 알게 되어 대옥은 피를 토하게 되고 병이 날로 심해져 보옥이 결혼하는 날 드디어 죽고 만다. 보옥은 자신이 결혼한다는 것을 알고는 그 대상이 대옥이려니 생각하고 흔쾌한 마음으로 자리에 나섰다가 신부가 보차라는 것을 알고는 이에 비탄에 빠진 나머지 다시 병이 들었다. 이때 원비元妃가 먼저 죽으니, 가사賈赦는 "지방의 관리와 결탁하여 권세로 약자를 능멸했다"交通外官倚勢凌弱고 하여 면직되고 가산을 몰수당하니 영국부榮國府에까지 그 화가 미치게 되었다. 사태군史太君도 죽고, 묘옥은 도적에게 납치당하여 간 곳을 몰랐다. 왕희봉은 권세를 잃자 역시 번민 속에서 죽고 만다. 보옥의 병세도 심해져 갔는데, 하루는 거의 숨이 끊어지려고 할 때 갑자기 스님 하나가 옥을 가지고 와서 소생시켰지만, 그 스님을 보더니 또다시 기절하여 한바탕 악몽噩夢을 꾸고는 깨어났다. 이에 갑자기 행실이 바뀌어 발분하여 가문의 명성을 떨치고자, 그 다음 해에 향시鄕試에 응시하여 일곱번째로 급제하였다. 보차도 임신을 하나 보옥은 돌연 가출하고 만다. 가정賈政이 모친을 금릉에 장사 지내고 나서 장차 경사京師로 돌아가는 도중에 눈 오는 밤 비릉역毗陵驛에다 정박시키고 있을 때, 한 사람이 머리를 삭발하고 신발도 신지 않은 채 새빨간 털 외투를 입고 그를 향하여 절을 하는데 자세히 보니 보옥이었다. 막 가서 말을 붙이려고 하는데 갑자기 중 한 사람과 도사 한 사람이 나타나 양쪽에서 팔을 끼고 함께 가 버리니 누구인지는 알 수 없었으나 노래를 부르기를, "황야로 돌아갔다"歸大荒고 하였다. 쫓아가 보았으나 아무것도 없고 "다만 희고 망망한 광야만 보일 뿐"只見白茫茫一片曠野이었다.

> 후대의 사람이 이 소설을 보고 또한 일찍이 네 구절의 게四句偈를 써 놓았는데, 그것은 작자가 이 소설을 쓰게 된 까닭을 말한 것보다 한층 더 인생의 허무를 찔러 놓은 것이었다.
>
> 쓰라린 인생사를 말하였느니,
> 황당할수록 더더욱 구슬프도다.
> 처음부터 모든 것은 한바탕 꿈이었느니,
> 세상 사람들의 어리석음 비웃지 말라. (제120회)[18]

이 작품에 묘사된 바는 비록 [인생사에 있어서의] 슬프고 기쁜 정喜悲

之情과 만나고 헤어지는 과정聚散之迹에 지나지 않지만, 인물과 사건은 구투舊套를 벗고 있으므로 앞선 시대의 사람들이 지었던 인정소설과는 매우 다르다. 이를테면 작품의 모두開篇에서 다음과 같이 말하고 있다.

공공도인은 드디어 돌을 향하여 말했다.

"이보게 돌양반, 당신의 이야기는,…… 그런데 내가 보기에는, 첫째 [언제 일어난 일인지] 그 왕조와 연대가 밝혀져 있지 않고, 둘째 어진 재상이나 충신이 나타나 조정을 잘 다스리고 풍속을 바로잡았다는 따위의 선정善政에 관한 이야기는 없구려. 기껏 한다는 소리가 몇몇 색다른 아녀자들이 어리석은 사랑 때문에 한 사나이에게 정을 주었다든가, 혹은 눈치가 좀 빠르고 마음씨가 착했다든가 하는 정도의 이야기뿐으로 같은 여자의 이야기라 하더라도 반고班姑[19]나 채녀蔡女[20]와 같이 재질과 덕행을 겸비한 훌륭한 여자는 전혀 볼 수 없으니, 내가 설사 이대로 베껴 간다 하더라도 세상 사람들이 즐겨 읽지 않을까 두려운 것이오."

돌은 웃으면서 다음과 같이 말했다.

"스님께서는 어찌 그리도 어리석은 말씀을 하시는 겐지요! 만약 왕조나 연대가 밝혀져 있지 않다면 스님께서 이제라도 한나라나 당나라의 연대를 빌려다 좋을 대로 붙여 놓으면 될 것 아니겠습니까? 다만 제가 보기에는 지금까지의 야사들은 모두가 똑같은 전철을 답습하고 있으니, 그런 케케묵은 냄새는 피우지 않는 것이 오히려 신선하고 색다른 맛이 있게 되지 않겠습니까. 그저 내용이 진실하고 사리에 맞으면 그만인 게지요.…… 지금까지의 야사는 어떤 것은 임금과 재상을 비방하는 게 아니면, 어떤 것은 남의 집 아녀자의 행실을 헐뜯고, 남녀 간의 치정관계를 다룬 음탕한 이야기들로 그 수를 헤아릴 수 없을 정도입니다.…… 재자가인才子佳人에 대한 소설로 말할 것 같으면, 백이면 백 다 똑같은 투에서 나온 것으로, 이야기의 내용은 잡스러운 것을 다루지 않을 수 없어, 산지사방에 '반안'潘安이니 '자건'子建이니, '서자'西子니 '문군'文君이니 하는 이름으로 가득 차 있고,…… 또 이야기에 나오는 몸종이나 시녀들까지도 입을 열기만 하면 '자야지호'者也之乎 따위의 문자가 아니면 거들떠보지 않고, 그나마 되는대로 얼마간 읽어 보면 죄다 앞뒤가 모순되고 사리에 어긋나는 이야기일 뿐이거든요. 그러니 오히려 내가 반평생을 두고 직접 보고 들은 이 몇몇 아녀자들이 비록 전대의 작품들에 나오는 인물들보다 반드시 낫다고는 하기 어렵다 하더라도 그 행장의 자초지종은 심심파적으로 한번 읽어 볼 만하다고 할 수 있습니다.…… [작중 인물들의] 만남과 헤어짐, 기쁨과 슬픔, 흥망성쇠와 그들이 살아가면서 겪는 처경에 대해서는 그 자취를 밟아 실제로 있는 그대로 그렸을 뿐 조금도 허투루 고치지 않았습니다. 부질없이 사람들의 눈을 속임으로써 오히려 그 진실감을 잃지 않았던 게지요.……" (척본 제1회)[21]

대개 [이 책에서] 서술하고 있는 것은 모두가 사실에 바탕한 것이고, 보고 들은 바는 모두가 친히 경험한 것으로 사실을 묘사한 것이기 때문에 오히려 신선하다. 그러나 세상 사람들은 이 말에 별로 주의를 기울이지 않고, 각자가 달리 숨겨진 깊은 뜻을 추구했기에, 시간이 흐르자 억측이 점점 많아지게 되었다. 이제 하도 터무니없어 변론할 만한 가치조차 없는 설들, 이를테면 화신和珅을 풍자한 것이라고 말한 것이나(『담영실필기』譚瀛室筆記),[22] 참위讖緯를 감추고 있는 것이라고 한 것이나(『기와잔췌』寄蝸殘贅),[23] 역상易象을 설명한 것(『금옥연』金玉緣 평어)[24]이라는 따위를 제외해 버리고, 세상에 널리 전하는 것을 적어 보면 다음과 같다.

1. 납란성덕納蘭成德[25]의 집안일이라고 하는 설

이제껏 이 설을 믿은 사람들이 대단히 많았다. 진강기陳康祺(『연하향좌록』燕下鄕脞錄 5)[26]는 강신영姜宸英[27]이 강희 기묘己卯년에 순천順天의 향시의 시험관이 되어서 죄를 지은 일을 기술하면서, 그의 스승 서시동徐時棟(호는 유천柳泉)[28]의 말을 인용하여 다음과 같이 말하였다.

> 소설 『홍루몽』은 곧 돌아간 재상 명주明珠의 집안일을 적은 것인데, 금차십이金釵十二는 모두 납란시어納蘭侍御가 상객으로 모셨던 인물들로, 보차는 고담인高澹人을 가리키고, 묘옥은 곧 서명선생西溟先生을 가리킨다. '묘'妙는 '소녀'少女이고, '강'姜은 또한 부인에 대한 미칭이며, '옥과 같다'如玉는 것과 '꽃과 같다'如英는 것은 뜻이 서로 통할 수 있는 것이다……[29]

시어侍御는 명주의 아들 성덕成德을 말하는데, 뒤에 성덕性德이라 이름을 고쳤고, 자는 용약容若이다. 장유병張維屛(『시인징략』詩人徵略)[30]은 다음과 같이 말했다. "가보옥은 곧 용약일 것이다. 『홍루몽』에서 말한 것은 곧 그의 유년시대의 일이다."[31] 유월兪樾(『소부매한화』小浮梅閑話)도 [납란성덕이] "거인에 급제한 것은 15세 때로서 책에서 서술한 것과 자못 부합한다"[32]고 하였다. 그러나 그 밖의 사적은 모두 부합되지 않는다. 후스胡適는 『홍루몽고증』紅樓夢考證[33](『문존』 3)을 지어 그 잘못된 점을 빠짐없이 바로잡아 놓았다. [후스가 지적한 논거 가운데] 가장 유력한 것 가운데 하나는 강신영姜宸英에게 「납란성덕을 제사 지내는 글」祭納蘭成德文이 있는데, 그 우정의 깊이가 보옥에 대한 묘옥의 경우와는 비할 바가 아니라는 것이다. 다른 하나는 성덕이 죽었을 때 나이가 31세였는데, 그때 명주는 바야흐로 전성기를 맞이하고 있었다는 점이다.

2. 청 세조世祖와 동악비董鄂妃[34]의 이야기라고 하는 설

왕몽완王夢阮과 심병암沈瓶庵[35]이 함께 지은 『홍루몽색은』紅樓夢索隱에서 이 설이 나왔다. 이 책의 제요提要에 이런 말이 있다. "대개 일찍이 경사의 늙은 노인이 말하는 것을 들은 적이 있었는데, 이 책은 전부가 청 세조와 동악비에 대한 것으로, 아울러 당시의 여러 이름난 군왕과 진기한 여인을 다룬 것이라 하였다.……"[36] 또 동악비는 곧 진회秦淮의 기녀로 모양冒襄의 첩이었던 동소완董小宛[37]이라고 주장했다. [동소완은] 청의 군사가 강남江南으로 내려왔을 때 잡혀서 북으로 올라가 청 세조에게 총애를 받아 귀비로 봉해졌다가 얼마 못 가서 요절했다. 세조는 그녀가 죽은 것을 애통해하다가 오대산五臺山에 은둔해서 중이 되었다고 한다.[38] 멍썬孟森은 『동소완고』董小宛考(『심사총간』心史叢刊 3집)[39]를 지어 이 설의 잘못을 하나하나 지적한 바 있는데, 가장 유력한 것은 소완이 명明 천계天啓 갑자甲子년에 출생했다는 것이다. 만약 순치順治 7년에 입궁했다고 한다면 이미 28세로, 그때는 청의 세조가 바야흐로 14세밖에 되지 않았다.

3. 강희조의 정치상태라고 하는 설

이 설은 곧 서시동徐時棟에게서 비롯되어 차이위안페이蔡元培의 『석두기색은』石頭記索隱[40]에서 크게 지지를 받았다. 이 책의 서두開卷에서 [차이위안페이는] 다음과 같이 말했다. "『석두기』라는 책은 청대 강희조康熙朝의 정치소설이다. 작자는 민족주의를 매우 열렬하게 지지하고 있는데, 작품이 겨냥하고 있는 것은 명明의 멸망을 애도하고 청淸의 잘못된 정치를 폭로하는 데 있으며, 이러한 점은 한족의 명사로서 청조에서 벼슬을 하고 있는 자에 대하여 통탄하고 애석해하는 뜻을 기탁하고 있는 데에서 더욱 잘 나타나 있다.……"[41] 이에 비유와 인신引申으로 그러한 의도와 합치되는 것을 책 속에서 찾아냈는데, '홍'紅은 [명 왕조의 성姓인] '주'朱자를 나타내고, '석두'石頭는 '금릉'金陵을 가리키는 것이며, '가'賈는 가짜 조정을 배척하는 것이라는 것이다. '금릉12차'金陵十二釵는 청초 강남江南의 명사들을 모방한 것으로, 이를테면 임대옥은 주이존朱彝尊을 나타내고, 왕희봉은 여국주余國柱를 나타내며, 사상운은 진유숭陳維崧을 나타낸다고 했는데, 보차와 묘옥에 대해서는 서시동의 설에 따라 그것을 방증할 만한 것을 널리 끌어대 그 설을 입증하는 데 많은 힘을 쏟았다. 하지만 후스가 이미 작자의 생애를 고증해 냈기에, 이 설은 결국 성립되지 못했다. [후스가 든 논거 가운데] 가장 유력한 것은 바로 조설근曹雪芹이 청의 팔기八旗 가운데 하나인 한군漢軍이고, 『석두기』는 사실 그의 자서전이라는 것이다.[42]

그러나 『홍루몽』이 곧 작자의 자전적인 작품으로, 이 책의 서두開篇와 합치된다고 하는 설은 사실 가장 먼저 나왔으나 확정된 것은 오히려 가장 나중이었다. 가경 초에 원매袁枚(『수원시화』隨園詩話 2)는 이미 다음과 같이 말했다. "강희 연간에 조련정曹練亭은 강녕江寧의 직조織造였고,…… 그의 아들 설근은 『홍루몽』이라는 책을 지었는데, 당시의 풍류가 극히 번화했던 사실을 빠짐없이 기술하였다. 그 가운데 이른바 대관원이라는 것은 바로 나의 수원隨園이다."[43] 끝의 두 구절은 과장인 듯하며, 나머지 부분도 약간 잘못된 곳이 있다(이를테면 련楝을 련練이라 하고, 손자를 아들이라고 한 것). 하지만 조설근의 작품에 기록된 것은 그가 보고 들은 것이라는 사실을 분명히 밝혀 놓고 있다. 그러나 세간에서 이것을 믿는 사람이 특히 적었으니, 왕궈웨이[44](『정암문집』靜庵文集)도 역시 이와 같은 주장을 힐난하면서 다음과 같이 말했다. "이른바 '직접 보고 들었다'는 것 역시 옆에서 본 사람의 입으로도 말할 수 있는 것이니, 꼭 작자 자신이 극중의 인물일 필요는 없다."[45] 후스가 고증을 하고 나서야 이 문제가 비교적 분명해져 다음과 같은 사실들을 알게 되었다. 즉 조설근은 실제로는 영화로운 가정에서 태어나 영락한 신세로 생을 마쳤으니, 반평생의 경력이 '돌맹이'石頭의 말과 아주 흡사했고, [베이징의] 서쪽 교외西郊에서 책을 썼으나 미처 완성하지 못하고 죽었는데, 뒤에 나온 전서全書는 고악高鶚이 속작續作하여 완성된 것이라는 것이다.

설근의 이름은 점霑이고, 자는 근계芹溪 또는 근포芹圃라고 했으며, 정백기正白旗의 한군漢軍이었다.[46] 조부인 인寅[47]은 자가 자청子淸이고, 호가 연정楝亭으로 강희 연간에 강녕江寧의 직조織造를 지냈다. 청 세조가 남쪽을 순시했을 때 다섯 차례나 직조서織造署를 행궁行宮으로 삼았는데, 뒤의 네 번은 모두 인이 재임해 있을 때였다. [조인은] 자못 풍아風雅의 취미가 있어 일찍이 고서古書 십여 종을 간행하여 당시 사람들로부터 칭송을 받았다. 또 글을 잘 지었기로 그가 지은 저작으로는 『연정시초』楝亭詩鈔 5권과 『사초』詞鈔 1권(『사고서목』四庫書目), 전기傳奇 2종(『재원잡지』在園雜志)이 있다.[48] 인의 아들 부頫는 곧 설근의 부친이니, 그 역시 강녕의 직조였다. 그래서 설근은 남경南京에서 태어났으며, 이때는 대개 강희 말이었다. 옹정 6년에 부가 벼슬자리를 그만두게 되자 설근도 베이징으로 돌아왔으며 그때 나이 약 십여 세 정도였다. 그러나 무슨 까닭인지는 몰라도 그 뒤로 조씨 가문은 큰 변고를 당한 듯하다.[49] 집안이 갑자기 몰락하니 설근이 중년이 되었을 때는 극빈한 상태에 놓여 [베이징의] 서쪽 교외에 살면서 죽을 끓여 끼니를 이을 지경이 되었다. 그럼에도 오히려 오기가 나서 때로 술을 통음痛飮하고 시를 짓기를 거듭했다. 『석두기』를 지은 것 역시 이때였을 것이다. 건륭 27년에 아들이 요절하자, 설근은 마음 상해하던 것이 병이 되어 그 해 제야除夜에 죽었으니, 그때 나이 40여 세(1719?~1763)였다.[50] 그의 『석두기』는 그때까지도 완성되지 못하여 지금 전하는 것은 80회일 뿐이다(상세한 것은 『후스 문선』을 참고할 것).

후반부 40회는 고악高鶚이 지은 것이라고 말한 사람은 유월俞樾(『소부매한화』)이다. 그는 다음과 같이 말했다.

> 『선산시초』船山詩草에 「동년[51]인 난서 고악에게 줌」贈高蘭墅鶚同年이라는 시가 한 수 있는데, "염정인이 스스로 '홍루'를 말했다"艷情人自說『紅樓』고 하였다. 그 주注에서는 다음과 같이 말했다. "『홍루몽』 80회 이후는 모두 난서蘭墅가 보충한 것이다." 그러므로 이 책은 한 사람의 손에서 나온 것이 아니다. 내 생각으로는, 향시鄕試, 회시會試에 오언팔운시五言八韻詩가 추가된 것은 건륭조에서 비롯되었는데 책 가운데 과거장의 일을 서술한 곳에 시가 있는 것으로 보아 그것이 고군高君에 의해 보충된 것임을 증명할 수 있다.[52]

하지만 고악이 지은 서序에는 다음과 같이 기록되어 있을 뿐이다.

> 친구인 정소천程小泉이 나를 찾아와서 그가 구입한 전서全書를 보여 주며 다음과 같이 말했다. '이것은 내가 몇년 동안 고생하면서 조금씩 조금씩 모은 것인데 장차 인쇄에 부쳐 동호인들과 함께 즐기려 한다네. 자네가 지금 한가롭고 물러나와 있으니, 같이 이 일을 나누어 맡지 않겠나?' 나는 이 책이 …… 명교名教에 어긋나지 않는다고 생각되었기에 …… 마침내 그 일을 도와주었다.[53]

이것으로 보아 아마도 자기가 지은 것이라는 사실을 밝히고 싶지 않은 것처럼 보이지만, 친구들 가운데 그 사실을 알고 있는 이가 많았던 듯하다. 악鶚은 자字가 난서蘭墅이고, 양황기襄黃旗[54]의 한군漢軍이다. 건륭 무신년戊申年에 거인擧人이 되고, 을묘년乙卯年에 진사進士가 되었다가 곧 한림원翰林院에 들어가 시독侍讀[55]이라는 벼슬에 올랐다. 또 일찍이 가경 신유년辛酉年에 순천 향시의 동고관同考官[56]이 되었다. 그가 『홍루몽』을 보충한 것은 아마도 건륭 신해년이었을 것이다. 아직 진사가 되지 않아서 "한가롭게 물러 나와 있었기에"閒且憊矣, 설근의 쓸쓸한 심정과 서로 통하는 게 있었는지도 모른다. 그러나 마음속의 뜻한 바는 아직 꺼지지 않고 있었기에, 이른바 "말년이 되어 빈곤과 질병이 갈마드는 가운데, 점차 쇠락한 모습을 드러내게 되었다"[57](척본 제1회)는 것과는 많이 다른 처경에 있었다고 할 수 있다. 이로 말미암아 속작續作은 비록 마찬가지로 비감한 색채를 띠고 있지만, 가씨 집안은 마침내 "자손들이 번성하고"蘭桂齊芳, 가업을 다시 일으켰으니, 이는 망망한 대지만 남아 자취도 흔적도 찾을 길 없다茫茫白地, 眞成幹淨矣는 것과는 사뭇 다르다.

『홍루몽』 80회를 속작한 사람은 다만 고악 한 사람만은 아니다. 위핑보兪平伯[58]는 척료생戚蓼生이 서序한 80회 본의 구평舊評을 검토하는 가운데, 이보다 앞선 시기에 나온 속서續書 30회가 있었다는 사실을 알았다. 거기에는 가씨의 자손들이 흩어지고 보옥은 빈한한 처지를 감내하지 못한 채, "낭떠러지에서 손을 놓은"懸崖撒手 형국이 되어, 마침내 스님이 되었다는 이야기가 서술되어 있는 듯하다. 그러나 그 상세한 것은 확실히 알 수 없다(『홍루몽변』紅樓夢辨 하下에 전론專論이 있다).[59] 어떤 이는 다음과 같이 말하기도 했다.

대성부戴誠夫는 옛날에 나온 진본眞本을 하나 보았는데, 80회 뒤는 모두 현존본今本과 다르다. [이를테면] 영국부榮國府와 녕국부寧國府는 가산을 몰수당한 뒤에 모두 몹시 쇠락하였다. 보차도 일찍 죽고 보옥은 집안을 유지할 수가 없어서 밤에 딱따기를 치며 야경을 도는 사람으로 전락하였다. 사상운은 거지가 되었다가 나중에 보옥과 다시 부부가 되었다.…… 오윤생吳潤生 중승中丞의 집에 아직도 그 판본이 소장되어 있다고 들었다. (장루이짜오蔣瑞藻의 『소설고증』小說考證 7에 인용된 『속열미초당필기』續閱微草堂筆記)[60]

이것 또한 다른 판본으로, 역시 속서였을 것이다. 두 책이 보충한 내용은 모두 원작자의 본래의 뜻과는 어긋나지만, 새벽이 찾아오지 않는 깊은 밤長夜無晨이라는 결말은 원작前書의 복선과도 배치되지 않는다.[61]

그 밖의 속작續作은 여전히 많다. 이를테면 『후홍루몽』後紅樓夢, 『홍루후몽』紅樓後夢,[62] 『속홍루몽』續紅樓夢, 『홍루복몽』紅樓復夢, 『홍루몽보』紅樓夢補,[63] 『홍루보몽』紅樓補夢, 『홍루중몽』紅樓重夢,[64] 『홍루재몽』紅樓再夢,[65] 『홍루환몽』紅樓幻夢, 『홍루원몽』紅樓圓夢, 『증보홍루』增補紅樓, 『귀홍루』鬼紅樓, 『홍루몽영』紅樓夢影[66] 등이 바로 그것이다. 이 작품들은 대개 고악의 속서를 계승하는 한편 그 결함을 보충하여 "대단원"으로 끝을 맺고 있다. 심지어 어떤 사람은 작자가 원래 책 속에서 좋은 사람이 한 사람도 없다고 생각했다고 하여 일일이 찾아내 대대적인 필벌筆伐을 가하였다. 그러나 이 책의 작자가 스스로 말한 것에 의하면, 다만 있는 그대로 묘사했을 뿐 절대로 풍자나 규탄은 없으며, 오로지 자신에 대한 깊은 참회만이 있을 따름이다. 이것은 진실로 일반 독자들의 정서에 호감을 줄 만한 것으로, 그런 까닭에 『홍루몽』은 지금까지도 사람들로부터 사랑을 받고 있다. 그러나 다른 한편으로 일반 독자들의 정서에 괴이쩍게 보이는 바도 있어 불만을 느낀 사람들이 떨치고 일어나 그 내용을 보충하고 수정하여 원만하게 결말지은 것도 있다. 이러한 사실로 사람들의 식견이 서로 얼마나 멀리 떨어져 있는가 하는 것을 충분히 알 수 있는데, 이것이 [다른 사람들이] 조설근에 미칠 수 없는 까닭이기도 하다.[67] 다음에 작자의 말을 기록하여 본편을 마무리하고자 한다.

……작자가 스스로 말하기를, 일찍이 한바탕 허무한 꿈길을 더듬고 나서 일부러 진짜 사실은 감추어 두고, "통령"通靈의 이야기를 빌려 이 『석두기』를 지었다 한다.……또 다음과 같이 말했다. 한평생 세속에 붙좇기며 분주히 지내었건만 이루어 놓은 일은 하나도 없다. 문득 지난날 함께 노닐던 아녀자들에 생각이 미치어 그들을 하나하나 따져 보니, 그들의 언행과 식견이 모두 나보다 낫다는 것을 깨닫게 되었다. 나는 어찌하여 당당한 남아로 태어나 치마 두르고 비녀 꽂은 아녀자들만 못했던가? 실로 부끄러운 일이다. 그렇다고 이제 와서 후회한들 무슨 소용이 있으랴. 실로 어찌할 도리가 없는 노릇이로다. 이렇거늘 지난날 하늘과 조상의 은덕을 입어 비단옷 해입고 산해진미로 배불리던 그 시절에 부모와 동기간의 가르침을 저버리고, 스승과 벗들의 충고를 듣지 않아 오늘날까지 아무것도 이루어 놓은 것 없이 덧없는 반평생을 하릴없이 보낸 죄로 이렇게 붓을 들어 한 권의 이야기로 엮어 세상 사람들에게 알리고자 하노라. 나의 죄는 진실로 면할 수 없거니와, 자신의 허물을 덮어 감추려는 나의 불민함으로 인하여 규방 속의 재주 많은 아녀자들의 존재가 매몰되어서는 안 될 것이다. 그리하여 오늘날 띠풀로 엮은 서까래와 쑥으로 만든 창, 기와로 만든 부엌과 새끼줄로 엮은 침상에서 옹색한 나날을 보내고 아늑한 자연의 꽃밭 속에 묻혀 있는 몸이건만, 아침저녁의 바람과 이슬, 정원의 버들개지 역시 한번 사려먹은 나의 생각을 어찌지 못

하고 한번 내어든 붓을 놓을 수가 없도다. 내 비록 학문이 짧아 본때 있게 글을 지어내지는 못할진대, 항간의 속된 말로라도 두루 이야기를 엮어 규방 속에서나마 돌려보게 한다면 사람들의 눈을 즐겁게 하고 그들의 울적한 심사를 풀어줄 수는 있을 것이니, 이 또한 좋은 일이 아니겠는가?…… (척본 제1회)[68]

주)

1) 건륭 임자(1792) 본 『홍루몽』 신해(1791) 동지 후오일(後五日) 철령(鐵嶺) 고악(高鶚) 서에서는 다음과 같이 말했다. "내가 듣기에 『홍루몽』이 인구에 회자된 것이 근 이십여 년이 되었다 한다."(予聞『紅樓夢』膾炙人口者幾二十余年) — 보주
2) 묘회(廟會)라고도 한다. 사묘(寺廟) 안이나 부근에서 정기적으로 열리는 시장이다.— 옮긴이
3) 임자 본 『홍루몽』 정위원 서에서는 다음과 같이 말했다. "『석두기』는 이 책의 원명이다.…… 호사가들이 한 부씩 베껴 묘시에 내놓을 적마다 그 값이 수십 냥까지 치솟았으니, 날개 돋친 듯 팔렸다고 해도 좋을 것이다."(『石頭記』是此書原名.…好事者每傳鈔一部置廟市中, 昂其値得數十金, 可謂不脛而走者矣) — 보주
4) 원문은 다음과 같다. 形體到也是個寶物了, 還只沒有實在好處, 須得再鐫上數字, 使人一見便知是奇物方妙. 然後好携你到隆盛昌明之邦, 詩禮簪纓之族, 花柳繁華之地, 溫柔富貴之鄕, 去安身樂業.
『홍루몽』의 사본과 간본은 루쉰이 『사략』을 지을 때에 비해서, 많은 발견과 소개가 이루어졌다. 이러한 것들에 바탕해서 위핑보(兪平伯) 교정(校訂), 왕시스(王惜時) 참교(參校), 『홍루몽팔십회교본』(紅樓夢八十回校本) 4책(베이징: 런민원쉐출판사, 1958년 2월)이 나왔다. 이것은 척본(戚本)을 저본으로 하고 과록경진추(過錄庚辰秋, 1760) 지연재사열평본팔십회(脂硯齋四閱評本八十回; 이른바 경진본庚辰本)을 주요 교본으로 하여 기타 각 초본을 참교한 것이다. 다만 『사략』의 예문은 척본에 근거하고 루쉰 자신이 교정한 것이다. 이제 척본(유정서국有正書局 간刊, 『국초초본원본홍루몽』國初鈔本原本紅樓夢; 이른바 대자본大字本에 의한 1973년 9월 런민원쉐출판사에서 영인한 것)에 근거해 문자의 이동(異同)을 밝히고, 위핑보 교정본을 참조하여 본문의 이해에 필요하다고 사료되는 곳에 한해서 주기(注記)하였다. 形體到也是個寶物了 →形體倒也是個寶物了(위핑보 교정본) — 일역본
5) 원문은 다음과 같다. 因空見色, 由色生情, 傳情入色, 自色悟空, 遂易名爲情僧, 改『石頭記』爲『情僧錄』; 東魯孔梅溪則題曰『風月寶鑑』; 後因曹雪芹于悼紅軒中披閱十載, 增刪五次,

纂成目錄, 分出章回, 則題曰『金陵十二釵』, 幷題一絶云: '滿紙荒唐言, 一把辛酸淚. 都云作者痴, 誰解其中味?'

6) 不知道這人來歷…若非多讀書識字, 加以致知格物之功, 悟道參玄之力者, 不能知也.

7) 爲官的, 家業凋零; 富貴的, 金銀散盡. 有恩的, 死裏逃生; 無情的, 分明報應. 欠命的命已還, 欠淚的淚已盡! … 看破的, 遁入空門; 痴迷的, 枉送了性命. 好一似, 食盡鳥投林: 落了片白茫茫大地眞幹淨!"(戚本第五回)

8) 這日, 寶玉因見湘雲漸愈, 然後去看黛玉. 正値黛玉才歇午覺, 寶玉不敢驚動. 因紫鵑正在回廊上手裏做針線, 便上來問他, "昨日夜裏咳嗽的可好些?" 紫鵑道, "好些了."(寶玉道, "阿彌陀佛, 寧可好了罷." 紫鵑笑道, "你也念起佛來, 眞是新聞.") 寶玉笑道, "所謂'病篤亂投醫'了." 一面說, 一面見他穿着彈墨綾子薄綿襖, 外面只穿着靑緞子夾背心, 寶玉便伸手向他身上抹了一抹, 說, "穿的這樣單薄, 還在風口裏坐着. 春風才至, 時氣最不好. 你再病了, 越發難了." 紫鵑便說道, "從此咱們只可說話, 別動手動脚的. 一年大二年小的, 叫人看着不尊重; 又打着那起混賬行子們背地裏說你. 你總不留心, 還只管合小時一般行爲, 如何使得? 姑娘常常吩咐我們, 不叫合你說笑. 你近來瞧他, 遠着你, 還恐遠不及呢." 說着, 便起身, 携了針線, 進別房去了. 寶玉見了這般景況, 心中忽覺澆了一盆冷水一般, 只看着竹子發了回呆. 因祝媽正來挖笋修竿, 便忙忙走了出來, 一時魂魄失守, 心無所知, 隨便坐在一塊石上出神, 不覺滴下淚來. 直呆了五六頓飯工夫, 千思萬想, 總不知如何是好. 偶値雪雁從王夫人房中取了人參來, 從此經過,…便走過來, 蹲下笑道, "你在這裏作什麽呢?" 寶玉忽見了雪雁, 便說道, "你又作什麽來招我? 你難道不是女兒? 他旣防嫌, 總不許你們理我, 你又來尋我, 倘被人看見, 豈不又生口舌? 你快家去罷." 雪雁聽了, 只當他又受了黛玉的委屈, 只得回至房中, 黛玉未醒, 將人參交與紫鵑.…雪雁道, "姑娘還沒醒呢, 是誰給了寶玉氣受? 坐在那裏哭呢."…紫鵑聽說, 忙放下針線,…一直來尋寶玉. 走到寶玉跟前, 含笑說道, "我不過說了兩句話, 爲的是大家好. 你就賭氣, 跑了這風地裏來哭, 作出病來唬我." 寶玉忙笑道, "誰賭氣了? 我因爲聽你說的有理, 我想你們旣這樣說, 自然別人也是這樣說, 將來漸漸的都不理我了. 我所以想着自己傷心."… (戚本第五十七回, 括弧中句據程本補)

위핑보 본에 의거해 다음과 같이 교감한다. 抹了一抹→摸了一摸 / 合小時一般→和小時一般 / 合你說笑→和你說笑 ―일역본

9) 生齒日繁, 事務日盛, 主僕上下, 安富存榮者盡多, 運籌謀畵者無一, 其日用排場, 又不能將就省儉.

10) 外面的架子雖未甚倒, 內囊却也盡上來了.

11) 청 유월(俞樾)의 『호동만록』(壺東漫錄)에서는 다음과 같이 말했다. "명사에서 그것을 고구해 볼 것 같으면, 헌종의 아들인 우운은 형왕으로 봉해져 청주로 부임했다.…… 임사낭이 말한 나라가 망하자 북으로 갔다는 이가 바로 이 사람이다."(考之『明史』, 憲宗之子祐楎, 封衡王, 就藩靑州.…林四娘所云, 國破北去者, 卽斯人矣) 또 다음과 같이 말했다. "『홍루몽』 소설에는 임사낭의 일을 읊은 것이 있는데, 이것 역시 실제로 그 사람이 있었다. 왕어양은 『지북우담』에서 다음과 같이 말했다. '복건의 진보월은 자가 녹애로 청주의 관찰이었다. 하루는 서재에 한가롭게 앉아 있으려니 갑자기 계집종이…… 발을 걷고 들어와 말했다. "임사낭이 뵙기를 청하십니다."…… 잠시 있으려니 사낭이 이

미 앞에 와서 인사를 올렸다.…… 스스로 말하기를, "옛날 형왕의 비빈이옵니다. 금릉에서 나서 자라, 형왕께서 예전에 천금으로 천첩을 후궁으로 들이셨는데, 다른 무리들보다 총애를 받았으나 불행히도 일찍 죽어 궁중에 묻혔습니다. 몇 년 지나지 않아 나라가 망해 결국 북으로 간 것입니다."……' 일찍 죽어 궁중에 묻혔다는 것은 소설가가 말한 것과 그다지 합치되지 않는다."(『紅樓夢』小說, 有咏林四娘事, 此亦實有其人. 王漁洋『池北偶談』云: '閩陳寶鑰, 字綠厓, 觀察靑州. 一日, 燕坐齋中, 忽有小鬟…褰簾入曰: "林四娘見."…逡巡間, 四娘已至前萬福.…自言: "故衡王宮嬪也, 生長金陵, 衡王昔以千金聘妾入後宮, 寵絶倫輩, 不幸早死, 殯于宮中. 不數年, 國破, 遂北去."…' 云早死殯于宮中, 則與小說家言不甚合)—보주

12) 고어로 여자가 편안하니 행동거지가 고요한 것을 궤(姽)라 하고 용맹스러운 무예를 갖춘 것을 획(嫿)이라 한다. 양은수(楊恩壽)는 임사낭의 일에 곡을 붙여 『궤획봉』(姽嫿封) 전기를 지었다.—보주
"궤획"(姽嫿)은 여자의 동작이 곱고 점잖다는 뜻으로, 원래는 『문선』(文選) 19권의 송옥(宋玉)의 「신녀부」(神女賦)에 나오는 말이다.—일역본/옮긴이

13) 원문은 다음과 같다. …他便帶了兩個小丫頭到一石後, 也不怎麽樣, 只問他二人道, "自我去了, 你襲人姐姐可打發人瞧晴雯姐姐去了不曾?" 這一個答道, "打發宋媽媽瞧去了." 寶玉道, "回來說什麽?" 小丫頭道, "回來說晴雯姐姐直着脖子叫了一夜, 今兒早起就閉了眼, 住了口, 人事不知, 也出不得一聲兒了, 只有倒氣的分兒了." 寶玉忙問道, "一夜叫的是誰?" 小丫頭子道, ("一夜叫的是娘." 寶玉拭淚道, "還叫誰?" 小丫頭說,) "沒有聽見叫別人." 寶玉道, "你糊涂, 想必沒聽眞." (…因又想:) "雖然臨終未見, 如今且去靈前一拜, 也算盡這五六年的情腸."…遂一徑出園, 往前日之處來, 意爲停柩在內. 誰知他哥嫂見他一? 氣, 便回了進去, 希圖得幾兩發送例銀. 王夫人聞知, 便賞了十兩銀子; 又命 "卽刻送到外頭焚化了罷. '女兒癆'死的, 斷不可留!" 他哥嫂聽了這話, 一面就雇了人來入殮, 抬往城外化人廣去了.…寶玉走來撲了個空,…自立了半天, 別沒法兒, 只得飜身進入園中, 待回自房, 甚覺無趣, 因乃順路來找黛玉, 偏他不在房中.…又到蘅蕪院中, 只見寂靜無人.…仍往瀟湘館來, 偏黛玉尙未回來.…正在不知所以之際, 忽見王夫人的丫頭進來找他, 說, "老爺回來了, 找你呢. 又得了好題目來了, 快走快走!" 寶玉聽了, 只得跟了出來.…彼時賈政正與衆幕友談論尋秋之勝; 又說, "臨散時忽然談及一事, 最是千古佳談, '風流俊逸忠義慷慨'八字皆備. 到是個好題目, 大家都要作一首挽詞." 衆人聽了, 都忙請教是何等妙題, 賈政乃說, "近日有一位恒王, 出鎭靑州. 這恒王最喜女色, 且公餘好武, 因選了許多美女, 日習武事.…其姬中有一姓林行四者, 姿色旣冠, 且武藝更精, 皆呼爲林四娘. 恒王最得意, 遂超拔林四娘統轄諸姬, 又呼爲姽嫿將軍." 衆淸客都稱"妙極神奇! 竟以'姽嫿'下加'將軍'二字, 更覺嫵媚風流, 眞絶世奇文! 想這恒王也是第一風流人物了."… (戚本第七十八回, 括弧中句据程本補)
위핑보 본에 근거해 다음과 같이 교감한다. 人事不知→世事不知 / 一夜叫的是誰→一夜是叫娘 / 這五六年的情腸→這五六年的情常 / 遂一徑出園→遂一人出園 / 往前日之處來→往前次之處來 / 希圖得幾兩→希圖早些得幾兩 / 便賞了十兩銀子→便命賞了十兩銀子 / 他哥嫂聽了這話, 一面就雇了人來入殮→他哥嫂聽了這話, 一面得銀, 一面就僱了人來入殮 / 只得飜身進入園中→只得復身進入園中 / 待回自房→待回至自房 / 甚覺

無趣→甚覺無味 / 又到蘅蕪院中→又到蘅蕪苑中 / 都忙請教是何等妙題→都忙請教係何等妙事 / 近日有一位恒王→當日曾有一位王封, 曰恒王 / 眞絶世奇文→眞絶世奇文也 / 也是第一風流人物了→也是千古第一風流人物了 —일역본

14) …然原本目錄百二十卷,…爰爲竭力搜羅, 自臧書家甚至故紙堆中, 無不留心. 數年以來, 僅積有二十餘卷. 一日, 偶于鼓擔上得十餘卷, 遂重價購之.…然漶漫不可收拾, 乃同友人細加厘剔, 截長補短, 鈔成全部, 復爲鐫板以公同好. 『石頭記』全書至是始告成矣.
루쉰은 통행본에 전재된 정위원(程偉元)의 서를 인용한 듯하다. 이제 건륭 56년 신해(辛亥)에 간행된 이른바 고악(高鶚) 증보일백이십회 본(增補一百二十回本) 『홍루몽』(程甲本)의 정위원의 서에 근거해 다음과 같이 교감한다. 原本目錄百二十卷→原目百卄卷 / 二十餘卷→卄餘卷 / 『石頭記』全書→『紅樓夢』全書 —일역본

15) 고악(高鶚, 약 1738~약 1815)의 자는 난서(蘭墅)이고, 달리 홍루외사(紅樓外史)라고도 서(署)했으며, 한군(漢軍) 양황기(鑲黃旗) 사람이다. 일찍이 내각중서(內閣中書), 한림원시독(翰林院侍讀)을 지냈다. 저작으로 『고난서집』(高蘭墅集), 『월소산방유고』(月小山房遺稿)가 있다. 청대 장문도(張問陶)의 「동년인 난서 고악에게 줌」(贈高蘭墅鶚同年)이라는 시의 주석에 "전기 『홍루몽』의 80회 이후는 모두 난서가 보충하였다"(傳奇『紅樓夢』八十回以後俱蘭墅所補)고 하였다. 현재 전해지는 120회 본 『홍루몽』의 후반부 40회는 일반적으로 고악이 속작한 것이라고 여겨지고 있다.

16) 앞서의 건륭 56년 신해 본에 근거해 다음과 같이 교감한다. 乾隆辛亥冬至後一日→乾隆辛亥冬至後五日 —일역본

17) 이것은 정정할 필요가 있다. 정위원에 의한 백이십회 본 『홍루몽』의 간행은 앞서 거론한 바 있는데, 건륭 56년 신해 간행본(程甲本)이 나온 뒤인 다음 해 건륭 57년 임자(壬子)에 그 수행본(修行本; 程乙本)이 간행되었다. 첫머리에는 고악의 서가 있고, 다음에 정위원과 고악의 연명(連名)으로 인언(引言)이 있다. 인언의 말미에, "임자년 2월 12일 하루 지나서, 소천, 난서가 또 기록하다"(壬子花朝後一日, 小泉, 蘭墅又識)라고 기록되어 있다. 원문에서 "花朝"는 꽃의 생일로 음력 2월 12일이나 15일에 꽃의 신에게 제사 지내는 것을 말한다. 소천은 정위원의 자이고 난서는 고악의 자이다.—일역본/옮긴이

18) 원문은 다음과 같다. 後人見了這本傳奇, 亦曾題過四句, 爲作者緣起之言更進一竿云: 說到酸辛事, 荒唐愈可悲, 由來同一夢, 休笑世人痴.(第一百二十回)

19) 반고(班固)의 여동생인 반소(班昭)를 가리킨다.— 옮긴이

20) 채옹(蔡邕)의 딸인 채염(蔡琰)을 가리킨다.— 옮긴이

21) 원문은 다음과 같다. 空空道人遂向石頭說道, "石兄, 你這一段故事,…據我看來: 第一件, 無朝代年紀可考; 第二件, 並無大賢大忠, 理朝廷治風俗的善政. 其中只不過幾個異樣女子 — 或情, 或癡, 或小才微善 — 亦無班姑蔡女之德能. 我縱鈔去, 恐世人不愛看呢." 石頭笑曰, "我師何太癡也! 若云無朝代可考, 今我師竟假借漢唐等年紀添綴, 又有何難? 但我想歷來野史, 皆蹈一轍; 莫如我不借此套, 反到新鮮別致, 不過只取其事體情理罷了.…歷來野史, 或訕謗君相, 或貶人妻女, 奸淫凶惡, 不可勝數.…至若才子佳人等書, 則又千部共出一套, 且其中終不能不涉於淫濫, 以致滿紙'潘安子建''西子文君';…且環婢開口, 卽'者也之乎', 非文卽理, 故逐一看去, 悉皆自相矛盾, 大不近情理之說. 竟不如我半世親睹親聞的

這幾個女子, 雖不敢說强似前代所有書中之人, 但事迹原委, 亦可以消愁破悶也.…至若離合悲歡, 興衰際遇, 則又追踪躡迹, 不敢稍加穿鑿, 徒爲哄人之目, 而反失其眞傳者.…(戚本第一回)

척본 및 위핑보 본에 근거해 다음과 같이 교감한다. 我縱鈔去→我總鈔去(척본), 我縱抄去 / 至若才子佳人等書→至若佳人才子等書—일역본

22) "화신을 풍자한 것"(刺和珅). 화신은 청의 만주 정홍기(正紅旗) 사람으로, 성은 뉴호록(鈕祜祿)씨이고, 자는 치재(致齋)이며, 벼슬은 대학사(大學士)에 이르렀다. 『담영실필기』(譚瀛室筆記)에 다음과 같이 기록되어 있다. "화신이 정권을 잡고 있을 때 내총[內寵; 황제로부터 특별한 사랑을 받는 여자 또는 신하로, 여기에서는 애첩愛妾을 가리킨다.—옮긴이]들이 매우 많았다. 처 이하로 부인에 해당하는 첩이 24인이 있었으니, 즉 『홍루몽』에서 가리키는 정·부 십이차가 이것이다."(和珅秉政時, 內寵甚多, 自妻以下, 內嬖如夫人者二十四人, 卽『紅樓夢』所指正副十二釵是也)

[『담영실필기』의 대의는 다음과 같다. 상국인 화신의 첩 공희(龔姬)는 그의 아들인 옥보(玉寶)와 사통하였는데, 옥보는 또 그의 하녀인 천하(倩霞)를 사랑했다. "공희는 그의 총애를 질투하여 화씨의 처에게 참소하여 천하를 내보냈다. 천하는 손톱을 잘라 그에게 주며 다른 사람을 섬기지 않겠노라고 맹세하고는 울분 속에 죽었다."(龔姬疾其寵, 譏于和妻, 出倩霞. 倩霞斷甲贈之, 誓不更事他人, 郁郁而死) 또 옥보가 부중(府中)의 첩단(貼旦; 중국 전통극에서의 몸종 역) 진아(珍兒)를 사랑하는 것을 언급하고 있다. "덧붙이자면 이 아이는 호매씨의 『유정일사』에 보이고, 공희는 아마도 습인일 것이고, 천하는 청문으로 글자의 뜻이 모두 관계가 있다. 옥보가 보옥인 것은 특히 분명한데, 그 글자를 뒤집은 것에 지나지 않는다."(按此兒見護梅氏『有情佚史』, 龔姬蓋卽襲人, 倩霞卽晴雯, 字義均有關合; 而玉寶之爲寶玉, 尤爲明顯, 不過顚倒其字耳) 자세한 것은 『소설고증』 159~160쪽을 볼 것.—보주]

23) "참위를 감추고 있는 것"(藏讖緯). 왕곤(汪堃)의 『기와잔췌』 9권에 다음과 같은 글이 기록되어 있다. "일찍이 어떤 팔기의 친구가 '『홍루몽』은 참위서이다'라고 말한 것을 들었다. 이런 설이 전해지고 있는 것으로, 그 말이 확실하고 인증도 갖추고 있다고 하겠다."(曾聞一旗下友人云: '『紅樓夢』爲讖緯之書'. 相傳有此說, 言之鑿鑿, 具有徵引) 아울러 조설근이 『홍루몽』을 지었기 때문에 그 후대가 "멸족당하는 화를 입은 것은 사실 여기에 기초한다"(滅族之禍, 實基于此)고 하였다.

[왕곤의 『기와잔췌』 9권에는 다음과 같이 나와 있다. "일찍이 같은 기(旗)에 있는 벗이 『홍루몽』은 참위서라고 말한 것을 들었다. 전하기로는 이 설은 말이 딱딱 들어맞아 증거가 있다고 한다."(曾聞一旗下友人云, 『紅樓夢』爲讖緯之書. 相傳有此說, 言之鑿鑿, 具有征引) 평은 난이외사(蘭簃外史)의 『정역기』(靖逆記)를 볼 것.—보주]

24) "역상을 설명한 것"(明易象). 『증평보상전도금옥연』(增評補象全圖金玉緣)의 권 첫머리(卷首)에 실린 장신(張新)의 『석두기독법』(石頭記讀法)에서는 다음과 같이 말했다. "『주역』에 이르길, '신하가 임금을 죽이고, 자식이 어버이를 죽이는 일은 결코 하루아침에 생긴 것이 아니다. 오랫동안 쌓이고 모인 결과이다'라고 하였다. 그래서 삼가 서리를 밟듯 엄한 계율을 이행해야 하는 것이다. 『석두기』라는 책은 바로 이 '오랫동안 쌓이

고 모인'(漸)이라는 것을 설명한 것이다."(『易』曰, '臣弑其君, 子弑其父, 非一朝一夕之故, 其所由來者漸矣.' 故謹履霜之戒. 一部『石頭記』, (演)一漸字)

25) 납란성덕(納蘭成德, 1655~1685)은 뒤에 성덕(性德)이라고 이름을 고쳤다. 자는 용약(容若)이고, 청 만주 정황기(正黃旗) 사람이다. 대학사 명주(明珠)의 맏아들로 일찍이 일등 시위(一等侍衛)를 지냈다. 저작에 『음수사』(飮水詞), 『통지당집』(通志堂集) 등이 있다.

26) 진강기(陳康祺)의 자는 균당(鈞堂)이며, 청의 은현(鄞縣; 지금의 저장에 속함) 사람으로, 벼슬은 낭중(郎中)에 이르렀다. 저작으로 『연하향좌록』(燕下鄕脞錄) 16권이 있다.
[진강기(1840~?)의 『연하향좌록』이라고 하는 것은 『낭잠기문이필』(郎潛紀聞二筆)을 말하는 것이다.—일역본]

27) 강신영(姜宸英, 1628~1699)의 자는 서명(西溟)이고, 호는 잠원(湛園)이며, 청의 자계(慈溪; 지금의 저장에 속함) 사람이다. 강희 기묘(1699)년에 순천(順天) 향시의 시험관이 되었는데 과거장에서의 부정한 행위에 연루되어 옥사하였다. 저작으로 『잠원미정고』(湛園未定稿), 『서명문초』(西溟文鈔) 등이 있다.

28) 서시동(徐時棟, 1814~1873)의 자는 정우(定宇)이고, 호는 유천(柳泉)이며, 청의 은현(鄞縣; 지금의 저장에 속함) 사람이다. 일찍이 내각중서(內閣中書)를 지냈고, 저작으로는 『유천시문집』(柳泉詩文集) 등이 있다. 그 아래에 서시동의 설을 인용하면서 언급한 명주(明珠, 1635~1708)는 성이 납란(納蘭)이며, 청의 만주 정황기 사람이다. 강희 연간에 형부상서, 무영전대학사(武英殿大學士)를 지냈다. 고담인(高澹人, 1644~1703)의 이름은 사기(士奇)이고, 호는 강촌(江村)이며, 청의 전당(錢塘; 지금의 저장 항저우) 사람이다. 일찍이 예부시랑을 지냈다. 저작으로 『청음당전집』(淸吟堂全集), 『천록지여』(天祿識餘) 등이 있다.

29) 원문은 다음과 같다. 小說『紅樓夢』一書, 卽記故相明珠家事, 金釵十二, 皆納蘭侍御所奉爲上客者也, 寶釵影高澹人; 妙玉卽影西溟先生: '妙'爲'少女', '美'亦婦人之美稱; '如玉' '如英', 義可通假.…

30) 장유병(張維屛, 1780~1859)의 자는 남산(南山)이며, 청의 번우(番禺; 지금의 광둥에 속함) 사람으로, 벼슬이 강서남강지부(江西南康知府)에 이르렀다. 저작으로 『송심시집·문집』(松心詩集·文集) 등이 있다. 『시인징략』(詩人徵略)은 바로 『국조시인징략』(國朝詩人徵略)으로, 일편(一編)이 60권, 이편(二編)이 64권으로 되어 있다. 본문의 인용문은 이편의 9권에 보인다.

31) 원문은 "賈寶玉蓋卽容若也; 『紅樓夢』所云, 乃其髫齡時事".

32) 원문은 "中擧人止十五歲, 于書中所述頗合".

33) 후스(胡適, 1891~1962)의 자는 적지(適之)이며, 안후이 스시(適溪) 사람이다. 그의 『홍루몽고증』(紅樓夢考證)은 1921년에 지어진 것으로 『홍루몽』의 작자, 판본에 대해 고증을 가하였다. [후스의 『홍루몽고증』은 처음에 상하이의 야둥도서관 간, 1921년 5월판 『홍루몽』(정갑본을 저본으로 함)의 권수(卷首)에 실려 있었다.—일역본]

34) 청 세조(世祖)는 곧 순치(順治) 황제인 복림(福臨, 1638~1661)이다.
동악비(董鄂妃)는 세조의 비(妃)로, 내대신(內大臣) 악석(鄂碩)의 딸이다. 일부 색은파(索隱派) 홍학가들은 동악비가 동소완(董小宛)이라고도 한다.

35) 왕몽완(王夢阮)에 대해서는 자세하게 알려진 것이 없다.
심병암(沈甁庵)은 중화서국의 편집(編輯)으로, 일찍이 『중화소설계』(中華小說界)라는 잡지를 편집하였다. 왕몽완과 심병암이 함께 편찬한 『홍루몽색은』(紅樓夢索隱)은 1916년 중화서국에서 출판된 120회 본 『홍루몽』에 부간(附刊)되어 있으며, 권 첫머리에 그들이 쓴 『홍루몽색은제요』(紅樓夢索隱提要)가 있다.

36) 원문은 다음과 같다. 蓋嘗聞之京師故老云, 是書全爲淸世朝與董鄂妃而作, 兼及當時諸名王奇女也.…

37) 모양(冒襄, 1611~1693)의 자는 벽강(辟疆)이고, 호는 소민(巢民)이며, 청초의 여고(如皐; 지금의 장쑤) 사람이다. 명말에 부공(副貢)을 지냈고, 청으로 들어와서는 벼슬하지 않고 은거하였다. 저작으로 『소민시집·문집』(巢民詩集·文集)이 있다.
동소완(董小宛, 1624~1651)의 이름은 백(白)으로, 원래는 진회(秦淮)의 이름난 기생이었으나 뒤에 모양의 총첩(寵妾)이 되었다.

38) 『홍루몽색은제요』의 원문은 다음과 같다. "동비로 말할 것 같으면,…… 사람들은 모두 진회의 명기인 동소완으로 알고 있다. 소완은 여고의 자가 벽강인 공자 모양을 구 년 동안 섬겨, 서로의 애정이 무척 깊었다. 마침 적병들이 강남으로 크게 밀려 내려와 벽강은 온 집안이 병사들을 피해 절강의 염관에게로 갔다. 소완이 아름답다는 명성은 일찍부터 짜했으므로, 예왕이 그 소문을 듣고 손에 넣고자 하였으니, 벽강은 위기에 처했다. 소완은 어쩔 수 없음을 알고 계책으로 벽강을 온전히 돌아가게 한 뒤 왕을 따라 북쪽으로 갔다. 뒤에 세조에 의해 궁중으로 들여져 애오라지 총애를 받았다. 황후를 폐하고 새로 세울 때의 의도는 본래 악비를 염두에 두고 있었으나, 황태후는 악비의 출신이 비천하다 하여 불가하다는 입장을 견지하였다. 여러 왕들 역시 그녀를 무시하여 드디어 황후가 되지 못하고 귀비로 봉하여졌다.…… 악비는 뜻을 이루지 못하자 앙앙불락하다가 죽었다. 세조는 비를 잃은 사실로 절통해하다가 머리를 깎고 중이 되어 오대산으로 가서 돌아오지 않았다."(至于董妃…人人知爲秦淮名妓董小琬也. 小琬事如皐辟疆冒公子襄九年, 雅相愛重. 適大兵下江南, 辟疆擧家避兵于浙之鹽官. 小琬艶名夙熾, 爲豫王所聞, 意在必得, 辟疆機瀕于危. 小琬知不免, 乃以計全辟疆使歸, 身隨王北行. 後經世祖納之宮中, 寵之專房. 廢后立后時, 意本在妃. 皇太后以妃出身賤, 持不可, 諸王亦尼之, 遂不得爲后, 封貴妃,…妃不得志, 乃怏怏死. 世祖痛妃切, 至落發爲僧, 去之五臺不返) — 보주

39) 멍썬(孟森, 1868~1937)의 자는 순손(蓴孫)이고, 필명은 심사(心史)이며, 장쑤 우진(武進) 사람이다. 일찍이 베이징대학 교수를 지냈다. 저작으로는 『심사총간』(心史叢刊)이 있다. 모두 3집으로 되어 있는데 대부분이 명청대의 역사와 관계있는 고증문장이다.

40) 차이위안페이(蔡元培, 1868~1940)의 자는 학경(鶴卿)이고, 호는 혈민(孑民)이며, 저장 사오싱(紹興) 사람이다. 일찍이 난징임시정부의 교육총장과 베이징대학의 총장을 지냈다. 그가 지은 『석두기색은』(石頭記索隱)에서는 임대옥을 강주선자(絳珠仙子)라 하였는데, "주"(珠)와 "주"(朱)는 음이 같으며, 임대옥이 사는 소상관(瀟湘館)을 주이존(朱彝尊)의 호인 "죽타"(竹垞)에 억지로 비유한 것은 임대옥이 주이존을 암시한다고 생각했기 때문이다. "왕"(王)은 곧 "주"(柱)자의 편방이 생략된 것이고, "국"(國)은 속자로 "국"(国)이라고도 쓰며, 희봉의 남편이 "련"(璉)이므로, 두 왕(王)자가 서로 연관

이 있다. 따라서 왕희봉은 곧 여국주(余國柱)를 암시한다는 것이다. 진유숭(陳維崧)의 자인 기년(其年)과 호인 가릉(迦陵)은 사상운이 차고 있는 기린(麒麟)과 음이 비슷하므로 사상운은 바로 진유숭을 암시한 것으로 여겼다.

41) 원문은 다음과 같다. 『石頭記』者, 淸康熙朝政治小說也. 作者持民族主義甚摯, 書中本事, 在弔明之亡, 揭淸之失, 而尤于漢族名士仕淸者寓痛惜之意.…

42) 저우루창(周汝昌)의 『홍루몽신증』(紅樓夢新證) 제3장 "적관출신"(籍貫出身)에서는 다음과 같이 말했다. "조씨 가문의 윗대는 비록 한인이지만 그들이 귀속된 것은 만주포의(만주어로 노예라는 뜻)기였기에 근본적으로 한군기가 아니었다.…… 조씨 가문은 비록 포의 출신이지만 역사가 오래되어 대대로 높은 관직을 지냈으니, 실제로는 이미 '대대로 벼슬한 명망가'가 되었으며, 포의라고 하는 것은 이미 그 명목만 남아 있을 뿐 그 실질은 변해 버렸다.…… 하지만 설근의 책에 묘사된 것을 보면 어렸을 때 가정의 음식과 의복, 예의범절과 가법이 모두 만주의 풍습이라 한인이 짐짓 흉내 낼 것은 단연코 아니었다. 종합해 보건대, 청나라 왕조가 개국한 뒤 백 년이 된 조설근은 핏속에 '한'이 남아 있는 것 이외에는 이미 99퍼센트 이상의 만주 기인이 되었다. '망국'이니 '명나라를 생각한다'느니 하는 견해를 그에게 돌리는 것은 너무도 황당무계하여 웃을 수밖에 없는 것이다."(曹家上世雖是漢人, 但一歸旗就是滿州包衣(滿語奴才之意)旗, 根本就不是漢軍旗.…曹家雖是包衣出身, 但歷史悠久, 世爲顯宦, 實際已變爲'簪纓望族', 包衣二字是已有其名而易其實了.…但看雪芹書裡所寫, 幼時家庭, 飮食衣著, 禮數家法, 全繫滿俗, 斷非漢人可以冒充. 綜合而看, 淸朝開國後百年的曹雪芹, 除了血液裡還有'漢'外, 已是百分之九十九以上的滿州旗人. 不但'亡國''思明'的想法, 放到他頭上, 荒謬得簡直令人發笑. 129쪽) — 보주

43) 원문은 "康熙中, 曹練亭爲江寧織造,…其子雪芹撰『紅樓夢』一書, 備記風月繁華之盛. 中有所謂大觀園者, 卽余之隨園也".

44) 왕궈웨이(王國維, 1877~1927)의 자는 정안(靜安)이고, 호는 관당(觀堂)이며, 저장 하이닝(海寧) 사람이다. 저작으로 『송원희곡사』(宋元戲曲史), 『관당집림』(觀堂集林) 등이 있다. 본문에 인용한 문장은 『정안문집 · 홍루몽평론』(靜安文集 · 紅樓夢評論)에 보인다.

45) 원문은 "所謂'親見親聞'者, 亦可自旁觀者之口言之, 未必躬爲劇中之人物".

46) 조설근의 가계와 출신지에 관해서는 루쉰의 『사략』이 나온 뒤로 많은 사실들이 밝혀졌다.

조설근의 원적(原籍)에 관해서는 리쉬안보(李玄伯)의 「조설근가세신고」(曹雪芹家世新考; 『고궁주간』故宮週刊 제84기, 1931년 5월 16일)에서 허베이성(河北省) 펑룬현(豊潤縣)이라고 한 이래로, 오랫동안 유력한 설로 받아들여져 왔다. 하지만 근년에 조씨 가문의 적관은 요양(遼陽)이고, 뒤에 심양(沈陽)으로 옮긴 것으로, 허베이성 펑룬현이 아니라는 설이 나왔는데, 이것이 정설로 굳어지고 있다. 가계와 출신지에 관한 연구서로서는 다음과 같은 것들이 있다.

저우루창(周汝昌), 『홍루몽신증』(紅樓夢新證), 상하이: 탕디출판사(唐棣出版社), 1953년 9월. 이 책은 관련 자료가 풍부하게 모아져 있다. 다만 소설의 허구성에 관한 이해가 결여되어, 『홍루몽』을 자전소설로 보는 관점에서, 작품 속의 "사실"(事實)을 사실(史實)과 무리하게 연결시키려 한 것은 흠이다. 이 점에만 유의한다면, 사실 중요한 자료

가운데 하나이다. 나중에 상하 이책(上下二冊)의 증정본(增訂本; 베이징: 런민원쉐출판사, 1976년 4월)이 나왔다. 또 왕리치(王利器)의 「『홍루몽신증』 정오」(『紅樓夢新證』訂誤; 『홍루몽연구집간』紅樓夢研究集刊 제2집, 상하이: 상하이구지출판사, 1980년 3월)는 이 증정본의 잘못을 지적하고 비판한 논문이다.

펑치융(馮其庸)의 『조설근가세신고』(曹雪芹家世新考), 상하이: 상하이구지출판사, 1980년 3월. 양팅푸(楊廷福)의 후서(後序)가 있다. 조씨 가문의 적관을 심양이라고 논증한 논고이다. 대단히 실증적인 논문으로 조씨 가문의 가계와 출신지를 아는 데에는 필독서이다.—일역본

이 문제에 대해서는 최용철의 다음의 글이 참고가 된다. 최용철, 「중국 『금병매』 및 『홍루몽』 국제학술대회 참가보고」, 『중국소설연구회보』 제31호, 서울: 한국중국소설학회, 1997. 9.—옮긴이

47) 조인(曹寅, 1658~1712)은 일찍이 통정사(通政使), 소주 강녕(江寧)의 직조(織造)를 지냈으며, 『전당시』, 『패문운부』(佩文韻府)의 간행을 주관하였다. 그가 지은 소설 두 종은 『호구여생』(虎口餘生), 『속비파기』(續琵琶記)이며, 다음 글의 "청 세조(世祖)"는 "청 성조(聖祖)"가 맞다.

[청 이두(李斗)의 『양주화방록』(楊朱畵舫錄) 2권에서는 다음과 같이 말했다. "조인은 자가 자정이고 호는 연정으로 만주인이다. 관직은 양회염원이었다. 시사에 뛰어났고, 글씨를 잘 썼으며, 저서로는 『연정시집』이 있다. 비서 열두 종을 간행했는데, 『매원』, 『성화집』, 『법서고』, 『금사』, 『묵경』, 『연전』, 『유후산천가시』, 『금편』, 『조기립담』, 『도문기승』, 『당상보』, 『녹귀부』가 그것이다. 지금의 의징의 여원의 문에 걸려 있는 편액인 '강천전사' 네 글자는 그가 쓴 것이다."(曹寅, 字子淸, 號楝亭, 滿州人, 官兩淮鹽院. 工詩詞, 善書, 著有『楝亭詩集』. 刊秘書十二種, 爲『梅苑』·『聲畵集』·『法書考』·『琴史』·『墨經』·『硯箋』·『劉后山千家詩』·『禁扁』·『釣磯立談』·『都門紀勝』·『糖霜譜』·『錄鬼簿』. 今之儀徵余園門牓'江天傳舍'四字, 是所書也)—보주]

48) 조인(曹寅)의 문집 『연정집』(楝亭集) 상하 이책(上下二冊; 상하이: 상하이구지출판사, 1978년 12월. 청인별집총간淸人別集叢刊)이 있다.

또 강녕직조(江寧織造)로서의 조새(曹璽; 조인의 아버지), 조인(曹寅), 조옹(曹顒; 조인의 長子) 조부(曹頫; 조인의 次子)의 공적인 활동을 보여 주는 문서를 편집한 『관어강녕직조조가당안사료』(關於江寧織造曹家檔案史料; 고궁박물원 명청당안부 편, 베이징: 중화서국, 1975년 3월)가 있다. 이 책에서는 조인의 처남이었던 소주직조(蘇州織造) 이후(李煦)에 관한 문서와 조인의 사위인 평군왕(平郡王) 눌이소(訥爾蘇)의 세계(世系)와 경력에 관한 사료가 각각 부록1과 부록2로 실려 있다.

또 이후의 공적인 활동을 보여 주는 문서인 『이후주접』(李煦奏摺; 구궁박물원 명청당안부 편, 베이징: 중화서국, 1976년 5월)이 있다.—일역본

49) 조인의 실자(實子)는 조련생(曹連生), 곧 조옹(曹顒)이다. 조옹은 일찍 죽었기에, 조부(曹頫)가 조씨 가문의 일족인 조선(曹宣)의 넷째아들(조인의 손자뻘 된다)로서, 조인의 후계가 되었다(앞서의 펑치융의 책에 의함).

조설근이 조부의 아들인지 여부는 의문이 있는 듯하다. 조옹의 아들이라고 하는 설도

있다. 조부가 해임되고 몰락한 이유에 관해서는 옹정제(雍正帝)의 즉위를 둘러싼 궁중 내부의 암투에 연루되었기 때문이라고 하는 설이 있다. 곧 강희제의 후계 문제를 둘러싸고, 옹정제와 윤사(胤禩), 윤당(胤禟)이 싸움을 벌였는데, 옹정제는 즉위하자마자 경쟁자인 윤사와 윤당을 박해하고 그들과 관련된 사람들을 탄압하였다. 조인의 처남인 이후(李煦)는 윤사(뒤에 阿其那라고 개명되었음)와 교분이 있었는데, 그것이 빌미가 되어 하옥되어 고초를 겪은 듯하다.—일역본

50) 조설근이 죽은 해에 관해서, 위핑보는 갑술본(甲戌本) 지연재평(脂硯齋評)에 근거해, 건륭 27년 "임오 제석"(壬午除夕)이라고 하였다. 태어난 해에 관해서는 그가 어느 해에 태어났는지 추산할 방법이 없다. 위핑보는 대체로 1715년(?)에 태어나 1763년에 죽었을 것이라고 하였다.

루쉰은 조설근의 사적에 관해서 후스의 『홍루몽고증』(紅樓夢考證; 『후스 문존』 3권) 이외에도, 후스의 「『홍루몽고증』 발문」(跋『紅樓夢考證』; 1922년 5월 3일, 『노력주보』努力週報 제1기에 실림)을 참조한 듯하다. 뒤에 마스다 와타루(增田涉) 앞으로 1934년 5월 31일 밤에 부친 일본어 편지에서, 『노력주보』 1을 『후스문선』(胡適文選)으로 개명했다고 하나, 이 『후스문선』은 현재 보이지 않는다.—일역본

51) 동년(同年)에는 다음과 같은 세 가지 의미가 있다. 첫째는 같은 해이다. 두번째는 동갑이다. 마지막으로 세번째는 같은 해에 급제한 사람을 가리킨다. 이 가운데 어느 것을 의미하는지는 앞으로 연구가 필요하다.—옮긴이

52) 원문은 다음과 같다. 『船山詩草』有『贈高蘭墅鶚同年』一序云, '艶情人自說『紅樓』.' 注云, '『紅樓夢』八十回以後, 俱蘭墅所補.' 然則此書非出一手. 按鄕會試增五言八韻詩, 始乾隆朝, 而書中敍科場事已有詩, 則其爲高君所補可證矣.

53) 友人程子小泉過予, 以其所購全書見示, 且曰, '此仆數年銖積寸累之辛心, 將付剞劂, 公同好. 子閑且憊矣, 盍分任之.' 予以是書…尙不背于名敎,…遂襄其役.

54) 황지홍변(黃地紅邊)의 기(旗). 청대 팔기군의 하나이다.—옮긴이

55) 관명으로, 남조(南朝) 송(宋)에서 청대에 이르기까지 모두 시독박사가 있었는데, 여러 왕들에게 경을 가르쳤다.—옮긴이

56) 원나라 때의 동고시관(同考試官)은 명·청의 부고관(副考官)에 해당한다. 명·청의 동고(同考)는 과거를 볼 때 들어가 시험을 관찰하는 직책으로 향·회시에 모두 있었다.—옮긴이

57) 원문은 "暮年之人, 貧病交攻, 漸漸的露出那下世光景來".

58) 위핑보(兪平伯)의 이름은 명형(銘衡)이며, 저장 더칭(德淸) 사람이다. 그가 지은 『홍루몽변』(紅樓夢辨)은 1923년에 출판되었다(뒤에 수정을 거쳐 『홍루몽연구』로 개명하여 1952년에 출판됨).

59) 루쉰은 위핑보의 『홍루몽변』 하(下)에 의거해, 일찍이 속작 30회가 있었다고 하면서, 그 대강의 줄거리를 기술하였다. 뒤에 위핑보는 지연재(脂硯齋) 비어(批語)의 어떤 사본, 곧 이른바 지본 갑술 본과 경진 본을 보고, 유정서국에서 간행된 척본에 있는 구평(舊評)도 "지평"(脂評)이라는 사실이 판명되자, 그것에 의거해 일찍이 "속작"으로 보았던 "이른바 일본(佚本)"은 사실은 조설근이 미완인 채로 잃어버렸던 잔고(殘稿)라는

사실을 알게 되었다고 했다(兪平伯, 「後三十回的紅樓夢」, 『紅樓夢研究』, 上海; 唐棣出版社, 1953年 5月 5版). 위핑보가 일찍이 "속서"라고 했던 것을 조설근 생전에 집필한 "잔고"로 정정한 이상, 본문의 기술도 이제 그대로 고쳐 읽어야 할 것이다.

또 위핑보는 『속열미초당필기』(續閱微草堂筆記; 『小說考證』引)에 전하는 이른바 "옛날에 나온 진본(眞本) 『홍루몽』"에 관하여, 상하이 『징바오』(晶報)의 「구원필기」(臞蝯筆記)의 「홍루일화」(紅樓佚話) 상(上)에서도 그의 "옛날에 나온 진본 『홍루몽』"이라는 것을 기술했다고 술회했는데, 그 소재의 근원(材源)에 관해 고찰하고 나서, 보작(補作)이라 하는 것이 고악의 속작보다 낫다고 하는 감상(感想)을 기술해 놓았다(위핑보, 『홍루몽 연구』). ―일역본

60) 원문은 다음과 같다. 戴君誠夫見一舊時眞本, 八十回之後, 皆與今本不同, 榮寧籍沒後, 皆極蕭條, 寶釵亦早卒, 寶玉無以作家, 至淪于擊柝之流. 史湘雲則爲乞丐, 後乃與寶玉仍成夫婦.…聞吳潤生中丞家尙藏有其本.(蔣瑞藻『小說考證』七引『續閱微草堂筆記』)

61) 『홍루몽』의 판본은 앞서의 역주에서 거론한 바 있는 활자본 정갑본과 정을본이 나왔을 때까지만 해도 사본(寫本)으로 유포되고 있었는데, 그 가운데 몇 개가 발견되었다. 사본에는 여백과 행간에 주필(朱筆)로 평어와 감상을 써놓은 것이 있는데, 그 주석자 가운데 가장 많고 가장 중요한 인물이 곧 "지연재"이다. 이 "지연재"는 작자인 조설근과 각별하게 친밀한 사이라는 것이 문면에 나타나 있다.

이러한 사본 가운데 하나가 중화인민공화국 건국 후에 복각본(覆刻本)으로 나왔다. 그 개요는 웨이사오창(魏紹昌)의 『홍루몽판본소고』(紅樓夢版本小考; 베이징: 중궈서후이커쉐출판사中國社會科學出版社, 1982년 9월)에 실려 있는 「『홍루몽』 판본 간표」(『紅樓夢』版本簡表)의 「표1 지본(脂本)」에 의해 알 수 있다.

일찍이 루쉰이 『사략』에 인용한 예문은 척생서(戚生序) 『석두기』 본과 정본(程本)에 의한 교본(校本)의 성격을 띠고 있는데, 뒤에 위핑보에 의한 교본이 나왔다는 것은 앞서의 역주에서 언급한 대로이다. 이러한 사본들 가운데 『지연재중평석두기』(脂硯齋重評石頭記) 과록 기묘 본(過錄己卯本; 이른바 己卯本)과 『지연재중평석두기』 과록 경진 본(過錄庚辰本; 이른바 庚辰本)의 관계를 다룬 논문으로는, 펑치융(馮其庸)의 『경진 본을 논함』(論庚辰本; 상하이원이출판사上海文藝出版社, 1978년 4월)이 있다. 『홍루몽』의 판본 연구에 있어 주목할 만한 논고이다.

또 위핑보는 이러한 지연재 본 가운데 갑술 본(甲戌本)과 기묘 본, 경진 본 및 유정 본(有正本; 戚本), 갑진 본(甲辰本) 등 다섯 가지 판본의 지비(脂批)를 모아, 『지연재홍루몽집평』(脂硯齋紅樓夢輯評; 상하이: 상하이원이롄허출판사上海文藝聯合出版社, 1954년 12월 1쇄, 1955년 4월 3쇄)을 간행했다. 뒤에 1966년 5월 중화서국에서 정문(正文)에 팔십회(八十回) 교정본(校訂本)의 쪽수를 주기(注記)하는 등의 수정을 가한 신판이 간행되었다.

고악(高鶚)의 속작 문제에 관해서는 고악이 남겨 놓은 시문(詩文)을 조사한 결과, 그의 경력과 성향, 여성관 및 문학상의 취미가 밝혀졌으며, 그가 후반부 사십 회를 속작했다고 하기보다, 조설근 사후에 누군가에 의해 후반부 사십 회가 속작되었고, 고악은 정리를 한 것에 지나지 않지 않나 하는 설이 여러 가지로 제기되었다. 그것은 그의 시사(詩詞)가 천박하고 평범하며, 인생관도 저속하였고, 여성에 대한 태도 역시 경박

했는데, 특히 젊어서 그에게 시집와 그의 후처가 된 장문도(張文陶)의 누이동생을 학대하여 죽음에 이르게 하는 등, 도저히 후반부 사십 회를 지은 사람이라고 할 수 없기 때문이다. 이를테면 주 62) 이후로 든 『홍루몽서록』(紅樓夢書錄)의 찬자(撰者) 일속(一粟; 곧 저우사오량周紹良)도 고악속작설을 부정하는 사람 가운데 하나이다. 저우사오량, 「『홍루몽』 후 40회와 고악의 속서를 논함」(論『紅樓夢』後四十回與高鶚續書), 『홍루몽연구논집』(紅樓夢研究論集), 타이위안: 산시런민출판사(山西人民出版社), 1983년 6월.

다만 정갑본이 나왔을 당시는 일반에게는 속작의 문제는 없이, 그대로 인정되었다. 그 뒤에 나온 번인본(翻印本)과 복인본(覆印本)은 모두가 정갑본에서 파생된 것이다. 정을본은 1927년 야둥도서관에서 중배본(重排本; 제8판. 여기까지는 정갑본을 저본으로 하였음)을 저본으로 한 것이 보급된 이래, 중화인민공화국 성립 이후에도 그 계통의 판본이 보급되었다(앞에서 언급한 바 있는 웨이사오창의 책에 실린, 「야둥 본을 이야기함」談亞東本 및 「『홍루몽』 판본 간표」의 "제이第二 정본程本"을 볼 것). — 일역본

62) 원서는 보이지 않는다. 다만 낭환산초(娜環山樵)의 『보홍루몽』(補紅樓夢) 제1회 및 양공진(梁恭辰)의 『권계사록』(勸戒四錄) 4권 칭인(稱引)에 보인다. 도광 28년 이전에 나왔을 것이며, 자세한 것은 일속의 『홍루몽서록』(상하이: 구뎬원쉐출판사, 1958년 4월. 이하 『서록』으로 간칭함), 141~200쪽을 볼 것. — 보주

63) 보이지 않는다. 『석두기집평』(石頭記集評) 하권에서는 다음과 같이 말했다. "『홍루보몽』은 귀서자 및 낭환산초 이외에도 달리 이 책이 있는 듯한 게 확실한데, 잠시 의문으로 남겨 둔다."(至于『紅樓補夢』, 旣再歸鋤子及娜環山樵以外, 似確別有其書, 姑存疑) 『서록』 142쪽 인용문을 볼 것. — 보주

64) 보이지 않는다. 보벽(報癖)의 『신석두기』(新石頭記; 광서 32년 곧 1906년 『月月小說』 제1권에 실려 있음)에 이 책이 있었다고 인용되어 있다. 『서록』 143쪽을 볼 것. — 보주

65) 보이지 않는다. 낭환산초의 『보홍루몽』(補紅樓夢) 제1회 인용문에는 이 책이 "산만하고 지리멸렬하여, 따져서 물을 수가 없다"(曼衍支離, 不可究詰)고 하였다. — 보주

66) 『후홍루몽』(後紅樓夢). 소요자(逍遙者)가 지은 30회로 건륭, 가정 연간 간행본이다. [자세한 것은 『서록』 86~91쪽을 참고할 것. — 보주]

『속홍루몽』(續紅樓夢). 같은 이름의 것이 두 종류 있는데, 하나는 진자침(秦子忱)이 지은 것으로 30권이며, 가경 4년 포옹헌(抱甕軒) 간행본이고, 다른 하나는 "해포주인수제"(海圃主人手制)라고 제하였는데, 40회이고 가경 연간 간행본이다. [진자침의 것은 『서록』 91~96쪽, 해포주인의 것은 『서록』 108~111쪽을 볼 것. 이밖에 장요손(張曜孫)이 지은 것이 있는데, 고본(稿本) 9책으로 『서록』 130~131쪽을 볼 것. — 보주]

『홍루복몽』(紅樓復夢). "홍향각소화산초남양씨편집"(紅香閣小和山樵南陽氏編輯)이라 제하였는데, 100회이고 가경 10년[1808년] 금곡원(金谷園) 간행본이다. [『서록』 100~108쪽을 볼 것. — 보주]

『홍루몽보』(紅樓夢補). 귀서자(歸鋤子)가 지은 것으로 48회이며, 가경 24년[1819년] 등화사(藤花榭) 간행본이다. [자세한 것은 『서록』 114~119쪽을 볼 것. — 보주]

『홍루환몽』(紅樓幻夢). 화월치인(花月痴人)이 지었고, 24회로 도광 23년[1843년] 소영재(疏影齋) 간행본이다. [자세한 것은 『서록』 126~128쪽을 볼 것. 『석두기집평』(石頭

記集評) 하권에서는 이런 류의 속서에 대해 다음과 같이 평했다. "사실은 모두가 사족이고 개꼬리일 따름이다. 『홍루몽』이라는 책에 어찌 속이라는 글자를 더할 수 있겠는가?"(其實皆蛇足狗尾也. 『紅樓夢』一書, 豈能復續一字耶?)—보주]

『홍루원몽』(紅樓圓夢). 몽몽서생(夢夢先生)이 지었고, 31회로 가경 19년[1814년] 홍장각(紅薔閣) 사각본(寫刻本)이다. [자세한 것은 『서록』 111~114쪽을 볼 것.—보주]

『증보홍루』(增補紅樓). 낭환산초(嫏嬛山樵)가 지었고, 32회로 도광 4년[1824년] 간행본이다. [자세한 것은 『서록』 122~126쪽을 볼 것.—보주]

『귀홍루』(鬼紅樓). 진자침의 『속홍루몽』을 말하며, 『참옥루총서제요』(懺玉樓叢書提要)에는 다음과 같이 기록되어 있다. "이 책은 『후홍루몽』의 뒤에 지어졌는데, 사람들이 이 책이 귀신 이야기를 다루었기에 장난삼아 『귀홍루』라고 부른 것이다."(是書作于『後紅樓夢』之後, 人以其說鬼也, 戱呼爲『鬼紅樓』)

『홍루몽영』(紅樓夢影). 운집외사(雲集外史), 일명 서호산인(西湖山人)이 지은 것으로, 24회이며, 광서 3년[1877년] 베이징 취진당(聚珍堂) 활자 간행본이다. [자세한 것은 『서록』 128~130쪽을 볼 것. 이상 여러 가지 『홍루몽』 속서는 일속의 『홍루몽권』(紅樓夢卷) 2책(『중국고전문학연구회편』中國古典文學研究匯編에 들어 있음)과 유서(裕瑞; 思元齋)의 『조창수필』(棗窗隨筆; 1957년 영인)을 참고할 것.—보주]

『홍루후몽』(紅樓後夢), 『홍루보몽』(紅樓補夢), 『홍루중몽』(紅樓重夢), 『홍루재몽』(紅樓再夢)은 보이지 않는다(이상의 내용은 일속의 『홍루몽서록』에 의거하였다).

[일속 편, 『홍루몽서록』(상하이: 구뎬원쉐출판사, 1958년 4월)은 「판본(版本), 역본(譯本)」, 「속서」(續書, 附: 仿作), 「평론」(附: 報刊), 「도화(圖畵), 보록(譜錄)」, 「시사」(詩詞), 「희곡(戱曲), 전영(電影)」, 「소설(小說), 연환화(連環畵)」의 7부로 이루어져 있다.

일속의 『홍루몽서록』을 이어받아 거기에 실리지 않은 것이나 기록되어 있더라도 내용에 분명한 차이가 있는 것을 수록한 책으로는 후원빈(胡文彬) 편, 『홍루몽서록』(紅樓夢叙錄; 창춘長春: 지린런민출판사吉林人民出版社, 1980년 6월)이 있다. 수록 범위의 하한은 1978년 12월까지이다.

또 일속에게는 「고전문학연구자료휘편」(古典文學研究資料彙編)이라고 하는 시리즈의 하나로, 청 건륭에서 1919년 5·4운동까지의 약 160년간에 걸친, 『홍루몽』과 작자에 관한 평론과 고증 분야의 주요 자료를 집성한 것이 있는데, 이것이 곧 『홍루몽권』(紅樓夢卷) 이책(二冊; 베이징: 중화서국, 1963년 12월 1판, 1980년 4월 베이징 3쇄, 6권으로 되어 있음)이다.

또 아잉(阿英)의 유작으로, 일속의 편저와 동명의 「『홍루몽』서록」(『紅樓夢』書錄)이 있는데, 아잉의 『소설사담』(小說四談; 상하이: 상하이구지출판사, 1981년 12월)에 수록되어 있다. 말미에 "一九四一年八月十五日如晦再記"라고 기록되어 있다.

『홍루몽』에 관한 연구문헌은 단행본과 논문을 불문하고, 엄청나게 많다. 논문은 『홍루몽연구논문자료색인』(紅樓夢研究論文資料索引, 1874~1982; 베이징: 수무원셴출판사書目文獻出版社, 1983년 12월)이라고 하는 목록에 나와 있는 대로이다. 특히 1979년 이래, 『홍루몽연구집간』(紅樓夢研究集刊; 제1집은 1979년 10월, 상하이: 상하이구지출판사)과 『홍루몽학간』(紅樓夢學刊; 제1집은 1979년 5월, 톈진: 바이화원이출판사百花文藝出版社) 등과

같은 논문집이 속속 간행되었다.—일역본]
[『홍루몽』의 우리말 번역본은 다음과 같다. 최용철, 고민희 옮김, 『홍루몽』, 서울: 나남, 2009.
우리나라 사람에 의해 이루어진 『홍루몽』 연구는 다음과 같은 것들이 있다. 고민희(高旼喜), 「『홍루몽』의 현실비판적 의의 연구」, 서울: 고려대 박사논문, 1990. 2. 최용철(崔溶澈), 「청대홍학연구」(淸代紅學硏究), 타이베이: 타이완대학 박사논문, 1990. 최병규(崔炳圭), 「『홍루몽』연구」(『紅樓夢』硏究), 타이베이: 타이완사범대학 박사논문, 1994. 6. 한혜경(韓惠京), 「『홍루몽』 왕장요 삼가 평점의 연구」(『紅樓夢』王張姚三家評點之硏究), 타이베이: 원화대학 박사논문, 1994. 6. 채우석(蔡禹錫), 「『홍루몽』의 왕희봉 형상 연구」, 서울: 한국외대 박사논문, 1997. 2.
미국에서 나온 연구서로는 다음의 것이 있다. Mary Elizabeth Scott, *Azure From Indigo: Hong Lou Meng's Debt To Jin Ping Mei*(Hong Lou Meng, China, Qing Dynasty, Ming Dynasty), Phd., Princeton University, 1989.—옮긴이]

67) 루쉰은 「눈을 크게 뜨고 볼 것에 대하여」(論睜了眼看)에서 다음과 같이 말했다. "뒤에 속작을 만들거나 개작을 하는 것은, 이미 죽은 사람의 혼이 다른 사람의 시체를 빌려 환생하는 것이 아니면, 저승에서 배필을 따로 찾는 격이 되어, '남녀 주인공으로 하여금 그 자리에서 해피엔딩을 맞게' 해야만, 비로소 손을 떼려 한다…… 헤켈이 말한 대로 사람과 사람 사이의 차이는 어떤 때에는 유인원과 원인의 차이보다도 크다. 우리가 『홍루몽』의 속작들을 비교해 보면 이 말이 대체로 확실하다는 것을 인정할 수 있을 것이다."(後來或續或改, 非借尸還魂, 卽冥中另配, 必令'生旦當場團圓', 才肯放手者,…赫克尒(E. Haekel)說過: 人和人之差, 有時比類人猿和猿人之差還遠. 我們將『紅樓夢』續作一比較, 就會承認這話大槪是確實的.) 『무덤』[墳, 『루쉰전집』 제1권, 서울: 그린비, 352~353쪽]을 참고할 것.—보주

68) 원문은 다음과 같다. …作者自云: 因曾歷過一番夢幻之後, 故將眞事隱去, 而借"通靈"之說, 撰此『石頭記』一書也.…自又云: 今風塵碌碌, 一事無成, 忽念及當日所有之女子, 一一細考較去, 覺其行止見識, 皆出于我之上. 何我堂堂須眉, 誠不若彼裙釵女子? 實愧則有餘, 悔又無益, 是大無可如何之日也. 當此, 則自欲將已往所賴天恩祖德, 錦衣紈袴之時, 飫甘饜肥之日, 背父兄敎育之恩, 負師友規訓之德, 以致今日一技無成, 半生潦倒之罪, 編述一集, 以告天下人. 我之罪固不免, 然閨閣中本自歷歷有人, 萬不可因我之不肖, 自己護短, 一幷使其泯滅. 雖今日之茅椽蓬牖, 瓦竈繩床, 其晨夕風露, 階柳庭花, 亦未有妨我之襟懷, 束筆閣墨, 雖我未學, 下筆無文, 又何妨用俚語村言, 敷衍出一段故事來, 亦可使閨閣照傳, 復可悅世之目, 破人愁悶, 不亦宜乎?…(戚本 第一回)
위핑보 본에 근거해 다음과 같이 교감한다. 裙釵女子→裙釵哉 / 悔又無益, 是→悔又無益之 / 當此, 則→當此時 / 規訓之德→規談之德 / 我之罪固不免→雖我之罪固不能免 / 自己護短→自護己短 / 使其泯滅→使其泯滅也 / 晨夕風露→風晨月夕 / 防我→妨我(루쉰도 원문을 "妨我"로 고쳤음.) / 束筆閣墨→筆墨者 / 俚語村言→假語村言 / 亦可使閨閣照傳, 復可悅世之目, 破人愁悶, 不亦宜乎?→以悅人之耳目哉?—일역본

제25편 청대의 재학소설(才學小說)

청대에 나온 소설 가운데 권선징악의 의미를 담고 있는 소설과 취지는 같으면서도 그 효용이 다르고, 소설을 학문과 문장을 과시하는 도구로 삼고 있는 것[1]으로 『야수폭언』野叟曝言[2]보다 먼저 나온 것은 없을 것이다. 이 책은 광서光緒 연간 초기에 처음 나왔는데, 서문에 의하면 강희康熙 연간에 강음江陰의 하씨夏氏라는 사람이 지었다고 한다.[3] 그 사람에 대해서는 다음과 같이 묘사되어 있다.

> 고명한 제생諸生[4]으로 성균관에 추천되었으나, 뜻을 얻지 못하자 고위 관료의 초빙에 응하여, 유막帷幕[5]의 좨주祭酒로 있으면서 연燕, 진晋, 진秦, 롱隴 지방을 편력하였다.…… 계속하여 검黔, 촉蜀을 지나 상湘으로부터 한漢[6]까지 수로로 내려갔다가 장강을 거슬러 돌아왔다. 편력한 곳이 자못 많았기에 이를 문장으로 써내니 기이한 풍격이 더하였다.[7]…… 그러나 머리는 이미 희끗희끗해졌다.[8] (이로부터) 관직에 나아갈 뜻을 끊고 저술에만 몰두하였다.[9]

이렇게 하여 『야수폭언』 20권이 완성되었으나, 이것은 단지 친구들에게만 보여 줄 뿐 세상에 내보일 생각을 하지 않았기에 [이 책이] 출판되었을 때에는 이미 빠진 부분이 약간 있었다.[10] 완전한 것이 하나 있기는 하나 다른 사람이 보충하여 완성시킨 듯하다.[11] 어느 판본에건 모두 지은 이의 이름이 없는데, 김무상金武祥(『강음예문지』江陰藝文志 범례)에 의하면 하이명夏二銘의 작품이라 한다. 이명二銘은 하경거夏敬渠의 호로 광서 『강음현지』江陰縣志(17 『문원전』文苑傳)에는 다음과 같이 기록되어 있다.

> 경거의 자는 무수懋修이고 제생諸生이다. 영민하고 학문을 많이 쌓아, 경사經史에 두루 통했고, 아울러 제자백가, 예악, 병법, 형벌, 천문, 산수算數의 학에도 관심이 미치어 통달하지 않은 것이 없었다.……평생 몇 차례에 걸쳐 천하를 주유하였는데, 그때 사귄 사람들은 모두가 현인과 호걸들이었다. 저서로는 『강목거정』綱目擧正, 『경사여론』經史餘論, 『전사약편』全史約編, 『학고편』學古編과 시문집詩文集 약간이 있다.[12]

이 기록은 서에서 언급한 것과 자못 부합하고 있는데, 조희명趙曦明[13]의 뒤에 실려 있는 것을 보면 건륭 연간에도 아직 생존해 있었던 듯하다.[14]

『야수폭언』은 방대한 장편소설로서, 회수는 154회에 이른다. "용맹을 휘날리고 문장에 뛰어난 천하에 둘도 없는 정의로운 선비가 경사를 주조해 낸 인간 세상의 최고로 뛰어난 기서"[15]라고 하는 스무 글자를 권명卷名으로 삼아 책을 엮었으니, 작자는 이것으로 이 책의 전체를 총괄하고 있는 것이다. 내용에 있어서는 범례에서 말한 바와 같이 무릇 "서사敍事와 철학적 담론說理, 유교의 경전에 대한 논의談經, 역사에 관한 의론論史, 효행을 가르치는 것敎孝, 충성을 권하는 것勸忠, 정치와 처세運籌, 전략과 전술決策,

기예로서의 병법藝之兵, 시학詩學, 의술, 산수算, 그리고 인간 감정의 기쁨과 노여움, 슬픔과 두려움과 같은 여러 모습들과 도학을 중시하고, 이단의 사설을 물리치는 것……"[16] 등 포함되지 않은 것이 없는데, 문백文白이 주인공이다. 백白은 자가 소신素臣으로,

> 쟁쟁한 강철 같은 사나이, 대범한 기재奇才로 강산을 두루 읊어 대고, 흉중에는 별들이 늘어서 있다. 그가 벼슬길을 추구하지 않는다고 말했지만, 오히려 [그것은 정치에는 자신이 없다고 말한] 칠조개漆雕開와 같이 정치의 도리를 꿰뚫고 있었기 때문이고,[17] 또 풍류를 모른다고 하였지만, 송옥宋玉과 같이 다정한 사람이었다. 붓을 휘둘러 부賦를 지으면, 사마상여司馬相如와 우열을 가리기 힘들 정도였고, 흉금을 터놓고 병법에 대해 논하자면 제갈량諸葛亮과 백중세였다. 힘은 무거운 무쇠 솥을 들 수 있을 정도였지만, 온화하기로는 옷 하나 떠받치지 못할 정도였다. 용감하기로는 용을 벨 수 있을 정도였으나, 조심스럽기가 막 골짜기에 떨어지려는 사람과도 같았다. 천문에도 통달하여 일행一行[18]을 얕보았고, 한가한 틈을 타 의술[19]도 연구하여 중경仲景[20]과 어깨를 나란히 하였다. 벗을 생명처럼 여기고, 명교名教를 신명神明과 같이 받들었다. 진정 의협심 있는 참된 유자儒者로, 귀천에 따라 사람을 가리지 않는 이름난 선비였다. 그가 평생 추구한 최대의 관심사는 바로 유학만을 숭상하고 이단을 배척하는 것이었다. 다음으로 갖고 있는 커다란 견식은 다른 사람들이 이해하지 못하는 것을 이해하고 다른 사람들이 할 수 없는 말을 하는 것이었다. (제1회)[21]

그러나 현명한 군주名君가 위에 있어야 군자가 어려움에 처하지 않고

발탁되어 높은 자리에 올라 마음먹은 대로 할 수 있는 법이다. 그의 이름을 써 놓으면 귀신을 쫓을 수 있고, 손을 들기만 하여도 요괴들을 물리칠 수 있었다. 여러 이적夷狄들은 그의 신비스러운 위세에 두려워하였고, 네 가지 영험한 동물四靈[22]이 그의 집 동산에 모여들었다. 문무文武 각 방면에 있어서의 공훈이 그의 일신에 집중되니, 천자는 그를 예우禮遇하여 "소부"素父라 불렀다. 그는 또 기이한 술법異術을 할 수 있어, 변신을 할 수 있었고, 또 방중술을 연마하여 처첩妻妾을 많이 얻어 아들 스물네 명을 낳았다. 아들들 역시 크게 귀한 존재가 되어 다시 손자를 백 명이나 낳았으며, 손자들이 다시 아들을 낳고 다시 운손雲孫[23]을 보았다. 그 어머니 수씨水氏는 나이 백 세에 이미 "육세동당"六世同堂[24]을 보았고, 칠십 개 나라에서 장수를 축원하러 왔다. 황제는 대련對聯을 하사하여, "진국위성인효자수선성문모수태군"鎭國衛聖仁孝慈壽宣成文母水太君[25]이라는 칭호를 내렸다(144회). 무릇 선비된 사람으로서 도달하고 싶어 하는 신하로서 누릴 수 있는 영예로운 일들이 이 책에 거의 모두 실려 있는데, 다만 제왕이 되는 것만은 바라지 않고 있다. 이단을 배척하는 일에 대해서는 더욱 힘을 쏟아 많은 도사와 화상들이 주살되었고, 제단은 황폐해지고 절들은 폐허가 되었지만, 오직 "소부"의 집안만은 행복을 두루 갖추고 만인으로부터 숭배의 대상이 되었다.

『야수폭언』은 작자가 "포부는 비범하였으나 발탁되어 천자를 보좌하는 행운을 얻지 못하여 말년에 이르도록 [뜻을] 펴지 못했기에",[26] 붓을 들어 "재야의 늙은이가 할 일이 없어 햇볕을 쪼이면서 청담을 한 것"[27](범례에서 말함)에 비유한 것이라 한다.[28] 그러므로 현학衒學에 강개함을 실은 것이 사실상 [이 책을 짓게 된] 주요한 동기라는 사실을 알 수 있는데, 성인이 되고 존귀한 존재가 되는 것이 이 책을 지은 이의 포부라고 한다면, 명대 사람들이 지은 신마소설이나 재자가인의 소설과 그 면목이 다른 듯하나, 사실 그 뿌리는 같다고 할 수 있다. 다만 이단을 마귀로 바꾸고, 성인을 재자로 바꾸었을 따름이다. [이 소설은] 그 내용이 과장되고 허망한 데다 문장 역시 무미건조하여 훌륭한 작품藝文이라 칭할 만한 것이 못 된다. 다만 그 당시 이른바 "이학가"理學家들의 심리를 알고자 한다면, 그 가운데에 자못 살펴볼 만한 것이 있다.[29] 옹정 말년에 강음 사람 양명시楊名時[30]는 운남순무雲南巡撫가 되었는데, 그의 동향인인 발공생拔貢生 하종란夏宗瀾[31]이 쫓아가서 그에게 『주역』을 물었다. 명시는 이광지李光地[32]의 문인이었기에, 두 사람 모두 광지를 숭앙하였는데, 더욱 기괴한 학설을 가지고 있었다. 건륭 초에 양명시는 경사京師에 들어가 예부상서가 되었고, 종란 역시 경학經學으로써 추천되어 국자감조교國子監助敎를 제수받고, 또 그의 강석講席을 주재하는 직책을 맡아보면서, 종신토록 명시를 스승으로 모셨다(『사고서목』四庫書目 6 및 10, 『강음지』江陰志 16 및 17). 그보다 조금 뒤에 또 하조웅夏祖熊[33]이라는 제생諸生이 있었는데, 그 역시 "여러 경전에 두루 통달하였고, 특히 성리학을 좋아하였는데, 양명시와 하종란의 설이 만연하는 것을 걱정하여 다시 이들의 설을 검토함으로써 바로잡았다"[34](『강음지』 17). 대개 강음에서는 양명시(죽은 뒤에 태자태부太子太傅에 추증되었고, 시호는 문정文定이라 하였다)가 나온 뒤에 향리의 사풍士風에 많은 영향을 주었고, 하종란이 양명시를 스승으로 모신 후부터, 그 영향은 또한 하씨의 가학家學에도 많이 미쳤다. 대체로 그 당시 주류를 이루었던 명사들과 견해가 같았으며, 이정二程과 주희朱熹[35]를 숭상하고, 육구연陸九淵과 왕수인王守仁[36]을 배척하여, "화상을 혼내고 도사를 매도하는 것"打僧罵道을 유일한 능사로 여겼다. 그러므로 문백文白과 같은 자의 언행과 경우는 진실로 작자 한 사람만의 이상적인 인물은 아니었다. 어떤 이는 문백이 작자가 스스로를 기탁한 것으로, "하"夏자를 분석하여 지은 것이라 하고, 또 시태사時太師라는 사람이 있는데 그가 곧 양명시라고 하였다. 이렇게 숭앙한 것은 대개 하종란의 여풍餘風을 계승한 것일 터인데, 그러나 이로 말미암아 어떤 이는 『야수폭언』을 종란이 지은 것이라 오인하기도 하였다.

소설에 자신의 재주가 뛰어난 것을 드러내고자 한 것으로는 도신屠紳의 『담사』蟫史 20권이 있다.[37] 신은 자가 현서賢書이고, 호는 홀암笏岩으로, 강음 사람이며 대대로 농사를 짓고 살았다. 신은 어려서 고아가 되었는데, 자질이 총명하여 수재가 되고,[38] 이십 세에 진사가 되었다. 뒤이어 운남雲南의 사종현師宗縣의 지현을 제수받았다가, 심전주尋甸州의 지주知州로 옮겨 갔으며, 향시를 다섯 차례나 감독하면서 뛰어난 인재를 발굴해 낸 것으로 성가를 높였으며, 뒤에 광주廣州의 동지同知가 되었다. 가경 6년에 베이징에서 임명을 기다리다가 급환으로 객사客舍에서 죽으니 그때 나이 쉰여덟이었다(1744~1801). 도신은 성격이 호방하고 속된 것을 싫어하였으며, 평생 탕현조湯顯祖의 사람됨을 흠모하였다. 관리로서는 자못 엄격하였으나, 색을 좋아하여 첩을 꽤 많이 두었다(이상은 모두 『악정시화』鶚亭詩話 부록에 보인다). 그가 쓴 문장은 고풍스럽고 난삽하며 기이한 취향을 드러내는 데 힘써, 그 뜻을 헤아리기 어려웠다. 지괴로는 『육합내외쇄언』六合內外瑣言이 있고, 잡설로는 『악정시화』가 있는데(제22편에 보인다), 모두 앞서 말한 것과 유사하다. 『담사』는 장편으로 "뇌라산방원본"磊砢山房原本이라고 서명이 되어 있는데, 김무상金武祥(『속향수필』粟香隨筆 2)이 도신이 지은 것[39]이라고 말했다. 이 책 가운데 나오는 상촉생桑蠋生이란 사람은 대개 작자 자신을 기탁한 것인 듯하다. 상촉생이 한 말에 "나는 갑자생이다"予, 甲子生也라고 하였으니, 이는 도신이 태어난 해와 똑같다. 또한 개편開篇에 "예전에 오농吳儂이 월령粵嶺[40]에서 벼슬을 했는데, 나이 오십[41]에 해안 지방을 여행하다가 소득이 있게 되면, 보고 듣거나 전해들은 기이한 이야기를 모아 한 권의 책으로 엮었다."[42] 또 부내傅鼐[43]가 묘족苗族을 평정한 일(건륭 64년)을 빌려 주된 줄거리로 삼고 있기에, 이것은 가경 초에 비로소 지어졌으며 몇 년이 되지 않아 마무리되었을 것이다. [가경] 5년 4월에 쓴 소정도인小停道人의 서序가 있으며, 도신은 그 다음 해에 죽었다.[44]

『담사』의 첫머리는 다음과 같이 시작된다. 민閩[45] 사람인 상촉생이 항해를 하다가 배가 난파되어 물에 빠져 갑자석甲子石의 바깥 만까지 떠내려갔다가 고기 잡는 어부들에게 구조되었다. 그들은 그를 데리고 가 감정甘鼎에게 보였다. 정鼎은 지휘指揮의 벼슬을 지내고 있었는데 마침 성을 쌓아 왜구를 막으라는 명을 받아 지형에 밝은 사람을 구하고 있던 참이라 상촉생을 보고 크게 기뻐했다. 상촉생의 생각대로 갑자석을 따라 담을 쌓아 드디어 신기한 성을 이루어 내니 적들이 넘볼 수가 없었다. 그리고 동굴 속에서 세 상자의 책을 얻었는데, 그 가운데 하나는 20권으로 되어 있었다.

> "철토작가의 글, 귀허야부의 그림"이라 적혀 있다. 또 한 상자는 천인도天人圖로서 "안장수미승도 지음"이라 적혀 있다. 또 다른 한 상자는 방술서方術書로서 "육자휴지극노인이 입으로 전수함"이라 적혀 있다. 촉생이 지휘에게 말했다.
>
> "이 책은 틀림없이 우리 두 사람에게 주는 것입니다. 왜냐하면 철토는 상이요, 작가는 감이기 때문입니다."
>
> ……그러고는 밀실에 감龕[46]을 두고 그것을 넣어 두었으며 여행을 할 때는 베개 속에다 감추었다. 계시를 받고자 하는 것이 있을 때에는 절을 하고 함께 열어 보았다. 두 사람은 무척 기뻐하였다. (제1회)[47]

얼마 안 되어 광천룡鄺天龍이란 자가 난을 일으켜 스스로 광주왕鄺州王이라 이름하였다. 그 무리 가운데 누만적婁萬赤이란 자는 기이한 술법을 가지고 그를 돕고 있었다. 감정甘鼎이 나가서 그들을 토벌할 때 용녀龍女가 도와주어 천룡을 사로잡았으나 만적은 달아났다. 정은 그 공로로 인해 진무사鎭撫使로 승진했으며, 여전히 석각石珏을 따라 해구를 정벌하고 교지交趾 사람들을 쳐부수었다. 만적은 교지에 있었지만 여전히 잡을 수가 없었다. 이윽고 정은 병마총수兵馬總帥로 발탁되어 초楚, 촉蜀, 검黔, 광廣으로 가서 구고묘九股苗에 대비하고 마침내 여러 묘족苗族 사람들과 더불어 싸우면서 위험한 고비를 많이 넘겼지만 모든 싸움에서 승리했다. 그중에 한 가지 일을 말하자면 다음과 같다.

……잠시 후 묘병이 크게 소리치며 말했다.

"한漢의 장수는 감히 적진에 보이지도 않는가?"

계손季孫이 500여 명을 인솔하여 측면에서 앞으로 나아갔다. 두 깃발이 갑자기 내려지더니 땅 속에서 여섯 마리의 닭이 피를 흘리며 날아와 한의 장수를 향하여 울어댔고, 또 모두 시뻘건 색인 여섯 마리의 개가 마치 늑대처럼 짖어댔다. 한의 군사들은 얼굴이 잿빛이 되어 나무처럼 뻣뻣하게 서서 다만 그들의 무기에 의지하고 있을 뿐이었다. 구아矩兒가 쇠뭉치를 날려 여섯 마리 개의 뇌를 뚫으니 그것이 모두 갈라졌다. 목란木蘭[48]은 소매 속의 도마뱀을 꺼내 그것을 닭 한 마리에게 먹였더니 닭이 주둥이를 벌리고 죽어 버렸다. 남아 있는 다섯 마리의 닭도 함께 늘어선 채 울지 않았다. 오직 닭과 개의 모양이 그려진 기왓장만이 땅 위에 어지럽게 흩어져 있었으니, 사실은 개와 닭이 아니었던 것이다.……또 김대도독金大都督의 진영에 이르러 보니 피부병에 걸린 소와 병든 말이 각각

여섯 마리씩 있었는데 모두 피부는 있었으나 털이 없었다. 병졸 가운데 그 뿔에 닿았거나 발에 밟힌 자는 모두 죽었다. 소 한 마리가 김대도독의 발을 물었는데 그 이빨이 이미 뼈 속에 들어가 있었다. 규아가 두 개의 척戚[49]을 휘둘러 소의 목을 쳐서 떨어뜨렸으나 이빨은 여전히 빠지지 않았다. 목란이 급히 호두신虎頭神을 보내어 그 이빨을 빼내도록 했지만 도독의 다리뼈도 부러졌으므로 좌우에 명하여 대영大營으로 메고 가게 했다. 소와 말이 이리 뛰고 저리 뛰어 부딪치고 다녀 막을 수가 없었으므로 목란이 잉어 비늘의 손수건을 뿌렸더니 비늘 하나가 칼 하나로 변하여 단번에 열 마리의 소와 말을 베었다. 그 소와 말들이 각기 너덧 자까지 불을 뿜어내니 비늘칼은 불에 타 버렸다. 불이 크게 번져 나가자 소와 말이 모두 소리치며 흐뭇해했다. 그러자 원숭이가 몸을 던져 그곳에 들어가 손을 들고 벽력같은 소리를 내니 폭우가 쏟아져 불이 꺼지고 평지에 물이 한 길 이상이나 솟아올라 소와 말은 모두 물에 빠져 죽었다. 목란은 기뻐하며 말했다.

"나는 본래부터 악왕자樂王子가 멸화진인滅火眞人의 의발衣鉢을 전수받은 사실을 알고 있었다."

물이 빠지고 나자 소와 말은 모두 없어지고, 벽을 쌓을 때 쓰이는 깨진 벽돌에 우牛자와 마馬자를 붉게 쓴 것이 보였는데, 이것은 선요鱻妖가 '변화무쌍한 것'이라고 말한 것이다. (9권)[50]

누만적도 역시 묘苗에 있다가 교지에 장차 사변이 있을 것을 알고 몰래 돌아왔다. 감정은 광주에 이르러 무군撫軍인 구성區星과 함께 교지로 진격했다. 구區는 광아獷兒의 책략을 써서 재빨리 의경宜京을 습격하고 관문을 쳐부수고 들어가서 그 왕을 잡았으므로 교지 사람들이 모두 항복했다.

감은 곧 수로를 따라 나아가 강의 다리 북쪽에 진을 쳤다.

……누만적은 그의 스승 이장각李長脚과 강의 다리 남쪽에서 술법을 겨루었다.……이장각이 금으로 된 샘으로 변해서 만적을 속였다. 만적은 곧 그 속으로 떨어져 들어갔으나 갑자기 쇠로 된 나무가 거기서 솟아 나와 샘의 둘레를 허물려고 하였다. 광아獷兒는 경희慶喜를 데리고 와서 흰 비단 수건을 꺼내 나무꼭대기에 던지니 싹 하는 소리가 나면서 쇠로 된 나무는 다시 보이지 않았다. 이장각이 다시 본래 모습으로 돌아와 만적을 찾으니 그는 다리 가의 모래와 돌 사이에 누워 있었다. 마침내 소매에서 흰 병 하나를 꺼내 그것을 가지고 만적의 정수리를 향하여 주문을 읽었다.……다 읽은 뒤에 손을 들어 천둥을 치게 했다. 만적의 정기는 이미 풀려 강 속으로 들어가 파도를 따라 바다로 나갔다. 목란은 비늘 갑옷을 입은 무사鱗介士 백 명을 불러 그것을 쫓아 떠내려가도록 하니 만적은 닿는 곳마다 커다란 함성에 부딪혔으므로 이에 변하여 옥으로 된 장구벌레[51]가 되었다. 그리하여 바닷게의 배가 비어 있는 틈을 타 몸 속으로 들어가 "몸을 잘 숨겼다"고 생각했다. 교지 사람 가운데 게를 잘 잡는 자가 이 삼태기같이 큰 게를 잡아 크게 기뻐하고 게를 쪼개어 그 배 속에 든 기름을 꺼내려 했다. 그러자 벌레 한 마리가 나와 금세 땅에 떨어져 사람 모습으로 변하더니, 잠깐 사이에 자라났다. 진실로 엄연한 눈먼 중이었으나 그에게 무엇을 물어 봐도 아무런 대답을 하지 않았다. 백정이 칼을 들고 와서 그것을 보고는 탄식하며 말했다.

"게의 배 속에는 본래부터 '선인'仙人이 있어, '화상'和尙이라고도 한다는 것은 웃기는 말이다. 게의 배 속에 이러한 요물이 들어 있을 리는 결코 없으니, 이것을 죽이지 않으면 우리 남교南交[52]의 화는 그치지 않을 것이다."

그러고는 칼을 휘둘러 그 목을 잘랐다.…… 이때 감군甘君이 이미 입성하여 구무군區撫軍과 함께 철군을 상의하고 있었던 차에 상월常越의 병사들이 눈먼 중盲僧의 수급을 가지고 와서 바쳤다. 그리하여 이 일을 두 장군에게 전해 알렸다. 상장사桑長史가 나아가 말했다.

"이것은 틀림없는 만적萬赤의 머리입니다. 제가 기억하기로는 천인제이도天人第二圖는 큰 게가 바다에 떠 있는 것으로, 전서篆書로 '횡행자폐'横行自斃라 적혀 있었습니다. 저는 애당초 만적이 먼저 죽었다는 사실에 의심을 품고 있었는데, 이제야 비로소 확인할 수 있게 되었습니다."

때마침 이장각李長脚이 들어와 작별인사를 하려다 그 머리를 보고 웃으면서 말했다.

"이 역적 놈은 수화음양水火陰陽의 술법으로 중국에 피해를 입히다가 천자의 도끼黃鉞[53]에 죽지 못하고 백정의 칼에 죽었으니, 본래 개나 돼지와 같은 부류일 따름이다. 선골仙骨 같은 게 어디 있단 말인가?…"……(20권)[54]

이로부터 교지는 평안해졌다. 상촉생은 민閩으로 돌아가고, 감정 역시 벼슬을 버리고 떠나가면서 장차 유령庾嶺을 넘어갈 것이라고 말했다.

『담사』의 작법은 대단히 기이한 것 같지만 그 근본을 자세히 살펴보면 실제로는 신마소설神魔小說을 벗어나지 않는다. 『담사』는 외설스러운 말로 엮어져 있는데, 이는 작자의 품성으로 말미암은 까닭도 있지만, 다른 한편으로는 명대明代의 "세정서"世情書의 유풍을 아직도 계승하고 있기 때문이기도 하다. 특히 생경한 말을 무리하게 만들어 내고, 힘써 고서古書를 모방하여 난삽한 문장을 만들어 내었기에, 평범하고 비속한 생각이 가려

질 수 있게 되었던 것이다. 홍량길洪亮吉[55](『북강시화』北江詩話)은 그의 시를 평하여, "마치 화분에 심겨져 있는 붉은 작약과 같고, 못 속에 기르는 잉어와 같다"如栽盆紅芍, 蓄沼文魚라고 했다. 왕전汪瑔[56]은 그의 『악정시화』鶚亭詩話의 서序에서, "겉모양은 심오한 듯하지만, 실제로는 평이하다.…… 그러나 필치가 곡절 있어 재미있다"貌淵奧而實平易,…然筆致逋峭可喜고 하였다. 곧 비록 화려하고 아름답긴 하지만 자연스런 정취가 부족하고, 다만 기이하고 웅장하면서도 깊은 뜻은 없다는 것이다. 『담사』 역시 그러하다. 다만 그 문체는 다른 사람이 시도한 적이 없기에, 독보적이라 할 만할 따름이다.

대우對偶의 문장[57]으로 소설을 시도한 것으로는 진구陳球의 『연산외사』燕山外史 8권[58]이 있다. 구球는 자字가 온재蘊齋이고, 수수秀水[59]의 제생諸生이다. 집이 가난하여 그림을 팔아 스스로 생계를 해결하였으며,[60] 변려문에 뛰어나고 전기傳奇를 좋아하였기에, 이 작품을 쓰기에 이르렀다(『광서가흥부지』光緖嘉興府志 52). 그는 스스로 다음과 같이 말했다.

> 사체史體는 지금까지 사륙四六으로 글을 지은 적이 없었다. [이러한 작업은] 나로부터 비롯되었으니, 대단히 분수에 넘치고 망령된 일이라는 것을 알고 있다.…… 다만 소설에 이것을 사용하는 것이므로 그 죄가 덜어지기를 바란다.[61]

아마도 그는 일찍이 장작張鷟의 『유선굴』遊仙屈(제8편을 볼 것)을 보지 못했기에, 마침내 스스로를 독창적이라 생각했던 것 같다. 이 책은 가경(약 1810) 연간에 이루어졌는데,[62] 오로지 문장의 수사만을 위주로 하고 약간의 강개를 기탁하였다. 그리하여 명대의 풍몽정馮夢禎이 지은 『두생전』竇生傳[63]을 취하여 골간으로 삼고, 그것을 부연하였는데, 삼만천여 자로 늘어났다. 이야기는 대략 다음과 같다. 영락永樂 때 두승조竇繩祖라는 사람이 있었는데, 본래는 연燕[64] 지방 사람이었으나, 가흥嘉興에 가서 공부하다 이애고李愛姑라는 가난한 집안의 소녀를 사랑하게 되어 그녀를 맞이하여 동거하였다. 시간이 꽤 흘러 그의 부친은 치천淄川의 환족宦族과 억지로 혼인할 것을 명하였기에 마침내 애고와 결별하고 떠나갔다. 애고는 다시 금릉金陵의 소금장수에게 속아 전전하다가 기생으로 전락했다. [그러다 어느 날] 마린馬遴이라는 협사俠士의 도움을 얻어 마침내 다시 두씨 집안으로 돌아왔으나, 본처가 대단히 질투하여 그녀를 학대하였다. 두생竇生이 차마 견딜 수 없어서 애고와 함께 달아났다. 그러나 때마침 당새아唐賽兒의 난이 일어나는 바람에 또 서로 헤어지게 되었다. 생生이 다시 집으로 돌아왔을 즈음에는 가산이 이미 고갈되었고, 본처도 헤어질 것을 요구하였다. 혈혈단신으로 살고 있을 때 애고가 갑작스레 돌아왔다. 그리고 말하기를 그날 비구니가 있는 암자에 숨어 있다가 오늘에야 마침내 돌아온 것이라고 하였다. 그 해에 두생은 급제하고 거듭 승진하여 벼슬이 산동 순무山東巡撫에 이르렀다. 천자의 봉호에 따라命婦[65]에 따라 애고를 정식 부인으로 관서官署에 맞이하였다. 얼마 안 있어 사내아이를 낳고 유모를 구했는데, 응모한 자가 있어 보니 이전의 본처였다. 그녀는 개가하였으나, 남편이 죽고 자식마저 요절하니 마침내 곤궁한 지경에 빠져 갑작스레 천한 일을 하게 되었던 것이다. 그러나 두생은 여전히 그녀를 관대하게 대우하였다. 그러나 그녀가 다시 꾀를 내어 마린에게 해코지를 하는 바람에 두생 역시 연루되어 죄를 얻었으나 마침내 누명을 벗고 관직에 복귀하였다. 뒤에 애고와 함께 신선이 되었다. 이 이야기는 대단히 용렬하고 비루하여 모든 재자가인才子佳人의 상투常套적인 내용과 같다. 그러나 작가가 분연히 이것을 취한 이유는 아마도 곡절이 많아 문장을 짓는 수완을 드러내기에 족했기 때문일 것이다. 그러나 언어가 반드시 사륙四六이어야 했기에, 곳곳에서 구속을 받아 사물을 묘사하고 감정을 서술하는 데 있어 모두 생기를 잃고 있다. 잠시 육조의 변려문을 차치하고, 장작의 작품과 비교하더라도 여기에는 해학도 없을뿐더러 생동감이라는 측면에 있어서도 손색이 있다. 여기서 두생이 부친의 재촉 때문에 집으로 돌아갈 때 애고가 홀로 창연히 슬퍼하며 낙심하는 모습을 서술한 부분을 일례로 들어 본다.

……그 아버지는 내심으로는 송아지를 사랑하는 생각을 가지고 있으면서도 겉으로는 소를 때리는 위세를 짓노니. 쥐를 때려잡을 때는 그릇을 깰 걱정을 할 겨를이 없고, 오리를 때리자면 그 옆에 있는 원앙새를 놀라게 하지 않을 수 없는 법.[66] 우리를 나온 돼지우리로 쫓겨 들어가고, 상갓집 개 호통소리에 집으로 돌아가네.[67] 급하게 몰아세워 몸은 양같이 약해졌는데, 마침내 양 우리를 보수할 계획을 세우는구나. 호랑이를 지키듯 엄하게 가두어 우리를 나올 기회를 없애노니. 용과 같은 성질 길들이기 어려울까 저어하여 쇠기둥에 붙들어매 놓고, 질정 없는 마음 쉽사리 움직일까 두려워 부들가지 회초리로 욕보이누나. 이로부터 애고 역시 장미 한가운데 서 있어도 푸른 물감으로 그려 놓은 눈썹 찌푸려지고, 늘 푸른 덩굴나무로 휘감겨진 담장 가에 있어도 홍조 띤 얼굴은 여위어 가네. 정향의 가지 끝에 기탁한들 뉘라서 그 생각 알아주리, 정을 육두구肉荳蔻 나무 끝에 기탁한들 그 정은 혼자만이 알아줄 따름. 그리하여 연꽃의 씨[68]는 유독 그 맛이 쓰고, 푸른 대쪽의 진액[69]은 장차 마르려 하도다. 매정하네 버들개지 눈처럼 흩날리고, 한스럽네 해당화 힘없이 드리워진 실처럼 늘어져 있네. 이제 막 영춘화[70] 피는 듯하더니 고대 반하생[71]이 피었노매라. 순무 캐고 칡을 캐며[72] 홀로이 부질없는 기약일세. 복숭아

던지고 오얏 던지던 일[73] 모두 지난 일 되어 버려. 희미한 꿈속에서 부질없이 시녀화[74]를 심기도 하고 억울한 가슴 앞에 부질없이 망우초[75]를 달아 보기도 하네. 허나 일찍이 그 분은 사그라지지[76] 않았거늘, 어찌 근심을 잊을 수 있으리오? 찢어진 거문고 위 오동으로 만든 현을 쳐 본들 어느 때나 끊어진 것이 다시 이어질거나. 무너진 누각 위 마름풀 그림자 언제나 원래 모습으로 되돌아가리오?[77] 어찌 알 수 있으랴. 떠난 사람 더욱 멀어지니, 기다린들 헛된 노릇. 이전에는 오랫동안 소식 뜸했어도 오히려 같은 마을에 있었으나, 나중에는 마침내 꿈속의 혼령조차 영원히 떨어져 홀연 산과 내에 막히고 말았도다. 집은 지척에 있으나, 사람은 천 리 밖에 있는 듯하구나. 매양 하루가 삼 년인 것 같은 감정만 절절하고, 세월은 흐르고 만물은 변하여 단지 두 곳의 그리움[78]만이 짙어 갈 따름이라.…… (2권)[79]

광서 초년(1879)에 이르러 영가永嘉의 부성곡傅聲谷이 여기에 주석을 붙인 것이 있으나,[80] 본문에는 오히려 삭제한 곳이 있다.

옹정, 건륭 이래 강남의 인사들은 문자의 화를 두려워하였기 때문에 역사에 관한 일은 피하여 말하지 않았다. 방향을 바꾸어 경전과 제자백가를 고증하고 소학小學[81]을 다루었으며, 미미한 예술도 무시하지 않았다. 다만 말을 하게 되면 반드시 실증을 하였고, 공리공론을 기피하였기에, 박식의 기풍이 성행하기도 했다. 이미 이러한 기풍이 이루어지자, 학자들의 면목 역시 갖추어지게 되어, 소설은 "길거리와 골목의 이야기나 길에서 듣고 말한 것"道聽塗說者之所造으로서, [예로부터] 사가史家들이 "볼 만한 것이 없는 것"無可觀으로 여겼던 것이기에, 언급할 만한 가치가 없는 것으로 알았다. 그러나 그럼에도 이여진李汝珍이 지은 『경화연』鏡花緣이 나왔다.[82] 이

여진은 자가 송석松石이며, 직예 대흥直隷大興 사람으로 어려서부터 남달리 총명하였고, 시문時文[83] 짓기를 즐겨하지 않았다. 건륭 47년에 그의 형이 해주海州로 부임할 때 따라가서, 능정감凌廷堪[84]에게 사사하였다. 글을 논하는 여가에 음운학을 아울러 연구하여, 스스로 "얻은 바가 극히 많았다"고 했는데, 그때 그의 나이 이십 세가량이었다.[85] 그가 평생 교유했던 사람들 가운데에는 성운을 연구한 선비들이 매우 많다.[86] 이여진 역시 음운학에 특히 뛰어났고, 다른 한편으로 잡다한 기예에까지도 손을 대었는데, 이를테면 임둔壬遁,[87] 점성술星卜, 상위象緯[88]에서부터 서법書法, 기도棋道에 이르기까지 박통하였다. 그러나 뜻을 얻지 못하여 제생諸生으로 해주에서 생을 마쳤는데, 만년에는 생활이 곤궁하고 근심이 많아 소설을 짓는 것으로 위안을 삼았다. 십여 년의 세월이 지나서야 비로소 작품을 완성하여, 도광 8년[89]에 드디어 각본刻本이 나왔다.[90] 그러고 나서 몇 해 안 되어 이여진도 죽었는데 나이 60여 세였다(약 1763~1830).[91] 음운에 관한 저서로는 『음감』音鑒[92]이 있는데, 실용을 위주로 하고 현대음今音을 중시함으로써 그때까지의 관습을 혁파하는 용기가 있었다(이상 상세한 것은 신식 표점본 『경화연』 권 첫머리에 있는 후스의 「인론」引論을 볼 것). 대개 성운학에 정통하여 그때까지의 관습을 혁파하는 용기가 있었기에, 학자의 대열에 낄 수 있었으며, 박식다통하였으므로 감히 소설을 썼던 것이다. 다만 소설에 있어서도 또한 학문과 예술을 다루고 경전을 장황하게 언급하여 스스로 끝을 맺지 못할 정도였으니,[93] 이것은 박식다통의 해독이라 하겠다.

『경화연』은 모두 100회이며, 그 내용은 대개 다음과 같다. 무후武后가 한겨울에 꽃을 감상하고 싶어 조칙을 내려 온갖 꽃을 일제히 피도록 하였다. 화신花神은 감히 명을 거역할 수 없어서 이에 따랐다. 그러나 이 때문에 하늘의 질책을 받고 인간세계로 귀양을 와 백 사람의 여자가 되었다. 그

즈음에 당오唐敖라는 수재가 있었는데, 과거시험에 응시하여 탐화探花로 급제하였지만 언관言官[94]에게 탄핵당하고, 반란을 일으킨 서경업徐敬業의 무리와 교유한 일이 있다 하여 다시 쫓겨났다. 이에 개탄하면서 속세를 벗어날 생각으로 그의 처남인 임지양林之洋의 상선을 타고 해외로 여행하였다. 이역 지방을 두루 돌아다니면서 때로는 기인畸人을 만나기도 하고, 또 기이한 습속과 괴상한 사물을 많이 목도하였다. 요행히도 신선의 풀을 먹고 "범속함을 초월하여 성인의 경지에 들어"入聖超凡 마침내는 산으로 들어가 다시 돌아오지 않았다. 그의 딸 소산小山 역시 배를 타고 아버지를 찾아 나서 여러 기이한 곳을 두루 돌아다니며 또 여러 가지 어려움을 겪었으나 끝내 만나지는 못하였다. 다만 산중의 한 나무꾼으로부터 아버지의 편지를 받았는데, 거기에는 그녀의 이름을 규신閨臣이라 바꾸고 "재녀의 시험에 급제한" 뒤에 만나자고 약속되어 있었다. 더 나아가니 경화총鏡花塚이라는 황폐한 무덤이 있었고, 더 나아가니 곧 수월촌水月村으로 들어가게 되었다. 또 더 나아가니 읍홍정泣紅亭이 있고 그 안에 비석이 있는데 비석 위에는 백 사람의 성명이 새겨져 있었다. 그 첫번째가 사유탐史幽探이고 끝이 필전정畢全貞이며 당규신唐閨臣은 11번째에 있었다. 인명 다음에는 총론이 있었는데 그 글은 다음과 같다.

> 읍홍정주인은 말하였다.
>
> "사유탐史幽探과 애취방哀萃芳을 제일 처음에 놓은 것은 대개 주인이 스스로 말하기를, 야사를 탐구하다가 일찍이 발견한 것이 있었으나 인멸되어 세상에 들리지 않게 된 것을 애석하게 생각하고, 뭇 향기로운 꽃들[95]이 전해지지 않은 사실을 슬프게 여기었기에 붓을 들어 이것을 기록하게 된 것이다.……화재방花再芳과 필전정畢全貞으로 끝을 맺은 것은,

대개 뭇 향기로운 꽃들이 영락하여 거의 세상에 들리지 않고 소멸되게 되었으므로 이제 이것에 의탁하여 불후하게 함은 꽃을 다시 향기를 내게 하는 것과 같은 것이 아니겠는가? 열거해 놓은 백 사람은 모두 마노숲의 옥으로 만든 나무와 합벽合璧의 변주騈珠가 아닌 것이 없다. 그러므로 전정全貞으로써 마치게 된畢 것이다. (제48회)[96]

규신은 어떻게 할 수가 없어 그대로 돌아왔다. 그때 마침, 무후가 과거를 열어 재녀才女를 뽑았으므로 응시하여 선발되었는데 급제한 사람들의 이름과 순서가 비석에 씌어진 글과 같았다. 이때 함께 급제한 백 사람이 종백부宗伯府에서 큰 모임을 열었는데, 연일 잔치를 벌이고서 거문고를 타고 시를 지으며, 바둑을 두고 활쏘기를 이야기하며, 공을 차고 풀 싸움을 하며, 주령酒令을 행하고 글을 논하며, 운보韻譜를 평하고 『모시』毛詩를 해석하며, 시주詩酒의 즐거움을 다 누렸다. 그런데 두 여자가 오더니 자기들은 사등 재녀四等才女로 합격한 사람들로서 사실은 풍이風姨와 월자月姊의 화신이라고 했는데, 돌연 다른 재녀들이 쓴 문장에 싫증을 내더니 바람을 일으켜 좌중을 놀라게 했다. 이에 괴성魁星[97]이 나타나서 제녀諸女를 도와주었다. 마고麻姑[98]도 도고道姑[99]로 화하여 그곳에 와서 그들을 화해시키고는 즉석에서 시를 읊었는데, 그 내용은 좌중의 여러 사람들의 신세에 대한 것을 포함하고 있었다. 과거와 현재로부터 장래에 이르기까지 다 언급을 했는데, 사이사이에 슬픈 소식도 있어 듣는 사람의 마음이 어두워졌다. 그러나 그것도 얼마 안 가서 마음이 풀려 여러 사람들은 처음과 같이 즐거이 웃었다. 뒤에 가서 문운文芸이 군사를 일으켜 당 왕조의 부활을 꾀하자, 재녀 가운데 어떤 이는 종군하여 죽은 자도 있었다. 그러나 무가武家의 군사는 결국 패하고 말았다. 이때에 중종中宗이 복위했으나 여전히 태후 무씨를 존숭하여 측천대성황제則天大聖皇帝로 모셨다. 얼마 안 가서 측천은 조칙을 내려 다음 해에도 여전히 여시女試를 연다고 말하고 아울러 전 해에 급제한 여러 재녀들로 하여금 다시 "홍문연"紅文宴에 가도록 명하면서 『경화연』은 끝을 맺는다. 그런데 이상은 전체의 겨우 절반에 불과하며, 작자가 스스로 "거울 속의 모든 그림자를 알고 싶으면 후연을 기다리라"鏡中全影, 且待後緣고 말한 것을 보면 틀림없이 속서를 지으려고 한 것 같으나 결국 짓지 않았다.

작자가 이 작품을 집필하게 된 까닭은 『읍홍정기』泣紅亭紀에 보이는데, 대개 여러 여자들이 매몰되어 있는 것을 슬퍼한 나머지 이에 소설을 가탁해 아리따운 사적을 전하고자 하였던 데 있다. 책 가운데 여자에 관한 논술이 많기 때문에, 후스는 다음과 같이 말했다.

> 이것은 부녀자의 문제를 토론한 소설이다. 이 문제에 대한 그의 답안은 남녀가 마땅히 평등한 대우와 평등한 교육, 평등한 선발 제도를 누려야 한다는 것이다. (상세한 것은 이 책의 「인론」 4를 볼 것)[100]

작자는 사회제도에 대해서도 또한 불만을 가지고 있어, 이야기를 풀어 나가면서 자신의 이상을 기탁하고 있기도 하다. 그러나 애석한 것은 시대환경의 제약을 받아 여전히 고식적인 틀에 매여 있는 부분이 많다는 것이다. 이를테면 군자국君子國의 민정民情 같은 부분은 작자의 찬탄과 부러움을 많이 받고 있음에도 서로 겸양하느라 싸움이 일어나는 것은 그 위선됨이 지나치게 심하니, 이런 땅에서 살아 숨 쉬는 것 역시 괴로운 일이 될 것이다. 그러므로 해학적인 눈으로 보는 것이 오히려 웃음을 짓게 하는 효과가 있을 것이다.

……그럭저럭 하는 사이에 저잣거리에 이르니 심부름꾼 하나가 그곳에서 물건을 사고 있는 것이 보였다. 그는 손에 물건을 들고 말했다.

"이보시오, 이렇게 훌륭한 물건을 이처럼 싼 값에 사가게 하면 어떻게 제 마음이 편안할 수 있겠습니까? 바라옵건대 값을 올려 주셔야만 제가 그 가격에 따를 것입니다. 만약 또다시 지나치게 겸양하신다면 그것은 고의적으로 사지 못하게 하는 것입니다."

……물건을 파는 사람이 가만히 듣고 있다가 대답했다.

"이미 물건을 사주신다는 영광을 입을 바에는 감히 말씀에 거역해서는 안 되겠지만, 터무니없이 비싼 가격을 불러 제 스스로 뻔뻔스럽다고 생각하고 있는데, 뜻밖에도 손님께서 오히려 물건은 훌륭한데 값이 싸다고 말씀하시니 어찌 소생으로 하여금 더욱 부끄럽게 하는 것이 아니겠습니까? 하물며 저의 물건은 '정찰제'가 아니고 거기에는 이문이 꽤나 붙어 있습니다요. 속담에 '하늘 끝까지 높여서 값을 부르면, 땅에 닿도록 값을 깎아서 지불한다'고 하는데, 지금 손님께서는 값을 깎지 않을 뿐만 아니라 오히려 가격을 더 받아야 한다고 하십니다. 이처럼 저를 이기시려 한다면 아무쪼록 다른 집에 가서 사시는 수밖에 없습니다. 소생은 참으로 그 요구에 따르기 어렵습니다요."

그러자 당오唐敖가 말했다.

"'하늘 끝까지 높여서 값을 부르면, 땅에 닿도록 깎아서 지불한다'는 말은 원래 물건을 사는 사람의 속담이고, '결코 에누리 없는 것이 아니고, 거기에는 이문이 꽤나 붙어 있다'고 하는 말 역시 물건을 사는 사람의 입장에서 하는 말입니다. 그런데 뜻밖에도 모두 물건을 파는 사람의 입에서 나왔으니 이거야말로 재미있군요."

심부름꾼이 또 듣고 있다가 말했다.

"주인장께서 훌륭한 물건을 가지고 싼 값을 부르면서 도리어 소생이 '극기'克己한다고 말씀하시니, 이 어찌 충서의 도忠恕之道를 잃은 것이 아니겠습니까? 모든 일이란 그저 피차간에 속임이 없어야만 비로소 공평해지는 것입니다. 내 한 가지 물어보겠소이다. '세상에 그 누가 자기 나름의 속셈이 없겠습니까?' 소생이 또 어떻게 사람들에게 바보 취급을 받을 수야 있겠습니까?"

한참 동안을 이야기했지만, 물건을 파는 사람은 고집을 부리고 값을 올리지 않았다. 심부름꾼은 화가 나서 정가대로 값을 치르고는 물품의 반만 가지고 가려 했다. 물건을 파는 사람이 어디 그대로 놔두었겠는가, "받은 돈은 많고 물건은 적소이다"라고 말하면서 막아서서는 놓아주질 않았다. 길 가던 두 노인이 달래기도 하고 으르기도 하여 심부름꾼에게는 정가의 팔 할로 물품을 가져가게 하니, 비로소 사 가지고 돌아갔다.

…… 당오가 말하였다.

"이렇게 보자면 그 몇 가지 물건 사고파는 광경은 '양보를 좋아하여 다투지 않는' 한 폭의 행락도가 아니겠는가? 여기서 우리가 또 무엇을 알아본단 말인가? 차라리 앞으로 나아가서 마음껏 유람이나 하세. 이같이 아름다운 곳이라면 풍경을 감상하고 견식을 넓히기에도 좋은 법이지."…… (제11회 『관아화한유군자방』)[101]

또 이 책에는 고전과 재예才藝를 열거한 것이 특히 많다. 그리하여 당씨唐氏 부녀의 유력游歷과 재녀 백 사람의 취연聚宴을 서술한 것이 거의 전체의 십분의 칠을 차지하고 있으며, 널리 옛 문헌舊文에 의거하지 않은 것이 없고(전정방錢靜方의 『소설총고』小說叢考상에 대략적인 것이 나와 있음),[102] 여러 기예를 두루 펼치고 있으며, 한 시기의 일이 여러 회에 걸쳐 서술되어 있기도 하다. 하지만 작자는 이것을 몹시도 좋아하여 임지양林之洋의 농담에 가탁해 자신의 이 책에 대해 다음과 같이 말했다.

이 『소자』少子[103]는 곧 성조聖朝의 태평지세에 나온 것으로 우리 천조天朝의 학자가 지은 것이다. 그 사람은 곧 노자老子의 후예이다. 노자는 『도덕경』道德經을 지었는데, 현허오묘玄虛奧妙한 것을 말하고 있다. 그의 이 '소자'는 비록 장난삼아 쓴 것이지만, 오히려 은근히 선을 권면하는 뜻이 기탁되어 있어 그 주지主旨가 사람을 교화시키는 것을 벗어나지 않는다. 그 속에는 제자백가諸子百家, 인물화조人物花鳥, 서화금기書畵琴棋, 의복성상醫卜星相, 음운산법音韻算法 등이 실려 있어 어느 것 하나 구비되지 않은 것이 없다. 그리고 또 각양의 등미燈謎[104]와 여러 가지 주령酒令으로부터 쌍륙雙陸, 마조馬吊, 사곡射鵠, 축구蹴毬, 투초鬪草, 투호投壺에 이르기까지 각종 잡기류가 있다. 이것들은 모두 잠귀신을 쫓고, 또한 사람으로 하여금 웃음을 터뜨리게 할 만하다. (제23회)[105]

대개 작자는 학술이 흘러 모여드는 곳이며, 문학과 예술의 저잣거리로 여겼지만, 또한 『만보전서』萬寶全書[106]와도 비슷하기도 하다. 다만 작자의 장인정신匠心에 의해 다듬어지고 운용된 것이기 때문에 고전에 구속되긴 하였지만, 여전히 단아하고 아름다워 풍치가 있는 곳이 상당히 많다. 대략 예를 들면 아래와 같다.

……다구공多九公이 말했다.

"임형 만약 시장하시다면 마침 여기 요기할 만한 것이 있습니다."

그러면서 벽초碧草의 떨기 속에서 청초靑草 몇 가지를 뜯었다……임지양이 그것을 받아 보니 그 풀은 마치 부추와 같고, 속에는 여린 줄기가 있으며 몇 송이의 푸른 꽃이 피어 있었다. 곧 입 안에 집어넣고는 자신도 모르게 머리를 끄덕이면서 말했다.

"이 풀은 맑은 향기가 어리는데, 오히려 맛있군요. 구공께 물어보겠는데 이것은 무슨 풀이라 부릅니까?……"

당오가 말했다.

"내가 듣기로 해외의 작산鵲山에는 청초가 있는데 꽃은 부추와 같고, '축여'祝餘라 부른다고 합디다. 그것으로 요기를 할 수 있다고 하니 아마도 바로 그것일 겝니다."

다구공은 연달아 머리를 끄덕였다. 그리고 또 앞을 향해서 걸어갔다. ……당오가 갑자기 길가에서 푸른 풀 한 줄기를 꺾고 있었는데 그 잎은 소나무와 같고 푸른빛이 특이했다. 잎 위에는 열매 하나가 돋아나 있었는데 크기는 겨자씨만 했다. 그 열매를 따고 손에는 푸른 풀을 집고서 말했다.

"처남이 축여를 먹었으니 저는 이것으로 함께 할 수밖에 없군요."

말을 마치고는 뱃속으로 삼켰다. 다시 그 겨자씨 같은 것을 손바닥에 놓고 한번 부니 당장 거기서 푸른 풀 한 줄기가 생겨 나왔는데 역시 솔잎 같았고 길이는 약 한 자 정도 되었다. 다시 한 번 부니 또 한 자가 자라고 계속해서 세 번을 부니 모두 해서 세 자의 길이가 되었다. 그것을 입에다 넣고는 먹어 버렸다. 임지양이 웃으면서 말했다.

"매부가 그렇게 많이 먹어 버리면 이곳의 푸른 풀들을 모두 먹어 치울까 걱정이네요. 이 겨자씨가 갑자기 푸른 풀로 변한 것은 무슨 까닭인지요?"

다구공이 말했다.

"이것은 '섭공초'躡空草인데 '장중개'掌中芥라고도 합니다. 이 열매를 따서 손바닥에 놓고 한 번 불면 한 자가 자라고 한 번 더 불면 또 한 자가 자라며 세 자가 되면 그칩니다. 사람이 이것을 먹으면 공중에 서 있을 수 있게 됩니다. 그래서 섭공초라고 부르는 것입니다."

임지양이 말했다.

"그런 장처가 있다면 저도 몇 줄기 먹은 뒤 나중에 집에 돌아가 도적이 들었을 때 공중에 서서 그를 쫓아버리면 일이 덜어지겠군요?"

그러고는 이곳저곳 오랫동안 찾았으나 자취조차 없었다. 다구공이 말했다.

"임형께서 찾아봐야 소용없습니다. 이 풀은 불어 주지 않으면 나지 않습니다. 이 빈 산에서 누가 입김을 불어 그것을 기르겠습니까? 아까 당형이 먹었던 그 열매는 아마 새들이 먹이를 쪼을 때 호흡하는 입김을 받아서 땅에 떨어져 생겨난 것일 겝니다. 늘상 볼 수 있는 것이 결코 아닌데 어디서 그것을 찾는단 말입니까? 저는 해외에 여러 해 동안 있었지만 오늘에서야 처음으로 그것을 보았습니다. 만약 당형이 그것을 불지 않았다면 저 역시 그것이 섭공초인 줄 몰랐을 것입니다." (제9회)[107)]

주)______

1) 『고금소설평림』(古今小說評林, 1919)에서 장명비(張冥飛)는 다음과 같이 말했다. "소설 속에서 스스로 학문을 과시한 사람 가운데에는 그 학문이 볼 만한 이가 있다. 이를테면 『경화연』과 『화월흔』은 비록 아무런 도리도 없긴 하지만 작자의 가슴속에 품은 생각과 손으로 몇 행의 문자가 씌어지기도 했다. 이에는 미치지 못하더라도 『야수폭언』 같은 것 역시 진부한 것을 밀어내고 새로운 것을 만들어 내는 가운데 마음먹고 되는대로 지껄여 대기도 했다."(小說中之自誇學問者, 必其學問尙有可觀者也. 如『鏡花緣』·『花月痕』雖無甚

道理, 而作者之胸中腕底, 究竟寫得出幾行文字來也. 卽至不堪, 如『野叟暴言』, 亦能推陳出新, 放膽胡說) — 보주

2) 『야수폭언』(野叟曝言). 청대 하경거(夏敬渠, 1705~1787; 하이명)가 지었다. 이 책은 광서 7년(1881) 비릉(毗陵) 회진루(匯珍樓) 활자본(活字本)이 있는데 20책 152회이다. 그중에 132회부터 135회까지는 빠져 있으며 제136회는 겨우 마지막 쪽만 남아 있을 뿐이다. 또 광서 8년 신보관(申報館) 배인본이 있는데, 20권 154회다. 두 회를 늘려 원본에 빠진 것을 모두 보충해 놓았다. 책머리에 광서 임오년(壬午年, 1882) 서민산초(西岷山樵)의 서(序)가 있다. 하경거는 『야수폭언』 외에도 『완옥헌집』(浣玉軒集) 등을 지었다.

3) 『야수폭언』의 가장 이른 판본은 청 광서 7년 비릉의 회진루 활자본으로 20책 152회이며, 그림은 없다. 반엽십행(半葉十行), 행이십팔자(行二十八字)이다. 판심(版心) 위에는 "제일기서"(第一奇書)라 적혀 있다. 책머리에는 광서 신사 지부족재주인(知不足齋主人)의 서와 범례가 있다. — 보주

4) 명청대 성(省)의 각급 고시를 거쳐 부(府)와 주(州), 현학(縣學)에 입학한 자를 생원(生員)이라 했는데, 이 생원에는 증생(增生)과 부생(府生), 늠생(廩生), 예생(例生) 등의 명목이 있었으며, 이 모두를 아울러 제생(諸生)이라 하였다. — 옮긴이

5) 작전 계획을 짜는 곳. — 옮긴이

6) 연(燕)은 지금의 허베이(河北)의 북부와 랴오닝(遼寧)의 남부를 가리키고, 진(晋)은 산시(山西)이며, 진(秦)은 산시(陝西), 농(隴)은 간쑤(甘肅), 검(黔)은 구이저우(貴州), 촉(蜀)은 쓰촨(四川), 상(湘)은 후난(湖南)이다. 그러나 한(漢)은 분명치 않은데, 중국에서 지명으로의 한(漢)이 가리키는 것은 창장(長江)의 가장 긴 지류인 한수이(漢水)이거나, 산시 남부와 후베이(湖北) 북부를 포괄하는 한중(漢中)을 가리키기도 한다. 그러나 여기에서는 앞뒤 문맥으로 보아 한중보다 창장의 하류 지역에 있는 한커우(漢口)나 우한(武漢)을 가리키는 듯하다. — 옮긴이

7) 하이명(夏二銘)의 『완옥헌집』(浣玉軒集) 중에서 시제(詩題)로 볼 때, 하북과 산시를 간 적이 있다는 사실을 알 수 있다. 하북과 관련된 것으로는 「임구려저화벽간운」(任邱旅邸和壁間韻)과 「풍설중과팔달령」(風雪中過叭噠嶺), 「호타하차운」(滹沱河次韻), 「도문제석」(都門除夕) 등이 있다. 산시와 관련된 것은 「경화산」(經華山), 「부제화악」(復題華岳), 「화청지좌탕」(華清池坐湯), 「자동관지상남도중구점칠수」(自潼關至商南道中口占七首), 「여산회고」(驪山懷古), 「자상남귀당관시서중제우」(自商南歸潼關示署中諸友), 「상주영고」(商州詠古) 등이 있다. — 보주

8) 이 대목으로 미루어 볼 때, 하이명의 『야수폭언』은 그의 만년의 저작임을 알 수 있다. 이 책의 주인공 문백(文白)은 "夏" 자를 나눈 것으로, 그의 형상 속에는 작자 자신의 그림자가 드리워져 있다는 것을 알 수 있다. 또 이 책의 제147회 「칠십국헌수륙보제귀」(七十國獻壽六寶齊歸)로 볼 때 작자 자신이 칠십 살이 넘었다는 것을 알 수 있는데, 그렇다면 이 책은 작자의 나이 칠십 세(건륭 39년, 1774) 이후로부터 몇 년 사이에 씌어졌을 것이라 추단해 볼 수 있다. — 보주

9) 원문은 다음과 같다. 以名諸生貢于成均, 旣不得志, 乃應大人先生之聘, 輒祭酒帷幕中, 遍歷燕晋秦隴.…繼而假道黔蜀, 自湘浮漢, 溯江而歸. 所歷旣富, 于是發爲文章, 益有奇氣,…

然首已斑矣. (自是)屛絶進取, 壹意著書.

10) 『야수폭언』 비릉 초각 원본에는 제132, 133, 134, 135회가 빠져 있고, 제136회는 뒷부분과 평만이 남아 있다.— 보주

11) 『야수폭언』은 광서 8년(1882) 신보관 배인본 20권 154회가 있는데, 원본보다 2회가 증가되었다. 책머리에 광서 임오 서민산초(西岷山樵)의 서가 있는데, "간본의 빠진 부분을 모두 보정하였다"(于刊本之缺失者, 皆已補定)고 하였다. 서에서는 완정본(足本)이라 하였으나 실제로는 증보본이다.— 보주

12) 원문은 다음과 같다. 敬渠, 字懋修, 諸生; 英敏績學, 通史經, 旁及諸子百家禮樂兵刑天文算數之學, 靡不淹貫.…生平足迹幾遍海內, 所交盡賢豪. 著有『綱目擧正』, 『經史餘論』, 『全史約編』, 『學古編』, 詩文集若干卷.

하이명의 저작은 이밖에도 『당시억해』(唐詩臆解), 『의학발몽』(醫學發蒙), 『역오음』(亦吾吟), 『서간집』(鼠肝集), 『오도음』(五都吟) 등이 있다. 현존하는 『완옥헌집』에는 『경사여론』(經史餘論), 『학고편』(學古編) 및 제음(諸吟)이 실려 있는데, 실제로는 그의 대부분의 저작들의 집일본(輯逸本)이다.— 보주

13) 조희명(趙曦明, 1704~1787)의 자는 경부(敬夫)이고, 호는 감강산인(瞰江山人)으로, 청(淸) 강음(江陰; 지금의 장쑤에 속함) 사람이다. 저서에 『상재견문록』(桑梓見聞錄), 『안씨가훈주』(顔氏家訓注) 등이 있다.

14) 루쉰은 『강음하씨종보』를 아직 보지 못했기에, 그가 "건륭 연간에도 아직 생존해 있었던 듯하다"고 추측할 수 있었을 따름이다. 현재 『강음하씨종보』에 근거하면 하이명의 생졸년은 1705~1787년으로 추산할 수 있다. 『하씨종보』 4권에서는 다음과 같이 나와 있다. "건륭 52년 정미 3월 22일 해시에 죽으니, 여든세 살이었다."(乾隆五十二年丁未三月二十二日亥時終, 壽八十三) — 보주

15) 원문은 다음과 같다. 奮武揆文天下無雙正士鎔經鑄史人間第一奇書.

16) 敍事, 說理, 談經, 論史, 敎孝, 勸忠, 運籌, 決策, 藝之兵詩醫算, 情之喜怒哀懼, 講道學, 辟邪說,…

17) 칠조개(漆雕開)는 공자의 제자로, 『논어』 「공야장」편에 "공자께서 칠조개로 하여금 관직에 나가라고 하시니, 그가 대답했다. '저는 그것에 대해 아직 자신이 없습니다.' 공자께서 그 말을 들으시고 기뻐하셨다"(子使漆雕開仕, 對曰, 吾斯之未能信, 子說)라고 되어 있다. 칠조는 복성이고, 개가 이름이다. 또 칠조는 "칠조"(漆彫)라고도 한다.— 일역본

18) 당대(唐代)의 유명한 천문학자.— 옮긴이

19) '의술'의 원문은 기황(岐黃)으로 기백(岐伯)과 황제(黃帝)를 가리키며, 이들은 모두 의학의 시조라고 불리어진다.— 옮긴이

20) 한나라 때의 명의.— 옮긴이

21) 원문은 다음과 같다. 是錚錚鐵漢, 落落奇才, 吟遍江山, 胸羅星斗. 說他不求宦達, 却見理如漆雕; 說他不會風流, 却多情如宋玉. 揮毫作賦, 則頡頏相如; 抵掌談兵, 則伯仲諸葛, 力能扛鼎, 退然如不勝衣; 勇可屠龍, 凜然若將隕谷. 旁通曆數, 下視一行; 閑涉岐黃, 肩隨仲景. 以朋友爲性命; 奉名敎若神明. 眞是極有血性的眞儒, 不識炎涼的名士. 他平生有一段大本領, 是止崇正學, 不信異端; 有一副大手眼, 是解人所不能解, 言人所不能言.(第一回)

22) 기린, 봉황, 거북, 용을 말한다. 또는 창룡(蒼龍), 백호(白虎), 주작(朱雀), 현무(玄武)를 가리키기도 한다.—일역본

23) 본래는 8대손을 가리키나, 여기에서는 단순히 자손이 번창했음을 가리킨다.—옮긴이

24) 여섯 대가 한 집에 사는 것.—옮긴이

25) "성"(聖)은 공맹(孔孟)의 도를 가리키고, "태군"(太君)은 봉건왕조 시대의 관원의 어머니에 대한 존칭이다.—일역본

26) 원문은 "抱負不凡, 未得黼黻休明, 至老經猷莫展".

27) 원문은 "野老無事, 曝日清淡".

28) 『야수폭언』(野叟曝言)이라고 하는 제명(題名)에 관해서는, 루쉰의 『소설구문초』의 「야수폭언」 조에서, 작자의 안어로서 하경거가 지은 『강목거정』(綱目舉正)에 관한 조요(祖耀; 하경거의 아들)의 안어를 다음과 같이 인용하고 있다. "이 책이 완성되고 나자, 복건으로 가서, 옛 친구인 복건 무군(撫軍) 부강(富綱)에게 상주해 달라고 부탁하였으나, 이루어지지 못했고, 돌아가던 길에 건륭 병오(丙午; 51년, 1786)년에 황제의 남순(南巡)을 만나 소주로 나가 천자 일행을 영접하였다. 이것을 틈타 몸소 진상하려 했으나, 저지당했다. 운운."(是書旣成, 携入閩中, 祈故友福建撫軍富公綱奏呈, 未果; 歸, 遇乾隆丙午南巡, 赴蘇迎鑾, 擬躬進獻, 又有所阻云云) 또 이 책의 제목은 『열자』(列子) 「양주편」(楊朱篇)의 "시골 사람이 햇볕을 바침"(野人獻曝)이라는 대목에서 나온 것이다. 옛날 송나라에 농부가 있었는데, 항상 해진 무명옷과 삼베옷을 입고 근근히 겨울을 보내다가, 봄이 되어 동쪽 밭에 나가서 일을 할 때면 스스로 몸을 따뜻한 햇볕에 쪼였다.…… 그가 아내를 돌아보며 말했다. "따뜻한 햇볕을 등에 지는 재미를 사람들은 모르고 있구려. 내가 이 사실을 임금께 알려 드린다면 내게 큰 상을 내릴 것이오."—일역본/옮긴이

29) 하경거(夏敬渠)의 『야수폭언』에 관해서는 자오징선의 「야수폭언 작자 하이명 연보」(野叟曝言作者夏二銘年譜)가 있다. 애당초 『동방잡지』(東方雜誌) 34권 13호(1937년)에 실었다가, 뒤에 『소설희곡신고』(小說戲曲新考; 스제서국世界書局, 1943)에 실었고, 다시 『중국소설총고』(中國小說叢考; 지난: 치루서사齊魯書社, 1980년 10월)에 재수록했다.
루쉰은 『야수폭언』을 "도학선생(道學先生)의 패덕음란(悖德淫亂)한 심리의 결정(結晶)"으로 보고 있는 듯하다. 『차개정잡문 2집』에 실린 「심개심」(尋開心)을 볼 것. 또 루쉰이 그의 글에서 언급한 바 있는 한려(悍膂; 聶紺弩)의 「담야수폭언」(談野叟曝言; 『태백』太白 반월간 제1권 제12기, 1935년 3월 5일호) 및 「재담야수폭언」(再談野叟曝言; 『태백』 반월간 제1권 제1기, 1935년 3월 5일호)은 확실히 린위탕(林語堂)의 가볍게 부담 없이 다루는 방식에 대해 지나칠 정도로 정색을 하고 보는 측면이 있기도 하지만, 『야수폭언』에 나타난 도학선생의 패덕 심리를 날카롭게 지적한 논문이라고 보아도 좋다.—일역본

30) 양명시(楊名時, 1661~1737)의 자는 빈실(賓實)이고, 호는 응재(凝齋)이며, 청(淸) 강음(江陰; 지금의 장쑤성에 속함) 사람이다. 관직은 예부상서(禮部尙書) 겸 국자감좨주(國子監祭酒)에 이르렀다. 저서에 『역의수기』(易義隨記), 『시의기강』(詩義記講) 등이 있다.

31) 하종란(夏宗瀾)의 자는 기팔(起八)이고, 청 강음 사람이다. 공생[貢生; 주군州郡에서 준수한 자제로 선발되어 추천된 선비.—옮긴이]으로 발탁되었기 때문에 국자감조교(國子監

助敎)로 천거되었다. 저서에 『역괘차기』(易卦箚記) 등이 있다.

32) 이광지(李光地, 1642~1718)의 자는 진경(晋卿)이고, 호는 용촌(榕村)이며, 청 안계(安溪; 지금의 푸젠성에 속함) 사람이다. 관직은 문연각대학사(文淵閣大學士)에까지 이르렀다. 『성리정의』(性理精義), 『주자대전』(朱子大全)을 책임 편집하였으며, 그 밖의 저서로는 『용촌전집』(榕村全集) 등이 있다.

33) 하조웅(夏祖熊)의 자는 몽점(夢占)이며 청대 강음 사람이다. 저서에 『역학대성』(易學大成) 등이 있다.

34) 원문은 "博通群經, 尤篤好性命之學, 患二氏說漫衍, 因復考辨以歸于正".

35) "이정과 주희"의 원문은 정주(程朱). 북송(北宋)의 정호(程顥), 정이(程頤)와 남송(南宋)의 주희(朱熹)를 가리키는 말이다. 정호(1032~1085)는 자가 백순(伯淳)이고 명도선생(明道先生)이라 불렸으며 낙양 사람이다. 정이(1033~1107)는 자가 정숙(正叔)이고, 이천선생(伊川先生)이라 불렸으며, 정호의 아우이다. 두 사람의 저작은 주희의 편집을 거쳐 『이정전서』(二程全書)가 되었다. 주희에 대해서는 이 책 제9편 주 42)를 참고하라.

36) "육구연과 왕수인"의 원문은 육왕(陸王). 남송의 육구연(陸九淵)과 명대(明代) 왕수인(王守仁)을 가리키는 말이다. 육구연(1139~1193)은 자가 자정(子靜)이고, 호는 존재(存齋)로 남송 금계(金溪; 지금의 장시성에 속함) 사람이다. [저서에] 『상산선생전집』(象山先生全集)이 있다. 왕수인(1472~1528)의 자는 백안(伯安)이고, 호는 양명(陽明)으로 명대 여요(餘姚; 지금의 저장성에 속함) 사람이다. [저서에] 『왕문성공전서』(王文成公全書)가 있다. 정주학설(程朱學說)은 객관적 유심주의(唯心主義)에 치우쳐 있고, 육왕학설(陸王學說)은 주관적 유심주의에 치우쳐 있다.

37) 『담사』는 정매(庭梅) 주씨(朱氏) 간본으로, "뇌라산방보본"(磊砢山房保本)이라 적혀 있다. 도상(圖像)은 상하 이권에, 각 61엽이다. 신보관(申報館) 배인본 등이 있다. 권수에는 소정도인서(小仃道人序)가 있으며, 또 두릉남자 서(杜陵男子序)에 다음과 같이 나와 있다. "그대는 반대좀을 보지 못했는가? 떨어져 나간 낡은 책 안에 있는 것은 병어라 하고, 사람들의 쌓여 있는 책 속에 있는 것은 맥망이라 한다. 평상적인 상태에서는 낡은 종이에서 살아가고, 변화가 생기면 썩은 냄새로 화하는 것을 신기한 것으로 여긴다. 그대가 어떻게 그처럼 평상적인 상태를 견지하면서 변화를 헤아릴 수 있겠는가?" (子獨不見乎蟫乎? 墜粉殘篇之內者, 蚋魚也; 含靈積卷之中者, 脈望也. 常則覓生活于故紙, 變則化腐臭爲神奇. 子安得執其常以擬其變乎?) — 보주

38) 원문은 입읍상(入邑庠)으로 문자 그대로의 뜻은 향리의 학교에 들어간다는 것인데, 대개 향시에 급제하여 수재가 된다는 것을 의미한다.— 옮긴이
『객창우필』(客窗偶筆)에서는 도신이 건륭 임오(壬午)년 19세에 향시에 붙었다고 했다. 『강음현지』(江陰縣志) 14권 "선거표"(選擧表)에서도 그가 건륭 27년 임오에 향시에 붙었다고 했다. 건륭 27년에 19세였다면, 태어난 해는 건륭 9년, 곧 갑자년(1744)이 된다. 그러므로 작품 속에서 상촉생(桑蠋生)이 스스로 일컫기를, "나는 갑자생이다"(予, 甲子生也)라고 했던 것이다.— 보주

39) 『담사』(蟫史)의 저자에 관해서는 『속향수필』(粟香隨筆) 2권에 의거하면 다음과 같다. "홀암자사(笏岩刺史) 도(屠)씨의 이름은 신(紳)으로 현서(賢書)라고도 불렸다.…… 그

가 지은 책으로는 『육합내외쇄언』(六合內外瑣言) 20권이 있으며 '서여예손편'(黍餘裔孫編)이라 서(署)하였다. 『담사』 20권은 뇌라산인찬(磊砢山人撰)이라 서하였다. 근년에 상하이에서 활판(活版)으로 인쇄되어 매우 널리 퍼지게 되었다."(署笏岩刺史, 名紳, 又號賢書.…所著有『六合內外瑣言』二十卷, 署黍餘裔孫撰. 『蟫史』二十卷, 署磊砢山人撰, 近年上海以洋版刷印, 流傳頗廣)

40) 광둥(廣東) 지방을 가리킨다.— 옮긴이

41) 원문은 "行年大衍". 복서(卜筮)의 산가지가 쉰 개이기에 나이 오십을 가리키는 말로 쓰이기도 한다.— 옮긴이

42) 원문은 다음과 같다. 在昔吳儂官于粵嶺, 行年大衍有奇, 海隅之行, 若有所得, 輒就見聞傳聞之異辭, 彙爲一編.

43) 부내(傅鼐, 1758~1811)의 자는 중암(重庵)으로 청 산음(山陰; 지금의 저장성 사오싱) 사람이다. 녕이(寧洱)의 지현(知縣), 봉황청동지(鳳凰廳同知), 호남안찰사(湖南按察使) 등을 역임했다. 건륭 말에서 가경 중엽까지 상검(湘黔) 일대에서 묘민(苗民)들의 봉기를 진압한 바 있다.

44) 도신(屠紳)에 관해서는 심섭원(沈燮元)의 『도신 연보』(屠紳年譜; 상하이: 구뎬원쉐출판사, 1958년 4월)가 있다. 그 부록 1에 도신의 시문(詩文)이 집존(輯存)되어 있고, 2에 일사(逸事)가 기록되어 있어, 참고가 된다.— 일역본

45) 복건(福建)을 가리킨다.— 옮긴이

46) 중국에서는 불교 신자들이 집안에 작은 불단을 마련하여 불상과 같은 불구(佛具)를 모셔 놓고 예불을 올리는데, 이것을 감이라 한다.— 옮긴이

47) 원문은 다음과 같다. 題曰"徹土作稼之文, 歸墟野鳧之畵". 又一篋爲天人圖, 題曰"眼藏須彌僧道作". 又一篋爲方書, 題曰"六子攜持極老人口授". 蠋生謂指揮曰, "此書明明授我主賓矣. 何言之? 徹土, 桑也; 作稼, 甘也"…營龕于秘室, 置之; 行則藏枕中; 有所求發明, 則拜而同啓視; 兩人大悅.(第一回)

48) 문장 가운데의 "목란"은 곧 용요매(龍么妹)이다. 서위(舒位)의 『요매시』(么妹詩)에서는 다음과 같이 말했다. "말에 오르니 한 쌍의 금 굽 나막신, 난새를 올라타니 열여덟 옥 같은 허리의 아가씨라."(上馬一雙金齒屐, 乘鸞十八玉腰奴) 시의 서에서는 다음과 같이 말했다. "수서 천총 용약은 그의 선조가 오삼계를 토벌하는 데 종군하여 공이 있어 그 직책을 세습하였다. 독묘가 반란을 일으키자 막부에서 격문을 띄워 사병들을 소환해 나아갈 때, 마침 용약은 병으로 누워 꼼짝을 못했다. 이에 그의 막내 여동생더러 주둔군 이백 명을 이끌고 군문으로 달려가 종군하도록 했다. 앞뒤로 모두 스무 번 남짓의 전투에서 적을 가장 많이 사로잡고 베었다. 그 해 말에 일이 모두 끝나자 소와 술과 은패로 상을 내리고 본채로 돌아오게 하여 용약의 군공을 한 등급 더하였다. 누이의 나이는 열여덟이었는데, 외모는 길고 희었으며, 질끈 동여매고 말에 올라, 화살과 돌 사이에 출몰하면서 마음먹은 대로 지휘하였으니, 역시 멀리 떨어진 변경의 기이한 병사였다."(水西千總龍躍, 其先以從討吳三桂有功, 世襲斯職. 獨苗之叛, 幕府檄調領土兵來赴, 適躍臥疾憒逗擾, 乃遣其么妹率屯練二百人馳詣軍門從征. 前後凡二十餘戰, 擒馘最伙. 歲除蕆事, 常以牛酒銀牌, 令還本寨, 而加躍軍功一級. 妹年十有八歲, 形貌長白, 結束上馬, 出沒矢石間, 指揮如

意, 亦絶徼之奇兵也) — 보주

49) 고대의 도끼 비슷한 무기. — 옮긴이

50) 원문은 다음과 같다. …須臾, 苗卒大呼曰, "漢將不敢見陣耶?" 季孫引五百人, 翼而進. 兩旗忽下, 地中飛出滴血鷄六, 向漢將啼; 又六犬皆火色, 亦嘷聲如豺. 軍士面灰死, 木立, 僅倚其械. 矩兒飛椎鑿六犬腦, 皆裂. 木蘭袖蛇醫, 引之啄一鷄, 張喙死; 五鷄連栖而不鳴. 惟見瓦片所圖鷄犬形, 狼藉于地, 實非有二物也.…復至金大都督營中, 則癩牛病馬各六, 均有皮無毛; 士卒爲角觸足踏者皆死, 一牛齕金大都督之足, 已齒陷于骨; 矩兒揮兩戚落牛首, 齒仍不脫; 木蘭急遣虎頭神鑿去其齒, 足骨亦折焉, 令左右舁歸大營. 牛馬奔突無所制, 木蘭以鯉鱗帕撒之. 一鱗露一劍, 並斫一十牛馬. 其物各吐火四五尺, 鱗劍爲之焦灼, 火大延燒, 牛馬皆叫囂自得. 見獼猴擲身入, 擧手作霹靂聲, 暴雨滅火, 平地起水丈餘, 牛馬俱浸死. 木蘭喜日, "吾固知樂王子能傳滅火眞人衣鉢矣." 水退, 見牛馬皆無有, 乃砌壁之破瓮朱書牛馬字; 是爲蠱妖之"窮神盡化"云.…(卷九)

일본 나이카쿠분코(內閣文庫)에 『담사』 20권 수상(繡像) 2권이 소장되어 있다. 청 간본으로 "뇌라산방원본"(磊砢山房原本)이라 한다. 쇼헤이자카가쿠몬조(昌平板學問所) 구장(舊藏)으로 "천초문고"(淺草文庫), "문구계해"(文久癸亥)(1863)의 도장이 찍혀 있다. 『담사』의 가장 이른 판본인 듯하다. 예문과의 이동(異同)을 다음과 같이 교감한다. 矩兒飛椎擊六犬腦→矩兒飛椎鑿六犬腦(본문은 이미 바뀌어 있음) / 引之啄一鷄, 張喙死→引之啄. 一鷄張喙死 / 實非有二物也.→寔非有二物也. — 일역본

51) 원문은 "소길"(瑣蛣)로, "해경"(海鏡)이라고도 한다. 지금은 기거해(寄居蟹)라고 한다. 『문선』(文選) 12권의 진(晋)의 곽경순(郭景純; 璞)의 「강부」(江賦)에 보이며, 이선 주(李善注)에 인용된 『남월지』에 기록되어 있다. — 일역본

52) 남교는 교지(交趾)를 가리킨다. — 옮긴이

53) 황월(黃鉞)은 천자가 정벌 나갈 때 사용하는 무늬가 새겨진 도끼이다. — 옮긴이

54) 원문은 다음과 같다. …婁萬赤與其師李長脚鬪法于江橋南.…李長脚變金井紿萬赤, 卽墜入, 忽有鐵樹挺出, 井闌撐欲破. 獚兒引慶喜至, 出白羅巾擲樹巓, 砉然有聲, 鐵樹不復見, 李長脚復其形, 覓萬赤, 臥橋畔沙石間. 遂袖出白壺子一器, 持向萬赤頂骨咒曰,…咒畢, 擧手振一雷. 萬赤精氣已鑠, 躍入江中, 將隨波出海. 木蘭呼鱗介士百人追之飄浮, 所在必見吆喝, 乃變爲瑣蛣. 乘海蟹空腹, 入之, 以爲'藏身之固'矣, 交址人善撈蟹者, 得是物如箕, 大喜, 刳蟹將取其腹腴, 一蟲隨手出, 倏墜地化爲人形, 俄頃長大, 固儼然盲僧焉, 詢之不復語. 有屠者携刀來視, 咄咄曰, "蟹腹自有'仙人', 一名'和尙', 要是謊語; 斷無別腸容此妖物, 不誅戮之, 吾南交禍未已也." 揮刀斫其首. 時甘君已入城, 與區撫軍議班師矣; 常越所部卒持盲僧首以獻, 轉告兩元戎. 桑長史進曰, "斯必萬赤頭也. 記天人第二圖爲大蟹浮海中, 篆云'橫行自斃'. 某當初疑萬赤先亡, 乃今始驗." 適李長脚入辭, 視其頭笑曰, "此賊以水火陰陽, 爲害中國, 不死于黃鉞而死于屠刀, 固犬豕之流耳. 仙骨何有哉?…"…(卷二十)

앞서와 마찬가지로 다음과 같이 교감한다. 持向萬赤頂骨咒曰→向萬赤頂骨咒曰 / 空腹, 入之→空腹, 人之 / 是物如箕, 大喜, 刳蟹→是物如箕大, 喜刳蟹(이것은 이동異同을 교감한다기보다 이렇게 훈독하는 방법도 있다는 것이다.) — 일역본

55) 홍량길(洪亮吉, 1746~1809)의 자는 치존(稚存)이고, 호는 북강(北江)이며 청(淸) 양호

(陽湖; 지금의 장쑤성 창저우현常州縣) 사람이다. 일찍이 편수(編修)로부터 귀주(貴州) 학정(學政)을 감독하러 나갔다. 저서에 『홍북강전집』(洪北江全集) 등이 있다.

56) 왕전(汪瑔, 1828~1891)의 자는 부생(芙生)이고, 호는 곡암(谷庵)이며 산음 사람이다. 저서에 『수산관집』(隨山館集) 등이 있다.

57) 변려체(騈麗體)의 문장을 가리킨다.— 옮긴이

58) 『연산외사』는 순아당 목각본(醇雅堂木刻本)이 상하 2권으로 책의 앞에는 진례(陳澧) 등 열다섯 명의 제사가 붙어 있다. 예언(例言) 제5조에는 다음과 같이 나와 있다. "이 작품은 모두 삼만천여 언으로, 본래 장편의 변려문이라 권수를 나누지 않았다. 읽는 이가 너무 지리하고 시력이 따라가지 않아 그로 인해 8권으로 나누어 조금이나마 읽는 이의 뜻을 따른 것이다. 억지로 나누는 것은 원래 나의 본뜻이 아니었다."(是作共計三萬一千餘言, 本是長篇騈儷文字, 不分卷數. 閱者苦眞冗長, 目力不繼, 因是分爲八卷, 聊徇閱者之意. 强爲割裂, 原非余之本意也) — 보주

59) 수수(秀水). 저장성 자싱현(嘉興縣) 북쪽 수수(繡水)라는 곳이 있는데, 물에서 오색 빛깔이 난다고 하여 수수라 지명함.— 옮긴이

60) 청 우원(于原; 辛伯)의 『등창쇄화』(鐙窗瑣話; 道光 丁未年 刻本)에서는 다음과 같이 말했다. "온재 진구 선생은 군 내의 병산 옆에 살면서 스스로 일궤산초라 불렀다. 성격은 호방하고, 술을 좋아하였으며, 그림을 잘 그렸다. 일찍이 서호에 살면서 비를 만나면 나막신을 신고 밖을 돌아다녔는데, 산록을 배회하면서 하루종일 돌아오지 않았다. 사람들이 그의 어리석음을 비웃으면, 온재는 다음과 같이 말했다. '이것은 천연의 그림 그리기일세. 애써 낡은 종이 더미 속에서 삶을 찾아야 한단 말가.' 시편은 그의 그림과 같이 담담하고 일취가 있었다."(陳蘊齋先生球, 居郡中瓶山之側, 自號一簣山樵. 性豪邁, 耽酒, 工畵. 常寓西湖, 遇雨則著屐出遊, 徘徊山麓間, 終日不去. 人笑其痴. 蘊齋曰: '此則天然畵作也, 勉向故紙堆中覓生活耳.' 詩篇淡逸如其畵) 인용문은 천루헝(陳汝衡)의 『설원진문』(說苑珍聞)에 보인다.— 보주

61) 원문은 "史體從無以四六爲文, 自我作古, 極知僭妄,…第行于稗乘, 當希末減".

62) 『연산외사』에는 가경 신미년 오전성(吳展成)과 여청태(呂淸泰)의 서가 있다. 이 해가 가경 16년(1811)이었기에, 루쉰은 이 책이 1810년경에 지어졌다고 한 것이다.— 보주

63) 풍몽정(馮夢禎, 1548~1605)의 자는 개지(開之)이고, 명대(明代) 수수 사람이다. 관직은 남경(南京)의 국자감 좨주에까지 이르렀다. 저서에 『역대공거지』(歷代貢擧智), 『쾌설당집』(快雪堂集) 등이 있다. 그가 지은 『두생전』(竇生傳)은 두승조(竇繩祖)와 이애고(李愛姑)의 슬픔과 기쁨, 이별과 만남(悲歡離合)의 이야기를 서술하고 있다. 이 전 역시 소설 『연산외사』(燕山外史)의 책머리에 실려 있다.

[『가흥부지』에서는 다음과 같이 말했다. "일찍이 명의 좨주였던 풍몽정이 두생의 일을 서술한 것에서 취하여, 『연산외사』를 부연하였다. 일은 야승에 속하나 재화는 깊고 넓었다. 『묵향거화지』에서는 그가 산수에 뛰어났다고 칭찬했다."(嘗取明馮祭酒夢禎敍竇生事, 演成『燕山外史』. 事屬野稗, 才華淹博. 『墨香居畵識』稱其善山水. 53권 "秀水藝術傳") — 보주]

64) 베이징의 이명이다.— 옮긴이

65) 명부(命婦)는 천자로부터 봉호를 받은 부인을 말한다.—옮긴이
66) 즉 나쁜 놈을 잡으려 할 때 착한 사람까지 잡게 된다는 것.—옮긴이
67) 이 예문은 처음에는 동물의 이름을 많이 사용하고 있으나, 뒤에서는 식물의 이름을 사용하고 있다. 특히 식물 이름의 경우 중의법으로 사용된 것이 많다.
상갓집 개. 원문은 "상가지견"(喪家之犬) 또는 "상가지구"(喪家之狗)로, 원래는 『사기』「공자세가」(孔子世家)에 나오는데, 공자가 정(鄭)나라에 갔을 때, 정나라 사람이 공자를 보고 공자의 제자인 자공(子貢)에게 공자를 비평하며 한 말이다. "그러나 허리 아래는 우임금보다 세 치가 짧고, 초라한 행색이 상갓집 개 같다."(然自要以下不及禹三寸, 纍纍若喪家之狗) "상갓집 개"(喪家之狗)에서의 "상"(喪)에는 "잃는다"(失去)는 뜻도 있기 때문에, 집을 잃은 개, 집 없는 개로 해석될 수도 있지만, 이 경우는 다르다. 『사기집해』(史記集解)에 인용된 왕숙(王肅)의 설과 『한시외전』(韓詩外傳; 허유휼許維遹 교석, 『한시외전집석』韓詩外傳集釋, 베이징: 중화서국, 1980년 6월, 제9권 제18장 322~324쪽)의 설에 보이는 대로, 복상(服喪) 중인 집안의 개를 가리킨다. 복상 중인 주인은 개에게 신경을 쓸 겨를이 없기 때문에, 개가 의지할 바를 잃은 것이다. 바로 뒤에 나오는 "호통소리에 집으로 돌아간다"(叱去還家)는 구절이 그 방증이 된다. 뒷날 루쉰은 량스추(梁實秋)를 비판하면서, "상갓집 것"(喪家的), "자본가의 주구"(資本家的走狗)라고 말한 적이 있는데, 여기에서의 "상갓집 것"에는 위에서의 "상가"의 원의와 『연산외사』(燕山外史)에서의 용례에 나타난 의미가 포함되어 있다.—일역본
68) 연꽃의 씨. 원문은 "蓮心"으로, "사랑하는 마음"(戀心)이라는 의미가 담겨져 있다.—일역본
69) 푸른 대쪽의 진액(竹瀝)은 원래 한방에서 약으로 쓰는 것인데, 대나무를 두 치 남짓 잘라서 둘로 쪼개고, 연와(煉瓦)를 두 개 마주하고 세워 그 위에 대나무를 올려 놓고 불을 때서 나오는 즙을 큰 그릇에 담은 것으로, 여기에서는 눈물을 형용한다.—일역본
70) 영춘화(迎春花). 신이(辛夷)의 이명(異名)으로, 봄에 제일 일찍 피는 꽃인 개나리를 가리키거나, 백목련(白木蓮)을 말하기도 한다.—옮긴이
71) 반하생(半夏生). 끼무릇이라고도 하며, 다년초로 양력 7월 2일쯤 피는 꽃.—옮긴이
72) 원문은 "采葑采葛". 『시경』「패풍」(邶風)의 「곡풍」(谷風)에는 "순무를 캐고, 무를 캐고"(采葑采菲)로 되어 있다. 남녀 간의 사랑을 노래한 구절이다. 또 「왕풍」(王風)의 「갈유」(葛藟)에 "칡을 캐러 갈거나, 하루를 못 보아도 석 달 만이나 하여라"(彼采葛兮, 一日不見, 如三月兮)로 되어 있다. 마찬가지로 사랑하는 마음을 노래한 시구이다.—일역본
73) 원문은 "投李投桃". 『시경』「위풍」의 「목과」에 "내게 복숭아를 던져 주기에, 아름다운 패옥으로 답례하였지,……내게 오얏을 던져 주기에, 아름다운 구슬로 답례하였지"(投我以木桃, 報之以瓊瑤…投我以木李, 報之以瓊玖…)로 되어 있다. 남녀가 주고받는 시이다.—일역본
74) 원문은 "시녀"(侍女)이나 일설에는 "대녀"(待女)라고도 하는데, 원문의 역주에 의하면, 난초의 이명(異名)이라고도 함.—일역본
75) 의남초(宜男草)라고도 하며, 훤초(萱草)의 이명이다. 『주처풍토기』(周處風土記)에 의하면, 임신한 여자가 이 꽃을 몸에 지니고 다니면 사내아이를 낳는다고 한다. 또 이 꽃을

지니고 다니면 근심을 잊을 수 있다고도 한다.—옮긴이

76) 원문은 "蠲忿"으로, 혜강(嵇康)의 「양생론」(養生論)에, "합환초는 분을 삭이고, 훤초는 근심을 잊게 한다"(合歡蠲忿, 萱草忘憂)고 하였다.—일역본

77) 원문은 "何日當歸"로, 여기에서 "당귀"(當歸)는 풀이름이기도 하다. 예로부터 여인네들의 중요한 약으로 "남편을 그리워한다"(思夫)는 뜻이 있다고 한다.—일역본

78) 원문은 "兩地之思"로, 뒷날 루쉰이 쉬광핑(許廣平)과 주고받은 편지를 모아 서간집을 내면서 제목을 『양지서』(兩地書)라 한 것은 아마도 『연산외사』(燕山外史)의 용례를 취한 것인 듯하다.—일역본

79) 원문은 다음과 같다. …其父內存愛犢之思, 外作搏牛之勢, 投鼠奚遑忌器, 打鴨未免驚鴛, 放笠之豚, 追來入笠, 喪家之犬, 叱去還家. 疾驅而身弱如羊, 遂作補牢之計, 嚴錮而人防似虎, 終無出柙之時. 所虞龍性難馴, 拴于鐵柱, 還恐猿心易動, 辱以蒲鞭. 由是姑也薔薇架畔, 青黛將顰, 薜荔墻邊, 紅花欲悴, 托意丁香枝上, 其意誰知, 寄情豆蔻梢頭, 此情自喩. 而乃蓮心獨苦, 竹瀝將枯, 却嫌柳絮何情, 漫漫似雪, 轉恨海棠無力, 密密垂絲. 才過迎春, 又經半夏, 采葑采葛, 只自空期, 投李投桃, 俱爲陳迹, 依稀夢裏, 徒栽侍女之花, 抑郁胸前, 空帶宜男之草. 未能蠲忿, 安得忘憂? 鼓殘瑟上桐絲, 奚時續斷. 剖破樓頭菱影, 何日當歸? 豈知去者益遠, 望乃徒勞, 昔雖音問久疏, 猶同鄉井, 後竟夢魂永隔, 忽阻山川. 室邇人遐, 每切三秋之感, 星移物換, 儘深兩地之思.…(卷二)

일본 국회도서관(國會圖書館)에 소장되어 있는 『연산외사』 상하 2권(上下二卷) 1책(半葉七行 行二十字)은 "가경 신미(16년 1811) 도월 상완(12월 상순) 벽지두타여정태철애씨"(嘉慶辛未涂月上浣辟支頭陀呂情泰鐵崖氏)의 서가 있다. 여정태(呂情泰)에 의하면, "기미"(己未; 가정 4년, 1799) 가을, 진구(陳球)가 제사(題詞)를 부탁했다고 한다. 이 국회도서관 본은 8회 본을 합본한 것인 듯하다. 예문과의 이동을 다음과 같이 교감하였다. 喪家之犬→喪家之狗 / 猿心→猴心 / 漫漫似雪→漫漫作雪 / 徒栽侍女之花→徒栽待女之花("화"花자 밑에 "蘭名待女"라는 협주夾注가 있다.) / 音問久疏→音問久疎 —일역본

80) 『연산외사』에는 광서 5년 기묘(1879) 대함필(戴咸弼)의 서가 있다.—보주

81) 문자(文字), 성운(聲韻), 훈고학(訓詁學)을 가리키며, 서양의 "문헌학"(Philology)에 해당한다.—옮긴이

82) 『경화연』 20권 100회. 원간본은 그림이 없는데, 개자원(芥子園) 본인 듯하다. 베이징대학도서관(北京大學圖書館) 소장. 도광 12년 광둥에서 중간본(重刊本)이 나왔는데, 사엽매(謝葉梅)의 모상(摹像) 108쪽이 증가되었으며, 이대붕(李大鵬)의 서가 있고, 책을 간행한 내력이 기록되어 있다. 광서 14년 점석재 석인본(點石齋石印本)이 나왔는데, 두 회마다 삽도가 있고, 왕도(王道)의 서가 있다. 이 책은 머리에 매수거사(梅修居士) 석화(石華; 곧 海州 許喬林)의 서와 홍동원(洪棟元)의 서 및 손길창(孫吉昌) 등 육가(六家)의 제사(題詞)가 있다. 매회의 뒤에는 총평(總評)이 있는데, 모두 각각의 성명을 주하였다.—보주

우리나라 사람에 의해 이루어진 『경화연』(鏡花緣) 연구는 고 하정옥으로부터 시작된다. 하정옥(河正玉), 「『경화연』 연구」, 서울: 성균관대 박사논문, 1983. 6. 이후로 적막하다가 최근에 정영호의 박사논문이 나왔다. 정영호(鄭榮豪), 「이여진(李汝珍)의 『경화

연』 연구」, 광주: 전남대 박사논문, 1997. 6.—옮긴이

83) 팔고문(八股文)을 말한다.—옮긴이

84) 능정감(凌廷堪, 1755~1809)의 자는 차중(次仲)이며, 청 흡현(歙縣; 지금의 안후이에 속함) 사람으로, 일찍이 영국부학교수(寧國府學教授)를 지냈다. 저작에 『연악고원』(燕樂考原), 『교예당문집』(校禮堂文集) 등이 있다.

85) 이여진의 『이씨음감』(李氏音鑑) 5권에서는 다음과 같이 말했다. "임인년(건륭 47년, 1782) 가을 형인 불운(여진의 형인 汝衡의 자)이 관리로 구양에 초빙되었을 때 따라가서, 능정감 선생님에게 수학하였다. 글을 논하는 여가에 곁가지로 음운에 손을 댔는데, 도움받은 것은 매우 많았다. 운모 가운데 마운은 선생님께서 더하신 것이다."(壬寅(乾隆47年, 即1782)之秋, 珍隨兄佛雲宦邀朐陽, 受業于凌氏廷堪仲子夫子, 論文之暇, 旁及音韻, 受益極多. 母中麻韻, 即夫子所增也)—보주

86) 『이씨음감』 5권에서는 다음과 같이 말했다. "선생님(능정감)께서 계축년에 선주로 벼슬길에 올라 남북으로 멀리 떨어져 있었다. 근년에 지음을 얻었으니, 허석화, 허월남, 서우선, 서향타, 오용여, 홍정절로서 이들은 모두 운학에 정통한 사람들이다. 월남은 나의 손아래 처남으로 『설음』 한 편을 지었다. 나는 남음의 변별에 있어 월남의 도움을 많이 받았다."(夫子(凌廷堪)以癸丑筮仕宣州, 路隔南北. 近年得相切磋者, 許氏石華, 許氏月南, 徐氏藕船, 徐氏香坨, 吳氏容如, 洪氏靜節, 是皆精通韻學者也. 月南爲珍內第, 撰『說音』一篇. 珍于南音之辨, 得月南之益多矣)—보주

87) 육임(六壬)과 둔갑(遁甲). 여기에 태을(太乙)을 더해 삼식(三式)이라고 한다. 음양오행의 원리로 길흉을 점치는 방법이다.—일역본

88) 위(緯)는 위서(緯書)를 가리키며, 예언서를 말한다.—옮긴이

89) 1828년.—옮긴이

90) 일본 도쿄대학(東京大學) 문학부(文學部) 중국철학중국문학연구실(中國哲學中國文學研究室)에 청 간본 『경화연』(鏡花緣)이 소장되어 있다. 이십 권 일백 회, 반엽십행(半葉十行) 행이십자(行二十字)로, "무인춘일개조 경화연 번각필구"(戊寅春日開雕鏡花緣翻刻必究)라 되어 있고, 「경화연서」(鏡花緣序; 梅修居士石華撰)와 「경화연서」(鏡花緣序; 武林洪棣元靜荷識) 및 「경화연제사」(鏡花緣題詞) 일백 운(訊齋 孫吉昌) 등이 있고, 두비(頭批)와 비어(批語)가 있다. 도(圖)는 없다. 문자의 이동(異同)으로 볼 때, 쑨카이디의 『서목』(書目)에서 말하는 원간본과 같은 판본인 듯하다. 1955년 4월 쭤자출판사 간 『경화연』은 마롄(馬廉) 구장(舊藏)의 「원간초인본」(原刊初印本)을 저본으로 한 것이라 하는데, 이 도쿄대 문학부 소장본은 문자의 이동으로 볼 때 같은 것으로 여겨진다.

무인(戊寅)은 가경 23년 무인(1818)인 듯하다. 그렇다면 루쉰이 기술한 "도광 8년"(1828) 이전에 간본이 있었다는 것이 된다. 또 류춘런(柳存仁)의 『제요』(提要)의 「경화연수상」(鏡華緣繡像)에서는 『경화연』이 도광 원년(1821) 이전에 성립된 것이라는 설을 소개하면서 그 점에는 의문이 없다고 하였다.—일역본

91) 허교림은 도광 11년(1831)에 엮은 『구해시존』(朐海詩存) 제4칙에서 생존해 있는 사람의 작품은 싣지 않는다고 했는데, 제7칙에서는 이여진이 그 고장 사람이 아니라는 이유로 싣지 않았다고 특별히 그 이유를 밝혔다. 이것으로 이여진은 허교림이 이 책을

엮었을 때 이미 생존해 있지 않았다는 것을 알 수 있다(하정옥,「경화연 연구」, 성균관대학교 박사논문, 1983. 16~17쪽을 참고할 것).—옮긴이

92)『음감』(音鑒). 이여진(李汝珍)이 지었다. 6권으로 되어 있고, 남북방 음을 연구한 음운학 저작이다.

93)『경화연』 말회의 끝부분에서는 다음과 같이 말했다. "글로써 유희거리로 삼은 것이 해를 거듭했다. 이 『경화연』 일백회가 나온 것은 그러한 일의 반 정도일 따름이다. 만약 이 거울 속의 전체 그림자를 알고자 한다면, 뒷날의 연을 기다릴거나."(以文爲戲, 年復一年. 出這『鏡花緣』一百回, 僅得其事之半. 若要曉得這鏡中全影, 且待後緣)—보주

94) 간의(諫議)를 맡아보는 관리.—옮긴이

95) 많은 미녀를 뜻함.—옮긴이

96) 원문은 다음과 같다. 泣紅亭主人曰: 以史幽探哀萃芳冠首者, 蓋主人自言窮探野史, 嘗有所見, 惜湮沒無聞, 而哀群芳之不傳, 因筆志之.…結以花再芳畢全貞者, 蓋以群芳淪落, 幾至澌滅無聞, 今賴斯而不朽, 非若花之重芳乎? 所列百人, 莫非瓊林琪樹, 合璧駢珠, 故以全貞畢焉.(第四十八回)

97) 문장을 다스리는 성신(星神; 文星).—옮긴이

98)『신선전』(神仙傳)에 나오는 옛 여선(女仙).—옮긴이

99) 도교의 여자 도사.—옮긴이

100) 원문은 다음과 같다. 是一部討論婦女問題的小說, 他對于這個問題的答案, 是男女應該受平等的待遇, 平等的教育, 平等的選擧制度.

101) …說話間, 來到鬧市, 只見一隷卒在那里買物, 手中拿着貨物道, "老兄如此高貨, 却討恁般賤價, 教小弟買去, 如何能安? 務求將價加增, 方好遵教. 若再過謙, 那是有意不肯賞光交易了."…只聽賣貨人答道, "旣承照顧, 敢不仰體. 但適才妄討大價, 已覺厚顔. 不意老兄反說貨高價賤, 豈不更教小弟慚愧? 況敝貨幷非'言無二價', 其中頗有虛頭. 俗云'漫天要價, 就地還錢'. 今老兄不但不減, 反要加增, 如此克己, 只好請到別家交易, 小弟實難遵命." 唐敖道, "'漫天要價, 就地還錢', 原是買物之人向來俗談; 至'幷非言無二價, 其中頗有虛頭', 亦是買者之話. 不意今皆出于賣者之口, 倒也有趣." 只聽隷卒又說道, "老兄以高貨討賤價, 反說小弟'克己', 豈不失了忠恕之道? 凡事總要彼此無欺, 方爲公允. 試問'那個腹中無算盤', 小弟又安能受人之愚哩?" 談之許久, 賣貨人執意不增. 隷卒賭氣, 照數付價, 拿了一半貨物, 剛要擧步. 賣貨人那里肯依, 只說"價多貨少", 攔住不放. 路旁走過兩個老翁, 作好作歹, 從公評定, 令隷卒照價拿了八折貨物, 這才交易而去.…唐敖道, "如此看來, 這幾個交易光景, 豈非'好讓不爭'的一幅行樂圖麽? 我們還打聽甚麽? 且到前面再去暢游. 如此美地, 領略領略風景, 廣廣見識, 也是好的."…(第十一回『觀雅化閑游君子邦』)

앞서 언급한 원간본과의 이동(異同)을 다음과 같이 교감한다. 只見一隷卒在那里買物→只有有一隷卒在那里買物 / 廣廣見識→廣廣識見 —일역본

102) 전정방(錢靜方)의 『소설총고·경화연고』(小說叢考鏡花緣考)의 기록에 의하면, 이 책에는 "군자국은 장화의 『박물지』에 보이고"(君子國見張華『博物志』), "대인국은 『산해경』에 보이며"(大人國見『山海經』), "비건국은 『남사』에 보인다"(毗騫國見『南史』)는 등의 내용이 서술되어 있다.

103) 작자인 이여진이 등장인물이 되어, 『노자』(老子)에 대비되는 의미로 말한 표현이다. 『경화연』을 기탁한 것으로 해석되기도 한다.—일역본

104) 등미(燈謎)는 화등(花燈) 위에 수수께끼를 두어 사람들에게 알아맞히게 하는 것으로 문호(文虎), 등호(燈虎)라고도 한다.—옮긴이

105) 원문은 다음과 같다. 這部'少子', 乃聖朝太平之世出的, 是俺天朝讀書人做的. 這人就是老子的後裔. 老子做的是『道德經』, 講的都是元虛奧妙. 他這'少子'雖以游戲爲事, 却暗寓勸善之意, 不外風人之旨. 上面載着諸子百家, 人物花鳥, 書畫琴棋, 醫卜星相, 音韻算法, 無一不備. 還有各樣燈謎, 諸般酒令, 以及雙陸馬弔, 射鵠蹴毬, 鬪草投壺, 各種百戲之類. 件件都可解得睡魔, 也可令人噴飯.(第二十三回)

106) 『만보전서』(萬寶全書). 구제(舊題) 명 진계유(陳繼儒) 찬집, 청 모환문(毛煥文) 증보. 정편(正編)은 20권이고, 속편은 6권으로 되어 있다. 내용은 대부분이 일용생활지식이며, 주령[酒令; 술자리의 흥을 돋우기 위한 벌주놀이], 등미[燈謎; 음력 정월보름이나 중추절 밤, 초롱에 수수께끼의 문답을 써 넣는 놀이], 박희[博戲; 고대 도박성을 띤 놀이], 복서[卜筮; 옛날, 시초蓍草(이 풀의 줄기가 점치는 데 쓰임)를 사용하여 점을 치던 방법. 여기에는 점대로 치는 점과 거북 껍질을 불에 그을리어 그 튼 금을 보아서 치는 점이 있다] 등도 섞여 있다.

107) 원문은 다음과 같다. 多九公道, "林兄如餓, 恰好此地有個充饑之物." 隨向碧草叢中摘了幾枝青草.…林之洋接過, 只見這草宛如韭菜, 內有嫩莖, 開着幾朵青花, 卽放入口內, 不覺點頭道, "這草一股清香, 倒也好吃. 請問九公, 他叫甚麽名號?…"唐敖道, "小弟聞得海外鵲山有青草, 花如韭, 名'祝餘', 可以療饑. 大約就是此物了." 多九公連連點頭. 于是又朝前走.…只見唐敖忽然路旁折了一枝青草, 其葉如松, 青翠異常, 葉上生着一子, 大如芥子, 把子取下, 手執青草道, "舅兄才吃祝餘, 小弟只好以此奉陪了." 說罷, 吃入腹內. 又把那個芥子放在掌中, 吹氣一口, 登時從那子中生出一枝青草來, 也如松葉, 約長一尺, 再吹一口, 又長一尺, 一連吹氣三口, 共有三尺之長, 放在口邊, 隨又吃了. 林子洋笑道, "妹夫要這樣很嚼, 只怕這裏青草都被你吃盡哩. 這芥子忽變青草. 這是甚故?" 多九公道 "此是'躡空草', 又名'掌中芥'. 取子放在掌中, 一吹長一尺, 再吹又長一尺, 至三尺止. 人若吃了, 能立空中, 所以叫作躡空草." 林子洋道, "有這好處, 俺也吃他幾枝, 久後回家, 儻房上有賊, 俺躡空追他, 豈不省事." 於是各處尋了多時, 並無踪影. 多九公道, "林兄不必找了. 此草不吹不生. 這空山中有誰吹氣栽他? 剛才唐兄吃的, 大約此子因鳥雀啄食, 受了呼吸之氣, 因此落地而生, 並非常見之物, 你却從何尋找? 老夫在海外多年, 今日也是初次才見. 若非唐兄吹他, 老夫還不知就是躡空草哩."…(第九回)
앞서와 마찬가지로 다음과 같이 교감한다. 鵲山有青草, 花如韭→鵲山有草, 青花如韭 / 忽然路旁→忽在路旁 / 葉上生着一子→葉上生著一子 / 生出一枝青草來→生出一枝青草 / 儻房上有賊→倘房上有賊 / 俺躡空追他→俺躡空捉他 — 일역본

제26편 청대의 협사소설(狹邪小說)

당대唐代에는 과거에 급제한 사람들이 창기를 찾아 놀았으며, 이러한 습속이 이어져 왔는데 이것을 가화佳話라고 생각했다. 그러므로 기방에서 이루어지는 이야기를 가지고 문인들이 때때로 글로 지었는데, 오늘날까지도 남아 있는 것으로 최령흠崔令欽의 『교방기』敎坊記와 손계孫棨의 『북리지』北里志[1]가 있다. 명대에서 청대에 이르는 동안 작자가 더욱 많아졌는데, 명대 매정조梅鼎祚의 『청니련화기』靑泥蓮花記[2]와 청대 여회余懷의 『판교잡기』板橋雜記[3]가 특히 유명하다. 그 뒤로는 양주揚州, 오문吳門, 주강珠江, 상하이上海 등에서 벌어졌던 스캔들艶迹이 모두 기록되어 있다.[4] 또 기녀의 소전小傳도 점점 지이志異류의 서에 포함되어 갔지만, 대개는 잡다한 일들과 자질구레한 소문을 늘어놓은 것으로 일관된 줄거리가 없고 어쩌다 붓을 놀려 무료함을 달랜 것일 따름이었다. 화류계의 인물 이야기를 전서全書의 중심 줄거리로 삼아 수십 회에 달하는 장편으로 만든 것은 대개 『품화보감』品花寶鑒[5]에서 비로소 볼 수 있으나 여기에는 광대를 기록하였을 따름이다.

명대에는 비록 교방敎坊[6]이 있었지만, 사대부의 출입을 금했고 또 기녀를 데리고 있을 수도 없었다. 하지만 광대를 부르는 것을 금했다는 말은 없었다. 고관명사들은 금령에 저촉되는 것을 피해 가면서 항상 광대를 불러 술을 권하게 하고, 노래하고 춤추며 담소하게 하였다. 문장으로 이름난 자들은 그것을 부추기고 극구 칭찬하여 때로 광적인 지경에까지 이르렀으며, 이에 이렇게 즐기는 것이 날로 성행하였다. 청초에는 광대들과 노니는 열기가 비로소 약간 사그라들었으나 뒤에 다시 치열해졌는데, 점차 더욱더 외설스럽고 잡스러워져 그들을 "상고"像姑[7]라고 불렀는데 창녀와 똑같이 여겨졌다. 『품화보감』은 함풍咸豊 2년(1852)에 간행되었고, 전적으로 건륭 이래의 베이징의 배우들을 서술하고 있는데, 기록 중에는 때때로 외설스런 말이 섞여 있다. 작자 스스로 말하기를 배우 가운데에는 정正과 사邪가 있고, 압객狎客[8]에도 아雅와 속俗이 있는데, 이렇듯 아름다운 것과 추한 것을 같이 늘어놓은 것은 원래부터 권선징악의 뜻이 있기 때문이라고 하였다. 이러한 견해는 명대 사람들이 '세정서'世情書를 지은 것과 같은 것이라 할 수 있다. 일을 서술하고 문장을 지음에 있어서는 면면이 이어지는 감정을 전하는 것을 능사로 여기고 풍아風雅를 강조하고자 한 듯하지만, 아녀자를 묘사한 책은 예전에도 많이 있었으니 결국 그 구태를 벗어날 수 없었다. 이른바 상품上品이라고 하는, 즉 작자의 이상적인 인물인 매자옥梅子玉, 두금언杜琴言 등과 같은 인물들이라 할지라도 배우가 가인佳人이라면 손님은 재자才子가 되고, 따사로운 감정과 은밀한 말이 그치지 않고 지루하게 이어진 것에 지나지 않는다. 다만 가인이 여자가 아니라는 점만이 다른 책에서는 아직 묘사되지 않은 것이었을 따름이다. 이 책에서 "명단"名旦 두금언이 매자옥의 집에 가서 문병을 하는 상황이 다음과 같이 서술되어 있다.

각설하고 금언이 매자옥의 집에 도착했을 때 마음속으로 몹시 두려워했는데, 이번에야말로 한바탕 창피를 당하지 않을까 하는 생각으로 가득 차 있었다. 그 집에 당도해서는 안부인顔婦人을 만나고 나서도 욕을 먹지 않았을 뿐만 아니라 부인은 도리어 가엾어 하는 마음을 갖고 있었고, 또한 그에게 가서 자옥을 위안해 주라고 하였다. 이거야말로 생각지도 못한 일이었기 때문에 마음속은 한편으로는 기쁘기도 했지만 다른 한편으로는 슬펐다. 하지만 자옥의 병의 경중을 모르고서야 어떻게 그를 위로한단 말인가? 그럼에도 부인의 명을 받들어 정색을 하고 자옥의 방으로 갈 수밖에 없었다. 보니 휘장은 쳐진 채였고 책상에는 먼지가 쌓여 있었으며 녹나무로 된 작은 침상에는 엷은 휘장이 걸려 있었다. 운아雲兒가 먼저 휘장을 걷고 말했다.

"서방님, 금언님이 뵈러 오셨어요."

자옥은 그때 꿈을 꾸고 있었으므로 흐릿하게 두 번 대답했다. 금언이 곧 침대 옆에 앉아 보니 자옥의 뺨은 노랗고 말라서 형편없이 초췌해 있었다. 금언은 베개 가로 다가가서 낮은 소리로 한 마디 하자 느닷없이 눈물이 흘러내려 자옥의 얼굴 위로 떨어졌다. 이때 자옥은 갑자기 껄껄 웃으며 말했다.

7월 7일 장생전
인적 없는 밤중 단둘이 속삭일 때

이렇게 읊고 나더니 또 연달아 두 번이나 웃었다. 금언은 그의 잠꼬대가 이처럼 심한 것을 보고 참을 수가 없어 자옥의 몸을 두 번 흔들었다. 부인이 밖에 있어서 큰소리로 이름을 부르는 게 난처하여 말투를 바꾸어 "서방님" 하고 불렀다. 자옥은 여전히 꿈속에서 상념에 빠져 있었다.

'7월 7일이 되면 소란素蘭이 있는 곳에 가서 금언을 만나면 세 사람은 또 흉금을 털어놓고 이야기할 수 있겠지.' 이것은 자옥이 한시도 잊지 못하던 것이었다. 그러므로 이 두 구절의 당곡唐曲을 읊어 댄 것이다. 자옥의 혼백은 꿈에 깊이 빠져 곧 깨어나기 어려운 듯했다. 그는 다시 한 번 크게 웃더니 다음과 같이 읊었다.

내가 말하는 것은 황천과 천상인데
이 두 곳은 모두 찾기 어려워라.……

노래를 그치고는 안쪽으로 몸을 돌리고 잠이 들었다. 금언은 그가 이토록 의식이 희미해진 것을 보고 눈물을 더 많이 흘리며 하는 수 없어 멍하니 그를 지키고 서서 보기만 했는데 다시 부르기가 난처했다.……(제29회)[9)]

『품화보감』의 등장인물들은 대개 실제로 존재했던 인물이었는데, 그 이름과 품성, 행실로 미루어 알 수 있다.[10)] 오직 매자옥과 두금언 두 사람만이 허구적인 인물인데, '옥'玉과 '언'言 자는 '우언'寓言을 이르는 말[11)]이다. 아마도 작자는 그들이 뛰어나 세상에서 그들과 빗댈 만한 사람이 없다고 생각한 것 같다. 이야기 가운데 나오는 고품高品은 곧 작자 자신을 비유한 것으로 실제로는 상주常州 사람 진삼서陳森書이며(작자의 친필 원고인 『매화몽전기』梅花夢傳奇에는 스스로 비릉毘陵의 진삼陳森이라고 서명해 놓았으니 '서'書자는 아마 잘못 끼어들어간 것 같다),[12)] 호는 소일少逸이라 했다. 도광道光 연간에 북경에서 살았으며 국부菊部에 드나들다가 보고 들은 일을 모아 30회의 책을 지었다. 그러나 또 중간에 그만두고 북경을 떠나 이리저리 떠돌다가 기유년(1849)에 광서廣西에서 다시 북경으로 돌아와 비로소 후반부를 완성할 수 있었다. 모두 60회로 호사자들이 다투어 서로 베껴 전했으므로 삼 년이 지나 각본刻本이 나오게 되었다(양무건楊懋建의 『몽화쇄부』夢華瑣簿).[13]

작자의 이상적인 결말은 끝 회에 들어 있다. 명사名士와 명단名旦이 구향원九香園에 모여 배우의 작은 초상을 그려 화신花神으로 삼으니, 여러 명사들은 찬贊을 지었다. 배우들이 또 여러 명사들의 장생록위長生祿位[14]를 쓰니, 명사들이 그 찬을 지어 모두 돌에 새겨 구향루九香樓 아래에서 공양했다. 이때 배우들은 이미 이원梨園을 벗어나 "여러 명사의 앞에서"當着衆名士之前 비녀와 팔찌를 녹이고 옷가지를 태워 버렸다. 그것들이 다 타고 찌꺼기만 남아 가려 할 때, "갑자기 향기로운 바람이 불어와 그 남은 재를 허공으로 날아 올렸다. 허공에서 점점이 나부끼며 붉은 해에 비치어 마치 수많은 꽃들이 나비와 함께 섞여 날면서 춤을 추는 것 같았다. 그 모습은 화려하였고 향기는 코를 찔렀으며 선회하면서 점점 높아져 공중에 이르자 무수한 금빛으로 반짝거리더니 한번 번쩍 하고는 보이지 않게 되었다"[15]고 한다.

그 뒤에는 『화월흔』花月痕 16권 52회가 있는데, "면학주인 편차"眠鶴主人編次라고 적혀 있으며, 함풍 무오년(1858)의 서가 있다. 그러나 광서 연간에 이르러서야 비로소 유행하게 되었다. 이 책은 비록 전체가 협사狹邪에 대해 쓴 것은 아니지만, 특히 기녀들과 관련된 것이 전체 이야기 속에 은근히 드러나 있으며, [거기에] 명사를 덧붙인 것은 역시 재가가인 소설의 형식과 같다. 그 내용을 간략하게 이야기하면 다음과 같다. 위치주韋痴珠와 한하생韓荷生은 모두 뛰어난 재능을 가진 석학이었는데, 이리저리 떠돌다 병주幷州[16]의 막료가 되었으며 서로 아주 친했다. 또한 함께 기방에 가서 놀면서 각각 총애하는 기녀를 두었는데, 위치주 쪽은 추흔秋痕이라 했으며, 한하생 쪽은 채추采秋라 했다. 위치주의 풍류와 문채는 한 시대를 풍미했으나 때를 만나지 못해 곤궁한 객지생활을 하고 있었다. 추흔은 비록 그에게 마음이 기울었으나 결국 위치주에게 시집갈 수가 없었다. 얼마 뒤에 위치주의 아내가 먼저 죽고 잇달아 그도 죽자 추흔은 그를 따라 죽었다. 한하생은 먼저 높은 관리의 막중에서 존경받는 객客이 되어 기밀과 중요한 일에도 참여했고, 오래지 않아 외구外寇를 평정한 공로로 거인擧人에서 보승병과급사중保升兵科給事中이 되었으며, 다시 전쟁에서의 공적으로 여러 차례 자리를 옮겨 후侯로 봉해졌다. 채추는 오랫동안 한하생을 따랐으므로 역시 일품부인一品婦人의 봉전封典을 받았다. 개선하여 봉封을 받은 뒤, "큰 잔치를 삼일이나 베풀었는데 대장군으로부터 졸병에 이르기까지 환호작약하지 않는 이가 없었다"[17](제50회). 그러나 위치주의 경우에는 다만 의지할 데 없는 아들이 관을 붙잡고 남쪽으로 내려갔을 뿐이다. 그 구성은 대개 [두 사람의] 부침浮沈을 대비시키는 데 있으며, 문장 또한 오로지 구성지게 이어지는 것을 위주로 하고 있다. 하지만 때때로 비감하고 애절한 필치가 그 사이에 교착되어 있어, 기뻐하며 웃을 때에도 아울러 암울한 기색을 드러내 보이고자 했다. 그리고 시사詩詞와 서신이 소설 속에 가득하고 수식이 많아 정취가 오히려 흐려져 버렸다. 부조륜符兆綸[18]은 이것을 평하여 다음과 같이 말했다.

> 사부詞賦에는 뛰어나지만, 오히려 소설은 전문가가 아니다. 그 묘사의 극치가 드러나는 곳은 역시 사부로부터 흘러나오고 있으니, 애처로운 느낌이 들면서도 아름답다.……[19]

비록 아첨하는 기색이 약간 있기는 하지만, 그러나 역시 그 결점을 잘 지적하고 있다. 결말에 가서는 한하생의 전적戰績을 서술하면서 갑자기 요괴의 일을 끼워 넣었는데, 이는 마치 사랑타령이 미처 끝나기도 전에 갑자기 귀신 이야기가 불거져 나온 격이라 전편을 통해 무의미한 사족이 되어 버렸다.

…… 채추采秋가 말했다.

"…… 묘옥妙玉은 '인간 세상의 틀에 갇혀 있지 않은 사람'檻外人이라 부르고, 보옥寶玉은 '인간 세상의 틀에 갇혀 있는 사람'檻內人이라 불렀으며, 묘옥은 농취암櫳翠庵에 살았고, 보옥은 이홍원怡紅院에 살았습니다.…… 소설에서는 먼저 묘옥이 얼마나 청결하였는지에 대해서, 그리고 보옥이 항상 스스로를 탁물濁物이라고 여긴 사실에 대해서 말했습니다. 하지만 나중에는 깨끗한 것이 탁한 것이 되고 탁한 것이 극히 깨끗해지는 것을 보지 않으셨나요?"

이에 치주痴珠가 한숨을 내쉬고는 큰소리로 읊었다.

"'한번 발을 헛디디면 천고의 한이 되고, 다시 머리를 돌리면 이미 백세의 몸'一失足成千古恨, 再回頭已百年身이라."

그리고 계속해서 말했다.

"…… 책 속의 '가우촌의 말'賈雨村言[20]을 예로 들어보면, 설薛[21]은 설設이며, 대黛[22]는 대代인데, 그 두 사람을 설정하여 보옥을 대신하여 상을 묘사한 것이라네. 그러므로 '보옥'寶玉이라는 두 글자는 보寶자를 차釵자 위에다 두면 곧 보차寶釵가 되고, 옥玉자를 대黛자 밑에다 이으면 곧 대옥黛玉이 되는 것이지. 보차나 대옥은 고작해야 '가상적인 인물'子虛烏有[23]일 뿐 아무것도 아닐세. 오히려 묘옥이야말로 보옥의 '반대편에 있는 거울'

反面鏡子이기에 묘妙라 이름한 것이라네. 또 한 사람은 비구이고 다른 한 사람은 비구니一僧一尼라는 사실을 암암리에 비치고 있는데 그렇게 생각하고 있지 않으신가?"

채추가 그렇다고 대답했다.…… 치주는 곧이어 말했다.

"'색은 곧 공이요, 공은 곧 색이니라.'色卽是空, 空卽是色"

그러고는 곧 책상을 치면서 소리 높여 읊었다.

"은자銀字[24]의 쟁은 심자心字의 향과 어우러지는데, 영웅은 무슨 일로 마음을 풀지 않는가? 나는 모든 게 공空이라고 깨달았으니, 하늘에서 내려오는 꽃[25] 으로 도량道場을 만들려 하네. 채련곡采蓮曲에서 연밥을 헤아리고,[26] 계수나무 꽃이 필 때 다시 그대를 만나 보리, 무슨 까닭으로 채찍을 휘둘러 꽃을 등지고 가느뇨, 십년 동안 내 마음은 이미 정향定香에 짙게 배어 있는 것을."

하생荷生은 치주가 다 읊기도 전에 기다리지 않고 곧 가가대소하며 말했다.

"그만두고, 술이나 마시세."

한바탕 이야기꽃을 피우고 나니 날이 곧 밝았다. 치주는 아침을 먹고 채추의 수레를 타고 먼저 갔다. 점심 때 하생의 편지를 받았는데 다음과 같이 쓰여 있었다.

"방금 추흔秋痕을 만났는데 말끝마다 눈물을 흘려 불쌍하기 그지없더군. 내가 여러 번 위로의 말을 건네어 마음을 느긋하게 가지라고 했다네. 헤어질 때, 나에게 부탁하기를 그대에게 다음과 같은 말을 전해 달라고 하더군. '몸을 잘 돌보세요. 그대를 잊지 못하는 이 마음을 꼭 전해드릴 때가 있을 것입니다.' 그 지극한 마음을 알기에 급히 알려 주는 걸세. 또 소시小詩 사장四章도 보내면서 화답을 기다리더군."

시詩는 칠언절구 네 수였다.…… 치주는 다 읽고 나서 곧 다음과 같이 차운하여 화답시를 썼다.

아무런 까닭 없이 꽃은 갈기갈기 찢기고,
남아 있는 꽃술에 마음 아파하노니 가지도 꺾이었구나.
나는 꽃 때문에 깨끗한 곳淨境을 구하려고 했노니,
도리어 혐이 되는 것은 바람이 나빠 온전히 불지 않는 것.
황혼 무렵 탄식하며 방황하고,
험난한 세상 떠돌아다닌 지 이십여 년.
준마도 버들가지[27]도 모두 가 버렸도다.……

막 써 내려가고 있는데, 대머리가 와서 아뢰었다.

"남새 저잣거리菜市街의 이씨 집에서 사람을 보내 오시라고 합니다. 유 아가씨劉姑娘의 병세가 대단하다고 합니다."

치주는 깜짝 놀라 곧 바로 수레를 타고 추심원秋心院으로 갔다. 추흔은 비단 수건으로 머리를 싸매고 침상 위에 결가부좌하고 있었는데, 그 옆에는 몇 권의 책이 놓여 있었다. 눈을 모으고 상념에 빠져 있는 듯하더니 갑자기 치주를 보고는 웃음을 띤 채 낮은 목소리로 말했다.

"제가 짐작한 대로 당신은 열흘도 못 참아내는군요. 무엇 때문에 그러시는지요?"

치주가 말했다.

"저 사람들이 말하기를 그대가 병들었다 하니, 내가 어찌 차마 오지 않을 수 있겠소?"

추흔이 탄식하며 말했다.

"오늘처럼 부르자마자 달려오시면, 앞으로는 분명하게 맺고 끊지 못하시겠군요."

치주가 웃으며 말했다.

"그 일은 나중에 다시 상의합시다."

이로부터 치주는 다시 예전처럼 왕래하였다. 그날 밤 치주는 다시 화답시를 이어서 다 지었는데, 마지막장末章의 "미인을 얻을 수 있다면 죽음도 달갑게 여긴다 하였더니, 과연 경국지색임을 알겠더라"라고 하는 구절이 지금까지도 인구에 회자되고 있다.…… (제25회)[28]

장락長樂의 사장정謝章鋌의 『도기산장시집』賭棋山莊詩集에는 「제위자안소저서후」題魏子安所著書後[29]에 오언절구 세 수가 있는데, 하나는 「석경고」石經考이고, 하나는 「해남산관시화」陔南山館詩話이며, 나머지 하나는 바로 「화월흔」花月痕(장루이짜오蔣瑞藻의 『소설고증』小說考證 8에서 『뇌전필기』雷顛筆記를 인용)이다. 이것으로 이 책을 지은 이가 위자안魏字安이라는 것을 알 수 있다. 자안은 이름이 수인秀仁이고, 복건성 후관侯官 사람이다. 어려서부터 시문으로 이름을 날렸으나, 20세가 되어서야 비로소 학교에 들어가고,[30] 곧이어 병오년(1846)에 향시鄕試에 급제하였으며, 여러 차례에 걸쳐 진사進士 시험에 응하였으나 급제하지 못했다. 이에 산서山西, 섬서陝西, 사천四川 등지를 돌아다니다, 마침내 성도成都의 부용서원芙蓉書院의 원장院長이 되었다. 그러나 난리[31]가 일어나는 바람에 고향으로 돌아와 세상을 마쳤으니,[32] 그의 나이 쉰여섯(1819~1874)이었다.[33] 저작이 집에 가득하였으나, 유독 『추월흔』秋月痕만이 세상에 전해질 따름이다.[34](『도기산장문집』賭棋山莊文集 5)[35] 수인이 산서에서 살았을 때, 태원太原 지부知府 보면금保眠琴의 자식을 가르쳤다. 들어오는 것도 많았고 여가도 많았는데, 무료함을 이기지 못하고 소설을 지었으니, 스스로를 위치주韋痴珠에 기탁하였다. 보씨保氏가 우연히 이것을 보고는 대단히 기뻐하면서, 그것을 완성할 것을 힘써 장려하매, 마침내 장편이 이루어졌다고 한다(사장정謝章鋌의 『과여속록』課餘續錄 1).[36] 그러나 의탁한 것은 여기에 그치지 않는 듯하다. 권수卷首에 태원太原의 가기歌妓 『유허봉전』柳栩鳳傳[37]이 있는데, 그 내용은 "포객逋客에게 마음이 기울어 그에게 몸을 맡기고자 하였으나"傾心于逋客, 欲委身焉, 요구하는 금액이 올라 포기하고는 울적해하다가 까칠해져서 죽게 되었다는 것이다. 추흔은 그 사람을 가탁한 것이고, 포객은 사실은 위자안일 것이다. 위韋와 한韓은 똑같이 포객을 가탁한 것으로, 곤궁과 영달이라고 하는 두 가지 길을 설정하고는 각기 도달할 수 있는 바를 상정하였는데, 곤궁한 것은 위치주와 비슷하고, 영달하는 것은 한하생일 것이다. 그러므로 비록 자기 한 사람의 경우가 투영되었음에도 마침내 둘로 갈라지게 된 것이다.[38]

전서全書의 내용이 기녀를 주제로 한 것으로는 『청루몽』靑樓夢 64회가 있는데, "이봉모진산인저"釐峰慕眞山人著라고 제하였으며, 서序에서는 유음향兪吟香이라 하였다.[39] 음향의 이름은 달達이고, 강소 장주長州 사람으로, 중년에 자못 방탕한 생활을 하다가 뒤에 벗어나고자 하였으나 세상사에 얽혀들어 갑작스레 빠져나오지 못하던 중 광서 10년(1884)에 중풍으로 죽었다.[40] 저작으로는 『취홍헌필화』醉紅軒筆話와 『화간봉』花間棒, 『오중고고록』吳中考古錄 및 『한구집』閑鷗集[41] 등이 아직도 남아 있다(추도鄒弢, 『삼차여필담』三借廬筆談 4). 『청루몽』은 광서 4년에 지어졌는데, 오중吳中[42]의 창기로부터 소재를 취하여, "꽃의 나라에서 노닐며, 미인을 보호하다가, 수재가 되고 진사에 급제하여 정사를 맡아보며, 어버이의 은혜에 보답하고, 우의를 온전히 하며, 금슬을 돈독하게 하고, 자녀를 보살피며, 이웃과 화목하게 지내고, 세속의 영화를 물리치고 선도를 구하고자 하는"[43](제1회) 그의 이상적인 인간상을 묘사하고 있으나, 이것으로 그가 묘사한 것이 사실이 아니라는 것을 알 수 있다. 소설의 개략적인 내용은 다음과 같다. 김읍향金挹香의 자는 기진企眞이고, 소주부蘇州府 장주현長洲縣 사람으로, 어려서부터 문장에 뛰어났으며, 자라서는 더욱 총명하고 인물이 뛰어났으나 아내를 얻지 않았다. "사랑하는 한 사람"有情人을 얻고자 하였으나 "지금 세상이 끊임없이 변해 가니 뉘라서 그런 사람을 상대할 것인가? 결국 가난한 일개 서생이 불우한 처지에 놓여 있어도, 공경대부公卿大夫 중 어느 누구도 나의 사람됨을 알아보는 이가 없다. 오히려 술집의 기녀들이 혜안慧眼이 있어 영웅이 때를 못 만남을 알아보았다."[44] (본서의 『제강』題綱) 이에 읍향은 화류계에서 노닐며 특히 기녀들의 사랑을 받았는데, 그들을 마음대로 쥐고 흔드는 것이 마치 왕이 된 것 같았다.

> ……(읍향과 두 친구 및 열두 기녀는) 완화헌浣花軒에 이르렀는데, 세 사람 다시 보니 그 장식에 독특한 취향이 있는 것이 보였다. 집 밖은 진기한 꽃이 화려하게 피어 있고 초목은 생기가 돌았다. 한가운데 술자리를 마련해 놓고, 월소月素가 순서를 정했는데, 세 사람이 가운데 앉고 여러 미인들 역시 순서에 따라 앉았다.

> 첫번째 자리는 원앙관주인鴛鴦館主人 저애방褚愛芳, 두번째 자리는 연류산인煙柳山人 왕상운王湘雲, 세번째 자리는 철적선鐵笛仙 원교운袁巧雲, 네번째 자리는 애추여사愛雛女史 주소경朱素卿, 다섯번째 자리는 석화춘기조사자惜花春起早使者 육려춘陸麗春, 여섯번째 자리는 탐매여사探梅女士 정소경鄭素卿, 일곱번째 자리는 완화선사浣花仙史 육문경陸文卿……[45] 열한번째 자리는 매설쟁선객梅雪爭先客 하월연何月娟이었다.

말석에는 호방루주인護芳樓主人 자신이 앉았다. 양옆에서는 네 쌍의 시녀들이 술을 따랐다. 여러 미녀들은 잔을 돌리며 매우 격의 없이 어울렸다. 읍향은 혜경慧瓊에게 다음과 같이 말했다.

"오늘 이와 같이 성대한 잔치가 벌어졌는데, 마땅히 주령酒令이 있어야만 이 좋은 시간을 헛되이 하지 않을 것일세."

월소가 말했다.

"당신 말씀이 정말 옳습니다. 즉시 주령을 내려주시지요."

읍향이 말했다.

"주인이 먼저 시작하시게나."

월소가 말했다.

"그런 법이 어디 있습니까. 먼저 하시지요."

읍향은 사양을 못하고 "내가 하겠네"라고 말할 수밖에 없었다. 여러 미녀들이 말했다.

"영관令官[46]은 반드시 앞에 있는 잔을 먼저 마시고 나서 주령을 시작해야 됩니다."

이에 열두 미녀가 모두 한 잔씩 술을 따라 읍향에게 바쳤다. 읍향은 단숨에 다 마시고 입을 열었다.

"주령은 군령軍令보다 엄격하니 위반한 자는 벌주로 커다란 잔으로 세 잔을 마셔야 하느니라!"

여러 미녀들이 예예 하며 명을 받들었다.…… (제5회)[47]

읍향은 정도 많아 기꺼운 마음으로 병든 이를 돌보고 일상적인 일들을 주선해 주었다.

……어느 날 읍향이 유향각留香閣에 이르렀을 때, 마침 애경愛卿이 위가 아파 음식을 넘기지 못하는 것을 보았다. 읍향은 몹시 안타까워하다 갑자기 과청전過靑田이 지은 『의문보』醫門寶 4권이 아직도 집안의 서가에 꽂혀 있는 것을 생각해 냈다. 그 책에는 위통을 다스리는 처방이 아주 많았기에 마침내 서재로 가 그 책을 가지고 다시 돌아왔다. 책을 뒤져 보니 "향울산"香鬱散이 가장 적당하기에 시녀를 시켜 약을 지어 돌아오게 하고는 직접 화로와 약탕관을 준비하였다. 또 며칠 동안 훈장 일을 쉬고 아침저녁으로 유향각에 머물며 시중을 들었다. 애경은 더욱 감격하여 절구 한 수를 지어 읍향에게 고마운 뜻을 전했다.……(제21회)[48]

뒤에는 마침내 "진사에 급제하여"掇巍科, 다섯 기녀를 받아들여 일처사첩一妻四妾으로 삼았다. 또 어버이를 봉양하기 위해 나라에 돈을 바쳐 여항余杭의 벼슬을 맡아보아 지부知府로 승진하였으니, 곧 "정사를 맡아보게 되었다"任政事. 그리고 부모는 모두 지부의 관저에서 학을 타고 신선이 되어 날아가고, 읍향 역시 도를 깨달아 입산을 하려 하였다.

……마음속으로 생각했다.

"내가 속세를 떠나고자 하니, 그들에게 분명하게 일러 줄 수는 없고, 나 혼자서만 그들을 속이고 걸어 나가는 수밖에 없다."

그 다음 날 편지 세 통을 써서 배림, 몽선, 중영에게 부쳤으니, 그것은 다름 아닌 그들에게 편지를 남겨 놓아 별도의 기념이 되게 한 것이었다. 또 배림에게는 하루빨리 음매吟梅를 대신하여 혼사를 이루어 주기를 부탁하여 놓았다. 며칠이 지나 읍향은 또 몇십 냥의 은으로 도포와 도복, 밀짚모자, 슬리퍼를 사서 다른 사람의 집에다가 맡겨 두고 다시 집으로 돌아왔다. 다시 매화관에 갔더니 공교롭게도 다섯 미녀들이 모두 거기에 있었다. 읍향은 그들이 아무것도 모르고 여전히 거기서 웃고 있는 것을 보자 마음속으로 그들에 대해 미안한 생각이 들었다. 한참을 생각하고 나서 탄식을 했다.

"이미 속세에 이루어지는 애정이라고 하는 것의 본질을 환히 꿰뚫어 보았으니, 무슨 연연함이 있으랴!"…… (제60회)[49]

드디어 그는 속세를 떠나 천태산天台山에서 신선이 되었으나, 다시 귀가하여 그의 처첩들을 모두 구제하였다. 이리하여 "김씨 일가는 양대에 걸쳐 대낮에 승천하였다"金氏門中兩代白日升天(제61회). 그의 아들은 일찍이 장원급제했고, 그의 옛 친구들도 역시 읍향이 이끄는 데 따라 모두 신선이 되었다. 그리고 예전에 알고 지내던 서른여섯 명의 기녀들도 역시 한 사람 한 사람 "본래의 위치로 돌아갔다"歸班. 그들은 "대부분이 산화원주散花苑主 밑에서 꽃을 다스리던 선녀들이었으나, 우연히 속세를 그리워하는 생각을 가졌었기에 속세로 귀양을 온 것이었는데, 이제 속세에 있어야 하는 기한이 이미 차서 다시금 본래의 위치로 돌아가지 않으면 안 되었던"[50](제64회) 것이다.

『홍루몽』이 바야흐로 판각되어 세상에 나타났을 때, 그 속작續作과 번안이 많이 나왔으니, 각각은 지혜와 기교를 다하여 그것을 "해피 엔드"團圓로 끝맺게 하였으나, 뒤에는 [사람들이 그것에 대해] 점차 흥미를 잃게 되었다. 대개 도광 말년에 이르러서야 이러한 책을 짓지 않게 되었다. 그러나 그 여파가 미친 것은 오히려 넓고 원대하였지만, 평범한 집안에 등장하는 사람의 수도 적었고, 사건도 많지 않았으며, 설사 파란이 있다 하더라도 또한 『홍루몽』의 취지에는 들어맞지 않게 되었다. 그러므로 드디어 일

변하여 남녀들이 잡다하게 드나드는 화류가를 서술하는 것으로 그것을 풀었던 것이다. 위에서 서술한 세 책 같은 것은 비록 그 착상에 고하가 있고 표현의 예술성文筆에 있어서도 미추가 있기는 하지만, 모두 다정다감한 애정을 묘사하고 스캔들艷迹을 부연하여 서술한 것이 그 바탕을 이루는 정신은 모두 다를 바 없었다. 특히 보차寶釵와 대옥黛玉을 이야기한 것은 염증을 불러일으켰기에 가인佳人을 창기와 배우에게서 구하는 것으로 바꾸었으며, 대관원을 알고 있는 사람들이 이미 많았기에 달리 애정의 장소를 유곽으로 설정하였을 따름이다. 그러나 『해상화열전』海上花列傳이 나오고부터는 비로소 기원妓院을 사실적으로 묘사하고 그 악랄함을 파헤쳐 "경험자가 직접 나타나 교훈을 주었다"以過來人現身說法. 그리하여 독자로 하여금 "종적을 잘 살펴서 작자의 의도를 마음속으로 꿰뚫어 보게 하여, 눈앞에 서시와 같이 아름다운 여인을 보게 되면 그 배후에는 두억시니보다 악랄한 것이 있다는 것을 알게 하고, 오늘 조강지처보다 더 다정하게 구는 것을 보면 그것이 곧 언젠가는 사갈보다도 독살스러울 수 있다는 것을 미리 예측할 수 있게 하고자 하였다"[51](제1회). 그러므로 그 취지와 의의가 이미 전대의 사람과는 달랐다. 그리하여 『홍루몽』의 화류소설에 대한 영향 역시 이로부터 끊어지게 되었다.

오늘날 『해상화열전』은 64회가 있는데, "운간화야련농저"雲間花也憐儂著라고 제하였으니, 어떤 사람에 의하면 그 사람은 곧 송강松江[52]의 한자운韓子雲[53]으로서, 바둑을 잘 두고, 아편을 즐겼으며, 꽤 오랫동안 상하이에 머물면서 신문사에서 편집 일을 맡아보았는데, 원고료로 들어온 돈을 모두 화류가에다 뿌리고 다니면서 경험이 쌓이자 그 안에서 이루어지는 속사정을 두루 꿰게 되었다고 한다(장루이짜오, 『소설고증』 8에 『담영실필기』를 인용). 하지만 그의 이름은 알려져 있지 않은데, 스스로 운간雲間이라 서署한 것으로 보아 화정華亭 사람일 것이다. 이 책은 광서 18년(1892)에 나왔으며, 매주 두 회분을 인쇄하여[54] 거리에서 팔았는데, 대단히 유행하였다. 이 책은 조박재曹樸齋를 주인공으로 삼고 있으니 그 내용은 대개 다음과 같다. 조박재는 열일곱 살 때 외삼촌 홍선경洪善卿을 찾아 상하이에 갔다가 기원에 가서 놀았다. 나이가 어려 경험이 없었기에 거기에 탐닉하여 크게 곤란한 지경에 놓이자 홍선경은 그를 그만 돌려보냈다. 그러나 조박재는 다시 몰래 되돌아와서 더욱더 형편없는 지경에 놓여 "인력거꾼"拉洋車이 되고 말았다. 여기까지가 이 책의 제28회인데, 갑자기 더 이상 발행하지 않았다. 작자의 시선이 비록 시종 조박재로부터 떠나지는 않았지만, 그에 대한 줄거리는 겨우 이것뿐이다. 하지만 조박재와 관련을 맺고 있는 조계租界의 상인 및 방탕한 생활을 하는 젊은이들을 등장시켜, 그들이 이런 곳에 빠져들어 향락을 추구하는 모습을 서술하였고, 아울러 화류가에 대해서는 "상등 기녀"長三[55]에서부터 "하등 기녀"花烟間에 이르기까지 모조리 서술하고 있으니, 대개 『유림외사』와 같이 끊어질 듯 이어질 듯 장편으로 엮었다. 창기들에게 깊은 정이 없는 것을 헐뜯어 말한 것은 비록 엉뚱한 곳에서 선善을 구하고자 한 것이긴 하지만, 기술한 것이 사실적이고, 과장은 극히 적으니, 이것은 곧 "생생하게 인물을 묘사하고, 사실에 맞추어 글을 쓰며, 이야기를 짜맞추고 살을 붙이는 것이 살아 있는 듯 생동적으로 그리고자 하였던"[56](제1회) 약속을 스스로 실천한 것이었다. 이를테면 조박재가 처음으로 상하이에 가서 장소촌張小村과 함께 "화연간"花烟間[57]을 찾아갔을 때의 상황을 이렇게 서술하고 있다.

……왕아이王阿二는 소촌을 보자마자 달려들면서 소리쳤다.

"안녕하셨어요! 저를 속이셨지요? 두세 달이면 다시 오신다더니만,

이제서야 오시기에요. 이게 두세 달이에요? 아마 이삼 년은 되었을 거예요.……"

소촌은 황급히 웃으면서 변명하였다.

"성내지 말아라. 너에게 말해 줄 게 있다."

그러고는 곧 왕아이의 귓가에다 입을 대고 소곤소곤 말을 했다. 네 마디의 말을 채 못했을 때 왕아이는 갑자기 펄쩍 뛰면서 침울한 표정으로 말했다.

"당신은 정말 교활하신 분이로군요. 젖은 적삼[58]은 다른 사람에게 입혀 주고 자신은 뒤로 빠지려고 한다는 말씀이지요?"

소촌은 얼른 받아서 말했다.

"그런 게 아니야. 내 말이 다 끝나기를 기다려 봐."

왕아이는 곧 소촌의 품 안으로 기어들어 그의 말을 들었다. 소곤소곤 무슨 이야기를 하는지는 알 수 없었지만 소촌이 말을 하면서 입을 삐죽 내밀자 왕아이는 즉시 고개를 돌려 조박재를 힐끔 쳐다보았으며, 소촌은 계속해서 다시 몇 마디 말을 하였다. 왕아이가 말했다.

"당신은 그래 어떻게 하실 작정이세요?"

소촌이 말했다.

"나야 예전과 마찬가지지."

왕아이는 그제서야 그만두었다. 일어나더니 촛대의 불을 더욱 밝게 돋우고 나서 박재의 성을 물었다. 그러고는 다시 머리부터 발끝까지 자세히 훑어보았다. 박재는 다른 데로 고개를 돌리고 족자를 보는 척했다. 그때 나이가 수굿한 하녀 하나가 들어왔는데, 한 손에는 탕관을 들고 다른 한 손에는 아편 두 합盒을 가지고…… 겨우겨우 올라와서는……아편을 담은 합을 연반烟盤 위에 놓더니 연등烟燈을 켜고, 다완茶碗에 차를 따르고 나서 탕관을 들고 내려갔다. 왕아이는 소촌의 몸에 기대어 아편에 불을 붙였는데, 박재가 혼자 앉아 있는 것을 보고 말했다.

"침상으로 와서 좀 누우세요."

박재는 그 말을 기다렸던 참이라 곧 아편을 피우는 침상 저쪽 편으로 가서 누웠다. 그러고는 왕아이가 한 모금 분의 아편을 붙여가지고 곰방대에 담아[59] 소촌에게 건네주는 것을 보고 있었다. 소촌은 아편을 뻑뻑 피우며 끝까지 들이마셨다...... 세 모금을 빨았을 때 소촌이 말했다.

"그만하겠어."

왕아이는 곰방대를 거두어 박재에게 건네주었다. 박재는 피울 줄 몰라 반 모금을 피웠는데 곰방대 구멍이 막혀 버렸다...... 왕아이는 송곳으로 곰방대의 구멍[60]을 뚫어 주고 불을 붙여 주었다. 박재는 이 틈을 타 그녀의 손을 꼭 쥐었다. 왕아이는 손을 빼내더니 박재의 허벅지를 온 힘을 다해 꼬집었다. 꼬집히자 박재는 시큰거리기도 하고 아프기도 했지만 상쾌하기도 했다. 박재가 아편을 다 피우고는 슬쩍 소촌을 보니 소촌은 눈을 감고 몽롱한 상태로 자는 듯 깨어 있는 듯했다. 박재가 낮은 목소리로 "소촌 형" 하고 불렀다. 연달아 두 번이나 불렀지만 소촌은 손을 흔들며 대답하지 않았다. 왕아이가 말했다.

"아편에 취했어요. 내버려두세요."

박재는 곧 부르지 않았다. (제2회)[61]

광서 20년에 이르러, 제1회에서 제60회까지가 모두 나왔는데,[62] 그 뒤의 내용은 다음과 같다. 홍선경은 뜻하지 않게 조가 인력거를 끄는 것을 보고는 즉시 그의 누이에게 편지를 해서 그 정상을 알려 준다. 홍씨는 어찌할 바를 몰랐으나 이보二寶라는 그의 딸이 자못 능력이 있어 어머니와 함께 상하이로 찾아가서는 그를 만난다. 그들은 모두 그대로 머물러 있으면서 급히 돌아가지 않는다. 홍선경은 그들에게 돌아가라고 극력 권하나 듣지 않자 그들과 관계를 끊어 버린다. 세 사람은 돈이 점차 떨어져 아예 돌아갈 수가 없게 된다. 이보는 드디어 창기가 되어 그 명성이 자자해진다. 얼마 되지 않아서 사삼공자史三公子를 만나게 되는데, 그는 자신이 거부라면서 이보를 지극히 사랑하여 자신의 별장으로 맞아들여 여름을 난다. 그러고는 장차 아내로 맞아들이고자 하는데 남경으로 돌아가 잠시 정리할 것을 처분하고 돌아오겠다고 약속하고는 떠나갔다. 이보는 이로부터 다른 손님을 받지 않고 돈을 빌려 호화로운 옷과 장식품을 마련해 시집갈 때 쓸 준비물을 갖추었으나 사삼공자는 끝내 돌아오지 않는다. 박재를 시켜 남경에 가서 소식을 알아보게 하니, 공자는 새로 약혼하여 양주로 신부를 맞아하러 갔다고 하였다. 이보가 이 소식을 듣고 혼절하니 그를 구제하여 소생하기는 했으나, 부채가 삼사천 냥에 이르러 다시 옛날로 돌아가 기생 노릇을 하지 않으면 상환할 수가 없었다. 이에 다시 손님을 맞는데 악몽을 꾸는 것으로 책은 끝난다. 작자 자신의 발문跋文에서는 속작을 낼 것이라 하였으나 실현되지는 않았다. 후반부에는 이른바 상하이의 명사들의 풍류 모임雅會이 특히 상세하게 서술되어 있으나 약간은 사실성을 잃고 있다. 다른 사람들이 향락을 추구하며 돈을 뿌리고 서로 기만하는 정상을 묘사한 것이 앞의 삼십 회에 비해 조금도 손색이 없다. 뇌공자賴公子가 여배우에게 상을 주는 부분은 당시의 세태를 아주 잘 나타내고 있다.

> ……문군文君이 옷을 갈아입고 등장하니 문객 한 사람이 분위기를 돋우느라 먼저 "좋을시고!"라고 소리쳤다. 뜻밖에도 연이어 너나 할 것 없이 좋다 하는 소리에 하늘이 무너지고 땅이 꺼지며 바다가 넘치고 강물

이 뒤집히는 듯했다.…… 다만 뇌공자는 배를 부여잡고 크게 웃으며 매우 흐뭇해할 뿐이었다. 반 척半齣을 노래하자 곧 심부름꾼에게 명하여 상을 내리게 하였다. 그 심부름꾼은 은화[63] 한 꿰미를 소쿠리에 넣어 공자에게 보이고 난 뒤 무대 위에 뿌렸다. 쩔그렁 하는 소리가 들리더니 휘황하게 번쩍이는 것들이 수없이 무대 위에 가득 굴러다녔다. 무대 아래의 하릴없는 문객들이 일제히 소리를 질렀다. 문군은 뇌공자가 자기에게 마음이 있다는 것[64]을 미루어 알고는 마음이 조급해졌지만, 오히려 급히 계교를 내어 그 자리에서는 의연하게 열심히 노래를 불렀다. 노래가 끝나자 무대를 내려가…… 웃음 띤 얼굴로 그의 자리로 갔다. 뇌공자는 거리낌 없이 한 손으로 문군을 품에 안았다. 문군은 황급히 밀치고 일어나 짐짓 화가 난 기색을 띠었으나, 도리어 다시 뇌공자의 어깨에 기대어 소곤소곤 귀엣말을 몇 마디 하였다. 뇌공자는 연신 고개를 끄덕이며 말했다.

"알았네."…… (제44회)[65]

책 속의 등장인물들은 대부분이 실존했던 사람들이었으나, 그들의 진짜 이름은 모두 감추고 있다.[66] 다만 조박재만이 그대로이다. 전하는 말로는 조박재는 본래 작자의 친한 친구로서[67] 때로 돈으로 작자에게 도움을 주었으나 나중에는 싫증을 내어 교제를 끊었기에, 한이 이 책을 지어 그를 비방한 것이라 한다. 제28회까지 인쇄하여 판매하자 조가 급히 거액의 뇌물을 보내 비로소 붓을 거두어들였으나, 책은 이미 세간에 유행하게 되었다. 얼마 되지 않아 조가 죽자 속작을 지어 이익을 도모한 데다 멋대로 붓을 놀려 그 누이동생을 창기로 묘사하기까지 하였던 것이다. 그러나 이보가 그런 처지에 놓이게 된 것은 사실은 작자가 예정했던 국면이었다.

그러므로 첫머리開篇에 조박재가 홍선경을 처음 만났을 때 홍선경이 "자네에게 누이동생이 있을 텐데,…… 혼인은 했는가?"라고 물어보자, "아직 하지 않았습니다. 올해 열다섯 살인걸요"라고 대답한 것은 뒷문장의 복선이다. 광서 말에서 선통 초에 이르기까지 상하이에는 이러한 종류의 소설들이 더욱 많이 나타났는데, 그러나 이런 소설들은 몇 회 안 돼서 갑자기 중단되는 일이 많았으니, 거의가 뇌물을 받았기 때문이었다. 다만 영리를 추구하지 않고 다만 기원妓院의 죄악을 들추어내고자 한 소설도 나오기는 했으나, 대부분이 교묘하게 없는 죄를 만들어 끌어넣고, 아주 심한 문사를 써서 세간의 이목을 놀래키고자 하였기 때문에, 끝내 『해상화열전』처럼 평담하고 자연스러운 것이 없었다.

주)

1) 최령흠(崔令欽)은 당(唐) 박릉(博陵; 지금의 허베이 딩현定縣) 사람이다. 개원(開元) 때 좌금오(左金吾)를 지냈고, 천보(天寶) 연간에 저작좌랑(著作佐郞)으로 옮겼으며, 숙종(肅宗) 때에는 창부랑중(倉部郞中)이 되었다. 뒤에 만주자사(萬州刺史)를 지냈으며, 국자사업(國子司業)으로 마쳤다. 저서로는 『교방기』(敎坊記) 1권이 있는데, 당 개원, 천보 연간 사이의 교방(敎坊)의 제도(制度), 일문(軼聞)과 악곡(樂曲)의 기원, 내용 등을 기술하고 있다. 손계(孫棨)의 『북리지』(北里志)에 대해서는 이 책의 제10편 주38)을 참고할 것.

2) 매정조(梅鼎祚, 1549~1615)의 자는 우금(禹金)이고, 명 선성(宣城; 지금의 안후이) 사람이다. 전기(傳奇) 『옥합기』(玉合記), 잡극(雜劇) 『곤륜노』(昆侖奴) 등을 지었고, 저서로는 『청니련화기』(靑泥蓮花記)가 있는데, 7문(門) 13권(卷)으로 나누어져 있다.
[명 매정조의 『청니련화기』는 베이징 구화이서옥(古槐書屋)판으로 13권이며, 인용서목은 대략 이백 종으로, 자료가 상당히 풍부하다.—보주]

3) 여회(余懷, 1616~?)의 자는 담심(澹心)이고, 별호(別號)는 만지노인(曼持老人)이며, 청의 포전(蒲田; 지금의 푸젠福建) 사람이다. 저서로는 『미외헌문고』(味外軒文稿), 『연산당집』(硏山堂集) 등이 있으며, 그가 지은 『판교잡기』(板橋雜記)는 아유(雅游), 여품(麗品), 일사(軼事) 3권으로 나누어져 있다.
[청 여회의 『판교잡기』는 자못 유행하여 판본이 매우 많은데, 『장태기승명저총간』(章台

紀勝名著叢刊; 世界書局版)에 들어가 있다.—보주]

4) 기생집 이야기를 서술한 작품으로는 양주(揚州)에 분리타행자(芬利它行者)의 『죽서화사소록』(竹西花事小錄) 등이 있고, 오문(吳門; 쑤저우蘇州)에 서계산인(西溪山人)의 『오문화방록』(吳門畵舫錄), 개중생(個中生)의 『오문화방속록』(吳門畵舫續錄) 등이 있다. 또 주강(珠江; 광주廣州)에 지기생(支機生; 繆艮)의 『주강명화소전』(珠江名花小傳), 주우량(周友良)의 『주강매류기』(珠江梅柳記) 등이 있다. 그리고 상하이에는 송북(淞北)의 옥심생(玉魫生; 王韜)의 『해추야유록』(海陬冶游錄), 『송빈쇄화』(淞濱瑣話) 등이 있다.

5) 『품화보감』(品花寶鑒). 권수(卷首)에 석함씨(石函氏; 진삼陳森)의 자서(自序)가 있다. 함풍(咸豊) 2년(1852)에 판각되었는데, 원간본(原刊本) 첫번째 쪽(扉夏)에 다음과 같이 적혀 있다. "무신년(1848) 10월 환중료환재(幻中了幻齋) 개조, 기유년(도광 29년 1849) 6월에 일이 끝났다."(戊申年(1848)十月幻中了幻齋開雕, 己酉年(道廣二十九年, 1849)六月工竣) 또 『몽화쇄부』(夢華瑣簿)에는 다음과 같이 실려 있다. "『보감』(寶鑒)은 그 해(丁酉; 도광 17년 1837)에 단지 전 30회만이 완성되었을 뿐이다. 그러다 기유년에 소일(少逸)은 광서(廣西)를 돌아다니다 북경으로 돌아와서 60권을 완성할 수 있었다. 나는 임자(壬子; 함풍 2년 1852) 연간에야 그 간행본을 보았다."(『寶鑒』是其年(丁酉, 道光十七年 1837)僅成前三十回, 及己酉, 少逸遊廣西歸京, 乃足六十卷. 余壬子(咸豊二年, 1852)及見其刊本)

[본문에서는 『품화보감』이 함풍 2년(1852)에 간행되었다고 기록되어 있는데, 이것은 문장의 뒷부분으로 볼 때, 양무건(楊懋建)의 『몽화쇄부』의 기술에 의한 것임이 명백하다. 다만 『몽화쇄부』의 기술(루쉰의 『소설구문초』에 초록되어 있음)은 루쉰이 아마도 보지 못한 것으로 추정되는 도광 기유 본 『품화보감』의 권수에 있는 석함씨의 자서에 기재되어 있는 사실과 차이가 있다. 저우사오량(周紹良)은 이것에 주목하여 「『품화보감』이라는 책이 이루어진 연대」(『品花寶鑑』成書的年代; 처음에는 1958년 3월 16일자 『광명일보』光明日報에 실렸다가, 뒤에 『중국근대문학논문집』中國近代文學論文集, 1949~1979, 小說卷, 베이징: 중궈서후이커쉐출판사中國社會科學出版社, 1983. 4에 재수록됨. 또 『소량총고』紹良叢稿에도 수록됨)를 썼다.

저우사오량은 석함씨자서와 기유 본 『품화보감』을 간행한 환중료환거사서, 그리고 『매화몽전기』(梅花夢傳奇)에 부록으로 실려 있는 「매화몽사설」(梅花夢事說)에 근거해, 『품화보감』 전 15회를 다 쓴 것은 도광 5년 을유(1825) 겨울로 추정하고, 석함씨자서에 의거해 도광 6년 병술(1826)에 북경에서 광동으로 간 뒤, 8년이 지나 도광 14년 갑오(1834)에 순천(順天) 향시(鄕試)에 응하기 위해 귀경하던 길에, 다음 15회를 씀으로써, 전후 합해서 30회를 완성했다고 추정했다. 북경에 도착해 시험을 봤으나 낙제하고, 이에 "섣달 그믐에 화로를 끌어안고 등잔 심지를 돋우고, 발분 노력하여 오 개월 만에 삼십 권을 완성"(臘底擁爐挑燈, 發憤自勉, 五閱月而得三十卷)한 때는 도광 15년 기미(1835)였다고 추정된다. 여기에서 양무건이 도광 17년 정유(1837)에 친구인 정립신(丁立新)의 처소에서 『품화보감』의 반 정도가량의 초본을 본 것은 가능한 일로, 양은 자신이 그 책을 보았던 해를 진삼이 전반부를 다 쓴 해로 오기한 것이다. 그로 인해 후대에 『품화보감』의 성립 연대에 혼란이 일어나게 된 것이라 하였다.

또 류춘런(柳存仁)은 그의 『서목제요』(書目提要)의 「도광기유본『품화보감』」(道光己酉本

『品花寶鑑』) 조에서 이것과 다른 시각에서 『품화보감』의 성립 연대를 논했는데, 양무건의 기술의 모순을 논하고 있다. 다만 「매화몽사설」을 사용하지는 않았다. 『품화보감』의 추정 성립 연대를 저우사오량보다 뒤로 미뤘다. 류춘런은 "임자가 되어서야 그 간본을 보았다"고 하는 것은 양무건이 임자(함풍 2년, 1852)에 『품화보감』의 간본을 보았다는 것으로, 이 책이 임자에 간행된 것이라는 의미는 아니라는 사실을 지적하였다.

또 유씨에 의하면, 기유 본 『품화보감』의 첫번째 쪽(扉夏)에 "기유년 4월에 일이 끝났다"(己酉年四月工竣)고 제하였다고 했는데, 원주에서 유씨가 말한 "4월"을 "6월"로 기록한 것이 달리 근거가 있는 것인지에 대해서는 달리 연구가 필요하다.—일역본]

6) 관기(官妓)를 뜻함.—옮긴이

7) 중국 북방에서 술을 권하던 남자 배우를 일컫는다.—옮긴이

8) 기루(妓樓)의 유객(遊客).—옮긴이

9) 원문은 다음과 같다. 却說琴言到梅宅之時, 心中十分害怕, 滿擬此番必有一場羞辱. 及至見過顔夫人之後, 不但不加呵責, 倒有憐恤之心, 又命他去安慰子玉, 却也意想不到, 心中一喜一悲. 但不知子玉病體輕重, 如何慰之? 只好遵夫人之命, 老着臉走到子玉房裏. 見簾幃不卷, 几案生塵, 一張小楠木床卦了輕綃帳. 雲兒先把帳子掀開, 叫聲"少爺, 琴言來看你了". 子玉正在夢中, 模模糊糊應了兩聲. 琴言就坐在床沿, 見那子玉面龐黃瘦, 憔悴不堪. 琴言湊在枕邊, 低低叫了一聲, 不絶淚涌下來, 滴在子玉的臉上. 只見子玉忽然呵呵一笑道: "七月七日長生殿, 夜半無人私語時" 子玉吟了之後, 又接連笑了兩笑. 琴言看他夢魔如此, 十分難忍, 在子玉身上掀了兩掀, 因想夫人在外, 不好高叫, 改口叫聲"少爺". 子玉猶在夢中想念, 候到七月七日, 到素蘭處, 會了琴言, 三人又好訴衷談心, 這是子玉刻刻不忘, 所以念出這兩句唐曲來. 魂夢旣酣, 一時難醒. 又見他大笑一會, 又吟道: "我道是黃泉碧落兩難尋,…" 歌罷, 翻身向內睡着. 琴言看他昏到如此, 淚越多了, 只好呆怔怔看着, 不好再叫…(第二十九回)

루쉰이 인용한 『품화보감』이 어떤 판본에 의거한 것인지는 알 수 없다. 적어도 주 5)에서 언급한 도광 기유본(己酉本) 『품화보감』이 아닌 것은 확실하다. 예문과 청대 간본 『품화보감』(東京大學 文學部 中國哲學中國文學硏究室 所藏, 二十冊, 半葉八行, 行二十二字)과 활자본 『품화보감』(國立國會圖書館 所藏, 六冊, 六卷 六十回)을 비교 검토한바, 이동(異同)이 엄청나게 많다. 또 앞서 언급한 도쿄대학 문학부 소장본은 서(序) 일엽(一葉)이 빠져 있다. 활자본 『품화보감』은 이 청 간본과 약간의 이동이 있어, 다른 계통의 판본으로 보여진다. 좀더 자세한 고찰이 필요하다.

또 재단법인 도요분코(財團法人東洋文庫)에 청 간본 이종(二種)이 소장되어 있다. 한 가지는 이십책(二十冊), 반엽팔행(半葉八行) 행이십이자(行二十二字)로, 후지다 겐부(藤田劍峯) 구장본(舊藏本)이다. 다른 한 종은 이십사책(二十四冊), 반엽팔행 행이십이자이다. 예문과 비교한바, 역시 이동이 많다. 앞서 언급한 도쿄대학 문학부 소장본, 활자본과도 약간이긴 하지만 다른 곳이 있다.

예문과 이동은 위의 후지다 겐부의 구장본을 주로 하고, 다른 세 가지 간본(東大本, 二十四冊本, 活字本)은 예문의 이해에 참고가 된다고 생각되는 것만 기록하였다. 또 이상 네 가지 간본 역시 간행 연월은 없다. 또 『품화보감』의 작품 속 인물에 관해서는 자오징선이 『주라연실필기』(郝羅延室筆記)와 기타 필기류를 사용하여 본래의 인물을 고증하

였다(趙景深, 「『品花寶鑑』考證」, 『中國小說叢考』). 必有一場羞辱→必有一場凌辱 / 不但不加呵責→不但不加呵叱 / 憐恤之心→憐恤之意 / 但不知子玉病體輕重, 如何慰之?→但不知子玉怎樣光景, 將何以慰之?(활자본에는 "玉"자 밑에 "又"가 있다. 東大本에는 "將何以"가 "何以"로 되어 있다.) / 只好遵夫人之命→只得遵了顔夫人的命 / 老着臉走到子玉房裏→老着臉走到子玉臥房裏來 / 几案生塵, 一張小楠木牀掛了輕綃帳→几案生塵, 藥鼎煙濃, 香爐灰燼, 一張小小的楠木床垂下白輕綃帳("香爐灰燼"은 東大本은 "香爐灰塵"으로 되어 있다. "白輕綃帳"은 활자본은 "自輕綃帳"으로 되어 있다.) / 子玉正在夢中→子玉正在半睡 / 模模糊糊應了兩聲→叫了兩聲似應似不應的(活字本) / 琴言就坐在牀沿→琴言便走近床邊就坐在牀沿之上 / 見那子玉面龐黃瘦, 憔悴不堪→擧目細看時, 衹見子玉面色黃瘦, 憔悴了許多 / 琴言湊在枕邊→琴言湊近枕邊 / 低低叫了一聲→低低的叫了一聲 / 不絶淚涌下來→不覺淚如泉涌 / 滴在子玉的臉上→滴了子玉一臉 / 忽然呵呵一笑道→忽然的呵呵一笑道 / 子玉吟了之後→正是此刻時(活字本, "正是此刻時候") / 笑了兩笑→笑了兩聲 / 琴言看他夢魘如此, 十分難忍→琴言知他是囈語, 心中十分難受("囈語"는 活字本에 "夢語"로 되어 있음) / 在子玉身上掀了兩掀→在他身上拍了兩一("兩一"은 二十四冊本과 東大本, 活字本에는 "兩下"로 되어 있음) / 因想夫人在外→因想顔夫人在外 / 不好高叫, 改口叫聲"少爺"→不好叫他"庾香", 只得改口叫了聲"少爺" / 子玉猶在夢中→此時子玉猶在夢中 / 想念, 侯到七月七日→道是到了七夕 / 到素蘭處會了琴言→已在素蘭處, 會是琴言(二十四冊本, 活字本, "會見琴言") / 三人又好訴衷談心→三人就在庭心中(活字本, "中"자 밑에 "擺列花果煮茗談心" 여덟 자가 있음) / 這是子玉刻刻不忘, 所以念出這兩句唐曲來→擺列花果煮茗談心, 故念出那兩句長恨歌來 / 又見他大笑一會, 又吟道→琴言又見他笑起來, 又說道 / 我道是黃泉碧落兩難尋→我當是黃泉碧落兩難尋呢 / 歌罷, 翻身向內睡着→說到此將手一拍, 轉身又向裏睡着 / 琴言看他昏到如此, 淚越多了→琴言此時眼淚越多了 / 只好呆怔怔看着→只好怔怔的望着 — 일역본

10) 『주라연실필기』에서는 다음과 같이 말했다. "화공자는…… 호가 화암이고 아비는 숭아무개인데, 사람들은 그를 숭화암이라 불렀으니, 호부 은고 낭중 옥아무개의 아들이다. 옥아무개는 기인들이 옥팔야라 불렀는데, 죽은 뒤에 빚으로 인한 소송으로 재산을 몰수당하여 가산을 탕진하였으니, 단지 밭뙈기 하나만 남아 그것으로 먹고살았기에, 종말이 그러했던 것이다. 서자운의 이름은 석으로 아무개 시랑이다…… 소정의는 곧 우리 안휘성의 강신수 선생이다. 전춘항, 후석옹은 모든 사람들이 필추범, 원자재인 줄 알고 있다. 사남상은 곧 장초생이고, 굴도옹은 장선산이며, 매학사는 철보이다. 매자옥, 두금언은 실제로는 그런 사람이 없으니 우언 두 글자의 뜻이 감추어져 있는 것이다."(華公子…號華巖, 父崇某, 群呼之曰崇華巖, 乃戶部銀庫郎中玉某之子. 玉某者, 旗人呼之曰玉八爺, 沒後以虧空案査抄, 家産蕩然, 僅存一園以自給, 故收局如是. 徐子雲者名錫, 某侍郎也.…蕭靜宜者, 卽吾皖江愼修先生也. 至田春航·侯石翁, 人皆知爲畢秋帆·袁子才矣. 史南湘卽蔣苕生, 屈道翁卽張船山, 梅學士爲鐵保. 而梅子玉·杜琴言實無其人, 隱寓言二字之意.) 그 다음에도 계속해서 반삼(潘三)은 화포장거(靴鋪掌柜)로 호는 화소(靴蘇)이며, 해십일(奚十一)은 양강총독(兩江總督)인 손이준(孫爾準)의 아들로, 광동(廣東)에서 대토지를 가지고 경사에 와서 팔았으므로, 토(土)자를 나누어 십일(十一)이라 부르거나 노토(老土)

라고 부른 것이다. 희량헌(姬亮軒)은 혜부공(嵇父公)의 후손으로 막부에 종사하던 사람인데, 혜(嵇)를 희(姬)로 감춘 것이다. 위빙재(魏聘才)는 곧 주선초(朱宣初)로 일방(一榜)으로부터 내각중서(內閣中書)로 보임되었다. 손양공(孫亮工)은 곧 목양아(穆揚阿)로 일찍이 광서(廣西) 유주(柳州) 지부(知府)를 지냈으며, 사휘(嗣徽)와 사원(嗣元)은 곧 그의 두 아들인 목사산(穆四山)과 목오산(穆五山)이다. 고품(高品)은 곧 진삼서(陳三書)이다. 김속(金粟)은 곧 기인(旗人)인 계죽손(桂竹孫)으로 돈을 내어 『품화보감』을 찍은 이이다. 여러 단(旦) 가운데 원보주(袁寶珠)만은 원래의 성명이다. 자세한 것은 쿵링징(孔另境)의 『중국소설사료』(中國小說史料) 「품화보감」 항목을 볼 것.— 보주

11) "옥언"(玉言)의 중국어 발음(yùyán)은 "우언"(寓言)과 같다.— 일역본

12) 루쉰이 여기에서 의문을 나타낸 대로 "진삼"(陳森)이 맞다. "서"(書)는 잘못된 연문(衍文)이다. 이러한 사실은 루쉰 자신이 1932년 8월 15일 타이징눙(臺靜農)에게 부친 편지와 1934년 1월 8일 밤 마스다 와타루(增田涉)에게 부친 일본어 편지에 나타나 있다. —일역본

13) 『몽화쇄부』에서는 다음과 같이 말했다. "기유년에 이르러 소일은 광서로 초빙되었다가 경사로 돌아와 육십 권을 모두 이루어 냈다."(及己酉, 少逸邀廣西歸京, 乃足成六十卷) 『품화보감』의 작자 자서에서는 다음과 같이 말했다. "농부의 아무개군이 십 년 전 내가 처음 지은 15권을 보고 이제 다시 최근에 이어서 지은 15권을 보고는 몹시 좋아하면서 공이 이미 반이나 이루어졌는데, 그것을 버려 두기가 아쉬우니 나더러 그것을 완성하기를 부탁한다고 하였다. 그러던 것이 또 요즘 들어서도 이러쿵저러쿵하는 것이 선생이 수업을 감독하는 듯하였다. 나는 기쁘기도 하고 거리끼기도 하였지만…… 오개월 만에 삼십 권을 만들어 일이 끝났음을 알리니,…… 수미가 모두 육십 권이 되었다."(有農部某君, 十年前卽見余始作之十五卷, 今又有近續之十五卷, 甚嗜之, 以爲功已得半, 棄之可惜, 屬余成之. 且日來嘵嘵, 意如師之督課. 余喜且憚,…五閱月而得三十卷, 因以告竣.…首尾共六十卷) — 보주

14) 장수와 영달을 비는 위패.— 옮긴이

15) 원문은 다음과 같다. 忽然一陣香風, 將那灰燼吹上半空, 飄飄點點, 映着一輪紅日, 像無數的花雜與蝴蝶飛舞, 金迷紙醉, 香氣撲飛, 越旋越高, 到了半天, 成了萬點金光, 一閃不見.

16) 옛 지명이다. 한대에 병주를 두었으니, 그 강역은 내몽골과 산서(山西) 대부분 및 하북(河北) 일부에 해당한다. 동한 때에는 기주(冀州)로 편입되었다가 삼국시대 위(魏)에 의해 다시 생겨났으며, 대략적으로 지금의 산시 펀수이(汾水) 중류 지역에 해당한다.— 옮긴이

17) 원문은 "高宴三日, 自大將軍以至走卒, 無不雀忭".

18) 부조륜(符兆綸)의 자는 설초(雪樵)이고, 청의 의황(宜黃; 지금의 장시) 사람이다. 일찍이 복건 지현(福建知縣)을 지냈고, 저서로는 『몽리운시초』(夢梨雲詩抄) 등이 있다. 아래에 인용된 글은 『회도화월인연』(繪圖花月姻緣)의 머리말에 보인다.

19) 원문은 "詞賦名家, 却非說部當行, 其淋漓盡致處, 亦是從詞賦中發泄出來, 哀感頑艷.…"

20) "賈雨村言"이란 『홍루몽』(紅樓夢)의 등장인물 가운데 한 사람인 "가우촌"(賈雨村)의 말이라는 뜻인데, 본래 "가우촌"은 "거짓된 말은 남고"(假語存)라는 뜻이 담겨 있다.

"賈雨村"과 "假語存"의 중국어 발음(jiǎ, jià, yǔ, yù, cūn)이 같은 데서 중의법을 사용한 것이다.—옮긴이

21) 설보차(薛寶釵)를 가리킨다.—옮긴이

22) 임대옥(林黛玉)을 가리킨다.—옮긴이

23) 한대(漢代) 사마상여(司馬相如)의 「자허부」(子虛賦; 『文選』 七卷)에 "자허"(子虛), "오유선생"(烏有先生), "무시공"(亡是公)이 나오는데, 모두 현실 속에는 존재하지 않는 인물을 가리키는 말로 쓰였다.—옮긴이

24) 고대 악기의 이름으로 피리의 일종.—옮긴이

25) 하늘에서 내려오는 꽃(天花)은 눈을 가리킴.—옮긴이

26) 여기에서 "연"(蓮)은 발음이 같은 "연"(戀)을 의미한다.—일역본

27) 원문은 "駱馬楊枝"로, 당대의 시인인 백거이(白居易)의 『백씨장경집』(白氏長慶集) 70권 「불능망정음」(不能忘情吟)의 서에 의하면, "낙마"(駱馬)는 백거이가 5년간 타고 다니던 말로서, "낙"은 검은 갈기가 있는 백마이다. 양류는 백거이가 데리고 있던 기생인 번소(樊素)이다. 양류의 곡을 잘 불렀기에 양류라 불렀다 한다.—일역본

28) 원문은 다음과 같다. 采秋道, "…妙玉稱個'檻外人', 寶玉稱個'檻內人'; 妙玉住的是櫳翠庵, 寶玉住的是怡紅院.…書中先說妙玉怎樣清潔, 寶玉常常自認濁物. 不見將來清者轉濁, 濁者極清?" 癡珠嘆一口氣, 高吟道, "'一失足成千古恨, 再回頭已百年身.'"隨說道, "…就書中'賈雨村言' 例之: 薛者, 設也; 黛者, 代也. 設此人代寶玉以寫生, 故'寶玉'二字, 寶字上屬于釵, 就是寶釵; 玉字下系于黛, 就是黛玉. 釵黛直是個'子虛烏有', 算不得什麽. 倒是妙玉, 眞是做寶玉的反面鏡子, 故名之爲妙. 一僧一尼, 暗暗影射, 你道是不是呢?" 采秋答應.…痴珠隨說道, "'色卽是空, 空卽是色.'" 便敲着案子朗吟道: "銀字箏調心字香, 英雄底事不柔腸? 我來一切觀空處, 也要天花作道場. 采蓮曲里猜蓮子, 叢桂開時又見君, 何必搖鞭背花去, 十年心已定香熏." 荷生不待癡珠吟完, 便哈哈大笑道, "算了, 喝酒罷." 說笑一回, 天就亮了. 痴珠用過早點, 坐着采秋的車先去了. 午間, 得荷生柬帖云: "頃晤秋痕, 淚隨語下, 可怜之至. 弟再四慰解, 令作緩圖. 臨行, 囑弟轉致閣下云, '好自靜養. 耿耿此心, 必有以相報也.' 知關錦念, 率此布聞. 并呈小詩四章, 求和." 詩是七絶四首.…癡珠閱畢, 便次韻和云: "無端花事太淩遲, 殘蕊傷心剩折枝, 我欲替他求淨境, 轉嫌風惡不全吹. 蹉跎恨在夕陽邊, 湖海浮沈二十年, 駱馬楊枝都去也,…" 正往下寫, 禿頭回道, "菜市街李家着人來請, 說是劉姑娘病得不好." 痴珠驚訝, 便坐車赴秋心院來. 秋痕頭上包着縐帕, 趺坐床上, 身邊放着數本書, 凝眸若有所思,突見痴珠, 便含笑低聲說道, "我料得你挨不上十天. 其實何苦呢?" 痴珠說道, "他們說你病着, 叫我怎忍不來呢?" 秋痕嘆道, "你如今一請就來, 往後又是糾纏不清." 痴珠笑道, "往後再商量罷." 自此, 痴珠又照舊往來了. 是夜, 痴珠續成和韻詩, 末一章有"博得蛾眉甘一死, 果然知己屬傾城"之句, 至今猶誦人口.…(第二十五回)

29) 사장정(謝章鋌)은 자가 매여(枚如)이고, 청의 장락(長樂; 지금의 푸젠) 사람으로, 벼슬이 내각중서(內閣中書)에까지 이르렀다. 저서로 『도기산장전집』(賭棋山莊全集)이 있다. [『화월흔』(花月痕)에 관해서는 현재 중국소설사료총서(中國小說史料叢書)의 하나로 『화월흔』(위수인魏秀仁 저, 두웨이모杜維沫 교점, 베이징: 런민원쉐출판사, 1982년 5월)이 나와 있다. 「부록 일」(附錄一)에 「사장정 『도기산장집』 유관자료」(謝章鋌『賭棋山莊集』有

關資料)와 「『위자안 선생 연보』 유관자료」(『魏子安先生年譜』有關資料)가 실려 있다. 그리고 「교점 후기」(校點後記)가 실려 있어, 위수인의 사적에 관한 풍부한 정보가 제공되어 있다. 본문에서 루쉰은 위수인의 생졸년을 "1819~1874"라고 기술했는데, 앞서 든 「교점 후기」에 의하면, 위수인은 28세 되던 해 수재가 되었고, 다음 해인 도광 병오과(丙午科)에서 거인이 되었기 때문에, 구설은 1년의 차이가 난다고 하면서, 생졸년을 "1818~1874"로 단정하였다.—일역본]

『도기산장전집』은 총 14권이다. 「제위자안소저서후」(題魏子安所著書後)의 오언시(五言詩) 세 수(三首)는 8권에 보인다. 『화월흔』 1수의 내용은 다음과 같다. "눈물 흘려도 뿌릴 땅이 없어 모두 붓에 부치네. 술과 부인은 말로가 이와 같거늘. 오로지 일편단심으로 태어나지도 않고 죽지도 않네."(有淚無地洒, 都付管城子. 醇酒與婦人, 末路乃如此. 獨抱一片心, 不生亦不死)

30) 생원 시험을 치러 수재가 되었다는 것을 의미한다.—옮긴이

31) 태평천국의 난을 말한다.—옮긴이

32) 사장정(謝章鋌)의 「위자안묘지명」(魏子安墓志銘; 『도기산장문집』賭棋山莊文集 5권)에 다음과 같이 되어 있다. "군이 이미 돌아왔어도 적막하게 딱히 갈 곳이 없고 집안은 풍비박산이 되어 여러 가지 일로 마음이 쓰였다. 남의 집 문을 두드려 구걸을 하여 겨우 한 끼를 해결하였다.…… 일 년에도 몇 차례 병치레로 머리가 벗어지고 이빨이 빠졌다. 그러다 갑자기 모친이 돌아가시자 형색과 정신이 더욱 지리멸렬해져 죽으니, 그때 나이 쉰여섯이었다. 어느 산 들판에 장사 지냈다."(君既歸, 蓋寂寞無所向, 米鹽瑣碎, 百優勞心. 叩門請乞, 苟求一飽.…一年數病, 頭童齒豁；而忽遭母夫人之變, 形神益復支離. 卒, 年五十有六. 葬于某山之原)—보주

33) 사장정 「위자안묘지명」에서는 "나이 스물여덟이 되어서야 비로소 생원이 되었으며, 잇달아 병오년에 향시에 합격하였다"(年二十八, 始補弟子員, 卽連擧丙午(1846)鄕試)고 하였으니, 1846년에 스물여덟로 생년은 1819년이고 또 죽었을 때 쉰여섯이라 하였으니, 죽은 해는 1874년임을 알 수 있다.—보주

34) 사장정 「위자안묘지명」에는 다음과 같이 나와 있다. "군은 염치가 바로서지 않고, 형벌과 상이 공평하지 않으며 관리들의 치적이 무너지고 병사들이 싸우고 수비하는 것이 미덥지 않은 것에 분개하여, 이에 그가 보고 들은 것을 내어 진부한 폐단을 지적함에 있어 신중히 가리고 그것을 드러내 『돌돌록』을 지었다. 다시 관보에 의거하고 명신들의 장주를 널리 고구하며 다른 이의 시문을 통하여 시화를 모아(덧붙이자면 『해남산관시화』 10권), 서로 보완해 간행하였다. 군의 저서는 집안에 가득하였으니, 이 두 책은 특히 불후하여 대개 당시 일들에 대한 시초풀과 거북점이요, 공과 죄를 따지는 금거울이었다.…… 그러나 세상에는 그다지 전하지 않고 다만 그의 『화월흔』만이 전할 뿐이다."(君憤廉恥之不立, 刑賞之不平, 吏治之壞, 而兵食戰守之無可恃也, 乃出其聞見, 指陳利弊, 愼擇而謹發之, 爲『咄咄錄』. 復依准邸報, 博考名臣章奏, 通人詩文, 集爲詩話(按卽『陔南山館詩話』十卷), 相輔而行. 君著書滿家, 而此二書爲尤不朽, 蓋時務之蓍龜, 功罪之金鑑.…然而世乃不甚傳, 獨傳其『花月痕』)—보주

35) 『도기산장시집』 5권 「위자안묘지명」에 다음과 같은 내용이 실려 있다. "수인은 자가

자안(子安)으로, 자돈(子敦)이라고도 하며, 후관(侯官) 사람이다.…… 젊어서 수재 시험에 떨어지다가 28세가 되어서야 비로소 생원이 되었으며, 잇달아 병오년(丙午年)에 향시에 합격하였다.…… 여러 차례 춘관[春官; 진사가 되는 시험.—옮긴이]에 응시하였으나, 급제하지 못하자 이에 진(晋), 진(秦), 촉[蜀; 진晋은 산시山西이고, 진秦은 산시陝西이며, 촉蜀은 쓰촨四川 지방을 가리킨다.—옮긴이]을 돌아다녔다. 당시 고향의 선배와 당시 사람의 운명을 바꿀 수 있는 사람이라면 모두 군을 사랑하고 군을 중히 여겼지만, 끝내 군을 위해 큰 힘이 될 수는 없었다. 군은 당시 세상일이 많이 위태롭다고 보았으나 손에는 무기 하나도 없고 발언도 묵살당하여 오장육부에 쌓인 억울한 마음을 드러내 보일 방법이 없었기에 은둔하여 패관소설을 지었다. 아녀자의 사사로운 감정에 기탁하였기에, 『화월흔』이라 이름하였다."(秀仁, 字子安, 一字子敦, 侯官人.…小不利童試, 年二十八, 始補弟子員, 卽連擧丙午鄕試.…旣累應春官不第, 乃遊晋, 遊陝, 遊蜀. 故鄕先達, 與一時能爲禍福之人, 莫不愛君重君, 而卒不能爲君大力. 君見時事多可危, 手無尺寸, 言不見異, 而亢臟抑鬱之氣, 無所發舒, 因遁爲稗官小說, 托于兒女子之私, 名其書曰『花月痕』)

[이 기사(記事)에 의하면, 28세 되던 해, 병오(丙午)의 향시에 합격한 것이 되는데, 이것이 잘못되었다는 것은 앞서의 역주에서 든 두웨이모의 교점본 『화월흔』 「부록 일」의 「『위자안 선생 연보』 유관자료」에 실린 린자친(林家溱)의 「자안선생전략」(子安先生傳略)과 「교점 후어」(校點後語)에서 지적한 대로이다.—일역본]

36) 『화월흔』 편찬과정에 대해서는 『과여속록』(課余續錄)에서 다음과 같이 말하고 있다. "이때 자안은 산서(山西)에서 기거하다 태원(太原) 지부(知府) 보면금(保眠琴)의 태수관(太守官)이 되었다.…… 여가가 많아 책을 읽으려 하였지만, 어수선한 일로 고통을 받고 극히 무료하여 이에 소설을 짓고 스스로를 묘사하였다. 책 속의 이른바 위영(韋瑩)의 자는 치주(痴珠)인데 곧 자안(子安)을 가리킨다. 바야흐로 제1, 2회의 초안을 잡고 있을 때, 때마침 태수가 집으로 들어가던 중 그것을 보고 대단히 기뻐했다. 이에 자안에게 열흘 동안 일 회를 완성하라고 약조하고, 일 회를 완성하자 성대한 잔치를 열어 국부[극단을 가리킨다.—옮긴이]를 불렀으며, 선생의 집필을 기원하였다. 그리하여 수십 회가 더 늘어나 장편을 이루었다."(是時子安旅居山西, 就太原知府保眠琴太守官.…多暇日, 欲讀書, 又苦叢雜, 無聊極, 乃創爲小說, 以自寫照. 其書中所稱韋瑩字痴珠者, 卽子安也. 方草一兩回, 適太守入其室, 見之, 大歡喜. 乃與子安約. 十日成一回. 一回成, 則張盛席, 招菊部, 爲先生潤筆壽, 于是浸淫數十回, 成巨帙焉)

[『화월흔』의 성립 연대에 관해서는 이론이 있다. 곧 관구이취안(官桂銓)은 위수인 자신이 집필한 『세보』(世譜)에 근거해, 『화월흔』은 위수인이 함풍 10년, 사천의 성도(成都) 부용서원(芙蓉書院)에서 집필하여, 동치 7년(1868) 복건(福建)의 건녕(建寧) 소호함부(小湖鹹埠)에서 증개(增改)했는데, 그때 이미 51세로, 만년에 완성한 책이라는 사실을 지적하였다(관구이취안, 「『위수인의 생애와 저작에 대한 고찰』을 읽고」讀『魏秀仁的生平及著作考』, 『문학평론』文學評論, 1983년 제3기).—일역본]

37) 『유허봉전』(劉栩鳳傳)은 『서오화사소전』(栖梧花史小傳)을 말하며, 하남(河南) 골현(滑縣)의 기생 유허봉(劉栩鳳)의 생애를 그 내용으로 하고 있다.

38) 『화월흔』에서 묘사한 한하생은 위치주이고 두채주는 유추흔이다. 부귀의 극치는 하

생과 채주에 이르고, 빈궁의 극치는 치주와 추흔에게 이르렀는데, 이름으로 보더라도 그 자취를 알 수 있다. 채추와 추흔의 이름에는 모두 추자가 들어가 있고, 하생과 치주는 곧 하엽노주를 일컫는다. 제36회에서는 채추가 꿈을 꾼 것을 다음과 같이 묘사하고 있다. "갑자기 하생이 들어오는 것을 보고 채추가 말했다. '치주가 죽었어요, 알고 계셨나요?' 하생은 읊조리듯 웃으며 말했다. '치주가 어째서 죽었다니? 여기 있지 않아?' 채추가 정신을 가다듬고 보니 원래 하생이 아니라 눈앞에 있는 사람은 오히려 치주였다. 손에 큰 거울을 들고 말했다. '자네 좀 보련!' 채추는 추흔을 불러 같이 보려 했으나, 추흔은 오히려 보이지 않고, 다만 거울 속에 추흔이 곱게 차려입고 아무 말 없이 빙긋이 웃고 있는데, 오히려 자신의 모습은 없었다."(忽見荷生閃入, 采秋便說道: '痴珠死了, 你曉得嗎?' 荷生吟吟地笑道: '痴珠那裏有死, 不就在此?' 采秋定神一看, 原來不是荷生, 眼前的人却是痴珠, 手裏拿着個大鏡, 說: '你瞧!' 采秋將喚秋痕同瞧, 秋痕却不見了, 只見鏡裏有秋痕, 一身艶裝, 笑嘻嘻的不說話, 却沒有自己的影子) — 보주

39) 『청루몽』은 청 광서 무자(戊子) 문괴당간(文魁堂刊) 소본(小本)과 상하이 신보관 배인본이 있다. 청의 유달이 지었다. 원제는 "이봉모진산인저"(釐峰慕眞山人著), "양계소상시자(내 생각으로는 곧 추도이다)평"(梁溪瀟湘侍者(案卽鄒弢)評)이라 하였다.— 보주

40) 추도의 「삼차려등고 · 곡모진산인유음향오십수지십일수병인」(三借廬賸稿 · 哭慕眞山人兪吟香五十首之十一首幷引)에서 다음과 같이 말했다. "군의 이름은 달이고, 동정의 서산(곧 이봉)에서 살았으니, 나의 평생의 제일가는 지기였다. 중년에 소대에서 몰락하여 곤궁하게 근심스럽게 지내며 사연이 많았다. 재물을 하찮게 여기고 벗을 좋아하여, 집안은 날로 곤궁해지고 하루를 보내기가 힘이 들었는데, 빚이 쌓여 성 안에서는 하루도 살 수가 없어, 군은 노모와 여러 누이들을 이끌고 서향으로 달아났다. 계미(1883)에서 갑신(1884) 봄까지 두 차례 군의 편지를 받았는데, 결코 근황을 이야기하지 않았으며, 다만 신세가 가련하여 장차 의식을 해결할 방법을 강구하고자 한다고만 말했다. 나는 편지를 부칠 곳을 찾지 못해 회답을 해줄 수 없었다. 사월에 풍한지의 편지를 받고 비참하게 죽었다는 비보를 전해 들었고, 아울러 남겨 놓은 『취홍헌시고』 두 권과 『필화』 여덟 권을 부쳐 와 간행을 부탁한다고 하였다."(君名達, 居洞庭西山(按卽釐峰), 余生平第一知己也. 中年淪落蘇臺, 窮愁多故, 以疏財好友, 家日窘而境日艱, 積逋纍纍, 致城中不能一日居, 君挈老母諸妹遁西鄕. 自癸未(1883)至甲申(1884)春, 兩接君書, 絶不言近況, 惟言身世可憐, 將欲出謀溫飽. 余因不得寄書地方, 無從答復. 四月得馮翰芝書, 傳慘死噩耗, 幷寄所遺『醉紅軒詩稿』兩卷, 『筆話』八卷, 囑爲付刊) 덧붙이자면 유달의 저작은 글 속에서 든 것 이외에도 『염이신편』(艶異新編)과 『오문백염도』(吳門百艶圖)가 있다.— 보주

41) 『취홍헌필화』(醉紅軒筆話). 『화간봉』(花間棒), 『오중고고록』(吳中考古錄), 『한구집』(閑鷗集)은 모두 추도(鄒弢)의 『삼차려필담』(三借廬筆談)에 보이나 판각본은 보이지 않는다.

42) 지금의 장쑤성 우현(吳縣)으로 춘추시기에 오나라의 군(郡)이었기에 오중이라 칭한 것이다.— 옮긴이

43) 원문은 다음과 같다. 游花國, 護美人, 采芹香, 掇巍科, 任政事, 報親恩, 全友誼, 敦琴瑟, 撫子女, 睦親鄰, 謝繁華, 求慕道.

44) 當世滔滔, 斯人誰與? 竟使一介寒儒, 懷才不遇, 公卿大夫竟無一識我之人, 反不若青樓女子, 竟有慧眼識英雄于未遇時也.

45) 활자본 『청루몽』(青樓夢; 十冊, 六十四回, 半葉十一行, 行二十七字. 申報館仿聚珍校印)에 의해 여덟번째와 아홉번째 그리고 열번째를 다음과 같이 보충한다.
여덟번째 : 금정계객(金錠繫客) 손보금(孫寶琴), 아홉번째 : 추수사인(秋水詞人) 하아선(何雅仙), 열번째 : 전춘사자(傳春使者) 사혜경(謝慧瓊). 그리고 말석이 호방루주인(護芳樓主人) 주월소(朱月素)이다.—일역본

46) 주령을 발하는 사람.—옮긴이

47) 원문은 다음과 같다. …(挹香與二友及十二妓女)至軒中, 三人重復觀玩, 見其中修飾, 別有巧思. 軒外名花綺麗, 草木精神. 正中擺了筵席, 月素定了位次, 三人居中, 衆美人亦序次而坐: 第一位鴛鴦館主人褚愛芳 第二位煙柳山人王湘雲 第三位鐵笛仙袁巧雲 第四位愛雛女史朱素卿 第五位惜花春起早使者陸麗春 第六位探梅女士鄭素卿 第七位浣花仙史陸文卿…第十一位梅雪爭先客何月娟. 末位護芳樓主人自己坐了; 兩旁四對侍兒斟酒. 衆美人傳杯弄盞, 極盡綢繆. 挹香向慧瓊道, "今日如此盛會, 宜擧一觴令, 庶不負此良辰." 月素道, "君言誠是, 卽請賜令." 挹香說道, "請主人自己開令." 月素道, "豈有此理, 還請你來." 挹香被推不過, 只得說道, "有占了." 衆美人道, "令官必須先飮門面杯起令, 才是." 於是十二位美人俱各斟酒一杯, 奉與挹香; 挹香一飮而盡, 乃啓口道, "酒令勝於軍令, 違者罰酒三巨觥!" 衆美人唯唯聽命.…(第五回)
앞서의 신보관 배인활자본에는 처음에 광서 4년의 금호화은의장(金湖花隱倚裝)의 서와 추도(鄒弢)의 서가 있고, 양계소상관시자(梁溪瀟湘館侍者; 鄒弢)의 평이 있다. 또 『사략』에 인용된 원문을 신보관 본과 비교하여 문자의 이동을 다음과 같이 교감하였다.
斟酒一杯→斟一杯酒 / 挹香一飮而盡→挹香俱一飮而盡 / 唯唯聽命→唯唯從命 —일역본

48) 원문은 다음과 같다. …一日, 挹香至留香閣, 愛卿適發胃氣, 飮食不進. 挹香十分不舍, 忽想着過靑田著有『醫門寶』四卷, 尙在館中書架內, 其中胃氣丹方頗多, 遂到館取而復至, 查到"香鬱散"最宜, 令侍兒配了回來, 親侍藥爐茶竈; 又解了幾天館, 朝夕在留香閣陪伴. 愛卿更加感激, 乃口占一絶, 以報挹香.…(第二十一回)

49) …心中思想道, "我欲勘破紅塵, 不能明告他們知道, 只得一個私自瞞了他們, 踱了出去的了." 次日寫了三封信, 寄與拜林夢仙仲英, 無非與他們留書志別的事情, 又囑拜林早日代吟梅完其姻事. 過了幾天, 挹香又帶了幾十兩銀子, 自己去置辦了道袍道服草帽凉鞋, 寄在人家, 重歸家裏. 又到梅花館來, 恰巧五美俱在, 挹香見他們不識不知, 仍舊笑嘻嘻在着那裏, 覺心中還有些對他們不起的念頭. 想了一回, 嘆道, "旣解情關, 有何戀戀!"…(第六十回)
예문과 신보관 본의 이동을 다음과 같이 교감한다. 心中思想道→心中想道 / 私自瞞了他們→私自瞞着了他們 / 次日寫了三封信→主意已定到了明日使寫了三封信 / 寄與拜林夢仙仲英, 無非與他們→寄與拜林夢仙無非與他們 / 代吟梅完其姻事→代吟梅等了其姻事 / 過了幾天→過了數日 / 挹香又帶了幾十兩銀子→挹香帶了十幾兩銀子 / 草帽凉鞋→艸帽凉鞋 —일역본

50) 多是散花苑主坐下司花的仙女, 因爲偶觸思凡之念, 所以謫降紅塵, 如今塵緣已滿, 應該重入仙班.

예문과 신보관 본의 이동을 다음과 같이 교감한다. 散花苑主坐下→散花苑主座下 / 塵緣已滿→塵緣已斷—일역본

51) 按迹尋踪, 心通其意, 見當前之媚于西子, 卽可知背後之潑于夜叉, 見今日之密于糟糠, 卽可卜他年之毒于蛇蝎.

52) 운간은 장쑤성 쑹장(淞江) 현의 옛 명칭으로, 화정(華亭)이라고도 했다.—옮긴이

53) 한자운(韓子雲, 1856~1894)의 이름은 방경(邦慶)이고, 별호(別號)는 태선(太仙)이며, 청의 송강(松江; 지금의 상하이) 사람이다. 일찍이 신보관(申報館)의 편집을 맡아보았다.
[뇌진(雷瑨; 君曜)의 『나와수필』(懶窩隨筆)에서는 다음과 같이 말했다. "한방경은 자가 자운이고, 별호는 태선으로 또는 대일산인이라 서명하기도 하였으니, 태선이라는 두 글자를 나누어 쓴 것이다. 관적은 옛 송강부에 속한 누현으로 어려서 아버지의 벼슬길을 따라 경사로 유력하였다. 자라서는 남쪽으로 돌아와 동시에 응하고 누현의 학교에 들어가 제생이 되었다. 해를 넘겨 녹봉을 받았으니, 그 해 나이가 바야흐로 이십여 세였다. 여러 차례 추시에 응했으나 급제하지 못했다. 한번은 북위(北闈; 북쪽에 있는 과거 시험장이라는 뜻)에서 시험은 보았지만, 여전히 뜻을 잃고 돌아왔다. 이로부터 공명에 담담해졌다. 작자는 일찍이 신보의 편집을 맡아보았다. 그러나 성격이 호방하고 매인 것을 못 견뎌해, 어쩌다 논설을 쓰는 것 이외에는 자질구레하고 번잡한 편집 따위의 일은 외면하고 돌아보지 않았다.…… 남은 종이와 몽당붓을 주워서 단번에 만 언을 휘갈겼다. 대개 이 책(『해상화열전』)은 이때 원고를 부탁받은 것일 것이다. 이 책은 모두 육십 회이다. 인쇄가 끝난 지 오래지 않아 작자는 요절하고 말았으니, 그때 나이는 겨우 서른아홉이었다."(韓邦慶, 字子雲, 別號太仙, 又自署大一山人, 卽太仙二字折之字格也. 籍隸舊松江府屬之婁縣, 自幼隨父宦游京師, 及長, 南旋, 應童試, 入婁庠爲諸生. 越歲, 食廩餼, 時年甫二十餘也. 屢應秋試, 不獲售. 嘗一試北闈, 仍鎩羽而歸. 自此遂淡于功名. 作者嘗擔任申報撰著; 顧性落拓, 不耐拘束, 除偶作論說外, 若瑣碎繁冗之編輯, 掉頭不屑也.…拾殘紙禿筆, 一揮萬言. 蓋是書(『海上花列傳』)卽屬稿于此時. 書共六十回. 印全未久, 作者卽赴召玉樓, 壽僅三十有九. 『소시보』小時報에서 절록하였음)—보주]

54) 『해상화열전』(海上花列傳)의 출판상황은 다음과 같다. 이 책은 광서 18년(1892) 2월 초하루부터 시작하여 한방경(韓邦慶)이 편찬한 문예잡지 『해상기서』(海上奇書)에 계속 게재되었다. 이 잡지는 처음에는 매월 초하루와 보름에 간행되었으며, 매 기(期)마다 『해상화열전』 2회분을 게재하였다. 제9기 때부터 매월 1기로 바꾸었는데, 15기까지 내고는 정간되었다. 『해상화열전』은 모두 30회 게재되었다.
[『해상화열전』은 광서 20년 갑오(甲午) 석인본(石印本)과 석인수진본(石印袖珍本) 및 야둥도서관(亞東圖書館) 배인본이 있다. 이 책은 광서 18년 임진(壬辰)에 먼저 『해상기서』에 실린 바 있다. 아울러 『해상기서』에는 이밖에도 『요재』식의 문언단편집인 『태선만고』(太仙漫稿)와 작자가 다른 사람의 저작에서 가려 뽑은 『와유집』(臥游集)이 실렸다. 뇌진은 다음과 같이 말했다. "인쇄를 맡은 곳은 점석재서국으로 그림이 매우 정밀하고 글자 역시 깔끔하고 분명했다. 그 체제로 보자면 현재 각각의 소설 잡지의 효시라 하겠다."(承印者爲点石齋書局, 繪圖甚精, 字亦工整明朗. 按其體裁, 殆卽現今各小說雜誌之先河)—보주]

[『해상화열전』에 관해서는 중국소설사료총서의 하나로 『해상화열전』(한방경韓邦慶 저, 잉야오英耀 정리, 베이징: 런민원쉐출판사, 1982년 2월)이 나와 있다. 부록으로 문언 단편 소설 『태선만고』(太仙漫稿)가 있고, 이밖에 「『해상화열전』 작자 작품 자료」(『海上花列傳』作者作品資料)와 「『해상화열전』 방언 간석」(『海上花列傳』方言簡釋), 「정리 후기」(整理後記)가 있어 참고가 된다. 또 류푸(劉復)의 「독해상화열전」(讀海上花列傳; 『반눙 잡문』 제1권, 베이핑: 싱위탕서점星雲堂書店, 1934년 6월. 상하이서점上海書店의 영인본도 있음)은 후스의 「해상화열전」과 함께 야둥판(亞東版) 『해상화열전』에 실려 있는데, 일독할 만한 가치가 있다.—일역본]

55) "장삼"(長三)은 상하이 방언으로, 고급 기생을 말한다. "장삼서우"(長三書寓)는 고급 기원이다. 또 고급 기녀를 가리키는 말이기도 하다(잉야오 정리, 『해상화열전』에 부록으로 실려 있는 「『해상화열전』 방언 간석」에 의함). 또 이하의 예문에 자주 나오는 상하이 방언의 번역은 이 「간석」에 의거함.—일역본

56) 원문은 "寫照傳神, 屬辭比事, 點綴渲染, 躍躍如生".
속사비사(屬辭比事)는 『예기』「경해편」(經解篇)에 다음과 같이 나온다. "그 나라에 들어가 보면 그 가르침을 알 수 있나니, 그 사람됨이 온유하고 돈후함은 『시』의 가르침이요, 시원스레 통하면서 옛일에 밝은 것은 『서』의 가르침이요, 넓고 선량함은 『악』의 가르침이요, 깨끗하고 정밀함은 『역』의 가르침이요, 겸손하고 장중함은 『예』의 가르침이요, 문사를 늘어놓거나 시비 판단에 능함은 『춘추』의 가르침이다."(入其國, 其敎可知也. 其爲人也, 溫柔敦厚, 『詩』敎也; 疏通知遠, 『書』敎也; 廣博易良, 『樂』敎也; 絜靜精微, 『易』敎也; 恭儉莊敬, 『禮』敎也; 屬辭比事, 『春秋』敎也) 여기에서 "속사"(屬辭)의 "속"(屬)은 연철(連綴), 곧 문사(文辭)를 결합하는 것을 말한다. 그리고 비사(比事)에서의 비(比)에는 두 가지 뜻이 있는데, 첫째는 "배열하다"(排比)는 뜻으로, 사건을 선후에 맞게 배열하는 것으로 역사를 가리킨다. 둘째는 "비교"(比較)로 비슷한 사건들의 경과를 비교해서 정미한 차이를 서로 다른 내용의 글로 포폄을 가하는 것으로, 경(經)을 가리킨다. 두번째 관점에 따르면 『춘추』의 요체는 '차이를 비교하고 시비에 대해 포폄을 가하는 것'(比較異同, 褒貶是非)이라 할 수 있으며, 이에 『춘추』 경문(經文)에 대한 삼전(三傳)의 경해(經解)가 필요하게 된다. 삼전 가운데 『좌전』(左傳)은 사건으로 경을 풀이하였고(以事解經), 공양(公羊)과 곡량(穀梁)은 미언대의(微言大義)를 중시하여 뜻으로 경을 풀이하였으므로(以義解經) 견강부회한 측면이 많다. 당대(唐代)의 공영달(孔穎達)은 『예기정의』(禮記正義)에서 다음과 같이 말했다. "속은 합한다는 것이고, 비는 가깝다는 것이다. 『춘추』에서 취합해서 같은 것을 모은 말이 속사이고, 순서에 따라 배열하고 포폄을 가한 것이 비사이다."(屬, 合也; 比, 近也. 『春秋』聚合會同之辭是屬辭; 比次褒貶之辭是比事) —옮긴이

57) 등급이 낮은 기원을 가리킴.—일역본

58) 원문은 "濕布衫"으로, "잘 벗겨지지 않는 성가신 것"이라는 의미이다.—일역본

59) 원문은 "裝在槍上"으로, "槍"은 "연창"(煙槍)이다. 청말 이규(李圭)의 『아편사략』(鴉片事略; 『鴉片之今昔』, 上海: 宇宙風社, 1937年 2月)에 의하면, "아편을 빨아들이기 위한 대나무 대롱을 쟁(鎗; 槍과 통함)이라 하고, 이 창의 끝에 아편을 채워 불을 붙이는 도구

는 유약을 바르지 않고 구운 토기로 해야 되는데, 그것을 연두(煙斗)라 한다"고 하였다.—일역본

60) 곰방대 구멍의 원문인 "두문"(斗門)에서의 "두"(斗)는 연두(煙斗)이고, "두문"은 연두에 나 있는 구멍이다.—일역본

61) 원문은 다음과 같다. …王阿二一見小村, 便擴上去嚷道, "耐好啊! 騙我, 阿是? 耐說轉去兩三個月啘, 直到仔故歇坎坎來. 阿是兩三個月嗄? 只怕有兩三年哉!…" 小村忙陪笑央告道, "耐覅動氣, 我搭耐說." 便湊着王阿二耳朶邊, 輕輕的說話. 說不到四句, 王阿二忽跳起來, 沈下臉道, "耐倒乖殺唻. 耐想拿件濕布衫撥來別人着仔, 耐末脫體哉, 阿是?" 小村發急道, "勿是呀, 耐也等我說完仔了哩." 王阿二便又爬在小村懷裏去聽, 也不知咕咕唧唧說些甚麽, 只見小村說着, 又怒嘴, 王阿二即回頭把趙樸齋瞟了一眼, 接着小村又說了幾句. 王阿二道, "耐末那價呢?" 小村道, "我是原照舊啘." 王阿二方才罷了; 立起身來, 剔亮了燈台; 問樸齋尊姓; 又自頭至足, 細細打量. 樸齋別轉臉去, 裝做看單條. 只見一個半老娘姨, 一手提水銚子, 一手托兩盒烟膏,…蹭上樓來,…把烟盒放在烟盤裏, 點了烟燈, 冲了茶碗, 仍提銚子下樓自去. 王阿二靠在小村身旁燒起烟來, 見樸齋獨自坐着, 便說, "榻床浪來䠆䠆哩." 樸齋巴不得一聲, 隨向烟榻下手躺下, 看着王阿二燒好一口烟, 裝在槍上, 授于小村, 颼風劉風劉直吸到底.…至第三口, 小村說, "要勿吃哉." 王阿二調過槍來, 授與樸齋. 樸齋吸不慣, 不到半口, 斗門噎住.…王阿二將簽子打通烟眼, 替他把火. 樸齋趁勢捏他手腕, 王阿二奪過手, 把樸齋腿膀盡力摔了一把, 摔得樸齋又痠又痛又爽快. 樸齋吸完烟, 却偸眼去看小村, 見小村閉着眼, 朦朦朧朧, 似睡非睡光景, 樸齋低聲叫"小村哥". 連叫兩聲, 小村只搖手, 不答應. 王阿二道, "烟迷呀, 隨俚去罷." 樸齋便不叫了.…(第二回)

"耐"는 "你"와 같음. "阿是?"의 "阿"는 "可"에 해당하며, 의문조사이다. "轉去"는 돌아가다, 집으로 돌아가다의 의미이고, "啘"은 어미조사이다. "仔"는 "了"에 해당하는데, 오어(吳語)에서 동사의 뒤에는 "仔"가 오고, 구말어기조사(句末語氣助詞)일 때는 "哉"가 쓰인다. "故歇"는 이때, 지금이다. "坎坎"은 겨우, 가까스로, 고작의 의미이다. "嗄"은 어미조사로, 의문의 의미가 있다. "覅"은 "勿要" 두 글자의 합성으로, 『해상화열전』의 작자가 만든 글자이다. "勿"은 "不"과 같다. "動氣"는 화를 내다, 성내다의 의미이다. "搭"은 "給"(~에게)이나 "和, 同"(와, 과)과 같다. "唻"는 어조사이다. "那價"는 "怎樣, 如何"(어떻게)에 해당한다. "原"은 "仍舊"나 "本來"의 의미이다. "俚"는 "他"와 같은 뜻이다.—일역본

62) 광서 20년(甲午) 정월, 전서(全書) 64회(60회가 아님)가 이함(二函) 십책(十冊)으로 출판되었으니, 각각의 함(函)에 다섯 책씩 담겼다.—보주

63) 원문은 "양전"(洋錢)으로, "영양"(英洋)이라고도 하며, 당시에 들어온 멕시코 은화를 가리킨다. 19세기 들어 본격적으로 이루어진 영국과 중국 사이의 무역은 대체로 영국이 필요로 하는 중국의 비단과 차를 멕시코산 은화로 결제했는데, 이로 인한 은화의 유출을 막기 위해 영국이 아편으로 결제를 하자, 이에 반발한 중국정부와의 사이에 "아편전쟁"이 벌어지게 되었다.—옮긴이

64) 원문은 "其欲逐逐"으로, 『역』(易) 「이」(頤)괘에 "범이 먹이를 노리고 탐욕의 눈초리로 바라보고"(虎視眈眈, 其欲逐逐)라고 되어 있다.—일역본

65) 원문은 다음과 같다. …文君改裝登場, 一個門客湊趣, 先喊聲“好!” 不料接接連連, 你也喊好, 我也喊好, 一片聲嚷得天崩地塌, 海攪江翻.…只有賴公子捧腹大笑, 極其得意. 唱過半齣, 就令當差的放賞. 那當差的將一卷洋錢散放在巴斗內, 呈賴公子過目, 望臺上只一撒, 但聞索郎一聲響, 便見許多晶瑩焜耀的東西, 滿臺亂滾; 臺下這些帮閑門客又齊聲一呼. 文君揣知賴公子其欲逐逐, 心上一急, 倒急出個計較來, 當場依然用心的唱, 唱罷落場,…含笑入席. 不提防賴公子一手將文君攔入懷中; 文君慌的推開立起, 佯作怒色, 却又爬在賴公子肩膀, 悄悄的附耳說了幾句, 賴公子連連點頭道, “曉得哉.”…(第四十四回)

66)『담영실수필』(譚瀛室隨筆)에는 다음과 같이 실려 있다.『해상화열전』의 “책 속의 인명은 대개 모두 가리키는 바가 있으니, 동치(同治), 광서(光緒) 연간의 상하이 명사들 사이에 실제 있었던 일들에 정통한 사람이라면 누구라고 말할 수 있을 것이다. 잠시 알만한 사람들을 들어 보면 다음과 같다. 제운수(齊韻叟)는 심중복(沈仲馥)이고, 사천연(史天然)은 이목재(李木齋), 뇌두원(賴頭黿)은 늑원협(勒元俠)이며 방봉호(方蓬壺)는 원상보(袁翔父)이나 일설에는 왕자전(王紫詮)이라고도 한다. 이실부(李實夫)는 성박인(盛樸人), 이학정(李鶴汀)은 성행손(盛杏蓀), 여전홍(黎篆鴻)은 호설암(胡雪岩), 왕련생(王蓮生)은 마미숙(馬眉叔), 소유아(小柳兒)는 양후자(楊猴子), 고아백(高亞白)은 이우선(李芋仙)이다. 또 그 이외의 사람도 열에 여덟, 아홉은 대개 유추할 수 있으니, 이는 아마도 독자들을 염두에 두었기 때문일 것이다.”(書中人名, 大抵皆有所指, 熟于同, 光間上海名流事實者, 類能言之. 玆姑擧所知者. 如:齊韻叟爲沈仲馥, 史天然爲李木齋, 賴頭黿爲勒元俠, 方蓬壺爲袁翔父, 一說王紫詮, 李實夫爲盛樸人, 李鶴汀爲盛杏蓀, 黎篆鴻爲胡雪岩, 王蓮生爲馬眉叔, 小柳兒爲楊猴子, 高亞白爲李芋仙. 以外諸人, 苟以類推之, 當十得八九, 是在讀者之留意也)

67) 이 말은 꼭 믿을 것은 못 된다. 청화서국(淸華書局) 배본(配本)『해상화열전』의 허근보(許廑父) 서언(序言)은 루쉰이 들은 전설과 몇 가지 모순되는 점이 있다. “작품 속의 조박재는 무뢰한으로 성공하여 거만의 자금을 보유하고 있었다. 막 타락하였을 때, 그 누이를 홍등가에 팔아넘겼다. 작자는 일찍이 그를 구제하였다고 하였다. 그가 잘 나갈 때, 작자는 외지에서 곤궁하게 지내 백 냥을 빌려 달라고 했는데, 뜻을 이루지 못하자, 분한 마음에 이 작품을 지어 그를 비방하였던 것이다.…… 그러나 이 책은 끝내 조씨에게 화를 입었으니, 거금을 뿌려 모두 사들여 태워 버렸던 것이다. 뒤에 사람들은 그 일을 두려워하여 감히 번각할 생각을 못했다.”(書中趙朴齋以無賴得志, 擁資鉅萬. 方墮落時, 致鬻其妹于靑樓中. 作者嘗救濟之云. 會其盛時, 作者僑居窘苦, 向借百金, 不可得, 故憤而作此以譏之也.…然此書卒厄于趙, 揮巨金, 盡購而焚之. 後人畏事, 未敢飜刻) — 보주

제27편 청대의 협의소설(俠義小說) 및 공안(公案)

명말 이후 세간에서는 『삼국지』三國志와 『수호전』水滸傳, 『서유기』西游記, 『금병매』金瓶梅를 "사대기서"四大奇書[1]라 하여 소설 분야에 있어 으뜸으로 놓았으나, 청 건륭乾隆 연간에 『홍루몽』紅樓夢이 성행하여 『삼국지』의 자리를 빼앗고 문인들에게 더욱 칭송을 받았다. 다만 일반 백성들은 여전히 『삼국지』와 『수호전』을 좋아하였다. 그러나 시세가 여러 번 바뀌면서 사람들의 감정도 날로 예전과 달라지자 이들 소설들에 대해 조금씩 염증을 느끼게 되어 점차 또 다른 유파가 생겨나기 시작하였다. 비록 그 근원은 앞서 나온 책들에 두고 있었지만 정신은 정반대인 것도 있었으니, 그 대지大旨는 호협豪俠을 찬양하고, 호방한 것을 찬미하되 충의에 위배되지는 않았다. 그렇게 한 까닭 가운데 하나는 문인들이 『홍루몽』에 불만을 가졌기 때문인데 그 대표적인 것으로 『아녀영웅전』兒女英雄傳이 있고, 다른 하나는 백성들의 마음이 이미 『수호전』을 이해할 수 없게 되었기 때문으로 그 대표적인 것이 『삼협오의』三俠五義이다.[2]

『아녀영웅전평화』兒女英雄傳評話는 원래 53회였으나, 지금은 40회만 남아 있으며, "연북한인저"燕北閑人著라고 적혀 있다.[3] 마종선馬從善의 서[4]에는 문강文康의 손에서 나왔다고 하였으니, 아마도 도광道光 연간에 원고가 완성된 듯하다. 문강은 성이 비막費莫이고, 자가 철선鐵仙이며, 만주滿洲 양홍기鑲紅旗 사람으로 대학사大學士 늑보勒保[5]의 둘째 손자次孫이다. "돈으로 이번원 낭중理藩院郎中이 되었다가, 지방으로 전출되어 군수가 되고, 여러 번 천거되어 관찰사가 되었다. 친상을 당하여 고향으로 돌아온 뒤 특별히 주장대신駐藏大臣으로 발탁되었으나 병으로 결국 부임하지 못하고 집에서 죽었다."(서문)[6] 집안이 본래 고귀하고 부유했으나 자식들이 똑똑지 못했기에 마침내 중도에 몰락하여 고달픈 지경에까지 이르렀다. 문강은 말년에 외롭게 겨우 붓과 먹만 갖추어져 있는 집에 살면서 이 책을 쓰는 것으로 소일하였다. 몸소 흥망성쇠를 두루 맛보았기에, "세상사의 추이나 인정의 변화무쌍함에 특히 주의를 기울였다"[7](서문). 영화로운 삶이 이미 다한 뒤에, 창연한 심경으로 붓을 잡고 글을 썼던 상황이 조설근과 자못 흡사한 데가 있다. 다만 조설근의 경우는 사실을 묘사한 것이고 스스로의 처지를 서술한 것이었다면, 문강의 경우는 상상으로부터 나온 것으로 다른 사람의 일을 서술한 데다 경력이 남달랐기에 마침내 그 성취가 전혀 다르게 나타났다.[8] 책머리에 옹정 갑인 관감아재서雍正甲寅觀鑒我齋序가 있어 "사물의 이치를 파고드는 책"格致之書이라 하였으며, 『서유기』 등의 "괴력난신"怪力亂神에 반대하여 그런 것들을 바로잡는다고 말하였다.[9] 그 다음으로 건륭 갑인 동해 오료옹지乾隆甲寅東海吾了翁識에서는, 춘명春明[10]의 저잣거리에서 구했는데 작자가 누구인지는 알 수 없었지만, 여러 번 자세히 읽었는데, "특히 글자가 없는 곳을 연구하여"更于沒字處求之[11] 비로소 말마다 모두 의미가 있다는 사실을 알게 되었으며, 이에 그 빠진 곳을 보충하고 머리말에 몇 마디 덧붙인다고 하였다. 이것은 모두 작자가 가탁한 것이다. 개편開篇에서는 다음과 같이 말했다.

> 이 평화는…… 처음에는 『금옥연』金玉緣이라고 이름지었으나, 수부首府인 경도京都에서 일어난 한 사건을 서술한 것이기에 『일하신서』日下新書라고도 이름하였다. 작품 속에 드러난 내용과 문장은 비록 제대로 된 글이라고는 할 수 없지만, 오히려 더럽고 음란한 글들을 씻어 버려 정도正道에 어긋나지 않기에 또 『정법안장오십삼참』正法眼藏五十三參이라고 이름을 붙이기도 했다. 하지만 본래 불가의 이야기는 아니다. 뒤에 동해의 오료옹東海吾了翁이 다시 수정을 하여 『아녀영웅전평화』兒女英雄傳評話라고 제목을 정하였다.……(첫회)[12]

이처럼 많은 이명異名을 붙여 자화자찬을 늘어놓은 것은 『홍루몽』과 궤를 같이 하는 것이라고도 할 수 있다.

이른바 "경도에서 일어난 한 사건"京都一樁公案이라는 것은 다음과 같은 내용이다. 하옥봉何玉鳳이라는 여협女俠이 있었는데, 원래 명문가에서 태어나 지혜와 용맹은 세상에 비할 자가 없었다. 그녀의 아버지가 다른 사람에게 살해를 당하자 어머니를 모시고 산중에 피신해 살면서 기회를 보아 복수를 하려 하였다. 그 원수는 기헌당紀獻唐이라고 하는데, 나라에 큰 공이 있어 권세가 대단하였다. 하옥봉은 조급히 실행할 수가 없어 십삼매十三妹[13]라고 변성명하고는 저잣거리를 왕래하며 몹시 분방한 행동으로 세상을 조롱하였다. 그때 마침 여관에서 안기安驥라는 효자가 곤경에 놓인 것을 보고 그를 구해 줌으로써 서로 알게 되었는데, 뒤에 점점 친해졌다. 그러다가 기헌당이 조정에 의해 주살誅殺을 당하자, 하옥봉은 비록 자기 손으로 원수를 죽이지는 못했지만 아버지의 원수를 이미 갚은 격이 되어 출가하고자 하였다. 하지만 결국은 만류하는 사람에 의해 마음이 움직여 안기에게 시집을 간다. 안기에게는 장금봉張金鳳이라는 아내가 있었지만 마찬가지로 하옥봉에 의해 구조를 받은 적이 있었기에, 서로 자매와 같이 화목하게 지냈다. 뒤에 각기 아기를 가졌는데, 그 때문에 처음에는 이름을 『금옥연』金玉緣[14]이라고 했던 것이다.

작품 속의 등장인물 역시 그 당시 사람을 모델로 하였다. 혹은 이전 시대의 사람을 취하기도 하였는데, 이를테면 기헌당 같은 이에 대해서 장루이짜오(『소설고증』 8)는 다음과 같이 말하였다.

> 내 생각에는 '기'紀라고 하는 것은 '년'年이고, '헌'獻은 「곡례」曲禮에 '개는 갱헌이라 일컫는다'犬名羹獻고 했으며,[15] '당'唐은 제요帝堯의 연호이다. 이것을 합하면 곧 연갱요年羹堯가 된다…… 그의 사적事迹은 이 책에 기록한 것과 모두 일치한다.[16]

안기는 아마도 스스로를 기탁한 것인 듯한데, 혹은 자식의 우둔함을 개탄한 나머지 이것을 정반대로 쓴 것일지도 모른다. 십삼매에 대해서는 자세한 것을 알 수 없는데, 아마도 순수하게 작자가 마음대로 만들어 낸 것인 듯하다. 영웅과 아녀자의 성격을 한 몸에 갖추게 하려 했기에 성격이 보통사람들과 달라졌고, 언동이 몹시 특이해졌으며, 잘못을 바로잡는 행동 등 눈에 보이는 것이 모두 그렇다.[17] 이를테면 안기가 처음으로 하옥봉을 여관에서 만났을 때, 그녀가 자기 방으로 들어올까 두려워 사람을 불러 돌을 들어 문을 막으려 하였으나 아무도 움직이지 못했는데, 오히려 하옥봉이 그것을 옮겨다 들여놓은 것이 그 예이다.

> ……그 여자는 또 말했다.
>
> "이까짓 돌 하나를 가지고 왜 그렇게 야단들을 떠는 겁니까?"

장삼은 손에 곡괭이를 들고 그녀를 힐끔 쳐다보고 나서 응수하였다.

"뭐 야단을 떤다고? 이것 좀 보시구려. 이렇게 하지 않고서 저것을 움직일 수 있겠소이까? 장난하고 있는 줄 아시는 모양이군 그래."

그 여자는 앞으로 다가가서 그 돌을 자세히 살펴보았다.…… 무게가 대략 이백사오십 근 정도 돼 보이는 곡식을 찧는 연자매였다. 윗면에는 뚫어진 구멍이 있었다.…… 그녀는 먼저 소매를 걷어붙이고,…… 그 돌을 평지에다 거꾸로 뒤집어 놓고는 오른손으로 밀어 굴려서 구멍을 찾아 두 손가락을 집어넣어 꽉 쥐고는 위로 들썩하니 이백여 근이나 나가는 돌연자매가 한 손으로 번쩍 들렸다. 그러고는 장삼과 이사를 향하여 말했다.

"거기 이녁들도 가만히 서 있지만 말고 이 돌에 묻은 흙이나 깨끗이 떨어내구려."

그 두 사람은 질겁을 하고 대답하고는 황망히 손으로 한바탕 털어내고는 말했다.

"됐습니다."

그 여자는 그제서야 고개를 돌려 만면에 애교를 띠면서 안공자에게 말했다.

"손님! 이 돌을 어디에 놓을까요?"

안공자는 부끄러워 얼굴과 귀까지 빨개져 눈을 내리깔고는 대답했다.

"수고스러우시겠지만 방 안에 놓아주십시오."

그 여자는 이 말을 듣고 곧 한 손으로 돌을 들고 한 쌍의 조그만 발을 가볍게 움직여 계단을 올라가 다른 한 손으로 휘장을 걷어올리고 문 안으로 들어가서는 그 돌을 방 안의 남쪽 벽 밑에다가 가볍게 내려놓았다. 그러고 나서 돌아 나오는데 숨 가빠하지도 않고 얼굴도 붉히지 않았으며 가슴도 뛰지 않았다. 여러 사람들이 고개를 빼들고 집 안을 엿보고는 기이하게 여기지 않는 이가 없었다.…… (제4회)[18]

끝에 가서 안기는 전시에서 탐화探花[19]로 급제하여 국자감좨주가 되었다가 다시 우리야스타이[20] 참찬대신烏里雅蘇台參贊大臣으로 승진하였으나 부임하지는 않았다. 그리고 다시 "학정이 되어 폐하에게 하직인사를 올리고 즉시 부임하여 여러 가지 처리하기 어려운 큰 사건들을 처리함으로써 그의 행정가로서의 명성이 널리 퍼졌고 지위는 인신人臣으로서는 최고의 자리에 올랐으나 그것을 모두 다 말할 수는 없다"[21]고 하였다. 그리하여 다른 사람이 32회에 달하는 속서를 지었는데, 문장이나 내용이 모두 졸렬한 데다 미완으로 남겨져, 그에 대한 속작二續이 다시 나온다고 하였다. 서에는 "연월을 알 수 없는 무명씨"[22]라 적혀 있으나, 대개 광서 20년경 베이징의 서적상이 만든 것일 것이다.

『삼협오의』三俠五義는 광서 5년(1879)에 나왔다. 원래 명칭은 『충렬협의전』忠烈俠義傳이며, 120회로 머리에 "석옥곤[23] 술"石玉崑述이라 서署하였다.[24] 서에는 "문죽주인 원장, 입미도인 편정"門竹主人原藏, 入迷道人編訂이라 하였으나, 모두 어떤 사람인지는 알 수 없다. 무릇 이런 류의 저작들은 그 의도가 용협지사勇俠之士가 시골과 도시를 떠돌면서 양민을 안돈케 하고 폭도들을 제거하여 나라를 위해 공을 세우는 것을 서술하는 데 있었지만, 반드시 유명한 대신이나 뛰어난 관리를 주요인물로 삼아 모든 호걸들을 통괄하도록 했는데, 『삼협오의』에서 그 역할을 한 사람은 포증包拯이다. 포증은 자가 희인希仁이며, 진사로서 벼슬은 예부시랑에 이르렀다. 그 사이에 일찍이 천장각대제天章閣待制를 제수받았다가 다시 용도각학사龍圖閣學士, 권지개봉부權知開封府를 제수받았는데, 조정에 나아가서는 강직하였고, 정실에 흔들리지 않아 세상 사람들은 그를 염라대왕에 비유하였다. 그에 대한 전傳은 『송사』宋史(316)에 있다. 그러나 민간에 전하는 그에 대한 사적은 모두가 괴이한데, 원대의 잡극 중에 이미 포공의 "단립태후"斷立太后와 "심오분귀"審烏盆鬼[25] 등과 같은 여러 괴기담이 있으며, 명대 사람은 또 『용도공안』龍圖公案[26]이라는 단서短書 열 권을 지었는데, 이를 『포공안』包公案이라 부르기도 한다.[27] 여기에는 포증의 미행私訪, 몽점夢占, 귀신의 말鬼語 등의 수단을 빌려 기이한 사건奇案 예순세 가지 일을 판결하는 것이 기록되어 있으나, 문장과 내용이 매우 졸렬한 것으로 보아 아마도 겨우 문자를 깨친 정도의 사람이 지은 것인 듯하다. 뒤에 다시 장편大部으로 부연하여 여전히 『용도공안』이라 칭했는데,[28] 이것은 그 구성이 더욱 엄밀하고 수미일관한 모습을 갖추고 있었으니, 이것이 곧 『삼협오의』의 남본이 되었다.[29]

『삼협오의』의 첫머리開篇는 다음과 같다. 송 진종宋眞宗은 아들이 없었는데, 유씨劉氏와 이씨李氏 두 비妃가 한꺼번에 임신을 하였기에 아들을 낳은 쪽을 정궁正宮으로 삼는다고 약속하였다. 유씨는 이에 환관인 곽괴郭槐와 몰래 음모를 꾸며 이씨가 아들을 낳자 껍질을 벗긴 살쾡이와 바꾸어 놓고 괴물을 낳았다고 하였다. 그리고 태자는 궁녀인 구주寇珠에게 맡겨 목을 졸라 강물에 버리라고 명하였으나 구주는 차마 그럴 수 없어서 몰래 진림陳林에게 주어서 팔대왕八大王의 처소에 숨겨 두었다가 팔왕의 셋째아들이라고 하여 키우게 되었다. 유씨는 또 이비李妃를 헐뜯어 그를 제거하니 이때 충신들이 많이 죽었다. 진종이 아들 없이 세상을 뜨자 팔왕의 셋째아들이 들어가서 대통을 계승하니 그가 곧 인종仁宗이었다. 그 다음으로는 포증包拯의 탄생에 대하여 서술하고 있는데, 그 이전의 사건은 뒷 문장의 복선일 따름이다. 또 포증의 결혼과 환도宦途 및 재판에 대한 사적을 서술하고 있는데, 중간 중간에 다른 사람의 이야기를 취하여 덧붙여 놓았다.[30]

개봉開封의 지부知府가 되었을 때 민간에서 이비를 만나 "살쾡이로 아들을 바꾼"狸猫換子 옛 사건을 밝혀내니, 이때가 되어서야 인종은 이씨가 생모임을 알게 되어 맞아들인다. 포증은 또 충성스런 행동으로 호협豪俠들을 감화시켰는데, 이들의 이름은 다음과 같다. 이를테면 남협南俠 전소展昭, 북협北俠 구양춘歐陽春, 쌍협雙俠 정조란丁兆蘭, 정조혜丁兆蕙 등의 삼협三俠과 찬천서鑽天鼠 노방盧方, 철지서徹地鼠 한창韓彰, 천산서穿山鼠 서경徐慶, 번강서翻江鼠 장평蔣平, 금모서錦毛鼠 백옥白玉 등의 오서五鼠는 모두 도협盜俠[31]으로서 강호를 두루 횡행하다가 어떤 때는 도성에도 잠입해 궁중의 물품들을 보란 듯이 도적질하였으나 사람들은 막을 수가 없었다. 그러나 모두 차례로 포증에게 마음이 기울어 그에게 심복하여 그 수하에 들어가 임무를 맡아 보며 강포한 자들을 주살하는 데 협력하니 백성들의 생활이 크게 안정되었다. 뒤에 양양왕襄陽王 조각趙珏이 모반을 일으켜 그 일당의 서약서誓約書를 충소루沖霄樓에다 감추어 두었는데, 오서五鼠는 순안巡按 안사산顏查散을 따라 탐색에 나섰다. 하지만 오서 가운데 한 사람인 백옥당白玉堂이 서둘러 혼자 가서 그것을 훔치려고 하다가 결국은 동망진銅網陣에 빠져 죽었다. 이야기는 여기에서 끝이 난다. 그 가운데 사서史書에서 보이는 사람은 다만 포증과 팔왕 등 몇 사람뿐이고 이야기 또한 사실이 아닌 것이 많다. 오서는 명대 사람의 『용도공안』龍圖公案과 『서양기』西洋記에 모두 실려 있으나 괴물로 언급되고 있어 이 작품에서 의사義士로 묘사되고 있는 것과는 다르다.[32] 종실의 일족宗藩이 모반을 했다는 것도 인종 때에는 실제로 있지 않았던 것이니, 아마도 명대 신호宸濠의 일[33]에 영향을 받아 덧붙여진 것 같다. 사건의 실마리를 틀거리지은 것에 있어 자못 치졸한 면이 있다는 것이 흠이기는 하지만, 초야草野의 호걸豪傑들을 묘사한 것만은 생동감이 넘치며, 간혹 가다가 당시 사회의 모습世態을 내비치고 있고, 해학적인 요소가 섞여 있기도 한데, 강호의 무뢰한들을 각별히 생동감 있게 묘사하고 있다. 마침 당시 사람들은 요괴에 대한 괴이한 이야기나 남녀 간의 애정 이야기에 넌더리가 나 있는 상태였으므로, 이 작품이 가지고 있는 호쾌하고 분방한 측면이 하나의 장점으로 작용하여 당시 소설 가운데 두각을 나타내게 되었다.

……마한馬漢이 말했다.

"술 마시는 게 중요한 게 아니고, 금모서錦毛鼠가 어떤 사람인지 모르겠소이다."

……전소展昭는 곧 함공도陷空島의 여러 사람들을 이야기하고 또 그들의 별명을 여러 사람에게 들려주었다. 공손公孫 선생은 곁에서 다 듣고는 갑자기 생각이 난 듯 말했다.

"그 사람이 형님을 찾아온 것은 형님에게 시비를 걸려 한 것입니다."

그러자 전소가 말했다.

"그 사람은 평소에 나하고 원수진 일도 없는데 무슨 시비를 건단 말인가?"

공손책이 말했다.

"형님, 생각 좀 해 보시지요. 그 다섯 사람은 '오서'五鼠라는 이름을 갖고 있고, 형님은 '어묘'御猫라 불리고 있으니, 어찌 고양이가 쥐를 잡지 않을 리가 있겠습니까? 이게 바로 형님이 '어묘'라는 이름으로 불리는 데 대해 그들이 화를 내는 까닭입니다. 그래서 그 놈들이 형님에게 시비를 걸려고 하는 것입니다."

전소가 말했다.

"아우님의 말에도 일리가 있는 듯하네. 하지만 나의 이 '어묘'御猫라는 별칭은 성상께서 내려주신 것이지, 내가 일부러 '묘'猫라는 이름으로 벗들에게 위세를 부리려고 한 것은 아닐세. 저 사람이 만약 정말로 이 일 때문에 온 것이라면 나는 기꺼이 사과하고 앞으로는 '어묘'라 부르지 않아도 좋다네."

다른 사람들은 아직 아무런 대꾸도 하지 않았는데, 조호趙虎만이 마침 거나하게 술을 마시고 있다가,…… 약간 비위에 거슬린 듯 술잔을 들고 일어나 말했다.

"형님, 형님께서는 평소에 담량이 남다르시더니, 오늘은 어인 일로 그렇게 야코가 죽으셨나요? 그 '어묘'라는 두 글자는 성상께서 하사하신 것인데, 어떻게 고칠 수가 있겠습니까? 만약 그 놈의 백사탕白糖인가 흑사탕黑糖인가 하는 놈이 오지 않는다면 그만이겠지만, 만약 온다면 내가 물을 한 동이 끓여다가 그 놈을 삶아 마셔 버리겠소이다. 그래야 내 울분이 가시겠습니다."

전소가 황급히 손을 내저으면서 말했다.

"이보게 아우님, 목소리를 낮추게나. '낮말은 새가 듣고, 밤말은 쥐가 듣는다'窗外有耳는 말도 못 들었나?"

막 여기까지 이야기했을 때, '탁' 하는 소리가 들리더니 밖에서 무언가가 날아 들어와 한 치의 오차도 없이 정확하게 조호가 들고 있던 그 술잔을 맞혀, 그만 '쨍그렁' 하는 소리를 내며 술잔이 산산조각 나버렸다. 조호는 놀라서 펄쩍 뛰었고, 여러 사람들도 모두 놀랐다. 다만 전소만이 벌써 자리를 벗어나 격자문을 닫고 몸을 돌려 또 등불을 불어서 껐다. 그러고는 곧 외투를 벗었는데 안에는 이미 모든 준비가 다 되어 있었다. 가만히 보검을 손에 들고 문을 한번 여는 척했더니 '툭' 하는 소리가 나면서 무엇인가가 격자문 위에 부딪혔다. 전소는 그제야 비로소 문짝을 열어 젖히고는 힘껏 몸을 구부리고 튀어나갔다. 얼굴에 한 줄기 찬바람이 불어오는 것을 느꼈는데 그 '휙' 하는 소리는 곧 칼소리였다. 전소는 칼을 가로대어 그것을 받았다. 되는대로 막아 내면서 별빛 아래 가만히 보니 상대는 새까만 야행 의복을 입고 있었으며, 발놀림이 민첩했는데 그 전에 묘가집苗家集에서 본 그 사람인 듯했다. 두 사람은 아무 말도 하지 않았으며 단지 칼소리만이 쨍그렁 하며 어지러이 들렸다. 전소는 막아 내기만 할 뿐 결코 달려들지 않았는데 상대의 칼이 긴박하게 밀고 들어오는 검술이 뛰어남을 보고 남협은 속으로 갈채를 보내면서 생각했다. '이 친구는 정말 나아가고 물러가는 것을 모르는구만. 나는 양보를 해서 상처를 입히지 않으려고 하는데, 저렇게 필사적으로 죽이려 드는 건 또 뭔가? 내가 자기를 무서워해서 그런 것이라 생각하고 있는 것은 아니겠지?' 다시 마음속으로 생각했다. '아무래도 저 놈에게 본때를 보여 줘야겠군.' 그러고는 곧 보검을 옆으로 비껴들고 상대의 칼이 가까이 오기를 기다렸다가 "학려장공세"鶴唳長空勢를 취하여 힘껏 위로 깎아쳤다. "쨍" 하는 소리가 나더니 상대방의 칼은 이미 두 쪽이 났고 상대는 감히 다가오지 못했다. 다만 몸을 돌려 벌써 담 위로 올라가고 있는 것이 보였다. 전소도 펄쩍 뛰어 그의 뒤를 쫓아갔다…… (제39회)[34]

유월俞樾이 오하吳下[35]에 살고 있을 때, 반조음潘祖蔭[36]이 북경에서 돌아와 이 책을 보여 주었다. 처음에는 그저 그런 속된 책俗書이라고만 생각했으나, 다 읽고 나서는 이 책의 "사적事迹이 신기하고, 필치가 무르녹아 있으며, 묘사는 아주 세세한 부분에까지 미치고 있고, 서술도 곡절이 있는 가운데 뼈대가 있어 마치 유마자柳麻子가 '무송타점'武松打店을 이야기하는데, 처음 들어갔을 때에는 가게 안에 아무도 없다가 갑자기 소리를 한 번

지르니 가게 안에 있던 빈 항아리와 단지들이 모두 왕왕거리며 소리를 냈다고 한 것과 같이 중요한 대목이 아닌 곳에도 주의를 기울여 그 생동감을 배가시켰다"[37] (유兪의 서序)고 감탄하였다. 그러나 "살쾡이로 태자를 바꾼 것"狸猫換太子이 황당무계하다는 혐을 잡고, 따로 제 일회를 지어 "사서의 기록에 의거하여 속설俗說을 바로잡았다"援據史傳, 訂正俗說. 또 작품에 등장하는 남협, 북협, 쌍협은 그 수가 이미 넷을 넘어서, 삼三은 포함되지 않기에, 소협小俠 애호艾虎를 더해 다섯으로 만들었는데, "흑요호黑妖狐 지화智化라고 하는 자는 소협의 스승이고, 소제갈小諸葛 심중원沈仲元은 제160회에서 유희游戲하는 가운데 협의俠義가 생겨 나온 것을 상찬하고 있으니, 이 두 사람이 협사俠士가 아니고 무엇이겠는가?"[38]라고 하여, 이에 제명을 다시 『칠협오의』七俠五義라 고치고, 광서 기축년己丑年(1889)에 서序를 써서 이것을 세상에 전하였다. 그리하여 이것은 초본과 함께 유행하였는데, 강江·절浙 지방에서 특히 유행하였다.

그 해 5월에 다시 『소오의』小五義가 베이징에서 나왔고, 10월에 또 『속소오의』續小五義가 나왔는데, 모두 124회이다. 서序에서는 이것이 『삼협오의』와 마찬가지로 모두 석옥곤石玉昆의 원고인데, 그의 제자로부터 손에 넣었다고 하였다.[39]

> 본래는 삼천여 편으로, 상중하 삼 부로 나누어져 있으며, 총칭은 『충렬협의전』忠烈俠義傳이라 한다. 원래는 대大·소小라고 하는 명칭이 없었는데, 상부上部 삼협오의는 창시한 사람이기 때문에 대오의大五義라 일컬었고, 중·하 두 부의 오의는 그 후손들이 등장하기 때문에 소오의小五義라 불렀다.[40]

『소오의』는 상부를 이어 지었는데, 백옥당白玉堂이 맹약서盟單를 훔치는 것으로부터 시작하고 있으니, 대략 상부의 101회에 해당된다. 전서全書는 양양왕襄陽王이 모반하고 의협지사義俠之士가 마침내 그 비사秘事를 찾아 규명하는 것을 그 줄거리로 삼고 있다. 이때 백옥당은 진즉에 살해되었고 나머지 무사들도 점차 노쇠해졌으나, 후손들이 계속 등장해 아비의 유풍을 전하였다. 노방盧方의 아들 진珍과 한창韓彰의 아들 천금天錦, 서경徐慶의 아들 양良, 백옥당의 조카 운생芸生이 뜻밖에도 모두 객사客舍에서 모였는데, 여기에 소협 애호가 가담하여 마침내 결의형제하였다. 그들은 여기저기 쫓아다니면서 포악한 자들을 주살하다가 끝에는 무창武昌에 모여 함께 동망진銅網陣을 쳐부수려 하였으나, 함락시키지 못한 채 책이 끝나고 있다. 『속소오의』는 바로 앞 이야기를 이어서 서술하고 있는데, 먼저 동망을 깨뜨리니 모반을 한 왕은 마침내 도망쳤으나, 여러 협사들은 그대로 각 지방에서 도적들을 주살하였다. 오래지 않아 양양왕은 사로잡히고, 천자는 공의 대소를 살펴 협의지사들은 모두 봉작을 받는 것으로 책은 끝난다. 서序에서는 비록 두 책이 모두 석옥곤의 옛날 본이라고 말하고 있지만, 그러나 상부上部와 비교해 보면 중부中部는 특히 심하게 조잡하고, 하부下部로 들어가면 조금 상세하다. 이것은 아마도 초고는 한 사람의 손에서 나왔는데, 여러 사람의 손을 거쳐 윤색되는 가운데 그 기량의 차이로 나름대로 정正과 속續의 차이가 생긴 것일 게다.

> 각설하고, 서경徐慶은 천성적으로 울컥하는 성미 때문에 항상 앞뒤를 생각하지 않았다. 그때 순간적으로 마음에 들지 않자 그는 얼굴빛이 변하면서 탁자를 뒤엎어, "쨍그렁" 하는 소리와 함께 그릇과 잔이 모두 깨졌다. 종웅鍾雄은 진흙인형泥人과 같은 사람으로 그 나름대로 진흙 같은 성

품을 가지고 있었다. 사람들을 붙잡아 놓고 호의를 베풀어 술을 차리고 대접을 했는데, 그렇게 행동했으니 그가 화를 낸 것은 당연하다. 삼야三爺[41]를 가리키며 말했다.

"이게 도대체 어찌된 일입니까?"

삼야가 말했다.

"이건 그래도 좋은 편이요."

채주[42]가 말했다.

"좋지 않으면 당장 어떻게 하겠단 말인가?"

삼야가 말했다.

"너를 갈겨 버리겠어!"

말이 채 끝나기도 전에 곧 주먹을 날렸다. 종웅은 곧 손가락 끝으로 삼야의 갈빗대를 내질렀다. "어이쿠!" 하는 소리와 함께 콰당 하고 삼야가 땅바닥에 넘어졌다. 어찌 알았겠는가, 종채주鍾寨主가 사용한 것은 "십이지강관법"十二支講關法으로, "폐혈법"閉血法이라고도 부르고, 속어로는 "점혈"點穴이라고도 부른다. 삼야는 정신은 멀쩡했으나, 몸을 움직일 수가 없었다. 종웅은 발로 차면서 묶으라고 명령했다. 삼야는 그제서야 몸을 움직일 수 있었으나, 다시 오화대방五花大綁으로 묶였다. 전남협展南俠은 스스로 두 팔을 등뒤로 돌리면서 "나도 묶어라!"고 말했다. 사람들 가운데에는 묶지 않으려 하는 사람도 있었으나, 또한 묶지 않을 수 없었다. 종웅은 명을 내려 단봉교丹鳳橋로 끌고 가서 목을 베어 나무에 매달게 했다. 그중에서 누군가가 "목 베는 것을 잠깐 기다리시오!"라고 소리쳤다.…… (『소오의』 제17회)[43]

각설하고 흑요호 지화黑妖虎智化와 소제갈 심중원小諸葛沈仲元 두 사람은 비밀리에 상의하고는 독단적으로 자기들의 의견을 내어 왕부王府에 가서 맹약서를 훔치고자 하였다.…… (지화가) 벽에 매달아 놓은 감龕 위에 기어올라가 천리화千里火[44]를 비추어 보니, 밑에는 네모난 상자가 하나 있고,…… 위에는 장방형의 딱딱한 나무 상자가 하나 있었는데, 그 양쪽에는 여의如意 형태의 금환金環이 있었다. 손을 뻗어 두 개의 금환을 붙잡고 가슴 쪽으로 한번 잡아당겼더니 위에서 툭 하는 소리가 나면서 초승달같이 생긴 작두가 내려왔다. 지화는 눈을 감은 채 앞으로 튀어나갈 수도 없고 뒤로 움츠리지도 못하고 있는데 바로 요추골 위에서 댕겅 하는 소리가 났다. 지화는 허리가 두 동강이 났다고 생각하고 천천히 눈을 떠 보니 오히려 아프지는 않고 다만 움직일 수가 없었다. 독자 여러분, 이것은 무슨 까닭이겠습니까? 그것은 그 작두가 초생달 모양이었기 때문입니다. 만약 풀을 베는 작두였더라면 정말로 사람을 베어서 두동강이를 냈을 것이지만, 이 칼은 한가운데 간격이 있고 또 그렇게 크지도 않았다. 게다가 지야智爺의 허리가 가는 데다가 또 백보낭百寶囊은 풀어져 있었고, 밑에는 아무것도 깔려져 있지 않았으며, 등 뒤에는 한 자루의 칼을 지고 있었는데, 바로 그 가죽 칼집과 칼이 요추골을 보호한 격이 되었던 것이다.…… 이것을 한 마디로 말하자면, 지화의 목숨은 끊어질 수가 없었다는 것이고, 심중원은 놀라서 혼이 나가고 간담이 써늘해졌다는 것이다.…… (『속소오의』 제1회)[45]

대·소오의의 책들이 다 나온 뒤, 곧 『정속소오의전전』正續小五義全傳이 간행되었는데, 15권 60회로 앞에는 광서 임진년(1892) 수곡거사繡谷居士의 서가 있다.[46] 이 책은 『소오의』 및 속서를 일부一部로 합치면서 그 중복되는 것을 빼고, 또 산만하게 서술한 것을 걸러내고 생략하여 13권 52회로 만들었다. 말미의 2권 8회에는 양양왕이 막 사로잡힐 뻔하다 다시 달아나 홍라산紅羅山에 도착하여, 그곳에서 병사를 일으켜 다시 싸움을 벌이다 비로소 패망을 하는 이야기가 실려 있는데, 앞의 두 책에는 없는 내용으로 실제로는 사족이다. 문체와 이야기의 서술이 비록 간명하긴 하지만 원래 있던 유사游詞의 여운은 많이 없어져 풍채風采는 오히려 손색이 있었다.

포증包拯과 안사산顏查散 이외에 다른 사람을 전서全書의 축으로 삼은 것은 그 전에도 이미 있었다. 도광 18년(1838)에 『시공안』施公案 8권 97회가 있었는데, 일명 『백단기관』百斷奇觀이라고도 하였으며, 강희 연간에 시사륜施仕綸(세륜世綸이라고 해야 옳음)[47]이 태주泰州의 지주知州가 되고 조운총독漕運總督에 부임하기까지의 사적이 기록되어 있는데, 문장과 내용이 모두 졸렬하여 명대의 『포공안』包公案과 비슷하다. 그러나 약간의 곡절이 첨가되어 한 사건이 수회에 걸쳐 있기도 하다. 그리고 재판하는 것 이외에 모험도 있으니 이미 협의소설의 선도先導가 되고 있다. 광서 17년(1891)에는 『팽공안』彭公案 24권 100회가 나왔는데, 탐몽도인貪夢道人이 지은 것으로 되어 있다. 팽붕彭朋(붕鵬이라고 해야 옳음)[48]이 강희 연간에 삼하현三河縣 지현知縣이 되었다가 하남 순무河南巡撫로 발탁되어 서울로 돌아와 대동大同의 중요한 사건要案을 조사한 것 등의 이야기가 서술되어 있다. 이것 역시 현신賢臣이 미행을 하고 호걸이 보물을 훔치는 것과 같은 류의 이야기를 벗어나지 못하고 있는데, 자구가 졸렬하여 거의 문장이 안 되고 있다.

그밖에 『삼협오의』三俠五義와 비슷한 책들은 아직 많이 있는데, 통행되었던 것으로는 『영경승평』永慶升平 97회가 있다.[49] 이것은 노하潞河의 곽광서郭廣瑞가 합보원哈輔源[50]의 구연을 기록한 것으로, 강희 황제가 변장을 하고 미행을 하다 사교邪教를 제거하고 역적들을 평정한 사건 등을 서술하고 있다. 이어서 속 100회가 나왔는데, 역시 탐몽도인이 지은 것이다.[51] 또

『성조정성만년청』聖朝鼎盛萬年靑 8집集이 있는데, 76회로 지은이의 이름은 없다.[52] 이것은 강희 황제가 정사를 유용劉墉과 진굉모陳宏謀[53]에게 맡기고 자신은 강남을 유력하다 몇 차례나 간악한 무리들이 법을 문란케 하고 영웅호걸들이 충성을 다하는 일을 겪은 것을 서술하고 있다. 그밖에도 『영웅대팔의』英雄大八義, 『영웅소팔의』英雄小八義, 『칠검십삼협』七劍十三俠, 『칠검십팔의』七劍十八義[54] 등 비슷한 류의 작품들이 많이 있는데, 대개 광서 20년 경에 나왔다. 그 뒤에 또 『유공안』劉公案(유용劉墉), 『이공안』李公案(이병인李丙寅은 병형秉衡이라고 해야 옳음)[55]이 나왔다. 그리고 『시공안』은 10집까지, 『팽공안』은 17집까지,[56] 『칠협오의』는 24집까지 속집이 나왔으나 천편일률적으로, 대부분 말이 잘 통하지 않았으며, 심지어는 한 사람의 성격이 앞부분과 뒷부분에서 갑자기 달라지는 경우도 있었다. 이것은 아마도 여러 사람의 손을 거치면서 모두 형편없는 책이 되었으며, 산만하게 꼼꼼히 살피지 않아 마침내 모순이 많아지게 된 것일 것이다.

『삼협오의』 및 그 속서는 사물을 그려 내는 데 있어 평화平話의 분위기를 많이 담고 있는데 『아녀영웅전』 역시 그렇다. 곽광서는 『영경승평』의 서에서 다음과 같이 말했다.

> 나는 젊었을 때 천하를 유력하면서, 강석講釋으로 『영경승평』을 구연하는 것을 자주 들었다.…… 청초淸初 이래로 그 실록이 전해져 내려오고 있다. 함풍 연간에는 강진명姜振名 선생이라는 사람이 있어 고금의 인물들에 평을 가하며 이야기를 하면서 일찍이 이 책을 구연하였는데, 이것을 책으로 펴내 세상에 전한 사람이 아무도 없었다. 나는 합보원哈輔源 선생의 구연을 오랫동안 들으면서 마음속에 깊이 새겨 두었다가 한가한 때에 4권으로 기록하였다.……[57]

『소오의』의 서序 역시 『삼협오의』와 마찬가지로 모두 석옥곤의 원고로서, 그 제자에게서 손에 넣었다고 하였으니, 석옥곤은 아마도 함풍 연간의 설화인으로 강진명과 함께 각기 한 가지씩의 이야기를 전문으로 하고 있었던 듯하다. 문강文康은 설서說書를 자주 들었기에 그 말투를 흉내 냈으며, 이에 『아녀영웅전』 역시 "강설"講說의 분위기가 남아 있게 된 것이다. 청대의 협의소설은 바로 송대의 화본을 정통으로 이어받은 것이기에, 평민문학이 칠백여 년을 경과하면서 다시 발흥시킨 것이었다. 다만 후대에는 모방작擬作과 속서續書만 나왔기에 대부분 형편없는 작품들만 범람하여 이러한 전통이 쇠락하였다.

청초에는 도적떼들이 모두 평정되었으나, 명의 유민遺民들은 옛 임금을 잊지 못해 드디어는 초야의 영웅들이 명을 위하여 활약하는 것을 그리게 되었다. 이에 진침陳忱이 『후수호전』後水滸傳을 짓게 되었는데, 이준李俊이 나라를 떠나 섬라暹羅(15편을 볼 것)에 가서 왕노릇을 하게 하였다. 강희에서 건륭에 이르기까지 130여 년을 지내면서 청조의 위세가 널리 퍼져 백성들은 두려워하며 순종하였고, 선비들 역시 두 마음을 갖지 않게 되었다. 이에 도광 연간에 유만춘俞萬春은 『결수호전』結水滸傳을 지어 108인 가운데 한 사람도 요행히 살아남는 자가 없게 하였다(역시 15편을 볼 것). 그러나 이것은 여전히 정부 관료의 견해일 뿐이다. 『삼협오의』는 시정의 백성들의 심리를 묘사한 것으로 비교적 『수호전』의 여운이 느껴지는 듯하나, 그것은 그 외모에 그칠 뿐이고 정신은 그렇지 않았다. 이때는 명이 멸망한 지 이미 오래되었고, 설서를 하는 장소 또한 북경이었다. 그에 앞서 여러 차례에 걸쳐 내란을 평정하고, 유민들이 종군하여 공을 세우고 금의환향하는 것 역시 향리의 사람들이 몹시 흠모하던 바였다. 그러므로 대개의 협의소설 가운데의 영웅은 민간에서는 모두들 극히 거칠고 다듬어지지 않은 인물들이지만 결국에는 고관 밑의 수하가 되어 부림을 받는 것을 영광으로 알게 된다. 이것은 대개 마음에서 우러나와 복종을 하고 신하가 되는 것을 즐거이 받아들이는 시대가 아니고서는 나올 수 없는 것이다. 그러나 당시 사람들은 이런 책들에 대해서 다음과 같이 생각하였다.

> 선인은 반드시 복을 받고 악인은 반드시 화를 당하게 된다. 사악한 자는 반드시 흉악한 운을 만나고 정의로운 자는 끝내는 길한 비호를 받는다. 응보가 분명하고 모호함이 없으니, 독자로 하여금 책상을 치고 쾌재를 부르는 즐거움을 갖게 할 뿐, 책을 집어던지고 장탄식을 하는 시간을 갖게 하지 않는다.…… (『삼협오의』 및 『영경승평』의 서문)[58]

그러나 그때 유럽인들의 세력이 다시 중국을 침입해 들어왔다.

주)

1) "사대기서"(四大奇書). 청 이어(李漁)는 『삼국연의서』(三國演義序)에서 다음과 같이 말했다. "예전에 엄주(弇州) 선생에게는 우주 사대기서의 목록이 있었는데, 『사기』(史記), 『남화』(南華), 『수호』(水滸)와 『서상』(西廂)이었다. 풍유룡에게도 역시 사대기서의 목록이 있었는데, 『삼국』(三國), 『수호』(水滸), 『서유』(西遊) 그리고 『금병매』(金瓶梅)이다. 두 사람의 주장은 각기 다르다. 내 생각으로는 책의 기이함이란 마땅히 그 종류에 따라야 하는데, 『수호』는 소설가에 속하여 경사(經史)와는 다르며, 『서상』은 사곡(詞曲)으로 소설과는 또 다르다. 이제 그 종류에 따라 그 기이함을 안배해 보면 즉 풍유룡의 설이 이에 가깝다."(昔弇州先生有宇宙四大奇書之目, 曰: 『史記』也, 『南華』也, 『水滸』與『西廂』也. 馮猶龍亦有四大奇書之目, 曰: 『三國』也, 『水滸』也, 『西遊』與『金瓶梅』也. 兩人之論各異. 愚謂書之奇, 當從其類, 『水滸』在小說家, 與經史不類; 『西廂』系詞曲, 與小說又不類. 今將從其類以配其奇, 則馮說爲近是) 청 양형당간본(兩衡堂刊本) 『삼국지제일재자서』(三國志第一才子書) 권수(卷首) 이어의 서문.

2) 우리나라 사람에 의한 청대 협의소설에 대한 연구로는 다음과 같은 것들이 있다. 정동보(鄭東補), 「청대 협의소설 연구」, 광주: 전남대 박사논문, 1995. 2. 김명신(金明信), 「청대 협의애정소설(俠義愛情小說)의 연구」, 서울: 고려대 박사논문, 2000. 8.— 옮긴이

3) 문강(文康; 燕北閑人)의 『아녀영웅전』은 청 광서 4년과 6년의 북경 취진당 활자본(聚珍堂活字本)과 상해 신보관 배인본, 광서 14년 상해 비영관 석인본(蜚英館石印本) 등이 있다. 책 앞에는 옹정 원년이라 위탁한 관감아재서(觀鑑我齋序)와 건륭 동해오료옹 변언(東海吾了翁弁言), 마종선(馬從善)의 서가 있다. 어떤 본에는 동순(董恂; 還讀我書室主人)의 서가 있다.— 보주

4) 마종선(馬從善)은 자호(自號)를 고료랑포(古遼閬圃)라 하였고, 문강(文康) 집안의 문객(門客)이라는 것 외에는 자세한 것을 알 수 없다. 그의 서문은 광서 무인년(戊寅年; 1878)에 쓰여졌는데, "『아녀영웅전』은 철선 선생 문강이 지었다"(『兒女英雄傳』一書, 文鐵仙先生康所作也)고 하였다.

5) 늑보(勒保, 1740~1819)의 성은 비막(費莫)이며, 자는 의헌(宜軒)이다. 청대의 만주 양홍기인(鑲紅旗人)이다. 관직은 섬감총독(陝甘總督), 사천총독(四川總督), 무영전대학사(武英殿大學士) 겸 군기대신(軍機大臣) 등을 지냈다. 일찍이 사천, 호북, 섬서 등지의 백련교 반란 및 운남, 귀주성의 묘민(苗民) 반란을 진압하였다.

6) 원문은 "以資爲理藩院郎中, 出爲郡守, 洊擢觀察, 丁憂旋里, 特起爲駐藏大臣, 以疾不果行, 卒于家".

이것은 마종선(馬從善)의 서에서 나온 것이다. 쑨카이디는 「아녀영웅전에 관하여」(關于兒女英雄傳; 『北平圖書館館刊』 4권 6호)에서 다음과 같이 말했다. "마종선의 서에 의하면, 스스로 말하기를 그의 집에서 가장 오랫동안 가정교사 노릇을 했다고 하였으므로, 기록한 내용은 아마도 믿을 만하며 서에서 말한 것은 그럴 것이다. 『[장백]예문지』에서는 그의 자가 회암이라 하였으니, 『[팔기]문경』과 마씨의 서에서 빠진 것을 보충할 수 있을 것이다."(据馬從善序, 自云館其家最久, 所記大槪是可靠的, 當以序所言爲是. 『[長白]藝文志』說他一字悔盦. 可補『[八旗]文經』和馬序之缺) 또 문강이 "지방으로 전출되어 군수가 된 것"은 "휘주 지부"(徽州知府)에 보임된 것을 말한다.— 보주

7) 원문은 "故于世運之變遷, 人情之反復, 三致意焉".

8) 쑨카이디의 「아녀영웅전에 관하여」에서는 다음과 같이 말했다. "작품 속의 안공자는 곧 문경의 형상이다. 비막씨 일가는 온복 이래로 조손 사대가 문강만이 한림 출신이다. 아울러 그의 벼슬 이력은 하나하나가 안공자와 서로 합치한다. 문경은 청 국사관과 『청사고』 모두에 전이 있다."(書中的安公子, 卽是文慶的影子. 因爲費莫氏一家, 自溫福以來, 祖孫四代, 只有文康是翰林出身. 而且他的仕履都一一與安公子相合. 文慶, 淸國史館和『淸史稿』都有傳)— 보주

9) 관감아재(觀鑒我齋)의 『아녀영웅전』 서문에는 다음과 같이 기록되어 있다. "이 책은 천도(天道)를 벼리로 삼고 인도(人道)를 실마리로 삼고 있으며, 성정(性情)을 취지로 삼고 있고 아녀영웅을 문장으로 삼았다.…… 나는 뜻밖에도 무의식중에 성의정심(誠意正心), 수신제가(修身齊家), 치국평천하(治國平天下)를 얻은 이외에도 격물치지(格物致知)의 책을 유쾌하게 보았다."(其書以天道爲綱, 以人道爲紀, 以性情爲意旨, 以兒女英雄爲文章,…吾不

圖于無意中果得于誠正, 修齊, 治平而外, 快睹此格致一書也)[중국소설사료총서中國小說史料叢書본『아녀영웅전』에 실린 관감아재의 서에는, "吾不圖于無意中"이 "吾不圖吾無意中"으로 되어 있다.—일역본] 또 "『서유기』는 신괴하고, 『수호전』은 폭력적이며, 『금병매』는 난잡하다"(『西遊記』其神也怪也, 『水滸傳』其力也, 『金瓶梅』其亂也)[원문에서의 "괴력난신"은 주지하는 대로, 『논어』「술이」편의 "子不語怪力亂神"에서 온 것이다.—옮긴이]고 하였다.

10) 원래는 당(唐)의 수도인 장안(長安)의 동쪽에 세 문이 있었는데, 그 가운데 문을 "춘명"이라 하였다(『唐六典』 七「工部尙書」를 볼 것). 그로 인해 "춘명"은 수도의 통칭으로 쓰였다. 청 손승택(孫承澤)의 『춘명몽여록』(春明夢餘錄)에는 북경의 일들이 기록되어 있다.—옮긴이

11) 동해(東海) 오료옹(吾了翁)의 『아녀영웅전서』(兒女英雄傳序)에는 다음과 같이 기록되어 있다. "이 사건은 일하[日下; 도성都城을 가리킴.—옮긴이]의 구문(舊聞)으로, 그 문장은 어떤 것은 장중한데 어떤 것은 해학적이며, 어떤 것은 명쾌한데 어떤 것은 회삽하다.……여러 번 자세히 읽었는데, 특히 글자가 없는 곳을 연구하여 비로소 어떤 것은 장중한데 어떤 것은 해학적이고, 어떤 것은 명쾌한데 어떤 것은 회삽하며, 말이란 것이 까닭 없이 생겨나는 게 아니라는 것을 알 수 있었다. 아, 슬프도다! 애석한 것은 원고의 반이 빠진 채로 남아 순서도 헝클어졌으니, 내 자신 고루함에도 불구하고 그것들을 손질하고 보완하여 책으로 만들면서, 그 이름을 『아녀영웅전평화』라고 바꾸었다." (其事則日下舊聞, 其文則忽莊忽諧, 若明若昧,…研讀數四, 更于沒字處求之, 始知其所以忽莊忽諧, 若明若昧者, 言非無所爲而發也. 噫,傷已! 惜原稿半殘闕失次, 爰不辭固陋, 爲之點金以鐵, 補綴成書, 易其名曰『兒女英雄傳評話』)

[『아녀영웅전』(兒女英雄傳)의 간본은, 현재 중국소설사료총서 『아녀영웅전』(문강 저, 쑹이松頤 교주校注, 上下 二冊, 베이징: 런민원쉐출판사, 1983년 11월)이 나와 있다. 「후기」(後記)에 의하면, 광서 6년(1880) 베이징 취진당활자본(聚珍堂活字本) 『환독아서실주인평아녀영웅전』(還讀我書室主人評兒女英雄傳)을 저본으로 하되 그 평어(評語)를 산거하고, 광서 4년 취진당초인활자본(聚珍堂初印活字本) 『아녀영웅전』을 교본(校本)으로 하여, 베이징도서관 소장 구초(舊鈔) 39회 잔본(殘本) 『아녀영웅전』을 참고로 했다고 한다. 마종선과 관감아재 각각의 서와 동해오료옹의 변언(弁言)이 실려 있으며, 부록으로 문강의 「사해서시선」(史海叙詩選) 서와 사해숙(史海叔)의 시 여섯 수 등이 실려 있는 이외에, 어휘에 관한 간단한 「주음석의」(注音釋義)가 각 회말(回末)에 덧붙여져 있다. 「후기」는 또 문강의 소전(小傳)으로서 유용하다.

이 「후기」에 의해 본문의 내용 가운데 몇 가지를 바로잡는다. 마종선의 서에 의하면, "이번원 낭중"(理藩院郎中) 운운하는 대목이 있는데, 이것은 "이번원 원외랑"(理藩院員外郎)이라고 해야 옳다. 그 뒤 이번원에 상당히 오랫동안 재직한 듯하다. 또 마종선은 "주장대신(駐藏大臣)으로 발탁되어" 운운이라고 기록했는데, 관사(官私)의 기록에는 보이지 않는다고 한다.

이 「후기」에 의하면, 문강의 생년은 건륭 말이나 가경 초 무렵이고, 졸년은 동치 4년(1865)일 것이라고 한다.

문강의 가세(家世)에 관해서는 쑨카이디의 「아녀영웅전에 관하여」(『국립베이핑도서관

관간』 4권 6호, 1930년 11~12월)가 참고할 만하다. 이것은 리쉬안보(李玄伯)의 「아녀영웅전 작자 문강의 가세」(兒女英雄傳作者文康的家世)와 후스, 첸쉬안퉁의 논문을 참고한 정치한 논문이다. 또 이것을 보완한 것으로, 미쑹이(彌松頤)의 「『아녀영웅전』 작자 문강 및 그의 가세」(『兒女英雄傳』作者文康及其家世; 『문헌』文獻 제18집, 베이징: 수무원셴출판사書目文獻出版社, 1983년 12월)가 있다.

또 앞서 들었던 광서 6년 간본의 환독아서실주인(還讀我書室主人)은 동순(董恂, 1807~1892)이다. 동순은 정위량(丁韙良, W. A. P. Martin, 1827~1916)의 지인으로, 정위량이 한역한 『만국공법』(萬國公法)의 서를 썼다. 『아녀영웅전』이 상재되기 전, 사본으로 유포될 때부터 애독자였다고 알려져 있다.—일역본]

12) 원문은 다음과 같다. 這部評話…初名『金玉緣』; 因所傳的是首善京都一樁公案, 又名『日下新書』. 篇中立旨立言, 雖然無當于文, 却還一洗穢語淫詞, 不乖于正, 因又名『正法眼藏五十三參』, 初非釋家言也. 後來東海吾了翁重訂, 題曰『兒女英雄傳評話』.…(首回)

13) 쑨카이디의 「아녀영웅전에 관하여」에서는 십삼매가 "문로선생이 창조한 것이 아니고 이보다 앞선 설부에서 이미 보인 적이 있다고 하였다. 이를테면 초각 『박안경기』 4권의 「정원옥점사대상전, 십일낭운강종담협」이 그러하다"(幷非文老先生創造的, 在前此說部中却早已見過. 如初刻『拍案驚奇』卷四『程元玉店肆代償錢, 十一娘云崗縱談俠』)고 하였다. 왕서정의 『검협전』에도 비슷한 이가 있다.—보주

14) 금봉(金鳳)의 금과 옥봉(玉鳳)의 옥을 가리킨다.—옮긴이

15) 「곡례」(曲禮)는 『예기』(禮記)의 한 편이다. 『예기』 「곡례」 하(下)에, "무릇 종묘에 제사할 때의 예법은,…… 개는 갱헌이라 일컫고"(凡祭宗廟之禮,…犬曰羹獻)로 되어 있다.—일역본

16) 원문은 다음과 같다. 吾之意, 以爲紀者, 年也; 獻者, 『曲禮』云 '犬名羹獻'; 唐爲帝堯年號: 合之則年羹堯也.…其事迹與本傳所記悉合.

17) 쑨카이디의 「아녀영웅전에 관하여」에서는 다음과 같이 말했다. "십삼매는 전반부에서는 검을 쓰는 협객의 기골로 묘사되었으니, 바로 홍선이나 은낭과 같은 부류이다. 그러나 결혼한 뒤에는…… 지극히 평범해져 일반 여염집 여자와 다를 게 없다……원래 소설의 전반부의 십삼매의 인격은 설부로부터 베껴온 것이고, 후반부의 십삼매야말로 작자의 이상과 경험 속의 인물인 것이다. 따라서 그 부조화를 탓할 일은 아니다." (十三妹前半則劍氣俠骨, 簡直是紅線, 隱娘一流, 及結婚后,…又平平極了, 與流俗女子無以異.…原來小說前半部的十三妹的人格, 是從說部中抄襲而來; 後半部的十三妹, 才是作者理想與經驗的人物. 這無怪其不調和了)—보주

18) 원문은 다음과 같다. …那女子又說道, "弄這塊石頭, 何至於鬧的這等馬仰人翻的呀?" 張三手裏拿着钁頭, 看了一眼, 接口說, "怎麽'馬仰人翻'呢? 瞧這家伙, 不這麽弄, 問得動他嗎? 打諒頑兒呢." 那女子走到跟前, 把那塊石頭端相了端相,…約莫也有個二百四五十斤重, 原是一個碾粮食的碌碡; 上面靠邊, 却有個鑿通了的關眼兒.…他先挽了挽袖子,…把那石頭撂倒在平地上, 用右手推着一轉, 找着那個關眼兒, 伸進兩個指頭去勾住了, 往上只一悠, 就把那二百多斤的石頭碌碡, 單撒手兒提了起來. 向着張三李四說道, "你們兩個也別閑着, 把這石頭上的土給我拂落淨了." 兩個屁滾尿流, 答應了一聲, 連忙用手拂落了一陣,

說, "得了." 那女子才回過頭來, 滿面含春的向安公子道, "尊客, 這石頭放在那裏?" 安公子羞得面紅過耳, 眼觀鼻鼻觀心的答應了一聲, 說, "有勞, 就放在屋裏罷." 那女子聽了, 便一手提着石頭, 款動一雙小脚兒, 上了台階兒, 那隻手撩起了布簾, 跨進門去, 輕輕的把那塊石頭放在屋裏南墻根兒底下; 回轉頭來, 氣不喘, 面不紅, 心不跳. 衆人伸頭探腦的向屋裏看了, 無不吃異.…(第四回)

19) 과거시험의 맨 마지막 관문인 전시(殿試)에서 3등으로 급제한 것을 가리킨다. 1등은 장원(壯元)이고, 2등은 방안(榜眼)이다.—옮긴이

20) 지명으로, 외몽골의 삼음락안(三音諾顏) 서경(西境)에 있다. 청대 옹정 연간에 성을 쌓고, 정변좌부장(定邊左副將) 및 우리야스타이 참찬대신(參贊大臣)이 주둔하는 곳으로 삼았다. 지금은 몽골의 자부칸 성의 성도(省都)이다.—일역본

21) 원문은 "改爲學政, 陛辭後即, 行赴任, 辦了些疑難大案, 政聲載道, 位極人臣, 不能盡述".

22) 원문은 "不計年月無名氏". 『속아녀영웅전』(續兒女英雄傳)은 모두 32회로, 권수(卷首)에 무명씨의 자서가 있으나 날짜는 기록되어 있지 않다. 광서 24년(1898) 베이징 굉문서국(宏文書局)에서 간행되었다.
[책머리에 무명씨의 서가 있으나, 날짜는 기록되어 있지 않다. 앞서 다른 속서가 있었으나 매우 천박하였기에 서사(書肆)의 청에 응해 이것을 지었다고 하였다. 또 『재속아녀영웅전』(再續兒女英雄傳) 40회도 있는데, 운양항여생(雲陽杭餘生) 찬으로 상하이 연석재서국(鍊石齋書局) 석인본(石印本)이며, 선통 2년 7월 간행되었다.—보주]

23) 석옥곤(石玉昆, 약 1810~약 1871)의 자는 진지(振之)이며, 청 천진(天津) 사람이다. 도광·함풍 연간의 설서예인(說書藝人)이다. [석옥곤에 관해서는 일찍이 리자루이(李家瑞)의 「석옥곤의 용도공안으로부터 삼협오의를 말함」(從石玉崑的龍圖公案說到三俠五義; 『文學季刊』 第2期, 立達書局, 1934年 4月)이 있고, 뒤에 아잉(阿英)의 「석옥곤에 관하여」(關于石玉崑; 아잉, 『소설이집』小說二集, 상하이: 구뎬원쉐출판사, 1958년 5월)이 나왔다. 또 『소설이집』에 실린 아잉의 논문에는 부록으로 자오징선의 「석옥곤에 관하여」(關于石玉崑)가 실려 있다.—일역본]

24) 『충렬협의전』은 청 광서 5년 기묘에 북경 취진당 활자본이 원간본이다. 또 광서 8년 임오 활자본과 광서 9년 문아재(文雅齋) 복본(復本)이 있으며, 또 24권 본도 있는데, 야둥도서관(亞東圖書館) 배인본이다. 유곡원(俞曲園)의 개정본은 이름을 『칠협오의』라 바꾸었는데, 상하이 광백송재(廣百宋齋)인본이다. 청 무명씨 찬으로 구본(舊本)은 "석옥곤 술"이라 적혀 있다. 책머리에 광서 기묘 문죽주인(問竹主人) 서와 퇴사주인(退思主人), 입미도인(入迷道人) 두 개의 서가 있다.—보주

25) "단립태후"(斷立太后). 원 잡극 『포장합』(抱粧盒)에 보인다. 극의 줄거리는 다음과 같다. 송 진종(眞宗) 때 미인 이씨가 아들을 낳았는데, 황후인 유(劉)씨의 질투와 박해를 받았다. 진림(陳琳)이 화장함을 안고 어린 임금(幼主)을 구출하였으니, 유주는 뒤에 인종(仁宗)으로 즉위하여, 진림을 은밀히 심문하여 생모인 이씨를 황태후로 삼았다.
"심오분귀"(審烏盆鬼). 원 잡극 『분아귀』(盆兒鬼)에 보인다. 극의 줄거리는 다음과 같다. 변량(汴梁) 사람인 양국용(楊國用)이 장사를 하다가 살해당했는데, 시신의 머리는 불에 태워져 재가 되어 흙과 함께 와분(瓦盆)이 되었으나, "원혼"(寃魂)은 흩어지지 않

고 사람의 소리를 낼 수 있었는데, 뒤에 포공의 취조에 의해 그 억울함을 풀었다. [이 작품들은 모두 무명씨가 지은 것이다. 『금수교진림포장합잡극』(金水橋陳琳抱粧盒雜劇)은 『원곡선』(元曲選)에, 『정정당당분아귀잡극』(玎玎璫璫盆兒鬼雜劇) 역시 『원곡선』에 실려 있다.—일역본]

26) 『용도공안』(龍圖公案). 10권으로 명의 무명씨가 지었다. 서(序)에 "강좌의 자가 내빈인 도랑원이 호구의 오석헌에서 제하다"(江左陶烺元乃斌父題于虎丘之悟石軒)라고 서(署)하였다. ["강좌"江左는 양쯔강 하류의 동남쪽으로, 장쑤성 일대를 가리킨다. 옛날 사람들은 지리를 서술할 때, 동쪽을 좌左라 했고, 서쪽을 우右라 했다.—옮긴이] [여기에서 낭원烺元은 이름이고, 내빈乃斌은 자이며, 보父는 보甫와 마찬가지로 남자의 미칭이다. 아잉의 「명간 『포공전』 내용술략」明刊『包公傳』內容述略(1940년. 뒤에 아잉, 『소설삼집담』小說三集談, 상하이: 상하이구지간행사, 1979년 8월)이 나왔는데, 그 「부기」에서 명 만력 각본 『용도공안』(殘本)을 언급하고 있다.—일역본]

번본(繁本)과 간본(簡本) 두 가지가 있는데, 번본은 이야기가 100칙(則)이고 간본은 이야기가 66칙이다. 포공이 사건을 심리한 이야기를 서술하였다.

27) 『신전전상포효숙공백가공안연의』(新鐫全像包孝肅公百家公案演義) 6권 100회는 명 만권루(萬卷樓) 간본이다. 일본 제국주의 시대에 일본의 "조선총독부"에서 이 책의 잔본을 소장하고 있었는데, 칠십여 회가 남아 있었다. 이 『포공안』의 조본(祖本)은 그렇게 많이 보이지 않는다. 명의 무명씨가 지었다. 자서(自序)에 "요안완희생"(饒安完熙生)이라 서명하였다.—보주

우리나라 사람이 지은 『백가공안』에 대한 연구 저작으로는 강주완(姜周完), 『백가공안연구』(연세대학교 박사논문, 2003. 2)가 있다.—옮긴이

28) 또 다른 『용도공안』은 또 『용도이록』(龍圖耳錄)이라고도 하는데, 전초본(傳鈔本)만이 있다. 간본 『충렬협의전』은 여기에서 나온 것이다. 이 본에 기록된 것은 석옥곤이 서술한 것이다. 석옥곤이 설창한 『용도공안』은 현재 전초족본(傳鈔足本)이 아직도 남아 있는데, 창사(唱詞)가 매우 많다. 이 『이록』의 전서(全書)는 모두 백문(白文)으로 창사가 없는데, 아마도 기록할 때 생략한 듯하다.—보주

29) 여기에서의 『용도공안』은 전초본 『용도이록』을 가리킨다. 120회로 석옥곤이 설창한 『용도공안』의 기록본(창사唱詞는 제거함)이다. 간행본 『충렬협의전』(忠烈俠義傳; 『삼협오의』라고도 함)은 이 책에서 나온 것이다.

[『용도이록』은 현재 중국고전소설연구자료총서 『용도이록』(上下二冊, 상하이: 상하이구지출판사, 1981년 2월)이 있다.—일역본]

30) 『소설한화 · 포공전설』에서는 다음과 같이 말했다. "포공은 전화, 황패, 장영, 주신, 유섭, 등대윤, 향민중, 이약수, 허진 등과 같은 사람으로 전설을 흡수한 사람이거나 방패막이에 지나지 않을 따름이다."(包公就是錢和, 黃霸, 張詠, 周新, 劉燮, 滕大尹, 向敏中, 李若水, 許進等人, 不過是一個吸收傳說的人或箭垛罷了)

이 문제에 관해서는 자오징선의 「포공전설」(包公傳說)이라고 하는 논문(문장 말미에 1933년 5월 10일로 기록되어 있음)이 있다. 지금은 자오징선의 『중국소설총고』(中國小說叢考; 지난: 치루서사, 1980년 10월)에 실려 있다.—일역본

31) "도협"(盜俠)은 단순한 좀도둑이 아닌 의적(義賊)을 말한다.—옮긴이

32) 『용도공안』 중에는 『옥면묘』(玉面猫)가 있는데, 이것이 곧 "오서가 동경에서 소란을 일으키는"(五鼠鬧東京) 이야기이다. 『서양기』(西洋記) 제95회에서도 이 이야기를 서술하였는데, 모두 괴물을 가리킨다. 이 다섯 쥐의 정령은 수재와 승상, 황제, 국모 및 포공으로 화한다. 청대 『쌍포안』(雙包案) 경극에 이르면 오서(五鼠)는 일서(一鼠)로 변하고 진짜와 가짜 포공만 남는다.— 보주

33) 명신호사(明宸濠事). 명 정덕(正德) 14년(1519), 종실인 영왕(寧王) 주신호(朱宸濠)는 거짓으로 태후의 밀조(密詔)를 받았다고 칭하면서, 남창(南昌)에서 기병하여 반란을 일으켰으나 뒤에 패하여 피살되었다.

[『칠검십삼협』(七劍十三俠)과 『선협오화검』(仙俠五花劍)은 모두 명대 왕양명(王陽明)이 주신호를 평정한 일을 서술한 것이다. 설서인(說書人)들은 이런 류의 이야기를 잘 알고 있었기에, 이것을 송 인종 때를 서술한 『삼협오의』에 끌어다 붙인 것이다.— 보주]

34) 원문은 다음과 같다. …馬漢道, "喝酒是小事, 但不知錦毛鼠是怎麽個人?"…展爺便將陷空島的衆人說出, 又將綽號兒說與衆人聽了. 公孫先生在旁, 聽得明白, 猛然省悟道, "此人來找大哥, 却是要與大哥合氣的." 展爺道, "他與我素無仇隙, 與我合甚麽氣呢?" 公孫策道, "大哥, 你自想想, 他們五人號稱'五鼠', 你却號稱'御猫', 焉有猫兒不捕鼠之理? 這明是嗔大哥號稱御猫之故, 所以知道他要與大哥合氣." 展爺道, "賢弟所說, 似乎有理. 但我這'御猫', 乃聖上所賜, 非是劣兄有意稱'猫', 要欺壓朋友. 他若眞個爲此事而來, 劣兄甘拜下風, 從此後不稱御猫, 也未爲不可." 衆人尙未答言, 惟趙虎正在豪飮之間,…却有些不服氣, 拿着酒杯, 立起身來道, "大哥, 你老素昔膽量過人, 今日何自餒如此? 這'御猫'二字, 乃聖上所賜, 如何改得? 儻若是那個甚麽白糖咧, 黑糖咧, 他不來便罷, 他若來時, 我燒一壺開開的水, 把他冲着喝了, 也去去我的滯氣." 展爺連忙擺手說, "四弟悄言. 豈不聞'窗外有耳'?" 剛說至此, 只聽得拍的一聲, 從外面飛進一物, 不偏不歪, 正打在趙虎擎的那個酒杯之上, 只聽當啷啷一聲, 將酒杯打了個粉碎. 趙爺唬了一跳, 衆人無不驚駭. 只見展爺早已出席, 將槅扇虛掩, 回身復又將燈吹滅, 便把外衣脫下, 裏面却是早已結束停當的. 暗暗將寶劍拿在手中, 却把槅扇假做一開, 只聽拍的一聲, 又是一物打在槅扇上. 展爺這才把槅扇一開, 隨着勁一伏身躥將出去. 只覺得迎面一股寒風, 嗖的就是一刀, 展爺將劍扁着, 往上一迎, 隨招隨架, 用目在星光之下仔細觀瞧, 見來人穿着簇靑的夜行衣靠, 脚步伶俐: 依稀是前在苗家集見的那人. 二人也不言語, 惟聽刀劍之聲, 叮當亂響. 展爺不過招架, 並不還手, 見他刀刀逼緊, 門路精奇, 南俠暗暗喝采; 又想道, "這朋友好不知進退. 我讓着你, 不肯傷你. 又何必趕盡殺絶? 難道我還怕你不成?" 暗道, "也叫他知道知道." 便把寶劍一橫, 等刀臨近, 用個"鶴唳長空勢", 用力往上一削. 只聽得噌的一聲, 那人的刀已分爲兩段, 不敢進步, 只見他將身一縱, 已上了墻頭. 展爺一躍身, 也跟上去.…(第三十九回)

35) 오늘날의 쑤저우(蘇州)를 가리킴.— 옮긴이

36) 유월(兪樾). 이 책의 제22편 주 83)을 참조할 것. 유월은 『삼협오의』를 『칠협오의』로 개명하고 아울러 서를 썼다. 서에서 말한 유마자(柳麻子)는 곧 유경정(柳敬亭, 1587~약 1670)으로 명말의 유명한 설서예인이다. 유월의 서에서 유경정이 『수호』를 말한 것에 관한 서술은 본래 명 장대(張岱)의 『도암몽억』(陶庵夢憶) 5권 『유경정설서』(柳敬亭

說書)에서 나온 것이다. [명 장대의 『도암몽억』 5권 「유경정설서」조에서는 다음과 같이 말했다. "내가 그가 강설하는 『경양강타호』의 본문을 들으니, 본래의 전과는 크게 달랐다. 그 묘사와 각화(刻畵)는 미세하기로는 터럭까지도 들어가지만, 깔끔하게 맞아떨어지는 것이 결코 수다를 떨지 않고, 어떤 때에는 소리가 커다란 종소리 같아 결정적인 대목을 말하는 데 이르러서는 꾸짖는 듯 소리치는 것이 집을 무너뜨리는 듯했다. 무송이 주점에 이르러 술을 사는데, 주점 안에 있는 빈 항아리와 벽돌이 모두 왕왕거리며 소리를 내고 중요한 대목이 아닌 곳에도 주의를 기울였으니, 그 세밀한 묘사가 이와 같은 지경에까지 이르렀다."(余聽其說『景陽崗打虎』白文, 與本傳大異. 其描寫刻畵, 微入毫髮, 然亦找截干淨, 并不嘮叨, 有時聲如巨鐘, 說至筋節處, 叱咤叫喊, 洶洶崩屋. 武松到店沽酒, 店內空缸空甓, 皆甕甕有聲, 閑中著色, 細微至此) — 보주]

반조음(潘祖蔭, 1830~1890)의 자는 백인(伯寅)이고, 호는 정암(鄭盦)으로, 청의 오현(吳縣; 지금의 장쑤성) 사람이다. 관직은 공부상서(工部尙書)에 이르렀다. 저작으로 『정암시존 · 문존』(鄭盦詩存文存) 각 1권이 있고, 『방희재총서』(滂喜齋叢書)를 편찬하였다.

37) 원문은 다음과 같다. 事迹新奇, 筆意酣恣, 描寫既細入毫芒, 點染又曲中筋節, 正如柳麻子說'武松打店', 初到店內無人, 驀地一吼, 店中空缸空甏, 皆甕甕有聲: 閑中着色, 精神百倍.

38) 而黑妖狐智化者, 小俠之師也, 小諸葛沈仲元者, 第一百回中盛稱其從游戲中生出俠義來, 然則此兩人非俠而何?

39) 『소오의』(小五義), 곧 『수상충렬소오의전』(繡像忠烈小五義傳; 二十四冊, 一百二十四回. 半葉九行行二十二字)은 일본의 재단법인 도요분코(財團法人東洋文庫)에 소장되어 있다. 광서 경인(庚寅, 16년, 1890)년 베이징의 유리창(琉璃廠) 동문로북(東門路北), 문광루서방판(文光樓書坊板)이다. "광서 경인 중하 문광루주인 근지"(光緒庚寅仲夏文光樓主人謹識)라고 적혀 있는 서가 있는데, 이것에 의하면 석옥곤의 원고라고 한다. 본문에 "그해 오월"이라고 기록되어 있는데, 이것은 경인년(1890) 5월이라고 해야 할 것이다.

또 같은 도요분코에 『속소오의』(續小五義), 곧 『수상속소오의』(繡像續小五義; 二十四冊, 二十四卷, 半葉十一行行二十二字)가 소장되어 있다. "광서 임진(壬辰, 18년, 1892)년 수상소오의"라고 기록되어 있다. "광서 16년 세차 경인 가평 7일 연남 정학령송소씨 찬"(光緒十六年歲次庚寅嘉平七日燕南鄭鶴齡松巢氏撰)이라고 기록된 서가 있다. "가평 7일"은 섣달 초이레이다. 본문에 "10월, 또 『속소오의』"라고 기록되어 있다. 『속소오의』와는 판본이 다른 듯하다. 본문에서 말하는 『속소오의』가 쑨카이디의 『서목』(書目)에서 말하는 광서 17년 신묘(辛卯) 베이징 문광루간본과 같은 것인지에 대해서는 상세한 고구가 필요하다.—일역본

40) 원문은 다음과 같다. 本三千多篇, 分上中下三部, 總名『忠烈俠義傳』, 原無大小之說, 因上部三俠五義爲創始之人, 故謂之大五義, 中下二部五義卽其后人出世, 故謂之小五義.

41) 서경(徐慶)을 가리킴.— 옮긴이

42) 종웅(鍾雄)을 가리킴.— 옮긴이

43) 원문은 다음과 같다. 且說徐慶天然的性氣一沖的性情, 永不思前想後, 一時不順, 他就變臉, 把桌子一扳, 嘩喇一聲, 碗盞皆碎. 鍾雄是泥人, 還有個土性情, 拿住了你們, 好眼相看, 擺酒款待, 你倒如此, 難怪他怒發. 指着三爺道, "你這是怎樣了?" 三爺說, "這是好的哪."

寨主說, “不好便當怎樣?” 三爺說, “打你!” 話言未了, 就是一拳. 鍾雄就用指尖往三爺脇下一點. “哎喲!”噗咚! 三爺就躺于地下. 焉知曉鍾寨主用的是“十二支講關法”, 又叫“閉血法”, 俗語就叫“點穴”. 三爺心里明白, 不能動轉. 鍾雄拿脚一踢, 吩咐綁起來. 三爺周身這才活動, 又教人捆上了五花大綁. 展南俠自己把二臂往后一背, 說, “你們把我捆上!” 衆人有些不肯, 又不能不捆. 鍾雄傳令, 推在丹鳳橋梟首. 內中人有人嚷道, “刀下留人!”…(『小五義』第十七回)

앞서 역주에서 언급한 바 있는 광서 경인(庚寅) 베이징 문광루판(文光樓板) 『소오의』와 이동을 다음과 같이 교감한다. 把卓子一攀→把卓子一反 / 拿住了你們,…“你這是怎樣了?”→拿住了二人, 疑待吃飽了週桌氣往上一壯說 / 三爺就躺于地下→三爺就躺于地下, 鍾雄說, “你這斯好生無禮!”—일역본

44) 횃불.—일역본

45) 원문은 다음과 같다. 且說黑妖狐智化與小諸葛沈仲元二人暗地商議, 獨出己見, 要去上王府盜取盟單.…(智化)爬伏在懸龕之上, 晃千里火照明: 下面是一個方匣子,…上頭有一個長方的硬木匣子, 兩邊有個如意金環. 伸手揪住兩個金環, 往懷中一帶, 只聽上面嗑叹一聲, 下來了一口月牙式鍘刀. 智化把眼睛一閉, 也不敢往前躥, 也不敢往后縮, 正在腰脊骨中當啷的一聲. 智化以爲是腰斷兩截, 慢慢睁開眼睛一看, 却不覺着疼痛, 就是不能動轉. 列公, 這是什麽緣故? 皆因他是月牙式樣; 若要是鍘草的鍘刀, 那可就把人鍘爲兩段. 此刀當中有一個過隴兒, 也不至于甚大; 又對着智爺的腰細; 又對着解了百寶囊, 底下沒有東西墊着; 又有背后背着這一口刀, 連皮鞘帶刀尖, 正把腰脊骨護住.…總而言之: 智化命不該絶. 可把沈仲元赫了個膽裂魂飛.…(『續小五義』第一回)

앞서와 같이 『수상속소오의』와의 이동을 다음과 같이 교감한다. 沈仲元→沈中元 / 下面是一個方匣子,…→下面是一個大方匣子沈中元說過是兵符印信… / 嗑叹一聲→磕叹一聲 / 把眼睛→把雙睛 / 正在腰脊骨中→正在腰節骨中 / 智化以爲是→智爺以爲是 / 慢慢→慢慢的 / 睁開眼睛→眼睛 / 却不覺→不覺 / 若要是→若是是 / 命不該絶→命不當絶—일역본

46) 『정속소오의전전』은 아직 발견되지 않았다. 달리 『속협의전』이 있는데 16회뿐으로, 반쪽마다 십행으로 행이십삼자이며, 간각(刊刻)이 자못 뚜렷하고, 자체는 대략 3호자 크기이다. 책머리에 『협의전평찬』 23조가 있다. 서가 없고 작자의 이름도 없다. 작품의 말미에 “지금도 송강 지방에서는 함공도오의에 관해 이야기하면서 아직까지도 흥미진진하게 즐기고 있으니, 천고의 가화라 여겼다”(至今松江地方, 說起陷空島五義, 猶津津樂道, 以爲千古佳話云)고 말한 것으로 미루어, 아마도 송강의 설서의 기록인 듯하다.—보주

47) 시세륜(施世綸, ?~1722)의 자는 문현(文賢)으로, 청의 한군 양황기(漢軍鑲黃旗) 사람이다. 일찍이 태주(泰州)의 지주(知州)를 역임하였고, 뒤에 호부시랑(戶部侍郎), 조운총독(漕運總督)을 지냈다. 저작으로 『남당집』(南堂集)이 있다.

『시공안』(施公案)은 그와 관계있는 사적을 서술하고 있는데 대부분이 억지로 갖다 붙이고 억측하여 만들어 낸 것이다. [『시공안』의 원명은 『시안기문』(施案奇聞)으로 청 도광 18년 간본이 있다. 『시공안』으로 개명한 뒤에 광서 17년 연인(鉛印) 『삼공기안』(三

公奇案) 본과 아모이(厦門)의 문덕당(文德堂)간 소본(小本) 등이 나왔다. 서의 뒤에 "가경 무오(3년) 신간"(嘉慶戊午新刊)이라 제하였으며, 무명씨가 지었다.— 보주] [자오징선의 「『시공안』고증」(『施公案』考證)이 있다(자오징선, 『중국소설총고』中國小說叢考). 또 푸쉬안룬(傅璇倫)의 「『시공안』은 어떤 소설인가」(『施公案』是怎樣一部小說; 『중국근대문학논문집』中國近代文學論文集 「소설권」小說卷에 실려 있음)에서는 이 소설이 늦어도 1798년에는 책으로 만들어졌다는 사실을 거론하면서, 본문의 "1838년"이라고 하는 설은 정확성이 결여된 것이라고 지적했다.— 일역본]

48) 팽붕(彭鵬, 1637~1704)의 자는 분사(奮斯)이고, 호는 고우(古愚)이며, 청의 보전(莆田; 지금의 푸젠성) 사람이다. 관직은 삼하 지현(三河知縣)에서 광동 순무(廣東巡撫)에까지 이르렀다. 저작에 『고우심언』(古愚心言)이 있다.

『팽공안』(彭公案)은 그와 관계있는 사적들을 서술하고 있는데 대부분이 억지로 갖다 붙이고 억측하여 만들어 낸 것이다. [『팽공안』은 광서 19년 상하이서국(上海書局) 석인본으로 광서 17년 간본도 있다. 책머리에 광서 임진(18년) 장계기(張繼起; 곧 책을 찍은 이)의 서가 있다.— 보주]

49) 『영경승평』 97회는 광서 18년 임진(壬辰) 베이징 보문당(寶文堂) 간본과 광서 21년 을미(乙未) 상하이서국 석인본, 배인본 등이 있다. 책머리에 광서 17년 신묘(辛卯) 세심주인(洗心主人) 서와 장광서(張廣瑞)의 서, 또 광서 임진 주택민(周澤民)의 서와 번수암(樊壽巖)의 서가 있다.

50) 곽광서(郭廣瑞)의 자는 소정(筱亭)이고, 별호(別號)는 연남거사(燕南居士)로서, 청의 노하(潞河; 지금의 베이징 통현通縣) 사람이다.

합보원(哈輔源)은 만주 기인(滿州旗人)으로 설서예인(說書藝人)이었는데, 『영경승평』(永慶升平)을 전문적으로 강설하는 것으로 유명했다. [합보원은 만주 기인으로 『영경승평』만을 강설했는데, 입심이 제일 좋았다. 산동말을 아주 잘했는데, 입신출세한 인물은 말투가 완전히 똑같아 사람들을 그럴싸한 경지로 이끌어 들였다. 매년 오월이 되면 그는 순서대로 천교(天橋)에 가서 설서를 했는데 청중들이 무척 많았다.— 보주]

51) 『영경승평』 후전(後傳) 100회는 청 광서 20년 베이징 본립당(本立堂) 간본과 광서 20년 갑오 상하이 홍문서국(鴻文書局) 석인본, 광서 29년 계묘 승방덕림당(勝芳德林堂) 간본, 배인본 등이 있다. 청 탐몽도인(貪夢道人)이 지었다. 책머리에 광서 19년 곤명룡우(昆明龍友)의 서가 있고, 같은 해의 도문(掉文) 탐몽도인 자서가 있다.— 보주

52) 『성조정성만년청』 이외에 『만년청기재신전』(萬年青奇才新傳) 12권이 있는데 청 간본으로 6책이며, 그림이 있다. 『성조정성이집』(聖朝鼎盛二集) 13회는 1책으로 청 광서 19년 상하이 영상오채공사(英商五彩公司) 석인본이다. 모두 정전둬(鄭振鐸)의 『서체서목』(西諦書目) 4권 64쪽에 보인다.— 보주

53) 유용(劉墉, 1719~1804)의 자는 숭여(崇如)이고, 호는 석암(石庵)이다. 청의 제성(諸城; 지금의 산둥에 속함) 사람으로, 관직은 이부상서(吏部尚書), 체인각대학사(體仁閣大學士)에까지 이르렀다.

진굉모(陳宏謀, 1696~1771)의 자는 여자(汝咨)이고, 호는 용문(榕門)이다. 청의 임계(臨桂; 지금의 광시廣西에 속함) 사람으로, 관직은 호광총독(湖廣總督), 동각대학사(東閣大學

士)에까지 이르렀다. 본문의 “강희”는 “건륭”으로 고쳐야 마땅하다.

54) 영웅대팔의(英雄大八義). 4권 56회이다. [『영웅대팔의』는 4권 56회이고, 속서는 4권 44회이며, 청 광서 25년 상하이 창해산방서국(倉海山房書局) 석인본으로 8책이고, 그림이 있다. 또 1914년 상하이 금장서국(錦章書局) 석인본 8책이 있는데, 자세한 것은 『서체서목』을 볼 것.—보주]

영웅소팔의(英雄小八義)는 그 속집으로 4권 44회이다. 동경(東京) 변량(汴梁)의 송사공(宋士公) 등의 인물에 관한 이야기를 서술하고 있다.

『칠검십삼협』(七劍十三俠)은 『칠자십삼생』(七子十三生)이라고도 불리는데, 3집 180회로 “고소도화관주인당운주편차”(姑蘇桃花館主人唐蕓洲編次)라고 적혀 있다. 명나라의 왕수인(王守仁)이 주신호(朱宸濠)의 반란을 평정한 이야기를 서술하고 있다.

『칠검십팔의』(七劍十八義)는 아직 보이지 않는데, 같은 류의 책으로 『칠검팔협십륙의』(七劍八俠十六義), 『오검십팔의』(五劍十八義) 등 많은 종류가 있다. [이런 류의 책은 많이 나와 있는데, 『칠검팔협십륙의』, 『오검십팔의』 이외에도 『구의십팔협』(九義十八俠) 등이 문원서국(文元書局)과 금장서국(錦章書局) 등에서 석인본으로 나왔다. 자세한 것은 『서체서목』을 볼 것.—보주]

55) 『유공안』(劉公案). 창본(唱本) 『유용사방대청전』(劉墉私訪大淸傳) 4권만이 보이는데, 건륭 연간에 유용이 임금의 뜻을 받들어 황후의 형제들을 조사하고, 제남(濟南)에서 돌아다니며 나라의 일을 돌본 이야기를 서술하고 있다. [『유공안』은 유용의 일을 서술한 것으로 아직 보이지 않는다. 『중국통속소설서목』과 『서체서목』에도 모두 실려 있지 않다. 창본으로는 『유용사방대청전』 2권이 있는데, 괴음산방(槐蔭山房) 석인본이다.—보주]

『이공안』(李公案)은 『이공안기문』(李公案奇聞)이라고도 하는데, 34회로 “석홍거사편차”(惜紅居士編次)라고 적혀 있다. 청의 이병형(李秉衡)이 고소 사건을 처리한 이야기를 서술하고 있다. [『이공안』 4책 34회로, 광서 갑진(1904) 상하이서국 석인본이다.—보주]

56) 『팽공안』은 일찍이 20집까지 속집이 나왔다. 17, 18은 부우포(傅友圃)가 지었고, 19, 20은 주란구(朱蘭九)가 지었는데 모두 상하이 문회서국(文匯書局) 석인본으로 각각의 속집이 4책으로 모두 그림이 있다. 『서체서목』 4권 78쪽을 볼 것.—보주

57) 원문은 다음과 같다. 余少游四海, 常聽評詞演『永慶升平』一書,…國初以來, 有此實事流傳, 咸豊年間有姜振名先生, 乃評談今古之人, 嘗演說此書, 未能有人刊刻, 傳流于世. 余長聽哈輔源先生演說, 熟記在心, 閑暇之時, 錄成四卷.…

원서의 서명으로 볼 때, 작자는 곧 장광서(張廣瑞)로서, 자는 소정(筱亭)이고 달리 연남거사(燕南居士)라 서명하기도 했다. “강석으로 『영경승평』을 구연하는 것을 자주 들었다”(常聽評詞演『永慶升平』一書)는 대목 위에 “도성에서”(在都)라는 두 글자가 있는 것으로 보아 합보원이 베이징의 설서 예인이라는 것을 알 수 있다.—보주

58) 원문은 다음과 같다. 善人必獲福報, 惡人總有禍臨, 邪者定遭凶殃, 正者終逢吉庇, 報應分明, 昭彰不爽, 使讀者有拍案稱快之樂, 無廢書長嘆之時…(『三俠五義』及『永慶升平』序)

제28편 청말의 견책소설(譴責小說)

광서光緖 경자년庚子年(1900) 이후, 견책소설[1]이 특히 성행하였다. 대개 가경嘉慶 연간 이래 비록 수차례에 걸친 내란(백련교白蓮教, 태평천국太平天國, 염군捻軍, 회교回教)을 평정하긴 하였으나, 또한 외적(영국, 프랑스, 일본)들에 의해 몇 차례 좌절을 겪기도 하였다. 일반 백성들은 우매하여 여전히 차나 마시며 반란군을 평정한 무공을 듣고 있었으나, 지식인들은 불현듯 개혁을 생각하고, 적개심에 의지하여 유신維新과 애국을 부르짖었고, "부국강병"에 특히 관심을 기울였다. 무술정변戊戌變政이 이미 실패하고, 2년이 지나 경자년에 의화단義和團의 난이 일어났다. 민중들은 그제서야 정부가 사태수습의 능력이 없다는 것을 깨닫고는 문득 정부를 공격할 생각을 가지게 되었다. 이것이 소설에 반영되어 감추어져 있는 사실을 드러내고, 악폐를 폭로하였으며, 당시의 정치에 대해 엄중한 규탄을 가하였고, 여기에서 더 나아가 풍속까지도 매도하였다. 비록 의도한 바는 세상을 바로잡는 데 있었기에 풍자소설과 궤를 같이 하는 것처럼 보였지만, 문장의 기세가 노골적이었고, 필봉에는 감추어진 예리함이 없었으며, 심지어는 그 언사가 지나쳐 당시 사람들의 기호에 영합하는 것도 있었고, 그 도량과 기교가 풍자소설과 거리가 있었기에, 달리 견책소설이라 불렀다. 그 작자로는 남정정장南亭亭長과 아불산인我佛山人이 가장 유명하였다.

남정정장은 이보가李寶嘉로, 그의 자는 백원伯元이며, 강소 무진武進 사람이다. 어려서부터 팔고문八股文과 시부詩賦를 잘 지었는데, 일등으로 수재秀才에 급제하였으나, 향시鄕試에는 여러 차례 떨어졌다. 이에 상하이로 가서 『지남보』指南報를 창간했는데, 곧 그만두고 따로 『유희보』游戱報를 창간해 해학적이고 조소하는 글을 써냈다. 뒤에 "신문의 경영권"鋪底을 상인에게 팔고 또다시 『해상번화보』海上繁華報[2]를 창간해 창기와 배우들의 동정을 보도하면서, 시사詩詞와 소설도 실었는데 매우 인기가 높았다. 저서로는 『경자국변탄사』庚子國變彈詞 몇 권과 『해천홍설기』海天鴻雪記 6본, 『이연영』李蓮英 1본,[3] 『번화몽』繁華夢, 『활지옥』活地獄[4] 각각 몇 본이 있다. 또 당시의 폐단만을 질책하기 위해 씌어진 것으로 『문명소사』文明小史가 있는데, 『수상소설』繡像小說[5]에 분재되었으며, 특히 유명하였다. 경자년 당시에는 정치가 제대로 행해지지 않아 천하의 사람들이 실망하고 있었는데, 많은 사람들이 이러한 환난의 연유를 찾아내어 그 책임자를 질책하는 것으로 스스로의 위안을 삼으려 했다. 이보가 역시 상인의 청탁을 받고 『관장현형기』官場現形記를 지었는데, 모두 10편編으로 각 편을 12회로 계획하고 광서 27년에서 29년 사이에 3편을 쓰고, 그 후 2년 동안 다시 2편을 썼다. 하지만 32년 3월에 마흔의 나이(1867~1906)로 폐병으로 죽으니 책은 결국 완성되지 못하였다.[6] 아들이 없어, 배우였던 손국선孫菊仙[7]이 『번화보』繁華報에서 이보가가 그를 칭찬해 준 데 대한 보답으로 그의 장례를 치러 주었다. 그는 일찍이 경제특과經濟特科의 시험에 응하도록 추천되었으나 가지 않았으므로 당시 사람들로부터 존경을 받았다. 또 전각篆刻에도 뛰어나 『우향인보』芋香印譜[8]가 간행되었다(주계생周桂笙의 『신암필기』新庵筆記 3, 이

조걸李祖杰의 『치호적서』致胡適書 및 구제강顧頡剛의 『독서잡지』讀書雜誌 등에 보인다).[9]

이미 완성된 『관장현형기』官場現形記 60회는 전반부에 해당한다.[10] 제3편이 간행될 때(1903) 자서自序한 것이 있는데,[11] 다음과 같이 말했다.

> 또 관리라고 하는 자들을 보건대 손님맞이하고 보내는 일 외에는 아무런 치적도 없고, 접대하는 일 외에는 아무런 재능도 없으며, 배고픔과 목마름을 참고 춥고 더움을 무릅쓰고라도 불공드리는 일이라면 날이 밝는 대로 가고, 상관에게 알현하는 일이라면 날이 저물어야 돌아오니, 결국 무엇 때문에 왔다갔다하는지 그 이유를 모르겠다.[12]

어쩌다가 혹심한 재난이 든 해에 백성을 구휼하는 일을 행하게 되면 또 "모두들 구원금을 기부하는 선례를 따라 장려의 은택[13]을 받고자 하니, 그리하여 이른바 관리라는 것은 날마다 나와서 부족할 때가 없다".[14] 조정에서 남아도는 인원의 감축 문제를 논의할라치면 곧 "아래위 사람이 서로 덮어주고 감싸는 것이 마치 오래된 친구 사이 같고, 그 가운데서도 더욱 심한 자는 악당의 손을 빌리고 개인적인 친분이 있는 사람에게 언질을 주며, 선물로 융통하고 뇌물로 해결하니, 이것은 폐단을 없애려다 오히려 폐단을 더하는 격이 된다".[15] 그리하여 여러 관리들은 재물을 긁어모으고 백성들은 곤경에 빠지게 되지만, 백성들은 감히 말을 못 하고 관리들은 더욱더 방자하게 굴었다. "남정정장은 동방삭의 해학과 순우분의 골계를 갖추고 있었으며, 또 관리들의 악착스럽고도 비루한 대략의 모습과, 그 무지몽매한 속내를 잘 알고 있었다."[16] 이에 "함축적이고도 암시적인 방식으로 그 충직한 면모를 보존하고 있었으며, 거리낌 없는 필치로 은밀하게 감추어진 부분을 분명하게 드러내 보였다.…… 많은 시간을 들여 정성을 다 해 한 질의 책을 써냈으니, 이름하여 『관장현형기』라 하였다.…… 무릇 위대한 우임금이 정鼎에 주조하여 기록하지 못했던 것이나,[17] 온교가 서각을 불태워 밝혀내지 못했던 것[18]까지 모조리 갖추어 놓지 않은 것이 없었다."[19] 그러므로 대개 서술된 내용은 영합하고, 아첨하며, 기만하고, 착취하며, 서로를 밀어내려 으르렁대는 일 등의 이야기로, 아울러서 선비들이 관리가 되려고 열심인 것과 관리의 처첩들에 관한 감추어진 이야기들까지 다루고 있다. 그 사건의 실마리가 되는 것이 복잡하고, 등장인물 또한 번다하며, 대체로 한 사람의 등장과 함께 한 가지 사건이 일어나고 그 인물의 퇴장과 함께 사건이 끝나며, 단속적으로 진행되는 수법이 대체로 『유림외사』와 같다. 그러나 억설臆說이 자못 많아 실록이라고는 말하기 어려우며, 자서에서 말한 "함축적이고 암시적인 방식"含蓄蘊釀이라는 것은 실제와는 다르고, 특히 문목노인文木老人[20]의 후계를 기대하기에는 부족하다. 하물며 수집된 것도 다만 "가십거리"話柄[21]에 지나지 않으며, 이것들을 엮어서 유서類書[22]를 이루어 놓았다. 관계官界에서 이루어지는 농간이라는 게 본래부터 대동소이한 것이라, 이런 것들을 모아 장편을 만들었으니, 천편일률적인 것이다. 다만 시세時勢의 요구로 말미암아 이것이 환영받게 된 것이다. 그러므로 『관장현형기』는 갑작스럽게 큰 명성을 누리게 되었다. 아울러 "현형"現形이라는 명목으로 경제계나 학계, 여성계와 같은 다른 일을 묘사한 것 역시 잇달아 출현하였다.[23] 이제 일례로 남정정장의 작품으로부터 일부를 초록하여 나머지 작품들을 개괄해 보기로 하겠다.

……각설하고, 가賈씨 댁 큰 서방님은…… 이미 인견引見[24]할 날짜가 가까워 오자, 첫째날은 예부禮部에 가서 예법을 연습했다. 전례에 따라 행

하는 그 모든 예법을 여기에서 자세히 서술할 필요는 없겠다. 그날이 되자 가씨 댁 큰 서방님은 한밤중에 일어나서 수레를 타고 성 안으로 들어갔다.…… 여덟시까지 기다리고 있노라니 그제서야 인견을 안내하는 사관司官[25]이 그를 데리고 들어갔다. 무슨 궁전에 이르렀는지 알 수 없었으나, 사관이 소매를 한 번 털어 보이자 그들 같이 온 몇 사람은 계단 위에 일렬로 무릎을 꿇었다. 위에서부터 두 길 정도 떨어져 있었는데, 위에 앉아 있는 사람이 바로 "당금"當今[26]임을 알 수 있었다.…… 가씨 댁 큰 서방님은 도반道班[27]으로, 명보明保[28]의 인원이었기에, 당일에 칙지가 내려와 다음 날 소견召見을 준비하도록 하였다.…… 가씨 댁 큰 서방님은 명문가의 자제였으나, 이번이 첫번째로 황제를 만나 뵙는 것이었으므로, 비록 많은 사람에게 예법을 지도받았지만, 끝내 마음을 놓을 수 없었다. 당시 인견을 마치고 돌아와서 먼저 화중당華中堂[29]을 만나 보았다. 화중당은 그에게서 은자 일만 냥가량의 골동품을 받았으므로, 만나서 이것저것을 물었더니 매우 친절하게 가르쳐 주었다. 말을 마치고 나서 그에게 가르침을 청하며 말했다.

"내일 조견朝見하는데 저의 아버님은 현재 얼사臬司[30]로 재임하고 계십니다. 제가 황제를 배알할 때 고두叩頭를 해야 합니까, 할 필요가 없습니까?"

화중당은 앞의 말은 듣지 못하고, 다만 "고두"라는 말만 듣고는 연이어 대답했다.

"고두를 많이 하고 말을 적게 하는 게 벼슬하는 비결이지."

가씨 댁 큰 서방님은 황급하게 설명했다.

"소생이 말씀드린 것은 황제께서 저의 부친에 관한 것을 물으신다면 당연히 고두를 해야 하지만, 만약에 묻지 않으신다면 그래도 고두를 해야 하느냐는 말입니다."

화중당이 말했다.

"황제께서 자네에게 묻지 않으시면 자네는 절대로 말을 많이 하지 말게. 고두를 해야 할 경우에는 또 절대로 잊어버리지 말고 고두를 하지 않으면 안 되네. 고두해서는 안 될 때라 할지라도 자네가 고두를 많이 한다고 해서 처벌받을 일은 절대 없을 걸세."

일장 연설을 듣고 나니 얼떨떨해져 가씨 댁 큰 서방님은 더 물어보고 싶었지만, 중당은 이미 몸을 일으켜 그를 전송할 채비를 하고 있었다. 가씨 댁 큰 서방님은 하는 수 없이 그 집을 나오면서 마음속으로 생각했다. "화중당은 일이 바쁘니 귀찮게 할 수는 없는 노릇이고, 차라리 황대군기黃大軍機[31]나 찾아가야겠다.…… 혹시라도 하나하나 가르쳐 줄지도 모르니까."

하지만 뉘 알았겠는가? 가씨 댁 큰 서방님이 그를 만나고 이야기를 막 마치고 나자 황대인黃大人이 먼저 물었다.

"자네 중당을 만나 보았는가? 그가 뭐라고 말하던가?"

가씨 댁 큰 서방님이 있는 대로 죽 이야기하자 황대인이 말했다.

"화중당은 경험이 풍부한 사람이니, 그 사람이 자네에게 고두를 많이 하고 말을 적게 하라고 한 것은 노련한 경험자의 견식이니, 하나도 잘못된 게 없다네."

……가씨 댁 큰 서방님은 하는 수 없이 다시 서대군기徐大軍機를 찾아가는 수밖에 없었다. 이 서대인徐大人이라는 사람은 나이가 많아 귀가 먹었는데, 어떤 때는 한두어 마디 듣고도 모르는 체했다. 그는 평생 양심지학養心之學을 가장 중요하게 생각했는데, 두 가지 비결을 가지고 있었다. 하나는 "부동심"不動心이요, 다른 하나는 "부조심"不操心이었다.…… 그

뒤에 그의 이 두 가지 비법은 동료들에게 간파당했는데, 이에 사람들은 그에게 별명을 붙이기를 "유리알"琉璃蛋이라 하였다.…… 이날 가씨 댁 큰 서방님은…… 그에게 가르침을 구하러 갔다가 그를 만난 뒤 몇 마디 인사말을 나누고 곧바로 이 일에 대해 말했다. 서대인이 말했다.

"본래 고두를 많이 하는 것은 아주 좋은 일이지. 하지만 고두를 하지 않아도 괜찮긴 해. 하지만 자네가 고두를 해야만 할 때 고두를 하고, 할 필요가 없을 때는 하지 않는 게 상책이기도 하지."

가씨 댁 큰 서방님이 또 화중당과 황대군기 두 사람의 말을 한바탕 늘어놓았더니, 서대인이 말했다.

"그 두 사람이 말한 것도 틀리지는 않아. 자네는 그 두 사람의 말에 따라 판단하고 행동하는 게 제일로 좋겠어."

반나절이나 이야기했지만 여전히 구체적인 방도는 하나도 말하지 않아 다시 물러나는 수밖에 없었다. 그러고 나서 곧장 그의 아버지의 친구인 소군기小軍機[32] 한 사람을 찾아갔다. 그제서야 그는 궁중에서의 의례에 대해 분명하게 말해 주었다. 다음 날 황제를 소견했을 때는 확실히 아무런 문제도 일어나지 않았다.…… (제26회)[33]

아불산인我佛山人은 오옥요吳沃堯인데, 자字는 충인茧人으로 나중에 견인趼人이라 고쳤다. 광둥성 남해廣東南海 사람으로, 불산진佛山鎭에 살았기 때문에 스스로 "아불산인"이라 불렀다.[34] 나이 이십여 세에 상하이로 가서 일간지에 기고했는데, 모두 소품小品이었다. 광서 28년 신회新會 사람 량치차오梁啓超[35]가 일본의 요코하마橫濱에서 『신소설』新小說을 발행했다. 매월 1책冊씩 냈는데, 그 다음 해(1903)에 옥요沃堯는 처음으로 장편을 지어 기고하였다. 잇달아 몇 종을 냈는데, 『전술기담』電術奇談, 『구명기원』九命

奇寃,[36] 『이십년목도지괴현상』二十年目睹之怪現狀[37] 등으로, 이로 인해 명성이 날로 높아졌다. 그 가운데 마지막 작품이 특히 세간의 칭송을 받았다. 그 뒤에 산동山東에서 머물다 일본으로 건너갔으나, 여의치 못하여 결국에는 다시 상하이에 머물렀다. 32년에 『월월소설』月月小說[38]의 주필이 되어 『겁여회』劫餘灰, 『발재비결』發財秘訣,[39] 『상하이유참록』上海游驂錄[40]을 지었다. 또 『지남보』指南報를 위해 『신석두기』新石頭記[41]를 지었다. 다시 1년 있다 광지廣志 소학교를 맡아 학무學務에 온 힘을 쏟느라 당시에 지은 작품은 그다지 많지 않았다. 선통 원년에 비로소 『근십년지괴현상』近十年之怪現狀[42] 20회를 완성하고, 2년 9월에 갑자기 죽었다.[43] 그때 나이 45세(1866~1910)였다. 따로 『한해』恨海, 『호보옥』胡寶玉[44] 두 작품이 있는데, 모두 이에 앞서 단행본으로 나왔다. 또 일찍이 상인의 부탁에 응하여 삼백 금三百金을 받고 『환아령혼기』還我靈魂記[45]를 지어 그 약을 찬양하였다가 당시 자못 비난을 받았다.[46] 그러나 이 작품 역시 전하지 않는다(『신암필기』新庵筆記 3, 『근십년지괴현상』 자서自序, 『아불산인필기』我佛山人筆記 왕유보汪維甫의 서序에 보인다). 단편은 그의 장기가 아닌데, 뒤에 그의 명성으로 인하여 중시되었으며, 어떤 사람이 그것들을 모아서 『견전필기』趼廛筆記, 『견인십삼종』趼人十三種,[47] 『아불산인필기사종』我佛山人筆記四種, 『아불산인골계담』我佛山人滑稽談, 『아불산인찰기소설』我佛山人札記小說[48] 등을 만들었다.[49]

『이십년목도지괴현상』은 본래 『신소설』新小說[50]에 연재되었으나, 뒤에 『신소설』이 정간되자 함께 중단되었다. 광서 33년에 단행본으로 갑甲에서 정丁에 이르기까지 4권이 나왔고, 선통 원년[1909년]에 다시 술戌에서 신辛에 이르는 4권이 나왔는데, 모두 108회이다.[51] 이 소설은 스스로 "구사일생"九死一生이라 부르는 인물을 실마리로 하여 이십여 년 동안 그가 겪고, 보고, 들은 천하의 놀라운 일들을 시간의 순서에 따라 기록하여

한 권의 책으로 엮은 것이다. 처음에는 어린 시절로부터 시작하여 결말 부분에는 끝맺음이 없다. "가십거리"話柄를 잡다하게 모아 놓은 것은 『관장현형기』와 같다. 그러나 작자의 경력이 비교적 다양해 서술되어 있는 인간형들族類 역시 비교적 많다. 관계官와 교사師, 학자士, 상인商이 모두 책 속에 기록되어 있고 당시의 전설들을 모아 놓은 것 이외에도 옛날 작품(이를테면 『종규착귀전』鍾馗捉鬼傳과 같은 류)으로부터 제재를 취하여 새로운 소재로 삼은 것도 있다. 작자 자신은 이렇게 기록하였다.

> 내가 세상의 시류에 몸을 맡긴 지나간 이십 년을 되돌아보면, 내가 맞닥뜨린 것은 단지 세 종류에 불과하다. 첫번째는 뱀과 벌레와 쥐와 개미이고, 두번째는 승냥이와 이리와 호랑이와 표범이며, 세번째는 이매망량[52]이다. (제1회)[53]

이것으로 이 작품 전체를 통해 서술되어 있는 것은 이러한 류의 인물들의 언행을 벗어나지 않는다는 것을 알 수 있다. 전해 오기로는 오옥요는 성품이 강직하고 굳세어 다른 사람 밑에 있으려고 하지 않았으며, 끝내 불우하게 살다 생을 마쳤기 때문에 그의 발언이 특히 신랄했다고 한다. 그러나 애석한 것은 묘사가 장황하고 때로 악담이 지나친 결점이 있으며, 말이 사실과 어긋나 독자들을 감동시키는 힘이 격감되었다는 것이다. 그리하여 결국에는 "가십거리"를 연속해 놓은 것에 불과하게 되어, 단지 하릴없는 사람들이 웃으면서 나누는 이야깃거리로 제공되었을 뿐이다. 다음에 인용한 것은 베이징에서 같은 집에 사는 부미헌符彌軒이라는 사람이 자기 할아버지를 학대하는 것을 서술한 것이다.

밤이 되자 사람들은 모두 잠이 들었는데, 나는 침상에서 동원東院[54]에서 한바탕의 시끄러운 소리가 나는 것을 어렴풋이 들었다.…… 시끄러웠다가 다시 조용해지고, 조용해졌다가는 또 시끄러워졌다. 비록 무슨 말들을 하는지는 알아들을 수 없었지만 귓가가 간질거려 잠을 푹 잘 수가 없었다.…… 자명종이 세 시를 알릴 때까지 엎치락뒤치락하다 겨우 잠이 들었다. 언뜻 잠에서 깨어 보니 이미 아홉 시 정도가 되어 있었다. 정신없이 일어나 옷을 입고 객당客堂으로 나오니, 오량신吳亮臣과 이재자李在玆가 견습생 두 명과 요리사 한 명, 잔심부름꾼 두 명과 한데 모여 쑤군거리고 있었다. 나는 황급히 무슨 일이냐고 물었다.…… 오량신이 막 입을 열려고 하는데, 이재자가 다음과 같이 말했다.

"왕삼王三한테 말하라고 해. 우리가 힘들여 입 놀릴 것 없이."

잔심부름꾼 왕삼이 말했다.

"동원의 부符씨 어른 댁의 일입니다요. 어제저녁 한밤중이 되어서 제가 일어나 소변을 보려고 하는데, 동원에서 어떤 사람이 말다툼하는 소리가 들리더라구요.…… 더듬더듬 후원으로 가보니,…… 안을 엿보았더니 부씨 어른과 부씨 부인께서 윗자리에 마주보고 앉아계시고, 그 우리 집에 밥을 얻어먹으러 오는 늙은이가 아래에 앉아 있는 것이었습니다요. 두 분께서는 막 그 늙은이를 욕하고 있었는데, 그 늙은이는 고개를 숙이고 울고 있었지만, 소리는 내지 않더라구요. 부씨 부인은 그 참 희한한 욕을 하시더라구요. '사람이 쉰 살이나 예순 살 정도 살았으면 뒈져야지, 내 이제껏 여든이 넘도록 살아 있는 사람은 본 적이 없어.' 부씨 어른은 이렇게 말씀하시더군요. '살아 있는 거야 어쩔 수 없다고 치고, 죽이든 밥이든 있으면 있는 대로 먹으면서 주제에 맞게 살면 되는 게지. 오늘은 죽이 싫다, 내일은 밥이 싫다, 아 잘 먹고, 잘 마시고, 잘 입으려면 자기가 돈을 벌어 와야 한다는 건 잘 알고 있을 텐데.' 그 늙은이는 이렇게 말하더군요. '내가 호의호식하겠다는 게 아니고, 그저 소금에 절인 야채를 좀 달라는 것뿐이니, 좀 불쌍히 여겨다오.' 부씨 어른은 이 말을 듣고는 벌떡 일어나 이렇게 말하더군요. '오늘 소금에 절인 야채를 달라고 하면, 내일은 소금에 절인 고기를 달라고 할 것이고, 모레는 닭이니 거위니 생선이니 오리를 달라고 할 것이며, 또 얼마가 지나면 제비집 요리니 상어 지느러미니 하는 것까지 달라고 할 게 아니요. 나는 임관을 기다리고 있는 가난뱅이 벼슬아치니 그런 것들 대줄 능력이 없어요!' 거기까지 말하고는 탁자를 치고, 의자를 두드리며 막 욕을 해대는 것이었습니다요…… 한바탕 욕을 해대고 나니까 그 집 부엌데기가 술과 안주를 내와서는 한가운데 있는 외다리 원탁에 늘어놓았지요. 부씨 어른 내외는 마주 앉아 술을 마시며 담소를 하는 것이었습니다요. 그 늙은이는 밑에 앉아 훌쩍거리며 울고만 있었구요. 부씨 어른은 술 두 잔을 마시면 욕 두 마디를 해댔고, 부씨 부인은 뼈다귀를 가지고 발바리와 노는 데만 정신을 파는 거였어요. 그 늙은이가 죽을상을 해가지고는 무슨 말을 했는지는 모르겠지만, 부씨 어른은 당장에 벼락같이 일어나 그 외다리 탁자를 엎어버리니 와르르 하는 소리와 함께 탁자 위의 것들이 온 땅바닥에 쏟아졌지요. 그러고는 큰소리로 '어서 가서 먹어요'라고 소리를 치자, 그 늙은이는 체면불구하고, 열심히 기어다니며 땅바닥에 떨어진 것들을 주워 먹는 것이었습니다요. 부씨 어른은 갑자기 일어나더니 앉았던 의자를 들어 그 늙은이를 향해 던졌지요. 다행히 그 옆에 서 있던 부엌데기가 뛰쳐나와 막아내긴 했는데, 비록 안전히 막아내지는 못했어도 그 기세가 많이 누그러졌지요. 의자가 늙은이 머리 뒤로 떨어지긴 했지만, 머리 가죽만 조금 벗겨졌을 뿐이었습니다요. 만약 그 부엌데기가 막지 않았더라면 골까지 흘러나왔을 겝니다요."

나는 이 이야기를 듣고는 나도 모르게 온 몸에 땀이 마구 났고, 마음 속으로 스스로 생각을 굳혔다. 밥 먹을 때가 되어서 나는 이재자더러 이사를 가야 하니 빨리 방을 찾아보라고 했다.…… (제74회)[55]

오옥요의 작품 가운데 『한해』恨海와 『겁여회』劫餘灰 및 번역본의 번안물인 『전술기담』電術奇談 등 세 종류만이 스스로 사정소설寫情小說이라 하였는데, 그 밖의 작품들은 모두 견책소설류이나 다만 견책의 정도가 약간 다를 뿐이다. 그 본지本旨에 있어서는 그가 필묵을 빌려 생계를 도모했던 까닭에, 주계생周桂笙(『신암필기』 3)이 말한 것처럼 역시 "사람에 따라, 장소에 따라, 때에 따라 각각 태도의 변화가 있었다".[56] 그러나 그 요지에 있어서는 "옛 도덕을 회복하는 것을 주장"[57](『신암역설』新庵譯屑 평어評語에 보인다)하는 것에 있다고 하였다.

또 『노잔유기』老殘游記 이십 장이 있는데,[58] "홍도백련생"洪都百煉生이 지었다고 적혀 있으나, 실제로는 유악劉鶚[59]의 작품이다. 광서 병오丙午(1906)년 가을 상하이에서 쓴 서가 있는데, 어떤 이는 원래 미완이었으나 뒷부분의 몇 회는 그 아들의 속작이라고 하였다.[60] 유악의 자는 철운鐵雲으로, 강소 단도丹徒 사람이다. 어려서부터 산학算學에 정통하였고,[61] 책을 잘 읽었다고 한다. 그러나 방종한 생활을 하며 무절제하게 지내다, 문득 스스로 뉘우친 바 있어 문을 걸어 잠그고 일 년 남짓 지낸 뒤 상하이에서 의사로 개업했다가[62] 갑자기 그만두고 장사를 배우느라 자본금을 탕진하였다. 광서 14년에 정주鄭州에서 황하가 터졌을 때, 유악은 동지同知로서 오대징吳大澂[63]의 밑에서 일을 하며 황하의 치수에 공을 세워 명성이 크게 높아졌으며,[64] 얼마 안 되어 지부知府로 등용되었다. 베이징에서 2년간 살고 있을 때 글을 올려 철도의 부설을 청원하고, 또 산서山西의 광산을 개발할 것을 주장하여,[65] 그 사업을 실현시켰으나, 세상 사람들은 번갈아 가며 그를 비난하여 "매국노"漢奸라고 불렀다. 경자庚子의 난[66]이 일어났을 때 유악은 유럽인에게서 태창太倉의 저장미를 싼 값으로 사들였는데, 일설에 의하면 사실은 이것으로 가난한 사람들을 구제하여 목숨을 부지한 사람이 매우 많았다고 한다.[67] 몇 년 뒤에 정부는 창고의 양곡을 사매하였다고 하여 그를 처벌했는데, 신강新疆으로 귀양살이 갔다가 죽었다(약 1850~1910, 자세한 것은 뤄전위羅振玉의 『오십일몽흔록』五十日夢痕錄에 보인다).[68] 이 책은 철영鐵英, 즉 호를 노잔老殘이라고 하는 인물의 편력을 빌려 그의 언론과 견문을 두루 기록한 것으로서, 풍경과 사건을 서술한 것에 때때로 볼 만한 것이 있으며, 작자의 신념이 아울러 그 속에 나타나 있는데, 관리를 공격한 곳도 많다. 작품 속의 강필剛弼이라는 인물은 위씨魏氏 부녀가 일가 열세 명의 목숨을 모살한 중범重犯이라 오인했는데, 위씨의 하인이 뇌물을 바쳐 주인의 방면을 도모하니, 강필은 오히려 이것을 증거로 삼는다. 이것은 이른바 청렴한 관리淸官라고 하는 자의 가증스러움이 어떤 때는 탐관보다도 더 심하다는 것을 드러내 보여 주고 있는데, 사람들이 일찍이 말하지 못한 바를 말한 것이다. 작자 자신도 이 사실에 대해 탄식을 하며 다음과 같이 생각했다. "탐관의 가증스러움은 모든 사람들이 알고 있는 바이나, 청렴한 관리가 더 가증스럽다는 것은 사람들이 대부분 모르고 있다. 대개 탐관은 스스로도 문제가 있다는 것을 알고 있기 때문에 감히 공공연하게 잘못된 일을 하지 않는다. 그러나 청렴한 관리는 스스로 돈을 바라지 않는다고 생각하니 무슨 일인들 못하겠는가? 자기의 생각에 대한 강박관념이 스스로를 고무시켜 작게는 무고한 사람을 죽이고, 크게는 나라를 그르치게 되니, 내가 직접 목도한 바로도 얼마나 많은지 알 수 없을 정도이다. 이를테면 서동徐桐이나 이병형李秉衡[69]이 그 가운데 두드러진 자들이다.…… 지금까지의 소설은 모두 탐관의 악폐만을 드러내 보여 주었으니, 청렴한 관리의 악폐를 드러내 보여 준 것은 『노잔유기』로부터 시작된다."[70]

…… 그 아역衙役[71]들은 일찌감치 위씨 부녀를 데리고 왔는데, 이미 반쯤 죽은 형상이었다. 두 사람은 당상에 꿇어앉혀졌다. 강필은 곧 품속에서 일천 냥의 은표銀票[72]와 오천오백 냥의 어음을 꺼내어서,…… 차역[73]들로 하여금 그들 부녀에게 갖다 보게 하였다. 그 부녀가 답하였다.

"모르는 일입니다. 이게 어찌된 영문입니까?"

…… 강필은 '하하' 하고 크게 웃고는 말했다.

"네가 모른다면 내가 말해 주어야 알겠느냐. 어제 호거인이라는 작자가 나를 찾아와서는 먼저 천 냥의 돈을 주면서 너희들의 이번 사건을 내가 수를 써서 풀려나게 해 달라고 했다. 또 풀려나게만 된다면 돈은 더 낼 수도 있다고 했다.…… 내가 다시 한 번 자세하게 말해 두겠는데, 만약 인명을 너희들이 모살한 것이 아니라면 너희 집에서 무엇 때문에 몇 천 냥의 돈을 내서 손을 썼겠느냐? 이것이 첫번째 증거다.…… 만약에 사람을 네가 죽인 게 아니라면, 내가 그에게 '오백 냥을 한 사람의 생명으로 따져서 계산한다면 육천오백 냥을 내야 하오'라고 했을 때, 너희 쪽에서 일 봐주는 사람은 마땅히 '인명人命은 사실 우리집에서 살해한 것이 아닙니다. 만약에 판관님 덕택으로 억울한 죄를 씻게 된다면 칠천 냥이고 팔천 냥이고 내겠습니다만 육천오백 냥이란 숫자라면 도리어 감히 승낙할 수 없습니다'라고 해야 할 텐데, 어째서 그는 조금도 주저 없이 곧 오백 냥을 한 사람의 생명으로 계산했겠느냐? 이것이 둘째 증거다. 내 너희들에게 권고하노니 빨리 죄를 인정해야 허다한 형구의 고초를 덜 겪을 것이야."

부녀 두 사람은 연거푸 머리를 조아리며 말했다.

"하늘 같으신 나으리, 정말로 억울하옵니다."

강필은 책상을 한 번 치고 대노하여 말했다.

"내가 이처럼 일러주었건만, 그래도 불지 않느냐? 저들을 다시 협찰夾拶[74]하라!"

아래에 있던 관졸이 우레와 같은 소리로 "예이!" 하고 대답했다.…… 막 형을 가하려는데, 강필이 다시 말했다.

"잠깐! 집행관은 이리 올라와 내 말을 들으라.…… 너희들의 기량은 나는 다 알고 있다. 너희들은 사건이 그다지 중요하지 않다고 생각될 때는 돈을 받고 형을 가볍게 하여 범인으로 하여금 그다지 고초를 겪지 않게 하고, 또 사건이 중대해서 뒤엎을 수 없다고 생각되면 돈을 받고 더욱 혹심하게 굴어 범인을 그 자리에서 죽게 해서 온전한 시체로 만들어 버려 본관으로 하여금 혹형으로 범인을 죽게 했다는 처분을 받게 만든단 말이지. 나는 다 알고 있어. 오늘은 먼저 가위賈魏씨[75]에게 손가락을 비트는 고문을 가하되 다만 혼절할 때까지 비틀지는 말고, 신색이 좋지 않거든 형을 늦추었다가 기가 돌아오거든 다시 비틀도록 하라. 열흘 동안의 시간을 들인다면 제 아무리 호한好漢이라 해도 불지 않고서는 못 배기겠지!"…… (제16장)[76]

『얼해화』孽海花는 광서 33년 『소설림』小說林[77]에 실렸는데, "역사소설"이라 칭했으며, "애자유자 발기, 동아병부 편술"愛自由者發起, 東亞病夫編述이라고 서署하였다.[78] 전하는 말로는 상숙常熟의 거인擧人인 증박曾樸,[79] 자는 맹박孟樸이라는 사람이 지은 것이라 한다.[80] 제1회는 이를테면 설자楔子로서,

60회의 전체 회목回目이 있다. 김균金汮이 장원 급제하는 것으로부터 시작하여, 이것을 실마리로 청말 삼십 년간의 유문일사遺聞逸事를 잡다하게 서술하고 있다. 뒷부분은 예상되고 있던 혁명으로 마무리하려 한 듯한데,[81] 갑자기 중단되고 곧 합집合輯하여 10권의 책으로 묶었는데, 겨우 20회밖에 안 된다.[82] 여기에서의 김균은 오현吳縣의 홍균洪鈞을 말한다. 그는 일찍이 강서江西의 시험관으로 있었는데, 친상을 당하여 돌아오는 길에 상하이를 지나다가 명기 부채운傅彩雲을 첩으로 맞았으며, 뒤에 외교관으로 영국에 갔을 때 그 첩을 데리고 함께 가서 부인이라 칭하는 등 여러 가지 말을 많이 들었다. 홍이 베이징에서 죽자 부채운은 다시 상하이로 가서 기녀가 되어 조몽란曹夢蘭이라 칭했고, 다시 천진天津으로 가서는 새금화賽金花라 칭했다. 경자庚子의 난이 일어났을 때에는 연합군 총사령관[83]의 총애를 받아 세도가 대단했다. 이 소설은 홍洪과 부傅를 조롱한 것이 특히 많으며, 당시의 고관들이나 명사들의 작태를 묘사한 것 역시 적나라하다. 그러나 때로 그 말을 과장하고 있는 것은 모든 견책소설의 공통된 병폐와 마찬가지이다. 다만 정교한 구성構成과 아름다운 수사修辭는 장점이라 하겠다. 작품 속의 인물들은 거의가 실존 인물을 모델로 하고 있다.[84] 그러므로 작자가 진정으로 전하는 바와 같이 증박曾樸이라면, 이순객李純客이라고 개칭한 사람은 사실은 그의 스승인, 자字를 순객蒓客이라고 하는 이자명李慈銘[85]이라는 사람이다(증박이 지은 「월만당병체문집서」越縵堂駢體文集序에 보임). 오랫동안 직접적인 가르침을 받아 왔기 때문에, 그 묘사는 사실에 가깝지만 그 모습을 형용하는 것이 때로 지나쳐 자연스러움을 잃고 있다. 이것은 아마도 수식을 덧붙이는 것을 중시하고 담백하게 묘사하는 것白描을 천시했던 데 기인하는데, 그 당시의 작풍이 본래 이러했다. 다음에 그 예를 들어 보기로 하겠다.

……각설却說하고, 소연小燕[86]은 간편한 의복에 가벼운 수레를 타고, 마부에게 곧장 성남城南의 보안사가保安寺街로 가자고 하였다. 그때 가을 하늘은 높고 공기는 상쾌했으며, 번잡스러운 한길을 말발굽 가볍게 달려 얼마 되지 않아 곧 문 앞에 이르렀다. 수레를 문 앞에 있는 두 그루의 큰 느릅나무 그늘 밑에다 멈추게 했다. 그 집의 하인이 막 통보하려고 하니 소연은 손을 내저으면서 말했다.

"그럴 필요 없다네."

그러고는 스스로 수레에서 가볍게 뛰어내렸다. 막 문으로 걸어 들어가려고 하다가 문에 새로 붙여 놓은 한 폭의 담홍색의 주사로 씌어진 전淡紅朱砂箋으로 된 대련對聯이 붙어 있는 것을 얼핏 보았는데, 날렵하고 잘 빠진 글씨체로 깔끔하면서도 비스듬하게 두 행의 글자가 씌어져 있었다.

보안사가의 장서藏書는 십만 권인데
호부원외戶部員外는 천 년 동안 빈자리를 메꿔 왔네.

소연은 그것을 보고 미소지었다. 문을 들어서니 영벽影壁[87]이 있었다. 영벽을 돌아서 동쪽으로 가니 북쪽을 향하고 있는 도청倒廳[88] 세 칸이 있었다. 그 도청의 낭하를 따라 똑바로 들어가니 추엽秋葉[89]식의 아치형 문洞門이 하나 있었다. 아치 형 문 안쪽은 방형의 조그만 뜰이었다. 뜰 앞에는 등넝쿨이 있었는데 푸른 잎이 무성했고, 뜰 가득히 목부용木芙蓉[90]이 심어져 있었는데, 짙은 홍색의 꽃이 한창 피어 있었으니 그때가 마침 꽃이 필 때였다. 세 칸짜리 고즈넉한 집은 상죽湘竹의 발이 늘어져 있을 뿐 인기척은 조금도 없었다. 그때 마침 한 줄기 미풍이 불어왔는데, 소연은 발 틈 사이로 약을 달이는 연기가 새어 나와 맑은 향기가 코를 찌르는 것을 느꼈다. 발을 걷고서 안으로 들어가니 머리카락을 곧추 세워 묶은 소동小童이 마침 다 떨어진 부들로 만든 부채로 중당中堂의 동쪽 벽 가에서 약을 달이고 있는 것이 보였다. 소연이 들어오는 것을 보더니 막 일어서려고 했다. 그때 방 안에서 높은 소리로 글 읽는 소리가 났다.

"옅은 먹으로 비단 두건 두르고 등불 아래 글자를 쓰노라니,

미풍에 방울 달고 있는 꿈속의 사람."

소연은 성큼 들어서며 웃으면서 말했다.

"'꿈속의 사람'이 누구지요?"

이렇게 말을 하면서 보니 순객純客이 낡은 숙라熟羅[91]의 반절삼半截衫을 입고 짚신을 신고 있었는데 퍽이나 건강한 모습으로 한 손으로 짧은 수염을 쓰다듬으며, 낡은 대나무 침상에 앉아서 책을 보고 있었다. 소연이 들어오는 것을 보자 얼른 쓰러져 낡은 책 위에 엎드려 숨을 가쁘게 쉬며 떨리는 목소리로 말했다.

"아이구, 어떻게 소옹小翁이 왔는가? 늙은 몸이 병이 들어 일어날 수가 없으니 어쩌면 좋지?"

그러자 소연이 말했다.

"선생님의 병환은 언제부터 시작된 것입니까? 어떻게 제가 전혀 몰랐지요?"

순객이 말했다.

"여러 사람들이 내 생일을 축하하기로 의론이 오간 바로 그날부터 시작되었다네. 이 늙은 몸이 박복해서 여러 사람들의 후의를 받아들이지도 못하고 있다는 걸 알 수 있지. 운와원雲臥園의 모임에 오늘은 아마도 못 갈 것 같아."

소연이 말했다.

"감기가 드신 모양인데, 약을 드시면 좀 나으실 겁니다. 아무쪼록 선생님께서 빨리 오셔서 여러 사람들이 목마르게 기다리는 것을 풀어주시기 바랍니다."

소연이 말을 하면서 옆눈으로 몰래 보니 침상의 베갯머리에 한 폭의 긴 편지지가 비어져 나와 있는데, 그 편지는 온통 태두擡頭[92] 투성이었다. 그 태두는 오히려 기괴한 것이 '각하'閣下나 '태단'台端도 아니요, 또 '장자'長者나 '좌우'左右도 아닌, 전부가 '망인'妄人[93]이라는 두 글자였다. 소연이 이상하게 여기고 유심히 그것을 한두 줄 읽어 보려고 할 때, 갑자기 추엽문 밖에서 두 사람이 이야기를 하면서 발소리를 죽여 살금살금 걸어 들어오는 소리가 들렸다. 그때 순객이 막 말을 하려고 하는데 대발이 걷히는 소리가 났다. 바로 열 길 홍진紅塵에 협골俠骨을 묻고, 발의 추색에 시혼詩魂을 기르는 격이라 할 수 있으니, 들어온 사람이 누구인지 알 수 없으니, 다음 회의 설명을 기대하시라.[94]

『얼해화』도 다른 사람의 속서(『벽혈막』碧血幕, 『속얼해화』續孽海花[95])가 있기는 하나, 모두 유명하지 않다.

이밖에 사회의 악폐를 들추어내는 것을 자신의 사명으로 삼아 이런 류의 소설을 지은 자들은 아직도 많이 있다. 그러나 열에 아홉은 앞서의 몇 가지 작품들을 답습한 것으로 이들 작품에 훨씬 못 미치고 있으며, 부질없이 견책하는 글을 짓느라 도리어 사람을 감동시키는 힘이 없고, 갑작스럽게 집필을 시작했다가 갑작스럽게 끝나 버려 미완으로 남아 있는 것이 대부분이다. 그 가운데 저급한 것은 개인적인 적을 헐뜯고 공격하여 비방하는 책[96]과 마찬가지가 되어 버렸으며, 또 어떤 것은 욕하려는 생각만

있고, 그것을 풀어 나가는 재주는 없어 끝내는 "흑막소설"黑幕小說[97])로 타락하고 말았다.[98])

주)

1) 일역본에서는 "규탄과 적발의 소설"이라고 번역하였다. 일역본 역자에 의하면 일본에서도 종래에는 "견책소설"이라 번역했다고 한다. 그러나 실제로 일본어에서의 "견책"에는 상급자가 하급자에 대해서 말 그대로 "견책 처분"을 내린다는 의미가 담겨 있으나, 중국어에서는 "탄핵, 비난, 단죄, 적발" 등의 의미가 담겨 있기 때문에 양자 간에 차이를 보인다고 하였다. 이러한 상황은 우리말에도 그대로 적용될 수 있다. 하지만 역자는 일역본에서와 같이 공세적인 입장을 취하지는 않았다. 차후에 한층 더 신중한 검토가 필요한 문제라 사료된다.—옮긴이

2) 『지남보』(指南報)는 광서(光緖) 22년(1896)에 창간되었으나, 곧 정간되었다.

『유희보』(游戲報)는 광서 23년(1897)에 창간되었다가, 선통(宣統) 2년(1910)에 정간되었다.

『해상번화보』(海上繁華報)에 대해서는 자세히 알 수 없는데, 이백원(李伯元)이 펴낸 『세계번화보』(世界繁華報)일지도 모른다[웨이사오창魏紹昌은 『세계번화보』가 맞다고 확증하였다. 웨이사오창의 「루쉰의 이보가 전략 전주」魯迅之李寶嘉傳略箋注(『李伯元硏究資料』 5쪽)를 볼 것.—옮긴이]. 이 신문은 광서 27년(1901)에 창간되었다가 선통 2년에 정간되었다.

[주계생(周桂笙)은 『신암필기』(新庵筆記) 3권에서 다음과 같이 말했다. "예전에 남정정장 이백원 징군(조정의 부름에 나아가지 않은 선비)이 『유희보』를 창간하자 일시에 바람이 쏠리듯 유행하여 그를 흉내 내는 자가 뒤를 이었다. 남정은 이에 개탄하며 말했다. '어찌 남의 뒤는 잘 따르면서 변화시킬 줄은 모르는고?' 급기야 『번화보』를 내놓아 따로 기치를 세워 동지가 유행하여 천 마디의 말이 날마다 시도되었다. 비록 골계와 세상을 비웃는 문장이었으나, 식자들은 모두 그를 존중했다. 병오(광서 32년, 1906), 징군이 수문의 대로 나아가니, 석추생 구양거원이 그를 이어받았으나, 오래지 않아 석추생 역시 도산으로 돌아갔다."(昔南亭亭長李伯元徵君, 創『游戲報』, 一時靡然從風, 效颦者踵相接也. 南亭乃喟然曰; '何善步趨而不知變也哉!' 遂設『繁華報』, 別樹一幟, 一紙風行, 千言日試. 雖滑稽頑世之文, 而識者咸推重之. 丙午(光緖 32年, 卽 1906年), 徵君赴修文之台, 惜秋生歐陽巨元繼之, 未几惜秋生亦歸道山)—보주]

3) 『경자국변탄사』(庚子國變彈詞)는 40회의 장편탄사(長篇彈詞)로 팔국연합군이 중국을 침략한 죄상을 폭로하였다. 하지만 의화단(義和團)에 대해서는 적대적인 태도를 취하고 있다.

『해천홍설기』(海天鴻雪記)는 20회로 "이춘거사편"(二春居士編)이라 적혀 있다. 매 회의 뒷부분에 남정정장의 평이 있다. 『해천홍설기』는 상하이 기녀의 생활을 서술하면서 당시 사회의 암흑상을 폭로하기도 하였다.

『이연영』(李蓮英)은 보이지 않는데, 일찍이 주계생의 『신암필기』에 언급된 바 있다.

4) 『번화몽』(繁華夢)의 온전한 이름은 『해상번화몽』(海上繁華夢)이라 하며, 삼 집(三集), 백 회로 구성되어 있다. "고호경몽치선희묵"(古滬警夢痴仙戱墨)이라 적혀 있으나, 실제로는 손가진(孫家振)이 지었다. [『번화몽』은 손옥성(孫玉聲)이 지은 것으로 온전한 이름은 『해상번화몽』이며, 이백원이 지은 것이 아니다. 이 책을 이백원이 지었다고 하는 설은 구제강(顧頡剛)의 잡기 『관장현형기의 작자』(官場現形記的作者; 『소설월보』 15권 6기)에 보인다. 그러나 이 "잡기 중의 재료는 오히려 당시 베이징에 있던 이백원의 조카사위인 조군이 구제강에게 일러준 것으로 그 안에서 이백원이 『해천홍설기』 6본과 『번화몽』 약간 본을 썼다는 등의 말을 했다. 조군의 이러한 재료들은 모두 여행 중에 소문이나 기억에 근거하여 이야기한 것들로 사실 및 기타 자료와의 검토를 거치지 않아 신빙성이 비교적 떨어져, 본래부터 믿을 만한 것이 못 된다."(雜記中的材料, 却是當時在北京的李伯元的內侄婿趙君告訴顧頡剛的, 內中就說李伯元寫過『海天鴻雪記』六本, 『繁華夢』若干本云云. 趙君的這些材料都是在客中据傳聞或記憶所談, 沒有和事實及其他資料經過核對, 可靠性較差, 原是不足爲憑的) 웨이사오창(魏紹昌), 「번화몽비이백원저작고」(繁華夢非李伯元著作考), 『문회보』(文匯報) 1962年 5月 20日.—보주]

『활지옥』(活地獄) 43회는 이보가가 생전에 39회까지 지었으며, 나머지는 오옥요(吳沃堯), 구양거원(歐陽巨源)이 그 뒤를 이어 완성하였다. 이 책은 열다섯 개의 장, 단편의 서로 다른 이야기로 꾸며져 있다.

5) 『문명소사』(文明小史) 60회는 청왕조의 조정 관리들의 우매함과 부패를 서술하면서 개량을 제창하고 있다. [『문명소사』(1903~1905) 60회는 앞서 이백원이 주편한 『수상소설』에 실렸다가 1906년 상우인서관에서 단행본으로 나왔다. 이 책은 중국의 유신운동기를 전면적으로 반영하고 있는데, 유신당으로부터 수구당까지, 관헌으로부터 백성들에 이르기까지, 내정으로부터 외교에 이르기까지 다루지 않은 곳이 없어 범위가 극히 넓다.—보주]

『수상소설』(繡像小說). 이보가 주편의 소설 정기간행물로 광서 29년(1903) 상하이에서 창간되었다가 광서 32년(1906)에 정간되었다.

6) 이백원의 『관장현형기』는 1905년 6월에 이미 『번화보』에 연재가 끝나, 1906년 1월에는 전서(全書)가 이미 출판되었다. 이백원이 1906년 3월 14일에 죽었으므로, 그는 직접 『관장현형기』가 책으로 나온 것을 볼 수 있었을 것이다. 그러므로 자신이 끝맺지 못했을 리가 없다. 이러한 사실들은 모두 웨이사오창(魏紹昌)의 「관장현형기적사작화간행문제」(官場現形記的寫作和刊行問題; 『문회보』 1962년 7월 11일)에 보인다. 이백원의 저작은 루쉰이 인용한 것 이외에도 『중국현재기』(中國現在記), 『남정필기』(南亭筆記), 『남정사화』(南亭四話), 『골계총화』(滑稽叢話), 『진해묘품』(塵海妙品) 등이 있다.—보주

7) 손국선(孫菊仙, 1841~1931)의 이름은 렴(濂)이고, 천진(天津) 사람으로, 경극 예인(京劇藝人)이다.

8) 『우향인보』(芋香印譜). 상주시(常州市) 박물관에 『우향실인존』(芋香室印存)이 소장되어 있으며, 권수(卷首)에는 독고찬(獨孤粲)의 『이백원전략』(李伯元傳略)이 있는데, 이백원을 일컬어 "『우향인보』가 세상에 유행하고 있다"라고 하였다. 이것에 근거하면 『우향인보』는 곧 『우향실인존』이다.

9) 루쉰에 의한 이보가의 사적에 대한 기술은 그 뒤 연구가 많이 진척되어 오늘날에는 많은 부분이 보완되고 수정되었다. 웨이사오창은 「루쉰의 이보가 전략 전주」(魯迅之李寶嘉傳略箋注)에서, 『사략』 제28편의 이보가 약전(略傳)을 취하여 전주를 가했다(웨이사오창 편, 『이백원연구자료』李伯元研究資料, 상하이: 상하이구지출판사, 1980). 이것에 의해 본문의 기술을 보정(補正)하면 다음과 같다.

이백원은 1867년 산동(山東)에서 태어나 그곳에서 공부하다, 1892년 일가와 함께 조상 대대로 살아오던 무진(武進; 지금의 창저우常州)으로 돌아갔다. 1892년부터 1896년까지 상주에 살면서 수재에 일등으로 급제하였다. 1896년 상하이로 나가, 그때부터 1906년 죽을 때까지 잡지를 내고 집필활동을 계속했다. 루쉰의 원문에 "향시(鄕試)에는 여러 차례 떨어졌다"(累擧不第)고 하는 것은 잘못된 것이다. 강음(江陰)에 가서 원시(院試)를 한 차례 응시했을 뿐인데, 급제하지는 못했다.

『관장현형기』에 관해서 본문에서는 "상인의 청탁을 받고", "모두 10편(編)으로……계획"했으나 "책은 결국 완성되지 못하였다"고 하였으나, 웨이사오창의 조사에 의하면 잘못된 것이라고 한다. 이백원은 자신이 상하이에서 창간한 『번화보』(繁華報)를 위해, 『관장현형기』를 발표하고 간행한 것이지, "상인의 청탁을 받고" 쓴 것이 아니다. 다만 어떤 출판업자가 『관장현형기』를 번인하였기에, 이백원이 소송을 걸었다고 한다. 또 『관장현형기』의 집필시기에 관해서는 병오(丙午; 1906) 정월, 번화보관(繁華報館)에서 『관장현형기』 삼십 책(六十回 全書)이 출판되었는데, 초편(初編; 제1회에서 제12회까지)이 1903년 9월 출판되었고, 속편(續編; 제13회에서 제24회까지)은 1904년 4월 이전에 출판되었으며, 삼편(三編)은 1904년 11월 이전에 출판된 것으로 추정되고, 사편(四編)과 오편(五編)은 늦어도 1905년이거나 아무리 늦어도 1906년 정월 이후는 아닐 것이라고 단정하였다. 집필시기도 1903년부터 1905년까지의 기간 동안이라고 추정하였다. 또 『관장현형기』 제60회의 말미의 분석에 의하면, 『관장현형기』는 "전반부에 해당한다"고 하는 설을 부정하고, "육십 회가 전부"라고 주장하였다. 웨이사오창, 「『관장현형기』의 창작과 간행 문제」(『官場現形記』的寫作和刊行問題), 『이백원연구자료』에 수록되어 있음. 곧 『관장현형기』는 모두 5편 60회이다.—일역본

10) 『관장현형기』는 마지막 제60회의 내용으로 볼 때, 60회가 반이 아니라 전체가 이미 완성된 것으로 볼 수 있다. 왜냐하면 "전반부는 그들 벼슬아치들의 못된 점들을 전문적으로 지적하고 있어, 창작 요구는 확실히 전반부에 이미 완성된 것으로 보아야 하며, 후반부는 '벼슬아치가 되는 방법'으로, 실제로 이백원 역시 더 이상 써 나갈 '방법'이 없었다."(前半部是專門指摘他們做官的壞處, 顯然, 寫作要求在前半部已經完成了, 後半部是'做官的法子', 李伯元實在也是沒有'法子'再寫下去的)—보주

11) 1903년 세계번화보관본(世界繁華報館本) 『관장현형기』 권수(卷首)에 있으며, 말미에 "광서 계묘 중추후오일 무원석추생"(光緖癸卯中秋後五日茂苑惜秋生)이라고 적혀 있다.

루쉰은 "무원석추생"을 작자 이백원으로 보고 있는 듯하다. 다만 아잉은 일찍이 지적한 대로, 석추생은 이백원의 가명이 아니라, 그의 협력자인 구양거원(歐陽鉅元)이라고 하였다(阿英, 「惜秋生非李伯元化名考」, 『小說閒談』). 뒤에 웨이사오창에 의해 구양거원(歐陽鉅元; 源이라고도 하며, 이름은 감淦)의 사적이 밝혀졌다. 그는 이백원을 대신해 소설을 썼는데, 거원(蘧園)이라고 하는 필명으로 『부폭한담』(負曝閑談) 삼십 회를 써서 『수상소설』에 연재한 일도 있다. 1907년 모동(暮冬)에 상하이의 허름한 여인숙에서 죽었는데, 그때 나이가 스물다섯도 안 되었다. 『이백원연구자료』에 구양거원에 관한 아잉과 웨이사오창, 그리고 생전에 구양거원을 알았던 천영(釧影; 包天笑)의 회상과 구양거원의 시문 등이 선록되어 있다.—일역본

12) 원문은 다음과 같다. 亦嘗見夫官矣, 送迎之外無治績, 供張之外無材能, 忍饑渴, 冒寒暑, 行香則天明而往, 稟見則日昃而歸, 卒不知其何所爲而來, 亦卒不知其何所爲而去.

13) 관리가 되는 혜택.—옮긴이

14) 원문은 다음과 같다. 皆得援救助之例, 邀獎勵之恩, 而所謂官者, 乃日出而未有窮期.

15) 上下蒙蔽, 一如故舊, 尤其甚者, 假手胥小, 授意私人, 因苞苴而通融, 緣賄賂而解釋: 是欲除弊而滋之弊也.

16) 南亭亭長有東方之諧謔, 與淳于之滑稽, 又熟知夫官之齷齪卑鄙之要凡; 昏瞶糊塗之大旨.

17) 우는 구주의 금을 거두어 구정을 주조하여 이것으로써 만물을 본떴다고 하는 전설이 있다.—옮긴이

18) 『진서』(晋書) 「온교전」(溫嶠傳)에 교(嶠)가 우저기(牛渚磯)에 이르러 깊은 물 속에 있는 괴상한 물건들을 무소의 뿔에 불을 붙여 비추어 보았다고 했다.—옮긴이

19) 원문은 다음과 같다. 以含蓄蘊釀存其忠厚, 以酣暢淋漓闡其隱微, …窮年累月, 殫精竭誠, 成書一帙, 名曰『官場現形記』. …凡神禹所不能鑄之于鼎, 溫嶠所不能燭之以犀者, 無不畢備也.

20) 『유림외사』의 작자인 오경재(吳敬梓)는 스스로 문목노인이라 자호했다.—옮긴이

21) 원문인 화병(話柄)은 사람들의 주목을 끌 만하지만 별다른 의의는 없는 이야깃거리를 가리킨다. 여기에서는 흔히 쓰는 영어인 'Gossip'을 그대로 차용해 보았다.—옮긴이

22) 여러 가지 책들을 모아 항목별로 검색하기 쉽게 분류해 놓은 책으로 오늘날의 백과사전 정도에 해당한다.—옮긴이

23) 이를테면 다음과 같은 작품들이 있다. 운간천췌생(雲間天贅生)의 『상계현형기』(商界現形記) 2집(二集) 16회, 선통 3년(1911), 상업회사(商業會社) 간. 천몽(天夢), 『학생현형기』(學生現形記), 선통 원년(1909), 개량소설사(改良小說社) 간. 수요생(瘦腰生), 『최신학당현형기』(最新學堂現形記) 20회, 선통 원년, 소설진보사(小說進步社) 간. 혜주여사(慧珠女士), 『최근여계현형기』(最近女界現形記) 45회, 선통 원년~2년, 신신소설사(新新小說社) 판. 이상은 아잉의 『만청소설사』에 의거함.—일역본

24) "인견"은 황제를 알현하는 것으로, 문관은 이부(吏部)에서, 무관은 병부(兵部)에서 맡아본다.—일역본

25) 옛날 각 부(各部)의 낭중(郎中)과 원회랑(員外郎), 주사(主事) 등 임무를 담당한 관원들에 대한 총칭.—옮긴이

26) 옥좌(玉座)에 앉아 있는 황제.—옮긴이
27) "도"(道)는 "도원"(道員)으로, 청대에는 성(省)과 주(州), 부(府)의 사이에 도(道)를 두었다. 그 행정사무를 관리하는 관원을 분순도(分巡道)라고 한다. 또 도대(道台), 관찰(觀察)이라고도 한다.—일역본
28) 청대의 제도로 경외(京外)의 대신이 재능 있는 사람을 추천하거나, 공로가 있는 관원을 서록할 때 어떤 관직에 임용할 것인가, 또는 영전을 가해줄 것을 상주하면 그것을 이부(吏部)에 돌려 심의하는 것.—일역본
29) 중당(中堂)은 재상으로, 청대에는 태학사(大學士)가 사실상 재상이었으므로 태학사를 가리킨다.—일역본
30) 청대 안찰사(按察使)의 다른 이름으로, 성(省)의 검찰과 재판을 담당하며, 포정사(布政使)와 함께 총독(總督), 순무(巡撫)에 직속된 지방의 대관이다. 그 아들인 가씨 댁 큰 서방님이 은 일만 냥의 골동을 보냈다는 사실이 가소롭다는 것으로 풍자의 뜻이 있다.—일역본
31) 대군기(大軍機)는 군기대신(軍機大臣)이다. 군기처(軍機處)는 청대에 황제를 보좌하는 정무기구이다. 태학사(大學士), 상서(尙書), 시랑(侍郎)에서 인원을 선발한다. 이것을 군기대신이라 칭한다.—일역본
32) 앞서의 역주에서 언급한 군기대신의 막료를 군기장경(軍機章京)이라 한다. 이것이 소군기이다. 논지(論旨)를 정서하고, 당안(檔案)을 기록하며, 주의(奏議)를 검토하는 것을 담당한다. 만(滿), 한(漢) 네 반(班)으로 나뉘어 있으며, 각 반은 여덟 사람으로, 반마다 영반(領班), 방영반(帮領班) 각 한 사람이 있다.—일역본
33) 원문은 다음과 같다. 却說賈大少爺,…看看已到了引見之期, 頭天赴部演禮, 一切照例儀注, 不庸細述, 這天賈大少爺起了一個半夜, 坐車進城.…一直等到八點鐘, 才有帶領引見的司官老爺把他帶了進去, 不知走到一個甚麽殿上, 司官把袖一摔, 他們一班幾個人在臺階上一溜跪下, 離着上頭約摸有二丈遠, 曉得坐在上頭的就是"當今"了.…他是道班, 又是明保的人員, 當天就有旨, 叫他第二天豫備召見.…賈大少爺雖是世家子弟, 然而今番乃是第一遭見皇上, 雖然請教過多少人, 究竟放心不下. 當時引見了下來, 先看見華中堂. 華中堂是收過他一萬銀子古董的, 見了面問長問短, 甚是關切. 後來賈大少爺請教他道, "明日朝見, 門生的父親是現任臬司, 門生見了上頭, 要碰頭不要碰頭?" 華中堂沒有聽見上文, 只聽得"碰頭"二字, 連連回答道, "多碰頭, 少說話: 是做官的秘訣." 賈大少爺忙分辨道, "門生說的是上頭問着門生的父親, 自然要碰頭; 倘不問, 也要碰頭不要碰頭?" 華中堂道, "上頭不問你, 你千萬不要多說話; 應該碰頭的地方, 又萬萬不要忘記不碰, 就是不該碰你多磕頭, 總沒有處分的." 一席話說得賈大少爺格外糊塗, 意思還要問, 中堂已起身送客了. 賈大少爺只好出來, 心想華中堂事情忙, 不便煩他, 不如去找黃大軍機,…或者肯賜教一二. 誰知見了面, 賈大少爺把話才說完, 黃大人先問"你見過中堂沒有? 他怎麽說的?" 賈大少爺照述一遍, 黃大人道, "華中堂閱歷深, 他叫你多碰頭少說話, 老成人之見, 這是一點兒不錯的."…賈大少爺無法, 只得又去找徐大軍機. 這位徐大人, 上了年紀, 兩耳重聽, 就是有時候聽得兩句, 也裝作不知. 他平生最講究養心之學, 有兩個訣竅: 一個是"不動心", 一個是"不操心".…後來他這個訣竅被同寅中都看穿了, 大家就送他一個外號, 叫他做"琉璃蛋."…這

日賈大少爺…去求教他, 見面之後, 寒暄了幾句, 便題到此事. 徐大人道, "本來多碰頭是頂好的事. 就是不碰頭, 也使得. 你還是應得碰頭的時候, 你碰頭; 不必碰的時候, 還是不必碰的爲妙." 賈大少爺又把華黃二位的話述了一遍, 徐大人道, "他兩位說的話都不錯. 你便照他二位的話, 看事行事, 最妥." 說了半天, 仍舊說不出一毫道理, 只得又退了下來. 後來一直找到一位小軍機, 也是他老人家的好友, 才把儀注說淸. 第二天召見上去, 居然有出岔子.…(第二十六回)

34) 왕응서(王應序)에 의하면 오옥요는 자가 소윤(小允)으로, 또는 충인(茧人)이라 했다고 한다. 서른 몇 살에 상하이에 가서 앞뒤로 『통사』(1903~1906) 등을 발표하였다. 일찍이 일본에 갔지만 그 시간은 오래지 않았다. 뒤에 한구(漢口)의 『초보』(楚報)의 주필을 맡아보았는데, 이것은 미국인이 경영하는 것이었다. 1904년 미제국주의의 "화공금약"(華工禁約)에 반대하는 문제가 발생하자, 그는 소식을 듣고 분기탱천하여 사직하고 이 애국운동에 뛰어들었다. 상하이에서 『수상소설』(繡像小說)에 『할편신문』(瞎騙新聞)을 썼는데, 이백원이 『활지옥』을 완성하지 못하고 죽자, 그가 이어서 썼다. 1906년 주계생 등과 함께 『월월소설』을 창간하고 스스로 주필이 되어 『겁여회』(劫餘灰)와 『발재비결』(發財秘訣), 『상하이유참록』(上海游驂錄)을 발표하였다. 1907년 광지소학(廣志小學)을 주관하면서 『근십년목도지괴현상』(近十年目睹之怪現狀; 또는 『최근사회악착사』最近社會齷齪史라고도 함)을 『시무보』(時務報)에 발표하였다. 1909년 9월, 천식으로 상하이에서 죽으니, 그때 나이 45세(1866~1910)였다. 일생 동안 지은 소설은 삼십여 종에 달한다.— 보주

35) 량치차오(梁啓超, 1873~1929)의 자(字)는 탁여(卓如)이고, 호(號)는 임공(任公)이며, 광둥(廣東) 신후이(新會) 사람이다. 광서 무술년(戊戌年: 1898년)에 캉유웨이(康有爲), 탄쓰퉁(譚嗣同) 등과 함께 유신변법(維新變法)을 일으켰다가 실패한 뒤 일본으로 도망갔다. 그는 일찍이 "시계혁명"(詩界革命)과 "소설계혁명"(小說界革命)을 제창하였다. 저술이 대단히 많으며, 주요한 것으로는 『음빙실문집』(飮氷室文集) 등이 있다.

36) 『전술기담』(電術奇談). 일명 『최면술』(催眠術)이라고도 하며 24회이다. 일본의 기쿠치 유호(菊池幽芳) 저(著), 방경주(方慶周) 역(譯), 오견인(吳趼人) 연술(演述). 인도의 한 부족의 추장 딸과 영국 청년 간의 사랑 이야기를 그 내용으로 하고 있다. [줄거리는 양스지(楊世驥)의 『문원담경』(文苑談經, 1945)에 상세히 나와 있다.— 보주]

『구명기원』(九命奇冤)은 36회로, 두 지주 집안이 풍수를 미신하였기 때문에 아홉 사람의 생명이 연루된 이야기를 서술하고 있다. [『구명기원』은 애당초 『신소설』에 발표되었다가 뒤에 광지서국(廣智書局)에서 단행본으로 나왔다(1907). 옹정 연간의 큰 사건을 서술한 것으로, 구소설에 안화(安和)가 지은 『양천래경부신서』(梁天來警富新書) 44회가 가경(嘉慶) 한선루(翰選樓) 간본으로 나왔는데, 『구명기원』은 이것에 바탕하여 개편한 것이다. 원본의 이야기는 매우 뛰어나지만 문필은 졸렬하다. 오견인은 이 이야기를 새롭게 쓰되, 역사의 외피를 빌려 당시의 탐관오리를 공격하였다.— 보주]

37) 『이십년목도지괴현상』(二十年目睹之怪現狀) 8책 108은 원간본이 광지서국 본으로 일곱 차례로 나뉘어 간행되었다. 전5책은 1906년 2, 4, 9, 12월에 나왔는데, 12월에는 연달아 두 권이 나왔다. 후3책은 1909년 3월과 1910년 8, 12월에 간행되었다. 매 책은

14나 15회 정도로 간행되었는데, 제4책만이 10회로 간행되었다. 자세한 것은 『만청희곡소설목』(晚淸戲曲小說目) 66쪽을 볼 것.— 보주

38) 『월월소설』(月月小說)은 오견인, 주계생 등이 주편을 맡았다. 1906년 9월 상하이에서 창간되고, 1908년 12월에 정간되었으며, 총 24기를 출판하였다. 소설 이외에 희곡, 논문, 잡지 등을 실었다.

39) 『겁여회』(劫餘灰)는 16회로 한 쌍의 재자가인의 슬픔과 기쁨, 만남과 이별의 이야기를 서술하였다. [『겁여회』는 본래 『월월소설』에 연재되었으며, 구식 재자가인 소설의 영향을 받은 흔적이 있으나, 작품 속에 돼지 장사꾼(販賣猪仔)과 화교(華僑)가 남양(南洋)에서 힘들게 일하며 노력해 나가는 대목은 이전의 소설에서는 볼 수 없는 것이다.— 보주]

『발재비결』(發財秘訣)은 『황노외사』(黃奴外史)라고도 불리며 총 10회이다. 자기의 재산을 모두 투기하는 홍콩의 한 가난한 사람의 이야기를 서술하면서, 혁명당 당원들에 대해서도 공격을 퍼부었다. [『발재비결』은 본래 『월월소설』에 실렸으며, 광서 무신(戊申; 1908)년에 군학사(群學社)에서 단행본으로 나왔다. 이 책은 청말 연해 각지의 매판 계급의 후안무치와 매국 행위를 폭로하고 있는데, 이것은 당시 작가들이 비교적 드물게 다루었던 소재이다.— 보주]

40) 이것은 작자가 1907년에 쓴 것으로, 원래 『월월소설』에 실렸다. 그는 이미 애국적인 민족주의 경향으로부터 허무적 염세주의로 돌아섰다.— 보주

41) 『신석두기』(新石頭記)는 40회로, 경자사변(庚子事變) 전후의 베이징을 배경으로 하여 가보옥(賈寶玉)의 이름을 빌려 가상의 일을 꾸미고 있다. 이 이야기는 본래의 『홍루몽』 이야기와는 무관하다. [『신석두기』는 처음에는 상하이 『남방보』(南方報)에 실렸다. 책 속의 주요 인물은 가보옥과 설반(薛蟠), 배명(焙茗) 등이다. 두번째 권은 경자사변 전후의 베이징의 정황을 묘사한 것으로 의화단을 질책한 곳이 매우 많다.— 보주]

42) 『근십년지괴현상』(近十年之怪現狀)은 일명 『최근사회악착사』(最近社會齷齪史)라고도 하며 총 20회이다. 당시 사회의 암흑상을 서술하고 있어 『이십년목도지괴현상』의 속집이라 볼 수 있다.

43) 주계생(周桂笙)의 『신암필기』(新庵筆記) 4권 4쪽 『육조금분』(六朝金糞)에서는 "견인이 경술(선통 2년, 1910년) 9월 19일에 갑자기 고인이 되었다"(趼人于庚戌(宣統二年, 卽1910年)九月十九日, 遽作古人)고 하였다.— 보주

44) 『한해』(恨海)는 10회로 경자사변을 배경으로 하여 두 쌍의 청춘 남녀의 혼인비극을 서술하고 있다. [『한해』는 한 소관료의 파멸을 통해 제국주의 침략 하의 중국 사회의 어지러운 실상을 묘사하고, 또 봉건예교의 혼인에 대한 속박을 폭로했다. 이 책은 반제반봉건의 색채가 농후하다.— 보주]

『호보옥』(胡寶玉). 일명 『삼십년상하이북리지괴역사』(三十年上海北里之怪歷史)라고도 하며 책 전체가 8장으로 나누어져 있다. 명기 호보옥 등의 인물에 관한 이야기를 서술하고 있다.

45) 『환아령혼기』(還我靈魂記)의 원제는 『환아혼령기』(還我魂靈記)이다. 이것은 오옥요가 1910년 약방을 위하여 쓴 한 편의 광고문헌이다. 그 속의 상인은 중법대약방(中法大藥

房) 주인 황초구(黃楚九)이고 그가 찬양한 약은 애라보뇌즙(艾羅補腦汁)이다(1910년 7월 22일 『한구중서보』漢口中西報에 근거함).

46) 『환아령혼기』는 『신암필기』 3권 「오견인」 조에 다음과 같이 나와 있다. "『조암총화』에 다음과 같은 내용이 실려 있다. 일찍이 어떤 신문에 유서임용자라는 이가 다음과 같은 글을 투고한 것을 본 일이 있다. 오견인 선생은 소설의 거두이다. 그가 요코하마에 있을 때 『통사』를 지었고, 헐포에 있을 때 『상하이유참록』과 『괴현상』을 지어 식자들의 존경을 받았다. 뜻하지 않게 그러던 이가 만년에 『환아령혼기』라는 것을 지으니 이것은 또 무슨 말인가? 그래서 다음과 같은 만련(죽은 이를 애도하는 대련)을 짓노라. 백전의 문단의 진정한 장수, 십년 전에 죽었어야 완벽한 사람이 되었을 것을…… 선생이 장사치를 위해 『환아령혼기』를 지은 것은 오히려 실언의 허물이라…… 애석하게도 하늘은 영원하지 않을 터이니, 끝내 이 약과 저 문장은 같이 썩어 버리리라."(『涤庵叢話』載, 曾見某報刊類西任庸子投函云: 吳趼人先生, 小說巨子. 其在橫濱, 則著『痛史』, 在歇浦, 則作『上海游驂錄』與『怪現狀』, 識者敬之. 不意其晚年作一『還我靈魂記』, 又何說也? 因作挽聯云, 百戰文壇眞福將, 十年前死是完人.…先生爲市儈作『還我靈魂記』, 猶是失言之過,…惜天不永年遂使此藥與斯文同朽) — 보주

47) 『견전필기』(趼廛筆記)는 총 72칙(則)으로 내용은 전해들은 바를 서술하고 있으며, 독서찰기(讀書札記)도 있다.

『견인십삼종』(趼人十三種)은 『광서만년』(光緒萬年), 『무리취뇨서유기』(無理取鬧西游記), 『입헌만세』(立憲萬歲), 『흑적원혼』(黑籍寃魂), 『의도기』(義盜記), 『경축입헌』(慶祝立憲), 『대개혁』(大改革), 『평보청운』(平步青雲), 『쾌승관』(快升官), 『사공과』(査功課), 『인경학사귀곡전』(人鏡學社鬼哭傳), 『견전잉묵』(趼廛賸墨) 및 『견전시산잉』(趼廛詩刪賸) 등이다. 모두 앞뒤로 『월월소설』에 발표되었다. 오견인 사후 딴 사람이 이야기를 모아서 책을 만들고 출판하였다.

48) 『아불산인필기사종』(我佛山人筆記四種)은 『아불산인필기』(我佛山人筆記)를 가리키며 왕유보(汪維甫)가 편집하였다. 『견전수필』(趼廛隨筆), 『견전속필』(趼廛續筆), 『중국정탐삼십사안』(中國偵探三十四案) 및 『상하이삼십년염적』(上海三十年艶迹)이 포함되어 있는데 앞의 2종은 『견전필기』와 내용이 같다.

『아불산인골계담』(我佛山人滑稽談)에는 소화(笑話) 117여 칙(則)이 포함되어 있다.

『아불산인찰기소설』(我佛山人札記小說)은 모두 4권, 53편이며 대부분이 기문일사(奇聞軼事)에 속한다.

49) 오견인의 저작은 이밖에도 『할편기문』(瞎騙奇聞) 8회(1904), 『호도세계』(胡涂世界) 12회(1906), 『중국정탐색』(中國偵探索, 1906), 『양진연의』(兩晋演義) 23회(1906~1908), 『도정탐』(盜偵探) 22회(1906~1908), 『운남야승』(雲南野乘) 3회(1907~1908), 『정변』(情變), 『근십년목도지괴현상』(近十年目睹之怪現狀) 등이 있다.— 보주

오옥요(吳沃堯)에 대해서는 이후에 연구가 진척되어 루쉰이 기술한 내용이 적지않게 보정되었다. 웨이사오창은 「루쉰의 오옥요 전략 전주」(魯迅之吳沃堯傳略箋注)에서 『사략』 제28편 중의 오옥요에 대한 약전을 전주하였다(魏紹昌 編, 『吳趼人研究資料』). 이것에 의해 본문의 미비점을 다음과 같이 보완한다.

"이십 세에 상하이로 가서"라는 대목은 그의 『견전필기』의 「성명」(星命)에 의하면, 계미(癸未; 1883)에 이미 상하이에 왔다는 증거가 있으며, 우인인 포천소(包天笑)의 회상에서도 "이십 세 전후"에 상하이에 왔다는 것으로 보아, "이십 세 이전, 십칠팔 세 때 상하이에 왔을 것"이라고 한다. 그 뒤 "산동(山東)에서 머문 것"은 갑진(甲辰; 1904)년 겨울로, 다음 해 우인의 회상에 의하면, 황하하공국 직사(黃河河工局職事)에 취임하였으나, 관리 생활이 익지 않아 삼개월 남짓 생활하다가 상하이로 되돌아갔다고 한다. 그래서 일본에 간 것은 산동에 가기 전, 아마도 1903년 겨울이었을 것이라 한다. 그리고 『지남보』를 위해 『신석두기』를 지었다고 했는데, 『신석두기』는 『지남보』에 발표한 것이 아니고, 상하이의 『남방보』(南方報)에 연재한 것으로, 1905년 9월 19일 제28호부터 연재하기 시작해, 1908년 2월 1일 정간될 때까지 연재되었다고 한다. 『신석두기』 전문 40회는 그 해 상하이의 개량소설사(改良小說社)에서 단행본으로 나왔다. 광지소학교는 처음에 "광둥려학"(廣東旅學)이라고 했는데, 1907년 겨울 오견인이 동향 사람과 함께 상하이에서 창립하여 다음 해(1908) 정월 문을 열었다. 『환아령혼기』는 그 뒤 발견되었다. 제명은 『환아혼령기』라고 해야 맞는데, 모두 칠백팔십 자로 이루어진 광고문이다. 그의 문집 가운데 『견인십삼종』(趼人十三種; 서명이 잘못되어 "趼"이 "研"으로 되어 있음)은 오옥요 생전인 1909년 7월 간행되었다. 일찍이 『월월소설』에 발표되었던 것이라 한다.—일역본

50) 『신소설』(新小說)은 광서 28년(1902) 량치차오가 요코하마(橫濱)에서 창간하였으며 모두 2권으로 간행되었다. 소설을 위주로 시가, 희곡, 필기 등이 언급되어 있다.

51) 『이십년목도지괴현상』(二十年目睹之怪現狀)은 웨이사오창의 조사에 의하면, 108회로, "사회소설"이라 하며, "아불산인찬"(我佛山人撰)이라 적혀 있다. 처음에는 『신소설』 제8호부터 15호까지와 제17호에서 24호까지, 광서 29년(1903) 8월부터 광서 31년(1905) 12월까지 간행되어, 제45회까지 연재되었다가 중단되었다. 뒤에 상하이의 광지서국에서 단행본으로 간행되었다. 8책으로 나누어져 있으며, 갑권(제1회부터 15회까지)은 광서 32년(1906) 2월 출판되었고, 을권(제16회부터 30회까지)은 같은 해 4월에 출판되었다. 병권(제31회부터 45회까지)은 같은 해 9월 출판되었고, 정권(제46회부터 55회까지)과 무권(제56회부터 65회까지)은 모두 같은 해 12월에 출판되었다. 기권(제66회부터 80회까지)은 선통 원년(1909) 3월에 출판되었고, 경권(제81회부터 94회까지)은 선통 2년(1910) 8월에 출판되었다. 신권(제95회부터 108회까지)은 같은 해 12월에 출판되었다(웨이사오창 편, 『오견인연구자료』吳趼人研究資料 하권, 작품「일 장편소설 이십년목도지괴현상」一長篇小說二十年目睹之怪現狀에 의거함).—일역본

52) 이매망량(魑魅魍魎)은 모두 도깨비를 가리키는 말이다. 여기에서는 염량세태(炎凉世態)에 찌든 세인(世人)들을 두고 하는 말이다.—옮긴이

53) 원문은 다음과 같다. 只因我出來應世的二十年中, 回頭想來, 所遇見的只有三種東西: 第一種是蛇蟲鼠蟻; 第二種是豺狼虎豹; 第三種是魑魅魍魎.(第一回)

54) 동쪽 원자(院子). 원자는 집 가운데 있는 마당이다. 중국의 전통적인 가옥구조는 방들이 가운데 마당을 중심으로 사각형으로 둘러쳐져 있는 사합원(四合院)의 형태를 이루고 있는 것을 상기할 것.—일역본/옮긴이

55) 원문은 다음과 같다. …到了晚上, 各人都已安歇, 我在枕上隱隱聽得一陣喧嚷的聲音出在東院裏.…嚷了一陣, 又靜了一陣, 靜了一陣, 又嚷了一陣, 雖是聽不出所說的話來, 却只覺得耳根不淸淨, 睡不安穩.…直等到自鳴鍾報了三點之後, 方才朦朧睡去; 等到一覺醒來, 已是九點多鍾了. 連忙起來, 穿好衣服, 走出客堂, 只見吳亮臣李在玆和兩個學徒, 一個廚子, 兩個打雜, 圍在一起竊竊私議. 我忙問是甚麽事.…亮臣正要開言, 在玆道, "叫王三說罷, 省了我們費嘴." 打雜王三便道, "是東院符老爺家的事. 昨天晩上半夜裏我起來解手, 聽見東院裏有人吵嘴,…就摸到後院裏,…往裏面偸看: 原來符老爺和符太太對坐在上面, 那一個到我們家裏討飯的老頭兒坐在下面, 兩口子正罵那老頭子呢. 那老頭子低着頭哭, 只不做聲. 符太太罵得最出奇, 說道, '一個人活到五六十歲, 就應該死的了, 從來沒見過八十多歲人還活着的.' 符老爺道, '活着倒也罷了. 無論是粥是飯, 有得吃吃點, 安分守己也罷了; 今天嫌粥了, 明天嫌飯了, 你可知道要吃的好, 喝的好, 穿的好, 是要自己本事掙來的呢.' 那老頭子道, '可憐我幷不求好吃好喝, 只求一點兒鹹菜罷了.' 符老爺聽了, 便直跳起來, 說道, '今日要鹹菜, 明日便要鹹肉, 後日便要鷄鵝魚鴨, 再過些時, 便燕窩魚翅都要起來了. 我是個沒補缺的窮官兒, 供應不起!' 說到那裏, 拍桌子打板凳的大罵.…罵够了一回, 老媽子開上酒菜來, 擺在當中一張獨脚圓桌上. 符老爺兩口子對坐着喝酒, 却是有說有笑的. 那老頭子坐在底下, 只管抽抽咽咽的哭. 符老爺喝兩杯, 罵兩句; 符太太只管拿骨頭來逗叭兒狗頑. 那老頭子哭喪着臉, 不知說了一句甚麽話, 符老爺登時大發雷霆起來, 把那獨脚桌子一掀, 訇訇一聲, 桌上的東西翻了個滿地, 大聲喝道, '你便吃去!' 那老頭子也太不要臉, 認眞就爬在地下拾來吃. 符老爺忽的站了起來, 提起坐的凳子, 對准了那老頭子摔去. 幸亏站着的老媽子搶着過來接了一接, 雖然接不住, 却擋去勢子不少. 那凳子雖然還摔在那老頭子的頭上, 却只摔破了一點頭皮. 倘不是那一擋, 只怕腦子也磕出來了." 我聽了這一番話, 不覺嚇了一身大汗, 黙黙自己打主意. 到了吃飯時, 我便叫李在玆趕緊去找房子, 我們要搬家了.…(第七十四回)

56) 因人, 因地, 因時, 各有變態.

57) 원문은 "主張恢復舊道德". 『신암필기』 2권 『신암역설하·자유결혼』 평어에 다음과 같이 나와 있다. "내가 역자와 함께 시사를 논함에 있어 매번 서로 의견이 맞지 않았다. 대개 역자는 신문명의 수입을 주장하였고, 나는 구도덕의 회복을 주장하였다."(余與譯者論時事. 每格格不相入. 盖譯者主輸入新文明, 余則主恢復舊道德也) — 보주

58) 『노잔유기』(老殘游記)는 초편 20회, 이편 9회로, 따로 외편 잔고 몇 쪽이 있다. 금본 『노잔유기』에는 초편 20회와 이편 6회가 들어가 있고, 『노잔유기자료』에는 이편 7, 8, 9회와 외편 잔고 몇 쪽이 들어가 있다.— 보주

59) 유악(劉鶚, 1857~1909)은 일찍이 후보 지부(候補知府)라는 벼슬자리에 올랐으나, 뒤에 벼슬을 버리고 장사를 하였다. 『노잔유기』 이외에 갑골문으로 엮은 『철운장구』(鐵雲藏龜) 등이 있다.

60) 『노잔유기자료』에는 "뒷부분의 몇 회는 그 아들의 속작"(末數回乃其子續作之)이라는 말이 없다.— 보주

61) 유악은 『구고천원초』(勾股天元草)와 『호각삼술』(弧角三術)을 출판한 적이 있는데, 모두 목각본이다. 유회생(劉淮生)의 『출조철운공편저서적목록』(出祖鐵雲公編著書籍目錄)에

보이며, 『노잔유기이집』(老殘游記二集; 良友圖書公司, 1935)에 실려 있다.— 보주

62) 유악은 『요약분제보정』(要藥分劑補正; 稿本)을 쓴 적이 있다(문헌은 위와 같음).— 보주

63) 오대징(吳大澂, 1835~1902)의 자는 청경(淸卿)이고, 호는 각재(愙齋)이며, 청 오현(吳縣: 지금의 장쑤성) 사람으로 호남순무(湖南巡撫)를 지냈다. 저서로는 『각재시문집』(愙齋詩文集), 『각재집고록』(愙齋集古錄) 등이 있다.

64) 유악은 『연하오설』(沿河五說; 附續說二, 木刻本)과 『역대황하변천도고십권』(歷代黃河變遷圖考十卷; 光緖 19年 石印本)을 쓴 적이 있다(문헌은 위와 같음).— 보주

65) 장이쉐(蔣逸雪)의 『유철운 연보』에는 다음과 같이 나와 있다. "광서 23년 7월, 외국 상인의 초빙에 응하여, 산서성의 광산 업무를 맡아보았다. 유악은 벼슬을 버리고 장사한 것에 대해 뤄전위에게 다음과 같은 편지를 띄웠다. '산서의 광산이 개발되면, 백성들은 소득을 얻게 되고 나라는 부강해질 수 있다. 우리나라에는 본래 축적된 것이 없으니, 차라리 유럽인에게 개발을 맡기는 것이 낫다. 우리가 그 제도를 엄하게 정해 두면 삼십 년이면 광산이 우리에게 귀속되는 것을 기대할 수 있을 것이다.' 다만 외국 상인이 투자하는 것은 그 중점이 자신들의 이익에 있고, 유악은 그 나머지를 구걸하여 우리에게 보탬이 되고자 하는 것이니, 이것은 여우에게서 가죽을 벗기자고 의논하는 격으로, 반드시 이루지 못할 일이다."(光緖23年七月, 應外商聘, 主辦山西礦務. 鶚棄宦而商, 與羅振玉書云: '近欲以開晉鐵謀于晉托, 俾淸于朝. 晉礦開, 則民得養而國可富也. 國無素蓄, 不如任歐人開之, 我嚴定其制, 三十年而望礦路歸我'. 惟外商投資, 重在自利, 而鶚欲乞其余以補益我, 是則與狐謀皮, 不可必得者也. 『노잔유기자료』를 볼 것)— 보주

66) 의화단 사건(義和團事件)을 가리킴.— 옮긴이

67) 심질민(沈瓞民)의 『노잔유기 작자 유악의 수고』(老殘遊記作者劉鶚的手稿)에는 다음과 같이 나와 있다. "유악 자신이 제정 러시아군의 수중에서 쌀을 사들여 굶주린 백성들에게 내다 판 것이 횡재를 위한 것이었을까? 경자년에는 도성의 백성들이 기아에 시달려 길에 굶어죽은 시체가 널려 있었다. 유악이 쌀을 내다 판 일은 실제로 백성들을 구휼하기 위한 것으로 어려움에 처한 백성의 몸에서 구휼을 빌미로 돈을 벌려 했던 것은 아니었다. 비록 이 정치 자본으로 뒷날 출세하고 돈 벌 길을 터놓기 위한 의도가 있었다 하더라도 그 일만을 놓고 볼 때에는 그 의의 역시 없애 버릴 수 없는 것이다." (劉鶚自己從帝俄軍手里買米來糶給饑民, 是否爲了發橫財呢? 庚子年都人苦饑, 道殣相望, 劉乃有糶米之擧, 實爲賑災, 不是想在難民身上發賑災財. 雖有以此政治資本, 爲日后升官發財鋪平道路的意圖; 但就事論事, 其意義也不容抹殺)— 보주

68) 유악의 사적에 관해서도 이후에 연구가 진척되어 많은 사실들이 밝혀졌다.
이를테면 그의 생졸년에 관해서, 본문에서는 "약 1850~1910"으로 되어 있으나, 장이쉐의 『유악 연보』(劉鶚年譜; 지난: 치루서사, 1981년 3월 2쇄)에 의하면, 함풍 7년 정사(丁巳; 1857) 9월 초하루에 장쑤성 루허현(六合縣)에서 태어나, 선통(宣統) 원년 기유(己酉; 1909) 7월 초팔일에 디화(迪化; 우룸치)에서 죽은 것으로 판명되었다.
또 유악이 상업에 종사했다는 것은 광서 10년 갑신(甲申; 1884), 그의 나이 스물여덟의 일로서, 회안(淮安)의 남시가(南市街)에서 연초업을 경영한 것이 최초라고 한다. 다음 해 양주(揚州)에서 의원으로 개업하였다. 광서 13년 정해(丁亥; 1887)에는 서른한 살의

나이로 상하이에서 석창서국(石昌書局)을 열었는데(일설로는 석판인쇄의 시발이라고 함), 오래지 않아 망했다고 한다.

의화단사건 이후 태창(太倉)의 미곡을 사들여 난민을 구제하는 데 충당했다고 하는 설은 아잉(阿英)이 고증하였다. 나아가 그가 신장(新疆)으로 추방되었던 진짜 원인은 당시의 권신이었던 단방(端方) 등과의 갈등에 있었으며, 태창의 미곡 운운하는 것은 구실에 지나지 않는다고 단정하였다(아잉, 「경자년 연합국 전역 중의 노잔유기 작자 유철운」庚子聯軍戰役中的老殘游記作者劉鐵雲, 『소설이담』小說二談).

유악은 사상적으로는 이광흔(李光炘, 1808~1886; 자는 晴峰, 龍川先生)에게 사사하여, 용천을 통해 주태곡(周太谷; 星垣)의 이른바 태곡학파에 경도되었던 듯하다.

『노잔유기』의 판본에 관해서는 그 뒤 아잉을 필두로 여러 가지 연구가 나와 있다(아잉, 「노잔유기에 관한 두 가지 문제」關于老殘游記二題에서의 「노잔유기 판본고」老殘游記版本考, 『소설이담』).

『노잔유기』는 처음에 『수상소설』(繡像小說)과 『천진일일신문』(天津日日新聞)에 발표되었다. 웨이사오창(魏紹昌)의 연구에 의하면, 1904년에 『천진일일신문』에 초집(初集) 이십 회가 간행된 뒤에도, 『노잔유기』 이집(二集)이 계속 발행되었다고 한다. 유악의 넷째아들인 유대신(劉大紳)이 1939년에 발표한 「『노잔유기』에 관하여」(關于『老殘游記』; 『문원』文苑 제1집, 베이징: 푸런대학輔仁大學)에 의하면, 이집은 십사 회까지 연재되었는데, 유악의 『을사일기』(乙巳日記)에 의하면, 그 해(1905) 시월 초닷새에 이집의 제16회를 썼다는 것으로 보아, 적어도 이집 제16회까지는 이루어졌던 듯하다. 다만 『노잔유기』는 초집 이십회 본만이 보급되고, 이집은 묻혀 버렸다. 1929년 『천진일일신문』에서 스크랩한 것에서 이집 제9회까지가 발견되었다. 그 가운데 제1회부터 제6회까지의 여섯 회가 1935년 3월, 상하이의 량유도서공사(良友圖書公司)에서 량유문고(良友文庫)의 하나로 간행되었다. 웨이사오창, 「『노잔유기』 속집의 일단의 내막」(『老殘游記』續集的一段內幕). 처음에 『양성일보』(羊城日報) 1961년 4월 17일, 18일호에 실림; 중궈서후이커쉐출판사(中國社會科學出版社) 간(刊), 『중국근대문학 논문집』(中國近代文學論文集) 「소설권」(小說卷)에 재수록. 뒤에 웨이사오창 편, 『노잔유기연구자료』(老殘游記研究資料)에 스크랩 본에서 초록한 부본(副本)에 의해 이집 제7~9회가 실렸고, 런민원쉐출판사의 1982년 4월 베이징 2판의 『노잔유기』 재판 본(陳翔鶴 校, 戴鴻森 注)에는 『천진일일신문』 본을 저본으로 하여, 『노잔유기』 이십 회가 실려 있는 이외에, 부록으로 량유문고에 의한 『이집』 제1~6회와 위의 스크랩 본의 부분에 의한 제7~9회가 실려 있다. 이집에 관해서, 유악이 지은 것이 아니라는 설도 있는데, 현재는 유악이 지은 것으로 보고 있다.

또 『노잔유기』의 잔고(殘稿)도 발견되었다. 웨이사오창, 「『노잔유기』 잔고」(『老殘游記』殘稿). 처음에 『문회보』 1961년 1월 29일호에 실렸다가, 뒤에 중궈서후이커쉐출판사(中國社會科學出版社) 간, 『중국근대문학 논문집』 「소설권」에 재수록. 이것에 의하면, 『노잔유기』의 구상은 최초에는 육십 회로 예정되어 있었는데, 뒤에 완성되지 못한 것이라고 한다.

또 유악의 손자뻘 되는 류후이쑨(劉蕙孫)에 의해 『철운시존』(鐵雲詩存; 류후이쑨 표주標

注, 지난: 치루서사, 1980년 12월)과 『철운선생연보장편』(鐵雲先生年譜長編; 류후이쑨 저, 지난: 치루서사, 1982년 8월) 두 책이 나와 있다. 후자는 유악의 생애에 관한 귀중한 자료를 많이 담고 있다.—일역본

69) 서동(徐桐, 1819~1900)의 자는 음헌(蔭軒)이며, 한군 정람 기인(漢軍正藍旗人)으로, 예부(禮部)와 이부(吏部)의 상서(尙書)를 역임했다. 완고하고 보수적이어서 유신변법(維新變法)을 반대했다.

이병형(李秉衡, 1830~1900)의 자는 감당(鑑堂)이고, 해성(海城; 지금 요녕에 속함) 사람으로, 관직은 산동순무(山東巡撫), 순열장강수사대신(巡閱長江水師大臣) 등을 지냈다. 팔국(八國)의 연합군이 베이징을 공격했을 때 전쟁에 패하여 자살했다.

70) 원문은 다음과 같다. 贓官可恨, 人人知之, 淸官尤可恨, 人多不知. 蓋贓官自知有病, 不敢公然爲非; 淸官則自以委不要錢, 何所不可? 剛愎自用, 小則殺人, 大則誤國, 吾人親目所見, 不知凡幾矣. 試觀徐桐李秉衡, 其顯然者也.…歷來小說, 皆揭贓官之惡. 有揭淸官之惡者, 自『老殘遊記』始.

71) 아속(衙屬)이라고도 하며, 청대에 관청에서 잡역에 종사한 사람을 가리킴.—옮긴이

72) 옛날 은행에서 발행한 은태환 지폐.—옮긴이

73) "차역"(差役)은 아문(衙門)에서 잔심부름을 하는 사람으로, 아문의 최하급 고용인이다.—일역본

74) 죄인을 고문하는 방법으로, 협(夾)은 두 개의 몽둥이로 다리를 비트는 것이고, 찰(拶)은 찰자(拶子)라는 형구를 죄인의 손가락 사이에 끼워서 조이는 것이다.—옮긴이

75) 위씨의 딸.—옮긴이

76) 원문은 다음과 같다. …那衙役們早將魏家父女帶到, 却都是死了一半般的樣子. 兩人跪到堂上, 剛弼便從懷裏摸出那個一千兩銀票並那五千五百兩憑據,…叫差役送與他父女們看. 他父女回說"不懂, 這是甚麽緣故?"…剛弼哈哈大笑道, "你不知道, 等我來告訴你, 你就知道了. 昨兒有個胡擧人來拜我, 先送一千兩銀子, 道, 你們這案, 叫我設法兒開脫; 又說, 如果開脫, 銀子再要多些也肯.…我再詳細告訴你, 倘若人命不是你謀害的, 你家爲甚麽肯拿幾千兩銀子出來打點呢? 這是第一據.…倘人不是你害的, 我告訴他, '照五百兩一條命計算, 也應該六千五百兩.' 你那管事的就應該說, '人命實不是我家害的, 如蒙委員代爲昭雪, 七千八千俱可, 六千五百兩的數目却不敢答應.' 怎麽他毫無疑義, 就照五百兩一條命算帳呢? 這是第二據. 我勸你們, 早遲總得招認, 免得饒上許多刑具的苦楚." 那父女兩個連連叩頭說, "靑天大老爺, 實在是寃枉." 剛弼把桌子一拍, 大怒道, "我這樣開導, 你們還是不招? 再替我夾拶起來!" 底下差役炸雷似的答應了一聲"嗄!"…正要動刑. 剛弼又道, "慢着. 行刑的差役上來, 我對你說.…你們伎倆, 我全知道. 你們看那案子是不要緊的呢, 你們得了錢, 用刑就輕, 讓犯人不甚喫苦. 你們看那案情重大, 是翻不過來的了, 你們得了錢, 就猛一緊, 把犯人當堂治死, 成全他個整尸首, 本官又有個嚴刑斃命的處分. 我是全曉得的. 今日替我先拶賈魏氏, 只不許拶得他發昏, 但看神色不好就鬆刑, 等他回過氣來再拶. 豫備十天工夫, 無論你甚麽好漢, 也不怕你不招!"…(第十六章)

77) 『소설림』(小說林)은 황모시(黃摩西)가 주편(主編)하였다. 1907년 1월 상하이에서 창간되어 1908년 9월에 정간되었는데 모두 12호가 출판되었고 번역소설이 많이 실렸다.

78)『증맹박담얼해화』(曾孟朴談孽海花)에는 다음과 같이 나와 있다. "애자유자는 본서의 설자에 출현한다. 하지만 일반 독자들은 왕왕 허구적인 것으로 생각하나, 사실은 실제 인물이다. 애자유자는 내 친구 김송잠 군으로 이름은 천책이다. 그는 이 책을 발기하여 일찍이 4, 5회를 썼다. 그러나 김군의 원고는 지나치게 주인공에 초점이 맞추어져 있어 느닷없는 기생 둘이서 서로 어우러지며 관계를 엮어 나가 그 기량을 이향군의『도화선』을 만드는 데 충당했을 따름이다. 나는 오히려 그렇지 않았다. 주인공을 전서의 실마리로 삼아 최근 삼십여 년의 역사를 최대한 담아내려 하였다. 나의 의견을 김군에게 말하자, 김군은 이 책을 계속할 책임을 전적으로 내게 돌렸다. 나는 김군의 4, 5회가량의 원고를 한편으로는 고쳐 나가면서 다른 한편으로 이야기를 계속 진행시켜 삼개월의 시간을 들여 단번에 이십 회를 이루어 냈다."(愛自由者在本書的楔子里就出現, 但一般讀者, 往往認爲是虛構的, 其實是實事. 愛自由者就是吾友金君松岑, 名天翮. 他發起這書, 曾做過四五回. 但是金君的原稿, 過于注重主人公, 不過描寫二個奇突的妓女, 略映帶些相關的時事, 充其量能做成了李香君的『桃花扇』. 我却不然, 想借用主人公作全書的線索, 盡量容納近三十年來的歷史. 我的意見告訴了金君. 金君竟把繼續這書的責任, 全卸到我身上來. 我就把金君四五回的原稿, 一面點竄涂改, 一面進行不息, 三個月功夫, 一氣呵成了二十回) — 보주

79) 증박(曾朴, 1872~1935)의 자는 맹박(孟朴)이고, 필명은 동아병부(東亞病夫)이며, 강소(江蘇) 상숙(常熟) 사람으로, 신해혁명(辛亥革命) 이후 강소재정청장(江蘇財政廳長), 정무청장(政務廳長) 등의 직책을 맡아보았다. 일찍이 소설림서점(小說林書店)을 창건했는데 그의 저서로는『얼해화』(孽海花) 이외에도『노남자』(魯男子) 등이 있다.『얼해화』의 앞부분 6회는 애자유자(愛自由者)라는 필명의 김송잠(金松岑)이 지은 것으로 증박의 수개(修改)를 거쳤다.

80)『얼해화』(孽海花)라는 제목의 의미는 다음과 같다. "얼"(孽)은 죄악이라는 뜻으로, "조얼"(造孽)이나 "죄얼"(罪孽)이라고도 한다. "얼장"(孽障)은 불교에서 과거에 저지른 악업으로 인해서 현재에 받는 업보이다. 그러므로 "얼해화"는 "악의 바다의 꽃"이라는 뜻이다. 이 "꽃"은『해상화열전』에서의 "꽃"과 같은 쓰임새이다.

『얼해화』에 관해서는 아잉과 웨이사오창 등에 의해 연구가 진행되었다. 아잉의「얼해화잡화」(孽海花雜話;『小說二談』)의「두 가지 광고」(兩則廣告) 등과 웨이사오창 편,『얼해화자료』(孽海花資料; 增訂本)에 의해 본문의 기술을 다음과 같이 보완하기로 하겠다.

『얼해화』는 처음에 김송잠(金松岑, 1874~1947)이 "애자유자"(愛自由者)라는 필명으로 6회까지 원고를 쓰고(2회까지는 1903년 10월, 일본 도쿄에서 출판된『강소』江蘇 잡지 제8기에 발표됨), 1904년(甲辰) 3월에 김송잠이 번역 출판한 러시아 허무당사(虛無黨史)『자유혈』(自由血)의 책 뒤(書後) 광고에,『삼십삼 년 낙화몽』(三十三年落花夢) 등과 함께『얼해화』를 정치소설로서 출판하게 된 취지가 실려 있다. 다만 1904년 여름과 가을 무렵 6회의 원고를 소설림사(小說林社)의 증박(曾樸)에게 인도하여, 증박이 원고를 개고하고 계속 이어 써 3개월 만에 20회를 다 썼다. 다음 해 1905년(乙巳) 정월, 소설림사에서 "역사소설"로 출판되었다. 따라서 "애자유자 발기, 동아병부 편술"(愛自由者發起, 東亞病夫編述)이라고 한 것은 이러한 사정에 의한 것이다.

잇달아 1907년(丁未) 정월,『소설림』월간이 창간되고, 1908년(戊申) 9월에 정간되기

까지 모두 12기가 나왔는데, 『얼해화』의 제21회부터 제25회까지가 동지의 제1, 2, 4기에 분재되었다.

뒤에 증박은 이미 나온 것을 수정하고 제26회부터 제30회까지를 보완하여, 1928년 1월 상하이의 진선미서점(증박이 경영하던)에서 초집(제1~10회)과 이집(제11~20회) 두 권이 간행되었고, 1931년 1월 같은 서점에서 삼집(제21~30회) 한 권이 간행되었다. 또 1927년 11월 잡지 『진선미』 반월간에 수개(修改)를 거친 제21회부터 제25회까지가 발표되고, 새롭게 씌어진 제26회부터 제35회가 간헐적으로 발표되었다. 제35회는 1930년 4월에 발표된 것이다.

통행본은 진선미사 판 30회 본 계통의 것이 많다.—일역본

81) 『얼해화』의 마지막 회의 회목은 다음과 같다. "전제국은 전제의 화를 끝내 매듭짓고, 자유신은 자유의 꽃을 다시 피운다."(專制國終攖專制禍, 自由神還放自由花)—보주

82) 『얼해화』 전(前)20회는 광서 31년(丁巳, 1905)에 소설림사에서 단행본 이책(二冊)으로 나왔다. 그 가운데 앞부분 6회는 김송잠의 원고를 수정한 것이다. 김송잠은 일찍이 애자유자김일(愛自由者金一)을 이름으로 삼았으며 또 기린(麒麟)이라고도 했는데, 『얼해화』 초고를 광서 계묘(1903)에 『강소』 잡지에 실었다.—보주

83) 의화단 사건 때 중국에 침략한 팔개국 연합군의 총지휘관이었던 알프레트 그라프 폰 발더제(Alfred Graf von Waldersee; 1832~1904)로, 중국식 이름은 워더시(瓦德西)이다. 독일의 육군 원수로, 그의 회고록 가운데 의화단 사건에 관계된 부분이 『워더시 권란 필기』(瓦德西拳亂筆記; 1928년 王光祈 抄譯)라는 제목으로 번역되었다.—일역본

84) 모학정(冒鶴亭)의 「『얼해화』 한화」(『孽海花』閒話), 기과경(紀果卿)의 「『얼해화』 인물만담」(『孽海花』人物漫談), 유문소(劉文昭)의 「『얼해화』 인물색은표」(『孽海花』人物索隱表) 등에 고증이 있으며, 모두 웨이사오창이 엮은 『얼해화자료』(증정본)에 실려 있다.—일역본

85) 이자명(李慈銘, 1830~1894)의 자는 애백(悉伯)이고, 호는 순객(蒓客)이며, 회계(會稽; 지금의 저장 사오싱) 사람으로, 관직은 산서도감찰어사(山西道監察御史)에 이르렀다. 저서에는 『월만당일기』(越縵堂日記)와 『백화강부각시집』(白華絳跗閣詩集), 『호당림관병체문초』(湖塘林館駢體文鈔) 등이 있다.

86) 장환영(莊煥英)으로, 실제로는 장음환(張蔭桓, 1837~1900, 자는 樵野)이다. 광동성(廣東省) 남해(南海) 사람이며, 감생(監生)이다. 호부시랑(戶部侍郞)으로 미국과 일본, 페루에 외교관으로 부임했던 일이 있다.—일역본

87) 대문의 안쪽이나 병문(屛門; 집의 안채와 바깥채 사이에 두는 가운데 문)의 안쪽에 있으며, 가리개 역할을 한다. 나무로 만드는 경우도 있으며, 밑에는 대좌(臺座)가 있어 이동할 수도 있다.—일역본/옮긴이

88) 사합원(四合院)의 정방(正房)으로 향해 있는 방을 도좌아(倒座兒)라 하는데, 이곳은 거실과 마주하고 있는 객실인 듯하다.—일역본

89) 파초(芭蕉) 잎 모양의 문.—옮긴이

90) 히비스커스.—옮긴이

91) 가공한 면직물로 짠 직물.—옮긴이

92) 옛날 서신, 공문 따위에서 상대방의 이름을 언급할 때 상대방에게 존경을 표하기 위해 줄을 달리하여 쓰는 것으로, 줄을 바꾸어 써야 할 글자를 본문과 같은 위치로 하는 것을 평태두(平抬頭)라 하고, 본문보다 한 자 위에 올리는 것을 단태두(單抬頭)라 하며, 두 글자 올리는 것을 쌍태두(雙抬頭)라 함.— 옮긴이

93) 바보, 머저리의 의미이다. 이순객, 곧 이자명은 입이 걸기로 유명했다. 앞서의 역주에 나온 모학정(冒鶴亭)에 의하면, 이 경우의 "망인"은 장지동(張之洞)을 가리키는데, 장지동이 보낸 돈이 도착하지 않았다는 것을 말하는 것이라고 한다.— 일역본

94) 원문은 다음과 같다. …却說小燕便服輕車, 叫車夫徑到城南保安寺街而來. 那時秋高氣爽, 塵軟蹄輕, 不一會, 已到了門口. 把車停在門前兩棵大楡樹陰下. 家人方要通報, 小燕搖手說"不必", 自己輕跳下車. 正跨進門, 瞥見門上新貼一副淡紅朱砂箋的門對, 寫得英秀瘦削, 歷落傾斜的兩行字, 道: 保安寺街藏書十萬卷, 戶部員外補闕一千年. 小燕一笑. 進門一個影壁; 繞影壁而東, 朝北三間倒廳; 沿倒廳廊下一直進去, 一個秋葉式的洞門; 洞門裏面, 方方一個小院落. 庭前一架紫藤, 綠葉森森, 滿院種着木芙蓉, 紅艷嬌酣, 正是開花時候. 三間靜室, 垂着湘簾, 悄無人聲. 那當兒恰好一陣微風, 小燕覺得在簾縫裏透出一股藥煙, 清香沁鼻. 掀簾進去, 却見一個椎結小童, 正拿着把破蒲扇, 在中堂東壁邊煮藥哩. 見小燕進來, 正要起立. 只聽房裏高吟道, "淡墨羅巾燈畔字, 小風鈴佩夢中人." 小燕一脚跨進去, 笑道, "'夢中人'是誰呢?" 一面說, 一面看, 只見純客穿着件半舊熟羅半截衫, 踏着草鞋, 本來好好兒, 一手捋着短鬚, 坐在一張舊竹榻上看書. 看見小燕進來, 連忙和身倒下, 伏在一部破書上發喘, 顫聲道, "呀, 怎麽小翁來, 老夫病體竟不能起迓, 怎好怎好?" 小燕道, "純老清恙, 幾時起的? 怎麽兄弟連影兒也不知?" 純客道, "就是諸公定議替老夫做壽那天起的. 可見老夫福薄, 不克當諸公盛意. 雲臥園一集, 只怕今天去不成了." 小燕道, "風漢小疾, 服藥後當可小痊. 還望先生速駕, 以慰諸君渴望." 小燕說話時, 却把眼偷瞧, 只見榻上枕邊拖出一幅長箋, 滿紙都是些擡頭. 那擡頭却奇怪, 不是"閣下""台端", 也非"長者""左右", 一迭連三, 全是"妄人"兩字. 小燕覺得詫異, 想要留心看他一兩行, 忽聽秋葉門外有兩個人, 一路談話, 一路躡手躡脚的進來. 那時純客正要開口, 只聽竹簾子拍的一聲. 正是: 十丈紅塵埋俠骨, 一簾秋色養詩魂. 不知來者何人, 且聽下回分解.(第十九回)

95) 『얼해화』의 속작에 관해서는 다음과 같은 것이 있다.

『벽혈막』(碧血幕)은 포천소(包天笑)가 지었다. 광서 정미(丁未)년(1907) 『소설림』 본이 있다. [천소(天笑)는 포공의(包公毅)이고, 미완이다.— 보주]

『속얼해화』(續孽海花)는 육사악(陸士諤)이 지었다. 원제는 『얼해화속편』(孽海花續編)인데 책 속에는 『얼해화삼편』(孽海花三編)으로 적혀 있다. 이후에 다시 연이어 4, 5, 6편을 지어 제목을 『신얼해화』(新孽海花)라고 하였다. 증박이 처음에 『얼해화』를 지었을 때에는 60회의 회목(回目)을 계획하였으나, 초고는 겨우 20회만 이루어졌을 뿐이다. 이 속작은 증박이 입안했던 회목에 의존하여 21회부터 60회까지 지어진 것이다. [1912년 9월 상하이 민국제일도서국(民國第一圖書局)에서 인행(印行)되었다.— 보주]

96) 원문은 "방서"(謗書)로, 본래는 다른 사람을 공격하는 서간을 가리키는 말이었다. 『전국책』(戰國策) 「진」(秦) 이(二)에 나온다.— 일역본

97) "흑막소설"(黑幕小說)은 1916년 10월 『시사신보』(時事新報)에 "상하이흑막"(上海黑幕)

이라는 난이 신설된 뒤에 점점 성행하게 된 소설의 일종인데 대표작품으로는 『회도중국흑막대관』(繪圖中國黑幕大觀) 등이 있다.

98) 청대의 견책소설을 처음으로 소설 일반론적 차원에서 연구한 사람은 루쉰으로, 이후의 연구는 장족의 발전이 이루어져, 오늘날에는 루쉰이 기술한 내용을 상당수 보정해야 할 필요성이 대두되었다. 그 내용은 앞서의 주(注)와 일역본 역주에 부분적이나마 소개되어 있다. 특히 아잉과 그를 뒤이은 웨이사오창 두 사람의 연구업적에는 참고할 만한 가치가 있는 자료들이 많이 있으며, 그 서목은 다음과 같다.

아잉 편, 『만청희곡소설목』(晚淸戲曲小說目; 상하이: 상하이원이롄허출판사上海文藝聯合出版社, 1954년 8월). 희곡은 석인본(石印本)과 연인본(鉛印本) 위주로 필요한 경우에는 목각본(木刻本)이나 미간고(未刊稿)까지도 다루고 있다. 소설 부분은 창작과 번역 두 권으로 나누어져 있는데, 단행본을 위주로 하였고, 어느 쪽이든 잡지에 연재된 것도 다루고 있다.

아잉 저, 『만청문예보간술략』(晚淸文藝報刊述略; 상하이: 상하이구뎬원쉐출판사, 1958년 3월). 만청문학기간술략(晚淸文學期刊述略)과 만청소설록(晚淸小說錄), 신해혁명서징(辛亥革命書徵)의 세 부분으로 나누어져 있으며, 서영(書影) 여섯 쪽(六葉)이 있다.

후스잉(胡士瑩) 편, 『탄사보권서목』(彈詞寶卷書目; 상하이: 상하이구뎬원쉐출판사, 1957년 3월) 뒤에 편자가 죽은 뒤 증정본(增訂本)이 1984년 6월 상하이구지출판사에서 간행되었다.

아잉 저, 『만청소설사』(晚淸小說史; 베이징: 쭤자출판사作家出版社, 1955년 8월, 베이징 1판) 작자가 본명인 첸싱춘(錢杏邨)이라는 이름으로 1937년 상하이의 상우인서관에서 나온 구판(舊版)을 어느 정도 산절(刪節)하고 중판한 것이다. 작자는 생전에 고쳐 쓸 요량으로 부분적으로 손을 보았다. 이를테면 『관장현형기』와 『이십년목도지괴현상』, 『노잔유기』에 관한 개정고가 남아 있는데(『소설삼담』에 실려 있음), 결국 실현되지 못했다. 다만 자료집으로서 지금까지 참고가 되고 있다.

아잉 저, 『소설한담』(小說閑談), 상하이: 상하이구뎬원쉐출판사, 1958년 5월. 아잉 저, 『소설이담』(小說二談), 상하이: 상하이구뎬원쉐출판사, 1958년 5월. 아잉 저, 『소설삼담』(小說三談), 상하이: 상하이구지출판사, 1959년 8월. 아잉 저, 『소설사담』(小說四談), 상하이: 상하이구지출판사, 1981년 12월. 이 네 권의 책은 만청소설 분야뿐만 아니라 중국소설연구에 있어서도 유익한 자료가 되고 있다.

또 아잉을 계승한 것으로는 다음과 같은 것들이 있다. 웨이사오창(魏紹昌) 편, 『이백원연구자료』(李伯元硏究資料), 상하이: 상하이구지출판사, 1980년 12월. 웨이사오창 편, 『오견인연구자료』(吳趼人硏究資料), 상하이: 상하이구지출판사, 1980년 4월. 웨이사오창 편, 『노잔유기연구자료』(老殘游記硏究資料), 중화서국, 1962년. 웨이사오창 편, 『얼해화자료』(增訂本), 상하이: 상하이구지출판사, 1982년 7월(이전에 중화서국 상하이편집소上海編輯所에서 나온 판). 스멍(時萌) 저, 『증박연구』(曾樸硏究), 상하이: 상하이구지출판사, 1982년 8월.

또 청말 소설을 포함하여 넓게 문학작품의 정수만을 뽑아 놓은 것으로, 아잉이 엮은 『만청문학총초』(晚淸文學叢鈔)가 있다. 『소설일권』(小說一卷) 상하 2책(上下二冊), 베이

징: 중화서국, 1960년 5월. 『소설이권』(小說二卷) 상하 2책, 베이징: 중화서국, 1960년 5월. 『소설삼권』(小說三卷) 상하 2책, 베이징: 중화서국, 1960년 8월. 『소설사권』(小說四卷) 상하 2책, 베이징: 중화서국, 1961년 4월. 『설창문학권』(說唱文學卷) 상하 2책, 베이징: 중화서국, 1960년 5월. 『전기잡극권』(傳奇雜劇卷) 상하 2책, 베이징: 중화서국, 1962년 9월. 『역외문학역문권』(域外文學譯文卷) 전 4책, 베이징: 중화서국, 1961년 9월. 『아라사문학역문권』(俄羅斯文學譯文卷) 상하 2책, 베이징: 중화서국, 1961년 10월. 『소설희곡연구권』(小說戲曲研究卷), 베이징: 중화서국, 1960년 3월.

위의 각 권에서도 특히 마지막의 『소설희곡연구권』에 실린 자료는 다음에 들 『중국근대문논선』(中國近代文論選)에 실린 자료와 함께 중국에 있어서 근대문학의 탄생과 소설사——문학사관의 형성, 환언하자면 역사의식의 성장의 자각과의 상호작용의 과정을 문학사상사적으로 이해하는 수단이 되고 있다. 『중국근대문논선』 상하 2책, 베이징: 런민원쉐출판사(人民文學出版社), 1981년 1월, 베이징 3쇄.

아잉은 이밖에도 중국근대반침략문학집으로서, 『아편전쟁문학집』(阿片戰爭文學集; 전 2책)과 『중법전쟁문학집』(中法戰爭文學集), 『갑오중일전쟁문학집』(甲午中日戰爭文學集), 『경자사변문학집』(庚子事變文學集; 상하 2책), 『반미화공금약문학집』(反美華工禁約文學集)을 편집했다. 이들 책에는 소설사관계 자료가 있는데, 자세한 것은 생략한다.

본문에서 들고 있는 "흑막소설"(黑幕小說)과 청말 소설의 계보와 맥을 잇고 있는 이른바 원앙호접파(鴛鴦蝴蝶派)에 관해서는 다음의 자료가 있다. 웨이사오창 편, 『원앙호접파연구자료』(鴛鴦蝴蝶派研究資料) 사료부분, 상하이: 상하이원이출판사(上海文藝出版社), 1962년 10월. 루이허스(芮和師), 판보췬(范伯群), 정쉐타오(鄭學弢), 쉬쓰녠(徐斯年), 위안창저우(袁滄洲), 『원앙호접파문학자료』(鴛鴦蝴蝶派文學資料) 상하 2책, 푸저우: 푸젠런민출판사(福建人民出版社), 1984년 8월.

또 본문에 나와 있는 잡지류인 『신소설』(新小說)과 『수상소설』(繡像小說), 『월월소설』(月月小說), 『소설림』(小說林) 등은 근년에 각각 영인본이 복각되어 간행되었다.

또 부채운(傅彩雲)이 홍균(洪鈞)에게 몸을 맡겼던 장소에 관해서, 본문에는 상하이로 기록되어 있는데, 사실은 쑤저우(蘇州)인 듯하다. 류푸(劉復)의 『새금화본사』(賽金花本事)에 의함. 최근에는 정이메이(鄭逸梅)가 지은 『청오만필』(清娛漫筆; 增訂本, 上海書店, 1984년 7월 2쇄)에 「새금화생오문소가항」(賽金花生吳門蕭家巷)이라는 글이 실려 있는데, 이것에 의하면 새(賽)는 소주에서는 자칭 "부채운"(富彩雲)이라고 칭했다 하면서, 역시 상하이에서 몸을 맡겼다고 기록한 본문의 설은 잘못이라고 하였다.—일역본

[흑막소설류는 사회신문과 비슷하다. 이를테면 전생가(錢生可)가 집한 『상하이흑막회편』(上海黑幕匯編) 4책(1917)이 있다.—보주]

후기

이상 『중국소설사략』 28편 가운데 제1편부터 제15편까지는 작년 10월 중에 인쇄가 끝났다. 그 뒤에 주이존朱彝尊[1]의 『명시종』明詩綜 80권에서 안탕산초雁宕山樵 진침陳忱의 자가 하심遐心이란 것을 알게 되었으며 후스胡適가 쓴 「후수호전서」後水滸傳序[2]에는 그 상황에 관해 고증한 것이 더 많았다. 또 셰우량謝無量의 『평민문학의 양대문호』平民文學之兩大文豪[3] 제1편에서 『설당전』說唐傳 구본舊本에는 '여릉 나본 찬'廬陵羅本撰이라고 제하였다는 것과 『분장루』粉妝樓도 역시 나관중羅貫中의 작품이라고 전해진다는 것을 알았으나 애석하게도 이것을 본 것은 그 뒤였기 때문에 증수增修하지 않았다. 제16편 이하의 초고는 오랫동안 책상 위에 놓아두고 때때로 개정할 수 있었으나 식견이 부족하고 열람한 것 또한 주도면밀하지 못해서 명청明淸 소설 가운데 빠진 것이 많을 뿐 아니라 근대의 작자들, 이를테면 위자안魏子安, 한자운韓子雲과 같은 사람의 이름조차도 다른 일과 서로 연루되어 광범하게 조사할 겨를이 없었다. 더구나 소설의 초각初刻에는 서발序跋이 많이 있어 이에 의존하여 책이 지어진 연대나 그 작자를 알 수 있었지만, 구본舊本은 드물어 구해 보기가 어려웠고 겨우 새 책新書만 구해 볼 수 있었는데 상인들이 막돼먹고 경솔하여 본문 이외에는 대체로 삭제시켜 버렸다. 이를 이용해 채록하여 편집하였고 또 나의 얕은 지식에 의존하였으므로 때로 착오가 있을까 우려되지만 세월이 더 지나면 조금씩 타당한 모습을 찾을 수 있을 것이다. 아울러 때마침 여러 가지 일이 겹친 상태에서 또다시 인쇄에 들어가게 되어 제대로 갖추어지지 않은 상태로 바로 조판에 넘기게 되었다. 그러나 이전부터 바라던 바대로 이렇게 함으로써 듣는 사람이 잘 알아듣는 데 도움이 되고, 베껴 쓰는 번거로움을 덜어 주려 한 소망은 이제서야 다하게 되었다.

1924년 3월 3일 교경기校竟記[4]

주)

1) 주이존(朱彝尊; 1629~1709)의 자는 석창(錫鬯)이고, 호는 죽택(竹垞)으로 청대 수수(秀水; 지금의 저장 자싱嘉興) 사람이다. 저서로는 『명시종』(明詩綜) 100권이 있는데 80권에 진침(陳忱)의 시 한 수를 집록하여 "진침의 자는 하심이며 오정 사람이다"(忱字遐心, 烏程人)라고 말했다.
2) 「후수호전서」(後水滸傳序)는 곧 「수호속집량종서」(水滸續集兩種序)를 말하는데 『후스문존』(胡適文存) 2집 4권에 보인다.
3) 셰우량(謝無量, 1884~1964)의 이름은 몽(蒙)이고, 쓰촨(四川) 쯔퉁(梓潼) 사람으로 일찍이 상하이중화서국(上海中華書局) 편집(編輯)을 역임했다. 저서로는 『중국대문학사』(中國大文學史), 『중국부녀문학사』(中國婦女文學史) 등이 있다. 『평민문학의 양대문호』(平民文學之兩大文豪)는 뒤에 『나관중과 마치원』(羅貫中與馬致遠)으로 제목이 바뀌었다.
4) 본문은 원래 표점이 없었으나 독자들의 편의를 위해 아래와 같이 표점을 찍었다. 右『中國小說史略』二十八編, 其第一至第十五編以去年十月中印訖. 已而于朱彝尊『明詩綜』卷八十知雁宕山樵陳忱字遐心, 胡適爲『後水滸傳序』考得其事尤衆 ; 于謝無量『平民文學之兩大文豪』第一編之『說唐傳』舊本題廬陵羅本撰, 『粉妝樓』相傳亦羅貫中作, 惜得見在後, 不及增修. 其第十六編以下草稿, 則久置案頭, 時有更定, 然識力儉隘, 觀覽又不周洽, 不特于明淸小說闕略尙多, 卽近時作者如魏子安·韓子雲輩之名, 亦緣他事相牽, 未遑博訪. 況小說初刻, 多有序跋, 可惜知成書年代及其撰人, 而舊本希覯, 僅獲新書, 賈人草率, 于本文之外, 大率刊落;用以編錄, 亦復依据寡薄, 時慮訛謬, 惟更歷歲月, 或能小小妥帖耳. 而時會交迫, 當復印行, 乃任其不備, 輒付排印. 顧疇昔所懷將以助聽者之聆察·釋寫生之煩勞之志愿, 則于是乎畢矣. 一千九百二十四年三月三日校竟記.

중국소설의 역사적 변천

본편은 루쉰(魯迅)이 1924년 7월에 시안(西安)에서 강연했을 때의 기록으로, 본인의 수정을 거친 뒤 시베이대학출판부(西北大學出版部)에서 1925년 3월에 간행한 『국립 시베이대학과 산시교육청이 합동으로 주관한 여름학기 강연집』(國立西北大學, 陝西教育廳合辦暑期學校講演集. 二)에 실렸다.

[루쉰의 이 강연의 기록은 루쉰의 생전에는 단행본에 수록되지 않았고, 그가 죽은 뒤 1938년 간행된 제1회 『루쉰전집』(상하이판)에도 수록되지 않아, 일반독자들에게는 그 존재가 알려지지 않았다. 중화인민공화국이 수립된 뒤 1957년 7월 상하이에서 나온 문예계간지 『수확』(收穫) 창간호에 게재되어 주목을 끈 바 있다. 1956년에서 58년에 간행된 10권 본 『루쉰전집』(北京: 人民文學社刊)의 제8권에 『한문학사강요』(漢文學史綱要)의 뒤 부록으로 수록되었는데, 주석은 없다.—일역본]

[아울러 이 강연의 영역본은 중국 외문출판사(外文出版社)에서 간행하는 영문지 『중국문학』(中國文學) 1958년 제5, 6기에 분재되어 있다. Lu Hsun, "The Historical Development of Chinese Fiction", translated by Yang Hsien-yi and Gladys Yang, *Chinese Literature*, Nos. 5.6, 1958, Foreign Language Press, Peking. 또, 같은 역자가 낸 영역본 『중국소설사략』(*A Brief History of Chinese Fiction*, Lu Hsun, Peking; the Foreign Language Press, First Edition 1959. Third Edition 1976. Second Printing 1982)의 부록에도 실려 있다.—옮긴이]

내가 강연하는 것은 중국소설의 역사적 변천이다. 수많은 역사가들이 인류의 역사는 진화하는 것이라 말한 바 있는데, 그렇다고 한다면 중국 역시 예외가 될 수는 없을 것이다. 하지만 중국이 진화된 상황을 보자면 오히려 매우 특별한 현상이 두 가지 있는데, 하나는 새로운 것이 들어온 지 오래되고 나면 낡은 것이 다시 되돌아오는 것으로 곧 반복이고, 다른 하나는 새로운 것이 들어와 오래되더라도 낡은 것이 폐기되지 않는 것으로 곧 뒤섞이는 것이다. 그렇다면 진화하지 않는다는 것인가? 그것 역시 그렇지 않다. 다만 비교적 느려서 우리처럼 성급한 사람들은 하루가 삼년과 같은 느낌이 들 뿐이다. 문예, 문예의 하나인 소설 역시 당연히 그러하다. 이를테면 비록 오늘날에 이르러서도 수많은 작품 속에 당송唐宋이나 심지어는 원시 인민原始人民의 사상 수단의 찌꺼기까지도 여전히 남아 있는 것이다. 오늘 강연하고자 하는 것은, 이러한 찌꺼기들을—비록 이것이 여전히 사회로부터 환영을 받고 있기는 하지만—무시하고 발전에 거스르는 잡다하게 널려 있는 작품들로부터 발전적 방향으로 나아가는 실마리를 찾아낸 것으로, 모두 여섯 번의 강의로 나누었다.

제1강 신화에서 신선전까지

소설이라는 명칭을 고찰해 보면 가장 오래된 것은 장자가 말한 "하찮은 의견을 치장하여 높은 명성과 훌륭한 명예를 얻으려 한다"飾小說以干縣令는 것이다. [원문에서의] "현"縣이라고 하는 것은 높다는 뜻이니 높은 명성을 말한다. "령"令이라고 하는 것은 훌륭하다美는 것이니 훌륭한 명예美譽를 가리킨다.[1] 하지만 이것은 그가 말하고 있는 하찮은 말이라는 것이 도술道術과는 무관하다는 것이기에 후대의 이른바 소설과는 다르다. 공자孔子나 양자楊子,[2] 묵자墨子[3]와 같은 제가의 학설들은 장자가 보기에는 하찮은 의견小說이라 할 수 있기 때문에 그렇게 말한 것이다. 이와 반대로 여타의 제가들이 장자를 보면 그의 저작 역시 하찮은 의견小說이라 할 수 있다. 『한서·예문지』에서는 다음과 같이 말했다. "소설이라고 하는 것은 길거리와 골목의 이야기이다."小說者, 街談巷語之說也 이것이야말로 현재 말하는 소설과 가까운 것이지만, 옛날에 패관이 일반 백성들이 말한 하찮은 말을 채집해 그것을 빌려 나라 안의 백성들의 실상을 살피기 위한 것에 지나지 않았으니, 현재 말하는 소설로서의 가치는 없는 것이다.

소설의 기원은 무엇인가? 『한서·예문지』에서는 다음과 같이 말했다.

"소설가의 무리는 대개 패관에서 나왔다."小說家者流, 蓋出于稗官 패관이 채집한 소설이 있었느냐 없었느냐 하는 것은 별개의 문제인데, 설사 정말로 있었다 하더라도 이것은 소설책小說書의 기원에 지나지 않으며 소설의 기원은 아니다. 현재에 이르러 일반적인 문학사 연구자들은 오히려 소설의 기원을 신화로 보는 경우가 많다. 왜냐하면 원시 민족들이 동굴이나 들판에 살면서 천지만물의 변화가 범상치 않다는 사실 ― 이를테면 바람이나 비, 지진 등 ― 을 보매, 사람의 힘으로 헤아리고 저항할 수 있는 것이 아니었기에, 매우 놀라고 두려워하여 거기에는 반드시 만물을 주재하는 존재가 있을 것이라 여겼으니, 그것을 신神이라 이름하였다. 아울러 신의 생활과 동작을 상상하여 중국에는 반고씨盤古氏가 천지를 개벽한 이야기와 같은 것이 있게 되었으니, 이것이 바로 "신화"가 만들어지게 된 이유이다. 신화로부터 발전하여 이야기가 점차 사람의 실상人性에 가깝게 되어 나타난 것이 대개 "반신"半神이다. 곧 예로부터 큰 공을 세운 영웅들의 재능이 보통사람을 뛰어넘는 것은 그것을 하늘로부터 부여받았기 때문이라고 말하는 것이 그러하다. 이를테면 간적簡狄이 제비알을 삼키고 상商을 낳았고, 요堯임금 때 "열 개의 해가 한꺼번에 나와서"十日幷出, 요가 예羿로 하여금 그것들을 활로 쏘게 했다는 것 등은 모두 보통사람과 다른 것이다. 이러한 구전口傳들을 지금 사람들은 "전설"傳說이라 부른다. 이로부터 다시 발전하여 정사正史는 역사로 들어가고 일사逸史는 소설로 변하게 되었던 것이다.

내가 생각하기에 문예작품의 발생순서는 아마도 시가가 앞서고 소설이 뒤에 오는 듯하다. 시가는 노동과 종교에서 시작되었다. 첫째 노동할 때는 한편으로는 일을 하면서 한편으로는 노래를 부르며 노동의 고통을 잊을 수 있었기 때문인데, 단순히 소리치는 것으로부터 발전하여 자신의 마음과 감정을 드러내는 동안에 자연스러운 운율과 박자가 생기게 된 것이다. 둘째 원시 민족들은 신명神明에 대하여 점차 두려워하는 생각에 우러르는 마음이 생기게 되었는데, 이에 그 위엄과 영험함을 노래로 칭송하고, 그 공을 찬탄했던 것이 또 시가의 기원이 되었다. 소설로 말하자면 나는 거꾸로 휴식에서 시작되었다고 생각한다. 사람들이 노동할 때 노래를 읊조려 스스로 즐김으로써 노동의 고통을 망각했다면 휴식을 할 때도 역시 한가한 시간을 보낼 일을 찾아야만 했다. 이러한 일은 곧 서로 이야기를 나누는 것이었는데, 이렇게 이야기를 나누는 것이 곧 소설의 기원인 것이다.—시가가 운문인 까닭은 노동할 때 생겨났기 때문이고, 소설이 산문인 것은 휴식할 때 생겨났기 때문이다.

하지만 고대에는 소설이건 시가이건 그 요소는 항상 신화로부터 벗어나지 않았다. 인도나 이집트, 그리스가 모두 그러하며, 중국 역시 그러하다. 다만 중국에는 신화를 담고 있는 대저작이 없고, 산발적으로 남아 있는 신화도 현재는 아직 그것들을 모아 전문적인 저작으로 만든 것이 없다.[4] 우리가 찾고자 한다면 다만 고서로부터 그 일단을 얻을 수 있을 뿐인데, 이러한 고서 가운데 가장 중요한 것으로는 『산해경』을 들 수 있다. 그러나 이 책 역시 계통이 없으니, 그 가운데 가장 핵심이 되고, 후대와 관련이 있는 기술로는 서왕모西王母의 이야기가 있다. 이제 그 가운데 한 조목을 들어 보기로 하자.

> 옥산玉山은 서왕모가 살고 있는 곳이다. 서왕모는 그 생김새는 사람 같고 표범 꼬리에 호랑이 이빨을 하고 있으며 휘파람을 잘 불었다. 더벅머리에 머리 장식을 하고 있었고, 하늘의 재앙과 다섯 가지 형벌을 맡아보았다. (「서산경」)[5]

이와 같은 류의 이야기는 아직도 적지 않다. 이 고전古典은 당조唐朝까지 유행되다가 여산노모驪山老母[6]에 의해서 그 지위를 빼앗겼다. 이밖에도 『목천자전』이 있는데, 여기에서 말하는 것은 주 목왕周穆王이 여덟 마리의 준마를 타고 서쪽으로 정벌을 나서는 이야기로 급군汲郡의 오래된 무덤에서 나온 잡서雜書 가운데 한 권이다.——총괄하자면 중국의 고대 신화 재료는 매우 적으며, 남아 있는 것은 단편적인 것뿐으로 장편은 없는데, 후대에 흩어져 없어진 것이 아니면 본래 적은 것인 듯하다. 우리가 여기에서 그 원인을 미루어 보면 나는 가장 핵심적인 것 두 가지가 있다고 생각한다.

하나, 지나치게 고생스러웠다. 중화민족은 예전에 황하 유역에 살았는데, 자연계의 상황은 그다지 좋지가 않아 생계라는 측면에서 보자면 매우 부지런히 생활에 힘써야만 했기에 실제를 중시하고 환상을 경시했다. 그로 인해 신화가 발달하거나 유전流傳될 수 없었다. 노동이 문예를 발생시키는 하나의 근원이 되기는 하지만 조건이 하나 있으니, 그것은 곧 지나치지 않아야 한다는 것이다. 노동과 휴식이 고루 적당하거나, 혹은 조금 고생스럽다고 느껴야만 여러 가지 시가를 만들어 낼 수 있고, 약간의 여가가 있으면 소설을 이야기할 수 있게 된다. 만약 노동이 지나치게 많고 휴식할 시간이 적으면 피로를 회복할 여유가 없기에 먹고 사느라 겨를이 없어 무슨 문예니 하는 것은 더더욱 거론할 필요가 없는 것이다.

둘, 쉽게 망각한다. 중국의 고대에는 종종 천신과 지신地祇, 사람, 귀신이 뒤섞여 있는 경우가 있었는데, 곧 원시적인 신앙이 전설 속에 남아 있었다. 그러나 이러한 것들이 날마다 끊임없이 나와 이에 옛것은 없어져 버려 후대 사람들이 알 도리가 없게 되었다. 이를테면 신도神荼와 울루鬱壘는 옛날의 대신大神으로 전설에서는 손으로 일종의 갈대 새끼줄을 잡고 호랑이를 묶었으며 또 흉악한 도깨비를 다스렸기에, 고대에는 그것들을 문신

門神으로 삼았다. 하지만 후대에 와서는 다시 문신을 진경秦瓊이나 울지경덕尉遲敬德으로 바꾸었는데, 이에 대해서는 여러 가지 사실을 끌어다가 증거로 삼았다. 이에 후대 사람들은 문신으로 진경이나 울지경덕만을 알았을 뿐, 더 이상 신도나 울루는 모르게 되었으니, 그들에 관한 이야기를 만들어 낸다는 것은 더더욱 말할 필요가 없는 것이다.[7] 이밖에도 이러한 예는 아직도 매우 많다.

중국의 신화에는 무슨 장편이라 할 만한 것이 없다고 하였으니, 이제 우리는 다시 『한서·예문지』에 실려 있는 소설들을 보기로 하겠다. 『한서·예문지』에 실려 있는 수많은 소설목록은 현재는 모두 똑같이 남아 있지 않고, 단지 유문遺文이 약간 남아 있어 볼 수 있을 따름이다. 이를테면 『대대례·보부편』大戴禮保傅篇에서는 『청사자』靑史子를 인용하여 다음과 같이 말하고 있다.

> 옛날에는 [태자가] 여덟 살이 되면 [왕궁으로부터 나와] 바깥의 숙사에서 머물면서, 초급 단계의 기예小藝를 배우고 초급 단계의 예절小節을 이수했다. [열다섯이 되면] 머리를 묶고 대학에 가서 고급 단계의 기예大藝를 배우고 고급 단계의 예절大節을 이수했다. 집에 있을 때에는 예절과 의식을 익히고, 바깥에 나갈 때에는 몸에 달고 있는 패옥珮玉 소리가 울리고, 수레를 탈 때에는 조화로운 방울和鸞 소리를 듣기에 사악한 마음이 들어올 수 없었다.[8]

『청사자』의 이러한 말이 바로 고대의 소설이다. 하지만 우리가 보기에는 『예기』禮記에서 말한 것과 똑같은데, 어째서 소설로 봐야 하는지 알 수가 없다. 어떤 이는 그 가운데 있는 수많은 사상이 유가의 그것과 다르기 때문일 것이라고 한다. 현재 남아 있는 이른바 한대漢代 소설로는 동방삭東方朔이 지었다고 하는 것으로, 첫째, 『신이경』神異經, 둘째, 『십주기』十洲記 두 가지가 있다. 반고班固가 지었다고 하는 것도 두 가지가 있는데, 첫째, 『한무고사』漢武故事이고, 둘째 『한무제내전』漢武帝內傳이다. 이밖에도 곽헌郭憲이 지었다는 『동명기』洞冥記와 유흠劉歆이 지었다는 『서경잡기』西京雜記가 있다. 『신이경』의 문장은 『산해경』과 비슷한데, 그 가운데 말하고 있는 것은 대부분이 터무니없는 일들이다. 이제 그 가운데 한 조를 들어 보겠다.

> 서남쪽 변방 가운데에 거짓말을 하는 짐승이 나타나는데, 그 생김새는 마치 토끼와 같고 사람의 얼굴에 말을 할 수 있다. 늘 사람들을 속이는데 서쪽을 동쪽이라고 말하고, 선을 악이라 말했다. 그 고기가 맛있지만 그것을 먹으면 거짓말을 하게 된다. (『서남황경』西南荒經)[9]

『십주기』는 한무제가 서왕모로부터 십주에 대해 들은 일을 기록하고 있는데, 이것 역시 『산해경』과 비슷하나 『신이경』과 비교하면 약간 더 장중하다. 『한무고사』와 『한무제내전』은 모두 무제가 처음 태어나서부터 죽어 장사 지낼 때까지의 일을 기록한 것이다. 『동명기』는 신선도술과 먼 곳의 괴이한 일을 말하고 있다. 『서경잡기』는 인간세상에서 벌어지는 잡다한 일을 되는대로 기록한 것이다. 그러나 『신이경』, 『십주기』는 『한서·예문지』에 실려 있지 않기에, 이것들이 동방삭이 지은 것이 아니라 후대 사람이 거짓으로 만들어 낸 것이라는 것을 알 수 있다. 『한무고사』와 『한무제내전』은 반고의 다른 문장과 그 필치가 다르고 중간에 불가佛家의 말이 끼어 들어가 있는 것으로 보아──그 당시는 불교가 아직 성행하지 않았고, 또 한대 사람들은 불가의 이야기를 말하는 것을 즐기지 않았다──이것 역시 거짓된 것이라는 것을 알 수 있다. 『동명기』와 『서경잡기』는 또 이미 다른 사람에 의해서 육조시대 사람이 만들어 낸 것이라는 사실이 밝혀졌다.—그래서 이상에서 든 여섯 가지의 소설은 모두 가짜이다. 다만 이 밖에 유향劉向의 『열선전』列仙傳[10]이 있는데, 이것은 진짜이다. 진晋의 갈홍葛洪 역시 『신선전』神仙傳[11]을 지었는데, 당송대에는 이러한 것이 더욱 많아 후대의 사상과 소설에 큰 영향을 주었다. 하지만 유향의 『열선전』은 당시에는 소설을 짓는다는 의식을 가지고 있었던 것이 아니고 실제로 일어났던 사건이라 여겨서 지은 것이다. 하지만 현재의 안목으로 보자면 소설로 볼 수 있을 따름이다. 『열선전』과 『신선전』 가운데의 단편적인 신화는 현재에 이르러서는 대부분 아동들의 읽을거리가 되어 버렸다. 그래서 현재 하나의 문제가 생겨났는데, 그것은 곧 이러한 신화가 아동들의 읽을거리가 될 수 있는가 하는 것이다. 말이 나온 김에 이야기를 해보기로 하겠다. 반대하는 입장에 선 사람들은 이러한 신화로 아동을 가르치면 미신을 길러 줄 수 있을 뿐이라 매우 유해하다고 말한다. 그러나 찬성하는 쪽에 선 사람들은 이러한 신화로 아동을 가르치는 것은 아동들의 천성에 들어맞아 매우 흥미를 느낄 수 있기 때문에 아무런 해도 없다고 말한다. 나는 이 문제는 사회적인 교육의 상황이 어떠냐 하는 것을 보아야 한다고 생각하는데, 만약 아동들이 계속해서 더 좋은 교육을 받을 수 있다면, 장래에 과학을 배우고 나서 자연스럽게 이해할 수 있게 되어 미신에 빠지지 않게 되기 때문에 당연히 해가 없다고 생각한다. 하지만 만약에 아동들이 계속적으로 더 깊은 교육을 받을 수 없어 학식에 진보가 없다면 어렸을 때 교육받은 신화를 영원히 진실이라 믿게 되어 해로울 수도 있을 것이다.

주)

1) 소설에 관한 장자의 말은 『중국소설사략』(中國小說史略; 이하 『사략』이라 약칭함) 제1편을 볼 것.—옮긴이

2) 양자(楊子)는 곧 양주(楊朱)로, 전국시대 초기 위(魏)나라 사람이다. "삶을 귀하게 여기고 자신을 소중히하며"(貴生重己), "성정을 온전히하고 진실을 보존하며, 외부의 사물로 인해 자신의 육체에 누를 끼치지 않는다"(全性葆眞, 不以物累形)는 "스스로를 위하는"(爲我) 사상을 주장했다. 그가 주장한 바와 행적은 『맹자』(孟子)와 『장자』(莊子), 『한비자』(韓非子), 『여씨춘추』(呂氏春秋) 등의 책에 산견된다. 『열자』(列子) 가운데 들어 있는 「양주」편은 후대 사람의 가탁이다.

3) 묵자(墨子, 약 B.C. 468~376)는 이름이 적(翟)이고, 춘추전국시대 노(魯)나라 사람이다. 일찍이 송나라 대부를 지냈으며, 묵가학파의 창시자이다. 그는 "사랑에는 차별이 없다"(愛無差等)는 "겸애"(兼愛)의 사상을 주장했다. 현재 『묵자』(墨子) 53편이 남아 있다.

4) 루쉰이 이러한 내용의 강연을 한 뒤로 중국에서는 신화를 편찬한 책들이 잇달아 나왔다. 이를테면 위안커(袁珂)의 『중국고대신화』(中國古代神話; 1957년 增訂本)가 있다. 자세한 것은 『사략』 제2편의 일역본 역주를 볼 것.—일역본
위안커의 저작은 뒤에 대대적인 수정 증보 작업을 거쳐 1984년 『중국신화전설』이라는 제목으로 다시 나왔다. 이 책은 김선자가 번역해 『중국신화전설』 I, II(서울: 민음사, 1992)로 출간되었다. 위안커의 또 하나의 기념비적인 저작인 『중국신화사』 역시 2010년 김선자, 이유진, 홍윤희의 공동 번역으로 출간되었다. 『중국신화사』 상, 하, 서울: 웅진지식하우스, 2010.—옮긴이

5) 원문은 다음과 같다. 玉山, 是西王母所居也. 西王母其狀如人, 豹尾虎齒而善嘯, 蓬髮戴勝, 是司天之厲及五殘.(「西山經」) 『산해경』의 원문은 『사략』 제2편을 참조할 것.—옮긴이

6) 중국 고대신화 가운데의 여선(女仙)의 이름이다. 전설에 의하면(『한서』漢書 21권 상 「율력지」律曆志 상에 보인다), 은(殷), 주(周) 무렵에 여산의 여인이 천자가 되었다고 한다. 당, 송 이후에 여선(女仙)이 되었는데, 여산모(驪山姥) 또는 여산노모라 불리웠다. 구소설(舊小說)과 희곡(戲曲)에서는 또 '여산노모'(黎山老母)라 하였다. 『태평광기』 63권 「여산모」(驪山姥)를 볼 것.—일역본

7) 『사략』 제2편을 참고할 것. —옮긴이

8) 원문은 다음과 같다. 古者年八歲而出就外舍, 學小藝焉, 履小節焉; 束髮而就大學, 學大藝焉, 履大節焉. 居則習禮文, 行則鳴佩玉, 升車則聞和鸞之聲, 是以非僻之心無自入也.…(『大戴禮記』「保傅篇」)

9) 원문은 다음과 같다. 西南荒山中出訛獸, 其狀若菟, 人面能言, 常欺人, 言東而西, 言惡而善. 其肉美, 食之, 言不眞矣.(『西南荒經』) 『사략』 제4편의 역주를 참고할 것.—옮긴이

10) 『열선전』(列仙傳)은 『수서·경적지』에 2권으로 기록되어 있는데 유향(劉向)이 지었다고 적혀 있다. 적송자(赤松子) 등 71명의 선인에 대한 이야기를 서술하고 있다.

11) 『신선전』(神仙傳)은 『수서·경적지』에는 10권으로 기록되어 있는데, 갈홍(葛洪)이 지었다고 적혀 있다. 허유(許由)와 소보(巢父) 등 선인으로 열거되어 있는 84명의 이야기가 서술되어 있다.

제2강 육조시대의 지괴(志怪)와 지인(志人)

제1강에서는 다음과 같이 말한 바 있다. 첫째, 신화는 문예의 맹아이다. 둘째, 중국의 신화는 매우 적다. 셋째, 남아 있는 신화에는 장편으로 된 것이 없다. 넷째, 『한서 · 예문지』에 실려 있는 소설은 모두 존재하지 않는다. 다섯째, 현존하는 한대인의 소설은 대부분이 가탁한 것이다. 이제 우리는 다시 육조시대의 소설이 어떠했는지를 보기로 한다. 중국에서는 본래 귀신을 믿었으나, 귀신은 인간과 떨어져 있었다. 사람과 귀신이 서로 통하고자 했기에, 이에 곧 무巫가 생겨나게 되었다. 무는 뒤에 이르러 두 개의 파로 나뉘었다. 그 하나는 방사方士[1]이고, 다른 하나는 여전히 무巫이다. 무는 대부분 귀신을 말했고, 방사는 대부분 연금술練金術과 신선이 되는 길을 추구求仙했다. 진한秦漢 이래로 그러한 기풍이 날로 성행하여 육조시대에 이르러서도 결코 끊이지 않았다. 그래서 지괴의 책이 특히 많이 나왔다. 『박물지』를 예로 들어 본다.[2]

연나라의 태자 단이 진나라에 인질이 되어 갔다.······ 돌아가고자 하여 진왕에게 청하였으나 왕은 들어주지 않았다. 그러고는 되지도 않을 소리를 하였다.

"까마귀 머리가 희어지고, 말에 뿔이 나면 보내 주겠다."

단이 위쪽을 우러르며 탄식을 하니 까마귀 머리가 곧 희어졌고, 아래를 내려다보며 한숨을 쉬니 말에 뿔이 생겨났다. 진왕은 도리없이 그를 돌려보냈다.…… (8권『사보』)[3]

이것은 완전히 터무니없는 말로 방사 사상方士思想의 영향을 받은 것이다. 다시 유경숙劉敬叔의『이원』異苑을 예로 들어 본다.[4]

의희義熙년 중에 동해東海의 서씨徐氏 집안의 하녀 란蘭이 갑자기 여위고 혈색이 나빠졌는데, 이상할 정도로 몸가짐에 공을 들이기에 모두가 잘 살펴보았다. 그런데 빗자루가 벽 모퉁이로부터 하녀의 침상으로 나아가는 것이 보였다. 이에 그 비를 가져다 태웠더니 하녀는 곧 원래 상태로 돌아왔다. (8권)[5]

이것으로 육조인들이 무슨 물건이든 요괴가 될 수 있다고 생각했다는 것을 알 수 있는데, 이것은 바로 무巫의 사상, 곧 이른바 "애니미즘"萬有神敎[6]이라는 것이다. 이러한 사상은 오늘날에도 여전히 남아 있다. 이를테면, 나무 위에 걸려 있는 "구하고자 하면 반드시 응험이 있다"有求必應는 편액을 자주 보게 되는데, 이것은 바로 사회적으로 나무를 신으로 믿는 것이라 할 수 있으며, 육조시대 사람과 마찬가지로 미신이 있다는 것을 증명하기에 충분한 것이다. 사실 이러한 사상은 본래 어느 나라를 막론하고 옛날에는 모두 있었지만 뒤에 점차 없어졌을 따름이다. 하지만 중국에서는 여전히 매우 성행하고 있다.

육조 지괴 소설은 위에서 든 『박물지』, 『이원』 외에도 간보의 『수신기』와 도잠의 『수신후기』搜神後記가 또 있다. 그러나 『수신기』는 이미 대부분이 없어졌고, 현재 남아 있는 것은 명대 사람이 여러 책에 인용된 것을 모으고 거기에 다시 다른 지괴서를 보태 만든 것이므로 반은 진짜이고 반은 가짜인 책이다. 『수신후기』 역시 영험하고 기이한 변화靈異變化의 일을 기록하였는데, 도잠이 세속의 일에 구애됨이 없이 분방했던 점으로 보아 반드시 그가 지은 것은 아닐 것이며 아마도 다른 사람이 그의 이름을 가탁한 것일 것이다.

이밖에도 육조시대 사람의 지괴 사상이 발달하는 데 도움을 준 것이 있으니, 그것은 곧 인도사상의 수입이었다. 진晉, 송宋, 제齊, 양梁의 네 왕조에는 불교가 크게 성행했으며, 당시에 번역된 불경이 매우 많았다. 이와 동시에 귀신에 대한 이야기와 [일상적인 일 가운데] 기이한 이야기도 섞여 나왔으니, 당시 중국과 인도 양국의 귀신과 괴이한 일들이 소설 속에 합쳐져서 소설을 더욱 발달시켰다. 이를테면 양선의 거위 장陽羡鵝籠의 이야기를 예로 들어 보면 다음과 같다.[7]

> 양선陽羡의 허언許彥이 수안綏安에서 산길을 갈 때 한 서생을 만났다.…… 길 옆에 누워 있다가 다리가 아파서 그러니 거위의 장鵝籠에 타고 가게 해 달라고 하였다. 언彥은 농담이라 생각했으나, 서생은 바로 장으로 들어갔다.…… 태연하게 두 마리의 거위와 같이 앉아 있는데, 거위 역시 놀라지 않았다. 언이 장을 지고 가는데도 전혀 무겁지가 않았다. 앞으로 가다 나무 밑에서 쉬었다. 서생은 새장에서 나와 언에게 이야기했다.
>
> "당신을 위해 변변치 않으나마 식사를 차려 드리고 싶습니다."
>
> 언이 말했다.

"좋소이다."

이에 입에서 동으로 만든 상자奩를 꺼냈는데, 상자 속에는 여러 가지 안주가 차려져 있었다.…… 술이 몇 순배 돌자 언에게 말하였다.

"아까부터 여인 한 명을 데리고 왔었는데, 지금 잠시 여기에 불러내겠습니다."

……

또 입 안에서 여자 한 명을 토해 냈는데,…… 함께 자리에 앉아 술을 마셨다. 잠시 후 서생이 취해 누웠다. 그 여자가 언에게 말했다.

"…… 저 역시 아까부터 한 남자와 몰래 동행을 했는데,…… 잠시 부르려 하니……."

여자가 입에서 한 남자를 토해 냈다.[8)]

이러한 사상은 중국 고유의 것은 아니고 완전히 인도사상의 영향을 받은 것이다. 이것으로도 역시 육조 지괴소설이 인도와 어떠한 상관이 있는지에 대한 대강의 모습을 알 수 있다. 그러나 육조시대 사람의 지괴는 오히려 대체로 오늘날의 뉴스를 기록하는 것과 같아 당시에 의도적으로 소설을 지은 것은 아니라는 사실을 알아야 한다.

육조 시기의 지괴소설은 상술한 바와 같고, 이제는 다시 지인志人소설을 이야기하기로 한다. 육조의 지인소설 역시 매우 간단하여 지괴와 별 차이가 없는데, 여기에는 남조 송나라의 유의경劉義慶이 지은 『세설신어』世說新語가 대표적이라 할 만하다. 지금 그 한 두 조條를 들어 보기로 한다.[9)]

완광록阮光祿은 섬剡이라는 곳에 있을 때 훌륭한 수레를 가지고 있었는데, 빌리고자 하는 사람 누구에게나 빌려 주었다. 어떤 사람이 모친의 장사를 지내려고 [수레를] 빌리고자 했으나 감히 말을 꺼내지 못한 일이 있었다. 완광록이 뒤에 그 이야기를 듣고 탄식하며 말했다.

"내게 수레가 있으나 다른 사람들이 감히 빌리지 못한다면 그 수레를 가지고 뭘 하겠는가?"

그러고는 마침내 그것을 불살라 버렸다. (상권 『덕행편』)[10)]

유령劉伶은 늘 제멋대로 술을 마시고 구속받지 않았는데, 어떤 때는 옷을 벗고 벌거벗은 채 집에 있기도 했다. 사람들이 그것을 보고 꾸짖었다. [그러자] 유령이 대답했다.

"나는 천지를 집으로 삼고 집은 잠방이로 삼는데, 그대들은 어찌 내 잠방이 속에 들어왔는가?" (하권 『임탄편』)[11)]

이것이 바로 이른바 진대晉代 사람들의 풍격이었다. 지금의 안목으로 보면 완광록이 수레를 불태운 것이나 유령의 대범한 생활이 약간 기괴하게 느껴지겠지만 진대 사람들에게 있어서는 오히려 그것이 결코 기괴한 것이 아니었다. 그것은 당시에 귀하게 여긴 것이 기특奇特한 거동과 현묘한 청담淸談이었기 때문이다. 이러한 청담은 본래 한대의 청의淸議에서 나온 것이다. 한말의 정치 암흑기에는 일반 명사들이 정사政事를 의론하였는데, 처음에는 [그들이] 사회적으로 큰 세력을 갖고 있었으나, 뒤에는 정권을 잡은 자들의 질시를 받아 점점 박해당하게 되었다. 이를테면 공융孔融, 예형禰衡 등과 같은 사람들이 모두 조조曹操의 계략에 걸려들어 죽음을 당했기 때문에,[12)] 진대의 명사들은 다시는 감히 정사를 논하지 못하고 일변하여 오로지 현리玄理만을 논하게 되었다. 청의나 정사를 담론하지 않는 것, 이것이 곧 이른바 청담이 되었다. 하지만 이러한 청담의 명사들은 당시에 사회적으로 여전히 큰 세력이 있었으므로, 현담玄談을 잘 할 수 없는 자는 명사로서의 자격을 충족시킬 수 없었던 듯하다. 그리하여 『세설』이라는 책은 거의 명사들의 교과서로 간주되었다.

『세설』보다 앞선 것으로는 『어림』語林, 『곽자』郭子가 있지만 지금은 모두 없어졌다. 그리고 『세설』은 동한에서 동진까지의 오래된 견문舊聞을 찬집纂輯하여 이루어진 것이다. 뒤에 유효표劉孝標가 『세설』에 주석을 달았는데, 주에 인용된 고서가 4백여 종이 넘는다. 그러나 이것들 대부분이 지금은 더 이상 존재하지 않는다. 그래서 후대 사람들이 『세설』을 더욱 귀중하게 여겼던 것이며, 지금까지도 여전히 통행되고 있는 것이다.

이밖에도 위魏나라 한단순邯鄲淳이 지은 『소림』笑林이 있는데, 이것 역시 『세설』보다 이르다. 그 문장은 『세설』보다 약간 질박한데, 현재는 없어졌다. 그러나 당송대 사람들의 유서類書[13]에 인용된 유문遺文으로 그 일면을 살펴볼 수 있다. 이제 그 한 조를 들어 본다.[14]

> 갑甲은 부모가 건재하셨는데, 공부하러 떠난 지 삼년 만에 돌아왔다. 외삼촌이 그에게 무엇을 배웠는지를 물었고, 또 아버지와 오래 떨어져 있은 감회를 말해 보라고 하였다. 이에 다음과 같이 대답했다.
>
> "위양지사渭陽之思[15]가 진秦의 강공康公보다 더했습니다."(진의 강공의 부모는 이미 죽었다)
>
> 이에 갑의 아버지가 그를 꾸짖으며 말했다.
>
> "네가 배웠다 한들 무슨 소용이 있느냐?"
>
> 갑이 대답했다.
>
> "어려서 과정지훈過庭之訓[16]의 기회가 없었기에, 공부해도 아무 소용이 없는 것입니다." (『태평광기』 262)[17]

이것으로 『소림』의 내용이 대개 해학적인 이야기俳諧之談를 벗어나지 못한다는 것을 알 수 있다.

위에서 든 『소림』, 『세설』 두 책은 후대에 이르도록 모두 아무런 발전이 없었는데, 그것은 모방만 있었기 때문에 발전이 없었던 것이다. 사회적으로 가장 통행되었던 『소림광기』笑林廣記[18] 같은 것은 당연히 『소림』의 지류이지만 『소림』의 내용은 대부분이 지식상의 골계滑稽였다. 그러나 『소림광기』에 이르게 되면 외형상의 골계로 전락하여 오로지 비루한 말鄙言로 외형적인 면에서 다른 사람을 조롱하다 보니 경박한 데로 흘러 골계의 맛은 더욱 낮아지고 말았다. 『세설』의 경우에는 후대에 모방작이 더욱 많이 나왔는데, 유효표劉孝標의 『속세설』續世說 ——『당지』唐志에 보임 —— 로부터 청대 왕탁王晫이 지은 『금세설』今世說, 오늘날 역종기易宗夔가 지은 『신세설』新世說 등에 이르기까지 이 모두가 『세설』을 모방한 책이다. 그러나 진대는 현대 사회의 상황과 완전히 달라 오늘날에도 여전히 그 당시의 소설을 모방한다는 것은 매우 우스운 일이다. 한말漢末로부터 육조六朝에 이르기까지는 찬탈의 시대라, 천하가 소란스러웠으므로 사람들이 대부분 염세주의를 갖고 있었으며, 게다가 불교와 도교 두 종교가 일시에 성행하였는데, 모두 현세의 초탈을 중시하였다. 그러한 영향을 진대 사람들이 먼저 받아, 이에 일파一派의 사람들은 선仙을 수양하여 비승飛升하고자 했기에 복약을 즐겼고, 또 다른 일파의 사람들은 영원히 도취한 경지醉鄉에서 노닐고자 하였기에, 세상 일은 뒤로 한 채 술 마시기를 좋아하였다. 복약을 한 사람들 —— 진대 사람들이 복용한 약 가운데 우리가 알고 있는 것으로는 오석산五石散이 있는데, 이것은 다섯 가지 종류의 돌을 재료로 하여 만든 것으로, 그 성상性狀은 마르고 강렬하여燥烈 —— 몸에 항상 열이 나 헌옷이 —— 새 옷은 쉽사리 피부를 마찰하여 손상을 입히기 때문에 —— 입기에 적합하였다. 또 늘 씻지 않아 이가 득실거렸기 때문에 "이를 잡으면서 담론한다"捫虱而談는 말이 나오게 되었다. 술을 마신 사람들은 형해形骸의 밖에서 방랑하며 취생몽사했다.──이것이야말로 진대 사회의 상황이었다. 그러나 현대에 살고 있는 사람들은 그 생활 환경이 완전히 다른데도, 오히려 그 당시 사회를 배경으로 나온 소설을 모방하려 한다면, 어찌 우스운 일이 아니겠는가?

나는 위에서 육조시대 사람들은 결코 의식적으로 소설을 짓지 않았다고 말한 적이 있는데, 그것은 그들이 귀신의 일이나 인간의 일을 같은 것으로 보고 모두 사실로 여겼기 때문이다. 그래서 『구당서·예문지』舊唐書藝文志에는 그런 지괴의 책을 결코 소설에 넣지 않고 역사전기류歷史傳記類에 넣었으며, 그러한 상황이 계속되다가 송대 구양수歐陽修에 와서야 비로소 그것을 소설 속에 넣게 되었다.[19] 그러나 육조 때에는 지인志人의 책이 지괴의 책보다 더욱 중요하게 여겨졌는데, 이것은 명성을 얻는 것成名과 매우 관계가 깊다. 당시 시골의 학자들이 명성을 얻고자 하면, 반드시 명사名士들을 찾아가야 했는데, 곧 진대에는 왕도王導나 사안謝安과 같은 부류의 인물을 찾아가서 만나야 했으니, 바로 이른바 "일단 용문에 오르고 나면 몸값이 열 배로 뛴다"一登龍門, 則身價十倍[20]는 것이다. 하지만 이러한 명사와 이야기를 나누려면 반드시 그들의 비위를 충분히 맞추어 줄 수 있어야 했고, 그들의 비위를 맞추어 주려면 『세설』이나 『어림』과 같은 류의 책을 보지 않으면 안 되었다. 이를테면 당시에 완선자阮宣子가 태위太尉 왕이보王夷甫를 만났는데, 왕이보가 노장老莊의 차이에 대해서 묻자, 완선자는 "거의 같지 않을런지요"將無同라고 대답하였다. 왕이보는 그 말에 탄복하여 그에게 벼슬을 주었으니, 곧 세상 사람들은 이른바 "세 마디 말로 속관이 되었다"三語掾고 하였다. 하지만 "거의 같지 않을런지요"將無同라는 세 글자를 도대체 어떻게 설명해야 할까? 어떤 사람은 "거의 같지 않다"殆不同는 의미라고 하며, 어떤 사람은 "어찌 같지 않겠는가豈不同?"라고 하였으니 ── 총괄하자면 이래도 좋고 저래도 좋은, 흐릿하면서도 아득한 말일 따름이다. 이렇듯 흐릿한 말을 배우려면 곧 『세설』을 보지 않으면 안 되었던 것이다.

주)______

1) 방사(方士)는 고대에 선인(仙人)이 되기를 갈구하여, 단약(丹藥)을 만들고 장생불사가 가능하다고 믿었던 사람을 말한다. 곧 의술과 복서(卜筮), 점성술, 인상(人相), 지상(地相) 등의 일에 종사했던 사람을 방사라 한다. 후세의 도사이다.— 일역본
2) 이 인용문은 『사략』의 제5편에 나왔던 것이다.— 옮긴이
3) 원문은 다음과 같다. 燕太子丹質于秦,…欲歸, 請于秦王. 王不聽, 謬言曰, '令烏頭白, 馬生角, 乃可.' 丹仰而嘆, 烏卽頭白, 俯而嗟, 馬生角. 秦王不得已而遣之…. (卷八『史補』)
4) 이 인용문 역시 앞서 『사략』 제5편에 나왔던 것이다.— 옮긴이
5) 원문은 다음과 같다. 義熙中, 東海徐氏婢蘭忽患羸黃, 而拂拭異常, 共伺察之, 見掃帚從壁角來趨婢床, 乃取而焚之, 婢卽平復. (卷八)
6) 원래의 원문은 "만물에 모두 신령이 깃들어 있다"(萬有神敎)는 것인데, 여기에서는 애니미즘(Animism)으로 옮겼다.— 옮긴이
7) 이 인용문 역시 앞서 『사략』 제5편에 나온 바 있다.— 옮긴이
8) 원문은 다음과 같다. 陽羨許彦于綏安山行, 遇一書生,…臥路側, 云脚痛, 求寄鵝籠中. 彦以爲戲言, 書生便入籠,…宛然與雙鵝幷坐, 鵝亦不驚. 彦負籠而去, 都不覺重. 前行息樹下, 書生乃出籠謂彦曰: "欲爲君薄設." 彦曰: "善." 乃口中吐出一銅奩子, 中具肴饌.…酒數行, 謂彦曰: "向將一婦人自隨, 今欲暫邀之."…又于口中吐一女子,…共坐宴. 俄而書生醉臥, 此女謂彦曰: "向亦竊得一男子同行,…暫喚之…"…女子于口中吐出一男子.
9) 이하 두 인용문은 모두 『사략』 제7편에 나온 바 있다.— 옮긴이
10) 원문은 다음과 같다. 阮光祿在剡, 曾有好車, 借者無不皆給. 有人葬母, 意欲借而不敢言. 阮後聞之, 嘆曰: "吾有車而使人不敢借, 何以車爲?" 遂焚之.(卷上『德行篇』)
11) 劉伶恒縱酒放達, 或脫衣裸形在屋中. 人見譏之. 伶曰: "我以天地爲棟宇, 屋室爲褌衣, 諸君何爲入我褌中?"(卷下『任誕篇』)
12) 공융(孔融, 153~208)의 자는 문거(文擧)이며, 동한 말 노나라(魯國; 지금의 산둥 취푸曲阜) 사람이다. 일찍이 북해(北海)의 재상을 지냈고, 후에는 조조(曹操)에 대해서 반대하

였기에, 조조에게 살해되었다.

예형(禰衡, 173~198)은 자가 정평(正平)이며, 동한 말 평원은(平原隱; 지금 산둥 린이臨邑) 사람이다. 조조에게 반대하여 유표(劉表)에게로 보내졌고, 유표는 또 그를 황조(黃祖)가 있는 곳으로 송치하여, 결국 황조에게 살해되었다.

13) 유서는 중국 고대의 일종의 백과사전(百科事典)이다. 대표적인 것으로 송대에는 『태평광기』 등이 있었고, 명대에는 『영락대전』(永樂大典)이 있었으며, 청대에는 『고금도서집성』(古今圖書集成) 등이 있다.—일역본

14) 이 인용문은 앞서 『사략』 제7편에 나온 바 있다.—옮긴이

15) 『사략』 제7편의 주 61)를 참고할 것.—옮긴이

16) 『사략』 제7편의 주 62)를 참고할 것.—옮긴이

17) 원문은 다음과 같다. 甲父母在, 出學三年而歸. 舅氏問其學何所得, 幷序別父久. 乃答曰: "渭陽之思, 過于秦康."(秦康父母已死) 旣而父數之, "爾學奚益." 答曰: "少失過庭之訓, 故學無益."(『太平廣記』 262)

18) 『소림광기』(笑林廣記). 청대 유희주인(游戲主人)이 찬집하였으며, 4권으로 된 소화집(笑話集)이다. 고염(古艶), 부류(腐類), 형체(形體), 규풍(閨風) 등 열두 종류로 나누어져 있다.

19) 이 내용은 정리를 필요로 한다. 일역본 역주에 의하면 여기에서 『구당서·예문지』는 『구당서·경적지』의 잘못이며, 구양수(歐陽修)가 찬한 것은 『신당서·예문지』라 한다.—일역본

20) 이것은 당대 시인인 이백(李白)의 「한 형주에게 보내는 편지」(與韓荊州書)에 나온다. —일역본

제3강 당대의 전기문

소설은 당대唐代에 이르러 역시 큰 변화를 겪는다. 내가 앞서도 말했지만 육조六朝시대의 지괴志怪와 지인志人의 문장들은 모두 매우 간단할 뿐 아니라 어떤 사실에 대해 그대로 기록한 것이었다. 당대에 와서는 의식적으로 쓴 소설이 나타났는데, 이는 소설사小說史에 있어서 일대 진보라 일컬을 만하다. 더욱이 문장이 매우 길어 묘사를 곡절하게 할 수 있어, 이전의 간단하고 고루한 문체와는 크게 달랐으니, 이것은 문체상의 일대 진보라고도 할 수 있다. 하지만 그때 고문을 지었던 사람들은 매우 불만스럽게 보아, 이것을 "전기체"傳奇體라 불렀다. "전기"傳奇라는 두 글자는 사실상 그 당시에는 폄하하는 의미가 있었으므로, 현대인들이 머릿속에 그리고 있는 "전기"傳奇가 아니다. 그런데 이러한 전기소설은 현재에는 대부분 남아 있지 않은데, 다만 송초宋初의 『태평광기』—이 책은 소설에 관한 대류서大類書[1]라고 할 수 있으며, 육조에서 송초에 이르는 소설들을 수집하여 완성한 것이다—만 남아 있어, 이 책으로 당대 전기소설의 대강을 엿볼 수 있다. 당대 초기에는 왕도王度가 지은 『고경기』古鏡記가 있었는데, 신비한 거울에 얽힌 기이한 사건을 자술한 것으로, 비록 문장은 매우 길지만 수많은 기이한 이야기들을 엮어 만든 것에 지나지 않아, 여전히 육조 지괴의 유풍을 벗어나지 못하고 있다. 이밖에도 무명씨無名氏가 지은 『백원전』白猿傳이 있는데, 그 내용은 다음과 같다. 양梁나라의 장수 구양흘歐陽紇이 장락長樂에 갔을 때 시냇가 동굴溪洞에 깊이 들어갔는데, 흰 원숭이가 그의 아내를 가로채어 갔다. 나중에 구해 돌아오니, 아들을 낳았는데, "그 모습이 그(원숭이)를 닮았다"厥狀肖焉. 흘은 뒤에 진 무제陳武帝에게 죽임을 당하고, 그의 아들인 구양순歐陽詢은 당대 초기에 매우 명망을 얻었으나, 그 모습이 원숭이를 닮았기에 그를 싫어하는 사람이 이것을 빌미로 이 전傳을 지었던 것이다. 후대에 소설을 빌려 다른 사람을 공격하는 기풍이 그 당시에도 유행했었다는 것을 알 수 있다.[2]

무측천武則天 시기에 이르러, 장작張鷟이 『유선굴』游仙窟이라는 작품을 지었는데, 그 내용은 다음과 같다. 장작이 장안長安에서 하황河湟[3]으로 가는 길에 날이 저물자, 어떤 집에 투숙했는데, 이 집에는 십낭十娘과 오수五嫂라 하는 두 여인이 있어 그들과 술을 마시며 즐겼다는 내용이다. 내용은 그다지 복잡하지 않으나, 변체문騈體文으로 쓰여졌다. 이렇듯 변체로 쓰여진 소설은 그 이전에는 없었던 것으로 특별한 작품이라 할 만하다. 후대에 이르러 청대의 진구陳球가 지은 『연산외사』燕山外史[4]가 변체로 쓰여졌는데, 작자 스스로는 변체로 소설을 쓴 것이 자기로부터 새롭게 시도된 것이라 생각했지만, 이것은 사실상 장작에게서 이미 시작된 것임을 모르고 하는 소리이다. 하지만 『유선굴』은 중국에서는 이미 오래전에 없어졌으며, 다만 일본에는 현재까지도 남아 있다. 장작이 당시에 매우 문명文名이 있어 외국인들이 중국에 오면 그때마다 거금을 들여 그의 문장을 사갔으니, 이것 역시 그 당시 가져갔던 것의 일부일 것이다. 사실 그의 문장은 매우 경박하고 수식적이라 그다지 좋아 보이지는 않으나, 필치는 약간 활발할 때름이다.

당대 개원開元, 천보天寶 이후에 이르게 되면, 작가들이 많이 등장해, 이전과는 상황이 크게 달라졌다. 이전에 소설을 업신여겼던 사람들도 이 때에 와서는 소설을 지었으니, 이것은 당시의 환경과 관계가 있다. 왜냐하면 당대에는 과거시험을 볼 때, 이른바 행권行卷이라는 것을 매우 중요하게 여겼는데, 곧 과거시험 보는 사람이 처음 서울에 도착하면 먼저 스스로 만족스럽게 여기는 시를 두루마리에 베껴 그것을 가지고 당시 명망 있는 사람을 배알하러 가서 칭찬을 받으면 "성가가 열배로 뛰어"聲價十倍, 뒤에 급제할 희망이 생기게 되었던 까닭에 당시에는 행권을 매우 중요하게 여겼던 것이다. 개원, 천보 이후에 이르게 되면, 점차 시에 대한 염증이 일어나서, 이에 소설을 행권에 넣어서 이름을 얻는 경우도 생기게 되었다. 그래서 이전에 소설에 대해 불만스럽게 생각했던 이들도 이때에 이르게 되면 대부분이 소설을 짓기 시작했으며, 이로 인해 전기소설은 일시에 극성하게 되었다. 대력大歷 연간[5]에는 우선 심기제沈旣濟가 지은 『침중기』枕中記——이 책은 사회적으로 매우 보편화되어서 모르는 사람이 거의 없을 정도였다——가 나왔는데, 내용은 대략 다음과 같다. 노생盧生이라는 사람이 있었는데, 한단邯鄲으로 가는 도중에 실의에 빠져 탄식하다가, 여옹呂翁이라는 도사를 만났는데, 그에게 베개 하나를 주었다. 노생은 잠이 들어 꿈에 청하淸河의 최씨——청하의 최씨는 큰 성바지로, 청하의 최씨를 아내로 맞아들인다는 것은 극히 영예로운 일이었다——를 아내로 맞이하고는, 곧이어 과거에 급제해 진사가 되어, 관직이 상서 겸 어사대부尙書兼御史大夫에까지 올랐다. 뒤에 당시 재상의 시기를 받아 그는 단주端州로 폄적되었다. 몇 년이 지나 다시 중서령中書令에 추존되고 연국공燕國公에 봉해졌다. 뒤에 노쇠하여 병이 나서 침상에서 신음하다 숨이 끊어져 죽었다. 꿈속에서 죽자 그는 곧 깨어났는데, 오히려 솥 안의 밥이 아직 끓어 익지도 않은 시간이 흘렀을 따름이었다.—이것은 사람들에게 조급하게 승진을 기다리지 말고 부귀공명을 약간은 담담하게 보라고 권유하는 뜻을 담고 있다. 뒤에 명대明代 사람 탕현조湯顯祖가 지은 『한단기』邯鄲記, 청대淸代의 포송령蒲松齡이 쓴 『요재지이』聊齋志異 중의 『속황량』續黃粱 등은 모두 『침중기』에 근거한 것이다.

이밖에도 진홍陳鴻이라는 명사가 있었는데, 그와 그의 벗인 백거이白居易는 안사安史의 난을 겪은 뒤, 양귀비楊貴妃가 죽어 미인이 황토로 들어가게 되자, 옛일을 애도하다가 슬픈 감정을 이기지 못해, 백거이는 『장한가』長恨歌를 짓고, 진홍은 『장한가전』長恨歌傳을 지었다. 이 작품은 후대에까지 영향을 주었으니, 청대 사람 홍승洪昇이 지은 『장생전』長生殿 전기傳奇는 이에 근거한 것이었다. 또 당시에 유명했던 사람이 있었으니, 그는 백거이의 동생 백행간白行簡으로, 『이와전』李娃傳을 지었는데, 그 내용은 다음과 같다. 형양滎陽의 명문가의 아들이 장안에 와서는 가무와 여색에 빠져 지내다가, 돈을 다 탕진하고 병까지 들어 곤란한 지경에 빠져, 결국 만랑挽郞으로 전락하게 된다.—만랑은 인가에서 영구가 나올 때, 관을 끄는 한편으로 만가挽歌도 부르는 사람이다.—뒤에 이와가 그를 구제하여 공부를 하도록 권하니, 마침내 과거에 급제하여, 관직이 참군參軍에까지 이르게 된다는 내용이다. 행간의 문장은 본래 뛰어났으니, 이와의 정절情節을 묘사한 것은 매우 구성지고 볼 만하다. 이 작품이 후대의 소설[6]에 미친 영향은 매우 커서, 원대 사람이 지은 『곡강지』曲江池와 명대 설근연薛近兗의 『수유기』綉襦記와 같은 작품들은 모두 이것을 바탕으로 한 것이다.

또 당대 사람의 소설에서는 귀신과 요괴를 이야기한 것이 그다지 많지 않은데, 간혹 있다 하더라도 대충 엮어 놓은 것에 지나지 않을 따름이다. 하지만 일부 단편집에서는 귀신과 요괴에 관한 일들을 이야기한 것이 제법 많은데, 이것은 여전히 육조시대 사람의 영향을 받은 것으로, 이를테면 우승유牛僧孺의 『현괴록』玄怪錄이나 단성식段成式의 『유양잡조』, 이복언李復言의 『속續현괴록』, 장독張讀의 『선실지』宣室志, 소악蘇鶚의 『두양잡편』杜陽雜編, 배형裴鉶의 『전기』傳奇 등이 바로 그것이다. 그러나 결국은 당대 사람이 지은 것으로, 그렇기 때문에 육조시대 사람이 지은 것에 비해 훨씬 더 곡절이 있고 아름답다.

상술한 이들 외에도 당대의 전기 작가로 후대에 끼친 영향력이 매우 크고 특별히 주의해야 할 사람으로는 다음의 두 사람이 있다. 한 사람은 저작이 많지 않지만, 매우 큰 영향을 주었고, 또 매우 유명했던 이로 곧 원미지元微之이고, 다른 한 사람은 작품이 많고 영향력 또한 컸으나 후대에 그다지 유명하지는 않았던 이로 곧 이공좌李公佐이다. 지금 우리는 두 사람을 나누어서 이야기해 보기로 하겠다.

1. 원미지의 저작

원미지의 이름은 진稹이며 시인으로, 백거이白居易와 더불어 이름을 날렸다. 그가 지은 소설로는 『앵앵전』鶯鶯傳 한 편만 있을 뿐인데, 장생張生과 앵앵鶯鶯의 이야기를 다룬 것으로, 이것은 아마도 모든 사람들이 알고 있을 것이므로, 내가 상세히 말할 필요는 없을 것이다. 미지微之의 시와 문장은 원래부터 매우 유명하였으나, 이 전기傳奇는 오히려 그다지 뛰어나지 않으며, 게다가 이 작품의 끝에서 장생이 앵앵을 버리는 장면을 서술할 때 "……내가 가지고 있는 덕은 그와 같은 재앙의 씨를 이겨내지 못하는 것이기 때문에 그래서 감정을 참아 둔 것이지"…德不足以勝妖, 是用忍情[7]라고 한 것은 그 문장이 자신의 잘못을 지나치게 얼버무려, 변명하는 말이나 다를 게 없다. 그러나 후대의 수많은 곡자曲子들이 오히려 모두 여기에서 나왔으니, 이를테면 금대金代 동해원董解元의 『현색서상』弦索西廂 ——현재의 『서상』西廂은 상연되는 것이고, 이것은 곧 탄창彈唱이다——, 원대元代 왕실보王實甫의 『서상기』西廂記, 관한경關漢卿의 『속서상기』續西廂記, 명대明代 이일화李日華의 『남서상기』南西廂記, 육채陸采의 『남서상기』南西廂記 ……등등, 매우 많은 작품들이 모두 이 『앵앵전』에서 나온 것이다. 하지만 『앵앵전』 원본에 서술된 내용과는 약간 다른 곳이 있으니, 그것은 곧 장생과 앵앵이 뒤에 가서 해피엔딩團圓으로 끝난다는 것이다. 이것은 중국인들의 심리가 해피엔딩을 좋아했기 때문에, 이런 식으로 귀결된 것으로, 아마도 사람이 살아가는 현실의 결함을 중국인들도 잘 알고 있었지만, 내놓고 말하고 싶지 않았던 것이리라. 왜냐하면 일단 드러내 놓고 말해 버리면, "어떤 식으로 이 결점을 보완할 것인가" 하는 문제가 발생하거나, 번민하고, 개량해야만 하기에, 일이 복잡해지기 때문인 것이다. 그리고 중국인들은 번거롭고 고민스러운 것을 별로 좋아하지 않아, 현재라도 만약 소설 속에서 인생의 결함을 서술한다면, 독자들이 불쾌하게 여길 것이다. 그래서 역사에서는 해피엔딩이 아닌 것이라 하더라도, 소설에서는 왕왕 해피엔딩으로 끝나고, 응보應報가 없는 것은 응보가 있게 해, 서로를 어르고 뺨치게 한다.——이것은 사실 국민성의 문제에 관계된 것이다.

2. 이공좌의 저작

이제까지 이공좌를 알고 있는 사람은 매우 드문데, 그가 지은 소설은 매우 많으며, 현재는 다만 네 가지만이 남아 있다.

1) 『남가태수전』(南柯太守傳)

이 작품은 가장 유명한데, 그 내용은 다음과 같다. 동평東平의 순우분淳于棼의 집 남쪽에는 큰 홰나무가 있었다. 하루는 분이 취해서 동쪽 행랑에 누워 있다가 꿈을 꾸었다. 꿈에 자주빛 옷을 입은 사람 둘이 와서 대괴안국大槐安國으로 그를 초대하는데, 그는 부마가 되어 줄 것을 요구받고 남가태수南柯太守가 된다. 공적을 쌓아 대관大官으로 승진하였다가, 이후에 군사를 이끌고 단몽국檀夢國과 전쟁을 하다가 적에게 패하고 공주도 죽자, 이에 대괴안국에서는 그를 다시 돌려보낸다. 꿈을 깨고 보니 찰나의 꿈이 마치 일생을 보낸 것과 같았다. 그리고 큰 홰나무로 가 보니 개미동굴이 하나 있는데, 개미들이 막 어지럽게 왔다갔다하는 것이 이른바 대괴안국이었고, 남가군은 바로 이곳에 있었다. 이 작품이 내세운 의도는 『침중기』와 비슷하나, 그 결말은 여운이 아득하게 남아 있어 『침중기』가 미칠 수 없다. 이후 명대 탕현조湯顯祖가 지은 『남가기』南柯記는 바로 이 작품으로부터 발전되어 나온 것이다.

2) 『사소아전』(謝小娥傳)

이 작품의 내용은 다음과 같다. 소아의 아버지와 그녀의 남편이 강호를 오가면서 장사를 하다가 도적들에 의해 살해당한다. 소아의 꿈에 아버지가 나타나서 원수는 "거중후동문초"車中猴東門草라고 일러주고, 또 꿈에 남편이 나타나서 "화중주일일부"禾中走一日夫라고 일러준다. 사람들은 이해하지 못했지만, 뒤에 이공좌가 그것을 다음과 같이 풀이해 준다. "거중후, 동문초"車中猴, 東門草는 "신란"申蘭이라는 두 글자이고, "화중주, 일일부"禾中走, 一日夫는 "신춘"申春이라는 두 글자라는 것이다. 그 뒤에 과연 이것으로 인해 도적을 잡았다. 이것은 비록 수수께끼를 풀어 도적을 잡는다는 것으로 그

다지 큰 이치는 없으나, 그 사상은 후대의 소설에 큰 영향을 주었으니, 이를테면 이복언李復言이 이 글을 부연하여 『속현괴록』에 넣었으니, 제목을 『묘적니』妙寂尼라고 하였고, 명대 사람은 이에 바탕하여 평화平話를 지었다. 다른 예로는 『포공안』包公案에 서술된 것 가운데 이와 유사한 것이 많이 있다.

3) 『이탕』(李湯)

이 작품에서 서술된 내용은 다음과 같다. 초주 자사楚州刺史인 이탕은 어떤 어부가 구산龜山 남쪽의 강에 큰 사슬이 있는 것을 보았다는 말을 듣고, 사람을 시켜 소의 힘으로 그것을 끄집어내게 하였다. 그러자 바람과 파도가 크게 일더니, 원숭이의 형상에 눈처럼 흰 이빨과 금으로 된 손톱을 한 괴수怪獸가 나타났다. 그 괴물이 언덕 위로 짓쳐 올라가자 구경하던 사람들이 도망을 가고 괴물은 다시 쇠사슬을 가지고 물 속으로 들어가서는 다시 나오지 않았다. 이공좌는 이것을 풀이하여, 이 괴수는 회와淮渦의 수신水神인 무지기無支祁라고 했다. "그 힘은 아홉 마리의 코끼리를 능가하고, 후려갈기고는 풀쩍 뛰어올라 빠르게 달려가니, 몸놀림이 가볍고 날렵하였다."力逾九象, 搏擊騰踔疾奔, 輕利倏忽 대우大禹가 경진庚辰을 시켜서 그것을 제압해 목에 큰 사슬을 채워 회수의 남쪽에 있는 구산 아래로 끌고 가자 강물이 안정되었다고 한다. 이 작품이 끼친 영향은 매우 큰데, 나는 『서유기』西遊記 가운데의 손오공孫悟空이 바로 이 무지기와 비슷하다고 생각한다. 그러나 베이징대北京大 교수인 후스즈胡適之 선생은 이것이 인도로부터 유래된 것이라고 생각하고 있다. 러시아 사람인 강허타이鋼和泰, Alexander von Staël-Holstein 교수[8] 역시 일찍이 인도에도 이러한 이야기가 있었다고 하였다.[9] 그러나 내가 볼 적에는, ①『서유기』를 지은 사람은 불경을 읽은 적이 없고, ② 중국에서 번역된 인도 불경 가운데에는 이러한 류의 이야기가 없으며, ③ 작자인 오승은吳承恩은 당대唐代 소설에 정통하였기에, 『서유기』는 당대소설의 영향을 매우 많이 받은 것이다. 그래서 나는 여전히 손오공이 무지기에서 비롯된 것으로 생각한다. 그러나 후스즈 선생은 이공좌가 인도전설로부터 영향을 받았다고 생각하는 듯한데, 이것은 현재 내가 가타부타할 수 없는 것이다.

4) 『여강풍온』(廬江馮媼)

이 작품은 사건의 서술이 매우 간단하고, 문장 역시 그다지 좋지 않아, 우리가 지금 이에 대해서 말하지 않아도 좋을 듯싶다.

당대 소설에 나오는 사건들은 뒤에 모두 곡자曲子로 옮겨졌다. 이를테면 "홍선"紅線, "홍불"紅拂, "규염"虬髯[10] 등과 같은 것들은 모두 당대의 전기에서 나온 것이며, 이로 인해 간접적으로 사회에 두루 퍼져 나갔다는 것은 지금 사람들도 알고 있다. 전기 그 자체는 당이 멸망함에 따라서 끊어지고 말았다.

주)

1) 앞서 제2강의 역주에서도 밝힌 바와 같이 유서(類書)는 오늘날로 말하자면 백과전서(百科全書)에 해당한다. 따라서 대류서라 함은 대백과전서 정도에 해당하는 말이다.—옮긴이
2) 이상의 내용은 『사략』 제8편의 내용을 요약해 놓은 것이다.—옮긴이
3) 하황(河湟)은 황허(黃河)와 황수이(湟水), 두 강의 유역 지대를 가리킨다. 황수이는 곧 시닝허(西寧河)로, 칭하이(青海)의 하이옌현(海晏縣) 바오후투산(包呼圖山)에서 나와서 동남쪽으로 흐르다 시닝(西寧), 러두(樂都)를 거쳐 대통하(大通河)와 합류하여 황허로 흘러든다. 『신당서』(新唐書) 141하의 「토번전」(吐蕃傳)에 의하면, "황수는 몽곡(蒙谷)에서

나와서 용천(龍泉)에 이르러 황하에 합류한다.…… 그러므로 세상 사람들은 서융(西戎)의 땅을 하황(河湟)이라 불렀다"(湟水出蒙谷, 抵龍泉與河合.…故世擧謂西戎地曰河湟)라고 하였다. 『한서·지리지』 하에서는, "북에서 황수가 나와 동으로 윤오에 이르러 황하로 들어간다"(北則湟水所出, 東至允吾入河)고 하였고, 『수경주·하수이』(水經注河水二)에서는 "황하와 황수 사이에 금수가 많다"(河湟之間, 多禽獸)라고 하였다.—일역본/옮긴이

4) 진구(陳球)의 『연산외사』(燕山外史)에 대해서는 『사략』 제25편을 볼 것.—옮긴이

5) 서기 766~779년.—옮긴이

6) 여기에서의 "소설"(小說)은 당연히 "희곡"(戱曲)이어야 한다.

7) 『사략』 제9편을 참고할 것.—옮긴이

8) 1877년 1월 1일에 태어나서 1937년 3월 16일 베이핑(北平)의 더궈의원(德國醫院)에서 죽었다. 이것은 『후스의 일기』(胡適的日記; 베이징: 중화서국中華書局, 1985) 1937년 3월 16일, 3월 27일 기사에 의함.—일역본

9) 후스는 그의 『서유기고증』(西遊記考證)에서 다음과 같이 말하고 있다. "나는 늘 이 신통하고 큰 원숭이가 중국 고유의 것이라는 데에 회의를 품어 왔는데, 이는 인도에서 수입하여 온 것이다. 아마도 무지기의 신화조차도 인도의 영향을 받아 모방하여 만들어진 것이리라." 또 다음과 같이 말했다. "나는 강허타이 박사의 지적에 따라 인도 최고(最古)의 서사시인 『라마야나』(拉麻傳)에서 하누만(哈奴曼)이라는 것을 찾아냈는데, 아마도 제천대성(齊天大聖)의 뒷그림자로 볼 수 있을 것이다."(『후스 문존』胡適文存 2집에서 보인다.)

   강허타이(鋼和泰). 제정 러시아 시대의 귀족으로, 10월혁명 이후에 중국으로 건너왔다. 베이징대학에서 고대 인도의 종교학과 산스크리트어(梵文)를 가르쳤다.

10) "홍선"(紅線)은 명대 양진어(梁辰魚)가 지은 잡극(雜劇) 『홍선녀』(紅線女)이고, "홍불"(紅拂)은 명대 장봉익(張鳳翼)이 지은 전기 『홍불기』(紅拂記)이며, "규염"(虬髯)은 명대 능몽초(凌濛初)가 지은 『규염옹』(虬髯翁)이다.

제4강 송대 사람의 '설화'와 그 영향

앞서 말한 바와 같이, 전기소설傳奇小說은 당唐나라가 멸망하자 그 명맥이 끊어져 버렸다. 송조宋朝에 이르게 되면, 비록 전기라고 지은 것이 있기는 하나, 크게 달랐다. 왜냐하면 당나라 사람들은 대체로 당시의 일을 묘사했으나, 송나라 사람들은 옛일을 이야기한 것이 아주 많았기 때문이다. 당나라 사람의 소설에는 교훈이 적으나, 송나라 때에는 교훈이 많았다. 대개 당나라 때에는 말하는 것이 어느 정도 자유로웠기에, 당시 일을 묘사하더라도 화를 입지 않았으나, 송나라 때에는 기휘忌諱하는 것이 점차 많아졌기에, 문인들은 회피할 방도를 찾아 옛일을 이야기했던 것이다. 게다가 송대에는 일시에 이학理學이 극성하여, 소설 역시도 이학화理學化한 것이 많았으며, 소설에 교훈적인 것이 포함되어 있지 않으면 말할 만한 것이 못 된다고 생각했다. 하지만 문예文藝가 문예인 까닭은 결코 교훈적인 측면만을 중시해서가 아니다. 만약 소설을 수신修身 교과서로 바꾸어 놓는다면, 무엇을 문예라고 하겠는가? 송나라 사람들이 비록 여전히 전기를 짓기는 했지만, 내가 전기가 끊어졌다고 말하는 것은 바로 이런 의미에서이다. 그러나 송대 사대부士大夫들의 소설에 대한 공로는 『태평광기』를 편찬한 데 있다. 이 책은 한대漢代로부터 송초宋初에 이르기까지의 자질구레한 이야기로 된 소설을 수집한 것으로, 모두 500권이며, 소설의 집대성이라 할 만하다. 그러나 이것 역시 그들이 자발적으로 한 것이 아니라, 정부에서 그들을 불러모아 만들어 낸 것이다. 송초에는 천하가 통일되어 나라 안이 평안했으므로, 전국의 명사들을 불러 녹봉을 후히 주면서, 그들로 하여금 서적을 편찬하도록 하여, 그 당시에 『문원영화』文苑榮華와 『태평어람』, 『태평광기』가 완성되었던 것이다. 이것은 정부의 목적이 이 사업을 이용하여 명사들을 거두어 양성해 그들의 정치에 대한 반동을 경감시키려 했을 따름이었을 뿐, 실제로 문예에 뜻이 있었던 것은 아니었다. 하지만 의도하지 않은 가운데, 우리에게 고소설의 보고를 남겨 주게 되었다. 창작의 측면에서 말하자면, 송대의 사대부들은 실제로 아무런 공헌도 하지 않았다. 하지만 그 당시 사회에는 오히려 평민들의 소설이 별도로 있어서, [사대부들의] 소설을 대신하여 흥성했다. 이러한 작품은 체재만 달랐던 게 아니라, 문장에 있어서도 역시 개혁이 일어나, 백화를 사용했다. 그리하여 실제로 소설사에서 일대 변천을 일으켰는데, 당시 일반 사대부들은 비록 모두들 이학을 중시하면서 소설을 경시하였으나, 일반 백성들은 여전히 오락적인 것을 필요로 했기에, 평민 소설이 일어난 것은 그리 놀라운 일이라고 할 수 없다.

송宋은 변경汴京[1]에 도읍을 정하였는데, 백성들은 평안하고 물자는 풍부했다. 놀며 즐기는 일은 그로 인해 더욱 많아졌으며, 시정市井에는 잡극이란 것이 있었다. 이러한 잡극에는 이른바 "설화"說話라는 것이 포함되어 있었다. "설화"는 네 종류로 나뉘는데, 첫째는 강사講史이고, 둘째는 설경원경說經諢經, 셋째는 소설小說이며, 넷째는 합생合生이다. "강사"는 역사상의 일과 유명한 사람의 전기傳記 등을 이야기한 것으로, 곧 후대의 역사소설의 기원이 된다. "설경원경"은 쉬운 말로 불경을 풀어 이야기한 것이다. "소설"은 간단한 설화說話이다. "합생"은 먼저 의미가 모호한 두 구의 시를 읊고, 뒤이어 다시 몇 구를 읊어야 비로소 뜻을 깨달을 수 있는데, 아마도 당시의 사람들을 풍자한 것 같다. 이 네 종류 가운데 후대의 소설과 유관한 것은 바로 "강사"와 "소설"이다. 그 당시에는 이러한 직업에 종사하던 사람을 "설화인"說話人이라 불렀다. 그리고 그들이 조직한 단체가 있었는데 "웅변사"雄辯社라고 했다. 그들은 일종의 책을 엮어 이야기할 때 근거로 삼아 공연했는데, 이 책을 "화본"話本이라고 불렀다. 남송南宋 초기에는 이 화본이 여전히 유행하였으나, 송이 멸망하고 원나라 사람들이 중국에 들어오자, 잡극이 사라지고, 화본 역시 통행되지 않게 되었다. 명대에 이르러는 비록 설화인이 아직 남아 있었다고는 하지만 ── 이를테면 유경정柳敬亭[2]은 당시에 매우 유명한 설화인이었다 ──, 이미 송대 사람들의 면모는 아니었는데, 그들은 이미 잡극에 속하지도 않았고, 어떠한 조직도 없었다. 현재에 이르러서는 우리는 이미 송대의 화본이 도대체 어떤 모습이었는지 거의 알 수 없게 되었다. ── 다행히도 현재는 몇 가지 책이 번각되어 나와서 그것을 표본으로 삼을 수 있게 되었다.

그 가운데 하나가 『오대사평화』五代史平話로, 강사講史로 볼 수 있다. 강사의 체재는 대개 천지개벽天地開闢으로부터 이야기가 시작되어 이야기하고자 하는 조대朝代까지 계속된다. 『오대사평화』 역시 이와 같아서, 그 문장은 각각 시로 시작해서, 그 다음에 정문正文으로 들어가며, 다시 시로써 끝을 맺고 있는데, 언제나 단락마다에 시로써 증명한 것有詩爲證이 있다. 하지만 허구적인 일을 너무 많이 늘어놓고, 사실史實을 드러낸 것이 적은 것이 그 병폐이다. 그 안에 채용된 시에 대해 말할 것 같으면, 나는 대개 이것이 당나라 사람의 영향을 받은 것이라고 생각하고 있다. 왜냐하면 당대

唐代에는 시를 매우 중시했기 때문에, 시를 잘 짓는 사람이 교양이 있는 사람으로 존중을 받았다. 그러자 설화인들도 그들처럼 되고 싶어 해서, 화본에는 늘 시사詩詞가 많았던 것이며, 아울러 현재까지도 수많은 사람들이 지은 소설 속에서 그런 상황이 바뀌지 않고 있기도 하다. 또 후대의 역사소설에서는 매 회의 결미結尾에, 항상 "다음 일이 어떻게 되는지 알고 싶으면, 다음 회를 듣고 궁금증을 풀라"不知後事如何? 且聽下回分解는 말이 나오는데, 나는 이것 역시 아마도 설화인에게서 나온 것이리라 생각한다. 왜냐하면 설화라고 하는 것은 반드시 사람들이 다음 번에도 다시 와서 듣기를 바라는 것이기 때문에, 반드시 스릴과 서스펜스가 있는 사건으로 그들을 붙잡아 두어야 했던 것이다. 지금의 장회소설章回小說은 아직도 그것을 모방하고 있으니, 그것은 단지 하나의 흔적일 뿐으로, 마치 우리 뱃속에 있는 맹장과 같이 아무짝에도 쓸모가 없는 것이다.[3] 또 다른 하나인 『경본통속소설』京本通俗小說은 이미 완전하지 않지만, 그래도 10여 편이 남아 있다. "설화" 가운데의 이른바 소설이라고 하는 것은 현재 말하는 바의 광의廣義의 소설과는 다른 것으로, 그 이야기하는 것이 매우 짧고, 또 당시의 일을 많이 채용하였다. 맨앞에서는 먼저 하나의 모두冒頭를 이야기하는데, 시사詩詞로 하기도 하고, 이야기로 하기도 하는데, 그것을 "득승두회"得勝頭回라고 했다. ── "두회"頭回라는 것은 전회前回라는 뜻이며, "득승"得勝은 덕담이다 ── 그런 다음에야 비로소 본문으로 들어갔는데, 쓸데없이 이야기를 늘리지 않아, 길이가 모두冒頭와 별 차이가 없어 짧은 시간 안에 끝이 났다. 이것으로 송대 설화 가운데의 이른바 소설이라는 하는 것이 곧 "단편소설"短篇小說의 의미라는 사실을 알 수 있는데, 『경본통속소설』은 비록 완전하지는 않지만, 이런 류의 소설의 대체적인 모습을 충분히 엿볼 수 있다.

위에서 말한 두 종류를 제외하고도 『대송선화유사』大宋宣和遺事가 있다. 수미首尾에 모두 시詩가 있고, 중간에 약간의 통속적인 구절이 섞여 있어, "강사"에 가까우나 구담口談은 아니며, "소설"과 아주 흡사하나 간결하지는 않다. 그 가운데에는 이미 양산박梁山泊의 일을 서술한 것이 있는데, 이것이 바로 『수호』水滸의 전주곡으로, 크게 주의를 기울일 만한 일이다. 또 근자에 발견된 책이 하나 있는데, 『대당삼장법사취경시화』大唐三藏法師取經詩話[4]라는 것이다.—이 책은 중국에서는 일찍이 없어졌으며, 일본에서 가져온 것이다—여기에서 이른바 "시화"詩話라는 것은 요즘 사람들이 말하는 시화詩話가 아니라, 시詩가 있고, 이야기話가 있다는 것이다. 바꿔 말해 "시가 있어 증명하노니"有詩爲證를 중시하는 류의 소설에 대한 별명이기도 하다는 것이다. 이 『대당삼장법사취경시화』는 비록 『서유기』西遊記의 전주곡이라고는 하나 사뭇 다르다. "인삼과를 훔치는"盜人蔘果 일을 예로 들면, 『서유기』에서는 손오공孫悟空이 훔치려 하자 당승唐僧이 허락하지 않는다. 그런데 『취경시화』에서는 선도仙桃로 되어 있으며, 손오공은 훔치려 하지 않는데, 당승이 훔쳐 오게 한다.—이것은 [시간적인 선후관계를 의미하는] 시대를 말하는 것이라기보다는 오히려 작자의 사상적인 측면이 달랐기 때문이라고 말하는 것이 낫겠다. 왜냐하면 『서유기』의 작자는 사대부이지만 『취경시화』의 작자는 서민이기 때문이다. 사대부들이 사람을 논하는 것은 아주 엄격했으므로, 당승이 어찌 인삼과를 훔치게 했겠는가라고 생각하여 이 일을 원숭이에게 떠넘겨 버려야 했던 것이다. 그러나 서민들이 사람을 논하는 것은 비교적 관대하여 당승이 그깟 선도 몇 개 훔친 게 뭐 그리 대단할 게 있겠는가 하고 생각하여, 그다지 유의하고 숨김이 없이 붓을 놀려 묘사한 것이다.

결론적으로 말하자면, 송대 사람들의 "설화"說話의 영향은 매우 커서, 후대 소설의 90퍼센트는 화본話本에 근거하고 있다. 이를테면 첫째, 후대의 소설에서 『금고기관』今古奇觀과 같은 단편의 서술은 송대의 "소설"을 모방한 것이다. 둘째, 후대의 장회소설에서 『삼국지연의』三國志演義 등과 같은 장편의 서술은 모두 "강사"에 근거한 것이다. 그 가운데 강사의 영향은 더욱 커서, 명·청대로부터 현재에 이르기까지 "이십사사"二十四史가 모두 연의로 만들어졌다. 작가 중에는 또 저명한 인물이 나타났으니 바로 나관중羅貫中이다.

나관중의 이름은 본本이고, 전당錢塘 사람으로, 대략 원말명초元末明初에 살았다. 그가 지은 소설은 매우 많지만 애석하게도 현재 남아 있는 것은 단지 네 가지뿐이다. 그리고 이 네 가지 역시도 후대 사람들이 함부로 고친 것이 많아, 이미 본래의 모습은 아니다.──중국인들은 종래에 소설을 별로 중시할 만한 것이 못 되며 경서經書와는 다른 것이라 생각했기 때문에, 마음대로 그것을 고치는 걸 좋아했다.──나관중의 일생의 사적事迹에 대해서는 우리는 현재 알 길이 없다. 어떤 사람은 그가 『수호전』을 지었기 때문에, 그의 자손 삼대가 모두 벙어리가 되었다고 하는데, 그것은 근거 없는 헛소문일 것이다. 관중의 네 가지 소설은 바로 다음과 같다. 첫째 『삼국연의』, 둘째 『수호전』, 셋째 『수당지전』隋唐志傳, 넷째 『북송삼수평요전』北宋三遂平妖傳이다. 『북송삼수평요전』은 패주貝州의 왕칙王則이 요술의 힘을 빌려 난을 일으킨 일을 기록하고 있는데, 그를 진압한 세 사람의 이름에 모두 "수"遂 자가 있어 "삼수평요"三遂平妖라고 했다. 『수당지전』은 수나라가 당나라에 선위禪位한 것으로부터 당 명황明皇에 이르기까지의 일을 서술하고 있다.──이 두 책의 구조와 문장은 모두 그다지 좋지 않아, 사회적으로도 성행하지 않았다. 가장 성행했고 또 가장 세력이 있었던 것은 『삼국연의』와 『수호전』이다.

1. 『삼국연의』

삼국三國의 일을 강술한 것은, 나관중에게서 비롯된 것이 아니다. 송대에는 거리에서 옛일을 이야기하는 사람 가운데 "설삼분"說三分이라고 하는 이가 있었으니, 삼국의 이야기를 강술한 것이었다. 소동파蘇東坡 역시 이렇게 말했다. "왕팽王彭이 일찍이 말했다. '여염집의 아이들이,…… 옛일을 얘기하는 것을 모여 앉아 듣고 있다가, 삼국의 일을 얘기하는 데 이르러서는, 유비가 패했다는 말을 들으면 빈번히 미간을 찌푸렸으며 눈물을 흘리는 아이도 있었다. 조조가 패했다는 말을 들으면 기뻐하며 쾌재를 불렀다. 이로써 군자와 소인의 은택이 영원히 끊이지 않음을 알 수 있다.'"[5] 이것으로 나관중 이전에도 『삼국연의』와 같은 류의 책이 있었다는 것을 알 수 있다. 삼국의 일은 오대五代와 같이 번잡스럽지 않았고, 또 초한楚漢처럼 그렇게 간단하지 않아, 마침 간단하지도 않고 복잡하지도 않아 소설을 짓기에 적합했다. 아울러 삼국시대의 영웅들은 지혜와 술수를 갖추고 있었고, 용감무쌍하여 사람들을 몹시 감동시켰기에, 사람들이 소설의 재료로 삼기를 좋아했던 것이다. 게다가 배송지裴松之가 『삼국지』三國志를 주한 것이 매우 상세하여, 사람들이 삼국의 일에 주의를 끌도록 하기에 충분했다. 나관중의 『삼국연의』가 창작으로부터 나온 것인지, 아니면 계승된 것인지에 대해서는 현재로서는 선불리 단정할 수 없지만, 명 가정嘉靖 때의 판본에 "진 평양후 진수가 역사로 전한 것을, 명 나본이 순서에 따라 엮었다"晋平陽侯陳壽史傳, 明羅本編次라고 적혀 있는 것[6]으로 보아, 직접 진수陳壽의 『삼국지』를 가져다가 남본藍本으로 삼았다는 것을 알 수 있다. 그러나 현재의 『삼국연의』는 이미 후대 사람들이 고친 부분이 많아 본래의 모습이라고 할 수 없다. 만일 이 책의 우열을 논한다면 논자들은 여기에 다음의 세 가지 결점이 있다고 생각할 것이다. ①쉽사리 사람들의 오해를 불러일으킨다. 중간에 서술된 사건들은 7할이 사실이고, 3할은 허구이다. 그 사실이 많고 허구가 적기 때문에, 사람들은 때로 허구까지도 진실로 믿어 버리게 된다. 이를테면 왕어양王漁洋은 유명한 시인이자 학자였는데, 그에게는 "낙봉파에서 방통을 애도하노라"落鳳坡弔龐士元[7]라고 하는 시가 있다. 그런데 이 "낙봉파"落鳳坡는 『삼국연의』에만 있는 것으로 실제로는 존재하지 않는 곳인데, 왕어양은 오히려 『삼국연의』 때문에 혼란을 일으켰던 것이다. ②묘사가 지나치게 사실적이다. 좋게 묘사된 사람은 나쁜 점이라고는 전혀 없고, 나쁘게 묘사된 사람은 좋은 점이라고는 하나도 없다. 사실 이것은 실제로는 맞지 않는 것이다. 왜냐하면 어느 한 사람이 사사건건 모두 좋을 수만은 없으며, 마찬가지로 사사건건 모두 나쁠 수만도 없기 때문이다. 이를테면 조조曹操와 같은 인물은 정치라는 측면에 있어서 훌륭한 점이 있으며, 유비劉備, 관우關羽 등도 거론할 만한 것이 전혀 없다고는 말할 수 없다. 그러나 작자는 그런 것에 상관없이 자신의 주관적 측면에 따라 쓰고 있으니, 왕왕 사리에 벗어나는 사람을 만들어 내게 되었던 것이다. ③문장과 취지가 부합되지 않는다.—이는 바로 작자가 표현하고 있는 것과 작자가 생각하고 있는 것이 합치되지 않는 것을 말한다. 이를테면 조조의 간사함을 묘사하려 했으나, 그 결과는 도리어 호쾌하고 시원시원하며 지략이 많은 것처럼 되어 버렸다. 또 공명孔明의 지략을 묘사하려고 했으나 결과는 오히려 교활한 것처럼 되어 버렸다.—그러나 어쨌든 이 작품은 매우 훌륭한 대목이 있는데, 이를테면 관운장關雲長이 화웅華雄을 목 베는 부분 같은 대목은 정말 생동감이 있다. 화용도華容道에서 조조를 풀어 준 대목을 묘사한 것은 넘칠 듯한 의용義勇의 기개가 있어 그 사람을 실제로 보는 듯하다. 후대에 지어진 역사소설은 아주 많으니, 이를테면 『개벽연의』開闢演義, 『동서한연의』東西漢演義, 『동서진연의』東西晉演義, 『전후당연의』前後唐演義, 『남북송연의』南北宋演義, 『청사연의』清史演義…… 등이 있는데, 『삼국연의』에 견줄 만한 것은 하나도 없다. 그래서 사람들은 모두 이 작품 읽기를 좋아하고 있으며, 장래에도 여전히 그 상당한 가치를 유지할 수 있을 것이다.

2. 『수호전』

『수호전』은 송강宋江 등의 일을 서술하고 있는데, 역시 나관중으로부터 비롯된 것이 아니다. 왜냐하면 송강은 실제로 있었던 인물이고, 도적이었던 것 역시 사실이며, 그에 관한 일은 남송 때부터 사회적인 전설이 되었기 때문이다. 송·원대에는 고여高如, 이숭李嵩 같은 이들이 수호水滸 이야기로 소설을 지었다. 송 유민遺民인 공성여龔聖與는 또 『송강삼십육인찬』宋江三十六人贊을 지었다. 또 『선화유사』宣和遺史에도 "송강이 방랍方臘을 사로잡아 공을 세워, 절도사로 봉해졌다"宋江擒方臘有功, 封節度使는 등의 설화를 이야기한 것이 있다. 따라서 이 이야기는 일찍부터 사람들 입에 전파되었다는 것을 알 수 있으니, 혹은 일찍부터 간략한 서본書本이 여러 가지 있었는지도 모를 일이다. 후대에 와서 나관중은 여러 이야기들이나 소본小本의 수호 이야기들을 모아, 취사선택하여 장편의 『수호전』을 지었다. 그러나 현재는 이미 원본原本의 『수호전』은 손에 넣을 수 없으며, 통행되고 있는 『수호전』에는 두 종류가 있다. 하나는 70회로 된 것이고, 다른 하나는 70회보다 많은 것이다. 70회 본보다 많은 류는 먼저 홍태위洪太尉가 잘못하여 요마妖魔를 놓아 준 것을 서술하고 나서, 그 다음에 108인이 점차 양산박에 모여들어 민가를 습격하여 재물을 약탈하다가, 나중에 초안招安을 받아들여,

요遼를 쳐부수고, 전호田虎, 왕경王慶을 진압하고, 또 방랍을 사로잡아 큰 공을 세운 것을 서술한 것이다. 마지막에는 조정에서 의심하고 시기하여 송강은 독을 마시고 죽어, 마침내 신명神明이 된다. 그 가운데 초안의 이야기는 송말부터 원초에 이르는 사상이다. 왜냐하면 당시의 사회의 혼란으로 말미암아, 관병官兵들이 백성들을 압제했는데, 백성들 가운데 조용히 살고자 하는 자들은 그것을 참고 견뎠지만, 그렇지 못한 자들은 사회로부터 벗어나 도적이 되었다. 도적들은 한편으로는 관병과 싸웠는데, 관병들이 이기지 못했고, 또 다른 한편으로는 백성들을 노략질했는데, 당연하게도 민간에서는 때때로 그러한 소란을 겪게 되었다. 하지만 일단 외구外寇가 들어왔는데 관병들이 저항할 수 없을 때, 백성들은 외족을 원수같이 보았으므로 비교적 관병보다는 낫다고 할 수 있는 도적들을 이용하여 외구에게 저항했다. 그리하여 도적들이 당시 사람들로부터 칭찬을 받기도 했다. 송강이 독을 마시는 부분은 명초에 덧붙여진 것이다. 명 태조太祖는 천하를 통일한 뒤에, 공신들을 의심하고 시샘하여, 살육을 자행하여 끝이 좋았던 사람들이 매우 적었다. 백성들은 해를 입은 공신들에 대해 동정을 표하기 위해, 송강이 독을 마시고 죽어 신이 되었다는 일을 덧붙여 놓은 것이다.—이것 역시 사실은 [이 책의] 결점으로, 소설을 해피엔딩으로 끝나게 하는 오래된 선례일 뿐이다.

많은 사람들이 생각하기를 『수호전』은 시내암施耐庵이 지었다고 한다. 왜냐하면 70회보다 많은 『수호전』에는 번본繁本과 간본簡本의 두 종류가 있는데, 그 가운데 한 가지인 번본의 작자가 시내암이라고 적어 놓았기 때문이다. 그러나 여기에서의 시내암은 아마도 후대에 번본으로 발전시킨 사람이 가탁한 이름일 것이다. 그는 실제로는 나관중보다 뒤에 태어났다. 후대 사람들은 번본에 시내암이 지었다고 적어 놓은 것을 보고, 오히려 간본이 절록節錄한 본이라고 생각하여, 시내암을 더 오래전의 사람으로 간주하고는 나관중 이전에 놓아 버렸던 것이다. 청초淸初에 이르러, 김성탄金聖嘆은 『수호전』은 초안에서 끝나는 게 좋고, 그 이후는 아주 나쁘다고 말했다. 또 스스로 고본古本을 얻어서 보니, 시내암이 지었을 때에는 초안에서 끝맺기로 했었는데, 나관중이 그 이후를 이어서 쓴 것이라 하면서 통박했다. 이에 그는 초안 이후의 것을 모두 빼버리고, 앞부분의 70회만 남겨 놓았다.—이것이 바로 현재의 통행본이다. 그는 아마 무슨 고본古本이니 하는 것을 갖고 있지 않았을 텐데, 단지 자신의 의견에 따라 [뒷부분을] 빼버리고서는, 고본 운운했던 것은 "옛것에 가탁한"托古 수법에 지나지 않는다. 하지만 문장의 앞뒤가 약간 차이가 있는 것은 오히려 김성탄이 말한 것과 확실히 같다. 그러나 내가 앞에서 이야기한 대로, 『수호전』은 수많은 구전口傳이나 소본小本 『수호』 이야기를 모아서 만든 것이므로, 일률적이지 못한 부분이 있는 것은 당연하다. 하물며 일이 성사된 이후를 묘사한 문장은 이제 막 강도가 되려고 할 때를 묘사한 것보다 약간 더 어려우며, 장편의 책에서 결말이 부진한 것은 흔히 있는 일이므로, 이것으로 나관중이 속작했다는 것을 단정할 수는 없는 노릇이다. 그렇다면 김성탄은 왜 초안 이후의 문장을 빼버리려 했을까? 그것은 아마도 당시 사회환경의 영향을 받았기 때문일 것이다. 후스즈胡適之 선생은 이렇게 말했다. "성탄은 떠돌이 도적들이 횡행하던 시대에 살면서, 장헌충張獻忠, 이자성李自成이 강도나 마찬가지로 온 나라에 해를 끼치는 것을 보았기 때문에, 강도란 제창되어서는 안 되며, 입으로 주살하고 붓으로 토벌해야만 한다고 느꼈던 것이다."[8] 이러한 말은 제대로 맞다. 곧 김성탄은 강도를 이용하여 외구를 평정한다는 것은 믿을 수 없는 것이라고 생각했기에, 그는 송강이 공을 세웠다는 근거없는 헛소문을 듣고 싶지 않았던 것이다.

그러나 명明이 망한 뒤에, 외족外族의 세력이 전반적으로 강성해지자, 몇몇 유민들은 망국의 아픔을 안고서, 떠돌이 도적들이 가져다주는 고통은 잊어버리고 다시 강도들에게 동정을 표했다. 명 유민 가운데 진침陳忱 같은 이는 안탕산초雁宕山樵라는 이름으로, 『후後수호전』을 지었다. 그는 이렇게 말했다. "송강이 죽은 뒤, 남아 있던 동지들은 여전히 송宋을 위해 금金에 항거했다. 뒤에 공적이 없게 되자, 이준李俊은 무리를 이끌고, 바다를 건너 섬라국暹羅國에 가서 국왕이 되었다."—이것은 바로 나라가 외족들에 의해 점거당했기 때문에, 도리어 강도들에게 동정을 표한 것이라는 의미를 담고 있다. 그러나 후대에 이르자, 일도 오래되고 상황도 바뀌어, 종족의식種族感마저도 모두 망각하게 되었다. 이에 도광道光 연간에는 유만춘俞萬春이 지은 『결수호전』結水滸傳이 나왔는데, 산적이었던 송강 등이 하나씩 모두 관병官兵들에 의해 피살되는 이야기를 서술하고 있다. 그의 문장은 아름답고, 묘사도 나쁘지 않지만, 그의 생각은 실제로 살풍경을 면치 못하고 있다.

주)

1) 현재의 허난성(河南省) 카이펑시(開封市).—옮긴이
2) 유경정(柳敬亭, 1587~1670?)은 명말의 예인(藝人)으로, 태주(泰州) 사람이다. 일설에는 통주(通州) 사람이라고도 한다. 본래의 성은 조(曹)씨였다. 설서의 명인으로 이름이 알려져, 사대부들 사이에 드나들다가 좌량옥(左良玉)의 막부에 들어갔다. 청초에 공상임(孔尙任)의 희곡 『도화선』(桃花扇)에 '축'(丑)으로 나오기도 했다. 황종희(黃宗羲)의 『남뢰문정』(南雷文定)과 오위업(吳偉業)의 『매촌가장고』(梅村家藏藁)에 그에 관한 전이 여럿 있으며, 그밖에도 여회(余懷)의 『판교잡기』(板橋雜記)와 장대(張岱)의 『도암몽억』(陶庵夢憶)에도 그에 관한 기록이 있다.—일역본
3) 루쉰이 이러한 표현을 쓴 것은 그가 젊은 시절 한때 의학 공부를 했던 적이 있었기 때문이다. 그러나 맹장이 우리 몸에서 아무짝에도 쓸모가 없다고 한 것은 루쉰이 살았던 시

대의 과학적 지식의 한계이다. 이후의 연구에 의하면 맹장이 없는 사람은 우주와 같은 무중력 상태에서 방향감각을 제대로 찾지 못한다고 한다. 절대로 무용한 기관이 있는 것이 아니라, 그러한 사실들을 제대로 헤아리지 못하는 인간의 지식의 협애함만이 있을 뿐이다.—옮긴이

4) 정확한 명칭은 오히려 『대당삼장취경시화』(大唐三藏取經詩話)로, 이것은 루쉰이 잘못 알고 있는 듯하다.—일역본

5) 원문은 "王彭嘗云: '途巷中小兒,…坐聽說古話, 至說三國事, 聞劉玄德敗, 頻蹙眉, 有出涕者, 聞曹操敗, 卽喜唱快.' 以是知君子小人之澤, 百世不斬". 이 인용문은 『사략』 제14편에 나온다.—옮긴이

6) 본래는 "진 평양후 진수 사전, 후학 나본관중 편차"(晉平陽侯陳壽史傳, 後學羅本貫中編次)라고 되어 있다.—일역본

7) "낙봉파에서 방통을 애도하노라"(落鳳坡弔龐士元). 이 시는 왕사진(王士禛)의 『어양산인정화록』(漁洋山人精華錄) 10권에 보인다.

8) 원문은 "聖嘆生于流賊遍天下的時代, 眼見張獻忠, 李自成一般强盜流毒全國, 故他覺强盜是不應該提倡的, 是應該口誅筆伐的". 이 말은 『사략』 15편에 나온다.—옮긴이

제5강 명대 소설의 양대 주류

앞서 송대 소설의 대체적인 내용에 대해서는 이미 이야기한 바 있다. 원대에는 사곡詞曲 분야는 무척 발달하였지만, 소설 분야는 이야기할 만한 게 아무것도 없다. 이제 명대의 소설에 대해 이야기해 보도록 하자. 명대 중엽, 즉 가정 연간을 전후로 하여 소설이 무척 많이 나왔는데, 거기에는 두 가지의 주류가 있었다. 1. 신마神魔의 싸움을 이야기한 것. 2. 인간 세상에서 벌어지는 일世情들을 이야기한 것. 이제 그것을 다음과 같이 나누어서 이야기해 보기로 하자.

1. 신마의 싸움을 이야기한 것

이러한 사조는 당시의 종교, 방사方士의 영향을 받아 일어났다. 송 선화宣和 연간에는 도가를 무척 숭앙하였고, 원대에는 불교와 도가를 똑같이 받들었는데 방사의 세력 또한 작지 않았다. 명대에 이르러 쇠퇴하기는 했으나, 성화成化 연간에 이르러서는 다시 고개를 들어 그 당시에는 방사인 이자李孜와 승려인 계효繼曉가 있었고, 정덕正德 연간에는 또 색목인色目人 우영于永

이 있었는데, 이들 모두는 방사의 기예와 주술方技雜流로써 관직을 배수받았다. 이로 인해 요망한 말들이 날로 성행하여 그 영향이 문장에까지 미치었다. 게다가 이전부터 내려오던 삼교三教의 다툼이 해결을 못 보다가, 대개는 서로 조화를 이루고 서로 수용하는 방향으로 낙착이 되어, 마침내 "근원은 같다"同源는 명분을 내세운 뒤에야 끝맺게 되었다. 무릇 새로운 파가 들어오게 되면, 비록 서로를 이단外道으로 보고 약간의 분쟁이 생기다가도, 일단 근원이 같다고 여기게 되면 기시歧視하지 않다가도, 조금 뒤에 다시 다른 파가 생기면, 이들 삼가三家는 스스로 정도正道라 칭하면서, 재차 근원이 다른 이단을 공격하는 것이었다. 당시의 사상은 지극히 모호하여, 소설에 묘사된 선악邪正은 유가와 불가도 아니요, 도가와 불가, 혹은 유불도와 백련교白蓮教도 아닌 색깔이 분명치 않은 서로 간의 싸움에 지나지 않았으니, 나는 이것들을 총괄하여 신마소설神魔小說이라는 명칭을 부여하였다. 이러한 주류를 대표하는 것으로는 다음의 세 가지 소설을 들 수 있겠다. 1) 『서유기』西游記, 2) 『봉신전』封神傳, 3) 『삼보태감서양기』三寶太監西洋記.

1) 『서유기』

『서유기』는 일반 사람들이 대부분 원대의 도사인 구장춘邱長春이 지은 것으로 알고 있으나, 사실은 그렇지 않다. 구장춘에게도 따로 『서유기』 3권이 있지만, 이것은 기행문으로 현재 『도장』道藏에 남아 있다. 단지 책이름이 같기 때문에 사람들이 같은 것으로 잘못 알게 된 것이다. 게다가 청초에 판각한 『서유기』 소설에 우집虞集이 지은 『장춘진인서유기서』長春眞人西游記序를 그 앞머리에 놓았기에, 더더욱 사람들이 이 『서유기』가 구장춘이 지은 것이라 믿게 되었던 것이다.──실제로 이 『서유기』를 지은 사람은 강소江蘇 산양山陽 사람인 오승은吳承恩이다. 이러한 사실은 명대에 찬수撰修한 『회안부지』淮安府志에 보이는데, 그러나 청대에 찬수한 『회안부지』에는 이 기록이 빠져 있다. 현재 보이는 『서유기』는 100회로, 먼저 손오공이 신통력을 얻게 된 사실成道을 서술하고 나서, 그 다음에 당승唐僧이 불경을 가져오게 된 유래를 서술하고, 뒤에 81가지의 어려움을 겪은 후, 동토東土로 돌아오는 것으로 끝맺고 있다. 이 소설 역시 오승은이 창작한 것은 아니다. 왜냐하면 『대당삼장법사취경시화』大唐三藏法師取經詩話 ― 앞에서 이미 언급한 바 있는 ― 에서 이미 후행자猴行者, 심하신深河神[1] 및 여러 곳의 기이한 경물諸異境에 대해 이야기한 바 있기 때문이다. 원대의 잡극에도 당 삼장법사가 서역에서 불경을 가져온 이야기를 재료로 삼은 저작이 있었다. 이밖에 명대에도 간단한 『서유기전』西游記傳이 또 있었다. ― 이로써 현장玄奘법사가 서역에서 불경을 가져온 이야기는 당말로부터 송원대에 이르기까지 점점 신기한 이야기로 부연되어 와서는, 다시 간단한 소설로 만들어졌다가, 명대에 이르러 오승은이 그것들을 모아 장편의 『서유기』로 만들어 내었다는 것을 알 수 있다. 오승은은 본래 골계滑稽에 뛰어났는데, 그가 요괴妖怪의 희노애락을 이야기한 것이 모두 인간의 정리人情에 가까웠기에, 사람들이 즐겨 보았던 것이다. 이것은 그의 남다른 능력이라 할 만하다. 게다가 사람들이 보더라도 그 내용에 개의치 않았으니, 『삼국연의』와 같이 유비가 승리하면 기뻐하고, 조조가 승리하면 치를 떠는 것과 달랐다. 왜냐하면 『서유기』에서 이야기하는 것들은 모두 요괴였기에, 우리가 보더라도 그러한 사실을 즐기기만 할 뿐, 이른바 득실을 잊은 채 감상만 할 수 있었기 때문이다. ― 이것 역시 그의 남다른 능력이었다. 이 책의 주제에 대해 말하자면 어떤 사람은 학문을 권한 것이라 하고, 어떤 이는 선禪을 이야기한 것이라 하며, 어떤 이는 도道를 이야기한 것이라고 하는 등 의견이 분분하다. 그러나 내가 보기에는 다만 작자가 유희로 지은 것에 지나지 않는다. 왜냐하면 그는 세 종교가 근원이 같다三教同源고 하는 설의 영향을 받아, 석가와 노자老子, 관음觀音, [불교에서 말하는] 진성眞性과 [도교에서 말하는] 원신元神이라는 개념 등 없는 게 없어, 어느 종교를 믿는 교도라도 멋대로 갖다붙일 수 있게 만들었기 때문이다. 만약 우리가 반드시 그 주제를 물어야만 한다면 나는 명대 사람 사조제謝肇淛가 말한 다음과 같은 이야기 속에서 이미 다 말해 버렸다고 생각한다. "『서유기』는…… 원숭이를 [불가사의하게 움직이는] 마음을 표상하는 것으로, 돼지를 [억제할 수 없는] 의지의 분출로 삼고 있다. 처음에는 [원숭이가] 멋대로 하늘로 오르고 땅으로 내려오는 것을 아무도 막을 수 없었지만, 필경에는 긴고의 주문으로 마음속의 원숭이를 온순하게 다스려 죽을 때까지 변하지 않도록 했다. 이것은 대개 마음을 부리는 비유를 구한 것이다."[2] 뒤에 『후서유기』後西游記 및 『속서유기』續西游記 등이 나왔는데, 모두 전서前書의 틀을 벗어나지 못했다. 동열董說의 『서유보』西游補는 풍자소설이기에, 이러한 것들과는 큰 관계가 없다.

2) 『봉신전』

『봉신전』 역시 사회적으로 매우 성행하였으나, 어떤 사람이 지었는지는 알 수가 없다. 어떤 이는 작자가 가난한 사람이라서, 이 책을 짓고 나서 이것을 팔아, 그의 딸이 시집갈 비용으로 삼았다고 말하고 있으나, 근거없는 전설에 지나지 않는다. 이 책의 사상 역시 삼교동원三教同源의 모호한 영향을 받았다. 그 내용은 수신受辛[3]이 여와궁女媧宮에 향을 올리다가 시를 써서 신을 모독하니, 신이 세 요괴三妖[4]에게 명하여 주왕紂王을 미혹시켜 주周나라를 돕게 한 것이다. 앞부분에는 전쟁의 이야기가 많고, 신과 부처가 함께 나오는데, 주나라를 돕는 자들은 천교闡敎이고, 은殷나라를 돕는 자는 절교截敎이다. 내 생각에 이 "천"闡이라고 하는 것은 밝다는 뜻이니, "천교"는 곧 정교正敎[5]이고, "절"截은 자른다는 의미이니, "절교"는 불교에서 이야기하는 단견외도斷見外道[6]일 것이다. ──총괄하자면 삼교동원의 영향을 받아 삼교를 신神이라 하고, 다른 종교는 마귀라 한 것에 지나지 않는다.

3) 『삼보태감서양기』

『삼보태감서양기』는 명 만력萬歷 연간의 책으로, 현재는 드물게 보인다. 이 책의 내용은 영락永樂 연간에 태감太監인 정화鄭和가 오랑캐 39국을 복종시켜 조공을 올리게 한 것을 서술하고 있다. 이 책에서는 정화가 서쪽 바다로 나아가매, 벽봉장로碧峰長老가 그를 도와 법술로써 오랑캐들을 복종시키고, 모든 공을 거두어들인다. 내용 가운데 나라와 나라 사이의 전쟁을 언급하고 있지만, 중국은 신神에 가깝고, 외이外夷는 오히려 마귀의 지위에 처해 있기 때문에, 신마소설류로 볼 수 있는 것이다. 그러나 이 책이 지어진 것 역시 당시의 환경과 관계가 있다. 왜냐하면 명대에는 정화의 명성이 휘황찬란했기에, 세상 사람들이 즐겨 이야기했는데, 가정 이후에 동남쪽에서 왜구가 창궐하자, 백성들은 당시 국력이 나약한 사실에 속이 상해 좋았던 옛날을 그리워하게 되어 이 책을 지었던 것이다. 하지만 장수가 아닌 태감을 생각하고, 병력이 아닌 법술에 의지했던 것은 하나는 전통사상에 사로잡혀 있었기 때문이고, 다른 하나는 명대의 태감이 확실히 일상적으로 군대를 지휘하였고 권력이 대단하였기 때문이었다. 이렇듯 법술로 외국을 쳐부순다는 생각은 청대에까지 전해져 내려와 정말이라고 믿어졌기에, 의화단義和團이 한 차례 실험했던 것이다.

2. 인간 세상에서 벌어지는 일들을 이야기한 것

신마소설이 성행하던 시기에 인간 세상에서 벌어지는 일들을 이야기한 소설 역시 나타났는데, 그 원인은 당연하게도 그 당시 사회상황과 분리시킬 수 없으며, 그 가운데 어떤 것은 신마소설과 마찬가지로 방사와 매우 크나큰 관계를 맺고 있다. 이러한 소설은 대체로 남녀 간의 스캔들과 방종을 서술한 것으로, 사이사이에 이별의 슬픔과 만남의 기쁨이 끼어드는 가운데 염량세태炎凉世態를 묘사하고 있다. 그 가운데 가장 유명한 것으로는 『금병매』金瓶梅가 있는데, 그 내용은 『수호전』에 나오는 서문경西門慶을 주인공으로 하여, 그의 가족들 사이에 벌어지는 일들을 묘사하고 있다. 서문경은 원래 한 명의 처와 세 명의 첩이 있었는데, 뒤에 또 반금련潘金蓮을 좋아하여, 그 남편 무대武大를 독살하고, 그녀를 첩으로 맞아들였고, 또 반금련의 하녀 춘매春梅와 사통을 하고, 다시 이병아李瓶兒와 사통을 하여 역시 첩으로 맞아들인다. 후에 이병아와 서문경이 먼저 죽고, 반금련은 무송武松에게 살해당하며, 춘매 역시 음심을 참지 못해 방종한 생활을 하다가 갑자기 죽게 된다. 금나라 군대가 청하淸河에 이르렀을 때, 서문경의 처는 유복자인 효가孝哥의 손을 잡고 제남濟南으로 가려다가, 길에서 보정화상普淨和尙을 만나, 영복사永福寺로 인도되어 불법으로 효가를 감화시키니, 끝내 그를 출가시켜 명오明悟라고 개명을 하게 한다. 이 책 속의 반금련, 이병아, 춘매는 모두 중요한 인물이기에, 책이름도 『금병매』라 한 것이다. 명대 소설 가운데 추문을 다룬 것은 모두 등장인물마다 겨냥하고 있는 실제 인물들이 있었으니, 이것은 문자를 빌려 오래된 원수를 갚기 위한 것이었다. 이를테면 『금병매』에서 이야기하고 있는 서문경은 어떤 선비로서 아마도 작자의 원수였을 것이나, 도대체 누구인지 현재로서는 알 수 없다. 작자가 누구인지도 현재로서는 알지 못한다. 어떤 사람은 왕세정王世貞이 부친의 원수를 갚기 위해 지은 것이라 한다. 그의 부친 왕예王忬는 엄숭嚴嵩에게 해코지를 당하였는데, 엄숭의 아들 세번世蕃 역시 당시에 세력가였기에, 엄숭에게 불리한 상소가 올라오면, 압력을 가해 임금의 귀에 들어가지 못하게 하였다. 왕세정은 세번이 소설 읽기를 좋아한다는 것을 알아내고는, 이 책을 지어 그가 이 책에 빠져 다른 일을 돌아볼 틈이 없게 만들어, 엄숭을 탄핵하는 상소문을 임금에게 올릴 수 있었다는 것이다. 그래서 청초의 번각본飜刻本에는 『고효설』苦孝說이 그 첫머리를 장식하고 있다. 그러나 이것은 추측하는 말에 지나지 않으니, 믿기 어렵다. 『금병매』의 문장이 뛰어난데다, 왕세정이 그 당시 가장 문명文名을 날렸으므로, 세상 사람들이 드디어 작자의 이름을 그에게 부여했던 것이다. 후대 사람이 이러한 설을 주장하면서, 아울러 『고효설』을 그 앞머리에 두었던 것 역시 사회적인 공격을 경감시켜 보려는 수단에 지나지 않으니, 확실히 왕세정이 지었다는 어떤 증거가 있는 것은 결코 아니다.

이밖에도 남녀 간의 방종한 일을 서술한 것으로 『금병매』보다 더욱 심한 것으로는 『옥교리』玉嬌李가 있다. 하지만 이 책은 청대에 이르러 이미 산실되었고, 어쩌다 보이는 것들도 원본은 아니다. 또 산동山東의 제성諸城 사람 정요항丁耀亢이 지은 『속금병매』續金瓶梅가 있는데, 그 내용은 앞의 책과 사뭇 다르다. 곧 이 책은 『금병매』의 인과응보에 대한 이야기로서, 무대武大가 후세에 음부淫夫가 되고, 반금련 역시 하간부河間婦[7]로 바뀌는데, 끝내는 극형을 받게 된다.[8] 서문경은 오쟁이진 남자가 되는데, 처첩들이 외도하는 것을 좌시할 뿐이다.[9] ——이로써 윤회가 어긋나지 않는다는 것을 볼 수 있다. 이후로 인간 세상에서 벌어지는 일을 다룬 소설(세정소설世情小說)은 분명하게 인과응보를 이야기하는 책으로 일변해 ——권선징악의 책이 되어 버렸다. 이렇듯 후세의 일을 이야기한 소설이 만약 부연된다면, 삼대, 사대를 지나 영원히 끝나지 않을 수도 있을 것이니, 실로 기괴하고도 흥미있는 작법이 될 것이다. 하지만 고대 인도에서는 이미 이러한 것이 있었으니, 이를테면 『앙굴마라경』鴦堀摩羅經[10]이 그 예이다.

이상에서 말한 바와 같이, 인간 세상에서 벌어지는 일을 다룬 소설世情小說은 한편으로는 이렇듯 인과의 변천을 대대적으로 이야기한 것도 있지만, 다른 한편으로는 또 다른 반향도 일어났다. 바로 이른바 "온유돈후"溫柔敦厚[11]를 이야기한 것으로, 『평산냉연』平山冷燕, 『호구전』好逑傳, 『옥교리』玉嬌梨 등을 대표로 들 수 있다. 그러나 이런 류의 작품들의 책이름은 여전히 『금병매』 방식을 답습해, 책에 나오는 인물의 성명을 따서 서명으로 삼는 경우가 왕왕 있었다. 하지만 내용은 음탕한 남녀가 아니라 재자가인才子佳人에 대한 이야기로 변했다. 이른바 재자才子라고 하는 자들은 대체로 시를 지을 줄 알았기에, 재자와 가인佳人의 만남은 그때마다 시를 짓는 것을 매개로 하고 있다. 이것은 "부모의 명이나 중매장이의 말"父母之命, 媒約之言[12]이라는 [전통적인] 혼인에 어긋나는 것처럼 보여, 옛 습관에 대해 반대하는 뜻이 약간 담겨 있기는 하지만, 대단원大團圓에 이를 때에는 통상적으로 부모의 뜻을 받들어 결혼하기에, 우리는 작자가 더 큰 모자를 찾아냈다[13]는 것을 알게 된다. 이러한 책들의 문장은 좋은 게 하나도 없지만, 오히려 외국에서는 매우 유명하다. 첫째로는 『옥교리』, 『평산냉연』은 프랑스어 번역본이 있고, 『호구전』은 독일어, 프랑스어 번역본이 있어, 중국문학을 연구하는 사람들이라면 모두 알고 있기에, 중국문학사를 쓸 때 대개 그것들을 언급하기 때문이다. 두번째로는 일부일처제의 나라의 법도 하에서는 한 사람 이상의 가인이 한 사람의 재자를 같이 사랑하게 되면, 크나큰 분규가 일어날 수 있지만, 이러한 소설 속에서는 아무런 문제 없이 단번에 결혼해 버리기에, 그들이 볼 때는 실제로 신기하기도 하고 흥미롭기도 한 것이다.

주)

1) 심하신(深河神). 『대당삼장취경시화』(大唐三藏取經詩話)에 의하면 "심사신"(深沙神)이 맞다.
2) 원문은 "『西游記』…以猿爲心之神, 以猪爲意之馳, 其始之放縱, 上天下地, 莫能禁制, 而歸于緊箍一咒, 能使心猿馴伏, 至死靡他, 蓋亦求放心之喩". 사조제(謝肇淛)의 이 말은 그의 『오잡조』(五雜俎) 15권에 나온다. 그리고 같은 인용문이 『사략』 제17편에 나온다.—일역본
3) 은(殷)의 주왕(紂王)을 가리킴.—옮긴이
4) 하나는 천 년 묵은 여우의 정령이고, 하나는 머리가 아홉인 꿩의 정령이고, 하나는 옥석으로 된 비파의 정령이다.—옮긴이
5) 불교적인 입장에 서 있는 주장을 말한다. 곧 모든 것이 인연으로 이루어져 있다는 연기설(緣起說)에 바탕한 것을 가리킨다.—옮긴이
6) 불교에서는 사람이 본다는 것에는 "상견"(常見)과 "단견"(斷見)이 있다고 본다. 이 가운데 "단견"이라고 하는 것은 세상 만유는 무상한 것이어서 실재하지 않는 것처럼 사람도 한번 죽으면 몸과 마음이 모두 없어져서 공무(空無)로 돌아간다고 고집하는 소견(생각)이고, "상견"이라고 하는 것은 세계나 모든 존재는 영겁 불변의 실재이며, 사람은 죽으나 자아는 없어지지 않으며 영구히 존재한다는 망신(妄信; 그릇되게 함부로 믿는 것)을 가리킨다(『대반열반경』大般涅槃經 27 『대지도론』大智道論 7을 볼 것). "상견"이나 "단견" 모두 불교의 "연기설"을 부정하는 양 극단이라는 면에서, 불교적인 입장에서는 외도라 할 수 있다.—일역본/옮긴이
7) 음탕한 여인을 가리키는 말인데, 당 유종원(柳宗元)의 『하간전』(河間傳)에 다음과 같은 말이 나온다. "하간은 음탕한 부인이다. 그 성을 말하려 하지 않았기에, 그 출신 마을로 이름을 불렀다."(河間, 淫婦人也, 不欲言其姓, 故以邑稱)—일역본/옮긴이
8) 명 심덕부(沈德符)의 『야획편·사곡·금병매』(野獲編詞曲金甁梅)에 다음과 같은 말이 나온다. "중랑이 또 말했다. '일찍이 『옥교리』라 이름하는 것이 있었는데,…… 반금련 역시 하간부가 되어 끝내 극형에 처해졌다.'"(中郎又云: '尙有名『玉嬌李』者,…潘金蓮亦作河間婦, 終以極刑.')—옮긴이
9) 이것은 『옥교리』(玉嬌李)의 줄거리로, 『중국소설사략』 제19편을 참고할 것.
10) 『앙굴마라경』(鴦堀摩羅經). 4권으로 남조(南朝)의 송구나발타라(宋求那跋陀羅)가 번역을 하였다. 대승부(大乘部)에 속하는데 부처가 앙굴마라를 제도하는 이야기를 서술하고 있다.

[부처의 제자로, 흉악한 도적이었던 앙굴마라(鴦堀摩羅; 앙루리마라鴦婁利魔羅라고도 하며, 앙굴마라央掘摩羅라고도 쓴다)의 사적을 대승불교의 교리로 묘사한 것이다. 이 사람은 부처가 살아 있을 때, 사위성(舍衛城)에 살았는데, 처음에는 사설(邪說)을 믿어 999명의 사람을 죽여 그 손가락을 잘라 자신의 머리를 장식했다. 손가락 하나가 모자라자 자신의 친어머니를 죽이려 했는데, 부처가 그를 연민하여 정법(正法)을 설하자, 회개하고 불문에 들어 뒤에 나한과(羅漢果)를 터득했다.—일역본/옮긴이]

11) 『예기』(禮記) 「경해」(經解)에 "온유돈후한 것이 『시경』의 가르침이다"(溫柔敦厚, 詩教也)라는 말이 나온다.—옮긴이

12) 이것은 『맹자』(孟子) 「등문공하」(滕文公下)에 나오는 말이다.—옮긴이

13) 더 큰 모자를 찾아냈다는 것은 루쉰의 원문을 그대로 옮긴 것이다. 대개 더 좋은 핑계거리를 찾아냈다는 것을 의미한다.—옮긴이

제6강 청대 소설의 4대 유파와 그 말류

청대清代 소설의 종류와 그 변화는 명대에 비해 비교적 많지만, 시간관계상, 지금은 네 개의 유파로 나누어 그 대강을 이야기하고자 한다. 이 네 개의 유파란, 1. 의고파擬古波, 2. 풍자파諷刺派, 3. 인정파人情派, 4. 협의파俠義派이다.

1. 의고파

여기에서 이른바 의고擬古라는 것은 육조六朝의 지괴志怪나 당대唐代의 전기傳奇를 모방한 것을 지칭한다. 당대에 단행본으로 나온 소설은 명대에 이르게 되면 열에 아홉이 산실되었는데, 어쩌다 모방작이라도 보이면, 세간에서는 참신하고 이채롭게 여겼던 것이다. 원말명초元末明初에는 우선 전당錢唐의 구우瞿佑가 당대 사람의 전기를 모방하여 『전등신어』剪燈新語를 지었는데, 비록 문장에 힘은 없지만, 아름다운 문사를 사용하여 규방의 정을 묘사했기에, 당시 사람들이 특히 좋아해, 모방하는 자가 많았으나, 조정에서 금지하고 나서자, 이러한 기풍이 점차 쇠미해졌다. 하지만 가정 연간에 와서 당대 사람의 전기소설이 성행하자, 이로부터 모방자가 도처에 있었으니, 문인들은 대체로 전기체傳奇體 문장 몇 편을 짓기를 좋아하였다. 이렇게 소설만을 지어 한 권의 책으로 묶어 낸 것 가운데 가장 유명한 것이 『요재지이』聊齋志異이다. 『요재지이』는 산동山東의 치천淄川 사람 포송령蒲松齡이 지은 것이다. 어떤 사람은 포송령이 책을 짓기 전에 매일 집 앞에 차와 담배를 차려 두고 있다가 길가는 사람에게 이야기를 들려 달라고 청하여 저작의 재료로 삼았다 하였으나, 대부분은 그의 벗으로부터 들은 것으로, 고서古書 특히 당대 사람의 전기에서 변화되어 온 것이 많기에 ―― 이를테면 『봉양사인』鳳陽士人, 『속황량』續黃粱 등이 바로 그것이다 ――, 이 작품을 의고에 넣은 것이다. 책 속에 서술된 것은 대부분 신선이나, 여우귀신狐鬼, 도깨비精魅 등의 이야기로, 당시에 나왔던 같은 부류의 책들과 다를 바 없었지만, 이 책의 우수한 점은 다음과 같은 것이다. ①묘사가 상세하며 곡절이 있고, 용필用筆이 변화무쌍하고 정련되어 있다. ②이야기하고 있는 요귀들이 대부분 인정세사人情世事를 갖추고 있어, 사람들이 친근하게 느낄 뿐, 두려움을 느끼지 못한다. 그러나 고전을 지나치게 많이 사용하고 있어 일반 사람들이 쉽게 읽어 나갈 수 없다.

『요재이지』가 세상에 나온 뒤 백여 년간 유행했는데, 그 사이에 이것을 모방하고 찬양한 것이 대단히 많았다. 하지만 건륭 말년에 이르러, 직례直隷의 헌현獻縣 사람인 기윤紀昀이 『요재지이』에 대해 반대의견을 내놓았는데, 기윤은 『요재지이』의 결점을 다음의 두 가지로 지적하였다. ①체례가 지나치게 잡스럽다. 곧 한 사람의 한 작품 속에 두 조대의 문장의 체례가 있어서는 안 되는데, 이것은 『요재지이』 가운데 긴 문장은 당대 사람의 전기를 모방한 것이고, 또 약간 짧은 문장은 육조의 지괴와 흡사하기 때문이다. ②묘사가 지나치게 상세하다. 이것은 그의 작품이 다른 사람의 일을 서술한 것이기에, 지나치게 곡진하고 미세한 부분은 모두가 포송령 자신이 알 수 없는 것으로, 그 가운데 수많은 일들을 반드시 본인들이 말했을 것이라 보기 어려운데, 작자가 어떻게 그것을 알 수 있었겠는가? 기윤은 이 두 가지 결점을 피하려고 했는데, 그래서 그가 지은 『열미초당필기』閱微草堂筆記는 완전히 육조를 모방하여, 질박한 것을 받들고 부화한 것을 몰아냈으며, 서술이 간고簡古하여, 힘써 당대 사람의 작법을 피하였다. 작품의 제재는 대체로 스스로 만들었는데, 대부분이 여우 귀신의 말을 빌려 사회를 공격한 것이었다. 내가 보기에 기윤 스스로는 여우 귀신을 믿지 않았지만, 어리석은 일반 백성들에 대해서, 귀신의 도리로 교훈을 주지 않을 수 없었을 것이다. 하지만 그에게는 매우 탄복할 만한 점이 있는데, 그가 살았던 건륭 연간은 법 기강이 가장 엄했던 시대로, 감히 문장을 빌려 사회적으로 통하지 않는 예법과 황당무계한 습속을 공격했다는 것은 당시의 안목으로 보면 진정 박력이 넘치는 사람이라 할 만하다. 그러나 그를 계승한 작품들 가운데 수준이 좀 처지는 것들末流에 이르게 되면, 그가 사회를 공격했던 정신을 이해하지 못하고, 다만 그에게서 배운 귀신의 도리로 교훈을 주고자 하는 의도만 남아 있게 되어, 이에 이런 류의 소설들은 선행을 권하는 책勸善書이나 다를 바 없게 되었다.

의고파의 작품은 이상의 두 책이 나온 이후로, 많은 사람들이 이것을 배웠는데, 현재까지도 상하이에서는 한 패거리의 소위 문인이라 하는 자들이 이것을 모방하고 있는 실정이다. 그러나 무슨 볼 만한 성과가 나온 것도 아니고, 배웠다는 것도 대체로 쓰잘 데가 없는 것들로, 그래서 의고파 역시 이미 그를 따르는 신도들의 발 아래 짓밟혀졌다.

2. 풍자파

소설 속에 풍자를 기탁한 것은 진대晋代, 당대唐代에 이미 있었는데, 명대의 인정소설人情小說에서 특히 많이 발견된다. 청대에는 풍자소설이 오히려 드문데, 유명하면서도 거의 유일한 작품이 곧 『유림외사』儒林外史이다. 『유림외사』는 안후이성安徽省 전초全椒 사람 오경재吳敬梓가 지은 것이다. 오경재는 보고들은 바가 많고, 또 표현력이 뛰어났으므로, 모든 서술들이 종이 위에 그 목소리와 몸짓을 드러낼 수 있었으며, 유자儒者들의 기괴한 형상을 묘사한 것이 유독 많고 상세하였다. 당시는 명明이 망한 지 백 년도 되지 않았기에, 명말의 유풍遺風이 선비들士流 사이에 여전히 남아 있어, 팔고문八股文 이외에는 아무것도 아는 바가 없었으며, 아무것도 힘쓰는 바가 없었다. 오경재는 선비士人의 신분으로 그러한 상황을 잘 알고 있었기에, 그들의 추악한 행태를 각별히 상세하게 폭로할 수 있었다. 이 책은 비록 단편적인 서술로 중심이 되는 실마리가 없지만, 변화가 다양하고 취미가 농후해, 중국에서 역대로 지어진 풍자소설로 이보다 더 좋은 것은 없다. 청말에 이르러 외교가 실패하자, 그 사회의 사람들은 자신들의 나라의 세력이 부진하다고 느끼면서, 그렇게 된 까닭을 몹시 알고 싶어 했는데, 소설가들 역시 그 원인의 소재를 찾아내고자 하였다. 그리하여 이보가李寶嘉는 그 죄를 당시의 관료사회官場에 돌려, 남정정장南亭亭長이라는 가명으로, 『관장현형기』官場現形記를 지었다. 이 책은 청말에 대단히 성행했지만, 문장이 『유림외사』에 비해 손색이 많다. 또한 관료사회에 대한 작자의 이해 또한 그렇게 투철하지 못했기에, 사실성을 잃은 곳이 왕왕 있었다. 그 뒤에 또 광동廣東 남해南海 사람 오옥요吳沃堯는 그 죄를 사회의 구도덕舊道德의 소멸에 돌려, 아불산인我佛山人이라는 가명으로, 『이십년목도지괴현상』二十年

目睹之怪現狀을 지었다. 이 책 역시 대단히 성행하였으나, 사회의 암흑을 묘사함에 있어 그 말을 과장하는 경우가 많았고, 또 감추어져 있는 세밀한 곳까지 파고들어가지는 못했다. 하지만 여전히 비분강개하고 격앙되어 남정정장과 똑같은 결점을 안고 있었다. 이 두 책은 모두 단편적인 것을 끌어 모아, 어떤 중심이 되는 실마리라든가 주인공이 없다는 점에서 『유림외사』와 다를 게 없지만, 예술적 수단에 있어서는 매우 큰 차이를 보이고 있다. 가장 쉽게 드러나는 것은 『유림외사』는 풍자인 데 반해, 이 두 책은 비난에 가깝다는 것이다.

풍자소설은 뜻이 은미하면서도 말은 완곡한 것을 소중히 여기는데, 그것은 언사가 지나치면 곧 문예상의 가치를 잃기 때문이다. 풍자소설의 말류末流는 이러한 점을 고려하지 않았다. 그래서 풍자소설은 『유림외사』 이후에는 그 명맥이 끊어졌다고 할 수 있다.

3. 인정파

이 유파의 소설은 유명한 『홍루몽』紅樓夢이 그 대표라 할 수 있다. 『홍루몽』은 애당초 이름이 『석두기』石頭記였는데 모두 80회로, 건륭 중기에 북경北京에서 갑자기 나타났다. 최초에는 모두 초본抄本이었는데, 건륭 57년에 가서야 비로소 정위원程偉元의 판각본이 나왔으며, 40회가 더 첨가되어 총 120회가 되고, 이름도 『홍루몽』이라 바뀌었다. 정위원의 말에 의하면, 구가舊家[1]와 고담鼓擔[2]으로부터 수집하여 전체를 이루었다 한다. 그 원본으로 말하자면 지금은 이미 드물게 보이며, 다만 현재는 석인본石印本만이 있으나, 원본인지 아닌지는 알 수 없다. 『홍루몽』의 내용은 석두성石頭省 안의 — 이곳이 꼭 지금의 난징南京일 필요는 없다 — 가부賈府의 일이다. 그 가운데 주요한 것은 영국부榮國府의 가정賈政이 아들 보옥寶玉을 낳았는데, 남달리 총명했던 데다 이성을 몹시 좋아했다. 가부에는 실제로 훌륭한 여자들이 많았으니, 주인과 종을 제외하고라도 친척도 많았다. 이를테면 대옥黛玉과 보차寶釵 등이 그러한데, 이들은 모두 가부에 얹혀 살았으며, 사상운史湘雲 역시 자주 찾아왔다. 그러나 보옥과 대옥의 사랑이 제일 깊었다. 뒤에 가정이 보옥에게 아내를 맞이하게 할 때, 오히려 보차를 맞아들이니, 대옥은 그 사실을 알고 난 뒤 피를 토하며 죽었다. 보옥 역시 우울하고 즐겁지 않았던 탓에 비탄에 빠져 병이 들었다. 그 뒤에 녕국부寧國府의 가사賈赦가 파면되고 재산을 몰수당하면서, 영부榮府까지 연루되었다. 그리하여 이로부터 가정家庭이 쇠락했으며, 보옥은 마침내 미쳐 버렸다. 그러다 뒤에 갑자기 행실을 바꾸어 거인擧人에 합격하였다. 그러나 오래지 않아 다시 갑자기 사라졌다. 뒤에 가정이 어머니를 장사 지내고 비릉毗陵을 지나던 길에 까까머리에 맨발을 하고 있는 한 사내를 보았는데, 그를 향해 절을 하였다. 자세히 보니 그가 바로 보옥이었으며, 막 말을 건네려 하는데, 갑자기 한 승려와 도사가 와서 그를 데리고 가버렸다. 그들을 쫓아갔으나 아무도 없고 단지 휑하니 넓고 끝없는 황야만이 보였을 따름이었다.

『홍루몽』의 작자는 여러분들이 모두 알고 있다시피 조설근曹雪芹인데, 이것은 책에 그렇게 쓰여져 있기 때문이다. 조설근이 어떤 사람인지에 대해서 언급했던 사람은 드물다. 현재는 후스胡適 선생의 고증에 따라 우리들은 그 대강을 알 수 있다. 설근雪芹의 이름은 점霑, 자는 근포芹圃이고 한군 기인漢軍旗人이다. 그의 조부는 인寅인데, 강희 연간에 강녕직조江寧織造를 지냈다. 청 세조世祖[3]가 남쪽을 순시할 때 직조국織造局을 행궁行宮으로 삼았다. 그의 아버지 부頫 역시 강녕직조를 지냈다. 우리는 이것으로 작자가 유년시절에 실제로 명문세가의 공자였음을 알 수 있다. 그는 남경에서 태어났으며, 열 살 때 아버지를 따라 북경으로 갔다. 그 뒤 중간에 어떤 변고가 있었는지는 모르지만, 집안이 갑자기 몰락하였다. 설근은 중년에 베이징의 서쪽 교외에서 곤궁하게 지냈는데, 어떤 때는 배불리 먹을 수 없는 적도 있었다. 그러나 그는 여전히 마음대로 술을 마시고 시를 지었는데, 『홍루몽』 역시 이때 지은 것이다. 그러나 안타깝게도 그의 아들이 요절하자 지나치게 비통해하다가 마침내 죽어 버렸다.—이때 나이 40여 세이다—『홍루몽』 역시 완성되지 못하고 80회만 남아 있었다. 뒤에 정위원이 판각한 것은 120회로 늘었는데, 비록 여러 곳에서 수집한 것이라고는 하나 실제로는 그의 친구인 고악高鶚이 이어 완성한 것으로, 결코 원본은 아니다.

책 속에 서술된 의미에 대해서 추측하는 설 역시 매우 많다. 그 가운데 비교적 중요한 것을 들어 이야기하자면 다음과 같다.

①납란성덕納蘭性德의 집안 일을 기술한 것이라는 설. 이른바 금차 십이金釵十二란 곧 성덕性德이 상객으로 받들었던 사람들이다. 이것은 성덕이 사인詞人으로 어린 나이에 과거에 급제하였고, 그의 집안 역시 나중에 가산을 몰수당했다. 이러한 상황이 보옥과 거의 비슷하기 때문에 추측되어져 나온 것이다. 그러나 가산을 몰수당한 일은 보옥에게는 생전의 일인데 반해, 성덕은 사후의 일이다. 이것 말고도 기타 다른 점들 또한 많기 때문에, 사실은 그다지 비슷하지 않다.

②순치順治 황제와 동악비董鄂妃의 이야기를 기록한 것이라는 설. 악비鄂妃는 진회秦淮의 옛날 기녀 동소완董小宛이다. 청나라 군대가 남하할 때 소완을 강제로 북경에 데리고 갔는데, 그로 인해 청 세조의 총애를 받아, 귀비貴妃로 봉해졌다. 뒤에 소완이 요절하자 청 세조는 몹시 애통해하다가

출가하여 오대산五台山에서 중이 되었다. 『홍루몽』에서의 보옥 역시 중이 된 것은 이 이야기를 모델로 한 것임에 분명하다. 그러나 동악비는 만주인滿洲人으로 동소완이 아니며, 청나라 군대가 강남으로 갔을 때, 소완은 이미 28세였고, 순치 황제는 겨우 14살이었으니, 결단코 소완을 비로 삼았을 리가 없다. 그래서 이 설 역시 통하지 않는다.

③강희조康熙朝의 정치상태를 서술한 것이라는 설. 이것은 『석두기』를 정치소설로 본 것이다. 책 속의 주제는 명의 멸망을 애도하고, 청의 잘못을 드러내는 데 있다. 이를테면, "홍"紅은 "주"朱자를 그림자로 깔고 있고, "석두"石頭는 "금릉"金陵을 가리키며, "가"賈는 위조僞朝——즉 "청"淸을 배척한 것이고,[4] 금릉십이차金陵十二釵는 청에 투항한 명사名士를 비방한 것이다. 그러나 이 설은 거의 견강부회를 면하지 못하고 있는데, 하물며 현재는 작자가 한군 기인이라는 사실을 알고 있는 터에, 한족漢族을 대신해서 망국의 아픔을 안고 있지는 않을 것이다.

④작자의 스스로의 일을 서술한 것이라는 설. 이 설이 나오기는 가장 일찍 나왔으나, 믿는 사람이 가장 적었는데, 현재는 많아지고 있는 듯하다. 왜냐하면 우리가 이미 알고 있는 설근 자신의 경우가 책 속에 서술되어 있는 것과 서로 들어맞고 있기 때문이다. 설근의 할아버지와 아버지는 모두 강녕직조를 지내, 그 집안의 호화로움은 실제로 가씨 집안과 거의 비슷하다. 설근은 또 어렸을 때 귀공자로 보옥과 비슷한 데가 있었으며, 그 뒤에 갑자기 곤궁해진 것은 가산 몰수를 당했거나 이와 유사한 일로 말미암은 것이라 가정할 수 있기에, 이치가 통할 수 있다.——이로써 『홍루몽』이라는 책이 대부분 작자 자신의 이야기를 서술한 것이라 말할 수 있는데, 사실상 가장 믿을 만한 설이라 할 만하다.

『홍루몽』의 가치를 이야기하자면, 중국의 소설 가운데 실제로 보기

드문 것이라 할 만하다. 그 요점은 감히 여실하게 묘사하는 데 있었으니, 결코 거리끼거나 엄식함이 없어, 이전의 소설이 좋은 사람은 완전히 좋고, 나쁜 사람은 완전히 나쁜 것으로 서술했던 것과는 크게 달랐기에, 그 안에 서술된 인물은 모두 진짜 인물들이었다. 총괄하자면, 『홍루몽』이 나타난 뒤로 전통적인 사상과 작법이 모두 타파되었다.— 그 문장의 아름다움과 흡인력은 오히려 그 다음 일이다. 그러나 반대자들 역시 매우 많은데, 이들은 『홍루몽』이 청년들에게 좋지 못한 영향을 준다고 생각했다. 이것은 중국인들이 소설을 볼 때, 감상하는 태도로 그것을 즐기는 것이 아니라, 오히려 자신을 책 속에 빠뜨려 억지로 작중인물 가운데 한 사람으로 여기기 때문이다. 그래서 청년들이 『홍루몽』을 보면, 보옥이나 대옥을 자처하는 경향이 있는 반면에, 나이 든 사람이 보게 되면 대부분 가정賈政이 보옥을 단속하는 입장에 서게 되는데, 마음속에는 이해타산만 가득하기에 다른 어떤 것도 볼 수 없는 것이다.

『홍루몽』이 나온 뒤에는, 속작들이 매우 많이 나왔는데, 『후홍루몽』後紅樓夢, 『속홍루몽』續紅樓夢, 『홍루후몽』紅樓後夢, 『홍루보몽』紅樓補夢, 『홍루중몽』紅樓重夢, 『홍루환몽』紅樓幻夢, 『홍루원몽』紅樓圓夢 …… 등이 있으며, 이것들은 대체로 홍루몽 가운데 빠진 부분을 보충하여, 해피엔딩團圓으로 끝을 맺었다. 도광 연간에 이르러서야 사람들은 『홍루몽』에 염증을 느끼기 시작했다. 하지만 평범한 사람의 집안을 서술하려 한다면, 가인佳人도 적고, 사건도 많지 않기에, 『홍루몽』의 필치로 배우와 기녀의 일을 묘사했으며, 장면 또한 그 때문에 일변하였다. 이와 같은 것으로는 『품화보감』品花寶鑒, 『청루몽』靑樓夢이 그 대표라 할 만하다. 『품화보감』은 건륭 이래의 북경의 배우들을 전적으로 서술하고 있다. 그 가운데 인물들은 비록 『홍루몽』과 다르지만, 여전히 흡인력 있는 묘사를 위주로 하고 있다. 책 속에 묘사된 배우와 압객狎客[5] 역시 가인이나 재자와 다를 게 없다. 『청루몽』에서는 책 전체가 기녀를 이야기하고 있지만, 그 상황은 사실이 아니고, 작자의 이상이다. 그는 기녀만이 재자의 지기라고 생각했으며, 약간의 우여곡절을 거친 뒤, 곧 해피엔딩으로 끝을 내, 명말의 재자가인류를 벗어나지 못했다. 광서 중기中期에는 『해상화열전』海上花列傳이 나왔는데, 마찬가지로 기녀를 묘사하고는 있지만, 『청루몽』에서와 같이 이상적이지만은 않고, 오히려 기녀 가운데에도 좋은 사람도 있고, 나쁜 사람도 있다고 묘사하여, 비교적 사실에 가깝다. 광서 말년에 이르러서는 『구미구』九尾龜[6] 류의 소설이 나왔는데, 기녀는 모두 나쁜 사람으로 묘사되고, 압객 역시 무뢰한들이나 다를 바 없어, 『해상화열전』과는 다른 면모를 보이고 있다. 이렇듯 작자가 기방을 묘사하는 것만 해도 세 차례의 변화가 있었는데, 처음에는 지나치게 미화하다가, 중간에는 사실에 가까워졌고, 나중에 가면 지나치게 나쁘게 그리는 한편으로 고의로 과장하고 욕설까지 하게 되었다. 또 몇 종류는 근거없이 멸시하거나, 사실을 왜곡하는 도구가 되기도 했다. 인정소설의 말류末流가 이와 같은 지경에 이르게 된 것은 사실 몹시 놀랄 만한 일이라 할 수 있다.

4. 협의파

협의파 소설은 『삼협오의』三俠五義가 대표적이라 할 만하다. 이 책의 기원은 본래 찻집茶館의 설서說書였는데, 뒤에 글을 잘 짓는 사람이 그것을 글로 써내어 사회에 유행하게 되었다. 당시의 소설로는 『홍루몽』 등과 같이 애틋한 정만을 이야기한 것이 있는가 하면, 『서유기』류는 또 요괴만을 다루고 있어, 사람들은 대체로 몹시 염증을 느끼고 있던 터라, 『삼협오의』가 새로운 국면을 열자 매우 신기해하였기에, 유행 역시 특별히 빨랐고, 특별히 성행했다. 반조음潘祖蔭이 베이징에서 오吳로 돌아올 때, 이 책을 유곡원兪曲園에게 보여 주었더니, 곡원이 매우 칭찬하였다. 그러나 작품이 지나치게 역사에 어긋나는 것에 혐을 잡고, 그것을 위해 제1회를 고쳐 바로잡았다. 또 책 속의 북협北俠, 남협南俠, 쌍협雙俠은 실제로는 네 사람이라, 제목에서의 삼이라는 숫자로는 포괄할 수 없어, 마침내 애호艾虎와 심중원沈仲元을 더하여, 아예 『칠협오의』七俠五義라 개명하였다. 이 개작본은 현재 장쑤성과 저장성 쪽에서 성행하고 있다. 하지만 『삼협오의』는 결코 짧은 시간에 창작된 책이 아니다. 송나라 포증包拯은 강직하고 올바르게 공직생활을 해서, 『송사』宋史에 그의 전이 있다. 그러나 민간전설에 나오는 그의 행적은 괴이한 부분이 많은데, 원대에 이야기로 전해지다가, 명대에 다시 소설로 점차 발전한 것이 곧 『용도공안』龍圖公案이다. 뒤에 이 책은 짜임새가 더욱 치밀해져, 다시 대형의 『용도공안』이 되었는데, 이것이 『삼협오의』의 남본藍本이다. 사회에서 대단한 환영을 받았기 때문에, 『소오의』小五義, 『속소오의』續小五義, 『영웅대팔의』英雄大八義, 『영웅소팔의』英雄小八義, 『칠검십삼협』七劍十三俠 등등이 잇달아 출현하였다. 이러한 류의 소설은 대개 모두 협의지사俠義之士가 도적을 제거하고 모반을 평정하는 일을 서술하고 있는데, 중간마다 고관대작이 모든 것을 총괄하고 있다. 그에 앞선 것으로는 『시공안』施公案도 있고, 같은 시기에 『팽공안』彭公案류의 소설 역시 일시에 성행하였다. 그 가운데 서술된 협객은 대개가 거친 사내들로서, 『수호전』 속의 인물과 매우 비슷하다. 그러므로 그 사실은 비록 『용도공안』에서 나왔다지만, 그 원류는 여전히 『수호전』에서 나왔다. 그러나 『수호전』의 인물은 정부에 대항했으나, 이러한 류의 책 속의 인물은 정부를 돕고 있다. 이것은 작자의 생각이 크게 달랐기 때문인데, 아마도 사회적인 배경이 달랐기 때문일 것이다. 이러한 류의 책들은 대개 광서 초년에 나왔는데, 그에 앞서 몇 차례의 국내전쟁, 이를테면 장발적[7]과 염비捻匪,[8] 교비教匪[9] 등의 평정을 겪으면서, 시중의 수많은 평범한 사람들과 깡패나 무뢰한들이 종군하여 공을 세워 벼슬을 얻은 이가 많았기에, 일반 백성들은 이들을 매우 흠모하여, "왕을 위해 전장으로 달려 나가는"爲王前驅[10] 이야기를 듣고 싶어 했다. 그리하여 찻집에서 나온 소설 역시 자연스럽게 이러한 영향을 받았다. 현재 『칠협오의』는 이미 24집이나 나왔고, 『시공안』은 10집, 『팽공안』은 17집이 나왔는데, 대체로 천편일률적이고, 말이 통하지 않는 부분도 많다. 우리는 이에 대해서 비평을 많이 하고 있지는 않은데, 다만 작자와 독자 모두가 이처럼 싫증을 내지 않을 수 있다는 것만 해도 기적이라 할 만하다.

위에서 말한 네 개의 유파의 소설들은 현재까지도 유행하고 있다. 이 밖에도 변변치 않은 작은 유파의 작품들도 있으나, 이것들은 모두 생략하기로 하겠다. 민국 이래 나온 새로운 유파의 소설들은 아직 연륜이 짧아—지금 막 발전하고 만들어지고 있는 중이므로, 대작이라 할 만한 게 없기에 여기에서는 언급하지 않기로 한다.

내가 이야기해 온 『중국소설의 역사적 변천』中國小說的歷史的變遷 은 오늘 이 시각에 끝을 맺기로 하겠다. 이 두 주 동안에, 대강의 내용을 서둘러 이야기하느라, 하나를 건지고 만 개가 새어 나간 격挂一漏萬이 된 것은 피할 도리가 없게 되었다. 게다가 나의 지식도 이처럼 부족하고, 말주변도 이렇게 어눌한 데다, 날씨 또한 이렇게 더운데, 여러분들께서 시종일관 내 강의를 끝까지 들어주신 데 대해서, 나는 무척 미안하면서도 고맙게 생각한다.

주)

1) 그 지방에서 오래 살아 명망이 높은 집.—옮긴이

2) 대도예인(大都藝人)이다.—일역본

3) 여기에서의 세조(世朝)는 그 연도로 볼 때 순치제(順治帝)가 아니라, 성조(聖朝) 강희제(康熙帝)의 오기가 아닌가 한다.—일역본

4) 이때의 가(賈)는 동음인 가(假)를 가리킨다고 보아 청(淸)을 정통 왕조로 보지 않는 한족(漢族)들의 관점을 나타내고 있다. —옮긴이

5) 기루(妓樓)의 유객(游客).—옮긴이

6) 구미구(九尾龜). 청말 수육산방(漱六山房; 장춘범張春帆)이 지었으며, 192회로 이루어져 있고, 주로 기녀의 생활을 그 내용으로 하고 있다.

7) 청대 도광(道光) 30년(1850)에 천주교도인 광동(廣東)의 홍수전(洪秀全)을 수령으로 하여 남 중국에서 봉기한 반란군. 나라 이름을 태평천국(太平天國)이라 하고, 수도를 남경(南京)으로 삼았는데, 증국번(曾國藩) 등에 의해 진압됐음. 이들은 모두 머리를 풀고 장발을 하였기에, '장모'(長毛), '장모적'(長毛賊), '장비'(長匪)라고도 했다.—옮긴이

8) 청대 가경(嘉慶, 1852~1868) 연간에 일어났던 농민 폭동군.—옮긴이

9) 백련교도(白蓮教徒)의 반란을 가리킴.—옮긴이

10) 『시경』(詩經) 「위풍」(衛風)의 「백혜」(伯兮) 시의 한 구절이다.—옮긴이

부록

루쉰의 중국소설사학에 대한 비판적 검토

옮긴이의 글

루쉰의 중국소설사학(中國小說史學)에 대한 비판적 검토
—『중국소설사략』을 중심으로

조관희

1. 머리말

세계문학사에서 소설은 그 오랜 역사에도 불구하고 문학사에서 차지하고 있는 비중이 매우 낮은 편이다. 이것은 전통적인 문학 관념이 소설을 독립된 문학 장르의 하나로 받아들이는 데 인색했던 데 기인한다. 이러한 소설 경시는 사실상 시대와 지역을 불문하고 이루어져 왔다. 지역에 따라서는 심지어 문학이 진지한 학문 분야로 받아들여진 것 자체가 새삼스러울 정도이다. 이를테면, 영국에서 영문학이 본격적인 학문 분야의 하나로 인정받게 된 것 역시 고작해야 1세기 남짓밖에 안 된다.[1)]

중국에서의 상황 역시 크게 다르지 않다. 물론 중국에서는 문학이 사대부들이 필수적으로 갖추어야 할 교양의 하나로 간주되었던 것은 사실이다. 그러나 관료선발의 주요 경로였던 과거시험이 요구했던 것은 옛 성현들의 말씀에 의지한 의리지학義理之學이었지, 개인의 감정을 설파한 사장지학詞章之學은 아니었다.[2)] 따라서 관도에 오르고자 했던 사대부들은 경서를 중시하는 한편, 시사詩詞와 같은 문학 장르는 철저하게 배척하였다.

봉건시대의 과거시험의 폐해를 적나라하게 폭로하고 풍자했던 『유림외사』儒林外史에는 이에 대한 상황이 직절하게 묘사되어 있다. 팔고문八股文에 대한 사대부들의 집착을 대표하는 작중인물인 노편수魯編修는 자신의 딸에게 다음과 같이 말한다.

> "그저 팔고문 하나만 잘 지으면 다른 건 무어라도 다 뜻대로 되느니라. 시를 지으면 시가 되고, 부를 지으면 부가 되는 것이 모두 회초리 한 번에 자국 한 가닥, 따귀 한 번에 코피 한 바탕 식으로 척척 맞아떨어지게 되지. 하지만 팔고에 대한 연구가 부족하면 네가 무엇을 짓더라도 들여우의 선문답野狐禪이나 사악한 외도로 빠지게 된다!"[3)]

따라서 성현의 도리와는 거리가 먼 시와 사 같은 것은 입신영달을 목표로 하였던 사대부들에게는 독약과 같은 것이었다.

문학 전반에 대한 인식이 이러했을진대, 역대로 정통적인 문학의 반열에 오른 적이 없었던 소설의 경우 상황이 더욱 열악했으리라는 것은 불

---

1) "학과목의 정의는 '객관적으로 검토될 수 있는 것'이었으며, 영문학은 문학적 취향에 대한 한가로운 잡담에 지나지 않았으므로 영문학을 본격 학문분야로서의 자격을 갖기에 충분할 만큼 재미없게 만들 방법을 알아내기는 어려웠던 것이다.……옥스포드대학의 초대 본격 '문학' 교수인 월터 로울리 경이 자신이 담당하는 과목에 대해 드러냈던 경박한 경멸심은 그의 글을 읽어보면 알 수 있다."(테리 이글턴, 김명환·정남영·장남수 공역, 『문학이론입문』, 서울: 창작사, 1986, 42쪽)

2) 오랜 과거(科擧)의 전통에도 불구하고, 중국 역사상 작시(作詩)를 과거시험의 주요한 방편으로 채택했던 것은 당조(唐朝)밖에 없다. 특히 명청대에는 팔고문이라는 특수한 형식의 문장으로 시험을 치렀는데, 바로 이 팔고문의 주요 내용은 사서(四書)에 대한 주희(朱熹)의 해석을 충실히 따르는 것이었다.

3) "八股文章若做的好, 隨你做什麽東西, 要詩就詩, 要賦就賦, 都是一鞭一條痕, 一摑一掌血. 若是八股文章欠講究, 任你做出什麽來, 都是野狐禪, 邪魔外道!" 리한추(李漢秋) 집교(輯校), 『유림외사회교회평본』(儒林外史會校會評本), 상하이: 상하이구지출판사(上海古籍出版社), 1984, 155쪽.

문가지이다. 전통적인 소설 관념은 그만두고라도 근대 이후의 일반 문학사에서조차 소설이 제대로 대접받게 된 것은 최근의 일이라 해도 지나친 말이 아니다. 이전의 문학사는 주로 고전시를 중심으로 서술해, 문학의 대아지당大雅之堂에 오르지 못한 소설이나 희곡과 같은 장르는 각 조대별로 마지못해 언급되거나 아예 빠져 있는 경우도 왕왕 있었다. 따라서 본격적인 소설사의 등장 역시 그만큼 늦어질 수밖에 없었다. 루쉰의 『중국소설사략』中國小說史略은 그런 와중에 중국의 고대소설을 최초로 체계적으로 기술한 저작으로 손꼽힌다. 『중국소설사략』이 나온 뒤로 중국의 고대소설은 문학연구자들의 관심범위에 들게 되었으며, 그 이후로 몇 종류의 소설사가 나오기는 했으나, 체재나 내용 면에서 『중국소설사략』을 크게 벗어나지 못했다. 이러한 상황은 1970년대까지도 크게 달라지지 않은 채 지속되어 오다가 1980년대에 이르러서야 의욕적인 몇몇 연구자들에 의해 새로운 시각을 담아내려 노력한 저작들이 나오게 된다.[4)]

그러나 이러한 소설사들 역시 그 대체적인 틀이나 서술방식은 『중국소설사략』과 크게 다르지 않다. 바꾸어 말하자면 금세기 초반에 나온 루쉰의 『중국소설사략』이 거의 한 세기 가까이 그 영향력을 미치고 있는 것이다. 이것은 '술이부작'述而不作을 중시하는 중국학술계의 전통적인 인식을 반영하는 것이라고도 할 수 있으나, 다른 한편으로는 후학들의 고답적

---

4) 80년대 이후에 나온 중국소설사로는 다음과 같은 것들이 있다. 탄펑량(談鳳梁), 『중국고대소설간사』(中國古代小說簡史), 난징(南京): 장쑤교육출판사(江蘇教育出版社), 1988. 양쯔젠(楊子堅), 『신편중국고대소설사』(新編中國古代小說史), 난징: 난징대학출판사(南京大學出版社), 1990. 치위쿤(齊裕焜) 주편, 『중국고대소설연변사』(中國古代小說演變史), 란저우(蘭州): 둔황문예출판사(敦煌文藝出版社), 1990. 쉬쥔후이(徐君慧), 『중국소설사』(中國小說史), 난닝(南寧): 광시교육출판사(廣西教育出版社), 1991. 리후이우(李悔吾), 『중국소설사만고』(中國小說史漫稿), 후베이교육출판사(湖北教育出版社), 1992. 이 소설사들에 대한 자세한 언급은 최용철의 「중국소설사의 서술체계와 유형의 분류」(『중국소설논총』中國小說論叢 제4집, 서울: 중국소설연구회, 1995)를 참조할 것.

인 연구태도에도 문제가 있다고 할 수 있다.

이렇듯 커다란 의의를 갖고 있는 『중국소설사략』 역시도 나름대로 일정한 한계를 지니고 있다. 이 점에 대해서는 다양한 설명이 가능한데, 무엇보다 중국문학 연구에서 루쉰이 차지하고 있는 위치와 뗄 수 없는 관련을 맺고 있다. 곧 루쉰의 『중국소설사략』이 갖고 있는 긍정적인 측면이 오히려 후대의 연구자들을 옥죄는 한계가 되어 버린 감도 없지 않다는 것이다. 루쉰의 『중국소설사략』이 후대에 끼친 영향이 너무도 심대한 나머지 이제 『중국소설사략』은 단순한 소설사의 경지를 넘어서 그 자체로 하나의 정전canon이 되어 버린 듯한 느낌을 지울 수 없다. 그리하여 이제는 누구도 『중국소설사략』의 권위에 회의를 품으려 하지 않고, 중국소설사 연구에서 루쉰은 차라리 신화가 되어 버렸다 해도 지나친 말이 아닐 지경이 되어 버렸다.

이 글에서는 중국소설 연구에서 이렇듯 중대한 의의가 있는 루쉰의 『중국소설사략』에 대한 검토를 바탕으로 이 저작이 갖고 있는 의의와 한계를 짚어보는 동시에, 중국소설사 연구에서 루쉰이 차지하고 있는 위치를 새롭게 자리매김하고자 한다. 이것은 20세기를 대표하는 중국소설사가로서의 루쉰에 대한 '탈신화'인 동시에, 정전正典으로서의 『중국소설사략』에 대한 재평가 작업이 될 것이다.

2. 『중국소설사략』의 성서(成書)와 의의

루쉰은 20세기 이후 중국의 대표적인 지성으로 당시 일본제국주의 침략에 견결하게 맞서 싸웠던 지사였을 뿐만 아니라 중국의 고전문학 연구에도 상당한 소양을 갖고 있던 현대 중국의 대표적인 고전학자였다. 그의 관심분야는 다방면에 걸쳐 있었는데, 그 가운데서도 주목할 만한 것이 소설 분야이다. 루쉰은 직접 소설을 창작하는 한편, 중국의 고대소설 연구에도 힘을 기울여 이 방면에도 많은 역작을 남겼다. 그러나 무엇보다 루쉰의 이름을 후대에 남길 수 있게 한 것은 그의 중국소설사 연구다. 루쉰이 쓴 『중국소설사략』은 중국 최초의 본격적인 소설사라 할 수 있다. 하지만 이것이 진정한 의미에서의 최초의 저작이냐 하는 점에서는 논란이 있을 수도 있다.[5] 그러나 후대에 미친 영향이라든가 저작 자체의 완전성을 놓고 볼 때, 루쉰의 『중국소설사략』을 최초의 중국소설사로 보는 데에는 큰 무리가 없을 것이다.

루쉰이 이 책을 저술하게 된 가장 큰 동기는 물론 제대로 된 소설사를 기술하고자 하는 데 있었지만, 그 직접적인 계기가 된 것은 1920년 8월에 베이징대학北京大學에서 초빙강사의 자격으로 소설사 과목을 가르치게 된 것을 들 수 있다.[6] 또 루쉰은 같은 시기에 베이징사범학교北京師範學校(1923년 7월 베이징사범대학北京師範大學으로 개칭)에서도 소설사 강의를 담당했는데, 이

5) 이를테면 "루사오밍(陸紹明)은 1906년 「월월소설발간사」(月月小說發刊詞)에서 중국소설사의 흐름을 조망한 바 있고, 또 1907년에는 왕중치(王鍾麒, 필명은 톈루성天僇生)가 「중국역대소설사론」을 쓴 바 있으며, 후스(胡適)도 "1918년 「단편소설을 논함」(論短篇小說)이란 문장 안에서 별도로 「중국단편소설사」(中國短篇小說略史)를" 썼다. 한편 루쉰의 『중국소설사략』이 나오기 바로 전인 1920년에는 장징루(張靜廬)의 『중국소설사대강』(中國小說史大綱)이 나왔는데, 전체가 완성되지는 못했으며, 전 4편 가운데 총론에 해당하는 제1편만이 쓰여졌을 뿐이다(최용철, 앞의 글, 70~71쪽을 참조할 것).

6) 베이징대학에 소설사 강의가 개설되었던 것은 당시 교장이었던 차이위안페이(蔡元培, 1868~1940)가 실시한 대학개혁의 성과 가운데 하나였다. 그때까지 정식학문으로 취급받지 못했던 소설과 희곡이 대학의 정식 교과목으로 채택되었던 것이다. 그러나 당시 베이징대학 국문과(國文系) 주임이었던 마위짜오(馬裕藻, 1878~1945; 평요당주인平妖堂主人 마롄馬廉, 1893~1935의 실형實兄)가 소설사 강의를 부탁한 것은 루쉰이 아니라 그의 실제(實弟)인 저우쭤런(周作人, 1885~1967)이었다. 그러나 저우쭤런이 준비 부족 등의 이유로 형인 루쉰과 이 일을 상의하던 중에 루쉰이 그를 대신해서 강의를 담당하게 되었다. 이마무라 요시오(今村與志雄), 「『중국소설사략』에 관하여」(『中國小說史略』につぃに), 『중국소설사략』(『루쉰전집』 11권), 도쿄(東京): 가쿠슈겐큐샤(學習研究社), 쇼와(昭和) 61년, 760~762쪽 참조.

강의를 위해 준비한 교재로는 현재 두 가지가 남아 있다.

그 가운데 첫번째 것이 강의 유인본講義油印本이고, 두번째 것은 강의 연인본講義鉛印本이다. 강의 유인본은 『소설사대략』小說史大略이라 제하였고, 모두 17편으로 이루어져 있으며, 강의 연인본은 『중국소설사대략』이라 제하였고, 모두 26편으로 이루어져 있다.[7]

그런데 한 가지 주의할 것은 여기에서 유인油印이라는 것은 등사를 가리키는데, 이 등사라는 것 역시 엄밀히 말하자면 등사 원지에 철필로 긁어서 인쇄하는 것이 아니라는 것이다. 루쉰이 이 글을 썼던 그 당시에는 붓에 약물을 적셔서 등사 원지에 글을 쓰고 이것을 등사했기에,[8] 작업이 매우 힘들어 루쉰은 다음과 같은 두 가지 측면을 고려해야만 했다. 그것은 첫째 필사하는 사람의 노고를 염려해 내용 전체를 문언문文言文으로 축약하고 그 예문을 줄였으며, 둘째로는 그럼에도 만만찮은 분량이기에 등사할 때마다 그 일을 맡은 사람이 쉽게 지쳐 버려 급기야 활자로 배인할 생각을 하게 됐다는 것이다.[9] 그리하여 1923년 12월 드디어 활자본으로 된 『중국소설사략』이 등장하게 되는데, 본래의 제목에서 "대"자를 빼고 분량

---

7) 『소설사대략』은 당시의 등사본을 근거로 1980년 『사회과학전선』(社會科學戰線) 편집부에서 정리하여 『루쉰연구논총』(魯迅硏究論叢; 吉林人民出版社)에 수록되었고, 1984년 산시런민출판사(陝西人民出版社)에서 나온 『루쉰연구총서』(魯迅硏究叢書)에 재수록되었다(최용철, 앞의 글, 70쪽 주 3)을 재인용함). 그러나 『중국소설사대략』은 현재까지 공간(公刊)된 것이 없다. 다만 루궁(路工)이 이것을 『중국소설사략』 초판본과 비교 검토한 논문이 있고(루궁, 「『중국소설사대략』부터 『중국소설사략』까지」從『中國小說史大略』到『中國小說史略』, 『문물 · 혁명문물특강』文物 · 革命文物特刊, 1972년 5월), 또 산옌이(單演義)가 『소설사대략』을 해설하면서 양자의 편목(篇目)의 이동(異同)을 기록한 바 있으며(원재原載, 『중국현대문예자료총간』中國現代文藝資料叢刊 4, 1979. 10; 재간再刊 산시런민출판사, 1981), 뤼푸탕(呂福堂)은 『중국소설사대략』이 1921년 하반기로부터 1922년 사이에 이루어졌다고 고증한 바 있다(뤼푸탕, 「『중국소설사사략』의 판본연변」『中國小說史略』的版本演變, 『루쉰저작판본총담』魯迅著作版本叢談, 수무원셴출판사書目文獻出版社, 1983. 8).

8) 그래서 원문에서는 "사인"(寫印)이라고 표현했다. 좀더 자세한 것은 자오징선의 「루쉰의 『소설사대략』을 말한다」(談魯迅的『小說史大略』; 『중국소설사략방증』中國小說史略旁證, 산시런민출판사, 1987) 150쪽을 참고할 것.

도 증가되어 우선 「상책」上冊 15편이 베이징대학 제일원 신조사[10]에서 먼저 나왔다. 13편으로 이루어진 「하책」下冊은 루쉰이 1923년 12월에 초고를 쓰고 나서 한동안 책상 위에 내버려두었다가 다음 해인 24년 3월 4일 탈고하였다. 아마도 「후기」는 그 전후에 쓰여진 듯하다. 그러나 「하책」의 출판은 예정보다 늦어져 1924년 6월에야 나오게 된다.[11]

한편 『중국소설사략』은 1925년 9월에 한 권으로 묶여 나올 예정이었으나, 그 해 5월에 발행사인 신조사가 해산되는 바람에 베이징의 베이신서국北新書局으로 출판사가 바뀌게 된다. 이 베이신서국이라는 것은 본래 신조사의 사원이었던 리샤오펑李小峰, 1897~1971이라는 이가 세운 것으로, "베이징대학 신조사"의 앞글자를 따서 만든 것이었다. 이후로 『중국소설사략』은 베이신서국에서 계속 출판되게 된다. 그 뒤 루쉰은 수정을 계

9) 이러한 내용은 루쉰이 베이징대학 제1원 신조사의 직원이었던 쑨푸위안(孫伏園)에게 『중국소설사략』「상책」(上冊)의 원고를 넘겨주기 전날인 1923년 10월 7일 밤에 쓴 「서언」(序言)에 자세히 나온다. 또 『루쉰 일기』에 의하면, 1924년 3월 8일에 쑨푸위안에게 「하책」(下冊)의 인쇄를 부쳤다고 한다. 이것은 쑨푸위안이 당시 『천바오 부간』(晨報附刊)의 편집도 맡고 있었는데, 아마도 이 책이 천바오사(晨報社)에서 배인(排印)되었기 때문에 루쉰이 쑨푸위안에게 교감을 부탁한 것인 듯하다고 한다(자오징선, 앞의 책, 서언 부분의 주).

10) 베이징대학 제1원 신조사(北京大學 第一院 新潮社)는 현재와 같은 출판사는 아니다. 여기에서의 "사"(社)는 민국 초기 문학혁명을 주도했던 "사단"(社團)을 가리키는데, 신조사는 그 당시 베이징대학생이던 푸쓰녠(傅斯年)과 뤄자룬(羅家倫) 등이 조직한 단체로, 종합지 『천바오』(晨報)를 1919년 1월에 창간하였다. 이것은 문학혁명 시기 『신청년』(新青年)과 함께 중요한 역할을 담당했으나, 1920년 이후로는 학회로 개편되었다. 당초에는 베이징대학생 이외에도 소수의 교원들이 참가하여 출판물의 편집에 참여하였다. 『중국소설사략』이 천바오사에서 나오게 된 것은 일찍이 소설집 『외침』(吶喊)을 같은 곳에서 출판한 바 있는 루쉰에 대한 배려도 물론 있었으나, 『중국소설사략』 자체가 베이징대학에서 소설사 과목의 강의 교재로 씌어졌다는 게 주된 요인으로 작용했다고 보아야 할 것이다(이마무라 요시오, 앞의 글, 759쪽).

11) 「상책」과 「하책」의 출판일에 대해서는 사람에 따라 약간의 차이를 보이고 있는데, 『중국소설사략』의 영역본 편집자 주에는 각각 1923년 겨울과 24년 6월로 되어 있으나(영역본 『중국소설사략』의 '편집자 주'Publisher's Note), 루궁의 글에서는 1923년 12월과 24년 9월로 되어 있다(루궁, 앞의 글, 46쪽). 이에 대해 자오징선은 『루쉰 일기』에는 1924년 6월 20일에 인쇄했다는 기록이 있다고 하였다(자오징선, 앞의 책, 제기題記).

속하다가 1931년에 수정본 초판을 내놓았다. 이후로도 몇 차례의 수정본이 나왔는데, 그러는 가운데 최초의 일역본 역자인 마스다 와타루增田涉, 1903~1977가 번역을 준비하면서 번역상 문제가 있는 부분과 명확하지 않은 부분에 대해 루쉰에게 질문을 하자 루쉰은 하나하나 회답을 해주었다. 그와 동시에 루쉰은 본문에서 정정할 곳을 마스다에게 가르쳐 주기도 했는데, 루쉰 자신도 그 내용을 이미 나와 있는 베이신 판版『중국소설사략』에 반영하였다. 그리하여 1935년 6월에 루쉰 생전의 마지막 수정본이 나오게 되니, 이것이 『중국소설사략』 제10판으로 이후에 나온 판본들은 모두 이 10판을 근거로 한 것이다.[12] 마스다에 의한 최초의 일역본은 1935년 7월에 나왔는데,[13] 루쉰은 책이 나오기 바로 전인 1935년 6월 9일 일본어로 「일본어 번역본에 대한 저자의 말」日本譯本に對する著者の言葉을 써 보냈다. 이 문장은 일역본 권두에 실렸으며, 나중에 루쉰 스스로 「『중국소설사략』 일본어 번역본 서」『中國小說史略』日本譯本序라는 제목으로 한역漢譯하여 자신의 잡문집雜文集인 『차개정잡문 2집』且介亭雜文二集에 실었다.[14]

루쉰은 또 1924년 7월에 시안西安에서 중국소설사에 대한 강연을 했는데, 이때의 강연 내용을 담은 원고가 곧 「중국소설의 역사적 변천」이다. 이 원고는 당시 루쉰 자신의 수정을 거쳐 시베이대학西北大學 출판부에서 1925년 3월에 간행한 『국립 시베이대학과 산시교육청이 합동으로 주관한 여름학기 강연집 2』國立西北大學, 陝西敎育廳合辦暑期學校講演集(二)에 실렸다. 그러나 이것은 루쉰 생전에는 어떠한 단행본에도 실린 적이 없었으며, 그

12) 이 글에서 참고한 『중국소설사략』 원서의 서지사항은 다음과 같다. 루쉰, 『중국소설사략』(『루쉰전집』 9권), 베이징: 런민대학출판사(人民大學出版社), 1981.
13) 루쉰, 마스다 와타루(增田涉) 역, 『중국소설사』(支那小說史), 도쿄: 사이렌샤(賽棱社), 1935.
14) 이마무라 요시오의 앞의 글, 758쪽을 참고할 것.

가 죽은 뒤 1938년 간행된 제1회 『루쉰전집』(상하이판)에도 아직 수록되지 않아, 일반독자들에게는 그 존재가 알려지지 않았다. 그러다가 1957년 7월 상하이에서 나온 문예계간지 『수확』收穫 창간호에 게재되어 사람들의 주목을 끌게 되었다.[15] 이것은 『중국소설사략』의 내용을 크게 여섯 단계로 나누어 서술한 것으로, 그 목차는 다음과 같다.

제1강 신화神話에서 신선전神仙傳까지

제2강 육조시대의 지괴志怪와 지인志人

제3강 당대의 전기문傳奇文

제4강 송대 사람의 '설화'說話와 그 영향

제5강 명대 소설의 양대 주류

제6강 청대 소설의 4대 유파와 그 말류

이상의 목차에서 보여지듯이 「중국소설의 역사적 변천」은 말 그대로 중국소설사의 발전 과정을 거칠게 개괄한 것으로, 『중국소설사략』의 체재를 그대로 답습한 것임을 알 수 있다.

그러나 여기에서 한 가지 지적해야 할 것은 『중국소설사략』을 쓰기

---

15) 「중국소설의 역사적 변천」은 1956년에서 58년 사이에 간행된 10권 본 『루쉰전집』(베이징: 런민문학사人民文學史 간) 제8권 『한문학사강요』(漢文學史綱要)의 뒤에 부록으로 수록되었는데 주석은 없다(이마무라 요시오의 앞의 책, 562쪽 역주를 참조할 것).
아울러 이 강연의 영역본은 중국 외문출판사(外文出版社)에서 간행하는 영문지 『중국문학』(中國文學) 1958년 제5, 6기에 분재되어 있다. Lu Hsun, "The Historical Development of Chinese Fiction", translated by Yang Hsien-yi and Gladys Yang, *Chinese Literature*, Nos. 5.6, 1958, Peking: Foreign Language Press. 또, 같은 역자가 낸 영역본 *A Brief History of Chinese Fiction*(Lu Hsun, Peking: the Foreign Language Press, First Edition 1959/Third Edition 1976/Second Printing 1982)의 부록에도 실려 있다.

이전부터 루쉰은 고소설古小說의 수집과 고증 작업에 힘을 기울였다는 사실이다. 그 성과는 세 권의 단행본으로 나타났는데, 그것은 곧 『고소설구침』古小說鉤沈과 『당송전기집』唐宋傳奇集, 『소설구문초』小說舊聞鈔이다. 혹자는 이것을 루쉰이 『중국소설사략』을 서술하면서 얻은 부산물이라고 표현하기도 했지만,[16] 사실 이 세 권의 저작은 각각이 중국 고대소설에 대한 전문연구저작으로서의 면모를 충분히 갖추고 있다. 우선 『고소설구침』은 루쉰 사후인 1938년 상하이에서 초판본이 나왔는데, 이것은 당 이전의 고소설을 집록한 것으로, 『중국소설사략』의 제1편에서 제7편까지의 내용과 연관이 있다. 그리고 『당송전기집』은 상책이 1927년 12월에 상하이에서 나왔고, 하책은 1928년 2월에 역시 상하이에서 나왔는데, 당송대의 전기 작품들을 모은 것으로, 『중국소설사략』의 제8편에서 제11편까지의 내용에 참고가 된다. 그리고 『소설구문초』는 1926년 8월에 베이징에서 초판이 나왔고, 1935년에 상하이에서 재판이 나왔는데, 원·명·청 시기의 소설에 관한 평론 자료를 모아서 엮은 것으로, 『중국소설사략』의 제12편에서 제28편까지의 내용들을 고증한 것이다.[17] 자오징선趙景深은 이 가운데 『소설구문초』가 이 방면의 선구적인 저작이라 할 장루이짜오蔣瑞藻의 『소설고증』小說考證보다 뛰어난 점으로 다음의 몇 가지를 들고 있다.[18] 첫째 장루이짜오의 책은 서명이 『소설고증』이긴 하지만 실제로는 희곡까지도 다루고 있는 데 비해 루쉰의 책은 소설만을 다루고 있다. 둘째 『소설고증』은 편제가 들쭉날쭉해 찾아보기가 어렵다. 이를테면 『삼국연의』에 대한 내

16) 궈위스(郭預適), 「『중국소설사략』의 중대한 공헌」(『中國小說史略』的重大貢獻), 『중국고대소설론집』(中國古代小說論集), 상하이: 화둥사범대학출판사(華東師範大學出版社), 1985, 340쪽.

17) 치위쿤, 앞의 책, 15쪽.

18) 자오징선, 「중국소설사가 루쉰선생」(中國小說史家的魯迅先生), 『중국소설총고』(中國小說叢考), 지난(濟南): 치루서사(齊魯書社), 1980, 2쪽.

용이 이미 「정편」正編에 나왔는데, 다시 「습유」拾遺에도 보이는가 하면, 「지담」枝談에도 보이고 있다. 그러나 『소설구문초』는 하나의 항목에 대해 한 번의 서술만을 했을 뿐이다. 셋째 『소설고증』에 실려 있는 원문은 장루이짜오가 임의로 자구字句를 바꾸어 놓은 것도 있지만, 루쉰은 원서와 대조하여 자구를 교정했다.[19]

이렇듯 루쉰이 소설사를 기술한 태도는 진지하고 엄숙한 것이었다. 아잉阿英은 그의 이러한 치학정신治學精神의 근원을 그의 출신지인 저둥학파浙東學派의 의발衣鉢을 계승한 것에서 찾고 있다.[20] 저둥은 말 그대로 저장浙江의 동부 지역을 가리키는데, 이곳에서는 사학 분야에 뛰어난 학자들이 많이 배출되었다고 한다. 그 가운데 대표적인 사람이 장학성章學誠, 1738~1801으로 그의 『문사통의』文史通義와 『교수통의』校讐通義는 "사법"史法을 다룬 논문집으로 널리 알려져 있다.[21] 물론 루쉰이 실제로 그의 영향을 직접 받았는지 여부는 좀더 고구考究해 보아야 할 문제이긴 하나, 『중국소설사략』과 유관 저작을 집필하는 데 있어 루쉰이 보여 준 학문적 성실성

---

19) 이밖에도 중국 고대소설 방면에서 루쉰의 저작으로 주의할 만한 것으로는 다음의 일곱 편의 문장이 있다.
「육조 소설과 당대 전기는 어떻게 구별되는가?」(六朝小說和唐代傳奇文有怎樣的區別), 『차개정잡문 2집』. 이것은 『문학백제』(文學百題)에 싣기 위해 쓴 것이다.
「『유선굴』(游仙窟) 서(序)」, 『집외집습유』(集外集拾遺). 이것은 촨다오(川島)의 표점본(標點本) 『유선굴』을 위해서 쓴 것이다.
「송대 민간의 이른바 소설 및 그 이후」(宋民間之所謂小說及其後來), 『무덤』(墳).
「『삼장취경시화』의 판본에 관하여」(關於『三藏取經詩話』的版本), 『이심집』(二心集).
「『삼장취경기』에 관하여」(關於『三藏取經記』), 『화개집속편』(華蓋集續編).
「『중국소설사략』 일본어 번역본 서」(『中國小說史略』日本譯本序), 『차개정잡문 2집』.
「소설목록 2건」(小說目錄二件), 『위쓰』(語絲).
20) 아잉, 「『중국소설사략』에 관하여」(關於『中國小說史略』), 『소설한담사종』(小說閒談四種), 235쪽. 원재(原載) 『소설삼담』(小說三談), 상하이: 상하이구지출판사(上海古籍出版社), 1978; 『소설한담사종』, 상하이: 상하이구지출판사, 1985에 합본으로 재수록.
21) 이마무라 요시오, 앞의 글, 761쪽.

과 진지함은 남다른 데가 있었던 게 사실이다.[22)]

그리하여 아잉은 루쉰의 소설사 연구에서 가장 기본이 되면서도 가장 두드러진 것은 "정체"整體와 "연진"演進이라는 개념으로 형극을 헤치고 황무지를 개척해 중국의 역대 소설에서 선명한 색채를 띤 한 폭의 그림을 창조적으로 그려 낸 데 있다고 하였다.[23)] 또 자오징선은 "『중국소설사략』이야말로 같은 부류의 책들 가운데 가장 훌륭한 것으로 권위 있는 저작이라 말할 수 있다"[24)]고 하였고, 궈위스는 『중국소설사략』의 성취와 공헌을 다음과 같이 개괄한 바 있다. 그것은 첫째 『중국소설사략』이 중국소설사의 체계를 수립하였고, 둘째 유물론적 정신과 진보사상을 체현하였으며, 셋째 탁월하면서도 간략한 말 속에 깊은 뜻을 담고 있는 평론을 많이 담아내고 있다는 것이다.[25)]

그러나 무엇보다 루쉰의 소설사학이 빛을 발하는 부분은 근대의 서구적인 의미에서의 소설이라는 개념에 구애받지 않고 중국소설사의 계년計年을 그 훨씬 이전으로 끌어올렸다는 데 있다. 현재 통행되는 소설은 사실상 그 형식이나 내용에서 서구로부터의 영향을 많이 받은 것이라 할 수 있는데, 이런 입장에서 보자면 중국에는 고래古來로 소설이라는 것이 없었

---

22) 1935년에 루쉰은 『소설구문초』의 「재판 서언」(再版序言)을 쓰면서 그동안 자신이 겪었던 어려움을 다음과 같이 피력한 바 있다. "『소설구문초』는 실제로는 십여 년 전에 베이징대학에서 중국소설사를 강의할 때, 수집했던 사료의 일부이다. 당시는 마침 궁핍했던 까닭에 책을 살 여력이 없어서 중앙도서관이나 통속도서관, 교육부 도서실 등에서 빌려 보았는데, 침식을 잊은 채 마음을 다잡고 열심히 찾다가 때로 어쩌다 손에 넣게 되면 펄쩍 뛰며 기뻐했다."(『小說舊聞鈔』者, 實十餘年前在北京大學講中國小說史時, 所集史料之一部. 時方困瘁, 無力買書, 則假之中央圖書館, 通俗圖書館, 教育部圖書室等, 廢寢輟食, 銳意窮搜, 時或得之, 瞿然則喜)

23) 아잉, 앞의 글, 236쪽.

24) "『中國小說史略』是同類書中的最好的一部, 可說是權威的著作." 자오징선, 「『중국소설사략』에 관하여」(關于『中國小說史略』), 『중국소설총고』, 지난: 치루서사, 1980, 5쪽.

25) 궈위스, 앞의 글, 342~348쪽. 그러나 이러한 평들은 찬사 일변도인 동시에 그 내용 역시 관념적이고, 그런 의미에서 공허하다는 느낌을 지울 수 없다.

다는 주장도 가능하게 된다.

> "현대에 통용되는 소설이란 실제로는 외국으로부터 이식되어 온 새로운 것으로 중국에는 원래 없었던 것이다…… 현대의 문학을 논하는 사람들은 대개 외국의 이른바 소설을 표준으로 삼아 중국의 이른바 소설을 연구하거나 정리하고 있다. 이것은 실제로는 새로운 방법이다. 우리가 이러한 입장에 선다면, 중국에는 5·4운동 이전에는 소설이 없다고 말할 수 있다."[26]

다시 말해서 루쉰이 『중국소설사략』을 쓰기 이전까지 중국에는 통사적通史的인 개념으로 중국소설사를 바라보는 시각이 부재했다고 해도 과언이 아니다. 이것은 루쉰 스스로도 말했던 것으로,[27] 루쉰은 이런 상황하에서 고대의 소설작품들을 선별하는 가운데 "발전에 거스르는 잡다하게 널려 있는 작품들로부터 발전적 방향으로 나아가는 실마리를 찾아"내어,[28] 한 권의 소설사를 완성했던 것이다. 곧 그의 소설 연구가 빛을 발하는 부분은 중국 고대소설 연구에서 전적으로 서구적인 관점에 기대지 않고 중국의 전통적인 소설 관념을 비판적으로 계승하고 있는 데 있다고 할

---

26) "現代通行的小說實在是從外國移植過來的一種新的東西, 在中國原來是沒有的.…現代講文學的人, 大概都是拿外國的所謂小說做標準, 拿來研究或整理中國的所謂小說. 這實在是個新的辦法. 因爲我們假定立在這個立場, 竟可以說中國在五四運動以前沒有小說." 후화이천(胡懷琛), 「중국소설개론」(中國小說概論), 『중국문학팔론』(中國文學八論), 타이베이(台北): 원신출판사(文馨出版社), 1975. 원재(原載) 『중국소설개론』(中國小說概論), 홍콩(香港): 난궈출판사(南國出版社), 1934.

27) "중국의 소설에 대해서는 이제껏 사적으로 고찰해 놓은 저작물이 없었다."(中國之小說自來無史) 『중국소설사략』, 「서언」.

28) "從倒行的雜亂的作品裡尋出一條進行的線索來." 루쉰, 「중국소설의 역사적 변천」, 『중국소설사략』, 301쪽(우리말 번역본, 787쪽).

수 있다.

이것과 연관하여 그의 저작을 통해서 알 수 있는 것은 그가 생각하고 있는 '소설'이라는 것 역시 서구의 근대적인 소설 개념과는 약간 거리가 있다는 것이다. 루쉰은 '소설'이라는 장르에 포함되는 구체적인 작품들의 역사적인 계년을 중국 고대의 신화·전설로까지 끌어올리고 있는데, 이것은 '소설'을 근대 이후의 부르주아 서사시로 파악하는 서구의 계몽주의적 관점과는 사뭇 다른 것이라 할 수 있다. 곧 소설의 인식적 가치에 대해서는 서구로부터의 영향을 인정하고 수용하되, 루쉰이 견지했던 것은 중국 소설사의 고유한 발전모델을 추구하려는 노력에 있었다. 쑨창시의 말을 빌리자면 루쉰이 중국소설사를 개창한 위대한 의의는 "고위금용"古爲今用에 있는 것이다.[29]

3. 소설사 기술의 방책과 『중국소설사략』의 한계

소설이라는 장르는 그 본질과 내용이 쉽사리 정의되지 않을 뿐 아니라 여타 장르와의 교섭과 혼융으로 매우 다양한 양상을 띠고 있다. 그리하여 혹자는 중국소설사를 기술할 때 가장 시급한 문제는 그 개념과 기원에 대한 공통의 인식을 정하는 것이라 주장하기도 했다.[30] 이것은 소설사 전체를 관통하는 어떤 일관된 관점이나 시각이 요구된다는 것을 의미한다. 이것과 연관하여 궈위스는 소설사 편찬의 원칙으로 "대량의 작가 작품과 소설 발전과정의 제 현상에 대한 관찰과 정리, 고구, 평석評析이 기초가 되어

29) 쑨창시(孫昌熙), 『루쉰 "소설사학" 초탐』(魯迅"小說史學"初探), 지난: 산둥교육출판사(山東教育出版社), 1988, 4쪽.
30) 최용철, 앞의 글, 92쪽.

야 할 것"을 들었다.[31] 한편 천핑위안은 하나의 소설사를 포함한 문학사가 지향해야 할 두 가지 층차層次를 다음과 같이 구분한 바 있다. 사고의 수준이 매우 높은 이론 진술로 나아갈 것인가, 그렇지 않으면 실증적 색채가 농후한 전문적인 역사학 저서史學專著를 쓸 것인가?[32] 하지만 그는 자신의 책은 오히려 양자 사이에 끼어 있는 "성실하게 사고한 문학사가의 작업을 기록한 것에 불과하다"고 주장했다.

아울러 천핑위안은 자신이 그동안 앞뒤로 출판한 『중국 소설 서사 양식의 전환』中國小說敍事模式的轉變[33]과 『20세기 중국소설사』二十世紀中國小說史 제1권,[34] 『천고의 문인 협객몽—무협소설 유형 연구』千古文人俠客夢—武俠小說類型研究[35]를 소개하면서, 다음과 같이 말했다.

> "(이 책들은) 비록 똑같은 소설사 연구이긴 하지만, 첫번째 책은 서사학 이론을 도입해 전통문학의 창조적 변화를 부각시키는 데 착안점을 두었으며, 두번째 책은 한 시기에 걸친 문학의 변천 과정을 전 방위적으로 종합하고 소설사의 새로운 체제를 제공하고자 노력했으며, 세번째 책은 문학 내적 연구와 문학 외적 연구를 소통시킴으로써 소설 유형 분석을 위한 하나의 패러다임을 제공하고자 했다."[36]

---

31) "小說史撰述是以對大量的作家作品和小說發展過程諸現象的觀察,整理,考究,評析爲基礎的." 궈위스, 앞의 글, 340쪽.

32) 천핑위안(陳平原), 『소설사: 이론과 실천』(小說史: 理論與實踐), 베이징: 베이징대학출판사(北京大學出版社), 1993, 1쪽. 이 책은 이미 우리말 번역본(박자영, 이보경 공역, 『중국소설사』, 서울: 이룸, 2004)이 나와 있다. 하지만 이 글에서 인용한 우리말 번역은 우리말 번역본에 전적으로 의지하지 않고 약간 손을 보았다.

33) 우리말 번역본은 이종민 옮김, 『중국소설서사학』, 서울: 살림, 1994.

34) 베이징: 베이징대학출판사(北京大學出版社), 1989.

35) 베이징: 런민원쉐출판사(人民文學出版社), 1992.

이러한 천핑위안의 주장은 서구의 방법론을 수용하는 과정에서 중국의 전통적인 문학론을 창조적으로 계승하고, 그 가운데에서 소설사 서술의 근간이 될 만한 중심 이론 틀을 세우되, 궁극적으로는 소설사의 유형 분석에 대한 하나의 패러다임을 제공할 수 있어야 한다는 것으로 요약할 수 있다.

그러나 치위쿤齊裕焜은 이러한 천핑위안의 사론 중심의 소설사 기술 방법에 대해 의문을 제기하였는데, 천핑위안의 방식대로 하면 전반적인 흐름을 파악하기는 용이하나 개별 작품이나 작가에 대한 구체적인 평가는 상대적으로 소홀하거나 무시될 수 있다는 것이다.[37] 그러나 치위쿤의 경우에는 소설사에 등장하는 그 많은 작가와 작품들을 모두 어떻게 평가할 것인가 하는 것과, 또 무엇을 기준으로 평가할 것인가 하는 문제가 떠오르게 된다. 아울러 중국소설사 서술의 특성상 개별 작품에 대한 평가는 소설의 유형별 분석과 맞물려 있는데, 이러한 유형별 분석의 한계를 어떻게 타파해 나갈 것인가 하는 것도 문제가 된다. 결국 양자의 입장은 앞서 천핑위안이 말한 "이론 진술"과 "전문적인 역사학 저서"의 차이로 설명할 수 있으며, 나아가 구체적인 소설사 기술의 일반적인 상황을 대표하는 것이라 할 수 있다.

그런 의미에서 루쉰의 『중국소설사략』은 바로 중국소설사에 대한 최초의 이론적 개괄이라는 데 의의가 있다. 그때까지 오랜 기간 동안 풍부

---

36) "雖然同是小說史研究, 第一本着眼于引進叙事學理論和突出傳統文學的創造性轉化, 第二本力圖全方位綜合把握一段文學進程幷創建新的小說史體例, 第三本則希望溝通文學的內部研究和外部研究, 幷提供一個小說類型分析的範例." 천핑위안, 앞의 책, 1쪽(우리말 번역본, 6쪽).

37) 이것은 1996년 7월에 다롄(大連)에서 열린 명청소설 국제회의에서 치위쿤 선생이 발언한 것이다. 자세한 것은 최용철이 정리한 회의보고를 참고할 것(최용철, 「다롄 명청소설 국제회의」, 『중국소설연구회보』 제27집, 1996년 9월).

한 창작 실천으로 헤아릴 수 없을 정도로 쏟아져 나왔던 중국의 고대소설들의 범주를 확정하고, 구체적인 작품에 대한 비평과 감상을 통해 소설의 효용과 특질을 논구論究한 것은 확실히 루쉰의 공으로 돌려야 할 것이다. 그는 우선 소설의 특징으로 "작의성"作意性과 "고사성"故事性을 내세움으로써 중국소설의 개념의 범주를 확정했으며, 아울러 중국소설의 기원을 발전사적 입장에서 신화, 전설에 두었다. 특히 "작의성"에 대한 강조는 『중국소설사략』의 곳곳에서 찾아볼 수 있는데, 당대의 전기를 운위하면서 전기가 지괴와 구별되는 가장 두드러진 특징으로 거론했던 "의식적으로 소설을 짓게 되었다"有意爲小說는 것은 이에 대한 직접적인 예가 된다고 할 수 있다.[38]

다른 한편으로 루쉰이 『중국소설사략』을 쓴 것은 당시 문예계에 팽배해 있었던 백화문학白話文學에 대한 중시의 일환이었다고 할 수 있는데, 이것은 백화문학을 처음으로 주창하고 나섰던 후스胡適의 공로와도 비견할 만한 것이다. 그리하여 루쉰은 백화소설을 논술의 중점으로 삼고, 약간의 소설유형의 연진을 주요 틀거리로 삼았다.[39] 그럼에도 『중국소설사략』에서 구어문학口語文學에 대한 본격적인 조명은 사실상 초보적인 단계에 놓여 있었다고 할 수 있는데, 이것은 루쉰이 『중국소설사략』을 썼을 당시의 여러 가지 여건으로 미루어 불가피한 것이었는지도 모른다. 『중국소설사략』이 안고 있는 이러저러한 한계는 이밖에도 많은데, 그 가운데 대표적인 것 몇 가지를 들어 보자면 다음과 같다.

첫째 중국소설사를 왕조별로 기술하여 중국소설의 발달과정이 지나

38) 『중국소설사략』 제8편 "당의 전기문(상)".
39) 천핑위안, 앞의 책, 205쪽.

치게 평면적으로 이해될 수 있는 소지가 있다. 중국소설사의 시기구분에 대해서는 루쉰이 1930년 11월 25일 밤에 쓴 『중국소설사략』의 「제기」題記에서 "조대朝代별로 쓴 소설사가 있어야 한다"[40]고 말한 바 있다. 곧 루쉰은 소설사를 서술하면서 조대와 소설의 관계에 주목하였던 것이다. 혹자는 루쉰이 이에 머물지 않고 소설 자체의 발전으로 역사의 단계를 획분하기도 했다고 주장하기도 했지만,[41] 『중국소설사략』이 주로 왕조의 변천에 따라 서술되었다는 것은 부인할 수 없는 사실이다. 물론 이러한 왕조사王朝史적 기술은 중국문학사뿐만 아니라 여타 장르의 시기구분에서도 전형적으로 나타나는 것이라 할 수 있다. 이것은 문학과 정치의 관계가 중국에서 각별했다는 것을 의미하며, 나아가 그러한 서술방식이 당시로서는 최선이었을지도 모른다. 이러한 특수성을 감안하더라도 루쉰이 왕조사적 기술을 소설사에 기계적으로 적용한 것은 문제가 있다고 할 수 있다.

둘째 전체적으로 중화주의적인 관점에 머물러 있어 중국 내의 여타 민족의 소설사가 철저하게 무시되고 있다. 물론 여기에서 말하는 중화주의적 관점이라는 것을 한족漢族 문화에 대한 자긍심의 발로라고도 볼 수도 있다. 그러나 실제로는 유사 이래로 중국에서는 여러 민족들이 각축을 벌여 왔으며, 실제로 한족 이외의 민족들이 중국의 문화 형성에 끼친 영향은 쉽사리 무시할 수 없는 측면이 많다. 그런 측면에서 흔히 소수민족이라 일컬어지는 중국 내 이민족異民族의 서사문학에 대한 조명은 그 자체로서

40) "當有以朝代爲分之小說史." 『중국소설사략』, 3쪽(우리말 번역본, 21쪽).

41) "시대를 날줄로 삼고 작품의 유형을 씨줄로 삼는 획분법은 시대를 중시하되, 조대로 획분하는 것은 아니며, 오히려 소설 자체의 자연적인 발전단계를 더욱 존중하여, 그로부터 과학적인 소설 발전분기의 완정한 틀을 세우게 되는데, 어쩌면 그러한 틀을 '좌표'라고 부를 수 있겠다."(這種以時代爲經, 作品類型爲緯的劃分法, 固然重視時代, 而不以朝代劃分, 但却更尊重小說自身的自然的發展階段, 從而建立起一個科學的小說發展分期的完整框架或者把它叫做'座標'. 쑨창시, 앞의 책, 7쪽)

의 의의뿐만 아니라 중국소설의 발전과정을 밝히는 데 있어 중요한 고리 역할을 할지도 모른다.

셋째 앞서도 소략하게 언급한 바 있듯이, 『중국소설사략』은 주로 문인들의 손에 의해 문자화된 작품들을 위주로 서술되었기에, 설화문학 등 구어로 연행되었던 작품들이 소홀히 다루어졌다. 특히 현재 그 의의와 중요성이 새롭게 조명되고 있는 둔황敦煌의 민간문학 자료에 대해서 아무런 언급이 없다는 것은 『중국소설사략』이 가진 여러 가지 장점에도 불구하고 그대로 지나칠 수 없는 중대한 결함이라고 할 수 있다.[42]

넷째 구체적인 작품에 대한 평이 편파적인 경우가 있다. 이를테면 명대의 대표적인 백화단편소설집인 『삼언』三言과 『이박』二拍을 비교하면서, 『삼언』에 대해서는 극찬을 아끼지 않은 반면 『이박』에 대해서는 평가가 인색한데,[43] 실제로 그 작품들을 읽어 보면 어떤 면에서는 오히려 『이박』이 더 뛰어난 측면을 갖고 있는 경우도 발견할 수 있다. 동일한 작품을 놓고 평가가 엇갈리는 것이야 항용 있을 수 있는 일이라 할 수 있지만, 『중국소설사략』의 경우에는 루쉰이 해당 작품에 내린 평가가 그 이후까지 영향력을 미쳐 후대의 평자들을 좌지우지하는 것이 문제이다. 그리하여 후대의 소설사에서는 개별 작품에 대한 평가가 주로 해당 부분에 대한 루쉰의 평을 먼저 인용하는 것으로 시작된다. 이것은 앞서 말한 바대로 『중국소

42) 물론 이것은 루쉰의 개인적인 잘못이라기보다는 둔황 자료에 대한 수집과 열람 자체가 불가능하거나 매우 어려웠던 당시의 사회상황 탓으로 돌려야 할 것이다. 그렇다고 한다면 향후의 소설사에서라도 그에 대한 본격적인 조명과 연구가 뒤따라야 할 것이나, 실제로는 그렇지 못한 것이 사실이다. 이것은 소설사 서술의 관점에 관련된 문제로, 문자가 아닌 구어로 전승된 자료에 대한 폄하와 그 가치에 대한 인색한 평가가 그 주요 원인이 될 것이다.

43) "얼마 안 되어 『이각』(二刻) 39권이 나왔는데,…… 그러나 서술이 평범하면서도 진부하고 인증이 빈약하여 『성세항언』에 미치지 못한다."(旣而有『二刻』三十九卷,…然叙述平板, 引證貧辛, 不能及也. 『중국소설사략』, 200~201쪽)

설사략』이 단순한 소설사의 차원을 넘어 하나의 정전으로까지 떠받들어지고 있다는 것을 의미하기도 한다. 정전은 인용자에게 함부로 넘볼 수 없는 권위를 부여해 주기도 하지만, 때로는 게으른 연구자들의 타성을 합리화시켜 주는 안전판 노릇을 하기도 하는 것이다.

다섯째 그는 소설사의 기술을 유형론적인 관점에서 다루고 있는데, 이러한 방법은 구체적인 작품에 대한 독자들의 이해를 지나치게 편면적으로 몰아갈 우려가 있다. 물론 이러한 유형론적인 접근이 갖고 있는 강점이 없는 것은 아니나, 이로 말미암아 하나의 소설 작품이 편면적으로 이해될 수도 있으며, 근본적으로 각각의 유형들 사이의 차별성과 넘나듦이 불분명할 수밖에 없다는 약점이 있다. 그럼에도 불구하고 루쉰 스스로가 『중국소설사략』을 기술하면서 만들어 낸 여러 가지 소설 유형에 대한 명칭들은 이후의 소설사에서도 그대로 쓰이고 있다. 그 대표적인 것이 "신마소설"神魔小說이니, "인정소설"人情小說, "협의소설"俠義小說과 같은 용어들이다. 루쉰 이후에 나온 소설사들은 거의 모두가 『중국소설사략』의 유형론적 기술 방식을 채용하여 서술되었는데, 더욱 문제가 되는 것은 대부분의 소설사가들이 이러한 기술 방식에 대해 전혀 문제 제기를 하지 않거나 찬양 일변도로 나아가 소설사를 새롭게 쓰려는 시도를 하지 않고 있다는 것이다. 천핑위안은 루쉰의 소설 유형 설계의 특징에 대해 다음과 같이 말했다.

> "우선 루쉰은 중국소설 유형의 연구를 위해 기본적인 체례를 처음으로 수립하였다.……루쉰이 소설사를 지은 것은 류셰劉勰가 문체론을 지은 것과 달라, '문장을 가려 뽑아 편장을 정한 것'이 아니라 '문장을 논하여 편장의 균형을 잡은 격'이었다.……다음으로 소설 유형의 흥기를 논술할 때 루쉰은 대부분 문학 전통과 문화 사조라고 하는 두 가지 방면으로

부터 고찰하였다.……셋째, (루쉰은) 동일한 유형의 소설은, 제재가 서로 비슷하고, 표현방식이 비슷할 수는 있지만 그 예술적 가치는 동일선상에서 이야기할 수 없고, 이것은 소설사가의 예술적 감각과 역사에 대한 식견에 달려 있다(고 주장했다).…… 넷째, (루쉰은) 유형 연구를 할 때 기계적이고 생경하면서 억지스럽게 적용하는 것을 피해야 하는데, 문학은 발전하는 것이고, 소설 유형 역시 부단히 변화하는 것이기에, 소설사가는 반드시 이러한 여러 가지 '변형'들을 똑바로 봐야 한다(고 주장했다)."[44]

이런 식으로 『중국소설사략』을 긍정적인 측면에서만 바라본 것은 결국 후대의 연구자들에게 부정적으로 작용했다.

이밖에도 『중국소설사략』에는 몇 가지 해결되지 않은 문제점들이 내재해 있다. 그러나 이것들은 주로 루쉰이 『중국소설사략』을 집필했을 당시의 객관적 조건의 한계로 말미암은 것이라 할 수 있다. 곧 소설사 기술에 절대적으로 필요한 원자료의 소략함과 불비不備함은 루쉰 스스로도 절감하고 인정했던 부분이다. 이에 대해서는 루쉰 자신뿐 아니라 『중국소설사략』이 나왔을 당시부터 수많은 소설연구가들에 의해 지적된 바 있다.[45] 특히 루쉰과 가까운 시기와 동시기의 자료들에 대해서는 오히려 루쉰의 힘이 미치지 못해, 루쉰 이후에야 비로소 장족의 발전을 보인 청말淸末 소

44) 首先, 魯迅爲中國小說類型的硏究創立了基本體例.… 魯迅著小說史, 不同于劉勰的作文體論, 不是"選文以定篇", 而是"論文而衡篇…其次, 在論述小說類型的崛起時, 魯迅大都從文學傳統與文化思潮兩方面來考察.…第三, 同一類型的小說, 可能題材相近, 表現方式相近, 可藝術價値不可同日而語. 這就靠小說史家的藝術感覺和史識了.…第四, 類型硏究切忌生搬硬套, 文學在發展, 小說類型也在不斷演變, 史家必須正視各種'變形'." 천핑위안, 앞의 책, 209~212쪽. 우리말 번역본은 293~299쪽.

설 부분의 기술은 많이 수정되어야 한다.[46)]

따라서 『중국소설사략』 자체의 족적과 폐해를 논한다면 사실은 루쉰이라는 사람에 대한 당시의 객관적 상황 하에서의 평가가 동시에 이루어져야 할 것이다. 이것은 역사적 상대성 문제와도 연결되는데, 곧 당대當代는 당대의 시각으로 보아야 한다는 것이다. 그런 면에서 보자면 루쉰이나 그의 『중국소설사략』에 대한 공정한 평가는 아직까지도 이루어지지 않았는지도 모를 일이다. 이것은 사실 중국 내부의 문제에 기인하기도 하는데, 루쉰 사후에 막바로 치러야 했던 크고 작은 전쟁과 건국의 진통, 그리고 무엇보다 문혁文革 기간 동안의 공백 등이 그것이다. 이런 저간의 사정으로 말미암아 루쉰에 대한 공정한 평가나 『중국소설사략』을 넘어서는 소설사의 등장이 제대로 이루어지지 않았던 것이다.

4. 맺음말

중국은 오랜 역사를 가진 나라이다. 그런 만큼 그 문학사 역시 장구한 전통과 역사를 갖고 있으며, 이것은 소설의 경우도 예외가 아니다. 그토록

---

45) 루쉰이 생전에 몇 차례에 걸쳐 『중국소설사략』을 수정한 것은 그 체례상의 문제라든가 소설사관에 관계된 것이 아니라 당시 새롭게 발견된 자료라든가 사실에 입각해 내용을 새롭게 기술한 것이 대부분이었다. 이를테면 마롄(馬廉)의 『청평산당화본』(淸平山堂話本) 잔본(殘本)의 출간이라든가, 정전둬(鄭振鐸)에 의해 『사유기』(四遊記) 중의 『서유기』(西遊記)는 오승은(吳承恩) 『서유기』의 절록이라는 사실이 밝혀진 것, 그리고 『금병매사화』(金瓶梅詞話)의 발견 등이 그러하다. 이에 대해서는 루쉰이 『중국소설사략』 일역본의 출간을 기념해 써 보낸 「『중국소설사략』 일본어 번역본 서」(『차개정잡문 2집』, 『루쉰전집』 6권, 347쪽)에 간략하게 기술되어 있다.
또 자오징선이 1945년에 쓴 「『중국소설사략』에 관하여」(『중국소설총고』, 지난: 치루서사, 1980)와 같은 이의 『중국소설사략방증』(中國小說史略旁證; 시안西安: 산시런민출판사陝西人民出版社, 1987) 후미의 황창(黃强)에게 보내는 편지 등도 참고할 만하다.

46) 자세한 것은 이마무라 요시오, 일역본 『중국소설사략』 제28편 역주 32)를 참고할 것(우리말 번역본은 779쪽 주 97).

오랜 역사를 가지고 있는 만큼 통사적인 의미에서의 소설사를 기술하는 데 있어 가장 큰 문제가 되는 것은 전체를 관통하는 일관된 시각이라 할 수 있다. 그러한 시각 가운데 주요한 몇 가지를 가려 보면, 우선적으로 떠오르는 것이 '소설'이라는 장르의 범위와 그 내용적 함의에 대한 온당한 규정이다. 그 다음으로는 방대한 작품들에 대한 실제 비평을 들 수 있다. 중국소설사의 특징 가운데 하나는 역사가 오랜 만큼 그 대상이 되는 작품들이 헤아리기 어려울 정도로 많다는 것이다. 그렇듯 많은 작품들 가운데 옥석을 가려 의미를 부여하는 작업은 보통의 공력을 요하는 일이 아니다. 이렇게 볼 때 최초의 소설사를 기술하는 연구자에게 요구되는 덕목은 단순히 이론적인 차원에만 머무를 수 없게 된다. 그런 의미에서 『중국소설사략』의 저자인 루쉰이 그런 요구에 부응할 만한 자격을 갖추고 있다는 것은 그의 손에 의해 최초의 중국소설사가 나온 이래 후대에 끼친 영향으로 충분히 미루어 볼 수 있다.

그러나 다른 한편으로 루쉰의 소설사 서술의 견고함과 완정성은 후대의 연구가들에게 지향해야 할 하나의 좌표를 제공했다는 점에서 긍정적인 의의를 갖고 있는 동시에 이미 정해진 틀 안에서 전대의 성과를 답습케 하는 폐해도 가져왔다. 그리하여 소설연구가들은 루쉰이 설정해 놓은 범주와 틀 안에서 안이하게 소설사를 농단하고 작품을 평가하는 우를 범하는 지경에까지 이르게 되었던 것이다. 이것은 주로 소설사가로서의 루쉰에 대한 신비화나 최초의 소설사로서의 『중국소설사략』에 대한 경전화가 주된 요인으로 작용했기 때문이라고 할 수 있다. 따라서 새로운 소설사의 서술을 위해서는 그것을 기초했던 루쉰의 중국소설사학에 대한 공정한 평가, 곧 『중국소설사략』에 나타나 있는 긍정적인 측면과 부정적인 측면에 대한 비판적 검토가 앞서야 할 것이다. 이 글에서는 그러한 작업의 일환으로 『중국소설사략』의 성서成書 과정과 이후의 소설사에 끼친 영향 등 이 저작이 갖고 있는 의의뿐만 아니라, 후대의 연구성과를 바탕으로 『중국소설사략』이 안고 있는 문제점들을 차례로 짚어보았다. 새롭게 씌어질 중국소설사는 이러한 논의들을 바탕으로 서술방향이 제시될 것이며, 그 내용적 함의 역시 풍부해질 것이다.

(『중국소설논총』 제6집, 1997년 3월)

:: 참고문헌

1. 중국소설사류(中國小說史類)

1) 탄정비(譚正璧), 『중국소설발달사』(中國小說發達史), 상하이(上海): 광밍서국(光明書局), 1935. (台灣版 譚嘉靖, 『中國小說發達史』, 台北: 啓業書局, 1979.)
2) 궈전이(郭箴一), 『중국소설사』(中國小說史), 상우인서관(商務印書館), 1939. (台北: 商務印書館, 1981.)
3) 멍야오(孟瑤), 『중국소설사』(中國小說史), 타이베이(台北): 좐지원쉐출판사(傳記文學出版社), 1980.
4) 베이징대 중문과(北京大中文系), 『중국소설사』(中國小說史), 베이징(北京): 런민원쉐출판사(人民文學出版社), 1978.
5) 치위쿤(齊裕焜) 주편(主編), 우샤오루(吳小如) 심정(審訂), 『중국고대소설연변사』(中國古代小說演變史), 둔황원이출판사(敦煌文藝出版社), 1990.
6) 쉬쥔후이(徐君慧), 『중국소설사』(中國小說史), 광시자오위출판사(廣西教育出版社), 1991.
7) 리후이우(李悔吾), 『중국소설사만고』(中國小說史漫稿), 후베이자오위출판사(湖北教育出版社), 1992.
8) 아잉(阿英), 『만청소설사』(晚淸小說史), 상우인서관(商務印書館), 1937. (우리말 번역본은 『중국근대소설사』, 서울: 정음사, 1987.)
10) 왕하이린(王海林), 『중국무협소설사략』(中國武俠小說史略)』, 베이웨원이출판사(北岳文藝出版社), 1988.
11) 황옌바이(黃岩栢), 『중국공안소설사』(中國公案小說史), 랴오닝런민출판사(遼寧人民出版社), 1991.

12) 왕셴페이(王先霈), 저우웨이민(周偉民), 『명청소설이론비평사』(明清小說理論批評史), 화청출판사(花城出版社), 1988.
13) 팡정야오(方正耀), 『중국소설비평사략』(中國小說批評史略), 중궈서후이커쉐출판사(中國社會科學出版社), 1990.
14) 천첸위(陳謙豫), 『중국소설이론비평사』(中國小說理論批評史), 화둥사범대학출판사(華東師範大學出版社), 1989.
15) 탄펑량(談鳳梁), 『중국고대소설간사』(中國古代小說簡史), 난징(南京): 장쑤교육출판사(江蘇教育出版社), 1988.

2. 루쉰(魯迅)에 대한 1차 자료

1) 루쉰(魯迅), 『중국소설사략』(中國小說史略), 베이징(北京): 신조사(新潮社), 1923(初版).
2) 루쉰, 『중국소설사략』(中國小說史略), 『루쉰전집』(魯迅全集) 8권(八卷), 런민원쉐출판사(人民文學出版社), 1957.
3) 루쉰, 『중국소설사략』, 『루쉰전집』 9권(九卷), 런민원쉐출판사(人民文學出版社), 1981.
4) 루쉰, 『중국소설사략』, 『루쉰전집』 9권, 런민원쉐출판사, 2005.
5) Lu Hsun, *A Brief History of Chinese Fiction*, translated by Yang Hsien-yi and Gladys Yang, Peking: the Foreign Language Press, First Edition 1959. Third Edition 1976. Second Printing 1982.
6) Lu Hsun, "The Historical Development of Chinese Fiction", translated by Yang Hsien-yi and Gladys Yang, *Chinese Literature*, Nos. 5.6, 1958, Peking: Foreign Language Press.
7) 루쉰, 『중국소설의 역사적 변천』(中國小說的歷史的變遷), 홍콩(香港): 중류출판사(中流出版社), 1973; 『루쉰전집』(魯迅全集) 9권(九卷), 런민원쉐출판사(人民文學出版社), 1981.
8) 루쉰, 「육조소설과 당대 전기문은 어떻게 다른가?」(六朝小說和唐代傳奇文有怎樣的區別), 『차개정잡문 2집』(且介亭雜文二集), 『루쉰전집』 6권(六卷), 런민원쉐출판사, 1981.
9) 루쉰, 「『유선굴』(游仙窟) 서(序)」, 『집외집습유』(集外集拾遺), 『루쉰전집』 7권(七卷), 런민원쉐출판사, 1981.
10) 루쉰, 「송대 민간의 이른바 소설 및 그 이후」(宋民間之所謂小說及其後來), 『무덤』(墳), 『루쉰전집』 1권(一卷), 런민원쉐출판사, 1981.
11) 루쉰, 「『당삼장취경시화』의 판본에 관하여」(關於『唐三藏取經詩話』的板本), 『이심집』(二心集), 『루쉰전집』 4권(四卷), 런민원쉐출판사, 1981.
12) 루쉰, 「『삼장법사 불경 취득기』 등에 대해서」(關於『三藏取經記』等), 『화개집속편』(華蓋集續編), 『루쉰전집』 3권(三卷), 런민원쉐출판사, 1981.

13) 루쉰, 「『중국소설사략』 일역본 서문」(『中國小說史略』日本譯本序), 『차개정잡문 2집』, 『루쉰전집』 6권, 런민원쉐출판사, 1981.

14) 「소설목록 2건」(小說目錄二件), 『위쓰』(語絲).

15) 루쉰, 마스다 와타루(增田涉) 역, 『중국소설사』(支那小說史), 도쿄(東京): 사이렌샤(賽棱社), 1935.

16) 이마무라 요시오(今村與志雄), 「『중국소설사략』에 관하여」(『中國小說史略』について), 『중국소설사략』(中國小說史略), 『루쉰전집』 11권, 도쿄: 가쿠슈겐큐샤(學習研究社), 쇼와(昭和) 61년(1986).

3. 루쉰의 소설사학(小說史學)에 관한 논문들

구능(顧農), 「루쉰과 후스의 『서유기』에 관한 통신과 논쟁」(魯迅與胡適關于『西遊記』的通信及爭論), 부인보간 『중국고대 · 근대문학연구』(復印報刊『中國古代 · 近代文學研究』), 1981.

궈위스(郭預適), 「『중국소설사략』의 중대한 공헌」(『中國小說史略』的重大貢獻), 『중국고대소설론집』(中國古代小說論集), 상하이(上海): 화둥사범대학출판사(華東師範大學出版社), 1985.

란톈(藍天), 「'수호학'사상 세번째 금자탑(상). 루쉰의 「수호」 평론」('水滸學'史上的第三座豊碑(上). 論魯迅研評「水滸」), 부인보간 『중국고대 · 근대문학연구』, 1986. 3.

루궁(路工), 「『중국소설사대략』부터 『중국소설사략』까지」(從『中國小說史大略』到『中國小說史略』), 『문물 · 혁명문물특강』(文物 · 革命文物特刊), 1972. 5.

뤼푸탕(呂福堂), 「『중국소설사사략』의 판본연변」(『中國小說史略』的版本演變), 『루쉰저작판본총담』(魯迅著作版本叢談), 수무원셴출판사(書目文獻出版社), 1983. 8.

산옌이(單演義), 『중국현대문예자료총간』(中國現代文藝資料叢刊) 4, 1979. 10. (재간再刊 산시런민출판사陝西人民出版社, 1981.)

샤오샹카이(蕭相愷), 장훙(張虹), 「중국소설의 근대화—고대 · 근대 소설사의 분계를 논함」(中國小說的近代化—試論古,近代小說史的分界), 『중국고전통속소설사론』(中國古典通俗小說史論), 난징(南京): 난징출판사(南京出版社), 1994.

쉬유궁(許友工), 「루쉰은 『성세인연전』을 보지 못했나?」(魯迅沒見過『醒世姻緣傳』麼?), 부인보간 『중국고대 · 근대문학연구』, 1987. 3.

쑨창시(孫昌熙), 『루쉰 "소설사학" 초탐』(魯迅"小說史學"初探), 지난(濟南): 산둥교육출판사(山東教育出版社), 1988.

아잉(阿英), 「『중국소설사략』에 관하여」(關於『中國小說史略』). [원재(原載) 『소설삼담』(小說三談), 상하이(上海): 상하이구지출판사(上海古籍出版社), 1978; 『소설한담사종』(小說閒談四種), 상하이: 상하이구지출판사, 1985에 합본으로 재수록]

양쯔젠(楊子堅), 『신편중국고대소설사』(新編中國古代小說史), 난징(南京): 난징대학출판사(南京大學出版社), 1990.

어우양젠(歐陽健), 「루쉰은 『수호』를 어떻게 평했는가?」(魯迅是怎樣評論「水滸」的?), 부인보간 『중국고대 · 근대문학연구』, 1981. 24.

어우양젠, 「루쉰이 『수호』를 평한 문제에 대해 황난산 동지에 답함」(就魯迅評論『水滸』問題答黃南山同志), 부인보간 『중국고대 · 근대문학연구』, 1983. 9.

왕딩톈(王定天), 「『중국소설사략』에 포함된 형식 사상」(『中國小說史略』包含的形式思想), 『중국소설의 형식 시스템』(中國小說形式系統), 상하이: 쉐린출판사(學林出版社), 1988.

왕융성(王永生), 「루쉰의 『서유기』론」(魯迅論『西遊記』), 부인보간 『중국고대 · 근대문학연구』, 1982. 16.

왕융성, 「루쉰의 『수호』론」(魯迅論『水滸』), 부인보간 『중국고대 · 근대문학연구』, 1983. 8.

자오징선(趙景深), 「루쉰의 『소설사대략』을 말한다」(談魯迅的『小說史大略』), 『중국소설사략방증』(中國小說史略旁證), 산시런민출판사(陝西人民出版社), 1987.

자오징선, 「중국소설사가 루쉰선생」(中國小說史家的魯迅先生), 『중국소설총고』(中國小說叢考), 지난(濟南): 치루서사(齊魯書社), 1980.

자오징선, 『중국소설사략방증』(中國小說史略旁證), 산시런민출판사(陝西人民出版社), 1987.

자오징선, 「『중국소설사략』에 관하여」(關于『中國小說史略』), 『중국소설총고』(中國小說叢考), 지난: 치루서사, 1980.

장궈광(張國光), 「루쉰과 『삼국연의』—겸하여 루쉰의 고전문학 연구 유산을 어떤 식으로 정확하게 계승할 것인가를 논함」(魯迅與『三國演義』. 兼談如何正確繼承魯迅研究古典文學遺産的問題), 부인보간 『중국고대 · 근대문학연구』, 1983. 12.

장궈광, 「신판 『루쉰전집』 주석은 마땅히 정밀하게 해야 한다—『수호』와 김성탄 조목의 주에 대한 논의」(新版『魯迅全集』註釋還應精益求精—關于『水滸』與金聖嘆條目注文的商榷), 부인보간 『중국고대 · 근대문학연구』(復印報刊『中國古代 · 近代文學研究』), 1982. 11.

천간(陳澉), 「루쉰과 호적의 『서유기』 연구 비교」(魯迅與胡適『西游記』研究比較), 부인보간 『중국고대 · 근대문학연구』, 1991. 8.

천빙시(陳炳熙), 「『중국소설사략』 습유」(『中國小說史略』拾遺), 부인보간 『중국고대 · 근대문학연구』, 1989. 5.

황난산(黃南山), 「루쉰은 『수호』를 어떻게 평론했나?」(魯迅是這樣評論『水滸』的麽?), 부인보간 『중국고대 · 근대문학연구』, 1982. 22.

후화이천(胡懷琛), 「중국소설개론」(中國小說概論), 『중국문학팔론』(中國文學八論), 타이베이(台北): 원신출판사(文馨出版社), 1975. [원재(原載) 『중국소설개론』(中國小說概論), 홍콩(香港): 난궈출판사(南國出版社), 1934.]

세번째 판의 옮긴이의 글

한 권의 저서를 번역하고 나서 세번째 판을 내게 되었다. 상업적인 측면만을 고려한다면 있을 수 없는 일이다. 하지만 어쩌다 보니 세번째 판의 옮긴이 글을 쓰게 된 것은 그만큼 운이 좋아서일까? 첫번째 판을 내고 5년 만에 두번째 판을 내고, 이제 6년 만에 세번째 판을 다시 손보고 있다.

번역의 끝이란 게 있을까? 옮겨놓고 나서 돌아서면 나타나는 오탈자에 오역까지. 애당초 시작을 하지 않았다면 모를까, 이것도 인연이라면 인연일 텐데, 끝없이 이어지는 이런저런 문제들로 뭔가에 들씌운 듯 헤어나지 못한다. 첫번째 판에서의 잘못과 부족한 부분을 두번째 판에서는 거의 해결했다고 생각했는데, 아뿔싸 문제가 여전히 남아 있을 줄이야. 여전히 남아 있는 잘못과 소홀한 부분들에 정신이 아뜩해지고 등에는 식은 땀이 가시지 않는다.

어찌 되었든 이번에 국내 최초로 『루쉰전집』이 출간되는데, 이 책도 이름을 올리게 되어 다시 한번 판을 새롭게 낼 기회를 잡게 되었다. 두번째 판을 내고 난 뒤 마음에 걸려 있던 문제들을 이번 기회에 해결할 수 있게 되었으니 천만다행이라 할까? 그럼에도 방심할 수는 없다. 또 어딘가에 남아 있을 오역과 잘못들은 여전히 우리를 비웃고 있을 것이다.

2011년 8월 23일 옮긴이 조관희

두번째 판의 옮긴이의 글

첫번째 판을 낸 지 꼭 5년 만에 두번째 판을 손보게 되었다. 그동안 우여곡절을 겪은 뒤 출판사도 옮기게 되었고, 마음만 먹고 있던 수정 증보 작업도 미흡하나마 마무리지었다.

수정한 내용은 주로 틀린 글자를 찾아내어 바로잡는 일과 일본어 인명과 서명을 원어로 고쳐내는 일에 집중되었다. 첫번째 판을 내면서 틀린 글자를 찾아낸다고 했지만 그럼에도 잘못된 부분이 너무나 많이 눈에 띈 것으로 보아 필시 글과 글 사이에는 우리가 알지 못하는 무언가가 있어 우리의 눈을 흐리게 한다는 말이 꼭 빈말만은 아니라는 생각이 들게 하기도 한다. 특히 일본어 인명과 서명을 고치는 데에는 일본 홋카이도대 박사과정에 재학 중인 한혜인 선생이 많은 수고를 해주었다. 일본어에 어두운 옮긴이로서는 한혜인 선생의 도움이 없었으면 해낼 수 없었을 것이다. 이 자리를 빌려 고마운 뜻을 전한다.

중국어 인명의 경우는 관행대로 20세기 이전의 경우는 한자음으로 읽고 근대 이후의 경우는 원어대로 읽어주려 하였으나 여기에도 두 가지 난점이 있었으니, 그 하나는 통일된 우리말 표기법이 없다는 것이요, 다른 하나는 20세기를 기준으로 그 이전과 그 이후를 나누는 데 있어서의 애매함이 그것이다. 첫번째 경우 그동안 이에 대한 설왕설래는 있었으되, 연구자들 사이에 서로 머리를 맞대고 진지하게 이에 대한 사심 없는 논의를 진행하고자 하는 노력은 없고 남들이야 뭐라고 할 값에 자신의 입장만을 고수하겠다는 아집만이 유관 학계에 팽배해 있음을 확인했을 따름이고, 두번째 경우에는 이 책의 마지막 부분인 청말과 민국 초의 소설가들의 경우 이들을 어찌 처리해야 하는지 난감한 상황이 벌어졌다. 그리하여 첫번째 경우 불만스런 점이 많이 있음에도 불구하고 할 수 없이 정부안을 따랐고, 두번째 경우 19세기와 20세기에 걸쳐 활동했던 이들을 어떻게 처리할 것이냐 하는 게 문제가 되는데, 이 책에서는 더 큰 혼란을 막기 위해 잠정적으로 한자음 그대로 내버려두었다.

아울러 내용상 미비한 점도 보충한다고 했으나 역시 의도했던 만큼 결과가 만족스럽지는 못한 것은 옮긴이의 공부가 부족한 탓으로 돌려야 할 것이다. 그 와중에 서구 학자들의 연구 성과도 반영하고자 하였으나 이것 역시 소략함을 면하지 못한 듯하여 얼굴이 화끈거릴 따름이다. 여기에서 진지한 태도로 이 책에 대한 서평을 써준 이등연 선생에게 고마운 뜻을 전해야 할 것이다. 이등연 선생은 본인의 말마따나 의례적인 주례사 서평을 지양하고 그야말로 엄밀한 태도로 이 책의 부족하고 잘못된 부분들을 상세하게 짚어내어 두번째 판을 내는 데 있어 결정적인 공헌을 했다고 할 수 있다. 주마가편 격으로 이등연 선생의 사심 없는 질책이 그나마 이 책이 갖고 있는 여러 가지 부족한 점을 채울 수 있는 하나의 동력이 되었다.

하지만 뉘 알겠는가? 이런 저런 주위 사람들의 도움에도 불구하고 이 책에는 아직도 찾아내지 못한 틀린 글자와 해결되지 않은 내용상의 미비점이 여전히 존재할 것이다. 이 모든 것은 애당초 미욱하기 그지없는 옮긴이의 나태함과 무능함에 바탕한 것일 터, 누구를 원망하고 누구를 탓할 것인가? 부족한 재주에 욕심은 한량없으니 갈 길은 먼데 해는 서산에 걸려 길 떠난 이 공연한 조바심에 가을은 깊어만 가는데,……

2003년 10월 27일 옮긴이

첫번째 판의 옮긴이의 글

우리나라에서의 중국소설 연구는 오랜 역사를 갖고 있다. 하지만 근대적인 의미에서 새로운 학문적 방법론에 입각한 연구가 본격적으로 시작된 것은 오히려 그 역사가 일천하다고 할 만하다. 이러한 상황은 중국에서도 마찬가지라 할 수 있는데, 본격적인 중국문학사나 중국소설사가 나온 것은 금세기 초로, 그것도 외국인들에 의해 작업이 시작되거나 그로 인한 자극을 받아 시작되었다. 이러한 사실은 루쉰 역시 이 책의 서언에서 밝힌 바 있다. 사실 이 책이 나오기 이전에도 중국소설사에 대한 저작이 전혀 없었다고는 할 수 없다. 그러나 루쉰이 말한 것처럼 그것들은 본격적인 소설사라 할 수 없는 것들로, 루쉰의 『중국소설사략』(이하 『사략』으로 약칭함)이야말로 통사적인 입장에서 기술한 최초의 소설사라 할 수 있다(루쉰의 『사략』이 이루어지기까지의 과정과 그 의의에 대해서는 이 책의 말미에 옮긴이가 논문의 형식을 빌려 '해제'를 실어놓은 것이 있으므로 여기에서는 상세한 언급을 하지 않기로 하겠다).

애당초 루쉰이 『사략』을 쓴 것은 자신의 강의교재로 쓰기 위해서였다. 그래서 제목도 본격적인 『중국소설사』가 아닌 "중국소설사에 대한 대략적인 서술"이라는 의미를 지닌 『중국소설사략』이라 붙인 것이다. 그러나 루쉰의 소박한 의도와는 달리 이 책이 이후의 중국소설 연구에 끼친 영향은 절대적인 것이다. 루쉰 이후에도 중국에서는 몇 종류의 중국소설사가 나온 바 있으나, 시대구분이나 서술방식 등 기본적인 골격은 대체로 『사략』을 따르고 있으며, 그런 의미에서 루쉰의 소설사 서술에 대한 논의는 중국소설을 연구하는 학자들 사이에서 아직도 시의를 잃지 않는 화두로 남아 있는 형편이다. 나아가 근래에 들어서는 중국의 소설연구자들 사이에 자신들의 의식에 깊게 각인되고 짙게 드리워진 루쉰의 그림자를 걷어내고 새로운 소설사를 저술하려는 움직임마저 일고 있다. 한 마디로 루쉰의 『사략』은 20세기 한 세기를 풍미하면서 중국소설사 연구에 절대적인 영향력을 발휘했던 걸출한 저작이라 할 수 있는 것이다.

이러한 『사략』이 우리말로 옮겨진 것은 정범진 교수에 의해 최초로 시도되었다. 정범진 교수의 말에 의하면 정교수가 대만에서의 유학생활을 마치고 돌아온 1960년대 초반에 『사략』의 번역을 착수하였다 한다. 꼬박 1년여에 걸친 번역 작업을 거쳐 1964년 최초의 우리말 역본이 나왔으나, 정교수 자신의 말대로 약간의 오류가 있어 1978년 범학도서에서 새롭게 나왔으며, 이제까지 그 명맥을 이어오고 있다. 옮긴이는 정범진 교수로부터 직접 번역할 때의 어려움에 대해서 들은 바 있거니와, 당시 참고할 만한 책은 물론이려니와 가장 기본적인 중한사전마저 변변한 것이 없는 상황에서 난삽한 고문 투의 루쉰의 글을 번역하기란 말처럼 쉬운 일이 아니었으리라는 것은 쉽게 헤아릴 수 있다. 아니 어쩌면 그게 그 당시 우리 중국문학계의 실상이고 한계였을 것이다. 그러나 정범진 교수의 이 노작 역시 지금의 시각에서 볼 때 오류의 차원을 떠나 내용이나 말투가 적절하지 못하고 어색한 느낌이 드는 것은 어쩔 수 없는 시간의 간극 때문이라고 할 수 있다. 무엇보다 그 이후 『사략』에 대한 풍부한 연구 성과들을 적절하게 반영하지 못한 것은 고난의 길을 먼저 헤쳐간 선배 학인의 문제가 아니라 그러한 성과를 제대로 계승하지 못한 후학들의 불민함과 게으름으로 돌려야 할 것이다. 그런 의미에서 루쉰이 『사략』을 정식으로 출판한 지 칠십여 년, 그리고 우리말 역본이 나온 지 삼십사 년 만에 그동안의 연구 성과들을 반영한 우리말 역본을 내놓게 되었다는 사실은 기쁨보다 만시지탄의 부끄러운 마음이 앞서게 한다.

각설하고 이제 이 책이 나오기까지의 과정을 간단하게 소개하고자 한다. 루쉰의 『사략』을 새롭게 번역해야 한다는 것은 물론 옮긴이 혼자만의 소망은 아니었다. 이미 1980년대 이후 급격하게 늘어난 중국문학 연구자들 사이에 공유된 어떤 부채의식과도 같은 것이었다 할 수 있다. 그러나 당장 눈앞에 닥친 각자의 학위논문 등의 현실적인 문제에 밀려 제대로 착수되지 못했을 따름이었다. 그러던 중에 1989년 국내의 중국소설 연구자들이 하나의 모임을 만들게 되었으니, 그것이 현재 국내외로 그 성가를 인정받고 있는 '한국중국소설학회'이다. 처음의 명칭은 '중국소설연구모임'으로 시작했으나, 차츰 회원이 늘어나고 덩치가 커지다 보니 그에 걸맞는 학회의 형식이 필요하다는 인식 아래 '중국소설연구회'로 발전되었다. 그리고 1996년 정식으로 '한국중국소설학회'를 발족시키기에 이르렀다.

학회가 벌인 사업은 여러 가지가 있으나 여기에서 자세히 논할 겨를은 없다. 다만 젊은 학인들의 모임이라 연구의 수준을 떠나 공부에 대한 갈망만큼은 마른 논에 단비를 기다리는 격이었다. 그러한 갈증을 조금이라도 해소시켜 줄 수 있는 것이 여러 공부 모임이었는데, 그러던 중 대우재단에서 같이 공부할 수 있는 공간과 약간의 금전적인 도움을 받기에 이르렀다. 약간의 시행착오를 거쳐 바로 루쉰의 『사략』을 다시 차근차근 읽어 나가자는 제의가 들어와 회원들이 한 달에 한 번씩 모여 제1편부터 읽어 나가기 시작했다. 그러나 『사략』은 한 달에 한 번, 약 두세 시간에 걸친 논의와 토론으로는 해결할 수 없는 어려움이 곳곳에 놓여 있어, 이로 인해 모임은 시간이 갈수록 지지부진해져 갔다. 그리하여 『사략』 읽기는 중단되게 되었다. 그러다가 옮긴이를 비롯한 몇몇 연구자들이 『사략』 번역을 다시 재개하자는 발의를 하여 이번에는 일주일에 한 번씩 모임을 갖고 실제적인 번역에 착수하였다. 이 모임은 1993년 9월 4일에 시작되어 1994년 7월 15일에 책거리를 하였다. 이때 번역에 참가했던 사람들은 김민호, 이민숙, 이재홍, 김지선, 지선주, 김정인 등이었다.

그러나 여기에서 나온 성과물을 새로운 우리말 역본으로 펴내는 데에는 많은 문제점들이 있었다. 우선 여러 사람들이 제각기 번역을 해왔기 때문에 문체라든가 내용을 통일해야 한다는 문제가 제기되었다. 나아가 꼼꼼한 검토를 거쳤다고는 하나 번역 과정에서 해결하지 못한 문제점들이 산적해 있었다. 주지하다시피 루쉰의 『사략』은 당시 필사해서 등사하는 어려움을 덜기 위해 고문으로 씌어졌는데, 따라서 난삽하거나 내용을 해독하기 어려운 부분이 사뭇 많았다. 당시 아직 공부가 많이 부족한 대학원생들에 불과했던 번역 참가자들로서는 실로 감당하기 어려운 점이 한둘이 아니었던 것이다. 새삼스럽게 혼자서 그 작업을 모두 해낸 정범진 교수에 대한 존경심이 절로 우러나왔다.

결국 번역 작업은 그냥 『사략』을 같이 읽어보았다는 정도의 의의만을 남긴 채 다시 허공에 뜨게 되었다. 그러다가 우연한 기회에 옮긴이가 손에 넣은 것은 『사략』의 일역본이었다. 최초의 일역본은 루쉰이 생존해 있던 1930년대에 이미 마스다 와타루增田涉라는 사람에 의해 나온 바 있지만, 옮긴이가 본 것은 1980년대에 『루쉰전집』의 일역본 가운데 하나로 다시 나온 것이었다. 『사략』의 우리말 번역은 이 일역본에 의해 새롭게 활기를 띠게 되었고, 그동안 여러 사람의 손에 의해 전전해 왔던 번역 작업은 이제 옮긴이에게 모든 하중이 실리게 되었다. 짧은 일본어 실력으로 육백여 쪽에 이르는 방대한 일역본을 읽기가 그리 수월한 일은 아니었으나, 그때부터 옮긴이는 일한사전 하나 갖다놓고 무식하게 읽어 내려갔다.

일역본을 읽으면서 옮긴이가 탄복한 것은 무엇보다 역주에 있었다. 일본의 학문적 풍토에 걸맞게 역주는 내용에 대한 것뿐만 아니라 루쉰이 『사략』에 인용한 작품의 원문에 대한 교감까지 꼼꼼하게 이루어져 있었다. 그리하여 일역본을 강독하는 과정은 거칠게 초역한 번역문을 다듬고 바로잡는 일 이외에 일역본의 역주를 우리말로 옮기는 작업까지 포괄하게 되었다. 일역본 역주를 옮기면서 느꼈던 것은 학문의 수준은 어느 한 개인의 차원에서 논의될 성질의 것이 아니라는 것이다. 일역본의 역자가 역주를 쓰면서 참고한 자료의 분량을 동일한 수준에서 우리말 역주에서 소화하기란 우리말 옮긴이의 개인적인 역량으로 미칠 바가 아닌 것은 물론이려니와 현재 우리 중국문학계의 수준으로도 감당하기 어려운 것이라는 사실을 실토하지 않을 수 없다. 어디 일본에서의 중국학 연구뿐이겠는가. 서구에서 이루어진 연구 성과들과 비교하더라도 우리가 감히 내세울 게 무엇인가라고 하는 자탄을 금치 못하게 되는 것이 우리의 현실일지도 모른다. 아무튼 일역본의 강독과 번역 작업은 옮긴이의 역량의 한계로 마냥 시간을 끌게 되었다. 그러나 약 2년여에 걸친 시간을 들여 일역본을 완독하고 역주 번역도 끝내게 되었다. 이렇게 해서 이루어진 결과물들은 다시 김민호, 리무진, 김효민, 문정진, 리재홍, 김명신 등에 의해 1차적인 원고 교정이 이루어졌다.

그러나 이것으로 우리말 번역 작업이 끝난 것은 아니었다. 그것은 일역본을 읽어 나가던 중에 중국의 저명한 중국소설 연구자인 자오징선趙景

深 선생의 『중국소설사략방증』이라는 책을 입수하게 된 것이었다. 이 책은 자오징선 선생이 1945년에 쓴 「『중국소설사략』에 관하여」라는 글에서 『중국소설사략』에 대한 소증疏證을 쓰고 싶다는 바람을 피력한 이래, 오랫동안 『사략』에 대한 보충자료를 수집하여 엮은 것으로 자오징선 선생은 이 책을 통해 개인적인 소망을 이룬 것이다. 말하자면 이것은 루쉰의 『사략』에 대한 보주補注의 성격을 띤 책이었다. 이 책을 마주하고 옮긴이는 내친 김에 욕심을 부려 이제까지 누구도 해내지 못한 작업을 꿈꾸게 되었다. 그것은 가장 나중에 나온 번역서인 만큼 이제까지 여러 곳에서 나온 어떤 번역본보다도 완벽한 역서를 내야겠다는 야심찬 계획이었다. 그리하여 이번에는 다시 자오징선 선생의 책에 대한 번역에 착수하였다.

여기에서 옮긴이가 주위 사람들의 도움을 다시 한번 받게 되었다는 사실을 밝혀 두어야겠다. 이미 사오 년에 걸친 번역과정을 통해 옮긴이 역시 원문을 치고 하는 단순작업에 진력이 나 있던 터라 자오징선 선생의 『사략방증』에 실려 있는 자료의 원문들은 당시 연세대 중문과 석사과정에 재학 중이던 주현호, 한재환, 손수영 세 사람의 손을 빌려야 했던 것이다. 그러나 자오징선 선생의 책을 번역하다 보니, 인용된 원문에 상당한 문제가 있음을 발견하게 되었다. 그것은 우선 인용된 원문 가운데 오자나 탈자가 상당 부분 발견되었다는 것이다. 그리하여 인용문에 대한 믿음을 가질 수 없었다. 그리고 내용적인 면에서도 인용된 자료들이 지나치게 번쇄한 데 흘러 『사략』의 본문을 이해하는 데 꼭 불요불급하지 않다고 판단되는 것들도 상당 부분 눈에 띄었다. 그래서 자오징선 선생의 자료는 최대한 충실히 우리말로 옮기되, 옮긴이가 약간 손을 보았다.

그러나 옮긴이의 우리말 번역 작업은 사실상 옮긴이 자신의 역자주로 마무리되었다고 할 수 있다. 평소 옮긴이는 제대로 된 번역서는 역자에 의해 성실하게 수행된 역자주에 의해 판가름난다는 생각을 갖고 있었다. 번역은 단지 1차 언어를 2차 언어로 옮기는 기계적인 작업만을 의미하지 않는다. 곧 대상 언어를 잘 구사하는 것이 번역의 필수 요건이긴 하지만 그것만으로 충분하지는 않다는 것이다. 단어 하나에 담겨 있는 깊고도 넓은 의미의 망은 얼마나 많은 번역자들을 힘들게 하고 때로 좌절케 하는가! 그런 모든 상황들을 제대로 전달하기에 우리가 구사하는 언어라는 것이 얼마나 제한적인가 하는 것은 번역을 해본 사람이라면 누구나 느낄 수 있는 것이다. 하물며 학술서적인 경우에는 그 어려움이 배가된다고 할 수 있다. 하지만 그럼에도 불구하고 이 책에서는 옮긴이의 역주가 충분히 반영되었다고는 볼 수 없다. 그것은 우선적으로 옮긴이의 학문이 짧아서이기도 하지만, 무엇보다 이미 『사략』 자체의 주와 자오징선의 보주, 게다가 일역본의 역주 등으로 포화상태에 이르러 더 이상 옮긴이가 원하는 만큼 역자주를 달 수 없다는 지면의 한계가 큰 문제로 대두되었다. 『사략』의 원문에 비해 여러 가지 주의 분량이 지나치게 많아져, 가분수 꼴이 되어 버린 것이다. 그리하여 역자주는 필요한 것만, 그리고 앞선 여러 주에서 빠져 있다고 판단되는 것들을 위주로 첨가되었다. 그런 가운데에도 옮긴이가 각별히 신경을 쓴 것은 각 장절의 해당 부분에 우리나라에서 이루어진 학문적 성과들을 반영하려는 노력이었다. 비록 얼마 되지 않는 분량이고 그리 자랑스럽게 내세울 만한 수준에 이르지 못했다고 해도 결국 우리가 발을 딛고 서 있는 이 땅에서 이루어진 성과물들에 대한 소개와 평가가 어떤 형태로든 이루어져야겠다는 것은 옮긴이만의 생각일까? 여기에서 우리는 이런 반성을 해보게 된다. 우리는 옆에 있는 사람을 의식하지 않고 서로가 하나의 방향만을 바라보고 있었던 것은 아니었을까? 옮긴이는 누가 논문을 쓰더라도 인사치레라도 아무도 이야기하지 않고 비판하지 않는 것이 우리 학계의 고질적인 병폐라고 생각한다. 왜 서로를 쳐다보지 않는가? 무엇이 두려운가? 자신의 글에 대해 누군가 비판적인 시선을 보낼라치면 사생결단하고 달려드는 것이 우리 학계의 풍토이다. 마치 도둑놈 제 발 저린 격으로. 자신의 논문의 무오류성이라도 주장하자는 건가? 그렇지도 못한 것 같은데, 그렇다면 자신의 치부를 들추는 게 싫어서인가? 이 점에 대해서는 옮긴이가 따로 글을 준비하고 있기 때문에 여기에서는 상론하지 않기로 하겠다.

이렇게 해서 93년 이후 오 년여에 걸친 『사략』의 번역 작업이 마무리되었다. 마지막으로 출판사에 넘기기 전에 최종적인 원고에 대한 검토는 손수영에 의해서 이루어졌다. 손수영은 본문의 내용과 문장 다듬기는 물론이려니와 원문과의 꼼꼼한 대조를 거쳐 오자와 탈자를 잡아내었다. 오자와 탈자는 누군가 행간에 떠도는 유령이라고 이야기했지만 아무리 잡아도 책이 만들어져 처음 펼치면 가장 먼저 눈에 띄는 요물이다. 그렇게 쉽게 눈에 띄는 것이 왜 눈에 불을 켜고 찾으러 다닐 때에는 꼭꼭 숨어 있었던가? 아무튼 이 책에서는 여러 사람들의 손을 거치며 최대한 오자와 탈자를 줄이려고 노력했다. 하지만 누가 알겠는가? 그럼에도 불구하고 어딘가에서 오자와 탈자는 옮긴이와 편집자를 비웃고 있을 것이다. 읽는 이들이여 양찰하소서.

마지막으로 이 책을 펴내는 데 실질적인 도움을 주신 분들께 고마움을 전해야겠다. 정재서 교수님. 늦은 밤 전화 주고받으며 나눈 많은 이야기들이 번역 작업에 많은 힘이 되었습니다. 이제 본의 아니게 지리멸렬 장황해져 버린 옮긴이의 말을 상투적인 말로 마무리해야겠다. 천학비재淺學非才로 인해 있을 수 있는 오역 등에 대해 독자 제현의 질정叱正을 바라나이다. 상향.

1998년 9월 18일 옮긴이

지은이 루쉰(魯迅, 1881.9.25~1936.10.19)

본명은 저우수런(周樹人), 자는 위차이(豫才)이며, 루쉰은 탕쓰(唐俟), 링페이(令飛), 펑즈위(豊之餘), 허자간(何家幹) 등 수많은 필명 중 하나이다.

저장성(浙江省) 사오싱(紹興)의 명문가에서 태어나 어린 시절 조부의 하옥(下獄), 아버지의 병사(病死) 등 잇따른 불행을 경험했고 청나라의 몰락과 함께 몰락해 가는 집안의 풍경을 목도했다. 1898년부터 난징의 강남수사학당(江南水師學堂)과 광무철로학당(礦務鐵路學堂)에서 서양의 신학문을 공부했고, 1902년 국비유학생 자격으로 일본으로 건너갔다. 고분학원(弘文學院)에서 일본어를 공부하고 센다이 의학전문학교(仙臺醫學專門學校)에서 의학을 공부했으나, 의학으로는 망해 가는 중국을 구할 수 없음을 깨닫고 문학으로 중국의 국민성을 개조하겠다는 뜻을 세우고 의대를 중퇴, 도쿄로 가 잡지 창간, 외국소설 번역 등의 일을 하다가 1909년 귀국했다. 귀국 이후 고향 등지에서 교원 생활을 하던 그는 신해혁명 직후 교육부 장관 차이위안페이(蔡元培)의 요청으로 난징 중화민국 임시정부의 교육부 관리를 지냈다. 그러나 불철저한 혁명과 여전히 낙후된 중국 정치·사회 상황에 절망하여 이후 10년 가까이 침묵의 시간을 보냈다.

1918년 「광인일기」를 발표하면서 본격적인 작품 활동을 시작한 그는 「아Q정전」, 「쿵이지」, 「고향」 등의 소설과 산문시집 『들풀』, 『아침 꽃 저녁에 줍다』 등의 산문집, 그리고 시평을 비롯한 숱한 잡문(雜文)을 발표했다. 또한 러시아의 예로센코, 네덜란드의 반 에덴 등 수많은 외국 작가들의 작품을 번역하고, 웨이밍사(未名社), 위쓰사(語絲社) 등의 문학단체를 조직, 문학운동과 문학청년 지도에도 앞장섰다. 1926년 3·18 참사 이후 반정부 지식인에게 내린 국민당의 수배령을 피해 도피생활을 시작한 그는 샤먼(廈門), 광저우(廣州)를 거쳐 1927년 상하이에 정착했다. 이곳에서 잡문을 통한 논쟁과 강연 활동, 중국좌익작가연맹 참여와 판화운동 전개 등 왕성한 활동을 펼쳤으며, 55세를 일기로 세상을 등질 때까지 중국의 현실과 필사적인 싸움을 벌였다.

옮긴이 조관희(『중국소설사략』)

서울에서 나고 자랐다. 연세대학교 중어중문학과를 졸업하고, 같은 학교에서 석사와 박사학위(문학박사)를 받았다. 1994년부터 상명대학교에서 교수로 재직하며 학생들을 가르치고 있다. 한국중국소설학회 회장을 역임했다. 주요 저작으로는 『세계의 수도 베이징』(2008), 『중국소설사론』(2010), 『조관희 교수의 중국사 강의』(2011), 『교토, 천년의 시간을 걷다』(2012), 『소설로 읽는 중국사 1, 2』(2013), 『조관희 교수의 중국현대사 강의』(2013) 등이 있고, 데이비드 롤스톤(David Rolston)의 『중국 고대소설과 소설 평점』(2009)을 비롯한 몇 권의 역서가 있으며, 다수의 연구 논문이 있다.

루쉰전집번역위원회 명단(가나다 순)

공상철, 김영문, 김하림, 박자영, 서광덕, 유세종,
이보경, 이주노, 조관희, 천진, 한병곤, 홍석표